文学交融的典范

历代白族散存作品整理与叙录

多洛肯　晏庆波　董昌灵

侯彦帆　张炅昊　赵钰飞　张俊娅　辑校

（卷一）

社会科学文献出版社

SOCIAL SCIENCES ACADEMIC PRESS (CHINA)

多洛肯

西北民族大学二级教授，博士研究生导师。现任甘肃省人文社科重点研究基地"中华优秀传统文化传承发展研究中心"主任，甘肃省一流特色发展学科"中国语言文学"学科带头人，一级学科"中国语言文学"博士点负责人。2018年入选国家民委领军人才、2019年荣获国家民委突出贡献专家称号、2020年入选甘肃省领军人才（第一层次）、入选2023年度甘肃省研究生教育优秀导师、2024年荣获甘肃省优秀专家称号。

2019年以来发表论文35篇，其中CSSCI（核心版）9篇，《人大复印报刊资料》全文转载4篇；出版学术著作10部，入选"国家哲学社会科学成果文库"1项。

前　言

　　白族是世居中国西南边疆的少数民族之一，主要分布在以洱海为中心的大理地区。作为中国西南边疆地区较早接受并发展汉文化的少数民族之一，白族得益于独特的社会文化土壤，历史上涌现出一大批从事汉语诗文创作的文士，积累了丰富的文学成果。据相关史料记载，白族的汉文诗文创作始于汉代，发展于唐、宋、元，兴盛于明、清，有着清晰的历史演进脉络。《文学交融的典范——历代白族散存作品整理与叙录》的编纂初衷，即在于忠实记录并还原历代白族的文学成果，以期生动呈现这一动态过程。不少诗文作品已蕴含有现代意义上的中华民族共同体的内涵，体现出对中国传统儒家思想的持守与认同，对中原传统诗文理论的接受与传承，对中原主流诗文风格的追崇和创作方法的学习。

白族汉文诗文生成的历史文化语境

　　秦汉时期，在大理地区生活的"昆明之属"或"昆明诸种"即是白族及其他一些少数民族的祖先。它们大多数是"随畜迁徙，毋常处，毋君长"① 的山居游牧部落，随着社会发展和文化传播融合，逐渐演变为从事农业生产的部落或氏族公社，同时也有了君长及不同的族称，如僰、隽（叟）、昆明等。西汉代秦以后，朝廷在大理地区设置郡县，也正是有赖于这些"君长"部落的存在；三国时代，在蜀国的蜀身毒道开通后，地处古道要冲的大理成为内地汉族商贾往来的必经之地。往来于此的商人们不仅带来了先进的铁制用具和其他手工业产品，也带来了内地先进的汉文化。大理地区最早记录汉文化交流的歌谣是《行人歌》。据《后汉书·南蛮西南夷列传》载："永平十二年（69 年）……置哀牢、博南二县……始通博

---

　　① （汉）司马迁：《史记·西南夷列传》，中华书局，1959，第 2991 页。

南山，度兰仓水。行者苦之，歌曰：'汉德广，开不宾。度博南，越兰津。度兰仓，为它人。'"① 这支歌谣不仅真实地反映了白族地区当时的交通、开放状况及阶级矛盾，也反映了汉文化在西南的传播与接受情况。汉末诸葛亮七次生擒孟获、平定南中之后，由南中大姓各自治理所在地区，并进一步推行郡县制，大兴屯田，政治与民族形势趋于安定，形成"纲纪初定，夷汉初安"② 的局面。

云南地处我国西南边陲，历来是多民族杂居的地区，因此，云南的文化自然不可避免地呈现出多民族融合的特征。白族人民聚居的大理地区更是云南最早的文化发祥地之一，其文化生态更颇具特色，时至今日，我们仍能从白族地区的教育史中略窥一二。据《滇考》载："夫滇与闽粤皆开自汉武帝，其时盛览、张叔已从司马长卿学赋受经。"③ 叶榆（今大理）人张叔、盛览到四川的若水（今四川西昌）学习汉学，"归教乡里"，盛览还著有《赋心》4 卷（已佚），这是关于白族先民使用汉文写作的最早记录。嘉庆《重修一统志》卷四百七十八《大理府·人物》也记载，张叔、盛览两人是最早进入汉地学习汉文化的僰族人。明代李元阳编纂的嘉靖《大理府志》载，东汉章帝元和二年（85），大理地区就开始"建学立师"④。至唐代，南诏建国，统治者积极推行汉语言文字，之后更是将其定为南诏国的通行文字。得益于文字之便，其与中原汉文化的接触和交流日益增多，汉化程度也不断加深，不少白族知识分子都能用汉文进行创作，以异牟寻、赵叔达、杨奇鲲等人为代表。异牟寻曾致书剑南节度使韦皋，作《贻韦皋书》，韦皋后来在成都办学，专供南诏子弟学习，"教以书数"，50 年间培养人才数千。⑤ 唐末黄巢起义期间，唐僖宗偏安四川，派遣杜光

① （宋）范晔撰，（唐）李贤等注《后汉书·南蛮西南夷列传》，中华书局，1965，第 2849 页。

② （晋）陈寿撰，（宋）裴松之注《三国志·蜀书·吕凯传》，中华书局，1982，第 1046 页。

③ 云南省人民政府参事室、云南省文史研究馆编，李孝友、徐文德校注《滇考校注》，云南民族出版社，2001，第 343 页。

④ （明）李元阳：（嘉靖）《大理府志》卷一，大理白族自治州文化局翻印，1983，第 8 页。

⑤ 马曜：《云南简史》，云南人民出版社，1983，第 77 页。

庭出使南诏国。杜来到南诏国后，在玉局峰下开办书院，促进了白族地区文化发展。清代白族诗人赵廷玉曾留诗记史曰："僖宗来蜀待云轺，一一红鸾驾未停。玉局峨嵋书院古，至今人仰杜光庭。"①

有元一代，边疆政策有所改变。公元 1253 年，元忽必烈率军直下大理，灭段氏大理国，结束了白族的地方政权，使大理地区直接归属元王朝中央政权统治。元统治者认为云南"远方蛮夷，顽犷难制，必任土人，可以集事。今或阙员，宜从本俗，权职以行"②，鉴于此，设置土官，起用原大理国的大小领主，重用段氏总管大理一带，创立了"蒙、夷参治"之法。元朝至元十二年（1275）在云南设置行省，原先的万户府、千户府和百户府被改编为路、府、州、县，并首先在云南开始实行土官土司制度。土司制使云南白族地区与内地的联系更加密切和牢固的同时，促进了汉文化的传播。后忽必烈任西域回族人赛典赤为云南平章政事，在洱海区域设立了大理路和鹤庆路，并开科取士，提高了大理地区的汉文化水平。赛典赤重视教育，认为国家政事须以教育为根基，于是大兴学校，《元史·赛典赤传》即记载其创建孔子庙、明伦堂，购经史，授学田，极大地促进了文学艺术的发展。在赛典赤治理时期，云南的儒学教育得到了系统的开发，后人师范更盛赞其父子两代人"沛泽于滇"③。

明王朝建立后，设云南都指挥司和云南布政使司，并继承元代的土司制，"迨有明蹿元故事，大为恢拓，分别司郡州县，额以赋役，听我驱调，而法始备矣。然其道在于羁縻。彼大姓相擅，世积威约，而必假我爵禄，宠之名号，乃易为统摄"④，对土司的承袭、衔品、考核、贡赋、征调作了规定。然而，云南部族众多，文化参差，反叛不断，明王朝审时度势，又进一步推行"文德以化远人"⑤ 的文教策略，故"不以为光复旧物，而以

① 张培爵、周宗麟：(民国)《大理县志稿》卷三十一，云南省图书馆藏。
② (明) 宋濂等撰《元史》卷二十六，中华书局，1976，第 589 页。
③ (清) 师范：《二余堂文稿》卷五，嘉庆年间安徽望江县官廨刻本，云南省图书馆藏。
④ (清) 张廷玉等撰《明史》卷三百一十，中华书局，1980，第 7981 页。
⑤ (清) 张廷玉等撰《明史》卷三百一十八，中华书局，1980，第 8230 页。

为手破天荒，在官之典册，在野之简编，全付之一烬"①，继而"兴儒"
"传佛"，欲彻底更替其文明。朱明王朝在云南府大办官学，到明中叶以
前，凡府、州、县及军士卫所都普遍建立了学校。明天启元年（1621），
云南的生员竟有 12000 人之多。洪武二十七年（1394）至万历二年
（1574），云南士人考中进士科的有 162 人，乡举上千人。② 从洪武到天启
年间，云南共建府学 16 所、州学 23 所、县学 18 所、书院 56 所。③ 明嘉
靖年间，杨慎谪戍云南，滇人多师从，涌现出李元阳、杨士云等一批著名
文士，"文藻俱在滇南，一时盛事"。④

　　有清一代，在对边疆少数民族统治方面，仍沿袭前朝旧制。《清史稿》
载："清初，沿明制，置承宣布政使司为云南省。设巡抚，治云南府，并
设云、贵总督，两省互驻。"⑤ 对云南"沿明制"，按省制管理，部分地区
实行土司制度。孟森则道："明虽数尽，清所假以驱除者，不能专恃八旗，
旗军人数固不足，且尽用旗人敌汉，亦于招徕之道隔膜。故除用故明文臣
任招抚外，亦用明旧帅旧军与旅距未服者，以声气相呼召。"⑥ 此间大理地
区与内地的交往更加广泛深入，白族诗文创作取得了长足的发展，文士蜂
出，佳作迭现。

　　由上述史料记载可知，汉文化在汉代以前就已传入云南，张叔、盛览
是白族地区最早建学传授汉文化的教育家，而白族汉语文创作的繁荣从南
诏大理国时期便初现端倪，涌现了段义宗、赵叔达等 13 位用汉语创作的白
族文人；元代是白族汉文创作兴盛的开始，出现了如段光、段功、段宝等
一批汉语文创作文人，共 14 人；明清时期则是白族文学史上的创作高峰，
也是白族文化发生重大转型的关键时期，这一时期大规模的汉族移民以及
中原文化的深刻浸润，都使得汉文化与大理地区本土文化相交融，自此奠

---

① （清）师范：《滇系》，光绪十三年云南通志局本，第 33 页。
② 刘小兵：《滇文化史》，云南人民出版社，1991，第 251 页。
③ （明）刘文征撰，古永继点校（天启）《滇志》，云南教育出版社，1991，第
　　304 页。
④ （明）杨慎：《升庵全集》卷三十，商务印书馆，1937，第 285 页。
⑤ 赵尔巽等撰《清史稿》卷七十四，中华书局，1977，第 2321 页。
⑥ 孟森：《明清史讲义》（下册），商务印书馆，2011，第 522 页。

定了白族文学发展的基调和方向。另外，在特殊的社会政治背景下，明清白族作家文学涂染着鲜明的时代特征，出现了许多反映白族地区社会现实的佳作。

白族汉文诗文创作状貌

据《云南苍洱境考古报告》"苍洱境历史之沿革，考之史籍，似可概括为以下四期：（一）汉与魏晋南北朝时期，此时以前，杳茫难稽；（二）六诏分立或洱河蛮时期，值唐初；（三）南诏统一时期，值盛唐至晚唐；（四）段氏时期，值宋元二代"① 的时代审定结论，徐嘉瑞先生研究认为大理"新石器时期尚无历史，所有片段记载，殊难征信。故苍洱境之有史时期，实自蒙诏时始"②。蒙诏即南诏，是一个建立在奴隶制基础上以国家形式出现的部落和部族的集合体，③ 社会生产力水平达到了一定的高度，文化也趋于繁荣。同时，汉语已经成为官府的通用语言，受汉文化影响较深的"白蛮"官员不仅通晓汉语，且他们创作的诗篇并不亚于同时代的汉族诗人。《蛮书》卷八载："言语音，白蛮最正，蒙舍蛮次之，诸部落不如也。但名物或与汉不同，及四声讹重，大事多不与面言，必使人往来达其词意，以此取定，谓之行诺。"④ 这段话中的"最正""次之""不如"表述了西南各少数民族说汉语的标准程度，"白蛮最正"则正说明当时在众多少数民族中，白蛮的汉语水平最高。随着大理与内地交往日益频繁，中原汉族文学中的文学形式陆续传入大理地区。

具体到文学创作，最先传入大理地区的是散文，诗歌稍晚。据相关记载，南诏的书面文学始于异牟寻。异牟寻曾受教于郑回，《旧唐书》中称其"颇知书，有才智"⑤，大历十四年（779）嗣南诏王位。《新唐书·南诏传》载，贞元九年（793），异牟寻曾致书剑南节度使韦皋，《贻韦皋书》

① 吴金鼎、曾昭燏、王介忱：《云南苍洱境考古报告》，民国三十一年本，第12 页。
② 徐嘉瑞：《大理古代文化史稿》，云南人民出版社，2017，第2 页。
③ 张文勋：《白族文学史》，云南人民出版社，1983，第67 页。
④ （唐）樊绰：《蛮书校注》卷八，中华书局，2018，第207 页。
⑤ （后晋）刘昫等撰《旧唐书》卷一百七十九，中华书局，1975，第5281 页。

文字朴实，谦词恳切，行文婉约，已具有相当的文学水平。第二年，异牟寻与唐使崔佐时盟于大理点苍山神祠，又作《誓文》。在南诏书面文学作品中，以诗歌成就最大，出现了赵叔达、杨奇鲲、段义宗等诗人。赵叔达的《星回节避风台骠信命赋》是白族文人创作中见于书面记载的第一首诗，杨奇鲲、段义宗等人的诗作也颇具唐诗风韵。骈文在南诏时期得到了一定程度的发展，从遗存的碑刻记事文字中可略窥当时的文学水平。碑文多是散文，时杂骈体，不乏佳句，如郑回的《德化碑》、赵佑的《渊公塔铭》等。

元朝统一云南后，文轨统一，儒家文化在云南地区得到了广泛传播。自元世祖至元十九年（1282）夏四月命云南诸路建立儒学以后，大理亦建立庙学，在这一时期，原大理国段氏家族中出现了许多诗人，文学家族呼之欲出。其时段氏任大理总管，世代相传，其诗作现存 16 首，统称《段总管诗》，另有文 7 篇、词 1 首、文集 2 部。元代诗人主要集中于段氏一门，有段光、段福、段世、段功、段功夫人高氏，还有段功的子女段宝、羌娜，另有段功部将杨渊海、高蓬等人。该时期是白族文学创作渐趋兴盛的起点，尽管此时白族汉文诗文创作仅在段氏少数统治阶层中产生，作品数量也相对较少，但元代的政治、文化、教育政策为明清白族汉文诗文发展兴盛奠定了基础。

明清是白族汉文诗文创作的兴盛期。明王朝一面大兴官学，一面重开科举，《明史·选举志》卷七十载，明太祖曾诏曰："朕将亲策于廷，第其高下而任之以官，使中外之臣皆由科举而进，非科举者毋得与官。"[1] 西南各少数民族历经二百年的儒学文化熏陶，终在文学创作上达到了前所未有的高度，涌现出杨黼、杨士云、李元阳等 57 位白族汉文作家，尤其是李元阳，不仅诗文创作颇丰，且有诗学理论著述行世。

清代，白族诗文创作得到了进一步发展，可以说清代是云南大理地区白族文学创作的极盛时期，师范、李于阳、赵藩等共 101 位白族汉文作家纷纷崭露头角，留下了不少传世佳作。清代白族汉文作家在地区分布上，仍然以大理地区为主，但这些作家在活动范围上并不局限于家乡，而是积

---

① （清）张廷玉等撰《明史》卷七十，中华书局，1980，第 1695－1696 页。

极地走出大理，充分接触和借鉴中原文化，推动了大理地区白族文学的持续繁荣。这些活跃于滇云文坛的白族文人创作出了不少融合汉文化和自身民族特色的作品，无论是质量还是数量都令人惊叹。清代的白族汉语文诗文创作，从整体来看较过去更为繁荣，作家众多，著作繁盛，众体兼备，内容丰富，彰显了鲜明的地域特色和时代特色。就个体看，清代白族诗文创作有突出成就的文人名士不在少数，甚至涌现出了数位享誉全国的著名作家，如李于阳、师范、赵藩等，其中以赵藩最为突出，现存诗歌作品仍有 5000 首之多；李于阳一生所著更是不可计数，从其现存的《即园诗钞》14 卷中便可窥得一二。大理白族地区代有女性诗人出现，活跃在各个时期的文坛上，清代更是涌现出周馥、苏竹窗、王漪、袁漱芳等多位女才子。她们大多出自书香世家，父兄夫子皆擅诗文，饱浸书卷气，其创作虽有限，但特色鲜明，在封建时代可谓难能可贵。这些白族女性作家以敏感细腻的心理，从独特的女性视角书写时代现实，对于研究清代白族作家文学来说具有特殊意义。值得一提的是，自元代段氏文学家族之后，大理白族地区历代相继出现了很多以家族形式进行文学创作的作家群，以清代最为突出。清代白族文学家族有太和杨氏家族、赵州龚氏家族、太和赵氏家族、赵州师氏家族、赵州赵氏家族、剑川张氏家族、鹤庆李氏家族等，这些文学家族往往家族内部文学氛围浓厚，一门父子、兄弟皆能诗，可谓一脉相承。总的来说，在与中原文化的历代碰撞、交融和整合的过程中，白族作家的汉语诗文创作迅速发展壮大起来。清代白族文学较之明代更为繁盛，并且日趋成熟，一方面反映社会现实的作品数量大大增加；另一方面表现在文学理论的格外繁盛上，这一时期白族的文学理论也有了突破性的进展，出现了不少佳作。

白族汉文诗文著录及存世情况

白族地处边疆，人口数量较少，由于地域和政治因素，白族诗文作品在古代的传播多仅限云南一地，主要被本族文人创作的别集和地方性诗文总集收入，部分收录于官方史籍文献之中。由于年代久远，历经战乱、政治变革等浩劫，多数作品已散佚，仅有一部分以散存作品的形式行世。可以说自元至清，白族汉文诗文作品成果较为丰富，一部分或经自我裒辑，作装订册，或经后人搜罗，形诸别集；另一部分则散存于各时代文献当中。经对各类文献的全面搜集梳理，明前白族作家汉文著作曾有别集出现，惜已散佚不存，白族现存最早的别集是明代别集。

明清现存诗文别集主要收藏于云南省图书馆，个别藏于云南省大理白族自治州图书馆、中国国家图书馆等其他图书馆。现依据相关文献资料梳理如下。

序号	姓名	著述	现存情况
1	杨士云	著有《弘山先生文集》《杨弘山先生存稿》	《弘山先生文集》十二卷，内含序目一卷，明万历刻本，一册，云南省图书馆藏。《杨弘山先生存稿》十二卷，五册，民国元年（1912）刻本，云南省图书馆藏
2	何邦渐	著有诗文集《初知稿》《增订百咏梅诗》；文论《法象论》《世纪录》；方志（万历）《浪穹志》、（天启）《浪穹县志》；《宗月奏疏》	《初知稿》六卷，一册，刻本，卷四、五、六系传抄本，云南省图书馆藏。《增订百咏梅诗》不分卷，一册，明末抄本，云南省图书馆藏
3	何蔚文	著有《浪楂稿》（分《浪楂一集》《浪楂二集》）、《独笑草》、《破窗啸咏》、《稚翁后集》、（稚翁）文集》；诗话《年谱诗话》；传奇剧本《插一脚》《摄身光》《缅瓦十四片》《笔花梦》《吹更弹》；历史著作《浪穹外志》	《浪楂稿》二卷，清抄本，一册，云南省图书馆藏。《年谱诗话》一卷，附录一卷，清抄本，一册，云南省图书馆藏
4	赵炳龙	著有《居易轩遗稿》八卷（诗、文各四卷）；随笔集《楸园杂识》；词集《宝岩居词》	原稿毁于咸丰年间战火，后人辑录为《居易轩诗遗钞》二卷，清抄本，光绪十四年（1888）刻本，云南省图书馆藏
5	赵以相	著有《问心亭云心谈墨诗》	《问心亭云心谈墨诗》一卷，清光绪二十九年（1903）抄本，一册，云南省图书馆藏
6	艾自修	后人辑《艾雪苍语录》，包括《励志十条》《敬字三篇》《治心四说》《家范四则》《体道五说》等；又撰修《邓川州志》	《艾雪苍语录》一卷，一册，清嘉庆二十二年（1817）刻本，云南省图书馆藏

续表

序号	姓名	著述	现存情况
7	艾自新	后人辑《艾云苍语录》，包括《希圣录》《教家录》《省身录》《萃长录》四篇。清光绪间合刊《艾云苍语录》与《艾雪苍语录》为《二艾遗书》，合刊其诗文为《钟山合璧》	《艾云苍语录》二卷，一册，嘉庆十九年（1814）刻本，云南省图书馆藏；另有清同治二年（1863）抄本，华东师范大学图书馆藏 《二艾遗书》不分卷，一册，清道光二十五年（1845）云南省图书馆藏版，云南省社会科学院图书馆藏；另有《二艾遗书》二卷，木刻本，一册，民国三年（1914）云南丛书处辑刻，云南省图书馆、云南大学图书馆藏 《钟山合璧》，清同治十二年（1873）刻本，一册，华东师范大学图书馆藏
8	李元阳	著有《艳雪台诗》、《中溪家传汇稿》（又名《李中溪全集》）、《中溪传稿》，曾纂修（嘉靖）《大理府志》十卷，与杨士云同修康熙《云南通志》十七卷	《中溪家传汇稿》十卷，分诗四卷、文六卷，民国三年（1914）据大理人周霞所藏手抄本《中溪家传汇稿》刊印，收入《云南丛书》集部之六，云南省图书馆藏。《中溪传稿》不分卷，清刻本，四册，云南省图书馆藏
9	陈时雨	著有《玉梅诗百首》	《玉梅诗百首》不分卷，清抄本，一册，云南省图书馆藏
10	杨应科	著有《雅言集》《立言文集》	《雅言集》一卷，清抄本，一册，云南省图书馆藏
11	刘宏文	著有《绿影草》《藜馆集》	《绿影草》二卷，清抄本，云南省图书馆藏
12	李崇阶	著有《圣学宗传》《儒学正宗》《正学录》等理学著作，诗集《釜水吟》	今存《釜水吟诗稿》二卷，清抄本，云南省图书馆藏。另收入《云南丛书》初编集部之十八
13	龚渤	著有《依云楼诗文集》，包括《使蜀吟》《使晋纪程》《塞上吟》《梅花百咏》《游燕草》《留粤草》《四书挩要》等	《百梅诗》二卷，光绪十六年（1890）张锐手抄本，云南省图书馆藏
14	陈振齐	著有《痴亭诗钞》	《痴亭诗钞》六卷，光绪二十一年（1895）抄本，云南省图书馆藏第一册、第六册
15	谷际岐	著有《五华讲义》《西阿诗草》《彩云别墅存稿》《采兰集》《龙华山草》，以及《学易秘旨》《历法秘旨》《声调谱》等，辑录《历代大儒诗钞》	《龙华山草》一卷，嘉庆十二年（1807）刻本，云南省图书馆藏 《采兰堂诗文稿》不分卷，稿本，天一阁藏 《彩云别墅存稿》一卷，嘉庆十二年（1807）初彭龄校刻本，云南省图书馆藏，后辑为《西阿诗草》三卷，编入《云南丛书》，民国间刻，国家图书馆、云南省图书馆藏

序号	姓名	著述	现存情况
16	赵廷玉	著有《求斋文集》《晴虹诗存》《紫笈老人诗草》	《紫笈诗集》不分卷，一册，清道光二十五年（1845）刻，袁嘉谷跋并批，云南省图书馆藏
17	周馥	所著诗经其子辑录、筛选后编为《绣余吟草》	《绣余吟草》，道光三年（1823）刻本，又有抄本，云南省图书馆藏
18	赵廷枢	著有《所园诗集》	《所园诗集》四卷，清道光六年（1826）刻本，藏于云南省图书馆
19	师范	著有《金华山樵诗前集》八卷，共十七部诗集：《幼学吟删稿》《紫薇山房删稿》《课余集删稿》《北征小草删稿》《观海集删稿》《秋窗梦语删稿》《芙蓉馆存稿》《金台折柳集存稿》《西轩汇稿》《研露集》《骈枝集》《南还纪行》《出岫集》《弹剑集》《归云集》《剑湖外史集》《考绩吟》；《金华山樵诗后集》，共六部诗集：《朝天集》《嘉庆选人集》《孤鸣集》《鹧鸪吟》《吴船卧余录》《吾亦爱吾庐癙语》（以上所有诗集师范于嘉庆甲子（1804）春在望江县雕版刊印）；《金华山樵诗内集》《金华山樵诗外集》《嘉庆选人后集》《舟中雪夜怀人诗》《泛舟集》《咏史诗》《全韵诗》《春帆集》《后怀人诗（附癸亥除夕纪怀诗）》《二余堂诗稿（四卷）》《抱瓮轩诗汇稿》。以上诗集均依年代先后顺序编排　著有散文集《二余堂续文稿》六卷，依年代先后编排，《抱瓮轩文汇稿》一卷（今佚），《课余随录》三卷，《荫椿书屋诗话》一卷	《金华山樵诗前集》八卷，清嘉庆九年（1804）二余堂刻本，八册；又有《金华山樵诗前集》二册，清初排印本，存卷二、卷五，云南省图书馆藏　《课余随录》三卷，红格抄本，一册，云南省图书馆藏　《二余堂诗稿》四卷，清嘉庆年间二余堂刻本，三册；又有《二余堂诗稿》二卷，民国年间排印本，赵藩、李根源重校，二册，云南省图书馆藏　云南省图书馆藏其写本四种：一为《金华山樵诗内集》一卷，清抄本；一为《泛舟吟摘钞》二卷，清抄本；一为《前后怀人集》一卷，附其子道南《鸿洲天愚集》一卷，清抄本；一为《朝天集》存卷上，清抄本，一册。除抄本外，《泛舟吟摘钞》有民国年间排印本，赵藩校，一册，云南省图书馆藏。《朝天集》二卷，清嘉庆年间刻本，一册，存卷下，云南省图书馆藏　《金华山樵诗后集》一册，清初排印本，存卷一、卷二，云南省图书馆藏。《金华山樵诗外集》一册，清初排印本，云南省图书馆藏　《师荔扉先生秋斋四十咏》一册，清初排印本，云南省图书馆藏　《抱瓮轩诗文汇稿》一卷，嘉庆十四年至嘉庆十五年（1809~1810）所作，清抄本，云南省图书馆藏　《嘉庆选人后集》二卷，清嘉庆八年（1803）望江二余堂刻本，二册，云南省图书馆藏　《孤鸣集》一卷，清嘉庆九年（1804）望江二余堂刻本，一册，云南省图书馆藏

续表

序号	姓名	著述	现存情况
19	师范	撰有历史著作《南诏征信录续编》（今佚），辑录历史著作《滇系》"十二系"四十册。以上诗集、著作大多皆有刻本问世，少量仅有抄本，有的已散佚　辑录三部大型文史丛书：《历代诗文》（六十卷）、《国朝百二十家古文钞》（二百卷）、《经史涂说》（四十卷）。以上作品今皆不存　编辑刊刻三部大型丛书：散文集丛书《二余堂丛书》十卷，镌刻于嘉庆甲子年（1804）秋，收录姚鼐《古文辞汇纂序目》等十二部文集；《小停云馆芝言》十册，镌刻于乙丑年（1805），收录望江县及各地诗人94人诗作，为当时诗歌总集；《雷音集》十二卷，镌刻于乙丑年（1805）底，收录望江县历代诗人、作家诗歌、散文，前六卷为诗集，后六卷为散文集。辑录《钱南园遗集》二卷	《吾亦爱吾庐寱语》一卷，清嘉庆九年望江二余堂刻本，一册，云南省图书馆藏　《吴船卧余录》一卷，清嘉庆年间望江二余堂刻本，一册，云南省图书馆藏　《泛舟集》一卷，清嘉庆九年望江二余堂刻本，一册，云南省图书馆藏　《春帆集》一卷，清嘉庆九年望江二余堂刻本，一册，云南省图书馆藏　《鹪鹩吟》一卷，清嘉庆八年（1803）望江二余堂刻本，一册，云南省图书馆藏　《师荔扉先生诗集残本》八册，民国初年排印本，赵藩、李根源等辑，云南省图书馆藏　《雷音集》十二卷，民国二十二年（1933）排印本，一册，存卷一至卷六，云南省图书馆藏　后辑其诗，编为《师荔扉先生诗集》二十八卷，有缺佚，民国十一年（1922）刻，卷二、卷七、卷九、卷十二、卷二十一凡五卷原缺刻，国家图书馆藏，收入《云南丛书》本　《二余堂文稿》六卷，孙琪为之序，录少年至嘉庆十三年（1808）所作，嘉庆间望江县官廨刻，云南省图书馆藏文稿卷一、卷二、卷五、卷六及续文稿卷三、卷四，国家图书馆藏文稿三卷　后辑嘉庆十四年至十六年（1809～1811）所作文，编为《抱瓮轩文汇稿》二卷，嘉庆十六年刻本，国家图书馆藏　《二余堂丛书十二种》二十六卷，清嘉庆九年（1804）望江小停云馆刻本，十册，云南省图书馆藏　《滇系》不分卷，刻本，云南省官书局据清嘉庆二十二年（1817）刻本重印行世，残存十五册，云南省图书馆藏　《荫椿书屋诗话》一卷，清抄本，一册；又《荫椿书屋诗话》刻本一卷，《云南丛书》本收录
20	师箴	著有《大树山堂诗钞》	《大树山堂诗钞》，清抄本，一册，云南省图书馆藏
21	师道南	著有《鸿州天愚集》	《鸿州天愚集》附其父师范《前后怀人集》之后，清抄本，云南省图书馆藏

续表

序号	姓名	著述	现存情况
22	赵懿	著有《善渊诗钞》	已佚
23	杨名飏	著有《四书五经字音辨异（九卷）》《学礼简编》《蚕桑简编》《关中集》	《关中集》一卷，清道光刻本，云南省图书馆藏
24	杨载彤	著有《嶍谷诗钞》	《嶍谷诗钞》六卷，共收录诗歌862首，清咸丰年间刊印，六册，云南省图书馆藏
25	王崧	著有《乐山集》《乐山堂稿》《乐山堂稿》《乐山集逸文》《说纬》，编纂《云南备征志》、（道光）《云南志钞》	《乐山集》不分卷，有嘉庆十二年（1807）刻本，南开大学图书馆藏；嘉庆十九年（1814）刻本，云南省图书馆、国家图书馆藏；《乐山集》二卷，道光九年（1829）刻本，云南省图书馆藏；道光十八年（1838）刻本，广东省图书馆藏；民国刻本，收入《云南丛书》、《丛书综录》，中国人民大学图书馆、台湾东海大学图书馆、台湾"中央"研究院历史语言研究所傅斯年图书馆、中国社会科学院图书馆藏 《乐山堂稿》二卷，嘉庆十五年（1810）刻本，云南省图书馆藏 《乐山集逸文》二卷，清抄本，云南省图书馆藏 《云南备征志》二十一卷，该书于道光八年至九年（1828—1829）编纂完成，初刻于道光十一年（1831），初刻本为十六册，宣统元年（1909）排字重印，至民国三年（1914）云南省图书馆重刻此书时，收入《云南丛书》初编 《说纬》二卷，附《乐山集》二卷、《制义》二卷，嘉庆二十三年（1818）刻本，山西图书馆、南开大学图书馆藏
26	杨绍霆	著有《南来草》《仁湖草》《须江草》《菰城草》《浔水联吟》等，后辑为《味苍雪斋诗选》十二卷	《味苍雪斋诗选》十二卷，清道光十一年（1831）刻本，四册，云南省图书馆藏卷一、卷二、卷三、卷四、卷五、卷九、卷十、补遗
27	李于阳	著有《倚红轩藩余小草》《即园诗钞》《即园文钞》	《倚红轩藩余小草》一卷，稿本，云南省图书馆藏

序号	姓名	著述	现存情况
27	李于阳		《即园诗钞》十卷,嘉庆二十三年(1818)刻、光绪二十五年(1899)补修本,云南省图书馆藏。按:《即园诗钞》收《删草》《游子吟》《咏花人草》《半闲吟》《爱日吟》《紫云集》《秋声录》《味灯集》《续味灯集》《梦笔小草》各一卷,民国三年(1914)刻,云南丛书初编本、丛书综录、日本京都大学人文科学研究院藏《即园文钞》不分卷,抄本,云南省图书馆藏
28	赵辉璧	著有《古香书屋诗钞》,包括《课余草》二卷,《万里路草》二卷,《还山草》二卷,《出山草》一卷,《呻吟草》一卷,《再还吟草》二卷,《林下草》二卷;《古香书屋文钞》二卷	《古香书屋诗钞》十二卷,有道光刻本和光绪十八年(1892)刻本,云南省图书馆藏,存八卷。《古香书屋文钞》二卷,有光绪十八年(1892)刻本,云南省图书馆藏
29	董正官	著有《续漱石斋诗文稿》《蓝溪唱和集》	《续漱石斋诗文稿》,民国十年(1921)董澄农资助印刷石印本,包括赋一卷10篇、各体文一卷23篇、各体诗一卷89题118首,大理图书馆藏《蓝溪唱和集》一卷,藏于大理图书馆
30	杨景程	著有《知白轩遗稿》	《知白轩遗稿》四卷,前两卷为文,后两卷为诗,清光绪十一年(1885)刻本,云南省图书馆藏。收入《清代诗文集汇编》第600册
31	袁漱芳	著有《漱芳亭诗草》	《漱芳亭诗草》一卷,袁漱芳之子谷涵荣辑,前有乔松年等人跋,其后谷涵荣撰恭人行述殿之,清道光年刻本,云南省图书馆藏;另有附于谷际岐《西阿诗草》(《云南丛书》本)之后
32	李澎	著有《南安秋吟》	《南安秋吟》一卷,光绪十一年云南刻本,云南省图书馆藏
33	陈伟勋	著有《酌雅诗话》《味道轩诗》《训友语》	《酌雅诗话》,道光二十九年(1849)刻本,云南图书馆藏。又有民国三年(1914)《云南丛书》本、上海书店《丛书集成续编》本
34	侯允钦	著有《艮其止室稿(四卷)》《梦醒余生草》《覆巢余生草》。纂辑(咸丰)《邓川州志》	今存《覆巢余生草》一卷,清抄本,云南省图书馆藏

序号	姓名	著述	现存情况
35	杨柄程	著有《怡云山馆诗存》八卷，包括：《桑梓慕云集》《万里瞻云集》《玉垒浮云集》《陇首飞云集》《蜀栈停云集》《苍洱归云集》《湖海闲云集》《试中试草》各一卷	《怡云山馆诗存》八卷，清光绪九年（1883）刻本，四册，云南省图书馆藏；另有《清代诗文集汇编》本
36	周之烈	著有《鸿雪诗钞》，汇辑《身世明言》二卷	《鸿雪诗钞》二卷，清刻本，云南省图书馆藏
37	赵联元	著有《拙攸庵读书脞记》《剑川金华书院藏书目录》《向湖村赵氏族谱》，辑有《大错和尚遗集》《鉴辨小言》《丽郡诗征》《丽郡文征》	《拙攸庵读书脞记》六卷，六册，稿本，云南省图书馆藏；另有红格写本，云南丛书辑订三十三册，《云南丛书》待刻本 《剑川金华书院藏书目录》，清抄本，一册，云南省图书馆藏 《鉴辨小言》一卷、《丽郡诗征》十二卷、《丽郡文征》八卷、《大错和尚遗集》四卷，收入《云南丛书》
38	赵惠元	著有《蕙溪词》，辑《杨文宪公写韵楼遗像题词汇抄》一卷	《蕙溪词》一书未刻；《杨文宪公写韵楼遗像题词录》一卷，收入《云南丛书》二编
39	杨宝山	著有《金华馆诗草》	《金华馆诗草》二卷，民国十年（1921）其子杨鑫铅印，首都图书馆、云南省图书馆藏
40	周榛	著有《巢云山馆诗存》	《巢云山馆诗存》二卷，清光绪二十二年（1896）羊城刻本，青海省图书馆、大理白族自治州图书馆藏
41	杨琼	著有《滇中琐记》《肆雅释词》《寄苍楼集》	《肆雅释词》二卷，清光绪二十三年（1897）声龢堂刻本，一册，云南省图书馆藏 《寄苍楼集》十三卷，民国石印本，云南省图书馆藏；民国二年（1913）北京共和印刷公司铅印本，中国人民大学图书馆、徐州图书馆藏
42	赵藩	著有《向湖村舍诗初集》《向湖村舍诗二集》《向湖村舍诗并和》《向湖村舍杂著》《小鸥波馆词钞》《桐华馆梦缘集》《杨升庵高崃精舍记》《剑川赵氏宗支草图》《晋专研斋脞录》《滇海莲因	《向湖村舍诗初集》十二卷，光绪十四年（1888）刻本，上海图书馆、南京图书馆、广东图书馆、四川省图书馆、云南省图书馆、湖南图书馆、南开大学图书馆、复旦大学图书馆、华东师范大学图书馆、广州社会科学院图书馆、诸暨市图书馆、南京师范大学图书馆藏

序号	姓名	著述	现存情况
42	赵藩	录〈莲洲法师立螺峰莲社碑记〉》《李洁清君暨姜孺人合葬墓志铭》《赵书（方农羼墓表、张滇洲家传）合册》《丽江杨小泉先生墓表》《保山王府君墓志铭》《石禅老人欹枕书诗八章》《石禅老人游鸡足山诗》《蒙自碑传记》《癸亥寿苏集》《甲子寿诗》《寿苏唱和诗抄》《寿苏集》《西林宫保六旬小像〈宫保制府西林峰公勋德介福图序目〉》《岑襄勤公年谱》《宦蜀滇贤传》《昆明周氏殉难诗册》《云南咸同兵事记》，辑有《介庵函牍》《钱南园先生守株图题词录》《滇丛录》《介庵楹句辑钞》《介庵楹句辑钞续编》《介庵楹句正续合钞》《会泽四秩荣庆录》《剑川封光禄大夫赵拙庵先生寿言汇编》《云南丛书总目》《鸡足山志补》《清六家诗钞》《鸡肋篇》《骈文诗钞》《鹤巢题小录》《剑川县志》《呈贡文氏三遗集合钞》《保山二袁遗诗》《剑川罗杨二子遗诗合钞》《楹联集辑》在书画篆刻方面有《介庵墨迹册子》《赵文懿公遗墨》《腾冲李氏碑志五种》《瓜江书画册题跋汇存（残本）》《抱滕堪印存》《同人翰札》《金石书画题跋》《书札》等	《向湖村舍诗二集》七卷，民国刻本，收入《云南丛书》二编 《向湖村舍诗并和》上、下卷，宣统元年（1909）刻本，云南省剑川县图书馆藏 《桐华馆梦缘集》二卷，民国间刻本，云南省图书馆藏 《小鸥波馆词钞》六卷，附《倚笛楼剩曲》，民国三十二年（1943）石印本，云南省图书馆藏 《杨升庵高峣精舍记》，一册，云南省图书馆藏 《剑川赵氏宗支草图》一卷，清抄本，一册，云南省图书馆藏 《晋专研斋腾录》一卷，清抄本，一册，云南省图书馆藏 《向湖村舍二集待刊稿》十九卷，红格写本，三十三册，《云南丛书》待刻本 《滇海莲因录〈莲洲法师立螺峰莲社碑记〉》，民国初年拓本，云南省图书馆藏 《李洁清君暨姜孺人合葬墓志铭》，拓本，云南省图书馆藏 《赵书（方农羼墓表、张滇洲家传）合册》，拓本，云南省图书馆藏 《丽江杨小泉先生墓表》，民国五年（1916）石印本，一册，云南图书馆藏 《保山王府君墓志铭》，民国十五年（1926）石印本，一册，云南省图书馆藏 《石禅老人欹枕书诗八章》《石禅老人游鸡足山诗》，均为影印本，云南省图书馆藏 《蒙自碑传记》一卷，清抄本，一册，云南省图书馆藏 《癸亥寿苏集》一卷、《甲子寿诗》一卷、《寿苏唱和诗抄》一卷、《寿苏集》一卷，各一册，清抄本，云南省图书馆藏 《西林宫保六旬小像〈宫保制府西林峰公勋德介福图序目〉》，拓本一册，云南省图书馆藏 《岑襄勤公年谱》十卷，清光绪十八年（1892）抄本，二册，云南省图书馆藏。《宦蜀滇贤传》稿本一卷，云南省图书馆藏 《昆明周氏殉难诗册》一卷，清抄本，云南省图书馆藏

序号	姓名	著述	现存情况
42	赵藩		《介庵函牍》不分卷，清光绪三十三年（1907）辑写本，云南省图书馆藏。《钱南园先生守株图题词录》一卷，民国十一年（1922）刻本，《云南丛书》二编本收录 《滇词丛录》刻本三卷，《云南丛书》本收录 《介庵楹句辑钞》一卷，清光绪二十九年（1903）排印本，（清）陈迪光、周钟岳同辑，一册，云南省图书馆藏 《介庵楹句辑钞续编》稿本一卷，赵士铭、周钟岳同辑，一册，云南省图书馆藏 《介庵楹句正续合钞》二卷，民国十四年（1925）排印本，一册，（清）陈迪光、周钟岳同辑，云南省图书馆藏 《会泽四秩荣庆录》一卷，民国十二年（1923）石印本，一册，云南省图书馆藏 《剑川封光禄大夫赵拙庵先生寿言汇编》二卷，清抄本，二册，云南省图书馆藏 《云南丛书总目》，民国三年（1914）刻本，一册，《云南丛书》本收入 《鸡足山志补》四卷，民国二年（1913）稿本，李根源同辑，云南省图书馆藏 《清六家诗钞》稿本六卷，二册，云南省图书馆藏 《鸡肋篇》拓本一册，云南省图书馆藏 《呈贡文氏三遗集合钞》十二卷、《保山二袁遗诗》十二卷、《剑川罗杨二子遗诗合钞》二卷，《云南丛书》本收录 《介庵墨迹册子》拓本一册，云南省图书馆藏 《赵文懿公遗墨》民国二十四年（1935）手稿本，一册，云南省图书馆藏 《腾冲李氏碑志五种》（清）赵藩、章世钊、陈荣昌等书，云南省图书馆藏 《瓜江书画册题跋汇存》（残本），赵藩等手书，李文汉藏本，残一册，云南省图书馆藏 《抱膝堪印存》一卷，民国间影印本，一册，赵宗瀚补辑，云南省图书馆藏 《同人翰札》手写稿本十七卷，十七册，云南省图书馆藏

续表

序号	姓名	著述	现存情况
43	赵荃	著有《移华书屋诗存》《移华书屋文存》;编纂《西阳酬唱集》《明清之际滇高僧居士传》	《西阳酬唱集》一卷,清抄本,一册,云南省图书馆藏 《移华书屋诗存》四卷,民国十年(1921)排印本,一册,袁嘉谷校跋,云南省图书馆、云南省洱源县图书馆藏
44	赵甲南	著有《龙湖丛稿》《龙湖补遗》《龙湖外集》《龙湖诗草》《龙湖联语》《龙湖语体文》	《龙湖丛稿》上函有上、下两卷,卷上53篇,卷下49篇;下函有《龙湖丛稿补遗》一册,藏于大理白族自治州图书馆 《龙湖补遗》一卷、《龙湖外集》一卷、《龙湖诗草》一卷、《龙湖联语》二卷、《龙湖语体文》一卷,现藏大理白族自治州图书馆
45	李燮羲	著有《剑虹诗稿》	《剑虹诗稿》一卷,云南省图书馆藏
46	周钟岳	著有《惺庵回顾录》《惺庵回顾续录》《惺庵回顾录三编》《惺庵回顾录四编》《惺庵文稿》《惺庵诗稿》《惺庵日记》《漆室危言》,总纂《云南光复纪要》(又称《云南光复史》),主编《新纂云南通志》《续云南通志长编》	《惺庵文稿》《惺庵诗稿》《惺庵日记》,稿本,云南省图书馆藏
47	段居	著有《滇事大凡》《守愚稿初编》《松月楼杂作》《嘤嘤集》《松影山房诗初集》	《松月楼杂作》,刻本;《松影山房诗初集》上、下卷(下卷附录《松影山房联话》,袁嘉谷跋),手抄本。均藏于云南省图书馆地方文献部
48	师源	著有《二余堂诗续稿》	《二余堂诗续稿》,民国十年(1921)刻本,云南省图书馆藏

除了以上别集,大多数白族作家的部分汉文诗文作品以散存的形式存世。据初步统计,自汉至清,有诗文传世者181人,汉代白族作家有1人;南诏大理国时期白族作家有10人,存诗共8首,文10篇;元代白族作家共有12人,存诗共15首,文4篇;明代白族作家共有57人,存诗共743首,文152篇,词24首;清代白族作家共有101人,存诗共1286首,文253篇,词4首。

这些散存作品收录在不同时期的文献史料中。南诏大理时期有诗文作品18篇,其中诗8首,文10篇,无文集。该时期诗文分别散存于(清)

范承勋纂修（康熙）《云南通志》，（清）袁文揆辑《滇南文略》，（清）李思佺、黄元治纂修（康熙）《大理府志》，（民国）秦光玉等辑《滇文丛录》，（清）袁文典、袁文揆辑《滇南诗略》，（清）师范辑《滇系》《滇略》等文献资料中。元代白族汉文诗文现存诗15首，文4篇，分别收录于（明）倪辂撰《南诏野史》，（清）袁文揆辑《滇南文略》，（清）袁文典、袁文揆辑《滇南诗略》，（民国）秦光玉等辑《滇文丛录》，（康熙）《大理府志》等载籍中。明代滇云诗文繁荣，白族文人大量涌现，佳作迭出，创作出很多具有一定文学高度的诗文。散存诗743首，文152篇，词24首。该时期的诗文主要收录在（清）袁文典、袁文揆辑《滇南诗略》，（清）袁文揆辑《滇南文略》，（民国）陈荣昌辑《滇诗拾遗》，（民国）李坤辑《滇诗拾遗补》，（清）赵联元辑《丽郡诗征》，（清）赵联元辑《丽郡文征》，（清）王灿、刘琪、赵镜潜辑《滇诗粹》，（清）袁嘉谷等辑《滇诗丛录》，（民国）秦光玉等辑《滇文丛录》，（清）范承勋纂修（康熙）《云南通志》，（清）李思佺、黄元治纂修（康熙）《大理府志》，（乾隆）《云南通志》，（光绪）《浪穹县志略》，（咸丰）《邓川州志》等文献典籍中。清代滇云汉文创作盛极一时，白族文人名士著作甚丰，体裁内容广泛，惜作品多散佚。据初步统计，清代白族作家共有101人，其散存诗文作品初步统计如下，存诗1286首，存文253篇，词4首，散存作品见于各地方性诗文总集、地方志等文献史料中，主要收录在（清）李思佺、黄元治纂修（康熙）《大理府志》；（清）周沆纂修（光绪）《浪穹县志略》；（清）王世贵等纂修（康熙）《剑川州志》；（康熙）《鹤庆府志》；（清）陈钊镗、李其馨修（道光）《赵州志》；（咸丰）《邓川州志》；（民国）《大理县志稿》；（清）师范纂辑《滇系》；（清）靖道谟纂，鄂尔泰等修（乾隆）《云南通志》；（民国）龙云、卢汉修，周钟岳纂（民国）《新纂云南通志》；（清）袁文典、袁文揆辑《滇南诗略》；（清）袁文揆辑《滇南文略》；（清）黄琮辑《滇诗嗣音集》；（清）赵联元辑《郦郡诗征》；（清）赵联元辑《郦郡文征》；（民国）秦光玉等辑《滇文丛录》；（清）赵藩辑《滇词丛录》等文献载籍中。《文学交融的典范——历代白族散存作品整理与叙录》一书，即致力于将散存各典籍中的历代白族汉语文诗文创作搜集整理，为后来者提供学习与研究之便。

　　需要说明的是，我指导的研究生们积极参与了本书的文献辑录工作，他们的辛勤工作是本书得以完成的重要保障。其中，晏庆波、董昌灵、侯彦帆、张炅昊、赵钰飞等同学每人承担了15万字以上的校录工作，已毕业的学生张俊娅博士、丛淑洋博士、解英闲硕士也为该书的校录工作作出过一定的贡献。在此一并向我的学生们致以深深的谢意。书稿的顺利出版有赖于社会科学文献出版社的鼎力支持，责任编辑张倩郢女士细心校审，订正了许多错误，在此一并致谢。受学术水平所限，本书的不足和错误在所难免，真诚期待学界方家不吝赐教。

多洛肯

2024 年 4 月 28 日夜

说　　明

一、白族汉文创作起始于汉代，据统计自汉至清，史籍记载有汉语诗文作品的白族文人共计 181 人。各朝代文人及散存诗文作品情况如下：汉代白族作家有 1 人；南诏大理国时期白族作家有 10 人，存诗共 8 首，文 10 篇；元代白族作家共有 12 人，存诗共 15 首，文 4 篇；明代白族作家共有 57 人，存诗共 743 首，文 152 篇，词 24 首；清代白族作家共有 101 人，存诗共 1286 首，文 253 篇，词 4 首。

二、本书收录处于汉武帝元封元年（前 110）至宣统三年（1911）从事汉文创作的白族人士。

三、本书收录作品主要包括诗、词、散文、骈文、辞赋等体裁。

四、作家以出生年排列，生年相同者，则按卒年先后依次排列；生卒年不详者，则依据史料所载其活动年代或与其交游人物的生活年代，插入适当位置。

五、本书内容主要是作家简介，包括生卒年、字号、族属情况、籍贯、科第、仕履、师承、学术渊源；创作基本情况即文学活动，别集及作品存佚情况。

六、作家生平资料，主要依据笔记、金石数据及已出版的各类工具书、史志目录、地方志、年谱、总集、别集、家乘，以及云南省各地区的民委古籍办所藏孤本资料。

七、坚持实事求是的原则，在考证的基础上，客观准确地著录作品及著者生平事迹，不溢美，不隐恶，不穿凿附会。有分歧者，则必作考证或采择一说，或存疑待考。

目　录

汉 代

盛 览

盛览，字长通，楪榆人，牂牁名士。

其生平事迹于《滇考》卷下，《大清一统志》卷三百七十八，《滇略》卷六，《蜀中广记》卷六十七、卷一百一，《绀珠集》卷二，《中国方志丛书·南诏野史》卷下，《滇文丛录》作者小传卷上，（乾隆）《云南通志》卷之第二十一人物乡贤，（康熙）《大理府志》卷十九人物乡贤，《新纂云南通志》卷一百八十八汉至元耆旧传三中有载。

《蜀中广记》卷六十七载："盛览，字长通，牂牁名士也。尝问作赋法，相如曰：合綦组以成文，列锦绣而为质，一经一纬，一宫一商，此赋之迹也。览退而作《列锦赋》《合组歌》（无传世）。"《西京杂记》卷二云："盛览，牂牁名士。"

著《赋心》四卷（已佚）。

南诏大理时期

异牟寻

异牟寻（754～808），南诏王。

其生平事迹于《滇文丛录》作者小传卷上、《新纂云南通志》卷一百八十八汉至元耆旧传三中有载。

《滇南文略》卷八、（康熙）《大理府志》卷二十九录有《贻韦皋书》1 则；《滇文丛录》卷首收录《誓文》1 则。

文

此次文的点校，以（清）袁文揆辑《滇南文略》（上海书店出版社《丛书集成续编》影印本），秦光玉等辑《滇文丛录》（上海书店出版社《丛书集成续编》影印本）为底本，以（清）李思仝、黄元治纂修（康熙）《大理府志》（康熙三十三年刻本，影印本）为校本，文共计 2 篇。

贻韦皋书^[一]

异牟寻世为唐臣，曩缘张虔陀志在吞海^[二]。中使者至，不为澄雪，举部惶窘，得生异计。鲜于仲通，比年举兵，故自新无繇。代祖弃背吐蕃，欺孤背约。神川都督论讷舌，使浪人利罗式眩惑部姓，发兵无时，今十二年，此一忍也。天祸蕃廷，降衅萧墙，太子弟兄流窜，近臣横污，皆尚结赞阴计，以行屠害。平日功臣无一二在，讷舌等皆册封王。小国奏请，不令上达，此二忍也。又遣讷舌逼城于鄙，敝邑不堪，利罗式私取重赏，部落皆惊，此三忍也。又利罗式骂使者曰："灭子之将，非我其谁？子所富当为我有。"此四忍也。今吐蕃委利罗式甲士六十侍卫，因知怀恶不谬，此一难忍也。吐蕃阴毒野心，辄怀搏噬。有如偷生，实污辱先人，辜负部落，此二难忍也。往退浑王为吐蕃所害，孤遗受欺，西山女王，见夺其位，拓跋首领，并蒙诛刈，仆固志忠，身亦丧亡。每虑一朝亦被此祸，此三难忍也。往朝廷降使招抚，情心无二，诏函信节，皆送蕃廷。虽知中夏至仁，业为蕃臣，吞声无诉，此四难忍也。曾祖有宠先帝，后嗣率蒙袭王，人知礼乐，本唐风化。吐蕃诈给百情，怀恶相戕[三]。异牟寻愿竭诚日新，归款天子。请加戍剑南、西山、泾原等州，安西镇守，扬兵四临，委回鹘诸国。所在侵掠，使吐蕃势分力散，不能为强，此西南隅，不烦天兵，可以立功云。

世为唐臣，南诏何负于唐？唐负南诏也。唐究何负于南诏？实边阃之负。南诏以负唐而致唐负南诏也。末陈调度，吐蕃极有兵谋。[四]

【校记】

[一] "贻韦皋书"，（康熙）《大理府志》题为"南诏贻韦皋书"。

[二] "海"，（康熙）《大理府志》作"侮"。

[三] "戕"，（康熙）《大理府志》作"戚"。

[四] （康熙）《大理府志》无此批语。

誓文

贞元十年，岁次甲戌，正月乙亥，五日己卯，云南诏异牟寻及清平官、大军按将与剑南西川节度使崔佐时（按：崔佐时乃韦皋所遣西川节度使，遣官不可直称节度使。疑有脱文。今按：当重一"使"字）谨诣玷苍山北。上请天、地、水三官，五岳、四渎，及管川谷诸神灵，同请降临，永为证据。念异牟寻，乃祖乃父，忠赤附汉。去天宝九载，被姚川都督张乾陁等离间部落，因此与汉阻绝，经今四十三年。与吐蕃洽和，为兄弟之国。吐蕃赞普册牟寻为日东王，亦无二心，亦无二志。去贞元四年，奉剑南节度使韦皋仆射书，具陈汉皇帝圣明，怀柔好生之德。七年，又蒙遣使段思义等招谕，兼送皇帝敕书，遂与清平官、大军将、大首领等密图大计，诚矢天地，发于祯祥；所管部落，誓心如一。去年四月十三日，差赵莫罗眉、杨大和眉等赍仆射来书，三路献表，愿归清化，誓为汉臣。启告宗祖明神，鉴照忠款。今再蒙皇帝、蒙剑南西川节度使韦皋仆射遣巡官崔佐时传语，牟寻等契诚，誓无迁变，谨请西洱河、玷苍山神祠监盟。

牟寻与清平官洪骠利时、大军将段盛等，请全部落，归附汉朝。山河两利，即愿牟寻、清平官、大军将等，福祚无疆，子孙昌盛不绝。管诸赕首领，永无离二。兴兵动众，讨伐吐蕃，无不克捷。如会盟之后，发起贰心，及与吐蕃私相会合，或辄窥侵汉界内田地，即愿天地神祇，共降灾罚，宗祠殄灭，部落不安，灾疾臻凑，人户流散，稼穑产畜，悉皆减耗。如蒙汉与通和之后，有起异心，窥图牟寻所管疆土，侵害百姓，致使部落不安，及有患难，不赐救恤，亦请准此誓文，神祇共罚。如蒙大汉和通之后，更无异意，即愿大汉国祚长久，福盛子孙，天下清平，永保无疆之祚。汉使崔佐时至益州，不为牟寻陈说，及节度使不为奏闻牟寻赤心归国之意，亦愿神祇降之灾。今牟寻率众官，具牢醴，到西洱河，奏请山川土地灵祇，请汉使计会，发动兵马，同心勠力，共行讨伐。然吐蕃神川昆仑，会同已来，不假天兵，牟寻尽收复。铁桥为界，归汉旧疆宇。谨率群官，虔诚盟誓，共克金契，永为誓信。其誓文，一本请剑南节度随表进献；一本藏于神室；一本投西洱河；一本牟寻留诏城内府库，贻诚子孙。伏惟山川神祇，共鉴诚恳。

赵叔达

赵叔达，《滇南诗略》载："南诏王清平官，籍贯未详，清平官词臣之谓也。"

《滇南诗略》卷一录其诗《星回节避风台骠信命赋》1首。

诗

此次诗的点校以（清）袁文典、袁文揆辑《滇南诗略》（上海书店出版社《丛书集成续编》影印本）为底本，诗共计1首。

星回节避风台骠信命赋

法驾避星回，波罗毗勇猜。波罗，虎也。毗勇，野马也。骠信昔年幸此，曾射野马并虎也。河润冰难合，地暖梅先开。下令俚柔洽，俚柔，百姓也。献琛弄栋来。愿将不才质，千载侍游台。

寻阁劝

寻阁劝（约 778～809），又名寻梦凑、新觉劝、寻务券，异牟寻之子。

其生平事迹于（乾隆）《云南通志》卷十七；秦光玉等辑《滇文丛录》作者小传卷上中有载。

《滇文丛录》卷首收录文《责杜悰书》《遣牛丛书》2 篇。

文

此次文的点校，以（民国）秦光玉等辑《滇文丛录》（上海书店出版社《丛书集成续编》影印本）为底本，文共计 2 篇。

责杜悰书

一人有庆，方将万国而来朝；四海为家，岂计十人之有费。

遣牛丛书

非敢为寇也，欲入见天子，面诉数十年为谗人离间冤抑之事。倘蒙圣恩矜恤，当还与尚书永敦邻好。今假道贵府，欲借蜀王厅留止数日，即东上。

杨奇鲲

杨奇鲲（？~883），唐时南诏叶榆（今云南大理北）人。南诏隆舜布变（清平官之一），诗人。

其生平事迹于（清）袁文典、袁文揆辑《滇南诗略》卷一；《滇文丛录》作者小传卷上；（康熙）《大理府志》卷十九人物乡贤；《新纂云南通志》卷一百八十八汉至元耆旧传三中有载。

《滇南诗略》卷一录《途中诗》《岩嵌绿玉》2首；（康熙）《大理府志》卷二十九、《滇诗粹》录《岩嵌绿玉》1首。

诗

此次诗的点校，以（清）袁文典、袁文揆等辑《滇南诗略》（上海书店出版社《丛书集成续编》影印本）为底本，以（清）李思仝、黄元治纂修（康熙）《大理府志》（康熙三十三年刻本，影印本），（清）王灿、刘琪、赵镜潜辑《滇诗粹》为校本，诗共计2首。

途中诗首缺二句

风里浪花吹更白，雨中山色洗还青。海鸥聚处窗前见，林狄啼时枕上听。此际自然无限趣，王程不敢暂留停。

岩嵌绿玉

天孙昔谪下天绿，雾鬓风鬟依草木。一朝骑凤上丹宵，翠翘花钿留空谷。

段义宗

段义宗，大长和国郑仁旻的布燮，南诏世隆时清平官，唐末南诏诗人。

其生平事迹于《蜀中广记》卷一百二、《滇南诗略》卷一、《鉴诚录》卷六中有载。《滇诗丛录》载："义宗，南蛮布燮，蜀后主乾德中与判官赞卫姚岑等为使入蜀。义宗不欲朝拜，遂秃削为僧，号曰大长和国左街崇圣寺赐紫沙门银钵，既而屈蜀群臣议奏，僧有胡法，宜令礼拜。义宗于是适节马，至于谈论敷奏道理一歌一咏，捷咏如流。"

（清）袁文典、袁文揆辑《滇南诗略》卷一录《听妓洞云歌》《思乡作》2首。《滇诗丛录》卷一录《题大慈寺芍药》《题三学院经楼（二首）》3首。（清）王灿、刘琪、赵镜潜辑《滇诗粹》录《听妓洞云歌》《思乡作》2首。

诗

此次诗的点校，以（清）袁文典、袁文揆辑《滇南诗略》（上海书店出版社《丛书集成续编》影印本）和（清）袁嘉谷等辑《滇诗丛录》为底本；以（清）王灿、刘琪、赵镜潜辑《滇诗粹》（抄本）为校本，诗共计5首。

题大慈寺芍药

浮花不与众花同，为感高僧护法功。繁影夜铺方丈月，异香朝散讲筵风。寻真自得心源静，观色非贪眼界空。好是芳馨堪供养，天教生在释门中。

题三学院经楼（二首）

鹫岭鸡园不可俦，叨陪龙象喜登游。玉排复道珊瑚殿，金错危栏翡翠楼。尚欲归心求四谛，敢辞旋绕满三周。羲和鞭挞金乌疾，欲网无由肯驻留。

当今积善竞修崇，七宝庄严作梵宫。佛日明时齐舜日，皇风清处接慈风。一乘妙理应难测，万劫良缘岂易穷？其恨尘劳非法侣，掉鞭归去夕阳中。

听妓洞云歌

嵇叔夜，鼓琴饮酒无闲暇。若使当时闻此歌，抛掷广陵都不藉。刘伯伦，虚生浪死过青春。一饮一硕犹自醉，无人为尔卜深尘。

深尘，疑升沉之讹。

思乡作

泸北行人绝，云南信未还。庭前花不扫，门外柳谁攀。坐久销银烛，愁多减玉颜。悬心秋夜月，万里照关山。

听妓歌粗浅，此诗颇有情致，当荒塞时能留心风雅如成宜，其后人以诗名滇南也。

郑　回

郑回，唐代河南荥阳人，是荥阳郑氏在唐末的重要代表人物。

其生平事迹于《旧唐书》卷一百九十七、《新唐书》卷二百二十二、《滇考》卷上、《明一统志》卷八十六、《滇略》卷五中有载。

著有《蒙国大诏碑》《德化碑》《渊公塔铭》。《滇南文略》卷二十五录《德化碑》（内容缺失），（康熙）《大理府志》卷二十九录有《南诏德化碑》节略。

文

此次文的点校，以（清）袁文揆辑《滇南文略》（上海书店出版社《丛书集成续编》影印本）为底本，以（清）李思仝、黄元治纂修（康熙）《大理府志》（康熙三十三年刻本，影印本）为校本，文计1篇。

德化碑[一]

恭闻清浊初分，运阴阳而生万物；川岳既列，树元首而定八方。故知悬象著明，莫大于日月；崇高辨位，莫大于君臣。[二]道治则中外宁，政乖必风雅变。岂世情而致，抑天理之常。[三]我赞普钟蒙国大诏，性业合道，智睹未萌，随世运机，观宜抚众，退不负德，进不惭容者也。

王姓蒙，字阁罗凤，大唐特进云南王越国公开府仪同三司之长子也。应灵杰秀，含章挺生，日角标奇，龙文表贵。始乎王在储府，道隆三善。位即重离，不读非圣之书，尝学字人之术。抚军屡闻成绩，监国每著家声。唐朝授右领军卫大将军，兼阳瓜州刺史。泊先诏与御史严正诲谋静边寇，先王统军打石桥城，差诏与严正诲攻石和子。父子分师，两殄凶丑，加左领军卫大将军。无何，又与中使王承训同破剑川。忠绩载扬，赏延于嗣，迁左金吾卫大将军。而官以材迁，功由干立，朝廷照鉴，委任兵权，寻拜特进都知兵马大将。二河既宅，五诏已平，南国止戈，北朝分政。而越析诏余孽于赠，恃铎槊，骗泸江，结彼凶渠，扰我边鄙，飞书遣将，皆辄拒违。诏弱冠之年，已负英断，恨兹残丑，敢逆大队，固请自征，志在扫平枭于赠之头，倾伏藏之穴。铎槊尽获，宝物并归，解君父之忧，静边隅之祲，制使奏闻，酬上柱国。

天宝七载，先王即世。皇上念功旌孝，悼往抚存。遣中使黎敬义持节册袭云南王。长男凤迦异，时年十岁，以天宝入朝，授鸿胪少卿，因册袭次。又加授上卿，兼阳瓜州刺史，都知兵马大将。既御厚眷，思竭忠诚，子弟朝不绝书，进献府无余月。将谓君臣一德，内外无欺。岂期奸佞乱常，抚虐生变。

初，节度章仇兼琼，不量成败，妄奏是非。遣越嶲都督竹灵倩，置府东爨，通路安南。赋重役繁，政苛人弊。被南宁州都督爨归王，昆州刺史爨日进，黎州刺史爨祺，求州刺史爨守懿，螺山大鬼主爨彦昌，南宁州大鬼主爨崇道等，陷煞灵倩，兼破安宁。天恩降中使孙希庄、御史韩洽、都督李宓等，委先诏招讨诸爨，畏威怀德，再置安宁。其李宓忘国家大计，蹑章仇诡踪，务求进官荣，宓阻扇东爨，遂激崇道，令煞归王。议者纷纭，人各有志，王务遏乱萌，思绍先绩。乃命大军将段忠国等，与中使黎敬义，都督李宓，又赴安宁，再和诸爨。而李宓矫伪居心，尚行反间，更令崇道谋煞日进。东爨诸酋，并皆惊恐，曰：归王崇道叔也，日进弟也，信彼谗构，煞戮至亲。骨肉既自相屠，天地之所不佑。乃各兴师，召我同讨。李宓外形中正，倬假我郡兵，内蕴奸斯，妄陈我违背。赖节度郭虚己仁鉴，方表我无辜。李宓寻被贬流，崇道因而亡溃。又越嶲都督张虔陀，尝任云南别驾，以其旧识风宜，表奏请为都督，而反诳惑中禁，职起乱阶。吐蕃是汉积仇，遂与阴谋，拟其灭我，一也。诚节王之庶弟，以其不忠不孝，贬在长沙，而彼奏归，拟令闲我，二也。崇道蔑盟构逆，罪合诛夷，而却收录与宿，欲令仇我，三也。应与我恶者，并授官荣，与我好者，咸遭抑屈，务在下我，四也。筑城收藏器甲，练兵密欲袭我，五也。重科白，直倍税，军量征求无度，务欲敝我，六也。于时驰表上陈，屡申冤枉，皇上照察，降中使贾奇俊详核，属竖臣无政，事以贿成。一信虔陀，共掩天听，恶奏我将叛。王乃仰天叹曰："嗟我无事，上苍可鉴。九重天子，难承咫尺之颜，万里忠臣，岂受奸邪之害。"即差军将杨罗颠等，连表控告。岂谓天高听远，蝇点成瑕。虽不腹心，不蒙矜察。管内酋渠等皆曰："主辱臣死，我实当之。自可齐心勠力，致命全人。安得知难不防，坐招倾败。"

于是差大军将王毗双、罗时等，扬兵送檄，问罪府城。自秋毕冬，故延时序，尚伫王命，冀雪事由。岂意节度使鲜于仲通已统大军，取南溪路下，大将军李晖从会同进，安南都督王知进自步头路入。既数道合势，不可守株，乃宣号令、诫师徒，四面攻围，三军齐奋。先灵冥佑，神炬助威，天人协心，军群全拔。虏陀饮鸩，寮无出走。王以为恶止虏陀，罪岂加众，举城移置，犹为后图。即便就安宁再申衷恳，城使王克昭执惑昧权，继违拒请。遣大军将李克铎等帅师伐之。我直彼曲，城破将亡，而仲通大军已至曲靖。又差首领杨子芬，与云南录事参军姜如之赍状披雪，往因张虔诱构，遂令番汉生猜，赞普今见，观爨浪穹。或以众相威，或以利相导，倘若蚌鹬交守，恐为渔父所擒。伏乞居存见亡，在得思失，二城复置，幸容自新。仲通殊不招承，劫至江口，我又切陈丹款，至于再三。仲通拂谏，弃亲阻兵，安忽吐发，唯言屠戮，行使皆被诋呵。仍前差将军王天运帅领骁雄，自点苍山西，欲腹背交袭。

于是具牲牢，设坛墠，叩首流血曰："我自古及今，为汉不侵不叛之臣。今节度背好贪功，欲至无上无君之讨，敢昭告于皇天后土。"史祝尽词，东北稽首。举国痛切，山川黯然。至诚感神，风雨震霈。遂宣言曰："彼若纳我，犹吾君也。今不我纳，即吾仇也。"断军之机，疑事之贼。乃召卒伍，慨然登陴，谓左右曰："夫至忠不可以无主，至孝不可以无家。"即差首领杨利等，于浪穹参吐蕃御史论若赞，御史通变察情，分师入救。时中丞大军出陈江口，王审孤虚，观向背，纵兵亲击，大败彼师。因命长男凤迦异、大军将段全葛等，于丘迁和拒山后。赞军王天运悬首辕门，中丞逃师夜遁，军吏欲追之，诏曰："止！君子不欲多上人，况敢凌天子乎？"既而合谋曰："小能胜大，祸之胎；亲仁善邻，国之宝。"遂遣男铎，传旧大酋望赵佺邓杨传磨侔及子弟六十人，赍重帛珍宝等物，西朝献凯。属赞普仁明，重酬我勋效，遂命宰相倚祥叶乐持金冠锦袍金宝带，金帐状安扛伞鞍银兽及器皿，珂具珠毯衣服驰马牛鞨等，赐为兄弟之国。天宝十一载正月一日，于邓川册诏为赞普钟南国大诏，授长男凤迦异大瑟瑟告身，都知兵马大将，凡在官僚宠幸，咸被山河约誓，永固维城，改年为赞普钟元年。

二年，汉帝又命汉中郡太守司空袭礼，内使贾奇俊帅师，再置姚府，以将军贾瓘为都督。金曰："汉不务德，而以力争。若不速除，恐为后患。"遂差军将王兵，各绝其粮道。又差大军将洪光乘等，神州都知兵马使论绮里徐同围府城。信宿未逾，破如拉朽，贾瓘面缚，士卒全驱。三年，汉又命前云南郡都督兼侍御史李宓，广府节度何履光，中使萨道悬暹惣秦陇英豪兼安南子弟，顿营陇坝，广布军威，乃舟楫备修，拟水陆俱进。遂令军将王乐宽等，潜军袭造船之师，伏尸遍毗舍之野。李宓犹不量力，进逼邓川。时神州都知兵马使论绮里徐来救，已至巴跷山，我命大军将段附克等内外相应，竞角竞衡。彼弓不暇张，刃不及发，白日晦景，红尘翳天，流血成川，积尸壅水，三军溃衄，元帅沉江。诏曰："生虽祸之始，死乃怨之终，岂顾前非而忘大礼。"遂收亡将等尸祭而葬之，以存恩旧。

五年，范阳节度使安禄山窃据河洛，开元帝出居江剑。赞普差御史赞郎罗于恙结赞敕书曰："树德务滋长，去恶务除本。越巂会同，谋多在我。图之，此为美也。"诏恭承上命，即遣大军将洪光乘、杜罗盛、段附克、赵附于望罗迁。王迁罗奉清平官赵佺邓等统细于藩，从昆明路及宰相倚祥叶乐节度尚检赞同伐越巂。诏亲帅太子潘围逼会同。越巂固拒被戮，会同请降无害，子女玉帛，百里塞途，牛羊积储，一月馆谷。六年，汉复置越巂，以杨庭琎为都督，兼固台登。赞普使来曰："汉令更置越巂，作援昆明，若不再除，恐成滋蔓。"既举奉明旨，乃遣长男凤迦异驻军泸水，权事制宜。令大军将杨传磨侔等与军将欺急历如数道齐入。越巂再扫，台登涤除，都督见擒，兵士尽掳。于是扬兵邛部，而汉将大奔回斾昆明，倾城稽颡。可谓绍家继业，世不乏贤。昔十万横行，七擒纵略，未足多也。爰有寻传，畴壤沃饶，人物殷凑，南通渤海，西近大秦。开辟以来，声教所不及，羲皇之后，兵甲所不加。诏欲革之以衣冠，化之以礼义。

十一年冬，亲与寮佐，兼总师徒。刊木通道，造舟为梁，耀以威武，喻以文辞。款降者抚慰安居，抵捍者系颈盈贯。矜愚解缚，择胜置城。裸形不讨自来，祁鲜望风而至。且安宁雄镇，诸爨要衡，山封碧鸡，波环碣石。盐池鞅掌，利及群柯，城邑绵延，势连戎僰。乃置城监，用辑携离，远近因依，间阎栉比。十二年冬，诏候隙省方，观俗恤隐。次昆川，审形势，言山河可以作藩屏，川陆可以养人民。十四年春，命长男凤迦异于昆川置柘东城。居二诏，佐镇抚，于是威慑步头，恩收曲靖。颁告所及，翕然俯从。我王气受中和，德含覆育，才出人右，辨称世雄。高视则卓而万寻，运筹则决胜千里。观衅而动，因利兴功，事协神衷，有如天启。故能攻城挫敌，取胜如神。以危易安，转祸为福。绍开祖业，鸿覃王猷。坐南面以称孤，统东偏而作主。然后修文习武，官设百司。列尊叙卑，位分九等。阐三教，宾四门，阴阳序而日月不愆，赏罚明而奸邪屏迹。通三才而制礼，用六府以经邦。信及豚鱼，恩沾草木。厄塞流潦，高原为稻黍之田；疏决陂池，下隰树园林之业。易贫成富，徒有之无，家饶五亩之桑，国贮九年之廪。荡潆之恩，累沾蠢动；珍帛之惠，遍及耆年。设险防非，凭隆起坚城之固；灵津蠲疾，重岩涌汤沐之泉。越赕天马生郊，大利流波濯锦。西开寻传，禄郫出丽水之金；北接阳山，会川收瑟瑟之宝。南荒济凑，覆诏愿为外臣；东爨悉归，步头已成内境。建都镇塞，银生于墨觜之乡；候隙省方，驾憩于洞庭之野。盖繇人杰地灵，物华气秀者也。

于是犀象珍奇，贡献毕至；东西南北，烟尘不飞。遐迩无剽掠之虞，黔首有鼓击之泰。乃能攘首邛南，平眸海表，岂惟我钟王之自致，实赖我圣神天地赞普，德被无垠，威加有截。春云布而万物普润，霜风下而四海飒秋。故能取乱攻昧，定京邑以息民；兼弱侮亡，册汉帝而继好。时清平官段忠国、段寻铨等咸曰："有国而致理，君主之美也；有美而无扬，臣子之过也。夫德以立功，功以建业，业成不记，后嗣何观？可以刊石勒碑，志功颂德，用传不朽，俾达将来。"家世汉臣，八王称乎晋业；钟铭代袭，百世定于当朝。生遇不天，再罹衰世，赖先君之遗德，沐求旧之鸿恩。政委清平，用兼耳目。心怀吉甫，愧无赞于《周诗》；志效奚斯，愿齐声于《鲁颂》。纪功述绩，实曰鸿徽，自顾下才，敢题风烈。其词曰：

降祉自天，福流后孕。瑞应匪虚，正祥必信。圣主分忧，遐荒声振，袭久传封，受符兼印。兼琼秉节，贪荣构乱。开路安南，攻残西爨。竹倩见屠，官师溃散。赖我先王，怀柔伏叛。祚不乏贤，先猷是继。郡守诡随，贬身遐裔。祸连虔陀，乱深竖璧。殃咎匪他，涂炭自殆。仲通制节，不询长久。征兵海隅，顿营江口。失心不纳，白刃相守。谋用不臧，逃师夜走。汉不务德，而以力争。兴师命将，置府层城。三军往讨，一举而平。面缚群吏，驰献天庭。李宓总戎，犹寻覆辙。水战陆攻，援孤粮绝。势屈谋穷，军残身灭。祭而葬之，情繇故设。赞普仁明，审知机变。汉德方衰，边城绝援。挥我兵戎，攻彼郡县。越巂有征，会同无战。雄雄嫡嗣，高名英烈。惟孝惟忠，乃明乃哲。邛泸一扫，军群双灭。观兵寻传，举国来宾。巡幸东爨，怀德归仁。碧海效祉，金穴荐珍。人无常主，惟贤是亲。土宇克开，烟尘载寝。觳击犁坑，辑熙群品。出入连城，光扬衣锦。业留万代之台，仓贮九年之廪。明明赞普，扬于之光。赫赫我王，实赖之昌。化及有土，业著无疆。河带山砺，地久天长。辨称世雄，才出人右。信及豚鱼，润深琼玖。德以建功，是谓不朽。石以刊铭，可长可久。[四]

气息虽沿六朝，其胎骨却全从左氏《吕相绝秦》出来，自是一篇大文，可为镇边炯鉴。回陷南诏，不能死节，故书其仕蒙氏之官爵而削其里居。碑在云南大理府城南太和村，即南诏太和城北门。旧址仆地漫灭，俗呼磨刀石，乾隆五十三年，布政使王亹访得之，今就《通志》《府志》，参录其文如右。

《通志》称郑回撰杜光庭书。案《通鉴》："云南王阁罗凤陷巂州，获西泸令郑回。回，相州人，通经术，阁罗凤爱重之。"志称光庭以文学教蒙氏既卒，蒙学士爨泰葬于玉局峰麓。案玷苍山十九峰，玉局其一也。碑言天宝七载，先王郎世皇上遣中使黎敬义持节册袭云南王，长男凤罗异时年十岁，以天宝入朝，授鸿胪少卿，因册袭次，又加授上卿，兼阳瓜州刺史。《唐书·南诏传》："天宝初遣阁罗凤子凤迦异入宿卫，拜鸿胪乡。七载归义死，阁罗凤立袭王，以其子凤迦异为阳瓜州刺史。"案：天宝七载，诏改巂州为阳瓜州，以凤迦异为刺史。其先世逻盛曾为巂州刺史。巂州即今之蒙化，南有巂山，州因山得名。碑言越析诏恃铎槊云云，南诏传铎槊者，状如残刃，有孔旁达，出丽水，饰以金，所击无不洞，夷人宝贵，月以血祭之。又云越析诏酋长蒸其王波冲妻因杀波冲，波冲兄子于赠持王所宝铎槊，邑于龙佉河，使部酋杨堕居河东北，归义树壁侵于赠不克，阁罗凤自请往击，杨堕破之。于赠投泸死，得铎槊，故王出军必双执之。碑言章仇兼琼，遣越寯都督竹灵倩置府东爨，被南宁州都督爨归王，昆州刺史爨日进，黎州刺史爨祺，求州刺史爨守懿，螺山大鬼主爨彦昌，南宁州大鬼主爨崇道等陷杀灵倩，兼破安宁。委先诏招讨，再置安宁。案《骠国传》："爨弘达既死，以爨归王，为南宁州都督。大鬼主崇道者，与弟日进日用居安宁城左，闻章仇兼琼开步头路，筑安宁城，群蛮震骚，共杀筑城使者。玄宗诏蒙归义讨之，师次波州，归王及崇道兄弟谢罪，赦之。"案：筑城使者，即竹灵倩，史略其名。夷人尚鬼，谓主祭者为鬼主，大部落有大鬼主也。碑言李宓激崇道，令杀归王，更谋杀日进，东爨诸酋乃各兴师，召我同讨。又云李宓寻被贬流，崇道因而亡溃。案《骠国传》："崇道杀日进及归王，归王妻阿姹，乌蛮女也，诉归义，为兴师。崇道走黎州，俄亦被杀。"碑称赞普仁明，赐为兄弟之国，册诏为赞普钟。案：吐蕃俗谓强雄曰赞，丈夫曰普，故号君长曰赞普。夷言谓弟曰钟，吐蕃以弟蓄之也。碑言授长男凤迦异大瑟瑟告身。案：吐蕃传其官之章饰最上，瑟瑟金次之，金涂银又次之，银次之，最下至铜止。差大小缀臂前，以辨贵贱。又于阗传，德宗遣朱如玉，求玉于阗，得瑟瑟百斤。康者传柘析城西南有药杀水入，中国谓之珍珠河。东南有大山，生瑟瑟，拂林传其国以瑟瑟为殿柱是也。碑言遂收亡将等尸祭而葬之，谓李宓战殁之兵。《唐书》以为鲜于仲通兵败阁罗凤敛战骼筑京观，误也。碑言设险防非，凭隘起坚城之固，谓筑龙首龙尾二关也。又言灵津蠲疾，重岩涌汤沐之泉，谓邓川出温泉也。《唐书》言天宝九载，云南蛮陷，云南郡都督张虔陀死之，即碑所云虔陀饮鸩也。《唐书》言领剑南节度使鲜于仲通自将进，次曲州靖州，阁罗凤遣使者谢罪，愿还所虏得，自新且城姚州，如不听则归命吐蕃，仲通怒，因使者。即碑所云仲通大军已至曲靖，又云府城复置，幸容自新，又云切陈丹款至于再三。仲通吐发，唯言屠戮，行使皆被诋呵也。《唐书》言剑南节度使鲜于仲通及云南蛮战于西洱河，大败绩，大将王天运死之，即碑所云王天运悬首辕门，中丞逃师夜遁也。《唐书》言剑南节度留后李宓及云南蛮战于西洱河死之，即碑所云三军溃衄、元帅沉江也。《唐书》言广德初，凤迦异筑柘东城，即碑命长男凤迦异于昆川置柘东城也。《唐书》言祁鲜山之西多瘴歊，即碑祁鲜望风而至也。《唐书》言越胨之西产善马，世称越睒骏，即碑越睒天马生郊也。《唐书》言丽水多金麸，即碑西开寻传，禄郫出丽水之金也。《唐书》言寻传西有裸蛮，即碑爰有寻传畴壤沃饶，又云裸形不讨自来也。《唐书》言自弥鹿、升麻二川，南至步头，谓之东爨乌蛮，即碑东爨，悉归步头，已成内景也。《唐书》言会安禄山反阁罗凤，因之取嶲州会同军，即碑所云诏亲率太子潘围逼会同，越嶲固拒被戮，会同请降无害也。碑言列尊叙卑，位分九等。按：九等谓九爽幕。爽主兵琮，爽主户籍慈，爽主礼罚，爽主刑劝，爽主官人，厥爽主工馆万，爽主财用引，爽主客禾，爽主商贾，皆清平官兼之。清平犹宰相，爽犹省也。碑言凡在官僚宠幸咸被，即碑阴所列段忠国等受吐蕃封赏者。忠国本名俭魏，以战功封清平官，赐名忠国。碑阴亦多漫灭，今不载。曲阜桂馥老菭跋。[五]

【校记】

[一]（康熙）《大理府志》作"南诏德化碑"。

[二]故知……于君臣：（康熙）《大理府志》衍。

[三]岂世情而致，抑天理之常：（康熙）《大理府志》衍。

[四]（康熙）《大理府志》脱赞词。

[五]（康熙）《大理府志》脱跋语。

段宗榜

段宗榜，南诏世隆时人，唐洱河地区（今云南洱海）人，或说汤池（在今宜良境）人。南诏权臣，南诏国王丰祐时任清平官。

其生平事迹于（康熙）《大理府志》卷十九人物乡贤、《新纂云南通志》卷一百八十八汉至元耆旧传三中有载。

《滇文丛录》卷首录其文《与王嵯巅书》1篇。

文

此次文的点校，以（民国）秦光玉等辑《滇文丛录》（上海书店出版社《丛书集成续编》影印本）为底本，文共计1篇。

与王嵯巅书

天启不幸驾崩，嗣幼闻公摄政，国家之福。榜救缅以败狮子国，缅酬金佛，当得敬迎。奈中国无人，惟公望重，榜抵国门之日，烦亲迎佛，与国增光。

段进全

段进全，称大佛顶寺都知天下四部众洞明儒释慈济大师。

其生平事迹于（民国）秦光玉等辑《滇文丛录》作者小传卷上有载。

（民国）秦光玉等辑《滇文丛录》卷首录其文《佛顶尊胜瑶幢记》1篇。

文

此次文的点校，以（民国）秦光玉等辑《滇文丛录》（上海书店出版社《丛书集成续编》影印本）为底本，文计1篇。

佛顶尊胜瑶幢记

原夫一气始并，二仪初分，三光丽于穹窿，五岳霸于磅礴。爰有挺秀，愚智办立。君臣掩顿于八区，牢笼于四海。随机而设理，运义而齐风。当读八索之书，非学六邪之典。净边遏寇，定远殄奸。东海浪澄于惊波，楚天霄净于谗雾。君臣一德，州国一心。只智喆才能，乃神谋圣运者，则袁氏列祖之义也。由乃尊卑相承，上下相继。协和四海，媲同亲而相知；道握九州，讶连枝而得意。承斯锋锐不起，饥荒无名；钟鼓义而明明，玉帛理而穆穆。可谓求人而得人，亦袁氏之德也。

至善粹高明生，则大军将高观音明之中子也。其高明生者，文列武列，万国口实而宣威；神气神风，千将若摧而留世。悲夫，四大亢无主，六蕴空去来！天地横兴不慈，大运俄将不意。哀哉，云郁郁兮穷天丧，雨霏霏兮尽山悲；楚方罢暄，东京辍照。本州为兄弟之土，将相怯上下之榷。子小绍迟，系孤亚脱。

其布爨豆光者，至忠不可以无主，至孝不可以无亲。求救术于宋王蛮王，果成功于务本得本。将乃后嗣踵士，化及本忠。霜风今而一海眩秋，春云布而万物普润。怀其义者，日用不知，挹其源者，游泳莫测，此袁豆光蒙叩议事也。圣人约法，君子用之，有德而不可不传，以传而备远；有义而不可不记，以记而标常。审夕哀哀，终朝戚戚。寻思大义，孔圣宣于追远慎终；敬问玄文，释尊劝于酬恩拜德。妙中得妙，玄理知玄。善任受七返轮回；如来说一部胜教。曰如来智印，号尊胜瑶幢。记其填际而建之，铁围即成极乐；临其寒林而起矣，地狱变为莲花。即到于菩提道场，速会于常寂光土。次祝非孤济于生我育我，而先胜于恩达余余。复利于重义轻生，尽济于亡身报主。大义事事以怀此，敬节日日以惟新。

建梵幢而圆功，敕斯铭而标记。

李观音得

李观音得，大理国鄯阐（今云南昆明市）人，后理国段正淳时官安东将军，因到横山市议马而闻名史籍。

其生平事迹于《新纂云南通志》卷一百八十八汉至元耆旧传三、《滇文丛录》作者小传卷上有载。

《滇文丛录》卷首录其文《与邕人书》1篇。

文

此次文的点校，以（民国）秦光玉等辑《滇文丛录》（上海书店出版社《丛书集成续编》影印本）为底本，文共计1篇。

与邕人书

古文有云，查实者不留声，观行者不识词。知己之人幸逢相谒，言音未同，情虑相契。吾闻夫子云，君子和而不同，小人同而不和。今两国之人不期而会者，岂不习闻夫子之尝哉。续继短章，伏乞斧伐。

杨才照

　　杨才照，南诏大理国时期的僧人、释儒。大理崇圣寺僧"粉团侍郎"。

　　其生平事迹于（民国）秦光玉等辑《滇文丛录》作者小传卷上有载。据楚雄姚安《兴宝寺德化铭》考证，其作为该碑撰碑人，全称是"皇都崇圣寺粉团侍郎赏米黄绣手披释儒才照僧录阇黎杨才照奉命撰"。

　　《滇文丛录》卷首录其文《襄州阳派县稽肃灵峰明帝记》《兴宝寺碑铭》2篇；《滇系》八之一艺文第一册录《兴宝寺碑铭》1篇。

文

　　此次文的点校，以（民国）秦光玉等辑《滇文丛录》（上海书店出版社《丛书集成续编》影印本）为底本，以（清）师范辑《滇系》（成化出版社《中国地方志集成》影印本）为校本，文共计2篇。

襄州阳派县稽肃灵峰明帝记

　　夫自人而粹者，天之道也；自天而纯者，神之道焉。运乾坤而变化何穷，妙万物而阴阳不测。至哉！自天地川岳得其道者，无不以清以宁，以渊以灵，故流为江河，结为山岳者，艮之象也。易曰"终万物始万物者莫盛乎艮"，言其止而不动也。噫！含泽布气以调五神，积高厚下而安四极，山岳之理可得而言钦。

　　有襄州阳派县稽肃灵峰明帝者，德标镇地，高极配天，秀出太虚之中，结成元气之始。育灵孕圣，怀宝含章，谁是生甫之神，独称应昴之杰。千年卓立，惊神剑之干霄；万仞削成，讶青莲之出海。霏霏膏泽，岂道徐州之车；霭霭丹霞，似拥芒砀之盖。风泉相涣，松竹共清，灵变万端，云雷未测。盖天府之巨镇，此方之灵佑也。公奉命登庸，政成清谧，雅颂一变，山川再荣。顾此灵峰，郁为保障。乃修柴望之理，备方伯之仪。霸业无穷，永申如砺之约；令闻不已，岂无勒石之功。余志望郭生，愧述昆仑之赞，才非谢子，敢题庐岳之文。略叙风猷，以旌盛烈。时元亨二年敦牂岁徂暑月哉，生明侍郎杨才照奉命记。

兴宝寺德化铭[一]

盖闻率性之谓道，妙物之谓神，混成天地之先，独化陶均之上。体至虚之宅，无毒无门；运不隔之方，何固[二]何执？未尝不[三]出入五物，谁测至变之端；周流六虚，旁行大衍之数。知大[四]始者由之揆务，作[五]成物者宗之致能。行[六]象分而变化斯奇[七]，动静常而刚柔乃断。元凝易简之理，昭升久大之功。引而申之，触类而长之，天下之能事毕矣。异哉！[八]仰观俯察，弗昧幽明之宗；原始反终，遂知生死之说。由[九]有适有，难保□[十]于幻梦之常；从迷积迷，兀穷[十一]况于风浪之起。至[十二]寂岂[十三]虚，玄[十四]览大觉，忽目随眠。[十五]弗谖四誓之言，永矢大千之化。观净姓于日种，孰类邹人；验白发于胁生，岂匹虹渚。昭四门之远诫，忻厌驰而交怀；甘六载[十六]之幽求，苦乐审其非道，术求旧于往[十七]证之式，济惟新于所化之生，发神足于道场，吉祥暂铺草座[十八]，入慈定于树下，波旬立协舆[十九]尸。光纵鹿[二十]园，五老顿忘于本制；德胜火窟，三愚遂服于仁风。示化桥而摧我，人指恒河以明生灭。大教旁收[二十一]于五性，不化而自行；法轮妙衍[二十二]于三时，不言而自治。旭亡[二十三]照之极耀，幽蔀圆鉴[二十四]；动希[二十五]声之大音，盲聩俱坼[二十六]。遂使九十六种贯鱼而听命，三十品拔茹以成群。阐微尘[二十七]而开大经[二十八]，倾[二十九]宝藏而赈诸有，[三十]莫不十度成叙，六趣捐开。束名实者息肩于元围[三十一]，尚清净者同味于大道。时来舍卫，鹙子奉命于祇园，暂上天官，优王遂兴于僧[三十二]像。即秽土以阔净刹，寄有相以述真常，欲使作三界之归依，为像法之洲渚。妙哉！恍惚无得而称焉。盖此寺者，大蒙知军事布燮杨祯之所创也。年钟建极，委[三十三]佐兵机税蜀冲蕃惟公是倚，外则弼谐帝道事竭于君，内则翼扇真风心亡[三十四]于法。

卜兹胜地，创此精蓝，岁月已淹，痛哉圮毁。有公子高逾城光者，曾祖相国明公高泰明，祖定远将军高明清，已备国史。[三十五]考牧公高逾城生者，定远将军之长子也。积刚柔之粹德，钟岳渎之休灵。清明在躬，鉴澄波之千顷，风神绝俗，挺巨岳之万寻。率匡救于明朝，善弥缝于霸业。降德惟忻迈种，披恩未殚及人，战则如神，鄘圯桥之取履，政则凝化，踵合浦之还珠。载折[三十六]四豪，功高五伯[三十七]，懿哉实□期之明哲也。公高[三十八]逾城光□数当再索，庆袭余芬，天质白朱[三十九]，龙章特异。凤蕴风云之气，早实仁义之怀。和顺内凝，英华外发。器荚识环之岁，兰桂有芬；志高还洛之年，清晖自远。敬义无失，忠节更坚，龙行而异虺吞声，鹗视而群翔铩[四十]翩。噫！未及庭训，伤□□之兢兢，□□天渝，慕花萼之韡韡。恭尽秋霜之戒，□□冬日之暄，肃肃焉，穆穆焉。

输至诚于君兄，循肌肤于□父，嗟乎，义以道合，事由□□。不意蝇玷成瑕，南箕自□，及与□□公及先君诸旧臣等议曰，大义不可无□，□□不可无主。惟其平国大宰定远将军，君臣之义最□，叔侄之分尤重，不异霍光辅汉，姬旦匡周。盛衰惟终，□危同力，在我子孙后嗣弁兹。历世垂休，孤立一隅，介□大国，其不谓事之末乎？然狐□首丘，葵能卫足，□□□也。姑可忽诸，乃与中国行成独兴庙计，自此散从□□，缩甲抑战，公兄弟之力也。至哉！[四十一]难不让于历试，位则退以居谦，郁其千里之才，擢以百里之命。奉旨则仁声已洽，下车则清风载兴。箪食壶浆，歌来苏而满路；逸民傲吏，辍考盘以登朝。

乃煦以秋阳，威以夏日，坐甘棠而听讼，设庭燎以思贤。振平惠而字小人，宏义让以勖君子。民识廉耻，咸习管子之风；家足农桑，旁尽孟轲之制。缉理之暇，澡德元源，恨不手布黄金。幸齐肩于善施日用，留心白马，庶接武于汉明。伤德本之未滋，痛[四十二]斯蓝之煽毁。遂乃役[四十三]子来之众，鸠心竞之工。妙启新模，式仍旧贯。喜得[四十四]上栋下宇，尽[四十五]合大壮之宜。矢棘翚飞，崛起斯干之势。穷山水之幽致，溢烟霞之佳趣。西则松风发夕，惊闻苦空之音；南则江月残朝，忽认灵台之镜。东临雾阙，近接应供之贤；北枕平坡，远嫌[四十六]钓鳌之客。一一美丽，事事新奇，盛矣哉！信[四十七]华州之嘉境也。夫作而不纪非盛德焉，乃揖儒流[四十八]，粗陈风烈。其辞曰：

率性曰道，妙物称神，混成天地，独化陶均[四十九]。形象乃分，刚柔斯判，幽明迭兴，生死相援[五十]。幻梦勿固，风浪非常，至寂岂默，一[五十一]览独彰。四积弗谖[五十二]，八相斯假[五十三]，瑞[五十四]景固天，征鸟^[五十五]卫社。四门昭戒，六载幽求，道成树下，法演鹫头。鹫子标蓝，填主刻像，三界归依，群生瞻仰。传哉此寺，肇自杨公，心亡^[五十六]于法，事竭于忠。创此德基，忽遭煽毁，不绝人望，挺生公子。宁^[五十七]祖静域，显考匡^[五十八]边，积善余庆，托嗣家延。委事天伦，敬而无失，恭履秋霜，友垂冬日。难则历试，位乃居谦，擢以百里，德化清廉。政理之余，留心喜舍，想布黄金，思题白马。乃仍旧贯，式建仁祠，斯干盖制，^[五十九]大壮得^[六十]宜。弘功既凝^[六十一]，贞珉可纪，共彼天长，尽善尽美。

元亨二年，岁在丙午七月十五日。

【校记】

[一]《滇系》作"兴宝寺碑铭"。

[二] 固：《滇系》作"自"。

[三]《滇系》无"不"。

[四] 大：《滇系》作"太"。

[五] 作：《滇系》作"佐"。

[六] 行：《滇系》作"形"。

[七] 奇：《滇系》作"彰"。

[八]《滇系》无"引而申之，触类而长之，天下之能事毕矣。异哉！"

[九] 由：《滇系》作"自"。

[十]《滇系》无□。

[十一]《滇系》无"兀穷"。

[十二] 至：《滇系》作"圣"。

[十三] 岂：《滇系》作"起"。

[十四] 玄：《滇系》作"元"。

[十五]《滇系》此处有"澄心堕体"。

[十六] 载：《滇系》作"成"。

[十七] 往：《滇系》作"远"。

[十八] 座：《滇系》作"坐"。

[十九] 恸舆：《滇系》作"恸兴"。

[二十] 鹿：《滇系》作"混"。

［二十一］ 收：《滇系》作"取"。

［二十二］ 法轮妙衍：《滇系》作"沙轮妙演"。

［二十三］ 旭亡：《滇系》作"相忘"。

［二十四］ 鉴：《滇系》作"灵"。

［二十五］ 希：《滇系》作"帝"。

［二十六］ 坼：《滇系》作"拆"。

［二十七］ 尘：《滇系》作"座"。

［二十八］ 经：《滇系》作"径"。

［二十九］ 倾：《滇系》作"顷"。

［三十］ 有：《滇系》作"方"。

［三十一］ 围：《滇系》作"圃"。

［三十二］ 僧：《滇系》作"檀"。

［三十三］ 委：《滇系》作"公"。

［三十四］ 亡：《滇系》作"忘"。

［三十五］ 已备国史：《滇系》夺。

［三十六］ 折：《滇系》作"忻"。

［三十七］ 伯：《滇系》作"霸"。

［三十八］《滇系》夺。

［三十九］ 白朱：《滇系》作"自殊"。

［四十］ 鋂：《滇系》作"敛"。

［四十一］《滇系》夺。

［四十二］ 痛：《滇系》作"恸"。

［四十三］ 役：《滇系》作"俟"。

［四十四］《滇系》夺。

［四十五］ 尽：《滇系》作"遂"。

［四十六］ 嫌：《滇系》作"盼"。

［四十七］《滇系》夺。

［四十八］ 流：《滇系》作"风"。

［四十九］ 均：《滇系》作"钧"。

［五十］ 援：《滇系》作"换"。

［五十一］一：《滇系》作"元"。

［五十二］谖：《滇系》作"缓"。

［五十三］假：《滇系》作"暇"。

［五十四］瑞：《滇系》作"端"。

［五十五］鸟：《滇系》作"鸷"。

［五十六］亡：《滇系》作"忘"。

［五十七］宁：《滇系》作"明"。

［五十八］匡：《滇系》作"廷"。

［五十九］斯干盖制：《滇系》作"于斯尽制"。

［六十］得：《滇系》作"德"。

［六十一］凝：《滇系》作"拟"。

元　代

段 福

段福，一作段信且福，字仁表，生卒年不详。后理国末主段兴智的叔父。

其生平事迹于（康熙）《云南通志》卷第二十一人物乡贤；（康熙）《大理府志》卷十九人物乡贤；《新纂云南通志》卷一百八十八汉至元耆旧传三中有载。《滇诗丛录》载："段福，思平之后，元世祖驻驿大理，福扈驾以文字，得幸尝从其祖兴智入觐献地图，条奏治民立赋之法，后又率爨僰军二万道元将兀良合台平诸郡，降交趾，著有《征行集》。"

《滇诗丛录》卷一录《春日白崖道中》1首。

诗

此次诗的点校，以（清）袁嘉谷等辑《滇诗丛录》（云南省图书馆藏抄本）为底本，诗计1首。

春日白崖道中

烟水蒙蒙野水昏，苍茫四合动阴云。青归柳岸添春色，碧入山荒破烧痕。百里人殊诚杳杳，十年戎马尚纷纷。诗成更怕东风起，添得吾曹老一分。

段　光

段光，大理段氏后裔，段功之兄。官承务良袭大理总管，元代大理路第九代总管。其生平事迹于淡生堂抄本《南诏野史》有载。

《滇诗丛录》卷一录《凯旋》1首。

诗

此次诗的点校，以（清）袁嘉谷等辑《滇诗丛录》（云南省图书馆藏抄本）为底本，诗计1首。

凯旋

雨锁金门百里城，神州花木管弦声。齐天苍岳参云峻，界地榆河射月明。梵宇三千朝呗朗，招提八百夜香清。恒沙善果心无异，何患愚夷治不平。

段 功

段功，云南大理人，段隆之子，段光之弟。大理国开国皇帝段思平之后裔，元灭大理国后封段氏为世袭大理总管，第十代大理总管。

其生平事迹于淡生堂抄本《南诏野史》、（乾隆）《云南通志》、《滇诗丛录》卷一中有载。

《滇诗丛录》卷一录其诗《感咏》1 首。

诗

此次诗的点校，以（清）袁嘉谷等辑《滇诗丛录》（云南省图书馆藏抄本）为底本，诗计 1 首。

感咏

去时野火通山赤，凯歌回奏梁王怿。自冬抵此又阳春，时物变迁今又昔。归来草色绿无数，桃花正秾柳苞絮。杜鹃啼处日如年，声声只促人归去。

杨天甫

杨天甫，段光侍翰。

其生平事迹于淡生堂抄本《南诏野史》有载："二年，段光遣张希峤、杨生张连与梁王报仇，光兵败，止存三人。次年，梁王复侵大理，段兵大胜，侍翰杨天甫作《长寿仙曲》。"

淡生堂抄本《南诏野史》下卷载其诗《长寿仙曲》1首。

诗

此次诗的点校，以（明）倪辂撰《南诏野史》（淡生堂抄本）为底本，诗计1首。

长寿仙曲

蒙氏钟王气，驾驭万乘唐。南龙光对北金锁，东洱水朝西点苍，四面固金汤。江绿春杨柳，岸清古雪霜。屏障龙吟梅破王，竹林鹤立菊舒黄，四季锦如妆。此生诚庆幸，有眼看明王。

高 蓬

高蓬，姚安高氏后裔，大理总管段光部将。

其生平事迹于《新纂云南通志》卷一百八十八汉至元耆旧传三中有载。

《滇诗丛录》卷一录其诗《答梁王》1首。

诗

此次诗的点校，以（清）袁嘉谷等辑《滇诗丛录》（云南省图书馆藏抄本）为底本，诗计1首。

答梁王

寄语下番梁王翁，檄书何苦招高蓬。身为五岳嵩山主，智过六丁缩地公。铁甲铁盔持铁槊，花鞍花索驭花骢。但挥眼前黄石阵，孤云击破几千重。

杨　智

杨智，字渊海，段功家臣，员外郎。

其生平事迹于（民国）秦光玉等辑《滇文丛录》作者小传卷上，（清）袁嘉谷辑《滇诗丛录》卷一，（康熙）《大理府志》卷二十忠烈，《新纂云南通志》卷一百八十八汉至元耆旧传三中有载。

（清）袁文典、袁文揆辑《滇南诗略》卷一录其诗《题壁诗》1 首。（清）袁嘉谷撰《滇诗丛录》卷一录其诗《上段功》1 首。

诗

此次诗的点校，以（清）袁文典、袁文揆辑《滇南诗略》（上海书店出版社《丛书集成续编》影印本）和（清）袁嘉谷等辑《滇诗丛录》（云南省图书馆藏抄本）为底本，诗共计 2 首。

题壁诗

半载功名百战身，不堪今日总红尘。死生自古皆由命，祸福于今岂怨人。蝴蝶梦残滇海月，杜鹃啼破点苍春。哀怜永诀云南土，锦酒休教洒泪频。

上段功

功深切莫逞英雄，使尽英雄智力穷。窃恐梁王生逆计，龙泉血染惨西风。

高夫人

高夫人，段功嫡妻，姚州太守高义之女。

其生平事迹于淡生堂钞本《南诏野史》中有载。

《滇南诗略》卷一录其诗《乐府》1 首。

诗

此次诗的点校，以（清）袁文典、袁文揆辑《滇南诗略》（上海书店出版社《丛书集成续编》影印本）为底本，诗计 1 首。

乐 府

风卷残云，九霄冉冉逐。龙池无偶，水云一片绿。寂寞倚屏帏，春雨纷纷促。蜀锦半床闲，鸳鸯独自宿。好语我将军，只恐乐极生悲冤鬼哭。

阿 禧

阿禧，梁王女儿，蒙古贵族女子，段功妻。

其生平事迹无载。淡生堂钞本《南诏野史》称，因段功平定明玉珍叛乱有功，梁王把阿禧嫁给段功。后因段功为梁王所害，以死殉之。

《南诏野史》载其《金指环歌》1 首；（清）袁文典、袁文揆辑《滇南诗略》卷一，（清）王灿、刘琪、赵镜潜辑《滇诗粹》录《阿禧愁愤诗》1 首。

诗

此次诗的点校，以（明）倪辂撰《南诏野史》（淡生堂钞本），（清）袁文典、袁文揆辑《滇南诗略》（上海书店出版社《丛书集成续编》影印本）为底本；以（清）王灿、刘琪、赵镜潜辑《滇诗粹》（云南省图书馆藏钞本）为校本，诗共计 2 首。

金指环歌

将星挺生扶宝阙，宝阙金枝接玉叶。灵辉彻南北东西，皎皎中天光映月。玉文金印大如斗，犹唐贵主结配偶。父王永寿同碧鸡，豪杰长作擎天手。

愁愤诗[一]

吾家住在雁门深，一片闲云到滇海。心悬明月照青天，青天不语今三载。欲随明月到苍山，误我一生踏里彩。锦被名也。吐噜可惜也。吐噜段阿奴，施宗施秀阿禧闻变，哭言作暝烛下才讲与阿奴，云南施宗、施秀，烟花殒身，今日果然，阿奴虽死，奴不负信黄泉也。同奴歹我也。云片波粼不见人，押不芦花颜色改。押不芦花，北方起死回生草名。肉屏独坐细思量，肉屏，骆驼背也。西山铁立风潇洒。铁立，松林也。

【校记】

［一］《滇诗粹》题为"阿禖愁愤诗"。

王　昇

王昇（1285～1352），字彦高，昆明人，历官仁德路儒学教授，大理、中庆学正，曲靖宣慰使司副使，等等。

其生平事迹于（乾隆）《云南通志》卷十八、卷二十一之二有载。

著有《王彦高文集》（未传世），《景泰云南图经志书》录其《滇池赋》1篇。

文

此次文的点校，以（明）陈文等纂《景泰云南图经志书》为底本，文共计1篇。

滇池赋

晋宁之北，中庆之阳，一碧万顷，渺渺茫茫。控滇阳而蘸西山，瞰龟城而吞盘江。阴风澄兮不惊，玻璃莹兮空明。晴晖澹苍凉之景，渔翁作欸乃之声。蛟鼍载出而载没，鱼龙或变而或腾。岸芷兮馥馥，汀兰兮青青。粤穷其源，合众派而为潆；爰究其流，乃自西而之东。不假乎冯夷之力，不劳乎神禹之功。自混沌之肇判，经螳川而朝宗。电光之迅兮，不足以彷其急；雷声之轰兮，未足以拟其雄。此滇池气象之宏伟，难以言语而形容者也。

予归自于神州，寻旧庐与林丘；怀往日之壮游，泛孤艇于中流。薄雾兮乍敛，轻烟兮初收，晴光兮浴日，爽气兮横秋。川源渺兮莽苍，江山郁兮绸缪，鸿雁集于沙渚，凫鹥翔于汀洲。睹景物之萧萧，纵一叶之悠悠。少焉，雪波兮凌空，霜涛兮叠重；荡上下之天光，接灏气之鸿濛。叹濯缨之靡暇，乃系缆于岩从；发长啸于云端，寄尘迹于崆㟄。探华亭之幽趣，登太华之层峰；览黔南之胜概，指八景之陈踪。碧鸡峭拔而岌嶪，金马透迤而玲珑；玉案峨峨而耸翠，商山隐隐而攒穹。五华钟造化之秀，三市当闾阎之冲；双塔挺擎天之势，一桥横贯日之虹。千艘蚁聚于云津，万舶蜂屯于城垠，致川陆之百物，富昆明之众民。

　　迨我元之统治兮，极覆载而咸宾；矧云南之辽远兮，久沾被于皇恩。惟朝贡之是勤兮，犀象接迹而骁骁。如此池之趋海兮，亘昼夜之靡停。因而歌曰：万派朝宗兮海宇穹窿，神圣膺运兮车书大同。

僧　奴

僧奴，一名羌奴、羌娜、宝姑，段功女，段宝之姊。因报父仇事败，自戕而死。

其生平事迹于《滇载记》、淡生堂钞本《南诏野史》中有载。

《滇南诗略》卷一录《怨诗（二首）》2首。

诗

此次诗的点校，以（清）袁文典、袁文揆辑《滇南诗略》（上海书店出版社《丛书集成续编》影印本）为底本，诗共计2首。

怨诗（二首）

珊瑚勾我出香闺，满目潸然泪湿衣。冰鉴银台前长大，金枝玉叶不芳菲。乌飞兔走频来往，桂馥梅馨不暂移。惆怅同胞未忍别，应知含恨点苍低。

何彼秾秾花自红，归车独别洱河东。鸿台燕苑难经目，风刺霜刀易塞胸。云旧山高连水远，月新春叠与秋重。泪珠恰似通宵雨，千里关河几处逢。

段 宝

段宝（？~1382），第十代大理总管段功之子，洪武元年（1368）嗣职，袭大理总管，升云南行省右丞。

其生平事迹于淡生堂抄本《南诏野史》、《滇文丛录》作者小传卷上中有载。

《滇南诗略》卷一录其诗《寄梁王诗》，《滇诗粹》录其诗《寄梁王诗》一首。《滇文丛录》卷首录有其文《答梁王书》、《上明太祖表》二篇。

诗

此次诗的点校，以（清）袁文典、袁文揆辑《滇南诗略》（上海书店出版社《丛书集成续编》影印本）为底本，以（清）王灿、刘琪、赵镜潜辑《滇诗粹》（云南省图书馆藏钞本）为校本，诗计1首。

寄梁王诗

烽火狼烟信不符，骊山举戏是支吾。平章枉丧红罗帐，员外杨渊海空题粉壁图。凤别岐山祥兆隐，麟游郊薮瑞光无。自从界限鸿沟后，成败兴亡不属吾。

文

此次文的点校，以（民国）秦光玉等辑《滇文丛录》（上海书店出版社《丛书集成续编》影印本）为底本，文共计2篇。

答梁王书

杀虎母还喂虎子，分狙栗自诈狙公。假途灭虢，献璧合虞。金印玉书，设钓之香饵；绣阁艳女，备掩雉之网罗。况平章已死，只遣奴一獒。奴可配阿禧妃，獒可配华黎氏。二事许诺，当借大兵。不然，金马山换作点苍山，昆明海改作西洱海，兵来矣。

上明太祖表

臣闻有天下者为天下之主，有列土者为列土之君。卑臣虽隔万里之遥，丹心每向中原之主。大理自二帝三王之后，两汉二晋之终，大蒙国受封于前，唐、郑、赵、杨继守于五季。自臣祖思平有国，贡礼屡行于宋室，身心每到于阙廷。迨至胡元，不尚仁义，专事暴残。元主已遁北方，梁王犹祸鄯阐。迩闻明主奉天承运，御极金陵。中原太平边徼宁义。意者，中国有圣人履尧舜之正统，小汉唐之浅图，天时、人事然也。或命臣依汉唐故例，岁贡天朝，或效前元职名，俾守旧土。庶寒谷回阳，幽扃照日。八方浴德，六合同春。垂怜边境，救恤一方。欲修岁贡，恐触明威，合待事体之定，专候圣旨之颁。谨此专差段贞、王伯鹊驰奏以闻。

段 世

段世，段宝之弟，大理路最后一任总管。

其生平事迹于（乾隆）《云南通志》卷十六、《滇文丛录》作者小传卷上中有载。

《滇诗丛录》卷一录其诗《致沐英诗》《别古人杨朝彦》2首。《滇文丛录》卷首收录其文《与傅友德书》。

诗

此次诗的点校，以（清）袁嘉谷等辑《滇诗丛录》（云南省图书馆藏钞本）为底本，诗共计2首。

致沐英诗

长驱虎旅势威宣，深入不毛取暴残。汉武故营旗影灭，唐宗遗垒角声寒。方今天下平犹易，自古云南守独难。拟欲华夷归一统，经纶度量必须宽。

别故人杨朝彦

雄兵一日破重关，父子分离瞬息间。别后欲知相忆处，锦江流水绿潺潺。

文

此次文的点校以秦光玉等辑《滇文丛录》（上海书店出版社《丛书集成续编》影印本）为底本，文共计1篇。

与傅友德书

鄯阐危甚登天，大理险倍投海。英如汉武，昔战仅置益州；雄若胡元，设官止于中庆。取之易而守之难，莫若依吾请乞册封，定为进贡，始为良策。吾宝武人，不通经史，前代得失则厌闻也。恭维麾下振耀威皇，功不亚于孔明，才克比于方叔。涤山川之旧，染历代所未有也。况吾与尔，既无杀父之仇，又无财债之怨，无故交战，真乃不祥。尔屯威楚，彼处之民有何罪焉？若耗人之食，是绝其命；取人之财，是刳其心；掳人妻女，是乱人伦。则吾之应不得已也。爰念尔等皆中国之人，其中岂无一二达士，得此何益？不得何损？西南之地，号为不毛，易动难安。今春气渐暄，烟瘴渐起，不须杀尔。四五月间雨霖河泛，尔粮尽气敝，十散九死，形如鬼魅，色如黑漆，欲活不能。尔之进退，狼狈矣。莫若乘此天晴地干，早寻活路。宁作中原鬼，莫作边地魂。尔宜图之。后理国段世顿首。

明 代

杨 黼

杨黼（1370～1455），号存诚道人，云南太和（今云南大理）人，杨宝子。官御史。仁宗即位，上疏言十事。擢卫王府右长史。

其生平事迹于《明史·隐逸传》、（康熙）《大理府志》卷十九人物乡贤中有载。

《明史·隐逸传》载"（杨黼）好学，读《五经》皆百遍。工篆籀，好释典。或劝其应举"。杨黼幼好学，其父杨宝殉段氏时，他正值青少年时期，大概为了逃避明王朝对旧臣及其家属的政治迫害，杨黼求佛求仙，先"入鸡足"，后"登峨眉"，"训诲乡里子弟，口不言人过"，不应科举，隐居"桂楼"，娱亲著书，日事吟咏，成为其时的隐逸学者和诗人，许多文人学士及官吏曾去拜访他。

著有《孝经》（《明史·隐逸》有传）、《篆籀宗源》（是书早佚）。

《滇南诗略》卷二、（康熙）《大理府志》卷二十九录其诗《晴川溪雨》1首；《滇诗丛录》卷三录其诗《桂楼歌》1首。

诗

此次诗的点校，以（清）袁文典、袁文揆等辑《滇南诗略》（上海书店出版社《丛书集成续编》影印本）和（清）袁嘉谷等撰《滇诗丛录》（云南省图书馆藏钞本）为底本，以（清）李思仝、黄元治纂修（康熙）《大理府志》（康熙三十三年刻本，影印本）为校本，诗共计2首。

川晴溪雨[一]

山前处处晴，山口溪溪雨。暮来溪涨石梁平，朝暾照映山容[二]古。东畲莳秧水浇田，西畲刈麦日才午。戒我妇子勿失时，一年租税输官府。使君行县羡民淳，往往向人称乐土。

【校记】

[一]（康熙）《大理府志》题为"晴川溪雨"。

[二]容：（康熙）《大理府志》作"文"。

桂楼歌

苍山峭拔冲天起，洱水汪洋清见底。古城双镇两龙关，南北延长百余里。抑扬高下兴无边，雪月风花分此彼。予生斯郡下阳溪，独处泰然常守己。庭内天成一桂楼，阴郁凌空三丈许。四时环翠对长乐，松柏梅兰作伴侣。瑞桃结果又开花，柿叶柏枝张翠羽。教予自发桂楼歌，歌声浩浩惊风雨。乾坤秀气拥襟怀，明月清风随止举。译注《孝经》感鹤趾，蟠龙滋砚潜莲里。总戎馈羝志殊祥，墨客骚人多赞美。绘士河清访已来，挥毫洒就佳山水。已推天地未生前，后来三光能有几。昔人兰亭并草堂，今之桂楼差堪比。携壶日日送夕阳，吾道托诸而已矣。

苏 楫

苏楫，大理人，洪武中以行修辟授府学训导。

其生平事迹于（雍正）《云南通志》卷二十下中有载。

（康熙）《大理府志》卷二十九录其诗《云山深趣图》《点苍春晓》2首。

诗

此次诗的点校，以（清）李思佺、黄元治纂修（康熙）《大理府志》（康熙三十三年刻本）为底本，共计2首。

云山深趣图

富贵浑如飞羽轻，万山深处乐平生。白云叆叇长埋屋，流水清泠可濯缨。尘世从教人事改，幽林惟听鸟声清。何当与子同归隐，服术餐芝养性情。

点苍春晓

芙蓉削出插天青，晓色初分列画屏。乱岫流云常缥缈，隔林啼鸟自丁宁。几多古树雪中立，无数幽花风外馨。莲幕有人曾眺望，题诗拄笏向茅亭。

杨禹锡

杨禹锡，太和人。洪武间辟授本县教谕。

其生平事迹于（雍正）《云南通志》卷二十下、《经义考》卷一百一十二中有载。

著有《读易》三卷，《诗义》三卷，均佚。

（康熙）《大理府志》卷二十九录其诗《前题（二首）》2 首。

诗

此次诗的点校，以（清）李思伫、黄元治纂修（康熙）《大理府志》（康熙三十三年刻本，影印本）为底本，诗共计 2 首。

前题（二首）

一入青山与世疏，乱云深处构茅庐。闲心独种千竿竹，乐道长看一卷书。瑟瑟松风来屋外，娟娟萝月透窗虚。君今自是耽幽趣，孤寂容谁共卜居。

开窗曙色正苍苍，屏列群峰引兴长。崖倒瀑流千丈白，风飘花气万林香。去年残雪留春影，此际初烟带水光。了却相仍堆案后，支颐吟咏且徜徉。

杨九思

杨九思，邓川人。永乐癸卯（1423）科举人。

其生平事迹于（雍正）《云南通志》卷二十上有载。

《滇诗拾遗补》卷一录其诗《北村梅花》1首。《滇诗丛录》卷二录其诗《北村梅花》1首。

诗

此次诗的点校，以（民国）李坤辑《滇诗拾遗补》（上海书店出版社《丛书集成续编》影印本）为底本，以（清）袁嘉谷等辑《滇诗丛录》（云南省图书馆藏钞本）为校本，共计1首。

北村梅花

参差茅屋绕横陂，处处孤芳伴竹篱。香暗齐飞和靖鹤，枝高犹识子山诗。罗浮梦断冰姿冷，羌笛声回玉照迟。寄语高吟驴背客，逢春相赏莫相疑。

杨安道

杨安道（1412～？），大理喜洲人，号兰雪道人，又号五峰道人。

其生平事迹不详。据李正清先生《大理喜洲文化史考》载，杨安道为喜洲城南人，活动于明景泰前后，擅以白文写作，传世白文碑有《故善士杨宗墓志》、《故善士赵公墓志》及汉文碑《三灵庙碑记》。

著有《南中幽芳录》，已佚，现无作品存世。

陈时雨

陈时雨（1432～?），太和人。正统丁卯（1447）科举人，有诗名，并有策谋。时雨年十四尝上平彝策，王骥大奇之。十五岁即中正统丁卯科举人，次年以举官乡里教授。

其生平事迹于（康熙）《大理府志》卷十九人物乡贤有载。

著有《玉梅诗百首》不分卷，清钞本，一册，云南省图书馆藏。

《滇南诗略》卷二录其诗《帝释寺》《咏玉梅花（四首）》《诸葛白石泉属定远》6首。（康熙）《云南通志》卷之二十九艺文十录《云泉寺》1首。

诗

此次诗的点校，以（清）袁文典、袁文揆辑《滇南诗略》（上海书店出版社《丛书集成续编》影印本）和（清）范承勋纂修（康熙）《云南通志》（北京图书馆古籍珍本丛刊本，影印本）为底本，诗共计7首。

帝释寺

常时看竹过禅宫，架壑松杉护石丛。十八龙溪春雪后，三千兰若暮云中。老僧坐久心应悟，游客吟多句转工。昨上点苍山半宿，碧霄仙乐下天风。

咏玉梅花（四首）

窗外梅花破玉开，微风香气满庭隈。路疑薝卜林中入，人讶旃檀国里来。自有松筠为侣伴，可知桃李是舆台。个中有句凭谁和，不是诗人不许栽。

嫩寒离落小池塘，索笑梅花出淡妆。千古独持冰雪操，一生不羡绮罗香。淡烟未敛轻笼玉，皓月才临碎剪霜。正是良宵清漏永，谁家吹笛断人肠。

百岁观梅能几回，青山翘首思悠哉。香飘弄玉临风在，影逐飞琼步月来。春气不分高下转，花枝独耐久长开。凭谁传与东风信，莫遣飞瑛委绿苔。

姑射仙人谁与同，骖鸾忽下蕊珠宫。精神酝酿千春雪，意致包含太古风。冰缀枝头光皎洁，日临溪畔影酥融。诗成不觉拈花笑，身在琼台玉砌中。

诸葛白石泉属定远

南阳高卧忆当年，三代遗才孰比肩。仗剑一身辞蜀主，驱兵五月渡泸川。气凌碧汉风云合，光动朱旗日月悬。想像英雄闲吊古，坐临白石饮清泉。

云泉寺

路入烟霞一径通，春来幽赏叩禅宫。云开叠嶂前鬟秀，泉浸方塘一镜空。花影楼台闲白画，松声涧壑满清风。潮音阁上诗怀壮，沉醉骚人紫翠中。

赵子禧

赵子禧（1459～?），字庆天，鹤庆府（今云南鹤庆）人，性孝友，多才艺。成化丁酉（1477）科举人，官至同知，政绩著，卒于官，祠祀临安、南阳。

其生平事迹于（民国）李坤辑《滇诗拾遗补》卷一、（康熙）《云南通志》卷之第二十一人物乡贤、（清）赵联元辑《丽郡诗征》卷四上中有载。

著有《碧莎集》《蛙鸣集》，均佚。

《滇诗拾遗补》卷一、《丽郡诗征》卷四上、《滇诗丛录》卷三录其诗《龙华泉声》1首。

诗

此次诗的点校，以（民国）李坤辑《滇诗拾遗补》（上海书店出版社《丛书集成续编》影印本）为底本，以（清）赵联元辑《丽郡诗征》（上海书店出版社《丛书集成续编》影印本）和（清）袁嘉谷等撰《滇诗丛录》（云南省图书馆藏钞本）为校本，诗共计1首。

龙华泉声

卓锡何年迸裂泉，竹林深处响涓涓。玉盘珠落初霜夜，华屋弦鸣欲曙天。淅沥半如秋雨滴，抑扬多逐晚风传。几回清梦因渠破，错迓乘槎近斗边。

吴献尧

　　吴献尧，太和人，正德丙子（1516）科举人，历知垫江、通山二县，清介慈惠。致仕归里，吟咏自适。

　　其生平事迹于（康熙）《大理府志》卷十九人物乡贤中有载。

　　著有《乐天集》，已佚。

　　（康熙）《大理府志》卷二十九录其诗《游三塔寺翛然台》1首。

诗

　　此次诗的点校，以（清）李思仝、黄元治纂修（康熙）《大理府志》（康熙三十三年刻本，影印本）为底本，诗共计1首。

游三塔寺翛然台

　　露洗清秋月满空，翛然台在碧溪东。槎横牛女银河浪，天近仙人白兔宫。壶底鼓催金谷酒，席前梅放玉琴风。石阑点笔题诗处，岂是王维图画中。

杨南金

杨南金（1457~1539），字本重，号两依，明邓川州西泉人。弘治十二年（1499）进士第三甲第十九名。任江西泰和县县令。

其生平事迹于《滇诗拾遗补》卷一、（康熙）《云南通志》卷之第二十一人物乡贤、（康熙）《大理府志》卷十九人物乡贤、《徐霞客游记》卷九下、《天一阁藏明代科举录选刊·弘治十二年进士登科录》中有载。

著有《裨乡集》《守土训》《三教论》等，又创修《邓川州志》，均佚。

《滇诗拾遗补》卷一、《滇诗丛录》录其诗《土著变》《玉泉》《登德源城》《游鹤林寺》《收春台》5首，《滇文丛录》卷七十七杂记类一录其文《重修河堤记》《崇正祠记》《姜公弭患记》3篇。

诗

此次诗的点校，以（民国）李坤辑《滇诗拾遗补》（上海书店出版社《丛书集成续编》影印本）为底本，（清）袁嘉谷等撰《滇诗丛录》为校本。共计5首。

土著变

溪田三五双，祖父遗孙子。笠襄事耕牧，衣食甘粗鄙。婚姻从卜占，疾病昏祷鬼。祀先二石瓶，肉称三年豕。殷勤办门户，御寇力相倚。老辈知佛书，一生耻华美。坟宅经数世，等闲不更徙。年来混军商，逐末远未耜。虽有读书人，未谙圣贤理。狡伪善刀笔，大坏昔仁里。用度无撙节，衣食尚珍绮。恒产如沃雪，饥寒四顾起。坐令扰攘兴，奋臂例目[一]视。焉得汉循良，相与拊循此。

【校记】

　　［一］例目：《滇诗丛录》作"裂眦"。

玉泉

　　昨夜[一]山灵盘山足，涓涓石窍漱寒玉。殷勤吹火烧竹枝，一脉须臾温可掬。白苎裁衣美少年，凭谁作伴到江曲。飘然两腋清风生，披襟闲坐芳草绿。却怪世人寻不来，满身垢秽互尘俗。我将遍寻同志人，何必童冠定五六[二]。

【校记】

　　［一］昨夜：《滇诗丛录》作"何年何日"。

　　［二］何必童冠定五六：《滇诗丛录》作"何必童子六七冠五六"。

登德源城

　　梯山徐步上孤城，极目凭高感慨生。铁钏不随松火化，冰心自矢柏舟贞。井痕隐隐迷荒草，山势依依拱旧营。蒙诏灰飞千载后，汗青犹记德源名。

游鹤林寺

　　西隔苍山第一重，丛林突兀入层空。峰头云锁梵王阁，洞口路迷神女宫。碧眼岂知非傲吏，赤松谁信是仙翁。扶筇[一]绝顶归来晚，光照前溪月正中。

【校记】

　　［一］筇：《滇诗丛录》作"节"。

收春台

　　春意满腔本故无，眼前春色又平铺。收春台上闲来往，收得春回入酒瓻。

文

　　此次文的点校，以（民国）秦光玉等辑《滇文丛录》（上海书店出版社《丛书集成续编》影印本）为底本，共计3篇。

重修河堤记

　　邓川中界有河，旧名弥苴佉江。首受鹤浪、凤羽诸水之合流，南注西洱。其两岸沙堤回环，曲折迤逦，至江尾观水亭五十余里。堤有泄水渠，东八，西十四。一州田畴资其灌溉，赋税、储蓄、军民衣食胥此出焉。往昔修筑完固，则数年赖以丰收，否则立见饥窘。嘉靖癸巳，军民具情上陈，幸直指当涂杨公东、兵备慈溪王公熔、太守句容夏公克义，知远方事体废弛，诚不一也。拳拳民隐，垂念邓川河道为害，乃择属官之才猷可任者，得州佐何彪，千户严经、陈完等。访求往迹，知多年就绪之难，由人心坏丧之故。于是严定章程，赏勤罚惰。一时军民感激，翕然赴工，无或后者。其办理之法，则照先年同知，蜀人李福成规随宜经画而详处之。堤高一丈有奇，阔一丈五尺为准，分为四门。先令一门成一段，以为式，而各门悉仿效之。每丁若干尺，每甲若干丈，每段乘雨，密种柳木若干株，每日见工程若干分。工始于二月一日，至月终毕。由是堤防固而河无溃决之虞。夫涨河之为患，匪朝夕矣，上官之畏天命、悯人穷者，恒相继而至矣。乃承委有司，专心所事以副上之委任者，仅一见焉。此邓民之所以日即沦胥，而莫之或拯为可悲也。呜呼！修筑河道特百政之一，尚如此其难，邓川他政可知矣！民食不足，固悴逼之，迩乃征调又逼之；侵凌强暴，又不时鱼肉之！诚救死之不暇矣，安望从教化哉？议水患者，有别开子河之说，不可谓无见，并记之，以告后之留心于民事者。

崇正祠记

　　正德丁丑，都宪王公懋中巡抚云南，首举义典，澡祀正人，以励风俗。凡生于地方，并仕于地方者，贤行善政，取其大节，略其微疵，下至州县，儒学各举以报，窃尝论之。吾邓自洪武初年设儒学，成化间有乘水患欲废之，附府学者宜春郭公绅巡按抵州，知其事，奋然曰："官坏治亦至是耶！"乃登山得地，指白金若干，择才能府佐巴县，李君朴董其事，不逾年而庙工完，自是教养有所，科甲联镳，人文渐振矣。噫！当时不过郭公，吾人宁复有今日耶？故郭公为宜祀。州境密迩鹤庆，彼地有所谓活佛者，其徒岁聚人马数千，肆行煽惑，耗人财，陷人躯命，往往感召风雹、洪潦、猛兽、盗贼之灾而吾乡为所惑者迷谬至，不可胜言，良可悲痛。弘治间，莆田林公俊以宪副来巡，目击其患，乃付活佛于一炬。复明揭州境势豪残虐生灵诸事，严谕谆谆，于是愚民悟，势豪敛，而灾害亦渐息。迩来，俗易风移，非复前日之可求矣。噫！当时不遇林公，迷谬之习与残虐之政不知何所底止也，故林公为宜祀。若先年州守阿候子贤、州佐蜀人李侯福、陕人杨侯琛者类，能兴利除害，实惠及于军民，人诵家传，口碑无间于久近，其乡先辈如汉代之盛览、张叔，邈不可追矣。近则杨君宗道，以笃行倡一郡，以明经教两庠，虽不逮汉之二公，然当文教初间之际，能身履儒行，为乡人士先，其芳徽有足多者，夫百年之间，数百里内，上下有所模范，使吾人绳绳继继，弗纳于邪。是郭林诸公正身以正百姓，以至有今日，是皆不容不祀者也。己卯春，州佐莆田曾公奇瑞恪承大府命，择学宫之左旧寺，曰："灵照者改为祠，从舆情也，后之莅是地与生时地者，高山仰止，景行行止，务以诸正人共相劝勉，诚不虚此盛举矣！若夫笾豆香火之末，岂王公索正人持风教，曾侯力成盛举之至意哉？"谨书其略，以为记。

姜公弭患记

吾邓，世患有四：武断相仍无宁也，寇虐纵横无禁也，神奸惑乱无破也，流潦冲激原陷隰淹无顺而导之者也。四患之相沿几百年矣。生斯土者，岂之崛起之士，然一齐众楚，故文不能变，武断盗贼，时有诛捕而罔究厥因，罔发厥究，故法不能禁寇虐辟邪。时有毁除之令，而其源弗寒，其流日长，故正不能破神奸。至于疏凿浚导，非无人力也。而不知审变通之势，悉抗政之豪。故堤有不筑者，有随筑决者，流潦之患，可胜言耶。

甲申春，兵备宪太仓姜公龙巡历至邓南，金叨温永里社之侍，公目击山涧，流潦在在，没民田庐，叹曰："地无牧耶？民何至此极也！"既而询及诸患，公蹙然不忍闻见，视诸害若己致之。随治流潦，从宜讲画。檄大理府别驾周侯昆，俾寻源溯流，顺其势而导之，并委千户严经邑、幕程董其事。未五月而三堤告成，曰庙后，曰圆井，曰大水场也。三堤共计四百丈有奇，高阔一丈有奇，堤之麓杂植竹木，堤之阳移水磨以为卫，而往者抗政之豪亦不敢恣其阻遏。其余灌溉，沟渠计十有九，每流潦至，决一渠，举州为壑，仍责令居民采运木石，为分水合水之备。且清查两岸之侵，于强横者六百丈有奇，而厚培之，于是流潦之患悉除。其武断寇虐神奸之患，公则抉其深隐，著为明示。其执迷不率者，置之法而殄其无，若辈亦皆缩首回心，若远去然。至州内各淫祠，悉毁之，拣其废场余料，以增乡闾社学，以建南北关楼，以完诸隘口排栅，以备正祠公亭之用。期后永为准而有所瞻依也。而州屯戍卒，额外加增之税，亦因之详究而蠲除。一月之内，诸废毕举，而邓邑之气象改观矣。姜公其维持气运者哉？鸣呼！武断变则人道兴，寇虐禁则人身宁，神奸破则人心明，流潦息则人得资养于土地。四患除而无穷之利，自兴一旦，穷乡变为乐土，伊谁之赐也？夫姜公之功德，其及于滇者甚溥，邓持滇之一隅耳。一隅固不得专其患，而吾邓父老子孙感激于怀。若私其人，而惟恐其去者，于是思之，则歌之，歌之未已，且长言之也。因为弥患记，以风来政，以寓吾民感激之私云。

杨士云

　　杨士云（1477～1554），字从龙，号弘山，别号九龙真逸，大理喜洲人。弘治辛酉（1501）科解元，正德十二年（1517）进士第三甲第十五名，选翰林庶吉士。后任给事中，查盘湖广、贵州粮积，便道省亲。

　　其生平事迹于（康熙）《云南通志》卷之第二十一人物乡贤、（民国）秦光玉等辑《滇文丛录》作者小传卷上、（康熙）《大理府志》卷十九人物乡贤、（清）陈荣昌辑《滇诗拾遗》卷六、（康熙）《大理府志·人物·乡贤》、（民国）《新纂云南通志·忠节传三》卷二百、《天一阁藏明代科举录选刊·正德十二年进士登科录》中有载。

　　著有《弘山诗文集》《郡大记》《黑水集证》一卷、《皇极经世》《律吕解》《咏史诗》《皇极解》等。曾与同邑学者李元阳共修《大理府志》。

　　《弘山先生文集》十二卷，《序目》一卷，明万历刻，一册，云南省图书馆藏。《杨弘山先生存稿》十二卷，民国元年（1912）刻本，云南省图书馆藏；《杨弘山先生存稿》十二卷，全五册，民国元年刻本重印，诗稿十卷，文稿二卷，云南省图书馆藏。《丛书集成续编》存有《杨弘山先生存稿》十二卷。

　　《滇南诗略》卷六录其诗《四望》《采兰》《登高丘望远海》《春日田家词》《上寅菊》《鲅鲤甲》《拟客从远方来谢伯绣同年侍御》《和李中溪馈兰梅韵》《读东坡书〈东皋子传〉后》《无为寺》《次韵》《读史书〈富郑公救荒事〉》《忧旱》《读昌黎诗》《八宝菜》《欹器》《山寺采芹》《读南中志》《古今文尚书》《诗》《偶成》《奉和升庵先生留别韵一首》《奉和仰斋赵州道中望点苍山韵》《次樊沙坪招饮韵》《龙关混混亭送别升庵先生》《正月乐辞用李长吉韵》《二月乐辞用李长吉韵》《九月乐辞用李长吉韵》《十月乐辞用李长吉韵》《十一月乐辞用李长吉韵》《十二月乐辞用李长吉韵》《题墨梅》《初夏醉后用时川观水长句韵》《和中溪宿观音岩》

《题赵希周独鲤朝天图》《不雪》《高天台初度》《题周青城春江使节卷》《八日》《送刘正侯参军两广》《鼃黾》《会石马泉亭次韵（二首）》《大风》《升庵先生至榆》《奉怀郭鞠坛》《人日》《宿圆照寺夜梦与升庵同舟赋别，觉惟记颈联因足之为奉别云》《登苍山次时川韵》《送杨秉德丞郏城驿》《除夕追次庚肩吾韵》《蕨薹》《夜鼠》《新春怀升庵》《布谷》《李向荣送千叶桃李花口占》《院中古槐》《归燕》《闻各处灾异有感》《病中偶成用天台寄韵》《送王振德再翊蜀教》《送友人陈文英》《送秋官张东洱先生之南宁》《谢时川惠茯苓膏》《三塔寺见龙女花》《江村相访夜归次韵》《次升庵韵寄时川先生》《题升庵悠然亭》《饮江村北园用前韵》《送赵子文赴仁和》《灵会寺醉后晚归》《六月拜扫》《题刘都宪先生白崖别号》《忌日雪夜宿洪圭》《黄芍药》《奉和仰斋先生话李中溪竹园韵（二首）》《次韵酬升庵太史》《希周邀饮云谷庵》《复和倒韵》《文衡山征仲寄画扇并诗次韵奉谢》《纪事》《和高天台次伏波祠壁间韵》《伤龙津》《挽赵松山翁》《望武侯祠呈玉卓峰》《石经（并序）》《和升庵先生筡筴韵》《墙下葵》《木瓜》《答杨琢庵》《升庵东还不获温混混亭之席借龙尾关歌韵（二首）》《初雪》《牧牛题画（四首）》《见杏花》《红梅》《洪圭寺见山茶》《雊》《清明日复用欧阳前韵》《三月朔日用前韵》《云雪》《碧桃》《升庵寄南中续集，董西泉侍御亦有书至，因和升庵集中自江川之澄江东西泉韵以寄二公（其二）》《元宵》《奉和张南园先生和白岩先生韵（三首）》111首。《滇诗拾遗》卷六录其诗《崇圣寺》《雨后望西山有作》2首。（民国）李坤辑《滇诗拾遗补》卷二录其诗《题樊沙坪园居》1首。（清）袁嘉谷等撰《滇诗丛录》卷三录其诗《崇圣寺》《雨后望西山有作》《题樊沙坪园居》《中秋弘圭山玩月（二首）》5首。《滇诗粹》录其诗《四望》《采兰》《题周青城春江使节卷》《会石马泉亭次韵二首》《大风》《升庵先生至榆》《宿圆照寺夜梦与升庵同舟赋别，觉惟记颈联因足之为奉别云》《送杨秉德承郏城驿》《除夕追次庚肩吾韵》《归燕》《送友人陈文英》《送秋官张东洱先生之南宁》《复和倒韵》《六月拜扫》《挽赵松山翁》《崇圣寺》《雨后望西山有作》《奉和升庵先生留别韵》《古今文尚书》《无为寺》《石经》《和中溪宿观音岩》《高天台初度》24首。（康熙）《大理府志》卷二十九录其诗《石马泉（二首）》《荡山寺》《崇圣寺》《题毛凤韶重观沧海卷》《文衡山征仲寄画扇并诗次韵奉谢》6首。

《滇南文略》卷八收录其文《赈济饥民议》《金沙江议》《大理郡名议》《补议》4篇；卷十三录其文《星野辨》1篇；卷十四录其文《苍洱图说》1篇；卷十六录其文《敬所颂》《石斋赞》《民事录引》3篇；卷十七录序《转注古音略后序》《莅见素林公生祠集序》《送邦伯刘公八觐序》《东平振旅诗序》《送青岩余先生知嵋峨诗序》《江祀编序》《重刊家礼四要序》《送李君廷实知都匀序》《董氏族谱序》《宁边茂绩诗序》《重观滇海序》《聚峰奏议序》《三燕鹿鸣序》13篇；卷二十七录记《梧冈书院记》《太和县学尊经阁记》《新建会讲堂记》《新建楚雄府龙岗书院记》《鹤庆府儒学进士题名记》《鹤庆府南供河记》6篇；卷三十六杂体、题跋录《范滂揽辔图跋》《书待漏院记后》《书啾鸣集后》《题南巡纪略》《题述书赋后》5篇；卷三十九墓志录《明故四川按察使司佥事张公墓志铭》一篇；卷四十录《祭复斋先生文》1篇。《滇系》八之八艺文第八册录其文《转注古音略后序》《莅见素林公生祠集序》《东平振旅诗序》《江祀编序》《重刊家礼四要序》《送李君廷实知都匀序》《董氏族谱序》《宁边茂绩诗序》《重观滇海序》《三燕鹿鸣序》10篇；八之九艺文第九册录记《太和县学尊经阁记》《新建会讲堂记》《新建楚雄府龙岗书院记》《鹤庆府南供河记》4篇；八之十一艺文第十一册录《董母尹氏墓碣》墓碣1篇、《敬庵先生墓表》墓表1篇、《张家妇墓碑》墓碑1篇、《明故四川按察使司佥事张公墓志铭》墓志铭1篇、《星野考》1篇、《民事录引》引1篇、《祭复斋先生文》1篇、《书待漏院后》1篇。《滇文丛录》卷一录其文《山川辨》1篇；卷七十八录其文《复建北关门记》《忠诚祠记》《大姚县建儒学记》《外馆驿记》4篇。（康熙）《云南通志》卷之二十九艺文八录《苍洱图说》《书范滂揽辔图后》2篇；（康熙）《大理府志》卷二十九录其文《大理府学尊经阁记》《议开金沙江书》《苍洱图说》《范滂揽辔图跋》4篇。

（清）赵藩辑《滇词丛录》卷上收录其词《归朝欢·送姜时川东归》《金菊对芙蓉·雪后望苍山》《谒金门·贺丁酉魁选》《喜莺迁·送蔡龟崖邦伯入觐》《谒金门·赠诸贡士会试》《前调·赠游湖诸子》6首。

诗

此次诗的点校，以（清）袁文典、袁文揆辑《滇南诗略》（上海书店出版社《丛书集成续编》影印本）和（清）袁嘉谷等撰《滇诗丛录》（钞本）为底本，以（清）王灿、刘琪、赵镜潜辑《滇诗粹》（云南省图书馆藏钞本）和（民国）陈荣昌辑《滇诗拾遗》（上海书店出版社《丛书集成续编》影印本）、（民国）李坤辑《滇诗拾遗补》（上海书店出版社《丛书集成续编》影印本）、（清）李思伫、黄元治纂修（康熙）《大理府志》（康熙三十三年刻本，影印本）为校本；其中《题毛凤韶重观沧海卷》以（清）李思伫、黄元治纂修（康熙）《大理府志》（康熙三十三年刻本，影印本）为底本。诗共计 119 首。

四望

望蓬莱，驾苍龙。枣如瓜，献木公。望昆仑，骖白虎。觞九霞，侍王母。望凤巢，骑朱鹤。过洞庭，听广乐。望增冰，御玄[一]武。飧沆瀣，养气母。四诗从汉乐府中变出，不是魏晋以下风调，新建后学杜钧识。[二]

【校记】

［一］玄：《滇诗粹》作"元"。

［二］《滇诗粹》无此点评。

采兰

言采兰兮，于山之谷。清露湑兮，载沾我服。于嗟乎兰兮，言采兰兮，于谷之中。清风发兮，载袭我躬。于嗟乎采兰兮。维谷之兰，维国之馨。其谁知之，迨此美人，于嗟乎兰兮。

登高丘望远海

独步崔嵬巅，极目沧溟杳。浮天回无岸，浴日方知晓。回思驱石神，坐笑填波鸟。蓬莱宫阙在何许，太帝神人信芒渺。青童素女虚飘飘，茎台

桂殿云之表。秦皇竟以迷，汉武晚来复。君不见沙丘鲍风七月腥，泰山方
士一朝逐。浮天二语可谓能撷海赋之精华，南村徐森识。[一]

【校记】

[一]《滇诗粹》无此点评。

春日田家词

大雪玉万倾，小雪珠万斛。雨雪皆及时，共说今年熟。麦苗被我陇，桑
阴绕我屋。白水候暖耕，黄犊凌晨牧。维兹东作勤，无劳占鸟卜。上可输官
租，下可供饘粥。团团榆柳间，依依鸡犬伏。幸兹度岁华，此是田家福。

上寅菊

三月名玉英，六月名容成。九月名金精，腊月名长生。一采阴百日，
千杵捣四琼。蜜和手细丸，酒下身渐轻。子乔玉函方，古来载图经。

鲮鲤甲

如鲤复如獭，能水还能陆。鳞甲时开合，心兵随起伏。蝼蚁安得知，
倏忽中所欲。自矜利爪嘴，尤爱穴山谷。物各有智能，谁不累口腹。请看
乌贼鱼，墨汁浮簇簇。又见蜃嘘气，楼台高矗矗。皆藏杀伐机，天地为
反复。

意正语奇。

拟客从远方来谢伯绣同年侍御

客从远方来，赠我青丝绢。丝以喻绸缪，青以示不变。懿彼蕙兰芳，
贶犹锦绣段。裁为身上衣，服之不忍厌。常见故人心，如见故人面。

和李中溪馈兰梅韵

按：诗中严父、二芳谱云云，似和张禺山题目误

兰紫梅已红，得意先春吐。化机妙无言，扬芳似能语。主人封殖勤，

爱重置堂庑。分饷同心人，风味旷今古。纷纷桃李蹊，儿女何足数。言念君子花，香色谁为主。采蘋有季女，调羹有严父。佳树传未忘，拟续二芳谱。

读东坡书《东皋子传》后

不饮喜客饮，家常多酿酒。无病忧人病，蓄药欲来取。药病轻吾体，客饮适吾口。得意专自为，此乐人知否。待诏酝三升，东皋给一斗。三升虽及客，一斗良不偶。东坡月酿醇，复赖五太守。三升半及客，六斗复所有。气味类相似，千载可相友。

起四即是与天地同流气象，杜钧识。

无为寺

宝树接三天，香炉袅孤烟。骑羊五仙子，飞步青松巅。金绳系落景，玉虹明晴川。云敛经台霁，瓶空佛爪县。八弦浮颢气，万籁鸣商弦。汗漫游兹始，岂为尘鞅牵。

次韵

英英白云岑，泠泠碧涧浔。何人布地金，种此双树林。飞流挂白龙，青壁争崎嵚。偶陪东山客，一壶松下斟。天香袭我衣，清风披我襟。恍然同仙游，逸兴不可任。且有书二车，兼之诗四深。山水来绝倡，千载正始音。

读史书《富郑公救荒事》

忆昔山之东，大水元元苦。嗷嗷百万众，谁为手摩抚。富公善经济，荒政良于古。糜粥固无多，散处亦有所。雷肠渐可充，疠气不相愈。緊兹更生徒，讵能忘我父。中书二十考，贤劳无与伍。寥寥千载问，何人步遐武。

忧旱

农家望有年，得雪众方喜。天胡愆雨期，暵旱复兹始。蕴隆蒸两间，赤地几千里。麦苗何以秋，生灵干欲死。安得呼天公，雷车即奔驶。亦欲讼风伯，金蛇掣无止。翻腾四海波，倒泻银河水。慰兹大地渴，一洒山川毁。中有感通机，庶征乃其理。愿修云汉诚，斯异或可弭。

名论不磨。

读昌黎诗

今日曷不乐，玉莲开太华。南山高树衰，东方明星大。猛虎坐无助，虐魃亦遭骂。苦寒怨颛顼，月蚀疑虾蟆。朝蝇不须驱，训狐所常射。鲁连细而黠，方朔不可赦。剥啄从容嗔，谁氏子者诈。仙人邀我敬，华女真成差。三星槎斗牛，双鸟鸣造化。永真丰陵行，风雅谁齐驾。

点慧未经人道。

八宝菜

仙丹有八琼，仙菜名八宝。众香内厨积，细切天孙巧。最宜娱三朋，岂属厌一饱。涤我心胸尘，使我颜色好。更泛紫霞觞，不觉玉山倒。

欹器

东京已中绝，三改杜巧思。南齐复再成，五觚曹创意。仙盘徒侈美，更漏乃溺志。徐铉传江南，易简玩内置。侑坐太庙中，孔子取水试。持满固有道，损抑戒万世。

山寺采芹

青青祇园菜，纤纤山涧芹。匀调石醋酸，细嚼椒花辛。为问香积厨，来下盐豉莼。侑此般若汤，恰当桑落春。

读南中志

雍闿拒汉命，孟获欺夷叟。乌狗三百头，螨脑亦三斗。斫木三千枚，问渠能得否。丞相奋南征，四郡早如帚。

古今文尚书

二十八篇今，自汉伏生授。二十五篇古，至晋梅赜奏。二十八宿外，二十五宿又。仲尼不可作，谁复百篇旧。

诗

舜敕皋陶赓，风雅所由起。禹戒五子述，变雅亦已始。诗行先春秋，胤征俱后此。

读此足征贯串六经，迥非捋扯。杜钧识。

偶成

反妒情恒易，恕义情恒难。陈轸佻妻譬，丹青允不刊。苟悦情易纳，持正理难求。先号乃后笑，久也君子俦。

思苦言艰，可匹扬子。

奉和升庵先生留别韵一首

飞楼构遥岑，遥岑久留旆。腾驾阅双珥，双珥欣重会。逍遥蓬岛游，容与莲叶舟。皎皎河汉夕，泠泠风露秋。澄潭千丈绿，鸥鸟万顷浴。君山老龙吟，仙乐洞庭曲。写入瑶华琴，调出清商音。感兹投白璧，愿言铸黄金。

奉和仰斋赵州道中望点苍山韵

苍苍十九峰，壁立接天路。孱颜冰雪姿，变态烟云趣。时闻天乐声，
应乐峰。忽见笙鹤度。鹤云仙隐。龙蟠九池水，山顶九池九色。豹隐七日雾。
罗豹峰。何当汗漫游，高举若平步。濯缨天汉津，拂衣扶桑树。对此融心神，凝睇穷朝暮。缅想御风人，久已得真悟。

次樊沙坪招饮韵

樊子真高人，住逼蛟龙窝。渔网集澄潭，钓丝胃飞萝。仙舟独自泛，龙门许谁过。夜坐见浦灯，午梦闻弦歌。万顷碧琉璃，一幅青绡罗。雅志在乐水，岂必得鱼多。兴来有佳句，笔阵如挥戈。俯仰宇宙间，安复知有他。吾欲濯沧浪，幸勿笑蹉跎。

龙关混混亭送别升庵先生

登高山兮临远水之茫茫，罗华亭之祖席。系美人之归艭，缘青萝之窈窕。乘翠云以相徉，褰荷衣而憩止。解蕙带而聊浪，缅亭伯兮泛辽海，怀昌黎兮窥衡湘。夙播奇芬，独立遐轨。慨班荆于兹夕，惜咸池之余晷。林色淡兮欲沉，飙风飒兮四起。腾驾山椒兮郁盘，复降岩阿兮崎嶬。嚼仙蕤，吸灵水。荫乔松，借芳芷。滴元音，洒侧理。成光诵，迷终始。问良夜之何其，写深衷兮曷已。听天鸡而抚枕，忽东方之启明。感江淹之赋别，兼行居之万情。对倚天之楚剑，歌凌云之秦筝。悲瑶琴兮鹤操，怨锦瑟兮鸾声。望明月兮归倚阑，怀杕杜兮情莫殚。惟玉音兮时嗣，俾雀跃而鲵桓。

拟骚最忌滑熟或生涩，先生此作极佳，当移义山锦瑟中四语赠之。

正月乐辞用李长吉韵

东方青帝邀春归，金壶玉箭春昼迟。微微小雨弄花姿，剪剪轻风分柳丝。郯郯披冻水光冷，霭霭浮阳野烟暝。醉嗅庭梅不忍折，笑看九陌千灯结。

六诗古香盎然，可谓学长吉而得其近似。

二月乐辞用李长吉韵

风暖绿杨津，青囊拾翠多玉人。花气如酒香于薰，莺娇燕黠疑争春。夜来微雨浥轻尘，梦中醉卧梨花云，金钿珠翠石榴裙。纷纷紫陌如流水，桑妇采桑忙欲死。

九月乐辞用李长吉韵

一声南雁秋江水，木莲花发荷花死。银汉无声流脉脉，凝涤杀木霜华白。红叶满林催碧草，残金一抹斜阳道。回风何处玉珑璁，半钩新月挂疏桐。

十月乐辞用李长吉韵

华堂蚁绿金樽倾，红炉兽炭紫焰明。蒸裹千家开翠幕，焦糖一桦登暖阁。玉漏沉沉未得眠，银河一冻天风寒，起弄明月纤纤环。

十一月乐辞用李长吉韵

人间飞电惊流光，柔荔香芸弄早芳。云和丝管流霞洒，践长履袜称眉寿。云雁皎皎霜鹤素，玉岸瑶林知几处。

十二月乐辞用李长吉韵

英英雪花霜风洒，岁蛇欲赴大壑下。星回斗转元驹贲，一声爆竹烧残夜。

题墨梅

岁寒万木冻欲折，突兀老梅根似铁。横斜交映珊瑚枝，万蕊千葩乱成雪。迎春独占百花魁，夭桃秾李皆舆台。黄昏明月一轮满，时有万斛清光来。冰肌玉骨天然色，吸露含风那涴得。羽衣霓袖弄蹁跹，驾凤骖虬朝帝阙。珠宫琳馆群仙会，清娥瑶姬接鸣珮。醉里方怜绛雪歌，梦中尚忆元霜味。几时还逐彩云下，化作箕星落商野。金鼎调羹更待渠，问渠物色何人写。

初夏醉后用时川观水长句韵

病夫失却逍遥游，药炉丹灶无时休。肘后神方未易□，仙翁岂必千金酬。闭门红稀绿渐暗，新雨初歇鸣钩辀。我有所思在何许，彼美人兮真好逑。明河可望不可即，终日神往形独留。寂历蓬蒿没深巷，欲采杜若临芳洲。沧波万顷琉璃碧，何当一笑同兰舟。恨不此身生羽翮，飘然便与云俱浮。徘徊独立心自语，何用乃尔空白头。青州从事老敝帚，急呼为扫今日愁。但愿天风一朝发，翩翩鸾凤相为俦。铿锵六律应六吕，我心蕴结胡不瘳。日斜烂醉花生眼，杖藜更觅双童挡。旁人怪问如泥否，细看曳履还悠悠。须臾酒醒展书读，仰视河汉天边流。敝床疏席清梦觉，星月满窗光未收。来朝若借风日好，海上裁诗投白鸥。

和中溪宿观音岩

青壁丹崖高矗矗，斗角钩心牢置屋。依稀天上白玉京，白山道人骑白鹿。琼浆石髓送滔滔，瑶草金花迎簇簇。千寻璎珞揭流苏，一幅烟霞铺绣縠。忽闻缥缈放歌声，惊裂琳琅万竿竹。九龙真逸好闭关，安得逍遥同信宿。

题赵希周独鲤朝天图

神鱼特禀坤元数，春上鳞鳞三十六。一朝变化乘风云，霄汉峥嵘见头角。谁知本是苍龙精，一点煌煌龙尾宿。春雷一鼓卷江河，霖雨万方肥草木。遨游时与仙圣俱，飞越湖山何忽倏。九色驾车降王母，五彩负图呈帝篆。盘桓岂受寻常钩，出没波涛雄海族。空山仙隐获灵符，渭水阴阳献璜玉。我爱神鱼因爱画，何人写此赠云谷。披图得意已忘言，雷雨冥冥殷书屋。

不雪

一冬望雪频无雪，冻云模糊不肯结。点苍壁立如积铁，雪山翠黛孤巉嵲。于今已近阳生节，鬖发浸浸将栗冽。翻行春令温和泄，瑶蕊瑶华谁剪切。银杯缟带应飘瞥，玉龙百万俱藏穴。遗蝗千尺何由灭，总被飞廉浑作孽。空将积霰时霏屑，岩竹崖松吹欲折。河水难冰地未坼，上帝不知谁敢说。虎豹九关那得彻，欲往诉之心断绝。独闭荆扉寒结舌，呜呼，独闭荆扉寒结舌。

高天台初度

四州三岛不在远，清风明月闲相伴。雪作须眉云作衣，世间甲子那能管。何曾误读黄庭经，案上羲皇经一卷。何曾解食青精饭，甑底桃花饭一碗。有时颇好陶翁吟，五言冲淡更萧散。先生有道出尘氛，万事从来不挂眼。蜃舌不减楼君卿。[一]

【校记】

［一］《滇诗粹》无此评语。

题周青城春江使节卷

龙节衔天使，乘春下赤霄。江花牵百丈，湘芷宿双桡。万壑吞云梦，千峰拱舜韶。九疑有舜箫韶峰[一]。殷勤有王事，黄鹤不须招。

【校记】

[一]《滇诗粹》无此注。

八 日

此日占宜谷，连阴喜暂晴。燕风温旖旎，山雪画分明。脆忆红绫饼，香闻七菜羹。瓮头春涨满，对客劝飞觥。

送刘正侯参军两广

卓绝追孙楚，风流羡鲍昭。参军新五岭，都尉旧双雕。看剑光横雪，张油帐飒飙。壮图知不负，鹏海任扶摇。

鼃黽

鼃黽新结网，几度倚阑看。公子应停驷，龚生早挂冠。遇蜂还失利，胃蝶尚留残。一笑天机巧，忧思忽万端。

会石马泉亭次韵（二首）[一]

石马今何在，风雷已化龙。寒光摇一塔，清影浸中峰。玉井莲堪种，瑶池燕或逢。逍遥亭上客，频此洗心胸。

气势雄健[二]。

泉眼生花细，流声漱玉寒。金沙明的皪，翠石绕阑干。好月信亭得，长河隔座看。几时骑赤鲤，须炼葛仙丹。

五六雅炼。[三]

【校记】

[一]《滇诗粹》题为"会石马泉亭次韵二首"，（康熙）《大理府志》题为"石马泉"。

[二]《滇诗粹》、（康熙）《大理府志》无此评语。

[三]《滇诗粹》、（康熙）《大理府志》无此评语。

大风

卷地疑翻屋，号空乱打门。岩崩千古应，江立万波浑。零落花辞树，悲鸣鸟失群。敝裘无那冷，浊酒更须温。

升庵先生至榆

卧病青山旧，龙钟白发新。相逢一笑后，又别几回春。檐燕去来数，江花开落频。泠然仙驭至，喜得挹清尘。

通体自然而有余味，与《人日》《宿圆照寺》诸作异曲同工，并得唐贤三昧。钱塘汪庚识。[一]

【校记】

[一]《滇诗粹》无此评语。

奉怀郭鞠坛

春夏驱戎队，旌旗指拓南。天声飞霹雳，霜气扫烟岚。怪应狼星动，终须虎穴探。几时歌杕杜，翘首望归骖。

人日

此日是灵辰，焚香拂座尘。羲皇经一卷，七十六闲人。寒勒花迟发，春催柳未匀。回风飘急雪，山色玉嶙峋。

宿圆照寺夜梦与升庵同舟赋别，觉惟记颈联因足之为奉别云

喜剧神交际，愁分梦寐中。登楼千里月，归棹一帆风。卜筑何时定，销魂此日同。相看满眼泪，不是为途穷。

兴酣落笔，气格神韵，色色俱臻超妙，此种五律直当突过禹山，何况其下。朱桂谨识。[一]

【校记】

［一］《滇诗粹》无此评语。

登苍山次时川韵

野游探险绝，山酌洗淋浪。自昔怀丘壑，何时忘庙廊。岸沙看海近，清啸入云长。醉憩渊明石，谁言醉后狂。

送杨秉德丞邘城驿

爱子衣冠族，邘城好驿亭。千年秦刻在，万仞峄山青。地古饶遗迹，楼高阅使星。逢迎有余暇，犹得望沧溟。

三四庄雅，五句以下写得卑官胸中垒块出。[一]

【校记】

［一］《滇诗粹》无此评语。

除夕追次庾肩吾韵

今宵岁候殚，截竹报平安。豆粥余残沥，椒花颂满盘。乾坤供一醉，日月跳双丸。五白欢谁叫，吴钩笑独看。

后四可当老骥伏枥四句读。[一]

【校记】

［一］《滇诗粹》无此评语。

蕨薹

鳖脚沾春腻，儿拳冻玉脂。软烹香入瓮，细捣滑流匙。有约输张翰，高歌羡伯夷。仙厨足鸾凤，此味几人知。

夜鼠

夜枕不能寐，其如黠鼠何。鼓琴思孔氏，作赋忆东坡。食黍三秋惯，缘梁众技多。汉廷有酷吏，会碟此幺麽。

新春怀升庵

多病年来学闭关，敝裘犹自怯春寒。梦中几度寻高惠，雪后何时访戴安。龙化白鳅缘帝商，鹤飞金鼎得仙丹。相逢定作如泥饮，自古心知会面难。

布谷

千古农官是鹘鸠，催耕三月未曾休。野棠袅袅风初细，落絮阴阴雨渐收。春梦忽惊红树暗，晓啼频拂翠烟流。分明布谷声中意，只恐东皇去不留。

清新。

李向荣送千叶桃李花口占

簇簇乱开红锦帐，翩翩来自玉皇家。月明一片留晴雪，日出千层斗晓霞。南省苑中先得意，狄公门下更堪夸。多君赠我芳菲意，醉里何妨插帽斜。

院中古槐

郁郁亭亭倚水天，露滋云护不知年。长柯旧爱苍龙舞，清影新添翠盖圆。晓润图书微雨后，夜闻丝竹好风前。昨来晚步蓬山下，遥指虚星是此仙。

归燕

何处清秋逐去鸿，语音岑寂画梁空。梦迷漠殿三更雨，信断张家一夜风。机智未应群鸟并，行藏还与四时同。帘垂昼静闲门掩，不尽云霄忆望中。

闻各处灾异有感

物省人疴至不虚，眼看章奏上公车。春秋纪异宣尼笔，风雨忧时魏相书。当宁直言求献纳，间阎烦令为蠲除。杞忧蝼恤无端事，耿耿幽怀未得舒。

颈联宏雅温丽，通体亦仿少陵忧时之作。汪庚识。

病中偶成用天台寄韵

渊明自是难偕俗，思旷谁知少官情。老去壮怀偏索寞，秋来病骨更峥嵘。虚占天上双龙气，独愧朝阳彩凤鸣。啸傲东轩聊自得，青山一带白云横。

送王振德再翊蜀教

泮水先生羡老儒，惯骑羸马入成都。荆台绛帐重开讲，芸阁青灯细勘书。佳证也应三鳣集，春风不管一毡无。相看万里何相赠，欲取苏湖画作图。

送友人陈文英

玉石丹台已有名，故人何处听吹笙。三秋日暮孤云白，万里晴空一雁横。芳草梦回山月晓，桂花香逐野风清。不堪别后频翘首，几度黄昏坐月明。

送秋官张东洱先生之南宁

百粤山川接海滨，伏波铜柱镇嶙峋。千家日暖鸡收锦，一路风清鹤伴人。驯鳄静看江水碧，爱花闲对野亭春。郡有野春亭。[一] 仙郎不久归清切，珍重无劳咏白蘋。

逼真唐贤风味。[二]

【校记】

[一]《滇诗粹》无此注。

[二]《滇诗粹》无此评语。

谢时川惠茯苓膏

松下龟蛇冻作霜，蜜脂兼带百花香。金砂欲化凭丹火，甘露初凝滴玉浆。闻道黄生曾羽化，试看贞白亦瞳方。摧颓自叹无仙骨，多谢神膏洗莞肠。

三塔寺见龙女花

蒼卜林中旧有因，华严台上早逢春。风香时递云间信，玉貌谁传月下神。萼绿许教为近侍，飞琼或恐是前身。可怜龙女花饶笑，应笑山翁鬓似银。

江村相访夜归次韵

谢病归来独掩扉，无端身事与心违。三三径里谁应是，六六峰前自笑非。几度暮云春树暗，一尊残月晚风微。可怜相对还疑梦，争忍分携不醉归。

次升庵韵寄时川先生

暂向天南试六韬，谢家元有凤皇毛。烟尘兰水三秋静，风节苍山万仞高。归去重开元亮径，闲来新作子云骚。几时一泛江东棹，共脍霜鳞斫雪螯。

题升庵悠然亭 亭在安宁州

闻道西来金马客，卜居正对碧鸡山。玉堂旧梦莺花里，白鹤遗踪紫翠间。流水卷帘心共远，片雪欹枕意俱闲。陶情不作离骚赋，指日君王定赐还。

饮江村北园用前韵

九十韶光今百二，相逢相赏莫相远。瓮头绿酒春初涨，镜里朱颜日渐非。系马花间红雨湿，听莺林外翠烟微。何当共作婆娑舞，一曲高歌月下归。

送赵子文赴仁和

山水东南第一州，即官原是古诸侯。天开制策登金榜，云棒除书下玉楼。造父当车无逸马，庖丁游刃欠全牛。丈夫事业从今始，青史循良正黑头。

灵会寺醉后晚归

昨夜相思听雨眠，今朝又到散花天。自知一笑人间世，谁问三生石上缘。避暑正当河朔会，逃禅爱作酒中仙。黄昏忽报疏钟动，白马归途不受鞭。

六月拜扫

积雨江滨辨马牛，新晴天藉扫松楸。云容海上红初见，岚气山椒翠欲流。落日鸟归千嶂夕，西风蝉报一林秋。谁家冢上黄昏哭，不忍悲声到白头。

别见孝悌之性，集中展墓第一佳作。汪庚识。[一]

【校记】

[一]《滇诗粹》无此评语。

题刘都宪先生白崖别号

京山西畔汉江东，万丈高标玉削同。石室出云飞坐雨，兰台镇日坐生风。声华北斗三台上，节制南荒六诏中。滇海欲留留不得，法星元在太微宫。

典重。

忌日雪夜宿洪圭

莲漏无声夜转长，四山飞雪正茫茫。靡依独抱终天痛，何补虚生七尺强。草色漫余新涕泪，线痕犹满旧衣裳。呼童几度煨松火，直到天明坐雁堂。

沉着。

黄芍药

日华浮动赭袍黄，五色祥光捧御床。八百从官雕玉佩，三千侍女郁金香。钩帘尽日成孤赏，卓笔凌风作报章。仿佛梦中供奉事，螭头鹄立对君王。

奉和仰斋先生话李中溪竹园韵（二首）

竹园几度忆同游，尊酒留连醉未休。云护石枰棋子润，风生池水墨花浮。篑筥谷口谁千亩，冰雪胸中自一丘。咫尺于今千里隔，几时缩地话绸缪。

五六写出人品。

露饮名园思欲腾，高谈雄辩了难胜。五千道德从聃老，一滴曹溪到惠能。赐着紫衣非羽客，灯传白日是真僧。就中更问西来意，已得金仙最上乘。

次韵酬升庵太史

曾伏青蒲地上冠，久虚滑盖殿东班。直从贾董敷陈后，未数王杨伯仲间。征召几时天北极，高名千古博南山。九龙池畔相思梦，寸碧遥岑几度攀。

调高气浑，东川集中佳构也。

希周邀饮云谷庵

避暑刚逢闰月初，喜将潇洒对居诸。酒从蒼卜林中劝，诗向芭蕉叶上书。山色雨余青黛似，泉声风静玉锵如。婆娑老子人应笑，湖海元龙气未除。

疏宕。

复和倒韵

老去蓬心未尽除，自怜白首尚纷如。欲穷杨子太元数，颇爱尧夫经世书。一字何曾裨献替，百年空愧度居诸。望洋东海槎河伯，终日先天觅太初。

文衡山征仲寄画扇并诗次韵奉谢

待诏归来卧翠微，丹霞一片白云围。临池洗墨光涵砚，刻竹题诗绿满衣。画手虎头天下妙，笔精龙跳古来稀。封函^[一]万里劳相赠，只恐通灵变化飞。

【校记】

［一］函：（康熙）《大理府志》作"缄"。

纪事

圣主思贤还拊髀，忠臣上疏欲披肝。金城老将图方略，洛下书生策治安。百尺燕台闻市骏，一朝汉杰见登坛。从今玉塞风尘静，西北军中有范韩。

和高天台次伏波祠壁间韵

高标铜柱越山阿，下看飞鸢骆水波。百战裹尸甘马革，千秋遗庙寄烟萝。谁生南海明珠谤，未问云台画像多。同郡上书真烈士，可怜一曲武陵歌。

伤龙津

素几流尘穗帐寒，重来不觉涕泛澜。百年游好求羊在，千古交情管鲍难。夜雨小山丛桂湿，春风旧圃玉芝残。伤心未得三医谒，解臂真成一梦间。

挽赵松山翁

十万山松手种成，忽闻仙梦入蓉城。松阴匝地野云重，山色满楼江月明。白石一声高格调，清风千古洒铭旌。玉筝金雁春韶早，无复花前醉后听。

望武侯祠呈玉卓峰

百尺曾闻上将台，武侯祠星倚云开。隆中已定三分策，天下谁当十倍才。报主丹心悬日月，出师大义鼓风雷。渡泸第一南征急，万古青山首重回。

石经 并序

汉熹平诏定六经，蔡邕等书为三体，刻石学门。及魏冯熙、常伯夫毁以建浮图，崔光请命，李郁等补阙未果。东魏徙于邺，至河阳岸崩没，水至，邺不盈大半。周徙还洛阳，隋载入长安，欲补辑属，乱遂寝。营建之司有用为柱础者，唐魏徵收聚，十不存一，开成初，高重郑覃刊九经于石，为一字云。[一]

洛阳四十六碑亭，太学门前看石经。迁邺半残千古迹，大关谁续六书形。雨余础柱苔文绿，云里浮图鸟篆青。独有开成遗刻在，至今犹自说熹平。

可为考古之一助。[二]

【校记】

[一]《滇诗粹》无此序。

[二]《滇诗粹》无此评语。

和升庵先生箜篌韵

十三闻旧柱，十四见新弦。借问谁神解，因之国手传。朝阳选桐树，蜿蜒合丝绵。出塞弹徐媛，回风写丽娟。节飘红粉袖，席泛紫霞船。白雪歌翻郢，霓裳舞亦仙。龟身斜入抱，凤首半栖肩。画梁终日绕，锦瑟一时儇。铁击珊瑚碎，盘倾珠颗圆。虋浪奔涛歇，清冰皎月悬。木兰当户唧，桃叶映花鲜。沧海龙吟水，猴山鹤唳天。滇云韵十六，蜀道递三千。踔厉逋翁句，高华子建篇。欲赓愁未得，把读忍收旃。几回金马望，独立点苍巅。

墙下葵

忠矣能倾心，知哉还卫足。何事在墙阴，无乃甘幽独。

木瓜

开花如巧笑，着子堪结好。齐桓既有施，卫文敢不报。

答杨琢庵

金有误持郎，铁曾疑窃客。万里鱼书来，何人暗开折。

升庵东还不获温混混亭之席借龙尾关歌韵（二首）

曾向峰头蹑翠氛，山中风月许平分。如今虚负山灵约，愁对斜阳龙关峰名一片云。

何必桃源更问津，花间流水石粼粼。玉芝瑶草无人识，应使青山冷笑人。

初雪

瑶池昨夜燕群仙，玉女三千下九天。一曲山香矸光帽，月明花落共娟娟。

牧牛题画（四首）

短笛横吹不着鞭，双犍如语艳阳天。垂垂杨柳青青草，布谷声中欲种田。

野外能行黑牡丹，夕阳流水落花残。绿阴满地啼黄鸟，谁羡扬州白玉盘。

江渚波摇雁影斜，马蹄踏处印晴沙。前村风雨何须计，落日平原早到家。

倒骑不觉北风寒，双雀笼中尽日看。短景相催归去晚，一蓑明月夜漫漫。

见杏花

绛雪团团香满枝，春风走马看花时。长安一别余三纪，白首相逢是故知。

红梅

一树横斜万玉条，骊珠火齐着青梢。平生铁石心肠在，冰雪如山见即消。

洪圭寺见山茶

繁霜十月见花开，山北山南未放梅。半夜月明星数点，长明灯照碧莲台。

雉

麦垄初齐野雉肥，雄飞雌伏两依依。可怜误落虞人手，回首新雏伴夕晖。

清明日复用欧阳前韵

万家人火望中微，一片风花到处飞。南北山头人散后，德公独向鹿门归。

愈含蓄愈凄婉，未知文生于情，情生于文。

三月朔日用前韵

路绕青山一径微，淡烟如雨隔林飞。可怜芳草连天绿，似恨春光不久归。

云雪

云护山头雪未开，雪光云彩烂银堆。有时云去惟留雪，万叠苍崖白玉台。

碧桃

一枝碧玉向东风，独映青池绿水中。风动彩云骑白凤，月明王母下仙宫。

风调绝佳。弘山古体，生硬如挽六钧弓，瑰奇如游五都市，苟非胸有五车不能道其只字。然苦直致，力有余而气不足，是其所短。近体虽之刿心怵目之句，而与重隐成，可参历下弇州之席矣。萧霖识。

升庵寄南中续集，董西泉侍御亦有书至，因和升庵集中自江川之澄江东西泉韵以寄二公 其二

江水平铺见底清，轻风细浪羡江行。江边剩有忘机鸟，相送仙舟入郡城。

元宵

香雾蒙蒙欲袭人，月明露坐湿衣巾。敝裘记得曾游处，犹带京师九陌尘。

奉和张南园先生和白岩先生韵（三首）

太保朝朝入望余，梦中曾谒白云居。西风忽报双鱼到，跪读先生尺素书。

鹤发朱颜七秩余，也同贞白好楼居。应知天上青藜老，来授人间竹牒书。

一卧青山十载余，清风明月伴闲居。此中吟弄知多少，剩见南园数卷书。

三诗气味甚佳，想见张少农归田后高致。

宏山先生五古有宗，选体处面目太肖，其宗杜韩者自能独树一帜，五七律则出入于三唐两宋间，兼能究心理学、律吕。人品高洁，洵张盛之后劲，升庵有赠。宏山都谏诗云：螭头早挂进贤冠，迹远东墀玉笋班。仙意已还飞鸟外，归心元在急流间。仙郎高议留青琐，学士新诗满碧山。十九峰前同醉处，梦中琼树几回攀。语语皆见真情，非阿私所好也。

崇圣寺

岑楼无碍倚虚空，槛外平铺十九峰。霸业三分非汉鼎，佛都千载有唐钟。林端细雨浮山黛，天际微风变水容。冠盖于今尽能赋，扬雄偏得号词宗。

雨后望西山有作

霁景初开爽气生，临风独立点峥嵘。芙蓉出水天边秀，翠黛修眉云外

横。积暑流尘浑不动，夕阳飞鹭更分明。何当跨得仙人鹤，飞上峰头看八瀛。

题樊沙坪园居

半点尘埃不受侵，一川风月更多情。新诗旧章[一]三千首，浊酒清谈数百觥。雪里梅花今夜梦，沙边鸥鸟昔年盟。出门一笑无人会，万顷沧浪自濯缨。

【校记】

[一] 章：《滇诗拾遗补》作"草"。

中秋弘圭山玩月 （二首）

中秋万里共阴晴，十九峰头看日明。风雨似知游客意，夜来洗净一天清。

九霄爽气逼人清，万古中秋月最明。一片山河银色界，更于何处觅蓬瀛。

饮弘圭寺

百花台上分瑶席，双树林间泛玉瓯。雨后新髡千竹筍，风高初下万松球。青山抹日半岩夕，碧水涵天一色秋。余兴不知归路晚，坡陀立马有龙湫。

荡山寺

花畔年来着屐稀，喜陪霜节入云扉。高怀逸少谁同调，白社遗民自笑非。云护赐书常五色，树经听法几多围。攀萝不尽登临兴，日暮疏钟送客归。

题毛凤韶重观沧海卷

玉节重看下汉宫，铁冠万里起霜风。使星文彩三湘外，卿月光辉六诏中。司马橄书犹入传，王褒词颂漫称雄。澄清试看滇池水，万顷天光一碧同。

文

此次文的点校，以（清）袁文揆辑《滇南文略》（上海书店出版社《丛书集成续编》影印本）、（民国）秦光玉等辑《滇文丛录》（上海书店出版社《丛书集成续编》影印本）为底本，以（清）师范《滇系》（凤凰出版社《中国地方志集成》影印本）、（清）范承勋修（康熙）《云南通志》（北京图书馆古籍珍本丛刊本，影印本）、（清）李思（侹）、黄元治纂修（康熙）《大理府志》（康熙三十三年刻本，影印本）为校本；其中《董母尹氏墓碣》《敬庵先生墓表》《张家妇墓碑》以（清）师范《滇系》（凤凰出版社《中国地方志集成》影印本）为底本。文共计 42 篇。

赈济饥民议

迩者，诸路水旱，饥殍载道，河北畿甸之民尤甚，将有相食者。有司日夜以闻，命下廷臣议，户部权羡余，工部计度用，其劝殷实，度缁流，胥吏等第，学校输贡，斯皆铸釜计耳。其何以纾目前之急，而活嗷嗷待哺之民哉？譬之救焚拯溺，胡可迟缓？闻议在京出太仓米二十五万石，通州二十万石，揭榜通衢，分官监粜，禁豪右之侵越，定市肆之价额，弊固不能尽祛，而利亦以溥矣。虽赤手无钱之人，不得沾龠合之利。然米价既落，凡有旬月籴石之资者，视翔贵之日，所籴必倍，莫不皆有生意。人莫众于京师，京师既粜，则近京诸方米价亦落，河润之利，孰谓不九里哉？又议外省灾伤重处，遣大臣会监司督守令，设法赈济，其法亦不过发廪劝分，减常平之值，严闭籴之禁而已。虽远近抄刷所及，不能皆遍，而里书簿籍所报，不可皆凭，亦利七而害三者也。故不可以其害，而谓其无益也。呜呼！是固今日救焚拯溺之意，亦云善矣。愚窃以为圣明在上，天地父母之心，见民疾苦，匍匐救之，而奚暇计其费用之多少乎？譬之岷庶之家，置田墅，集佃客，本望租课，非行仁义。于水旱之年，放欠负，给牛种，诚恐客散而田荒。后日之失，必倍今日故也。况有天下，子万民，而不计其后乎？愚窃愿京师粜米之外，量发内帑之钱，令使臣领之转付有司，细刷编民之饥者赈之，惟于给散之际，措置得宜，则其利亦溥。盖京师畿甸之民、兵有月粮，犹可自给，而无钱入市，填死沟壑者，独编民耳，而可不为之恻念哉？外省灾伤重处，许于上供数内量为截留，或十之三，或五之一。视灾为差，以广储栗，备给散，则其利又不止七而已。是二者，虽待丰岁还官，因实以与之亦可也。如是而又命内外使臣监司，切责长使，必体德意，居其部内，生活多寡，定为殿最黜陟，以之务核实迹，不事虚文，吾知百万众之命，可活于时月，客散田荒之患，非所忧矣。虽然，此则所谓急则治标者也，若夫缓则治本者，愿医国者自是其留意焉，幸甚，谨议。

仁义之言蔼如，一结尤得体要。

金沙江议[一]

按志，金沙江，古名丽水，源出吐蕃界，共龙川犁牛石下，名犁水，讹[二]为丽。东经巨津、宝山二州，三面环丽江府。东经鹤庆，受漾工江诸水。又东经北胜，受桑园、龙潭、程海诸水。[三]又东经姚安，受青蛉、弄栋[四]、龙蛟诸水。又东经楚雄、定远，受龙川江诸水。又东经武定，北[五]受元谋、西溪、滇池、螳螂川、罗次、富民[六]诸水。又东经东川，西入滴滤部，过乌龙山[七]，受寻甸、牛栏江[八]、谷壁川[九]、齿化溪[十]诸水。又东经乌蒙南，又东经盐井、建昌、会川、越嶲诸卫，合泸水，受怀远、宜远、越淇[十一]双桥、长河泸湘、大洞、鱼洞、罗罗、打冲、东河、热池诸水。又东经马湖府，受泥淇大小汶诸水。又东至叙州府，合大江。此南中西北之险，蒙氏僭称北渎者也。

按史，汉武帝遣驰义侯，开越嶲郡，寻遣郭昌等开益州郡。诸葛武侯渡泸南征，斩雍闿，擒孟获，遂平四郡，定滇池。皆先夺此险也，始通西南诸夷[十二]。历晋递隋，通壅靡常。至唐，蒙氏世为边患，至酋龙极矣。屡寇黎雅，一破黔中，四盗西川，皆由据此险也[十三]，遂基南诏亡唐之祸。宋太祖鉴此，以玉斧画大渡河曰："此外非吾有。"弃此险也，遂成郑、赵、杨、段氏三百余年之僭。元世祖乘革囊及筏渡江，进薄大理，掳段智兴，破此险也，遂平西南之夷[十四]。国初，梁王拒命，我太祖高皇帝命将征讨，神机妙算，悉出圣裁。谕颍川侯等，曰："关索岭路，本非正道，正道又在西北[十五]。"盖谓此也。历代出其背后，险而捷近。天兵当其吭前，险而悬远，且屯且伐独难。于元始收戡定之功。故[十六]班固谓皆恃其险，乍臣乍骄。范蔚宗谓冯[十七]深阻峭，纡徐歧[十八]道。宋祁谓丧牛于易，患生无备，诚确论也。夫云南四大水，惟金沙江合江汉朝宗于海，为南国纪，天设地造，本为天下用也。历代乃弃诸夷[十九]酋，资其桀骜，虽建立城戍，靳靳自守，时或陷没。岂知天有宿度，地有经水，人有脉络。《禹贡》于每州末，必曰"浮某水"、"达某水"、"入某水"[二十]、"逾某水"。盖纪贡道达帝都，著天下大势，以水为经纪也。

孰谓滔滔大川，可浮可达，反舍而陆，乃北至永宁，东至镇远，不亦劳乎？《禹贡》[二十一]薄四海，各迪有功，夫一劳久逸，暂费永宁，执事之议详矣，为国家虑深且远矣。所谓计费、吝赏、贡[二十二]效、谗言，斯固古今之恒态，不可成天下之事者也。然雄杰见同，必有绎之者，缵神禹疏凿之绩，恢四海会同之风，息东西两路之肩，拊滇云百蛮之背，昔为绝险奥区，今为掌中腹里。皇明大一统无外之治，亿万年无疆之休，实在于此。凡有识者，咸目望之，庶几见之，惟执事留意幸甚。

溯源穷流，纬史经经，宇宙间有数文字，真所谓"不废江河万古流"也。[二十三]

【校记】

[一] 金沙江议：（康熙）《大理府志》题为"议开金沙江书"。

[二] （康熙）《大理府志》此处有"犁"。

[三] （康熙）《大理府志》无"又东经北胜，受桑园、龙潭、程海诸水"句。

[四] 弄栋：（康熙）《大理府志》作"大姚"。

[五] （康熙）《大理府志》此处无"北"。

[六] 滇池、螳螂川、罗次、富民：（康熙）《大理府志》作"又受滇池、螳螂诸水"。

[七] （康熙）《大理府志》无"过乌龙山"。

[八] （康熙）《大理府志》无"江"。

[九] （康熙）《大理府志》无"川"。

[十] 齿化溪：（康熙）《大理府志》作"喟啮化"。

［十一］淇：（康熙）《大理府志》作"棋"。

［十二］夷：（康熙）《大理府志》作"彝"。

［十三］（康熙）《大理府志》无"也"。

［十四］夷：（康熙）《大理府志》作"彝"。

［十五］（康熙）《大理府志》此处有"也"。

［十六］（康熙）《大理府志》无"历代出其背后，险而捷近。天兵当其吭前，险而悬远，且屯且伐独难。于元始收戡定之功。故"。

［十七］（康熙）《大理府志》无"冯"。

［十八］（康熙）《大理府志》无"歧"。

［十九］夷：（康熙）《大理府志》作"彝"。

［二十］（康熙）《大理府志》无"入某水"。

［二十一］贡：（康熙）《大理府志》作"外"。

［二十二］贡：（康熙）《大理府志》作"责"。

［二十三］（康熙）《大理府志》无此评语。

大理郡名议

谨按郡名，以地、以人、以物、以因事取义，古也。大理之名奚取焉？僭也。僭宜黜而不黜者，宋元失之也。大汉、大唐、大宋，中国帝王有天下之鸿号也，即大夏、大商、大周之义也。段氏，小丑也，安得而僭之？自阁罗凤僭号大蒙国，酋龙改号大礼国，厥后郑买嗣号大长和，赵善政号大天兴，杨干贞号大义宁，皆效尤僭称大也，段思平遂僭称大理国矣。伪国号与伪纪元、伪谥，正同，此而可与，孰不可与？宋以段和誉入贡，册大理国王。元虏段兴智，置大理路，是与之也，奚可哉？昔吴楚尝僭称王，春秋书荆、书楚、书吴、书人、书子，于越亦然，正名也，大一统之义也。

国初仍宋元之旧，而未有以是请者。请奚不可，而亦因之者，岂一时不暇计欤？抑将有待欤？自古削平僭乱，未有以伪号为郡名者。

洪惟我高皇帝，混一区宇。首正岳镇海渎山川城隍不经之号。逮我皇上中兴，复正先师孔子先贤先儒不经之号。两正千古之谬，皆绝无旷有。有关于天下万世之纲常者也，大理郡名，似亦千古之谬，有关于天下万世之纲常者也，而可弗正乎？考之历代史传、古记旧志，自阁罗凤迄段思平，迄段祥兴，其伪国号某某，伪纪元某某，伪谥某某，昭昭简策，僭窃明甚。倘或可以上闻，则请郡名，黜僭窃于既往，正名实于方来；洗污秽于前朝，扬清明于今日。不独一方之快，天下万世之快也，亦春秋之法也。

或曰今天下郡名，若大名府、大同府。寺名，若大理寺，亦皆称大，何也？曰魏，大名也，本诸《左传》；大同，川名也，本诸地理；大理，法星名也，本诸天象。所谓以地、以人、以物、以因事取义者也，非帝王鸿号比也。载稽诸史，蒙氏在唐，最为边患。虽窃称大蒙大礼，唐之号令，惟以南诏命之，史亦以南诏传之，似犹有春秋之意。段氏在宋元，盗据王土，抗衡中国，巍然以大理僭称，宋元亦巍然以大理称之，史亦以大理传之，岂春秋之法哉？况又以名郡，以称号于天下万世，失春秋之意远矣。因修郡志，考郡名，谨议以俟。

事亦无关紧要，然从名分说来所见自大。

补议

按《宋史》外国传曰："大理国，即唐南诏也。"夫宋之大理，即唐之南诏。宋段氏大理之僭称"大"，不犹唐酋龙大礼之僭称"大"乎？郑买嗣大长和之僭称"大"乎？段思平僭号在石晋、天福间。宋太祖削平海内，鉴唐祸基于南诏，弃而不取。故大理窃据一方，不通于中国，不领于鸿胪。至徽宗政和间，段和誉遣李紫琮等入贡，制以和誉为云南节度使，封大理国王。夫节度使之授，是矣，大理国之僭可轻予乎？使当时如唐制，仍为南诏，岂不名正而言顺乎？议不出此，遂使大理淫名伪号，僭称于宋者三百二十年。元因之称大理路者，九十余年。国朝因之称大理府者，百八十年矣。此宋执政之失，亦史官之失也。

夫修唐史者宋也。岂不知酋龙大礼之僭乎？修五代史者宋也，岂不知买嗣大长和之僭乎？宋修本朝实录，独不知段氏大理之僭而封之，而传之，不著其僭何邪？视唐史为南诏传，五代史为云南骠信，为南诏蛮，得其实者何如邪？视诸外国传国名，亦以地、以人、以物、以因事取义。无僭称大者何如邪？噫，谬也甚矣！惟朱子通鉴纲目，特书南诏僭号，又特书长和求婚于汉，独不书大。春秋之笔，万世之法也，长和不得称大，则大理不得称大，明明矣。似应疏请于朝，革去伪号，更制郡名，正宋元之失，俾春秋之法，昭昭乎。

大明嘉靖之间，统纪尊严，名实罔乱，不亦匙乎？否则为苍山洱水之羞，宁有极乎？以永昌先事例之，永昌、东汉郡名也，国初为府。洪武壬申，省府改金齿军民指挥使司。金齿在郡南千余里，夷名也。嘉靖壬午，抚按连章合疏，革司复府，仍汉旧名也。夫以永昌旧名，历汉晋迄今，革而可复。然则大理僭号，历宋元迄今，因而不革可乎？况大理僭号不可不革，尤急于永昌旧名不可不复者乎？斯正春秋之法，大复古重戾古之义，明征不远，失今不议，可不可乎？愚既为郡名议，以附于志，复赘此以备观风者采焉。

补前议所不及，笔尤酣畅。

苍洱图说

苍洱之景，嶂峦万叠。戴雪腰云，如列屏十九曲，峙于后者，点苍山也。波涛万顷，横练蓄黛，如月生五日，潴于前者，叶榆水也。

按[一]《水经注》：吊乌县东有叶榆水[二]，西汉于此置[三]叶榆县，今俗名"洱水"[四]。夏秋之交，山腰白云，宛如玉带。昔人题云"天将玉带封山公"。五月积雪未消，和蜜饷人，颇称殊绝。峰峡皆有悬瀑，注为十八溪。溪流所经，沃壤百里。灌溉之利，不俟锄疏。春碓用泉，不劳人力。石家金谷园，最夸水碓，此地独多。刳山取石，白质黑章，以蜡沃之，则有山林云物之状。唐相李德裕平泉庄，命曰"醒酒石"。香山白侍郎命曰"天竺石"。好事者，往往取为窗几之玩。

郡之方位，延庚挹辛，宾夕阳而道初月。盖与海临之西湖，洪永之西山，嘉定之峨眉，齐安之临皋，滁之琅琊，同一快丽。若夫四时之气，常如初春。寒止于凉，暑止于温，曾无裋褐冻粟[五]之苦。此则诸方皆不能及也。且花草[六]蔬果，迥异凡常。岛屿湖陂，偏宜临泛。一泉一石，无不可漱[七]可坐。风帆沙鸟，晴雨咸宜。浮屠巨丽，玉柱标穹。杰阁飞楼，连幢萃影。翠微烟景，荫蔚葳蕤。千态万貌，不可为喻。至其地者，使人名利之心消尽。崇圣洪钟，声闻百里。诸峰钟韵，递为连属。沧波渔火，满地星辰。峡壁涧峰，植圭攒剑。时有隐君子诛茅其中。殆[八]又山水环抱，形如弛弓。弓弰交处，是名两关。天设之险，兵燹不及。水东摩崖题云："此水可当兵十万，昔人空有客三千。"故[九]奥区奇甸，世称乐土，云[十]："顾僻在西陲，非宦游莫至。"

今标二十四景，庶游者按谱而往，得以遍观，乃此外别胜处非二十四所能限也。

一气说下如出岫春云，姿态横溢，令人应接不暇。直可括之曰，苍洱志矣。文笔简贵，而意趣正，是玩味不尽。钱塘张霈识。[十一]

【校记】

[一]（康熙）《云南通志》于此有"郦道元"。

[二]吊乌县东有叶榆水：（康熙）《云南通志》作"叶榆水，一名洱水"。

[三]（康熙）《云南通志》于此有"益州郡"。

[四]（康熙）《云南通志》无"今俗名'洱水'"。

[五]粟：（康熙）《云南通志》作"栗"。

[六]草：（康熙）《云南通志》作"卉"。

[七]（康熙）《云南通志》无"可漱"。

[八]殆：（康熙）《云南通志》作"唐人诗云：悬灯千嶂夕，卷幔五湖秋。此语殆为斯地也"。

[九]故：（康熙）《云南通志》作"是为"。

[十]（康熙）《云南通志》无"云"。

[十一]（康熙）《云南通志》无此评语。

敬所颂

逴逴往哲，德也天同。倚欤何其，作圣有功。曰钦曰祇，曰寅曰恭。惟此厥居，万应攸宗。周有太保，克迪前踪。细行必矜，大德聿崇。后先格王，实自厥躬。敬所一言，万古心胸。肆我相国，实似召公。学宿乾惕，德茂渊中。乃铭于心，乃扁于宫。神鉴在睫，雷震在聪。匪直肃外，用闶我中。维身之基，维善之丛。践历合极，日迈日隆。爰发其藏，妙用显融。于时干国，于时亮工。于时迓和，燕及壤穷。菲笃嘉绩，配彼元公。大哉斯所，鸿号无穷。

石斋赞

于斋维石，维我少师。匪名则然，实玄厥思。贞豫之介，微彰必知。敦艮之止，动静以时。我仪图之，谁其似之。帝赉者傅，天降者伊。金砺是用，阿衡是资。以今揆昔，公何让斯。爰究公学，孰窥厥元。养孟之刚，钻孔之坚。浩然塞中，卓尔立前。诞敷厥施，体备用全。若玉在山，若柱在川。泽及庶物，功成补天。坤维坐奠，坤轴立旋。繄兹硕肤，斋中出焉。嵩岳可配，琬琰可镌。愿公允留，作周孚先。

民事录引

《夏书》曰：戒之用休，董之用威，劝之以《九歌》俾勿壤。九功之德，皆可歌也，谓之九歌；六府三事，谓之九功；水、火、金、木、土、谷，谓之六府；正德、利用、厚生，谓之三事，是谓之善政，谓之养民。《民事录》录崇十业，戒用休也；录惩九蠹，董用威也；录诸图诗，劝以歌也；录忧职思，遵彝宪也；录询往迹，取善周也；录增五事，加润泽也；录箴解记，以身率厥属也。反复申告，先后甲庚，变佚为勤，期底于绩，六府可修，三事可和，九功可叙，九叙可歌，有弗休休者乎？戚戚者乎？於戏！兹聚峰先生，笃于教民者也。於戏！岂独可教一方也已[一]？作《民事录引》。

禺山文多摹于弘山文，多铸经，故自较胜一筹。[二]

【校记】

[一] 已：《滇系》作"哉"。

[二]《滇系》无此评语。

转注古音略后序

周保氏六书曰"转注"者，文字之变通也，非转文也。转声注义，变而通之，自然之音也。汉许氏以"考""老"为转注，转文类鲜，匪通也。宋王氏以"长为长长""行为行行"为转，至转声类夥，通也。吴氏以诸韵相通，转声相叶，一字数音。音函一义，援古作证，二千五百字奇，转注之极，通之极也。元杨氏以并累众文，互转成注，于文而弗于声，常也，匪变通也。夫六书相通，转注通音也。音载诸经，祖宗也。子史而下，咸子孙也，知音可通经也。升庵杨氏，博学好古，洞贯微奥，正许之拘，从王之正，补吴之阙，而昭保氏之教，斯《转注古音略》所以作也。方诸韵补，去取弥精，数亦几焉，才老斯道，不坠之幸慰矣乎？宜并传也，贰郡可亭赵君梓之，传也。

直截了当，如汉人注经，愈光序以古奥胜，此序以简质胜。

莆见素林公生祠集序

生祠何昉乎？周公曰记功，宗以功作元祀。王命享周公，亦曰明禋休享，斯后世生祠之礼之意乎？而奉于民尤难也。非有所私，感爱焉已尔。非有所求，遗爱焉已尔。

弘治初，莆[一]见素林公，以滇副使巡金沧。于时夷寇猖獗，盘据于宾川，首暴于赵，四境震惊。公乃疏城赵以遏寇冲。州宾川而卫之，以治其地。夷用屏息，民用安堵，赵尤赖之，咸胥庆以生。公去，胥念冈释，以事神者祠公，表祀公也，效禋享也，永爱于不忘也。越正德庚辰，巡察陈君原习至，曰："是人心弗容已者，祀弗可弗称。"乃碑。越嘉靖丙戌，守郡葛君志贞至，曰："某何敢拂民之好？祠弗可弗葺。"又碑。爰褒先今[二]祠祀，及公在赵所咏，为集以传，且视士云曰："子兹产，受赐如赵，盍序诸。"士云则起对曰："昔晦翁以范文正为宋朝人物第一，公在皇明，犹文正之在宋也。"迹公早岁立朝，谏宪宗请诛左道，风节挺挺，与为校理司谏者同，治南中诸所兴建，迄今赖之。与守邠延者同，晋用于孝宗、武宗之朝。抚江蜀，殄寇乱，与总西帅者同，晚起于今上。龙飞之日，掌邦禁，诘讦刑乱，崇论谠议，有裨新治，与参大政者又同。兹赵之祠，与邠庆之祠同矣！祠之诗文，与富穆诸贤亦同，异时庙享之配，与魏国之封，如周祀功宗，享明禋者。又将无不同斯，则有国史以传，若是集尤可为遐上[三]之对[四]云，览者宁不有感于斯。

水净沙明，文成法立，制胜处全在气韵。[五]

【校记】

[一] 莆：《滇系》作"莆田"。

[二] 今：《滇系》作"后"。

[三] 上：《滇系》作"土"。

[四] 对：《滇系》作"鉴"。

[五]《滇系》无此评语。

送邦伯刘公八觐序

予读汉章帝诏，致敕二千石，尚宽明，戒矫饰，未尝不窃叹曰："长者哉，帝之卓见也。"夫矫饰者，岂非所谓苛为察、刻为明、轻为德、重为威者乎？宽明者，岂非所谓安静不烦、恬愉无华者乎？夫苛为察，刻为明，轻为德，重为威者，非六条所察，刻暴烦扰者乎？匪直元和有之，元封以前亦有之矣。安静不烦者，非宣帝所称贤人君子者乎？匪直元和难得，神爵、五凤之间，亦未易得也。夫刻暴烦扰者，非若烹小鲜，扰之则乱者乎？民斯疾也，怨罔弗同矣。贤人君子者，非方而不刌，廉而不刿，直而不肆，光而不曜者乎？民所安也，怀罔弗同矣。二者，奚翅元元之休戚，虽阴阳和燮，国脉理乱，恒必由之。汉世英主，惓惓于是，有以哉！皇明稽古为治，尤重牧守。考课之典，视元封之制，加详也；褒嘉之典，视神爵、五凤之制，不殊也。然而吏治之削，犹元和也。惇惇者寡，犹元和也。圣明更化，德意屡颁。综核新贯，极严且备。颖川黄霸之治，宜有闻矣。吾大理，喜得刘公，政率自中，殆诚而能动者，其尚宽明者耶？贤人君子者耶？肆当入觐，天子宁不待以宣帝之待黄霸者耶？将治理如颖川，褒嘉如颖川，后之征诏如颖川，邦人蒙福，宁有既耶？罔俾循良，专美有汉，于公之兹行验之。

串插处如珠贯蝉联，锋利处可分犀解牛。

东平振旅诗序

嘉靖丁亥冬十一月，寻甸告变，安氏之遗孽也。戊子春正月，武定继变，凤氏之余孽也。二贼密迩于滇，胥煽以动。覆城邑，戕吏甿，东逼石城，南逼威楚，遂合围省下^[一]，要求劫胁，势甚炽。守城檄诸酋兵战守，以俟上命。噫！棘矣。维时青城周公，以副使饬戎于楪榆。选武勇，昭法令，悬赏格，厉兵秣马，驰至威楚。逆击贼回蹙之麓，却之，虑其潜出闲^[二]道，袭我要会^[三]，复驰至弄栋，据诸险隘，先扼之。命下，诏诸守臣，克期荡定，乃驰至滇阳，共图方略。公当分攻武定，与诸道互为掎^[四]角，遂深入而肆伐之^[五]。俘百人，馘二百四十人，招怀七百人，诸道所获未算焉。无何，元凶授首，而寻甸之贼，亦就擒矣^[六]。於戏！戮鲸鲵为京观，驯龙蛇为赤子，纾九重南顾之忧，戡黔中未有之祸，公克成厥功者也。兹振旅而旋，乡荐绅播之声诗，附劝以九歌之义，俾予序之。君子曰：惟用兵、德、刑、政、事、典、礼，不可易^[七]也。伐叛，刑也，刑行则威。柔服，德也，德立则惠。安民，政也，政成则亲。和众，事也，事时则利。军行有制，典也，典从则严。赏共刑否，礼也，礼顺则劝。公皆有焉。斯功之光定乎？可歌也已。行柄天下之兵，可觇也已。然则是诗也，《江汉》《采芑》之前驱乎？可作也已。

前半叙韬略，简而赅；后半赞事功，详以赡。直是左国文字。

【校记】

［一］省下：《滇系》作"会垣"。

［二］闲：《滇系》作"间"。

［三］会：《滇系》作"害"。

［四］掎：《滇系》作"犄"。

［五］《滇系》无"而肆伐之"。

［六］《滇系》无"矣"。

［七］易：《滇系》作"缺"。

送青岩余先生知嵋峨诗序

国家重师儒之职，简用特异，甲科遗才也，苟有声焉。得入台中，暨守贰令，长为郡邑，又有声焉。亦得入台中，暨诸省寺，与甲科之流，相颉颃也。周官曰："以贤得民。"记曰："能为师，然后能为长。能为长，然后能为君也。师而克任，冈弗克任，奚翅郡邑，虽方岳可也。奚翅台省，虽公辅之望亦可也。"昔在先正，若胡颐庵、魏文晋、年恭定，垂声震烈，皆其人也。今天子特下纶音，申令典，显拔儒硕，以实在位。青岩余先生掌教大理，再期耳。模则模，范则范，巡台旌之，抚台旌之，总制太司马伍公旌之。遂擢知嵋峨，将有进于嵋峨者也。青岩早得乡隽，以乙榜署教松滋，历安陆、公安，积有声效，甲科之遗才也，宜进与甲科之流相颉颃也。能为师，宜能为长，能为君也。今夫师之职以教，举道尊焉尔，而惟陋之安，鲜克励焉。斯画已，令之职以政。举德隆焉尔，而惟诟之集，鲜克励焉。斯画已，励则修，修则闻，闻则扬，扬则进，进则如鸿之渐也，谁能御之？青岩雅志也，式副国家简用之意哉！诸君子诗歌之赠，皆吾鼎也，予何能序之？乘韦先也。

短兵相接，势极廉悍，却有无数埋伏、照应在内。

江祀编序

《江祀编》，南渎献官太史[一]撰也。太史[二]祀南渎者，今天子龙飞楚甸，光绍丕图，分遣近臣，[三]遍于群望者也。祀四渎者，岳渎配天地，纪纲天下，明神之祀[四]，国之大事也。作江祀者，太史[五]钦承休命，职当载笔，宜颂鸿烈，观永久也。广哉渊乎，幽明感通，影响也。休咎征验，象类也。黍稷馨香，明德也。玉帛精洁，无苛慝也。祝史荐信，忠信也。此颂之义也。与序在位肆，懿德怀柔，及于河岳，一也。至其往来在道，形之永言，亦风雅之遗音也。盖求友生，怀兄弟，诵山甫，感时慨古，兼之矣。太史[六]同官咸论之，有以哉？编总曰：江祀，重所事也。太史[七]者，新都杨氏用修也。

章法如太极浑沦，句法、字法如星斗错落，是善学公谷而得其精蕴者。[八]

【校记】

〔一〕《滇系》此处有"氏"。

〔二〕《滇系》此处有"氏之"。

〔三〕《滇系》此处有"以"。

〔四〕明神之祀:《滇系》作"之明神"。

〔五〕〔六〕〔七〕《滇系》此处有"氏"。

〔八〕《滇系》无此评语。

重刊家礼四要序

《仪礼》首冠《昏》,终《丧祭》,人道始终备矣。节文度数详矣,而世降日滋,废且久矣。於戏!此文中子所重叹乎?宋晦庵文公,本《仪礼》,采诸家礼,作《家礼》一书,酌古准今,简易可行。我文皇帝颁学宫,其望于天下后世笃矣。琼山文庄公,檃栝家礼为仪节,尤简易也。今鹤田蒋公,又省仪节为四要,弥简易也。期俾人人可行已矣。公守广平,尝以是书肄诸生,力振颓风,复之古道。兹膺简命,贰滇宪,诘边戎,行部大理,亦以是书授诸生。移风畿辅者,以风遐土,急于教训,正俗者与?降典折刑者与?吾令侯汝言,请重梓,用广厥传,公可之。郡守富川刘君,亟谓令曰:"监司倡,吾与若为古之师帅也。慎诸!"梓成,汝言属士云序,因读而叹曰:"要哉!夫季氏之祭,至继以烛。"温公之仪,人所惮行,非烦乎?难乎?效古之意,不泥古之文,晦庵定论也。而略浮文,敦本实,窃附孔子,从先进遗意。晦庵作书之本指也,公兼得之哉。夫要,众体所会者也;易,易知也,简易从也。而礼之恭逊,仁之忠恳,义之时宜,知之密察,罔不咸已,虽《仪礼》亦可概也,学者勖诸。若夫下固生民之坊,上神圣神之化,公之序悉矣,学者绎诸。

入手数行,已探骊得珠以下,但逐段咏叹,而义自见。[一]

【校记】

〔一〕《滇系》无此评语。

送李君廷实知都匀序

都匀介瓯贵间，壤僻而险，旧置卫，兼领长官司，稔于弗靖。弘治中，迄用大兵戡定之。乃并设府，专统理，盖卫主镇，府主牧，镇主威，牧主化。镇以威而或戾，不若牧以化而可驯也。顾所统吏咸土授，民咸错种，号最难理。为守者，尤难于他守焉。铨部必慎简其人以充。李君廷实以右军都督幕府，擢守兹郡，或者难之，予知君之优为无难也。天下至[一]难驭者，军。军政尚严，严近刻，刻则众有弗辑之患。君参幕府，独济之以宽，宽非纵弛之谓也。宏裕博大以为容，御众之体也。军政尚密，密近烦，烦则下有多扰之患。君参幕府，独操之以简，简非不事事之谓也。剔繁举要以为务，临下之体也。执此以往，何难于守？亦何难于都匀哉？史臣赞循良曰："政畏急张，戒弗宽也。"又曰："理善烹鲜，贵崇简也。"宽有保字之仁，而感孚之道著；简有清静之义，而宁一之化成。脱肆威用智，嗤黄霸，笑卓茂，虽中土齐民弗利也。矧险僻难理者乎？昔卫飒守桂阳邦俗从化，任延守九真，徼外募义，皆善用宽简。移变边俗者，政迹章章，有辉汗简，人心岂独化于古，而难于今哉？然飒尝辟大[二]司徒，邓禹府，延尝为大司马属。赞画大猷，凤弘补益，故所至有声，君先后两参督府，世勋宿将。谭新宁、郭武定辈，咸倚重之，其为卫任二子奚难哉！行见都匀为桂阳九真之化矣。君[三]且行，五军幕僚合饯之，以予在乡曲，知君为悉。属序于予，予因道君之所以优为者，为都匀庆也。

意极深刻，笔极清峻，气极朴茂，局极宏广，非西京不能有此。[四]

【校记】

[一] 至：《滇系》作"之"。

[二] 大：底本作"太"，据《滇系》改。

[三] 君：底本作"军"，据《滇系》改。

[四]《滇系》无此评语。

董氏族谱序

《董氏族谱》，谱董氏之族也。董氏之先可知者，始祖蒙氏布燮成，入朝于唐，考诸史，咸通间也。成以下世次不可知，至段氏布燮生。生布燮诚；诚生布燮升；升生布燮庆、海、邓川同知宝；庆生鹤庆知事旻、嵩、沙罗长官赐，宝生救、长、泰，宣尉学录俊、佑，则历宋而元也。旻生太和总旗惠，以下，救生恭，以下，则入我皇明矣。夫世远族繁，匪征弗信，谱之作，难哉！作谱者，表溪巡检仁，鹤庆六世孙也。慨谱无存，而幸碑、表、志、状之尚存也，爰遵谱例，首图系，次履历，次文献，可知者谨书之，不可知者缺焉。谱成，将梓以传，属余序之。士云出邓川公裔也，窃欲谱而未成，喜表溪之有志也。序曰："夫自小史职亡，大宗法废，而后世谱学兴矣，然多借以华氏族，矜门阀，非奠世系、辨昭穆之懿意也。宋欧苏始严立法，天下宗之，然文忠尤以先世行于其躬、教于其子孙者，望于后人。明允亦曰：'观吾谱者，孝弟之心，可油然生矣。'呜呼！斯制谱之意，奚独奠世系、辨昭穆而已邪？表溪谢事于家，持身睦族，克慕前人，其作谱，拳拳于后之人者，非徒尔已矣。呜呼！后之人其尚念诸。"

简净朴老。[一]

【校记】

[一]《滇系》无此评语。

宁边茂绩诗序

国家边徼重地，必简命兵备臣莅之，准古兵刑合一之制，盖重任哉！顷议兵备，兵民并寄，卓异者必超格补用，尤重厥任焉。皇上入绍大统，登进英贤，时川姜公，既复仪部郎，遂陟[一]吾滇兵备副使，简厥克任重也。所莅即六诏之地，化久未覃[二]，草窃时起，甚而潜养祸阶，识者有隐忧焉。公至，奋为己任，曰："平民罔不寇贼。乃始乱，乃胥渐。在古则然，今岂异乎？圣人乃命降典，命平土，命播种，命制于刑之中。在古则然，今天子命我，亦岂[三]异乎？"于是宣德意，条方略，动中肯綮，又以赏罚鼓舞之，一扫近时玩愒之弊。逾时，小革面，大革心，四境肃清，颂声流闻矣[四]。公何以得此哉？盖公策驭酋豪，必折跋扈，必殄魁党，遏始乱也。夹怀诸类，必蠲苛政，必镌戒石，必严互察，闵胥渐也。山社有学，必颁制训，必给经书，敷教典也。疆域有守，必险走集，必严候斥，奠居土也。树畜有业，必予牛种，必垦污莱，必通货市，厚农生也。干纪有法，必矜眚过，必刑怙终，教祗德也。而治内也，尤恤民隐，慎彝宪，敦风教，禁淫慝，以为慰抚观示之方，不遗余力。

於戏！此明天子之命，古圣哲之法，惟公式克钦，承而备举，咸宜矣。夫遏始乱则祸弗滋，闵胥渐则梦可理，敷教典则化，奠土居则安，厚农生则足，教祗德则中，内治修则外益宁。非公明以照之，威以震之，才以运之，德以本之，乌能一弛张操纵间，而迩安远宁之若是耶？是可征公之卓异矣。刑可措，兵可销，克副兹重任矣。兹奏最有日，乡大夫士，乐公政之有成，庆遐土之有遭，且非可以久公也。标事列图，汇为声诗以歌之，属予序之，昔却缺有言。《夏书》曰："戒之用休，董之用威，劝之以九歌，俾勿坏，九功之德，皆可歌也。谓之九歌，德莫可歌，其谁来之？"今公之德，孰非可歌者乎？欲人弗歌得乎，其预有劝之道乎？虽然，此公之德在一方，歌于一时者耳，行将简在大廷，超格柄用，以总宪度，振兵机，望愈隆，任愈重，移一方之宁以救天下。德之可歌，愈大且久，书之吏策，被之管弦，与天下后世共之。今日之歌，奚足以尽公哉？

先生落笔总不作两汉以后文字，宜其沉浸秾郁乃尔。[五]

【校记】

[一] 陟：底本作"涉"，据《滇系》改。

[二] 覃：《滇系》作"单"。

[三] 岂：《滇系》作"其"。

[四]《滇系》无"矣"。

[五]《滇系》无此评语。

重观滇海序

本朝声教四讫，稽古作程，内简台史，外列臬司。观风于天下，一人大观在上，四方观化于下，非省方观民，何以设教？

嘉靖乙丑，聚峰毛先生，以台史观滇，维时中官肆虐罔遏，巨室封利罔幅，戎心叵测，罔驭曰："兹惟乱本，不可长，亟疏论状，咸得请大阉罢镇，群丑慹[一]服，迄于今赖之。"报命中伤左官，壬寅以金臬再至。再巡洱海摄诘戎兵，维时僰[二]盯久逸难变，陵德敝化难闲，草窃潜作难弭，甚而金沙可达。难于谋始，曰："兹亦惟乱本母狙[三]，乃教民[四]事，愍民淫，严斥堠。"议请疏江，图永久，余风[五]用殄，毕弃咎，亦罔不咸赖。升庵太史，题重观滇海，张之，乡大夫士歌之，进予序之，於乎！观之时义大矣。观之初六：童观，罔，鉴趣顺，谓之童观，斯昧。六二：窥观，寡，鉴从顺，谓之窥观，斯狭。六三：观我生，自审行，可，谓之生观，斯察。六四：观国之光，明，习国仪，谓之光观，斯有融。先生德兼三四，应上近五，故兹观风，上裨大观，下裨观化，隼可射，狐可获，戎可戒，孚可革，寇可御，大川可涉，观民设教，明哉熙哉！滇职永利，休哉！可歌已。予闻在昔。介轩王公、泽州杨公，观滇有辞。罔俾二公，专美西南，又可歌已，其诸观陕与天下者，咸若是，独滇乎哉？庸附群言之首。

抱定观卦作主，前叙两次巡滇，标举罢阉、镇服群丑、化夷弭乱、望堠疏江等事，已伏后，射隼、获狐、戒戎、涉川种种矣。末只一点自醒，文亦甚古，可云奇而法。

按：《滇志·名宦》毛凤韶，字瑞成，湖广麻城人，由进士起官御史。嘉靖间，按滇时阉镇为害，滇人苦之。诏至抗疏斥罢后，复以金事分巡金沧道，尤多惠政云。[六]

【校记】

[一] 慹：《滇系》作"詟"。

[二] 僰：康熙《云南通志》作"楚"。

[三] 狙：康熙《云南通志》作"纽"。

[四] 民：《滇系》作"事"。

[五] （康熙）《云南通志》此处有"纽"。

[六] （康熙）《云南通志》无此评语。

聚峰奏议序

监察御史聚峰先生，己丑按滇，壬辰按陕，汇多奏议。辑其要者，书为二策。夫滇西南服，陕西北服，系天下要害，钧也。自昔征怨兆忧，非增镇守，私坏法乎？非侵权利，放越轨乎？非暗边情，滋寇偷乎？非废边运，繁耗国乎？在诸藩亦有然者，置于不问稔矣。要有大于斯乎？先生毅为己责，乃建议，革之，抑之，处之，通之，不遗余力。五坏十蠹，五策四忧，三等三利之列，皆本仁义。尽事情，准古验，今请于朝，覆于部，下于制府行台，董振兴厘，一如俞旨。传曰：仁人之言，其利薄哉，有令德也。夫古今奏议，陆宣公为称首，权德舆叙于永贞。苏轼评于元祐，薄曈注于绍熙。咸惜其弗遇当时，冀其获遇后世云尔。先生遭逢圣明，经济之才，略见展布，中兴美业，与有补焉，鸿翼方渐遇矣。嗣有条贾董之言，纪贞观之政，金石不朽，汗简有光，无穷之闻，亦遇也。诗曰："乐只君子，德音不已。"有令名也。夫疏河议，附兹金滇宪请者，嘻，亦伟矣。

前半力争上流，有扼吭搤臂之势，后半风水相遭，自然成文。

三燕鹿鸣序

《鹿鸣》燕者，国家宾兴贤能之盛典也。三载一举，天下同期，御史以按台，颛临试事，燕焉！都御史以抚台，首修文告，燕焉！诸有事于试者，燕焉！登诸乡书，播诸天下后世者也。

嘉靖癸卯，白崖刘公抚滇，适其期焉[一]？上溯戊子，厥弟五泉公按滇，适其期焉[二]。又上溯弘治己酉，厥考石坡翁按滇，适其期焉[三]，父子兄弟，三燕鹿鸣，天下古今，鲜俪者与[四]。自昔父子举士，若杨氏于陵嗣复有矣，兄弟未也。兄弟判台，若李氏岷峒有矣，父子未也。三世益州，若周氏访抚泊楚有矣，节制一道未也。刘氏非天下古今，鲜俪者与。矧西夷未静，玩愒成风，石坡翁大振台纲，一时震肃。东鄙甫平，戍卒内讧，五泉公力遏乱略，帖然底定。顷边境虽宁，戒心叵测，白崖公先事永图，增柘[五]防守，既揆文教，尤奋武卫，咸有造于滇。故石坡翁历都台，抚贵竹，二留部，讫晋尚书。五泉公历银台，尹京兆，丞都台，抚山右。白崖公行且正台席，握枢管，追配于考，媲美于弟，而光大焉！咸有辞于永世[六]。尤天下古今，鲜俪者与。云获诵三燕《鹿鸣》之什，窃为天下颂，且庆吾滇之有遭也，于是乎书。

事奇，文之结构亦奇，惟其咸有造于滇，文乃不徒作。[七]

【校记】

[一][二][三]《滇系》无"焉"。

[四] 鲜俪者与：《滇系》作"鲜有俪者"。

[五] 柘：《滇系》作"拓"。

[六] 世：《滇系》作"也"。

[七]《滇系》无此评语。

梧冈书院记

　　木密城北，有老子之宫，居人以为媚神。岁时会赛，杂糅成风，隐蔽也久矣。皇帝改元嘉靖，百度咸贞，云南布政司参政刘公，来守是道，得其状，叹曰："邪慝弗祛，曷宣化理？正学弗迪，曷兴善类？非吾徒之责欤？吾知之弗任，任且弗力，其谓之何？"既曰："是宫也，可毁，俾无兜毁之重劳，曷易为书院？因增饬之，费不寡，功不即乎？斯所也，未能兴学，其子弟恶忍无教？由兹诱奖，俾克乡慕。俗可革，慝可劝，抑不有俊秀嗣起，与庠序之士，并升为朝家之用者乎？"遂下令撤老子之额，去诸像，投诸水，移诸其徒而入之。且白于巡抚都御史柏山王公、巡按御史罗公，佥曰："可哉。"公乃下所司营画，基可广者若干，材可仍者若干。不足，取具于免役、赎刑、赃罚者若干。中为堂三甃，左右为斋房各三甃，前为仪门一甃，又前为大门三甃。堂之后，为藏修游息书房三甃。工以佣，匪逮于民；财以法，匪预于官；举以时，匪赢于诎。旬三浃而告成，名曰"梧冈书院"。守御千户魏銮书来征记，余惟书院之制，肇于唐宋，其最著，若岳麓、石鼓、白鹿洞是已。盖庠序未修，士学无所，辄依林薮之精庐，聚徒讲业，为政者或因而褒之。皇明文教熙洽，学校遍海宇，滇虽遐服，亦浸与中州齿。木密为滇扼塞，武人守关，然兔置中林，姬化弗遗，在上者何可无风厉化导之术耶？肆公斯举，其嘉惠一方之意笃矣。矧殄厥颓风，复之大道，凛然孔孟，辟异端距杨墨家法，其卫翼斯之道之功伟矣。学于此者，必仰体公之心无负，必仅循白鹿洞之规，并服岳麓、石鼓诸先正之训无斁。养之静，察之明，守之确。居则复性惇伦，以淑身范俗；出则推所有以利物，无弗可者。斯其可尚也已。不则惰焉诞焉，畔道凌德，而人罔攸赖焉。斯其可恶也已。不亦大孤夫今兹之创举耶？斯尤可念也已。公名鹤，字维新，蜀之巴人。两参滇藩，其经略边壤，康济军氓，剔蠹夷奸，率先大体固弗止此者，而此其一云。

邪慝弗祛四语，立片言以居要，擅一篇之警策。木密，志无考。按：张南园建寻甸府城记言："安铨作乱，钹杨林，龈木密。"殆近寻甸之地与？

太和县学尊经阁记

我祖宗以经书颁布学宫，以[一]树教于天下，与成周诗书礼乐，皆在庠序者，越宇宙而同符。故环海之内，学皆有书，书多有阁，阁以尊经名、示慎重，亦张伯玉意也。太和洪武乙亥建学，维时草创，藏书无所，阅百三十年，循旧就简，经书散逸，鲜有存者，士窃病之。嘉靖壬午，宪副夷陵郑公元，以提学至，请于巡抚都宪黄岩王公，檄购经史子集若干卷，楗之堂左，士咸感奋。明年癸未冬，宪副太仓姜公龙，以兵备至，谓郡守李侯楫曰："书缉矣，必薪于久，盍阁乎？"既曰："度位筑基，因基选材，费不广，功不殷，缩予俸余，无预公帑，阁弗可成耶？"谓邑令朱俨曰："其以时事事。"乃建阁于堂之东，自甲申春正月，迄夏六月告成。修广三寻，崇损五一，四阿重檐，四旁夹窗。闳爽有度，质文相钧，升楗于中，列帙如序。士益咸[二]感奋。既成之明日，公率文武属吏落之，乃进诸生曰："国朝以经术造士，所以重稽古，求道真，图弘治理，匪为文具焉耳。"颁书之训有之，高皇帝曰："五经载圣人之道者也。君子知学则道兴，小人知学则俗美。"他日收效，必本于此。文皇帝曰："此学者之本根，圣贤精义悉具矣。学而弗勉，是自弃也。"大哉皇言，万代如见，惠我后之人笃矣。兹书之完，阁之作，将以祗承圣谟，风劝士类，用保惠于无穷。俾勿坏。诸生必服膺圣训，必求道于精义。《易》得絜静精微焉，《书》得疏通知远焉，《诗》得温柔敦厚焉，《春秋》得属辞比事焉，《礼》《乐》得恭俭庄敬、广博易良焉。如孔子之所云者，得之心，润之身，行之家，效之乡国天下，庶于祖宗教养罔极之恩，为不负矣。脱曰："以青紫明经，甚而畔经，岂所望于士邪？念之哉！"咸再拜受教，益加感奋，教谕郝凤，朝列其事来告，且曰："惟王公，暨郑公，克存厥始，惟公克永厥终，旷于往昔，肇自今兹，可书已。"矧公风节旧闻，保厘遐土，殄寇以辑黎人，崇化以正颓俗。戎威之表，增修德焉；宪度之中，亟振教焉！多此类者[三]，而此其先，又可书已，愿记之，以告来者。士云方为吾党庆幸，奚可以谢陋辞？遂记之，尚永观于后记[四]。

　　渊雅肃穆，古文中堂堂之阵。[五]

【校记】

　　[一]《滇系》无"以"。

　　[二]《滇系》无"咸"。

　　[三]《滇系》无"多此类者"。

　　[四]《滇系》无"尚永观于后记"。

　　[五]《滇系》无此评语。

新建会讲堂记

　　嘉靖九年冬，大参巴蜀刘公鹤年，来守金沧。至大理谒庙之日，登堂课诸生，进学官知讲堂阙状。号舍有楼，亦莽焉，旧矣。相故[一]址浅隘弗宜，且密迩庙殿，时或哗闻，非所以妥神也。乃得隙地于学之西，高爽溥长，并学而隆。适龙尾关有淫祠焉，妖巫假神，效尤河伯，公亟命夷之。撤其材，材兹堂舍，舍为八号，号为三区。左區为"格至[二]诚正"；右區为"修齐治平"。闳门列垣，翼学而起。贰守陈君魁具事属某为记。某无似，曷能为役？然公严明方正，所至崇正辟邪，緊弘化理。兹举实惠吾党，曷容以默？惟孔子以学之不讲为忧，以朋友讲习为丽泽之象。学贵于讲，讲资于会也允矣。按《说文》，讲为论、为谋、为究、为解。夫论必稽之众，谋必询之同，究必精之极，解必说之详。夫论之众，必博学已；谋之同，必审问已；究之极，必慎思已；解之详，必明辨已。讲之事毕矣，凡以明吾善也。夫善，吾之性，天之元也，经之训也。禀而弗学，是弃谷也；学而弗讲，种弗耨也。讲焉止矣，弗体于已，弗泽诸物，耨弗获，获弗食，食弗肥也。呜呼！此学之贵于行也。不则虽多识之学，攻坚之问，通微之思，解颐之辨，只为系韦条、穿岩穴藻、绣鞶帨，世儒之学已矣。于吾善也何有？若夫群居饱食，如圣门所訾者，又何望焉？呜呼！此公建堂扁舍义也，实古人全体大用之实学也，亦国家建学造士之本意也，吾党盍共绎之？

朴茂中有疏古之致，其引礼运处亦恰当。[三]

【校记】

[一]《滇系》无"故"。

[二] 至：《滇系》作"致"。

[三]《滇系》无此评语。

新建楚雄府龙岗书院记

威[一]楚城西有阜隆起，曰"卧龙岗"。旧传汉诸葛武侯南征，尝屯兵于此，故名。嘉靖癸未，祝子以户部郎中，来知郡事，阅郡乘，参史志，叹曰："武侯三代以下，一人而已，昔人议其列侍圣门，夫亦何歉？"故隆中以寓居既祠之，且为书院以养士矣。兹惟过化之地，名并隆中，固弗可表厥风烈，以视后之人邪？乃斥淫祠五显庙者，因增饰之，中为堂三楹，肖侯之像，匾曰"人龙"。左右为斋舍各六楹，前为中门三楹，又为大门，为绰楔，匾曰"龙冈书院"。庖湢、廪饩、几席、膏火之具，咸备焉。拔四库弟子讲习于中，时躬督课，学者争自奋砺。镇南州守何思、司教年缉，分教樊相，以是举宜有传，书来征记。於乎！龙，灵物也。圣人作易始于乾，而爻象皆取于龙，盖乾之德，犹龙之德，乾道变化，犹龙之变化也。体用隐显，惟时焉尔。故文言于初九有曰："乐则行之，忧则违之，确乎其不可拔，潜龙也。由二而上，则曰龙德正中焉，进德修业，且及时焉，圣人作而万物睹焉，动有悔焉。此龙之见也，惕也，跃而飞且亢也。"说者以伊傅当之，颜子龙德而隐者也。呜呼！岂独数圣贤然哉？君子法乾，是亦龙而已矣。后世若武侯者，殆亦近之者耶，当时谓之卧龙，袁宏亦以初九龙蟠赞之，其果知侯已乎？迹其躬耕垄亩，不求闻达，抱膝长吟，寓意深远，自比管乐，盖亦谦词，其志操如此者。静以修身，俭以养德，学以广才，静以成学，研精理性，惜岁与时，其学术有如此者。三顾既勤，幡然而起，明汉贼之大义，以复兴为己任。草庐定计，终身不易^[二]；受遗托孤，出师上表^[三]，卒皆不食其言。虽功业未就，而复皇极，正人心，挽回先王仁义之风，垂之万世，与日月齐光可也。其出处忠义经纶事业有如此者。呜呼！侯岂惟近于初九潜龙者邪？然则祝子建院像侯，而所以揭名者，非有见于斯乎？其素切于慕侯者乎？亦欲学者慕侯而兴起乎？学者能弗感于斯乎？周子曰："士希贤，贤希圣。"盖必志侯之志，学侯之学，直以伊傅、颜子为归，然后可。故曰：君子法乾，是亦龙而已矣。

从武侯南征屯兵，过化之地，命名立义，说非附会，义极精深，语无泛设，至文之跌宕雄奇，在集中另是一体。^[四]

【校记】

［一］威：《滇系》作"越"。

［二］《滇系》无"终身不易"。

［三］《滇系》无"出师上表"。

［四］《滇系》无此评语。

鹤庆府儒学进士题名记

夫士之学也，始籍于学有名。其进也，始录于乡，有名；又录于礼官，有名；进录于大廷，有名；既立石于太学，又有名。夫士至名于乡，一乡之士已；至名于大廷，则天下之士已；又名于太学之石，不啻以天下士望之已。夫士至于名天下后世，岂易得哉？

名不易得，实之难副也。名足荣也，亦足忧也。其端可恃者安在哉？亦求其实已矣。叔孙豹论不朽，以太上立德，次立功，次立言。孔门教人，亦以此为四科，此实之说也。夫士苟善实有诸己也，泽实被诸物也，辞实行诸远也，由颜闵诸贤而上之也。人将指其名而称之曰："此其天下士也。"不则将指而议之曰："此无闻无称之终有辞于永世，不则君子之所疾已。"名以天下士，而不免于议，岂所望于士耶？然则石之题名，荣在兹，忧亦在兹。

国之所以砺士者也，制也。乡学题名，非制也，亦制之遗意也。盖太学，海内之士萃焉，群而观之，使夫人自砺，又因砺后之人也；乡学，封内之士萃焉，群而观之，亦使夫人自砺，又因砺后之人也。

鹤庆为滇远郡，皇明建学，肇科登进士者，弘治壬戌始得一人焉，正德庚辰又得一人焉。国家之化成，山川之孕毓，积之久而发之迟，亦自有时哉。嗣是而登者，殆方盛乎。常熟胡公堂以大理少卿来知郡事，一意风教。偕同知张君廷俊、通判彭君兰、推官戴君时，既新庙学，乃砻石，题既登者之名，且俟将来。欲始籍于学者知所观，因名求实，以进于天下士之列。晓自砺，又因砺后之人也。

足荣，足忧，自砺，砺后之人。从题名说出许大作用，极有关系文字。

鹤庆府南供河记

南供河在府治西南二十里，发源山神哨至白杨场，俗称龙泉者。三穴啮涧喷出，暵旱弗缩。下流恒用泓演，东入漾共江，南甸田咸仰溉焉，故名。盖濒河左为大沟，引水而北者四，右为大沟，引水而南者三，因各为支沟，以注田者不计焉。田为亩余五万，赋为石余五百，户为数百，居为千余室，河之利溥矣。而恃以为利者，龙泉耳。龙泉迤南为高阜，旷土可若干亩，势家窥利，欲横截泉水而用之，在正统中为土酉，成化中为守御，弘治中为豪民，某某长康民，以遏我上流，辄讼之，诸弗得逞。正德庚辰，有豪民者，蹴故智诡辞于府，祈垦田轮输赋里中，老承勘得赂，报可。遂给印帖，登版册。民泣诉者相属，豪民者复诡辞于藩司，诬众之倾己，下府覆之。太守王君甫下车，得其情，叹曰："此地此水果可利，昔人当先为之矣，奚俟今日哉？夫以弃地而病良田，恣一夫以戚众庶，奚可哉？"乃追帖、削册，咸伏其辜。民欢呼，相谓曰："微我公，南甸其莱矣。"夫人效尤者，亦永有惩乎。谋于乡贡士赵德宏、国子生杨怀玉、郡学生李绍纶辈，纪事于石，请予记。於戏！民非谷弗生，谷非土弗殖，土非水弗滋。故禹谟六府，洪范五行，皆水居先。而后世河渠之书、沟洫之志加详矣。盖善为民者，所以兴水利也。涸也，为之畜引；溢也，为之分泄；废也，为之修复。又患民之争也，则为之禁令，所以禁其争也。抑强暴而已矣，杜侵夺而已矣。昔关中仰郑、白二渠溉田，而豪戚壅上游，取砲利，夺农用。李栖筠请皆彻毁，唐史书之，辉映简策。南供之利，郑、白渠之类也。龙泉之遏，上游之壅也；高皁之地，百砲之类也。恶可以小而妨大？君之意，固李君也，是宜书。然李以高才擢给事，方挺不屈，出刺常州，治行最卓。君亦以给事言事补外，稍迁台省。兹守鹤，多惠政，其风节治绩，亦李若也，又宜书。君名昂，字仲容，广安人，起弘治乙丑进士。

澄之不清，挠之不浊。

范滂揽辔图跋

此范孟博揽辔图也。余读本传，未尝不叹其风力之劲，而惜其去就之可议也。方其按盗冀州，守令望风解去，是虽登车一念之烈，震垒境内，亦少励清节之声，有以先之也。挽污浊之风，而清明于一旦，孰谓无所自哉？然孟博于此，即当不复仕矣。应诏举，谣言尚书，且疑之，已且投劾去矣。使遂怀可卷之道，体如愚之哲，不其邵钦？未几，复就宗资之辟，竟罹党狱，斯可惜矣。虽然，当时与孟博同清风者，有扫除天下之志如蕃，有董正天下之志如晊。其物色落莫久矣，今此图凛然独存，岂非孤标遗烈，卓尔不群者乎？朱零仰服其清裁，王甫改容于狱对，乡人候迎，士夫侍立，诏使闲传之泣，岂易得者？呜呼！此图之所以传也，或者以元礼蕴义生风，鼓动流俗，天下士波荡从之，然则孟博有所激而然钦？呜呼！孟博，与李、杜齐名者也，虽无元礼犹兴，余因是而辨之。

胸有特识，笔亦森严，苏之爽快、欧之风神兼而有之。[一]

【校记】

［一］（康熙）《大理府志》无此评语。

书待漏院记后

愚读《待漏院记》，至待漏之际，相君得不有所思乎？其思之云云，其效至于皇风清夷，苍生富庶。其思之云云，其弊遂至于政柄隳，帝室危矣。呜呼！何思之善而利之溥，何思之不善而害之广若是耶？根于一念之微而肇乎？理乱安危之大，发于斯，须之近，而被于海宇民物之远。分舜、跖于鸡鸣，判皋、共于夙夜，其皆职于此乎？试观往牒，思曰赞赞者，百工奏底绩之功；思曰孜孜者，万邦成作乂之效。思如偃月，则祸人家国者岂小乎？信矣哉。一国之政，万人之命，系于宰相，不可以不慎也。慎之之道，亦惟去其思不善者，而就其思之善者，如是而已矣。尚何禹、皋之足让，而世道不登三咸五也哉。呜呼！斯固元之作记之意也。

苍深简深，实大声宏。

书啾鸣集后

《啾鸣集》者，东洱张子诗集也。何名啾鸣？谦也。何谦尔？和鸣而自为小鸣也。何为和鸣？东洱阅历多变发之声，诗者和平厚温，和鸣而自为小鸣也。何为多变和鸣？为廷尉评，以忤出；为秋官郎，又以忤出。及判江州，又以蕃祸累。始虽人胜，终则天定。人胜者，变也。天定者，常也。东洱可常可变，弗激烈弗沮。发之声诗者，一写情性之正，斯多变而和鸣也，和鸣则其鸣也大矣。而自名啾鸣，非小鸣也，谦也。昔孔子论诗，可以兴观群怨，事父事君，皆言和鸣者也。孟子亦谓闻乐知德。若季札所观是已。览是集者，以是求之。庶矣乎！

朱子谓《离骚》为《国风》《小雅》之遗，以其性情之正耳，此集惜乎无传，文颇有古趣，非徒袭取公谷之貌者。

题南巡纪略

宋欧阳文忠公曰："文学止于润身，政事可以及物。"吾昔官夷陵，因取架阁陈年公案，反复观之，见其枉直乖错，不可胜数，违法徇情，何所不有？且夷陵荒远褊小，尚如此，天下固可知也。当时仰天誓心曰："自尔遇事，不敢忽也。"苏明允父子尝闻此语，余每诵之，未尝不感叹焉。比宪金卓峰王公以书来视，启械，则《南巡纪略》也。阅之终篇，则按部兴革之大者也。於戏！滇之荒远，犹夷陵也；郡邑褊小，犹夷陵也；政事乖错，犹夷陵也；宜公之不敢忽，犹欧阳公也。书曰：罔曰弗克，惟既厥心，罔曰民寡，惟慎厥事。为政者允若兹之于天下也何有，况滇乎？

落落数言，皆可感发，义精理熟故也。

题述书赋后

卫巨山《四体书势》，自沮、苍以迄魏、晋。王简穆《论书》，自张、韦以迄宋、齐。沿革高下，咸有定论。载在史策，千古下人获观焉。窦员外《述书赋》，自周《史籀》，迄唐乾元之初，评品兴喻，犹魏王也。书评而下，亦咸有议。厥兄司业，称其精穷要旨，详辩秘义，信矣。而唐史不载，希得见之。然司业青囊书画拾遗，亦列于志，此赋弗列，史之遗欤？书之显晦，有遇有不遇欤？时川先生，近得写本梓之，盖欲与魏王之论，并传于世云尔。

可为考古之一助。

董母尹氏墓碣

叔母尹氏有完节，可以风也。叔父董公病革，与检庵伯父、朴庵先君诀，既呼叔母曰："若能有柏舟之志，当矢予。"叔母拔发踽曰："所不如遗命，有如此发。"公曰："予瞑目矣，复何言？"后果有夺志者，叔母奋曰："死者其忍负乎？拔发之言在也。"闻者愧沮，竟养姑育子，见公地下，不食其言，可谓完节矣。呜呼！今法令所彰者，非若人乎？泯没草间者，无若人乎？独若人乎？可以风节也。叔母讳桂椿，考仁，生天顺。壬午四月初二日卒，正德乙亥五月十一日，合葬于公。子士贤拟刻石于墓，士云曰："余可略也。"谨书此以为碣，且告之凡为妇者。

只此已传，予最厌今之联篇累牍者，其无异买菜求益矣。

此与王钝庵《伍公墓志》同一可法。

敬庵先生墓表

我先生董公，讳璧，字连城，号敬庵，学者称为敬庵先生。考讳锐，妣董氏，本赵姓，外祖讳继先，无子，以先生后，因姓焉。幼颖敏，祖甚奇，爱之，命禀学于先郫令杨公廷玉。公师道尊严，少许可独称先生。初为郡弟子员，巡按肃轩，郭公叩之，大异其文，遂名动士林。成化丙午，领乡荐，一上春官，弗偶。弘治丙辰，中乙榜，以年限铨署蒙化训导。事为禄养，且期再举。在蒙模范科条，动则古人，士咸有造。壬戌，再上春官，弗偶。甲子，擢教谕蜀之富顺，教法如蒙，士益咸有造，部使者，以优异闻。正德癸酉，擢知保宁巴县，无何，巴为州，改夔之太平。太平新设，在万山中，流寇渊薮，大军甫戡定。恃县绥之时，疮痍未瘳，荆榛满目，公私赤立，庶事草创。先生摩抚经营，日不暇给，既而居者宁，流者复，梗者熟，化者构，整整聿为完邑，又以优异闻。更知青神，青神繁剧，悍胥黠吏为我民蠹，要官势人又掣肘焉。先生一意抚字，力为绳抑，民甚宜之，不便私者莫利焉。先生屡请谢事，当道慰留之。嘉靖甲申，以秩满乞归，抵家。明年，乙酉夏，大旱，躬率乡人，积精走祷。三日，大雨沾足，众比之束先生云。

倏构疾，以六月十二日告终，享年六十有三。呜呼！先生之德，之才，独可师二庠、牧三邑已乎？小试焉尔，而辄有声。士云早立门墙，见其博探约取而文学富，气和貌温而充养粹，志洁行修而操履端，念厥祖事厥考而笃于孝，爱厥弟而笃于友仁宗族，交朋友礼乡党睦而信让，兹岂复有如先生者乎？出而事君，又为良师、牧如此，其所谓有德于民，殁而可祭于社者乎。配杨氏，先卒；继刘氏，亦卒。子二人，杨出，长范；次节，郡学生，克承家学，后先生三日卒，可惜也已。范以是年后十二月庚申奉葬于弘圭先茔，其邑里世次如家礼，刻于志石。某谨为表，以揭于先生之墓。

张家妇墓碑

予友乡贡进士张愈光以书来曰："含妻卢氏亡矣，愿丐碑铭。"且为状曰：卢氏，云南都指挥充参将讳和女也。参将才识雄俊，有机辩，滇人一口，号贵富骄盈家。然知读书识字，内交吾人。吾翁司徒公为吏部时，求儿妇于滇卜卢氏，得咸聘之。既笄，来归。吾母夫人，时在永昌，见其娓娓晏晏，喜曰："可为家妇矣！"又恐习骄盈家气，必严以端之，吾翁转南户侍，夫妇往侍，翁喜且教之曰："女姑谓女染骄盈家气，然乎唯唯愧悟，蹶然顿改。"舅姑乃咸喜曰："妇非复贵富骄盈家人矣。"西还，以千数百指难一居，卜邻宅，俾居之。命曰："儿慎尔居，惟与覆在尔，躬念哉。夫慎妇弗慎，弗妇滋哉！"夫妇奉命惟谨，较侍左右益敬，含好施乐，交吾妻尽市装养之饰以助，无难色。宾至，亟为具以俟，未尝苟。甚惜百物，饮食不择淡薄，衣服无纨绮。

自嫁过门，仅再归，规规诂诂，亦腼甚，悔幼染武弁家气，噬脐不可复。生女一，妾生梧梓二子，字之均一。梓孩病疮，脓血秽不可堪。躬摩爬搔洗之劳，恒以手枕藉之，否则恒喧不绝，手痛不敢移左右。臂中寒，阴雨辄痛。遇外内族，卑尊敌己，秩有恩礼，人咸多之。含廿年病肺，赖勤家承，而不专迩。复因含构厉疾，乃亦病，恐夫轸之，强事事。略不床枕一日，剧遂卒，嘉靖丙戌二月壬午也，年甫四十有二。舅姑临之，哭曰："今妇非昔妇。"二子哭之痛，幼者几欲绝，曰："吾母字兄与梓如吾姊也。"妾婢僮仆哭亦痛，曰："主母约躬而丰，吾旅且恒也。"含坎壙场屋，遗之以肆，未得一日贵。念其颇修而夭而终，贱而绝，可哀。将以是年月日葬郡北之阿夷山。先祖考功，公手穴地也。愿丐铭碑，图不朽。予稔耳卢之贤，知愈光之状，核也，遂为碑铭曰：娟娟柔质，学于舅姑。克禀厥训，宜其室家。濯彼昔染，肆成令抚。碑阿夷者，家妇之墓。

笔端大费周旋，然其用意处，已如盐着水中，味之无极。

明故四川按察使司佥事张公墓志铭

嘉靖丁亥十一月，丙申四川按察司佥事张公卒于官。明年戊子十一月庚申，归葬弘圭山新兆之域。又明年己丑六月甲申乃碑，其孤应元、应熊，捧状，丐予铭。予宿爱公知，其忍辞？公讳云鹏，字天翼，家太和之上洪坪。祖讳宁举，文学辟家塾，有高尚风，父讳浩丞，开河驿，以毅皇帝即位，恩用公官，赠左评事。母李氏，封太孺人。公少颖异沉静，起邓川诸生，领弘治乙卯乡荐，登壬戌进士第。观兵部政，奉命班钱式，使山、陕、川、云、贵。乙丑授大理寺左评事，以明允称，丁卯迁寺副。逆瑾窃柄，公以平反亢之，谪丞宁远县，士论壮之。迁知湘阴，未赴，奔太孺人丧，丧毕，瑾诛。壬申召为刑部山西司主事，迁员外郎、郎中，守法弥坚，争议不阿，部长衔之。乙亥出同知和州，迁通判九江，咸有治状，部使交荐之，宁濠之变，郡城陷，公先以檄公出，当路概论失守。公弗辩，竟得白。左调知宜宾，部使最公治状，移诹兴革之宜亟者，得公报牍。历历中肯綮，因数荐之。乙酉迁同知南宁，未赴，转今官，奉玺书，饬叙泸诸处戎事，威怀并用，风生誉长，先是石城酿乱，公偕诸道，勠力荡定，巡抚郑公，上其功，被劳赉焉。镇雄黠酋，逐流守，南鄙震惊，公偕诸道深入，设奇，购折戎首，遘疾驰。至泸，处分后事，衣冠坐不起，年六十有一。呜呼！公遽止是哉。士节为大，才次之。公前后更迭外内，辄举职，才也；屡触权要，摈斥惟甘，不以祸福婴其中，节也。才可能也，节不可能也，以是盖棺可也。弗究厥施者，天乎，其事太孺人，色养兼至，迎于京邸，邃远殊土，惧戚。太孺人，豫奉归，属弟云鹗，侍慰必谨。弟卒，字其孤如子，皆难能者。配孺人李氏，雅称克相；子男二：应元，李出；应熊，侧室谭出。俱府学生。女一：琼华，尚幼。公貌温性刚，居常言不出口，临事是非，屹然不可夺，与时龃龉弗渝也。善吟咏，尤耽杜诗，兴至，未尝不歌，歌未尝不流涕，有集曰《啾鸣》，予尝序之，东洱其别号云。铭曰：羞彼脂韦兮，我则为玉与金。彼析灶奥兮，我则畏天与人。矧往复兮屈必信，棱棱大节兮摩秋旻，超百祀兮垂令闻，虽化弗化兮凛若存，刊药石兮告无垠。

志简铭老，亦有远神。[一]

【校记】

［一］《滇系》无此评语。

祭复斋先生文

呜呼！岁昔甲寅，予实无似。获识兄贤，遂同几研。资梏砺者，凡五六年。我病兄箴，我过兄督。如蓬之倚麻，泥之托甄。戊午之捷，兄既先骞。辛酉之幸，偶若兄言。寻温会于朝音，喜鄙吝之载蠲。迨甲子之北上，亦謦并而镳联。虎观宵钟，鸿都昼漏。倏四阅乎寒暄，谓学必先诸经，次诸史，而后及诸子百家之编。兄友我诗，我师兄易。书则质于体元，加以子鲁之相信。频朝攻而夕辨，欲溯流而穷源。戊辰辛未，间关三陟，坎壈五返，而策励之弥坚。甲戌之行，兄既宅忧，我独往还。丙子之约，兄出门而犹豫，我先发而流连。南宁之书，沾益之次，恒日著乎著鞭。丁丑之幸，兄之望我甚至，愧不能副兄之万一焉。庚辰之捷，奋蛇龙于久蛰之余，贯鸣鹄于持满之末。固兄余事，而英豪入谷，大厌物望，倍增重于吾滇。及于有湖贵之使，陟岵之变，复相见于京邸。兄虽抱疾，而拳拳于天下国家者，首疏圣学用人之篇。连屏之绘，丹宸之箴，期异世而同传。且谓尚有言而未敢尽，恐来齐国佐之愆。予既南奔，尺书之枉，手笔灿然，讵意在告之章再上，纂修之命甫下，而兄不少延耶？呜呼痛哉！兄之孝友绝人，文学发闻，自足以不朽矣。惟不可测之识，不可局之才，不可穷之辩，曾不得一试而至此，夫岂非天邪？呜呼！渠黄白蚁，一日千里，虽未尝越国过都、迥造西极，固亦以屈孙阳之顾，而空十二之天。闲第予少兄二年，从兄几三十年，道义之交，儿女之托，期之无涯，而中道弃捐，又安能已于泣涕之涟涟邪？

凄惋中有奇警，列目处不减长公祭司马温公文。

合骈词、韵语、散行为一手，却本宋人法度而序，彼此交好情事，尤参差历落可观。

星野辩^[一]

按班固《志·天文》曰："觜、觿、参，益州，东井、舆鬼，雍州。"《志·地理》曰："东井、舆鬼，秦之分野也。其界自弘农故关以西，京兆、扶风、冯翊、北地、上郡、西河、安定、天水、陇西，南有巴蜀、广汉、犍为、武都，西有金城、武威、张掖、酒泉，又西南有牂柯、越嶲、益州，皆宜属焉。觜、觿、参，魏之分野也。其界自高陵以东尽河东、河内，南有陈留，乃汝南之召陵，浸疆、新汲、西华、长平、颍川之舞阳、郾许、马陵、河南之开封、中牟、武阳之酸枣卷，皆魏分也。"是班自异矣。

皇甫谧帝王世纪，自毕十二度至东井十五度，曰实沈之次，今晋魏分野；自井十六度至柳八度，曰鹑首之次，今秦之分野。是谧异于班矣。故杜佑议二子甚为乖互，未知取舍，何所准的。然费直起毕九度，蔡邕起毕六度，为实沈；费直起井十二度，蔡邕起井十度，为鹑首。陈卓、范蠡、鬼谷先生、张良、诸葛亮、谯周、张衡并云："觜、参，魏，益州，益州入参七度，越嶲入觜三度。"李淳风以自毕至东井为实沈，魏之分野属益州，是又异于班矣。洪容斋谓魏分晋地，得河内、河东数十县，于益州亦不相干，岂非蔽于天而不知地乎？僧一行以东井、舆鬼，鹑首也。初，东井十二度，余二千一百七十二，秒十五太。中，东井二十七度。终，柳六度。

自汉三辅，及北地、上郡、安定，西自陇坻至河右，西南尽巴蜀、汉中之地，及西南夷犍为、越巂、益州郡，极南河之表。东至牂牁，古秦、梁、豳、芮、丰、毕、骀、扛，有扈、密、泾州，须、庸、蜀、羌、髳之国。东井居两河之阴，自山河上流，当地络之西北。舆鬼居两河之阳，自汉中东尽华阳，与鹑火相接，当地络之东南。鹑首之外，云汉潜流而未达，故狼星在江河上流之西，弧矢犬鸡，皆徼外之备也。西羌、吐蕃、土谷浑，及西南徼外夷，皆占狼星，是又详于班矣。近苏伯衡氏犹以为疏远，而著论有异同焉？夫合梁于雍地相近也。连实沈于鹑首，次相近也。兼参伐于井鬼，宿相近也。矧悬象在天，其本在地，星之与土，以精气相属，而不系于方隅。其占测，以河山为界，而不主于州国，此一行之所独究者也。分野指列宿所属之星，上古书已亡，列辰纪，天运日日躔之度舍，历家取证，因度舍所在，而妖祥见焉。则所属之地，亦可征矣。此苏氏伯衡之所辨者也。载考星经，太白主益州，亦主毕、觜、参。北斗第二星主益州，常以五亥候之。丁亥为永昌，荧惑主舆鬼，镇星主东井。天市垣二十国，有梁、巴、蜀；女下十二国，有秦、楚、晋。五车星、西南星主荧惑，魏也。西北星主太白，秦也。《春秋·文耀钩》曰："雍州属魁星，梁荆属井星。"《元命苞》曰："参伐流为益州。"《太乙家》曰："明堂为益州。"经纬之星，未尝不相属，占验之法，未尝专于一也。姑述所闻以俟至者。

博引诸书而不自下断语，足见此老矜慎。天文一道，惟星体度数确，然足据至分野之意，迄无定说。予于凡例中，已略明其意。观先生此考而益信。丁卯十一月师范记。

【校记】

［一］《滇系》题为"星野考"。

山川辨

按：点苍山见于《唐书·南诏传》，又见于《元史·地理志》，无异名也。而传者或以为即灵鹫山，盖借称耳。灵鹫山在天竺国，即汉身毒。国都临恒河，一名伽毗黎河。灵鹫山，胡语耆阇崛山。山是青石，头似鹫鸟，余并见《通典》《通考》及范石湖《吴船录》。按《禹贡》曰："华阳黑水惟梁州。"《通典》以郦道元注《水经》，锐意寻讨，亦不能知黑水所经之处。《舆地志》以为至僰道入江，其言与《禹贡》不同。孔郑通儒莫知其所，或是年代久远，遂至堙涸，无以详焉。蔡氏作传，引《地志》："出犍为郡南广县汾关山。"《水经》："出张掖笄山，南至敦煌，过三危山，南流入于南海。"樊绰以西夷水南流入于南海者有四。曰"丽水"即古之黑水也。程氏以樊绰以丽水为黑水者，恐其狭小，不足为界。所称西洱河者，却与《汉志》叶榆泽相贯。广处可二十里，既足以界别二州，其流又正趋南海，绰及道元皆谓此泽以"榆叶"所积得名耳。则其水之黑，似榆叶积渍所成，尤为证验。王景常《云南志》以蔡传以西洱河叶榆泽为黑水，以今考之雍、梁之界。皆曰"黑水"。则黑水当自雍之西南，以经于梁之东南，惟澜沧江为然。源出吐蕃嵯和哥，自西而南至丽江、兰州，入云龙旧州。南过永昌八十里，又南过猛缅茶山、车里大甸、七十城门入南海，岂即古之黑水欤？周文安公《疑辩录》曰："《甘肃志》载，甘州之西十里有黑河流入居延海，肃州之西北，有黑水西流荒远矣，莫穷所之。"是其源出雍州之西北，而流入梁之西南，其正西则盖流绕西极之外，而无所据见。地之势，西北最高，故能径西而南也。《云南志》载："金沙江出西蕃，流至缅甸，其广五里，而径趋南海。"此得非黑水之源，出张掖而流入南海者乎？樊绰以丽水为黑水，丽水出吐蕃犁牛石下，历鹤庆至马湖，出叙州，入樊氏。徒知金沙江为丽水，而不知金沙江有二在缅甸者流而南，在丽江者流而北，丽水归东海，则非入南海矣。以丽江为黑水，非也。程氏以西洱河与叶榆泽相贯，可二十里，既足以界别二州，其源又正趋南海。然西洱、叶榆皆出大理境内，而遂入南海，虽在梁州之西南徼外，而于所谓至三危，界别雍之西境者，果何预哉？是以西洱河为黑水者，亦非也。《地志》以黑水出南广汾关山，今南广水出叙州之西南夷地，其源流不过三百余里，至南广洞则入岷江，于所谓至三危入南海者，亦无所预。是以南广为黑水者，尤非也。要之，出张掖者为是，愚窃谓河之难穷者，源也。历代皆主张骞、薛元鼎之言，至都实而后定黑水之难穷者，流也。历代言人人殊，安知异日不有如都实者乎？西洱河出罢谷山、蒙茨河村北，流入宁河，洱河源出此。

复建北关门记

先王城郭，远近郊关之制，皆门焉，以袭固也，叶榆城旧矣。高皇帝戡定之年，命守臣拓之，据苍洱首尾为上下关，又倚郭为南北关，皆所以为固也。上下关远而严恒完，南北关近而少弛，今圮废矣。完则有以备要害，废或有以启寇偷者，往往有之，近独可废矣。兵宪姜公工莅治于斯，盗用屏息，民用宁谧。而职思其忧，百饰整整，既楼南关门，复楼北关门，加壮大，跂如翼。如与南关相望，管键惟谨，闲御孔岩。城若益而高，隍若盈而深，邑居若益安以定。盖北于位为阴，有肃之义，肃则固，弗肃则疏于象。为坎有重险之义，险则固，弗险则夷于宿。为玄武有威之义，威则固，弗威则玩。固则戒而疏、而夷、而玩，启寇偷也。兹门之制，肃焉、险焉、威焉，皆得固之道焉，北之义焉。且功多用石固也，瞰河之梁亦固也。作之岁，与南楼同时，以冬季月之令也。视功以后所千户韩相，其职之方也。推是类以征，公之他政皆非苟尔已也。鲁城西郭，春秋书之，兹不可以不列为之记云。

忠诚祠记

嘉靖元年冬十一月，分守大参巴蜀刘公某至大理，览郡志征政教。既进，属吏与学之师、弟子、乡之父兄子弟，告之曰："昔武侯南征，由越巂渡泸入洱，平永昌，遂入滇池。迹其纳马谡之言，难或者之谏，其经略大猷，霆震阳煦，固兹土之永怀者，矧侯为汉仇魏，自隆中受顾，永安受遗，至渭南告终，不以一时利钝，易不共戴天之心。其忠贞大节，塞宇宙，贯日星，尤后学之所当依归者。叶榆多侈佛宫，三塔为表，习之睽正旧矣。而侯独弗祠，何居？盍易以祠侯，以昭令德，揭遐思，因为精舍，以耸后之人，不亦可乎？"咸欢然曰："公之惠也，兹土之幸也。"乃命去诸偶像。并图阓刹若干来视，曰："正殿巨而丽，侯祠无逾是已；法堂豁而邃，是可为讲堂已；僧舍翼而整，是可为左右斋已；其它迤逦而相附者，皆可为书舍已；佛阁杰而巘，其为览胜楼哉！"祠匾遵制，赐曰"忠诚"也。二守陈君魁属某记。余惟仁者讲功，知名论祀，功微之劳也，祀质之民也，国之典也，政教之所成也。侯当建兴之初，四郡携吴，抚而不讨，闭关息民。一举不再，以为恢复之基者，必兹土焉。先，南方既定，然后北向中原，兴汉讨贼，毙而后已。所以报昭烈，忠后主者，亦必兹土焉，先劳之征也。营星告变，百姓巷祭，戎夷野祭，咏《甘棠》而写《金像》者，岂独沔阳之可庙耶？

习《隆》之表，迄今犹有遗憾，民之质也，濯濯风烈，千祀在人。睹庙貌者，思功；肃遗像者，思德；的正学者，思成。以广才明志、以致远、以追踪古伊吕之流，以不忝于侯，是政教之成也。今日之举奚越哉？亦奚可不谓仁且知矣？抑是举也，为不匮财日，不废时，官不烦业，节也，又革焉，皆可书。侯必安之，某因乐为侯之役云。

大姚县建儒学记

大姚县隶姚安府，与中屯千户所同城，白盐井提举司同域，古蜻蛉地，距府颇远，国初，未遑建学校，若所若司，并简诸生寄学于府。桑梓悬隔，供亿维艰，越百七十年，士益奋励，人益观感。

嘉靖己酉，皇上御极二十有八载，滇徼黉校相望，渐增县若所若司，其乡宦王子鸣凤及乡父兄子弟合言于县，愿建学以广教。思新人文，百尔经营，弗烦于官，弗勤于民，我泉我谷，我输以成。惟时县令王子佩白于府，郡守赵侯树白于巡抚，都宪顾公应祥、巡按侍御林公应箕，下三司，详议以俟上请。署印参藩王公钫、宪副张公永明、督学宪副胡公尧时、金闻石公邦宪会报宜如议。两院具疏以闻，下礼部，礼部覆宜如议。诏允之，降印铨官，寄学诸生悉归于县，斋膳科贡，悉如令。先是，官为计划，诸为输助，分事布工，周为缭垣，为棂星门，为泮池、戟门，为先师庙，为庑，为神厨、丽牲亭。又为儒学大门、二门，折入为明伦堂、斋舍，为敬一亭，为启圣祠，为官廨。闳规杰构，鸟革翚飞，山川辉耀，间里瞻仰，衿佩游歌，奇气倍百。

今兹大姚，复异往昔。府承台檄，走书币属记于予，何能为役？尝闻诸记，大学之道由小成至于大成。教之大伦有七教之所，由兴有四所，由废有六学，有四失教以长善而救失也，要在明德新民焉尔。《说命》曰："惟学，逊志务时敏。"学此焉尔。又曰："教学半，念终始，典于学。学此焉尔。"尝征诸泮宫之诗，自敬其德，至于明其德，广其心，固其志，犹为学之本。自威仪孝弟之修，至于师旅讼狱之习，车马弓矢之精，为学之事，自烈祖之格。至于多士之化，远夷之服，为学之功。物我皆成，体用兼备，斯国家建学造士之本意，化民成俗之大机。教思无穷，人文成化，非苟为文具而已矣。吾党盍共绎思！吾党盍共绎思！敬述为记。

外馆驿记

大理为滇西巨镇，四会之冲。国初，南郊外为馆，以侍迎送宿息，又南为关门，以时启闭，北为二坊，刻石著令，以聚列目市肆，且示观也。

岁久寝废，馆为庙已，门为衢已，坊惟址已。噫！其所谓贤之兴、忽之废邪？嘉靖壬午，吴时川、姜公龙以仪部郎中为按察副使奉玺书饰戎兹土，兴厘振肃，敷和于下。乃乙酉冬，下令曰：废馆南天神祠者，巫凭为兜斥之，可馆也。且无重劳关，之不门谁何？何谨为敌楼，庶有戒乎？二坊其新之，无坠旧典。既俾千户闵宏、严经受程董役，易祠为馆，前为高闳，为中厅，为左右厢，后为堂，为轩，负山面河，前衔周道，术精而境胜也。度氓居尽处为楼，基以崇台，环以石壁，冠以女墙，下阙为门，上楼为榭，势岩而觌远也。坊并加高，石刻如故，北匾曰：古梁州域，南匾曰：文物之邦。伟丽而对峙也。肇十月辛卯，讫十一月己未，三旬成事，不愆于素矣。百需有画，不烦公私矣。众胥欢说讶，倏然得是观矣。佥曰："可记哉！以告诸方来矣。"於乎！周礼，野庐氏宿息井树以宁客，使司门与司关相联，以讥不物，司市分地日时，以遂商贾，皆王政不可缺者。故宾至如归，侨则称之，候不在疆，国无寄寓，单于觇陈之不振矣。重门待暴，备之于豫，鲁鸡不期，蜀鸡不支，以乘吾之便尔，阛阓奠贾，表道树风，亦体国固封之攸寓，是胡可一日废邪？然则国初，规制之备，今日修复而增大者，庸讵非识治者之深虑邪？其所谓贤之兴、贤之复邪？后之君子有坏必葺，无俾斯废则几矣。役之不可已也，如是夫！记之不可已也，如是夫！

词

本次词的点校，以（清）赵藩辑《滇词丛录》为底本，词共计 6 首。

归朝欢·送姜时川东归

兰省仙郎清庙器，几年暂借临边寄。铁冠寒映陌台霜，玉帐牙旗风细细。折冲樽俎里，坐清六诏尘氛息。想胸中，甲兵数万，范老真堪比。况有文章兼风节，曾伏青蒲流血涕。天孤今见倍光芒，南斗也应相退避。政成行奏最，准拟天曹书第一。奈云山，无端入梦，闲却经纶计。

金菊对芙蓉·雪后望苍山

玉削芙蓉，冰凝菡萏，寒光摇荡晴空。见银涛万叠，珠树千重。霓裳鹤氅堪披去，驾白龙，直向云中。昔年金母，也曾相会，醉嶂山红。于今独伴寒釭，把一杯浊酒，当做元功。想瑶台仙子，潇洒谁同？自从别后无消息，但飞琼，梦里相逢。倚阑凝睇，梅花香信，又报东风。

谒金门·贺丁酉魁选

花生笔，五色光连奎璧。四十名中标第一，丹桂飘仙籍。画鼓红旗风细，绿酒金花如醉。试看南宫还得意，胪句传枫陛。

喜莺迁·送蔡龟崖邦伯入觐

新秋清暑。正爽荐金风，晴开玉宇。五马朝天，双旌佛曙，腰下汉符半虎。棠树见思几处，飞鹊相留满路。尽总道，是当年杜母，而今召父。此去。留不住，三载政成，赫赫英声著。献最天曹，奏功丹陛，不负明时异数。赐燕南宫优渥，还赐袭衣朱绿。召对后，看立登台省，羽仪朝着。

谒金门·赠诸贡士会试

诸仙侣，月殿云阶无阻。头上毺光高几许，柳汁袍轩举。鹓鹭秋天刷羽，雷电蛟龙得雨。着意状头须占取，他人休让与。

前调·赠游湖诸子

鲲鹏翼，背负青天云气。直上扶摇九万里，六月天池息。斥鷃蓬蒿飞起，自信抢榆控地。应羡抟风兼击水，逍遥溟海内。

李　霖

李霖，浪穹人，成化戊子（1468）科举人。

其生平事迹于（雍正）《云南通志》卷二十上有载。

《滇诗拾遗补》卷一录其诗《护名寺钟楼》《蒲陀崆》《池上》3首。（光绪）《浪穹县志略》卷十二艺文录其诗《古寺晓钟》《藕池秋月》《蒲陀崆》3首。

诗

此次诗的点校，以（民国）李坤辑《滇诗拾遗补》（上海书店出版社《丛书集成续编》影印本），以（清）周沆纂修（光绪）《浪穹县志略》（上海书店出版社《中国地方志集成》影印本）为校本，诗共计3首。

护名寺钟楼^[一]

梵刹经年久，嵯峨殿宇高。鸡鸣天欲曙，万井听蒲牢。

【校记】

［一］（光绪）《浪穹县志略》题为"古寺晓钟"。

蒲陀崆

万壑裂云根，洪流渡海门。龙归岩穴暝，独有暮烟横。

池上^[一]

芳塘一鉴宽，云敛芰荷寒。夜半秋天月，清光照碧潭。

【校记】

［一］（光绪）《浪穹县志略》题为"藕池秋月"。

张云鹏

张云鹏，字天翼，号东洱，太和人。起邓川诸生，弘治十五年（1502）进士第三甲第一百七十五名。

其生平事迹于（康熙）《大理府志》卷十九人物乡贤、（民国）李坤辑《滇诗拾遗补》卷一中有载。

著有《啾鸣集》，已佚。

《滇诗拾遗补》卷一录其诗《烟渚渔歌》1首。《滇诗丛录》卷三录其诗《烟渚渔歌》1首。

诗

此次诗的点校，以（民国）李坤辑《滇诗拾遗补》（上海书店出版社《丛书集成续编》影印本）为底本，以（清）袁嘉谷等辑《滇诗丛录》（云南省图书馆藏钞本）为校本，共计1首。

烟渚渔歌

湖上渔人棹小舟，兴来鼓枻发清讴。数声款[一]乃冲烟出，一曲悠然绕水流。日晚自为风月伴，昼闲常共鹭鸥游。浊清醒醉何曾管，了却灵均泽畔愁。

【校记】

[一] 款：《滇诗丛录》作"欸"。

李元阳

　　李元阳（1493～1580），字仁甫，号中溪，别号逸民，大理太和人。嘉靖元年壬午（1522）举人，嘉靖五年（1526）进士第三甲第六十五名，授翰林院庶吉士。历官户部主事、监察御史、分宜知县、江阴知县、荆州知府等职，嘉靖二十年（1541）辞官隐居家乡30年。精研理学，工诗文，"杨门七子"之一。

　　其生平事迹于《滇略》卷六、（康熙）《云南通志》卷之第二十一人物乡贤、（民国）秦光玉等辑《滇文丛录》作者小传卷上、（康熙）《大理府志》卷十九人物乡贤、（民国）《新纂云南通志》卷二百忠节传三有载。

　　著有《艳雪台诗》、《中溪家传汇稿》（又名《李中溪全集》）、《中溪传稿》等，曾与杨士云同修（嘉靖）《大理府志》十卷，纂修（万历）《云南通志》十七卷。

　　《李中溪全集》，全集中诗4卷、文6卷，诗文题材广泛，文有游记、序跋、碑铭、论说等，收入《云南丛书》集部之六。光绪二十五年（1899）据大理人周霞所得手钞本《中溪家传汇稿》刊印，现存云南省图书馆、云南省大理白族自治州图书馆。《中溪传稿》（不分卷4册），云南省图书馆藏。《中溪先生家传汇稿》（十卷8册），云南省图书馆藏。（嘉庆）《大理府志》（残存二卷），云南省图书馆藏。（万历）《云南通志》（十七卷），（明）邹应龙修，（明）李元阳纂，云南省图书馆藏。《银山铁壁漫谈》（一卷1册），云南省图书馆藏。《李中溪先生全集》（十卷8册），云南省图书馆藏。《空同先生集》（六十三卷10册）明万历七年浙江思山堂徐应瑞刻本，现藏于云南省图书馆。《空同诗选》（不分卷1册），明闵齐伋朱墨套印本，现藏于云南省图书馆。

　　（清）袁文典、袁文揆辑《滇南诗略》卷七录其诗《关山月》《自君之出矣》《去妇词》《戍妇词（二首）》《结客少年场行》《将进酒》《采莲曲》《闻武定事》《月下听捣药》《山麓草堂》《山居柬邑中诸君子》《赠白云道士》《鹤云寺仙姝潭》《登应乐峰》《石门山行》《罗汉岩》《青华洞》《病》《河上赠无台上人归鸡足山旧隐》《晚步戴氏园亭》《园夏》《何莲洲招放湖》《送杨兵宪平夷》《赠碧潭清上人住鸡足顶》《二月雪》《京都九日》《长寿舟中》《邢君履送玄玄棋经》《游蓟门李药师舞剑台》《光泽藩王席上》《游应乐峰答崔兵宪》《白雪方丈次答赵学宪龙岩》《石宝山别升庵》《酬月坞枉问之作》《园亭》《咏梅花（四章）》《鉴湖楼》《泛湖登侯家楼同严中丞》《竹》《别金陵泛舟怀南台诸君子》《李元礼墓》《感通寺》，计46首。（民国）陈荣昌辑《滇诗拾遗》卷三录其诗《泛洱水》《书轩言怀》《晓楼》《塔坪书所遇》《送徐一往江南凭祭故人唐陈二内翰墓》《访王山人写经寺中》《阳南寺》《除夜答弘山前辈韵饷梅兰》《结构精蓝与碧潭清上人》《仙山圣泉》《同熊武选南沙游银山铁壁》《方茅辞官空囊归里因以兔墟别墅赠之》《溪山逢道士》《闲咏》《同诸人渡榆水上鸡足山大顶》《筑台松杪壁上刻刘顾二公诗》《石溪草堂新成寄顺庆任内翰忠斋》《寻溪至石困野酌》《溪居寄升庵》《望西山》《叶榆水》《冬夜》《园梅客集晡时大风吹落叹而有述》《送赵参军》《送朱龙湾宪伯》《月潭书院》《相逢行，喜吴学宪见访》《酬友人贻鲸石》《罗山歌送程廉访乞归》《读毛台察〈罢镇守疏〉》《钱参军花下饮》《彭宪使枉过竹间》《怀庚楼》《紫竹吟》《寺楼逢尔矶杨子同观瀑布因悼陈约之内翰》《登石宝山》《升真观落成有述》《高氏园亭坐中走笔》《观音岩》《送友人游鸡足石门歌》《雨坐礼塔楼》《九鲤湖》《凯旋诗赠诸将》《咏石池落梅》《梦游仙》《季子祠》《咏雪》《感通寺赴斋（三首）》《秋夜独酌》《寺楼雨夜与杨明斋同宿（二首）》《无台老禅同居白鸥院》《郊野杂赋（二首）》《得任内翰忠斋书》《广运弥陀庵访无瑕老禅不遇令君送酒》《夏日集王受泉亭》《访一塔药炼师》《九顶寺次壁间皇甫百泉韵（二首）》《送集斋张校职辞蕃寮》《访唐隐君》《天镜阁同朱方茅宿》《杨东周回自鸡足山》《山居留杨子》《宝藏台饮》《集三塔》《云林》《江楼》《归里》《泉庄韩文博山居》《赠大慧人云门山》《怀任忠斋》《晚上驼峰》《晚发鄱阳湖》《病中作》《便溪遇晴》《春日独游海印庵》《山居柬杨洱矶》《渡榆海》《卜居（二首）》《檐坐》《送杨兵宪平夷》《秋雨》《中山》《中山联句》《三家渡送陆石溪枭长之桂阳》《送三南严子赴黔江》《感通寺送龙岩赵文宗，对榻白云方丈，临歧复上波罗崖赋诗为别》《寻山至浪穹同杨修撰》《秋怀寄林退斋（四首）》《诸人集演武亭》《浩然阁别朱方茅》《长啸轩次时川姜兵宪韵》《䔩腾》《十月之望陪见湖泛舟即事》《京师别友人》《饮海门岛》《用韵答张愈光》《酬赵浚谷起用至京寄问习池之作》《宁海泛舟别升庵》《柳池村庄》《闻升庵杨太史复还滇戍》《柬张禹山》《邠州闻警有怀徐夏官》《登台玉田县》《江阴别弟元春归省》《安南驿》《酬傅侍御真定观兵之作》《海楼落成陪杨邛峡太守用韵》《访虚舟段君》《高峣舟泛》《仲宣楼》《草堂》《诸提兵（三首）》《辽藩见遗文绣走笔奉谢》《寄旧令刘云峨》《柬赵参藩茝城》《三塔寺园送张内山、卢碧山二方伯》《送陈员外入南京》《中秋与杨洱矶游眺，历冯都督展城之迹》《访白山主人》《浮生》《浩然阁和赵南涪何云亭（二首）》《胜概楼》《喜友人至》《赠东山张博士山长》《帝释山雨后同杨修撰升庵》《瑞泉寺谢萧太守于阗挥二地主》《楼望》《应乐峰开路》《静耳寺》《己巳七月，赵南涪通守与从子君正邀余同云川高侍御、阳川高太仆泛湖阻风，登浩然阁，尽醉而返》《荡山月下答从游诸子，留别印光、仁峰二上人》《雪夜登山》《玉溪观同范子》《春日逢羽人扶醉入青溪去》《送洛浦田使君》《木瓜棚下纳凉》《园居》《夏云吴一避暑禅房》《过华冈杨寺副别墅地名凤凰台》《鸡足山放光寺》《赠永昌吴马二子》《元夕雪后寺楼》《题报功祠卷》《卓吾李太守自姚安命驾见访因赠》《鸡足山赠觉上人》《送太守莫丹崖》《题玉局山奇树亭》《李肖岑给舍雪中宿西山观因赠》《龙尾关楼》《九日钟楼》《寺楼用韵答里中同游诸君子》《九日白岳王公招登三塔寺楼用韵，时分守罗公至自鹤庆》《鹤顶寺》《海头张氏楼台》《玉局山答高太仆》《鸡足山遇高使君》《江阴汤氏菊庄集》《荡山夏集》《观澜阁即事》《高子敬园亭壁有太学士杨邃庵诗》《九月初度，升真观羽人馈朱桃为寿，色、香、气、味皆佳，戏为七言答之》《高秀士子敬园斋》《正月二日郊居杂兴》《幽居》《酬五岳陈文宗为拙稿作序，万里报书不答阒然感怀》《山楼》《苍山夏雪》《盆池》《别罗复初》《山游》《鉴湖楼承田宪伯揭圃次韵奉酬》《问俗亭秋阴独坐》《生日礼灵峰止宿碧霞方丈》《登点苍瞰榆水》《点苍山房次韵答友人》《荡山观苏进士追远醮坛步虚词》《金陵怀古》《冬日山中漫兴（二首）》《寄杨野崖》《喜一雨遂晴》《平远台》《鉴湖楼》《月夜涧谷》《竹冈道院逢羽人》《台上》《卯谷山居春日》《山月有怀》《向杨玉岩乞竹聚仙亭》《游苍山背白石岩》《上坟》《出茨丛村》《玉局寺怀古》《梅雪对酌》《洞宾画像》《焦山口号》《太岳绝顶口号》《赠杨洱矶兄弟》《西方池》，诗计 211 首；卷六录其诗《海棠忆旧》《一搭寺楼看菊》2 首。（民国）李坤辑《滇诗拾遗补》卷二录其诗《白云寺》《象鼻岭》《白王庄》《过通湖》《修彩云桥》《飞来寺》《安宁温泉同升庵修撰》《石宝中山寺》《石宝道中》《太元宫铭》，计 10 首。（清）袁嘉谷等撰《滇诗丛录》卷五录其诗《安宁温泉同升庵修撰》《太元宫》《海棠忆旧》《石宝中山寺》《白云寺》《一塔寺楼看菊》《修彩云桥》《飞来寺》《石宝道中》《象鼻山岭》《白王庄》，计 11 首。（清）王灿、刘琪、赵镜潜辑《滇诗粹》录其五古诗《书轩言怀》《溪山逢道士》《闲咏》《叶榆水》《冬夜》《赠白云道士》，计 6 首；录其七古诗《罗山歌送程廉访乞归》《登石宝山》《去妇词》《磐石歌》《升真观落成有述》《紫竹吟》《观音岩》，计 7 首；五律《归里》《访唐隐君》《泉庄韩文博山居》《晚发鄱阳湖》《病中作》，计 5 首；七律《京师别友人》《用韵答张愈光》《邠州闻警有怀徐夏官》《酬傅侍御真定观兵之作》《仲宣楼》《诸提兵（三首）》《浩然阁和赵南涪何云亭》《寄旧令刘云峨》《平远台》，计 11 首；七绝《月秋涧谷》《卯谷山居春日》《山月有怀》《焦山口号》《太岳绝顶口号》，计 5 首。

《滇南文略》卷十七序录其文《送环江俞君赴华阳王府教授序》1 篇；卷十八序录其文《初刻杜氏〈通典〉序》《陈希夷像赞序》《赠王通守序》《送舒通守序》《鸡足山别王屋山人序》《送崍山杨太守考绩序》《代送元冈马大夫之任序》《升庵杨太史六十序》《送赵学使参蜀政序》《送孙太守序》《送太和令刘君迁守顺州序》《升庵〈七十行戍稿〉序》《副使魏材杨公平武定诸夷序》《〈平南集〉序》《守备陈君善职序》《〈看山楼乡耆燕集〉序》《送方伯左使狮冈陈公述职序》《送思梅颜君序》《再送郡守丹崖莫公述职序》《迎郡守丹崖莫公考满复任序》，计 20 篇；卷十九录其文《〈通志〉序》《〈禹山癸卯诗〉序》，计 2 篇；卷二十五录其文《巡抚邹应龙平寇碑》1 篇；卷二十七记录其文《八蜡庙记》《大理府重修儒学置学田记》《大理府名宦祠记》3 篇；卷二十八记录其文《迁建大理府治记》

《南薰桥记》《大理府学田记》3 篇；卷三十一记录其文《石门山记》《游花甸记》《浩然阁记》《鸡足山宾苍阁记》《清溪三潭记》《翠屏草堂记》6 篇；卷三十三传录其文《存诚道人杨黼传》1 篇；卷三十九墓志录其文《董君凤伯墓志铭》《副都御史雪屏赵公墓志铭》《侍御云川高公墓志铭》《明副都御史子才唐公墓志》4 篇；补遗卷四十四录其文《送宾川守萧省庵序》《赠宾川牧南江胡侯序》《秀峰书院记》3 篇。秦光玉辑《滇文丛录》卷一录其文《黑水辨》1 篇；卷六十二其文《大理八蜡庙碑》《鹤庆军民府城碑》《长史孝子赵公德宏墓碑》《节斋杨处士室人李氏合墓志》《定堂禅师塔铭》，计 5 篇；卷七十九录其文《游盘山舞剑台记》《游皖山记》《登武夷大王峰记》《重游石宝山记》《鹤庆府重修学庙记》《明志书院记》《新建鹤庆府城记》《苴却督捕营设官记》《青龙桥记》《仙羊山弥陀寺增修殿阁记》《三塔崇圣寺重器可宝记》，计 11 篇。《滇系》八之八艺文第八册录其文《初刻杜氏〈通典〉序》《赠王通守序》《送舒通守序》《鸡足山别王屋山人序》《送峣山杨太守考绩序》《升庵杨太史六十序》《送赵学使参蜀政序》《送孙太守序》《送太和令刘君迁守顺州序》《升庵〈七十行戍稿〉序》《杨副使平定诸夷序》《守备陈君善职序》《〈看山楼乡耆燕集〉序》《再送郡守丹崖莫公述职序》《迎郡守丹崖莫公考满复任序》《〈通志〉序》《〈平南集〉序》《送宾川守萧省庵序》《赠宾川牧南江胡侯序》19 篇；八之九艺文第九册录记《大理府重修儒学置学田记》《大理府名宦祠记》《迁建大理府治记》《大理府学田记》《石门山记》《游花甸记》《游鸡足山记》《浩然阁记》《鸡足山宾苍阁记》《清溪三潭记》《翠屏草堂记》《游盘山舞剑台记》《游皖山记》《登武夷大王峰记》，计 14 篇；八之十艺文第十册录碑《巡抚邹应龙平寇碑》1 篇；八之十一艺文第十一册录其文《给事中弘山杨公墓表》《董君凤伯墓志铭》《副都御史雪屏赵公墓志铭》《侍御云川高公墓志铭》《明副都御史子才唐公墓志》，计 5 篇。

（康熙）《云南通志》卷之二十九艺文五录其文《三塔崇圣寺重器可宝记》《新建鹤庆府城记》《重游石宝山记》《游鸡足山记》4 篇；卷之二十九艺文七录《大理八蜡庙碑》《太元宫铭》2 篇；卷之二十九艺文八录《黑水辨》1 篇；卷之二十九艺文九录《罗汉岩》《翠盆水》《玉门山行》

3篇；卷之二十九艺文十录《青华洞》《感通寺》《象鼻岭》3篇。（康熙）《大理府志》卷二十九录有文《巡抚邹应龙平寇碑》《迁建大理府治记》《大理府学田记》《名宦祠记》《秀峰书院记》《南薰桥记》《游鸡足山记》《清溪三潭记》《石门山记》《游花甸记》《侍御云川高對墓志铭》《副都御史雪屏赵汝濂墓志铭》《存诚道人杨黼墓志》《给事中弘山杨公墓表》14篇，诗《同诸人渡榆水上鸡足山大顶》《青峰洞》《树声楼讲集题绣礼观阑分阁字韵》《石门山行》《浩然阁》《见湖招一塔寺楼看菊》《寻山至浪穹同杨修撰》《宁湖泛舟别杨升庵》《龙首关白云寺》《应乐峰开路》《蕉谷寺》《崇圣寺楼》《感通寺》《象鼻岭》14首。

<h2 style="text-align:center">诗</h2>

　　此次诗的点校，以（清）袁文揆、袁文典辑《滇南诗略》（上海书店出版社《丛书集成续编》影印本）和（民国）陈荣昌辑《滇诗拾遗》（上海书店出版社《丛书集成续编》影印本）、（民国）李坤辑《滇诗拾遗补》（上海书店出版社《丛书集成续编》影印本）为底本；以（清）王灿、刘琪、赵镜潜辑《滇诗粹》（云南省图书馆藏钞本）和（清）袁嘉谷等辑《滇诗丛录》（云南省图书馆藏钞本）为校本，诗共计270首。

关山月

　　关山月，照见征人眼中血。年年远戍无还期，屈指今经几圆缺。枕骷髅，清泪流，黄沙漠漠西海头，思乡魂梦空悠悠。此时见月情独苦，惊心更怯闻边鼓。安得呼韩稽颡朝，希取君王不崇武。

　　按：古乐府须借题自写，胸臆朴茂而有余味，乃为可贵。中溪诸体尚未能尽脱窠臼，且嫌笔弱，然已近道矣，钱允湘识。

自君之出矣

　　自君之出矣，妾不临寒塘。思君如飞鸿，妾不如鸳鸯。

去妇词

　　青春二十归郎家，妾身颜色娇如花。为君儿女妾枯槁，我郎便忘旧时好。弃妾轻如尘，贱妾薄如草。出门皇皇欲何之，繁华犹记归郎时。翠衾锦帐笙歌里，爱妾恰如花一枝。不幸中道生离别，刺促刺促泪流血。有父已死有兄亡，去去何人更怜妾。大儿牵我衣，小儿牵我裳。母子苦如此，郎心独不伤。号泣有声彻晴昊，仓皇已失来时道。薄命如妾不足哀，愿郎悔悟怜儿小。

戍妇词（二首）

岁岁寄衣郎要着，年年挟纩妾常悲。霜凋弓硬冰河合，正是匈奴犯塞时。

玉关西去路悠悠，一发青山正阻修。郎戍更班动经岁，故乡何日大刀头。

结客少年场行

少年游侠客，意气何嚣嚣。结交重然诺，一死轻鸿毛。千金不惜买匕首，药淬试物血如缕。一朝市上逢仇人，谈笑麾之如刍狗。有时饮酒秦楼东，枯肠渴吸樽罍空。有时博塞长安陌，孤注倾囊无吝色。参差彼此争枭雄，睚眦之忿必欲雪。君不见，燕荆轲，又不闻，易水歌。轻身自陷虎狼口，一事不成今如何。古来大侠此其最，聂政专诸亦其类。立传却笑太史公，是非颇与圣人戾。

将进酒

将进酒，听我歌，帘前白日真蹉跎。百年三万六千里，乐处常少愁常多。古人已去今人老，今人不如古人好。功名富贵转头空，苍狗白衣变晴昊。君不见贺知章遇李谪仙，金龟卸下当酒钱。天才落落不可羁，寻常一饮三百篇。又不见陶令归来五株柳，不事生业只嗜酒。枵腹鸣雷出叩门，枯肠渴吸七八斗。古人如此岂贪杯，为惜流光唤不回。盍簪自信非俗客，开筵尔我皆陈雷。红颜不可铸，白日不可系。醉乡酒泉何处寻，便是先生久归计。将进酒，君莫辞，着耳听我歌新词。古往今来皆如斯，等闲慎勿空金卮。

采莲曲

五月六月莲花开，溪边女儿采莲来。一叶小舟一竿竹，香风何处沾尘埃。罗裙绿映溪中水，新妆红照莲花蕊。玻璃界破一泓秋，螺鬟倒浸青山嘴。曲声惊起双鸳鸯，相将飞过莲花塘。

风致生新，音节入古。

闻武定事

父母生儿时，贫富同护防。日夜期长成，抚摩有百方。中丞一念动，驱向兵刃场。市儿千万命，无异豚与羊。豚羊将杀时，主人勤较量。奈何视生民，不如一毫芒。饮药为攻毒，无毒徒自戕。功名在战伐，辞命须张皇。君门深九重，操持归庙廊。庙廊日万几，奚暇商短长。战海涛翻血，但凭书一行。岂知喜功人，背上生剜疮。

功名二句，道尽妄开边衅者流。

月下听捣药

病热坐凉月，秋风飘桂香。对此不能饮，近月扫绳床。僮仆二三人，捣药倚前廊。白石为杵臼，中夜鸣锵锵。玉兔捣药声，与之相短长。洗耳侧听之，中传不死方。神定得冥契，障静复吾常。零露湿药白，精气成琼浆。试尝三五丸，果是神仙粮。沉疴今夕蠲，五内如兰芳。整冠向空谢，达曙期翱翔。

山麓草堂

屏居邻涧谷，息迹寡朋俦。净练一江水，孤霞百尺楼。兴至每独往，景多成并收。高窗闲著述，遥见波间舟。曩被虚名误，深为岩壑羞。一别十五年，松苑惟荒丘。爰及齿发在，种瓜依清流。日月曾几何，忽焉千木稠。精蓝起钟磬，时共名僧游。坐看麋鹿过，亦听渔樵讴。沧江上新月，山气涵清秋。色向烟岚重，光摇彩翠浮。缅想郑薛辈，山谷藏清修。遗响千年隔，西风起夕愁。

山居柬邑中诸君子

献岁风雨烈，新晴桃李佳。及此一樽酒，来看东邻花。朝使到城郭，衢巷晨昏哗。壮者应门户，老幼无宁家。吾曹忝缙绅，驱呼所不加。身际太平日，田野多桑麻。君乘使者传，我种东邻瓜。隐显偶然聚，宅舍亦非遐。晨夕惬追游，那知白日斜。常恐委我去，局促老泥沙。

赠白云道士

东吴有羽客，九十容貌好。不知名姓谁，世称白云老。相别十余年，一真常自葆。纵浪大化中，安得生烦恼。逢欢辄尽醉，但言心是宝。世人宝珠玉，一见一枯槁。营营一生中，顿令白头早。此老见之笑，有时还绝倒。无米不知愁，饥向街前饱。胸中百不挂，世事徒草草。奈何伶俐人，老却长安道。

宝珠玉者，殃必及身，岂第白头早耶，说来真堪绝倒。[一]

【校记】

［一］《滇诗粹》无此评语。

鹤云寺仙姝潭

苍山出鹤云，因有鹤云寺。寺下仙姝潭，水碧涵山翠。昔闻潭水边，仙姝于此戏。娟娟三五人，霞裙映星髿。翱翔青涧幽，嫣然忽如坠。隔涧有行人，飞衣疾疾翅。停望杳无踪，有时复飞至。窥潭疑鉴妆，岩壑为之媚。樵子何冥顽，欲以网罗致。从此别人间，空有潭名识。我来已后时，临潭但愁思。溪云想袂飘，石花疑粉腻。因怜郑交甫，解佩何容易。

登应乐峰

探奇上碧峰，峰远遽难届。中路逢羽人，采药向城卖。子去下松峦，吾从华顶迈。未到最高层，已觉寰区隘。出入天城头，此山有天城，云出则见。逍遥帝释界。瀑布溅倾崖，上出银河派。苔滑不可行，安得烦襟瘥。

中夜闻乐音，兹山亦灵怪。洞里得丹经，读竟依稀解。徘徊既信宿，愈觉形神快。从此结长茅，稍稍餐沆瀣。

"未到最高层，已觉寰区隘。"即老杜"荡胸生层云"一副手眼。李德舆识。

石门山行

石门倚天千仞青，花源岩夹春冥冥。芝墙瑶洞杳莫测，羽衣金节藏仙灵。仙人乘鸾从此去，石扇千年永不扃。上有五城之绛阙，雨旸祈报称明馨。我来窥门入不得，遥寻石磴迂游軿。须臾得到洞天上，拜谒虚皇礼列星。万丈铁崖无尺土，溜泉直落声丁丁。清冥下视不见底，白昼倏忽生雷霆。绿潭翠壑有龙卧，岩房石室穿髐齟。白鹇紫燕自娇好，奇花秀木何娉婷。天生石槽酿碧水，盥沐净者谈黄庭。援垒扪萝兴未极，五梯回首十梯停。登高纵观日已夕，玉笋三峰破天碧。白云千顷尽遮山，不见人间尘土迹。便当从此访蓬瀛，手接浮丘醉金液。

罗汉岩

湖上飞岩映波绿，石壁插水山无足。舣艇跻攀到上头，下见湖光写寒玉。寒玉汹涌动席前，二十万顷涵云烟。我闻羡门与偓佺，常骑皓鹤凌茫然。须臾鹤去天鸡唱，长风吹予度层嶂。路绝频经海鹘巢，袂轻不用仙翁杖。岩际高低刻应真，游客何人是后身。怅望云軿久延伫，六合有尽秋无垠。古来贤达更何在？唯有此山常不改。声翻海，非世情。蛟鳄鲲鹏总失惊，走却海若与山精。融融灏气虚空窄，何必天台访赤城？

清空一气中，起伏顿挫，自合古人矩矱，是中溪集第一杰作，亦是罗汉岩头第一好诗。张辰照识。

青华洞

青华洞，深且密。神工融，鬼斧劈。芒芒空壤间，此理不可诘。无乃混沌初辟时，浩气虚泡[一]成幻质。生平好奇胆方壮，一览径造无怵惕。沿苔扪石岂容已，宛若风雨投暗室。虚幽极处明自生，时复有窍见天日。祛昏破晦露真机，万态千形难尽述。^[二]蛟龙腾，凤皇狄。麒麟游，虎豹逸。有如神僧跏趺坐雪峰，牛鬼蛇神献奇术。又如仙人指石石成羊，绕剑风雷怒仍叱。探幽历险妙能穷，一一收览归吾笔。山灵合敛藏，阴怪已消黜。乾坤正气常在兹，镇静天西自无极。行行洞口更升巅，笑看扶桑红日出。^[三]

【校记】

［一］虚泡：（康熙）《大理府志》作"嘘咆"。

［二］（康熙）《大理府志》无"祛昏破晦露真机，万态千形难尽述"二句。

［三］（康熙）《大理府志》无"探幽历险妙能穷，一一收览归吾笔。山灵合敛藏，阴怪已消黜。乾坤正气常在兹，镇静天西自无极。行行洞口更升巅，笑看扶桑红日出"。

病

欺老窗风劲，扶衰瓮酒香。秋来尝病嗽，客至罢传觞。药气琴书染，灯花刻漏长。久知身是幻，何处觅愁肠。

河上赠无台上人归鸡足山旧隐

波际穿青霭，霞中返碧莲。岫云一旦别，萝月几回圆。暮服缝香草，朝餐煮石泉。应怜牵世者，不解隐松玄。

晚步戴氏园亭

小槛横山色，幽居隔世氛。檐垂双涧瀑，窗占五峰云。竹影风前乱，花丛月下分。石铛堪煮茗，迟客坐炉熏。

三四凝炼。

园夏

不知春色尽，却怪绿阴稠。蝶翅风还乱，蝉声午更幽。棋枰双白鬓，茶臼一苍头。盆荐西山雪，翛然四座秋。

何莲洲招放湖

主人侵晓出，倚櫂待湖边。幕映清江碧，厨添绿柳烟。水光明宿鹭，秋意到鸣蝉。岸峡阴浓处，维舟忆去年。

送杨兵宪平夷

节钺滇西重，科名天下闻。羽书驰瘴月，笳吹动江云。尽慑冰霜厉，深愁玉石焚。欃枪空一扫，镌石勒奇勋。

清警。

赠碧潭清上人住鸡足顶

鹫山诸弟子，尔骨独崚嶒。贝叶翻三藏，昙花覆一灯。禅心如定水，坐榻任寒冰。更住孤高处，鸡山第一层。

二月雪

狭雨牵风势转饶，浮浮弈弈舞参寥。寒沾腊气威犹在，暖触阳和力渐消。阅岁也知欺节晚，侵春应是妒花娇。迩来蒲柳须珍重，弱植柔姿恐易凋。

京都九日

两度重阳逢客里，蹉跎已觉赏心违。此时孤馆堪流泪，何处高台可振衣。黄菊向人徒自好，青山待我不能归。茫茫尘海空奔走，欲傍沙鸥问息机。

超脱。

长寿舟中

数声残角野城荒，一望平羌客路长。衾湿夜眠巴蜀雨，橘黄秋老洞庭霜。云迷岭树参差见，风送菱花断续香。解到江流思柳子，果然曲似九回肠。

邢君履送玄玄棋经

元元之外更无元，坐隐三衢小洞天。阅世漫看腰畔斧，忘机浪羡橘中仙。放心愧我惟思鹄，致志怜君欲化蝉。一局未终斜日坠，惜阴运甓果谁贤。

游蓟门李药师舞剑台

绝顶登临舞剑台，蓟门寒望朔云开。平沙万里孤标出，落木千山走马来。镵石有题人代隔，问天无语暮鸿哀。乾坤征战何时息，青史空垂古将才。

光泽藩王席上

薜荔成帷帝子居，纳凉台殿敞清虚。江湖泻向朱阑外，芹藻香分碧涧余。玉筯冰盘看切鲙，湘帘疏簟坐翻书。从来词客多梁苑，惭说声名在石渠。

游应乐峰答崔兵宪

际晓旌旄指雪椒，使君高谊薄云霄。千盘鹫岭今骑马，万里龙沙旧射雕。绝壁窥人唯鹳鹤，多歧问路有渔樵。野夫僻性耽丘壑，未愧佳游数见招。

深稳。

白雪方丈次答赵学宪龙岩

惜别山家夜雪中，慢亭仙路跨飞虹。覆棋客有登楼粲，载酒人趋问字雄。百岁几回寻旧雨，三生何物说宗风。茅檐一夜梅花月，千里将无臭味同。

"覆棋"二字上下胶粘，句法生新，对句亦称，萧霖识。

石宝山别升庵

寻山二月下江乡，寒重江门柳未黄。迁史壮游怀禹穴，匡衡奏草在明光。声名霄汉曾知姓，邂逅天涯一举觞。漫道独行畏魑魅，可堪同病别韦郎。

风调似李东川，昆明陈樽仰山识。

酬月坞枉问之作

燕泥故故点书堆，卧病蓬门春未开。三径花深惟鸟度，百年地迥见君来。每因丽藻怜殊调，谁拔青蘋歌莫哀。风雨恼春三十日，相违空负掌中杯。

园亭

城中泉石是侬家，开罢群芳到木瓜。饲鹤余粮来异鸟，碍山高树剪繁葩。竹为篱落冬生笋，水绕阶池午灌花。老眼尚能看弈注，夕阳亭上了南华。

咏梅花（四章）

万卉销沉却独开，依依疏影郁徘徊。低头照水疑窥镜，含笑凌霜岂炫才。香冷偏宜幽客醉，格高合引洞仙来。玉魂不作罗浮梦，一夜相思月满台。

霏霏淡淡复轻盈，开向窗前画不成。花白那知孤月上，夜深忽讶两参横。严城角断人千里，东阁吟残漏五更。老我江乡无一事，端居寥廓看阳生。

无奈霜华片片飞，护持安得锦成围。惹将衣袂怜香瓣，落在琴床点玉徽。放鹤人应湖上望，骑驴客趁月中归。水晶宫阙焚香坐，却笑袁生卧掩扉。

不怵霜威不惜春，独将幽约付花神。孤寒彻骨香愈烈，闲寂无言意转真。亥子妙成天地复，些儿迷杀古今人。世间不有庖牺氏，谁信吾心即是仁。

梅花诗在唐，惟有崔融"香中别有韵，清极不知寒"一联。宋则林和靖"疏影暗香"之什，至明高清丘出，体物幽微，专写神韵说者，犹谓"雪满山中"二语近于俗谛。盖梅品本高宜乎？赋物之难工也。中溪先生四什虽不能追踪青丘，而"岩城角断"

一联与"帘外钟来初月上，灯前角断忽霜飞"其庶几乎。张辰照识。

鉴湖楼

小筑高楼瞰碧波，壁悬樵笠共渔蓑。太常不拜斋厨在，司业无钱酒债多。纸上功名三语掾，醉中秦汉一声歌。欲谈往事无人解，月影看看到薜萝。

泛湖登侯家楼同严中丞

碧鸡山下泛兰舟，棹入荷花绾并头。遗世欲寻霞外侣，弈棋还上水心楼。一湾芦荻渔家住，千古江山我辈游。七十六龄犹远涉，老狂何事不知休。

诸律多清利流美，得中唐趣味，此作泃属老境，第六句是自信语，不是欺人语。陈嶟识。

竹

虚心随土瘠，劲节碍云低。鸾凤真堪侣，凡禽不许栖。

中溪先生诗如空山得月、老树着花，自另有一种清峻古雅之致。道舟张宝和识。

别金陵泛舟怀南台诸君子

秋月雁空度，寒江舟自闲。时时回首望，何处是钟山。

诗不本诸性情，即桃宋宗唐，亦只依人门户已耳。读中溪诗应看其体认性情处，长白嵩禄识。

李元礼墓

剥落残碑字几行，英灵犹在墓荒凉。当时借使生西汉，定不低头拜孔光。

感通寺

渺渺寒山独自游，松青云白却相留。数声长笛知何处，吹落江门一派秋。

中溪先生五七古体，其古朴处亦得少陵、道州遗意，特少开阖动荡之致，故虽高洁似宛陵，奇杰如遗山，而终不脱宋元局面。五七律多似北宋，其矜贵凝练处竟非大历以后语。此禺山所以言风流惟共李中溪也。全集板片漫漶，所存钞本不过十之四五，兹陶村兄弟选其雅正之音，删其率意之作，中溪面目为之一新矣。赵州龚锡瑞识。

泛洱水

柳青春已半，晓日初曈昽。洱波三万顷，轻舟泛长风。琉璃泻万古，灏气开鸿蒙。风恬水无波，一镜涵虚空。澄明万象丽，照耀金银宫。中流棹讴发，心与境俱融。雪岭玉嶙峋，影摇尊酒中。明君迈三五，贤哲登三公。迂疏得自适，海窟寻渔翁。东风吹岸花，蒲帆逗芳丛。手绾碧树枝，目送高飞鸿。忆昔此水涯，建立多英雄。浩歌一洒泪，天地无终穷。

书轩言怀

书轩朝独坐，悲号填户庭。开门一借问，三妪垂涕洟。夫儿在囹圄，旬日食无糜。官输无逋欠，樵薪与织箕。生理望斗储，垂白身无资。昨因名挂误，牵引至县墀。讼庭何纷喧，不辨公与私。狱吏来索钱，单衣为所褫。田农不入城，岂知官府危。手足刑伤痛，魂魄不自支。罚锾须白金，生来未见之。老父死沟渎，两儿并疮痍。宛转冤抑中，侧闻仁者慈。言毕气欲尽，使我心肝摧。

与老杜《石壕吏》诸诗同一凄恻。[一]

【校记】

［一］《滇诗粹》无此评语。

晓楼

楼开万木杪，疏雨滴梧桐。清晓正寥阒，叩门披褐翁。皤皤飞短发，炯炯曜双瞳。翛翛山水气，澹澹无怀风。长跪谒玄言，旨哉真刮瞢。羲皇一画上，屈子九歌中。妙义难为述，至精千圣通。转盼不知处，微言未及终。

此与下一首俱所谓诗杂仙心者，不必实有其事。

塔坪书所遇

嘉靖辛丑秋，故交三五聚。置酒最高台，招予及初度。饮酣各解襟，散倚长松树。予从塔背行，忽值双童孺。年可十二三，向予称凤慕。一人前执壶，一人持盏哺。意气如老人，颇不拘礼数。歌吟五七言，如偈又如赋。不解所说何，两袖翻云雾。飞舞下重台，宛若双鸾鹜。捷疾不可追，一往无回顾。渺渺秋原中，目极莽回互。怅望无处寻，恍若梦中遇。

送徐一往江南凭祭故人唐陈二内翰墓

悠悠大江南，白蘋有余悲。毗陵唐荆川，山阴陈约之。在京结诗会，一别长支离。独坐发孤咏，迢迢勤远思。林坟久寂寞，秋草泪灵芝。饶彼蒙翳繁，仿佛聆履綦。因君寄愁什，平生心所知。物情迭代谢，逝者长如斯。希音不再得，白云空有期。送君双玉壶，清莹照涟漪。涟漪多溪毛，芬芳有余姿。手自揽筐实，供养陈哀词。俯仰天宇中，生没悬速迟。钧有不死神，万古常相随。

末云虽死而有不死者存，是慰死友语，亦是自负语。

访王山人写经寺中

晓出苍山门，驾言访静者。白云横山腰，丛薄拥兰若。门前绿甸合，除际风湍泻。松竹碧毿毿，扑面清阴洒。绳床露顶卧，那复有朱夏。王生本兵家，写经借精舍。粗粝有余甘，所叹同心寡。吾生有微尚，爱尔欲结社。永从寰外游，采芝动盈把。安能役人间，老死红尘下。

先生去官归后，颇穷心于佛书道藏，读其诗自见。

阳南寺

问路阳南溪，溪深偶樵牧。仆夫倦张盖，步步扪萝竹。歇马坐云凉，有石如方斛。绀宫知不远，理策穿山麓。鳞鳞起万松，苍然满空谷。茜灿万花岩，一步屡移目。厨通百节泉，引水刳云腹。呼瓢已复酌，欲去还重掬。龙湫在其南，阴阴春雾蓄。庵存灵鹫名，不必瞿昙筑。经阁延客谈，禅床伴僧宿。主人金紫荣，荐豆烹山蔌。草蔓开腴田，堪足供馈粥。讵望福田酬，谋生终碌碌。以我观世间，豪华如转轴。何如移家来，住此丹霞曲。世界忽如遗，无烦更追逐。

除夜答弘山前辈韵饷梅兰

梅兰有奇葩，抱香寒未吐。持此太极根，致之君之庑。栽植曾几时，条干倏已古。冉冉何华滋，叶叶春可数。献节启新芳，青帝蔚为主。弄笛杳桓伊，挥琴忆尼父。日暮有佳人，岁寒心独苦。

结构精蓝与碧潭清上人

身退已十载，迥与尘网离。居处爱泉石，结交必僧缁。罗含曾舍宅，得偕夙所思。精蓝闵隳坠，修筑绵岁时。初完一亩宫，连延千步墀。壬寅岁经始，三纪以为期。不求丹腹丽，自觉山水宜。位置随高下，楼台互蔽亏。秀峰排错崿，碧海漾涟漪。手植千株松，今生老龙皮。拄杖到松下，颇兴存殁悲。天地有否终，万物兼盛衰。人生百年间，营营空尔为。古来贤达士，至死不攒眉。顾惟拙钝性，岂识歧路歧。聊共会心侣，对坐寻希夷。事忘心岂得，理至境全遗。犹怀穿石松，霜骨何权奇。永愿幽人护，长存苍雪姿。

仙山圣泉

岩头一掬水，芳洌迸石骨。不汲亦不盈，数汲亦不竭。终古常湛然，可以鉴毛发。惜不当四衢，悠悠奈道暍。一锸吾已归，虚映空山月。

简老。

同熊武选南沙游银山铁壁

银山无草树，铁壁有岩阿。昔时邓隐峰，起腾解世罗。好奇熊武选，共我登坡陀。马蹄怵乱石，款段宜吟哦。解鞍逢虎圈，走卒指熊窝。所经多险巇，信宿问婆娑。道场久寂寞，空有万僧锅。夜投八角堂，老杉供抚摩。晨从高顶迈，穿竹亦扪萝。力倦倚棋局，衔杯栖短莎。冈脊若绳细，着足愁偏颇。傍临千仞壑，未度发先皤。又号阎王鼻，惟堪飞鸟过。熊君神宇定，疾步上嵯峨。我亦往从之，层巅起浩歌。北望长城外，营垒小虫窠。俯视黄花镇，旗帜如飞蛾。胡云千里黑，砂碛万重多。边将长披甲，老兵行荷戈。单于十万骑，昨夜渡交河。闻之心惨恻，山下已吹羸。悠悠天壤间，群动将如何。

游山诗末段忽以兵警作收，大奇。

方茅辞官空囊归里因以兔墟别墅赠之

隔乡旧置墅，春作勤携锄。刈获便鏊媪，追呼无里胥。当年禾稻熟，酿酒兼蓄菹。殽饔亦已足，那复顾其余。有客尚高洁，挂冠骑蹇驴。家徒四壁立，幼稚啼饥虚。损余补不足，天道均乘除。以兹持券赠，为子岁寒储。周之亦可受，此谊古所于。安得复井制，人人有田庐。相看一太息，尘世嗤迂疏。

高谊。

溪山逢道士

别庐近溪水，白石不藏鱼。空把一钓竿，山下送居诸。道人忽见访，贻我一编书。上篇阐黄蕴，下部演真如。抛竿迷出处，居然返太初。

公学兼老佛，于兹益信。[一]

【校记】

［一］《滇诗粹》无此评语。

闲咏

灰心不待老，世味久已泊。未遂向平谋，徒然念丘壑。幸存朝露身，了却妻儿约。暮景邻八旬，发稀牙齿落。回首曲江春，少日浑如昨。屈指五十年，何殊石火灼。前去能几何，无事仍筹度。明日投白云，翻飞逐孤鹤。浮丘昔所宗，无生倘能托。

同诸人渡榆水上鸡足山大顶

乘兴访名山，发棹榆河涘。兰舸辞碧波，跃浪看鳣鲔。兔目青官槐，已到东山趾。舍舟理轻策，马足随云起。长薄带斜阳，天乔郁如绮。岑岫相盘旋，岩壑互填委。石气何凄凄，冷艳纷红紫。既历九重岩，亦歃曹溪水。突见华首门，下拜斯为美。古松千尺强，马远画中似。桧枝如建纛，半被雷火死。排空罗汉壁，嵌洞援藤蕌。杨黼栖真处，岩倾不可履。直比豹林幽，中有隐君子。九鼓石如铁，陨星何代始。掘山得断碑，土深三尺底。上有蝌篆文，依稀睹壬癸。天王托马蹄，此句谁为理。吁嗟大化中，陵谷有成毁。跻陟迦叶祠，僧堂聊徙倚。老僧为我言，一事真奇诡。三更钟自鸣，今日公来止。山灵应爱客，着屐留行李。大顶上青霄，双眸千万里。西去尽天竺，旁观穷地纪。宇宙无终毕，浩歌吾老矣。

老当似少陵。

筑台松杪壁上刻刘顾二公诗

置酒广原上，云烟万里开。挥毫来鲍谢，襟度何崔嵬。宇内多名胜，皆由哲匠才。经营不惜费，丹漆变蒿莱。顾予衰钝质，尾骥策驽骀。建立三十年，长松手所培。皮如老龙鳞，声如架礧雷。于兹万木杪，更筑缨江台。碧波横匹练，绿野绝纤埃。瞬息百年过，古人安在哉！

此与七古中《升真观》一篇，皆见公经营，不惜费处。

石溪草堂新成寄顺庆任内翰忠斋

松冈高卜居，实藉石门胜。绿箨苞初篁，苍苔满幽径。菰蒲冒方池，萝荇牵回磴。阴壑云未开，黏花露犹泞。飞泉洒薜萝，隔涧闻钟磬。缅忆支许流，凤同湖海兴。多歧非所要，千里合相应。理至境不乖，心冥天自定。愿持孤月轮，以之为子赠。

寻溪至石囷野酌

一径入幽谷，水石青磷磷。跨水亦踏石，仰见高嶙岣。山势互回抱，忽逢双石囷。石囷何代物，中貌清溪神。芎膏祈稼穑，伏腊走村民。草阶余窨瓦，苔壁无飞尘。谷中好鸟鸣，嘉树何蓁蓁。襟烦潭似玉，力倦草如茵。溪回磐石稳，阴护绿莎新。青苍自不渴，况有一壶醇。嘉我二三客，寻溪及暮春。烹茶就石濑，煮酒拾荆薪。是日风气和，溪云亦成轮。客醉各解散，各随心所亲。或向谷长啸，或起舞蹲蹲。傲然如有得，无复冠与巾。日落出溪去，月挂东城闉。

溪居寄升庵

山头树若荠，山麓回溪细。冈陇自盘旋，日夕闻鹎鴂。重水复重山，此中堪避世。佳人殊未来，老却山中桂。

望西山

室庐在城郭，屋上见青山。终日西檐坐，青山相对闲。溪壑有余思，岩峦秀可攀。白云聚复散，往往萦松鬟。中有隐君子，千岁留红颜。何当毕婚嫁，与君相往还。

叶榆水

碧练引长江，汇此苍山裔。鸿蒙混太虚，泱漭摇光霁。北来派何洪，西奔流乃细。白浪疑鼍鸣，惊涛讶鸥逝。渊邃睹神龙，春秋膰郡祭。宝藏秘蛟宫，玉螺伴金鳜。二物水府珍，传来自书契。祥光时烛天，嗟为妖所闭。八月秋半分，高空闻鹤唳。海君献珊瑚，至精通上帝。晦云鹏翼垂，觳觫黑如毳。崩浪高拍天，涌沸如山势。有时水不波，皎镜无纤翳。变态倏忽间，游人愁鼓枻。四洲还逶迤，三岛亦迢递。水怪隐蟠螭，山精藏薜荔。舟商拜水祠，渔父家沙汭。汉号昆明池，武皇思带砺。水战习未终，华夷已联缀。经营蜀孔明，卜立隋万岁。唐代多诛求，贪吏因为戾。九重远不闻，丧师应万计。宋画大渡南，疆场翻成殢。世祖作前驱，高皇有平世。只今古战场，渔钓何溶瀄。阴鬼未全消，飓风时作厉。寥寥千载间，民劳迭兴替。天宇常湛然，谁能复流涕。

前段极写洱海之奇，后段俯仰古今，兴会淋漓，可谓煌煌大作。[一]

【校记】

[一]《滇诗粹》无此评语。

冬夜

漫漫冬夜长，荧荧孤烛光。山人自无寐，况栖修竹房。修竹夜淅沥，潇洒吟寒蛩。朗月照户庭，鸣泉归故塘。别叶弃寒风，余芳萎严霜。东壁正中昏，振衣起彷徨。彷徨岂有他，望道吁升堂。悠悠岁云暮，遏哉犹面墙。寸阴与弹指，久近不可量。千古在须臾，安得不悲伤。

　　望道未见，来日苦短，得古人短歌行之意。[一]

【校记】

　　[一]《滇诗粹》无此评语。

园梅客集晴时大风吹落叹而有述

　　梅花欲开时，朝看还暮视。轮侧一朵开，便以彩红识。呼酒酹花神，但愁风雨至。今年花信迟，青阳未穿地。冬至梅无花，不得伴花醉。梅老花始繁，寒香扑人鼻。走简招宾朋，共来花下戏。含毫有士人，载酒无豪吏。欢赏未终朝，狂风忽为祟。坠萼与飘英，纷飞随蝶翅。为覆掌中杯，寒空久凝思。梅知忍雪霜，不占阳和利。嗟哉迟暮姿，犹为风所忌。节士在朝堂，谁为称妩媚。濩落山谷中，甘同樗栎弃。物理固如斯，何用悲荣悴。

送赵参军

　　作官不致仕，只说俸钱少。形役年复年，钱充身已老。齿堕双眸昏，万事皆草草。伛偻接宾客，触目成烦恼。智哉赵参军，贤能曾上考。欸闻报罢时，照镜头未皓。欣然为我言，故园泉石好。从今别翁去，云月恣幽讨。伤心名利途，不知身是宝。回首百感生，挂冠苦不早。我爱参军言，去矣勿复道。君归有余闲，愿言良自保。

送朱龙湾宪伯

　　昆明池头俨骖驷，万里边城镇无事。龙湾先生闲世豪，来作碧鸡金马使。腰间宝剑七星文，腹里珠胎五经笥。笔锋落纸风云生，四座词人皆左避。去年别我梅花前，酒炉未热轺车旋。乃知鹏鷃不相及，江头伫望空云天。昨日人来讯行止，闻君谒帝明光里。捧表长瞻北斗行，取道还经浙江浃。自料相逢未有期，鬓边白发已成丝。岩扃岑寂谁相问，若遇双鱼蚤寄诗。

前半写豪爽之态，后半写缠绵之情。

月潭书院

东陵寺边莎草香，松萝杳杳垂云房。殿阴潭上得石径，断岩飞落青霄旁。无乃天地混沌初，兔乌碎啮金琳琅。嵯岈云烟故多态，翠鬟碧钿纷相将。珊瑚石濑下云罌，六月坐午秋堂凉。顿令游子心翻然，悲故乡。十九溪声尚在耳，安能悠悠歧路长。

神似昌谷。

相逢行，喜吴学宪见访

戊子腊月当除夕，与君共食天津鲫。壬辰三月在长安，马上相逢垂柳陌。君不见太行直上三万尺，与君风概谁能择。意气相看天地间，江湖一生常作客。聚散升沉赋去来，三径蓬门午未开。剑浦雌雄终有合，天涯今日见君来。新醅初泼清如水，细鳞钓得兰津里。夜深且尽掌中杯，别后空传书尺咫。

酬友人贻鲸石

韩君赠石势如舞，跋浪鲸鱼在堂庑。竖尾生狞直欲飞，鳞甲苔纹存太古。左蹲右努如有神，千仞江崖谁攫取。翠波泛泛千竹院，轩窗仿佛惊雷雨。却忆良工取得时，驱使六丁提鬼斧。划然分断岱宗云，留待青莲醉骑汝。君不见河边织女支机石，沦落人间傍尘土。

罗山歌送程廉访乞归

吾闻黄罗之山，乃在维扬陆海中。群山蜿蜒顿还突，左盘右绕龙游空。须臾一峰拔地起，棱棱卓尔千鸿蒙。嘘青霏黛遍南极，祝融皖岳难为雄。精灵盘礴常五色，应与造化相交通。在昔丞相忠庄公，射蛟赞帝宣融风。曷来功烈五百祀，湖阴篁墩开闳宫。闳宫阴阴肃森爽，公神在天不私党。子孝孙慈百代看，人人阊阖纡金上。罗山山人广眉还大颡，三十谒帝承明庐，腰间组绶今盈丈。剑气犹存尔祖思，誓与时人歼魑魅。忆昨饬戎西南陲，山精水怪呈珍奇。珊瑚击折玛瑙碎，剑光才露山崩摧。酋蕃吐舌私相谓："无乃仙人下赤墀？天纲地纪手扶策，此事唯我与君知。丈夫之生贵如此，崇高富贵何为尔。君今已作廉访使，持秉钧衡方尺咫。看君不乐岁九迁，无忝尔祖心所贤。朝吟陆生感丘赋，暮诵周雅循陔篇。营营石岭种秋田，祖祢蒸尝阔吉蠲。上书乞归累不报，回飙零露悲遥天。君不见岳降生申天意玄，世代华簪非偶然。即容独善东山眠，其如无告纷颠连。呜呼，其如无告纷颠连！"

纵横跌荡，杰作也。[一]

【校记】

［一］《滇诗粹》无此评语。

读毛台察《罢镇守疏》

中官阉竖古岂无，太仓给粟陪侏儒。汉家中叶弛庙算，坐令外镇都万夫。从来权重致侮夺，再见宠固生剪屠。古来纳约难攻瑕，翻令近习连根株。侍御毛君江海客，霜空高隼标格殊。排云向天槛欲折，拾草伏地心已枯。我皇神圣罢诸镇，一日直声腾海隅。人生勋业在年少，君才四十为通儒。遭蹶复起气不挫，苦心应与金石俱。百里之行半九十，骎骎骢意在长途。吁嗟，骎骎骢意在长途！

篇末得朋友相勉之意。

钱参军花下饮

昔人好客信陵君，今人好事钱参军。黑头请老学栽植，拂曙看花到夕曛。引水开渠傍花树，红紫氤氲杂烟雾。我来不觉被花围，醉后逃杯无去处。

收笔新警。

彭宪使枉过竹间

使君诗句铿琳琅，风格酷似费长房。当时过我竹下坐，解衣飒飒围青苍。簿书中藏济物意，良弓安得无弛张。呼卢举白博一醉，白日欲暮秋云黄。挝钟槌鼓空突兀，玉磬一声清入骨。翛然闲对数竿秋，万古千年坐超忽。

怀庾楼

怀庾楼头江月白，章华台上楚云坼。浩荡长风万里来，荆南太守璇霄客。自从章甫襄头颅，拜揖人称礼法疏。心咽苍生贫彻骨，随人依样画葫芦。一腔郁气空悄悄，走上江楼看灏淼。寥寥不见眼中人，长啸一声天地老。

读此诗知公以仙客自期许，为荆州守时已然，其后退处山中则慕道尤笃。

紫竹吟

旧竹紫丛新竹绿，当窗一片森寒玉。并刀断作紫鸾箫，一声吹落双黄鹄。黄鹄翻翻厌世缘，早辞氛垢返瑶天。始知二十四管轩辕龠，管管吹成翼上仙。

寺楼逢尔矶杨子同观瀑布因悼陈约之内翰

危楼五月停纨扇，绿野清江欲飞霰。隐仙溪上雨溟蒙，倏忽河东起云片。是时白苎生微寒，把酒未酌闲凭阑。杨君手抱枯桐至，顿觉楼高海气宽。劝君停手且莫弹，且听檐上飞风湍。白虹一下三千尺，击碎珊瑚落玉盘。须臾风扬日中起，溅沫飞丝烂霞绮。风定还将白练垂，淅淅淙淙不能止。正似琴声掩抑时，悄低嘱咐皆倾耳。我昔曾看庐阜水，述作同邀后冈子。文采空留五老峰，九江一别分生死。茫茫宇宙百年人，请君一奏前山春。

情真，景真。

登石宝山

剑海西来石宝山，凌风千仞猿猱攀。岩唇往往构飞阁，石窟层层可闭关。恍疑片云天上落，五丁把住留人间。霜痕雨溜石色古，璆琳琅玕何足数。老藤穿石挂虚空，欲堕不堕寒人股。

老笔纷披。[一]

【校记】

［一］《滇诗粹》无此评语。

升真观落成有述

城中元真观久隳，香火无托，隆庆间，予售田得价五百，拟构于点苍中峰之香岩。役者惮难，乃下迁今地。

朝登点苍瞰洱河，东方日出横金波。十九峰莲尽回抱，始知灵秀中峰多。群山杂沓总在下，如拥剑佩趋鸾坡。下方阡陌田可井，郭边村舍如棋罗。萦青缭白江天暮，泠泠清磬穿烟萝。是时严冬雪初霁，流渐石上明瑳瑳。汉柱唐盟不可问，但闻六诏如飞娥。豪华歇尽形势在，惟有仙人迹不讹。中顶采芝住石穴，丹炉药灶留山阿。至今香气无时断，我试上验传非讹。栴檀沉水未得并，病夫三嗅除沉疴。初拟此岩营帝阁，役夫恐被山神诃。而今结构去岩远，香风习习犹嘘呵。神工诡奇难致诘，造化恍惚应委和。拟将一榻卧空阔，侵晨挂杖遥经过。尘埃已远沉瀣近，一一草石亲摩挲。纵然不得混茫意，也胜带索朝行歌。

气足神完。

高氏园亭坐中走笔

城中园亭谁最佳，高生好客兼好花。二十四番风洒落，七十二色丛交加。浑如石家锦步幛，一片霞光飞席上。舞蝶屯蜂傍药阑，细雨游丝共摇荡。昔年花集忆台翁，乌纱鹤发酡颜红。翁今仙去贻谋在，雨露须知造化工。蓝水碧山三径菊，珍重传家有清福。试看满座动文章，何异淇源生绿竹。君家兄弟我姻连，兰台太仆称时贤。年年招我醉花下，狂歌那复知华颠。洛阳当时看花早，回首人生今已老。主人有酒且题诗，莫待飘英满芳草。

俯仰夷犹。

观音岩

石光如镜半空矗，石乳缅藤悬构屋。云桥不与世人通，只有仙人夜骑鹿。仙人踏翻珊瑚根，万窍玲珑玉攒簇。石房斗拱天然巧，石榻茵文浑绮谷。篝火还寻煮石方，仿佛山魈吹紫竹。出山莫向外人言，肯信珍琳丛里宿。

逼真长吉。[一]

【校记】

［一］《滇诗粹》无此评语。

送友人游鸡足石门歌

吾闻鸡足之山洞天系，石门千尺蒙螺髻。螺髻蟠云卷向空，石发岩花分点缀。在昔神僧大定初，叱石开门入还闭。人世千秋隔洞门，寒云古木空垂涕。衣裾化石理或然，至今观者何连绵。石濑津津故非泪，静而能应是初禅。吁嗟此意会者少，惟君历历恣幽讨。只今马出九曲溪，仙人待尔溪间道。

雨坐礼塔楼

海上湿云飞不得，海霞照雨入川白。白龙夭矫盘浮图，欲腾不腾寰宇窄。徘徊只在苍松间，峥嵘节概三千尺。上有诸天默散花，下有群魔显褫魄。年年五月龙火来，绕塔即知施雨泽。巍然常作世中尊，寂寞无言功赫赫。祥光常与人事通，亥子中间神所宅。此道冥冥识者谁，除却庖羲休强索。

九鲤湖

樵谷山中九鲤湖，九真曾此炼虚无。九真已去空湖在，波底犹存夜月孤。月孤水净何澄澈，泠泠湛湛传丹诀。子欲长生莫问人，要尔怀中大休歇。

阳明诗云："同来问我安心法，谁解将心与子安？"与此同意。

凯旋诗赠诸将

去年战易门，今年战金沙。金沙渺渺江水赤，江边白骨纷交加。夷酋视战如耕耨，生食人肉相矜夸。奈何驱民与之斗，投羊饿虎骸如麻。秦家筑城备胡虏，汉家又被匈奴侮。烽火长燃战不停，江边之骨谁收取。战马悲鸣鸣向天，鸟啄人肠挂枯树。士卒已死魂不招，闲得还乡面如土。浑身瘴疠六腑焦，此身无复支门户。尚书视人如草菅，号令东撑又西拄。持戈被甲眩方隅，奔腾岂复知行伍。糇粮不继多饿伤，挽运民夫半为虏。四山峡里每屯兵，茕茕何异鱼游釜。赖有群公献嘉猷，庶得生全十之五。寄言世上爷与娘，生得男儿莫交乳。

沉痛，足为黩武之戒。

咏石池落梅

苍山石骨切肪白，云涧琉璃动泉脉。白石刳盆贮碧泉，正与梅花佐高格。花片飘零可奈何，珍珠贯断落庭柯。看渠水面收拾得，何异图书出洛河。

梦游仙

梦骑苍螭踏云行，清侍尾我天阶平。簪头花艳菲金英，长风吹衣随翠旌。天光映发耀晶晶，就中回盼不知名。第十五人最年少，佩将金印如长庚。共称大帝人间生，余闻此语心亦惊。始知去路朝紫青，自取戴花行把玩。花间金简三行明，金简历历万天字。拥行左右皆天丁，觉来启户再拜谢。星辰错落霜空晴。

公诗多此等语，至今太和人相传，公乃仙去，其苍山麓葬处乃衣冠墓云。

季子祠

何事春申国，能存季子坟。孤峦蒙弱木，虚阁入流云。天地徐君剑，江山鲁圣文。千年吾酹酒，借草坐斜曛。

五六大方。

咏雪

日丽苍山雪，瑶台十九重。白圭呈众崿，玉镜出圆峰。涧口羊蹲石，枝头鹤压松。九洲多杂染，太素此提封。

沉着。

感通寺赴斋（三首）

幡悬松杪寺，马上涧西坡。佛事先坛度，吾生在爱河。白云千嶂合，青海一帆过。人世无穷尽，偷闲听梵螺。

城中车马客，志不在烟霞。我往常无侣，僧迎似到家。持斋还断酒，破睡但烹茶。夜宿东林上，今宵有月华。

细雨到山扉，朱堂隐翠微。林寒禽语涩，径僻客来稀。松老知僧腊，阶闲长石衣。此中堪避世，何事遽言归。

三首俱佳。

秋夜独酌

秋夕兼霜气，空庭月一方。萤光绕书案，蛩响近人床。短景行将及，衰躯坐易僵。浊醪无羽翼，一酌欲飞扬。

收笔新颖。

寺楼雨夜与杨明斋同宿（二首）

山楼初促膝，两榻得相依。石鼎奇茶味，香台羡竹围。炬残移佛烛，衾薄覆僧衣。聚散怜今夕，东方启曙晖。

五六真切。

穿林暑亦健，卧石起常迟。泉送清心剂，僧为出世资。逃禅应有日，会宿本无期。且尽尊中物，休言念别离。

无台老禅同居白鸥院

幽寺同消夏，深松得避喧。梵灯悬古塔，涧磬度祇园。阁望江光近，池窥树影繁。身名两俱寂，云岫自朝昏。

郊野杂赋（二首）

伐茅开水榭，并竹作茶厨。林僻惊秋早，台成觉景殊。幕虚偏映翠，阑仆略施朱。但把一竿钓，藻深鱼有无。

结句耐人寻味。

客识南村路，风轻白苎凉。山人能酿黍，野衲为焚香。云霁池光碧，烟浓树色苍。看来松竹外，别自有仙乡。

似杜。

得任内翰忠斋书

蜀道千山隔，相寻梦亦惊。乾坤双雪鬓，湖海几诗名。外物曾无累，狂歌得此生。老无相见日，空有泪纵横。

似杜。

广运弥陀庵访无瑕老禅不遇令君送酒

宿昔汤休约，深林不可寻。松藏一寺小，云落半崖阴。桥度怜潭碧，阶闲任草侵。经过无限意，宓子善鸣琴。

夏日集王受泉亭

池馆成幽筑，遥江带草堂。循除通野水，傍竹设绳床。坐占栗阴密，杯分莲瓣香。不图城市里，烟霭似江乡。

访一塔药炼师

人似冰霜洁，心涵霁月孤。晨昏惟一食，寒暑阙重襦。院静苔常绿，山空鸟自呼。眼前谁是伴？千尺古浮屠。

九顶寺次壁间皇甫百泉韵（二首）

香梵从空落，飞楼第几层。九莲起初地，万籁浑真乘。绝壁斜悬屋，幽岩始见僧。松涛夜还寂，洞里坐篝灯。

烟霞分九顶，殿阁倚云层。思人忘言处，宗开最上乘。寒岩无过客，落月有归僧。借问东林寺，谁传觉岸登。

送集斋张校职辞蕃寮

迁官辞不赴，问尔独何因？讵薄淮南传，非关张翰莼。有生真是梦，知足不为贫。惆怅斯人去，萧条碧水春。

五六佳结，亦悠然不尽。

访唐隐君

隐君修道处，茅屋傍龙池。嗽齿开仙笈，簪瓶长玉芝。云心迥无住，石色看来奇。习气应消尽，真堪作我师。

流丽。[一]

【校记】

[一]《滇诗粹》无此评语。

天镜阁同朱方茅宿

分携重秉烛，酹酒海楼风。一榻琉璃界，八窗星宿宫。涛声停夜话，秀句满秋空。京洛相逢日，还如昨梦中。

杨东周回自鸡足山

名岳恣仙访，才从觉海回。衣沾龙树碧，心共鹿蕉灰。地涌芙蓉塔，楼标紫翠堆。虚空人不住，那得石门开。

山居留杨子

避地怅多病，穷愁懒著书。论交欣得汝，谈妙忽忘予。山蕨人寻兔，池荷客钓鱼。十年深闭户，愿足不求余。

亦似少陵。

宝藏台饮

置酒苍松杪，阑干海上台。风前僧梵落，岛外贾帆回。水院参差下，岩窗窈窕开。涧唇愁阙路，云补客还来。

集三塔

千嶂叠霞天，长江抱席前。川平任孤鹜，塔涌骇高鸢。置酒云烟上，酬歌夕照边。旷怀谁述作，吾意欲逃禅。

云林

闲居淡无虑，日日到云林。不有琴书趣，谁知鱼鸟心。台登万木杪，楼望一溪深。事事令人健，弥从水石寻。

江楼

独坐无人处，烟光江上楼。波纹风更细，莺语柳初稠。野绿残阳在，江明片雨收。登临何必赋，把酒看云流。

佳作。

归里

故庐依井巷，廿载始来归。窗竹留清影，园花减昔辉。顾兹时物变，何怪世情违。生苦缘多欲，吾今悟昨非。

八句一气。

泉庄韩文博山居

垂老爱秋园，冥心道自存。通宵含月色，尽日坐松根。春草随侵榻，闲云为掩门。客来迎接懒，相对欲忘言。

王孟之遗。

赠大慧人云门山

拄杖入西峰，冰霜属仲冬。立禅仍赤脚，作观倚青松。破衲千岩雪，寒飧九寺钟。何当谢尘世，看尔钵中龙。

响亮。

怀任忠斋

所思在何许，有美蜀江喷。檐前玉垒雪，枕上峨嵋云。望比琼瑶洁，身甘麋鹿群。修仙弃朱绂，十载不相闻。

起笔健。

晚上驼峰

夙好在幽寻，奚童抱一琴。看山宜款段，入夜历崎嵚。树叶侵行径，人声起宿禽。不知僧在否，清磬出中林。

晚发鄱阳湖

夙闻鄱水阔，利涉际曈昽。涛溅非关雨，帆悬但信风。雾深千嶂没，月白一湖空。海岳平生志，遥怜五老峰。

佳作。[一]

【校记】

［一］《滇诗粹》无此评语。

病中作

积雨侵衰病，暄和未下床。鸟声惊候改，茶气入帷香。问病劳佳客，休心是妙方。吾生将八十，莫共世情忙。

对起是杜法。

便溪遇晴

雨天行楚塞，泥坂上牂牁。山出溪岚净，云开岭树多。征徒无揭厉，樵唱亦婆娑。故国犹千里，其如日月何？

春日独游海印庵

海印城西寺，松螺拥翠鬟。青丘藏曲折，碧涧度潺湲。竹外客亭骑，花间僧闭关。春山苦无伴，孤兴一跻攀。

山居柬杨洱矶

晚岁学无生，山樊屋数楹。窗高树不碍，夜黑海犹明。翠岫宜云气，朱炎爱雨声。求羊愁径滑，旬日不相亲。

渡榆海

晓投骡厩邑，午上鸭头船。水镜碧堕地，山屏青泊天。浮光迎海日，独鸟出江烟。始解逍遥意，南华第一篇。

唐音。

卜居（二首）

近寺营郊墅，依僧住翠微。煎茶同石鼎，鸣磬隔山扉。雪水迎厨注，林禽向客飞。风泉有清听，顿觉世情违。

凌晨闲步履，亭午入山扉。谷转芳廊寂，僧归夕照微。大千同了义，不二总忘机。四十余年世，蘧瑗已觉非。

檐坐

短檐山尽见，掩卷坐西晡。缕起谷云碧，圭分涧石孤。丹霞映翠壁，白鸟下青芜。吾爱吾庐好，流泉绕户除。

送杨兵宪平夷

献馘出江干，溪花映绣鞍。金铙千骑引，玉节万人看。瘴海三秋净，霜刀六月寒。昆明池水上，应照寸心丹。

秋雨

阶除响暗泉，一雨洗金天。薇蕊乱喧鸟，桂丛寒锁烟。山人闭关坐，渔父掩篷眠。予亦悠悠者，摊书近枕边。

后四句尤见笔力。

中山

在剑川西南石宝山中有寺，曰钟寺，则以寺侧一巨石，如钟形而名也。俗以钟名山则误矣。

刻画天人界，岩峣云锦屏。雁王曾献果，蛙石鲜闻经。花点金山紫，云连雪岳青。辽天高顶望，独鸟下沧溟。

雄秀。

中山联句

《通志》于题目加一科字，曰中科山，则更误矣。中科山自在州北，杨李未尝至也。月村识。

龛壁存龙树（升庵），扃岩即雁堂。石鳞风动甲（中溪），苔鬣水浮香。兴发追随尽（升庵），冥搜步履长。何由跨笙鹤（中溪），历历过重冈（升庵）。

三家渡送陆石溪臬长之桂阳

云风起南浦，落日大江西。天地君知我，波潭客解携。蒲帆相背发，汀鸟向人啼。回雁峰前过，好将书札题。

送三南严子赴黔江

柳色青门路，年年此听莺。才为百里试，无亦二毛生。岸帻铜泉峡，维舟白帝城。往时严仆射，追取振家声。

感通寺送龙岩赵文宗，对榻白云方丈，临歧复上波罗崖赋诗为别

昨年画省我为郎，怜尔词垣翰墨香。一代文章长落魄，千山旌节忽联床。白门鸟道王遵驭，碧涧虬松惠远房。榆海烟云犹碍目，扪萝须到玉霄傍。

寻山至浪穹同杨修撰

蘼芜行尽绿毵毵，五岳寻仙得盍簪。沃土藿花飞陌上，春湖蒲柳似江南。野阴傍郭千家润，山色褰帷四面岚。休向萍踪叹飘泊，殊方风俗等闲谙。

公与升庵唱和甚多，此作亦好。

秋怀寄林退斋（四首）

百感中来一上楼，千山木叶下江流。青天关塞堪愁绝，白露蒹葭正逗

留。寒朔雁鸿传尺素，潇湘风雨梦孤舟。清砧处处催迟暮，草阁飘香桂树秋。

北辰宫殿入穹苍，潭水中条拥未央。汉帝经筵频设幄，舍人封事自开囊。三边虎豹安金鼎，重译犀狮陋白狼。万里云霄怀旧侣，回凡授简赋长杨。

金鳌太液暗菰蒲，此日平居忆故吾。七夕群仙叨侍从，一时三老赖都俞。龙池放舶联金佩，凤髓传觞自玉厨。闻说旱蝗连楚蜀，空教菡萏落秋湖。

碧海苍梧夜有霜，鹡鸰鸿雁属秋忙。峭峰背日霏寒霭，残菊含花弄晚香。结社竹松开蒋径，候门童稚似柴桑。吾兄亦是秋风客，对食鲈莼江上堂。

四首俱佳。

诸人集演武亭

几席平铺万顷涛，千山回合此亭高。庖羲已上无人问，苍洱之间有我曹。童子望帘知酒价，村家尾马笑诗豪。香山洛社都陈迹，也许将军典战袍。

三四何等气象。

浩然阁别朱方茅

乾坤落落一沤浮，江草江花又上楼。十里停云谁命驾，百年今雨得同舟。辞官不受一钱去，挂杖还能五岳游。月在波心三万顷，重来应得近中秋。

中二联均极流利。

长啸轩次时川姜兵宪韵

微径生苔迹渐稀，少林斜日扣岩扉。旧来穿石松藤在，重到经时鸟语非。远海遥天青似扫，溪风山雨响成围。几回金马门前梦，长傍毗弥岭路归。

用韵新稳。

蒈腾

竹间日日坐蒈腾，柳弱花娇总不胜。举世那知今是梦，先生只道我无能。扫径可缘朱绂客，煮茶还供白云僧。松风何故偏多事，耳畔琅琅说一乘。

十月之望陪见湖泛舟即事

细雨不辞登海阁，晚晴还上泛湖船。叶翻菱茨便风送，露落蒹葭见月圆。芦笛一声飞白鹭，渔家几处住苍烟。暝云片片群峰碧，共忆长安看岳莲。

京师别友人

杂沓甗瓵祛夜凉，围屏曲几明灯光。金城万瓦着霜白，银瓶一斗浮鹅黄。相逢忽忽有底极，行路悠悠殊未央。劝君有酒莫惜醉，别后虚寄罗襦裳。

先生学吴体诗，运古于律，直欲登少陵之堂，入山谷之室矣。

饮海门岛

江上危台草树青，鲸鱼跋浪春冥冥。笛前汀鸟自双去，泽畔渔歌尔独醒。吞海有人夸酒圣，衰桃无赖倚江灵。碧云暮合不归去，兴在沧浪五月舲。

用韵答张愈光

孝皇盛日张公子，白马青袍下洛阳。百二神京天下险，十千美酒郁金黄。殊方风雨春三月，中土亲朋字几行。怀抱向人萧索尽，暮年词赋独专场。

末句殆以庾信比禹山也，后又谓其前身是少陵，盖倾倒极矣。

酬赵浚谷起用至京寄问习池之作

十年艺苑前生隔，骑马风尘思若何。莫倚文章魁海内，顿令园绮出山阿。习池尚有羊碑在，太守还持虎竹过。无奈狂夫生性癖，不胜回首白鸥波。

清思健笔。

宁海泛舟别升庵^[一]

天堕湖光碧不流，柳丝三月上兰舟。江皋袅袅紫芳乱，沙淑盈盈琪树秋。南国蘼芜牵客思，东风杜若怅君游。扣舷莫遣悲歌发，风雨蛟龙底事愁。

此作亦佳。

【校记】

[一]《滇系》题为"宁湖泛舟别杨升庵"。

柳池村庄

卜筑西岑枕碧莲，柳亭花阁瞰平川。泉分鹫岭初消雪，目送幺洲欲拍船。夸父近来才学稼，廉颇老去不论边。武场只在西南畔，犹看儿曹学控弦。

前半写景，后半发议，似放翁归后之作。

闻升庵杨太史复还滇戍

闻说衰年又入滇，惊悲此夜不成眠。避人谏草反为累，绝代文章谁复怜。坡老蹉跎终内召，相如著述自筹边。莫将荣悴尤身世，此道由来合问天。

升庵晚曾归蜀，后复戍滇，百世下犹悲之况，当日朋友之情。

柬张禺山

兰津江上日南至，双鱼欲下愁层冰。风烟倏忽复岁杪，人世有无系日绳。才说小山非自得，诗亡大历竟谁称。探环树穴未为怪，知尔前身是少陵。

禺山为吾滇文章巨手，升庵、中溪皆亟称之，足见倾倒之至。

邳州闻警有怀徐夏官

飞絮飘花三月暮，邳州城边春可怜。登崖刚好月随影，打鼓翻嫌风送船。羽檄不回虎豹斗，樯灯应骇鱼龙眠。殷勤不见下江舸，手把琼枝一惘然。

此亦吴体之佳者。

登台玉田县

抱病读残庾信赋，感时还上少陵台。山容忽入雨中没，暝色遥从江上来。今古浮云何我有？乾坤此郡自谁开。登临顿觉沧洲远，却为西风立一回。

江阴别弟元春归省

鹡鸰鸿雁各相随，独尔驰驱慰我私。海内君亲中夜梦，天涯弟妹隔年期。家邻黔国去何暮，菊满寒城到未迟。莫向江头叹离索，阿翁怀汝鬓成丝。

真挚似杜。

安南驿

南去北来年易更，安南烟火是秋城。瀑流斜界前山绿，返照遥衔古戍明。鸡犬云中丹灶户，旌旗鸟外碧霄程。生逢海内车书一，醉卧边头夜不惊。

酬傅侍御真定观兵之作

滹滨山色太行秋，云鸟旗章御史游。象魏何年辞禁漏，龙沙落日寄边愁。金筇声里天狼殒，宝剑光中汗马收。今日胡尘虽不动，可无樽俎借前筹？

雄杰。

海楼落成陪杨邛峡太守用韵

水雾烟岚午未收，短箫横笛在中流。几朝征战三更梦，千古江山一叶舟。偶得莼鲈入鲜馔，何须燕雀贺新楼。从今公事湖中办，满路农人说有秋。

访虚舟段君

大隐先生百不占，红尘千丈一钩帘。巷如颜氏秀而野，人比杜陵清且廉。君已无心求冕绂，吾今多病要针砭。本来面目须亲见，好把昙花仔细拈。

机神洋溢。

高峣舟泛

不到昆明三十年，重来今日已皤然。担头诗卷半挑酒，水上人家都种莲。山色满湖能不醉，荷香十里欲登仙。碧鸡岩畔堪题字，好把滇歌取次镌。

兴到之作。

仲宣楼

王粲楼前杜若春，江湖满池滞游身。可怜汉水绿于鸭，况复楚山青近人。魏武雄图生蔓草，章华曼睩共灰尘。含情不尽当时月，犹向汀沙照逐臣。

悲壮。

草堂

迂拙惟堪守旧溪，东华犹忆听朝鸡。主恩未报惭临箸，天意何私许杖藜。避雨有时过白社，看山无日不丹梯。独行独坐窥潭影，寂寞空林春日西。

亦似放翁。

诸提兵（三首）

时杨公守鲁、卢公歧嶷、张公天复咸在。

谁谓儒臣昧六韬，阵云飒飒上征袍。机闲棋局东山静，文占魁名北斗高。会里寨中灵鼓动，金沙江上祟狼逃。只今胡马犹猖獗，安得从君借宝刀。

诘戎独出承明庐，谩道交游在石渠。鸟背腾腾凌绝塞，风前猎猎舞飞旟。金沙几曲朝乘垒，缇骑千重夜看书。自古相门还出将，恩光早晚下彤除。

中丞六月决兴师，幕府明贤早受知。但见羽书传白昼，定应机秘照青藜。飞熊旂动千狐伏，狡兔功先一马追。未卜何人蒙上赏，洱阳人勒去思碑。

三首俱雄浑。

辽藩见遗文绣走笔奉谢

每怀帝子隔瑶池，江汉风流有梦思。云日山川王粲槛，岁时荆楚屈平祠。七千里外同看月，二十春来再寄诗。却恐荷衣太萧索，天吴紫凤远相遗。

一气挥洒。

寄旧令刘云峨

雅州遥在蜀南疆，相见无多别恨长。已解息机忘得失，何须握粟问行藏。里居卖药知田少，官去看碑觉字香。共羡挂冠头未白，五湖烟月剩翱翔。

"里居"二句当一气读下，惟其"田少"，故其碑亦香，所以为官不可爱钱。

柬赵参藩苴城

春曹地分切宸居，西蜀名藩重副车。岂意沧江淹岁月，遂将朱绂偶樵渔。幽期结客春寻壑，高卧听儿夜读书。才力似君须报主，东菑何事带经锄。

章法完密。

三塔寺园送张内山、卢碧山二方伯

莲峰凝翠坐斜晖，花径残红向客飞。天际屯云浑作盖，林间细雨不沾衣。此时绿酒留棋局，明日青山绕画旗。盛世赖君匡主略，余年容我卧山扉。

送陈员外入南京

中朝品秩两京隆，白下为郎有道风。五夜星辰看斗转，千年都邑叹人穷。贵分赤笔升兰署，闲着绯衣弄桂丛。遥意到时春亦到，万花开遍玉除东。

中秋与杨洱矶游眺，历冯都督展城之迹

百雉高城策马游，千村禾稼属中秋。暮云楼阁唐朝寺，返照风涛贾客舟。诸葛兵符青草没，冯公勋业暝烟收。英雄有尽苍山在，逝水滔滔日夜流。

访白山主人

岁久风尘卖草鞋，洞庭飞跨点苍崖。八千里外春无恙，十九峰头雪欲埋。踏碎白云那见迹，歌残黄鹄若为怀。道人肯住雄岩下，拟奉仙丹换骨骸。

浮生

溪雨晴时即出游，道宫僧舍任相留。马蹄频过青松社，雀舌时倾紫石瓯。二气洞中看磨蚁，万缘空后没金牛。非关老去寻幽事，说是浮生果是浮。

浩然阁和赵南浯何云亭（二首）

坐久浑惊世界浮，萧萧天籁下中流。风轻雨细一江浪，凫没鸥兴几叶舟。痛醉何妨高阁卧，险巇曾犯怒涛游。病余未觉诗情减，任取冯唐两鬓秋。

此与下一首俱豪迈。

高楼欲共水云浮，柱插蛟宫海不流。泽国人调杨柳笛，风波谁弄木兰舟。乾坤鱼鸟《闲居赋》，今古文章赤壁游。我有洞箫吹不得，曾将吹断

楚天秋。

胜概楼

六月天风百尺楼，青田飞鹭晚悠悠。浮云世态千番变，往古贤豪几度游。浦口树多霞外出，江门帆小雨中收。明朝更着东山屐，细看尊前万里流。

喜友人至

红杏垂枝覆洞门，半轩春雨对琴尊。十年落落常相忆，万事悠悠何足论。向子已寻五岳去，许由尚有一瓢存。劝君莫作伯劳燕，且共幽人数旭昏。

赠东山张博士山长

冠挂东山着笠蓑，更无尘梦到烟萝。静中会意将谁告，溪畔逢人只浩歌。石宝云霞春后丽，赏池莺燕雨余多。知君此处闲吟咏，忘却萧萧两鬓皤。

帝释山雨后同杨修撰升庵

杜鹃如火烂成溪，雨洞烟扃湿燕泥。当意晴山偎草坐，惊心春鸟背花啼。城穿日气红将敛，影落江云碧不齐。绝顶登临桃竹杖，何时为尔复提携。

瑞泉寺谢萧太守于阗挥二地主

百里寻山独马来，蕉溪千折入云隈。高岩有洞昼长闭，深谷无人花自开。地主遥供桑落酒，野民争侑蔗柑杯。耽幽卧石真吾事，却累鸣驺夜未回。

楼望

卧病闭塞成幽忧，杖藜起登江上楼。苍山缕雪景如画，洱水生风云作钩。松竹遮围气欲暝，池台萧索天初秋。沧江一碧净如拭，几点蒲帆晚未收。

拗律甚佳。

应乐峰开路

缘崖凿路出山腰，官阁闲登快晚飙。穿树马从溪上过，邀茶僧在涧边烧。断云残照一川净，碧海清秋万木凋。夜久自闻灵乐动，不须赤壁客吹箫。

静耳寺

江上闲身得漫游，莲宫一榻喜清幽。湖窥水镜频疑曙，风度岩廊易作秋。千里遮围山势合，孤帆迢递海门收。禽鱼上下应无数，独羡安眠沙际鸥。

己巳七月，赵南涪通守与从子君正邀余同云川高侍御、阳川高太仆泛湖阻风，登浩然阁，尽醉而返

湖上相招拟泛舟，少停车骑坐江楼。黑风白浪不可渡，行酒赋诗殊未休。一苇渔人多出没，百年身世几沉浮。白头聚散还今日，却话髫年此钓游。

荡山月下答从游诸子，留别印光、仁峰二上人

钟鼎江湖不两全，杖藜到处枕山眠。夕阳松寺千重翠，小雨崖溪一抹烟。半夜歌声天地老，中庭月色古今怜。道人本是璇霄客，且向人间结胜缘。

雪夜登山

爱雪欲栖松杪寺，三更才到达多池。风中燃炬时明灭，夜半寻途混险夷。云月有情开一线，乾坤无我任多歧。老狂别有登山意，说向人寰恐未知。

先生诗多尘外之想，故世传其仙。

玉溪观同范子

偶访仙山白玉台，恰逢丹壁洞门开。山春芝草向人秀，院午松声架壑哀。乍怪海霞随意落，无端暝色出溪来。范云萧爽成诗易，不愧登高作赋才。

春日逢羽人扶醉入青溪去

潦倒江乡满听莺，几番风雨几番晴。千株踯躅珊瑚树，一派林峦翡翠屏。来去始知春有脚，癫狂刚道尔无情。紫金丹法何时就，欲向瀛洲买凤笙。

送洛浦田使君

江上秋云拥队旌，手挥金印一毛轻。凤皇不受笼中食，海鹤由来天际横。万里宦游无世味，两肩行李似书生。陶公松菊堪千古，今日先生亦令名。

木瓜棚下纳凉

木瓜棚下午风凉，莞簟萧萧白木床。竹笋火炮全带箨，茗芽露重半抽枪。园居窈窕僧来着，酒债蹉跎客为偿。却忆长安当日事，终朝流汗傍宫墙。

园居

小园行坐自昏晨，手插长松伴隐沦。竹径长苔看舞鹤，石池添水养游鳞。家虽近市无兼味，树有新橙可待宾。闭户十旬强半睡，不知帘外属红尘。

夏云吴一避暑禅房

闻君避暑远公岑，起坐偏宜只树林。架壑松杉秋瑟瑟，覆坛云叶昼阴阴。谁从赤松去不返，独嗅白莲行复吟。吾生无那耽幽尚，落日遥寻钟磬音。

过华冈杨寺副别墅地名凤凰台

巴南作县有英声，玉垒高名冠百城。京国春云回短梦，江湖岁晚重寒盟。三千界外瞿昙眼，百万胸中范老兵。卜筑江山如有待，凤凰台榭属前生。

自注：君尝梦旧居凤凰台。

鸡足山放光寺

倚天绝壁万寻苍，新筑拈花第一堂。悬石欲随黄叶下，禅心不共白云翔。客知鱼动同僧饭，钟作龙吟报佛光。见说岩门隐迦叶，叩门须谒法中王。

赠永昌吴马二子

灵鹫山中太古雪，寒生茅屋白霏霏。岂无一尊少同酌，忽有二子来款扉。闭户只宜论文字，矢心原不慕轻肥。黄钟大吕自高调，那管世上知音稀。

气格自高。

元夕雪后寺楼

春云黯淡复迢迢，佛阁凭虚坐沉寥。酒盏何妨湖共阔，鬓霜不与雪俱消。管弦奢靡悲城市，钟梵幽奇听海潮。谁信香山白居士，一炉烧叶度元宵。

题报功祠卷

二贤遗话在苍生，今古相传好弟兄。骂贼鲁公终遇害，安婺召父不求名。山前碑在扪苍藓，祠下人来荐杜蘅。多少荒丘埋贵客，更无人说旧公卿。

卓吾李太守自姚安命驾见访因赠

姚安太守古贤豪，倚剑青冥道独高。僧话不嫌参吏牍，俸钱常喜赎民劳。八风空影摇山岳，半夜歌声出海涛。我欲从君问真谛，梅花霜月正萧骚。

鸡足山赠觉上人

别却西峰向百城，迢迢云外独南行。十年两胁不沾席，万里孤踪那计程。界外麟洲山似笋，定中香海国如萍。霜崖一夜无生话，风递疏钟恰五更。

工炼自然。

送太守莫丹崖

叠鼓清钲道路哗，千旌迢递出天涯。风猷海内二千石，惠泽南中十万家。勋业曾收循吏传，旄倪不放使君车。莫矜剑履星辰上，骑竹人思见蠹牙。

题玉局山奇树亭

阁下长河碧映空，清秋今日动凉风。幽岩草木深藏豹，古庙丹青半蚀虫。眺远自悲吟目涩，扶衰犹赖酡颜红。凭栏多少兴亡事，都在沧浪落照中。

李肖岑给舍雪中宿西山观因赠

谒帝中天入太清，寒山匹马雪中行。自非身有神仙骨，定是生从海岳精。一水谁窥河洛妙，孤霞高映斗牛星。老夫倚杖茅檐下，怅望西山空翠屏。

三四端庄流利。

龙尾关楼

孤楼独上海门关，靡靡千山复万山。设险自天真奥绝，探幽容我独跻攀。毗弥岛屿苍茫外，鹫岭云霞缥缈间。六诏战争成底事，持竿人坐钓鱼湾。

九日钟楼

群峰送翠映樽罍，九日同登艳雪台。千盏佛灯松杪塔，百年人世菊花杯。瀑泉挂玉天中落，窗闼侵星海上开。共喜参藩能践约，不辞风雨过山来。

寺楼用韵答里中同游诸君子

九日黄花催晚节，千山落木动秋怀。日穿众壑明残雪，风领流云出断崖。幽境暂留台省彦，新诗高寄竹梧斋。江山风物堪图画，安得频游与子偕。

九日白岳王公招登三塔寺楼用韵，时分守罗公至自鹤庆

千古同看陶令菊，百年今上少陵台。使君大作登高会，藩伯遥寻宿约来。翠渚天星灯影乱，洱河水月镜光开。三更客散留还住，岂为流连竹叶杯。

鹤顶寺

得道仙踪石上留，古痕谁复记春秋。百年身世三生梦，千古溪山一度游。碧海抱门天宇净，苍松夹路午阴稠。我来策马从巅下，侠气峥嵘隘九州。

海头张氏楼台

岩峣楼倚龙头关，柱脚插入油鱼湾。万顷琉璃泻窗下，三更星斗来人间。有时鱼笛自孤起，落日沙鸥相对闲。羡尔家居在官道，不知门外多尘寰。

先生吴体诗，音节皆落落入古。

玉局山答高太仆

浃旬阴雨上山难，雨歇山亭五月寒。万象森罗双老眼，二仪清浊一危栏。孤云影落空江水，奇树香生古石坛。玩到真腴自忘味，主人何用酒杯宽。

鸡足山遇高使君

名山邂逅访招提，君但乘轩我杖藜。绀殿朱楼隐芳树，柳金梨雪满回溪。入村父子窥旌节，下岭牛羊立鼓鼙。春雨东菑生事足，不妨山简醉如泥。

完密。

江阴汤氏菊庄集

回磴曲阑花下行，短箫横笛悲芦笙。尊中绿酒客愁破，窗里碧山秋眼明。看菊已拚灯火夕，放舟况复鹭鸥晴。时丰不见催租吏，小队郊坰莫浪惊。

荡山夏集

自共溪山暗结盟，酒杯今日属逃名。寻幽累月不停屐，际晓诸人已出城。白苎不禁三伏雨，青山无奈百年情。便应直上诸天外，击筑吹箫坐月明。

笔健。

观澜阁即事

山阁江楼小暑天，水光如镜照青莲。风生两袖欲骑鹤，日落千峰更放船。几点冥鸿消碧落，一声孤笛破苍烟。沙堤杨柳知人意，也送飞花到酒边。

高子敬园亭 壁有太学士杨遒庵诗

城里园林通野气，初冬花木未凋零。径回窈窕惊禽出，泉落涟漪爱客听。曳杖醉穿池岸竹，看山倦倚岫云亭。壁间读罢孙弘咏，一代鸿词翰墨馨。

九月初度，升真观羽人馈朱桃为寿，色、香、气、味皆佳，戏为七言答之

九月仙桃雪里红，山人相赠满筠笼。仙都种处根应老，灵气生成色不

同。百颗丹珠欺鹤顶，三杯绿酒慰龙钟。讵知方朔当年事，今日依稀在渺躬。

高秀士子敬园斋

秀士园斋在宅边，潺潺终日听流泉。方塘引水和烟泻，短榻哦诗枕月眠。出树雪峰长展幨，投林时鸟乍调弦。竹窗灯火清秋夜，惟有书声对圣贤。

正月二日郊居杂兴

山头浓云欲作雪，山下夭桃已放花。闲客独来寻草坐，幽禽何事向人哗。南山林缙有夙约，北郭隐士无生涯。明日更扶青竹杖，乞茶远过野人家。

杜陵遗响。

幽居

春到山家分外清，山翁偏爱晚霞晴。未霜汀草寒犹绿，少月江楼夜亦明。万感不生天有籁，百川虽逝地无声。此间幽事谁能识，莫怪年来懒入城。

五六大笔淋漓。

酬五岳陈文宗为拙稿作序，万里报书不答阙然感怀

沔水词豪屈宋乡，风流异代擅文章。鸿词不惜施云锦，燕石真惭报夜光。烟水百城愁梦断，古今一瞬令人忙。丹砂未熟空相忆，安得乘风到尔旁。

前四句工切，后四句笔尤不测。

山楼

未得移家住翠微，篮舆日日过岩扉。暝烟西峤红云变，冷雨东皋白鸟飞。花气浓时寻曲径，溪声咽处坐斜晖。山薯酿酒三杯足，卧看山僧补衲衣。

饶有云趣。

苍山夏雪

苍山五月雪嵯峨，吾爱吾庐傍曲阿。不夜轩窗栖月窟，无尘世界泛星河。花明贝阙吹羌笛，酒熟江村度郢歌。浪说寰中饶胜地，其如朱夏郁蒸何。

语语精神。

盆池

临河何必太开渠，小置盆池亦有余。旋注清泉堪饮鹤，即加拳石得藏鱼。题诗洗砚苍蛟出，窥影扶藜白发疏。茗碗炉薰相对坐，谁知尘世有吾庐。

别罗复初

梧桐一叶下秋晴，天末相逢向子平。五岳羡君留胜迹，半生悲我逐浮名。青松气袭南华酒，紫菜香生北涧羹。今日相逢入云雾，从姑山下话无生。

山游

风月江山处处宜，三千兰若任吾之。白云终古恋空谷，青鸟何年下赤墀。暑雨岂能侵大笠，忧愁何敢犯枯棋。从人问字林泉下，却笑杨云未脱羁。

高致。

鉴湖楼承田宪伯揭匾次韵奉酬

湖上危楼天畔开，斗牛终夜宿檐隈。可怜松树鳞俱老，尽是仙人手自栽。杯酒春风频改席，沧洲落日更登台。使君法驾难招致，为爱烟霞许再来。

问俗亭秋阴独坐

山亭独坐海天空，城郭村墟杳霭中。斜照破云移野绿，断霞逗浦映江红。三杯松液陶弘景，一卷仙经河上公。不欲鬓边添白发，其如林际已丹枫。

生日礼灵峰止宿碧霞方丈

不得长斋绣佛前，云林随处学逃禅。浮生今日八十岁，虚誉当时尺五天。富贵无端成梦觉，烟霞有分望神仙。坐聆地籁不交睫，漫说僧房一夜眠。

先生之寿，殆非偶然。

登点苍瞰榆水

六月来登山畔亭，拟将云物画围屏。田塍界局千区绿，海气蒸云几道青。斜照断霞明浦溆，浴凫惊鹭起沙汀。寰中名胜须亲历，漫使词人读《水经》。

点苍山房次韵答友人

鸟语溪声白昼喧，红尘不到薜萝门。已知此念为元化，更与何人漫讨论。松阁月来香篆静，苔阶客去履痕存。点苍绝顶扶筇上，罗列千山此独尊。

荡山观苏进士追远醮坛步虚词

碧落空歌咽凤笙，真公齐驾翠云軿。《黄庭》内境三千界，青鸟仙家十二城。蘋藻暗通元酒气，松杉遥引步虚声。可知尘劫须臾事，华表归来说姓丁。

金陵怀古

金陵沽酒过西津，暂向江头酹白蘋。山水只资王霸气，烟花应笑往来人。是非督乱还千载，风雨萧骚又一春。可是骑鲸人不在，石头城下暮涛嗔。

冬日山中漫兴（二首）

梧竹青阴小隐家，岁寒风物更繁华。林间巧鸟自成调，阶下老梅争放花。堆案道书游物外，满腔秀句当生涯。短檠一夜同僧话，霜月娟娟北斗斜。

结屋青山近梵宫，独行岩径少人逢。茶烟漠漠出松碧，枫叶鳞鳞映雪红。僧院坐残棋局晚，市楼闲倚酒帘风。醉来不觉缘何事，踏破青鞋到水东。

寄杨野崖

苦忆野崖杨博士，孤标落落似长松。未论囊贮千年药，只羡山居九顶峰。洞冷白云无客到，盘堆香芋有僧供。欲闻邵子先天学，何日联床坐晓钟。

野崖著《心易发微》后，乃远游不返，亦奇人也，此诗已见梗概。

喜一雨遂晴

炎歊百卉失青青，隐几园庐午未醒。两鬓雪霜秋飒飒，一天雷雨昼冥冥。凉生茅屋蛛牵网，水长花沟鹤洗翎。赢得老夫筋力健，明朝能上半山亭。

有兴会。

平远台

九仙台下落回江，九仙一去空云幢。独怜烟草经行遍，况复水禽来去双。片云阴阴下桂阃，万象瑟瑟嵌岩窗。石苍树碧朱夏冷，坐来仿佛闻松淙。

先生吴体诗无不工者，长于七古，故拗律能佳。

鉴湖楼

三塔浮图洱水西，罡风吹我上丹梯。茫茫鸟背清迥，扰扰人寰白日低。物外悬壶收海岳，天边挥翰拂虹霓。一樽倾尽便归去，十九峰莲送马蹄。

豪放。

月夜涧谷

冰轮碧海起山扉，夜半吹箫坐翠微。群动寂然秋宇旷，不知岩绿上人衣。

七绝诸作俱有风韵。

竹冈道院逢羽人

松竹高秋起翠氛，洞天帘箔水生纹。虬须道士眉如雪，跨杖乘龙下碧云。

台上

新筑高台出翠烟，麦风摇绿漾晴川。老僧少日曾同住，细数松杉说岁年。

卯谷山居春日

翠涧苍松小隐家，洞门长日锁烟霞。一春谷口无人到，开罢碧桃千树花。

山月有怀

点苍山月碧玻璃，光泛榆河万顷陂。却忆美人何处是？欲随风到玉关西。

向杨玉岩乞竹聚仙亭

池上初成白玉坛，更须苍翠护阑干。君家一片潇湘影，分与仙人作舞鸾。

游苍山背白石岩

点苍山势若游龙，深入烟霞第几重。二十四峰青欲滴，中间一朵白芙蓉。

上坟

触处伤心强自裁，此心何事不成灰。长江怕听愁人诉，直向东流更不回。

即古诗"人死一去不复归"之意。

出茨丛村

竹刺藤稍村路悭，旆帷行处水潺潺。樵人报我看花处，近在苍松白石间。

玉局寺怀古

唐大历间，玉局寺有隐者夜闻仙乐，开户视之，数女子飞去，遗下玉琵琶一枚，后此物献顺宗。

玉局仙姝下碧霞，等闲留却玉琵琶。千年往事人谁信，不道麻姑降蔡家。

梅雪对酌

白雪梅花相映空，持杯如坐水晶宫。山河一片无痕迹，只有青芝出桂丛。

洞宾画像

海上长髯跨鹤翁，一声孤笛沕寥中。碧波三万六千顷，中有蟠桃一树红。

焦山口号

长江如龙挂天碧，金山焦山相对立。恶风白浪推不行，留与乾坤作柱石。

古致。

太岳绝顶口号

千盘青磴直摩空，海日东悬夜半红。晓看下方雷雨黑，始知身在碧霄中。

赠杨洱矶兄弟

杨家兄弟总能诗，徙倚吟哦百不知。石马溪头夜吹笛，星辰错落天河垂。

古致。

西方池

精舍周旋七宝池，宝光浮动影离离。有时净侣还来浴，踏碎珊瑚第几枝。

海棠忆旧

太史成都杨谪仙，昔游同赋海棠篇。今日重来花树老，回首春风三十年。三十年中人事改，升庵垠溪皆不在。纵然拈笔更题诗，山水萧条失光彩。

一搭^[一]寺楼看菊

雁塔孤楼在上方，碧桃千顷接苍茫。千旄出郭看时稼，茱菊移尊到晚芳。怀抱向谁曾痛醉，使君怜我独清狂。暮钟不令笙歌散，斜月娟娟夜未央。

【校记】

［一］搭：《滇诗丛录》作"塔"。

白云寺^[一]

寺阁凭临碧海头，边城落木下长洲。五更鼓角停钟梵，万点渔灯起戍楼。老我尚能骑塞马，野翁亦自狎沙鸥。嘉鱼穴在回澜处，煮酒何妨更泛舟。

【校记】

［一］《滇系》题为"龙首关白云寺"。

象鼻岭[一]

象鼻山头下峡风，鹤林还在翠云东。看花不觉行来远，回首千山杳霭中。

【校记】

[一]《滇诗丛录》题为"象鼻山岭"。

白王庄

鸟吊山前禾黍香，路人云是白王庄。量羊山斛今犹在，剩有西风积叶黄。

过通湖

蘼芜行尽绿毵毵，五岳寻仙得盍簪。沃土藿花飞陌上，春明蒲柳似江南。野阴傍郭千家润，山色褰帷四面岚。休向萍踪叹飘泊，殊方风俗等闲谙。

修彩云桥

积雨村墟烟火销，马前沙涨迴[一]齐腰。沟渠不治农人叹，禾稼常为潦水漂。凿石苦闻鞭挞急，褰裳愁杀路途遥。济川无策甘崖塈，且向人间理断桥。

【校记】

[一]迴：《滇诗丛录》作"过"。

飞来寺

置酒平临飞鸟上，菩提楼阁枕松峦。常年物色欺霞丽，亭午溪云背日寒。灵鹫群峰天献巧，黑波千倾客凭阑。青莲邂逅那能别，落日高原伫马看。

安宁温泉同升庵修撰

碧鸡空翠涵堂川，坐见汤池霏夕烟。谷口招寻仙作伴，自矜同上元礼船。溪回谷转滇阴道，雾散依违著花草。奕奕红亭樊绿波，遥遥金铺依云窝。红亭金铺都相宜，水阁云屏原蔽亏。地脉阴阳割天巧，池心玉石攘人奇。谁家罗衣着白苎，繁花点耀清江渚。赤脚奴儿习泳游，挈得银瓶傍崖煮。酒香花气薰游人，浩歌濯足春山春。丽日温疑锦绣段，香波气郁膏兰辛。可怜岩窟净如拭，更向澄源理容色。只知毛发鉴去来，讵意尘颜转凄恻。君不见骊岫氤氲水殿香，太真浴罢宫云凉。君王当日歌游地，泱漭风沙西日黄。

石宝中山寺

人境犹图画，禅宫已劫灰。驮经白马去，听法绀蛙回。石宝金银界，花林锦绣堆。登临兴未尽，松壑暮涛哀。

石宝道中

翠盖苍帷松路凉，杂花千树袭衣香。踏平丽坂便乘骏，憩息芳丛快举觞。鸣鸟嘤嘤闻白昼，晴岚袅袅属青阳。片云莫是催诗雨，夕饭山家有裹粮。

太元宫铭[一]

鹤山四回元气结，晞光洞开氛祲截。太素神僧入共暳，飞锡一卓洪滔竭。至今后土留灵穴，揭来遗甓顽愚喋。膏芽弗修祈享绝，霍雷岁有为民孽。谁其吁天声哽咽，周侯欲滴心头血。构宫妥圣天神列，楼阁苍然冠巉嵲。胜事难成势中辍，仁哉邻伯完其缺。参赞江山赖贤哲，两侯相继成峻烈。灵祇垂鉴应无蔑，时有卿云含藻棁。气候调和旸雨节，疆场人民无夭折。黍稷年年欢慨[二]悦，金堂玉室当[三]芳洁。

【校记】

[一]《滇诗丛录》题为"太玄宫"。

［二］慨：《滇诗丛录》作"溉"。

［三］当：《滇诗丛录》作"堂"。

浩然阁

川上风烟岛屿浮，柳边楼阁压春流。旌帷暂驻三行酒，箫鼓难胜一叶舟。野馆几年无客到，江湖今日纵吾游。乘槎还忆云霄侣，星汉迢迢隔素秋。

文

此次文的点校，以（清）袁文揆辑《滇南文略》（上海书店出版社《丛书集成续编》影印本），（清）范承勋纂修（康熙）《云南通志》（北京图书馆古籍珍本丛刊本，影印本），（民国）秦光玉等辑《滇文丛录》（上海书店出版社《丛书集成续编》影印本），（清）李思仝、黄元治纂修（康熙）《大理府志》（康熙三十三年刻本，影印本）为底本；以（清）师范辑《滇系》（成化出版社《中国地方志集成》影印本）和（清）李思仝、黄元治纂修（康熙）《大理府志》（康熙三十三年刻本，影印本）等为校本，文共计 62 篇。

送环江俞君赴华阳王府教授序

威楚俞君，奉命自太和教谕，迁华阳王府教授。其寮友赵上君，率诸生数十人，请曰："环江之在太和，其行诣为士夫所取，人皆以可寄民社望之。今迁秩乃尔，在环江固不见其几微，而众望不无缺然，愿请一言以慰之。"余曰："古者设五经博士，以教授，其责至重，非其人不选也。"盖以经术行诣诲诸生，非身有之，则弗胜其任矣。然在一郡，虽名教授，其所导率者，民间之俊秀耳。若夫藩王之教授，尤有重焉。其所课试者，皆王室之适子、庶子，藩屏之休戚系焉。朝初皆命国史编修充补其职，自后公族蕃庶，封土日众，国史英贤，不足布列。始于庠校师儒中，选其考最，及为外台所奖，督学所称者，第其资望，次而用之，亦不可谓不重矣。厥后自视太轻，苟升合之禄，以求荣于王门，其于式谷尔子，蔑焉，弗闻，如此而欲望王之礼重，不可得矣。是知官本不轻，顾人之自处何如耳？环江之在太和，端慎自命，既有为师之基矣。若夫为国师之法，在环江一讲求之间而已。余闻之，冶师之将为湛卢也，必察铁之铦钝而施陶镕焉；梓人之将为宫室也，必视材之大小而加斤锯焉。故为师之法，各因其材之清浊，学之浅深，过者抑之，不及者引之。高而不使凌猎，卑而不使自画，严而不至峻绝，宽而不使狎侮，皆师之法也。君子之立志，不获高位以行其政令，幸而得施一邑，教一国，亦不翅足矣。何也？政令能禁人之非，而施教使人自不忍为非，其裨益人国，固有出于民社之上者，夫岂细故已哉？环江其往矣，遂次第其语以为赠。

　　由教谕迁王府教授，立论之次第，人皆能之，至后幅政令施教数语，真可谓戛戛独造矣，然其说亦纸上空谈也。

初刻杜氏《通典》序

　　祐[一]作书二百篇，为纲凡八：曰食货，曰选举，曰职官，曰礼，曰乐，曰刑，曰州郡，曰边防，序第相因之旨斯在矣。按《唐书本传》，祐[二]嗜学，虽贵，犹夜分读书，精于吏治，不事皦察；相民利病，而上下其计赋。君子称祐[三]治术无缺云。先是，刘秩摭百家，侔周六官法，为《政典》三十五篇，房琯称其才过刘向。祐[四]以为未尽，因广其缺，参益新礼，为三百篇，题曰《通典》。夫[五]其事核，其理密，其识精，其言约以详，其见执[六]而达，其取类迩而测量远。竖儒后生，有能手其编而诵之，斯可以谈当世之务而施于有政矣。顾四方无刻本，学士大夫转相抄录，寝以讹舛。穷乡愿学之士，希阔不得见者，或终其身。

　　嘉靖丙戌，元阳获读中秘书，手录一编箧之。游行四方，盖无一日离吾目下。丙申，以御史按闽，乃谋于福州守胡君有恒。聚诸生十有四人，于学宫，校梓以传。夫科举之业，将以明体达[七]用，以教天下，乃业者不尚本实，而务夸侈。于是广[八]汇标之书，盛行于天下。士有诵所不当诵、习所不必习者，博而寡要，耗其心力，而于当世之务，往往正墙面而立。吁！可哀也。郑夹漈作《通志略》而《通典》废，马端临作《文献通考》而《通志》隐。殆犹少隋珠，曰："何不为巨齿之盈库也？"噫！其亦弗思甚矣。余为此惧，故辑诸儒经务之论，凡若干首，附次于编，以征《通典》为经国之要，异乎郑、马之撰矣。

　　典要质实，羽翼之功不少。[九]

【校记】

　　[一] 祐：《滇系》作"唐杜佑"。

　　[二] [三] [四] 祐：《滇系》作"佑"。

　　[五]《滇系》无"夫"。

　　[六] 执：《滇系》作"直"。

　　[七] 达：《滇系》作"适"。

　　[八]《滇系》此处有"注"。

　　[九]《滇系》无此评语。

陈希夷像赞序

　　世传此为希夷陈图南之像，都邑人竞貌之，遂遍海内。按《宋史》本传，图南名抟，亳州真源人。日读经史百家之言，一览成诵，悉无遗忘，颇以诗名。唐长兴中，举进士不第。遂不求禄仕，以山水为乐。初栖武当山九室岩。服气辟谷，二十余载。移居华山灵台观，又止少华石室。每寝必百余日不起。周世宗显德三年，召至阙下，留止禁中。复放还山，荐加存问。宋太平兴国中来朝，太宗待之甚厚。自言经承五代离乱，幸天下太平，故来朝觐。上益加礼，赐号"希夷先生"。上与之属和诗赋数月，赐紫衣还山。端拱初，忽谓弟子张德升曰："汝可于莲花峰下超谷，凿石为室，吾将憩焉。"二年秋七月，石室成，手书表奏辞朝，如期化形于谷中。七日肢体犹温，有五色云蔽塞洞口，弥月不散。所著有《指玄篇》八十一章《三峰寓言》《高阳集》《钓潭集》行于世。《指玄篇》发明太极之旨，最为详密。洛阳种放来华山谒先生，得《太极图》及辟谷之术，遂聚徒讲学。濂溪周茂叔《太极图》，盖本于此。刘后村诗曰："濂溪学得自高僧。"高僧者，号清溪，其学出于种放，尝居永之月岩。濂溪访之，僧曰："再读书三年乃来。"濂溪如其言，再至与语。僧曰："须静坐三年乃来。"又如其言再至。惟见案上画一《太极图》，僧已不知所往矣。濂溪遂居岩下。

元学士虞集，又谓："康节先天之学，实出于希夷。"然则希夷之为儒宗，彰彰明矣。而儒者以其入山不出，目为羽流，殊不思道一而已，岂有二哉？赞曰："观于无始，入于重玄，演而为图，则名太极。取数皇极，则名先天。乾坤之秘，微公奚宣；羲皇之奥，微公奚传。老子犹龙，孔圣所诠。"吾于先生曰："惟其然，濂溪、康节，孰为之先？"曰："无师承，乌知二贤？"乌乎先生，天畀斯全，千载一人，弥久弥妍。

前半叙事详赡，后半断制谨严。

赠王通守序

廉吏不恒有于天下者，俭不足也。今夫[一]敝衣癯貌、饘冰豆蘗，常禄之外，一毫不以入其私，此世之所谓廉吏也[二]。及夫承挹贵势、结纳兵旅，则取诸民以致其腆缛；甚或破长格、越宿例、巧迎逆推，百方糜费，以邀一时眄睐之欢。出谓彼民曰："吾不尔索已矣，尔之费乌可以已乎？"退又谓人曰："吾惟不私吾囊，即日费无算，于廉乎何伤？"又有以避嫌为廉者，即一启齿，一投足，可以为生民利者，一切逃之，若将浼焉。又有以洁己为廉者，堤防止于其身，而胥吏猜猜以噬彼民，则曰："吾一身不染足矣。一身之外，吾安能关钥之哉？"夫是三者，皆不得谓之廉。夫廉者，俭之至、奢之反也，俭者不私一物。今之俭者，小有利害，则自私之念，峥嵘于其中，或至病民以媚世，是犹不免于奢，安在其能俭也？古之人，一介不以取人，一介不以与人，可谓廉矣。至其为心，则一民之饥，犹己饥之，一民之寒，犹己寒之；一夫不被其泽，若己推而纳之沟中。宁空乏其身，苦其筋骨，不忍一日肆然于饥寒无告之上。盖无所为而为者，以此立身，即以此敷政；有所为而为者，律身则然，而敷政则否。噫！此古今人之所以悬绝也。试思财者，民之心也，吾之所为，廉于吏者，恐伤民也。今财之在民者，吾既不能敷撙节爱养之政，而曰："吾自无欲。"是何异于紾人之臂而弃其食？语人曰："吾未尝夺彼之食，庸何伤？"其亦弗思甚矣。清平小溪王君通守大理，质性夐朗，操履清介。近代所谓廉吏，君实足以当之。至其节省民财，综核利弊，嫌疑之地，漠然无所动于中。盘错纠纷、可惊可愕之任。皆毅然担荷，而不见其气之屈。知有法而不知有己，知有民而不知有家。是则非近代廉吏之所能及者。嘉靖乙巳春，迁君提举，百姓泣涘，欲余一言，以白其廉于世。因述其事如此，以对百姓云。

闸发透快，宜书一通作座右铭，至其文笔古峭总绝时蹊。[三]

按志：王公名朴，贵州清平举人，嘉靖间任，屡著治夷方略，除易门逆贼王心，有大功而不录，后祀名宦。[四]

【校记】

［一］今夫：《滇系》作"乃有"。

［二］此世之所谓廉吏也：《滇系》作"廉孰有愈于此者"。

［三］《滇系》无此评语。

［四］《滇系》无此按语。

送舒通守序

士君子之立于天下，不贵有昭昭之节，而贵有冥冥之行。夫士之方仕也，矜名检，重然诺，策驽砺钝，毅然以古人自期待，有不屑一世之心，及其境变遇殊、事衰势去，于斯时也，[一]乃不委于消息、盈虚之运，遂一弛其曩日之所为，以刚入者以懦出，以洁入者以污出。回视其初，有如隔世，人之观己，盖成两人。此岂其势然哉？其初之所修饬，将以求其所大欲，而非其本心也。是故势利去，而忠衰于君，嗜欲得，而信衰于友。嘻，道不明于天下，士以声利相欺，其弊固至此哉！

平田舒君，以蜀之双流令通守大理郡。通守虽异于令，然阶级不甚相远。舒[二]君在双流五年，盖经[三]御史荐己至再矣。国家之制，凡郡县七品官，经一荐者，例得取京贵，非台谏，则六品之属也。独舒[四]君不得京贵，而得六品，人谓君位不当才，自是将弛其操乎？六品无京贵之望，无乃辍其志乎？乃舒[五]君益自砥砺发愤，不以远臣自菲薄，人方以此贤之。

会有蜀檄，[六]双流一怨家所。谗人谓舒[七]君特立独行，孤贫寡助，行且不利，其操其志，尚望其有终乎？而君坦然一节。自闻檄以至罢官，既历寒暄，取予之际，秋毫无玷。呜乎！凡今享有钟鼎之贵，招权纳贿，惟日不足。君以郡邑小臣，顾斤斤焉自拔于声气之外，然则官之崇卑勿论也。《兵法》曰："战北而旗不靡、辙不乱者，有将焉。"以君之清心自将，败者官也，其不败者我也。吾苟不败，虽千万人吾往矣。然则事之败与成，可勿论也。郡大夫伟君之行，载酒崇葴，寮吏饯之于郭门之外。逸史李元阳为之辞，吏扬觯语曰："君归其庐，不愧屋漏。以仪型其乡人，大夫有望也。"爵三更而别。舒君名魁，别号平田居士。

势利去，嗜欲得，两言可作箴铭。[八]

按志：舒公名魁，思州举人。嘉靖间任，以清慎名祀名宦。[九]

【校记】

[一] 于斯时也：《滇系》无此一句。

[二][四][五][七]《滇系》无"舒"。

[三]《滇系》无"盖经"。

[六]《滇系》有"为"。

[八]《滇系》无此评语。

[九]《滇系》无此按语。

鸡足山别王屋山人序

山川之雄，散在天下。极游观之趣，其道有二：一曰"绝累"，二曰"假仕"。百钱挂杖，寄踪五岳，此谓绝累而游。披绣云而饵丹药，朝姑射而暮蓬瀛者，不与焉。非恶而逃之，人生短晷，知未待也。万里一官，不求厚禄，此谓假仕而游。迹崆峒而施朱绂，朝承明而暮清霭者，不与焉。非恶而逃之，人生有分，知不可求也。

鸡足山在天下之西南，与蜀之峨嵋、浙之普陀、山西之五台、楚之太和、两河之王屋，并峙宇内，为方士高衲、骚人墨客之所快睹。

余曩叨使役，其于天下名胜之地，不远数百里，皆往观焉，顾于诸山，有至有不至。自罢官以来，万虑消歇，独耿耿为怀，以不见为阙者，独[一]王屋一山耳。家居七年，始得游鸡足，同游者二十二人。方休，侧径跻层巅，踞石而嬉，分糇相食。自谓兹游有绝累之意，忽闻林麓金筮，与鸣泉松风，相为呜咽。

比至，则王屋山人邢君，以赞山[二]川，来从吾也。君家本河南，熟游王屋。偕余倚杖而升，至石壁峥嵘，则曰："此似王屋之栈。"至岩窦空峒，则曰："此似王屋之洞。"仁丛薄，披银榜，叶榆海碧其盈视，云霞旴其骇瞩，则曰："其王屋之旷哉！"入丙谷，穿林樾，羲和不能信其时，勾芒不能一其令，则曰："其王屋之奥哉！"攀石磴之嶙峋，与猿猱而并技，扪石门乎千仞，叩圣迹以徘徊，仰而叹曰："噫嘻！此其王屋之所无也。"于是樽我大罍，烹以五鼎。余曰："止！金仙之教，食不求美，醉则乱性。䄂禹恶旨酒，孟恤闻声。今既挹沆瀣于天端，饮清虚之胜气，又乌用炙以为甘，酤而为渥者哉！"君乃屏鲜肥而馐溪毛，罢齐瑟而怡哸鸟。

已而，夕岚在山，寺磬递响，谷缅白云，人亦就睡。君乃与余篝灯瀹茗，依袈裟大石而止焉。余问之曰："观子之器，允宜大受，而不卑小官，殆假仕而游者乎？"君曰："应举不得一第，思为万里之观，以毕初志云尔。今将跻太华，登岱宗，观溟渤，求吾庐而止焉。"时东方未明，红旭方吐，悯乌兔之推迁，慨沧桑之易迈。乃歌曰：

天宇浩浩兮，荡其无垠。山岳列峙兮，挥乎崔明[三]。烟莽回互兮，峭嵝嶙峋。彤云斐叠兮，寂其无人。仰冲天之控鹤兮，思飞锡之应真。陟降信宿兮，凌彼星辰。危崎崟而著足兮，罡风正而忽蹲。羌中天而悬构兮，阙缥缈以离尘。倘石扃之鉥开兮，吾得遭有而为宾。众香馥以扬烟兮，漱玄[四]玉之芳津。回挥手[五]以长骛兮，世车非子之等伦。浑色空以冥观兮，庶合辙于大钧。

游道庐目已奇，由绝累而遇假仕，因鸡足而补王屋，借宾定主。文境之妙，殆如罗浮两峰，阴晴对峙，用韵处尤逼真六朝。耦唐汪庚识。[六]

【校记】

[一] 独：《滇系》作"唯"。

[二] 山：《滇系》作"宾"。

[三] 挥乎崔明：《滇系》作"挥手霍衡"。

[四] 玄：《滇系》作"元"。

[五] 回挥手：《滇系》作"回俗驾"。

[六] 《滇系》无此评语。

送崃山杨太守考绩序

大夫崃山杨公为大理三年，而郡大治。明年上天官考绩。山夫谷民，接踵入城市，愿一觊大夫面，以纾其思，且诣士人而请曰："余郡十易守，无如今守之廉而仁者。乃若其绩，天官悉知之乎？夫自大夫至，而吾乡闾鸡犬宁，我民罔讼矣。天官知乎？"曰："否。""自大夫至，而树蓻被于冈陵，斥卤可田矣。天官知乎？"曰："否。""自大夫至，祈晴而旭、祷雨而澍，若农时矣。天官知乎？"曰："否。""自大夫至，而遂郡^[一]有却金之吏。天官知乎？"曰："否。""自大夫至，而费不损民，恩至茕独，危者以安，偷者以淳，士专其业，工贾坐肆。天官知乎？"曰："否。""然则，奚为而考也？"曰："天官以稽会簿书，第其劳绩矣。"问者艴然作曰："欺余哉！余目睹十易守，其于稽会簿书，奚不能也？奚必今守，而以此第之哉。"

李子闻之，曰："嗟哉！观俗于国难，观政于野易。不其信乎？夫士所谓绩，非绩也；民所谓绩，固真绩也。天官之考，乃不于其真，而以绩为凭者，势使然也。且夫政莫难于无讼，道莫大于格天，节莫洁于却金，慈莫普于恤鳏。之四者，公皆有之，郡人皆知之，山夫谷民能言之。然而不书为绩者，难书也，天官不之考也。盖视蔽则眩形，俗同则忌异。昔者，荆人抱璞，刖而不售，仲尼饭黍，侍者哂焉，久矣，正赏之不见于天下也。而况巧言饰貌之习，杂然并兴，天官何从而辨其真也。是故立制以待中人，考其所易见，示其所易能而已。"余故曰："势使然也。势成习，习成风，斯天下相期于稽会簿书之中。而大夫乃特立独行，后其法令之所及，而急其法令之所不及，宴然中堂，而坐使四州三县之民，晓然得其意于颐气指使之外。"噫！示民以政，入人浅，语曰："必有《关雎》《麟趾》之意，然后可以行周官周礼之法度。"大夫之谓与？

以士民天官为纬，以李子为经，曲折奥衍，波澜壮阔。耦唐汪庚识。^[二]

按志：杨公名仲琼，洪雅人，进士，嘉靖间任，宽平乐易，民不知刑，迁陕西副使，后祀大理名宦。^[三]

【校记】

[一] 遂郡：《滇系》作"郡遂"。

［二］《滇系》无此评语。

　　［三］《滇系》无此按语。

代送元冈马大夫之任序

　　客有出《苍洱图》视予者，予讶之，谓霄壤间，有此奇山水。所谓奥区奇甸者非耶？其溪谷岩石之奇诡，即画所未尽，固可想而见，令人欲弃百事，往游乎其间。

　　嘉靖三十二年，重庆元冈马大夫，以兵部郎中出守大理。大理其山点苍，书载史臣崔佐时与云南王会盟处也；其水西洱河，《水经》载叶榆河者是也。是即图所得之郡也，予为元冈喜甚。或谓予曰："元冈能文辞。人望其内充史局，外典学宪。大理远郡，处非其宜，元冈其不怿矣。"予曰："西汉良史莫如司马子长，善赋莫如相如。二贤足迹遍天下，而后其文益奇。虽其才本天纵，而山川风物，固有以佐之。矧子长尝游昆明，相如亦游若水。昆明、若水，皆大理近地。然则充元冈之文辞，以进于古人，将不在兹行乎？余闻之，人由地佐，地以人重。自昔守山水郡者，惟词人为雄，颍川以柳，西湖以苏。然惟有政，其文益传；有文而后，其地益显。语曰：登高能赋，可以为大夫。贵有政也。元冈兹行也，可以观其政焉。然予从元冈游，非一日矣。望之而风仪峻整，即之而襟度清旷，听其言则恺悌和平，盖善人也。夫善人德之聚也。以善人而为邦，彼民亦有利哉。予知苍山不增而高，洱水不浚而深，其在兹行矣；治功与苍山并高，惠泽与洱水并深，其在兹行矣。"诸大夫曰："然！"令书予言以俟。

　　按志，马公名麟，重庆进士，嘉靖间任。性秉清白，务行仁惠，乞养致仕，后崇祀名宦。

　　文境亦似颍川、西湖。

　　由山水说到文词，由文词归到政事，卓有次序，有体裁，有斤两，即在唐宋八大家中，亦当独步一席。后学许宪谨识。

升庵杨太史六十序

　　前乎千万世之既往，后乎千万世之未来。达人观之，若旦暮耳。兹非所谓无量寿乎？然则，黄发儿齿、期颐耄耋，与蜉蝣何以异哉？夫人之所以欲寿其身者，岂非以身为我有乎？然以身为我之所有，则可谓身为我则未也。夫耳、目、口、鼻、四肢、百体，块然器也，而非性也。视听言动，虽出于性，然非性之体也。盖交于物之用也，此皆与气同尽者也。性也者，灵明独照，与天常存，不以少而盛，不以老而衰，不以生而存，不以死而亡，故曰"天命"也，此则所谓真我也。而世之人，往往执身为我。于是，得失交于前，忧喜躁乎中，汩于其情，冒于其身。而所谓真我者，茫乎不知为何物，岂不大可悲哉？

　　成都太史[一]先生，寓螳川，今寿登六秩。仲冬之朔，为初度辰。从游弟子辈欲称觞，属余作文以为寿。余曰："先生以文章魁天下，以文章教后学，请以文喻。夫文者，理义之发越也。理义无形，因文而见理义也。然则真我无形，因身而见有我也。谓文以显理可也，谓文即理不可也。谓身以显我可也，谓身即我不可也。文学之寿以劫计，劫坏则变，而理义不随劫而变也。"客起而问曰："诗书所称，于所尊亲，往往以寿为祝。夫岂不知修短蜉蝣，而顾以此愿之。"余曰："寿夭，形也。形则阴阳五行司之，可以人祷。故臣为君祷，子为父祷，少为长祷，尽心竭力以冀万一云耳。若所谓真我之无量，臣虽忠不能以之奉其君，子虽孝不能以之与其亲，幼虽爱不能以之让其长，是故祝愿不及也。虽然，既祝其寿祺，既愿其难老，则其讽动之机，亦自有在。将必谨六用之户牖，调五脏之役。使耳目聪明，玄[二]达而省诱慕；气志虚静，恬愉而省嗜欲。脉络宁定而不泄，精神内守而不弛。若然，则真我卓然而立，望于往世之前，视于来世之后，尤不足为也。岂直百年旦暮之间哉？然则诗书所称寿考，盖其征矣。有身云乎哉？"余居隔千里，不能从群弟子之后，谨以寿说，质于先生。先生倘入无穷之门，以至无量寿之域，某之愿为之前驱。

　　每为升庵太史作诗序、寿序，皆为谈道入微之言。人争赏其元妙超悟，其实仍不离知命、耳顺、从心所欲等年谱耳。升庵当日名高，中溪不复矜才，数典俱是前贤相识处。耦唐汪庚识。[三]

【校记】

[一] 太史：《滇系》作"升庵"。

[二] 玄：《滇系》作"元"。

[三]《滇系》无此评语。

送赵学使参蜀政序

嘉靖三十二年春，以云南提学使赵公，升四川右参政。客有谒余者曰："赵公负一代词章之望，学术儒雅，渊源六艺。观其为人，盖长于文者，用之于学校，诚当其才；若参政之职，理六府，治谷货，司水土，以养民为务。夫人各有能有不能，昔伊尹之兴土功也，长胫者使之畚锸，强脊者使之负土，眇目者使之准绳，伛偻者使之涂地，任使效技，各尽分而立功焉。若公者，荐歌声于郊庙，施典策于朝廷，乃为当器。今兹之迁，毋乃枉其文而用非，其宜乎？"余曰："不然。文也者，随时而发，随寓而形，不必皆词章也。是故禹以平水土为文，益以刊草木为文，稷以教稼穑为文，契以正彝伦为文。故凡经纪大事，弥纶治效，皆名曰文。然而，禹、益、稷、契之事君立言，其得称为文者，炳炳烺烺，见于诗书，可考也。谓之文词可乎？顾其所以为文者，则在此而不在彼也。公今参巴蜀之政，得为，则阜茂廪籍，和钧关石；不得为则箴调规视，以告司农。矧今边饷不支，东南告匮，中原之所仰赖，将不在益州矣乎？夫益州之险，财赋之府也。其人则长卿、渊云，观其赋蜀都，则今日之物产食货，当与古所云无异。是宜得儒术之臣，搜采图籍，上下古今，掎摭利病，以权国用。向非老于文学者，其谁宜为？公膺是选，当宁盖有深意焉。公将为禹、益、稷、契之文乎？抑为长卿、渊云之文乎？惟公择而取之，非阳所能预也。"

文体中之有色泽者。

中溪先生诗多宗白、苏，于七子中当让张、杨一筹；文则以史汉入，以八家出，与禹山、弘山二公适相伯仲。惜年久镌板无存，即叶榆人士收藏钞本，亦鲜揆。先借获李禹门树封藏本一帙，不图遗失，怨艾莫追。兹复力求禹门觅得序记文一本，亟为选刻，以公同好，且话予遇云。[一]

【校记】

[一]《滇系》无此评语。

送孙太守序

大理为郡，雄于滇西。盖南诏故地，据滇之上游，西控骠国，北制吐蕃，联山为屏，巨泽为襟，即称奥区，而宾旅川至。故自设郡以来，绾铜章而称太守者，皆尚书郎，发轫曹省、识高学博、明达治体者，然后为之。及其莅治，率皆尚威贵猛，厉声变貌，谓董远民之道宜尔也。然而政日察而民日离，令日繁而民日扰，刑日急而民日玩。于是，弛察以翕离，省繁以舒扰，缓刑以救玩。然民格其貌而不革其心，从其令而不从其术，信其昔而不信于[一]今。何哉？为其示民以外而不由衷也。

嘉靖间，分泉孙公以真定守补此邦。始至之日，寮属倾耳，谓将有所谕也，而公不之谕。百姓延颈，谓公有所诚也，而公不之诚。则见渊默虚襟，坐于堂上，事至而应之，劐然切于几宜；讼至而断之，犁然当于人心。不务察而物无遁情，不繁令而事皆就绪，不尚刑而顽梗詟伏。行之期月，湖山内外，庞倪士民，晓然知公之心，如赤子之于慈母，有所恃而得以自安。昔之挟官以侮民、恃黠以规取者，皆无所施其巧矣。嘻！果何道以至此哉？亦惟一念之至诚恻怛，为之根柢云耳。语曰：“科条备而民有伪态，言语多而行有不掩，讵不信乎？”尝论循吏，在汉仅称六人，黄霸在三公之位，其斧藻皇度，不为不重，而列于循吏。西京人材之盛，彬彬多文学之士，亦有尝为守令者，宁列于儒林，而不列于循吏，其慎重循吏之选有如此。盖治天下，未尝乏才，求其至诚恻怛以出之，则难其人耳。今去西京千数百年，文法益密，民俗益偷，于此有能以至诚恻怛，为政如我公者，岂易得哉？孔子曰：“居之无倦，行之以忠。”忠之云者，至诚恻怛之谓也。

秋七月，吉，公述职北上，诸缙绅设祖帐，饯公于郭门之外，欲余有言，因序以为赠。

由衷即至诚恻怛，即孔子所谓行之以忠，说来平淡，非有大学问本领不能，然则太守亦循吏选哉。耦唐汪庚识。[二]

按志：孙公名缵，绵州进士，嘉靖间任。[三]

【校记】

[一] 于：《滇系》作“其”。

［二］《滇系》无此评语。

　　［三］《滇系》无此按语。

送[一]太和令刘君迁守顺州序

　　蜀雅云峨刘侯，歌《鹿鸣》起家，授吾太和令，以忠信自持。甫及三年，迁顺州太守，邑之民怀侯之德，攀留无从也。其为士大夫者，相率赋诗饯之，以泄吾民之私，而以手简授余序。余曰：昔孔子自卫反鲁，息驾于河梁观焉，悬水三十[二]仞，圜流九十[三]里，鱼鳖不能[四]近，鼋鼍不能居。有一丈夫将厉之，孔子使人并流止之曰："难济也。"丈夫不以措意，遂渡而出。孔子问之曰："巧乎？有道术乎？所以能入而出者，何也？"丈夫对曰："始吾之入也，忠信；及吾之出也，亦忠信。措吾躯于波流，而吾不敢以自私，所以能入而复出也。"子曰："二三子识之。水犹可以忠信之身亲之，况于人乎？"夫自谄谀奔竞之俗成，天下靡然从之，鱼烂河决，不可救药，君子每为之太息。其间虽有自好者，欲挺特有以自异。然大吏挫之，行辈忌之，来求而不得者哗之。左右前后，无非此习，虽欲自异，卒不可得而异矣。呜乎！世道至此，其为险巇，岂直悬水三十[五]仞、环流九十里哉？有若吾刘侯，其所谓丈夫者乎？侯之宰吾邑也，自莅任之日，至迁秩而去，一以爱民为主，始终一念，惟知有民而已。政务宜于民者，上官曰"不可"，己必曰"可"；有弗宜于民者，上官曰"可"，己必曰"不可"。有侧目于旁而不顾，有诬诮于路而不问。尽己之心，直而行之，惟知有民而已。若侯者，可谓全乎忠信，以自拔于风声气息之表，而悬水不能使之沉，圜流不能使之溺者乎？余闻之，忠信者，道之异名也。苟由之而不息于道，其庶几矣。侯行矣，予日望之。

　　"宦海鉴沉溺，忠信涉波涛。"如是如是。[六]

　　按：志称，刘公，名璧，雅州举人，嘉靖间任。清白慈仁，捐俸葺坛庙，爱惜民力，后崇祀名宦。[七]

【校记】

　　［一］送：《滇系》作"赠"。

　　［二］［三］［五］十：底本作"千"，据《孔子家语》改。

［四］能：《滇系》作"敢"

［六］《滇系》无此评语。

［七］《滇系》无此按语。。

升庵《七十行戍稿》序

嘉靖三十八年冬，升庵先生由泸至滇。涉路三千，历四十日，濿渐夜衣，成诗百余首，题曰《七十行戍稿》。寄某，命序之。某既卒业，乃以书复先生曰：存乎人者，有不物之物焉。老而不衰，穷而不颓，厄而不悯，人鲜能有之。读先生之诗，则此物勃然跃于吾前矣。夫老则衰者，形也；穷则颓者，势也；厄则悯者，情也。曰形、曰势、曰情，皆物也，迁变而靡常也。彼不物之物，老而不能使之衰，穷而不能使之颓，厄而不能使之悯，历万变而不变者也。古之圣贤，疏食饮水，夷狄患难，其乐不改者，用此物也。先生之于诗，其有得于此物乎哉？夫以颓童齿豁之年，憔悴间关，人不堪其苦，犹有忍于迫胁，不使宁处者，是诚何心？而先生之诗，才情之妙，韵胜，调雅，昌如，轩如，皦如，既不类七十老人语，又不作羁愁可怜之色。此非所谓不衰、不颓、不悯者乎？士之以文词自命者，曰："是可以不朽。"某尝病之，以谓文词即工，语即有伦，谓之曰不徒作可也，而曰不朽，则未也，盖不离乎物也。夫所谓不朽者，必在我有不物之物，外不变于形势，内不变于识情，其斯为不朽乎？编之外，能使先生不衰、不颓、不悯者，是其物矣。幸有以教我。

此物失坠久矣，惟不朽者任之。[一]

【校记】

［一］《滇系》无此评语。

副使魏材杨公平武定诸夷序

嘉靖四十五年，逆贼凤继祖阴结诸酋，以武定叛。大司马吕公，奉行天讨。维时材臣，奋厉并兴，副使彭城魏材杨公，以饬戎澜沧，提兵从事。矢锋雨集，炮声雷迅，百里之内，原草为赤。贼乃引去，泳江而东，众谓贼既过江，莫从踪迹。山险径涩，木密岩倾，凶危之机，孰不寒心？公偕卢公，力主穷追，深入其阻。望影揣情，知贼不远。益修戎器，益简师徒，坚壁高垒，誓必得贼。卒之，渠魁授首，逆俦就戮。先是，姚安土酋高钧阴与继祖有约，煽动箐夷为内应。杨^[一]公察知其情，因^[二]出彼不意，缚诣辕门。逆贼此时，折其右臂^[三]，失望孤立，魄夺魂消。此则公之识见超卓，炳于几先者矣。

今当^[四]凯旋，所至数郡胥庆，以为凶逆既殄，一道廓清。固大司马穷神观化，通幽洞冥之所致，而杨公之敢勇当先、算无遗策，尤文人中之所仅见，理宜标表，以诏无穷。于是，大理属郡文武缙绅之士，问词于余。余曰：昔者孔子在卫，对其君曰："俎豆之事，则尝闻之矣；军旅之事，未之学也。"尝读《鲁论》，至此掩卷而思曰："文武果二道哉！"及读《诗》至《文王之什》。一则曰"伐密"，二则曰"伐崇"。夫诗三百，皆删于孔子，乃咏歌文王，而独陈其武功。盖尝三复之，而后得其说矣。夫文王之事，君子所必具，而兵凶战危，不得已而后用。故他日于门弟子发之日，必也临事而惧，好谋而成者也。夫曰"惧"，曰"谋"，非文明柔顺者，其孰能之？其孰能之！夫司马董之于上，诸公承之于下，凡以安百姓而敷文德也。公等之深入，志在得贼，戒士卒毋抄掠，毋轻动，以人和召天和。故我营有庆云之祥，彼寨致陨星之异，岂非文德之明验与？然验非偶然，公非袭取，必学之于素，养之于预，而后能也。昔我^[五]康惠公以文事武备，名于^[六]当代。我^[七]魏材公，乃其仲子也。况又有难兄难弟，忠义相期，家学渊源，盖有所自。古之学者，既习其射御于礼，又习其^[八]干戈于乐，然后以之服官，且犹未必尽适于用。今杨公以文章登高第，筮仕出文郡，其久于文思也尚矣。一旦用之于武，如驾轻车就熟路。某故曰："家学渊源有自，顾不信夫？"因书以为铙歌之引。

格高气懋，通首以"文人中仅见"一语树骨。^[九]

【校记】

[一]《滇系》无"杨"。

[二]《滇系》无"因"。

[三] 逆贼此时，折其右臂：《滇系》作"逆贼折其右臂"。

[四]《滇系》无"当"。

[五][七]《滇系》无"我"。

[六]《滇系》无"于"。

[八]《滇系》无"其"。

[九]《滇系》无此评语。

《平南集》序

《平南集》者，纪武功也。大司马关西兰谷邹公，开府云南，削平夷寇。师旅之间，不乏文雅，或形诸吟咏，或见于品题，诸所著作，流传人口。及凯旋之日，列郡大夫士，歌功颂德，或勒铭以传，或铺叙以赠，各言沾沐麻庇之怀，不一而足。有儒生者，集而为帙，欲阳一言以弁之。阳既卒业，乃仰叹曰："天之爱下民，于气数欲乱之时，当挺生弭乱之人，以预为之所。不然，生民之类，糜烂泯灭，靡有孑遗矣。"

吾南中郡县，与爨夷杂居，其负险阻、恃犷悍，以戕害生灵者，往往有之。然未有如铁索、赤石崖、猓猡诸夷之甚者。尝闻父老曰："此数种夷，初时盗取田禾，而莫禁也；乃盗野牧之牛羊，又莫禁也；则闯人之户而掠其有，又无禁也；则当孔道杀行旅而夺之货；既而虏男女，要令贿赎；既而剖孕妇，烹孩童。初时，二三十人为党，既而千而万，横行州县，造伪印，驰反檄。武吏戍卒，莫之敢撄。呜乎！寸蚓穿堤，能漂一邑，尺烟泄突，致灰千室。南中夷寇之作，岂非务为姑息，不早防微之所致乎？"

公初下车，察见其状，驿闻于朝，赫然振怒，誓不与此贼俱生[一]。冬十一月，大奋其旅，直捣赤石崖，遂袭铁索川，斩馘巨魁，擒俘巨寇，破其巢穴，焚其林麓，第其罪恶之轻重，而生杀之。春二月，东征猓猡，贼方猖獗，而王师忽临，贼众自相蹂践，元凶百二十人，一时授首。维时孟夏，西贼既宁，东寇亦灭，虽一二余孽，鼠伏奔走，大势既定，余无能为。奏凯而旋，万民欢悦，山川草木，皆有荣辉。岂非天爱斯民，挺生忠烈英特之士，不先不后，适当其时，以弭祸乱，而拯斯民于水火之中耶？试思治乱安危，虽关乎天运，亦系乎人事。南中自此，不廑朝廷南顾之忧，其端在此。二三子之辑为是编，所以警姑息而励匪躬，其于王道非小补也。故不辞而为序。

无一字涉戡定祸乱肤词，振臂疾呼，得磨盾作书之乐。耦唐汪庚识。[二]

【校记】

［一］誓不与此贼俱生：《滇系》此处无此句。

［二］《滇系》无此评语。

守备陈君善职序

姚安之铁索箐，宾川之赤石崖，其间夷贼部落二十余处，长枪劲弩，流劫村屯。二百年来，为盗[一]益炽。杀人孔道之上，不避旌麾，虏士庶之家，迫临城郭，蔓延四出，莫之敢撄。

万历改元之冬，兵部侍郎兼副都御史邹公、兵备副使新都汤公，出其不意，提兵深入，捣其巢穴，斩首以千计[二]，贼党悉平。因奏置军营以镇之。选可以治者，得大理卫指挥陈君化鹏，升以都指挥，体统行事，领汉土官军、哨勇兵夫七百余人，驻守其地，起建营盘。灰烬之余，疮痍之后，万山之阻，豺狼之区，鸱鸮夜鸣，魑魅昼啸，壮夫掩涕，戍卒销魂，殆非人所宜居。

陈君既至，扬旌旗，奋矛盾，召麾下而誓之曰：“吾奉部院兵道之命，搜剃凶孽。愿与汝等同甘苦、同休戚。汝不吾从、法在不赦！”士众皆稽首曰：“敢不惟命。”是日，下令伐木陶甓，召匠画址。弥月而廨宇完，再月而庐舍具。方其草创之初，蔽木卧石，豆雪餐冰。乃君躬亲抚字，寒者给衣，饥者与食，恤其苦痛若在己身。病则医药以救之，死则棺殓以瘗之。士众感动，不督而勤，所以力半而功倍也。于是，陟降原隰，相度土宜，可田者田，可树者树，均给士卒，俾为终焉之计。然人情易迁，非家室不足以固其心；捍劳忍苦，非身先不足以感其人。乃迎老母、挈妻孥，绝纨绮而事耕凿，舍粱肉而甘藜藿。二旬日[三]内，声应气求，箐谷变为闾阎，悲泣变为歌讴。鸡犬相闻，市肆渐集。

忽闻新命下，以君改备腾越。一时吏士皆失所望，哽咽莫不失声。吾郡缙绅，恐后来者，不知今日创作之难，欲余铺叙其事，作序以为赠。余曰："善成者不必善守，善守者不必善终。继陈君而为备者，果能蹑其迹而不失，斯善守矣；不作聪明，以乱旧章，斯善终矣。"其书此文于厅壁以为戒。

题曰："善职"，见武弁中当称难能。厅壁间得此，或数十年可保。[四]

【校记】

[一] 为盗：《滇系》作"其势"。

[二] 计：《滇系》作"级"。

[三]《滇系》无"曰"。

[四]《滇系》无此评语。

《看山楼乡耆燕集》序

饮食燕会游观之事，君子不废。然备[一]非地则赏不永，非人则事不盛，非诣[二]则神不和，非规则道不常。备斯道也，而后为旅食之止[三]乎？

吾郡佳山水。环城之西，郁然而耸翠者，点苍山也。层峦沓嶂，烟云覆冒，屏列诸峰，凡十有九，而溪涧称之。骚人墨客之所历，仙人佛子之所宫。蓄黛而泉、峁翠而石者，百里之内，无处无之。然跻陟不利于耆宿，杖履或间于风雨。此看山之楼所以作也。作楼者谁？吴夏云氏父子。因其祖考之贻而修饰之，以与乡士大夫同乐者也。

楼在郡城中，西窗二十四楝，施卷[四]帘，垂翠幕。虽近车马之衢，然非其人则不得入，故外望者以为仙居焉。初，夏云以诗名，其子懋亦以诗名。父子爱山之兴，百倍恒情。每出城至泉石之次，辄浩歌忘返，或暮夜为严城所阂，或为风雨所阻，甚至数日不归。后，子懋以为不宜于老人，因告父曰："吾祖之楼，西望苍山，近在咫尺，枕席之上，无不得山者，何舍近而图远乎？"夏云曰："然！"遂葺之。于是，风晨月夕，乡大夫之贤者，相与登览焉。披窗闼，俯阑槛，鹖冠羽衣，相顾而指曰："某水某溪，吾童子时钓游地也。某林某皋，某盘某阿，昔之达人庐之，今或失其故矣。鹤云之西，丘壑隐约，庶几有隐君子乎？"东俯洱水，慨然叹息："思唐丧舟师，为六诏所据。今吾与子遭际清时，得以礼乐教其子若孙，以免于左衽者，谁之力乎？四方无斗争金革之声，比岁丰熟，宁及妇子，而吾与子，得以致官于朝，归老于家，而有此山之乐者，又谁之力也？夫利其惠而不知所自者，众庶也；知其幸而不时其乐者，贪夫也。《诗》云：'今我不乐，日月其除。'贵及时也。然不思致身于理道，不以贻善于子孙，乐于身而忧于心，未足训也。《诗》云：'无已大康，职思其居。'此吾与子之所宜力者也。"复有避席而言者，曰："今日之乐止矣。夫胜以成赏，和以表事，谊以达志，规勉以敦俗。今日之乐止矣。"然无穷者山也，须臾者人之生也。彼以其无穷，我以其须臾，则悲喜相仍。其中燥急，虽坐于樽俎之旁，邈然与山不相似，见犹未见也。噫！抑知吾亦有无穷在耶？但未之思耳。

吴氏，大理人。夏云，名尧献，仕至垫江令；子懋，号高河，仕至阶州知州。

疏爽可喜。[五]

【校记】

[一]《滇系》无"备"。

[二] 诣：《滇系》作"谊"。

[三] 止：《滇系》作"正"。

[四] 卷：《滇系》作"珠"。

[五]《滇系》无此评语。

送方伯左使狮冈陈公述职序

自阳识狮冈陈公，而后知天下真有以古道为己任者。大朴凿而大道隐，功利炽而士器卑，其来久矣。古之人为儒而文章，为吏而政事，皆一诚之所为。后世歧儒、吏而二之。儒之所学有不能尽施于吏；吏之所治，有不能尽出于儒。遂谓古道不可以行于今。然耶？否耶？吾于狮冈陈公，深有所感矣。

阳四十年前，识公于场屋，读其文，高古尔雅，而试官不识也，置之。盖其志厌流俗文体之卑，直欲追踪古人，而不汲汲于一第者。此岂可与僵僵仳仳，急求人知者比哉？既而扬历中外，殷然有声，阳闻之矣。即为使，为藩参以至右使，四秩皆出南中，阳又得亲见其行事。如申积贮之令，严保甲之法；稽民版而点黜戢，定卒伍而役均；里供汰其滥，民徭去其甚；革浮靡以移风，谕丧葬以劝孝；增哨守而宾旅有依，慎图籍而文献不坠。至于弭盗之术、御防之方，莫不精思力救。上陈而下布，必求如先王之法。务底于有成，不苟同俗，姑塞目前而已。黎明视事，入夜不休。或戒其太劳，则曰："与其委成于吏，孰若躬勤以求自慊乎？"盖其心惟恐一夫之失所，如己致焉。而一切随时俯仰，取媚求合之事，以为深耻。其政简而敬，和而平，以扶纲常，任名教为本。其不可夺，有卓然古遗直之风。所谓儒而吏、吏而儒者也。盖人知公之为吏，而不知公之为儒；公知己之为儒，而不知己之为吏。何也？正谊明道，儒之事也。不谋利，不计功，吏之事也。故曰：公真能以古道为己任者也。

万历癸酉，公当述职，其寮友参藩林公、张公、卜公，以阳于公有一日之旧，知公为深，以书来，命为饯语。阳因述昔所见闻，与尝所感叹者，序以为赠。

综论处经术湛深，条件处恺切详尽。历观先生记序，率皆直起直收，古人之不肯轻离规矩如此。耦唐汪庚识。

送思梅颜君序

余昔在史馆，见公卿中有盛德者，虽不及亲炙，然私心窃慕之。时刑部尚书巴陵梅田颜公，以古道自命，不循时好，私谓其必不为时所容。六年，张永嘉进庙议大礼要略，益称上意，乃兴李福达大狱。凡公卿、台谏、郎署异己者，皆引致罪网，谪戍削籍，士林一空。梅田公遂去位，识者为之慨息。八年，张以己意进札，明日谕百官，并勒致仕，自宰职而下，罢者数十人。永嘉至天津，独得还位。时论颜公前事，不致此，亦不免，盖深惜也。其为公论所与如此。

万历间，颜公之孙绍芳，为大罗卫经历。在诸幕职中，独为上官所礼。视州篆，断狱征赋，皆以平闻，台院相继屡加奖异。官秩虽卑，而声誉藉藉。余里去大罗二百里而近，风声入耳，叹曰："尚书之诎，天下共知之，仪型当在子若孙。以今观思梅，官在风尘中，而其志意风猷，犹带洞庭云梦之气。尔祖之家声、贤臣之流风余韵，令人想见，为之击节。夫位至入座，例有荫官。而梅田公厄于忌者之手，然有孙如思梅之奋身特立，人虽忌之，天实佑之矣。"呜乎！士大夫立身，不求人知，而求天知，吾于梅田有感焉。思梅奉差入京，宾川之缙绅，谓余尝知尚书，征一言为其孙赠。余不辞，为之操觚。

高义薄云天。

再送郡守丹崖莫公述职序

明制，合数州县为一郡，而建太守握符以统驭之。以上下其考。而州县一切巨细之事，皆禀命而后张弛之。故太守之于州县，有师道焉，然得其道者或寡矣。夫师道云者，非期会簿书之谓也。其身在，而人从之，俨然有顽廉懦立之风，则效不期而至。是则所谓师也，彼以法度束缚，操切于上，以为钤辖者末矣。

海康莫公之为榆郡也，可谓得师之道矣。方公之始莅也，伸冤抑，清囹圄，警墨吏，疏滞案，兴教劝学，敦礼树义，更仆未易数，此可见公之不苟于职矣。然世有能吏，或庶几焉，未足为庶寮师也。若夫下一令下而众听悚然，窜一字而老吏吐舌。发奸摘伏，如见肺肝，此可见公之无微不烛矣。然世有察吏，或庶几焉，未足为庶寮师也。若夫心存淡泊，故属职莫敢利于官；志在惠施，故黎元得以保其业。出一令而惟恐病民，发一言而惟求省己，故有识者，皆谓公有为己之学，而不可以声音笑貌观也。

善乎！陈伯子之言曰："古之学者为己，今之学者为人；古之仕者为人，今之仕者为己。其学也为己，则其仕也必为人；其学也为人，则其仕也必为己。"今因公之政，观公之心，故知公之学，为己之学也。《史》曰："太守，吏民之本。"吏民之从太守，如草之从风，水之从器也。《诗》曰"牖民孔易"，言从上也。

大理为郡，州四县三。联山阻水，里风各异；刚柔沃瘠，习气亦殊。抚摩苏息，莫不以我公之心为心。予故曰："公之道可以为庶寮师也。"向使公于道无所得，则貌从背违，百姓有向隅之泣矣，师道云乎？余侧闻庶寮之言曰："太守如公，何忍负之！"故公未言而人信，未令而人从。虽七十子之服孔子，不是过也。为己之学在是矣。道凝于独，信孚于人，诚之不可掩如此夫。万历丙子秋七月，公当入觐，州邑之长吏，征予一言为公赠，遂为之操觚[一]。

牧令作民父母，太守为庶寮师。中翻二段，文笔亦坚劲不磨。耦唐汪庚识。[二]

【校记】

[一] 遂为之操觚：《滇系》作"遂为之序，其事如此"。

[二]《滇系》无此评语。

迎郡守丹崖莫公考满复任序

夫三载考绩，则必课其绩之最与劣，以登名于吏部，谓之"绩满"。官无大小，莫不然也。若夫列郡太守，古诸侯之位，其考绩之典，有非恒职，给于供备而已。御史大夫观其化导，台使察其潚平，方伯稽其征赋，臬使廉其刑名，学使资其讲肄，戎备核其防警。而守巡一切之政，莫不据之以为措施，申避之地，譬之作室，上官画式，太守则运斤者也。为上官托诸空言，太守见之行事，其为绩不可谓不难矣。下而属州若县，言不得其平，则有质成；民不得其愿，则有赴诉。上交猥如，下交纷如，自非量足以容，敏足以辨，智足以周，勇足以决，其职有未易称者。阳齿逾八十，家食数十年，事太守若而人矣。其于化导、潚平、征赋、刑名、讲肄、防警，能容、能辨、能周、能决，克称厥职者，非无其人。然谓之吏才可也；谓之行道则未也。孟子曰："以不忍人之心，行不忍人之政。"则仁覆天下矣。余于此有以见我莫公之绩，有非流俗之所谓绩者。

公以万历乙亥莅吾郡，今二年矣。其抚吾民也，若慈母之于赤子，先其意于赤子之所不能言，而预为吾民图之。吾民之困于供亿，穷于力役也久矣。自二百年来，俯首承之，以至于殒毙，犹自以为分之当然。父而子，祖而孙，如在井中，宛转以死，而不敢望井上之人，一引手焉，何也？以世鲜知德也。夫德者，不忍人之心也。惟公有不忍人之心，故节用爱人，己任其劳，处民以佚，亦莫知其所自，又虑后来之不必然也。乃竭尽心思，曲为立法，俾四州三县之民，薄敛时使，而公私并济。官免不均之讼，民免殚力之劳，推斯政也，天下之平，不难矣。余故曰："公之为绩，非流俗之所谓绩也。"夫礼义生于富足。供亿力役，不以病民，富足之道也，既富且足，则于化导、谳平、征赋、刑名、讲肄、防警，犹水赴壑，坂走丸，特易易耳。不量而容，不敏而辨，不智而周，不勇而决，皆根于不忍人之一念云耳。公考绩回任，其寮属缙绅、父老儿童，迎公于郭门之外，欢声洋洋。谓予逸史，不可无纪，遂述公之行道以为赠[一]。

当得起行道二字，送之迎之，人与文俱不朽矣。[二]

按：志称莫公名天赋，海康进士，万历初任。慷慨有为，岳凤之变，城守戒严，人情汹汹，适天赋觐还，调度有方，百姓安堵，升按察副使，后祀名宦。[三]

【校记】

［一］遂述公之行道以为赠：《滇系》作"遂述公行道之实以为赠云"。

［二］《滇系》无此评语。

［三］《滇系》无此按语。

《通志》序

前[一]史称两汉四履之盛，东乐浪、西敦煌、南日南、北雁门、西南永昌。永昌在南中为远郡，举远以见近也。汉章帝元和间，滇池出龙马四、白乌二，因遍置学校，渐迁其俗。由此言之，云南在汉，文约之所渐被，声教之所周流，其来久矣。

[二]据两汉书，武帝元狩间，置益州等四郡，领县四十有二。其时循吏王阜、张乔等十有二人。至唐天宝以后，边无良吏，群夷忿怒，始有割据之祸。宋室之兴，弃而不取，二百年间，隔为异域，两汉风猷，斩然莫继。呜呼！士生斯时，能不荒漏者寡矣，矧文献哉！我高皇帝，恢复华夏，奠正区宇，置云南郡县，视两汉有加焉。英帝命儒臣用《禹贡》、职方之遗意，为《舆地一统志》，而云南之建置，至为明备。正德间，前辈括图经为《云南志》，尚多阙略。隆庆六年，大司马关西兰谷邹公开府南中，首询阙事。惟时，方伯长乐狮冈陈君、学使长乐一水陈君，以《通志》对。公曰："一方图籍，岂宜久阙？"遂命有司，以六十年来，诸所损益，约四十余条，遍布列郡，俾核实以报。藩臬诸大夫，谓阳齿居乡右，或识往事，因属笔焉。顷之，学使莅郡，得以咨白义例，面承指授。然虽

勉强操觚，恒以年终为惧。会大巡侍御解州兼山侯公、阳信振楼马公、新乡养斋郭公，相继按莅，皆蒙赞其决，乐其成。事有不容中已者，乃遵《一统志》，约其凡目；粤稽历代史，山海水经，诸子艺文，汲冢周书，以明其疆域土贡之离合；采《说文》《通典》《玉海》，郑渔仲、马端临之志考。以证其经营废置之因由。远取晋常璩《南中志》、唐樊绰《云南志》，以及韦皋、崔佐时、徐云虔所为南诏诸录。近取台院司道，兴革损益，兵饷经费，一切成规；捃摭野史，搜访耆硕，言有物而事有程；然后取法各省通志，张立题部，犁为十有二类，而以事目系之。

治道莫先于域民，故以"地理"为之首；庶政必遵乎制置，故"建设"即次之；民财民力，其道贵节，故"赋役"又次之；御侮备乏，其道贵豫，故"兵食"又次之；养士以成贤，育才以致用，故"学校科目"又次之；吏于其上，而功德有思，生于其乡，而行谊可述，故"官师""人物"又次之；祀典在所必敬，百神有时而宗，故"祠祀""寺观"又次之；稽往诏来，必资辞令，故"艺文"又次之；"羁縻""杂志"末之。以此十二类。括数千里华夷之地，贯穿二十府，古今巨细之事，比次以伦，追引无间，析而第之，为一十七卷。岂敢遽言成书？譬彼绘事，先为素地云尔。若夫品藻宦业、予夺人物，则有宗工巨匠，持衡于上，非阳所敢预也。

气淳古而文典赅，笔明畅而意矜慎。脱胎杜氏《通典》，总叙以出之，涵盖一切，后来志序，不能过也。[三]

【校记】

[一]《滇系》无"前"。

[二]《滇系》此处有"又"。

[三]《滇系》无此评语。

《禹山癸卯诗》序

癸卯诗者，禹山张子癸卯岁作也。是岁，禹山子将谒天官除拜。未入京而返，贻书其友李子曰："仕以行志也，未必得志；诗以言志，而志卒信。且吾与其荣而喧也，孰若寂而乐？吾归太保山，升明诗台，唱咏啸歌，毕吾志矣。岁稿子其序之。"李子闻张子之返其庐也，欣欣而喜曰："岸哉！世未有返而不善者也。"及读其诗，渢渢乎浑脱朴雅，有骎骎凌跨刘李之思。乃倏然而啸曰："鹜哉！其知返而不止其庐者哉？夫功利之移人，玩好之丧志，均之为害。"诚知除拜之喧，而不知嗜诗之非寂犹鹜焉，靡所底止也。文王之诗曰："无然畔援，无然歆羡，诞先登于岸。"夫人之嗜好，重浊莫如功利，轻清莫如文章。张子既于重且浊者，蔑其畔援歆羡矣。于去是也，何有？若然？人见张子返其庐，吾见张子登于岸。

淡夷幽秀，撷子之精。

巡抚邹应龙平寇碑

万历元年，巡抚云南，兵部侍郎、兼都御史、关西兰谷邹公，奉命剿除山寇，公恪恭祗惧，闭阁思绎，以[一]谓云南贼寇。西有铁索箐，赤石岩[二]，东有猓猻。怙险负固，戕害生灵，在昔置卫以防之，设营以戍之，[三]又命监司以董之，而[四]随定随叛，迄无成功。岂纪纲有缺与？抑威权勿专之故也。今日之事，非身任之而谁任，乃集在位监司而告之曰："圣人在上，万方有众，罔敢肆志[五]，乃小丑勿靖，凶寇滋张。人民生业，罔能自保，及今弗底天罚，后将何极，唯执事大夫，匡予之不逮。"诸大夫曰："敢不唯命[六]。"于是，密调兵粮指属所往。

冬[七]十月辛未，公单骑行升赤石岩[八]，出贼巢之背，飞檄分兵，如动于九天之上。莫测其机，时维饬戎使[九]副，则新都汤君仰纪功金使[十]，则上海屠君宽也。十一月壬午，公躬擐甲胄，祒蠹岭巅，金鼓闻天，旌旗蟠地，壮士争先，戎卒竞起。炮声雷鍧，矢锋雨集，林莽之箐，飞火烛空。金沙之江，波涛起立，歼厥渠魁，胁从罔治[十一]。[十二]十二月丁卯贼平。先是，岩寨壁立，陟之无从，贼有储食，恃以为固。公令将士密道而断之，于是因敌粮资版筑，设戍守，作城垣，建署宇，成杠梁，[十三]二百年枭獍之域，一变而为耕耨之场矣。初公之誓也，申训有曰："人为万物之灵，寇亦人也。以无教而骄恣，得罪于天，法在无赦，今虽多方殄歼，若抚彀雏，勿使伤无辜以昭帝德，时[十四]乃有功。汝弗祗承，法亦无赦。[十五]呜呼！斯誓也，仁人之言也！"故挥钺之下，恒存不忍之心，生生杀杀，唯法是循，功峻而不矜，事险而无咎。奏凯日，节应仲吕，告于山川，饮至谕功，以闻于天子。粤稽赵充国在汉，先零猖狂，帅师往讨，料敌制胜，遂克西戎，扬子云作颂以美之。以今较之，公于充国，未足多让，而歌咏不作，将为阙典，以是不揆蒙陋，括[十六]耳目之所睹记，备太史之采风，并示诸彝[十七]，永以为戒云。

申训一段，亦不在多杀伤也。通幅写得邹公仁勇俱见。

【校记】

[一]《滇系》无"以"。

[二]岩：《滇系》、（康熙）《大理府志》作"崖"。

[三]（康熙）《大理府志》此处有"然皆无效"。

[四]而：（康熙）《大理府志》作"然"。

[五]罔敢肆志：（康熙）《大理府志》作"罔敢有肆厥志"。

[六]唯命：（康熙）《大理府志》作"黾勉"。

[七]（康熙）《大理府志》无"冬"。

[八]公单骑行升赤石岩：（康熙）《大理府志》作"公单骑遂行道不避人直升赤石崖"。

[九][十]使：（康熙）《大理府志》作"宪"。

[十一]祸蠹岭巅，金鼓闻天，旌旗蟠地，壮士争先，戎卒竞起，炮声雷锅，矢锋雨集，林莽之箐，飞火烛空。金沙之江，波涛起立，歼厥渠魁，胁从罔治：（康熙）《大理府志》作"祸寿岭巅，斩贼魁于旗下，金鼓闻天，旌旗蟠地，壮士争先，戎卒竞起，若转石之坠高崖，激水之投深谷。矢锋雨集，炮声雷锅。金沙之江，波涛起立，林莽之箐，飞火烛天，伏崖窟者，焚骨纵横。投江流者，漂尸蔽浪，崖寨壁立，陟之无从，贼有储食，恃以为固。公令将士密道而断之，贼多枕粟而死，于是，因粮于敌，遂息负挽之劳"。

[十二]（康熙）《大理府志》此处有"东"。

[十三]先是，岩寨壁立，陟之无从，贼有储食，恃以为固。公令将士密道而断之，于是因敌粮资版筑，设戍守，作城垣，建署宇，成杠梁：（康熙）《大理府志》作"贼既平已矣，尚存余粮，资我版筑，乃设戍守，乃作城垣，乃建署宇，乃成杠梁"。

［十四］（康熙）《大理府志》无"时"。

［十五］（康熙）《大理府志》此处有"汝其念哉"。

［十六］括：（康熙）《大理府志》作"辄括"。

［十七］备太史之采风，并示诸彝：（康熙）《大理府志》作"词一篇，以备太史之所采录，以示诸彝"。

八蜡庙记

《记》曰："蜡祭，古礼也。岁夕大举万物而享之，曰蜡。"今两河、山陕皆有庙，吾南中独无。长沙江侯一州佐大理郡之三年，政通人和，乃行郭课农。农人以田鼠告，侯恻然曰："祭蜡可举也。"遂建庙于北郭浮屠之原。原上旧有分巡，金使叶公应麟种松千株；原下有莲池二区，择地攸宜，而建庙焉。郡之绅士谓余宜记之。余曰："五谷者，人之司命。先王制为蜡祭，以报谷也。"其神八，故曰"八蜡"：一曰"先穑"，神农也；二曰"司穑"，后稷也；三曰"农"，田畯也，此神圣开谷之原者也。其曰"邮表畷"，曰"水防"，曰"水墉"，此利于谷，所当谨者也。曰"猫虎"，以祛豕鼠；曰"昆虫"，以息蟊贼，此害于谷，所当被者也，盖莫不有神以司之。建亥之月致祭，以报万物，息老休农，人各宴会，其祝曰："土返其宅，水归其壑。昆虫无作，草木归泽。"其乐则吹《豳》《雅》，击土鼓，是为蜡也。昔子贡观于蜡曰："一国之人皆若狂，未知其乐。"子曰："百日之劳，一日之泽，非尔所知也。"故顺成之，方其蜡，乃通谨宴会之费也。国家制为迎春之典，有尸猫、尸虎之戏，其蜡之遗意乎？夫古之人，致力于民者尽，故致力于神者详。叔季之世，有二刺如江君，岂易得哉？宜书以为后人告。

精实朴致处不可及。

大理府重修儒学置学田记

南中名山水而郡者，以大理为最，而太和为邑，实附之。郡邑之为子弟员者，五百许人，是故分庠而教之。庠合祀孔子与配享之贤，曰"文庙"。于常廪之外，又置都养田、学田。学则开于汉，衍于蜀汉，闭于宋，复于元，盛于国朝。庙则元世祖入大理，始有兴建，而田则自国朝正德以来，守常相继，乃渐有置焉。然庙久则圮，田久则湮。近代，期会、簿书、狱讼、将迎之事，日繁以密。庠序讲读之法，虽良有司，有不暇顾者，其圮其湮，匪直不顾，甚或未尝知焉。按部御使、督学使至，垩之丹之，饰其外而已，而圮自若也；籍之记之，有其名而已，而湮自若也。

隆庆壬申，分巡长乐陈公应春、太守永新史公翊，惠加百姓，志在作人。二公临学稽阅，则见栋未倾而腐，柱未摧而蛀。堂则浸且为墟，庙则槁而不泮。愕然相顾曰："天下之事，固有可暂而不必久者，苟塞目前可也。若孔子六经之道，与山川同为峙流；国家庠序之典，与山河同为带砺。此岂可以苟塞为哉！况苍山岩岩，洱水洋洋，必有魁奇磊砢之士，生于其间。吾司造士之责，而不之理，咎将谁归？于是，相与咨诹筹度，得当而行。权其费于可原之罪，而不用其镪；取其工于佣赁之人，而不伤其力。深山出牛挽之木，贫者售鼠穴之居。"于是，隘者以关，涸者以源。梁栋云兴，瓴甓山积。居无何，庙貌峨峨，堂寝秩秩，泮源混混，枨楔巍巍，昔所未有者，乃今具备；而昔所具者，无弗严矣。乃进诸生，稽田籍，赎其徙者若干，核者若干；又于归田之外，捐俸而置者又若干。命县官主其租入，以赡贫士婚葬，俾得肆其力于学，而无内顾之忧。于是，师生胥庆，退而谒记于阳，将勒之贞珉，以志不忘。予谓二公之德，固不可忘。二公为己之学，其二三子所当勉乎！

夫庙学旧矣，修葺之者相继也。然而随葺随隳、随成随坏者，何也？为人故也。因御史督学，而后修之葺之，故御史督学去，而随亦隳坏，无怪也。今二公为之，于闲暇之日，求此心安之而已，岂愿二三子之勒珉耶？与其勒珉，不若勉而学之，之为久而广也。今夫务词章，以媒应举科第者，为人而学也。夫苟无应举科第之望，虽词章且将弃之，又何有于道德性命之懿乎？二三子苟有志于道德性命，必自二公之为己始。既知为己，则二公之惠与苍山同久、洱水同广矣！此亦二公期待二三子之微意与？书之以俟。

每一顿宕神味隽永，后学许宪识。

文局如阵，前茅、中权、后劲、左右翼、埋伏、冲击、策应，无一不布置周妥，无懈可攻。

大理府名宦祠记[一]

[二]有物固结乎民心[三]，而[四]民不能忘，此名宦之所为有祠也。《诗》云[五]："有斐君子，终不可谖兮。"夫[六]民之所以不能谖[七]，由其有君子之德，又有斐然之文也。昔何武所至，无赫赫之名，然去而人思之，是果何道哉？盖其至诚恻怛根于中，而施于有政。即不暴著于民之耳目，久而自不可忘。方其在时，不知其为德；及其去后，乃惕然觉而追思之矣。[八]夫仁心者，君子之德也；仁政者，斐然之文也。故曰："徒善不足以为政，徒法不能以自行，兼是二者，而后称有斐君子[九]。"然则名宦岂易称哉？

大理旧有祠，在明伦堂之背。春秋有司展祀，然位置隘陋，仪文亦沦。嘉靖己未，内江高公镛以御史左迁，寻补府贰。下车之日，求祠而拜焉。一见恻然，顾诸生曰："是尚可以为典礼乎？"乃谋于太守贵阳周公鲁，改祠于夫子[十]宫墙之侧，与乡贤并建。庙[十一]额既明，宗承所著。环桥门而来观者，有指某公之主而拜焉，有望某主而举手加额焉。然主皆近代守令，而前史所载有功斯[十二]土者，尚尔阙如。二公乃进郡之绅士[十三]，考论沿革，而摭其勋伐。在汉为益州，得三人；在蜀汉为建宁郡，为云南郡，得三人；在晋隋为宁州，得三人；在唐为南宁州，得七人；在元为大理路，得六人；国朝使臣有功德在人，而可绎思者，不可无书，又得十一人。与令守师儒，并为主以祀焉。于是典礼轨则，一时灿然明备，千古音容，俨然若存。

逸史李元阳曰："寓物于舍，隔宿已有遗忘；至诚恻怛之为物，一入民心，历千祀而如在。震雷激电，怵心骇目，曾不一瞬，影响消沉。至诚恻怛之为物，莅乎其官[十四]，官虽去而此物不与之俱去。"子[十五]曰："善人为邦百年，亦可以胜残去杀矣。言至诚恻怛，无近利而有远功也。"夫名宦云者，其夫子所与之善人非耶？然则附其祠于夫子[十六]之宫墙，谁曰不宜？

至诚恻怛之为物两段，古节古音，接出善人为邦百年，允推名宦确论。[十七]

【校记】

[一]（康熙）《大理府志》题为"名宦祠记"。

［二］（康熙）《大理府志》此处有"略曰"。

［三］民心：（康熙）《大理府志》作"斯民之心"。

［四］而：（康熙）《大理府志》作"使"。

［五］云：（康熙）《大理府志》作"曰"。

［六］（康熙）《大理府志》无"夫"。

［七］（康熙）《大理府志》此处有"者"。

［八］（康熙）《大理府志》无"昔何武所至，无赫赫名，然去而人思之，是果何道哉？盖其至诚恻怛根于中，而施于有政。即不暴著于民之耳目，久而自不可忘。方其在时，不知其为德，及其去后，乃惕然觉而追思之矣"。

［九］（康熙）《大理府志》此处有"矣"。

［十］［十六］《滇系》无"夫子"。

［十一］庙：（康熙）《大理府志》作"貌"。

［十二］斯：（康熙）《大理府志》作"兹"。

［十三］士：（康熙）《大理府志》作"献"。

［十四］（康熙）《大理府志》无"历千祀而如在。震雷激电，怵心骇目，曾不一瞬，影响消沉。至诚恻怛之为物，茌乎其官"。

［十五］子：《滇系》作"夫子"。

［十七］《滇系》、（康熙）《大理府志》均无此评语。

迁建大理府治记

古者建侯置守，必依名山大川、[一]厄塞以为固。复[二]审向背之势，辨阴阳之宜，[三]测景正方，用[四]昭宣达。《易》垂设险，《诗》咏攸宇[五]，略可观矣。

大理西据苍山，东踞洱河，山水交于其外，城邑奠乎其中。此非所谓固而可守者乎？然山延其庚，河流其震。枕山襟河，惟其位也。乃旧治面离而出，席坎而居，枕既戾山，襟亦失水。始拘法制之小得，终亏舆地之大观。识者每以为言，吏事委之循习。

隆庆己巳[六]，内江刘公翮以监察御史巡滇。按部所经，思存大体，谓兹郡乃居南中之要处，据彝夏之大方[七]。气得中和，土号沃衍。而府堂垂坠，廨宇嚣湫。必欲革彼因循，盖亦图维久远。乃檄监司太守，长虑金谋，陟降山原，法尔规画，卜占协吉，事在必行。

维时巡抚都御史江宁陈公大宾，闻而善之。方伯钱塘陈公善、长乐陈公时范，赞而决之。于[八]是，议[九]日兴工，伐木辇石，明其位置，差其先后。正堂仪门，有严有翼。乃治衙廨，乃作庶宇。长贰佐属，以位差列。视事燕休，各适其宜。库藏图囷，深靓严固。吏舍案牍，关锁惟稽。戒石有亭，礼宾有馆。工程垂集，作楼于门，更漏贮焉，府额榜焉，所以统率诸邑，表正典常。望之峨峨，即之秩秩，山光水色，蔚乎其相扶也，炳乎其相辉也。[十]

庚午始事，壬申卒功。用银以两计者二千有奇，用工以人计者八千有奇。期限不棘，故民不劳；处置徐徐，故费不侈。六月，太守述职且行，以记见属，且曰："周人考室，《风》《雅》著之；鲁国作门，《春秋》载焉。方今圣人御极，万国翼卫。惟兹山郡，遥控诸彝，辨位正方[十一]，于斯伊始[十二]。愿镌金石，以永万年。"阳不文，然不能辞，乃载笔列述其事，以见崇显制度之意焉。

闳整雅洁，撷左国之菁华，而得其神似。[十三]

【校记】

[一]（康熙）《大理府志》此处有"必依形式"。

[二] 复：（康熙）《大理府志》作"犹必"。

[三]（康熙）《大理府志》此处有"而后"。

[四] 用：（康熙）《大理府志》作"以"。

[五] 宇：（康熙）《大理府志》《滇系》均作"芋"。

[六] 巳：（康熙）《大理府志》作"酉"。

[七] 方：（康熙）《大理府志》作"防"。

[八] 于：（康熙）《大理府志》作"如"。

[九] 议：（康熙）《大理府志》作"诹"。

[十]（康熙）《大理府志》此处有"二百年来，久阙之典，再期之以顷，道观厥成，父老欢欣，缙绅胥庆"。

[十一] 辨位正方：（康熙）《大理府志》作"若非环峻廉堂，何以观

示方域"。

　　［十二］（康熙）《大理府志》无"于斯伊始"。

　　［十三］（康熙）《大理府志》《滇系》均无此评语。

南薰桥记

　　嘉靖二十三年正月甲子，宾川州知州安庄朱君作桥于城之南门。[一]三月朔桥成。明日丙午，州之宾僚生儒，合酹于桥，祝爵于侯。维时凯风景明，其为士者歌《薰风》之诗，宾曰："曷[二]以'南薰'名桥？侯之惠和，其永于吾土乎？"乃驰龙津何邦宪书，征灵鹫山人李逸民为之记，其词曰：

　　维大罗城，一水南环[三]。流潦暴会，驶为怒澜。走石如马，其声轰雷。惊我居人，儿童喧阗。岢墩以梁，激悍莫支。旋梁旋坏，孰究孰思？历载以来，痼言登圮[四]。时维朱君，慎彼官守[五]。爰自温江，莅我龟阜。察其安危，分其禾莠。剪植并作，燕及黄耇。神应以和，民生日厚。既庶而丰，民力以充。人士是咨，陟降是躬。乃布王政，杠梁是攻。城凡四门，维南称雄。上表奉制，阙庭是通。旬宣劳来，旌帜临戎。不有桥梁，安示尊崇？仍敝守陋，曷称在公？爰在虹跨，以让浃渫[六]。爰屋于桥，以节修葺[七]。杀水迂流，排涛走[八]石。既免傍城之浸溃，亦无作墩之剥激。去危就安，济盈濡轨[九]。利用永成，匪曰观侈。於戏[十]！维堪言言，寇盗是樊。维梁平平，惠施以存。天子万祝，侯多受祉。薰风自来，沄沄兹水。后来其观，毋替厥美。

　　古质奥衍，是极力摹昌黎者。[十一]

【校记】

　　［一］（康熙）《大理府志》此处有"越"。

　　［二］曷：（康熙）《大理府志》作"其"。

　　［三］一水南环：（康熙）《大理府志》作"水经其南"。

　　［四］登圮：（康熙）《大理府志》作"拊髀"。

　　［五］慎彼官守：（康熙）《大理府志》作"阶令升守"。

［六］浃澡：（康熙）《大理府志》作"激射"。

［七］以节修葺：（康熙）《大理府志》作"以防渗湿"。

［八］走：（康熙）《大理府志》作"躄"。

［九］济盈濡轨：（康熙）《大理府志》作"改泛以翁"。

［十］戏：（康熙）《大理府志》作"乎"。

［十一］（康熙）《大理府志》无此评语。

大理府学田记

国朝以庠序养士，升其俊而禀饩之。郡多于州，州多于县，皆以十人为差。县最小，亦得二十人。夫其始也，非不欲尽饩以资其肆力[一]，顾赋之民者有限，势固有不得不然者，此画一之法，所由设也[二]。有能于常法之外，不加赋，不夺民，而贫士有资，固法家之所不禁也。

嘉靖乙巳，天台鹤田蔡公以仪藻风望副外台，来董学政。校艺考德，克明厥绩，又虑贫士之无以自资也，惠不啬己。比至大理，有司以湮田告，公曰："此非所谓惠而不费乎？"遂檄郡守黄岩蔡公绍科廉而籍之，果得田百五十六亩于邓川。岁使弟子四人主其租入，与公帑并贮。诸生之贫不给、长不婚、丧不葬者，四孟月朔，师生为之告于郡守，命主者发库给之，不市惠，不留积，盖与岁俱足焉。由是贫士之未饩，及饩而未足者，或将有养以肆力于本业。官帅其人，既皈其膆，亦薙之草，以佃以输，纤细具张。又惧其久而复湮也，将寿之珉，以问记于郡人李子。李子曰："昔者樊迟请学稼。夫子曰：'吾不如老农。'董子下帷讲诵，弟子转相授业，三年不窥园。大圣大儒之贱树艺而贵学术，其严有如此者，今学之有田，奚取乎？吾知之矣。夫食稻茹蕨，圣贤固不能异于人。然吾而刘之，则人将以功求我，吾而获之，则人将以利求我矣。是故，圣贤有所不为也。然李固而下，尝为弟子都养，而卒称大儒，此又何哉？盖不稼不圃[三]者，严乎其分也；周之而受者，顺乎其命也；知其分而后有所不予，知其命而后有所不取，故学也者，士之所以奉其身也；养也者，上之所以体其下也。晋蔡洪称洛中旧姓有曰：'以鸿笔为锄耒，以纸札为良田，以静默为稼穑，以礼义为丰年。'此其说与董李之志，同乎异乎？吾弗知之矣。

善乎! 夏侯胜有曰:'学不明经,不如归耕。'请为诸生诵之。"

前半经画祥明,如读钱公辅《义田记》,后半别取蹊径,讽咏雅切,如读《抱朴子·勖学》篇[四]。

【校记】

[一] 力:(康熙)《大理府志》作"也"。

[二] (康熙)《大理府志》无"此画一之法,所由设也"。

[三] 圃:(康熙)《大理府志》作"园"。

[四] (康熙)《大理府志》、《滇系》均无此评语。

石门山记[一]

石门山在点苍山之背。嘉靖甲寅春,予约雪屏赵中丞、史城杨江津,遵洱河,历天桥,出宿漾濞村,翌午至金牛屯饭。当孔道有石如牛,村因得名。

骑向石门,乱石[二]荆榛。至则两崖壁立,青苍万仞,有[三]若门焉。予窥其中,万松参天,高岩蔽日,阴森窈窕,深十余里。窄处如铁狭,广处如桃源。两岸石苔,不可着足。南岸峻削,石发苍葻;北岸亦斗绝,然石上负土。松塎之际,可亭可庐。流泉穿石,往往成渠。有顷,但闻水声淙淙,如鸣琴佩玉,林际鸟语,素所未闻,令人起绝粒之[四]想,东一峰尖削,积雪未消,正临壑上。时日亭午,苍翠之[五]中,植一玉笋,与壑中水石,相为照耀。忽有[六]惊飙从空飞坠,声如鎬雷,凛乎不可留。从者扶挽而出,有野老来告曰:"壑底少人行,须从高处俯瞰[七],则壑中景物,不能遁藏矣。"

予三人乃折东北,缘坂而升。数里至一寺,汲泉瀹茗,少憩。又东一里,[八]大石,四面如削,村人构亭其上,今废矣。又东南升三里,至仙真阁,阁南有石洞。洞前石槛可凭,则见向之石门在其西,下视数千尺,或洼如盎,或方如槽,黛蓄膏渟,不可名状。微风度壑,如怒涛击撞,即向之雷鎬处也。因坐洞中,赋诗小酌。二道士献盘蔌,不知其名,尝之甘,食尽。二公曰:"闻此山有石岩。"侵晓,骑行三十里,遥见一物,如白莲擎[九]出翠微中,僮仆皆欢哗。骑者加策,舆者努挽。至则佛宫倚岩而构。

以地里计之，当在点苍悉达场之背。四望空阔，心目豁然，便有御长风、凌倒景之意。雪屏曰："昔者观于大壑，则思守独；乃今观于绵渺，则思远游。二者将何取衷哉？"史城曰："昔所见者奥，故思深；今所见者旷，故志大。势使然也！"予曰："境变则体殊，情生则志隔，皆有乖于圣人之常者也。得其常者安，安而能迁，奥、旷、游、守，非一非二矣。"二公首肯。遂下山，由捷路行，至绳桥，为汉求蒟酱之路。至淜溪，为唐御史唐九征立铜柱地，今失其处矣。

比入漾濞，已黄昏，秉炬行八九里，宿尹氏村舍。明日早发，途次见急淜怪石，辄停与坐玩，薄暮，复至中丞宅，留饮乃别。

笔意酷似柳州，末段借二人言抒写襟袍，尤征学识。[十]

【校记】

　　[一] 石门山记：《滇系》题作"游石门山记"。

　　[二] （康熙）《大理府志》此处有"夹"。

　　[三][六] 《滇系》无"有"。

　　[四][五] 《滇系》无"之"。

　　[七] 瞰：《滇系》作"视"。

　　[八] （康熙）《大理府志》、《滇系》此处有"有"。

　　[九] 擎：（康熙）《大理府志》作"杰"。

　　[十] 《滇系》、（康熙）《大理府志》无此评语。

游花甸记

　　花甸在点苍山西北深溪中，距城七十里。一日，杨子寿过予，道花甸之胜，予因治暑雨之具。明日庚申，肩舆出郭，北行十余里，时海色山光，殊觉健人。乃舍舆乘马。又十余里。吾弟元和辈尾马而来。日欲晡，投圣元寺炊，则杨参军春江已载酒寺楼。遂相与啸歌月下，联榻而宿。

　　辛酉，偕春江山行十里，入万花溪。群卉诚[一]不可名辨云。又五里，至凤吼门，皆缘翠微而行。夷则骑，欹则舆，险则徒步。至元武祠，春江先登，曰："此山如龟，水如蛇。盍少坐以息仆夫？"瀑丝溅衣[二]，顿觉凉冷，复[三]行五六里，折而北，豁然夷旷，平甸二十里，净绿如拭。至此则骑者骋，弧者射，步者跃，倦者歌[四]，如起尘世而登云天也。

甸之东西皆连冈，西冈层叠如云梯，东冈壁立如挂榜。万木阴森，千重苍翠，奇花浓郁[五]，缀秀垂缨。广甸之中，水竹区列，游人来往，度竹穿花。既过一区，复见一奥；既度一奥，又见广原。旷而奥，奥而旷。如此者四五，乃达白鹿冈下。世传白国道人隆祐禧，[六]于[七]此修炼，骑白鹿仙去，冈因得名。冈东里许，两山如壁，中夹一川，袤十余里，广近百十武[八]。其间杂花秀木，丰茸葳蕤，石苍藓翠[九]，窈窕修回，有若门焉。其北谷则[十]与人境隔绝矣。按野史，谓此中古有四村：曰黄熊窝，曰狼香，曰杉树，曰乳牛墩。当世高蹈者居之。在晋时为吐蕃略地，遂无居人。

北行里许，至铜屏山，山下有南潭，水如澄墨，其深[十一]莫测。岸有蒲草，软厚可坐。方解鞍树阴，见子寿与一道士挈壶浆来。仆夫吹笛，与樵吟[十二]，牧笛遥应互答，诸人击节相快。顷之，潭阴云起，众愀然，向白鹿冈下，诛茅围火而卧。

壬戌，登冈顶，指东西冈而问焉。东冈之迹曰罗汉堂，曰礼拜石，曰石鼓寺，曰醮斗坛，曰伏猿严，曰宝光石，曰洞箫岩，曰祈年石。西冈之名，曰望海，曰香柏岭，曰石鼓严，曰分水岭。分水岭则观音大士辇巨石。酾水西注凤羽乡，灌田百余顷，改无益就有益，诚神功也。

饭罢，别子寿，马上作《花甸行》寄之。将出甸，[十三]回望白鹿，不胜恋恋。出溪至弘圭山。稍坐，观洱水万顷澄波。少焉月出，客浩[十四]歌，有[十五]"太湖三万六千顷，月在波心说向谁"之句[十六]。予叠而和之，乘月下坡，度溪，与春江别，托张氏庄宿焉。癸亥，过遗教寺，村老携酒杉苑，拾松球。煮樽壁闲，读古碑字，有铁画，盖法书也。僧曰："夜来塔放光，今日客至，愿留题。"因书壁而去。

文亦奥亦旷，旷而奥也。瘦削处，则逼真柳州矣。[十七]

【校记】

[一] 群卉诚：（康熙）《大理府志》作"异草秀苑"。

[二] 瀑丝溅衣：（康熙）《大理府志》作"涧风洒衣"。

［三］复：（康熙）《大理府志》作"乃起"。

［四］至此则骑者骋，弧者射，步者跃，倦者歌：（康熙）《大理府志》作"至此则骑者扬鞭而骋弧者，擢矢而射步者，跃舞倦者啸歌"。

［五］浓郁：（康熙）《大理府志》作"异葶"。

［六］（康熙）《大理府志》此处有"得名世传禧"。

［七］于：（康熙）《大理府志》作"在"。

［八］（康熙）《大理府志》此处有"耳"。

［九］石苍藓翠：（康熙）《大理府志》作"石色苍然"。

［十］则：（康熙）《大理府志》作"遂"。

［十一］深：（康熙）《大理府志》作"漾"。

［十二］吟：（康熙）《大理府志》作"歌"。

［十三］（康熙）《大理府志》有"诸人骑马"。

［十四］浩：（康熙）《大理府志》作"有"。

［十五］（康熙）《大理府志》无"有"。

［十六］（康熙）《大理府志》无"之句"。

［十七］（康熙）《大理府志》无此评语。

浩然阁记

天下郡国，以山水为甚。然必山有异状，与群山不侔；水有洪涛，与众水迥异，乃可得称名山水焉。大理为郡，山曰"点苍"，《汉书》名其状，如扶风太乙者是也。[一] 耸列十九峰，横亘一百余里，如郡之枕屏然。水曰"叶榆"，《水经》谓"自县北而来，绕县西南而出者是也"。碧澜万顷，浩浩荡荡，如郡之襟带然。

嘉靖九年庚寅，太守洪雅杨公仲琼，始于水上建此高[二]阁，题曰"浩然"。落成之日，招成都谪史杨修撰慎与阳同来。登阁而望，则见群峰洗翠，叠嶂吐云，夹涧之泉，垂虹喷玉；而浮屠绀寺，掩映于松杉之表。溪盘霞构，参差隐见，疑有隐君子在焉，可望而不可即也。既而授几而酌，把酒临风，蒲帆与岛屿萦回，渔艇共鹭鸥上下。白涛风起，绿野烟横，驾孤鹤于长空，觌飞仙于仿佛，盖不知身[三]之在人世也。太守作而言曰：

"兴者废之端也。今日之游，以兹阁而盛，而兹阁之永，将不在于二公乎？豫章之滕阁、九江之庾阁、巴陵之岳阳、吴兴之消暑、宣城之叠嶂，彼亦楼也，独能驰声于宇宙，不为风雨所挠剥，不为岁月所消亡者，以韩吏部、白太傅、范文正、王子安，诸名贤各为记述，而取重于千古耳。以今浩然之在叶榆，视彼五楼，曾不多让。然则侈记述以寿兹阁者，微二公，其谁与归？"于是修撰作《海风行》，阳为阁记。

铺排不减前贤楼阁记叙，结处朴老不可及。耦唐汪庚识。[四]

【校记】

[一]《滇系》此处有"是山"。

[二]《滇系》无"高"。

[三]《滇系》此处有"之"。

[四]《滇系》无此评语。

鸡足山宾苍阁记

鸡足游观之胜，在华首一壁。然游者往往并壁而行，视壅于壁，得其十之一，而不见壁之全胜也。大顶南行里许，有磐石出于绝壁之上，可以坐啸，又名"拜佛台"。一登此石，则华首千仞，苍然起于东北，令人意动神悚。全壁之盛，举在目中。游观之瑰，无有出其右者。因出资授僧，命建一阁，读书其中。顷之阁成，雪屏赵中丞题曰"宾苍"，言阁为壁主也。徐而物色之，横绝地维，如细柳淮泗之阵，示我以勇；其顿挫起伏，千态万貌，如《上林》《长门》之赋，示我以文；其峻拔不可径而造，又如陈蕃之榻，李膺之门，示我以介；其正不阿，如古纯臣之立朝，示我以忠；其静不言，如古圣贤之授受，示我以道。登此阁，则石壁拥云而来，泉声树色，无非示我周行也。大哉宾乎！命童子识之。

题名绝奇，写境亦不落凡径。

清溪三潭记

溪在点苍山马龙峰之南，水出山石间，涌沸为潭，深丈许，明莹不可藏针。小石布底，累累如卵如珠，青绿白黑，丽于宝玉，错如霞绮，上有坠叶，鸟随衔去。潭三面石崖，其净如拭，观玩久之，乃侧上左崖石罅中，避雨而坐。俯瞰潭水，更互传杯，不觉尽醉。右崖有"禹穴"二字，太守杨邛崃所刻。出潭东行，见石上流泉，渐靡成渠，最滑，不可着足。中潭深二丈许，以水明见底，人多狎易之，不知其叵测也。下潭水光深青色，中潭鸦碧色，上潭鹦绿色。水石相因，水光愈浮，石色愈丽。缘溪而出，水之所经，因地赋形。圆者如镜，曲者如初月。各有姿态，皆可停以赏其趣焉。余每至溪上，谷纹壁影，印心染神，虽出溪而幽光在目，樵唱在耳，累月不能忘。此溪四时不竭，灌润千亩，人称为德溪云。

峭洁突过子厚。

翠屏草堂记

李氏中溪叟，自嘉靖壬寅葺崇圣寺，垂三十年，始得竣工，乃枕峰腋寺，作室以居，名曰"翠屏草堂"。盖苍山十九峰，列嶂凝翠，四时不改，堂实当之，得山之胜，于是乎最。延庚作楼，俯瞰洱河，碧光夺目，题曰"鉴湖"；延壬作榭，望见川源，野色入帘，题曰"绿野"。前作一亭，以停杖履，题曰"曲肱"；后作一台，以舒眺望，题曰"艳雪"。又有水月方丈，苍霞别馆，梅坞桃畦，而竹坡松径，迤逦交错，不可端倪。

开东牖以纳旭，敞南甍以受和。木无丹漆之华，墙无丹垩之饰。素屏木榻，瓦缶陶罂，随力而增，率称是焉。楼上置橱，藏儒、释、老、庄之书，约三百余卷。香一炉，琴一张，酒一壶，登楼开窗，岸帻解带，碧波在望，青甸如拭，取琴作商声三五弄。小童进酒无量，微酣而止。步自楼背，升台看山，雪壑镂银，朱夏犹在。山腰白云，宛如束带。斯时心旷神怡，不觉放歌，声满天地。

老衲羽人，白眉垂颊，出自竹烟香霭之间，持茗来饷，相与茵草枕藉，如梦如寐，不知天壤间，复有何乐可以代此。

中溪叟今年八十有四，耳目四体未至衰颓。宅边有默游园，风雨冱寒，颇堪游息。年及首夏，即出北郭，追凉风，濯流湍。苍山诸溪涧泉石胜处，背琴携酒，日以为常。或有客无客，听泉坐石，必日落而起，或乘月乃归。归至草堂，过千松冈，出芙蓉池。修柯戛云，低枝拂沼，茑萝骈织，灌木阴森。伫立奇禽[一]，闲窥潭影，惟意所适，期在无眠。夜半楼栖，溪声递响，如有鸣鹤。天籁萧萧，令人悚然起听。目冥境寂，天地之情，了然元会，乃知死不相干矣。唐人诗有之[二]"此身只合僧中老"，予尝三复此言，清泉白石，实鉴我心。

兴会飚举，景致俱超，性天之乐在此，非高谈元妙者也。原评。[三]

一路金堂玉室，何啻仙人所都？此等文是借居游以夸身分者。耦唐汪庚识。[四]

【校记】

[一]《滇系》无"伫立奇禽"。

[二]之：《滇系》作"云"。

[三][四]《滇系》无此评语。

存诚道人杨黼传

杨黼，太和下羊溪村人也。世称存诚道人云素好学，读五经皆百遍。训诲乡里子弟，口不言人过。兼好释典，口绝膻味，工书，善篆籀。人劝其应举，必当有获，笑曰："性命不理，而理外物乎？"庭前有大桂树，缚板其上，题曰"桂楼"。日夕偃仰其中，咏歌自得。尝以方言著竹枝词数十首，皆发明无极之旨。每出游，遇林泉会意，辄留连不能去，然以父母在堂，不欲远离。家虽贫，躬耕数亩，以为养亲甘旨，但求亲悦，不愿余也。一日，闻蜀有无际大士悟道，因辞亲往访之。半途遇一老僧，问："何往？"曰："欲访无际。"老僧曰："见无际不如见佛。"曰："佛安在？"曰："汝当回，遇着某色衣履者，即是佛也。"遂回，沿途无所遇。暮夜抵家叩门，其母闻声喜甚，即披衣倒履出户，乃向来老僧所言佛状也。自此知父母是佛，益竭心力不稍懈。坐桂楼，注疏《孝经》数万余言，引证群书，极谈性命，编摩皆小古篆。作字砚滴既干，欲下取水，砚池已盈，不知其故。自是常然，人以为孝感所致。秃笔盈架，作笔冢于西原，以瘗之，为铭以志，示不忍弃也。父母殁，为佣以营葬。葬毕，入鸡足山，栖于罗汉壁之石窟中十余年。寿八十。子孙迎归，一日沐浴，令子孙拜："吾明日午时行矣！"人见无恙，不之信，以为戏言。时至，诵偈而瞑，家

230

人哭泣。棺殓毕，子孙亲戚皆在柩前，灯火荧荧，见其大笑入，曰："杨黼先生，今日事才了也！"家人惊呼遂不见。下羊溪，距城北约四十里，城中亲友，及素所往来之家，一时皆见其来，言笑如平生，而不知其已入棺一日矣！

李子曰：昔邵康节先生，将殡于伊川祖茔。自洛阳举丧时，司马温公、二程、横渠四先生在送。半途棺坠，盖底空然。无复有康节躯矣。其理何居？岂欲破世儒之执耶？不然。黄帝骑火龙上升，尧攀龙、舜冲举，顾非吾儒之宗祖乎？予小子，何足以识此！窃因下羊溪先生而有感焉，故为之立传。

与《明史·隐逸传》小有同异。或曰：据《中溪传》，则杨桂楼仙乎？曰：仙矣。或曰：中溪精博，二氏可以不著其丹学与？曰：奚为不著也？躬耕养亲，即姓名基，至注《孝经》数乃余言，则九转丹成矣。试问伊古真仙，谁非孝子忠臣乎？

董君凤伯墓志铭

君讳难，字西羽，号凤伯山人。其先系出九隆，世居太和。有韦成者，唐咸通中为南诏清平官。成九传至救，仕元，为大理路判；救生铭，为录事司主簿；铭生宝，为顺宁司经历。国初洪武间，宝率众款附，授府经历。再传有韦录，入贡，国初授土官巡检，钦给敕命以归；录生祯，祯生琳，皆袭祖职。琳子四人：曰伦、曰杰、曰俊、曰儒。俊为人恬淡，自号鹤松居士，配郡人御史杨春之女孙，生子三人，君其长也。

君幼警敏，六岁知属对偶，长而手不释卷。习举子业，受《春秋》，酷好吟咏，遂弃旧业。成都修撰升庵杨公谪居永昌，往来苍洱间，每考索群书，必曰："董生，董生！"寓荡山楼写韵，汇辑转注古音，亦惟董生侍笔砚。钝庵王金事序《古音》曰："升庵今之子云。乃董生者，非侯芭软？"君诗有《秋兴》八首，为修撰所取，且为序之，以诗见知如此。修撰涉历游览，必以董生相随，谓人曰："西羽时有奇思，山水间不可少此人。"

君事父母孝，待弟厚。徒以家贫，不能尽如其愿，然介直不苟循人。顺宁旧守以僚官后人，延之，俾为子师，留一年遂归。屡以马迎，君不复往，曰："宁甘苍洱贫境，非吾土不可居也。"其在顺宁，亦以仁恕为开导之本，瘗骼赈饥，士人德之。

荡山有班山寺，君家先人之业，升庵公写韵楼在焉。岁久渐废，君虽食贫，必修葺完好。

君生弘治戊午，卒丙寅正月五日，墓在圣应峰荡山之原。原配段氏、侧室杨氏，子男四人，夭者不书。今乞铭者学舒，邑庠生，段出。幼子春芳，杨出。吾乡布衣而好学者不数人。君著书十余种，若《古音余》《奇字》，君其最也。君与余友非一日矣，今乃作隔世人。呜呼！何忍铭之，何忍不铭之？铭曰：

志璞心绮，有诗孔美。于身不逢，应在子，何所求君？君藏在此。

两羽著书十余种，今所传者，推《百濮考》一篇，诗五首，颇有过人处。升庵谓有奇思，山水间不可少此人，岂不信欤？惜他著作皆散失，赖此志铭，其行谊始见文，亦可谓志璞心绮。

副都御史雪屏赵公墓志铭

公讳汝濂，字敦夫，姓赵氏。其先南京上元人也。永牙公于元末游滇，得地于太和之龙尾关，因居焉。高大父阳、曾大父均，咸有隐德。大父平，赠推官。考仪，号春汀，领云贵乡荐，初授涪州学正，历应天府推官、泸州知州，有惠政，累赠中宪大夫。妣段氏，同郡通判晓山段子澄之女，累赠恭人。

公以弘治乙卯正月三十日生。七岁，步趋不类凡儿，八岁能属对，晓山奇之。恭人尝语人曰："此儿言动如有教之者。"十五岁，尝浮江，见邻舟将覆。公急唤舟子移己舟救之。舟子曰："滩漩恶，往救恐不免。"公曰："彼生吾亦生，彼死吾亦死。坐视其溺，岂人心乎？生死共之，坐视其溃忍乎？"卒之，两舟皆济，所活二十余人。春汀公闻之喜，曰："吾有子矣。"公自是益励问学。

嘉靖壬午，以《易经》魁云贵乡试。壬辰成进士。观政都察院。是年十月，选翰林院庶吉士。乙未，授吏部考功司主事。丙申，调文选司主事，寻转验封司员外郎。己亥，转稽勋司，署郎中，调考功司。庚子，实授考功司郎中，次应补文选司。公白冢宰曰："顷者，考功一任，积怨已深。若转铨司，谤毁且至。今愿得南京尚宝足矣。"冢宰曰："此非所以处贤也。"明日，诣内阁，力辞。皆曰："宜晋四品。"公曰："四品之例，在铨郎则可，在某则不可。与其为人所忌，不若为人所忘。"诸老皆嘉其恬退。竟转南尚宝卿，时舆论多之。甲辰，由尚宝转太常寺卿，转右通政。丁未，转太仆寺卿。寻转都察院右副都御史，协管院事，俱南京。辛亥，同南京吏部考察京官，时以公旧历斯任，每事咨焉，多所推服。是年，公自陈奉旨对品调外任。竟归里，既二载。甲寅，吏部咨听调官员，如有疾自罢休致者，听具奏，以原职致仕。公如例乞休，奉旨准以右副都御史致仕。隆庆改元，例进正奉大夫，正治卿。己巳三月十一日丑时，卒于家，时年七十有五。

公为人简默，平居寡言。及至廷中有大议论，謇謇不少屈，闻者悚然。初为考功，主考察事。人以阁下私人为言，公艴然曰："若此何用考察为哉？"竟入部。明日，立堂上，簿唱官名。都察院王某曰："御史某某应改调。"公曰："此数官者未闻有过。"王曰："虽无过，然乏风力。"公曰："不宜御史，犹宜别官，本院改题可也。考察所以摘过，岂宜斥无过之官耶？"王默然。有部郎魏某者，端人也。本堂周尚书欲黜之，公争曰："此端人也，不当黜。"周曰："吾黜吾属，何与尔事？"公曰："黜人顾可以私乎？"周怒而詈，公亦詈。众为之解，诸老解曰："考功虽无所闻，本堂必有所见，姑从之，勿争。"递削其籍。堂事既毕，部院欲散。公申言曰："今年考察不亏人，只亏魏郎中耳！"顷之，科道舍遗奏上，卒留之。后魏时赵文华在黜中官至两淮巡抚，公相见，未尝及之。其器量宏毅有如此。

考察疏名将上，时冢宰谓公曰："黜中有某某者，内阁之姻党；某某，内阁之门人；某某，内阁之爱幸。此疏一上，恐为衙门累也。"公曰："决不累衙门，惟郎中不自顾，惜斯无患矣。"冢宰又曰："赵某者，内阁倚信，决不可黜。"公曰："赵某不黜，则无可黜之官矣。"竟持疏入朝。方纳所奏本。旋步间，有唤"赵考官回来"者，其声甚厉，乃阉寺三人还所奏本，知为权门意也。因毅然曰："此本决不可易，但进之。生死吾自当之，谅不至贻患诸君也！"阉寺语塞。明日旨下，果留赵某辈三人，无他患也。后时，赵某与严氏，声势相倚，总制淮浙，威震中外。遇公于途，曰："昔时会杀人，今能否？"公应之曰："杀人而人不死，恨刀不耳！"彼怒目而去。其于利害之际，深沉不挠有如此。

初为通政时，状至辄审，诞词必刑。顷之，部院皆喜讼简。既而知旧通政无不准之状，至公始判其虚实，故无情之讼自止也。公兼操江时，各司解贼犯，但阅其申文，即付之有司。传刑曹问公曰："不杖贼犯，何也？"公曰："五城拿官，御史问官，理问司狱，狱官皆以笞捶从事。吾三法司堂上，如律定罪面已。"识者然之。其知法意，每如此。

公在太仆时，堂例费千余金，僚佐亦皆沾及。公一无所私，僚佐以为矫。公乃集众量分，已独无取。众谓公亦宜受，公曰："诸君有出巡之费吾块居于此，受之无名。"竟不受。其为马政，革相沿之习。相马给直，价不大费，而马数易盈，民皆称便。太仆至今为则也。

公自离考功，日日图归。盖见仇家显盛，自不能久于其位。卒之，公论在人，遍历清衔，官至右副都御史。时有仇家嗾李给舍论公，给合公奋然曰："吾岂为人报仇者？"旁人闻之，以告，公曰："荷李公知已。然吾官至此，已出望外矣！"

归里以来，不治宅第，日与田夫野老拄杖游行。就山麓营一草庵，有暇辄往，呕啸其中。名其庵曰"觉真"，谓人曰："平生涉历畏途，殊无真意，乃今觉真，惜乎晚矣！"公敦内行，祖之居宅，父之官囊，一毫不取，皆推与弟侄，为之嫁娶。公为人长者，人或犯之，付之一笑，不与较曲直，使人自悔。货钱不取息，贫则还其券以周之。作诗文，信手应人，不为雕虫之技。

先娶兆氏，早卒。继娶王氏，同知玉溪王公仲仁之女，皆同郡，赠封皆恭人。侧室马氏、游氏。子男二，曰松、曰栋，皆庠生，幼而能学，可以不坠家声者。女四，长适李文璧，次适兆锃，次适生员段谦，次适金石。

隆庆壬申，将以闰二月十六日，葬公于祖茔之南，二子持公年谱，乞余铭公墓。余与公同领壬午乡荐，公长子又为余婿，里居无日不相闻，知公盖莫余若也。余何敢辞？遂志其履历而系之以铭，曰：

近代取人，撼华厌朴。巧伪争衡，非国之福。公为考功，秉德惟中。不为势屈，不以利薥。时多险巇，宰臣之侧。公力黜之，善类以植。平居雍雍，无所不容。及当大事，莫撄其锋。投闲置散，行身坦坦。不有己长，不知人短。长者之名，久在乡评。寿考令终，曰惟德贞。苍山皎皎，洱水森森。我铭其阡，德人之表。

> 风节凛凛，无愧柏台，至幼年移舟一节，其心体魄力过人远矣！

> 铭语清超，劲气直达。耦唐汪庚识。

侍御云川高公墓志铭

少参高公既殁，其子可观，持给舍慎吾杨公，所为行状，来请，曰："先大夫将以今年十二月二十七日，葬于点苍山下，祖茔之次，不可以不铭。惟翁少同学，壮同朝，老同社，铭微翁其谁宜？"余曰："子之言悲矣！余悲有甚焉者。在昔嘉靖十四年，余初内补，与雪屏赵公同在郎署，公与桂城张公礼围中式，余四人引觞投壶，以为笑乐。及殿试，甫有报余者曰：'高某制策以慎边防、重首令为言，大为宰相所喜，魁选其在斯乎？'及榜出，不然。及尔考为御史，出差时宰相赠语有云'大廷曾见董生文'之语，然后知前传非虚也。于时尔考虽不遇，而名称亦用是以显。嗣是，余四人有为吏部，有为御史，为廷评，皆在京邸。退朝之暇，日相聚讨论，无时或离。适有诏起用老成，弘山先生复入给舍。一时吾邑之盛，颇为人所羡，而吾曹亦不自知其难得也。岁月迁迈，人事好乖。上下十余年，湾飞云散，不复相见，始叹昔时之乐为难得也。又更数年，先后归里。虽不与柄用，然皆位近通显；虽属迟暮，然皆体履康适。登山临水，巾舄相从。追忆曩时，奔走四方，怀故乡于万里，怅田园之将芜，岂敢望有今日哉？吾数人既皆得之矣。然忧乐倚伏，生死相寻。弘山先生之逝，余既哭而铭之；其后数年，又哭雪屏而铭之；又数年，哭桂城而铭之；今又哭尔考而铭之。于是，又知非徒相聚相得之难；而善人君子，欲使幸而久在于世，亦不可得。呜呼！岂不大可悲与？"可观闻余言，呜咽辞去。余乃按状而次之。

公讳鼒，字仲龙，云川其号也。先世应天上元人，洪武初戍蜀之汶川，后徙戍大理，遂为大理人。公之高祖曰士贤，曾祖曰德，祖曰信。考曰昂，号天台，由乡进士历知湖广沅江、桃源二县。有惠政，二县并祠之。生四子，公与兄饶阳令崧、弟太仆丞岐皆周夫人出，岵为庶刘出。公初授行人司行人，丁酉授浙江道御史，己亥巡盐两浙，壬寅巡按福建，癸卯监临科场。未还京，升知南阳府，忌者不释，寻又谪郑州判官。顷之，公论以为屈。戊申，迁巴陵令。庚戌，升辰州府同知。癸丑春，升南京户部员外郎，夏，转郎中。甲寅，升广西按察司金事，会病乞归，两台不允。戊午，升湖广布政司参议，公因亲老告归。

公为人敬慎精敏，急所当务。初释褐，即披读律例不去手。同列有讥其俗吏者，公徐语之曰："求仕以致用，苟不谙律，鲜不为黠吏所卖。"闻者是之。为御史，巡视东城，立格眼簿，为日稽时考之法。有逸马，三日无主，公命城卒收之。明日，马主始来告失状。公令卒以马归之，其人讶出望外，谓："都市中剽人而夺之金者，月无虚日。高御史巡城，道不拾遗乎？"

其在浙巡盐，为一切简便之法，首擒乱法巨奸数人，而盐政遂通。事竣还京，取道淮水，将渡而大风作，舟子迟回不发。公曰："吾箧中苟有一毫浙物，此舟即沉；如其无愧，鬼神必谅之。"遂乱流而渡，不中流而风息。其在福建，所至清帑、疏禁，墨吏望风解印绶者十余人。一日，梦中有漳州乡官宪副告胁下刀痛者。寤而思之，此必有冤。至漳州问，此人已死未葬。公即往发其棺，验胁下果有血刃。鞫得妾匿金杯，惧主搜出，因其卧病而刺之，遂伏其辜。其在南阳，首疏淹禁百余人，然负上司罚锾者又百余人。闻唐王有疾修禳，公启王曰："禳之为义，贵在散财。今狱中逮系，年久无措，盍贷之？"遂得请释放，囹圄一空，颂声在道矣。其在巴陵，邑当水陆之冲，官民俱困。公擘画方便，客不留滞，驿不告劳，遂为成规。其在广西日，七山贼起，军门以为忧。忽有壮夫百余人愿来报效，军门拟留之。公曰："此必七山贼属，来觇消息，宜急麾之。"军门如其言。后出师，擒获数十贼，此辈居其半。其治行类如此。天性笃孝，身在仕途，心悬亲侧，自为行人以至参议，凡八度省亲，不惮险远，此亦人所难者。

公以弘治己未年九月九日生，以万历丙子年四月四日卒，享年七十八岁。初娶昆明熊氏，卒；继娶钱氏，亦先卒。生子守约、守泰、长安、福豸，皆殇；女一，适指挥梁之栋，亦先卒。天台存日，命以太仆丞之次子为公后，即可观也。可观府学廪生，好学秉礼，奉命惟谨，亦期绍厥绪焉。侧室王氏无出，择族人子令养之，命名可益，与兄同居矣。铭曰：

高氏载德，以大其门。父子兄弟，并膺宠恩。伟哉侍御，参于大藩。不挠不牵，终始用敦。翻然归养，乐彼丘园。寿邻大耋，仪于子孙。刻我铭章，千祀攸存。

由行人讫参议，治行繁多，曲能达，简能该，不愧史笔。耦唐汪庚识。

明副都御史子才唐公墓表

公讳时英，字子才，济轩其初号也，里居，号一相居士。先世湖南人，高祖玄二公，以戎籍徙自辰泸，遂世居曲靖之北关。曾祖义，妣杨；祖洪，妣郑，皆隐德不显。考经，封主事；妣伍氏，封太安人，生公。甫十余岁，能属文，治《尚书》，日诵千言。

正德己卯，举于乡。嘉靖己丑，登罗洪先榜进士，授平阳县知县。始至，问民疾苦。惟赋税不均，大为民病，公锐意以履亩量田为己任。白于大府，大府曰："此美政也，其如豪右何？"公曰："天子以百里人之命付臣，当尽己命以图之。"于是，不辞谤，不避难，首尾六阅月，而一县之田，腴瘠高下，无不得其情。册成，大府深加赞叹，遂成不刊之典。县有陂塘，岁久淤浅，公度田兴役，疏凿潴蓄。明年，大旱，果得水利，平阳诵神君焉。

乙未，授户部主事，委理通仓。时新革内官，出给皆由主事。公与诸僚盟曰："今日之事，同舟共济时也。苟二三其德，狐鼠将乘吾之隙。"时内官方侦，伺以中之。一年之内，秩然有理，官军便之，通仓至今，守其法而不移。再委榷税九江，俸薪自给，襟度萧然。取前人雅语，揭之庭柱，曰："宽一分，民受一分之赐；早一刻，舟行一刻之程。"以此自勖。虽酬应纷然，终不以彼而妨此也。其年考课，以公为户曹最。丁酉，皇太子生，推恩得封父母及本身文林郎，妻张氏安人。己亥，晋员外郎，督理银库。前官下锦衣狱，人为公危。公始终擘画如法，虽毫厘无不详且尽焉，大司农深契之。庚子，晋郎中。辛丑，拜直隶真定知府。时虏犯井陉，真定属邑也。先是，总兵未禀方略，调度不前。公至，示以所应趋避，兵未动而虏遁去。人谓公之先声有以夺之。真定地在要冲，政连畿甸。居是官者，率多为蜚语所中。公居之坦然，不执不随。庶务之来，立加裁决。在任三年，凡膺十荐。公去三十余载，人之称之有如一日。甲辰，晋贵州按察副使，便道省亲，拟上疏乞养。二亲勉之曰："汝为宪臣，能忠于国，即能孝于家矣。"公不敢违，乃之任。丙午，丁母忧，迁贵州参政。丁未，接父忧。服除，补河南。辛亥，迁浙江按察使。壬子，迁山东右布政。癸丑，迁陕西左布政。扬历所至，辄著贤声。

公为人庄介乐易，及其临事，破奸发伏，逆见随决，无一不中。君子爱之，小人畏之，以此。甲寅秋，套虏烽警，致厪西顾。上问冢宰，须审毅才略之臣为之。冢宰以公对，遂晋右副都御史，巡抚陕西。时公已久于其地，熟悉时事，谓诸监司曰："虏不足患，患四镇不协心耳，今宜先和四镇。"遂飞檄驰书，要以必从，四镇果来，虏遂退听。公于是一志防秋，他无所事。在位三载，边鄙晏然，例应给由，会旱灾、地震，不敢遽去。

公退之暇，稍延儒士野老，谈玄讲道。言官论其倦，好负其劳，许留京用，而公归矣。戊午夏，至家，衣布茹淡，散发不栉，恬如也。万历乙亥春，命子熙载，具棺椁衣衾，择葬地。乃为祭椁文，有"丙三二十五"之语，不知其所谓也。明年三月二十二日，公不食，但饮水。子孙泣劝，不听。二十五日逝。或曰："念庵同榜，半皆仙去。然公之勉勉于忠孝也，固已至矣！"

须详玩，其历一地有一番作用处。

送宾川守萧省庵序

愚读《周礼》，至命官教民之法，未尝不辍卷而叹息。以谓三代之际，其士岂必素贤，其民岂必皆可使？当其王道备而习俗成，而仕者久于其官，民者习于其令。上下相知，如家人父子，好恶忧乐，情靡不通。即有凶顽不率之民，厕乎其间，众必共愤而剃之。然则世之否泰，固系乎官，而官之贤不肖，则系乎仕之久近，章章明矣。而近代设官，卒不久任者，何哉？或曰："古今不相沿习，即使久任之法，行于今日，其效岂必尽如三代之际乎？"愚曰："斯民也，三代之直道而行者也。夫岂以今日而有异乎？"观萧侯之牧吾宾川，可以征斯言矣。

宾川在叶榆县地，国初因之，然山川隔越，深阻之民负固为盗，其来远矣。弘治初始割其地，而置州设牧焉。其建置迄今，殆且百年，而盗贼固自若也。嘉靖三十二年，萧侯始以楚雄节推迁知州事。下车之日，有言于侯者，曰："州之土田，以盗而荒；州之户口，以盗而灭；州之赋敛，以盗而逋；州之讼狱，以盗而莫究；州之兵戎储贮，以盗而罢且竭矣。盍起而图之？"侯曰："姑舍是。"顷之，又有言于侯者曰："盗出矣！"侯曰："昔尝有之乎？"曰："频年然也！"曰："有以御之乎？"曰："无！"侯曰："姑舍是。"日惟修其刑政，治其繁冗，晏然若无事者，日居月诸。忽及三年，议者曰："侯其治身者乎？"侯嘻嘻若罔闻。忽一日，奉治状诣上大夫曰："牧不敏，乃今知所以治此州矣！"上大夫愕然曰："诚如所列，则去盗安民，其运之掌矣。"遂下令一如侯，请以某董某事，以某董某兵，以某兵扼其吭，以某兵捣某巢，首尾巨细，曲尽机宜。剿势既立，我威既扬，侯乃誓师曰："有愿为我民者，立此旗下勿杀！"贼闻之，悉趋旗下，稽首若角崩者，以千众，乃缚其渠魁，奏凯宴乐。上大夫上其事，旌赏有差，道路相目，曰："侯昔日云云，孰知其有今日乎？"于是，土田日辟，户口日增，赋敛子来，讼狱不兴，兵戎有程，积贮斯盈。今日之宾川非复昔日之宾川矣。

　　夫道必积久而成，物有待时而化。使宾川而不遇侯，如盗薮何？侯不久于其任，如宾川何？此古人所以为吏长子孙，至以仓库为氏，良有以也。夫以侯之功勤当膺特赏，今稍迁永州郡丞而去，虽不满人意，然以侯不求速化之心而佐理大郡，永州之人，必有阴受侯之大赐者矣。久任之法虽不行于今，而侯不求速化之心，固古人不求速化之遗意也。愚不逢久任之法，良用慨息，而得见不求速化之人，大有可喜者。故因诸乡士之请，特书以为赠。

　　贤者固不可测，文亦变化莫测，是盲左腐迁神技。

赠宾川牧南江胡侯序

　　频年，余过省城，值胡侯为昆明令。相见之顷，其朴质谨厚，私心知其为循良也。然繁剧之地，恐非所宜。退而闻诸父老，称其节爱，上官嘉其干济，乃叹其有周才焉。

　　夫隶省之邑，上承监司、部使，外应驿道、宾旅。一日之内，常以一人之身为数十人之役。擎拳曲跽，琐屑烦猥之事，填坤于前后。呼召并至，唯诺无间，不能分身应答。故喜者常少，而嗔者常多。奔走送迎，供亿应对，得于东或失于西。迟速相形，人我异见。势之所必至者，谁能设身处地，而曲为之恕乎？是故，誉言未出口，而毁言已盈耳矣。况需求百出，纷至沓来，匆遽仓卒，取办于临时，欲民之无怨亦难矣。此省邑之令，获乎上未必获乎下，获乎下未必获乎上，未有上下并获者也。昆明二十年内为令者，重则逮系，轻则黜落。求其不为上官所嗔、下民所怨者，十无一二，又恶敢望其见赏于大吏，得誉于黎元者哉？

乃胡侯以其朴质谨厚独得蝉蜕于昆明之令，豹变于宾川之守，此其人岂可以易视哉？及至是州，适逢兵事，督抚重臣出人不意，亲临其地，势如山崩，声如雷厉。从官千骑，带甲万人。粮饷责其转输，馆饩须其擘画。当此之时，虽有敏者，莫措其手。而侯为之裕如，泛应条达。卒之，上无诃责，民无震恐。凯旋之奏，克咸厥功。於戏！有若人者，顾不谓周才矣乎？

万历乙亥秋，按院郭公，独持风裁，不轻许可，州邑守令为公所与者不数人，而侯与焉。学之师生、乡之缙绅，不远二百里，介两生谒余于苍山草堂，乞一言为侯赠。余曰："侯之取此，皆自其朴质谨厚中得之。彼以巧捷获上而民不与者，可以戒矣！"

避实击虚，而实际已无不批却导窾，是谓神技，其描写首县情状一段是自昌黎《送李端公使幽州序》得来。

秀峰书院记

秀峰书院在宾川州学左而前，其甍栋接文庙而西出，回连学之闳闱，为环顾之势，以固风气，面对三山，如鸟之振翮而将翔也。三山故名"秀峰"，取仰止之义，称"秀峰书院"云。

初，大夫朱君莅任之明年，一日，诣学观艺。步自门堂，延伫以视，指学前坂曰："何瓴然坂也？趋而下也？襟抱亏疏，风气殆宣泄与？"诸生曰："始者长老固忧之，而力未逮也。大夫及是，文其有兴乎？"大夫曰："愿闻伊始。"曰："自吾土之有州也，卫之，城之，凡以防盗设也。弘治间，百为草创，具其所以防盗焉耳。学则即建，而弗闳也。今田加辟矣，民加聚矣。请作书院，以聚经籍，次其栋宇，附于学宫。匪直士有专业，而弥纶风气亦将有裨焉。愿大夫审之。"大夫曰："养足则教兴，力齐则众举。矧制度缺略，罪在守长，予何敢自吝以戾众志？"明日，遂率诸生，相度地宜。既经厥费，闻于大吏，皆可其请，爰兴版筑。会都御史刘公先奏于州治东置戍守，以申盗防。至是，檄大夫使董其役。大夫曰："军务也，其敢后？"因罢书院而役武营，十旬而营成。

甲辰八月，乃复作书院。十二月乙丑，书院成。中为楼以藏书，名"尊经阁"，以备制也。前为重门，后为讲堂，翼以号舍，缀以庖湢，楼楼堂堂，盖与学宫相为负揭，望之蔚然，如凤鸟骞而众翚从也。学之师生，歌"思乐之诗"以问记于愚，且曰："是役也，财不取于公帑，力不征于闲民。"愚曰："然则财焉取？"曰："取诸赎锾耳。"曰："赎锾非公帑乎？"曰："自有州以来，未有以赎锾而归之公者。"愚曰："节哉！不役闲民力，焉征？"曰："征之好讼及负官之人，程其力而以日为差。"愚曰："时哉！夫孔子之道。节用时使，以经其国。若大夫者，谓以孔子之道善其政者，非耶？"

且庙者，庙孔子也；学者，学孔子也；书院者，尊孔子之书也。嗟夫！世之以貌求孔子也久矣。士方穷时，曰："吾学孔子。"及其达也，亦尝以孔子之道施之，有政乎哉？今大夫用不啬己，劳不匮民，是以孔子之道善其身，以信于其政。夫以信感人，人奚其弗从？吾见教化行矣。教化行，则人知亲长之义，人知亲长之义，则盗贼非所患也。孔子删《诗》《书》，至于"舞干羽"而"有苗格"，"既作泮宫，淮夷攸服"，尝三致意焉。夫明是义也，明新之理。于是乎托，而奚风气之足云？

大夫名官，黔之安庄人。

前半宽以养局，后段拈出学孔子之道，如溯昆仑而上，兴往神来，深情如揭，有关世教之作。

黑水辨

《书·禹贡》："黑水西河惟雍州。……华阳黑水惟梁州。"又曰："（禹）异黑水，至于三危，入于南海。"传论纷纷，或谓其源出某山，流经某地，或谓其跨河而南流，或疑其世远而堙涸，或谓三危在今丽江，或谓窜三苗不应复在南彝之地。此皆出于臆度，不足为据。愚之所据，知有经文而已。

夫黑水之源固不可穷，而入南海之水则可数也。夫陇、蜀无入南海之水，惟今滇之澜沧江、潞江二水，皆自吐蕃西北来，盖与雍州相连，但不知果出张掖地否？水势并汹涌，皆入南海。是岂所谓黑水者乎？然潞江西南趋，蜿蜒缅中，内外皆彝，其于梁州之境若不相属。惟澜沧由西北迤逦向东南，徘徊云南郡县之界，至交趾入海。今水内皆为汉人，水外即为彝缅。则禹之所异于分别梁州界者，惟澜沧江足以当之。孟津之会，曰"髳人"，"濮人"，以今考之，皆在澜沧江内，则澜沧江之为黑水，无疑矣。

《地理志》谓："南中，山曰毗弥，水曰洛。"《山海经》曰："洱水西流，入于洛。"故澜沧江又名洛水，言脉络分明也。《元史》："至元二年，大理劝农官张立道使交趾，并黑水，跨云南以至其国。"观此，则澜沧江之为黑水，益章章明矣。

若三危山，即不在丽江，亦当不远。古今山川之名，因革不可纪极。夫不可移者，山川之迹也；随时异称者，山川之名也。不据不可移之迹，而据易变之名，亦末矣。大都为传论者，未尝知三省地形，但谓陇在蜀之北，蜀在滇之东地。而《禹贡》言黑水为雍、梁二州之界，又入南海，故不得不疑其跨河。知跨河非理，又不得不疑其堙湮。曾不知陇、蜀、滇三省鼎足而立，陇则西南斜长入蜀，滇则西北斜长近陇，蜀则尖长入滇。滇陇之间，正如三足幡然，黑水之源，正在幡头。故雍以黑水为西界，对西河而言也；梁以黑水为南界，对华阳而言也。盖各举两端，若曰西河在雍东，黑水在雍西，华山在梁北，黑水在梁南云尔。故曰梁州可移，而华阳黑水之梁不可移也。梁雍之间，其名黑水者非一，然皆枝水而流，又不入南海。诸葛亮《笺》所谓"朝发南郑，暮宿黑水"之类，皆非《禹贡》之黑水也。

元遣都实因水之流以穷河源，遂得其实。事固有晦于前而明于后者，今能因澜沧江入南海之流而穷其源，则所谓黑水者，可知也。

按：黑水由雍州自北而南至敦煌郡，经三危山过梁州入南海，即郦道元《水经》亦未详其所由。今绎旧志张机南《金沙江考》与阚祯兆之《黑水考》，其说庶几近之，若李元阳等二辨直以澜沧江为黑水恐尚未确，姑并存之，以俟后之博雅君子参稽而论定焉。

大理八蜡庙碑

　　夫五谷者，人之司命。先王制为蜡祭，以报谷也。其神八，故曰"八蜡"，一曰"先啬"，神农也；二曰"司啬"，后稷也；三曰"农"，田畯也，此圣神开谷之原者也；其曰"邮表畷"；曰"水防"；曰"水庸"，此利于谷，所当谨者也；曰"猫虎"，以祛豕鼠昆虫，以息蟊贼，此害于谷，所当跋者也。盖莫不有神以司之。建亥之月致祭以报万物，息老修农。又各宴会，其祝曰："土反其宅，水归其壑。昆虫无作，草木归其泽。"其乐则吹《豳》《颂》，击土鼓，是为蜡也。昔者子贡观于蜡，曰："一国之人皆若狂，未知其乐。"孔子曰："百日之劳。一日之泽，非尔所知也。"故顺成之方，其蜡乃通，谨宴会之财也。

　　今两河、关陕、山之东西皆有蜡庙，独南中阙如。嘉靖辛酉，郡丞江公莅止大理谓人曰："吾昔为滋阳令，盖见诸郡邑皆有八蜡庙焉。"对者曰："兹典其有待乎？夫事无倡，罔济滇之有蜡，其自公始乎？"会岁饥，米价腾涌，未遑营作，丐者二千余人。公乃募民之有余谷者数百家，使以次施济，施者无大费而丐者全活。君子以谓："损有余，补不足，天之道也。"公又谓："赈不可为常。欲米价平，其惟社仓乎？"遂以赎锾买谷贮之，令民间主其籴粜；不足，又取岸沙之可耕者，履亩升科以益之。明年，彭公以提刑宪使分巡金沧，谓郡丞曰："事神治人，其道互用。吾观子之赈而仓也，知子有裕民之志矣，盍为八蜡庙以祈年乎？"丞曰："宿愿也。"遂上下原隰，选地于北郭浮屠之原。鸠工伐木，辇石陶甓，纠胥吏之惰者得十九人，权量之欺者三十许人，俾量罪俱材，作庙以蜡焉。郡之缙绅相贺曰："治人者食于人，治于人者食人，谓其不能兼也。"今食于人而思所以食人，《诗》曰："彼君子兮，不素餐兮。"其斯之谓与？分巡名谨，三山人。郡丞名应昂，攸县人。

长史孝子赵公德宏墓碑

　　公讳德宏，字有容，南溪其别号也。先世为蒙诏人，有赵夺帅者，于公为始祖。后有讳坚者生连，连生护。护为鹤庆路知事，升北胜州判官，酷好清静，辞职不赴，作庵以居，遂为鹤庆人。护生春，春生应，应生敏。敏生远，赠奉直大夫。配李氏，封太宜人，生公。

公之少也，家甚贫，所居隘陋。公能勤俭，增拓居室，以安二亲。父除江西按察知事，奉差入京，病痢。公日尝粪，初觉粪苦，既而甜，知病且不起，痛不自禁。及父卒，假贷营殓，偕佣人肩枢以归。跋涉万里，无一日辍。佣人见其书生任劳，为之感动。既归，庐墓三年，朔望日回家省母，省毕即归墓所。墓邻旷夷，豺虎交迹，寂无人到。忽有一白犬来守其庐，郡守汪公标闻而异之，躬至墓所慰劳，馈赠有加焉。

乙亥，服阕；丙子，领乡荐。云南巡按御史唐公龙廉知其孝，自庆得人，因以其孝行上闻，榜其居曰"孝子赵氏之门"。谒选，授顺庆府判。府有疑狱三案，皆死刑，久不能决。公一讯而决，洗其冤者十余家。会岁歉赈济，公设为方略，全活甚众。掩瘗暴露，无问远迩。台省奖励之，使相属于道。

三年，迁潼州知州。公初至，惟以备荒为志。凡赎锾自一钱以上，皆令买粟贮仓，居二年，得粟万八千石。明年，蜀又大饥，死相枕藉，潼州以发仓得免。先是，荒歉之后，民半转徙。公至，能劳来安集，复业者日益众。城圮，数十年莫能筑，公谓："仓廪虽充，苟无城郭，民谁与守？"遂力主其议，躬率畚锸，纠惰奖勤，期月而竣事。州当冲要，递走马驿，官损其名，民丧其业。公于州门作厩六十楹，聚马而饲之，以次轮役。匪直革积弊，缓民力，即马畜皆得调适之节，民大称便。州之三溪口、富斧并诸处，盗贼依山阻险，拒捕杀人，其来已久。公至，立保甲，设社学十余所，亲至其地，曲谕善导。不旬日，诸盗缚渠魁而来，敬听约束。自是，境内晏然。

嘉靖十二年，蜀、滇二省土夷争界，巡按以公素行为乡评所推，遂胁公戡治。有土舍高鹏者，以白金八百两为馈，公力拒之。土人愧服，遂各吐所争界，两省并加奖荐，由是声实益隆矣。

方贴点河南佥事，会庆府缺长史，今上方重宗藩，而庆府又凤膺眷注，铨司慎辅道之任，因以公为左长史。公至，以本藩旧事奏闻，敕放藩宗宁家者六十人。

公为长史六年，乞休之疏凡七上，竟不得请。庚子，丁内艰，庆世子亲赐吊慰。诸藩宗恋恋不忍别，巡按御史包公节曰"公贵"，再旌其门曰

"孝廉"。

公为人乐易正直，与物无忤，宦辙所至，僚吏土民无不倾心。初在潼州，还戡争界事，时百姓恐其长往，诣抚保留。相率二百余人，扶老携幼，不远千里，若孺子之念慈母，何其得民之深也。《诗》云："有斐君子，民之不可谖兮！"斯人之谓与？

公以成化庚子十一月二十一日生，以嘉靖壬寅十月二十日卒，以明年十二月二十日葬于象眠山。

节斋杨处士室人李氏合墓志

节斋，讳廷柏，幼聪慧，能读父书。配李氏，即辛未进士李侍御之姑母也。节斋天性纯孝，配李与之同德，相待如宾。父母殁，哀痛迫切，窆于浪穹之伏虎山。襄事之后，夫妇筑庐墓侧，晨昏哭奠，事死如生。昼则耕田，夜则诵读。六年，而配李病卒，因不复娶。时，节斋年方三十。或劝之再婚，答曰："吾兄有一子泮，次兄二子沂、源。今以源为我后。"遂集宗族，以家产付源。但于墓所艺蔬耕耨，自食其力。足不履市门，口不沾膻荤。自创松隐庵，岩栖三十年，有如一日。君子曰："可谓有恒矣！"县令近濂李公高其节，闻于当道。自中丞而下咸异之，表其阁曰"孝义之门"。在节斋之心不愿有此也。平居课其子侄，皆游黉序。见人贫乏病危，如身受之，必与周全。官路桥圮，当事惮费，造小筏济渡；节斋省其衣食之余，得银百两，举以造桥，即今巡检司通惠桥是也。其持身之概，人所见者，大略如此。至于隐德细行，人所不知者，当有神明录之。

万历三年，忽集乡党朋友辞别，众不晓其故。客散，乃命水沐浴更衣，属源曰："勉于为善。"语竟，端坐而逝。生正德丁丑，享年五十九岁。铭曰：

知有蓼莪，老死松楸。重于伉俪，不二衾裯。宁山嵝嵝，泚水悠悠。虎林一抔，山川相缪，是为节斋处士、室人李氏之墓。

定堂禅师塔铭

师讳本帖，号定堂，俗姓杨氏，世为云南杨林人。年二十，偶听人唱雪山偈，遂感悟浮生，嫁妻出家，从瑶玲山白斋耆宿剃落。久而理信自开，不学而能习诵。白斋门下百余人，师独颖出，为白斋所称许，受具足戒。师志向坚确，发誓立禅。二十余年，胁不沾席。遇夜行，立庑下，风雨寒暑不变其操。闻蟠龙有先哲轨范，因往造焉。立禅三年，有如一日。往嵩县伏牛，行至贵州，不果，去，乃回。入大理鸡足山，立金龙庵以处徒众。三年，复建寂光寺。道俗相从者甚众，大悟《楞严》宗旨。后至点苍山三塔寺讲《楞严》，阐明佛性，最悟深造。一时士大夫知理学者，咸谓不可及。因以《楞严》开示人天。凡侍讲席者，莫不泠然有得。又刻《楞严会解》，贮三塔，为常住。其徒兴彻、海慧、兴丛辈，皆为时闻僧，可以不坠其绪矣。其在大理，在曲靖，与济轩唐中丞友善，与余及雪屏赵中丞友善。二公与余，各留师住。师竟不肯住，乃返嵩明清水塘，结弥陀庵以居。隆庆四年十二月十四日坐化，其徒作茶毗，收舍利，厝于庵侧。大理缙绅与诸山名德，令兴丛等迎骨入鸡足山建塔，以七月中元葬于寂光之右焉。师正德丁丑年生，享年五十四，僧腊三十五。为人刚直简易，早得无念法门。云南自古庭之后，得道可数，师其一也。讣闻大理，诸山师德，莫不悲哀。余与师相与最久，受益良多。衰老不能躬吊，谨叙师履历，付兴丛辈镌之，以铭于塔，垂告后来云。隆庆辛未仲夏月。

游盘山舞剑台记

嘉靖甲申，三河县张钦者见访，谈孙吴术语，次问盘山道。对甚悉，遂偕之行。一程至三河，宿南禅寺。明日，至西麓。时十月之望，雪纷纷下，急投村舍，距长城二里。夜半，村中锣噪四起，欲曙乃定。哗曰："胡人越城盗村猪去。"及晓，往长城下，一观祖龙遗迹。道旁有石室，中悬朱棺，不知何代贵人墓。结构甚坚密，钩笋精巧，犹为人盗掘，然则不若薄葬之为安也。是日，雪愈大，逆旅主人割豕相留。

十六日，冒雪行三十里，至一寺。樵枯枝，炊黍，酌酒，醉拥落叶而卧。晓见日出，千峰玉立，地无纤尘，心甚乐之。乃舍马策杖盘跚以跻，从人引绳牵布，助予之不逮。路绕东北折而南，见掀唇如白龟者，凝视久之，乃知为大石也。行逼石下，洁如扫，度其有人。俯首而入，则空洞如夏。屋坐一头陀，问默然。旁无炊迹，贻以干糇，挥手不受。然后，知其为辟谷隐沦也。予因榻其次，夜中扪其鼻无息，抚其肌微暖，衲衣不厚而其鬓间津津有汗。予谓张曰："不食而能生，又何求于世乎？"叹羡而别。

十八日，遍访岩壑，思有若人者，竟亦不见。暮宿灵塔寺，十余僧安禅，见客皆起。予以禅机投之，应不酬问，遂过草庵宿。欲题名塔，石冻不受墨，留诗乃去。上至一寺，距顶不远，一老僧曝背补衲。予问："舞剑台安在？"曰："不知。"问："僧腊几何？"曰："住此三十年矣。"予惊曰："舞剑台岂虚传乎？"薄暮，围火不寐。初旭即欲登顶，莽无人迹。张乃腰镰握斧，与从者二三人斩刜，竟日始通一线径，得登顶。顶上无土，磐石径四丈许，大字刻云："唐李从简游李靖舞剑台。"盖石即靖舞剑处也。字刻约深八寸许。予亦携石工镌题，有顷，曰："此名'白筋蛤蟆背'。时正冻，铁笔不入。"是日，千山消雪，四望清莹。东指辽海，在微茫间。南则泰山、邹峄隐隐如培塿，与黄河一线相为映带。西北则太行蜿蜒自云间而下，环拱京畿，令人有挟羽翰、游八极之意。从人篝火暖酒，以大觥酌予。天风吹衣，暝色遥至，下未至寺，已昏黑不辨人矣。召僧问曰："舞剑果有台？"僧云："不知。"曰："自出家以来，未尝登顶。虽有游人，亦不知舞剑古迹在也。"

明日，题诗壁间，迤逦而下，剑台在望，令人五步一回首，十步一消息。

游皖山记

皖在潜山县，汉以为南岳，其麓有祀坛。嘉靖戊戌夏，于匡庐山前与陈内翰后冈言别，渡江遥见三峰插天，遂问路，至其麓五里，宿三祖寺。平旦谒殿礼塔，适微雨。僧曰："每岁夏仲有龙水洗塔，今尚未也。"予疑之，以谓有雨则洗，奚必龙？殆僧神其说耳。忽雷电交作，予欲避塔腹，僧遽挽袖曰："不可。观此当是龙来。"雨顿翻盆，予愀然立廊下，则见大水从塔腹出，铿鞳如江涛。顷之顿止，验其流注之地，皆雀蝠余秒。起视塔腹，纤尘不存矣。既晴，由寺后入石洞，观黄山谷石牛古迹。僧曰："往年潦涨，一洞怪石俱被沙埋，独石牛岿然。"遂升高履危，仰望三天柱，令人悚然起敬。中峰之顶，其平如盘，自度不能至，乃呼曾至者问之。一樵者来，曰"盘上异物十数，朱发人面，长喙而肉翅，若世俗所画雷公状。晴天仰卧顶盘，如人晒腹。樵者遇之，雷雹随至，故其顶莫得而登"云。

予方坐酌，钱塘邵公经济适来，盖赴成都守，取道于此。闻予在山，迂途相寻。遂握手更酌，秉烛联诗。明日，士人数辈来备道始末，如僧言。予曰："三祖得道之士，圣者也；山谷才节之士，贤者也。其身在当时，寂寥偃蹇；而百世之下，匪直人尊之，鬼神亦护之。彼汉禅坛墠，鞠为灌莽，想当时千乘万骑，杂沓山麓，如飞鸟一过耳。然则人世之足恃者，果安在哉？"相向叹息而别。

登武夷大王峰记

嘉靖戊戌夏五月，汪东麓、张东沙、江午坡送予至武夷。自二曲之玉女峰下，泛舟历九曲溪。再舆再舟，往返竟日。历览既遍，道院夜酌，相与评品形胜。予曰："天下山水，至武夷诸峰，奇诡极矣。十五国之内，山之大者，百里同一形；小者，亦数十里同一状。盖其地脉相贯，故不能不同。独武夷诸峰则不然，十里之近，九曲之内，变幻四出，恣态横生，或连脊异形，或一山两状。绕掾舵而圭璧改观，甫转盼而方圆异质。兜鍪剑戟、舞马蹲狮。仓廪设猫窥，屏幛陈而人立。入幽壑而得耕稼之场，度石罅而有藏修之地。布列尽乎天巧，体制疑于人为。游观至此，将谓造物者之独以自私矣。然眺览所及处，惟大王峰最高。试一登之，以穷山水之蕴，可乎？"午坡曰："大王峰有张仙岩。按志，汉人张垓得辟谷之术于此，仙去，遗蜕俨存，盍往观之？"东麓、东沙皆欣然。道士曰："扪天之难非云梯不可。"乃命缚梯，再宿而梯成。东麓、东沙与予先至。仰见缒梯百丈，二公色阻，乃命隶卒便捷者二人先蹑。至梯之四一逮下，五色无主，语不出口。乃促孙都司，孙畏缩色变。予曰："隶卒不知以心为主耳。手有攀，足有缘，安得有失？"遂蹑梯而升。梯尽，见阿中仙蜕俨然。相去五步内，崖欹若不容着足。凝视有顷，即飞步而至，并其蜕而坐。顷之，午坡亦至梯尽处，问予曰："此欹崖何由得度？"予曰："不知其然也。"午坡悟，亦飞步而至，相与拜张仙像。像两手据髀，卷起一足，如真武坐。首略右顾，非土、非肉、非漆，瘤然有威。予闻得道之士，真气不散，蜕壳之时筋骸自固，虽历千百祀，与初逝不殊，岂其然乎？顷之，山下雷雨大作。下视雨脚甚长，岩前不见雨丝，乃知身出云上。环望八闽，诸山不啻培塿。各赋诗一首。下至梯半，始觉有雨沾衣。比至道士院，不辨色矣。

明日，三公置酒一线天。岩径崎仄，乘蓝舆而往。历鸣泉怪石，不可殚记。至则杳嶂墙立，仰天涯一线，壁间有祠部白洛原见怀之作。度其时非远，竟不知何往，一坐为之怅然。遂用白韵各赋诗，约以诗成得先后罚觯如次。予诗先成，少饮。归至金鸡潭，乃昨游久坐之地。见洞中新置一物如香奁状，丹朱灼灼，约方六七尺。相顾骇讶，不可致诘。洞在二十仞之上下，临不测之渊。一宿之顷，伊谁致之？是夜，宿止止庵。东沙曰："晦翁有感于白玉蟾，因云：'当时错下工夫，只合先学上天，后学识字。'此意云何？"予曰："人能妙悟，则六经皆吾注脚，故出世之学一味主悟，则无不通矣。谅非虚语。"遂别。

乡人皆传先生仙去，观此记，似非诬说。张太岳与先生书辄署曰："有导师具眼哉！"忆客浙东曰："登玉甑峰，探龙鼻水，凌虚蹑险，从者多望崖却步，子犹执杖以进，亦自诩为顽健，然方先生终欠一悟。"

重游石宝山记

石宝山在剑川州西南深山中。嘉靖丙寅暮春，成都杨修撰约予同游。初抵邓川，杨少参两依翁招浴温泉，饮于其家，欢甚，座上赋诗投赠。

三日丙辰，经浪穹，见蒹葭杨柳，沃野腴畴，宛如江南。欲投山寺，皆败垣仆栋。不得已，就公馆宿焉。

四日丁巳，过剑川。侵晓入山，风威凛凛，径路奇险。或骑或步，日西至山顶。遥见层层叠叠如板屋、如栈阁者，石宝崖也。箐底有钟鼓洞，从游之士窥而击之。予二人从洞外听之，宛如钟鼓声也。寺门在望，近不可即。二僧来迎，挽手而上，历览洞壑。一步一坐，且骇且讶。升阶谒佛，更折北升石梯，至观音堂。又折北，磴险，扪萝而上。山顶有圣泉，从石孔涌出，不溢不流。时，从者皆渴，争先挹取，饮百余人而水不减。升庵曰："真圣泉也。"予二人各饮泉二杯，殊觉爽健，遂由故道下至僧，大举酒相劳，各赋诗，尽醉而宿。

戊午出山南行。望飞崖如廊庑然，心甚奇之。路人曰："此中岩也。"

岩顶雕镂石佛、菩萨之像，皆精巧奇特。山石皆蛤蟆状。闻西洞中亦有岩洞，然榛莽塞路，不容移步。"怅然久之，遂于马上哦诗而回。然常怀西洞，未曾历览，每以为歉。

至壬戌孟春，予偕弟元和、子丈张斗、友人杨和，泛舟西洱河、逾象岭、观鹤林寺、历鸟吊山，遂乘兴复至石宝。此行由间道宿村舍，路人多不相识。一泉一石，随舆坐卧，殊觉畅适。既别石宝，将由故道向中岩。忽有樵者指曰："由西涉涧，所见尤胜。"遂如其言而行。二里许，见一石山，蓝碧如染。逼而观之，宛然一狮子也。掉尾低头，如奋迅之状，一行人皆欢呼惊诧。狮背可坐十余人。复由石狮腹下，穿出石洞。遥见西溪窈窕，崖岸如削，立石如屏，方石如屋，可以结茅而居。计暮景且逼，空山无人，竟不能往。东行一里，石上雕一波斯人。虽出人为，然前代工也。又半里，石崖险处，有一石如象。折南而上，有玉女泉，井方尺，清冽可饮。又里许，乃至旧游之地。追忆升庵、垠溪未尝见此，今已下世，凄怆挥涕。因赋一诗，书之岩壁，以寄吾思焉。

又南行三里，有方赑屃，俨如经藏。溪中水石辚轹，两岸怪石，如人，如兽，如城，如垒。风行其中，有介胄声，令人愀然。既而日下西岭，不及穷搜。村人结松幕相待，各把巨觥，引满三酌而去。

鹤庆府重修学庙记

鹤庆之建学旧矣。隆庆改元，郡守周公初莅任，谒先师庙。拜毕，退立庑下，见殿守厂圮，廊庑歌侧，阶砌坍塌，庭院荒秽，喟然叹曰："吾闻守令有意于民事者，必致力于学庙，谓之如此，非吾事乎哉？"既而升明伦堂课诸生，讲析经义，揖退起而亲见屋脊欲脱，斋舍槛垣，与庙无异，又叹曰："此非吾事乎哉？"及出门，泛览山川，进师生曰："风气觑疏门之处，盍欤盍改？"诸师生曰唯唯。于是，取材赋役，各以其道，庙庑堂斋，虽仍其位置之旧，然皆撤而新之。别作学门，正向离午，闳闬杰出，去旧门八十余武。檐外峰峦秀出，天宇豁然，去偎隘而就高明，见者乐之。棂星门逼临衢侧，廉隅不别。乃移入六丈许，以门址作泮池，注泉其中。环桥门者，望之起敬。而学庙之制，始与列郡并美矣。

事竣之日，师生遗书征阳为记，阳闻晦翁朱文公有言："学校之设，所以教人孝弟廉节，以施于用也，非教人以时文也。"呜呼！斯言也，实先王建学立师之本旨也。若今之科目以时文取士，士之急功利、慕富贵，而急求进取者，岂待建学立师，而后能时文哉？故知建学非为时文进取设也。

明矣，吾党士子，既知建学立师，不为时文，不为进取，则时文以上当更有事功名进取之外，当更有安身立命之处，在今日诚不可以不讲也。今夫学必有庙，庙固无与于学也，然先师孔子之统在焉。二三子求于千载之上，而仿佛其形容，以端吾之向导，则庙之所系，不亦重乎？诵其诗，读其书，习礼乐于其间，则先圣之音，向未尝不在吾耳，是学之所系，又不重且切乎？故曰："守令之有意于民事者，必先致力于庙学而后知本良。"以此乱皇明，混一海宇，且二百年。大君所以治天赋者，虽皆科目之良，然文采可观，衰然充贡。及班在庶位，不能尽知其说者，往往有之。呜呼！文运世道，盖于此可验云。阳惧夫学者泥于所习，无以自致于道，而郡守之所以望于人事，盖有在此而不在彼者。鹤庆，文物之邦也。乡之先正，其必以内圣外王之说而教之人焉。其必有宗族称孝，乡党称弟，续明行修以待用者焉。阳不敢以一言概之也。

周公名赞，字子骧，蜀之潼川人。起家乡荐，守夷陵，二临江令，以中顺大夫知郡事，多惠政。总功者：通守王君朝宾、经历方濂、训导徐拱宿。

明志书院记

汉相诸葛忠武侯平定南中，南至产里，西抵洋海。大而都邑，小而聚落。其丰功盛烈，在在昭著崇立而表显之，使人知所向慕奋发，不亦为民师帅者之职欤？

蒙郡故有书院，创于胡倅文光，历岁既久，倾圮殆尽。长沙吴公来为师帅，期月之内，政行惠流。悯书院之黍离，慨功德之未祀。乃谋诸师生父老，闻于台院、司省，出己俸以倡人。一时世守左君、乡缙绅及好义者，亦各以私钱助费，具木陶甓，聚食召工。拓书院之隙地以建侯祠，因建祠之余材以补书院。为屋以间计者，凡五十有六。完旧者，曰杏坛殿，曰大门，曰学文斋，曰修行斋；增新者，曰忠武祠，曰致远堂，曰尊经

阁，曰名官乡贤祠，曰寝室，曰书斋，曰书舍，曰来薰亭，曰拱宸馆，曰
都养包，曰饩仓，曰半轩，曰居仁门，曰由义门，曰存心门，曰主敬门，
曰行恕门。大门之外，凿池导泉为泮。规制既备，合而名之曰"明志书
院"。于是，龠吉肖侯之像而修其俎豆。诸生从者如云，公乃升讲堂、布
师席，以平日所闻于师者，铺张而扬厉之。诸生抠衣问难，公亦亹亹忘
倦。自是，盖朝往而夕忘归焉。环桥门而观者，召立堂下，告以孝弟。众
日益集，则申乡约以教之，鸣歌钟，咏风雅。顿使四境之内，蔼然兴弦诵
之风矣。

隆庆己巳，公迁秩而去。士民大失所望，师生谒余于点苍山下，以院
记为属。余家距蒙郡一百里而近，谂闻吴公之政之教，其何可辞？

昔者孔明之言曰："非淡泊无以明志，非宁静无以致远。"先正谓其有
儒者气象，千载之下，德音在耳。矧此蒙郡侯所经营，顾瞻江山，仪型可
想。吴公"明志"一言，揭于院门，勒于石碑，出入顾谛，武侯之所以为
教，吴公之所以为学，一举目而自得矣。且夫志也者，心之诚也。心之出
入，无乡而能制之，使内不出、外不入者，惟志而已。此志一立，则视富
贵如倒景浮云，当穷厄如太玄羹酒，是则所谓淡泊也，淡泊斯宁静矣。吴
公者，弱冠游岳麓，其于阳明先生之学，神契而心维，气感而机悟。故其
历官所至，以讲学著闻。虽尝以此龃龉于时，然其浩大之气、直方之名，
亦因事而显。於乎！若吴公者其游于淡泊之乡，而体乎宁静之域者，与二
三子，以是求之，则吴公虽去犹不去也。若状内述其及物之政，如造西河
之桥、葬无依之骨、缓荒岁之征、祛邪巫之渎。诸如此类，特公之余事
尔，乌足为公数哉？

公名绍周，字景伯，号天马山人，世家长沙。

新建鹤庆府城记[一]

滇之为省，在天下之西南陲，鹤庆府又在滇之西陲，视他郡尤为要
害，而独未之城。

嘉靖甲辰，蜀遂宁周公集以刑部郎来知府事，抚顾山川，喟然叹曰：
"郡而不城，变谁与守？"会分巡中江王公。按部至止，闻而壮之，遂相与
揣其高卑，物其土方，爰卜爰度，神人既协，事期有成。因而请于巡抚钟

祥刘公、巡按新城宋公金曰："宜城哉！"因驰奏上闻，制许之。于是城役乃兴，至岁丁未而城成。周五里五分，几千丈，高二丈二尺，基广三丈，趾石高五尺。砖之骈比而厚者为层六，积累而高者层四十有五。土石内附，倚以为固。城四门，南有郭，北因守御旧城而门之，若重关焉。门各楼四角如之；周庐二十有五，敌台十；堑广三丈，深丈五尺。穴城趾以仞沟洫，为石孔十二。经纪周密，巨细毕张。升其城也，则石礧硍硍，长堞冯冯。西南复西，藩垣用兴；居者庇德，行者颂能。周公之初作城基也，掘地深五尺，阔三丈许。程以坚粟，防蚁穴也；沉以巨石，防潦勒也。于时，城趾未盈尺，而山石为空；公帑未启钥，而私俸已罄。此则公之求诸天、慊诸己，而不以售之人者也。然犹论说人殊，估费中匮。于时，则有巡抚仙居应公、巡按蔚州郝公、慈溪刘公，主张众论，临核不浮；伸缩补乏，奖勤激颓。由是费乃用裕，徒佣勃然矣。至如躬履其地，继视其事，定章程，度规制，酌材用，书廪饩，各殚智虑，克成厥功。则分守阆中沈公、常熟朱公、南昌刘公、兵宪进贤曾公、宜宾卞公，分巡无锡安公其人也，是役也，木甓、砺锻、糇粮之直，以金数之，至三万八千有奇；用人之力以工数，竟百余万。凡所以为守城之具，无弗给焉。夫见小者隳大，自私者鲜。

公是故劳恶其不己出也，不必归己；货恶其弃于地也，不必藏于己。圣王之有府库，以为民备也。建侯置守，以为民墅也。今城以域民大政也，边防先务。诸公忘己之劳，而归功于郡守；国家不爱其费，而贻民以安。其于为政之本末，与其所先后，皆得之矣。在者有周南仲城于朔方，则致王命以赞其决；仲山甫城于东，则有吉甫以推其贤。是故，下有赫赫之名，未有不本于上之能容；上有明明之功，未有不由于下之克任。愚也土著，鄙人幸兹城于己有桑梓之庇。窃有感于诸公协恭之美，信无负于民命，思有述以告后来。会鹤之士，若夫若耆，不远数百里至吾庐取文，将刻之城隅，以识岁月。遂忘其芜陋，作鹤庆府城记。诸有勋于城者，载姓氏于碑阴。

【校记】

[一] 新建鹤庆府城记：《滇诗丛录》中《鹤庆军民府城碑》与《新建鹤庆府城记》存在题名不同、内容相同的重复收录现象。

苴却督捕营设官记

明制，域民以省、道、郡、县，广狭相林，大小相维，井井秩秩，宜若无敢奸于轨者。然而两省接壤之处，列郡交界之区，政令之所不及，辒轊之所不经。险阻负固，协众聚党，必有凶孽巨盗潜伏乎其间。察之不早，则受其延蔓之祸；虑之不周，则贻其仓卒之忧。故必扼吭深入，建之栋宇，居常为听讼之所，应变为治兵之地。盖自岭广，以至梁益，往往有之。

今姚安置公馆于苴却，乃其法也。先是嘉靖己未，滇西盗发于姚安，甲而兵者五百余人。百里之内，居民骚然，以死伤告急者百余家，失业流徙者不可胜数。于是，饬宪副山阴沈公桥奉命适至，戴星而趋，与姚安揭阳杨侯日赞合谋，意在剿剃。因驿闻总镇两台，皆俞其请，咨于藩臬大僚，金赞其决。乃檄文武吏士，提举王朴、通判张翊、指挥王经纶辈，使先以榜招之。贼魁诡秘弗悛，乃阴布耳目，侦其所据。东至蜀之会川卫，南至元谋县，西北至北胜州，西至云南县，广袤各四百余里。知其巢穴虽深，间道可断。于是，议立赏格，将图围击。羽檄电驰，兵声雷迅，贼魁始惧，告使者曰："肯贷我党以不死，愿听抚，无他。"公不之许，贼益惧，徒党日解散。贼魁度不可逃，自缚其家众若干人，献之以抵伤杀之命；输其积逋钱若干，偿民间牛马货财各若干。再三对使者盟神立誓，使者其窘困，因为之解。公亦不欲劳师动众，且小丑胜之不武，遂罢兵马，自是疆场宁靖，流徒复业，民乃安堵。公复谂其众曰："盍图善后？"杨侯曰："置公馆于苴却，事宜莫先于此。"遂上其议。巡抚都御史普安蒋公、巡按御史保安王公讦谟克成，并可其议。

王公与分巡衡阳易公，协心经始，通山辟址，辇石伐木，为堂，为寝，为廊，为舍，高其闬闳，壮其门闾，以威反侧，以怙良善。然选地以凤山佛寺为依，而缭垣必如一小城者，杨侯必有微意焉。夫荒僻岑寂之地，人不乐居。气烦则虑乱，视壅则志滞，故必有游息之物、宾客之居，以舒烦宣滞。彼俭啬踞躇，细物是算，而欲望其轻裘缓带，燕坐筹边，无是理也。然则较射之圃、调马之场，松柏灌木以休其阴，饮饫饩馈以需其用，固知侯之必办者也。

自议兵以来，巨公硕僚，谟猷非一人，裁定非一手。其名具在方册，然于兹又不能一一书者，诚以公馆非具赡之崇壁，记非歌颂之侈，书之则嫌于渎，是故略述兹役之本末以为职盗者告云。

青龙桥记

万历三年冬十有一月长至日，提刑分巡毕公于楚威东门外平川河新作青龙桥。桥成，其士以状来属予记。

古者，辰角见雨毕而除道，天根见水涸而成梁，此在官之常法，无书可也。若夫虹桥则不然，积材如山，鸠工如蚁，多历岁月，而后有成，乌可以不书乎哉？按，平川河发源于南安之黑龙潭，与茅津合流，横绝孔道。凡布政郡国，若奉贡输赋、邮驿传命，皆由此焉。冬夏之交，犹可揭厉，秋水时至，四山奔潦，聚之涨漫汹涌，行旅阻阂，时以小艇济人。淹滞晨暮，急迫竞渡，或至没溺。自有郡以来，上下咸以为忧，而卒无主其议者。公至，恻然弗安，进守长而谓曰："事有不可已者，平川河桥是已。顾官帑不可辄发，而重役必至厉民。其奈何？"太守张公曰："川而无梁，公私交病。颇闻民间宿有此愿，盍以意示之？当必有从者。"公曰："可！"遂相与捐俸以倡，佐属无不翕然。风声所树，一时慕义之人踊跃于下。客民有徐应中者，先众出资，辇石百里之外，其同业十余辈亦各出资有差。寸积尺累，日增月异，材用既具，穿地筑趾，阅十甲子而讫功。

桥之修二百尺，高二十五尺，脊之广与高等，趾之深半之。酾水为三道，而堤其两垂，以排激射。费以两计者三千有奇，役以佣计者一万二千有奇。既有余力，拟于桥侧立塔以压水怪。事虽未举，要之必不可无者。夫举重非一夫之力，巨费非一家之财。诸有施贷、施财、施谷粟者，所捐之多寡不同，均为好义；有督率者、有劝募者、有擘画者，其所职之轻重不一，均为有功。其名与勋不能悉载，列之碑阴。又受职任役之中，有奋然发心、值不偿劳、不暴其名、不求人知者，亦无从而列矣。

夫啬施吝力，人之情也；济人利物，性之德也。今千百其人，皆能背情顺性，革其素习而惟德之归，然则明明德于天下，古今不甚相悬，惟在上之人操其机耳。于此重有感焉，遂乐为之记。

仙羊山弥陀寺增修殿阁记

隆庆六年，余赴兵侍邹兰谷巡抚之召，回自会城。因访禅师无瑕于仙羊山之弥陀寺，值无瑕与其徒惟修皆他出，惟行者方心煮茗相待。余与从子举人传，徘徊坐啸。久之，县令张君追及，置酒池上。酒半，携酒跻松冈，览四山云物殊胜，谓方心曰："前殿卑显，盍即兹爽垲，增建殿庑，汝能之乎？"心曰："诺！"

万历三年，心果云："已如前论，增建殿阁廊庑凡四栋，塑造佛菩萨像，庄严如法，请一言记之。"余问檀越为谁，曰："杨大有、戴应奎也。"余曰："二人富乎？"曰："中人之产也。"时有儒生在座，避席而问曰："佛法欲人建塔庙，使人亡其产而趋之，得非虚费乎？"余曰："小费而大获也。"问者惊曰："何自而获？"余曰："群生以贪爱为业，是以流浪生死海中，无由出离。佛以福田报应诱掖之，使之除贪远爱，发其身于解脱无染之域，以渐复其性，至于菩提，则圣矣。其获顾不大乎？"问者唯唯而退，遂书以为记。

三塔崇圣寺重器可宝记

崇圣为寺，其来久远，不可溯诘。盖自周阿育王封其第三子于苍洱之国，是时已建伽蓝，崇圣是也。以史记考之，叶榆为东天竺，苍洱其地也。然则时未入汉，而先有伽蓝，不足怪也。

寺之重器有五：一曰"三塔"，二曰"鸿钟"，三曰"雨铜观音像"，四曰《证道歌》、"佛都"匾，五曰"三圣金像"。中塔高入云表，寰中无匹。旁二塔如翼内向，顶有铁铸记云"大唐贞观尉迟敬德造"。皇明正德己亥五月六日，地大震，城郭人庐尽圮，中塔坼裂如破竹，旬日复合，宛然无蠥，微神力曷克臻此？寺楼鸿钟，其状如幢，制作精好，声闻百里。自禁钟而下，此为第一。南诏建极十三年铸，盖唐懿宗咸通元年也。雨铜观音像，高二丈六尺。唐初，有僧拟募铜铸像。是夜，天雨铜，像成铜尽，无欠无余。《证道歌》二碑、"佛都"二大字，为寺僧圆护手书，其用笔与赵孟頫同一三昧，为世所珍。世传护右手，自肘至腕，洞彻如水晶，然则笔精之妙，殆非偶然。三圣金像在极乐殿，并高丈一尺，嘉靖间铸。

时盛夏赤日，冶人无措，忽阴云如盖，独覆铸所。像成而云散，众咸异之。夫此五物在寺，多历年所，累经变故者，而独得无恙，非鬼神呵护之力乎？

窃见兹土，山则九曲翠屏，水则万顷碧练，其融结环抱，即天下奇胜之地，无与为比。寺居山水中央，延庚挹辛，导夕阳而引秋月。殿榭台池，松筠卉木，可息可游者，不可枚数。而独以五为计者，以五者虽出于人为，然非人之智巧所能到，亦非人力所能存者。夫有此山水而无此伽蓝，有此伽蓝而无此重器，不名全胜。乃今俱得而观之，自谓深幸，故镌之贞珉，冀后来具正赏者，共宝惜焉！

游鸡足山记

鸡足，佛书"鹫岭"也。镇西洱河之东北隅，孤耸天表，南向，顶平，其下分三干，蜿蜒奔放，据形家言"鸡足"云。由叶榆陆行八十里，至白石庵，见一山耸出。南向余三方，各有山一支，盖一顶而三足，故名鸡足。由白石庵至河子孔，过福缘寺。不由洗心桥，以路迂也。"福缘"一名"接待"。由此上传衣寺，山乃佛大弟子饮光迦叶，守佛衣以俟弥勒。弥勒补位山顶，故有迦叶石门洞天因以"传衣"名寺。

此寺世有高僧天机创于前，海慈葺于后，故巨丽不衰也。曩先君与僧彻空建庵，名"净云院"，院旁庵所，结构皆清幽。观玩久之，就宿，与瞽僧劫空夜话，恐从游者众，有妨静赏，屏去大半。由传衣西南经万松庵，少憩，西至华严寺，主僧真圆有戒德，其徒皆率教，一山所不及也，与谈久之。北行里许至龙祥寺，又西南行直趋放光寺。约四里，皆由冈脊左行，涧谷春淙，岩壁在望。逢人皆云："此路甚有眼界，如由右路则低陷，无此景物矣，乃知此有二路，贵在人择取耳。放光寺为常年放光之地，上直迦叶石门，以风水向背言之，盖胸臆之穴。余诸庵院皆在山之肩臂矣，旧为灌莽所据。"

嘉靖丙午，余与婿吴阶州懋来游，从大顶下瞰见之。因谋于山僧圆惺，以田金与之，阅十年乃落成。余弟元春、元期、元和，各铸一铜像奉安焉，惺有信力，勤俭种植之利，足以垂远。余三度来游，值冬春不见光相。此来，正当六月，拟东坡吁神观海市故事，诣岩殿致祷。俄顷，见兜罗锦云，缅乎一白，宛如玉地有大圆光，倚立玉地之上，外晕七重，每重五色环中，虚明如镜。凝观者各见自身于镜中，毛发可数，举手动足，影亦如之众人，同上惟见己身，不见旁人，僧云"摄身光"也。有顷光没，风起壑中，云气散尽，林峦改色，鲜妍夺目。复出一光，大如虹霓，然虹霓平缺不圆，此光圆莹，如水晶映物。僧谓此光乃佛现也，极难得遇，须臾即收。同游有老者，云："昨，平云上现二银船，樯柁皆具。往来江村沙浦中，如人棹之，但不见人，然则光怪非一状也。"

寺西北六十里，有化麓寺等七寺，皆大梵刹，游人罕至。余昔岁曾游，今仿佛在目。不能复往，遂登袈裟殿，此殿有伽蓝神，甚灵。初年来游，只单骑入山，僧故不识。是夜，此殿钟不扣自鸣三声，僧起视之，重门皆闭，不见人，谓其从曰："土主报钟，必有异也。"曙色初升，余至寺门，僧迎见，顾其从曰："钟鸣以此也。"询之信，然殿北岩龛为杨黼修行处。又西上兜率庵，为行僧莱关主所建，集僧炼庆。今道月居之，不失其旧，庵北石下出冽泉，上下诸庵皆赖之以食。又上铁瓦殿，主僧圆成所建。殿后有袈裟石，青石白勒，果似传衣之云。高僧圆清卓庵于其侧。余玩坐至夕，卧不解衣。人言此处五更见日出，验之信然，盖虽无鸡漏，然四望沉黑，东方未明之时，已见红光如火焰，假寐有顷，乃见红日径丈许，跃然而起，须臾即渐减小矣。此与衡岳日观峰相似。凌晨，脱靴着屐，上猢狲梯，手攀足跻，时觉石动，而未尝落足，每近手膝尝点胸，后人之帽尝触前人之履，然有快欣而无劳苦也。梯尽处有大悲阁，僧曰："且止，此处风软可以四望，过此则风劲，不可久立矣。"如其言，班荆而坐，苍洱塔庙，在空蒙中。如世外壶天，五百里外，山川皆在足下。

即未登仙，亦足豪矣。既至大顶普光殿，工作精好，大惬予怀，俯仰今昨，追惟存殁。昔时，玉溪石大参简、卓庵王金宪为贤、高泉谢大参东山、野庭罗部使瑶、宾岩何大参镗，皆相继登顶，以书抵余曰："大顶无殿，其补作之。"合如诸公命，谨建一殿以塞责，不图今日恢宏至此。恨殁者长往，存者不再见矣。江山千古，登眺须臾，胜迹既留，音容在目，因镌石以记之。出殿而西行，于刚风灏气中，历虎跳涧、仙棋石，过一草庵。西南至拜佛石，下临千仞，可坐不可立。余正德间，尝筑室读书，今故屋在焉，回思往事，宛如昨日，水上有曹溪庵。庵前小坐，回望拜佛石，今人有飘然远举之想。又东有八功德水，水出飞崖下，仅容一瓢，四时不竭。世传罗汉修行处，留此圣泉，理或然也。东行有石窍，故老云："异人以咒术收蛇在中，故一山无蛇。"又前至迦叶门，即尊者守衣入定之洞天也，俗呼"华守门"，声之讹也。高下有一门，皆仿佛城门状，以今观之，如硕然一壁耳。野史载："唐时有神僧小澄者，诃门訇然中开，入已复闭，其语虽不经，及观记传所载，洞天福地，皆在人境，肉眼不识也。"嘉靖间，有一僧，自远来，径投石门，结草庵而居，自约苦行，住三年满而后去，期满之夕，梦石门忽开，中有多僧，延之使人，殿宇金碧，门上各有金字封联，惟正殿有金锁，不开右堂，众僧皆默坐，左堂如斋厨，设供，谓僧曰："汝勿去，得乎？"僧曰："吾有愿，欲游名山，尚未得住也。"言已而寐，犹记对联，识而藏之。世传竹林寺在匡庐，余昔游匡庐，老僧指曰："此处遇阴雨之日，忽见一寺。金榜曰'竹林寺'，廊下有看经僧，庭中有旗杆历历如白昼移时，乃面石壁，一无所有。"其事大率相类。迦叶门岩半有金鸡泉，仅容一碗，日有异鸟饮之，鸟来必双，坐二十双而止。四时皆然。鸟无增减，水无盈缩，尝有僧贴壁结楼取泉自供，夜梦神人曰："此是金鸡泉，尔不宜见扰。"明日，楼灾，遂不复构，余与客藉草坐，茶罢，遂遵旧路，至玉皇阁，一名圣峰寺，寺僧天心，有禅味，遂过宿。

明日，历海会庵、观音庵、寂光寺、千佛阁，乃至龙华寺。此寺殿阁宏丽，寺旁庵院十余所。因止宿，遍观焉。又东里许，至石钟寺，乃一山总会处。寺东稍南有茶房，有瀑布，水正东有钵盂寺。寺北行里许为五华寺，一名小龙潭。东五百武为罗汉寺，一名大龙潭。

东北三十里有二洞，皆名迦叶洞。一在山麓，二月土人作会。一在山腰，草木蒙蔽，非土人指示不得其处。二洞各深百余步，奇石万状，雕镂巧妙，有如人为者，余昔游四方，凡有洞，必不远百十里皆进焉。观于此洞，余昔所见皆不足言矣。至此，为邓川界，遂由此趋上关而回。路人云："初入洞，由河子孔上一路至石洞，林樾雄深。正对岩面，其石上有古人朱篆，至今不灭。"余倦不能往，假我数年，更卜重游耳。

给事中弘山杨公墓表

点苍五台峰之麓，有隐君子曰弘山先生。以嘉靖甲寅秋九月八日卒，年七十有八。是冬十二月二十四日，葬于弘圭山先茔之次。越五年，先生之子准率诸孙来谒，曰："吾考之葬，门人杨鹤龄既为志于元堂，而未有以表诸封隧，惧久人无得而称焉，敢惟子也请。"

阳少时望见先生，古貌秀爽，谈论霏霏，喜汲引来学，心甚慕之。后于京邸得奉周旋，先生每折行辈以相倾下。里居以来，虽不得日侍谈尘，而先生之一言一行，无非教乡闾、风后进之懿矩。阳中心服而佩藏之。先生属圹前三日，阳梦先生来为别；既葬后一年，阳梦先生来属碑。兴怀畴昔，镂骨不忘，窃愿以一言自托于先生不可得，而阳亦老矣，矧以汝推重有请乎？

先生少力学，工于文辞，督学使小试，大奇之。弘治辛酉，以《诗经》荐云贵乡试第一，上春官。失意，乃游太学。同舍生曾确为白沙门人，述其师之说。一言孚契，深悔旧业之非，因研究性理，清修益笃。杨公宗尧旧同笔砚，相与讲明此学，辍意进取，亦既有年。乡之老宿以父母之命强之。先生知不可以口舌争，虽勉强应试，屡蹶场屋，终不变其学，以徇时好。

正德丁丑，登舒芬榜进士，以文望授翰林院庶吉士，由是名动公卿，一时同馆如崔如玉，以博洽自负，独推先生为莫及。己卯冬，授工部给事中，奉诏查盘湖贵粮储积。事讫，取道省亲。比入乡国，千里外辄弛道从，不欲以使节凌乡人。惟单车匹马，逡巡而趋。会丁外艰，哀毁骨立，舆疾复命。往返燕、黔，不受驿廪，苦块馈粥，如在丧次。万里长途，寒暑载变，守礼畏法，有如一日。服除之后，亲识劝驾，先生曰："太孺人在堂，何忍离去？且万无奉以俱往理。"遂决意不出，坐卧一小楼，左右图史，非亲族庆吊，足不逾户。楼甚器隘，贵官悯焉，欲拓其居。先生曰："先人容焉，于某侈矣。"风雨燥湿，人不堪其陋，先生曾无蹙容。

嘉靖己丑，太孺人寝疾，先生衣不解带，目不交睫。比殁，悲恸垂绝复苏。既葬，欲庐墓，嫌于沽名。遥望松楸，朝不间夕，闭户读书，一坐十年。吏于土者，欲一见而不可得。先生之居去城二舍，兵备姜公每造其庐，信宿而后去。谓人曰："弘山清气道人，可敬可畏！"督学孙公把手晤语啧啧叹赏，谓当斯时鲜有其览。时，云南抚按、部院、科道论荐。章疏，交出迭至，不谋而同。

嘉靖丁酉，吏部尚书荐起光禄卿马公理及先生等若干人，有司劝促日至。不得已就道，至京补兵科给事中，寻转户科左给事中。先生见俗尚迥别，当途非数候不得见，阍人非重赂弗为通。遂闭关不出，以病报。有顷，吏部遣人至，曰："补提学。"先生曰："老，弗能也。"又曰："补司业。"先生曰："提学且弗胜，况司业乎？"乃拟改尚宝卿，先生亟辞于天官，曰："尚宝，僚属膏粱族也，固非贫士所堪任，而疾病余年，非可久于京师者。"乃上疏乞骸骨。会内阁议选宫僚，先生预焉。辅臣见疏，因除名，甚惜之。命下，允还家调治，痊日赴部。

先生既得归来，仍坐小楼，探讨六籍。为士者，往往闻其绪言而有所开悟。康节《皇极》、《甘石星经》，枕藉弗去，各为咏赞，以明其所得。巡按御史刘公、郝公、林公，巡抚都御史应公，论荐相续，皆谓先生负士林之重望，为一方之巨儒，不宜老于牖下。有司劝驾恳恳，先生不应，竟以是终老。

先生平生清介，凡交际有馈遗，辄面赤若将浼焉。居乡与物无忤。人有盗其弟室豚豝者，弟既侦知，先生辄止之曰："豚豝细物，恶可以盗名加人也？"有监司馈金，使武吏致之，竟为武吏怀去，亦不复问。其敦行古道，类如此。身为言官垂四十年，子孙无羡布余粟，仅能力耕以食。视世之盱睢以取容，垄断以足欲，其贤不肖何如哉？

先生讳士云，字从龙，别号弘山，一号九龙真逸，名其居曰"乾乾斋"。生于成化丁酉六月十日。世为太和喜洲人，姓本董氏。其先有讳升宝者，仕元为邓川州同知。宝生高祖讳俊，为大理宣慰儒学学录。俊生曾祖文道，文道生祖鋐，鋐生考玹。考之幼也，祖姑董氏爱其颖敏，遂抱为己子。祖鋐弗难也，许之，因姓杨氏，今赠兵科给事中。母杨氏，同邑斌女，乡称其贤，赠太孺人。妻杨氏，同乡铎女，族归其善，封孺人。子男二人：准、模，模早世；女一，适周吾为；孙四人：应柳、应胃、应虚、应井；孙女三人；杨东畅、杜承勋、王万春，其婿也。

先生先践履而后著述。尝分录《春秋》正文，以证胡传之误，又订《尚书》蔡传之得失，皆未及脱稿。所著有《黑水集证》一卷、《郡大记》一卷。先生穷心《皇极经世书》、天文历志、律吕、诸史、《韩诗外传》、老庄列三子、《说苑》、《太乙》，皆有诗可证。其门人方汇次，未行。

赵汝濂

　　赵汝濂（1495～1569），字敦夫，号雪屏，大理太和人，嘉靖十一年（1532）进士第三甲第一百二十八名。

　　其生平事迹于李坤辑《滇诗拾遗补》卷二、秦光玉等辑《滇文丛录》作者小传卷上、《新纂云南通志》卷一百九十列传二、（康熙）《大理府志》卷十九人物乡贤、康熙《云南通志》卷之第二十一人物乡贤中有载。

　　（民国）陈荣昌辑《滇诗拾遗》卷六录其诗《九鼎寺》1首；（民国）李坤辑《滇诗拾遗补》卷二录其诗《秀山白龙潭行》1首。《滇文丛录》卷五录其诗《九鼎寺》1首。（清）袁文揆辑《滇南文略》卷二十五录其文《云南平诸夷碑》1篇；卷二十八录其文《大理府学泮池记》1篇；（民国）秦光玉等辑《滇文丛录》卷二十一录其文《大理府志序》；卷六十二录其文《金孝子传》1篇；卷七十九录其文《潘公桥记》《源泉书院记》2篇；（清）师范《滇系》八之十艺文录其文《云南平诸夷碑》1篇；（清）范承勋纂修（康熙）《云南通志》卷二十九艺文七录其文《云南平诸彝碑》1篇。（清）李思佺、黄元治纂修（康熙）《大理府志》卷二十九录其文《大理府学泮池记》《源泉书院记》2篇，诗《感通寺次韵》《九鼎寺》2首。

诗

　　此次诗的点校，以（民国）李坤辑《滇诗拾遗补》（上海书店出版社《丛书集成续编》影印本）和（民国）陈荣昌辑《滇诗拾遗》（上海书店出版社《丛书集成续编》影印本），（清）李思佺、黄元治纂修（康熙）《大理府志》（康熙三十三年刻本，影印本）为底本，诗共计3首。

秀山白龙潭行

　　秀山多云气，四时卜阴晴。山峡白龙潭，晶莹水一泓。潭光似可测，岸花漫不黑。常浴金虾蟆，疏影澄晓色。有时荡冥苍，六月飞冰霜。始知龙变化，那可系扶桑。即看清和日，城村报赛出。万人沈豪牛，春气转森溧。龙灵其水宁在深，山如玉兮横素襟。乘风鼓鬣周八极，海内望尔为甘霖。

九鼎寺

九峰天外拥青莲，曲栈危梯日月边。上界有亭飞槛断，下临无地画楼悬。云霞拂拭衣裳冷，松竹萦纡屣屐偏。京洛缁尘尘外浣，莫辞杯酒醉崖巅。

感通寺次韵

荡山崖壑清且幽，使节临憩何绸缪。象外烟霞生语笑，眼前岁月怜松虬。观风周览日南极，恋阙频瞻天北头。愧我无缘随杖履，瑶章传送涉神游。

文

此次文的点校，以（清）师范辑《滇系》（成化出版社《中国地方志集成》影印本）和（清）袁文揆辑《滇南文略》（上海书店出版社《丛书集成续编》影印本）、（民国）秦光玉等辑《滇文丛录》（上海书店出版社《丛书集成续编》影印本）为底本；以（清）范承勋纂修（康熙）《云南通志》（北京图书馆古籍珍本丛刊本，影印本）和（清）袁文揆辑《滇南文略》（上海书店出版社《丛书集成续编》影印本）、（清）李思仝、黄元治纂修（康熙）《大理府志》（康熙三十三年刻本，影印本）为校本，文共计 5 篇。

大理府学泮池记

嘉靖庚申，郡丞高公既于文庙之侧，建名宦、乡贤二祠，乃睠而顾，则泮池隘涸，焦沙聚之，其水不潴，出棂星门，循除有渠。瀿瀿东注，驶疾如弦，乃集众谋曰："为下必因川泽，穴兹渠以为泮，顾不可乎?"师生曰："自昔守长，每以为言，辄惮劳费而中止。"公曰："制度也，恶可阙如?"于是咨于太守、贵阳周公，度地相宜，图维久远。析俸入，出赎金。买民址[一]数丈拓之，以向其离；徙坊表三楹升之，以隆其臂。伐石以岩池之周，出土以埤衢之凹，罅隙必治。纤细毕举，渟膏蓄黛，宛然半璧。川渠之势，如顾而复，如往而留，议者以谓不徒制度始备。盖风气攸翕，地灵人文，将相须以显荣[二]焉。公乃大书"魁"字，镌石揭屏，以协考兆。一时环桥门而观者，罔不欣快。居然复见思乐之遗风矣。兹役垂成，会公膺南职方之命。行且有日，教授施道隆，司训邹章、庄采，诸生邵希尧、苏湖、严淮、李粲辈，状列其事，请纪诸石。

按志云，汉章帝[三]朝，滇池出龙马白鸟。因诏列郡建学立师，大理之有学，实肇于此。唐之中叶，南诏据之，而文轨之同，实遵[四]大统，学犹不废。宋祖弃大渡以西，土壤中断，学乃浸沦。元世祖亲驻六师，特命镇臣卜地建学，在汉学址西三百余步，我明因之。正德十四年，地大震，庙圮，董董修葺，姑复殿庑、肖像而已。嘉靖间，用辅臣张孚敬议，始撤像，自是庙貌日隳，岁祀之典，只存其名耳。公来佐郡，首严祭祀。饬簠簋，程乐舞，备品物，别章采，事无巨细，唯躬唯亲。期无晨昏，必敬必诚，然后礼乐名物，灿然其可观焉。

前半密栗，后半推开，说写历朝建学有本有元，读至元代建学，在汉学址西三百余步，前明因之数语，如鼎彝在望，古色斑斓。[五]

【校记】

[一] 址：（康熙）《大理府志》作"趾"。

[二] 荣：（康熙）《大理府志》作"融"。

[三] 章帝：（康熙）《大理府志》作"肃宗"。

[四] 遵：（康熙）《大理府志》作"尊"。

[五]（康熙）《大理府志》无此评语。

金孝子传

金山，先吴人。年甫十岁，厥父见背。母张氏，时年三十，矢志不二，茹苦育孤。俾之就学，山出入知恭谨，惟母是听。祖母费钟爱之。比长，读书能发愤，刻意事亲之训。朝夕奉母食饮，定省敬不敢辞。岁时朔望，必焚香告天，愿祝母寿。母屡寝疾，求医致祷，忧惶百至。教妻事，姑亦谨，乡评贤之。

嘉靖戊午，叔世存故，祖母自伤，八旬丧子，悲痛欲绝，山跪恳曰："父叔虽亡，尚有孙继，请勿过哀。"祖意稍释，遂请同父侍养。寿终，山殡葬居制如礼，而又善事孀婶如母。抚事幼弟斗元，无异同胞。乡评益贤之。岁癸亥，邻有失火者，已燃山屋。山不顾室家之计，负母出避，叩头吁天，俄然反风息火，众咸异之，时署所事者，遂以其事闻之府衙。公论既协，佥称"孝子"。适文宗薛公以校士至，山以《麟经》首补郡弟子员。遂檄府衙嘉奖，以孝感闾门。郡人中溪李公手书"至孝性成"，赠之嗣。是按院及督学诸公，凡行部兹土，罔不优礼，重风化也。然金生可谓真孝子矣！不惟人知而天亦知之，此岂偶然者耶？君子通于神明信然矣！余与生同里，故灼知其事，因表而出之，并以告里之人，人而示则云尔。

潘公桥记

昔子产听政，以乘舆济人。孟子讥之曰："惠而不知为政，夫政以行惠，惠而无本，非政也。"经常之典，立博济之用行。譬有源之水，流灌不竭，而后可言取惠也。坤泉潘公之刺赵也，周察民隐，参考利便，竭心思以立政，百废兴矣！百利行矣！惟桥梁之政未修，公之心不能一日安也。盖赵隶大理实西南要郡，舆马往来络绎。道路川泽之阻，匪桥奚通。由城西南二里许，为水碾桥。又五里，为白桥渡。又三里，为狮子口桥。旧各架木桥为之，辄圮坏。时苦修葺，或淋潦骤溢，奔突延乘，则流滞经行，仓卒犯之，多至漂溺者。公故勇于仁，岂堪目击？虑初政未信，不忍遽尽民力耳。既三年，政化大浃，诚德已孚。其日舒以长，其民间暇而力有余。易曰："说以先民，民忘其劳，民可劳矣。"乃谋始作则为久远计，捐俸倡义，民欢趋之。弱者输资，强者陈力，争奋恐后。奚翅子来时，则拨土庆功，编工选材，伐木徹堰以通舟车。舟车既通，城村举集，其辇运有法，虽俗所未谱，一时咸如训习。由是分置工役，电掣云屯，截险垂流，三桥并作。桥长九丈余，阔八尺，酾为七空盘，趾架地两岸山，时中叠方石，而墩者六，上平跨长石，皆浑实紧致，屹如天造，又如玉虹连延，骊龙偃伏，何其壮哉。白桥之水原行南岸，近溃泄漫流，伤害田顷。则延筑长堤，约水循故道。堤共百五十余丈，广丈有二尺，高五尺，计费岂止百金，爰借力军民数目，告竣输流星派。而桥者十数人，各以义建造，不烦督劝。堡人叶英，劳费独多，尤为尚义者。自此功济行路，利捍良田，虽使大浸奔驱，悍流激注亦恶能轶峻防而浸厚址也。夫公以先物之智，移俗之才，谈笑之间成此大惠，可谓治无遗政，其心慰矣。而又以余力构亭桥左，缘堤杂植花柳，赵之人岂惟忘涉，亦足嬉游，咏思功永矣无致。昔崔亮渭水为桥利百姓，名崔公桥，谢安至新城，筑埭城北，后人思之曰"召伯埭"。今兹三桥宜统名"潘公桥"云。是役也，经始于癸丑之九月六日，落成于十二月十日，凡三阅月。请予记者，郡博周子、武乡钟子景春也。其效劳赴义者，书名碑阴。嘉靖三十三年甲寅春三月记。

源泉书院记

郡旧有苍山书院，在城之西，为舍仅十数楹，生徒聚处至不能容榻。嘉靖壬戌，郡贰守江公课视诸生，察之其然，因叹曰："贫士无庇其惟大厦乎？明日进诸生于馆下而问之。"诸生曰："郭外书院，仅容三十余人，尚荷别置，莫如近于学宫，易程督也。"公可之乃诲之曰："兹役之费，遽难措集，然工贵经始事贵，远图不责效于旦夕，不分劳于人哉。"最先宜构堂，次作号舍，吾尽吾力之所能处。诸生若夫力所不逮，安知不有同好之人，收功于日后乎？于是，相度土宜，得地于学宫之西，爽垲可居。遂出俸薪易之，鸠工众材，辇石加土，作堂三楹，号舍二十七楹，首尾六旬而告成。诸生谒濂记之，濂谓："有邦之大事，不可无书。"姑笔之以俟。

云南平诸夷碑^[一]

兵部尚书，都察院右都御史，兼理军务，绍兴吕公，开府云南之又明年，为嘉靖丙寅，土酋凤继祖。以武定叛，劫杀自恣，恶焰薰逼，公召群公而谂之，曰："贼祖黩乱国经，往者务为姑息，以致诸夷仿效，渐不可长。"于是奏闻天子，降旨俞允。命至之日，主饷督兵，各奉其职，戎器既备，师徒既简，祸蠹滇池，分哨而进，列阵如云，呼声动地，逢贼于武定。

我师奋勇，冲突虏营。矢锋雨集，炮声雷鎗。百里之内，原草为赤。公乃协于元戎，参于台史，躬莅大军。亲压敌境，藩枲大僚，矢谟先后。文武阃帅，阚如虓虎，熊罴十万，纵横镠辖，兵锋笋束，行伍篦密，飞鸟不过，蝼螾不通，贼乃计穷，奔逸泳江入蜀。众谓贼既过江，地涉别省，茫茫林箐，无迹可攻。公力排群议，定策造舟，羽檄星驰。戒令速发，宪臣耸听，将士誓死。金炮掀天，旌旗蔽日。履险如夷，直趋姜堡。招徕向导，图写地形。望影揣情，知贼不远。公运筹遥授警戒，军中将士翻然抖擞介胄。是夜，果有三千余贼冲劫官营。

我师有备，擒斩百余，大呼追逐，坠崖落涧者无算，遂乘胜尾贼至会里寨。公又飞檄，指示几微，恐有伏贼，道旁乘隙，比军入葛可山。贼果有伏，我军先觉，遂大破之，直捣蒲桃村，毁贼营千余间，斩伐林箐一十三处，由是刮野扫地，莽翳如濯，鬼无隐迹，物无遁形，四面夹击，不容线罅。逆贼继祖，与恶党卞大才、阿方等一时授首。先是继祖之党，姚安则有高钧，易门则有王一新，首尾相应，将为祸阶，公以通幽洞冥、穷神观化之力，早知其然，用兵方半，即缚高、钧。兵功初成，随斩一新。四凶既除，诸夷胆落，余党降者，释之复业。凯歌而旋，万姓欢迎，山川草木，蔚有佳气。奏捷上闻，饮至论功，粤稽往事：元江兴师，无成而罢；东川用武，竟非我功，遂使毡裘生心，狂夷攘臂，殆非所以示天下也。

我公茌止申明，国法诛削，群凶不一而足。甲子之夏，斩僭号二贼于昆阳，秋斩奚本等三贼于禄纳，冬擒者索于新化州。乙丑，诛亏遮于寻甸，昔之蜂屯猬集者，既一扫而空。乃今深根固蒂者，又一战而拔，自此当宁，无南顾之忧。揆之武侯在汉，勋著南征，今日骏功，诚不多让。昔周宣之世，方叔元老，克牡其猷，诗人歌功，乃列于《雅》，而我公希有之绩，歌咏未作，非甚阙典欤？濂与阖郡，文武官属、缙绅士人，采摭实迹，会众合词撰诗一通，勒石于点苍山，庶垂警于无穷，以俟太史氏之采录云。

诗曰：天挺哲人，加志穷民。职大司马，不私其身。位高任重，夙夜惟寅。曰此南服，寇壤与邻。圣人在上，四夷来宾。乃尔小丑，敢云不臣？爰声其罪，爰整其旅。彼凶僭号，何如腐鼠？一擒双孽，无烦再举。其时伊何，孟夏载暑。是岁之秋，楚雄告忧。螗斧猬锋，掩县乘州。曾不逾时，亦既剪刘。沍寒之节，有豕载咥。一麾毙之，遂倾其穴。乙丑之年，群盗蝉联。祸延寻甸，一郡骚然。运筹得当，弓不张弦。以俘其丑，吊此颠连。我公王佐，皇风是播。视金如土，贱货犹唾。除凶剪乱，风扫电过。奈何顽酋，不知悔祸。罪岑滔天，海山非大。公用震怒，历告群僚。是决不悛，合覆其巢。尔整师徒，尔备弓刀。载尔粮糗，忠荩是昭。岁临丙寅，夹钟之月。祸纛滇池，公秉其钺。纪律严明，飙火奋越。旌旗猎猎，誓师喋喋。雄风燮燮，骇电雪雪。军威所吞，千里震慑。既与寇逢，冲击先登。怒厉激发，飙起雷腾。矢风镞雨，戟火流星。羽骑奕奕，战象棱棱。声动天地，响破冈陵。贼魄既褫，莫敢回视。扶伤而东，泳江潜寄。我乃造舟，直穷其地。彼酋既藏，我师如鸷。越历再旬，检搜毕至。贼冒万死，奋其虫臂。欲当我车，千骸并弃。殪彼二酋，献馘于辕。大憝既除，余凶鸡豚。俘钧姚安，斩新易门。西南顽梗，狝剃无垠。洞见千里，一翳不存。天威远届，国势斯尊。往者征夷，半途而散。纲纪为弛，夷乃屡叛。古昔出师，孔明在汉。天威七擒，庙谟神算。千年谁追？我公继之。通幽观化，神算无遗。重泉匪敖，九地非危。凡所指授，动中机宜。聿成峻功，奚啻六奇。我公体道，文章之师。我公远猷，虎臣之仪。允文允武，千载一时。揆古无让，可无咏诗？列郡安枕，人孰不思？吾侪土著，桑梓于斯。勒词山石，永镇诸夷。

　　写战功处，如身在昆阳、巨鹿间，直觉气摇山岳，声满天地。

【校记】

　　［一］云南平诸夷碑：《滇南文略》题为"云南平诸彝碑"。

董　难

董难（1498～1566），字西羽，号凤伯山人，大理人。

其生平事迹于《新纂云南通志》卷七十一艺文考一中有载。

（清）袁文典、袁文揆辑《滇南诗略》卷五录其诗《琼英仙洞》《九鼎寺》《玉局寺》《袈裟寺》《点苍山》五首。（清）王灿、刘琪、赵镜潜辑《滇诗粹》录有七律《玉局寺》一首。（康熙）《大理府志》卷二十九录其诗《九鼎寺》《玉局寺用唐人韵送春》《白石庵》《前题》《八功德水》《点苍山》，计6首。

（清）袁文揆辑《滇南文略》卷十三录其文《百濮考》一篇。《滇系》卷八之十一录文《百濮考》一篇。（康熙）《云南通志》卷之二十九艺文八录其文《百濮考》一篇。

诗

此次诗的点校，以（清）袁文典、袁文揆辑《滇南诗略》（上海书店出版社《丛书集成续编》影印本）和（清）李思仝、黄元治纂修（康熙）《大理府志》（康熙三十三年刻本，影印本）为底本；以（清）王灿、刘琪、赵镜潜辑《滇诗粹》（云南省图书馆藏钞本）和（清）李思仝、黄元治纂修（康熙）《大理府志》（康熙三十三年刻本，影印本）为校本。诗共计7首。

琼英仙洞

兹山奇绝未可纪，嶙峋有状莫能比。晦明幻化神物潜，章亥无心不到此。山鬼啾啾风木号，古藤缅索垂猿猱。幽禽百韵隔云水，熊罴落日呼其曹。路断吊桥立怪石，宛若晴虹长万尺。悬橦度索求他山，飒飒天风吹羽翮。烟霞满地仙源深，仙迹渺茫何处寻。人似避秦鸡犬外，松根履足来清音。洞门深锁桃千树，仙灵笑指桃源路。翠观丹楼紫府图，兴公欲作天台赋。石花簇簇石乳香，龙飞凤翥石笋长。击石拊石百兽舞，钧天乐奏声铿锵。行厨有酒不轻与，石笋初流复难取。相看一笑酌一杯，自信仙缘吾与汝。

邓艾缒兵入蜀，以险绝为工，此足当之，其见重于升庵、禺山，与七子同称，有以也。长白嵩禄识。

九鼎寺

片身凌碧落，九鼎堕青层。宝日烘猊座，春风护象乘。栈迷寻洞客，云贴补衣僧。为款支郎宿，晨炊借佛灯。

六句耐思。

玉局寺[一]

杜鹃枝上春可怜，杜鹃声里雨如烟。萋萋满目芳草碧，杳杳一发青山悬。忽悲陇麦客游次，却忆楝花风信前。惆怅池塘绿阴树，惊心一曲南薰弦。

古峭。[二]

【校记】

[一]（康熙）《大理府志》题为"玉局寺用唐人韵送春"。

[二]（康熙）《大理府志》无此评语。

袈裟寺[一]

塔影冒百波，松声喧五鬈。石门竟不开，秋露泣迦叶。

西羽各什，其出笔总不作盛唐以后语，是谓格高。蒙化张辰照识。

【校记】

[一]（康熙）《大理府志》题为"白石庵"。

点苍山

极目望点苍，芙蓉有天阙。下有百尺松，上有千年雪。

只此足已。西羽诗有奇杰之气，其品当不在杨、林两隐君下，升庵太史招西羽云："朝向城中来，夕向城中去，独夜一微吟，攀留桂之树。"张禹山谓其："鞠明究曛常下帷，淹通坟典贯骚雅。疏放曾教礼法拘，不读世书谈世事。"其高致可想见已。

白石庵

雪泊山叶红，松牵水花碧。畅哉人外赏，迟日少林夕。

八功德水

功德八水名，来自曹溪脉。滴滴云根香，灵山洗秋碧。

文

此次文点校以（清）袁文揆辑《滇南文略》（上海书店出版社《丛书集成续编》影印本）为底本，以（清）范承勋纂修（康熙）《云南通志》（北京图书馆古籍珍本丛刊本，影印本）为校本，文计1篇。

百濮考

《牧誓》："庸、蜀、羌、髳、微、卢、彭、濮人。"传曰："庸、濮在江汉之南。"疏曰："此八国皆西南夷也。"《逸周书》："伊尹为四方献令，正南百濮。"《尔雅》："南至于濮铅。"《郑语》："叔熊逃难于濮，而蛮楚蚡冒始启濮。"刘伯庄曰："濮在楚西南。"《左传》："巴濮楚邓，吾南土也。"又云："糜人率百濮伐楚。"《通典》："有尾濮、木棉濮、文面濮、折腰濮、赤口濮、黑僰濮。"《周书·王会篇》："卜人以丹砂。"注云："西南之蛮盖濮人也。诸濮地与哀牢相接。"余按哀牢，即今永昌；濮人，即今顺宁所名蒲蛮者是也。濮人之俗，用麂尾末椎其髻，且好以漆饰面。《通典》所云："尾及文面，言其饰也。"木棉即攀枝花，濮地多产之，可以夹纩，言其礼俗也。[一] 赤口濮人，调舌为音，若鹦鹉然，言其舌声也。黑僰，其色多黑，言其种类也。濮与蒲字音相近，今讹为蒲耳，或以全滇之地，其人百种，概名曰濮，亦甚谬矣。百濮所居连壤，余又以僰[二]音按之。濮字在僰[三]音，亦合一屋韵。蒲字在僰[四]音，亦合七虞韵，僰语称其人为濮，而不称为蒲，是一证也。又濮俗截大竹为筒以注水，谓之濮竹，如郫筒之得名。以此验之，益彰彰矣。今之论百濮者，既不得其地，又不得其音，虽近濮地者，尚尔懵然，余因稽之载籍，证以方音，作《百濮考》。

　　援据确，疏解详，解地辨声，绝非影响，如斯学识，方可作考。其笔力则参之太史，以著其洁也。

【校记】

　　［一］（康熙）《云南通志》有"居产被服也。折腰濮，人见尊者则折腰以趋言，其礼俗也。"

　　［二］［三］［四］"僰"：（康熙）《云南通志》皆作"白"。

高 对

　　高对，字仲龙，号云川，太和人。嘉靖十四年（1535）进士第三甲第四十八名。

　　其生平事迹于《滇略》卷六；（民国）秦光玉等辑《滇文丛录》作者小传卷上；（康熙）《云南通志》卷之第二十一人物乡贤；（康熙）《大理府志》卷十九人物乡贤；《新纂云南通志》卷一百八十八汉至元耆旧传三中有载。

　　《滇南文略》卷二十八录其文《大理府乡贤祠记》1篇。《滇系》八之九艺文第九录其文《乡贤祠记》1篇；八之十艺文第十录其文《游武夷山记》《泛洞庭湖游君山记》《游金焦两山记》3篇。《滇文丛录》卷七十九杂记类三录其文《游武夷山记》《泛洞庭湖游君山记》《游金焦两山记》《游九顶山记》4篇。（康熙）《大理府志》卷二十九艺文上录其文《乡贤祠记》1篇。

文

　　此次文的点校，以（清）袁文揆辑《滇南文略》（上海书店出版社《丛书集成续编》影印本）、（民国）秦光玉等辑《滇文丛录》（上海书店出版社《丛书集成续编》影印本）为底本，以（清）师范《滇系》（凤凰出版社《中国地方志集成》影印本）、（清）李思仝、黄元治纂修（康熙）《大理府志》（康熙三十三年刻本，影印本）为校本。文共计5篇。

大理府乡贤祠记[一]

　　今天下郡邑、学宫，皆祀乡贤，即《一统志》所载人物是已。大理郡学有祠，始于郡守祁门汪公标。嘉靖乙未秋，郡二内江高公镛，以御史移莅，谓名宦乡贤。风教攸系，厥祠狭隘弗称。曷图迁？谋于郡守贵筑，[二]

周公鲁曰："可。"寅恭经书，遂捐俸，抡材鸠工，新作于黉宫侧，如期落成，二祠并峙，焕然改观，乃砻石，属尉为记。

尉绎曰：分野既奠，疆域攸殊。士之钟英毓秀，生于其乡。道德积躬，是以可法可传，斯[三]谓之贤。贤之尤者则祀之。所谓乡先生没，可祭于社，此则自社而升者与。大理古梁州域，汉置郡建学，张叔从司马相如授经，归教乡人，而乡献自此始。晋唐宋元间，有若庞遗辈，载诸志可考已。我朝治化渐被，道德一，风俗同，滇隅虽遐，声教暨讫，丽藻咀华者，亦济济也。贤而祠祀者，仅千百之什一，以其精厥评，严厥核，必实胜名副者乎？按旧祠，庶吉士杨公荣以下若而人。据旧志，采舆论，今评核所当续祀者若而人。或行洁端方，或孝友尽伦，或文学功业，或忠义正直，或仁惠循良，或弘毅高节，制行虽殊，其贤则一。故仪型乎闾里，公论定于窀窆，固宜也，亦礼之不可已也。然则乡之名何妨乎？大道为公之世，人人皆贤，自虞贵德，夏贵爵，殷贵富，周贵亲，而皆尚齿，故其名始著。况乡饮以先孝弟，乡射以观德行，厥有由哉。十室之邑，必有忠信，顾在上作之何如耳？良师帅敦本厚俗，举其特异者，以附于孔庙之侧，彰往哲以风后学，斯亦维世之纲也。志道迪德，思与之齐，因以化民成俗，俾皆里仁[四]，则古行其庶几乎？孔子曰："吾观于其乡而知王道之易易也"，即一乡可以推诸天下，灵湫高公，凤持风纪，今也加意于黉舍，弘美于名教。与桂麓[五]周公，共成师帅之实，岂特风我邦人乎哉？先是，公严君、户部侍郎三峰高翁公韶，曾亦以御史迁守吾郡，振兴风教，轨辙尚存，士民甘棠之思，久矣生祠名宦。今公乃新厥贤祠，以宣化理，亦可谓善继述者矣。

大雅曰："岂弟君子，遐不作人。"二公以之。小雅曰："高山仰止，景行行止。"凡我士类，其勖诸。

淳实似汉文。[六]

【校记】

[一]《滇系》、（康熙）《大理府志》题为"乡贤祠记"。

[二]筑：（康熙）《大理府志》作"竹"。

[三]斯：《滇系》作"所"。

［四］《滇系》无"俾皆里仁"。

［五］桂麓：《滇系》作"太守"。

［六］（康熙）《大理府志》无此评语。

泛洞庭湖游君山记

余家食时，梦登舟举帆，忽怒浪惊涛阻泊。柳巷遥见层城，杰阁俯临，江岸风既静，舟得安流，觉莫知其端。

嘉靖甲辰，守南阳；丙午，谪判郑州；戊申，移令巴陵。由荆南溯洞庭、长江，风作维缆，岳阳楼北。君山在望，宛然昔年梦中景，乃叹曰："余今日之谪移，固前定矣。"巴陵之胜，惟在洞庭一湖。按《禹贡》，"九江孔殷"，即此。漻、渐、沅、辰、溆、酉、澧、资、湘皆汇。周回八百余里，浩浩荡荡，一碧万顷。岳阳楼则枕巴丘，以瞰洞庭，不特君山咫尺，拥浮湖面，而南有祝融，北有内方，东有黄鹄，西有大龙，环列拱屹，皆在指顾中。考唐开元，张说谪守是邦，登临赋诗，诵其"谁念三千里，江潭一老翁"之句，则怀抱已可知矣。李、杜、韩、孟、白、贾诸名贤皆有题咏，楼之名遂与湖山并重。宋滕子京亦谪于斯，作新厥楼，属范希文为记。所谓"先天下之忧而忧，后天下之乐而乐"者，其寓意尤深也。昔柳宗元谪，柳永凡所经处，皆以词章品题为佳山水。文正公三代以上人物，宗谅获此记，岂止如宗元一丘一壑、一水一石之比哉？时以滕楼、范记、苏书、邵篆为四绝，而永叔特寄诗，谓其逸思遒文。自后莅斯者多迁谪，凡所歌咏，类皆凄婉。此固江湖之远，既有以感发羁旅之情悃，而郁陶之衷，亦借乎风景而因言以宣。余每登楼，感今慨古，举目萧然，自不能已乎"去国怀乡，忧馋畏讥"之念也。《山海经》："洞庭之山，帝二女居之。"为湘君，因以名山，凡欲登者，若先形诸拟议，辄烈风雷雨，多不果。

是年中秋，以公暇，乘舟独往，晴空不云，澄江不波。逮登山，回瞻岳阳楼，恍若蓬莱。隔弱水，然山本浮于湖，入山则不见水。崇冈沃野，茂林方竹，馥郁之香，莫知所来。道书以此为十二福地，其形如蝙，其状如十二螺髻。李太白诗："淡扫明湖开玉镜，丹青画出是君山。"刘禹锡诗："遥望洞庭山拥翠，白云盘里一青螺。"唐谏议韩注以直忤，贬岳，游君山。杜工部寄以"濯足洞庭望八荒"之诗。又观湘中老人之歌，东坡谓必谪仙遁世者所为。若夫轩辕之台，传黄帝即此铸鼎，鼎成，骑龙上升。及秦始皇南游，浮江阻风，问湘君何神，博士以尧女舜妃对，怒赭其山。二说幻诞匪经。至《柳毅传》泾阳妇书与洞庭君宴碧云宫，尤涉荒唐，殊未足信。惟岳武穆伐君山木，造巨筏，塞港汊，擒洞庭寇杨么，其英风尚可想见。余遍历兹山之景，壑烟既凝，林鸦欲栖，乃登舟而还。月明如昼，中流浩歌，仍向岳阳楼下泊焉。

　　每多芜句，少为节删，亦自可颂。云川文不数见，摘登之始，知吾乡前辈殊不碌碌也。拉杂中具沉郁之致，是迁谪人语。予两过洞庭，思作一文纪之，背诵范记一遍，辄自搁笔。

游金焦两山记

　　嘉靖癸丑，余以辰州同知，移南京户部郎。舟发五溪，历九江，出匡庐，趋秣陵，仰惟我皇明肇新南都。因山控江，周回百又八十里，巍巍乎龙盘虎踞，真帝王所居也。东以赤山为成皋，南以长淮为伊洛，北以钟山为曲阜，西以大江为黄河。与北都之据冀蓟上游，当燕赵要会，环沧海襟河济，同一形胜之雄也。石头城楼堞相望，元武湖图籍阀深，阅江楼万象峥嵘，献花崖天阙拱峙，亦与北都之天寿山龙翔凤舞，太行峰积翠凝华，玉泉湖银河碧浪，居庸关叠嶂重峦，同一山川之丽也。到官无几，忽下广西金桌之命。登舟渡江，帆扬风迅。须臾抵镇江郡。

　　金、焦之间，泊焉维舟，陟矶披襟远览，考金山旧名浮玉，有龙洞，有妙高台，有善才石，有吞海亭，有日照崖，而中冷泉水品称天下第一。盖其前临沧海，后倚大江，独立无朋，以天为际。风涛朝夕吞吐，鱼龙渊窟盘踞。所谓万川东注、一岛中屹者。

　　焦山或名谯山，有罗汉崖，有炼丹台，有桃坞，有吸江亭，有宝莲阁，白石粼粼，高见云表。其独也如洪涛之砥柱；其对也如苍龙之双阙。山旁二岛，即江汉朝宗之道。合而观之，焦山山裹寺，金山寺裹山，相距甚迩，势若相抗，怒拔江心，岌业分引，如两臂状。南临铁瓮之城，北瞰瓜步之洲，西接建业集庆之都，东据海门天荡之险。淏淏焉，晶晶焉，稽天而白者皆水也。蠢蠢焉，嵯嵯焉，拔地而青者皆山也。

按焦山乃汉处士焦光所隐地，故名。光三诏不起，蔡中郎邕赞曰："猗与焦君，常此元默衡门之下，楼迟偃息，瘗鹤铭为焦山一绝。"石刻犹存，乃华阳真逸，撰上皇樗人，逸少书词曰："相此胎禽，浮丘著经。"尔其何之，解化惟宁，夫金山名昉于晋建武，或谓唐贞元间，江际获金数镒，表闻赐名。宋祥符名龙游，主僧佛印藏苏文忠公所许玉带，永镇山门。观公金焦放船诗，则其凤耽兹寺可知矣。

至其题咏之可诵者。在齐，如江淹："青沙被海月，朱华冒水松。"在唐，如李白："白壁望松寥，宛然在碧霄。"王瓒："沧溟壮观多，心目豁暂时。"张祜："僧归夜船月，龙出晓堂云。树影中流见，钟声两岸闻。"孙鲂："天多剩得月，地小不生尘。橹过妨僧定，涛惊溅佛身。"在宋，如范希文："烟景诸邻断，天光四望开。"欧阳永叔："地接龙宫涨浪赊，鹭峰岑绝倚云斜。"王介甫："天末海云横北固，烟中沙岸似西兴。"杨中立："山涌鳌蟠出，楼虚蜃气浮。"张敬夫："万顷洪涛里，巍然阅古今。"在元，如冯海粟："江流吴楚三千里，山压蓬莱第一宫。云外楼台迷鸟雀，水边钟鼓振蛟龙。"金焦佳山水为京口重，而京口形势亦为留都疆域重，予昔自两浙出京口，今复由京口出两浙。且得诸诗寓目，亦所平生壮游也哉。舟次仪真，登陆驱车，渐远金陵之胜，深入苍梧之乡，回望两山，惟有临风延伫而已。

不无排比之迹，然逐次点缀，确是记体。

游九顶山记

余约雪屏赵中丞以初春出游鸡足，余初夜宿赵之飞来寺。明日，中丞遂从赵州东山迤逦而行，径路崎仄，舍舆策马就山家午炊。暮止梁王山际，晓登九顶岩壁，结构如蜂房鹊巢。

及登之，则皆宏敞巨丽，下临幽绝篝坛，对酒各成一诗。夜卧，闻路石下鏊有声如炮，启窗则曙色晴岚，掩映松杉，可喜可愕之事不可枚数。乃援梯升古佛洞、燃灯阁，僧澄碧者进面羹，食而甘之。碧曰："构阁铸像为力甚劳，惧后人不守，又买田亩在山下，计十六丘。乞惠片石勒之。"余曰："喏。"余既游鸡足，明年为嘉靖癸亥，碧始来访，余因书其故以贻之。

游武夷山记

武夷山水甲宇内，予每切登临之想。嘉靖壬寅佩按节，驻崇安，时冬十月朔也。明日，揽辔独行三十里，至石鼓渡停。诸驺从历望仙桥，登冲佑观，观后一峰高数十仞，巍如冠冕屹。如天柱，名为大王峰。峰之西有鹤岩，北有幔亭，东有升真洞，绝顶有鉴池。予乃跻攀探索，既而乘小舟，由曲口逆流而上。

按志指点，一曲碧峰森立，云鬟烟鬟，号为三姑石。巉岩苍翠，宝冠螺髻，色相若补陀。二曲巨石耸肩润丽，下有妆镜台，谓之玉女峰。两石相倚，长数十丈，中有罅，窥见天光，隐隐如线，谓之一线天。九峰书院在铁板峰，宋儒蔡沉传书处。三曲小藏谽谺，两艘悬揰；大藏渊深，石器中存。升日岩恒有金光，水乐石音作丝竹。四曲机杼在阿，云霞组织，金鸡飞洞，晓月咿喔，诗题岩古，春雨绿莎。五曲伏羲洞，在大隐峰后，其峰削立，方正如屏，考亭朱文公曾筑精舍于此。悟羲、绍孔讲明性学，当时从游者众，至今，武夷书院与丹山碧水相辉映，从祀者，黄公幹、蔡公季通、刘公鑰、真公德秀。六曲仙掌瀑布，飞雪苍屏，万松阁云，层峰倚，空石堂拔地。七曲壮郭盘旋，高城缭绕，天壶环合，涌翠飞流。八曲鼓楼岩，白龟浮，三教峰前，鱼磕石纹缕络，人面庄严。九曲白云细缊，洞竹幽遂，石田茅屋，平川桑麻，太和宫在焉。大抵武夷山，道书谓十六洞天，回环百里峰峦。大者三十有六，形状不一。有缜润如玉削者，有森锐如笋立者，有庄严如正人者，有如媚丽如美姝者。又有如楼台突兀，如城堞周遭，如钟鼓陈设，如廪庾峻峙。其骧如龙，其踞如虎，其蹲如猊，其骤如马。神剜鬼削，层见迭出，仰瞻俯眄，应接不暇，而胜之尤者在乎一溪。九曲中流萦回，故朱子于每曲皆有棹歌，云谷沧洲视如阙里，匪直与濂洛媲美，八闽人文，夫有所自矣。

予观风于兹，首获履名贤讲学之地。登谒延伫，聿兴仰止，其亦大快也。舟回，复次渡口。时返照将敛，仍登陆徐行，抵叶坊驿，漏下二十刻。

是记极有矩度，较《金焦》《君山》诸作，气势少逊而筋节独胜。

高 岐

高岐，字阳州，太和人。嘉靖辛卯（1531）科举人，历官太仆寺丞。其生平事迹于（康熙）《大理府志》卷十九人物乡贤中有载。

《滇南诗略》卷七录其诗《苍山闲眺》1首。（康熙）《大理府志》卷二十九录其诗《苍山闲眺》《登帝释山》《游玉局寺》《浩然阁次韵》4首。

诗

此次诗的点校，以（清）李思佺、黄元治纂修（康熙）《大理府志》（康熙三十三年刻本，影印本）为底本，其中《苍山闲眺》一诗以（清）袁文典、袁文揆辑《滇南诗略》（上海书店出版社《丛书集成续编》影印本）为校本，共计4首。

苍山闲眺

二月苍山色，千峰白雪连。樵人树杪[一]度，瀑布涧中[二]悬。嫩竹青堪滴，晴花红欲燃。莓苔随地坐，一醉即逃[三]禅。

【校记】

[一] 树杪：《滇南诗略》作“云外”。

[二] 布涧中：《滇南诗略》作“水树头”。

[三] 一醉即逃：《滇南诗略》作“于此欲参”。

登帝释山

山腰寻梵宇，一径入云端。阶列繁花烂，门依古柏盘。地幽人迹少，风急磬声寒。夜有空中乐，重来意未阑。

游玉局寺

梵阁薰风共倚阑，一樽浊酒声交欢。窗临海面渔舟集，路入山腰鸟道盘。十里泉声飞涧壑，四围云气拥峰峦。帘栊疏雨濛濛湿，暝色愁侵细葛寒。

浩然阁次韵

海上仙槎七月浮，溪光转照绿蘋流。风烟忽卷封山树，箫鼓争喧远浦舟。一碧正涵寒雁影，十年又到水云游。追随不觉夕阳好，收尽晴川万斛秋。

张时宜

张时宜，字仲衡，号东山，鹤庆人。

其生平事迹于《新纂云南通志》卷一百八十九列传一《张时宜传》；《滇诗拾遗补》卷四；（民国）秦光玉等辑《滇文丛录》作者小传卷上中有载。

著有《灌园子》《东山语录》《东山诗草》《东山诗教》等集，已佚。

《滇诗拾遗补》卷四录其诗《栖云庵》1 首。《滇诗丛录》卷五录其诗《栖云庵》1 首。《丽郡文征》卷三录其文《新城赋》1 篇，《滇文丛录》卷十六词赋类一录其文《新城赋》1 篇。

诗

此次诗的点校，以（民国）李坤辑《滇诗拾遗补》（上海书店出版社《丛书集成续编》影印本）为底本，以（清）袁嘉谷等辑《滇诗丛录》（云南省图书馆藏钞本）为校本，共计 1 首。

栖云庵

山斋凉月卧芝房，白发飘萧尚楚狂。草屦独怜黄鹤梦，竹枝遍唱彩云乡。三三两两偕童冠，水水山山共咏觞。乱点桃花[一]冈十二，空令风雨意难忘。

【校记】

［一］花：《滇诗丛录》作"李"。

文

此次文的点校，以（清）赵联元辑《丽郡文征》（上海书店出版社

《丛书集成续编》影印本）为底本，共计 1 篇。

新城赋

维皇帝之二纪兮，揽方舆山海之升平。思三五不常偶兮，乃与荒裔以安宁。锡策令于忠良之臣兮，曰城鹤而卫君守民。羌固获夫修能兮，纽蕙茝以自陈。

洎早夜以惟寅兮，擎宿莽而惕乾竞。惟祈灵修之修好兮，不计匍匐之与晦明。爰揣高卑而度厚薄兮，仞沟洫与役令。书糇粮而察物土兮，虑材用之久近。量事期而计丈数兮，采士庶之拟议。鸠元元以合作兮，溘风旋而云集。众乐事而竞劝兮，日见其寻将而尺积。伐磁石以御冲兮，指青霄以为堞。糊颓壤而飞文兮，匜坎埃之委折。乃崦矼以崒崪兮，奄尔其闲闲而连连。穷耕谷与巢岩兮，编氓卉服之纷然。望百雉以安所止兮，非复昔日寥沉之相沿。矗似长云之跨空兮，夫固非可引索而猿升也。隍若江汉之渊寂兮，又孰能佻而投鞭也。

剖藩篱而万井一家兮，觉宇宙之广大。辟四门而采蘋辟芷兮，挹山川之胜概。其东则襟石宝而带蛟河兮，每对峙而俯流。其西则枕鹿池而啖龙潭兮，顾霞朗而鸥浮。南曙文山之微茫兮，江湖廊庙之长途。北背云山之皓皓皑皑兮，文身椎髻之受呼。

历秦汉及唐宋兮，为郡而为路。岂无金章鱼袋之刺徽兮，嗟谁肉食而为百世之雄图。迨今盖几乎千秋兮，遭尧舜之交孚。聿峥嵘于平原博敞兮，环坰野以通衢。楼阁翼翼兮，岂惟黄金之据汉魏也。元菟岊岊，常览却月而长啸兮，猺獠用康。堤柳提疏兮，鹦鹉飞藏。盱眙巉岩兮，狐狸偃梁。远想吉人遗芬兮，仰城喉之巨膀。昆仑翠珉兮，述其美而揄扬。良史班马兮，笔之文章。乾坤浩荡兮，与之无疆。慨昔金标与铁柱兮，瘴海至今犹不没。没其人之赫奕。况我与樊侯而休兮，载咏《崧高》于无既。吁嗟哉，盖不独城鹤之大务云尔也，几膏施衣被靡屯兮，合讴歌而铺厉。乃登城而吟曰：云缥缈兮，燕山风。思美人兮，披蚕丛。经纶事业兮，学问之功，愿修蘋藻，骑鹤相从。

梁 佐

梁佐，字应台，大理人。嘉靖丁酉（1537）科举人，嘉靖二十六年（1547）进士第二甲第四十八名。

其生平事迹于《钦定四库全书总目》卷一百十九；《福建通志》卷二十一；《丹铅余录》提要中有载。

著有《本亭集》四卷，已佚。《丹铅总录》（二十七卷），云南省图书馆藏。

《滇诗拾遗》卷六录其诗《秋游元珠观》1首。《滇诗拾遗补》卷二录其诗《天生桥次韵》1首。《滇诗丛录》卷五录其诗《天生桥次韵》《七星关》《秋游玄珠观》3首。（康熙）《大理府志》卷二十九录其诗《苍洱图》《天生桥次范菁山韵》2首。（清）袁文揆辑《滇南文略》卷十九、《滇系》八之八艺文录其文《丹铅总录序》1篇。

诗

此次诗的点校，以（民国）陈荣昌辑《滇诗拾遗》（上海书店出版社《丛书集成续编》影印本）和（民国）李坤辑《滇诗拾遗补》（上海书店出版社《丛书集成续编》影印本）、（清）袁嘉谷等辑《滇诗丛录》（云南省图书馆藏钞本）为底本，部分篇目以（清）袁嘉谷等辑《滇诗丛录》（云南省图书馆藏钞本）和（清）李思佺、黄元治纂修（康熙）《大理府志》（康熙三十三年刻本，影印本）为校本，共计4首。

天生桥次韵[一]

虹影层峦断，风声绝涧来。溜飞千磴雨，湍响四时雷。蜃栋依山挂，龙门凿石开。星河相对坐，恍是泛槎回。

【校记】

　　［一］（康熙）《大理府志》题为"天生桥次范菁山韵"。

七星关

　　巉崖飞阁倚长空，凿石寻源诵禹功。地迥鼋门淘昼雪，天低蜃栋拂晴虹。三巴西接虬龙静，六诏南通象马雄。我欲乘风生羽翰，星槎云海泛飘蓬。

秋游元^[一]珠观

　　七月九日风露凉，携壶系马山之阳。岩花池草各幽趣，雾殿云廊总异香。莺妒棋残声乱落，鹤眠茶熟梦初长。道人指点元珠窍，一黍中悬万境光。

【校记】

　　［一］元：《滇诗丛录》作"玄"。

苍洱图

　　霄汉一峰妙，亭台万树丛。檐飞江草绿，墙截浦云红。堪赋太元处，最宜高卧中。蓬瀛疑此地，长啸欲凌风。

文

　　此次文的点校以（清）袁文揆辑《滇南文略》（上海书店出版社《丛书集成续编》影印本）为底本，以（清）师范辑《滇系》（成化出版社《中国地方志集成》影印本）为校本，共计1篇。

丹铅总录序

　　古之君子，宏搜遍挹，达观拓于无垠；研赜综微，睿炳极于无内。故其学浩邈，而不苑囿，密而能疏，始于博，终于约，融会贯通。斯足以立言翊道，为贵耳贱目者，一涤蒙聩，此固有待于学力之精专，而尤有赖于天赋之独粹。否则贵五车十乘之富者，博之未周，而或限于知。宗去注离经之玄[一]者，约之无物，而竟无所得，夫孰能兼之？

吾师升庵杨先生，峻发川岳，不世之奇，复益以家学正传，自童子时拟《过秦》一论，人已预知其不凡，其所业一目可为终身诵。及登殿撰，直史馆闻见溢而考索真，人莫能窥其际。信兼学力天赋，而独领其全者也。自流寓吾滇，好学无厌，著书自怡[二]，托江湖之逸思。喻岩廊之宿忠，翕功业之耿辉，继微言之绝响。暇日著《丹铅余录》，摘录，流有刻本，艺苑珍之，惜其不多见。

戊申秋，佐自司马部奉使归省，度金碧之关，抠衣于高峣圃中。先生以佐受教有年，且慨后晤之难，乃尽出《丹铅三录》《四录》《别录》《附录》《闰录》诸稿，授之佐。噫！先生是录，岂轻授哉？亦岂易见哉？授之于佐，固有深意，而见之于世，若待厥期，一披阅之间，凡天地造化，古今世运人物，制度文章，俗好方言，以及于鸟兽草木之烦细，尽乎变矣。其中为先生所阐明者，又象纬诸编所未载，山水经志所未采，子史说文礼乐遗经所未具，博雅志士，训诂诸家，所共由而未之察者，先生直指其源，而考据悉备，引证互明，持独断以定群嚣，固非鉴之以臆见，附之以口耳者也，是何其博且精哉？[三]譬诸星海、浚源，由昆仑之墟，放之东下，大而江淮河汉，小而浍壑溪洫，纡回万折，汪洋不涸，随其所足，皆可适于海，非大而有本若是乎？[四]盖先生所发者，皆世之聪明所未发者也。其所考者，皆世之学力所可考者也。发其所未发，则见之者争快；考其所可考，则从之者不疑，是录其可以无传乎？佐乃删同校异，析之以类，合而名之曰总录，捐俸以梓。时上杭尹赵子一重，凤慕先生之学，率师生有识者，督刻而成之。广其传于海内，奚直为丹缇之校勘，铅椠之争丽哉[五]！先生在滇，手著不止此，有《转注古音略》《古音余篆韵索隐》《奇字韵》《古隽韵》《六书博证》《诗林振秀谈苑醍醐》《古今诗选》《皇明诗抄》《四书表传》《风雅逸编》《选诗外编拾遗》《墨池琐录》《古文韵语》《五言律祖》《唐绝争奇》《赤牍清裁》《词林万选》《水经碑考异》《鱼图赞》《禅藻集》《滇载记》《滇程记》诸书。不尽梓于世，佐因存其名，以俟博学大方，搜而广之，与兹录并传可也。

以升庵先生之天赋，而不废学力，则学者自勉，宜何如然，升庵并穷愁，亦乌能著书，以自见于后世哉。[六]

【校记】

[一] 玄：《滇系》作"元"。

[二] 怡：《滇系》作"恬"。

[三] 《滇系》无"是何其博且精哉"。

[四] 《滇系》无"非大而有本若是乎"。

[五] 《滇系》无"奚直为丹缇之校勘，铅椠之争丽哉"。

[六] 《滇系》无此评语。

周　机

周机，邓川人，明朝正德庚子（1540）科举人，官至知县。

其生平事迹于（雍正）《云南通志》卷二十中有载。

《滇诗拾遗补》卷一录其诗《梅花村》1 首。《滇诗丛录》卷三录其诗《梅花村》1 首。

诗

此次诗的点校，以（民国）李坤辑《滇诗拾遗补》（上海书店出版社《丛书集成续编》影印本）为底本，以（清）袁嘉谷等辑《滇诗丛录》（云南省图书馆藏钞本）为校本，共计 1 首。

梅花村

路入前村一径斜，村人绕屋种梅花。岁寒百卉凋零后，风送清香到几家。

何思明

　　何思明，字志远，大理洱源人。嘉靖癸卯（1543）科举人。

　　其生平事迹于（康熙）《大理府志》卷十九人物乡贤中有载。

　　《滇诗拾遗补》卷二录其诗《壬戌秋与惺斋归田泛宁湖》《湖中闵劳》2首。《滇诗丛录》卷五录其诗《壬戌秋与惺斋归田泛宁湖》《湖中闵劳》2首。（康熙）《大理府志》卷二十九录其诗《泛宁湖》1首。（光绪）《浪穹县志略》卷十录其诗《湖中闵劳》1首。

诗

　　此次诗的点校，以（民国）李坤辑《滇诗拾遗补》（上海书店出版社《丛书集成续编》影印本）为底本，以（清）袁嘉谷等辑《滇诗丛录》（云南省图书馆藏钞本）、（清）李思伫和黄元治纂修（康熙）《大理府志》、（清）周沆纂修（光绪）《浪穹县志略》（上海书店出版社《中国地方志集成》影印本）为校本，共计2首。

壬戌秋与惺斋归田泛宁湖

　　天上乘槎日，扶摇上小舟。水村烟尚暝，山阁雨初收。泛泛菰蒲路，摇摇岛屿洲。鸥眠惊棹起，鱼泳拥波流。胜景当年别，同胞此日游。莫教辞剧饮，便可发清讴。往事柯中蚁，余生水上沤。青标怜赵拚，皓[一]首愧何休。拟挂斜阳住，还倾太白浮。相期同强饮[二]，长醉荻花秋。

【校记】

　　[一]　皓：底本为"浩"，据《滇诗丛录》改。

　　[二]　饮：底本为"饭"，据《滇诗丛录》改。

湖中闵劳[一]

茫茫一碧水云天，两岸蒲秋不见田。箫鼓遨游闲笑饮，有人沉灶昼无烟。

【校记】

[一]（康熙）《大理府志》题为"泛宁湖"。

吴　懋

　　吴懋（1517～1564），字德懋，号高河，太和人，李元阳的女婿。嘉靖庚子（1540）科举人，历官知州。

　　其生平事迹于（康熙）《大理府志》卷十九人物乡贤、（民国）秦光玉等辑《滇文丛录》作者小传卷上中有载。

　　著有《行剑子》、《叶榆檀林志》八卷，诗集有《南霞集》《乘槎集》等，今皆散佚。

　　《滇南诗略》卷七录其诗《写韵楼歌》《帝释山》《水月阁》《胜概楼》《袈裟寺》《龙泉寺》6首。《滇诗拾遗补》卷二录其诗《石宝山》1首。《滇诗丛录》卷五录其诗《石宝山》1首。（康熙）《云南通志》卷之二十九艺文九录其诗《写韵楼歌》1首，卷之二十九艺文十录其诗《龙泉寺》1首。（康熙）《大理府志》卷二十九录其诗《写韵楼歌》《帝释山》《胜概楼》《水月阁》《前题》5首。

诗

　　此次诗的点校，以（清）袁文典、袁文揆辑《滇南诗略》（上海书店出版社《丛书集成续编》影印本）和（民国）李坤辑《滇诗拾遗补》（上海书店出版社《丛书集成续编》影印本）为底本，以（清）李思仵、黄元治纂修（康熙）《大理府志》（康熙三十三年刻本，影印本）、（清）袁嘉谷辑《滇诗丛录》（云南省图书馆藏钞本）为校本，共计7首。

石宝山

　　灵岳何年构，音观是此来。锦奁天上镜，金相雪中台。云窦参差见，花龛窈窕开。手中青竹杖，随意拄莓苔。

写韵楼歌

　　银峰翠阁青天上，紫霞仙落标青嶂。上帝拣作仙人居，碧鸡金马遥相望。玉堂仙客杨夫子，天与足下乘云履。朝辞白玉京，暮憩昆明水。昆明点苍复千里，龙吟虎啸两山里。幕府干旄北道贤，杜陵新槛压江烟。元亭亦在芙蓉里，画栱遥凌叠嶂前。词客频挥五色毫，鸾笺千帙续离骚。滇山雨色猎秋兔，滇渤长鲸驱砚涛。曲堤烟柳春愁重，湖影射楼楼欲动。五华倒映湘帘秋，金碧飞来挂晴栋。湘帘晴栋不胜春，江柳江花写句新。百年谁识凭阑意，万里还同听笛人。忆昔点苍山下题诗处，岩桂团团滴香露。花洞空濛紫翠房，银虹宛转天桥路。垂雾鬟娃逐彩鸾，琼台玉宇绛雪寒。翠羽美人拈玉琯，绿玕万树吟旃檀。旃檀楼府香石洞，鸲玉麝九供点翰。染云天女散瑶华，剪水瀛妃拂秋练。秋练瑶华冷绣文，墨光渍浸金丝裙。珊瑚钩下歌明月，翡翠屏西牵碧云。碧云迢迢隔滇海，翠水蓝桥频忆君。君不见，绛河下与元波通，巨鳌首戴三千峰。须臾一度八千岁，灵物化作双芙蓉。芙蓉五色断天秀，中有金碧神人宫。才子朱轩频怅望，仙人赤斧屡相从。金蟾一去岂再得，玉杵已化难重逢。昂昂杨夫子，甲世而出群为空。旷代斯文叹寥廓，清时大雅开鸿蒙。曒如清庙絚朱瑟，袅如绿水吟孤桐。灏如罗浮万树照古月，凄如洞庭千里啼征鸿。森如冰车雪柱千岩迥，烂如锦树珠林万谷重。茂林著作屡充栋，词赋不数三都工。龙鸾蝌蚪逼史籀，八分飞白凌蔡邕。威迟白凤吐文彩，点绘山水争秀雄。公本天人寓尘世，名山今续旧游踪。不然何以朝金碧、暮苍洱，白头流滞老南中。至今点苍山下花如昨，玉树凌风吐红蕚。翠磴犹蟠紫芝墅，银淙上挂青莲阁。明月窥帘引春酌，石藤飘飘翠垂幕。山雪山云非寂寞，还携彩鸾驾黄鹤。

　　煌煌大篇，炫烂之极，而不嫌其堆垛者，气空理实也。至礼格全摹升庵，其亦犹义山韩碑之摹昌黎与。光州徐森识。

帝释山

　　石门踏雪春满溪，涧道穿云云满梯。金梭玉案十洲绕，月馆风钩千嶂齐。活鹿草深香麝宿，杜鹃花发锦莺啼。好攀五色芙蓉去，缚屋龙泉翠壁西。

水月阁

青山楼阁压江澜，贝殿绡宫相映寒。秋水鱼龙多窟宅，长空鸿雁避风湍。卷帘天女窥明镜，吹笛仙人驾白鸾。落水霜宵明月下，谁人凭遍玉阑干。

胜概楼

可能无事去尘寰，才觉登楼心自闲。三伏快人飞夏雪，入窗随意看春山。重重树色围金界，晶晶江流抱玉湾。只恐五湖无此景，便应长往不须还。

袈裟寺

翠虹天上路，白塔海门螺。回首袈裟石，悬灯在薜萝。

龙泉寺

溪上青山带紫烟，山中梅蕊早春天。仙家春瓮今朝熟，来听泠泠泻玉泉。

高河《写韵楼》，笔意全似升庵，诸律、绝亦抒词绮丽，自成一家。升庵与六子并称，想当年诗社联吟，芸窗著作，必斐然成章，多文为富矣。使全豹俱在，岂不彪炳金碧焜耀王、杨乎？惜薄蚀之余，所存仅《大理志》载数十而已。武进恽燮星阶识。

樊　相

樊相，字汝弼，邓川人。贡生。

其生平事迹于（清）袁嘉谷等辑《滇诗丛录》卷二、（民国）李坤辑《滇诗拾遗补》中有载。

著有《沙坪草堂集》已佚。

《滇诗丛录》卷二录其诗《秋夜陪杨升庵太史泛舟》《陪杨弘山杨琢庵秋日泛舟》2 首。

诗

此次诗的点校，以（清）袁嘉谷等辑《滇诗丛录》（云南省图书馆藏抄本）为底本，共计 2 首。

秋夜陪杨升庵太史泛舟

溪寒油鲤肥，湖霁莼菜香。幽人发清兴，泛彼秋风航。群动俱已息，西月生微光。轻飔拂纨扇，白露沾衣裳。萧萧响林籁，唧唧悲啼螀。棹歌杂箫鼓，渔火点清湘。层波激断岸，流萤度危樯。城高柝声急，野阔山影长。匏樽寄清兴，一咏还一觞。有客抱奇才，乃昔龙头郎。嗟与世相违，埋藏天一方。襟怀澈太虚，谈笑动八荒。扁舟学范蠡，避谷同张良。无客吹洞箫，有琴伴孤芳。寥夜一挑抹，吟揉宫与商。初为渔父辞，再为塞鸿章。清冷复凄切，山高而水长。感此三叹息，碧天遥苍茫。

陪杨弘山杨琢庵秋日泛舟

偶随杖履泛仙舟，天醮湖光碧不流。白酒须拼今日醉，黄花又是一年秋。子瞻赤壁谁为伴，元礼龙门得与游。击楫浩歌天地阔，满怀风月任夷犹。

苏 伟

苏伟，太和人。嘉靖辛酉（1561）科举人。隐居不仕，载《古郡志》。
其生平事迹于（雍正）《云南通志》卷二十中有载。

《滇南诗略》卷十二录其诗《读史》《登鸡足山最高顶》2 首。

诗

此次诗的点校，以（清）袁文典、袁文揆辑《滇南诗略》（上海书店
出版社《丛书集成续编》影印本）为底本，共计 2 首。

读史

二世纪龙战，流血恽元黄。鸡鸣狗盗者，皆化为侯王。五年统三嬗，
逐鹿群狓猖。饿隶起卑贱，兴灭而存亡。赫赫赤帝子，提剑登明堂。天授
非人力，席卷并八荒。福应启公等，时来夸身强。兔死走狗烹，鸟尽良弓
藏。钟室沉将星，喜怜两相将。才高物多忌，德薄祚亦殃。南面称孤寡，
蛾眉呃其吭。何如杯酒闲，君臣庆偕藏。

汉高之待功臣，自不如艺祖，然"才高"二语，论亦不刊。

登鸡足山最高顶

夐峦摩碧汉，咫尺与天通。蹑足云霓变，游神宇宙空。俯瞰骞翮鸟，
平送远征鸿。城郭苍茫里，人烟气化中。淡怀生壮志，烈日凛悲风。莫惜
无封禅，钟灵泰岱同。

后六句亦莽苍。

杨 京

杨京，赵州人，嘉靖甲子（1564）科举人，官知州。
其生平事迹于（雍正）《云南通志》卷二十中有载。
（康熙）《大理府志》卷二十九录其诗《苍山歌》1首。

诗

此次诗的点校，以（清）李思仝、黄元治纂修（康熙）《大理府志》
（康熙三十三年刻本，影印本）为底本，共计1首。

苍山歌

苍山高入清冥里，参差十九芙蓉蕊。白昼须臾风雨来，溪头日日蛟龙
起。横绝长空三百里，文石苍瑶当作髓。溪水东流到海边，十八玉虬飞下
天。斜晖反影海光寂，历历鳌头如倒悬。有时直上青云岭，他山四面儿孙
肘。遥知仙侣自耽幽，白云旧是青山友。山青云白几徘徊，姑射蓬莱总浪
猜。汉使求神惜不到，只今山色空苍苔。

李居敬

李居敬，浪穹人。隆庆丁卯（1567）科举人。官贵州思州知州。

其生平事迹于（雍正）《云南通志》卷二十、（民国）李坤辑《滇诗拾遗补》卷二中有载。

《滇诗丛录》卷七录其诗《浪穹》1 首，《滇诗拾遗补》卷二录其诗《浪穹形胜》1 首。

诗

此次诗的点校，以（清）袁嘉谷等辑《滇诗丛录》（云南省图书馆藏钞本）为底本，以（民国）李坤辑《滇诗拾遗补》（上海书店出版社《丛书集成续编》影印版）为校本，共计 1 首。

浪穹[一]

洱水西源第一流，川名沃野稻先秋。三春花坞迎箫鼓，七月星舠泛斗牛。雄诏遗封无旧俗，熙朝文化已中州。九关况复堤巡久，多少亡羊不用收。

【校记】

[一]《滇诗拾遗补》题为"浪穹形胜"。

苏必达

苏必达，字未详，大理太和人，隆庆丁卯（1567）科举人。

其生平事迹于（雍正）《云南通志》卷二十中有载。

《滇南诗略》卷十二录其诗《精卫衔石填海》《山居》《赵州飞来寺》《早发凉州》《古侠意》《白发》6 首。

诗

此次诗的点校，以（清）袁文典、袁文揆辑《滇南诗略》（上海书店出版社《丛书集成续编》影印本）为底本，共计 6 首。

精卫衔石填海

海是妾仇，石是妾心。海波不竭，妾心不禁。沧桑有时变，妾心比海深。千江贯注万派集，群鸟纷奔衔石掷。喙血淋漓斑驳浸，滔天洪水为之赤。龙王震怒掀虬须，紫电金蛇供驰驱。天轮胶戾地轴立，顼忦潏潏银汉濡。誓将灭此后朝食，上帝曰咨悯其愚。噫嘻吁，蛟龙横飞上腾蜿蜒耳，力不能制一女子。海若淤淡，雪浪洒迤。妾之灵，视若沼沚。海无水，妾心死。

奇事必得此奇惊之笔，写之五龙山人后，得此继响，德不孤矣。张惢田识。

山居

长啸空山响，萧然万壑清。有时寒瀑断，几处白云生。异鸟来赓调，奇花不记名。欠伸猿鹤解，相伴且闲行。

前四超旷而自然。楚雄刘陶识。

赵州飞来寺

百磴云梯上，苍峰翠黛迎。任教人挂笏，疑有客吹笙。阁俯三山壮，心澄一水明。凭虚消万幻，此处学无生。

通体清迥。

早发凉州

葡萄酒犹绿，琵琶声自悲。昔年军中泪，今朝马上诗。

古调。

古侠意

千金何足惜，买剑与买琴。碎琴留诗名，赠剑结知心。

如此之侠，可人可人。吴伉识。

白发

壮志争分寸，中年起暮愁。青青留不住，白发早盈头。

二苏诸诗，其气奇崛，其调深稳，其色清苍，置之古人中不相径庭，盖所钟于苍洱之灵秀多矣。

查　伟

查伟，字警伟，鹤庆人，隆庆丁卯（1567）科举人，万历二年（1574）进士第三甲第五十四名。历官户部郎中，出为真定知府，再补保宁知府，所至以廉明称。以苑马卿致仕，居乡谦和。有文章，已佚。

其生平事迹于（清）赵联元辑《丽郡诗征》卷四；（康熙）《云南通志》卷之第二十一人物乡贤；（民国）秦光玉等辑《滇文丛录》作者小传卷上中有载。

《滇诗拾遗补》卷三录其诗《西泉》《游龙华寺》2 首，《滇诗丛录》卷七录其诗《西泉》《游龙华寺》2 首。《丽郡诗征》卷四录其诗《西泉》《游龙华山》2 首。《滇文丛录》卷八十一录其文《重修鹤庆府学庙记》1 篇。

诗

此次诗的点校，以（清）袁嘉谷等辑《滇诗丛录》（云南省图书馆藏钞本）为底本，以（民国）李坤辑《滇诗拾遗补》（上海书店出版社《丛书集成续编》影印本）、（清）赵联元辑《丽郡诗征》（上海书店出版社《丛书集成续编》影印本）为校本，共计 2 首。

西泉

一鉴连空白似银，群[一]山怀抱竞嶙峋。渊鱼适意堪论道，野鸟忘机自习人。岸柳未凋经岁雪，陇梅先放隔年春。拂衣得遂来栖息，何必桃源去问津。

【校记】

［一］群：《丽郡诗征》作"屏"。

游龙华寺^[一]

落木声中石径斜，疏林缺处见僧家。晴山入座来清气，夕照浮空^[二]绚晚霞。雨雪未凋阶下竹，霜天犹发涧中花。销闲更有弥明侣，小坐联吟石鼎茶。

【校记】

[一] 寺：《丽郡诗征》作"山"。

[二] 空：《丽郡诗征》作"云"。

文

此次文的点校，以（民国）秦光玉等辑《滇文丛录》（上海书店出版社《丛书集成续编》影印本）为底本，共计1篇。

重修鹤庆府学庙记

鹤之有学旧矣，其创建改作，郡乘载之详焉。岁癸未，郡大夫桑侯曾大为修葺，未备也。若御制亭，若尊经阁、文明阁，颓敝尤甚。于时，藩大夫姜公以少参伯奉玺书来分守，吾鹤庆未朓，且有监军之役。甲申，罪人既得，当事者论报执讯功，公以发踪，当超陟二阶，乃晋大参伯分守如故，公释建索至周视学宫，叹曰："噫嘻，费不言奢，劳不及怨，非胶序之役乎？"矧御制亭、尊经阁，又宪章通古之大视，诸士以法程者。今若此，其何以肃具瞻而俨绎思也？亟出俸金若干缗，郡大夫程侯、王侯复出若干缗佐之。鸠工程材，令经历郑思、千户奚表领其役。诸执事祗奉唯谨，工必称值，民不虚使，始事于丁亥正月，越三月而告成功。颓者屹如，敝者翼如，咸与更始，计有奇，则以补桑侯之未备举者。至博士舍，皆饬其旧而新之，邦人士靡不色喜。文学杨君世名，岩君如华，偕二三弟子员造伟，而以记属之，余惟士之杰，然称不凡者，岂非以其尚论？前修近守成宪而与齐氓异耶？第精义有在神而明之存乎？其人语曰："桃李不言，下自成蹊。贵实也。"世宗皇帝敬一之箴，宁不与古先哲后，立言垂训之旨，今古如一。

　　我皇上又从而光大之。士生斯世，圣人为之仪型，亦千载一时也。尚其勤恁旅力，以克厥道。维微言之旨归，究先圣之壶奥。它曰：获蹑风云之会，耀日月之末光，出所养以泽濡，当时声施后世。俾缙绅先生指而名之曰：某某者，真笃行君子，庶不负为孔氏之徒，与公惓惓，茫士意倘不然者，非精义是务，徒以博古娴辞夸诩于人，岂不足以雄艺苑□□。谡闻顾采春华，遗秋实，所学非所用，譬别胶舟瓦车，攸往弗利，尚安事，则古昔称先生哉！曩时莽贼犯，顺勤我王师公，以壮犹在，事拮据行间者几，二年所卒之。

　　凤虎就缚疆场，教如公运筹居多。故特蒙异数西南，大动众民，用疲于奔命，往岁大浸热秋公心忧之。自奉贬损，甚毫厘，惟恐累民独于修学，则慨捐俸金，罔或吝公，诸所拊循弹压之政，逢禀于经术冠冕。当时此二端，则威严顺治之彰著在人耳目者，是孔氏之所谓文事武备，谓非服膺敬一之心法，而有得不可也。宵雅曰："文武吉甫，万邦为宪。"夫公也，为宪于万邦矣，非邦人士楷范之最近者乎？公讳忻，号春宇，江西南昌人；程侯，讳道渊，号芳滨，为乐平人，与公同梓里；王侯，讳墀，号凤冈，贵阳清平人，其善政之相成类海于此云。

张宗载

　　张宗载，字一宁，鹤庆人。万历癸酉（1573）科举人，万历十一年（1583）进士第三甲第二百二十名，官至御史，任江津知县。

　　其生平事迹于《大清一统志》卷三百八十二、（清）赵联元辑《丽郡诗征》卷四上、（雍正）《云南通志》卷二十一之二中有载。

　　《滇诗拾遗补》卷二录其诗《登石宝山次韵》《游鸡足山》2 首。《丽郡诗征》卷四录其诗《登石宝山次李中溪韵》《游鸡足山》2 首。《滇诗丛录》卷八录其诗《登石宝山次韵》《游鸡足山》2 首。

诗

　　此次诗的点校，以（清）赵联元辑《丽郡诗征》（上海书店出版社《丛书集成续编》影印本）为底本，以为（清）袁嘉谷等辑《滇诗丛录》（云南省图书馆藏抄本）校本，共计 2 首。

登石宝山次李中溪韵[一]

　　鹤之峰顶山一名石宝，中溪题者在剑川，此但次其韵耳[二]。

　　奇览何如石宝山，我虽病足强跻攀。千寻一径断不断，万木四山圆又圆。此是天上玉京阙，谁将徙[三]驻尘宇间。石皮[四]踪迹由来古，三岛十洲当若数。乱雪飞过山欲飞，扪石未步寒生股。

【校记】

　　[一]《滇诗丛录》题为"登石宝山次韵"。

　　[二] 底本无此按语，据《滇诗丛录》补。

　　[三] 徙：《滇诗丛录》作"徒"。

　　[四] 皮：《滇诗丛录》作"波"。

游鸡足山

投老浮名未息机，难将杖履胜缁衣。中天明月何时照，出岫孤云念与违。空眼著[一]诗高伯氏，佛心说偈映东晖。夜来枫树鸣幽壑，始觉从前事事非。

【校记】

[一] 著：底本为"着"，据《滇诗丛录》改。

杨应科

杨应科，字时升，号顺庵，剑川人。万历癸酉（1573）科举人。

其生平事迹于（清）赵联元辑《丽郡诗征》卷七有载。

著有《雅言集》《立言文集》（已佚）。《雅言集》（一卷），云南省图书馆藏。

《滇南诗略》卷十录其诗《秋宿襄阳县》《春夜感作时方有解组之请》《长阳任中送明庵弟归里时二亲寓宜良任中》《岳阳旅舍晚眺》《草堂即事（二首）》《除夕前三日得家音因忆草堂》《游衡岳》《云南坡题壁》《寄示明庵弟》10首。《丽郡诗征》卷七录其诗《秋宿襄阳》《春夜感作时方有解组之请》《长阳任中送明庵弟归里》《岳阳旅舍晚眺》《草堂即事（二首）》《游衡岳》《寄示明庵弟》8首。《滇诗丛录》卷八录其诗《寄示明庵弟》1首。《滇诗粹》录其诗《秋宿襄阳县》《长阳任中送明庵弟归里》《草堂即事（二首）》《游衡岳》《云南坡题壁》6首。《丽郡文征》卷五录其文《弘山语录序》1篇。

诗

此次诗的点校，以（清）袁文典、袁文揆辑《滇南诗略》（上海书店出版社《丛书集成续编》影印本）和（清）袁嘉谷辑《滇诗丛录》（云南省图书馆藏钞本）为底本，以（清）赵联元辑《丽郡诗征》（上海书店出版社《丛书集成续编》影印本）和（清）王灿、刘琪、赵镜潜辑《滇诗粹》（云南省图书馆藏钞本）为校本，共计10首。

秋宿襄阳县[一]

落叶满空堂，灯青夜未央。层楼留素月，刻漏引清商。宦况浮云淡，吟情宵露凉。习池同岘首，千载一彷徨。

起句可抵一篇《秋声赋》，通体亦自闲适。徐森南村识。[二]

【校记】

　　[一] 秋宿襄阳县：《丽郡诗征》作"秋宿襄阳"。

　　[二]《丽郡诗征》无此评语。

春夜感作时方有解组之请

　　习习和风静，苍苍客鬓华。三春空抱病，万里冀还家。蝶梦惊残夜，鸦声噪晚衙。归期何日是，清泪落悲笳。

　　顺庵先生诸近体，清迥而自然，毫不费力，于唐诗中最近刘眘虚、常建一派，朱弈簪识。[一]

【校记】

　　[一]《丽郡诗征》无此评语。

长阳任中送明庵弟归里时二亲寓宜良任中[一]

　　尔出燕京我渡湘，春风吹合楚江旁。山程逶迤相为侣，夜话缠绵不记筋。三月莺花愁客路，十年书剑忆家乡。匆匆分手殷殷嘱[二]，早送双亲过点苍。

【校记】

　　[一] 寓宜良任中：《丽郡诗征》作"尚寓宜良学斋"。

　　[二] 嘱：《丽郡诗征》作"属"。

岳阳旅舍晚眺

　　萧萧木叶下层楼，极目湖天动暮愁。雁阵飘零衡浦月，鱼书冷落洞庭秋。尘颜万里怜霜雪，宦况频年愧马牛。何事尚羁陶令绶，五湖空忆范蠡舟。

草堂即事（二首）

花影摇池柳拂檐，苔痕沿径草萦帘。卧游讵识江湖远，坐隐何知岁月添。迟客暮云还霭霭，窥人夜月转纤纤。匣中更有瑶编在，暗咏微吟几自[一]拈。

堤锁长江绕户斜，横开一槛[二]对龙沙。客携彭泽先生酒，人指南州高士家。双剑寒光摇北斗，三山佳气送余霞。更从何处寻同调，徙倚徘徊老物华。

【校记】

[一] 自：《丽郡诗征》作"度"。

[二] 槛：《丽郡诗征》作"鉴"。

除夕前三日得家音因忆草堂

吴头楚尾路何如，万里东风岁又除。惆怅三湘新岁客，平安两字故园书。飘零此日同刍狗，啸咏他年笑蠹鱼。回首金华山上月，青光应自照茅庐。

游衡岳

午憩南台夕祝融，此身已在碧霄中。梦回月落钟声起，残夜惊看海日红。

如许题目，以二十八字括之，是谓笔妙。唐祖樾识。[一]

【校记】

[一]《丽郡诗征》无此评语。

云南坡题壁

楚水黔山九度过，壮怀今尚未消磨。潇潇三日群峰雨，记上云南第几坡。

寄示明庵弟[一]

别来南北久[二]遨游，屈指星霜十二周。话旧每思兄弟乐，问年各叙雨风愁。家山毕竟推滇岭，宦辙何堪说蓟州。且喜吟怀还老健，前身仙佛认根由。

【校记】

［一］寄示明庵弟：《丽郡诗征》作"寄明庵弟"。

［二］久：《丽郡诗征》作"事"。

文

此次文的点校，以（清）赵联元辑《丽郡文征》（上海书店出版社《丛书集成续编》影印本）为底本，共计 1 篇。

弘山语录序

宇宙储英，乾坤间气，苍洱一隅，有弘山夫子出焉。道高古人，而搜罗探讨，文字章句，不足为高；望重海内，而省元甲第，翰苑谏垣，不足为重。粹衷对天地，懿行炳日星，清节凛霜雪，大度包寰宇，屡见称于升庵修撰、仰斋文宗、中溪柱史，及一时当道之揄扬，声称烂然，登之国史，闻于乡评，载于郡乘也久矣。有文集存稿，纪述则汉之班、马，题咏则唐之李、杜，讲学则宋之周、程、朱、陆，至天文、历律，则登康节之堂。曾孙遂初编辑而梓之，有金嵩、明斋两公叙在，得者获如拱璧，远近竞传，尚未闻有语录也。

甲寅夏，余自黔中旋至叶榆，入弘翁庐，行释菜礼，晤遂初，为晚年一快事。临歧以所撰语录请叙。余携归，晨夕玩之，见其表章，弘翁之立德、立功、立言，简而明，精而确，秩然其次第，井然其条理，烨然其章光，蔼然其亲切而有味，真所谓三不朽矣。有存稿岂可无语录哉？盖遂初颖资纯诣，发祥于祖。乙酉，乡荐在榆，只君一人识者，谓不为少，天昭显道于明喆之后，非偶然尔。是祖是孙，录为实录，美且彰者，盛且传此。其是已有此振家，声绵世泽，表正乡邦，俨然一弘山夫子。振衣而处，弹冠而出，厥施之传可胜道哉。余敢称庆而扬言之，附名其末，窃有厚幸矣。

杨应第

　　杨应第，字明庵，剑川人，应科弟，万历七年（1579）选贡，四任学博。擢贵州都匀推官，播酋之乱，守城得完，叙功晋四品秩。

　　其生平事迹于（清）赵联元辑《丽郡诗征》卷七中有载。

　　《丽郡诗征》录其诗《答顺庵兄》一首。《滇诗丛录》卷八录其诗《寄答顺庵兄》1首。

诗

　　此次诗的点校，以（清）袁嘉谷等辑《滇诗丛录》（云南省图书馆藏抄本）为底本，以（清）赵联元辑《丽郡诗征》（上海书店出版社《丛书集成续编》影印本）为校本，共计1首。

寄答顺庵兄^[一]

　　洱水苍山事远游，一官苜蓿学宗周。门多桃李真成乐，室有芝兰自遣愁。雅量兄如黄叔度，旧吟我愧韦苏州。华筵介寿欣坡老，先有新诗属子由。

【校记】

　　［一］寄答顺庵兄：《丽郡诗征》作"答顺庵兄"。

何邦渐

何邦渐，字文槐，一字北渠，浪穹人，何思明子。万历间由选贡历官知州。

其生平事迹于《滇南诗略》卷十二、（康熙）《大理府志》卷十九人物乡贤、（民国）秦光玉等辑《滇文丛录》作者小传卷上中有载。

著有诗文集两部：《初知稿》六卷、《百咏梅诗》一卷。方志两部：（万历）《浪穹志》八卷、（天启）《浪穹县志》八卷。《宗月奏疏》三卷，已佚。

《初知稿》六卷，（清）何鸣凤、何翔凤校刻本，一册，卷四、五、六系传钞本，云南省图书馆藏。《增订百咏梅诗》（不分卷），何邦渐撰，寸居敬评，云南省图书馆藏。

《滇南诗略》卷八录其诗《鬻儿行》《中都观星台》《登太和山》《吊杨升庵先生》4首；卷十二录其诗《建芙蓉庵》《留别芙蓉》2首。《滇诗拾遗补》卷三录其诗《登九气台真武阁》《游标楞寺》2首。《滇诗粹》录其诗《鬻儿行》1首。《滇诗丛录》卷七录其诗《登九气台真武阁》《游标楞寺》《古梅》《孤梅》《岩梅》《官梅》《江梅》《上苑梅》《会稽梅》《宫梅》《高唐梅》《废宅梅》12首。（康熙）《大理府志》卷二十九录其诗《星回节》1首。

《滇南文略》卷九录其文《法象论》1篇，《滇系》八之十艺文录其文《圣庙宜仍旧祀像论》1篇。《滇文丛录》卷六十一哀祭类录其文《祭蔡桂月学博文》1篇，卷八十一杂记类五录其文《文庙鼎新记》1篇。

（清）赵藩辑《滇词丛录》卷上录其词《满庭芳·宋摄县顺州牧李芯野擢永昌郡丞》《苍山十九峰·苍山应乐峰》2首。

诗

此次诗的点校，以（清）袁文典、袁文揆辑《滇南诗略》（上海书店出版社《丛书集成续编》影印本）和（清）袁嘉谷等辑《滇诗丛录》，（清）李思仝、黄元治纂修（康熙）《大理府志》（康熙三十三年刻本，影印本）为底本，以（清）王灿、刘琪、赵镜潜辑《滇诗粹》（云南省图书馆藏钞本）和（民国）李坤辑《滇诗拾遗补》（上海书店出版社《丛书集成续编》影印本）为校本，共计 19 首。

鬻儿行

寂寂唤儿言，生尔恨不早。值此岁大祲，田庐都作沼。娘自有生来，于今见饿莩。枵腹向谁求，逋租无计了。鬻尔济朝饥，就食儿还好。莫怨娘少恩，娘身将不保。莫向尔爷悲，愁心怕绝倒。

字字是泪，为民父母者当如何。[一]

【校记】

[一]《滇诗粹》无此评语。

中都观星台

帝里山河曙色辉，星台遗迹草菲菲。垂芒已见醒长夜，散翼曾占式八围。丰镐久悬新象魏，岐周犹护旧璇玑。钟灵自古从根本，王气时瞻映太微。

登太和山

上到灵源第一峰，万山低影列芙蓉。何年燕鸟留襄楚，此日金辇重岱宗。香火自能来薄海，明禋后事说东封。人间天上无过此，欲挟飞仙入九重。

吊杨升庵先生

黄金市骏泠燕台，绝徼风烟怨未开。议礼本崇家相志，批鳞都为上皇哀。闺中春尽鹃无赖，海上云孤雁不来。自逐悬旌如泛梗，那堪回首望蓬莱。

三四道破升庵心事，通体亦自沉郁苍凉，宛然少陵家法。武宁王子音识。

建芙蓉庵

《庐志》载：庵在浮浓岭，本名芙蓉岭，在巢县东南二十里，险峻为濡须孔道。万历初，其地有守望轩，后僧人渐次作庵，为游观之所。

乾坤许大无扃钥，浮踪是处堪行乐。青山千古看人忙，功名几代凌烟阁。我从叱驭入三巴，钟离濡口两移家。幺麽无补世缘薄，到处寻幽学种花。种花不似河阳满，僻爱登高舒啸览。前侯曾此构山亭，我来为作芙蓉馆。芙蓉秋水美人稀，安乐行窝继者谁。掇拾唾余博升斗，联镳结驷羞涂泥。涂泥底事无蝉脱，随分因缘须悟觉。行行暂此一停骖，小院琅玕不萧索。春雨桃花秋月梧，春去秋来景不疏。况复四山环翠幕，静几孤榻宜琴书。狂歌剧笑云天响，清梦乍醒神骨爽。升沉久已付青苍，此际自能祛扰攘。飘飘何日是闲身，半日投闲即是真。真空看到出尘劫，虚名薄誉归浮云。浮云聚散任南北，封疆主人原是客。驱车能得几经过，留与山僧伴明月。

清适中饶有隽味。赵州李朝佐识。

留别芙蓉 自注：余作观音小刹，即有下邳之调

尘海无涯着定踪，二毛消减少年容。要登兰若三千界，偶拓芙蓉第一峰。凉夜暂浮香榭水，野云初挂曲栏松。飘飘又泛淮东舫，谁听緱山午夜钟。

前得北渠先生《鬻儿行》诸作已经授梓，兹二诗为杜藕庄明府抄寄，因并刻之，亦诗以人重也。

登九气台真武阁

平湖十里环烟翠，何物中央腾九气。应知地底足阳和，火龙喷出汤泉沸。汤泉一碧如重新，纷纷澡浴来游人。咏歌有时集童冠，傍花随柳娱芳春。春花秋月闲来往，荒台成市蓬檐敞。天然胜迹营缮疏，达观几度孤清

赏。台中况复涌龟蛇，蜿蜒突兀相周遮。齐氏亦识个中景，拟奉北帝成虚哗。虚哗丽景还萧索，无人点缀沂川乐。地灵有分重花封，仙令挥金架层阁。嶙峋直上欲干宵，四顾翚飞跨六桥。罢源北泛沧浪艇，蒲峡南轰滟滪潮。朝烟暮霭低栏揽，秀麦嘉禾香风满。传杯恍惚醉壶天，吟啸参差入云汉。宫墙从此树文标，俨映云冈瑞色饶。地围景物增游赏，频觉新丰酒价高。我从作吏游江国，岳阳记得先忧说。投簪浪抱杞人思，相望庚桑愧头白。登临此日共开颜，尚愿天泽同安澜。更[一]借神功起昏垫，年年载酒来游观。

【校记】

[一] 尚愿天泽同安澜。更：《滇诗拾遗补》作“向阳尚切同胞难。顾”。

游标楞寺

尘襟新浣钓鱼矶，手倚青[一]筇步翠微。敲户不惊僧入定[二]，扫阶犹湿客来稀。波罗树老[三]参云立，无量花多绕殿飞。十八双田香积饭[四]，好从兰若伴缁衣。

【校记】

[一] 手倚青：《滇诗拾遗补》作“偶得携”。

[二] 入定：《滇诗拾遗补》作“睡稳”。

[三] 老：《滇诗拾遗补》作“久”。

[四] 香积饭：《滇诗拾遗补》作“能饭我”。

古梅

自植灵根入世缘，悠悠人代几推迁。常从乾始知春早，每向葭灰得气先。眼底名花皆后进，山中高卧自神仙。嵎夷茂对经何许，尚带晴空一抹烟。

孤梅

不随松竹住青山，不向隋堤傍柳湾。独立苍菲烟树外，自甘凄冷水云间。浑无蛱蝶来依倚，那有游人去折攀。落寞同侪分植久，莫言岭表是相关。

岩梅

不在江干不在林，长从石壁自根深。凭高早得收元气，绝俗先能快素心。挂玉尽人翘首望，怜香有客对天吟。崇墉永信无攀采，花落花开任古今。

官梅

不栖泽畔不林丘，常傍三公并五侯。粉署有缘称鼎味，玉堂惟此属清流。凭栏玩处琼堆锦，呵冻吟边酒荐筹。最是何郎耽爱癖，远从洛水忆扬州。

江梅

三湘七泽是琼乡，久得荣滋艳孟阳。何物先能知瑁侯，孤芳端可号花王。矶边漫对奔涛雪，水面时生锦缆香。从赠陇头人去后，一枝占断楚天长。

上苑梅

复初先已见冰瑰，不待传宣系鼓催。万寿山头纷玉屑，百芳丛里露银台。开时香气闻深禁，天下春光边九垓。压倒群英魁占捷，凭谁重访传岩材。

会稽梅

五千栖保霸图微，留取寒枝带落晖。唧璧记教存胜国，捧心尚忆转危机。似因尝胆消冰态，也为怀仇挂雪衣。不是到今含冷笑，曾看勾践破吴归。

宫梅

深院年光总是冬，粉容应懒对冰容。昭阳未得分春色，长乐虚令度晚钟。雪断羊车希幸杏，香沉鸾镜欲妆慵。谁言大内龙颜近，花艳瑶天隔几重。

高唐梅

仙标何事出阳台，雨暮云朝怨未开。十二峰危霜最肃，百千年去玉都埋。香风不断巫娥梦，羌管空鸣楚客哀。莫为折枝勤注想，襄王元不是身来。

废宅梅

蒙蒙衰草蔓丛丛，敝厦颓垣任日烘。舍主已随柯梦化，苑丘仍满卉香通。应怜乌巷斜晖冷，转惜汾阳蕙怅空。剥落峥嵘都一晌，寒花也解笑春风。

星回节

大火将西去，家家不禁烟。吐虹占瑞气，辨色卜丰年。满胜花灯夜，低垂星斗天。阿南灰已冷，火树耿光悬。

文

此次文的点校，以（清）袁文揆辑《滇南文略》（上海书店出版社《丛书集成续编》影印本）和（民国）秦光玉等辑《滇文丛录》（上海书店出版社《丛书集成续编》影印本）为底本；以（清）师范辑《滇系》（成化出版社《中国地方志集成》影印本）为校本。文共计3篇。

法象论[一]

邑文庙，设至圣及颜、曾以下十四贤像，逮遵庚寅制命，撤去圣像，而诸贤具存。万历丙午，新学宫，士人金谓圣师洋洋如在，不可令诸贤虚侍，复奉圣像于上。余展谒之余，载稽经史，"象"者，像也。[二]因作《法象论》。其文曰："天上地下，本昭然有象，至其所以为贞观处，乃不见其象。日照月临，亦昭然有象，至其所以为贞明处，乃不见其象。圣人固同天地而并日月者，其生也践形，没也遗神，亦原自有象。至其至德妙道，所以赞化育而参两间者，乃不见其象。古者大道，晦于春秋，天柱折而地维倾矣，日月蚀而旦昼瞑矣。仲尼独生其间，继往圣，开来学，辟乾坤再造，揭日月重光。俾春秋以还之人，复得共睹天日，则江汉秋阳之辉，固万世之人所钦慕而快睹者也。"

自哀公十六年，泰山一颓，十七年，即[三]庙祀于鲁。当其时，群弟子以有若似圣人，尚[四]欲以事孔子者事之。盖想望德辉，期一睹为幸耳[五]。[六]以事有若之心推之，必肖像于鲁庙，绘塑之像，应自此始。沿历古今，自天子至于庶人，莫不缘象兴思。因瞻起敬，亦犹之睹天地而瞻日月也，孰谓圣人而可以无象哉！国朝嘉靖九年，命天下学宫撤去圣像，改王号，盖起于大学士张公[七]璁之建议也。夫孔子在昔，称圣称师耳。至唐开元、宋祥符、元大德间，加以王号。唐谥文宣，宋加至圣，元加大成，至本朝成化，又加以《八佾》之舞，是皆有加无已之心，尊礼大圣人也。然而上推圣人之心，亦不乐有此，则王号之去，不足为圣人损，去之诚是矣。至其[八]周末相传之遗像，俨然生气[九]在人间，借非及门诸子之力，万世而下，又乌[十]识圣人之真哉？且殷宗物色求贤，其形惟肖，周庙有缄口之金人，勾践以良金铸范蠡。则宇宙之有肖像，其来已久，抑又明甚，璁大概谓像乃佛氏之夷俗，夫佛入中国，则[十一]汉明帝始耳[十二]。今撤吾圣师之象，任佛老之象。其象，则曷若去佛氏之邪象，存圣人之正象，以为天下人之瞻仰耶？

嘉靖八年，甫敕令禁中撤其佛老象，止存孔子象奉之，此我肃皇帝慕圣人、拒佛老之本心也。何不移时，又转而为圣祸耶？璁发之，世宗行之，天下尊时王之制，电逐雷驱，宫墙遂无圣人之迹矣。间有留圣像而蔽之以屏帘者，有移圣像而奉之于别所者，又有守令贤明，士大夫正直，不为一时承教顺令。师贤之像，居然并存，不但曲阜、白鹿、岳麓之无恙，又皆人心之良，不忍于圣师处也，盖使昔也。无像，则触目无形，既曾有像，则其神如在，目击如在之神，毁而弃之，其不仁甚矣。且天地曷言无象哉？苍苍广运，人所共见也。借令天地无象，则斯人之所戴者何物？所履者何物？所被而照临者何物？是安得托元虚幻杳之说，泯灭圣人不死之身，使天下之人，戴天不见天，履地不见地，又若障翳其明而不见曦晖蟾影耶？是盖有难为解者矣。我太祖洪武初，凡天下祀典神祇，多更易其封号，独孔子仍前代之旧，盖尊礼圣人，不以制限也。三年又以孔子祀象，设在高座，而器物陈于座下，弗称其像，因定拟[十三]为高案，其笾豆簠簋，悉代以瓷器，未尝以立像为不可也。

永乐八年，敕天下学宫，凡绘塑先圣先师，衣冠悉如古制，盖俾瞻望圣贤者，如见其真气象于当年，亦未尝以塑像为不可也。正统三年，又禁天下不得祀孔子于佛老宫，盖不使与二氏并列均之。意在尊崇圣师，象而则之也，此诚为辟邪崇正之道，亦未尝谓圣师祠[十四]象之非宜者。自春秋至本朝，上下二千年，中间哲后名臣，未易悉数，而唐之韩愈辈，宋之二程辈，又最称发明圣道，续千载之绪。斥二氏之非者，岂无有识先圣立像之非者乎？即本朝列圣相承，真儒辈出。自嘉靖而上，聪明特达，树伟称奇，号理学名臣者，亦不为少，又岂无有识先圣立像之非者乎？乃历代有高贤无此议，而议独起于张公璁。岂二千年宇宙间，人品识见，竟无有及璁者耶？至肃皇帝，锐然行之不疑，而举朝自御史蔡贯等，一辨其非而见斥，中外遂寂寂鲜公议，盖必有由矣。不然，如近日部郎，唐伯服建议于十哲中，黜宰我冉求，进南宫适宓子贱，其说非不近理，而今上犹以先朝定制，不复更易，何当日以去圣号、削圣像，言一出而行之决耶？世宗御制又有曰："我太祖当首定天下之时，命天下崇祀孔子于学宫，又阴去其立像，止令设其木主。"又曰："至我圣祖文皇帝，始建北京国学，因元人之旧像犹存，盖不忍毁之也。"夫太祖皇帝，开创之君也。当时在廷诸臣，皆弼亮开天，议礼制度考文之臣也。若果孔子之像当去，岂不能遣官明示其事，而顾为阴去于辟雍耶？若果出自上意，则往日又何为高其案以就像耶？又何不申论当去之意，颁诏中外尽去之耶？盖缘改建南雍，未及立像，原无撤去之命，璁特借以为解耳，且成祖既因元人之旧，不忍去矣。我世宗皇帝，岂不能体文皇帝不忍之心，竟忍于去之耶？在世宗为诬祖，在张璁为非圣，而以己之非圣，成其君之诬祖，罪可胜诛耶！考汉初庙祀阙里耳，至文翁立学宫于成都，设古礼盘坐像祀之。晋王右军摹写，传为礼殿图，晋顾恺之有阙里行教像，元魏刺史李仲璇又缋圣像，立十贤于兖，则塑像在唐之前已有之，非创始于元，又安得借口于元，以为薄圣师解也？使璁也，果欲建名世之业，则为国家，为生民，一切安内攘外之计，及一切阙失之典制，非无可建白者，独奈何区区搜剔圣人之名迹，快然一毁之耶？又不陈于入官之初，而顾跼蹐言于议大礼之后耶？此其故盖不能不令人惑也。世宗御制又有曰："除待该部集议外，兹朕不得不辩，亦不得不为辅臣辩。"璁也为名分也，为议礼也，非谀君也，非灭师也，夫事干天下大义，若果至公至当，则亦何嫌何疑？何待于辩？而肃皇帝必拳拳为璁辩者，想皇心昭昭，盖亦有未安处也。

　　嘉靖初考兴献之意，在廷诸臣先后并争之，而张公[十五]璁自观政以来，独主称帝入庙，去本生之议，力排群论，大礼一成，皇心用慰，张璁[十六]自部郎，转瞬入相，宠眷隆加，真一时遇合之盛矣。然异议虽皆屏斥，而天下人心，各执一是，则张璁犹在毁誉间也。故至嘉靖九年，复建孔庙之议，璁若曰："国家大礼。我既破前代之失，折众言之非，定不易之制矣。倘不更取典礼之大者变而更之，则无以证前日之是，兹复裁定先师礼制，是众人所共否者，我则是之；举世所共可者，我则非之，使古人大礼文、大制度，皆自我损益订证，而又借申于大义，以著非常之绩。今日之行是，则前日之行益见其是矣。"天下何能更置喙哉？故托尊圣之空言，为忍心之实举，假庙廷之大议。附掀揭之成功，荣宠炽可必信于君。权力盛可必行于下，惟时海内人士，即知其微，而憾其忍，亦仰承帝命，忌惮威权，又鉴于大礼之覆辙在前，遂无复有明目张胆，相继为圣师力争者。是天故使张璁非圣坏礼之心迹，昭然于天下后世耳，而宇内犹存一二师贤像者，是亦焚书之后，幸存《尚书》于壁间也。夫千百年祠而象之，一旦委而弃之，不但非百年以后之人心，恐亦非当时及门弟子之心矣。且借天地无象之说，固可以尘土圣人，倘更借天地无言之说，则此世界中，又可灰烬六经耶？

　　璁之相业，自谓表著者，此二大事。不知只此二事，已得罪天下后世矣。自古朝廷之举动有得失，则草芥之评品有是非。使一令出，而当时不一遵行，是宇内无一王之法；使令一否，而厥后杳无公议，是宇内无三代之民。孔子为生民以来一人，万世而下，推尊景仰，尚虑不及，乃今以千百年遵礼之遗像，湮泯于一人之私议，竟作斯文大难，久之不察其微，又多袭其借口之说。模棱附会，不复有识圣颜之愿，是人心又将与圣神并沦灭矣。可胜慨哉！昔陆云去而浚仪为之绘形，司马没而朝野为之画像，彼于一贤人，尚恋恋不忘如此，矧吾大圣人哉？古今天下士，皆孔门弟子也，当日独蔡侍御辈，为圣人一鸣，而甘弃其官。悲夫！大都天下奇变，必数百年而一见。商鞅坏井田，秦皇焚书坑儒，张璁议礼毁像，皆宇宙间之奇变也。井田不可复矣，书则至今存也，议礼则至今定论也，人心终不可泯，当必有为圣师惜，为天下人心惜，俾天地昭而日月明者。

按：洪武初，司业宋濂上《孔子庙堂议略》，首言迁神南面之非，次言古者木主栖神，天子诸侯庙皆有主，大夫束帛，士结茅为菆，无像设之事。今因开元八年之制，搏土而肖像失神，而明之之义，又礼乐多不合古。请皆更定，上不喜，谪濂。天顺间，林鹗知苏州，孔子庙像剥落，鹗言："塑像非古，太祖于太学易木主。"遂易之，或疑其毁圣像。鹗言："此土耳，岂圣贤耶？孔子生佛教未入中国之前，乌识所谓像？"于是并易从祀诸贤，皆木主，然其他郡县如故也。嘉靖九年，夏言请更郊祀诸议，并文庙设主，时璁为首辅，帝自排廷议，定大礼，遂以制作礼乐自任。璁承谕纂修祀典，主言："谥文宣，不足为圣人轻重，谥号无喻。言大成之言出《孟子》，成为乐之一，终加大成至圣文宣王上，于圣德无谓。设像非古非祀，圣人法，十二笾豆八佾，惟太学可行，郡县皆用为僭，并配享从祀诸更正。"上下礼部翰林会议，编修徐阶言："天子王祀，孔子设像，衮冕章服，承袭已久。臣闻爱其人者，杖履犹加珍惜，况先圣遗像？国家庙祀孔子，宫墙之制，下天子一等，乐舞笾豆，与天子同。今八佾十笾，盖犹诸侯之礼。苟去王号，将复可寇之旧。彝宫杀乐，以应礼文，恐妨太祖初制。"帝览疏不怿。璁语阶："若叛我。"阶言："叛生于附，阶未尝附，何言叛？"阶由是被黜为延平推官。帝自著正孔子祀典说，颁赐群臣。璁复为孔子祀典或问上之，上嘉焉。于是改大成至圣文宣王为至圣先师孔子，其配享四子仍称复圣、宗圣、述圣、亚圣。从祀弟子称先贤，左丘明以下称先儒，俱罢公侯伯爵，撤像题主祀之。并厘定两庑及崇圣祠配享诸子，改称大成殿为先师庙。由是观之，易主之说已发于宋濂，撤像已始自林鹗。且当时夏言亦为此议，而天下后世如贯阶、邦渐辈皆归咎璁，良以其议礼于进，恶之以人废言也。我朝定鼎，推崇孔子。迈于往古，庙祀奉木主，仍明之旧。仰见圣代帝王议礼制度，考文因革损益之妙用，可以为万世法。顺治间，丰润谷应泰编著明纪事本末，亦以孔子加封王拜于帝为僭，称先师为礼；庙祀设像为亵，易木主为礼。是文之选，特因其议论风生，笔情廉悍，取备一格。且以见天下事创始为难，与夫士君子立身一不当，则言必招尤，行必招悔，可不慎与？[十七]

先生家学，累世相承，我里文风，开宗于此。按先生子若孙，一入名宦，一入乡贤，盛节高风，载在《志》乘，炳如也。三复斯篇，益切景行之慕。同里后学杨元豫谨识。[十八]

论断处抉透权好心事，较本朝邵青门犹为警动，而月槎侍御反以事主为正，然则古人立户，又将何说乎？亦以乎敬姓张而祖之，不足为据也。[十九]

【校记】

[一] 法象论：《滇系》题为"圣庙宜仍旧祀像论"。

[二] 载稽经史，象者，像也：《滇系》无此一句。

[三] 《滇系》无"即"。

[四] 《滇系》无"尚"。

[五] 《滇系》无"耳"。

[六] 《滇系》此处有"今"。

[七] 《滇系》无"公"。

[八] 其：《滇系》作"于"。

[九] 俨然生气：《滇系》作"生气俨然"。

[十] 又乌：《滇系》作"无由"。

[十一] 则：《滇系》作"自"。

[十二] 《滇系》无"耳"。

[十三] 《滇系》无"拟"。

[十四] 祠：《滇系》作"祀"。

[十五] 《滇系》无"公"。

[十六] 《滇系》无"张璁"。

[十七] 《滇系》无此按语。

[十八] 《滇系》无此评语。

[十九] 《滇南文略》无此评语。今据《滇系》补。

祭蔡桂月学博文

嗟皇颢之难测兮，乃施报之若违。俾喆人之迅萎兮，倏莫能返乎？西晖忆怀畸而抱硕兮，拟鹏运而翀飞。爰铩羽而垂翅兮，竟两伏于胶。惟幸夜光煌不可闵兮，晴仰被于当路之知。冀紫骝一识于太行兮，庶或光影而骙骙。胡家遵之不造兮，令细君奋忽其言摧。旋税驾而偕往兮，秋云蔽银汉之奥辉。惟不佞夙联雅信兮，袭兰芷之菲菲。偶楚砌绝容响兮，惨憺楗之累累。鸣呼哀哉！修夜茫兮不再阳，井络沉兮涤无光。赴修文兮渺漠不知其乡，遗翰藻兮空增悼于手泽之琳琅。无能俟上苑之莺迁兮，歌渭城于租道之傍。徒为恸《鵩鸟》之非祥兮，续《薤露》以神伤。呜呼哀哉！遵吉路以来兮，孰意凶归。罄平生其已矣兮，蝶梦今迷。碧鸡遥指故山兮，云树依依。业辄行辞旅暑兮，朔风凄凄。转瞬帐隔幽明兮，为献羹感知一滴。不逮于九原兮，聊致诔以涕吾私。

文庙鼎新记

圣道为宪万世，近可以弘天裕身，远可以庇民康世。古今天下，庙祀而尊礼之，昭崇报也。故肇建宫墙，必恢豁其陵区，崔嵬其栋宇，令层摅绣桷，久久辉煌，乃足妥圣神，备瞻仰。而凡诵法圣人者，毋论显晦，均当图报于根本也。若夫川岳效灵，钟英濯俊，则有往复之气运，奋修之人事。在非所敢蕲于圣人者，邑庠校。

自弘治七年，大参毛公科移建今地，最得形胜，惜创始未臻完续，厥后又苦因循颓敝，几于就废。万历丙午，邑士人谋欲大新之，度难为力，愚自博升斗以来，图所以报圣师旧矣。爰从多士议，首献费以供其役，时邑博蔡君廷芳，邑士人杨峨、杨大晟、马文祯而下各献助有差。凡可议处以佐工力者，诸士人又为悉心措置，自殿庑以至棂星门外，并为更新。起丙午孟冬，鸠材集工，无惰日。至丁未孟夏底成，嶙嶒壮丽，大异昔时。坊屏台池，周曲回抱，超然一览，则群峰若增而秀，三水若浚而清。一方灵胜，酝酿二百年，至今日成大观，或亦信乎有数也。夫堪舆之说，渺不足凭，而风景佳奇，具目可见。如此宫墙，如此川岳，倘所谓地灵人杰，更何俟卜哉？所赖游圣人之门，服圣人之训，操修励在我之当尽，荣达听天运之自然。毋以宫墙为侥名侥福之资，毋以登进蹈得鱼忘筌之诮。居则敦行谊，勉为良士；出则懋事功，勉为良臣。即不敢比迹先贤，亦须令稍撤尘障，庶不忝学圣人之学，又须常念渊源所自，同兴报本之思。俾圣人之居辉煌，长若今日，则不但完风气，永可发祥，而代有善良，地因人重，山川且让灵矣。斯文不其厚幸哉！因纪今日鼎新崇报之意，以俟后贤云。

词

本次词的点校，以（清）赵藩辑《滇词丛录》为底本，词共计 2 首。

满庭芳·宋摄县顺州牧李苾野擢永昌郡丞

斗柄初南，绿荷呈盖，章缝夹路开尊。台星西耀，海日正东升。多少黄童白叟，思召杜、遮拥前旌。望征轩，行行且止，犹念旧苍生。新命喜峥嵘，羔羊誉美，鸿雁声清。循良传，上跻两汉书名。此去宣威边徼，崇德化、戍垒销兵。羡登仙，征书旦晚，翘首下宸京。

苍山十九峰·苍山应乐峰

华胥难得到，似是此山间。地灵隐隐入音宣，湘瑟两奇传。圣代鸣珂里，尧封击壤年。融融化境奏钧天，弦管太平仙。

吴尧弼

吴尧弼，字宗圣，鹤庆人。万历五年（1577）进士第三甲第一百八十一名。

其生平事迹于（民国）李坤辑《滇诗拾遗补》卷三、（康熙）《云南通志》卷之第二十一人物乡贤、（清）赵联元辑《丽郡诗征》卷四上中有载。

《滇诗拾遗补》卷三录其诗《泛舟西潭》《召见平台赐银币酒馔纪恩》《游龙首庵》3 首。《丽郡诗征》卷四上录其诗《泛舟西潭》《游龙首庵》《召见平台赐银币酒馔纪恩》3 首。《滇诗丛录》卷八录其诗《泛舟西潭》《召见平台赐银币酒馔纪恩》《游龙首庵》3 首。

诗

此次诗的点校，以（民国）李坤辑《滇诗拾遗补》（上海书店出版社《丛书集成续编》影印本）为底本，以（清）赵联元辑《丽郡诗征》（上海书店出版社《丛书集成续编》影印本）和（清）袁嘉谷等辑《滇诗丛录》（云南省图书馆藏钞本）为校本，共计 3 首。

泛舟西潭

钓岩羁客自经秋，彩鹢追陪亦胜游。海内论交失相马，天涯共酌狎轻鸥。波涛突兀山光动，荇[一]藻参差树影浮。凉月娟娟群籁寂，不知身世在沧州。

【校记】

[一] 荇：《丽郡诗征》作“荷”。

召见平台赐银币酒馔纪恩

缥缈丝纶下五云，平台瑞气正氤氲。龙颜快向彤庭睹，天语亲从黼座闻。内帑联翩中使送，雕盘磊落大官分。繇来殊眷知难际，惟矢葵丹答圣君。

游龙首庵

松盖俨[一]孤亭，前岩叠翠屏。山僧说法处，应有老龙听。

【校记】

[一] 俨：《丽郡诗征》作"绕"。

李　选

　　李选，太和人。隆庆五年（1571）进士第三甲第十二名，历官参政。其生平事迹于（康熙）《大理府志》卷十九人物乡贤有载。

　　《滇南文略》卷四十录其文《侍御史中溪李公行状》1篇。《滇系》艺文八之十一录其文《侍御中溪李公行状》1篇。（康熙）《大理府志》卷二十九录其文《侍御史中溪李元阳行状》1篇。

文

　　此次文的点校，以（清）师范辑《滇系》（成化出版社《中国地方志集成》影印本）为底本，以（清）袁文揆辑《滇南文略》（上海书店出版社《丛书集成续编》影印本）和（清）李思仁、黄元治纂修（康熙）《大理府志》（康熙三十三年刻本，影印本）为校本，共计1篇。

侍御中溪李公行状[一]

　　万历八年，中溪李先生，年八十有四，十月二十日，卒于家。其嗣君中书舍人傅，方视草内阁，选时承乏刑科，中舍君以选游先生门下[二]，嘱[三]为状，义不敢辞。

　　先生讳元阳，字仁甫，世居点苍山十八溪之中，因号中溪。其先浙之钱塘人，祖讳顺者，仕元为大理路主事，爱恋山水，遂家焉。顺生福，福生通，通生连，连生山，山生寿，寿生让，让生位，即先生父也，号蓬谷，以先生贵，封监察御史。妣董氏，赠太孺人，梦龙负日入怀者三，乃生先生，遂以是命名云。

　　先生为儿时，不与群儿戏，好读书。弱冠，梦异人授锦三丈许，令吞之，寻补郡学弟子员。力学稍暇，辄登城睇览，见山海风云，藻思焕发，文益奇恣。善决疑义，凡天文兵法诸书，过目辄洞其要。

嘉靖壬午，中云贵乡试第二。丙戌，成进士。初授翰林院庶吉士，寻以议礼忤权臣，出补分宜，分江西秋闱。事竣，丁内艰归，服阕，补江阴。会靖江海寇劫掠，先生演水操、建城楼、严兵卫，贼乃遁去，民赖以安。有被盗者，尉以因来，因亦自谓盗。先生曰："释之！"众皆莫瘳。后得真盗，人以为神明。又有绐其妻而以自杀告者，先生诘之，立服。巡抚顾公责逋赋甚严，死者动以百计。按部至常州，先生曰："逋多，不可卒办，且以完报。"顾素知先生，得免者二百余人，通邑感之，争自输纳。先生以廉节著名，发奸摘伏，不避强御；举孝表墓，兴利除害，政严而有惠爱，小民自以为慈父母。去之日，流涕遮道者百余里，为立生祠，勒碑。述善政百余事。

先生既迁户部主事，时选宫僚，大学士夏公招之，不赴。少宰霍韬，门无私谒，知先生贤，改监察御史。先生疏略云："昔成周卜世三十，卜年八百。然观于周礼，其经纬国体，人事微细无不具。则知王者必修人事，以称天所以命之之意，不举归之天以怠人事也。陛下之始即位，以爵禄得君子。近年以来，以爵禄畜小人。"其敢言类如此。大臣愈不怿，然先生独立不阿如故也。巡按八闽，大学士饯之。手出官名纳公袖，谓宜荐剡也。比至，廉知贪黩，状疏劾之。所至风靡，一省廓清。监临丁酉场屋，得人最盛，试录尽出其手，识者评为天下第一。

上议幸承天，上疏乞止，上怒，欲杖之。是夜台臣悚惧不能寐，先生独鼾睡达旦，人称为真御史。后扈从出都，闻大学士所选宫僚，皆江南富人，即于行在疏劾之。至承天，复疏，皆不报。议先生外补，会荆州知府缺，乃奏曰："荆州要地，御史李元阳堪任。"遂授之。荆襄之间，四百余里无井泉，先生至，即捐俸穿井数十，又作石池以饮马。荆地滨于大江，古堤既圮，七州县皆为薮泽。巡抚顾璘发银八万两，责之司水利者，久无成绩，先生毅然为之，甫期月而堤成，荆人遂名其堤与井为李公云。

章圣太后归承天，阉寺乘势肆暴，所至府守皆被缚，勒以三千金赎。一日候祭白袱驿，寺人下铁弹如雨，抚按而下皆奔避，先生独不移，寺人吐舌曰："奇男子也。"遂免缚。首疏藩府不法者十事，藩府自是皆敛戢。尝试诸生，得太岳张居正卷，大器之，拔为六百人之冠。时太岳年方十三，后果然，皆以先生为知人。先生以外艰去任，因遂里居不出，不营生业，薄自奉，厚施予。如婚嫁丧葬、饥寒冤抑，以至桥堤道路，列为三十二事，日以自课，至老不少替，虽废家产不恤也。平生未尝一日废书，于宅后作默游园，郭外作缨江、艳雪二台，鉴湖、绿野二楼，日与禅衲讨论其中，屡月不返。

先是，十八溪暴涨，冲城门，没民庐舍，先生悯之，以问大父秀眉公。公曰：“郡本邪龙地，古建寺塔弹压之，民始居平土。今塔多废，龙复作祟。吾欲修而力未逮，汝他日可复之。”先生谨识。至是奋然修举，自壬寅迄己卯，四十余年，凡所建造，不遗余力，水患用息。

爱静坐，至宵分，方就寝。胸次豁朗，知在事先，人以为有仙术。先生曰：“天宇泰定耳，何术之有？”先生为人诚实乐易，洞见肺腑，口不言人过，其教人曰：“惟一‘诚’字，何事不办？”中年著《心性图说》，为罗洪先所许。修撰杨慎，尝与坐终日，每出谓人曰：“见中溪神貌，如临水月，鄙吝自消；聆其语，如闻洪钟，令人顿醒。”先生既倡明性学，亦时与诸生讲文艺，凡从游者，类皆敦世善俗。先生作诗文，初不经意，援笔辄就，世以白香山、苏东坡拟之。嘉靖间编郡志，后二十年复作续志，未几，《云南通志》又出。先生手书成，示弟子曰：“往见志书，皆载山川、物产、人名而已，不及兵食与法度之所急，是何异千金之子，籍其珠宝狗马，而缓其衣食产业之数乎？”凡先生著作，非性命极理之谈，必济事安民之法。年八十余，聪明挺健，少壮莫能及。仪观秀整，望之如神仙焉。卒前十日，召门人子弟至默游园，曰：“自今至十日寅时，吾当谢世。吾尝以一死生、外形骸为念，今其时矣！”至期端坐，叱家人勿当前驱，言毕而逝。

详赡中有疏爽之致。[四]

【校记】

[一]（康熙）《大理府志》题为“侍御中溪李元阳行状”，《滇南文略》题为“侍御史中溪李公行状”。

[二] 下：底本作“久”，据《滇南文略》（康熙）《大理府志》改。

[三] 嘱：（康熙）《大理府志》作“属”。

[四] 底本无此评语，据《滇南文略》补。

赵必登

赵必登，字善贻，赵炳龙之曾祖父，明末布衣。

其生平事迹于（清）袁嘉谷等辑《滇诗丛录》卷十二、（清）赵联元辑《丽郡诗征》卷七；《新纂云南通志》卷二百三十八中有载。

《丽郡诗征》卷七录其诗《和人咏漂母墓》《园居即事》《哭明瞻弟》3首。《滇诗丛录》卷十三录其诗《和人咏漂母墓》《园居即事》《哭明瞻弟》3首。

诗

此次诗的点校，以（清）赵联元辑《丽郡诗征》（上海书店出版社《丛书集成续编》影印本为底本；以（清）袁嘉谷等辑《滇诗丛录》（云南省图书馆藏钞本）为校本，共计3首。

和人咏漂母墓

下马荐盘飧，蒿莱没九原。江山前代尽，苔藓断碑昏。死系千秋感，生留一饭恩。穷途多少客，过此涕潺湲。

园居即事

昼眠风竹静，晓起露花凉。尽日掩苔院，无人过草堂。懒多新咏少，出简旧交忘。不厌连朝雨，侵阶笋渐长。

哭明瞻弟

昆池劫灰后，缅甸去无回。急难在原痛，从亡咒水哀。倾阳几葵藿，埋恨总蒿莱。惊梦披帏见，昂藏浴血来。

李嗣善

　　李嗣善，太和人，李东之子。万历辛卯（1591）科举人，历官南京户部主事。

　　其生平事迹于（康熙）《云南通志》卷之第二十一乡贤、（康熙）《大理府志》卷十九人物乡贤中有载。

　　《滇南诗略》卷八录其诗《王聚洲谏议游鸡足过榆城赋赠（二首）》《吊杨升庵太史》3首。（康熙）《大理府志》卷二十九录有《王聚洲谏议游鸡足过榆城赋赠（二首）》《智周上人邀陪王聚洲给谏不果因新秋登山有怀次韵》3首。

诗

　　此次诗的点校，以（清）袁文典、袁文揆辑《滇南诗略》（上海书店出版社《丛书集成续编》影印本）和（清）李思仝、黄元治纂修（康熙）《大理府志》（康熙三十三年刻本）为底本，以（清）李思仝、黄元治纂修（康熙）《大理府志》（康熙三十三年刻本，影印本）为校本，共计4首。

王聚洲谏议游鸡足过榆城赋赠（二首）

　　王维词赋自名家，到处探奇兴更奢[一]。曾直螭头焚谏草，还从鸡足问拈花。解衣人破风尘色，扫径春香薛荔芽。玉洱银苍供眺赏，平原十日未云赊。

　　柳暗花残坐惜春，嘤嘤鸣鸟若为亲。一千里外人能到，十九峰头雪正匀。玉屑喜聆新咳唾，戟髯犹对旧丰神。此间握手良非偶，山水携壶不厌贫。

　　二诗风格颇似李东川，其写聚洲先生处，亦觉鬓眉活现。昆明李国章识。[二]

【校记】

    ［一］奢：（康熙）《大理府志》作"佳"。

    ［二］（康熙）《大理府志》无此评语。

吊杨升庵太史

    滇海迢迢数问津，碧鸡金马望中新。燕台不见收骐骥，宜室徒劳问鬼神。共拟扬雄饶赋草，虚传李广向边尘。消魂最是螳川水，流到巴江汇作春。

智周上人邀陪王聚洲给谏不果因新秋登山有怀次韵

    新秋林鸟自啁啁，客为山云去复留。有约远公迟入社，翻怜王粲独登楼。闲看松杪能驯鹤，回首江干好狎鸥。双树坐来飘一叶，怀人况又正惊秋。

艾自新

　　艾自新（1565～1593），字师汤，号云苍，邓川人。

　　其生平事迹于（康熙）《大理府志》卷十九人物乡贤，《新纂云南通志》卷七十三艺文考三、卷一百九十一列传三中有载。

　　著有《希圣录》《教家录》《省身录》《萃长录》。

　　《二艾遗书》二卷，收其兄弟语录，《云南丛书》子部亦收有《二艾遗书》，分二卷，前为艾云苍语录，后为艾雪苍语录。《钟山合璧》录诗《脱尘泉》一首。

艾自修

艾自修，号雪苍，邓川人，艾自新弟。万历庚子（1600）科举人，由县令擢湖南辰州州牧。

其生平事迹于（康熙）《云南通志》卷第二十一人物乡贤；（康熙）《大理府志》卷十九人物乡贤；《新纂云南通志》卷七十三艺文考三、卷一百九十一列传三；《滇文丛录》作者小传卷上中有载。

著有《雪苍语录》（《艾雪苍先生语录》）一卷，包括《励志十条》《敬字三箴》《治心四说》《家范四则》《体道五说》等。又纂修《邓川州志》。

《二艾遗书》一册，不分卷。书分两部分。第一部分为《艾云苍语录》，载有《希圣录》《教家录》《省身录》《萃长录》；第二部分为《艾雪苍语录》，载有《励志十条》《敬字三箴》《铭心十篇》《治心四说》《体道五说》《改过四说》《大戒四条》《仕宦二箴》《家范四则》《训家四警》《乡社四要》《听讼六条》《传真三宝》《救民条议》《州志原序》《云苍赞言》《道统叙略》《谢雷表》。收入《云南丛书》子部，现藏云南省社会科学院图书馆。《艾雪苍先生语录》，现存云南省图书馆。

《滇诗拾遗补》卷三录其诗《观风阁》1首，《滇诗丛录》卷八录有《观风阁》1首。

诗

此次诗的点校，以（民国）李坤辑《滇诗拾遗补》（上海书店出版社《丛书集成续编》影印本）为底本，以（清）袁嘉谷等辑《滇诗丛录》（云南省图书馆藏钞本）为校本，共计1首。

观风阁

策马寻幽佛地来，登临缓步踏苍苔。山萦古木连云起，花杂清溪带笑开。座上趺跏空色相，阁前蹊径绝尘埃。披襟共倚阑干侧，满院天风吹早梅。

何鸣凤

何鸣凤，字巢阿，浪穹人，何邦渐侄。万历乙卯（1615）科举人，官安州知州。

其生平事迹于（康熙）《大理府志》卷十九人物乡贤中有载。

著有《半留亭稿》《嵩寮集》，已佚。

《滇南诗略》卷九录其诗《泰山绝顶》《登钓台拜严先生祠》《早度白帝城》《桃源洞》《宿辰阳驿》《雁字》《落凤坡》《马到驿过萧何追韩信处》《赠陈眉公先生有序（二首）》《出巫峡》11 首。《滇诗粹》录其诗《宿辰阳驿》《雁字》2 首。《滇诗丛录》卷八录其诗《泛宁湖步杨升庵先生韵（三首）》《登标山一鉴亭》《观海珠》5 首。（光绪）《浪穹县志略》卷十二录其诗《泛宁湖步杨升庵先生韵（三首）》1 首。

诗

此次诗的点校，以（清）袁文典、袁文揆辑《滇南诗略》（上海书店出版社《丛书集成续编》影印本）和（清）袁嘉谷等辑《滇诗丛录》（云南省图书馆藏钞本）为底本，以（清）王灿、刘琪、赵镜潜辑《滇诗粹》（云南省图书馆藏钞本）和（清）周沆纂修（光绪）《浪穹县志略》（上海书店出版社《中国地方志集成》影印本）为校本，诗共计 16 首。

泰山绝顶

盘旋历岱宗，登临恣幽眺。触石云易生，近日光先照。岩岩领众山，嘘吸通玄窍。徂杖插数峰，牖下竦奇峭。秦碑与汉册，终古供凭吊。侧首探黄华，苍松森远峤。更上登封台，振衣发长啸。

登钓台拜严先生祠

高士具明眼，阅世如弈棋。先着已让人，丁丁复何为。白水昔兴王，南阳作帝师。一朝廓六合，复见汉威仪。羊裘有老子，隐鳞卧江湄。新主恋故人，物色及岩居。投竿受谏议，将为邓禹嗤。所以弄烟波，清风生钓丝。如彼躩铄翁，据鞍非所宜。藁葬城西日，覆局令人悲。

严陵钓台佳什，指不胜屈，此独以伏波对照，衬托见长，亦避熟走生法也。

早度白帝城

野店鸡声续，晨骖不肯前。星残犹伴月，洞曲正溅泉。远树朝烟缩，孤城宿雾连。江山含古意，回眺转凄然。

先生为邦渐子，蔚文父，浪邑诗文渊源所在，今观各体炳炳烺烺，洵不愧作述矣。萧颖识。

桃源洞

武陵古洞暮烟斜，避世如何近水涯。石障已迷前过路，桃蹊应满后栽花。拟选尘网亲渔棹，可许仙源度岁华。遮莫山僮勤扫拂，落红休使到人家。

宿辰阳驿

前程不定叹飘萍，隐隐壶头一望青。近郭楼台栖暮霭，隔江灯火缀繁星。几人对酒谈深夜，何处移舟泊浅汀。悔我十年书未读，欲栖二酉抉山灵。

雁字

摇曳翩翩取势时，偃波垂露各参差。墨池半注潇湘水，笔阵新裁云汉诗。似仿六书从变幻，疑探二酉共纷披。倦来敛翼依江渚，鸥鹭低头似问奇。

落凤坡

风摇白草古祠边，恨结英雄忆往年。骥足那堪淹百里，凤仪空自陨三川。血凝遗镞痕犹碧，水咽荒丘恨未捐。千载定军山上冢，不须春至共啼鹃。

马到驿过萧何追韩信处

水涨樊河路渍苔，王孙匹马此低回。若非追骑从天降，岂有藏弓动地哀。推毂相臣能覆楚，司晨君后不怜才。只今古驿留残碣，仿佛淮南旧钓台。

赠陈眉公先生（二首）有序

眉公先生坐白石山房，于东余冈头构团蕉，奉回道人，仙风穆如，丕昭灵异。予轻舟过访，门径翛然。竹气梅香，染衣沾袖，俯拜床下，清芬袭人。且谓予眉宇英英，犹带用世之气，噫嘻！免笞足矣，敢侈望乎？香清茶熟，出古名家书画真迹，共相评赏，且命孙献箸相侍，捧洗耳图索题。先生含毫运肘，呼吸立就，柴门相送，情绪蔼然，归棹摇摇，倍切伊人一方之想，勉成二律，用志仰止云。

春帆一艇趁风斜，曲水遥通处士家。翠落山窗移竹色，香生茗碗泛梅花。方瞳闪闪悬冰鉴，老笔棱棱洒墨华。退步英雄仙路近，闲招黄鹤领丹霞。

藏身丘壑远尘寰，万木参差静掩关。对案披图先着眼，逢宾下榻每开颜。辟纑有布名翻贵，抱瓮忘机意自闲。更羡孙枝长绕膝，德星今已聚云间。

出巫峡

半江春水涨前滩，鼓枻休歌蜀道难。十二峰间云出入，飞来空翠漾回湍。

浪穷三何诗，巢阿析薪，稚元则跨灶矣。李德舆识。

泛宁湖步杨升庵先生韵（三首）

兰桡去去直通幽，水碧沙明翠欲浮。鱼鸟多情亲旧侣，烟波无地著新愁。风来疏柳欹遥岸，两歇轻鸥浴浅洲。隔浦歌声频断续，不知谁棹采菱舟。

　　芰蒲刺水正毵毵，云水悠悠庆盍簪。细雨轻舟人向北，残荷断苇雁横南。渔歌入浦浮清响，烟阁含秋点翠岚。鸥鹭盟从今日订，风波世味已先谙。

　　一派涟漪漾碧流，淡烟浓雨润扁舟。云山倒映摩清景，天水相和净素秋。把酒忽生吞海兴，寻源堪拟泛槎游。笛声吹起江门月，只恐潜蛟不耐愁。

登标山一鉴亭

　　别构深藏杳[一]霭间，石梁隐隐渍苔斑。万松团荫疑无日，一水遥光欲上山。野性相关怜鹿卧，尘襟尽洗伴僧闲。寻幽暗度云林外，负笈微吟踏叶还。

【校记】

　　[一] 杳：（光绪）《浪穹县志略》作"香"。

观海珠

　　横艖寻胜俨蓬壶，肯使冯夷笑俗夫。黑水澄源开朗鉴，青山摇翠堕平湖。舟冲浴鹭翎翻雪，棹拨眠龙颔抱珠。爨社千年今再见，一泓明媚拥河图。

张聚奎

张聚奎，字瑞星，赵州人，生员。好读书，负气节。州治有石青硐堪舆家，谓有关州治地脉，久封闭。万历年间，因承担殴打暴吏张文华罪责入狱，出狱后永闭。

其生平事迹于（雍正）《云南通志》卷二十一之二、（康熙）《大理府志》卷二十忠烈中有载。

《滇南诗略》卷八录其诗《滞狱》1首。

诗

此次诗的点校，以（清）袁文典、袁文揆辑《滇南诗略》（上海书店出版社《丛书集成续编》影印本）为底本，共计1首。

滞狱

北寺萧条昼怆神，南冠阒寂夜思亲。空中偶语人偏隔，梦里还家路未真。书上邹阳终按剑，说成非子亦撄鳞。何当从此羁囚去，期会同来赴主仁。杨荣在滇稔恶，甚至有槟榔王癫翁二事，亦奇贪极矣，卒之为众所殴毙，瑞星此举何减颜佩韦五人义气，幸而能以身免，然亦不幸而不死，不如佩韦五人早著名于天壤也，诗笔凄婉真切，结用唐初死因归狱事推尊朝廷立言，尤为得体。簪崖龚锡瑞识。

杨方盛

　　杨方盛，字大豫，鹤庆人，万历戊子科举人杨提之子，奉旨册封琉球王杨佺。万历丙午（1606）科举人，万历四十四年（1616）进士第三甲第二百四十五名，官至南京户部右侍郎。

　　其生平事迹于（民国）秦光玉等辑《滇文丛录》作者小传卷上，（康熙）《云南通志》卷之第二十一人物乡贤，（清）赵联元辑《丽郡诗征》卷四上中有载。

　　《丽郡诗征》卷四上录其诗《水祠洞》《石宝山即高顶山》《梅天淬琉球刀有怀光禄叔（二首）》4首。《滇文丛录》卷五十三录其文《拟上轸念山东饥荒，发帑金十六万，仓米十二万。特差御史一名前往赈济，务令人人沾被德意廷臣谢表》1篇。

　　《丽郡文征》卷三录其文《官员赴任过限》《禁止师巫邪术》《检踏灾伤钱粮》《辄出入宫殿门》《诈欺官私取财》《拟上轸念山东饶荒发帑金十六万，苍米十二万。特差御史一名前往赈济，务令人人沾被德意廷臣谢表》6篇。

诗

　　此次诗的点校，以（清）赵联元辑《丽郡诗征》（上海书店出版社《丛书集成续编》影印本）为底本，共计4首。

水祠洞

　　礼罢神僧两足尊，妙门千劫半龛存。定中疏水杖何在，首出开天德不言。宝刹有光留色相，洞泉多窦见根源。溪云出月年年事，风雹何时消法门。

石宝山 即高顶山

天削孤峰插斗傍，倒看初日起扶桑。远山簇拥只林树，曲水遥吞舍利光。形据一方分绝景，地蟠两郡俯南荒。真师已跨浮云去，犹有诸龙护法堂。

梅夫淬琉球刀有怀光禄叔（二首）

叔将刀出赠，云是大琉球。海泛防龙合，天阴听鬼愁。挥空霜欲落，脱匣水堪抽。万里烽烟地，随身去莫留。

单刀新试舞，双剑旧能抢。雨过腥闻血，风旋雪裹身。对环追蠡动，挂壁蒯猴尘。醉后时还看，难忘持赠人。

文

此次文的点校，以（清）赵联元辑《丽郡诗征》（上海书店出版社《丛书集成续编》影印本）为底本，以（民国）秦光玉等辑《滇文丛录》（上海书店出版社《丛书集成续编》影印本）为校本，共计6篇。

官员赴任过限

《诗》谨公室王事，深靡盬之忧；《礼》尽私家君言，有不宿之义。故曹参将登相位，亟命促装；子仪虽解兵权，即日就道。今某优游卒岁，荏苒当官出也。既为苍生，岂可恋东山之丝竹；归与未投，朱绶安得卧北海之烟霞；倘竹马来迎，便辜童稚之望；即琴鹤为伴，亦违官守之常宜。按逾期用伸薄罚。

检踏灾伤钱粮

河南蝗起，汲黯循行。浙东岁饥，朱子按视。盖蠲赈出自王者，而奉行责在司。今某视灾伤若罔闻，以检踏为文具。野无青草，尚自附于有年；田起黄埃，犹虚称曰未甚。即汉文有蠲租之诏，何以及民？纵宗祖有赈贷之心，无凭遣使。十里路埋千万冢，于汝安乎？一家人哭两三般，是可忍也？不行勘核，八十杖于朝；互相通用，庶官摈于野。

禁止师巫邪术

钦若信天书之诈，取笑当时；萧瑀为地狱之谈，贻羞后世。故王法必诛左道，而圣门深恶异端。今某术托师巫，伦亡君父。扶鸾祷圣，妄称莲社云宗；咒水书符，自号真君太保。倘斯术之一帜，将浸淫于无穷。必首者戮而从者流，斯屏其迹而杀其势。

辄出入宫殿门

宫掖邃密，叩九阍而无由；殿陛森严，仰五云于何处？故内外之防，宜峻出入之界甚明。今某视君门为通衢，以阍人为虚设。借口范雎之变，佯永巷之不知；驾言樊哙之忠，排紫闼而直入。不敬之罪，安所逃乎？有常之刑，不容贷矣。

诈欺官私取财

官期清白，荣夷公以贪利；贻讥政严，诈欺萧相国之立法具备。盖在官在私，止有此数；而悖出悖入，圣训昭然。今某性同乳虎，贪似苍鹰。借官法为行劫之资，但知孔方可爱；舞文网为充囊之具，不顾钱神可羞。据其巧取无名，加以正法无赦。

拟上轸念山东饥荒，发帑金十六万，仓米十二万。特差御史一名前往赈济，务令人人沾被德意廷臣谢表

伏以虑轸，穷檐帝治，赞天行之化恩，颁御府皇仁济物力之衰。四郊枯槁生春，六郡流离载色，苞桑计切，黍谷阳回。臣等诚惶诚恐，稽首顿首。窃维国以人为本，有人斯能有土，有土斯能有财。民以食为天，无岁则亦无民，无民则亦无国，是以周官荒政甚详。首薄征而散利，亦越汉代湛恩最渥。每发廪而蠲租，惟是佐天地以勤民用，能奠山河而长世，慨青州之不熟，嗟赤子其何依。馘首兴歌，怅菩华之难久；夭枝写怨，羡苌楚之无知。下有仳俪，上谁安集，收谷神而示虐，伏昊天斩伐之威；胗民命以恣贪，重大地萧条之困。草餐木食，畴怜虎口之馋；蓬面槐斋，莫问鹄形之惨。已作沟中之捐瘠，犹众潢池，以弄兵伐木折屋，郑侠莫能绘其

图；易子折骸，华元何足摹其状。粟红徒资，肥鼠贯朽，空靡从风。自非至仁极盛之朝，安得散财聚民之政。

兹盖伏遇皇帝陛下，乾龙居首，离象当空。舜孝夔夔，母心与天心并格；文慈穆穆，父道兼祖道而隆。神戈扬我武之威，历指三陲而大定。甘雨润斯民之旱，时捐十万以生全。乃者，闻齐鲁之降馑，穆然顾流离而怀咨，谓足孰与？足则储之何心？况民则吾民，而厄之何忍？若非专遣赈使，无由曲效便宜六察。既下似稿初苏万口遥传。如仆斯起取之民，复予之民，惠而不费损乎？上仍益乎？上道以大光。一锱一铢，睹天恩之浩荡；于囊于橐，苏民困于阽危。第举国争之而不能，乃圣心发之而甚易。岂知自有停止之日。原无虚言，果然深居静摄之时，不忘赈恤。从此烟生虚里，弦歌缝掖起欢呼；渐看月满东山，谷击肩摩添气色。集飞鸿于中野，化硕鼠为乐郊。彼护之冠盖，曾无救于流亡；若种以芜蕃，益足资其珊笑。横古今而绝拟，参化育以同流。臣等材惭作砺之金，空索长安之米。念小人有腹，未知君子之心；抑土壤至微，尚切泰山之助。虽取诸怀而与诸其人亦云便矣。顾施者厌而索者未倦，何以待之？伏愿振久笥之宵衣，集方陈之群策。宜民恒用一以缓二，易虐从宽；敷惠勿暮四而朝三，慎终如始。斯万邦绥而丰年屡，比户可封；亦百室盈而妇子宁，丕基永固。臣无任瞻天仰圣，激切屏营之至，谨奉表称谢以闻。

李闻诗

李闻诗，鹤庆人，万历三十八年（1610）进士第三甲第一百三十九名。官浙江温州府知府。

其生平事迹于（雍正）《云南通志》卷二十上中；（康熙）《云南通志》卷之第二十一人物乡贤；（清）赵联元辑《丽郡诗征》卷四上中有载。

《滇诗拾遗补》卷三录其诗《饮龙华山》《游垂珠洞》《泛舟西潭》3首。《丽郡诗征》卷四录诗《饮龙华山》《游垂珠洞》《泛舟西潭》3首。

诗

此次诗的点校，以（民国）李坤辑《滇诗拾遗补》（上海书店出版社《丛书集成续编》影印本）为底本，以（清）赵联元辑《丽郡诗征》（上海书店出版社《丛书集成续编》影印本）为校本，共计3首。

游垂珠洞

联镳入古洞，回首玩清波。树艳承阴敞，潭深倒影多。观鱼浮竹叶，避雨就云窝。三日堪修禊，追踪晋永和。

饮龙华山

嵯峨殿阁倚云开，古树萧森映碧苔。廿载依栖同豹隐，芳辰览胜有鸿来。兰香酒气频相入，梵语歌声更几回。顿觉浮生皆幻化，何如此地馨新醅。

泛舟西潭

春烟尽日泛溪头，兴洽更思秉烛游。环岸柳桃堪共适，中流诗酒自相投。波光荡漾从前映，霁色霏微向晚收。未羡平原欢十日，何修得附此仙舟。

何可及

何可及（1584～1658），字允升，号若溪，剑川县金华镇人，万历四十七年（1619）进士第三甲第一百零三名。

其生平事迹于（清）袁文揆辑《滇南文略》卷四、（民国）秦光玉等辑《滇文丛录》作者小传卷上二中有载。

《滇南文略》卷四录其文《题复漕臣科臣疏》1篇。《丽郡文征》卷五录其文《题复漕臣科臣疏》《开浚海口并筑新堤记》2篇。

文

此次文的点校，以（清）赵联元辑《丽郡文征》（上海书店出版社《丛书集成续编》影印本为底本，以（清）袁文揆辑《滇南文略》（上海书店出版社《丛书集成续编》影印本）为校本，共计2篇。

开浚海口并筑新堤记

夫国依于民，民资于食。洪潦横决而沉浸，奚以奠食而安民。故《禹贡》"六府"、《洪范》"五行"皆水为先，而后世河渠之书加详焉。

治南二十里为落成桥，当孔道之冲，为剑海归墟之地。海之潴水有石菜渠一派。丽之九河一派，遇雨即建瓴而下。剑之四郊尚未布云，起视大江，平岸泛溢，害斯烈矣。近如螳螂之水东决而西注之江，寻入湖，大抵以落成桥为尾闾，或告壅滞，淹没为患，三农苦之。诸绅衿庶民愤，悦言之不能得之当事。

罗太父母初下车，询民疾苦，亟令去其壅者滞者，溶溶就下水，不为灾。自岁乙未始，且距桥而南二里许，野水每自西南冲突，沙石俱下，横截水路，返逆而上，阻水而北，西北一带举壑矣。我翁洞嘱此害，鸠工运石，转于尾闾之西，新筑一堤，用障野水。今而后，野水自适其归，河水得顺其势。堤成，洵永世之利也。

丙申春，再辟东西两岸，展而拓之，增卑培薄，如其旧道而止。岸拓而潆旋益宽，岸高而堤防益固。治水之策，莫善于此。

嗟嗟，自有水患，方春而宪檄频领，申令亟勤，有司辄传舍其事委之，下吏一挑一浚，塞责耳。孰有如我翁，身事视民事，家事视国事，野栖露处，戴往来若胥溺之。及躬不敢以刻晷宁者，仰体部院王公祖德意而克副委成，俯对生民而慰其三农之望，厥绩懋矣哉。乌可无书？

噫，余戊辰揽辔三县，诣虎丘，瞰西湖，小吏屈拇而道曰："此苏公堤也，此孙公堤也，均利于民而表之也。今兹新堤何独不然？"与二三绅衿名之，曰"罗公堤"。匪溢美也，利民之政，后先一辙也，众皆曰："可。"遂沘笔而为之记，用贞之珉并告来者，知所嗣守俾勿坏，民益永利焉。

公讳文灿，号翠环，蜀之长宁人。

题复漕臣科臣疏

为漕吏冤抑未白，微臣隐默难安。谨具实上闻，仰祈圣鉴，[一]俯赐昭苏事。慨自逆珰窃用国柄，生杀予夺，惟意欲为，兵马钱粮，一手握定。又遍布其羽翼，散处中外，而在京在边，几成凶竖之世界矣。臣适以攒运之役，遭其逆党崔文升、李明道盘据漕河，恣行威福，鱼肉文武将吏，无所不至。臣性戆拙，耻与共事。彼方叱驭至通，臣先疾驱而南，彼方期会于津门，臣先星驰于淮上，从兹恨臣日深，伺臣日密。臣几自危，人人为臣共危之。然臣惟知殚犬马之劳，办水利[二]之事，躬催八千余艘，攒至关通。抵通之日，值我皇上撤回二竖之日，十数万官旗闻命自天，欢声若雷，人人俱有性命之庆。如潞河一区，黄童嬉而白叟游，无不途歌巷舞，再生尧舜之世也。

臣今谢事有日，伏蒙皇上不以臣转输罔效，加之罪谴，又命巡监[三]两浙，臣可无言漕。然一时共事道臣及各县官，有无辜而遭二竖之冤抑者。臣既深知，而不一揭其覆盆，以剖白于今日，非所以仰体怜才之圣心，好生之大德，而忠于皇上之职分也。其一为[四]原任天津兵备副使杨廷槐，臣于去岁正月至天津料理冻船，催空复载，深得道臣协心之助，只以强项不屈，见忤于李明道，遂抹杀其生平，诬以门户，而削夺横加矣。其一为原任江西崇仁县知县崔世召，拮据服职[五]，颇著能声。该县漕米亦久征贮水次。只以免运辽粮，不餍官旗之欲，捏称未完。然六月初旬，已报开行。崔文升漫无稽查，辄并纠参，削夺既非其辜，提问祸且未已矣。其一为原任直隶淮安府沐阳县知县今故何大进，该县漕粮，业经推官秦毓秀盘验足数。米之有无插和，臣竟未闻，亦未确有证据。只凭贪弁展印横[六]之口，罗织成疏，削夺不已，又行提问，致何大进惧祸叵测，随毕命于投缳也[七]。此[八]又二百数十余年，漕中未有之变局，未有之奇冤也。当今圣明在御，日月之照，无冤不洗；雨露之濡，无枯不泽。有如三臣，其死者，已赍志沉幽。不能起九原而肉白骨，被夺者虽垂首甘废，犹幸拨云雾而睹青天。臣既为皇上耳目，又明知局中始末，臣若不言，无有知而代之言者。臣此时不言，后若有知而代之言者，臣愈不能解于隐忍，而不忠之罪更大。故不避谢事已久，终冒昧言之。况道臣杨廷槐，访册已经列名，启事料亦不远，第据其守正不阿，挺然于恶坚烈焰之日，无俟咨访，当速优起。至崔世召、何大进，虽仅么麼[九]邑令，而受折有据，处非其辜。夺者予之，死者恤之，匪独昭旷荡之皇仁，亦[十]所以信漕之功令也。抑臣因有感于起废之宜先，无如诸臣交章所荐者何也。皇上自有起废之旨，阅兹四月，时非不久，荐牍几满公车，屈指正人君子，尽自不乏。今各疏俱[十一]在御前，某系某所同荐，某系某[十二]所独荐，用所荐之人，明示汲引之公，因所用[十三]以核其所荐之人，又杜滥举之端，其于起废，思过半矣。臣非专言荐举而废咨访也，盖访册之注虽公，而登之荐剡，尤昭然与天下共见，铨部持此用人启事，益为有据耳。

臣今陛辞在即，不能与酌议之末，而臣有所知，焉能知而不举？如科臣章允儒、陈熙昌、陈良训、杨栋朝、吴国华，正气独持，铮铮有声。梧掖台臣姚应嘉、蔡国用、喻思恂、刘廷佐、吴之仁、田景新、陈以瑞，风采素著，凛凛不愧柏台。或以耻附奸枢，或以力触逆珰，或以地方波及，或以无端旁午，皆受门户之横诬，遭逆珰之摧残者也。其科臣杨栋朝，人知以参魏忠贤题差便处[十四]，不知更有留都不拜逆祠，乃其被处之故。若臣一味恬介，从来不解趋炎。臣与科臣同里，知其生平最真，故特拈出，以附于不避内举之义，伏乞[十五]皇上省览，将杨廷槐即与优起，崔世召酌量议覆，何大进仍恤以原官，并免提问，科臣陈熙[十六]昌等乘时擢用，杨栋朝应同不拜祠诸臣，扬[十七]其风节，或起以南垣，或优以北省，统祈敕下，该部施行。臣无任悚息待命之至，为此具题。[十八]

【校记】

[一] 具实上闻，仰祈圣鉴：《滇南文略》作"奏请"。

[二] 水利：《滇南文略》作"米粒"。

[三] 监：底本为"鹽"，据《滇南文略》改。

[四] 为：据《滇南文略》补。

[五] 职：《滇南文略》作"官"。

[六] 《滇南文略》衍"索索"。

[七] 《滇南文略》夺"也"。

[八] 此：据《滇南文略》补。

[九] 仅么麽：《滇南文略》作"止卑微"。

[十] 《滇南文略》衍"亦"。

[十一] 俱：底本为"具"，据《滇南文略》改。

[十二] 某：今据《滇南文略》补。

[十三] 用：《滇南文略》作"荐"。

[十四] 魏忠贤题差便处：《滇南文略》作"忠贤缇差被处"。

[十五] 乞：《滇南文略》作"祈"。

[十六] 熙：《滇南文略》作"希"。

[十七] 扬：底本为"杨"，据文意改。

[十八] 臣无任悚息待命之至，为此具题：《滇南文略》作"谨惕于尽职，恐负罪于不忠，言官自应如此要，惟本领足，故言之真挚乃尔"。

杨栋朝

杨栋朝（约 1590～1640），字梦苍，剑川县城旧寨巷人，万历四十一年（1613）进士第三甲第二百六十四名，官礼部给事中。

其生平事迹于（民国）秦光玉等辑《滇文丛录》作者小传卷上、（康熙）《云南通志》卷第二十一人物乡贤、《新纂云南通志》卷一百九十一列传三中有载。

《滇南文略》卷四录其文《会参魏珰疏》1 篇；《丽郡文征》卷五录其文《筹滇开路疏》《会劾魏珰疏》2 篇；《滇文丛录》卷四十七陈议类二录其文《筹滇开路疏》1 篇。

文

此次文的点校，以（清）赵联元辑《丽郡文征》（上海书店出版社《丛书集成续编》影印本为底本，以（民国）秦光玉等辑《滇文丛录》（上海书店出版社《丛书集成续编》影印本）和（清）袁文揆辑《滇南文略》为校本，共计 2 篇。

会劾^[一]魏珰疏

奏为逆珰恶贯已盈朝野，积愆有日。惟祈圣明大奋干断，立加殛遣，以快人心，以清君侧事。臣观^[二]今日之天下中外，极^[三]称多事矣。东北之枭獍未除，西南之咽喉复梗。而物怪人妖，风霾地震，种种不祥之兆^[四]，天之以乱征告也。无非欲皇上幡^[五]然修省，以成安攘之治。然陛下自登极以来，视朝讲学，起废用贤，尧兢舜业之念，诚足以超绝前代而鞭驾后王，又何事足当修省？不意有妖秽不祥之戾气，凝结肘腋，如宪臣杨涟所参之魏忠贤者。

夫忠贤种种罪状，琏疏胪列甚明，臣不敢再为掇拾，以渎天听，独计忠贤一刑，余微贱小人耳，何以仰承皇上之知遇，而故惓惓念及之；又破格而宠赉之至如此，其极也？盖以皇上幼冲之日，忠贤以服役之小节，效有微劳，实非其本心也，其希望有今日也久矣。然使稍知敬畏，邀雨露之涓滴，偷狗马之余年，讵非忠贤不世之奇逅。奈何目不识丁，腹饶有剑，浸假而结客氏以固宠，浸假而布爪牙以恣焰。内而宫禁侪类惟所死生矣，外而朝廷臣民尽皆侧目矣。至于阻褫老成，禁闭正直，知有一己之喜怒，而不知有主上之天下与祖宗之法制，据其猎猎欲逞之状，诚有臣子所不忍言，所不敢为陛下闻者。

乃忠贤自明之疏曰："孤臣戆直。"而陛下之慰忠贤也曰："勤劳绩著，任事过直。"又曰："是欲屏逐左右，使朕孤立于上。"嗟嗟，使忠贤而得为戆直，则古之乱臣贼子皆得以戆直自名。又使忠贤在陛下左右，而始不为孤立，是畜豺狼于几席，而置蜂虿于股掌间也，岂可不大为寒心耶？

且其溪壑无涯之欲，搜括之术，渐及留都。借明旨以恣盗行，假传造以攫公帑，如龙旗，如蠢袋，据所颁式样工料，挟要银五六十万。寅缘之奸党，仗为冰山；巨万之金钱，尽入私囊。裁减或多，则群小必向而诉曰："曾于内边魏公处费了许多。"使用稍不称意，又私相计曰："必急走北京魏公处，弄得一严旨下来。"夫宫禁何地也？票拟何事也？宵小且大言无忌，敢于玩弄。是陛下邃密之处，为忠贤垄断之所，讵可谓无外人之知觉也。

今近而中国，远而四方，孰不知朝廷之上有一恶珰魏忠贤者？是可生死予夺人也，是可得窃票拟之权，而大臣小臣惟所斥逐也。从此而趋膻赴臭者邈非分之求；耿介忠直者尢任事之念。边疆自此日蹙，盗贼自此蜂起，宇宙无光，两间若晦。讵非忠贤一人为一世酿祸作祟哉？惟祈陛下以杨琏一疏，逐一省览，敕下司法，严加勘问。并查织造各项钱粮，有无冒破克减情由，如果情理未真，则诸臣当伏妄言之罪。如曰研究得实，则或诛或遣，自有神[六]明英断，并有祖宗三尺在，恐不能为忠贤贷也。如此，则阁臣必不求去，小臣必不纷嚣，人情之惶惑尽消，东西之戡定立待。万世而下，将颂圣天子一番勇断，一番振刷，而朝野臣民且共欣跃于清明之化理矣，臣不胜激切待命之至。

不必再胪罪状，总异上之者览前疏，与杨忠烈同此赤胆也。[七]

【校记】

[一] 劼:《滇南文略》作"参"。

[二]《滇南文略》此前内容缺失。

[三] 极:《滇南文略》作"巫"。

[四] 兆:《滇南文略》作"状"。

[五] 幡:《滇南文略》作"翻"。

[六] 神:《滇南文略》作"圣"。

[七] 底本无此评语,据《滇南文略》补。

筹滇开路疏

为滇势危若累卵,民望急于倒悬。乞岩敕抚按星夜赴任,协力保御,速通滇路,以救危疆事。臣滇籍也,先作楚,令蒙拔充南垣,臣受命之后,束装以驰,凡经历之地,耳闻目击闾阎萧条之状。思绘图以献。然诸臣之先臣而入告者,谅皇上已恻然于衷矣。于是臣至留都,闻黔、蜀告难,曲靖、寻甸一带风鹤奔命,滇盖岌岌乎?有旦夕莫支之势矣。请为皇上陈之,夫滇固西南极边之地也。俗朴民醇,地硗收薄,百姓赡生之计,惟勤农望岁耳。非若中州贸易资生,有余利可收入者。近以连年荒旱,流亡载道,额内之赋,已苦难供。又有加派之征,惨于剜肉,然以民心勇于奉公,惟曰:"庶几歼此丑类,而始得有息肩乎?"乃未几而奢酋内向,安贼猖獗,以蕞尔之滇,内逼凶荒,外连二竖,臣恐滇危殆,而黔、蜀之事更不可问矣。

今之奢、安二酋,踌躇四顾,所不即横戈以逞者,虑滇之蹑其后耳,使滇可无援也。舍滇之外,又谁为扼其肘臂,为牵制二贼之计哉?然欲借外省之力以助滇,不若纠滇之土司以救滇,盖滇自开国以来,汉夷杂居,土流错设。其星棋布列者,谁非土司之兵也?征调非远,控制有要,比之各省客兵,索求既多,所在剽掠,民未受兵之利,而先罹兵之害者,其得失更有分矣。至于抚、按、监司,一省之纲领,百官所禀仰震慑者也,今竣事者去矣。升任者朝夕候代,而已弛任事之心矣。所幸新抚臣闵洪学,新按臣罗汝元与监司诸臣，皆老成谋国，矢志急公者，惟促以刻期到任，与诸臣尽心料理。镇臣沐启元年力方壮，猷略兼优，又一省之土司，所俯首听令者，惟加以应授职衔，使与抚、按协力捍御，人心自奋，军威自壮，而奢、安二酋决不敢越我藩篱，求釜外之生计矣。

然师行粮从，枵腹难战，一切军饷，委难措处，恐当事者又不能为无米之炊也。臣闻皇上发过帑银五万，垂念边疆，甚殷殷矣。然军兴所需，费难遥度，万一不给，此时再为祈请，则万里长途，缓急难应，恳请再加内帑一十五万。庶几展布有余，胆力不怯，而于滇之危难，尚可挽救于万一乎？然目下最急者，无如开路一事，前此议者有自粤西之说矣。而近日计开路者，遂循此以请。然此边徼烟瘴之地，露居野宿，纡回险远，又其地土司骄悍，抢夺出没，不可究诘。如再饵以仕宦之来往，商旅之贩载，其狂逞剥噬之态，更难控制。于此时再议更改，又多一番虚费。此万万难调停者，惟如臣同乡御史傅宗龙前疏所请，云："自蜀之成都渡泸，历建昌、会川一带地方直抵滇中。最近最捷，又来往之行径，见在可循，险窄之芟除，修辟甚易。且庐舍不断，旅寓有所。比之粤西一路。劳逸既殊，远近尤判，如此路一开，则舆马相望，便成坦途。而东路、西路，且将渐与俱开。有事则专由此路为救滇之咽喉，无事则并由各路为黔蜀之脉络，蠢兹小丑，恐求一鼠窜之所且不可得已。惟望救滇、蜀抚按协同计议，其驿递、公馆、哨堡钱粮，作何区处，遣廉能官员佐费料理。如此则缓急更无梗塞，而成功可计矣。"此臣区区一念愚衷，而臣之同乡已有先臣而言者。然恐当事者等于筑舍之谋，视若乡邻之斗。故臣不惮补牍再请，伏乞敕下该部，作速议覆施行。

赵完璧

赵完璧，字和初，赵炳龙之父，增生。

其生平事迹于（清）赵联元辑《丽郡诗征》卷七、《新纂云南通志》卷二百六《名贤传四》中有载。

《丽郡诗征》卷七录其诗《昆明春游杂咏（三首）》3 首。

诗

此次诗的点校，以（清）赵联元辑《丽郡诗征》（上海书店出版社《丛书集成续编》影印本）为底本，共计 3 首。

昆明春游杂咏（三首）

得兴不暇懒，三旬烂熳游。看花犯酒禁，索句破春愁。妆艳低明水，歌凝远出楼。殷勤祓禊节，又上木兰舟。

胜概都相引，佳游及令辰。能消一日乐，不负眼前春。蝶乱随骄马，花飞点醉巾。东风无赖极，只解泥间人。

荞麦茸茸短，风烟渺渺长。旗亭春酒冷，村路茶花香。游兴怜芳草，诗情怨夕阳。故人兼有约，烧笋过僧房。

赵炳龙

赵炳龙（1617～1697），字文成，一字云升，号楸园老人，云南鹤庆军民府剑川州（今剑川县）人。崇祯壬午（1642）科举人。

其生平事迹于（民国）陈荣昌辑《滇诗拾遗》卷四；（清）赵联元辑《丽郡诗征》卷七；《滇文丛录》作者小传卷上；（民国）龙云、卢汉修，周钟岳纂《新纂云南通志》中有载。

著有《居易轩诗文集》八卷、《楸园杂识》和《宝岩居词》，均散佚，今传《居易轩诗遗钞》二卷。

《居易轩集》收入《云南丛书》集部，现藏云南省大理市图书馆、云南省剑川县图书馆。《居易轩遗稿》钞本、光绪十四年长沙刻本及《云南丛书》本藏于云南省图书馆。

《滇南诗略》卷十录其诗《满贤林》1首。《滇诗拾遗》卷四录其诗《有盘五章·题壁》《永忧六章·述怀》《惜菊五章·责守馆者不闭牧也》《黄鹄六章·安寓也》《采菊二章寄高澹生》《广烹鱼四章》《去故都三章》《无同心三章》《维彼青山四章·失群也》《离忧六章·闵遇也》《石兰三章·念澹生也》《招鹤辞》《出塞曲》《从军行》《关山月》《关山笛》《塞上乌》《捣衣曲》《长城路》《妾薄命》《大堤隔》《四仙女》《吴宫恨》《醉歌（六首）》《月下忆别高澹生》《得伴失伴篇·追悼故大学士宝鸡杨忠烈公畏知提学黄冈何公闳中（二首）》《忆昔篇·寄段存蓼先生》《容膝篇》《云树辞寄怀同社诸子》《滇水行寄澹生义陵》《小楼》《来客》《村南晚眺》《登邑城南楼》《秋郊》《杨浚甫述小说杜生哭项王祠事感赋一诗示之》《遣兴次友人见赠韵》《题云林松石图》《春日游班山感通寺》《痛哭》《送春》《对菊》43首。《丽郡诗征》卷七录其诗《有盘五章·题壁》《永忧六章·述怀》《惜菊五章·责守馆者不闭牧也》《今夕五章·思古也》《黄鹄六章·安寓也》《采菊二章·寄高澹生》《广烹鱼四章》《去故都三章》《无同心三章》《维彼青山四章·失群也》《离忧六章·闵遇也》《石兰三章·念澹生也》《纪梦（三首）》《招鹤辞》《明河怨》《长干曲》《出塞曲》《从军行》《关山月》《关山笛》《塞上乌》《捣衣曲》《长城路》《妾薄命》《思君恩》《大堤隔》《四仙女》《吴宫恨》《醉歌六首》《月下忆别高澹生》《得伴失伴篇·追悼故大学士宝鸡杨忠烈公畏知提学黄冈何公闳中》《忆昔篇·寄段存蓼先生》《容膝篇》《云树辞寄怀同社诸子》《滇水行寄澹生义陵》《小楼》《来客》《村南晚眺》《登邑城南楼》《满贤林》《秋郊》《杨浚甫述小说杜生哭项王祠事感赋一诗示之》《遣兴次友人见赠韵》《题云林松石图》《春日游班山感通寺》《古意》《偶成》《痛哭》《送春》《对菊》《德峰寺五律》《居易轩》《楸园绝句（六首）》《鸡足山题壁》65 首。

《丽郡文征》卷五录其文《喻马》《喻游》《观棋记》《太常寺卿云南提学何蓬庵先生传》《与及门段梦臣书》《高澹生诗钞序》6 篇。《滇文丛录》卷二十二序跋类录其文《高澹生诗钞序》1 篇、卷五十四书牍类录其文《与及门段梦臣书》1 篇、卷六十三录其文《何蓬庵先生传》1 篇。

（清）赵藩辑《滇词丛录》卷上录其词《虞美人·丙申秋雨夜怀旧》《玉连环·戊戌雪夜次韵》《传言玉女·蜡梅夭钱开少韵》《清平乐·秋意》《如梦令·离思》《秋波媚·春暮》《南乡子·雨窗》《思帝乡·秋闺》《望江南·秋夜》《满江红·庚子立秋前三日》《点绛唇·秋夜》《醉春风·辛丑送春感作》《浣溪沙·壬寅春尽感作》13 首。

诗

此次诗的点校，以（清）赵联元辑《丽郡诗征》（上海书店出版社《丛书集成续编》影印本）为底本，以（清）袁文典、袁文揆辑《滇南诗略》（上海书店出版社《丛书集成续编》影印本）和（民国）陈荣昌辑《滇诗拾遗》为校本，共计 65 首。

满贤林

列嶂千寻起，悬岩百仞雄。云飞疑石动，霞敛觉山空。面壁达摩洞，茹芝黄绮翁。所欣逢胜侣，何暇问崆峒。

有盘五章·题壁

（一）

鸟声在上，泉声在下。有盘此中，其人孔暇。其人孔暇，不圃不稼。

（二）

不圃何蔬？临溪而鱼。不稼何食？农有余粒。

（三）

暑屏白云，寒餐绛雪。晨书媚霞，夕尊扬月。

（四）

今人嘐嘐，古人嚣嚣。匪今嘐嘐，匪古嚣嚣。唯伊人之陶陶。

（五）

彼伊人兮，盘中之人兮，是耶非耶？其盘中之人兮。

此归隐后自咏之作，以幽秀之笔写淡定之怀，吾服其品高，尤爱其词雅。[一]

【校记】

[一]《丽郡诗征》无此评语，据《滇诗拾遗》补。

永忧六章·述怀

（一）

永忧纷只，瞻白云只。云之沄只，美人其殷只。

（二）

彼美其殷，实劳我心。往将与群，山高水深。

（三）

榛苓在西，黍苗在东。西天孔遥，东流曷穷？

（四）

如鸟斯飞，垂翼暮途。如鹿斯奔，离群而呼。

（五）

呼群者鹿，垂途者鸟。人何以堪，百忧用老。

（六）

维玉在山，维谷有兰。携彼德方，邵哉先贤。

惜菊五章·责守馆者不闭牧也

（一）

菊之香兮，蔚秋芳兮。嗟胡为其不芳，而饱之犬羊？

（二）

物则鲜知兮，畴实纵之。杰士之凋谢兮，我心则凄。

（三）

霜风萧萧，石烟条条。猿鹤寂寥，魂归曷招？

（四）

蒔汝护汝，怜汝风雨。竭我心膂，同我羁苦。而何遇非其主？我亦无所处。

（五）

故园三径，悠悠我心。归去来兮，偕老其阴。

此随跸安隆，将归隐之作，反复长吟为之涕下，不知当日流多少血泪也。[一]

【校记】

[一]《丽郡诗征》无此评语，据《滇诗拾遗》补。

今夕五章·思古也

（一）

今夕匪月，我亭寝白。明烛未发，水天之洁。

（二）

风来徐徐，远山参差。夜凉何多，秋声满篱。

（三）

放鹤归只，鹊南飞只，美人一方，思依依只。

（四）

匪思则夷，德辉蔽之。待旦而坐，圣修所师。

（五）

倘焉今夕，坐古人宅。彼梦涵者，无乃为跐。

黄鹄六章·安寓也

（一）

翩翩黄鹄，来自南陆，遵渚而宿。

（二）

渚则有宫，渚则有梁，维鹄徜徉。

（三）

于嗟鹄兮，将高举兮，而云峤其修阻兮。

（四）

于嗟鹄兮，将远游兮，而泱漭其无陂兮。

（五）

挐鹄其侣，倡予和汝，慎尔出处。

（六）

可止暂止，可栖暂栖，顺造物之时。

亦归后之作，"慎尔出处"一句是全篇之骨。[一]

【校记】

[一]《丽郡诗征》无此评语，据《滇诗拾遗》补。

采菊二章寄高澹生荣昌按：澹生，昆明人，名应雷，公门下士也。[一]

（一）

采秋菊兮东篱，霜华碎兮霏霏，招隐士兮何时归？

（二）

采秋菊兮东皋，霜风发兮萧萧，思公子兮中心摇。

【校记】

[一]《丽郡诗征》无此按语，据《滇诗拾遗》补。

广烹鱼四章 荣昌按：此亦将归之作，由黔返滇，故曰西归，美人谓何？提学阎中曾招隐先生者。[一]

（一）

谁能烹鱼？佐之盐梅。谁将西归？报之琼瑰。

（二）

谁能烹鱼？言饮其腥。谁将西归？言洁其轮。

（三）

我思美人，盈盈一方。匪美人其曷归？归美人兮。而心彷徨，而道阻且长。

（四）

我思美人，忧心如焚。匪美人其曷归，归美人兮。而足逡巡，而不敢以告人。

【校记】

[一]《丽郡诗征》无此按语，据《滇诗拾遗》补。

去故都三章 荣昌按：可望杀杨畏知、何提学，遂弃官隐云南县城东，未几愤死。人之云亡，盖指此，或曰此乃明亡后之作，故曰去故都。[一]

（一）

去故都兮，山水其长。人之云亡，涕泗其滂。典型之犹在兮，殚高仰而景行。

（二）

去故都兮，雨雪其霏。人之云亡，麟凤其悲。明王之可宗兮，孰操兰而茹薇？

（三）

去故都兮，岁月其沉。人之云亡，禾黍行吟。我心之永贞兮，惧愆修而忝亲。

不背师，不辱亲，所以能持节。[二]

【校记】

[一]《丽郡诗征》无此按语，据《滇诗拾遗》补。

[二]《丽郡诗征》无此评语，据《滇诗拾遗》补。

无同心三章按：杨公虽死，吴贞毓等存，犹为国有同心，至十八先生亦见杀，则无同心矣。[一]

（一）

国无同心兮，放我江潭。居不可卜兮，行歌而自怜。

（二）

国无同心兮，率我中野。虎兕之既群兮，衣褐皮以为雅。

（三）

国无同心兮，靳我嘤鸣。依先民以为则兮，慰羹墙之我亲。

【校记】

[一]《丽郡诗征》无此按语，据《滇诗拾遗》补。

维彼青山四章·失群也

（一）

维彼青山，石巉岩兮。维彼流泉，水潺湲兮。有美一人，山水之间兮。

（二）

山之高兮，犹可牧兮。泉之流兮，犹可浴兮。彼美人兮，其不可渎兮。

（三）

山高而巉，草木翳之。流泉[一]而潺，菅丝利之。嗟美人之信芳兮，仇予而将去之。

（四）

匪山必高，畏人往还。匪泉必流，畏人激湍。匪美人其若仇，畏人之中道而弃捐。

【校记】

　　［一］流泉：《滇诗拾遗》作"泉流"。

离忧六章·闵遇也

（一）

欲离忧兮，云天之寄兮。白云缥缈而长逝兮，羌予不能御兮。

（二）

欲离忧兮，灵均之谒兮。湘水泱瀁而无楫兮，羌予不能涉兮。

（三）

欲离忧兮，帝阍之哭兮。阍者伏戟而骇目兮，羌予不能入兮。

（四）

欲离忧兮，佣歌之醉兮。渐离瘖老而谋废兮，羌予不能类兮。

（五）

欲离忧兮，其无所适兮。匪予好劳役兮，嫖车不可历兮。

（六）

欲离忧兮，其无所汰兮。匪予乐行迈兮，釜鬵难自溉兮。

诵诗读书以知人论世为要义，知先生之人，论先生之世，则读先生之诗益唏嘘而不能自已。[一]

【校记】

　　［一］《丽郡诗征》无此评语，据《滇诗拾遗》补。

石兰三章·念儋生也

（一）

石兰之葆兮，芳窈窕兮，可以扬予藻兮。匪维藻兮，永以为好兮。

（二）

石兰之翠兮，纷粹邃兮，可以纫予佩兮。匪维佩兮，永以为惠兮。

（三）

石兰之艳兮，香焕漫兮，可以适予粢兮，匪维粢兮，永以为范兮。

按：公文集澹生为之序，是能传公衣钵者，宜公念之而不忘也。[一]

【校记】

[一]《丽郡诗征》无此按语，据《滇诗拾遗》补。

招鹤辞 按：屈原《招魂》自招其魂也。此亦自为招隐耳，借鹤以为言，乃诗家之比体。[一]

鹤兮鹤兮胡不归？松杉静兮白云飞。怨山人兮啼晓猿，庭寂历兮空徘徊。鹤兮归来，元圃之仙兮难期，北山之客兮畴依。胡不恋石床之露兮，胡不爱山亭之晖。鹤兮可归，云衢万里兮远[二]莫致之。税驾风尘兮尘网将羁。历九州而相其君兮，遇之者谁？鸣九皋而听于天兮，天高听远。鹤兮何归？秋江之上兮霜月凄，玉关之外兮腥风吹。空肠断于江城之笛兮，空梦冷于孤山之梅。

鹤兮归来！勿闲浴于璜浦兮，勿长寝于蓬嵋。浦有蜮兮，嵋有狸与。子其不德兮，曷见几而去之。鹤兮归来！勿振衣于千仞兮，勿借巢于一枝。千仞之冈兮多险巇，一枝之荫兮无德辉。与其供弋人之篡而歧途掩泣兮，曷一丘一壑之是随。丘有盘兮壑有畸，云树苍苍兮稻粱肥。猿同啸兮鹭同栖，主人出入兮长相携。风月皎洁兮宜所思，舞且唉兮白云低。择地而蹈兮今其时，鹤兮鹤兮胡不归？

将不归之可危，层层说透，则归之可乐不待烦言。[三]

【校记】

[一]《丽郡诗征》无此按语，据《滇诗拾遗》补。

[二]远：《丽郡诗征》作"违"，据《滇诗拾遗》改。

[三]《丽郡诗征》无此评语，据《滇诗拾遗》补。

出塞曲 以下十首皆乐府体[一]

横缨出远塞，马鸷怒飙发。顾见双白狼，弯弓洞穿骨。滚滚尘沙间，天空任奔突。万马尽辟易，豪气立须发。誓此七尺躯，捐以报明阙。濡笔天山巅，文炯千秋碣。却笑飞将军，射虎蓝田月。

此殆佐杨公戎幕时作。[二]

【校记】

[一]《丽郡诗征》无此按语，据《滇诗拾遗》补。

[二]《丽郡诗征》无此评语，据《滇诗拾遗》补。

从军行

中原二十秋，羽书急如雨。少岁许从军，兜鍪执旗鼓。沙雪任凌蹴，边城不知苦。但恨羌笛声，乌乌泣秋浦。凄然悲故乡，醉掣双龙舞。

关山月

玉关之外山如攒，山高万仞月生瘢。清影照来角弓动，流辉射将银甲寒。此辉何不射宫殿，此影何不照句阑。宫殿宵宵锦屏设，句阑处处银筝弹。望关山，高且远，黄鹄道歧秋色晚。今年未剪白兔营，春来又战红狼坂。山月白，伤心魂，少年停婚出玉门。十千里路苦霜雪，归去方知天子恩。

关山笛

秋风不遣魂归去，笛声叫醒胡天曙。一夜梅花落玉关，关头雁帛无寻处。可怜出塞骋黄骝，珠鞭玉勒珊瑚钩。猎犬飞鹰竞驰逐，沙草茫茫春复秋。关山遥遥家万里，月明羌调风中起。白露清冷更送寒，回首天涯泪盈指。

先生诸乐府皆雅惠，似温、李一派。[一]

【校记】

[一]《丽郡诗征》无此评语，据《滇诗拾遗》补。

塞上乌

君不见，塞上乌，月明归飞声呜呜。高城女儿夜鸣杼，听者泪落纷如珠。可怜苏武单于客，暮鸿风里头销白。北向望南南望胡，茫茫黑海千山隔。吁嗟乎！塞上乌，无夜呼。李陵不归，王嫱已夫。将军七尺男儿躯，美人国色宫中无。天山牧马长城陷，空向高台泣故都。

捣衣曲

月明波净芦花渚，石上秋心动霜杵。一声两声离别情，千点万点红泪倾。西风断肠不成响，抱衣归阁霜靰掌。

长城路

长城不尽路，千里复万里。君成长城外，妾住深闺里。深闺夜夜风月凄，长城月落鹧鸪啼。何不从君学弓马，射雕杀兔长城下。

此与上篇皆短小精悍，如郭解之为人。[一]

【校记】

[一]《丽郡诗征》无此评语，据《滇诗拾遗》补。

妾薄命

生来少小良家子，织素裁衣不停指。有时闲暇学箜篌，兼操笔札弄书史。自分窈窕闭深闺，杼丝夜夜待鸣鸡。整裳出户锵琼佩，低眉顾影无敢迷。二月冰开母结褵，为言夫婿却相宜。镇陪桃李春风笑，宁虑牛女秋夕悲。无何北地急征兵，良人骑马向长城。牵衣相送千行泪，执手生离万古情。征程远远独言归，回首望望心有违。曲巷到来余落叶，寒烟不起掩空扉。入室吹灯灯欲歇，更深拥被被难揭。孤枕愁听梧桐雨，枯眼厌看杨柳月。贱妾零丁禄命低，征夫无信背人啼。照镜彩鸾嗟独舞，巢梁紫燕羡双栖。更有东邻西舍人，横陈罗帐锦衾新。年年欢笑何曾别，在在优游共此身。伊余寂寞思悠悠，经岁长吁复坐愁。敢论阿娇贮金屋，只同嫠妇泣孤舟。糟糠不厌颜将老，出入无裙怀似捣。篋内徒留合欢扇，篱边懒种宜男草。欲向云氛一问天，毕生何事苦绵绵。江妃解佩终无赖，苏蕙回文不值钱。但许化石在中阿，甘受雨雪矢靡他。有豹直指西陵柏，为鸟不顾北山罗。计从夫婿渡交河，河梁断绝水扬波。安得南风吹我去，对君呜咽为君歌。

　　悱恻缠绵，似长庆体。[一]

【校记】

　　[一]《丽郡诗征》无此评语，据《滇诗拾遗》补。

大堤隔

　　大堤隔江江水深，妾欲过堤双楫沉。眼愧长干众儿女，早婚晚嫁同欢处。江花簇簇霜后红，垂杨万树摇春风。不知妾心落何处，莺莺燕燕春江去。去尽大堤风雨多，郎不渡江妾奈何。

　　此等诗认作冶曲，恐终不宜。古人于君臣朋友，至难言处大半托为男女之词，吾谓此诗亦然。[一]

【校记】

　　[一]《丽郡诗征》无此评语，据《滇诗拾遗》补。

四仙女

　　贾陵华、段安香，昔日寻常人家学梳妆。倏然骑白鹤乘彩鸾[一]，辞亲来游白云乡。董双成、许飞琼，青闺脉脉含春情。何以一旦身能轻，会同瑶池之母谈长生。瑶池之母笑相审，琼浆酌共娇娥饮。亲赠鲛宫百炼冰，便令不记相思枕。日月追随岛上云，天风萧骚吹素裙。肉芝神茯何芬芳[二]，愿言采之遗主君。四青龙、四白鹿，红脣绿云眉不蹙。岂复当年学舞时，长袖纤罗行踯躅。老却东风不计春，少年神骨自清新。天心吐镜无纤尘，但服石髓栖吾真。

【校记】

　　[一]鸾：《滇诗拾遗》作“凤”。
　　[二]芬芳：《滇诗拾遗》作“芳芬”。

吴宫恨

吴宫歌舞迷魂地，月明暖抱琵琶睡。梦起犹闻掩抑弹，兴亡曲里依稀记。今日霜丛叫鹧鸪，美人冢下淹红泪。只有嵯峨江上山，眉黛犹横满宫翠。

醉歌（六首）

今日不成醉，恐负昨日花。明日花下酒，知否邻肯赊。往者杜陵老，吞声曲江涯。焉如太白豪，滥醉谪长沙。百岁事恍惚，六代文虚华。苕荣与蜉掘，富贵乃黾蛙。营营而皇皇，醒胡为者耶？

自三百篇，以酒为解忧之物，后代诗人遂多酒狂，其实极豪放，极旷达，正其极牢骚之变相耳。读公数诗，当知此意。[一]

有酒渴自酌，无花春亦香。竹外客山鸟，双声催我觞。兼之风雨晴，云白山苍苍。得趣在蒗轴，安知帝者乡。醉歌怀古昔，巢许嗟吾狂。

相传安期生，灵枣大如斗。以之延其年，造物同悠久。而何当代人，不得餍馋口。岂若随地蔬，陶陶一杯酒。

颜生知足时，晚食以当肉[二]。陶公解绶归，满篱种黄菊。漉酒晚花前，达者有真福。陋彼求富人，执鞭耐呼蹴。

兰茝千载香，汨罗负幽怨。落托[三]吴市游，吹篪觅晨饭。生仇与死忠，绪论多于蔓。我醉了不知，风月长相劝。

西施湖上归，吴宫没颜色。绿珠坠高楼，明妃妻漠北。蛾眉世所珍，情尽生螽螣。逢场且醉歌，千金珍一刻。

【校记】

[一]《丽郡诗征》无此评语，据《滇诗拾遗》补。

[二] 肉：《滇诗拾遗》作"内"。

[三] 托：《滇诗拾遗》作"拓"。

月下忆别高澹生

送君船上时，寸衷郁如结。船去翻悔余，胡无一言别。亭亭两岸山，锁愁青不绝。浩浩大江流，波声善呜咽。黄竹摇晚风，归途草烟热。惨淡入岑宇，书囊未忍揭。薄暮方彷徨，寒虫思先切。生平耻独醉，空对月如雪。

起四句情景俱真。[一]

【校记】

[一]《丽郡诗征》无此评语，据《滇诗拾遗》补。

得伴失伴篇·追悼故大学士宝鸡杨忠烈公畏知提学黄冈何公闳中（二首）

得伴何足喜？喜彼志术和。如天有明月，星辰各森罗。如水有神龙，凡鳞随其波。亲上而亲下，气从而类多。鸣阴鹤有子，伐[一]木登泰歌。生平感知心，宝剑勤淬磨。

二诗为先生行藏关键他篇，多因此发脉。[二]

独立丈夫志，失伴奚所悲？悲彼道术歧，群口如箎吹。百川一人障，末流谁济之？大厦只木倾，榱栋多奚为？南阳出庐日，北山绝人时。行藏亶谁喻？怀哉千古姿。

【校记】

[一] 伐：《丽郡诗征》作"代"，据《滇诗拾遗》改。

[二]《丽郡诗征》无此评语，据《滇诗拾遗》补。

忆昔篇·寄段存蓼先生

自叙垂迁史，壮游纪杜诗。览镜对华发，羞言往昔时。往昔六七龄，能学风雅词。笔阵飞鸟隼，言泉起蛟螭。十六泮水游，廿六魁滇池。论交得鲍谢，荐士归皋夔。冀幸跻台阶，帝座倏已移。鼎迁哭泗浦，瓠落伤园篱。五华踞沙虮，六诏喧鼓鼙。峨峨杨关西，洒落平生知。严城苦百战，完此累卵危。对酒借前箸，公辄颔以颐。世变不可极，狼缚虎转窥。委曲就帖伏[一]，奋发欲有为。芒鞋走苍梧，草蔬陈丹墀。贡禹弹其冠，骥尾附以驰。司农大计绌，画省惭职司。门户争异同，台阁多委蛇。公持平原节，碧血喷淋漓。大名自天壤，国步窘边陲。警跸扈南狩，安隆建黄旗。狐鼠患益深，猿鹤化无遗。负此进贤冠，归与松菊随。桂蠹剧堪悯[二]，竹溪聊可怡。逾年改陵谷，消息凄肝脾。风雨金蝉哀，咒水铁椎悲。侧闻故将军，带砺仍相推。维驹胥载路，伏骥将何之？低头拜杜宇，结邻沙鸥期。守黑甘贫贱，草元混希夷。我拙我所安，世俗胡然疑。乃悟风波生，犹有钓鱼矶。誓将弃之去，石宝穷屃屭。纵我出世心，茹君商山芝。往昔何足道，聊以存相思。

　　公一生出处尽于此诗，国家存亡之感，亦在其中，不可少之作也。[三]

【校记】

　　[一]伏：《丽郡诗征》作"代"，据《滇诗拾遗》改。

　　[二]悯：《滇诗拾遗》作"闵"。

　　[三]《丽郡诗征》无此评语，据《滇诗拾遗》补。

容膝篇按：明季忠义士多遁而为僧，君子哀其志焉，公不屑此而隐居以全节，非断义尤精何以能之。[一]

　　精舍匹兜率，天魔列其室。森森空与元，琉璃贯金漆。往者杨墨人，入焉而复出。沿袭近千载，墙户愈荟萃。世情惊奇诞，土木匪所恤。骈矇尽无赖，士贫不中昵。卓哉圣门徒，敝缊响琴瑟。仲宪绳枢廉，颜渊陋巷逸。考盘慷寤歌，衡门傲遐日。心熙鹿豕群，富贵若秋实。吾自得蘧庐，吾以容吾膝。

【校记】

　　[一]《丽郡诗征》无此按语，据《滇诗拾遗》补。

云树辞寄怀同社诸子

　　岭上晴云云外树，青猿白鹤中间聚。秋色幽苍落叶深，晓吟夜啸相依附。得伴长壶萝蔓风，呼雏净浴芦花渡。拙性偏丁世路危，闲情易触诗人炉。挟弹张弦向碧峦，风嘶隼歇犬如攒。香山觅穴霜花苦，汉水寻栖月魄寒。踪迹晦来生死幻，羽毛伤后去留难。遄余不满王孙兴，赚落锦囊金弹丸。从兹树黯云阴断，枫崖藤壁留空幔。星月涵虚夜沉潦，石上但闻魑魅[一]唤。故旧徒伤白首心，天涯且拂青云翰。泪洒西风泾薜萝，江东渭北情无限。

【校记】

[一] 魅：《滇诗拾遗》作"魈"。

滇水行寄澹生义陵

滇水不东王气西，万马南牧骷髅啼。滇人远羁洞庭北，身贫彻骨衫如泥。乡关日夜浓归梦，洞庭撸楫难飞送。浪迹寒依梗叶浮，鬓霜又染春风动。春风处处棠梨花，别君昔记青娥家。蓦上高原见芳草，玉骢影绝千山遐。楚耶滇耶迩乡土，水不汇流山各主。友生昆弟结天涯，绵绵葛藟河之浒。昔醉滇池岸上春，柳条袅袅思行人。桃花李花斗颜色，醉者便卧苍苔尘。西山凭阑万顷碧，碧鸡金马霞天夕。此际榜歌收钓来，孤帆仿佛君山迹。抬网矶头草眼柔，螺儿湾口百花洲。红衫少女素罗帐[一]，公子翩翩齐出游。于今风景忽长往，念子羁孤梦安仿。五更残角黄昏箫，和风并作关山响。关山岁暮鸿雁过，作书寄子投汨罗。为余更问湘妃宅，竹枝血泪今如何？

公诗四卷六百余首，今所存不及十之一，而垂念澹生屡见于篇，其师弟相契之深于此可见。是诗作于鼎革之后，首云"王气西"盖指永明王弃缅而言，末云："湘妃血泪恸念思陵，故君也。"先生忠情觞处，即发如此。[二]

【校记】

[一] 帐：《滇诗拾遗》作"帱"。

[二]《丽郡诗征》无此评语，据《滇诗拾遗》补。

小楼

小楼久不下，一年春又深。落花悄无语，老树自冬心。酒热偶看剑，床空还抱琴。小儿强解事，也学和陶吟。

来客

烧烛草堂春，劳君枉顾勤。上书京阙远，投笔弟兄贫。往昧浮名幻，今知酒味醇。西州肠断过，莫话吐车茵。

村南晚眺

平川红日近[一]，岚气薄南皋。浦色涵空翠，秋声卷怒涛。烟中孤鸟没，林外一峰高。官道纡如此，行人策蹇劳。

【校记】

［一］近：《滇诗拾遗》作"尽"。

登邑城南楼

断堞耸谯楼，风烟四望收。弦歌犹里俗，亭障亦边筹。山翠晴如雨，湖光夏欲秋。吾庐楸树隐，凝眺意悠悠。

秋郊

沧江流自去，归牧散平芜。渚洁山眉淡，天悬塔势孤。老贫千计拙，诗病半身瘫。处处秋鸿语，萧关有信无？

杨浚甫述小说杜生哭项王祠事感赋一诗示之

骚客临祠吊楚王，共零涕泪洒秋堂。寒云白昼愁江水，风雨黄昏冷剑芒。百战几人皆左衽，七襄终古不成章。寄言杜项都应笑，雁塔长陵草树荒。

此亦借杯酒以浇垒块之意。[一]

【校记】

［一］《丽郡诗征》无此评语，据《滇诗拾遗》补。

遣兴次友人见赠韵

逃名空谷似王官，敢筑诗坛拟建安。乱后琴书家计减，豪来风月酒杯宽。焚香复自挥元草，指水何当愧素餐。与于虩虩双病鹤，奋飞应避弋人弹。

此逃隐石宝山后之作。[一]

【校记】

［一］《丽郡诗征》无此评语，据《滇诗拾遗》补。

题云林松石图

岂是黄山卅[一]六峰，一峰怪石一株松。月明半夜来孤鹤，雷震空堂起蛰龙。倘许仙人开洞府，那知天意有春冬。题诗便欲山中去，松下峰峰曳短筇。

章法团结。[二]

【校记】

［一］卅：《滇诗拾遗》作“百”。

［二］《丽郡诗征》无此评语，据《滇诗拾遗》补。

春日游班山感通寺

闲游古寺暗愁生，何似桃源可避秦。台上雨花春又暮，楼中贝叶解无人。碑留御制空陈迹，石有仙踪起细尘。院落几重芳草静，白云犹自锁长春。

亦是举目有河山之感。[一]

【校记】

［一］《丽郡诗征》无此评语，据《滇诗拾遗》补。

古意

黄鹄因风举，青云六翮生。奋飞凭怒后，临眺小沧瀛。

偶成

层楼插虚空，四壁无丹腹。夜夜移星河，高秋横一鹗。

痛哭

日入燕京暗，乌云掩玉扉。新亭人更饮，有泪共沾衣。

送春

为惜园林春事残，狂歌送酒拍阑干。花开花落浑闲事，赢得天留冷眼看。

对菊

寒蝶伶俜径草芜，斜阳一角古墙隅。黄花似劝先生醉，笑问山妻有酒无？

广巷伯九章

（一）

日兮月兮，过则见之。更而仰之，谁其党之？

（二）

坚兮白兮，磨而涅之。虽磨涅之，只自绝之。

（三）

辛兮螫兮，毁我肌肤。虽毁其肤，而骨自如。

（四）

蝇兮蚋兮，为徒孔繁。彼秽者口，易牙不全。

（五）

鬼兮蜮兮，为形弗彰。如诅如仇，苏公见伤。

（六）

魀兮蝎兮，为心孔艰。糜而烬之，沉诸重渊。

（七）

重渊毒鳞，怒彼长舌。既吭其躯，终殄其魄。

（八）

胡为不悛，磷于江潭。沿流吸沙，浸润屈原。

（九）

嗟彼谮者，如簧乱聪。人亦有言，多言数穷。忠而见谤，君谁与忠？

纪梦（三首）

梦至宝岩居，一深衣幅巾修髯老人，款谈良久，示以诗，醒而记二句云："一片冰壶一卷书，雷声汧默慎沦胥。"启牖神明，岂徒招隐，决机贵早入山，贵深亟起冥藏神命之矣。诗以纪事，诗凡三章，章八句。

二曜沦精，稽天汩浪。穿岩怪木，异香蒸瘴。何哉沦胥？鼻穿脑胀。蜣蜋攒趋，寒蝉孤唱。

枕席有雷，寝馈有书。从方外游，宝岩之居。皎然寸心，寒冰玉壶。葭水横棹，君其问诸？

天不弃予，神亦福之。爰告我梦，爰示我诗。戒以厉阶，开以吉辞。尚慎旃哉！敢背而驰？

明河怨

夜凉出庭望，顾见河边星。习习机杼风，织此云锦青。鹊羽不私借，仙娥秋户扃。孰知人世欢，终夕张银屏。

长干曲

长干百树桃，繁花子不结。郎心夫如何，脱口艳于缬。莺声入晓帘，寒重山犹雪。桥头人卖花，已近清明节。

思君恩

长门静锁春光寂，不见君王泪潜滴。记得龙绡醉压时，银缸悄唤宫娥剔。即今宫殿掩黄昏，明月玉箫空断魂。梦回赚得行云暖，枕上犹啼万岁恩。六宫承幸谁娇惯，独有昭阳美人盼。恩重宁知怨已丛，泣遍春鹃与秋燕。

德峰寺五律_{佚下半首}

青山多远寺，近识德峰名。北郭风烟接，南湖水月清。

赠杨伯起医士_{佚下半首}

君世关世后，家承清白传。能文开素业，大药驻丹田。

居易轩_{上有小楼，区而为三：中曰礼佛，右为望野，左为读书，偶以诗纪之}

容膝小楼只数椽，鸭炉香袅拜金仙。读书倦得琴三弄，望野吟成诗百篇。谢朓青山芒屐外，陶潜绿柳筚门前。余生寄此安闲适，放我能闲敢亵天。

楸园绝句六首_{佚去五首}

梦起日悠悠，南轩翠幄留。不知身是叶，独喜树名楸。

文

此次文的点校，以（清）赵联元辑《丽郡文征》（上海书店出版社《丛书集成续编》影印本）为底本，以（民国）秦光玉等辑《滇文丛录》（上海书店出版社《丛书集成续编》影印本）为校本。文共计6篇。

喻马

冀北多名马，故凡买马者，必趋焉。其居人，以鬻马为生，习辨马之善恶。

有富翁，获一驹于河水之右，麟身龙首，目光如电，眉有白毫，以为宝物也。抱而关之木栏，判析刍，烹软豆。时而饲之。不衔不橛，与之游处。夏则凉以风栈；冬则覆以温毯。如是者三载，而马鹿鹿然大变，昂藏如龙，然性悍骜难近，见翁则伏，见人则蹑。时梁孝王好马，遣使者购马，翁索其值三千金。使者持衔靮而縻之，马逸不受，凡三往而三扑之，皆蹑断其吭而死，马竟弗市。王问杀使罪翁，狱以成，家遂败。

有贫人，亦获一驹于河水之右，肉陷于骨，不食不嘶，以为弃物也。怜而畜之于厩，其刍粮苦栈之具，朝夕与家之群马同。逾月则授之衔，又逾月则授之靮，逾年则使之引重致远，与群马之有力者相盘错。偶有蹇跌咬扑之患，则以棰策威之。凡太行之巅，王阳之阪，无不游历。如是者三载，而马麃麃然大变，每食能尽粟一石，截河之流而饮，负千斤不仆，闻震雷不怵。人言之孝王，王购而得之。压以殿前之鼎，马一嘶而起。举火爇炮，廊柱颠折而马目不移瞬，蹄鬣安适。王叹曰："真名马也！"赏贫人秩下大夫，食千石。以马赐司马相如。后孝王薨，相如病，马不食粟。

嗟夫，均之一马也，而或变于不善，或变于善，先后若二马。然夫非马之能变善、能变不善也。人之教马者使之然也，而况人之于教哉？

喻游

有伛偻而蹩者，语人曰："余将涉沅湘，乘泰山之云，设三年而返。"人皆哂之，其亲邻且吊焉，谓其苦于蹩也，必不济。有少年儇健而富者，其言亦然，人皆壮而允之，其亲邻且贺焉，谓其饶于资力也，必克济。

蹩者先夕戒道，未十里即息。富健子超跳腾趺，邮置远距，主仆咸笑，自以为慊愿然。惟其儇而富也，志易溺于奇淫，财易轻于结纳。行一止十，行十止百。蹩者且担囊敝屣，躄躄而来。其仆曰："蹩者至矣，曷骤诸？"曰："听之，我捷足，何畏？"浃月乃发，不三宿而及之，顾谓其仆曰："嗟！跛哉？即先彼百日力，彼终不能我先也。"益泄泄。未几，而奇淫结纳之习，消耗其囊橐。饮食寒暑之不节，渐迫于腠理之内，而为害于斯时也。跛踅中野，泣下沾襟，怃望云峤，有如天路。而不如夫蹩者，冯深出险，骎骎乎千仞之巅行，且小天下于胸中，囊青霞白云，振衣而赋，归来也。

嗟夫！人而无恒，不可以作巫医。其进锐者其退速，为业不卒，君子耻之。能恒矣，蹩者其能胜人，况敦志于圣人之道者哉！

观棋记

予不长于棋，而喜人棋。不喜其人之敏于棋、酷于棋，而喜其人之舒舒闲闲、磊磊落落于棋。

《孙子》十三篇，兵家之书，引而申之，可以为棋家之书。孙子曰："校之以计，而索其情""计利以听，为之势，以佐其外""乱而取之，实而备之""知彼知己，胜乃不殆"。此所谓舒舒闲闲者也。"不战而屈人之兵""出其无备，攻其不意""军有所不击，途有所不由""迂其途，而诱之以利，后人发，先人至"。此所谓磊磊落落者也。

具此二妙，于将也为孙，于奕也为秋。故谢安列妓赌棋，而投鞭断流之众，溃于风声鹤唳。盖玄也，有兵中之棋；而安也，有棋中之兵。精于兵，亦精于棋，所谓未战而庙算胜者，得算多也。

若夫投之亡地而后存，陷之死地然后生。始如处女，敌人开户，后如脱兔，敌不及拒。噫！以是行棋，神矣哉！

太常寺卿云南提学何蘧庵先生传[一]

先生讳闳中，字蘧庵，湖北黄冈人。登进士第，官京师。崇祯辛巳春，以苑马寺卿，擢授云南澜沧兵备。爱民课士，士之秀异者，奖藉诱掖，不遗余力。炳龙受知为最先。

隆武乙酉冬，逆贼沙定洲叛，据滇省，黔国公沐天波奔迤西。丙戌春，贼攻楚雄。先生自洱海以兵会分巡金沧副使介夫杨公，婴城固守。炳龙时在杨公幕，盖癸未会试下第后，先生所荐也。两公议机要，皆许炳龙闻，每献刍荛，多被采录。两公雅，以大义相尚，谋论悉合。清野缮堞，征援邻境，屡出奇兵，破贼走之。已而贼复大至，结七十二垒，环攻百二十三日。先生与杨公，昼夜登陴，以忠义激励士民，守益坚。会献贼余党孙可望窜入曲靖，沙逆知不敌，退保阿迷。楚雄之围以解，则丁亥四月十九日也。

而可望已破，省垣西上，先生往大理核饷械。杨公出扼禄丰，战于狮子口，兵败投水被执。可望重杨公，约共扶王室，折箭为誓。乃迎黔国公及先生归省，免迤西八郡屠戮。

永历己丑，杨公将谒行在，炳龙从。戒途曰："先生枉送。"举酒属杨公及炳龙，曰："匡复之事，戛戛其难，惟介夫与赵生勉之，阃中老矣，无能为。然名节大防，终不敢逾尺寸，以贻知己羞耳！"掩袂而别。杨公至肇庆，奏授先生太常寺卿，督云南学政，士皆庆得师，向学者益众。然是时疆圉日蹙，措置多乖，可望愈骄横，先生忧形于色。辛卯，可望以胁封，杀杨公。先生闻而痛哭，乃弃官隐于云南县城东。

炳龙方以户部郎随跸，先生驰书招之曰："辱及大臣矣，精卫填海，劳将奚济？桃源栗里间，待子歌《归去来词》。"炳龙隐忍，欲有所为，未果行。至甲午，而安隆之难作，阁部、台省诸臣死者十八人。炳龙中夜太息，思先生言，亦决意投劾，归剑湖。道经洱海，访先生隐居，则已改为招提。诸门人述先生于辛卯夏至县，葺庐结社，纵情诗酒，然语及时事，辄哽咽不食。其冬，遽谢宾客，葬西山，二稔余矣。炳龙乃诣先生墓，奠束刍，为文以告哀，留一宿而去。遁迹十余年，而陵谷沧桑，滇楚迢遥，先生之后人不可复问及门。昆明高生应雷者，亦尝从先生问业，顷自义陵以书来，始称先生有嗣子，可以承家云。

门人赵炳龙曰："当可望就约时，杨公以书邀先生归昆明。先生复书，盛称王运开、刘廷标死节之慷慨，而谓吾辈委曲求全，恐终无以宏济。艰难其济，幸也。不济，要惟办一死，以报君父、庶有，以见同志诸君子于地下耳。杨公得书，太息示炳龙，亦谓不免多一番磨折。其后，事势卒如先生言，而杨公骂贼授命，先生悲愤以死，亦可谓皎然，不欺其志者矣。"

炳龙既辑杨公事为传，而尤悲先生赍恨边鄙，文章节行终淹郁而不彰，是后死者之责也。乃略为纪述，须楚游者邮致先生家，以俟后之君子论列焉。然而，回思元、黄变革，患难相从，尚如前日，而杨公与先生皆已不可复见，独留垂白弟子，岩穴偷存，濡笔而补野乘也。悲夫！

【校记】

［一］《滇文丛录》题为《何蓑庵先生传》。

与及门殷梦臣书

有人自贵阳来，闻足下已补官，始大骇，继而大笑，谓足下必无此。

今果不然，是仆能深信足下之心，而足下与仆所愿守区区之节者，为无负也。幸甚！幸甚！虽然，不能无戒于足下。足下貌朴而啬，性耿而急，情挚而尽。貌而啬，则易为时俗之所薄；性而急，则多为小人之所忌；情而尽，则易为左右之所幸。为俗所薄，未能无愤心矣；为人所忌，未能无慀心矣；为左右所幸，未能无姑息之心矣。以是三者之心，而能守区区之节，适足偾事而速谤，其欲明哲保身也，仆未之闻也。愿足下勉其难，全矜所易忽，以光霁者开其啬，以柔忍者济其急，以委曲者防其尽。习温厚之乐，诵和平之诗，一出于坦荡之途，凡于人之薄我、忌我、幸我者，有察而无校。则足下之全节，庶乎能自振拔，而仆成就足下之意，始终为无负云。

高澹生诗钞序

昆明高子一生，以其兄《澹生诗钞》四卷，邮致楸园，复述澹生之意，必得一言于简首。余病目，收视，令两儿子递诵于侧，兀坐听之，阅八日乃毕绪。风吹万发，飒飒[一]盈耳，如击燕市之筑[二]，如鼓雍门之琴，又如湘累泽畔之行吟，皋羽西台之痛哭。余固悄然以悲，而两儿子亦怦然有动于其隐。

澹生昔尝从余问诗，又序余诗，而交旧之号知余与知澹生者，莫不谓两人，为诗有沆瀣之通、淄渑之合。顾余自揣，余之为诗有合于四始、六义旨否？余固不自知也，而遑谓澹生之为诗余则知？虽然，余忝一日之长，窃知澹生之为人，则亦不得概谓不知澹生之为诗。

澹生少颀美，敏而强记。家饶于资，以读书结客，自喜为文章，赡捷有声庠序间。崇祯庚辰，余游昆明，澹生馆之松华别墅，复移宝珠寺。僧寮朝夕谈艺，与处凡三年，澹生心益虚，气益敛，菲益勤而有得。

沙贼乱定，归正者方秉权，饰弓旌以饵士。澹生不苟就，裹粮出游，足迹遍三迤。尝一再至洱海省故，提学何蓬庵先生，又视余于向湖村舍，留楸园者七月。澹生阅历既久，颇穷山川厄塞，慨时势之日非，愤思得一当以报国已。遂举永历丁酉乡贡，当事才之，授中书舍人，从军趋黔楚。己亥，师溃于辰州，独身跳免。隐溆浦，授徒以自给，困踬饥疲。逾十数寒暑而不悔。嗟乎！自余涉世，不乏酬接，所见交游于学问出处之道、君父师友之间，具缠绵悱恻之情，有高明伉爽之识，而又贞之以坚确不拔之操，如吾澹生者，殆指不多屈也。有澹生之人，固宜有澹生之诗。而或乃求之授受之末，是不知诗也，且不得谓之知澹生与知余者也。

且夫[三]知不知，亦何足恨？余与澹生平昔相期雅，不欲以诗求知于人，亦不欲人之仅知以诗。然而，余且垂老矣，沧海横流，余生待尽。即澹生意气消索，可知志节所存，固第于戈戈是寄矣。其或幸而为心史之留与，或不幸而终付兵火之劫与，抑又乌知之？则且互序之，而各藏之已耳，澹生或亦不能无慨余言。壬子秋日，楸园老人书。[四]

【校记】

[一] 沨：《滇文丛录》作"月"。

[二] 筇：《滇文丛录》作"筑"。

[三] 夫：《滇文丛录》作"其"。

[四]《滇文丛录》无"壬子秋日，楸园老人书"。

词

本次词的点校，以（清）赵藩辑《滇词丛录》为底本，词共计 13 首。

虞美人·丙申秋雨夜怀旧

不关羁旅悲长夜，别有凄凉者。银屏一曲枕前山，还向旧径行处细寻看。分明记得端溪路，总把芳期悮。为谁回首最沉吟，已被雨声滴破隔年心。

玉连环·戊戌雪夜次韵

墨池今夜冰初结，朔风凛冽，推窗却看。小庭中雪片，疏疏密密。不住声传檐铁，孤灯明灭。商量一夜不成眠，恐怕梅花压折。

传言玉女·蜡梅天钱开少韵

松竹多情，重订岁寒良友。凌霜傲雪，满树黄如豆。湘帘半卷，花气随风微逗。美人清服，倚阑消瘦。孤立亭亭，冰玉姿、偏浓茂。悬遍金铃，似蜡轻镕就。紫晕檀心，天与幽贞清瘦。谢他山客，嘉名初授。

清平乐·秋意

露晞清晓，茉莉涵香小。帘幕中问人悄悄，不奈秋寒料峭。瞢腾睡眼慵开，愁心萦绕天涯。惆怅几只金粟，西风吹下庭阶。

如梦令·离思

点点远山云护，寂寂离亭烟锁。约略是伊家，倩个梦儿寻去。何处，何处，骠国瘴烟吹雨。

秋波媚·春暮

海燕双双立画阑，相对语春残。韶光空去，飞花如卷，落絮成团。绮窗无恙东风隔，芳信悮青鸾。不堪回首，斜阳丝雨，依旧江山。

南乡子·雨窗

细雨入寒窗，觉道春衣件件单。悄向碧阑干外望，花残，一片伤心景怕看。何事可追欢，诗又无成酒又干。欲向甜乡寻好梦，缘牵，总有相思梦也难。

思帝乡·秋闺

秋日晴，织体怯罗轻。渐觉晓妆楼外，早寒生。楼下玉簪初放，露香清。折取簪云鬓，独含情。

望江南·秋夜

秋宵永，银镯憺生光。宝篆静回香缕细，花资清泛雪涛凉。幽韵沁诗肠。

满江红·庚子立秋前三日

乍雨还晴，早带着、三分秋意。闲捡历、看看残暑，炎威无几。蕉叶倚风罗袖薄，荷花出水明妆洗。细看他、桐叶碧阴阴，含憔悴。诉不了，离情思。说不出，愁滋味。望美人南国，断魂千里。入夜烛煤清泪泻，隔帘钗影琼华碎。问铜驼、何处是伊家，蛮烟里。

点绛唇·秋夜

蕉露桐风，今宵都是秋声了。云疏月小，依旧和愁照。迢递凄音，何处砧初捣。关山杳，梦魂难到，人向天涯老。

醉春风·辛丑送春感作

娇鸟枝头语，报春春且住。毕竟春光不肯留。去，去，去。那用年年，将侬断送，落花飞絮。春在斜阳渡，人归芳草路。几度红楼望远江，悮，悮，悮。烟水迷离。云山杳渺，知他何处。

浣溪沙·壬寅春尽感作

正是春光欲老时，生憎莺嘴咒花枝，断肠谁与续游丝。划地东风欺梦短，连天芳草费相思，此情只好落红知。

高桂枝

高桂枝，字树秋，号畸庵，洱源邓川人。

其生平事迹于《滇南诗略》卷十二、《新纂云南通志》卷七十四艺文考四、（民国）李坤辑《滇诗拾遗补》卷四中有载。

著有《畸庵草》一卷，已佚。

《滇南诗略》卷十二录其诗《畸庵咏怀》《游云龙山石窦香泉》《卫军行》《土军行》《慈善庙》《雨夜闻防河》《蒲陀峡》《暮春桃木晚步》《诸葛寨怀古》《中秋月夜泛湖（二首）》《挑河吟》《德源晚步》《畸庵梅花》《夏日漫兴》16 首。《滇诗拾遗补》卷四录其诗《畸庵咏怀》《游云龙山石窦香泉》《卫军行》《雨后闻防河》《春日游大市坪温泉》《诸葛寨怀古》《挑河吟》7 首。《滇诗丛录》卷十录其诗《春日游大市坪温泉》1 首。

诗

此次诗的点校，以（清）袁文典、袁文揆辑《滇南诗略》（上海书店出版社《丛书集成续编》影印本）和（清）袁嘉谷辑《滇诗丛录》（云南省图书馆藏钞本）为底本，以（民国）李坤辑《滇诗拾遗补》（上海书店出版社《丛书集成续编》影印本）为校本，共计 16 首。

畸庵咏怀

天地吾席幕，而以畸名庵。残山一拳石，剩水半亩潭。高深两莫问，丘壑常可耽。我生若泛梗，逐逐谁能堪。何如巢居子，瓢饮得所[一]甘。薄田余数陇[二]，荷锄理东南。时还伴渔父，清浊句互[三]参。陶庐适所爱，诗书恣讨探。自得环堵趣，岂必荣珥簪。斯意谁[四]与解，梁燕语呢[五]喃。

空潭泻春，古镜传神，吾于畸庵亦云然。温汝骥识。[六]

【校记】

[一] 得所：《滇诗拾遗补》作"有余"。

[二] 余数陇：《滇诗拾遗补》作"数陇在"。

[三] 句互：《滇诗拾遗补》作"还相"。

[四] 谁：《滇诗拾遗补》作"孰"。

[五] 语呢：《滇诗拾遗补》作"声喃"。

[六]《滇诗拾遗补》无此评语。

游云龙山石窦香泉

自问此生[一]等悬疣，子[二]然于世无所求。一瓢尚觉苦多事，谁信人间有[三]巢由。偶来龙山窥石窦，滴滴珠泉香暗浮。崖荒井渫终不食，空此清洁埋山丘。入山到此深[四]且寂，还[五]有村居[六]抱[七]云稠。黄童白叟走笑问[八]，疑是秦代避秦[九]流。扰扰尘埃胡为者，我欲与之结良俦。虽无买山充隐[十]力，鹪鹩一枝何劳[十一]谋。话久顿忘归途夕[十二]，牵衣执手相款留。夜阑寒鸡唱未已，朝曦忽射西山头。起视平川色半曙，晓烟漠漠风飕飕。

意致闲远。[十三]

【校记】

[一] 自问此生：《滇诗拾遗补》作"此身自问"。

[二] 子：《滇诗拾遗补》作"了"。

[三] 谁信人间有：《滇诗拾遗补》作"人间谁谓无"。

[四] 深：《滇诗拾遗补》作"清"。

[五] 还：《滇诗拾遗补》作"却"。

[六] 居：《滇诗拾遗补》作"舍"。

[七] 抱：《滇诗拾补》作"偎"。

[八] 走笑问：《滇诗拾遗补》作"笑相问"。

[九] 秦代避秦：《滇诗拾遗补》作"桃源春水"。

[十] 买山充隐：《滇诗拾遗补》作"于頔买山"。

［十一］鹪鹩一枝何劳：《滇诗拾遗补》作"一枝易作鹪鹩"。

［十二］夕：《滇诗拾遗补》作"远"。

［十三］《滇诗拾遗补》无此评语。

卫军行

国初以来设卫军，几家团练几家屯。屯军但愿年谷熟，练军惟恐边警闻。年谷顺成边烽靖，为屯为练俱[一]欣欣。有时岁凶边境[二]扰，军储不供野无草。屯者逋赋走四方，悍吏追呼无时了。练者荷戈急赴敌，爷娘哭送博南道。屯苦守，练苦行，卫兵不足调土兵。输刍挽粟及乡民，军耶民耶都应役[三]，千家止[四]有十家存。君不见思任狼子据麓川，定[五]西将军冒瘴烟。饷[六]夫战士多少骨，换得蛮寨[七]木笼山。功成凯捷犹可[八]痛，何况失律舆尸还。吁嗟乎，民人累公徭，屯人累公租。惟有练军平日[九]差少累，推[十]锋陷阵将何如。吁嗟乎，军耶民耶麋宁居。试看三春草木多扶疏，纷纷雨露常沾濡。

此章叹乡军之累，欲得还定安戢之人也。[十一]

【校记】

［一］俱：《滇诗拾遗补》作"咸"。

［二］境：《滇诗拾遗补》作"惊"。

［三］《滇诗拾遗补》无"卫兵不足调土兵。输刍挽粟及乡民，军耶民耶都应役"。

［四］止：《滇诗拾遗补》作"只"。

［五］定：《滇诗拾遗补》作"征"。

［六］饷：《滇诗拾遗补》作"馕"。

［七］寨：《滇诗拾遗补》作"塞"。

［八］捷犹可：《滇诗拾遗补》作"旋当堪"。

［九］《滇诗拾遗补》无"平日"。

［十］推：《滇诗拾遗补》作"摧"。

［十一］《滇诗拾遗补》无此评语。

土军行

征南将军征佛光，谁为效命来开疆。威远男儿真壮勇，指挥部落先戎行。功成受赏得世爵，十司分隶严边防。管领爨僰作牙爪，星罗棋布环山乡。操弓负弩本习惯，缘严走险同康庄。无事罗巡供臂指，有事驰驱赴敌场。缓急颇收捍卫力，要在控制无乖方。朽索偶然失所驭，奔突反噬咨猖狂。或时穿墉为黠鼠，或时伏莽为贪狼。炎炎不灭始一爝，燎原直欲焚昆冈。不见武寻安凤贼，攻城杀官争鸱张。不见大姚铁索箐，劫掠横行鸣刀枪。德则为兵怨则寇，东西任意纷跳梁。此邦此事尚希有，渐不可长防履霜。毋令效尤罪更甚，当车逞怒惩螳螂。

此章叹土军之横，欲当事者之善于征调驾驭也。

慈善庙

德源城已毁，慈善庙余馨。铁钏留香火，水心照汗青。一妃如屑顾，五诏共闻腥。不见星回节，年年吊野垧。

总括遗事，一气呵成。欧阳道瀛识。

雨夜[一]闻防河

霪霖将匝[二]月，积水欲浮庵。僻巷犹如此，长河那复堪。堤防喧昼夜，财赋尽[三]西南。此际恤民隐，谁为分苦甘。

【校记】

［一］夜：《滇诗拾遗补》作“后”。

［二］匝：《滇诗拾遗补》作“币”。

［三］财赋尽：《滇诗拾遗补》作“金鼓震”。

蒲陀峡

远上蒲陀峡，临河一径通。修蛇缘壁斗，饿虎瞰人雄。深箐惊涛白，攒峰落日红。据鞍愁顾盼，身在瓮天中。

中四写险仄之境，却有远近。

暮春桃林晚步

武陵何处觅春姿，借问津源日已迟。游客陌头归骑后，渔郎洞口返舟时。娉婷靓质怜残影，零落余香绕故枝。此日元都应寂寞，暮烟无际怅相思。

秋日泛舟东湖因至龙潭观星鲤

七月桑田喜得闲，好从湖上弄潺湲。波光野色常相待，俗网尘缰且尽删。古柏千寻承露掌，方潭半亩落星湾。垂丝试把金鳞钓，更倒芳樽一解颜。

诸葛寨怀古

荒陬自昔来诸葛，遗寨于今仰大名。铁马金戈空壁影，石潭银洞老龙声。佑那锡姓安边寇，吕凯封侯[一]省戍兵。此地一经擒恶党[二]，天威无事再南征。

四句切邓川诸葛寨，五六用古有运化。[三]

【校记】

[一] 侯：《滇诗拾遗补》作"官"。

[二] 此地一经擒恶党：《滇诗拾遗补》作"一自攻心心已服"。

[三]《滇诗拾遗补》无此评语。

中秋月夜泛湖（二首）

此夜月如何，清光湖上多。夷然鼓一棹，兴发沧浪歌。
浩歌殊未已，秋净天如洗。芦荻风萧萧，惊鸥拂波起。
确是唐音。

挑河吟

挑河复挑河，沙积泪痕多。秋登未可望，筋骨已消磨。
似古乐府。[一]

【校记】

［一］《滇诗拾遗补》无此评语。

德源晚步

晚上德源城，不知春水生。渔村几处火，点点照波明。

宛然右丞小诗。

畸庵梅花

品格原来与俗违，竹庐墙角露芳菲。孤山处士无知己，惟见寒花映少微。

夏日漫兴

曲径疏篱好作家，图书几卷老生涯。天长日暖闲无事，朝检云篇晚灌花。

闲雅。

春日游大市坪温泉

为寻佳丽景，来问玉泉津。点志当春暮，汤盘在日新。洗心盟白水，插脚远红尘。寄语临流客，乘时好洁身。

张启贤

张启贤，字蓼怀，又字懋敬，鹤庆人，志称其为九贤弟。明末举人。

其生平事迹于（清）赵联元辑《丽郡诗征》卷四上、《新纂云南通志》卷七十四艺文考四中有载。

著有《蓼怀文集》四卷，已佚。

《滇诗拾遗补》录其诗《游龙华山》《春游》2首。《丽郡诗征》卷四上录其诗《游龙华山》《垂珠洞》《春游》3首。《滇诗丛录》卷八录其诗《游龙华山》《春游》2首。《丽郡文征》卷三录其文《金沙江赋》1篇。《云南通志》卷之二十九艺文八录其文《金沙赋》1篇。

诗

此次诗的点校，以（清）赵联元辑《丽郡诗征》（上海书店出版社《丛书集成续编》影印本）为底本，以（民国）李坤辑《滇诗拾遗补》（上海书店出版社《丛书集成续编》影印本）和（清）袁嘉谷等辑《滇诗丛录》（云南省图书馆藏钞本）为校本。共计3首。

游龙华山

鸟道穿云上，重重翠磴悬。密林花竹合，古寺雨烟连。殿倚千寻壁，池开一线天。峰尖青可数，闲坐古松边。

春游

春晴风日好，出郭喜眸开。红杏村边寺，清溪桥畔台。柳条金万缕，桃萼锦千堆。更上层楼望，群峰拥[一]翠来。

【校记】

［一］拥：《滇诗拾遗补》《滇诗丛录》作"拟"。

垂珠洞

无极神刓穴，谽谺石欲颠。崖仙餐玉髓，壁佛坐青莲。犀象云门踞，鼓钟天乐悬。如鸦惊白蝠，凝雪自千年。

文

此次文点校以（清）赵联元辑《丽郡文征》（上海书店出版社《丛书集成续编》影印本为底本，以（清）范承勋纂修（康熙）《云南通志》（北京图书馆古籍珍本丛刊本，影印本）为校本，共计 1 篇。

金沙江赋[一]

天竺之池大如许，殑伽[二]东归流不已。独兹信度入南溟，经绕吐蕃称丽水。丽水从西来，金沙滚滚触层岩，周回盘结几万里，环如长带束玉台。漏泄阿耨，嘘吸百川。控清引浊，洪涛澜汗。切拔群岳，渴涸澶渊。春空漱石，横荡曲沿。方其驰骋西域，决皋冒呼[三]，玉篆洪坂，金画陵弦，郁拂绵茫而抱日，倾涌腾驾而滔天，天网浮滿而崩森，龙印激圈而翻涟。及其脱浪潒以破雪山也，从天直下，砰磕瀑沛，白波厮底，长风震怒，翼惊涛以漂翻，嚼冰霜以吐雾，恣烟波之崩奔，竞喧豗以飞沸。银河直倒，拟折天柱，骇浪转石，万壑声雷，八空澎湃而壁裂，天倾雪堕而冰飞。劳西极之金龙，吐珠玉于山隈，厥怒渐喘，落峡潆洄[四]，冲波逆折，洑溇筛苔，鱼折溜而蛟矍水，龙腾梭而鼎跃鼍，肆蜿蜒于鹤拓，如金珙而玉环。漴浸潆潾，若静而止，矗洵通潒，若砥其澜。总阳侯之拱应，抑灵胥之盘桓。它如峯嵲峻嶒，屹岌峗峉，宝岘嶚巢，蛳嵓嶙峻，任天堑之，或怀或襄，若匹练之，圆折方折。至于沈泷潇潒，浤浔溢瀷，其深也；汤浩[五]渣减，瀻瀩溆汃，其势也；浤浤溷溷，渼潩瀵潗，潵决潆沄，汩[六]瀏潷瀠，其声也。弄栋过而罗婆奔，岷嶓会而海重润。昔若水闻生乎颛顼，今朝宗似忠乎尧舜。吁嗟乎！九州贡道皆沿浮，此水舳舻锦江头。舍舟而陆云何策？梗塞徒滋夜郎忧。古梁厥贡惟璆铁，谁道双南丽水生。披沙血指只纤忽，赋重诛求民命轻。惟愿圣明常慎德，投珠抵璧并镯金。

【校记】

　　［一］（康熙）《云南通志》题为"金沙赋"。

　　［二］伽：底本为"加"，据（康熙）《云南通志》改。

　　［三］呼：（康熙）《云南通志》作"阡"。

　　［四］洄：（康熙）《云南通志》作"回"。

　　［五］（康熙）《云南通志》夺"澢"。

　　［六］汩：（康熙）《云南通志》作"淄"。

张学懋

张学懋，鹤庆人，明诸生。

其生平事迹于（民国）李坤辑《滇诗拾遗补》卷四、（清）赵联元辑《丽郡诗征》卷四上中有载。

《丽郡诗征》卷四录其诗《寺名朝霞而予以晚至见其山景可爱，赋二诗以纪之》《飞禅寺》《石宝山》《西潭即事（二首）》《泛舟漾弓江》《龙华四咏（四首）》《赠龙华海藏上人（二首）》13 首。《滇诗丛录》卷七录其诗《寺名朝霞而余以晚至见其山景可爱，赋二诗以纪之》《飞禅寺》《石宝山》《西潭即事（二首）》《泛舟漾弓江》《龙华四咏（四首）》《赠龙华海藏上人（二首）》13 首。（康熙）《云南通志》卷之二十九艺文十录其诗《迎旭阁》1 首。（康熙）《大理府志》卷二十九录有其诗《宿大圣寺》《和韵》2 首。

诗

此次诗的点校，以（清）赵联元辑《丽郡诗征》（上海书店出版社《丛书集成续编》影印本）和（清）李思仝、黄元治纂修（康熙）《大理府志》（康熙三十三年刻本，影印本）、（康熙）《云南通志》为底本，以（清）袁嘉谷等辑《滇诗丛录》（云南省图书馆藏钞本）为校本，共计16 首。

寺名朝霞而予[一]以晚至见其山景可爱，赋二诗以纪之

共说朝霞胜，偏于晚更奇。白衣笼象巘，文绮濯蛟湄。曲径山花掩，危楼古柏支。禅心何处见，月满八功池。

不尽晚山景，残阳依翠微。松阴围寺暗，塔影挂林肥。酒盏星摇影，谈锋夜逗机。荧荧前路火，疑是带霞归。

【校记】

［一］予：《滇诗丛录》作"余"。

飞禅寺

蹑屐飞禅寺，林深溽暑藏。炉烟焚柏叶，花蔓撷丁香。鹤度松坡月，禅衣藓壁霜。坐令疏懒者，身世顿相忘。

石宝山

石宝欹岑独处尊，攀缘几似蹑昆仑。山连螺黛攒天外，水绕蛟河入洞门。雨后晴光开绝壁，春阑花气恼黄昏。惊人却忆青莲句，搔首峨眉十六言。

西潭即事（二首）

岳镇金天奠水滨，香烟绕处柳条新。随缘士女填郊野，赛会笙歌暗路尘。风扬酒帘摇碧树，泉添茶味醒游人。等闲初试寻春履，错认千戎晏大宾。

侵辰车马即喧阗，齐赴城西第一泉。千户小开松下幕，一舟随荡镜中天。杯传鹦鹉难胜酒，笼放鸬鹚数日鲜。饮到鸣[一]呼人散后，满城灯火醉翁还。

【校记】

［一］鸣：《滇诗丛录》作"乌"。

泛舟漾[一]弓江

江心沙软草芊芊，云幕高张沸管弦。春水似蓝船似叶，梨花如雪柳如烟。一樽细按沧浪曲，两岸争看李郭仙。莫羡桃源真隔世，武陵风物不如前。

[一] 漾：《滇诗丛录》作"样"。

龙华四咏（四首）

苍翠郁千章，奇峰发瑞光。等闲裓襚子，到此顿清凉。松岭夏云。
玉宇绝纤尘，滟滟一泓静。可怜桥上人，浴魄冰壶冷。池桥夜月。
曲曲放泉声，高高复下下。惟有破颜花，乃是知音者。花坞流水。
贝叶对疏棂，天花飞许[一]许。戛玉何处声，幽篁自相语。经窗秀竹。

【校记】

[一] 许：《滇诗丛录》作"几"。

赠龙华海藏上人（二首）

路入双林杳霭间，禅师趺坐老空山。问渠指我西来意，云自无心鹤
自闲。
碧殿沉沉香雾浓，数声老衲定回钟。相逢识得年高否，石上亲栽百尺松。

宿大圣寺

所嗟人世浅，托宿梵天深。试看新生月，何如初发心。藤垂璎珞影，
松振海潮音。明旦那能别，幽情已满林。

和韵

九鼎插云际，春和尚怯寒。松声当户尽，佛阁倚栏看。削壁登桥滑，
盘岩措步难。山僧平等祝，危坐自心安。

迎旭阁

松筠蓊翳转青苍，铃阁峥嵘揽曙光。广汉神泉穷越巂，遐荒天险属兰
沧。龙山润发三关雨，雪巚寒催八月霜。退食竖儒糜岁月，观风应自愧台郎。

赵以相

赵以相，字秀寰，又字古衡，剑川人。天启间恩贡生，弘光乙酉（1645）科举人。

其生平事迹于（民国）李坤辑《滇诗拾遗补》卷四、（清）赵联元辑《丽郡诗征》卷四上中有载。

著有《问山亭云心淡墨诗》（一册），清光绪二十九年赵家骐钞本，现藏于云南省图书馆。

《丽郡诗征》卷四录其诗《秋园杂兴》《江声》《山楼即目》《宿圆觉寺》《游石宝山归来》5首。《滇诗拾遗补》卷四录其诗《秋园杂兴》《江声》《山楼即目》《宿圆觉寺》《游石宝山归来》5首。《滇诗丛录》卷七录其诗《秋园杂兴》《江声》《山楼即目》《宿圆觉庵》《游石宝山归来》5首。

诗

此次诗的点校，以（民国）李坤辑《滇诗拾遗补》（上海书店出版社《丛书集成续编》影印本）为底本，以（清）赵联元辑《丽郡诗征》（上海书店出版社《丛书集成续编》影印本和（清）袁嘉谷等辑《滇诗丛录》（云南省图书馆藏钞本）为校本，共计5首。

秋园杂兴

无事临流水，花溪一样平。秋随荷叶破，地触土螫鸣。日落桥无影，风来树有声。要知安稳处，忧乐不关情。

江声

洞尾拖流急，涛声怒不平。冲门惊两岸，入梦了三更。石响楼还寂，风停树尚鸣。闻[一]来堪洗耳，泂溯到山城。

【校记】

[一] 闻：《丽郡诗征》作"闲"。

山楼即目

庐舍中田外，三三两两家。断堤分井浍，苍树共烟霞。日落双峦合，桥通一径斜。更当松月下，鸡犬自相夸。

宿圆觉庵

夜夜生成自枕流，幽栖岂但为悲秋。多年心事风尘梦，取次情思水月楼。爨后无琴钟子去，贫余有酒谢公留。强过竹院追前约，桑海如今满数筹。

游石宝山归来

西南天幕北山低，四处烟云望欲迷。不识此峰[一]真面目，徒劳足下尽攀跻。

【校记】

[一] 峰：《丽郡诗征》作"山"。

王元英

王元英，字秀寰，剑川人。选贡，官蒲圻知县。

其生平事迹于（清）赵联元辑《丽郡诗征》卷七、《新纂云南通志》卷七十四艺文考四中有载。

著有《许闲堂集》《柏斋遗草》，已佚。

《丽郡诗征》卷七录《四望楼》《许闲堂》《舟中口号》《桃源县》《十笏居》《宿五云楼》6首。

诗

此次诗的点校，以（清）赵联元辑《丽郡诗征》（上海书店出版社《丛书集成续编》影印本）为底本，共计6首。

许闲堂

劳我忙忙何日还，且乘未老学仙班。风波不入林泉内，偷得浮生几度闲。

四望楼

清风时到小楼头，绿野青山四望收。老眼纵观无尽意，酒杯常满客常留。

舟中口号

舟中眺岸都如画，岸上观舟却似仙。机趣偏从旁觑得，人当局内转茫然。

桃源县

桃源洞口笑频频，赚得渔郎此问津。夹岸桃花依旧在，不知谁是避秦人。

十笏居

花宫渐入更清虚，方丈新开十笏居。现有维摩师子座，能容八万四千余。

宿五云楼

危楼镇长眠，梦醒云深处。咳唾惊潭龙，风雷下山去。

孙　桐

　　孙桐，字我仪，自号碧磊山人，鹤庆人。明季诸生。

　　其生平事迹于（雍正）《云南通志》卷二十一之二、《新纂云南通志》卷七十四艺文考四、（民国）李坤辑《滇诗拾遗补》卷四、（清）赵联元辑《丽郡诗征》卷四上有载。

　　著有《说石山房集》《碧磊集》《驴背集》，已佚。

　　《滇诗拾遗》卷六录其诗《说石台（并序）》《飞白所（并序）》《月则轩（并序）》3首。《丽郡诗征》卷四录其诗《山居漫兴》《华首门值雪歌》《秋日题说石山房》《秋霁登灵光寺在鹤庆城东东山》《游雪石岩在鹤庆城西北抉面山，一名九鼎山，有石如雪积成者》《秋日泛蛟河赋得浮字》《山行》《说石台（并序）》《听雨楊》《月则轩（并序）》《飞白所（并序）》11首。《滇诗丛录》卷十录其诗《说石台（并序）》《飞白所（并序）》《月则轩（并序）》《秋日题说石山房》《秋霁登灵光寺》《游雪石岩》《秋日泛蛟河赋得浮字》《山行》8首。

诗

　　此次诗的点校，以（清）赵联元辑《丽郡诗征》（上海书店出版社《丛书集成续编》影印本）为底本，以（清）袁嘉谷等辑《滇诗丛录》（云南省图书馆藏抄本）、（民国）陈荣昌辑《滇诗拾遗》（上海书店出版社《丛书集成续编》影印本）为校本，共计11首。

山居漫兴

　　道人遁迹朝霞坞朝霞山在州西十里，原名鹿皁山，半有风洞皁，以朝霞得名，见《州志》，读书悲泣当歌舞。剥得心尽似芭蕉，奇枝乱叶斗秋雨。青山照我两悠悠，堂卧相将无去取。有时双手摩风云，松间散发谈龙虎。龙潜虎变皆由心，拈过六爻颠倒数。凭虚走马陆乘船，动静随时自参伍。等闲长啸裂苍空，海底尘飞日正午。

华首门值雪歌

头陀万古石门关，上有青山下有天。下者为雨上者[一]雪，分明白昼两人间。狂如朋，净如僧，云来已崩复将崩。漾以渤，门[二]以月，左右咨嗟馨毫发。咄咄灵山有阿师，一曲风流老更奇。当机一笑长空碎，至今犹挟天花飞。

【校记】

[一] 者：《滇诗丛录》作"为"。

[二] 门：《滇诗丛录》作"开"。

秋日题说石山房

衡门深寺立，古木入云齐。飞瀑挂低日，随风吹下溪。听枫沿鹤步，种石向仙栖。坐啸晴窗下，秋心别是稽。

秋霁登灵光寺 在鹤庆城东东山

山逢秋自喜，幽路入疏钟。两断香生石，云归翠立松。平溪衔定虎，深竹绕啼蛩。客至僧停偈，斜阳载一峰。

游雪石岩 在鹤庆城西北抉[一]面山，一名九鼎山，有石如雪积成者

面峙须眉淡，临流襟带凉。行来分乱石，坐久尽空香。对客思鹦鹉[二]，登台忆凤凰。樽前重问字 原注雪石岩马太史柳权书，孤壁森秋霜。

【校记】

[一] 抉：《滇诗丛录》作"拱"。

[二] 鹉：《滇诗丛录》作"武"。

秋日泛蛟河赋得浮字

晚霁篷窗雨，斜阳趁小舟。山形驱象至河之南有象岭，水势涌蛟流。双剑虹桥合，孤城烟树浮。芦洲惊雁下，寒落数声秋。

山行

秋静易成响，深山音未希。岚光晴[一]欲滴，落叶堕仍飞。岩古石输发，漏寒峰乞衣。我心非泛爱，安得说忘归。

【校记】

［一］晴：《滇诗丛录》作"清"。

说石台

[一]山房门横数尺潭，潭心有奇石，俨如[二]人立，因筑台于当户，时坐而语焉。

偶上说石台，俨然宾主选。未获南宫拜，却来生公说。云根浪不稳，龙鬣怒欲趏[三]。疑是补天工，堕空留一屑。君眼为谁青，独立门前雪。

【校记】

［一］《滇诗丛录》此处有"桐"。

［二］如：《滇诗拾遗》《滇诗丛录》作"若"。

［三］趏：《滇诗拾遗》《滇诗丛录》作"趷"。

听雨榻

山静昼长，偶欹枕向莲花顶上渡一小劫，忽闻樵雨飞来，风窗似语。因悟《紫柏集》中"蓦地耳根寻不得，主人喝下破疵颜"之句，嗟乎，天地一庐，古今一隙，浮生如客，当问主人。

腾腾一枕上，莲花大如掌。樵声带雨来，夕阳弄奇响。风窗似欲争，松竹互为奖。声非为听来，听岂因声往。物我遇何常，微元生远想。

月则轩

　　月以轩名，轩得乎月也。轩以月则名，月师乎轩也。学人雪径[一]。雪绽之始构是轩也。为辟圆门，期与月相等，及轩成，而月之来，若适取以相为，则凡风露之袭我衣，星河之灿于天者皆若[二]自此轩出焉。

　　依岩凿一门，奇形若太极。四面山气清，有时松云黑。明月望中来，如同取一则。披衣风露生，欹枕星河即。知子邀为期，独留[三]混沌色。

【校记】

　　[一] 径：《滇诗拾遗》《滇诗丛录》作"经"。

　　[二] 若：《滇诗拾遗》《滇诗丛录》作"为"。

　　[三] 留：《滇诗拾遗》《滇诗丛录》作"揖"。

飞白所

　　山房北有螺髻峰，孤处梵宿，青长群小[一]，学人雪屑、雪慢[二]望而嘉曰："既为济胜[三]友，当获绝奇山。"爰为辟庐窗，筑短墙，构屋北向。独对一峰，予[四]往视成，适春雪初晴，夕阳半照处虚空，曳白飞来我所，不禁心赏之，谓二子曰："古人爱由[五]必得其性情之近，今知二子非泛爱者尔。"

　　谁抹佛顶青，螺髻高云许。风骨俨俨[六]立，介然[七]无取与。穴窗清听生，聚乃[八]君堪语。雪中一个晴，虚空悬玉杵。残照白俱飞，翛[九]然来我所。

【校记】

　　[一] 小：《滇诗拾遗》《滇诗丛录》作"山"。

　　[二] 慢：《滇诗拾遗》《滇诗丛录》作"漫"。

　　[三] 胜：《滇诗拾遗》《滇诗丛录》作"盛"。

　　[四] 予：《滇诗拾遗》《滇诗丛录》作"余"。

［五］由：《滇诗拾遗》《滇诗丛录》作“山”。

［六］俨：《滇诗拾遗》《滇诗丛录》作“然”。

［七］介然：《滇诗拾遗》《滇诗丛录》作“一介”。

［八］乃：《滇诗拾遗》《滇诗丛录》作“石”。

［九］翛：底本为“修”，据《滇诗拾遗》《滇诗丛录》改。

苏　昇

苏昇，太和人。庠生。明季沙定洲乱，倾家募死士御贼，力不支，死焉。

其生平事迹于（清）袁文典、袁文揆辑《滇南诗略》卷十二中有载。

《滇南诗略》卷十二录其诗《咏史（二首）》《自矢》《寇退（二首）》《复愁时贼有明岁取麦之信（二首）》7 首。

诗

此次诗的点校，以（清）袁文典、袁文揆辑《滇南诗略》（上海书店出版社《丛书集成续编》影印本）为底本，诗共计 7 首。

咏史（二首）

玉斗何庸碎，龙颜应运昌。楚能生汉帝，天不死真王。景命归符谶，雄谋竭智囊。将兵犹十万，约法仅三章。

三四奇警，结尤宏深。

有力能扛鼎，无锋断爱河。人推为伯主，天遣逐群魔。昼出援枹鼓，宵归伴绮罗。帐前愁看舞，垓下恶闻歌。

二诗俱用双起双结，一气卷舒，于整丽中极流逸之致，此乐府体也，后人那易办此？

自矢

书生百战持空拳，攘臂一呼回长川。天轮地轴疾转捩，鲸鲵潏浡喷馋涎。矢尽道穷鸟兽散，血流淤靭肘欲贯。滇池小儿挥长戈，强者纷奔弱者窜。阴云郁苍茫，白日寒景光。玉石俱焚炎昆冈，蔑尔榆关变沧桑。吁嗟乎，生为壮士死为厉，君不见空山白骨香。

天地为之震怒，鬼神为之饮泣，陈履和识。

寇退（二首）

竹圃析为箭，屋梁摧为薪。物换人何在，不敢询亲邻。

薄暮登城墟，故鬼杂新鬼。痛极不成声，乱燐傍芦苇。

阴惨逼人。

复愁时贼有明岁取麦之信（二首）

妖氛见兵气，赤乌夹日飞。如何幕上燕，故巢偏依依。

呆得妙。

战守失群策，兵食空藉箸。故剑盟初心，延息强容与。

此心可盟，幽独即可以传千秋，岂止延息强容与也耶？

何星文

何星文，何蔚文兄，明末浪穹人，贡生。

其生平事迹于（民国）李坤辑《滇诗拾遗补》卷三、《滇文丛录》作者小传卷上中有载。

著有《素书明解》一卷、《道德经赞》一卷、《何氏琴谱》一卷，已佚。

《滇诗拾遗补》卷三录其诗《茈湖唱和》《宿松隐庵（二首）》3 首。《滇诗丛录》卷十录其诗《茈湖喝唱》《宿松隐庵（二首）》3 首。《滇文丛录》卷二十二录其文《素书明解序》1 篇，卷六十三录其文《贤能二忠墓碑》《心明和尚塔铭》2 篇，卷八十三录其文《狮山梅石亭记》1 篇。

诗

此次诗的点校，以（民国）李坤辑《滇诗拾遗补》（上海书店出版社《丛书集成续编》影印本）为底本；以（清）袁嘉谷等撰《滇诗丛录》为校本，共计 3 首。

茈湖唱和

剩有湖山在，何劳别治生。功名今日幻，家世本来清。古砚犹勤洗，时文渐懒评。焦桐存爨下，为我辨琴声。

宿松隐庵（二首）

筑作疏篱岭作屏，小窗遥揖一峰青。此时谁是西风主，领取秋光到竹亭。

巢云久拟向孤峰，谡谡涛堪洗客慵。我梦不从人境寄，半床空翠几株松。

文

此次文的点校，以（民国）秦光玉等辑《滇文丛录》（上海书店出版社《丛书集成续编》影印本）为底本，共计4篇。

《素书明解》序

圯上老人，世传为黄石公，张子房遇之，三进其履，而以《素书》授之。或疑为奇术鬼物，岂知道本在迩，特骄心傲气者不能体焉，而实见之用。惟子房为汉高前筹，铁马金戈之天下，不五载而定之，无非得力于是书耳。然书何以素名？盖五色令人目盲。大道之体，无过太素，故君子素位而行，乃能素履无咎。今振伯潘公总镇元戎，谦谦访道，执家藏《素书》，揖余重加注释。余注之而同明解者，取其不落浮词，庶几易知易行也。愿公持此而佐太平，功纪龙旗。既获于石之黄，再问于松之赤，子房有知，必且为首肯矣。

贤能二忠墓碑

建文四年壬午，松阳人御史叶希贤、杞县教授杨应能，遇惠宗让皇帝逊位，同祝发为僧，法名应能、应贤，称帝为师，遂入云南，暂住白龙山。永乐辛卯至浪穹，贤能于县之东乡募资成庵，未几而贤能死，师哭之恸，葬于庵侧。岁久，人莫之识，余友毅叔杨公，架富签书，出建文年谱一帖相示，元廓高公读之三叹，始知潜龙之迹，化碧之魂，久在泺茨河滨。元廓高公同余捐金修二忠墓，庠友朱臣舍陆地，余命守者诛卯为屋，令僧永司焚扫。麒麟有冢，谁谓等于荆棘铜驼哉？故不敢再赞一词，窃取史匜、钱士升之铭而镌之曰：

草莽君臣，间关生死。朝夕一堂，靡进靡已。
生也同袍，死也同垒。泺茨骨香，千秋不毁。

心明和尚塔铭

皎皎大师，浮生作客。芳草王孙，烟霞帝释。弥勒同龛，维摩正脉。百世千秋，松青塔白。

狮山梅石亭记

狮山少梅而多石，人皆曰："石乃山之骨，故狮山以骨胜。"而未也。设无梅，焉与石相映？譬如士君子，负骨嶙嶙，而气不清隽，过于刚愎，即高栖远隐，亦索然不韵矣。丙午冬，观互道人踏雪峰头，于文殊院外披棘丛，忽得一枝梅信，顾觉气骨通灵，随纪数言，赋诗一首，且嘱晓然，曰："倘能构虚亭于梅石之间，使游人咏何水部'枝横却月观，树绕临风台'之句，岂不为狮山第一景哉？"虽然，旅客空言，不过如山阴雪夜，兴尽而返耳。迨丁未冬，寺僧水谷邀余经营建阁，复向梅石之间，擎茶跃坐，予再以虚亭相嘱，水谷欣然应诺。予喜曰："上人诚韵僧也。落成之后，必有名流眺览。于斯时也，一言花似雪，便悟有香来，则清隽之气因我而传，狮山不徒以骨胜也。"遂署之曰"梅石亭"。

何素珩

何素珩，字尚白，号茈碧渔家，大理浪穹（今洱源）人，明末布衣。

其生平事迹于（民国）李坤辑《滇诗拾遗补》卷三；寸丽香编著《白族人物简志》；张文勋主编《白族文学史》；大理白族自治州地方志编纂委员会编纂《大理白族自治州志》卷九中有载。

《滇诗拾遗补》卷三录其诗《茈湖秋泛》1首，《滇诗丛录》卷十二录其诗《茈湖秋泛》1首。

诗

此次诗的点校以（民国）李坤辑《滇诗拾遗补》（上海书店出版社《丛书集成续编》影印本）为底本；以（清）袁嘉谷等撰《滇诗丛录》为校本，共计1首。

茈湖秋泛

携鹤囊琴自放舟，湖头草绿雨初收。朱弦不入时人调，一曲平沙天地秋。

何蔚文

何蔚文（1625～1699），字稚玄（一作稚元），号浪仙，大理府浪穹县人。何邦渐之孙，何鸣凤第五子，何星文之弟，何素珩堂亲。（南明）永历丁酉（1657）科举人。

其生平事迹于（民国）李坤辑《滇诗拾遗补》卷三；（民国）秦光玉等辑《滇文丛录》作者小传卷上；《新纂云南通志》卷七十二艺文考二中有载。

著有《浪楂稿》二卷，清钞本，一册，云南省图书馆藏。《年谱诗话》一卷，附录一卷，清钞本，一册，云南省图书馆藏。

《滇南诗略》卷十录其诗《青溪小姑行》《长星》《荣华乐》《戒养》《送邑侯罗欠一还常德（三首）》《读韩集有感》《索杜锦里画竹》《浪槎篇答担当》《乞画潇湘》《谢担当画》《何文叔赠小印镌弹剑花前醉楚骚作歌寄谢》《许子羽为我评叙诗稿久不报促之》《老将行》《担当过访赋赠》《偶尔》《白燕》《绝粮》《遇某道人随过僧舍》《大理》《辛亥初度》《点苍山》《闺情》《送何文叔之昆明入幕》《蹴鞠》《风筝》《秋千（三首）》《担当有诗题云：年十三在金陵，湘兰老马姬采花，为余簪髻因以二绝束之（二首）》《采莲曲》《昆明竹枝词》34 首。《滇诗拾遗补》卷三录其诗《问长星》《浪穹怀古》《宁湖感赋（三首）》《湖居即事》6 首。《滇诗粹》录其诗《担当过访赋赠》《偶尔》《白燕》《点苍山》4 首。《滇诗丛录》卷十二录其诗《浪穹怀古》《宁湖感赋（三首）》《湖居即事》5 首。

《滇文丛录》卷十六辞赋类一录其文《耆古堂赋》1 篇，卷二十二序跋类二录其文《浪楂一集自叙》《〈独笑草〉小引》2 篇，卷八十三录其文《罢谷山记》1 篇。（光绪）《浪穹县志略》卷十一录其文《罢谷山记》1 篇。

（清）赵藩辑《滇词丛录》卷上录其词《好事近》1 首。

诗

此次诗的点校，以（清）袁文典、袁文揆辑《滇南诗略》（上海书店出版社《丛书集成续编》影印本）和（民国）李坤辑《滇诗拾遗补》（上海书店出版社《丛书集成续编》影印本）为底本；以（清）袁嘉谷等辑《滇诗丛录》（云南省图书馆藏钞本）和（清）王灿、刘琪、赵镜潜辑《滇诗粹》（云南省图书馆藏钞本）为校本，其中《长星》以（清）袁文典、袁文辑《滇南诗略》（上海书店出版社《丛书集成续编》影印本）为底本，以（民国）李坤《滇诗拾遗补》（上海书店出版社《丛书集成续编》影印本）为校本，诗共计 39 首。

青溪小姑行

青溪小姑颜色好，愿比溪青青未了。嫁郎日久回青溪，青溪仍青姑不小。

气味纯似古乐府。

长星[一]

长星长星，尔何以扫参井。射鬼柳，吾不记何年战？何年守？怕[二]听铁马金戈声已久。食熊不肥，嚼龙不寿。织女停机[三]，牵牛荒亩。今用削月斧，截去星尾首。尔[四]星敢不昼匿夜伏，免得人家流离四郊哭。不尔厌[五]见旌旗红，吾不能如任公子骑白驴，上云中。

诗人厌乱情深，亦无可奈何之语。[六]

【校记】

[一]《滇诗拾遗补》题为"问长星"。

[二] 怕：《滇诗拾遗补》作"厌"。

[三] 机：《滇诗拾遗补》作"梭"。

[四]《滇诗拾遗补》无"尔"。

[五] 厌：《滇诗拾遗补》作"又"。

[六]《滇诗拾遗补》无此评语。

荣华乐

荣华乐，乐无涯，富贵神仙任尔为。日月反掌，风霆手持，人间快意犹未奇。会须酌，玉女浆，捧金母卮。烹虬卵，截麟脂，紫皇赐药，青鸟传词。伏愿陛下尧舜万万岁，下臣也作千年计。

言浅而致深，不袭貌以遗神。

戒养

一月胚，三月胎。忽生孩，袭以裓。宝如瑰，怀抱来。抚摩该，痘疹才。幸免灾，日月催。出门桄，笑喧豗。马竹追，气渐恢。如母颐，且议媒。合欢杯，召宾罍。才不才，大分开。母子猜，谁徘徊。衣舞莱，诣书台。读南陔，彼条枚。孰栽培，念之哉。

欲觉闻晨钟，令人发深省。

送邑侯罗欠一还常德（三首）

近日宦途难，蜀道青天易。黄老讥无为，申韩怪多事。所以山中人，自爱衣薛荔。才大孰如公，尚挂考功议。但当饮醇醪，熟读醉翁记。

我愧廉希宪，公呼何孟子。云茝浪五年，得尔一佳士。与之谈古今，倡和诗盈纸。殷浩与谢安，成败安足齿。去去楚天遥，相忆春风芷。

九潦丈人言，方朔弄雷电。太上乃谪之，欲把仙才炼。王母坚其心，送以紫玉片。我今赠罗侯，狂言以当饯。功是循良书，过亦神仙传。黑水比绛河，不作凡情恋。好归桃洞中，待我通一线。

读韩集有感

不堪风雨夜，又读祭挈文。此言良凄酸，我泪亦纷纷。纷纷泪为谁，作堆小儿坟。东野失三子，皆以数日闻。我今失三子，一岁两岁分。其一虽半载，眼似带绿筋。远者姑不记，近儿已露龈。双瞳真剪水，指字笑欣欣。抱以芙蓉裳，裹以朱荜裙。七岁拟授书，望学昌黎勤。昌黎七岁授书。策之珊瑚鞭，堪入麒麟群。纵横黑水上，或可张吾军。崦嵫何落早，不许留斜曛。难呼大灵龟，问天上骑云。韩诗乃呼大灵龟骑云款天门。偶读失子诗，喻友意殷殷。昔也黄鲁直，书以遗石君。石君亦失子，咏之齿牙芬。乱思而舒哀，观览时云云。石君美云，时以观览，可用乱思舒哀。我今复如此，高读傍窗芸。况失余二子，何必怨秋雯。

索杜锦里画竹

杜家草堂谁个复，锦里公起风骚族。有时自号浣溪翁，浣出奇花盈一掬。须带峨眉雪色寒，拉我洱水苍山墺。玭湖又作浣花溪，老尚浣花红簌簌。请君今日莫浣花，为我且画几竿竹。

浪槎篇答担当

我欲乘槎上天去，直到天河尽头处。题遍织女锦绡新，支机石上狂箕踞。担当老人拍手笑，君家使气犹年少。昔我也曾入天台，洞里常把双鬟叫。如今荷叶盖僧头，别有溪山一杖秋。霜眉不带桃花骨，高兴无妨让阮刘。何五何五争直上，槎头冲断天河漾。只恐织女洗新妆，一痕惹得胭脂浪。胭脂浪里更飞花，浮去浮来爱古槎。惟有老僧不回顾，一担当来早到家。

喻仕宦而遇风波也，语艳而意深。

乞画潇湘

担师许我画潇湘，悬之江上巢翠堂。裹以三尺旧宫锦，颠倒天吴紫凤凰。有时忽把君山徙，夕阳倒挂篷窗底。胜他仙子月中回，朗吟飞过洞庭水。我师我师笔才动，君不见，北苑有图不可见。米家只留云一片，子昂也画洞庭湖。千金声价重京都，我师我师笔略涂。一扫又出天下无，吁嗟莫怪天下无。松江元宰已老死，难怪担当惜寸纸。

全摹少陵，故自高人一着，其他诸七古亦自青莲《玉局集》中淘洗出来，是以姿态横生，涉笔成趣。张允楷识。

谢担当画

我闻庄子写风手，调调刁刁纸上吼。担当画师墨更奇，散作黑风君见否。扫笔泠然似有声，摧折倒拖一枝柳。老渔又从何处来，吹醒船头昨夜酒。活活烟岚点点飞，带露瀑布峭壁陡。我看此画心忽凉，不须逃暑雪山走。吁嗟！北风之图空传汉，我师此笔真不朽。

逼真是赞担公画，移易不得。

何文叔赠小印镌弹剑花前醉楚骚作歌寄谢

君不见，黄山文叔阅人多，自爱其家茈碧湖头之小何。许授书床剑三尺，先借骚坛印一摩。剑任弹，骚任读，侠骨文心卑碌碌。醉时起舞向花前，大叫招魂来宋玉。再把灵均一握香，报得吾家老文叔。

许子羽为我评叙诗稿久不报促之

君不见浪穿百尺水，飞入何子稚元砚池里。写不尽胸中不平之块垒，送与中书许舍人。左腕乱评大笑起，寒暑已更久不报。知君醉倒秋来醲，想是武侯擒纵心。未许孟获舞大纛，不尔疑失风雷中。一朝待取六丁到，我闻张家月坞久吟死。李氏难追中溪老太史，此后寥寥寂无人。滇西冷落竟如此，昨来吟秃老担当。敢将名流不挂齿，与予陡遇罢谷巅。野性相怜两生儿，回首西洱河之滨。忽忆流寓一子美，欲知名姓原非他。舍人子羽先生是，先生念我草堂中。琅玕好截作诗筒，刘白何曾分尔我，班马无妨有异同。龌龊世人那足问，洱河头尾犹相近。老龙许作寄书邮，河上高舒五色晕。稚元子，许先生，从今不学安期骑鹤去，不学巢父牵牛行。只愿倡和诗篇千万首，疏雨孤灯互品评，不知五百年后可成名？呜呼！不知五百年后可成名？

奇逸处似脱胎太白《将进酒》篇。

老将行

皤皤将军一皓翁，战鼓隆隆下灵鼍。少年本学万人敌，衰朽犹夸百战功。从来先锋争出塞，耻教下策走和戎。隆碣重铭窦宪石，金屋直压尉陀宫。天子赐爵通侯上，戚里交欢甲第中。侠少常寻荆卿客，太平还想开边策。水底将断护珠骊，外国要打食铜駝。烟消烽熄乐时清，日往月来煎人迫。岂惟髀肉叹复生，且看头颅竟全白。葡萄酒畔健儿歌，薏苡车中明王责。投闲射虎南山田，短衣匹马不如前。灌夫使酒徒添恨，廉颇善饭只延年。可怜鸡皮皱燕颔，羞将猿臂傲鸢肩。直当充入天龙部，常依古佛老参禅。

虽不能尽脱右丞窠臼，而笔情酣畅，声调谐适，结尤写尽英雄末路。

担当过访赋赠

夕阳僧影淡，一笑菊花秋。老尚多奇癖，狂犹忆壮游。有心追正始，大胆议名流。高吐滇云气，同盟让执牛。

真尽得担当，出担当诗豪而肆，稚元之诗爽而隽，翼叔之诗简而峭，皆名流也。徐森识。[一]

【校记】

［一］《滇诗粹》无此评语。

偶尔

偶尔看秋色，茶铛借石支。吟诗翻白俗，学画爱黄痴。南亩禾将割，东篱菊有姿。何妨留雅客，是我不穷时。

白俗、黄痴，对句自巧。[一]

【校记】

［一］《滇诗粹》无此评语。

白燕

投怀旧事梦中迷，青影今来两尾齐。剪下千丝杨柳絮，不沾一点杏花泥。珠帘欲借银钩挂，琼圃应教玉栋栖。飞到汉宫谁可比，昭阳舞带月痕低。

绝粮

王孙何必独怜韩，漂母难逢意自安。骨瘦堪衣香薜荔，心清还植碧琅玕。维摩有疾宁须问，曼倩常饥只自宽。谁借黄粱春数杵，南园空折露葵寒。

遇某道人随过僧舍

放鹤呼猿处处家，惯从世外老烟霞。才谈不死田成海，又话无生雨是花。二氏妙通元自合，三生缘在未曾差。茫茫云水如寻我，茈碧湖头踞浪楂。

大理

西洱风涛胜大江，百蛮洗甲久争降。人传双鹤拓斯地，天以五云开此邦彩云见南中，在云南县，属大理。雄压龙关通玉帛，香闻佛土拥幡幢。点苍红遍茶花坞，樵径山歌唱僰腔。

稳称处正自难得。

辛亥初度

茈碧湖头老一蓑，愁消崔颢恋烟波。静中遇日皆长至，闲里看天即大罗。种竹栽芝兴不浅，吟风咏月事偏多。偶然提起逢初度，招取翁邻任醉歌。

点苍山

插汉争奇欲刺天，苍苍如此几何年。段杨郑赵俱已矣，雪月风花犹自传。俗传苍山雪，洱海月，上关花、下关风。一日一峰游不尽，两关两处望悠然。老龙许授长生诀，引上高河踞绝巅。

浑括而近自然，与《白燕》《大理》《初度》诸什同一机轴。唐祖樾识。

闺情

美人吹玉笛，疏影杏花间。独怨黄昏月，怜人淡一弯。

稚元锐意法古，各体皆入盛唐门户，其风格萧爽处，正如太原公子袭裘而来。月梧李治皇识。

送何文叔之昆明入幕

书记翩翩去，抽毫赋碧鸡。故人如入梦，还忆点苍西。相送双鹤桥，分飞叹双鹤。徘徊夕阳间，远山青似削。

稚元乐府本汉魏五古，近韩、苏七律、五七绝，则统学盛唐矣。东川后学吴晟松溪识。

蹴鞠

球场粉汗湿红颜，天子当头入女班。却笑团圆才到手，又轻抛闪立时间。

巧合不伤雅。

风筝

高高直上薄还轻，足下风云一旦生。纵到九霄容易事，看来只见负虚声。

未免唐突，非尽无因。

秋千（三首）

风衣叶叶去来轻，颠倒花枝彩架平。王母上元疑并到，空中先下董双成。

云袖霞裳欲上升，姮娥奔月岂无凭。但余手内红绒索，何用仙人系足绳。

推来纤手谢殷勤，还靠帮扶姊妹群。不愿巫山学行雨，今朝飞去只为云。

三首皆能传神阿堵间，此首尤点睛欲飞。

担当有诗题云：年十三在金陵，湘兰老马姬采花，为余簪髻因以二绝束之（二首）

小小诗童便可夸，金陵曾到马姬家。自从荷叶遮僧顶，不插湘兰老妓花。

刘晏当时才十岁，杨家妃子替梳头。唐儿簪髻虽难比，也引佳人出画楼。

采莲曲

杨舟女子笑声喧，采得荷花带露翻。短桨忽停看隔浦，拾将菱角打双鸳。

昆明竹枝词

金马比郎妾碧鸡，不须芳草怨萋萋。愿郎驰驱万里去，妾自守更报晓啼。

使杨升庵见之，当与郭舟屋并称，张允楷识。

浪穹怀古

浪穹名号问何时，洱水寻源几个知。庙貌至今传白姐，按：县有柏节祠，祀邓赕妻慈善夫人，俗讹呼为白姐。塔尖犹说镇红儿。凤闻鸟吊荒山冷，马出龙骧古洞奇。六诏当年真可笑，烟消罢谷动遐思。

宁湖感赋（三首）

五华山外读书声，犹记烧窗剔短檠。今日三秋仍乍到，昔时[一]百感忽齐生。槐厅枉说看飞鹊，柳岸空愁听哢莺。一曲琵琶弹不竟，昭君怨处总关情。

白蘋洲畔草萋萋，片舫才东又复西。长恨欲将歌击楫，不平还觉气如霓。米因高价多难买，诗为伤时竟懒题。稚子牵衣聊自解，破篱风雨一声鸡。

高楼遮柳带斜阳，倚枝[二]柴门数鸭忙。秋水兼葭人目[三]远，故宫禾黍恨难忘。孤舟不系频教去，三径无妨任久荒。稽首空王称弟子，壮心销尽一炉香。

【校记】

[一] 昔时：《滇诗丛录》作"古人"。

[二] 枝：《滇诗丛录》作"杖"。

[三] 目：《滇诗丛录》作"自"。

湖居即事

桃源何处问桑麻，自爱江村傍白沙。不辨乡谈如作客，常迁书岸似移家。舟横南浦随风去，笛弄洲前怅日斜。客到呼童才溉釜，待他举网乱菱花。

文

此次文的点校，以（民国）秦光玉等辑《滇文丛录》（上海书店出版社《丛书集成续编》影印本）为底本；以（清）周沆纂修（光绪）《浪穹县志略》（上海书店出版社《中国地方志集成》影印本）为校本，共计4篇。

耆古堂赋

剑镇马公将军擅文章之府，作耆古堂，命何子赋之，曰唯唯。赋曰："夫何古之可耆乎？闻之阿那律陀无目而见，跋难陀龙无耳而闻。耳目之外别有性情，自不可语冰于夏虫也。且以今之可喜者陈之，即如巍然而一堂也。岂无神都天府？八达四通，联云接霄，插汉飞甍。香雕其沉也，而曲阁之回映月；棠刻其沙也，而回廊之转避风。结蕙床而荪幄，叠贝砌而琅宫。此真最可喜也。"公曰："古有蓬户瓮牖者矣。"

再言之曰："戚里公子，上都贵人，冠履杂沓，盘曡错陈。贱貂黑以遥掷，笑驼紫之非珍。珠衫倦而轻解，珀瓮干而复春。又奚难金劈天孙之杼，玉炊云子之芬。此亦更可喜也。"公曰："古之鹑其衣，藿其食，未为不可也。"

曰："前呵铠仗，后簇旌旗。策玉驷，驾文螭。皂盖斜引，朱轮漫驱。尘乍生而迷路，香欲碎而踏泥。金羁绊之缠绵闪烁，宝铰之提控高低。此可喜也。"公曰："吾虽不能废此，但古之安步当车，是可怀也。"

曰："未已也，设也。陈舞席，历歌宫。拍檀点鼓，按瑟挝镛。金石之繁音移目，攀珠之轻步摇风。且以兰膏欲暗，挂魄朦胧。钗挂宋玉，不识其为前为后；袖拂司马，难辨其为白为红。如是者，盖未有不留情焉矣。"公曰："是亦不过极声色之娱耳，古其奚似此也？"

曰："然则平其原，旷其野，张吾弓，挟吾矢。而卒纷驰，风罝遥止。列罝如天之毕，布围若树之林。流可绝而崖可赭，弹飞铁而镞鸣金。于是走韩卢，扬宋鹊。或洒毛而叫呼，或惊弦而自落。甚至踬批犴，伏麒麟；麋鹿麠豹不可胜数，青兕黑犂较猎之盛。将艳心乎？"公曰："因荒古戒，窃闻之矣。"

曰："不然，犹有说彼夫书传鲁壁，字脱秦灰，禹鼎商彝之不可得也，亦庶几乎？汉寝唐陵之所遗，凡夫一切非近代之所有，亦何怪乎？病肓之病，人人好焉而不疑。"公曰："清流墨客，古不贵也。"

曰："是矣，不则福地洞天，神仙真诰。启黄庭之秘言，参太上之要妙。且见青鸟，先途朱凤，随趋扬霞，旌吹云席。朝酌北斗之浆，暮止南山之栖。吾不知其挽日月以走风雷，腾八极而骖两仪。是则神仙不朽之事，千秋万岁而为期也。其何如？其何如？"公曰："飘飘乎，恍以惚矣，今之可喜者大都若此矣。"

"若夫秉仁持义，服礼佩乐。其治世也，攘攘熙熙。其还淳也，浑浑噩噩。总由其量出海宇，志同寥廓。盖欲超唐虞而入皇羲，而自有其终身之乐。"公笑曰："得之矣。"乃援琴而歌。

歌曰："无怀氏之民欤？葛天氏之民欤？"又歌曰："古不见兮，谁知之兮？我适我愿，志不回兮。"从而和曰："帘卷珠兮登堂，吸琼英兮玉餐。风露微兮暗香，上下千百年兮夜未央。何限吉怀兮，不知明月之东方。"

浪楂一集自叙

少陵云："生来性癖耽佳句，语不惊人死不休。"可见作诗不容草草也。而或以为缘诗致瘦，何自苦乃尔？此正大梦未醒。在余亦耽苦吟，每为诗瘦，但求惊人句不可得，止如蜣获丸，据壤粪以为旃檀，殊觉可哂。然至香出于至臭，未必无神奇出焉。惜居滇浪，无有过而问者，廖融曰："岂知今日诗，一似大市里卖平天冠。"真不虚耳。余谓诗之传不传亦若有数，余今近老，稿虑散佚，乃汇抄得若干卷付儿曹。昔金轮寺僧谦半获得佳句，喜极撞钟。余得句自喜时，则操拍乱唱数回，或起作熊伸鸟引，大叫妙妙，亦此意。异日其亦有知我哉？若鹊相通以气，马相谓以鼻乎？

《独笑草》小引

权德舆至老，未尝一日去书，每遇胜景，得一佳句，则怡然独笑。予性癖书，与古人同，且喜作诗，偶有独发，亦未尝无佳句，且未尝不独笑也，但恨生滇云、浪诏，闻见孤陋。西去数百里，即与外国接。雪山昆仑，迢递天半，遥遥可指，然望五城之飞仙下，我必不可得。虽风吟木魅，月唱山魈，亦并寥寥，其不得不独笑也宜矣。忆昔江南汪辰初宫詹、闽中言子羽舍人同寓洱河，与余倡和。其后，诗僧担当往来更久。担亦滇人，尝与余言：“昆海我池，姑分洱河，与尔洗笔。”一时声气，可谓不孤。今官詹舍人，俱召玉楼，担当亦游仙界，然则余之独笑也，复谁同乎？复谁同乎？

罢谷山记

《山海经》曰：“罢谷之山，洱水出焉，而西流注于洛，其中多茈碧。”按《地理志》谓：“南中山曰昆，祢水曰洛。兰沧江一名洛水。”言脉络分明。再按：“兰沧江即黑水，源出雍州南吐蕃鹿石山，本名鹿沧。”此见《元史》。后讹为“澜沧”，“鹿”“洛”之音相近。《山经》所谓“西流注于洛”，洛即鹿沧也。罢谷山，崆峒，流传以为兰沧之伏流，说俱相合。郭璞曰：“山川名号，所在多有舛谬，与今不同。”此言尽之。据《西次四经》，首曰阴山，次劳山，次即罢谷山。今求阴、劳两山，不知何处；洱水出罢谷山，是矣。“多茈碧”更确。茈，草名，长茎圆叶。碧其色，花白如小莲，微香；其叶面绿背紫，点点浅浮。逸诗篇有《采荠》，通作“薋”，或作“茨”，又作《采齐》。《韵补》曰：“资，声如荠，荠亦当如齐。”“罢”与“羆”同，《集韵》或作“罗”，或作“罢”。罢谷以山有羆也。谷则以其山崆峒云，山多乱石，树不大而盘曲蓊郁，有紫榆，惜为龙祠，成巫觋地，七月廿三日俗赛龙会。何子曰：“《经》云：‘凡《西次四经》，自阴山以下至于崦嵫之山，凡十九山，其祠皆用一白鸡，祈糈稻米，白菅为席。’”罢谷山在其中。此祠礼必在夏后氏，用白鸡不可晓，今亦无之。《西经》之山七十七，罢谷列七十七山之一，千古同传，幸矣。而余罢谷人也，碌碌无传，罢谷笑矣。

词

本次词的点校，以（清）赵藩辑《滇词丛录》为底本，词共计 1 首。

好事近

听说选蛾眉，对镜把菱花抹。堕马学妆宫样，旧衫儿轻脱。金钱偷卜问佳期，喜鹊何偏聒。道好事分明近，望梅愈添渴。

赵尔秀

赵尔秀，赵炳龙之孙女，赵符之女，剑川人，许李报申，未嫁夫亡。亦工诗词，是明代白族唯一的女词人。

其生平事迹于罗江文选注《历代白族作家丛书（赵炳龙卷）》，寸丽香编著《白族人物简志》，张文勋主编《白族文学史》中有载。

《滇词丛录》卷下收其词《潇湘神·即景》《点绛唇》2 首。

词

此次词的点校，以（清）赵藩辑《滇词丛录》（上海书店出版社《丛书集成续编》影印本）为底本，词共计 2 首。

潇湘神·即景

湖水流，蓼花蘋叶总成秋。隔岸珠帘闲不卷，细风吹雨入窗楼。

点绛唇

划地西风，乱吹落叶连阶拥。连阶拥，天寒云冻，残菊秋如梦。曲曲回廊，倚遍雕阑，空箫谁弄，几声哀送，台无归凤。

文学交融的典范

历代白族散存作品整理与叙录

多洛肯　晏庆波　董昌灵

侯彦帆　张贝昊　赵钰飞　张俊娅　辑校

（卷二）

社会科学文献出版社
SOCIAL SCIENCES ACADEMIC PRESS (CHINA)

多洛肯

西北民族大学二级教授，博士研究生导师。现任甘肃省人文社科重点研究基地"中华优秀传统文化传承发展研究中心"主任，甘肃省一流特色发展学科"中国语言文学"学科带头人，一级学科"中国语言文学"博士点负责人。2018 年入选国家民委领军人才、2019 年荣获国家民委突出贡献专家称号、2020 年入选甘肃省领军人才（第一层次）、入选 2023 年度甘肃省研究生教育优秀导师、2024 年荣获甘肃省优秀专家称号。

2019 年以来发表论文 35 篇，其中 CSSCI（核心版）9 篇，《人大复印报刊资料》全文转载 4 篇；出版学术著作 10 部，入选"国家哲学社会科学成果文库"1 项。

清代

张国宪

张国宪，字子猷，剑川人。清初隐逸诗人，布衣。

其生平事迹于（清）袁文典、袁文揆辑《滇南诗略》卷三十四；（清）赵联元辑《丽郡诗征》卷八中有载。

著有《海鹤吟》一卷，一作《海鹤吟草》，已散佚；《滇南诗略》卷三十四录其诗《上巳东湖感赋》《秋日登山和韵》2 首；《丽郡诗征》卷八录其诗《上巳东湖感赋》《秋日登山和韵》2 首。

诗

此次诗的点校，以（清）袁文典、袁文揆辑《滇南诗略》（上海书店出版社《丛书集成续编》影印本）为底本，以（清）赵联元辑《丽郡诗征》（上海书店出版社《丛书集成续编》影印本）为校本，诗共计 2 首。

上巳东湖感赋

修禊东湖上，春风数往回。落花流不住，怀抱几时开。逝者如斯耳，古人安在哉。虚名竟何益，且尽手中杯。

深稳跌宕，品格在唐宋之间，七律亦稳称。刘玉湛识。[一]

【校记】

［一］《丽郡诗征》无此评语。

秋日登山和韵

携筇直上翠微巅[一]，秋色西来落眼前。浸日湖光明远浦，隔溪峰影入寒烟。相逢寄傲须凭酒，得意知音不在弦。若便同为采芝侣，一声长啸谢尘缘。

【校记】

　　［一］巅：底本作"颠"，据《丽郡诗征》改。

张辅受

张辅受，字斗垣，又字止斋，诸生。剑川人，张国宪子。张辅受与父相继佐剑川协幕，为所敬礼，家有小园，垒土成山，疏泉种树，张辅受赋诗、弹琴其间，泊然自乐也。

其生平事迹于（清）袁文典、袁文揆辑《滇南诗略》卷四十；（清）赵联元辑《丽郡诗征》卷九；（清）赵藩辑《滇词丛录》卷中有载。

著有《金华诗钞》，未见传本。《滇南诗略》卷四十录其诗《挽友》《小河口》《点苍石》《狮山拜明建文帝遗像》4 首。《丽郡诗征》卷九录其诗《晚望》《满贤林废院》《过小西湖》《观音山站》《狮子山拜明建文皇帝遗像》《酬友人见寄》《鹤庆城西坡歌》《走八塘》《晚晴》《挽友》《榆郡竹枝词（二首）》《由观音山之鹤庆道中》《箐口属剑川拖枝泛》《工江行源出兰州分江》《晓至旷观楼》《剑川西湖》《望湖亭》《满贤林二景（二首）》《地震后至满贤林》《游石宝山（二首）》《新秋》《春日城南书所见》《怀兰止庵先生（四首）》，共 29 首。《滇词丛录》卷中录其词《玉楼春·剃发自嘲》1 首。

诗

此次诗的点校，以（清）袁文典、袁文揆辑《滇南诗略》（上海书店出版社《丛书集成续编》影印本）和（清）赵联元辑《丽郡诗征》（上海书店出版社《丛书集成续编》影印本）为底本；其中《挽友》《狮山拜明建文帝遗像》以（清）赵联元辑《丽郡诗征》（上海书店出版社《丛书集成续编》影印本）为校本，诗共计 31 首。

挽友

三万六千曾几时，任人为不尽人为。黄金散去逃名早，白发催来好道迟。俯仰平生归幻[一]蝶，萧条门巷长秋葵。广陵一调从今绝，不忍重看旧日诗。

　　三四写出友之身分，结处一往情深，通身是泪。[二]

【校记】

　　［一］幻：《丽郡诗征》作"梦"。

　　［二］《丽郡诗征》无此评语。

小河口

　　地分三岔口，山转大江流。怪是天涯路，行行无尽头。

　　较"古道无人行，秋风动禾黍"情致尤觉苍凉。

点苍石

　　十九峰最奇，五月雪犹积。云寒飞不动，结作山中石。

　　冷峭。

狮山拜明建文帝遗像[一]

　　一钵萧条万里行，狮山趺坐悟无生。当时已具慈悲像[二]，毋使吾成杀叔名。

　　关合绝佳，较严海珊"马渡长江犹赐敕，赦王无罪速归燕"句又以微婉胜，七绝似此议论而兼风调，甚难合观，各体斗垣，殆三折肱次。笏山朱弈簪识。[三]

【校记】

　　［一］《丽郡诗征》题为《狮子山拜明建文皇帝遗像》。

　　［二］像：《丽郡诗征》作"相"。

　　［三］《丽郡诗征》无此评语。

晚望

　　点点飞鸦尽，荒荒落照残。冻云含雪影，湖上晚风寒。

满贤林废院

苔蚀阴廊古殿余，寥阳原是道人居。如何朝暮空坛上，止听松风唱步虚。

过小西湖

十里平湖霁色澄，家家堤上坐扳罾。吾生漫有沧洲兴，欲买扁舟竟未曾。

观音山站

系马桥边日欲晡，停杯且自问樵夫。道傍听政碑如许，曾见行人堕泪无。

酬友人见寄

酬春未了怨春风，去去君西我复东。匹马斜阳村店酒，好花止合路傍红。

鹤庆城西坡歌

乱石齿齿盘峻岭，西日沉沉催短景。下水井连上水井，照见行人挥汗影。

走八塘

荒徼沿江路，人家尽可怜。断岩欹板屋，落日冷炊烟。谷邃如藏雨，峰危欲插天。舟梁徒尔尔，飞渡用绳牵。

晚晴

宿雨初收夕照明，萧萧顿觉可人清。乍摊蠹简云皆散，欲理冰弦风自鸣。竹占空墙浮翠冷，花倚低槛落红轻。迟迟好待蛾眉月，钓破长空夜气生。

榆郡竹枝词（二首）

几样茶花赛艳华，一钱便得一枝花。东君费尽周旋力，轻把春光买到家。

轻暖轻寒天气和，融融迟日漾晴波。芳菲百卉争先发，花福榆城占得多。

由观音山之鹤庆道中

峻岭层层出，长河曲曲斜。半边桥卧水，一线路崩沙。地冷寒云合，林昏老树遮。人言霖雨至，倏忽起蛟蛇。

箐口 属剑川拖枝泛

偏碍马蹄泥滑滑，乱遮人眼竹萧萧。拖枝箐口君须记，十里溪流十五桥。

工江行 源出兰州分江

工江源从分江起，逆折西流三百里。怒劈青山山让开，横波冲断沧江水。南江北江野人居，刀弩随身耕且渔。谁令大山复大水，悍者益悍愚者愚。

晓至旷观楼

兴到便登蹑，倚楼纵目间。冻云低拂水，寒气远沉山。骨傲偏趋冷，情耽不放闲。每因高旷处，坐久不知还。

剑川西湖

一泓止水漾晴光，近接城南柳岸长。倒影静涵青嶂翠，回廊香度白蘋芳。西林秋寺藏红叶，东浦渔村背夕阳。添得画船频载酒，胜游宁复让钱塘。

望湖亭

萧洒固宜依北寺，平临犹可望西湖。晓晴几度舒双眼，日暮还来醉一壶。波拍稻田秋水阔，烟迷柳岸远村孤。谁将淡墨轻描出，一幅江南好画图。

满贤林二景（二首）

溪壑中藏迥不同，若为峭壁阻行踪。一函山水何人启，叠叠云岚镇日封。

峭壁中函。

层叠双峰遥对峙，朝朝暮暮郁青葱。一般相媚还相妒，雾鬓云鬟巧样同。

两岩竞翠。

地震后至满贤林

方丈岩栖结半楼，松风一壑可人游。山僧说到全无法，偶见峰前石点头。

游石宝山（二首）

千岩万壑路相交，香草蒙茸竹树苞。人队似猿栖石窟，马行如鸟掠林梢。

烟消日暮好盘桓，松径岩扉共几攒。唱彻碧云天未晓，夜深灯火出林峦。

新秋

齐物何能亦后凋，蓓蕾倏已挂鸣蜩。风收残暑飘桐叶，雨送新凉润菊苗。荏苒光阴驹过隙，浮沉世事水回潮。哀鸣甫集灾余日，满目萧条更寂寥。

春日城南书所见

风来面面寒初减，日上迟迟景渐加。绿染湖边一路柳，红堆山脚几村花。

怀兰止庵先生（四首）

舟舰横山事最奇，元戎密秘返旌旗。世人只道文章士，那识胸藏十万师。

才子词多游戏笔，难能语语妙通玄。性天风月真堪赏，谁道诗人不是仙。

杨林深处结茅庵，花月烟霞饱自谙。正统当年招隐逸，弓旌原不到云南。

重建坟碑葺古祠，春秋俎豆系民思。迎神不必新编曲，朗诵先生乐志诗。

词

此次词的点校，以（清）赵藩辑《滇词丛录》（上海书店出版社《丛书集成续编》影印本）为底本，词共计 1 首。

玉楼春·剃发自嘲

老来事事都无状，头上雪花飘荡漾。萧疏剩发几根根，辫缕青丝接不上。不如剃却休留养，挂碍全消返快畅。有时露顶王公前，任嘲酒肉风和尚。

袁惟寅

袁惟寅，字亮夫，号芝亭，清初赵州（今云南凤仪）人。性豪宕不羁，擅雄辩；平生苦涉经史，工于词章书画，其诗飘然淡雅，有的言尽而意无穷，耐人回味。年三十六卒。《滇南诗略》卷三十九载："袁惟寅，字亮夫，号芝亭，赵州人。芝亭为宋昭学博子苇塘明府伊村明经，伯兄苏亭同年之族孙也。半生苦志，涉猎经史，工词章书画，性豪不羁，高谈雄辩，一时无攖其锋者。童试辄冠军，惜数奇，名不列弟子员，年三十六遽卒。今苏亭选其遗诗，令人增山阳之感云。"

其生平事迹于（清）袁文典、袁文揆辑《滇南诗略》卷三十九；（民国）龙云、卢汉修，周钟岳纂（民国）《新纂云南通志》卷二百三十六；陶应昌编著《云南历代各族作家》；张文勋主编《云南历代诗词选》；张文勋主编《白族文学史》；李缵绪著《白族文化史》；寸丽香编著《白族人物简志》中有载。

《滇南诗略》卷三十九录其诗《春柳（二首）》《昆阳州秋兴》《云树》《归舟》5 首。

诗

此次诗的点校，以（清）袁文典、袁文揆辑《滇南诗略》（上海书店出版社《丛书集成续编》影印本）为底本，诗共计 5 首。

春柳（二首）

十年别恨忆分襟，极目江头见数寻。曾向玉关悲笛韵，乍从金谷听鹂音。依依风定愁无力，冉冉波流恨渐深。摧折漫嗟盈道路，微和到处已成阴。

几回憔悴几回新，织雨缫风绿未匀。素影半堤才濯月，清歌一阕更萦尘。腰肢纵使无人妒，眉黛徒劳为世颦。好把染衣询九烈，青归汉苑莫伤神。

昆阳州秋兴

萧萧落叶满山城，雨霁昆湖万派明。倚槛听人舟弄笛，催租有吏夜传声。霜清况滞伤秋客，风劲常趋赴敌兵。时有征缅之役。愁绝故园千里隔，何时早慰倚闾情。

通体浏亮廉俊，结句蔼然仁孝之心。

云树

此系《龙山分韵》四律之二，其他《江天》《落日》二诗皆有警句，因通体不称，故不选。

似雾如烟当漠漠，依岩傍岫隐森森。断霞明灭空朝暮，落日苍茫自古今。绝塞归鸿迷望眼，关山瘠马度寒林。孤臣去国情何限，游子天涯恨不禁。

豪宕。

归舟

一棹西风逐乱萍，蓼花芦叶自亭亭。渔竿横挂千江白，帆影斜拖万壑青。霭霭断云连古渡，悠悠落日冷沙汀。五湖归去烟波阔，多少英雄梦未醒。

芝亭春游、春草、春柳诗不下二十余什，才思横溢，出笔灵俊，却无甚关系，大抵少年作耳。兹选五章皆有假物言情，因寄所托之意，且时有苍莽语，不同凡响，故选诗贵严贵精也。张日珩完甫识。

赵 旸

赵旸，一作赵旸，字昆东，号瀛升，太和人，诸生。《滇南诗略》卷三十八载："赵旸，字昆东，号瀛升，太和人。诸生，壬午孝廉。暄之胞兄，少敏达，小试辄高等，历赴乡闱十七次不第，郁郁以诗酒自娱。授徒数年，成就人士甚多。诗文尤为超脱，顷刻千言可以立俟。惜其遗稿俱为人所秘，今仅于塾本内搜获数首。"高上桂评其诗云："气韵高古，性情深厚。"

其生平事迹于（清）袁文典、袁文揆辑《滇南诗略》卷三十八中有载。

《滇南诗略》卷三十八录其诗《古风十五首》15 首。

诗

此次诗的点校以（清）袁文典、袁文揆辑《滇南诗略》（上海书店出版社《丛书集成续编》影印本）为底本，诗共计 15 首。

古风十五首

诗为前王咏，采为后王陈。美人思西方，所重非山榛。性情流千年，岂烬于嬴秦。五字字已多，达意难其人。惟汉十九首，浩气弥八垠。首首自成章，璧合何浑沦。阮公感无端，怀中罗奇珍。高蹈推子昂，发词含性真。曲江蕴藉多，泼泼如春鳞。接踵诗中仙，庚星丽苍旻。各缀十余章，旷代歌阳春。大雅存人间，至道长麟麟。

吾观太白诗，清脱如明月。乍从海中来，忽入云边没。少陵薄太微，光焰开晴晖。当空照四海，诸作同烟霏。排荡窠白空，不怕前人非。黄道逞炎燠，北陆施余威。明月饶清辉，偏宜照初衣。

后四意致深远。

大风云飞扬，高歌亦壮哉。拔剑清寰中，功成故乡来。俯仰吐豪气，文士难为才。东西分两京，鸿音自兹开。于今沛中儿，犹说歌风台。项羽亦能歌，虞兮和城隈。歌声岂不壮，听之令人哀。声尽美人死，遗迹同马嵬。江流日鸣鸣，叱咤无风雷。隆准及重瞳，同时起蒿莱。死者江东空，生者沛中回。成败难为言，因之叹秦灰。

结亦从"刘项原来不读书"□出。

秦王方强盛，世不如衰周。贤者避之去，绮角心悠悠。不采商山芝，岂泛桃源流。运筹帷幄中，智勇钦留侯。于韩既已报，于汉复何求。

冷隽。

严光钓泽中，谁识风期妙。三返而后至，客星光有曜。万乘故人知，胡能竟埋照。草野检束疏，天子但一笑。终自归富春，千秋弹绝调。

神仙非所屑，条复见容颜。吴门抱关者，开阖俱闲闲。此心诚长往，何必藏深山。门卒虽贱役，高风难为攀。梅福古大隐，不在丘樊间。

庄周在蒙县，垂钓终生平。不留庙堂骨，灵龟乐其生。往矣子大夫，不必知吾情。一鸣纵惊人，无如不为鸣。漆园吏虽微，知足堪荣名。泌水以乐饥，何用浮苍溟。

兴有所触，偶拈知足立言，无谓不足以尽庄子也。

恣游惟卢敖，一杖无行李。欲上蓬莱山，先跨东海水。海水自海水，古今空怒流。不借一苇力，曷能阻予游。神仙宫阙门，金碧陵王侯。超越上高台，缥缈登高楼。回首望人间，顾盼隘青州。若士不久住，相期九垓头。此中乐未央，勿再寻丹丘。酿芝罗美酒，屠龙陈庶羞。玉女何翩翩，舞罢还清讴。已尽兹辰欢，更喜斯地幽。更喜斯地幽，于焉老春秋。前日本无悔，今日夫何尤。退不缘功成，谁与言恩仇。燕昭即有灵，何处求虚舟。

笔情奇肆。

前席问鬼神，半夜犹未已。鬼神诚难言，毫厘谬千里。既知贾生贤，复使贾生死。不闻夫子云，鬼神德盛矣。惜哉谪长沙，洞庭哭秋水。

柏梁逼日星，高台压层城。群臣各命笔，歌诗以自鸣。帝歌和四时，雅意窥玑衡。拓此赓扬风，坐观寰宇清。胡为赋蒲梢，万里方穷兵。天下苦疲弊，岂惟远从征。诚欲求治安，光大知能行。武皇本英主，烛照明如晶。早其萌悔心，恶听征鼙声。先塞昆池流，再扑石鳞鲸。专心大道间，左右江都生。岂非贤圣君，万古钦承平。

王子静有句云："那知四百年文治，全仗雄才大略人。"识论尤超卓。

飞雁远天末，回首白云漫。非是辞北地，关塞秋风寒。潇湘少冰雪，波暖自生澜。稻粱方适意，矰缴偏多端。是用独徘徊，不及仙山鸾。仙山知不远，去去复何难。

翠鸾巢壶峤，有翅能冲天。若不来人世，文羽谁为传。高鸣求和者，凡鸟盈万千。叹息仍归飞，来去何悠然。

文中子既出献策而复归隐，即是此诗意境。

孤松秀岭表，高高与天邻。色苍干复直，如见古时人。古人何所异，荣悴余天真。大道足自卫，无烦呵以神。位置千仞上，远害全其身。樵者愚无知，荷斧随清沦。安能蹑穷岩，冒昧而挥斤。

杂花开烂漫，方盛不肯落。何当风雨催，随流入沟壑。凡物贵有用，不在高自托。能饱野人饥，荒原长藜藿。

为无实用而居高者下一针砭，不是泛指自高声价者流。

执业择宜精，不择徒玩日。苟求益身心，文多不如质。赋诗良复然，春华贵秋实。汉晋于今兹，寸心知得失。用识古风谣，雅堪奏琴瑟。

十五诗气韵高古，性情深厚，议论亦正大。盖兼阮公咏怀、伯玉感遇而得其神似者。尝见其《咏梅香》云："昧在五更风动后，魂来夜半月沉余。"《梅林》云："繁霜满地没全影，新月浮空剩一湾。"亦清疏可爱。惜其兄弟皆多才无命也。高上桂识。

赵 盼

赵盼，字曙东，号晓峰，又号樗园居士。大理太和人，清初诗人，岁贡生，赵旸之胞弟，性清介，与其兄齐名。《滇南诗略》卷三十八载："太和人，岁贡，旸胞弟，性清介。与兄齐名，亦屡战棘闱不捷，遨游于秦豫燕赵间。适弟瞠病卒京邸，公竭资携榇归，不辞劳瘁，其孝友已见一斑。人争师事之，惜以明经终，诗文遗稿均零落矣。"其诗多缺乏社会内容，但也有真实自然之作。

其生平事迹于（清）袁文典、袁文揆辑《滇南诗略》卷三十八；陶应昌编著《云南历代各族作家》；寸丽香编著《白族人物简志》中有载。

《滇南诗略》卷三十八录其诗《秋日感怀（四首选二）》《咸阳晚眺》《采莲曲（二首）》，共5首。

诗

此次诗的点校以（清）袁文典、袁文揆辑《滇南诗略》（上海书店出版社《丛书集成续编》影印本）为底本，诗共计5首。

秋日感怀（四首选二）

斜日照枫林，萧萧秋气深。落叶连空坠，虚亭沉夕阴。惊霜飞旅雁，带月鸣寒砧。乙乙触愁绪，闻见皆伤心。

荣落曾经眼，古今余此身。藐然忽如寄，何分己与人。人衰不复壮，花落犹待春。商声满天地，内镜见吾真。

一气旋转，意却千回百折，佳构也。南宁吴优识。

咸阳晚眺

火流林烟淡，雁来秋思新。月明秦时塞，花想汉宫春。今人吊往事，后人悲今人。

淡远。

采莲曲（二首）

十三学弄潮，偷照龙宫镜。不解媸与妍，人同莲花竞。

日暮荡舟返，花香杂水香。一声清唱远，惊起双鸳鸯。

李毓奇

李毓奇，字少颖，鹤庆人。顺治岁贡生，（康熙）《鹤庆府志》称："李毓奇，字少颖，郡之德行儒也。淹经史，工词翰，大文时艺，俱从百炼中来。每试必领诸生首，远近邻封，就而请业者恒接踵焉。"（民国）《新纂云南通志》卷二百六称："敦品好学，少时有一女子奔之，拒不纳。吴三桂闻其名，以重币罗为幕客，力却之，恐以致祸，遁迹山中者七年。事继母以孝闻，喜周贫乏而不责报，乡人重其德行。"

其生平事迹于（清）袁文典、袁文揆辑《滇南诗略》卷十五；（清）赵联元辑《丽郡诗征》卷四；（清）佟镇纂（康熙）《鹤庆府志》卷十八；（民国）龙云、卢汉修，周钟岳纂（民国）《新纂云南通志》卷二百六；（清）师范纂辑《滇系》第八册《人物》；张建雄、周锦国选注《历代白族作家丛书（综合卷）》中有载。

《滇南诗略》卷十五录其诗《古风（五首）》《元日试笔》《塞鸿》《塞霜》《边月》《边树》10 首；《丽郡诗征》卷四下录其诗《中秋雨》《古风（五首）》《元日试笔》《塞鸿》《塞霜》《边月》《边树》11 首；《丽郡文征》卷四录其文《赏石榴花》《客舟说》《杂说》3 篇；（康熙）《鹤庆府志》卷二十六录其诗《中秋雨》《古风（五首）》《元日试笔》《塞鸿》《塞霜》《边月》《边树》11 首，录其文《赏石榴花》《客舟说》《杂说》3 篇。《滇南文略》卷十五录其文《客舟说》1 篇，卷八十四录其文《赏石榴花》1 篇。

诗

此次诗的点校，以（清）赵联元辑《丽郡诗征》（上海书店出版社《丛书集成续编》影印本）为底本，以（清）袁文典、袁文揆辑《滇南诗略》（上海书店出版社《丛书集成续编》影印本）和（清）佟镇纂（康熙）《鹤庆府志》为校本。诗共计 11 首。

中秋雨

今夕夫何如[一]，佳节用自古。坐待银阙涌，仰天酬[二]清酤[三]。姮娥杳无踪，安问玉阶树。有如爬沙蟆[四]，馋口使天瞽。秉烛自举觞，光焰细于缕。坐久惨不欢，忧来填[五]肺腑。吾闻合七宝，八万户挥斧。如何辛苦成，障翳[六]不得吐。块磊浇岂平，狂歌[七]欲起舞。九阍高且扃，耳宁属下土。欲寻泛斗槎，上挝雷公鼓。愿假风伯灵，迅扫疾神弩。豁然永夜清，酒尽向市沽。天苟鉴此衷，莫待明年补。

【校记】

［一］何如：（康熙）《鹤庆府志》作"如何"。

［二］酬：（康熙）《鹤庆府志》作"酹"。

［三］酤：（康熙）《鹤庆府志》作"沽"。

［四］蟆：底本作"蟇"，据（康熙）《鹤庆府志》改。

［五］填：（康熙）《鹤庆府志》作"嗔"。

［六］翳：（康熙）《鹤庆府志》作"医"。

［七］歌：（康熙）《鹤庆府志》作"歙"。

古风（五首）

螳螂方捕蝉，黄雀已鼓翅。未果腹中饥，王孙挟弹伺。天地一杀机，循环迭相噬。寄言海上鸥，吾欲从此逝。

少颖未免胸有垒块，诗却不离真性情。

囚[一]鸟困樊笼，翻为同群累。系蟹沉水底，牵率百千辈。李桃且代僵，狐兔悲其类。念彼万物中，禀受各互异。谁能诘其然，抚膺但长喟。

峨峨高阳山，上有葛洪井。修竹拂云端，甘泉逾清颖。飞仙匪所慕，爱此无人境。挥手谢城市，无乃厌蛙黾。

斜日堕西山，新月吐东岭。一朝复一夕，素发垂满领。壮盛不如人，老大将安幸。谁萦骅骝足，纵此驽骀骋。骧首时一鸣，泪下如縻[二]绠。

吾闻龙变化，随时有屈伸。咫尺不及水，蝼蚁困其身。肉眼虽酷好，何曾辨假真。屋梁方掉尾，骇汗为崩奔。无为子高怨，尔性自难驯。

【校记】

　　[一] 囷：《滇南诗略》作"囮"。

　　[二] 糜：底本作"縻"，据《滇南诗略》改。

元日试笔

乾元今日始，一岁又开头。宇宙雄诗胆，江山豁醉眸。雪[一]迷边塞白，花发故园幽。召[二]友赋归去，天涯莫久留。

【校记】

　　[一] 雪：《滇南诗略》作"露"。

　　[二] 召：《滇南诗略》作"招"。

塞鸿

不宿芦花月，来冲绝塞烟。可怜声断处，难定客归年。顾影怀兄弟，成行序后先。有书应付汝，带雪下祁连。

塞霜

元霜飞紫塞，腐草幸生花。白尽他乡路，青余何处家。凝烟凄断柳，薄日冷晴沙。四顾荒荒色，啼寒听晓鸦。

边月

惟有边山月，频添旅思长。缺含今古变，圆补地天[一]荒。冻影凄中夜，流辉照异乡。择栖何处鸟，对此一[二]情伤。

【校记】

　　[一] 地天：《滇南诗略》作"天地"。

[二] 一：《滇南诗略》作"亦"。

边树

已过[一]春九十，寒叶[二]未经抽。及幸生逢夏，常拼死待秋。深根能自固，老气为谁留。若被风霜迫，还多冻鸟投。

边塞四诗，可歌可咢。巩懿修识。[三]

【校记】

[一] 已过：《滇南诗略》作"凋枯"。

[二] 叶：《滇南诗略》作"菜"。

[三] 底本无此评语，据《滇南诗略》补。

文

此次文的点校，以（清）赵联元辑《丽郡文征》（上海书店出版社《丛书集成续编》影印本）为底本，其中《客舟说》以（清）袁文揆辑《滇南文略》（上海书店出版社《丛书集成续编》影印本）为校本，《杂说》《赏石榴花》以（清）佟镇纂（康熙）《鹤庆府志》为校本。文共计3篇。

赏石榴花

北山之阳天河之滨有榴焉，质最美。余与倪子过而爱之，移植厅，事数月，髡然无复萌蘖之生，色枯槁，枝柔弱不自胜。或曰：锄之；或曰：锯之，当复活；或曰：爪其肤[一]以决去留。倪子弗之答，旦视而暮抚者如故。自是过之者日不乏人，皆置弗顾。幸而顾者，非笑则鄙，否[二]则太息已耳。谁复知其长养生息，犹勃勃然有日新之机？盖榴之幸，不见弃于悠悠之口者，几希矣。居无何，枯[三]者荣，槁者华，髡者蔚然而深秀，柔弱者，翘然而错起。或含或吐，奇葩异卉，披锦列绣，灿然而改观。斯时也，少者奔，老者行列，男女相聚，惊骇环绕，疑出望外。呜呼！何花之晚也。岂不屑争荣于方春之时耶？抑待其候，而不能以诡致耶？又不知天将抑其气，摧折其皮肤，使养其根，厚其实，而后始得以大泄其英华耶？

虽然，是榴也，桃李尝望而笑之，榴几无如何也。向使倪子凭盛衰于流俗之口，芟刈之，绝其本根，虽有美质而遭逢之不时，庸讵知不凋伤于雨露之中，究与枯木朽株同其腐烂耶？吾又以悲榴之所遭，诚幸也。于是引觞满酌，击节而歌之，歌曰：嗟榴之方植兮，谢桃李之芳荣。伤皮肤之仅存兮，几受戕于斧斤。何萌蘖之复生兮，历时日而忽新。睹枝叶之繁阴兮，将绮密其含英。经盘错而不逾兮，见大器之晚成。

【校记】

[一]（康熙）《鹤庆府志》此处有"验之"。

[二]否：（康熙）《鹤庆府志》作"不"。

[三]枯：（康熙）《鹤庆府志》作"柘"。

客舟说

有客贫而好游，舟居十二稔，其友往觇之，破冠、敝履、缊袍，裕如也。叩其囊曰无迹，其舟窈然虚也。友曰："子出游，贫也。贫而不殖，不亦累乎？子尝艇去而波驶矣，及其来匮也如故，岂良贾深藏欤？彼某某者，亦犹游[一]子而客者也，其去空艘，来汗牛，后子游，先子休矣。子盖久于客者，必有获。"客瞑而弗答。其友卒然曰："吾贺子远游归，语子子不答，无乃倨乎？"客曰："嘻！穷达，命也，我无营焉。子弗知，宜也。坐，我明告子。我甚念人之生最难[二]也，百年，暂也。我适以我之暂有者游于客也。舟，利涉也；乌[三]用殖为？我自赋形，迄今空空然我也，我何有焉？我竟不知我之为谁也。夫既不知我之为谁，我何不可暂假一舟，而暂为我有，与斯世并游也哉。昔人以大地喻舟，当矣，我亦舟中一客也，则万有罄为我殖。视日月之斡旋，而为舟师者也，斯盖游心于物者，有然矣。若夫其大无外，其细无内，包天地，化古今，万有不齐而为形[四]者，则又以道为舟，以仁义为殖，一旦见售于圣君贤相，济苍生之沉溺，救社稷之倾颓，同游乎熙熙皞皞之域，斯又必得诸博济之君子，而为舟师者也。我无力焉，我殆以身为舟矣。是身又为我载神之具。神，我也。我即以神为客，以身为舟，合五行为殖，无极为海，元气为风。动则游焉，静则止焉，听其所止而休焉。我又并不知我之为客，客之为我，而舟师者之为谁也，我何累焉。歌曰：贫不害性兮，游不云贫。袖清风而独往兮，抱明月以孤还。矧赘瘤[五]之足累兮，胡不全其所天。殆[六]客去而舟忘[七]兮，方[八]神弃而身捐。归吾身于乌有兮，泛虚舟以徜徉。"其友闻而喜，恍而悟曰："吾今知有命矣。"乃再拜而去。客复暝然。[九]

【校记】

[一]《滇南文略》无"游"。

[二]难：《滇南文略》作"难知"。

[三]乌：《滇南文略》作"恶"。

[四]形：《滇南文略》作"舟"。

[五]瘤：《滇南文略》作"疣"。

[六]殆：《滇南文略》作"迨"。

[七]忘：《滇南文略》作"亡"。

[八]方：《滇南文略》作"乃"。

[九]《滇南文略》文后有评语：亦规抚《南华经》《鹖冠子》，却自清逸有致。

杂说

有燕巢于幕上，巢成，子母煦煦，甚自得也。群雀往贺，黄鹄怪而问之。雀曰："巢附大厦，可贺也，庶无风雨飘摇之患乎！"黄鹤首不顾而唾曰："吁！予尝过都邑，而见居大厦者不下万万矣。未几而主易焉，未几而主又[一]易焉。其毁与折者无[二]论已。未几，且溺于水而燎于火者尤数数也。大厦而可无患，阿房宫胡为至今不存乎？悲夫！大厦，人之寓也，巢附大厦，尤寓之寓者也。幸为我寄语有巢者曰："慎毋以大厦为可久安也。"

【校记】

[一]（康熙）《鹤庆府志》无"又"。

[二]无：（康熙）《鹤庆府志》作"毋"。

李倬云

　　李倬云，字瑶峰，鹤庆人，李毓奇长子。自幼勤勉，性颖悟，博览群书，工古文，善赋诗。康熙戊子（1708）科举人，官学正。康熙五十三年（1714），与佟镇、邹启孟共修撰（康熙）《鹤庆府志》。

　　其生平事迹于（清）袁文典、袁文揆辑《滇南诗略》卷二十八；（清）佟镇纂（康熙）《鹤庆府志》卷十八中有载。

　　《滇南诗略》卷二十八录其诗《寄赠李岱云先生》《磁州道中（二首）》《邺中》4首；《滇南文略》卷三十二录其文《丛山石泉记》1篇。《丽郡诗征》卷四下收《杂感（三首）》《乞儿行》《寄赠李岱云先生》《甲午八月大风雨》《稗子行》《农夫叹》《芦沟遇雨》《磁州道中（三首）》《孟德疑冢（三首）》《同查可亭诸友游西山遇雨，憩满家亭子集饮江昆源别业》《车骑关》《宿吕偃驿》《哭万仁白》《送奈庵倥归吴》20首；《丽郡文征》卷四录其文《丛山石泉记》《太子岩记》2篇。《滇文丛录》卷二十四录其文《〈鹤庆府志〉序》1篇，卷八十六录其文《太子岩记》1篇。（康熙）《鹤庆府志》卷二十六艺文部收其诗《杂感（三首）》《乞儿行》《张重辉字叔含号厚赤由明经任太和定边学和昌黎秋怀诗（四首）》《寄赠李岱云先生》《甲午八月大风雨》《稗子行》《农夫叹》《同查可亭诸友游西山遇雨，憩满家亭子集饮江昆源别业》《车骑关》《宿吕偃驿》《哭万仁白》《送奈庵倥归吴》《归兴》《下关清风桥上》《小宋村守岁》《元旦同王天乙作》《琉璃河》《出都口号》《芦沟遇雨》《良乡》《邯郸竹枝词（二首）》《磁州道中（三首）》《孟德疑冢（三首）》《谢玉溪赠考功集北上时曾养疾其家》《南归复宿白牛铺》《南归渡黄河》36首；收其文《丛山石泉记》《太子岩记》《征刻滇诗启》3篇。

诗

此次诗的点校，其中《邺中》《寄赠李岱云先生》以（清）袁文典、袁文揆辑《滇南诗略》（上海书店出版社《丛书集成续编》影印本）为底本以（清）赵联元辑《丽郡诗征》（上海书店出版社《丛书集成续编》影印本）为校本；《磁州道中（三首）》《杂感》《乞儿行》《甲午八月大风雨》《稗子行》《农夫叹》《芦沟遇雨》《孟德疑冢（三首）》《同查可亭诸友游西山遇雨，憩满家亭子集饮江昆源别业》《车骑关》《宿吕偃驿》《哭万仁白》《送奈庵侄归吴》以（清）赵联元辑《丽郡诗征》（上海书店出版社《丛书集成续编》影印本）为底本，以（清）佟镇纂（康熙）《鹤庆府志》为校本；《张重辉字叔含号厚赤由明经任太和定边学和昌黎秋怀诗（四首）》《归兴》《下关清风桥上》《小宋村守岁》《元旦同王天乙作》《琉璃河》《出都口号》《良乡》《邯郸竹枝词（二首）》《谢玉溪赠考功集北上时曾养疾其家》《南归复宿白牛铺》《南归渡黄河》以（清）佟镇纂（康熙）《鹤庆府志》为底本，诗共计37首。

寄赠李岱云先生

先生心迹真崛奇，酸咸嗜好独异时。兔园册子人拱璧，掉头不顾弃如遗。穷年搜罗到百家，就中偏与风骚宜。近体初学陆剑南，古诗尤爱韩昌黎。宋[一]门好竽不好瑟，落拓不偶分自知。逢场作戏嫌多事，虚名蜗角耻奔驰。秋日槐[二]花照眼黄，朋侪文战集茅茨。濡豪[三]伸纸专[四]相待，折简乃复来迟迟。鞭弭橐鞬纷争胜，袖手不肯吐一辞。诘[五]朝技痒忽兴发，千言立就何淋漓。高邑不作陶庵逝，柔筋脆骨日喁呀。近来海内推灵皋，比肩方驾非公谁。君不见，龙山老子一世豪[六]，吟诗千首不疗饥。又不见，乡里小儿鲁且愚，之无才辨插翅飞。墨水三升幸脱兔[七]，洋洋裘马夸轻肥。愿公且将掣鲸手，追逐流辈握[八]毛锥。翻水成文惊四座，真如深丛卧孤罴。青紫拾芥安足云，聊以上慰北堂慈。吾言至鄙公试听，肱经三折是良医。

【校记】

[一]宋：《丽郡诗征》作"王"。

［二］槐：《丽郡诗征》作“黄”。

　　［三］豪：《丽郡诗征》作“毫”。

　　［四］专：《丽郡诗征》作“耑”。

　　［五］诘：《丽郡诗征》作“明”。

　　［六］豪：（康熙）《鹤庆府志》作“家”。

　　［七］兔：《丽郡诗征》作“免”。

　　［八］握：《丽郡诗征》作“无”。

邺中

　　画栏桂树古今同，漳水何如渭水宫。若把金人较铜雀，饶他铅泪洒西风。

　　赵范庵云：较陈恭尹“七十二坟秋草遍，更无人表汉将军”，周渔璜“千年古瓦而今在，留与儒生写汉朝”又觉婉而多风。

杂感（三首）

　　蚁穴隤长堤，积羽可沉舟。巨石穿檐溜，涓滴成洪流。补[一]牢苦不早，烂额何足酬。君子防未然，食肉笑远谋。履霜与集霰，此意宁悠悠。

　　膏以明自煎，象以齿见焚。干将出匣底，铦锋缺不伸。宁为井中泥，毋为市上尘。井中虽尘理，市上多苦辛。

　　少小慕远游，雅志薄耕桑。登山苦荦礐，涉水无舟航。脱身就平地，荆棘塞道旁。行路自古难，我何苦悲伤。切云与长剑，计掘空彷徨。

【校记】

　　［一］补：（康熙）《鹤庆府志》作“捕”。

乞儿行

　　天寒岁律暮，风雪无时休。行迈日迟迟，举目增我愁。念彼流亡人，颠连满道周。况复挽我车，哀呼声啾啾。借问尔何乡，何为此淹留。答曰家晋阳，耕桑颇自谋。频岁遭水旱，田亩少所收。忍饥完正赋，不肯辞故

丘。有司借名目，无艺日诛求。黠者依险阻，跳梁弄戈矛。软弱守穷巷，
钩索反见仇。血泪洒公庭[一]，系颈等罪囚。低声向老吏，乞归鬻儿酬。咆
哮甚猛虎，索保始颔头。脱身携妻子，弃家到中州。闻说南阳界，荒陂足
耕耨。牛种既难办，栖身何所投。匍匐大道旁，残喘仰行辀。今日得苟
延，明日信悠悠。见尔已心酸，闻语泪更流。嗟尔本良民，谁使填壑沟。
羞涩客囊空，聊复遗干糇。恭闻圣天子，西顾垂殷忧。赫怒诛贪残，中丞
行部搜。租逋概蠲除，怀绥渥且优。勿作他乡冢，努力反[二]田畴。

【校记】

[一] 庭：（康熙）《鹤庆府志》作“亭”。

[二] 反：（康熙）《鹤庆府志》作“返”。

张重辉字叔含号厚赤由明经任太和定边学和昌黎秋怀诗（四首）

空山月纤纤，荒砌竹巍巍。秋风从西来，暮鸟飞不已。入巢枯树间，
聊以息肩耳。好梦不易寻，惊鸣卧复起。四顾栏槛疏，迹与飘蓬似。命达
不可知，文章不可恃。缅怀千载人，古今谅同轨。敛退谢时名，远辱且
自喜。

读书非为名，穷达分荣瘁。阿阁凤之巢，违时不择地。荒城秋瘴深，
蕉声随雨恣。听寒触所思，妄念与昔异。诵读如何绳，卑栖亦足贵。

圆影悬中天，独坐愁滋曼。侏儒厌饱餐，东方不能饭。金紫既难期，
莼鲈亦违愿。听此百虫鸣，叮咛若为劝。君志何恢张，广厦欲千万。勿谓
久淹留，许身在廷献。呼虫助苦吟，唧唧复何怨。雨歇秋气爽，烟岚百尺
凌。一鞭向山谷，皎皎绝飞蝇。惯习风霜昵，渐远尘市憎。懵昵岂殊众，
用以破模棱。仰看云中鹄，遥遥不可矰。胡为敛双翼，摩天谢未能。

西南有宝山，曲折藏云暗。万里天风吹，出岫多所撼。岫中云气新，
识者动私瞰。变幻若无端，青白由来淡。肤寸起岱宗，海中恣汛溢。立身
倚青天，蓄积非因暂。新云随旧云，绳绳继其缆。下视千万峰，丘壑凭点
勘。笈招青云来，吾岂谋石檐。

甲午八月大风雨

日午摊书百虑静，忽忽乍惊魂不定。茅屋岋岋愁压倒，耳畔万状猜难信。轰辐纷纭乍奔腾，钑铮铁骑衔枚进。恍如马陵万弩发，雷鼓云旗互相进。又如昆阳酣战时，飞石走沙犀象震。断岩裂壁一瞬间，缩项藏头不敢侦。我闻庄周言大块，时噫气作则万窍。齐怒号激謞叱吸，叫号实咬非一致。因思世间万万物，愁苦坎壈无限不得意。填胸注胁溢肝膈，开喉吐舌聊发泄。啾啾唧唧不足较，迁屈李杜非常之鸣岂琐细。白玉楼高云茫茫，刑放饥寒同幽闭。天公举动百自由，谁为掣肘谁为[一]戾。如何忽作不平声，硁礭輐輵坐令下土。精慑魄散形神敝。或者飞廉窃权柄，威福在手恣蒙蔽。似此山摇海翻侮下民，何不搴帘张目视。或以蚩蚩狡且顽，雕凿混沌杂百伪。赫然一怒呼群灵，涤瑕荡垢扫氛翳。果尔吾将稽首顿首呼且吁，但愿从此轰轰烈烈常相继。

【校记】

[一] 为：（康熙）《鹤庆府志》作"敢"。

稗子行

妇子纷纷携筐篚，齐向荒郊收稗子。晨出暮归收几何，一斗才舂二升米。莫嫌此物大艰难，犹胜田间把秣秸。今年六月日离毕，沧海倒翻泻不止。泊天巨浪浸层城，平原洼地可知矣。小麦湿蠹秋禾空，辛苦何曾咽糠秕。天生稗子惠子遗，残喘暂延全仗此。只愁采缀会当尽，鸿雁嗷嗷饥欲死。

农夫叹

风惨云愁村村哭，河伯逞威伤我谷。去年春贷秋随偿，输纳不烦官吏督。今年秋稼屯[一]如云，屈指西成歌重穋。上充太仓无逋负，下糊八口足饘粥。平畴变作鼋鼍居，翻盆雨注一何酷。小麦费尽稗子空，不果龟肠与鳝[二]腹。富家索债日呼门，医疮何处堪剜肉。我语父老且吞声，努力粢谷莫呼暑^[三]。如今郑侠将绘图，早晚赐蠲能发粟。况今天子甚仁慈，饥溺万里勤目心。

【校记】

[一] 屯：（康熙）《鹤庆府志》作"丝"。

[二] 鳝：（康熙）《鹤庆府志》作"蝉"。

[三] 暑：（康熙）《鹤庆府志》作"暴"。

同查可亭诸友游西山遇雨，憩满家亭子集饮江昆源别业

暮色黯城闉，丹楼隔晚津。沙侵骑马路，雨送过桥人。莱子鱼龙国，吾曹蓑笠身。幽寻如可继，那复怅风尘。

车骑关

中原知渐近，策马上岩关。地险成楼在，时清锁钥间。晚霞明滢水，薄雾隐邯山。南北成何事，萧骚鬓欲斑。

宿吕偃驿

去叶将三舍，离都已数天。年荒增米价，山近减薪钱。矮屋牛栏外，疏篱鸡栅边。居停虽草草，未碍曲肱眠。

哭万仁白

禹^[一]步深衣貌似愚，猖张时复^[二]鼓咙胡。排场歌舞嗤优孟，发冢诗书骂腐儒。人笑一生如许拙，我知此老未全迂。龙山他日先贤传，才薄犹思信手涂。

【校记】

[一] 禹：（康熙）《鹤庆府志》作"踽"。

[二] 复：（康熙）《鹤庆府志》作"腹"。

送奈庵侄归吴

寻源每自忆昆仑，阅旧兰陵幸有孙。十载参商惊老大，一樽灯火话乡园。神伤薄俗世难挽，朴拟无怀风尚存。朔雪寒云归路远，白头相送倍消魂。

归兴

旅舍萧条废啸歌，掉头归去兴如何。野人心目为鱼计，静者门宜任雀罗。十□三桐元故隐，五湖一叶旧烟波。诸君若问幽栖处，山径青青覆女萝。

下关清风桥上

雨过苍山洗鬓鬟，涨痕新落碧沙滩。一声渔唱知何处，孤艇摇来芦荻湾。

小宋村守岁

爆竹声声扰夜眠，残灯相对两凄然。遥知今日倚闾处，不比寻常作客年。

元旦同王天乙作

彩胜宜春处处悬，青丝白玉倩谁传。朝来携手三义路，闲看人家共贺年。

琉璃河

铁竿斜插水中央，水面浮虹百尺强。到此长吟骚客句，青山看罢看鸳鸯。

出都口号

仰天长笑出都门，万里鸥飞江海滨。寄语故园桃李道，一枝留待赏残春。

芦沟遇雨

杨柳花飞满路旁，桑干南去望家乡。西风忽送蒙蒙雨，不是愁人也断肠。

良乡

料石岗边落日黄，监沟风急水汤汤。排签也似石湖指，易粟延生却未尝。

邯郸竹枝词（二首）

邯郸少年太颠狂，朝游歌馆暮博场。解道屠沽皆上客，读书争笑赵家郎。

邯郸女儿不种桑，锦瑟鼓罢倚门旁。学取鬓云新样□，盼随估客入咸阳。

磁州道中（三首）

沄沄滏水浅深流，荡漾烟波江上楼。斜日驱车浑未倦，芙蕖香里入磁州。

十亩横塘万柳围，黄莺[一]声里白鸥飞。汝阳江畔渔村客，煞悔当[二]年别钓矶。

鼎鼎年华逝若飞，道旁愁见柳成围。攀条重忆兰城赋，老泪临风满客衣。

【校记】

[一] 莺：（康熙）《鹤庆府志》作"鹦"。

[二] 当：（康熙）《鹤庆府志》作"前"。

孟德疑冢（三首）

铜雀凋零鸳瓦残，西陵遗冢遍江干。不知歌吹层台妓，穗帐悬来何处看。

鱼碗啾啾怨北邙，摸金人也去分香。秦关应记商君语，不敢西征署墓旁。

画栏桂树古今同，漳水何如渭水宫。若把金人较铜雀，饶他铅泪洒西风。

谢玉溪赠考功集北上时曾养疾其家

消渴临印记去年，药炉亲候小窗前。那知铩羽南归日，邺架仍分三万编。

南归复宿白牛铺

日暮扬鞭出邓城，泥消雪尽两轮轻。昨来一样白牛铺，自笑还辕眼倍明。

南归渡黄河

几度衣缁九陌尘，呼舟又向大河滨。长年瞥眼犹相识，此是前春下第人。

文

此次文的点校，其中《丛山石泉记》以（清）赵联元辑《丽郡文征》（上海书店出版社《丛书集成续编》影印本）为底本，以（清）袁文揆辑《滇南文略》（上海书店出版社《丛书集成续编》影印本）为校本；《太子岩记》以（清）赵联元辑《丽郡文征》（上海书店出版社《丛书集成续编》影印本）为底本，以（清）佟镇纂（康熙）《鹤庆府志》为校本；《征刻滇诗启》以（清）佟镇纂（康熙）《鹤庆府志》为底本；《〈鹤庆府志〉序》以（民国）秦光玉等辑《滇文丛录》（上海书店出版社《丛书集成续编》影印本）为底本，文共计4篇。

丛山石泉记

山之盛，得水而益奇，或峭壁千寻，根插水底，噌吰镗鞳，浸薄春撞；或垂绅飞瀑，下注悬岩；又如幽涧清泉，涓涓细流，淅沥林谷之间。虽未极耳目之观，亦殊增游眺之兴也。丛山为云龙形胜第一，而水绝少，惟山麓有泉，止而不流，骚人墨客，每以是为恨。壬申秋，余偕学人段嵩如饮于丛山顶[一]，箕踞古木[二]下，睇览既久，以醉欲归，忽闻水声淙淙，出林树间，因步寻之，东西[三]数十武，果得泉[四]。其源在乱石中，下流条伏倏现，从岩上跌入谷中，势急而咽，沸而为沫，激而有声，有巨石横其冲，分为二道，至谷口仍汇为一渠。旁多枸杞、冬青之属，侧垂曲映，果实[五]累累，赤黑异质，错落披拂。中为小丘，可容三五人。予[六]与段子左顾右盼，欣然忘返，不觉酒力忽解[七]，遂移具重酌。且谓段子曰："水动似智而静似仁，至其怒流冲激，不为岩石之所挠则勇甚，泉之德殆不可及也。"惜也僻处山陬，而余波之润未广，世莫有知之者。[八]

【校记】

[一] 顶：《滇南文略》作"绝顶"。

[二] 木：《滇南文略》作"柏"。

[三] 西：《滇南文略》作"南"。

[四]《滇南文略》此处有"焉"。

[五] 底本无"果"，按句意增"果"。

[六]《滇南文略》无"予"。

[七]《滇南文略》此处有"也"。

[八]《滇南文略》于此文后有评语"幽隽错落处，真不减柳州绘影绘声之笔也"。

太子岩记

去岩里许有江，江色如绿玉，中边皆见隔岸。坐立数山，如架阁然。岩下上连延可数里，回流峻壁，冥壑复磴，竹树蒙茸。大要向背往复，皆与此岩相终始。岩下稍左为放光寺，寺上为元霄阁。由阁视寺，则已俯。由寺登阁，乃反降。降阶垂穷，与阁[一]阶，代阁为梯者强半。揣本齐末，度阁之腰，未能至乎寺趾也。降自[二]阁出山门右行，不见江，则磨蹬如蚁，数折有石壁百仞，立而微俯。并壁行数武，为栖云洞，洞低，曲偻而入，如行牛角中。隙处稍右则为虎跳涧，跨涧为一小石桥，衔木其壁为阁，若居人架竹梁上，以承燕巢者。过桥缘石壁行数武，乃复见江。及对岸坐立诸峰峦，俨若宾主。疑前此一段径途可省矣。大抵栖云岩以往，行皆并壑，石壁夹之，若岸壑，若溪，藤萝亏蔽壑中，若荇藻，老树如槎根，若石，猿鸟往来若游鱼，特无水耳。诸峰映带，时让时争，时违时应，时拒时迎，衰益避就，准形匠心，各有妙理，不可思议。又行里许，礌磴拾级，乃至凭虚阁。相传有神僧于此低头入定，有欲谋僧而夺其衣珠者，僧指石壁，划然两开，僧入而石壁合如初，后人遂建阁以奉之，且聚远景，而太子岩之胜尽于阁中矣。夫数里一岩耳，乃自放光寺至凭虚阁，从下视上，顶踵腹背，其石脉皆似笋，笋隙且平处则置屋，仄处则凿磴，断则为桥，处危临深，则投石栏，栏则复见江。从江中望岩石上，虽一屋之内，前轩后寝，累累缀高壁，上下叠而不觉其前后通也。康熙壬申冬十月，偕二三学人登此岩，瞻拜神僧像毕，乃说偈曰：“偶尔丧珠复反，人谁叩石相求，未免劳劳多事，行者不合低头。”又曰：“未必衣珠皆失，总缘[三]岩石当开，自供罗汉游戏，不管山僧往来。”说偈讫返。

【校记】

　　[一] 降阶垂穷，与阁：（康熙）《鹤庆府志》作“阶垂穷与阁凑”。

　　[二] 自：（康熙）《鹤庆府志》作“至”。

　　[三] （康熙）《鹤庆府志》无“缘”。

《鹤庆府志》序

　　汉元和间，滇有龙马、白鸟之祥。章帝因遍置学校，以迁其俗，此滇文献之所繇始也。当是时，鹤郡初蒙声教，僻在一隅，上之欲得一家之言，讨论得失而已，无修明典物之书。次之欲得一疏通知远之士，以折衷是非，又复无崇尚风雅之辈，以故世远事湮。而汉以后之事，所以多阙略也。迨明兴，太守马柳泉始用《禹贡》《职方》之意，为志二卷。然初属草创，犹未集其大成。至崇祯时，乡先辈张懋敬、史实斋诸公起而增修之。言有物而事有程，煌煌乎一代之信史矣。奈奸人恶其害己，阴毁其板，遂使一方图籍残缺失次，无复节目之周详。甚至传闻异辞，浸失经纬之本末，而元明以后之事，所以多失真也。夫鹤亦士大夫之区也，而事之缺略失真若此，究未有起而修葺之者，不诚缺典哉！幸今别驾佟公，博学高才，来莅府事，政理民安，乃取郡志而更定之。远则稽诸历代史、《山海经》、《汲冢周书》，以明其疆域土贡之离合，采《说文》、《通典》及晋常璩，唐韦皋、崔佐时之《南中录》，中溪太史之《通志略》，以证其经营废置之因繇。近取丁燕山之《通志全编》，以定用舍之时宜，然后张立题部，分为二十有六门，而以天物之祖也，地物之妣也，故先之以星野，即次之以舆图。纬地经天，端有赖乎区画，故继之以建置，即次之以沿革。区画定则庶功兴，故登之以城廓赋役，即次之以祀典。庶功兴则日用有所考，故进之以风俗，即次之以物产。日用足则御侮备乏所当豫也，故正之以秩官，即次之以军政。御民有备矣，牧民有司矣，而教不兴则失性，才不遴则失人，故重之以学校，即次之以选举。教立贤兴，则行谊端，功德著，而文章显，故纪之以名宦、乡贤、忠孝、节烈，即次之以艺文。而终乃以隐逸仙释缀之，梵宫灾祥殿之。此二十六条中，远自汉唐以及元明之典制，近则本朝美善之规，我皇上宸翰之大，悉为编纂，而志于是乎成矣。夫经之天文分野定也，纪之地理疆界正也；区画庶功，安其居以养之也。立教，正其德也；纪宸翰，示同文也；严祀典，敬天也；崇功德而重文章，华实并茂也；书武政，重边事也。举此数者，而鹤之文献已无缺略、已无失真矣。况山川名胜之巨细不遗，灾口杂艺之纤悉皆备，以之信今而传后，亦可以告无罪于张史诸公也哉。若品□藻宦业，予夺人物，则又俟夫后之哲匠宗工，是集不过为折衷之具，讨论之资已耳。敢僭文献之末耶？

征刻滇诗启

兰津南渡，篇什初兴；司马西征，人文踵至。一章颂体，祀隆缥碧之鸡；十卷赋心，客过孙原之水。盘蛇赪木，桓溪则僰道裁歌；笮马髦牛，常璩亦华阳作志。白狼远徼，悉奏风谣；赤虺炎河，尺登露布。王仲初官词百首，南中之辨真者七篇，刘须溪诗统全书，滇国则补完其半集，弢弓抽矢，行号兵车；花鬓珠缨，诗传骠乐。金枝玉叶，羌奴解咏珊瑚；云片波潾，阿盖长吟吐噜。彼当荒远之代，已传藻丽之辞。迄乎胜朝，遂多作者。溯文襄之遗烈，集著《石淙》，考恭肃之流风，诗名《冰玉》。操雕龙绣虎之技，岂惟西岂中溪；擅云蒸霞蔚之才，不独宏山半谷。张维兰茂，既倡大雅于岩阿；木氏麦宗，且播新声于髦濮。况夫都阐之龙川陆岭，气象沉雄；楪榆之洱海苍山，烟云杳霭。昆池习战，动汉主之旌旗；泸水观兵，峙武乡之壁垒。国开花马，邀矣波冲；台筑抚蛮，峣然畇町。箆船直下，健儿惊鹿茭之雷；画笛横吹，老伎奏龟兹之曲。史万岁功名，萧瑟只缘爨玩明珠；高千里经画，周详不受李瑶木夹。铁桥铜柱，江山□百战之场；金齿银坑，溪硐扼九隆之险。天宝之□戈尽□骨葬龙关，元和之赐印犹黄册封鹤拓。雨余蜗蚀，摩娑元礼之丰碑；月出鸡鸣，仿佛哀牢之古县。元太弟革安在浪涌金沙，传颍川犀甲何如，烟销白石。枯松焰烈，竟灰铁钏之妃；垂柳篇成，空老玉珂之客。问梁王之宫殿，则鸳鸯别馆，处处斜阳。寻黔国之楼台，将禾黍孤村，季年旧燕增城下嫁，还同穷塞之琵琶，文章难归，谁射上林之鸿雁。凡兹感慨，尽入豪吟。在昔名流，类多杰构。徒以历年兵燹，都湮于戈船楼橹之间；万里风尘，不达于天禄石渠之□。遂谓南荒西徼，原不生才；长使骚客词人，难消斯恨。今欲合前贤时髦，律以三唐，辑旧吟新词，分为两集。付诸剞劂，虽非金碧之全身；□厥寰区，稍露苍华之真面。广加搜采，藉以表彰；望我同人，共勤其事，家藏秘笈，自制佳章。凡有片羽之投，胜得百朋之锡，俾知列贾浪仙于流寓，拓东原风雅之名邦，祀王逸少为圣人。滇纪只荒唐之陋说，谨启。

李齐云

李齐云，廪生，李毓奇次子。《鹤庆府志》卷十八载："（李毓奇）次子齐云补郡庠廪。"

（康熙）《鹤庆府志》卷二十六录其诗《北山桃花行》《夏雪》《秋雪》3首。

诗

此次诗的点校，以（清）佟镇纂（康熙）《鹤庆府志》为底本，诗共计3首。

北山桃花行

村前村后桃花遍，横马东风踏莺燕。不为看花特地来，索奖应有佳人面。一岁逢春一断肠，况属今朝事远行。骅骝解放桃花下，倒枕花根春草香。

夏雪

盛夏仍犹雪，边关候不齐。日从何处落，鸟断一声啼。峻岭堆空白，长杨压户低。杖钱呼友共，买醉隔邻西。

秋雪

白帝司冬令，寒吹雪满空。地封黄叶路，山学白头翁。投笔踪难继，吞毡恨不穷。应怜词客醉，立马塞烟中。

董善庆

　　董善庆（1661～1737），字心培，云龙人。康熙四十九年（1710）贡生，终生从事教学。他于教学之余撰写了《云龙野史》，其中多含地方掌故、传说及民间逸闻趣事，是研究云南少数民族尤其是阿昌族历史的重要文献。

　　著有《云龙野史》，后山东诸城人王凤文任云龙州知州，将全书分为《云龙记》《摆夷传》《阿昌传》《段保世职传》4 篇，并为此书作序。乾隆五十八年（1793），王凤文携书稿赴京，将其节抄为《王知州云龙记略》，收入《章氏遗书》。道光年间，洱源人王崧将董善庆所著、经王凤文修订并易名的《云龙记往》收入《云南备征志》。《云南备征志》二十一卷，于道光八年至九年（1828～1829）编纂完成，初刻于道光十一年（1831），初刻本为十六册，宣统元年排字重印，至民国三年云南省图书馆重刻此书时，收入《云南丛书》初编。有道光十一年刊本、《云南丛书》本，云南省图书馆藏。

　　其生平事迹于（光绪）《云龙州志》卷十；张建雄、周锦国选注《历代白族作家丛书（综合卷）》；陶应昌编著《云南历代各族作家》；寸丽香编著《白族人物简志》中有载。

龚　敏

龚敏，字乃修，赵州人。康乾年间人，乾隆六年（1741）举人，官昆阳州学正。少孤，性笃孝，博综古学，著书立说，教授乡里，撰修府志，人皆敬之，为著节孝录。

其生平事迹于（清）袁文典、袁文揆辑《滇南诗略》卷十五；（清）陈钊镗、李其馨修（道光）《赵州志》；（清）师范纂辑《滇系》第八册《人物》；张文勋主编《白族文学史》；张文勋主编《云南历代诗词选》；周建雄、周锦国选注《历代白族作家丛书（综合卷）》中有载。

《滇南诗略》卷十五录其诗《万人冢歌》1首。（康熙）《大理府志·艺文下》卷二十九录其诗《弥渡天生桥歌》《万人冢歌》《天生桥》（二首）4首。（道光）《赵州志》卷六艺文部录其诗《弥渡天生桥》《万人冢歌》2首。

诗

此次诗的点校，其中《万人冢歌》以（清）袁文典、袁文揆辑《滇南诗略》（上海书店出版社《丛书集成续编》影印本）为底本，以（清）陈钊镗、李其馨修（道光）《赵州志》为校本；《弥渡天生桥歌》以（清）李斯佺修（康熙）《大理府志》为底本，以（清）陈钊镗、李其馨修（道光）《赵州志》为校本，《天生桥（二首）》以《大理府志》为底本，诗共计4首。

万人冢歌

唐相贪功勤远伐，廿万[一]官兵一朝没。骼骸成冢高如山，性命飘尘[二]轻似发。至今风雨夜阴寒，犹闻鬼哭不[三]休歇。独有新丰折臂翁，折臂得[四]埋乡土窟。脱令此翁臂双[五]全，冢中应有此翁骨。

少许胜人多许，故自老气无敌。[六]

【校记】

[一] 万：（道光）《赵州志》作"载"。

[二] 飘尘：（道光）《赵州志》作"淹河"。

[三] 不：（道光）《赵州志》作"无"。

[四] 折臂得：（道光）《赵州志》作"保全身"。

[五] 臂双：（道光）《赵州志》作"双臂"。

[六] （道光）《赵州志》无此评语。

弥渡天生桥歌[一]

弥渡之东可十里，石桥天生奇绝矣。两岸削峰相对高，虎跳龙腾多怪傀。中有长虹跨两山，石梁石壁石骨髓。熔成一片缝全无，状如城关高无比。远似半轮月倒悬，近如满张弓未弛。下涌[二]长河怒激涛，白昼雷霆轰不止。玲珑奥洞更叵测，芙蓉叠嶂埋云里。悬崖侧挂旧[三]僧庐，谷口红泻桃花水。春来士女恣嬉游，芳草为茵石为几。借问此境造者谁，天遣神工施巧技。应知佳异天下稀，郡乘胡为遗其美。幽如闺阁藏美[四]人，譬如岩穴卧高士。又如玉采待价[五]沽，更如剑光射斗起。遗世独立夫何求，自留混沌还太始。我今放歌歌未罢[六]，山灵呼曰余知己。

【校记】

[一] （道光）《赵州志》无"歌"。

[二] 涌：（道光）《赵州志》作"漏"。

[三] 旧：（道光）《赵州志》作"一"。

[四] 美：（道光）《赵州志》作"佳"。

[五] 价：（道光）《赵州志》作"贾"。

[六] 罢：（道光）《赵州志》作"尽"。

天生桥（二首）

山灵何怪绝，崖断架长虹。倒地挂新月，射云张满弓。溪缠杨柳岸，石削芙蓉峰。策杖寻僧舍，飘飘欲御风。

奇险何须道，迎人步步新。笋箸穿石骨，桃粉茜山茵。岸断渔郎棹，岩香樵者薪。洞门窥窈窕，应有避秦人。

刘宏文

刘宏文，字然乙，浪穹人，诸生。《新纂云南通志》称其为康熙间布衣，《洱源县志》载其为康熙三十九年（1700）举人。著有《绿影草》，不分卷。现存钞本二册，云南省图书馆藏。

其生平事迹于（清）袁文典、袁文揆辑《滇南诗略》卷十五；（民国）龙云、卢汉修，周钟岳纂（民国）《新纂云南通志》；《洱源县志》卷二十八；柯愈春著《清人诗文集总目提要》卷十四中有载。

《滇南诗略》卷十五录其诗《寄友》《标山道中次张子政韵》《湖中九日》《和函斋先生游标山（二首）》《宿松隐庵（二首）》7 首。（光绪）《浪穹县志略》卷十二艺文志录其诗《大甸古松歌》《湖中九日》《登澄碧楼有感》《黄涵斋别驾招游标山次韵》4 首。

诗

此次诗的点校，以（清）周沆等纂修（光绪）《浪穹县志略》和（清）袁文典、袁文揆辑《滇南诗略》（上海书店出版社《丛书集成续编》影印本）为底本，其中《湖中九日》以（清）周沆等纂修（光绪）《浪穹县志略》为校本，诗共计 10 首。

大甸古松歌

大甸古松亦何奇，根株十二相参差。怪质异形不一状，拿云吼雾枝离披。不知植自何年代，腰围结刺青铜皮。高者干霄汉，矮者卧山陂。团者如偃盖，侧者如挈旗。又如老僧袒腹伸其足，且如高士林端对弈棋。其翩跹也，更如鹤舞长廊势欲下；其怒号也，又如龙拿虎斗牙爪搏人不可羁。一松自是一松状，纵教善绘难为施。风霜饱历免斤斧，疑有神灵呵护之。四时青翠如膏沐，苍颜欲滴烟露垂。予以探山过其处，饱看熟视心神怡。

一部清音倾入耳，衣袂浙浙香风吹。此松真抱璞，予亦擅交知。便欲诛茅卧松侧，常将食服饵松脂。倦来弹琴读书坐其下，日与羡门偓佺[一]相追随。

【校记】

[一] 偓佺：底本作"全偓"，据文意改。

登澄碧楼有感

源通西洱有神祠，栋宇颓然绿水湄。一自使君崇庙祀，遂教河伯建灵旗。浮珠树涌千层浪，钓玉竿垂百丈丝。怅望楼头人不见，花开茈碧寄相思。

黄涵斋别驾招游标山次韵

石梯层陟更清幽，雨后看山坐一楼。太守醉来风未笔，老僧韵处雪浮瓯。海珠好护袈裟地，宝筏遥横杜若洲。自是庐山开白社，谁言晋代独风流。

寄友

君隐水之湄，余隐山之麓。山水淡幽襟，诛茅成小筑。抱琴与我弹，清冷应岩谷。三日不见君，相待常拭目。丈夫委泥涂，昂藏同蠖伏。宝剑匣中鸣，悲歌寄樵牧。君看海扬尘，波澜几翻覆。何如守一庐，岁时足馆粥。林梅发古香，堤柳摇新绿。可再抱琴来，春酿为君熟。

标山道中次张子政韵

并辔标山道，西风欲暮天。疏花余野色，落木下寒烟。尘世偏多劫，浮生欲问禅。从君便深入，觅句白云边。

湖中九日

不复登高忆旧游，却于鸥渚度[一]清秋。西风漫落华[二]阳帽，细雨才^[三]侵杜若洲。六诏山河犹战伐，十年书剑任沉浮。浇愁剩有渔家酒，携向芦花好系舟。

莽苍。^[四]

【校记】

［一］度：（光绪）《浪穹县志略》作"泛"。

［二］华：（光绪）《浪穹县志略》作"斜"。

［三］才：（光绪）《浪穹县志略》作"频"。

［四］（光绪）《浪穹县志略》无此评语。

和函斋先生游标山（二首）

林峦深处楚僧庵，僧去碑留石有龛。恋阙孤忠县直北，招人清隐似淮南。山高不碍云千叠，水定依然月一潭。最喜缘岩多熟路，相从操笔赋幽探。

堂开念佛自成家，仙吏游来兴转赊。僧了残经闲问偈，客尝活水细评茶。浮生更觉春如梦，方丈才知雨是花。信与幽人期物外，不须烟火会餐霞。

宿松隐庵（二首）

花作垣墉岭作屏，小窗摇摄数峰青。此时谁是西风主，揽尽秋光到竹亭。

巢云久拟向孤峰，谡谡涛声洗客容。我梦不从人境寄，半床空翠几株松。

七绝神品。

杨晖吉

杨晖吉，字有孚，号勿庵子，太和人，康熙岁贡。

其生平事迹于（清）袁文典、袁文揆辑《滇南诗略》卷十六；（清）师范纂辑《滇系》第八册《人物》；张文勋主编《白族文学史》；李缵绪主编《白族文学史略》中有载。

《滇南诗略》卷十六录其诗《秋怀（二首）》《田家（二首）》《程石门先生搜滇中诗有感》《新秋罗筌岛怀万宜也客昆明》《田家（四首）》《雪湖偶集》《担当向予索大来画甚殷，赋以寄阅》《山庄》《同万路也秋前三日泛舟》《常水洱游不遇》《山床听雨》《春林（四首）》《与无为禅盟》《鸡足山》《五日》《冬日斋中》《残冬》《楚雄道中答何尹诸君子》《春兴（二首）》《荡山秋兴》《华首门》《九日》《秋江曲》《醉》33首。（康熙）《大理府志》卷二十九艺文下录其诗《舟次海珠阁》一首。（民国）《大理县志稿》卷二十七艺文部三录其文《迁葬论》1篇；卷三十艺文部五录其诗《舟次海珠阁》1首。《滇南文略》卷四十五录其文《迁葬论》《折狱辩》《蠹鱼辩》3篇。

诗

此次诗的点校，《秋怀（二首）》《田家（二首）》《程石门先生搜滇中诗有感》《新秋罗筌岛怀万宜也客昆明》《田家（四首）》《雪湖偶集》《担当向予索大来画甚殷，赋以寄阅》《山庄》《同万路也秋前三日泛舟》《常水洱游不遇》《山床听雨》《春林（四首）》《与无为禅盟》《鸡足山》《五日》《冬日斋中》《残冬》《楚雄道中答何尹诸君子》《春兴（二首）》《荡山秋兴》《华首门》《九日》《秋江曲》《醉》以（清）袁文典、袁文揆辑《滇南诗略》（上海书店出版社《丛书集成续编》影印本）为底本；《舟次海珠阁》以（清）李思忞修（康熙）《大理府志》为底本，以周宗麟等纂修（民国）《大理县志稿》为校本，诗共计 34 首。

秋怀（二首）

巢由与尧舜，平分唐虞天。出者大有为，处者还自然。往古既以治，遗俗亦岂顽。长生别有术，何必求神仙。无酒畴谓贫，有酒我独颠。屣亦无可弃，瓢亦无可悬。首阳与汨罗，剩水并残山。

起处本庄子意，通体胎息汉魏。

丙夜占房躔，房躔有驷星。矫矫骥孔阜，和鸾肆骧腾。龙种乃布世，千里一日能。秣之刍百束，饲之粟千升。挥以珊瑚鞭，辔以金丝绳。何者为骓骊，骓骊岂其称。伯乐常不死，赏此空群英。拙哉王子良，驽骀安足胜。

似誉似嘲，岂为与人家国事者言耶！

田家（二首）

蟋蟀咽长夜，不寐起披衣。三星璨东晰，平明启荆扉。昨日长太息，支锄只忧饥。农力故已尽，逢年未可祈。

屋后田中稻，半白到南村。无何虫食节，主伯共消魂。纵亦有坚好，十者五六存。林外鸣拙鸠，霜露泥丘墩。何以卒兹岁，频击老瓦盆。

二诗清坚处似陶，真朴处似储。

程石门先生搜滇中诗有感

在汉两司马，声教讫遐荒。盛张往负笈，归作吾道倡。奇鲲有杨氏，佳什曾载唐。源流逮明世，赓和盛称望。惜哉鲜成帙，残缺存弗当。处处或散见，山曲与水旁。迩来兵燹余，咏歌半哀伤。虽然里中语，能生竹帛光。幽辉阇不耀，贤达等丧亡。此道支气运，惩劝风世长。仲尼删列国，之子搜边方。人搜滇所见，子搜滇所藏。我有点苍雪，持赠盈君囊。

新秋罗筌岛怀万宜也客昆明

晴雪矗奇峰，天海空苍碧。独坐暮青荫，幽怀荡日夕。屿曲野艇横，沙远孤烟隔。短笛一声秋，伊人千里客。相别自春路，思君此时剧。

田家（四首）

仓庚鸣乡墟，绕屋豆田肥。田夫惜春水，荷锸出柴扉。疏渠向西塍，饮犊返南陂。邂逅东邻子，薄诉前年饥。春雪晴复下，何以解民危。王家匮糗饷，力作当及时。

若从民危一直说出，无力转输，便觉索然，妙在透过一层竟住，老极。

薄暮步东皋，东皋独逍遥。晴云在空碧，子规啼林梢。适然逢故友，相与语唐尧。击壤忘帝力，圣人彼盈朝。眷焉四千载，我心洵寥寥。

结句酷似陶。

老夫服耕耨，足软力已疲。纵然率僮仆，颇亦费诚咨。顾瞻昨夜毕，想望东郊霓。妇馌有壶酿，聊以释劬饥。

环堵杏花树，微雨向东催。众鸟争栖息，牛羊归巷来。牧稚担薪至，苦辛在山隈。晚炊尚未熟，相向犹频爬。不识主与伯，才堪胼胝回。

韦柳风致。

雪湖偶集

木叶尽脱林出枝，村村酒熟鸡肥时。出自北门同者谁，携手从之有远师。美人家住东湖坻，黄庭夜读昼弈棋。点苍数峰影最奇，冰壶雪浪月里窥。我来与君写新诗，寒烟羃羃听流澌。高谈雄辩徒尔为，三万六千惟醉宜。饮君酒，和君辞，鲁麻一哑休推眉，信宿不知归去迟。相逢不尽平生约，雪湖明月常相思。

意亦犹人，而音节迥非凡响。

担当向予索大来画甚殷，赋以寄阅

担当尘脱四十年，迫欲一见大来画。大来墨泼潇湘闲，担当目空岱华外。不著笔处是担当，大来著笔终狻猊。本来面目无我看，是一是二真潇洒。

山庄

绝径垂天阔，成村列屋疏。野梅开古渡，山月晓篍篍。童竖惊冠服，茅檐剩米鱼。前溪更幽折，傍石有人居。

同万路也秋前三日泛舟

握手探秋去，清笋隔水听。一篙浮鸭绿，片席净螺青。海气环孤屿，山光出破萍。夕阳鸳浦外，共济不须醒。

常水洱游不遇

君乘片叶苇，我拄一茎筇。昔泛东湖雪，今登西寺峰。冷中相别去，夏过不来逢。借问君消息，深栽石上松。

此种五律，反以无笔墨胜，直是逸品。张辰照识。

山床听雨

最爱山斋睡，鸡声且莫号。茶清能胜酒，衾薄漫加袍。山气催秋老，溪声助雨豪。何曾闭东牖，晓色透窗高。

春林（四首）

花事溪边早，柴门隔水流。拨云三尺杖，代步一扁舟。柳放风前眼，莺开雨过喉。坐来无个想，镇日为春愁。

如此林皋逸，宁无邃古风。幽斋契众妙，长揖啸芳丛。春树阴晴里，青山远近中。美人何处思，清梦一相通。

小筑依青嶂，投闲称隐沦。检非林下晰，得解水边真。有景随时爱，无谋任世羁。虽然多姓氏，却是葛天民。

买壑非逃俗，寻芳快放歌。世谋三釜少，身累一瓢多。往复觇高翼，浮沉任碧波。二毛常自镜，垂白欲如何。

与无为禅盟

多事头巢雀，无为手策筇。口能数诸佛，身住最高峰。山肉莫相离，日鱼难久逢。军持如踢倒，自种万株松。

先生五古五律，得力于王孟韦柳处较多，然于《法华》、《楞严》，亦恭透第一义矣。罗觐恩识。

鸡足山

锦浪云蒸卵色天，行过霞坞冒烟鬟。太平已见人间世，极乐应寻象外山。饶我奚囊随笑傲，赢人潘鬓得清闲。归来一路啼春鸟，送客声声济胜还。

五日

浑无器业致青云，一卧藜床过几春。药乏君臣频忍病，酒随贤圣却忘贫。前崖渔父闲如友，深树山僧话转亲。酩酊又逢酬今节，蒲觞笑看竞舟人。

冬日斋中

莫笑书生作计差，闷来泼墨草龙蛇。一裘不计年三十，双眼犹经书五车。霜染屋旁多锦树，风催渡外乱寒鸦。呼童速扫枯梨叶，客至敲冰漫煮茶。

残冬

木末寒鸦叫夕晴，半窗瘦影照梅横。闭门书向山中读，度腊春从杖底生。老乃博官真技拙，静犹佞佛讵神清。惊涛却有人争渡，掉臂身才一叶轻。

楚雄道中答何尹诸君子

一卧沧江已几秋，却争蜗角动闲愁。功名有念分真伪，世道何人任乐忧。满谷幽兰余草铺，一篇垂柳忆山楼。催归到处闻啼鸟，家有严君莫逗遛。

春兴（二首）

林外寻诗去，江头得句来。含杯忘世虑，花谢与花开。

先生诗品极高，故七律虽多近宋，而其品可也，至七绝则又高于五绝矣。张辰照识。

不到春城久，村村酒债多。只缘无一事，不是畏风波。

荡山秋兴

方池处处漾青天，松菊丛中好醉眠。击碎楸枰皆剩技，鼾雷昼响失钟悬。

华首门

巉嵲层崖一径微，石头路滑到人希。千年迦叶知何处，华首门前雪自飞。

九日

破帽有情头上恋，深杯莫放手中干。人间青史皆闲梦，篱下黄花且细看。

有人言读史当在黄昏时候，先生乃更以为闲梦耶。

秋江曲

渔烟鸥雨久为家，一个扁舟载月斜。天下风波无此少，更于何处驻年华。

醉

适意人生能几觞，青山到处在郎当。非防独醒招人妒，日月从来杯里长。

舟次海珠阁

迎秋南去泛仙槎，满载壶浆酒似霞。海放珠光云弄影，楼嘘蜃气浪飞花。钓垂洱水潭无底，屏列苍山画半斜。何处月明今夜醉，柳蒲烟里尽渔家。

文

此次文的点校，以（清）袁文揆辑《滇南文略》（上海书店出版社

《丛书集成续编》影印本）为底本，其中《迁葬论》以周宗麟等纂修（民国）《大理县志稿》为校本，文共计 3 篇。

迁葬论

凡举一事，为人者善，为己者不善。"克己复礼"，仲尼所以训仁也，矧人之于亲乎？近世泥阴阳之术，恣富贵之求，而不计先灵之妥与否者，莫如迁葬为最。夫人不忍其亲体之未安也，于是乎慎择地，避隰从原，就燥防湿。又恐朝市变迁，泉石交侵，不可前知，古人卜葬，所以谋之龟筮也，固宜矣。其后独信堪舆之说，以占吉凶，求事应，以滋贪天之心，故乃寻龙指穴，择日诹辰，其事遂繁见。有不[一]顾停之岁年，而惟虑身之不富贵，后之不昌炽者，其心之为己，而不为亲之所为也。虽然堪舆之术，固不足病，使有是理，必用之者。以为亲为心，则用也何伤？愚独怪夫既葬之后，或少不适意，而辄咎夫地之使然也。营营聘求，终为地师所蛊惑，有一迁不已，以至再三者。夫亲体之未安，而子心独安乎？天下之大忍孰加此。呜呼！圣贤之教，惟冀人之修德也。使我德不积，虽吉地亦凶；我德既积，岂地所能制？《语》云："吉地为神之所司。"乌望其轻掷于不德之家哉？唐吕才不云乎，伤教败礼，莫斯为盛[二]，其叙葬之言，曷不取而三复之？立心制行，不遵圣贤，而且妄肆营迁，以泥不可知之说，取先人之骸骨而屡移之，欲以取一己之富贵，与子孙之绵昌也，是犹求饱者而先舍其田也，是亦不思之甚矣。每见斯举，多由士夫之家倡之，愚未见富益富而贵益贵也，翻见其辄蹶而辄败者数数矣。此非其人之用心所致欤？士夫家犹然，而又使贫贱之家效而尤之，其为敝风俗，坏人心也，非浅鲜矣。曰："然则葬皆不可迁欤？"曰："不然。"寄客归里则宜迁，防备崩溃则宜迁，水侵虫巢则宜迁，是皆所谓为亲而不为己者也。大率以慎终为要耳。自非然者，愚未许其人之仁孝为何如也。孟子曰："祸福无不自己求之者。"愚于此亦云。

以"修德"二字作主的是正论。青溪子评。

文境似东莱博议。羡门。

意同山立，词似泉流，有大苏之余风。矧边省士夫中于此病最多，此亦关系风俗之文。后学许宪识。[三]

【校记】

[一]（民国）《大理县志稿》此处有"泆"。

[二] 盛：（民国）《大理县志稿》作"甚"。

[三]（民国）《大理县志稿》无此评语。

折狱辩

黄虞之世，比屋可封，鲜见其为讼狱者。彼置明刑，只以弼教而已。孔子所谓"使无讼"者，惟其时为然。《诗》曰："虞芮质厥成，文王在焉。"故不至庭而知让，是又"使无讼"之证。《春秋传》交质，已非圣王之世矣。呜呼，上失其道，民丧久矣。周自东辙以来，二三百年，讼狱繁兴，礼让衰止。不平之鸣，人情必至；机险诈恶，世乌能道。汉文刑措，仅几致焉耳。"使无讼"一语，至今遗憾。虽然，圣人不作，大化靡沁，君子亦因时之弊，用古之法，尚有利哉！古法维何？曰："《周礼》以五声听讼狱，求民情，一辞听，二色听，三气听，四耳听，五目听。"呜呼，尽之矣！求民情者，将以求其直也。不直则辞烦，不直则色赧，不直则气喘，不直则耳惑，不直则目眊。因不直以求直，虽机险诈恶，必不匿我，而我无失出失人之患，是在我之听之也。平其气、敛其才、摄其智、闭其威，使两造之所欲言而恐不得闻于上者，尽倾于我，而至于无可言。又代不善言者揣其情，不敢言者思其故，不能言者推其心，勿折于彼，而壅于我，勿恃气，勿逞才，勿轻智与纵威，而后纤微毕露，丝粟无遗。于是始必疑，不疑不决；终必信，不信不定。本之以至公至正之心，出之以至虚至明之量，从而断之以无偏无陂之笔，示之以惩恶劝善之程。则上不罔下，下不非上，以至久之，虽机险诈恶，必相化而为礼让，大畏民志，此道得也。昔者孔子许子路片言折狱，《疏》曰："子路忠信明决，故言出而人信服之，不待其辞之毕也。"夫所谓辞者，折狱者之辞，非谓不待两造之辞毕，而我以片言折之也。世之听讼者多不审，而恃才逞气，轻智纵威，故不得其情。有一事而数争者，有前断而后背者，有含忍而莫伸者，有得计而再肆者，有乘上人之偏者，有效前事之尤者，其源在听讼者之未毕其两造之辞，而以片言折之也。其流安止耶？是不可以不辩。

可为听讼者规，有关世道之交。后学许宪识。

循吏事功，名臣经济，圣贤根基，胥由于此。自末俗观之，鲜不以为迂谈矣。阜阳刘如阜识。

汉儒通经者，多能以经术润饰吏事，故汉之循吏盛于唐宋作者，湛深经术上下千古，不禁慨乎言之。文之结构，运掉纯是先秦两汉气习。

蠹鱼辩

世以善读书者为蠹鱼，愚以不善读书者为蠹鱼。蠹鱼之于书也，无日不在书中，而不能自脱于书外，生于书，亦死于书，比于善读书者固宜。虽然，无日不在书中，而终死于书也，善读书者，岂类是耶？比之不善读书也尤宜。书，载理者也，读书所以穷理，理无穷而书有尽；我，具心者也，穷理所以明心，心无穷而理又有尽。以有尽之理，拘无穷之心；以有尽之书，拘无穷之理，是犹蠹鱼之日在书中，而无时以自解于书之外，以终死于书而不自知也。善读书者，以我之心立于理，而以我之理解于书，一义也，纡回曲折以推之；一语也，前后反覆以度之。不徇章句之粗，不因评骘之旧，不以言近而翻惑，不以旨远而自略。以我见书，益以书见我。于是心常正而不妄，理日新而有得。古人得失，不我遁匿，庶有裨乎？不然，终其身于故纸之中，总角闻道，白首无成，犹曰："余之苦瘁如蠹鱼也。"岂不惜哉？

说固有通路，但不可为孜孜取捷径于功名者道。自记以晋宋之理，而行秦汉之气，卓哉名文。胡羡门。

李崇阶

　　李崇阶，字象岳，浪穹（今洱源县）人。康熙癸卯（1663）科举人，曾任保山教谕，蜀釜水县令。李崇阶家贫力学，以孝事继母，闻于乡里。工诗文。

　　其生平事迹于（清）袁文典、袁文揆辑《滇南诗略》卷十七；（民国）秦光玉等辑《滇文丛录》作者小传卷中二；（清）周沆纂修（光绪）《浪穹县志略》卷九人物志；（清）阮元等修，王崧、李诚纂（道光）《云南通志稿》卷一百七十三；（民国）龙云、卢汉修，周钟岳纂（民国）《新纂云南通志》卷七十三；张文勋主编《白族文学史》；李缵绪著《白族文学史略》中有载。

　　著有《圣学宗传》《儒学正宗》《正学录》《釜水吟》。今存《釜水吟》二卷，李象岳于民国丁巳年为《釜水吟》作序，《云南丛书》收入初编集部之十八，云南图书馆藏。

　　（康熙）《剑川州志》卷二十艺文部录其诗《题满贤林石壁》1首；（光绪）《浪穹县志略》艺文志卷十一录其文《黄公浚筑河防碑记》《滇程日纪序》2篇，卷十二录其诗《登佛光寨》《灵曾寺唐梅》2首。《滇南诗略》卷十七录其诗《游无为寺》《登佛光寨》《徐石公年兄过访，明日即行，黯然有作》3首。《滇南文略》卷二十录其文《滇程日纪序》1篇；卷三十二录其文《游火井记》1篇；卷三十六录其文《徐石公同年事略》1篇。《滇系》第二十八册艺文十二录其文《滇程日纪序》1篇。《滇文丛录》卷八十五录其文《黄公浚筑河防碑记》1篇。

诗

　　此次诗的点校，其中《题满贤林诗壁》以（康熙）《剑川州志》为底本；《灵曾寺唐梅》以（清）周沆纂修（光绪）《浪穹县志略》为底本；

《登佛光寨》以（清）袁文典、袁文揆辑《滇南诗略》（上海书店出版社《丛书集成续编》影印本）为底本，以（清）周沆纂修（光绪）《浪穹县志略》为校本；《游无为寺》《徐石公年兄过访，明日即行，黯然有作》以（清）袁文典、袁文揆辑《滇南诗略》（上海书店出版社《丛书集成续编》影印本）为底本，诗共计5首。

题满贤林石壁

谁向崖间凿屋，留住三教祖师。不动云根欲走，能来撒手为奇。壁上穿开几尺，身边不挂一丝。若问檀施石在，石语妙惠来时。

灵曾寺唐梅

不意千年树，犹留古寺旁。植虽当六诏，名却系三唐。度格清而健，酡颜老益苍。焉知人代易，但放旧时香。

游无为寺

按《滇志》，榆郡无为寺北为元世祖驻跸之地，后人以台表之。寺侧有玉磬碑，明汝南王为之记。考高雪君汝南王碑，题释引升庵云：寺有汝南王，碑声如玉磬，以木击之，歌杜少陵"春山相求"之诗，清越可听者也。尝读升庵所编《名山记》，此碑载焉，有王自识"蒙伯父、皇上拯余于万死之中，处之极安乐之地"云云，是汝南实入滇矣，今碑文尚载《滇志》。又《流寓下》载："汝南王有勋，周王橚次子永乐中封汝南王，得罪于父文皇，安置大理，能诗文。"

欲陟兰峰到上方，老杉合抱荫苍苍。参差梵阁空潭影，窈窕云林带雪香。剩有台傅元世祖，更无碑识汝南王。山云留我为山友，特遣重崖驻夕阳。

登佛光寨

荒寨何曾现佛光，颍川遗迹尽荒凉。湖边城郭今烟火，天上峰峦古战场。阡陌半抽春草碧，风沙犹卷阵云黄。闲来一过[一]关前望，漫把兴亡问夕阳。

【校记】

[一] 过：（光绪）《浪穹县志略》作"女"。

徐石公年兄过访，明日即行，黯然有作

游罢宁湖君欲行，留君山馆夜初更。一樽浊酒三生案，七字新诗廿载盟。频剔银釭询旧侣，忽惊铁马动秋声。来宵龙首关前月，分照梁间梦不成。

张补裳云：象岳前二律以调胜，此以情胜。

文

此次文的点校，其中《黄公浚筑河防碑记》以（民国）秦光玉等辑《滇文丛录》（上海书店出版社《丛书集成续编》影印本）为底本，以（清）周沆等纂修（光绪）《浪穹县志略》为校本；其中《滇程日纪序》以（清）袁文揆辑《滇南文略》（上海书店出版社《丛书集成续编》影印本）为底本，以（清）周沆等纂修（光绪）《浪穹县志略》、（清）师范纂辑《滇系》（光绪丁亥云南通志局刻本）为校本；其中《游火井记》《徐石公同年事略》以（清）袁文揆辑《滇南文略》（上海书店出版社《丛书集成续编》影印本）为底本，文共计4篇。

黄公浚筑河防碑记

宁湖为浪穹要害，益以凤江、东江横射阻截，沙泥淤积，民甚苦之。当事者虽间为一疏，未有实心为民任事如黄公者。公佐榆，知浪患在水，及摄县事入境，即问水之要害，知其阻塞在三江口巡检司，沙壅在黑白二汉厂。适总提两宪巡行经浪，因备陈其疏筑之所以然，于正月十四日抵其地，相地高下，度水深浅，洞悉情形，即于十五日自桥下起工。月余，河之浚而深者，寻丈沙积等丘陵，然虞其久而塌也，选椿作木柜置石其中以固堤，次第瀹疏而上。又月余，至三江口，见凤江东江之湍悍，奔插而来，湖水壅塞，不能畅流。夫岂沙壅水势之强弱使然哉？因于奔插处砌石为限，使不得[一]湖水争。黑汉厂逼山颇难为力，亦惟以木柜贮石豫其防，若白汉厂走千钧石如弄丸，非东厂比，不可不纾其势导之，而北使不骤至以填河。公每日至堤稽多寡、察勤惰，不惮劳暑，多方布置，水于是日下，而田之出者数十顷，是大有造于浪也。盖公沉毅多大

略，以凤所留心经理黄河大淮之干，济小试于尺泽，故不三月而成数十年功，且以其余力于巡检司成桥，一举而三善备矣。昔子瞻之守杭也，筑堤名苏；尧佐之守滑也，筑堤名陈。以公方之，岂异焉。然在公，犹不屑自以为功也。以为余五日京兆耳，民当频年之积，逋两岁之歉收，力不堪重用，亦不忍于用，聊以救目前之急耳。是在后之君子实为民者，每年用力使凤江由北入湖，东江由周礼营一带入湖，两江汇于湖中，始合而南下，乃可免尾闾阻截之患。则田额复而风气开，大害除而大利兴矣。此惓惓之德意，尤不可以不纪。公讳元治，新安名家，才守为当今第一。诸不具论，即其功德之在堤者，请如苏、陈佳事，以黄公名堤，可乎？佥曰："可。"是为记。

【校记】

［一］（光绪）《浪穹县志略》此处有"与"。

滇程日纪序

司马子长文豪于今古者，盖以足迹遍天下。足为目用，目为心用。名山大川之奇险，胥于文焉，发之故也。昔人谓胸无万卷书，足不履万里道，必不能文，即文亦闺阁语。旨哉斯言，可见山水文字，交相助也。今复于静斋邑侯征之，侯负豪气、抱古心，好游，足迹半天下，以制科出宰浪穹。浪去京师万里，去中州亦不下八千里。自出都门，离沈丘，凡停车古驿，系马酒楼，所历之地，所接之人，皆一一笔之而无遗。且附以乔梓唱酬之句，何整暇也。天下之仕宦伙矣，其所行之远近不一，大约为王程所限，晨鸡策蹇，薄暮投栖，既惝且乏，视所阅如梦中事，叩之了不可得，比比然也。侯独历历纪之，且附以诗，能状其所历之境，不负其足目，其怀抱为何如乎？

昔李君实为《游白岳记》，分视之各为一则，合视之共为一记。而诗则连缀乎其间，分视则诗，合视则记。叙事中参以议论，大似龙门家法。今侯所纪，何以异？是我知侯意中必有大过乎名爵者。视所阅如雪田鸿迹，故能摇鞭索句，抵旅成文，驱山川风雨，尽集笔端，不可谓非豪于诗文者。使侯意中稍为王程所限，恐不能如此之周且详也。卒业之余，觉万里道如在目前，即缩地术应逊其简捷。因忆向时公车所历，如隔世事，如梦中身，回思之了不可得，岂独仕宦为然哉。人谓一行作吏，此事遂废，不可为才人律也。王蒙出守，历览为多；谢朓之官，文辞称富，侯其兼之哉，非豪于诗文而整暇者不能。且晚内召柄用，回忆由豫反楚，由楚之黔，由黔及滇，由滇而及极西之浪穹，真万里游矣。一展视此卷，目之所至，如足至之，山川之跋履，了如指掌。十数年如昨日事，不惟侯必有感极而悲，悲转为喜，浮白浩歌，击节而不已者。即未至其地者观之，亦不啻身亲其境焉。是亦司马子长后之一快书也。路史云乎哉。

　　句句字字是过来人话。[一]

【校记】

　　[一]（光绪）《浪穹县志略》《滇系》无此评语。

游火井记

　　相传蜀中山水多奇观，而火井为最。《博物志》载："临邛有火井，以筒盛火，竹木投之辄然。桓灵时渐微，孔明窥而复盛。至景曜间，有以家火投之者，遂灭而不复起。"每奇其事而窃窃焉疑之。丙辰秋，余令釜水，始知井去城仅百里许。询之父老，与纪载略同，疑少释，然为吏事所羁，不得一至新罗之为快。丁巳冬，奉上檄，有自流之役。问之土人，云："火井有五，曰新罗，曰鸡公，曰桐梓坳，曰牛心滩。其二全火，其三半火，而新罗为最。"诸井皆距自流不远。适万子襄文折柬相招，取道新罗作归路，因得观所谓火井者。

　　取火于井，以之煎盐，井之深不可以丈计。近盐灶四五尺，以拱围竹筒斜伏地中，引火入灶。筒去灶五寸许，以土为窍接之。傍复中立一竹筒，为起灭关键。其火在筒，以手扪之，不炙手。及其出也，如担薪之焰，勃发猛烈，与家火无异，特其光稍绿。土人备陈起灭状，谓盐成时宜停火，则以泥水扑置洞口即止。其声入地如雷鸣然，及取盐水贮釜内，去其所盖泥，以纸燃火，向筒口即勃发。当其甫然时，须数人以大木极力按釜，否则火势冲釜，起屋且焚，其焰之烈如此。入夜不须灯烛，但取竹竿通其节，插而引之，火且上腾，一室朗然不息，竹亦不毁。此自然之火，不假寸薪，所谓全火也。若鸡公、桐梓坳、牛心滩诸井，须薪少许佐之，而焰乃盛，此新罗之所以为最也。余饱目移时，且聆其所以起灭之说，始信记载与人传不谬，而反惜当日《博物志》之所载未详。甚哉，闻之不及见也如此。夫去井不十五里，抵万子居，因述火井之奇。万子谓余曰："流湿就燥，炎上就下，势殊也。火生于木，祸发必克，其理定也。今井中出火，而燥湿之位易；火不燃木，而生克之理乖。此得毋为燧人氏之所不及察，与司爟氏之所不能辨乎？"余曰："子奚此之疑？天地之大，一气举之，水之与火，阴阳余气。独不见夫南荒之中有火山，南海之中有火穴。其地产木，烧之不损，有火浣布，然之不伤。《淮南子》谓：'甑得火而浮，水中有火，火中有水。'疾雷破石，阴阳相薄，自然之势也。彼火之不焚乎筒，其始出乎地，盖气耳。见风斯火，于以见五行之互用，而二气之不相离也明矣！故值时之阳，则孔明窥而盛；值时之阴，则至桓灵而微，景、曜而堕。夫亦山川之气与时而移耳，子奚此之疑？"万子闻而笑曰："审若是，子于阴阳消长之故，瞭若观火矣。"因笔所见而为之记。

天下之大，无奇不有。观此知东方朔所记、郭景纯所注未尽诬也。

徐石公同年事略

记秋风榜三十有二人，其合志同方，未有如吾石公者也。石公负才名，擅著作，拔同谱萃。时炳文者，谬赏予后场之淹通，遂相善，与语，恨相见晚。石公家保山，予家浪穹，两人苦为铁桥所隔。乃天假之便，予任保山教谕，石公入城，必馆于斋，篝灯夜话，高语破心，旷怀空物。至酒酣耳热，臂攘须张，辄露其义侠豪爽之气。其欲大有为于世者，不可掩也。会吴逆草窃，遂不乐仕进。癸丑之变，以礼币远来，欲其草檄，石公侃侃示大义，毅然不许。后伪留守再备仪物，力聘石公，自申不可用状，其于名节去就闲，可谓明且决矣。人第目石公为旷达人，而不知其谨饬敦敛，肝胆如雪。故人之稍近狂狷者，即相投。特不喜鄙俗猜伪，每谓学问本领，不越人品心术。若恃才傲物，虽载籍极博，倚马万言，无当也。石公生平嗜古，于书无所不读，《左》《史》尤为精熟，诗则寝食少陵。所为诗文，高古沉雄，自谓其诗简远近高达夫，故以造适名集，然终不以此见长。至性孝友，母年期颐，不肯旦夕去左右。每食必躬调，三世共爨。弟若子侄辈无私蓄，隔屏闻謦欬，即起立，非品行之卓，性情之真，能如是耶？盖其所造者大，而其所养者深也。予乙卯归自保山，石公依依不忍别。迨丙寅石公过浪穹，遇诸途，予拜伏于地，泣下不能起。留两日，盘桓湖山。石公诗有云："只道今生会面难，谁知此日共鱼竿。茈湖一晤千秋事，泪洒杯中酒亦丹。"以此思公交情，其交情何如也？石公《尺素》，文情隽永，读之不忍释，犹记其一牍末云。迩者专有所愿，欲于匡庐台宕闲，人影虫兽绝迹处，化作冷石一片，受日月云烟供养，岂有于因果轮回哉？以此思石公见地，其见地何如也？此后石公老，不能作字，遂无由再接手教。前王门婿有保山之役，遣候起居，闻其尚善饭，然已艰于动履，摩苍鸡黍之约，徒切停云，不意人传石公逝矣。伤哉！同谱三十二人，半登鬼录。石公今怛化，是吾榜之梁木坏矣。予老且衰，既不能敦古谊，哭于寝门；又不能命范车，疑于路侧，冥冥之中，负吾良友甚矣。虽然，死生异路，此特为平流言也。若石公孝友灏气，骚雅精英，其神无所不之。彼飒飒而来，冉冉而至者，宁非鹤庄之主人耶？

此文亦有高语破心，旷怀空物之概。

象岳先生少富词章，晚精理学，其《正舫斋诗文集》及《儒宗正统》诸书以家贫未付梓，今逢盛举得寿枣梨，虽全豹未窥而一斑略见矣。同里后学杨元豫谨识。

段绎祖

段绎祖，字念庵，大理剑川人。康熙辛酉（1681）科举人，官兴宁县知县。敦行孝悌，为官廉仁。致仕归，唯图书数卷而已。以诗文自娱，有五柳之风。辑有《段恭节公昭公纪实》二卷。《段恭节公昭公纪实》，不分卷，钞本一册，云南省图书馆藏。

其生平事迹于（清）袁文典、袁文揆辑《滇南诗略》卷十六，（清）赵联元辑《丽郡诗征》卷八；（清）王世贵等修（康熙）《剑川州志》人物志卷十四；寸丽香编著《白族人物简志》；周建雄、周锦国选注《历代白族作家丛书（综合卷）》中有载。

《丽郡诗征》卷八录其诗《迎春》1首。（康熙）《剑川州志·艺文志》卷二十录其诗《中秋杏放》《雁字（三首）》《九日署中即事》《寄同门许太史归养》《迎春》《七夕赏桂》《万寿节》9首，录其词《梅花引古梅》《临江仙赏荷》《巫山一段云秋月竹影》3首。《滇南诗略》卷十六录其诗《迎春》1首。

诗

此次诗的点校，其中《中秋杏放》《雁字（三首）》《寄同门许太史归养》《九日署中即事》《七夕赏桂》《万寿节》以（清）王世贵等纂修（康熙）《剑川州志》为底本；《迎春》以（清）袁文典、袁文揆辑《滇南诗略》（上海书店出版社《丛书集成续编》影印本）为底本，以（清）赵联元辑《丽郡诗征》（上海书店出版社《丛书集成续编》影印本）、（清）王世贵等纂修（康熙）《剑川州志》为校本，诗共计9首。

迎春

昨夜东[一]风转绿蘋，翘翘旌盖喜迎新。泥牛载得春多少，活尽荒村负冻人[二]。

【校记】

［一］东：（康熙）《剑川州志》作"春"。

［二］活尽荒村负冻人：（康熙）《剑川州志》作"万户平分处处均"。

七夕赏桂

天葩摇曳酬知己，愧乏霓裳一曲词。闻说妆楼人乞巧，临风我亦学献词。

万寿节

熙朝有道万年长，中外无殊彼此疆。云日就瞻追古圣，冈陵赓和轶前王。呼嵩共效封人祝，望阙遥称邻俗觞。迟日春晖临下土，普天雷动乐平康。

中秋杏放

无端文杏出墙东，却向南楼月下逢。嫩绿不随桐叶老，浅红飞入桂花丛。由来不负三春约，何事惊看八月中。莫是上林先得意，预将消息寄秋风。

雁字（三首）

善书何用好题蕉，一幅秋空意自饶。几点鸦形天外落，数行墨汁淡中描。影留沙际疑飞帛，声断衡阳憾远轺。惟有烟云横笔阵，乘风万里画连霄。

铁笔谁能划九天，却将毛羽布云笺。横斜不乱参差影，浓淡描成绣锦篇。翰墨淋漓飞碧落，烟霞绚彩胜丹铅。行行写就高秋意，物序天时一笔传。

西风何日不思家，随带天章炫物华。泼墨银河挥碧汉，濡毫秋雨灿江花。羽翰掠尽山川胜，点划撑开云雾遮。只待陇头春信至，那愁归路万里赊。

九日署中即事

题糕盛事古今同，谁似萧斋兴倍隆。瘦比黄花香自远，怀盈秋水乐偏融。诗成不学悲时赋，酒醉无辞落帽风。高致超然天地外，一觞一咏醉仙翁。

寄同门许太史归养

锦袍携得御香归，载道星轺出翠微。万里瞻云飞鹤盖，一帘留月照鳌扉。雏翩苞杞倚门慰，珠返龙湖玉树辉。羞说当年同立雪，多君犹恋故人衣。

词

此次词的点校，以（清）王世贵等纂修（康熙）《剑川州志》为底本，词共计3首。

梅花引·古梅

冰撑骨，萼萃绿，老干百年妍似玉。秦楼妆，汉苑香，暗中影动，群花谁竞芳。　　离离其实皆同蒂，玉颊檀心昭异瑞。承霜华，发奇葩，冷清自别，休猜梨树花。

巫山一段云·秋月竹影

玉镜流霄汉，银河亘碧天。素娥弄影舞蹁跹，移上画堂前。　　遍地婆娑态，横窗浓淡间。呼童收拾不胜搴，搊有玉人缘。

临江仙·赏荷

半亩方塘如鉴，亭亭净植兼香，仙姿摇曳水云乡。霞标开国色，红锦妒宫妆。　　外直中通欲语，朱衣翠盖为章。唐人何事拟张郎？试看水陆里，谁得比清芳。

张惠可

　　张惠可，字幼侨，号念皋，鹤庆人。康熙丙子（1696）科举人，官瑞江县知县，官至兵部武库司主事。

　　其生平事迹于（清）袁文典、袁文揆辑《滇南诗略》卷十八；（清）佟镇纂（康熙）《鹤庆府志》卷九；（民国）龙云、卢汉修，周钟岳纂（民国）《新纂云南通志》卷七十五；（清）赵联元辑《丽郡诗征》卷四中有载。

　　著有《壮行集》《念皋集》《教家录》《致爽斋诗稿》，其中《壮行集》以《念皋》诸集附录之；《滇南诗略》卷十八录其诗《春日还家即以言别（二首）》《过黄河》3 首；（康熙）《鹤庆府志》录其诗《过黄河》《雨中晓发安宁》《过赵州大石桥》《温泉即事》《登海潮寺望秀崧湖》《立春后二日郊行》《昆阳怀古》《春日还家即以言别（二首）》《秋日寄怀马晋三屯守》《初夏客凉州晤玺公蔡司马依扇头原韵赋赠一律》11 首，录其文《何母赵太孺人传》1 篇。《丽郡诗征》卷四下录其诗《过黄河》《过赵州大石桥》《宿大慈寺留别慧公》《宿报德寺晨起西园见僧伐树枝遮路》《温泉即事》《登海潮寺望秀崧湖》《立春后二日郊行》《昆阳怀古》《春日还家即以言别》《秋日寄怀马晋三屯守》《初夏客凉州晤玺公蔡司马依扇头原韵赋赠一律》《雨中晓发安宁》13 首。《滇南文略》卷三十四录其文《何母赵太孺人传》1 篇；《丽郡文征》卷四录其文《何母赵太孺人传》1 篇。

诗

　　此次诗的点校，以（清）赵联元辑《丽郡诗征》（上海书店出版社《丛书集成续编》影印本）为底本，其中《过黄河》《春日还家即以言别（二首）》以（清）袁文典、袁文揆辑《滇南诗略》（上海书店出版社《丛书集成续编》影印本）及（清）佟镇纂（康熙）《鹤庆府志》为校本；其中《雨中晓发安宁》《过赵州大石桥》《温泉即事》《登海潮寺望秀崧湖》《立春后二日郊行》《昆阳怀古》《秋日寄怀马晋三屯守》《初夏客凉州晤玺公蔡司马依扇头原韵赋赠一律》以（清）佟镇纂（康熙）《鹤庆府志》为校本，诗共计 13 首。

过黄河

天上河源九曲盘，划开南北任波澜。鸿沟霸[一]气销尘土，荣泽孤城射激湍。半吐麦苗香欲暖，高凌沙岸月初寒。十年不到任家口，今日乘风过雪滩。

按：鸿沟在河阴东，秦置平阴县，晋改河阴，本开封属，今废。幼侨才名借甚，二诗气度春容，略见一斑。

【校记】

[一] 霸：《滇南诗略》及（康熙）《鹤庆府志》均作"伯"。

雨中晓发安宁

秋雨暗城郭，古道翻踯躅。西巢鸟无声，平桥波汩没。我生何劳劳，马首冲雾出。朱楼人正眠，那晓晨光促。

过赵州大石桥

赵州城外大石桥，垂柳千枝销[一]寂寥。茅店当炉争远远，行人立马转萧萧。沙飞日暝村烟薄，风烈冰坚水气骄。不信仙翁亦浪迹，骑驴何事下青霄。

【校记】

[一] 销：（康熙）《鹤庆府志》作"锁"。

温泉即事

历尽曹溪古寺前，夕阳高下见村烟。天寒木[一]落山容瘦，雁少风多水气坚。闲扫细苔[二]寻往句，狂呼醉石枕[三]清泉。缁尘尽是因人热，独有温流不受怜。

【校记】

[一] 木：（康熙）《鹤庆府志》作"不"。

[二] 苔：（康熙）《鹤庆府志》作"台"。

[三] 枕：（康熙）《鹤庆府志》作"请"。

登海潮寺望秀崧湖

高阁凌虚水[一]自清，秀崧曾易此湖名。十年未到迷前句，万里依然逐去萍。野艇迎寒分竹罩，朝烟送暖出山城。寄言老衲休相问[二]，词赋人今愧马卿。

【校记】

[一] 水：（康熙）《鹤庆府志》作"海"。

[二] 问：（康熙）《鹤庆府志》作"询"。

立春后二日郊行

山城云气送阴晴，菜圃桥头带水行。风似唤人莺句句，烟如别客柳程程。花怜短发红偏重，叶趁单衣绿愈轻。极目乾坤谁独醒，支吾春色满逢迎。

昆阳怀古

滇水悠悠雉堞荒，汉家遗迹辨微茫。衣冠司隶余图画，虎豹军容冷战场。寺老无人寻断碣，雪时有雀噪枯杨。偏宜我辈经过此，指点兴亡话夕阳。

春日还家即以言别（二首）

藏书匣剑出蛮烟，逐逐风尘愧少年。十亩喜归杨子宅，一经悔授伏生篇^[一]。春寒短褐催行色，夜月长谈减客眠。子侄相依愁远别，岫云飞去几时还。

圆美流转如弹丸。

春风久不到柴扉，今日乘春乞暂归。竹下有孙添劲节，梅边结子映清辉。平田水绿秧针细，别圃花香豆角肥。却笑茫茫前路远，空教松菊伴渔矶。^[二]

【校记】

[一] 篇：《滇南诗略》和（康熙）《鹤庆府志》作“编”。

[二]《丽郡诗征》无此诗，据（康熙）《鹤庆府志》补。

秋日寄怀马晋三屯^[一]守

悬想池亭只梦过，达人行乐近如何。窗收夕照来青远，槛绕清渠受月多。爱客觞留谁痛饮，惊人诗寄我高歌。胭脂山下归时路，豫^[二]训平安马伏波。

【校记】

[一] 屯：（康熙）《鹤庆府志》作“吨”。

[二] 豫：（康熙）《鹤庆府志》作“预”。

初夏客凉州晤玺公蔡司马依扇头原韵赋赠一律

清白传家^[一]宦海宽，满腔冰雪语人寒。怜才庶足风千古，抚字宁辞累一官。春去花留恣痛饮，客来竹喜报平安。昆明无恙甘棠旧，遗泽于今尚未干。

【校记】

[一] 传家：（康熙）《鹤庆府志》作“家传”。

宿大慈寺留别慧公

桥头余落日，涧口入幽岑。隔竹磬收鸟，当篱叶护僧。感时谈往事，惜别恋寒灯。万里从兹始，倚车笑未能。

宿报德寺晨起西园见僧伐树枝遮路

花岂碍人护，兰仍当户锄。径荒吾自懒，手妙尔何如。低耸山如髻，徐看月到庐。从今来往便，且晚莫相疏。

文

此次文的点校，以（清）赵联元辑《丽郡文征》（上海书店出版社《丛书集成续编》影印本）为底本，以（清）袁文揆辑《滇南文略》（上海书店出版社《丛书集成续编》影印本）为校本，文共计1篇。

何母赵太孺人传

孺人，剑川赵氏[一]，明太仆少卿何公继室也。太仆捐馆时，嫡庶子俱已强壮[二]，而[三]孺人才三十余岁[四]，基盛方[五]就外傅，基炽尚未识方名。一女始孩，母子茕孑无援。亡良辈，窥笥发箪，或指良产兴讼，见夺，户外纷纷然[六]，日无宁晷。孺人虑先业荡析[七]，遗孽废弃，挺身捍患，不遗余力，虽日受陵[八]暴，而内课两孤，进业不倦。会兵乱，乡人多不免。孺人微服率婢仆负其孤，遁深山数年。两孤成[九]，遂为婚嫁[十]，俾习[十一]故业。尝语之[十二]曰："吾一生饮冰茹檗，不求人知，并不求若知，要期他时九原可对太仆耳。若宜厚自砥砺，善承宗祧，则我瞑目矣。"阃训之严如此，既而两男补弟子员，饩于庠，屡试冠军。孺人班[十三]白犹勤纫綦[十四]，理苎绩[十五]，庀家事，不曳纨帛，不餍膏粱，斋庄勤俭，始终如一，寿七十二。两男皆以明经贡[十六]，诸孙林立，孙浚复得[十七]领乡荐，昂昂奋起。向使孺人非丈夫才，蒙难而靡，虽有佳儿，其成立未可知也。孺人造何氏岂眇哉！[十八]昔[十九]孟陶诸贤母忧哉，弗可尚已，然未闻其所遇。若斯之棘殆也，孺人才与节俱屯而克济，即与诸贤母比肩何歉焉？异时太史采风，讵可无征？[二十]为之立传。[二十一]

【校记】

[一] 氏：《滇南文略》作"族"。

［二］子俱已强壮：《滇南文略》作"长嗣俱膂力强仕"。

［三］《滇南文略》无"而"。

［四］《滇南文略》无"岁"。

［五］基盛方：《滇南文略》作"孤子基盛甫"。

［六］纷纷然：《滇南文略》作"纷然"。

［七］析：《滇南文略》作"覆"。

［八］陵：《滇南文略》作"凌"。

［九］成：《滇南文略》作"成长"。

［十］婚嫁：《滇南文略》作"孤毕婚嫁"。

［十一］习：《滇南文略》作"席"。

［十二］之：《滇南文略》作"其孤"。

［十三］班：《滇南文略》作"斑"。

［十四］繄：《滇南文略》作"绩"。

［十五］绩：《滇南文略》作"繄"。

［十六］皆以明经贡：《滇南文略》作"皆成明经"。

［十七］《滇南文略》无"复得"。

［十八］孺人造何氏岂眇哉：《滇南文略》中，此句在"昂昂奋起"之句后。

［十九］昔：《滇南文略》作"余尝盱衡"。

［二十］《滇南文略》此处有"遂"。

［二十一］《滇南文略》于此文后有评语："有疏有密，不枝不蔓，顿挫处尤见风神，是柳州老境文字。"

时亮功

时亮功，字钦之，号佛山，赵州人，康熙己卯（1699）科举人，性情磊落豪放，衿尚气节，科举不顺，曾到吴、蜀、楚、越等地遨游，为当时名士。授徒严格而有法度，在其门下学习者多为名士。归里后，与诗僧醉梦相酬唱，未仕，卒。时亮功写景诗清新雅致。

其生平事迹于（清）袁文典、袁文揆辑《滇南诗略》卷十八、卷二十三；（清）李其馨等纂（道光）《赵州志》；（清）师范纂辑《滇系》第八册《人物》；杨镜编著《大理古今诗人要事录》；张建雄、周锦国选注《历代白族作家丛书（综合卷）》中有载。

著有《快游集》三十二卷，已散佚。《滇南诗略》卷十八录其诗《中塘晚泊》《途中即景》《桐水滩》《郊行》，计4首；卷二十三录其诗《示儿》《坡头远眺》《溪虹度翠》《山居》《雨后宿野老宅》《题浮家渔人》《过净莲寺马上口占》《落叶》《晓过双溪桥》《昆明竹枝词（四首选二）》11首。（道光）《赵州志》艺文部卷四录其文《州牧程鼎置买学田碑记》1篇，卷六录其诗《星回节》《和杨修撰题将军石韵》《秋夜法藏寺》《游天生桥》《天马关题魏学使碑》5首。

（清）师范纂辑《滇系》第八册《人物》中载："性豪爽，足迹几遍宇内。"

诗

此次诗的点校，以（清）袁文典、袁文揆辑《滇南诗略》（上海书店出版社《丛书集成续编》影印本）和（清）李其馨等纂（道光）《赵州志》为底本，诗共计20首。

星回节

五诏当年留铁钏，松明楼上闻开宴。至今死灰犹复燃，零乱寒光时一见。万家松火发深山，松火明明照醉颜。儿童呼笑齐奔走，浪言星斗落人间。斯须一炬成焦土，身后谁知有千古。至今凭吊德源城，六月常怀二十五。

和杨修撰题将军石韵

浴龙山上抱野云，嬉凤亭前对将军。太史为之制古文，一杯一曲许传闻。戛玉鸣珂怀帝里，天涯知心能有几。抚摩云根自悲喜，太狂曹学字墨沉如云烟。金尊潦倒落花前，倚石狂歌万里天。

秋夜法藏寺

山泉细细谱宫商，断续随风拍枕凉。短烛烧残烟不尽，更余松韵绕回廊。

游天生桥

天桥闲独步，倚石听涛声。路转哀牢国，崖悬诸葛城。上有故诸葛垒。海门嘘浪息，龙窟咽风横。读罢碑头句，潇潇毛骨清。

天马关题魏学使碑

天马南来尚有关，风尘驿路走青山。薜萝自老深深谷，车辙频劳齿齿湾。古字谁题苍涧里，新诗又上白云间。偶然扫石同溪话，缅想伊人岘岭斑。

中塘晚泊

中塘晚泊舟，惟闻风浪急。渺不见河山，冷屋藏黄叶。吹灯拥羊裘，谁识天南北。睡醒欲开船，舟子方扫雪。

通体皆有雪意，而雪字只在结处一点，格局浑成，气味淡远。是善学柳州之作。

途中即景

悬岩高百丈，不信有花村。楼上人何在，江风空打门。

言尽而意不尽。

桐水滩

竹屋是谁家，开门对水□。桐江今夜雪，垂钓入芦花。

郊行

竹杖芒鞋踏翠烟，行吟多在碧溪边。归来笑指前峰远，一片闲云不碍天。

示儿

天地有定理，万物有定情。我生有定数，难与造化争。此身若虚舟，坎止任流行。昔年多梦梦，今年觉平平。胸中无一物，何处可经营。俯仰期无愧，悠然足此生。

从理境入，不从理境出，此朱子所以高过宋儒。陈万里识。

坡头远眺

立马高峰上，遥天四顾平。山低看即见，江远听无声。晓日凭肩出，晴霞刺眼明。峰烟清野戍，盛世已销兵。

溪虹度翠

古渡飞虹起，连云锁二舟。百蛮通贡处，千涧合江流。野寺寒烟里，人家曲水头。倚桥舒远望，积翠隐仙楼。

山居

好山好水先生宅，日日烟霞常自新。花发鸟啼无定景，酒杯诗卷有闲人。园垂千颗霜前橘，涧长盈筐雨后芹。最是清风明月际，四园苍翠满松筠。

雨后宿野老宅

马骄信步踏轻沙，宵雨闲投处士家。入谷不闻人语响，穿林偶见爨烟斜。数椽茅屋丛芳草，一夜寒云笼月华。自住山中忘甲子，避秦随地种桑麻。

题浮家渔人

烟波一艇即成家，柳巷深藏芦荻遮。儿女不烦求宅舍，生涯岂复问桑麻。卖鱼时醉村前酒，晒网闲看岸止花。泛泛萍踪原莫定，谁劳天际觅仙槎。

过净莲寺马上口占

曲径步危桥，桥头列修竹。扫石听溪声，白云满空谷。

落叶

门傍几株树，朝来黄叶飞。呼童休去扫，残色上秋衣。

晓过双溪桥

青林红叶杂枯枝，野水斜阳返照时。绝妙豪端谁得似，米南宫画少陵诗。

昆明竹枝词（四首选二）

芦浦几处萃成堆，遥见扁舟柳外来。日暮泊船何太晚，太华山下打鱼回。

蓼叶红时鱼更肥，日斜收网晒蓑衣。孙儿抬手忙携去，三市街头唤酒归。

杨栗亭称先生性磊落豪放，矜尚气节，诗古文词极敏捷，授徒严而有法，游其门者多名士，两上春官不第，遨游吴蜀楚越间，著作甚富。予每遇赵州人士，尤极称之，今复搜罗得此数章，大抵多近清真，一路亦性所近也。

文

　　此次文的点校，以（清）李其馨等纂（道光）《赵州志》为底本，文共计1篇。

州牧程鼎置买学田碑记

　　州治文庙，原建于城内西南隅，丙午，回禄名宦，州守蜀人庄牧旧志："凤仪山麓宜为迁建学宫之地。"壬子岁，明经张圣脉、太学生苏眉英倡众鸠工庀材，如其地而新建焉。迄今三十余年，修葺未终，而渐见倾圮茂草之伤，良可浩叹。当道非不留心，总以地冲民疲，学宫旧无田土，竟无可为修葺之费者。乃天福吾州，今年夏，我父师程公奉简命来守兹土。公盖伊川之后裔，以西蜀名儒领壬子乡荐，筮仕粤东，特加卓异，盖素积道德而为经济者也。是以公下车，即以兴利除弊、安上全下为急务，谒庙之余，目其荒芜，询厥由来，不禁奋然起曰："是吾之责也，是吾之责也。"越数日，即召绅士进而谋之，绅士即以本州童生袁纶、武生陆钟珽卖与太和县学田贰分，宜赎回本州学宫，以为修葺之资。是诸公欣然从之。遂转请于本府章公、分宪王公，二公之爱养人材，培植学校，与我公同出一心，以为赵州之田仍归赵州学宫。理安情顺，无不一一如其所请。公遂捐俸金壹佰捌拾两，以酬两家之值。以田属之学宫，每年所获租粒，除完正供外，皆为修理学宫之用。仍奉郡侯宪檄，勒石以垂永久。亦谓是今日者，许、张二师儒及同事诸绅士，靡不矢公慎，共勷厥成。继自今，其在诸生，保无有营缘会计而中饱者乎？其在司铎，保无有借口学田而自利者乎？若是，是委修葺之初心于草莽也。其不至墨清议，因而墨吏识者几希，是不可不勒之石而预为之戒。於戏！良法美意尽于此矣。然是举也，在公亦止行其心之所安。郡侯分宪总以乐其事之有成，而州人士目之，大有出于恒情意计之。

杨戴星

杨戴星，字则密，赵州（今凤仪）人。康熙壬午（1702）科举人，曾任云南陆凉（今陆良）学正，剑川县学正。在剑川任职期间曾在石宝山金顶寺题联云："幽花依具叶，丰碣嵌苔书。"

其生平事迹于（清）袁文典、袁文揆辑《滇南诗略》卷三十八；张建雄、周锦国选注《历代白族作家丛书（综合卷）》中有载。

《滇南诗略》卷三十八录其诗《观音山道中》《浮萍》2 首。

诗

此次诗的点校以（清）袁文典、袁文揆辑《滇南诗略》（上海书店出版社《丛书集成续编》影印本）为底本，诗共计 2 首。

观音山道中

山径缘溪曲，山花相间开。野桥横独木，老树上苍苔。雨入前村歇，秋惊六月来。新凉侵客袂，袖底带烟回。

自然老到。

浮萍

不畏风波险，聊为浩荡游。水云从聚散，天海一沉浮。流恨羞红叶，忘机信白鸥。最谁相识惯，安稳钓鱼舟。

按《通志》，赵金冶、杨则密科分皆在康熙年间，前误编在此。

496

李根云

  李根云，字仙蟠，号亦人，寄籍赵州，赵州人。康熙戊戌（1718）科进士，曾任江西驿盐道公，翰林院检讨等职，五次参与组织科举考试，声名卓著。年七十谢病退辞，乔寓武昌内，转光禄寺卿，辞不赴，后嗣今迁浙焉。其诗笔力甚为矫健，跌宕雄起；内容关心民生疾苦，颇值得称道。

  其生平事迹于《滇文丛录》作者小传卷中六；（清）袁文典、袁文揆辑《滇南诗略》卷三十；（清）赵联元辑《丽郡诗征》卷八；（清）师范纂辑《滇系》第八册《人物》；（清）李其馨等纂修（道光）《赵州志》；寸丽香编著《白族人物简志》中有载。

  著有《慎余堂诗文集》，未见传本。（道光）《赵州志》艺文部卷六录其诗《登环龙山》《瑞云观古梅》2首。《滇南诗略》卷三十录其诗《舟次皖城，中丞魏慎斋先生招饮，示以所纪教养实迹图，诗以美之》《都昌道中观农人获稻》《过十八滩》《瑞雪行》《己巳冬日于役江州重过琵琶亭柬唐蜗寄榷使》《与郑乐山、刘子定同年暨家弟西园给谏游丰台（选一）》《制府尹公语丁未礼闱分校诸同事挂朝籍者已无多人，怅然有感》《重修滕王阁落成，时乾隆十四年九月也（二首）》《登严子陵钓台》《钱少司寇香树、冯侍御静山招饮联璧堂、和余扇头感旧诗各二首见贻、因叠前韵奉答香树先生（选一）》《同人游焦山即令绘图纪事》《和青我臣宪副招饮登楼原韵》《上巳和韵》《金陵夜泊闻笛》15首。《丽郡诗征》卷八录其诗《舟次皖城，中丞魏慎斋先生招饮，示以所纪教养实迹图，诗以美之》《都昌道中观农人获稻》《过十八滩》《瑞雪行》《己巳冬日于役江州重过琵琶亭柬唐蜗寄榷使》《与郑乐山刘子定同年暨家弟西园给谏游丰台》《制府尹公语丁未礼闱分校诸同事挂朝籍者已无多人，怅然有感》《重修滕王阁落成，时乾隆十四年九月也（二首）》《登严子陵钓台》《钱少司寇香树冯侍御静山招饮联璧堂和余扇头感旧诗见贻因叠奉答》《同人游焦山即令绘图纪事》《和青我臣宪副招饮登楼原韵》《上巳和韵》《金陵夜泊闻笛》共 15 首。《滇系》第二十九卷艺文十三册录其文《袁母节寿序》1 篇，《滇南文略》卷四十四录其文《节寿序》1 篇。《滇文丛录》卷八十七录其文《科目题名碑记》1 篇。

《滇南诗略》卷三十载："先生诗跌宕雄奇，才思飙发。脱稿后不复取视，浮湛江表者，几二十年，凡五监秋闱，昨舟泊南昌，循卓之声尚在，人口即以诗论，亦当在。皆山永斋之次云。后学师范识。"

师范称其诗"跌宕雄奇，才思飙发"。晋宁赵蓬谓其诗"沉雄博大，跌宕不羁"。（道光）《赵州志》卷三中记述其"经书过目成诵，文以理胜，雄浑……"。

诗

此次诗的点校，以（清）袁文典、袁文揆辑《滇南诗略》（上海书店出版社《丛书集成续编》影印本）和（清）李其馨等纂修（道光）《赵州志》为底本，以（清）赵联元辑《丽郡诗征》（上海书店出版社《丛书集成续编》影印本）为校本，诗共计 17 首。

登环龙山

非不爱山水，还疑别有天。乾坤男子志，刚此一陂烟。

瑞云观古梅

云老南山犹未改，霜绽蚪枝又潇洒。断桥流水铁干斜，迸出春光无价买。春来春去一年年，耐雨耐晴芳草边。苔瘢欲共三山老，寒香不断骨珊然。我携云边一尊酒，细问君今几何寿。忽然清梦入罗浮，美人幻化苍颜叟。云侬本是和靖俦，磨风荡雨不知秋。犹忆夭矫多少客，披风啸月坐溪头。有时浮白蕫英会，有时冷落怜清濑。几时天地遂古今，披离突兀香无奈。

舟次皖城，中丞魏慎斋先生招饮，示以所纪教养实迹图，诗以美之

混沌凿既久，淳风难复留。缅彼古哲人，教养实前筹。稷禹互咨儆，

府事交绸缪。富矣乃可谷，土物臧厥修。彝训昭万世，治^[一]道宁他求。何哉阡陌废，六籍付新^[二]樵。人以吏为师，贫无立锥谋。身命既不惜，名教等赘疣。兵刑日相逼，天地生烦忧。本计胥以失，百为皆谬悠。遥遥数千载，盛衰此其由。我皇缵圣绪，后先针芥投。怀保俨无逸，精意贯九州。一夫必安饱，无使俗有偷。德音时时下，条列事事周。元功既回斡，如天广覆帱。长吏百职^[三]事，敢弗承其流。胡为愦愦者，覆悚甘贻羞。或则循具文，肉食自优游。或则事武健，挟智穷雕锼。剥肤不知痛，民瘼何有瘳。我闻慎斋语，怳与龚黄游。巾戟非所恋，惟计民安不。日夕崖饥溺，拊循化竞絿。沟瘠遂以起，顽梗日以柔。汉南歌谁嗣，畿辅感贤侯。至今西湖上，政声公独优。牧民诚如此，古人安足伴。安得百^[四]其身，万邦升大猷。

起四如高屋建瓴，下乃层层推勘，时露警句，气势磅礴，极少陵之能事。可石段琦谨识。^[五]

【校记】

[一] 治：《丽郡诗征》作"沿"。

[二] 新：《丽郡诗征》作"薪"。

[三] 职：《丽郡诗征》作"执"。

[四] 百：《丽郡诗征》作"反"。

[五] 《丽郡诗征》无此评语。

都昌道中观农人获稻

驱车北原上，已是嫩寒天。秋风撼篱落，白蘋生暮烟。一望如云锦，黄茂如^[一]陌阡。场圃既已筑，刈获竞相先。妇子勤饷馌，主伯欣仔肩。如梁复如茨，廪囷具充然。老农前致词，使君曷憩焉。往者岁且俭，蔀屋难苟全。吴饥楚复尔，东南半忧煎。追呼例不免，瓶罄罍且悬^[二]。今乃风雨时，比户富粥饘。蜀估联翩下，汉艘若源泉。谷贱虑伤农，且喜都有年。况乃奉明诏，来岁免官钱。圣人当乐康，所求长吏贤。我闻欣且愧，何以称旬宣。

气味醇厚。

【校记】

　　［一］如：《丽郡诗征》作"交"。

　　［二］悬：《丽郡诗征》作"鲜"。

过十八滩

　　章贡忽争流，排云汇成壑。风吼山欲奔，石怪[一]势将攫。或如虎豹蹲，或如蛟龙攫。相倚复相拿，洪流贯岞崿。雪瀑殷晴雷，飞练互盘礴。下水类掷梭，直矢屈如蠖。上水愈曳牛，努力防触错。一滩更一滩，应接屡[二]惊愕。未必秦皇驱，亦岂神禹凿。胡为坦荡中，作此狡狯[三]恶。我来放[四]舟行，三日度磊硌。篷窗看白云，闲情寄寥廓。山花照眼红，松涛当面落。水石爱恢奇，烟峦恣讨索。是时心境清，顿解忧愁缚。乃知人海中，鬼蜮徒妄作。不见与不闻，广大生欢乐。险巇[五]十八滩，看来无一勺。

　　我佛度一切苦厄，俱作如是观。[六]

【校记】

　　［一］石怪：《丽郡诗征》作"怪石"。

　　［二］屡：《丽郡诗征》作"心"。

　　［三］狯：《丽郡诗征》作"猾"。

　　［四］放：《丽郡诗征》作"泛"。

　　［五］巇：《丽郡诗征》作"巉"。

　　［六］《丽郡诗征》无此评语。

瑞雪行

　　月之三日初破九，谣俗相传不出手。盲风冻折滕六骄，山飞水立云树走。混茫一气倏杳冥，地维天幕横相并。琼楼玉宇纷变现，化工点缀何精神。我时巡方至，行部咨祁寒。自湖徂江，越陌度阡。车勚马烦，泥淖不得进。日暮道远，人静无炊烟。仆夫告瘁，欲却且前。吁呼[一]艰哉，行路良难。我闻其语殊大笑，若辈宁知造物妙。黄钟应律阳初孩，无发其房起其窍。六花蕴酝^[二]土脉肥，百昌蕃殖堪逆料。君不见菜甲已舒鸭头绿，麦^[三]芽新长鹅儿黄。入冬以来愁雨少，一雪三日满陂塘。生机充牣根荄厚，来年饱食称兕觥。慰我妇子无忧苦，雨金雨玉难相^[四]方。

【校记】

[一] 呼：《丽郡诗征》作"乎"。

[二] 蕴酝：《丽郡诗征》作"酝酿"。

[三] 麦：《丽郡诗征》作"黄"。

[四] 相：《丽郡诗征》作"比"。

己巳冬日于役江州重过琵琶亭柬唐蜗寄榷使

琵琶亭上千山碧，琵琶亭下涛声渚。杨柳摇霜风倒吹，我来又作亭中客。客来乃自天之涯，彩云何处谁为家。黛娥^[一]钗燕今头白，笑杀秋月惭^[二]春花。长忆当年渡易水，海棠灵鹊承恩旨。廿四桥头方看花，天风吹我忽江涘。黄云落日见楚天，烟波阅尽几人船。我异灵光非石鼓，小劫已是十三年。^[三]陶渔盐铁古封敕，惟我与君耐官职。两人合是一长亭，冻云暑雨恣藓蚀。青天赤日正当头，何知怨李与恩牛。追寻往迹成千古，却任吟情绕十洲。吁嗟乎，人生荣悴宁有极，摇手琵琶不可说。一弹再鼓我何音^[四]，伯牙之琴曾点瑟。

虽不免升沉之感，却写得浑含音调，亦极跌宕。^[五]

【校记】

[一] 娥：《丽郡诗征》作"蛾"。

[二] 惭：《丽郡诗征》作"悬"。

[三] 我异灵光非石鼓，小劫已是十三年：《丽郡诗征》作"我异光非石鼓小，历劫已是十三年"。

[四] 音：《丽郡诗征》作"看"。

[五]《丽郡诗征》无此评语。

与郑乐山刘子定同年暨家弟西园给谏游丰台（二首选一）其首章句云"野人舍外迥烟树，芳草桥边多酒楼"，亦恰好。[一]

谁家亭馆接城阴，药屿花园次第深。十里马蹄千叠翠，一时草色五湖心。斜阳欲暮迟高树，薄酒微醺费短吟。谁是三生唐杜牧，春来常有客愁侵。

三四确是久客京师，出游丰台情景。[二]

【校记】

[一]《丽郡诗征》无此注语。

[二]《丽郡诗征》无此评语。

制府尹公语丁未礼闱分校诸同事挂朝籍者已无多人，怅然有感

十九年前选佛场，云沙过眼几沧桑。瀛洲房杜谁先达，宿草机云事可伤。蕉鹿世常迷梦觉，囊锥我自笑荒唐。尘根已断犹驰逐[一]，多恐人间说我狂。

振笔疾书，无一字不炼，无一字不响，盛唐高调也。[二]

【校记】

[一] 犹驰逐：《丽郡诗征》作"驰驱逐"。

[二]《丽郡诗征》无此评语。

重修滕王阁落成，时乾隆十四年九月也（二首）

三江五岭控章门，门倚高楼势最尊。四照云沙开锦绣，浮空烟水变朝昏。瑶台再筑仙人馆，浊[一]酒难招帝子魂。惟有才人词赋在，光摇日月上秋原。

一年一度惯登楼，岂独冯唐恼白头。猱岭云归非故岫，龙沙露[二]冷又新秋。高寒占断千门月，浩荡消残万古愁。重与江山开面目，问谁横笛等闲游。

先生诸七律天骨开张，好整以暇，亦远宗少陵家法，而于明后七子尤为相近。武进恽燮识。[三]

【校记】

[一] 浊：《丽郡诗征》作"渴"。

[二] 沙露：《丽郡诗征》作"池霞"。

[三] 《丽郡诗征》无此评语。

登严子陵钓台

世外烟萝江上峰，尘襟涤尽访遗踪。赤符自合驱封豕，香饵终难钓蛰龙。天子不臣真大隐，客星有象亦奇逢。只今流水空山趣，犹胜当年裂土封。

钱少司寇香树、冯侍御静山招饮联璧堂、和余扇头感旧诗各二首见贻、因叠前韵奉答香树先生（选一）[一]

蓬山遥忆少年场，列骑乘阴紫陌桑。职补山龙今几辈，鬃深驽马我无伤。因缘文字陪燕许，窃拟风[二]裁逼[三]汉唐。圣主得贤应作颂，莫嫌砚北次公狂。

【校记】

[一] 《丽郡诗征》题为"钱少司寇香树冯侍御静山招饮联璧堂和余扇头感旧诗见贻因叠奉答"。

[二] 风：《丽郡诗征》作"丰"。

[三] 逼：《丽郡诗征》作"比"。

同人游焦山即令绘图纪事

支拄乾坤静不流，双峰高揭海门秋。烟萝宁护仙人窟，山有焦仙洞。[一]葭露空怜帝子洲。山前有新洲，相传为刘裕习兵处。[二]远岸黛痕迷建业，夕阳粉木[三]写营丘。新游旧雨情多少，总付荆关画里收。

起势峭拔，通体亦自遒宕。[四]

【校记】

[一]《丽郡诗征》无此注语。

[二]《丽郡诗征》无此注语。

[三] 木：《丽郡诗征》作"本"。

[四]《丽郡诗征》无此评语。

和青我臣宪副招饮登楼原韵

云情雨态总难期，好便乘闲寄远思。四照河山秋欲老，万家砧杵月相宜。鹤觞漫酌贤兼圣，龙剑宁知合与离。拟俟[一]露凝风细夜，倚栏[二]重和少陵诗。

精警。[三]

【校记】

[一] 俟：《丽郡诗征》作"住"。

[二] 栏：《丽郡诗征》作"阑"。

[三]《丽郡诗征》无此评语。

上巳和韵

花信风传花乱开，仙云随马踏青来。灌婴城暗连芳草，徐孺祠春涨废[一]台。乍雨又晴天气好，寻芳欲暮首重回。兰亭人物今何似，一日幽情万古推。

飘然不群。[二]

【校记】

[一] 废：《丽郡诗征》作"庆"。

[二]《丽郡诗征》无此评语。

金陵夜泊闻笛

江天霜月暗，枕上暮潮生。谁弄桓伊笛，秋风满石城。

先生诗沉雄博大，跌宕不羁，在唐则《嘉州》，在宋则《剑南》，在明则与《犁眉集》相近，可谓力读心声，妙该掌故者矣。就中教养图暨获称诸篇：元本风骚，备征经济，宜其脍炙人口云。后学赵蓬觉庄识。[一]

【校记】

[一]《丽郡诗征》无此评语。

文

此次文的点校，其中《节寿序》以（清）袁文揆辑《滇南文略》（上海书店出版社《丛书集成续编》影印本）为底本，以（清）师范辑《滇系》（光绪丁亥云南通志局刻本）为校本。其中《科目题名碑记》，以（民国）秦光玉等辑《滇文丛录》（上海书店出版社《丛书集成续编》影印本）为底本。文共计2篇。

节寿序[一]

大易之节曰苦节，不可贞，明乎节而苦且贞之为难也。又曰安节亨、甘节吉，明乎节而安且甘焉之，为亨与吉之道也，节之时义大矣哉。愿[二]节之为言，臣道也，子道也，妇道也。居常所不忍言，际变所无如何者也。故夫蓼莪天保，臣子之好音；而[三]至于板荡乘舟，则写之而心悲矣。琴瑟𬌗繁，夫妇之佳什；而[四]至于柏舟中河，则讽之而神蹙矣。是其事异，其道同，其感忧思以难言，贯金石而流辉，亦无不同。吾友袁子思诚母氏张太孺人者，是苦节以贞，安其节而甘之，又亨与吉焉者也。先是袁子尊人，庠生文瑞少丁孤苦，鲜伯叔亲弗[五]之好，进退茕茕，靡所依据。遂有利其家耽耽视之者[六]，构难凭陵，上质藩臬，经数岁事乃稍定。太[七]孺人以金闺之彦[八]伉俪于袁，自结缡以来，左右夫子雅能[九]平内患，靖外侮，和戢其[十]族党，而[十一]奄有其室家。识者于此，已知太孺人之非徒[十二]巾帼中人矣。居数岁，连[十三]举三子，长最慧而早夭，二子尚提携，未有知识，又不幸而所夭^[十四]不禄，称未亡人。太孺人之苦节乃自此始矣。盖是时，太孺人才三十龄耳，顾影自怜，痛九原之不作，又未可以身殉，于是^[十五]椎心泣血抚厥貌孤，朝夕勤拳篝灯夜课，绩纺之声与读书声时相间作不辍也^[十六]。至提命之严，虽跬步片语亦时时督责，无令逾闲，不率则鞭笞乱下，时^[十七]恐失坠，重贻乃父羞。既就外傅，又^[十八]数慎择良师友，俾蓄德励行，毋比诸匪人。嗟乎！太孺人可谓贞而苦，又善砥其节者矣。迄今三十年来，以昏以名，以大启尔宇，二子俱成立。腾声黉序间，使人人知袁氏有子^[十九]。则夫太孺人者，为袁氏中兴笃棐之臣，为袁氏克家显扬之子，泄泄融融，其乐何极。易曰："安节亨，甘节吉。"此其所以征也。乃者日月逾迈，年鬓俱秋^[二十]，^[二十一]太孺人亦将老矣。吾友思诚慨念母氏励节辛勤，无以娱老^[二十二]，乃广辑诗歌，颂扬盛美，冀称觞而祝嘏焉。又^[二十三]以予过从既久，见闻必真。乃^[二十四]属序于予，予维太孺人之节，是名教之荣，风化之纪，虽与日月争光可也，其节也，即其所为寿也。又闻^[二十五]夫户枢不蠹，流水不腐，松柏磳砢，岁寒不凋，是其节也。又^[二十六]其所以寿也，发潜德之幽光，祝升恒于有永，附名简册，宁非词场之厚，幸哉！爰振草而为之序。^[二十七]

传神在数顿宕处。

【校记】

[一]《滇系》艺文十三册目录中题为"袁母节寿序"，正文中题为《节寿序》。

[二] 愿：《滇系》作"顾"。

[三]《滇系》无"而"。

[四]《滇系》无"而"。

[五] 弗：《滇系》作"串"。

[六] 遂有利其家耽耽视之者：《滇系》作"遂有利其家而作耽耽之视者"。

[七] 太：《滇系》作"大"。

[八]《滇系》无"以金闺之彦"。

[九]《滇系》无"雅能"。

［十］《滇系》无"其"。

［十一］《滇系》无"而"。

［十二］徒：《滇系》此处有"为"。

［十三］《滇系》无"居数岁连"。

［十四］二子尚提携未有知识，又不幸而所天：《滇系》作"其二尚未有知识而所天"。

［十五］《滇系》无"痛九原之不作，又未可以身殉，于是"。

［十六］《滇系》无"不辍也"。

［十七］《滇系》无"时"。

［十八］《滇系》无"又"。

［十九］《滇系》无"使人人知袁氏有子"。

［二十］乃者日月逾迈年龏俱秋：《滇系》作"今"。

［二十一］《滇系》此处有"今"字。

［二十二］《滇系》无"无以娱老"。

［二十三］《滇系》无"又"。

［二十四］《滇系》无"乃"。

［二十五］《滇系》无"又闻"。

［二十六］又：《滇系》作"即"。

［二十七］《滇系》无"爰振草而为之序"。

科目题名碑记

千古文明之运，盛衰起伏，皆由理气以为之毂，而时势迁流，则仅推移于其中者也。学校之设，三代尚矣。周人立四代之学于制，尤详考之《周礼》，司徒所掌因五物之常，施十有二教，三年大比则乡大夫考其德行道艺，以献于王，王拜受之，登于天府。夫以六乡之士，当天子之拜，藏之祖庙，此学校之盛典，选举之极轨也。汉兴，其制稍替，然孝廉、茂才、贤良、方正、孝弟、力田诸科犹为近古，故西京生徒至于三千，东京生徒至于三万，人才称盛，而贾、董诸儒辈出其间。方是时，吾乡以僻处遐荒为声教所未讫，匪特未兴三代之钟鼓，并未闻汉廷之礼乐也。孝武时，张叔、盛览始受学于司马相如而归教其乡里，然一线所通，粗知载籍，何足语王朝之泽乎。唐制选举之见于史者五十余科，但天圣大中而后成进士者，《通志》仅载数人。宋时五学六斋，创经义之科，开词学之路，设四书院以教山林之秀，立十制科以搜岩穴之遗，作人之法不为不备。然是时吾滇节闷闷淳淳，锢蔽于六诏大渡河而外，岂复声明文物之场与？元兴，分藩镇抚九十年间，间有科目可纪，而政教未洽，迄乎前明，混一区宇。乃始厘郡县、置官师，边徼之治无殊中土，而胶庠浩士又望显通者，代不乏人，则谓吾滇学校之设由明兴，选举之制亦自明始，可也。迨我朝列圣缵承道统，化治兴贤，育才之典，超越百代。于是井鬼之野，姬髦商者，几与中土，埒然缕指计之，有明二百七十七年间，吾邑之登贤书者，赵寿而下四十余人而已。至成进士者，自元苏隆迄明赵升、张文礼、金矗、邹尧臣天先正外，由嘉靖己丑迄康熙乙未，中间一百七十余年竟无嗣音，岂学校之不振与？抑亦文明之运起而犹伏，将以大昌炽于将来也。康熙戊戌，余始成进士读中秘书，遂开翰林之局。嗣是雍正癸卯以来，未逾三纪，苏霖渤、苏霖润，时远、时余，俱兄弟联芳洎，赵淳、金作宾、龚渤、吴璇、张圣功、彭敬吉、彭侣、郭铺、熊煌诸君相联鹊起，词苑台垣，屡职清要，或牧民司铎，骏首皇衢。其上春官者，每科不下六七人或四三人。意者，气之始通，理之渐著，吾辈其先驱者耳。异日进而益上，必有大儒炳蔚，名臣聿兴，不愧于贾、董、姚、宋、韩、范、程、朱诸君子者，岂独为吾邑学校□光？抑将为碧鸡金马增其声价也。盖尝论之，学校之兴，三千五百余岁，而吾邑之泽于胶庠者，未四百余年，又数百年来骎骎称盛，转文明之毂者，实为今日。是文运之在中原，则大明之亭午而在吾滇，则旭日之始旦也。观夫华之始萼，竹之始苞，培植蕴涵，则敷荣吐秀，将来正未有艾。惟冀后之学者，勉为德行道艺之娇修，力追三代以上之盛节，则圣域贤关、鲁之薪传于是乎在，联翩科第其余绪耳。今日贞珉所勒，岂以夸耀乡里也哉？故为之记。

刘文炳

刘文炳，字暗斋，杨履宽之外祖父，太和人，康熙庚子（1720）科举人，官宁州学正，为官六年后失意归乡，种花栽竹，以诗酒自娱。孙髯翁序其诗云："先生久经秋试，两上春官，傍晚乃秉铎。宁州六年失意，归莳花种竹，以诗酒自娱。时与高人韵士往还山水间。郡举乡饮大宾，年八十五犹能识蝇头字，家多藏书，手自校雠。其诗蔼然如春，恬淡冲夷，不诡不随，为有道之人语。嗣经先生外孙杨履恭。履宽质之，胡羡门评点成卷。今栗亭犹子恒立，寄选因登其三十余首，而以羡门各评录于简端。"

其生平事迹于（清）袁文典、袁文揆辑《滇南诗略》卷三十三；张建雄、周锦国选注《历代白族作家丛书（综合卷）》；张文勋主编《白族文学史》中有载。

著有《藜照堂草》，已散佚。《滇南诗略》卷三十三录其诗《咏怀（四首）》《暮入荡山视仲弟》《有以李杜集易粟不得者，赋以志慨》《夏日村居（二首）》《游紫溪山（二首）》《石涧早发》《社友李子智书被焚拈此慰之》《次韵奉和内翁拙庵万公友雪堂遣怀（四首选二）》《公镌桂楼传于杨先生故里》《邓川西湖》《水月阁》《游小鸡足（二首）》《山窗即事》《题荡山新建普同塔（二首）》《青华洞》《洱河秋泛》《荡山龙女花》《汤阴岳庙》《出都》《游观音箐》《冬夜偶梦》《宿潭柘寺》《寓斋闻钟》31首。（民国）《大理县志稿》卷三十录其诗《镌杨桂楼先生传于其故里》1首。（雍正）《云龙州志》录其诗《雒马即景》《云龙道中》《刺史王公创尊经阁成纪事》3首。

诗

此次诗的点校，以（清）袁文典、袁文揆辑《滇南诗略》（上海书店出版社《丛书集成续编》影印本）为底本，其中《公镌桂楼先生传于其故里》以周宗麟等纂修（民国）《大理县志稿》为校本；《雒马即景》《云龙道中》《刺史王公创尊经阁成纪事》以（清）陈希芳纂修（雍正）《云龙州志》为底本，诗共计34首。

咏怀（四首）

叶榆古荒服，蛮僰固其伦。张盛两豪杰，卓尔超凡民。受经长卿氏，流风渐彬彬。遂令六诏士，咸识游艺林。蒙段乃好怪，前哲多沉沦。绵延逮胜国，文运始更新。宏山与中溪，赤帜腾青云。声望驰海内，地脉为之伸。山川尚无恙，简册岂尽湮。不信旷代后，寥寥无闻人。

结句是自负语，亦是属望人语。

太上贵无名，德业超三五。下士苟无称，碌碌何足数。来者岂必今，往者亦未古。咄哉占毕生，草木竟同腐。

从大处立论，折转遒劲，皆惧修名之不立也。袁检斋云："惟伧父乃不知好名，良然。"

先师有遗训，忧道不忧贫。如以文害词，无乃言欺人。箪瓢扬高风，举国步后尘。萧然淡其欲，仅仅洁一身。借使奉高堂，何以娱其亲。所以古人言，学者宜治生。

学有经术，语近人情。

力田不逢年，服勤徒自苦。掉头将何之，惟应学为贾。其如林野性，耻与市井伍。既不解奇赢，亦复无城府。左乘右即除，奚啻沃焦釜。况乃命数奇，少取必多与。未审洪钧心，所缺何所补。永怀五柳风，萧然守环堵。

亦是富不可求，从吾所好意，却写得酣畅淋漓，在五古中尤难得。

暮入荡山视仲弟

郭外烟已横，峰头日未冷。爱兹山气佳，径造幽人境。花香忘路纡，鸟静觉时暝。钟磬高有音，竹柏暗无影。曲磴几盘旋，微茫露塔顶。何处是芸窗，一灯红耿耿。

写境真切，山中人与入山之人，风趣可想。

有以李杜集易粟不得者，赋以志慨

　　骚人好古日不足，散尽黄金买书读。饥来一字不堪煮，暂屈奇书易斗粟。以书易粟计良苦，目送缥囊神不与。那堪阅遍鉴衡家，白眼相看若无睹。请君莫为今人惜，重惜古人膺此厄。三唐冠冕两词臣，史识仙才妙绝伦。余韵铿锵犹泣鬼，残膏沾溉尚惊人。甫也岳阳终客死，白也夜即甘远徙。只期后世有传人，九原呼曰予知己。谁知此道竟茫然，聋俗吹竽只自怜。遮莫文光长万丈，逢年不敌五铢钱。吁嗟乎！文章声价亦何有，荒冢尘埋长八九。时来一赋抵千金，运去五车同敝帚。漫道宣扬空碎琴，纵有元经还覆瓿。何况蝇声蚓窍中，土羹尘饭真堪呕。千载无如张季鹰，且进生前一杯酒。

　　一往奇崛郁勃之气，扪之有棱，听之有声，结以摆脱出之，尤得法。光州徐森南识。

夏日村居（二首）

　　古槐犹覆屋，新竹正过墙。启户来朝爽，披襟得午凉。地偏宜隐几，水曲任流觞。但得逃烦暑，何妨入醉乡。

　　入市宁多暇，居乡半是闲。纵游皆绿野，静对只青山。人在羲皇上，神游濠濮间。愿言长谢客，尘鞅莫相关。

游紫溪山（二首）

　　冒雨探灵窟，峰高未易跻。人声烟外接，鸟道树中迷。钟动方知寺，泉飞不见溪。何当开霁景，一览万山低。

　　五六淡远，是得王孟之神者。

　　岭峻林尤茂，幽奇此独钟。逃禅为帝子，听法有神龙。花散千崖雨，涛翻万壑松。旷怀追谢屐，何处觅芳踪。

　　雄健处是盛唐遗音。

石涧早发

　　马上犹余梦，寒烟四野屯。听潮知隔岸，辨树觉依村。按辔神初爽，衔杯体未温。计程将及半，茅店始朝曊。

社友李子智书被焚拈此慰之

环堵萧然栋欲充，炎威何事妒奇穷。堪怜邺架千狐白，尽付秦川一炬红。糟粕六经皆注脚，聪明三箧在胸中。知君默识非朝夕，莫向沉灰怨祝融。

次韵奉和内翁拙庵万公友雪堂遣怀（四首选二）

独悬冷眼看人忙，一亩宫中小八荒。矫首远收西岭爽，披襟徐引北窗凉。心追陶谢高诗垒，手仿钟王富墨床。逸兴遄飞尘境外，风湍露壑任回翔。

名高丘壑亦相宜，白首松云总未迟。林有七贤皆旧好，壁图五岳正当时。小园经济存花坞，大块文章入砚池。乐事赏心咸足适，筋骸自健不须医。

公镌桂楼传于杨先生故里[一]

书穷姚姒字穷秦，觑破浮名重此身。但认慈亲为活佛，可知孝子即仙人。邯郸梦醒真皆幻，华表鹤归幻亦真。世态频更芳躅在，原来离壳不离神。

飘然委蜕竟何之，想像遗踪宛在兹。满径蓬蒿巢桂处，数声鸡犬入云时。荒原无复存椽笔，野老犹闻唱竹枝。谨借贞珉传素履，一回瞻仰一遄[二]思。

"慈亲""孝子"一联新警得未曾有，其人其事可与并传。徐森南识。

【校记】

[一]（民国）《大理县志稿》题为"镌杨桂楼先生传于其故里"，录其二。

[二]遄：（民国）《大理县志稿》作"回"。

邓川西湖

湖上烟光晚更幽，钟山紫翠满中流。浮萍泛泛随鱼性，垂柳依依恋客舟。出象至文风际水，忘机好友海边鸥。榜人未用催归急，欲拟任公把钓钩。

水月阁

榆封尽处耸岑楼，锁住烟霞据上游。槛外斜分灵鹫翅，窗中横控玉龙头。青来海岸千条柳，白涌沙村一片鸥。此际正宜迎皓魄，放歌长夜扣舷游。

游小鸡足（二首）

九折危蹊万仞峰，层层幽讨壑心胸。路迷远近皆红树，壁立高低尽赤松。华首空门宁有隙，瞿昙飞步本无踪。乾坤处处开生面，道是鸡山便觉重。

待向峰头骋大观，猿梯徐引造云端。目从俯处方知阔，身到高来不觉寒。白国湖天双镜面，紫城烟树一棋盘。平生睥睨人间世，几欲乘风上玉峦。

山窗即事

野性由来每避喧，鹪巢聊复寓鸡园。当窗松桂青移案，绕屋藤萝绿作垣。谷鸟乍亲皆不去，山僧久对竟忘言。此间邈与红尘隔，正好陈篇仔细翻。

淡远。

题荡山新建普同塔（二首）

刹尘觑破等浮沤，未老先营土一抔。空洞浑无人我相，深沉埋尽古今愁。纵教谢氏悲冥漠，幸免庄生叹髑髅。愿得广储坚固子，常偕樟木共春秋。

壳漏同依不二门，掉头端合一龛屯。雪山衣烬金棺在，葱岭神归革履存。半榻松云成大觉，四山钟磬彻重昏。遥知法器应栖此，伫见莲花吐舌根。

青华洞

洱边山脉太纵横，幻出奇观凿不成。石笋悬空常滴翠，天窗透顶独生明。寒潭水净龙方卧，虚谷声传鸟忽惊。多少词人留妙句，摩挲苔壁认前名。

洱河秋泛

扁舟早发玉龙关，无数江乡顷刻还。流到逆来风转顺，帆当忙去客方闲。堤边木落明村屋，天际云晴雪露山。谁向哉生邀皓魄，良宵共醉蓼花湾。

自然。

荡山龙女花

岂因雨露出天工，秋到寒山却傲风。蝶翅粉围金粟外，蜂须黄簇玉盘中。琼花难擅无双价，柢树应推第一丛。不独拈来迦叶笑，当年曾献大明宫。

汤阴岳庙

儒雅风流善用兵，国仇未雪誓捐生。可堪蜚语成三字，遂使忠魂殉五城。一代君臣看忍耻，九原儿女自同盟。庭前松柏多神物，夜夜应闻太息声。

五六新警，不减"青山有幸埋忠骨，白铁无辜铸佞人"之句。悫田拜读。

出都

归计逡巡今始成，脂车明发出神京。软红渐向风前卷，新绿方从道左迎。云路坐消天马志，家山望切塞鸿声。着鞭翻觉长途近，指日趋庭话旅情。

游观音箐

补陀原不远尘寰，穿棘扪萝始得攀。山骨孤撑真是静，石头频点总非顽。野僧似鸟栖崖窟，古佛如猿挂壁间。谢屐只愁前路滑，奥区常让白云间。

冬夜偶梦

炉褥犹温禁鼓挝，绿窗蓬首梦天涯。如何久阔机中锦，忽似初逢镜里花。卿自寄衣频望远，我非割肉不归家。遥知漏永霜凝处，独抱熏笼看月华。

宿潭柘寺

山径春归花始开，连镳览胜遍香台。九峰树色云常拥，半夜泉声雨欲来。葱岭宗风传卓锡，潜龙遗迹记流杯。袈裟宰相夸雄略，惟有青灯照绿苔。

寓斋闻钟

天街旅思正悠悠，次第钟声到枕头。只觉梦回崇圣寺，却忘身近景阳楼。

暗斋先生诗，生动曲畅，并不专主一家，其实已唏三唐之藏，有味乎！其言之也，纵非大士现身，亦是生公说法，岂止斋厨蔬笋，徒充伊蒲塞供具也哉。

雒马即景

榆西尽处独钟英，水抱山围似一城。万灶飞烟称乐利，五云绚彩纪文明。高低树色连天色，昼夜江声作雨声。闻道仙踪多雒马，扬鞭谁解御风行。

云龙道中

乱山如雾树如麻，黄叶红泥路正赊。欲觅春光何处是？道旁时遇马缨花。

刺史王公创尊经阁成纪事

圣朝宣木铎，贤牧尚弦歌。其若边隅僻，能无经术讹。槐庭敷雨化，蔀屋蔼春和。广教惟三物，求邻傍四科。窗来雏岭翠，槛绕沚江波。桃李成蹊[一]径，缥缃入网罗。《书》宁须伏胜，《易》自有田何。壁里金声作，空中杖藜过。鳣堂资讨论，虎观待稽摩。拭目看云甸，思皇吉士多。

【校记】

[一] 蹊：底本作“溪”，据文意改。

赵允晟

　　赵允晟，字旭初，号香岩，太和（今大理太和）人。康熙间贡生。

　　其生平事迹于（清）黄琮辑《滇诗嗣音集》卷一；（民国）龙云、卢汉修，周钟岳纂（民国）《新纂云南通志》卷七十五；陶应昌编著《云南历代各族作家》；张文勋主编《云南历代诗词选》；杨镜编著《大理古今诗人要事录》中有载。

　　著有《香岩诗草》，未见传本。《滇诗嗣音集》卷一录其诗《水月关》1首。

诗

　　此次诗的点校以（清）黄琮辑《滇诗嗣音集》（上海书店出版社《丛书集成续编》影印本）为底本，诗共计1首。

水月关

　　一叶蒲帆十日游，偶思闲眺上层楼。东浮岚翠围三岛洱海有金梭、赤文、玉几三岛。西接人烟压四洲海西有青莎鼻、大鹤、鸳鸯、马廉四洲。槛外草分骑马路，窗前柳系钓鱼舟。骚情还卜中秋夜，月色波光向此收。

赵 淳

赵淳（1687～1767），字粹标，号龙溪，赵州（今大理市凤仪镇）人。雍正癸卯（1723）科举人，雍正丁未（1727）进士，历官东川、鹤庆两府教授。

其生平事迹于（清）袁文典、袁文揆辑《滇南诗略》卷三十；（清）李其馨等纂修（道光）《赵州志》；（民国）秦光玉等辑《滇文丛录》作者小传卷中；（民国）龙云、卢汉修，周钟岳纂《新纂云南通志》；寸丽香主编《白族人物简志》；张文勋主编《白族文学史》中有载。

（道光）《赵州志·乡贤》中载："为诸生时，学邃品端，卓然儒者气象，为文典贵精醇。"（道光）《赵州志·文行》中记述其"诗古文词得八大家遗意，时艺精粹无滓，后学宗之"。（清）师范纂辑《滇系》第八册《人物》中记载："州中科甲多出其门。"

著有诗文集《龙溪存稿》《咫游草》，已散佚。修纂《白盐井志》、《续修琅盐井志》、（乾隆）《赵州志》四卷、《盐丰县志》。（乾隆）《赵州志》四卷，乾隆元年刻本，藏上海徐家汇藏书楼，云南省图书馆传抄上海徐家汇藏乾隆刻本。

《滇南诗略》卷三十录其诗《云南怀古》《雪山行》《白龙山》3首。（民国）《大理县志稿》卷三十一艺文部六录其文《苍洱赋》1篇。（道光）《赵州志》卷五艺文部录其文《桂香楼记》《赵州诗学源流述》《戒淫祀说》《象教辨》《睑川赋》《请禁偶孔圣于释老宫议》6篇，卷六艺文部录其诗《萃爽楼临池》《东湖锦浪》《赵席歌》《天生桥即景》《泛东晋湖》《诸葛城》《瑞芝颂》7首。《滇南文略》卷十录其文《吴公子札滴台子羽论》1篇，卷十三录其文《象教辨》1篇，卷二十三录其文《时佛山先生〈快游集〉后序》《〈咫游草〉自序》共2篇，卷四十录其文《集楚骚》1篇，卷四十三录其文《苍洱赋》1篇。《滇文丛录》卷二录其文《劝琅井兴织纺论》《戒淫祀说》2篇；卷十八录其文《金沙江赋》《羊城赋》《睑川赋》3篇；卷二十五录其文《重修白盐井志序》1篇，卷六十五录其文《孝义江生传》1篇，卷八十八录其文《修建崇圣祠记》《重建青龙寺记》《太守崔公实政碑记》《桂香楼记》《新建文昌殿桂香楼记》《赵州诗学源流述》6篇。

诗

此次诗的点校，其中《云南怀古》《雪山行》《白龙山》以（清）袁文典、袁文揆辑《滇南诗略》（上海书店出版社《丛书集成续编》影印本）为底本；《东湖锦浪》《萃爽楼临池》《赵席歌》《天生桥即景》《泛东晋湖》《诸葛城》《瑞芝颂》以（清）李其馨等纂修（道光）《赵州志》为底本，诗共计10首。

云南怀古

老君崛起自昆仑，梁州列巘如儿孙。金沙鹿沧环南北，禹派朝宗赴海门。楚蹻略地分滇国，唐蒙开道继常颏。西征司马入夜郎，牂牁沫若知经籍。金碧何劳汉使勤，白狼一颂远夷宾。龙马白乌相续见，雍由献乐许为臣。云胡梗化闻雍闿，九隆兄弟纷难解。丞相天威著七擒，至今铁柱丰碑在。须臾万岁来扶碑，明珠奚以爨玩为。不见痛哭还金者梁毗，一矢未折功名垂。李唐蒙舍兼五诏，知古虔陀太守多不道。失却夷心附土蕃，二十万师埋荒峤。潜移默化赖郑回，韦皋宣诏声如雷。从此牟寻奉圣乐，会睹元和新印来。未几嵯巅复入寇，龙晟已去立丰佑。筹边赖有御侮楼李德裕。返我髦倪成宇宙。旋侵黎雅入西川，攻陷边关数十年。若非节度来千里，和亲辱国亦堪怜。展转窃据终五代，玉斧一画分中外。革囊太弟元世祖渡金江，交趾吐蕃齐拥戴。绥怀委任赛平章，建学明伦教泽长。只因蛇节夷首征媳妇国名，乌蒙乌撒始无良。左丞段宝归明主，颍川西平傅有德沐英靖滇土。中邦大姓络绎来，人才美盛过前古。最苦从亡建文十一人，龙潜蠖屈竟沉沦。补锅卖菜皆奇节，牢落西南四十春。沐晟漫受给思任，兵连祸结成边衅。虽有王骥靖远功，老师□饷不可问。那堪黩货来钱能，九阍不报交章论。试看杨荣太监贪横久，还如象齿自焚身。陇川复助缅甸乱，叠侵西迤掠施甸。知兵谁似邓子龙，平麓城成屯政善。笑杀满城冠带伦，缒印给贼何汶汶。逾年会有骈首日，何不当时大义伸。总缘苛政猛如虎，解教军务成旁午。前有补鲊后名声，必奎三土酉名送尽明疆土。满目皆沙定洲可奈何，焦陈殉节走天波。孙刘李艾如流水，溃堤泆堰城江河。我师拯溺入滇迤，伪藩空戴桂王子。玉龙一败不可支，平缅殊勋三桂取。恃功旋蓄不轨谋，天诛大逆殒衡州。世璠壮图何为者，毕竟同归作俘囚。从此南中称乐国，蠲赈时闻歌圣德。弦诵雍雍满百城，向日卿云成五色。老挝重译远来王，缅甸蒙番隶版章。雪岭春回岚瘴净，边城人歌有道长。史臣珥笔纪滇志，维予不敏亦襄事。往迹昭然信有征，千秋治忽为君记。

　　虽无大过人处，然洋洋洒洒间有名论，可以该括一部滇志。

雪山行

　　噫嘻高哉！丽江之雪峰。凌霄插汉不知几千仞，势与点苍云弄相争雄。金精盘薄奠坤户，天外削出青芙蓉。上有万古难消之积雪，银屏隔断东南风。沐日浴月架井络，时睹玉龙蛇蜒起伏于其中。琳宫瑶阙相照耀，疑有玉女偕金童。员峤方壶即此是，飞来鹤鹫诸仙翁。琪花争皎洁，琼树自玲珑。胡为乎不与九华、五岳辉中上，但于边城起穿窿。曾闻㖵崀幽栖而面壁，蒙段仰止加伪封。又闻韦皋袭番藏，驱之岭外无许通。岂知华夷今一统，区区界域总无庸。我来宝山时眺望，却疑银海舒长空。何不化为金布地，解使世间寒素俱开容。几欲凌虚饮沆瀣，担圭执璧径造明光宫。请调白帝与赤帝，即教绝域回春融。

白龙山

　　白龙山蜿蜒，飞下碧波间。鳞角晃耀照白日，时与云雾相往还。忽而风雨波荡漾，雷电倏忽青霄上。中有崩岩裂石声，神奇变化不可状。龙乎龙乎，胡不为霖润物遍九有。长年踪迹滞遐陬，泳渊戏浪同蝌蚪。

　　龙溪古体如《雪山行》《白龙山》可谓问津青莲而得其近似者。张宝和识。

萃爽楼临池

　　俯首玩云树，云魂藻荇边。微风吹叶落，鱼跃鸟之天。

东湖锦浪

山环一碧烟波小，烟聚芙蓉足缭绕。迷离春树锁云龙，泛泛渔墩芦柳渺。沿岸成陇俱桃花，花光照入鱼龙家。鱼龙吞吐桃花汁，风织轻绡片片霞。载酒游人时作赋，醉中误认桃花路。落花流水两悠悠，天台于今不用渡。

赵席歌

赵州席，密同竹簟堪永夕。无限辛勤织得成，孤灯促织鸣东壁。困来只自藉蒲眠，留取精良输户役。自入朱门藉锦衾，恣睢蹴踏谁复惜。

天生桥即景

石龙欲渡清江急，山北山南神鬼泣。白日常轰一沭雷，江风飒飒江水立。

泛东晋湖

积水新晴阔，轻舟泛白鸥。傲睨天地大，涤荡古今愁。畅然桃花坞，轻扬杜若洲。湖光看不厌，山色一齐收。

诸葛城

丞相天威震古梁，还留雉堞镇岩疆。彩云遥覆知龙卧，灌木高骞许凤翔。尺地已非蜀汉有，遗址犹共水山长。凭临抱膝吟梁甫，日色依依照短墙。

瑞芝颂

峨峨凤山，崇圣之宫。圣德扬诩，山英蕴隆。皇皇紫芝，实生嘉树。六叶三茎，含风浥露。日月光华，云霞秀聚。孕毓人文，瑰奇绮丽。蔚为国珍，宝符重器。歌咏圣德，永永无既。

文

此次文的点校，以（清）袁文撰辑《滇南文略》（上海书店出版社

《丛书集成续编》影印本）和（民国）秦光玉等辑《滇文丛录》（上海书店出版社《丛书集成续编》影印本）为底本；其中《桂香楼记》《赵州诗学源流述》《象教辨》《睑川赋》《戒淫祀说》以（清）李其馨等纂修（道光）《赵州志》为校本，《苍洱赋》以周宗麟等纂，张培爵等修（民国）《大理县志稿》为校本。文共计 20 篇。

吴公子札澹台子羽论

　　吴公子季札佩宝剑过徐，徐君欲之，季亦心许之，未献也。既还，徐君已死，乃解剑挂其墓而去。澹台子羽赍璧渡河，两蛟夹舟求之，羽曰："吾璧可义取，不可强夺，拔剑斩蛟，毁璧而去。"赵子曰："是二事者，皆矫情立异以好名者也。"夫君子之为一事也，断之于中正之理，无近名，无过情，亦无不及情，如是焉而已。过让则近诈，过激则近愚，均非中正之行也。宝剑，有用之物也，以之卫身可，以之赠人可，独不当弃之于无用也。彼季子者，其果宝此剑为卫身者耶？虽徐君不可得而欲也，欲之不可得而献。徐君果得赠者耶？慷慨而赠之可也，不必其心许而姑待也。又况还辕而其人已死，其墓已封，而直为曩者隐而未吐之才肠侠气，必解剑而弃之墓，使死者而有知耶，固不得而持其柄。如其无知耶，又安用此剑悬于墓上为？且安知其不转盼为他人所取也。

　　昔者华歆、管宁锄园得金，宁不顾，歆取而挥之，人因议歆，安知其不俟宁之去而私取之也？又并议宁，何不转无用为有用，为散以济贫，而己不与焉，亦不失其为廉士也。延陵之事，似有类于此。彼子羽者，得毋闻其风而兴者耶？其赍璧渡江也，不知其有为耶？其无为也。当夫蛟之夹舟也，生死判于须臾耳。为子羽计者，吾知身之可爱，而璧之不足以宝也，则投之亟矣。即已有斩蛟之能，则将不复畏风涛之险，完璧归国可也，奈之何而复毁之也？昔禹渡河，黄龙夹舟，禹色不变，视如蝘蜓，龙亦弭耳而逝，未闻投璧也。子羽如以蛟之欲璧为非义取，而不可以轻与也，则虽吾无斩蛟之能，亦唯有抱璧以沉已耳。而既斩之而又毁之，则是吾与蛟同无是璧也，则是弃其璧同于弃剑也。惜乎子羽失之激，勇有余而智不足也。

　　夫二子者，皆当世所谓贤人君子也，而二事之任心好异乃如此，欲不谓之逆情以求名，其可得耶？抑或记载之失实，未可尽信，吾姑阙焉。

挂剑、投璧二事，皆后人以讹传讹。记事者摭而书之，欲以夸张往哲，反以污蔑贤人，夫子不辨其诬只穷其非，亦恐后世诐行借为口实，非不满古人也。门人许宪谨识。

颇似史家合传体，笔路全自《国策》得来。

象教辨

地果有狱乎？地狱果有十王乎？狱具果有锉烧舂[一]磨、剑树刀山乎？宋司马公盖尝论之[二]，朱子尝辟之矣。然或有言曰："韩擒虎、蔡襄、寇准，死作阴司阎罗王，于《传》有之。"于是佛氏之说益行，而受天子命，出治府州县，往往像其形于东岳宫墙、城隍庙庑以治鬼。而剑树刀山、舂磨锉烧之毕具，曰以惩恶而惊愚也。嗟乎！其亦无识[三]之甚矣。

夫为长民者，岂尽不通书史而明大义与？惠迪从逆之理，诚如影之随形，响之应声，不于其身，必于其子孙。而懵者犹不知惧，又况于形销神散之后，而欲其戒儆于幻梦。呜乎！末矣。且夫焚炙刳剔者，独夫[四]之虐焰也。蛇牢水狱、剑树刀山者，南汉刘鋹之淫刑也。大镬长锯、锉碓锥凿者，北齐高洋之无道也。而谓十王用之以治鬼，则阎罗亦暴[五]不[六]道也，而淫刑以逞矣，鬼其可得而服乎？曾谓上帝好生之心，而能容之乎？况其所像善恶，但以长斋礼佛之能否当之，而伦常不与焉。道民者应如是乎？则何若取古昔之为恶获报而最著者，像其刑而并刊其事。如杀人父兄，人亦杀其父兄；欺人孤寡，人亦欺其孤寡曹瞒[七]。笼首烧瓮，卒于以身受元礼俊臣[八]。凡若此者，不一而足。岂非曾子所谓出尔反尔者耶？其报之惨切，又奚待于有形之地狱刀山也。然则即有十王，亦不过于冥冥中默扶夫福善祸淫之正理，而等其迟速久暂[九]焉已矣。

夫人主之法律，固受之于天，而非地下之可得而故为重者也。[十]地狱变相之说，皆佛氏假设，以炫俗而惊愚。但舍其生前之果报，徒言魂魄之拘囚，则知者疑而不信，蠢者信而不畏。且权济目前之急，子孙不恤，身命不顾，何有于无知之魂魄乎？善者日怠，恶者日肆，此言阶之厉也。

不必仿阮瞻作无鬼论，但将报应之理说透，就史事指点一番，足使悟者悲啼，迷者手自扪，可称扶持世教之文。

【校记】

[一]（道光）《赵州志》无"春"。

[二]之：（道光）《赵州志》作"治"。

[三]识：（道光）《赵州志》作"知"。

[四]（道光）《赵州志》此处有"纠"。

[五]（道光）《赵州志》此处有"虐"。

[六]不：（道光）《赵州志》作"无"

[七]（道光）《赵州志》无此注语。

[八]（道光）《赵州志》无此注语。

[九]（道光）《赵州志》无"暂"。

[十]（道光）《赵州志》此为文终。

时佛山先生《快游集》后序

游可易言快也哉？无论醯鸡井蛙辈，不足与言游。即诸宦行商，踪迹几遍海内，而询其所经，宛若无睹。此无他，中无可游之具，行无纪游之笔。斯静不能与天游者，动不能与化游，宜乎司马子长之绝伦而难继也。

吾师佛山先生，性情超迈，雅好游咏，击钵成章。良由其读书时，如入名山大川，通都巨邑，及其登临览胜，恒如温故知新。是以当为诸生时，即以仙槎名草，游顺云、游苴兰、游畖町诸山。自乡荐后，始得由黔楚游历两河，抵幽燕。及其落第，遂慨然借访宗亲故，走汴梁、越江宁、苏杭常镇，泛九江，旋从王学使衡文三楚，又阅历武昌、荆襄、长沙诸郡而后归。凡骚人学士，所想望而不得至者，如西湖、洞庭、赤壁、黄鹤、岳阳诸胜迹，莫不从容收览，觞而咏之，虽驴背霜天，蓬窗雪夜，弗辍也。归而息心教子，养性存真者数年，诗文一变而至道。

康熙庚寅，复有川东分巡陈公之聘，益快然携季嗣，由交水分道，经威宁、毕节、昭通、永宁、重庆、内江而至成都，访浣花堂，复由合江过眉州、嘉定、叙州，又得诗千余首。同前录之成帖，各手叙之，雅有龙门笔意，而先生遂阁笔江天，长辞人世矣。

忆淳自己卯始受业于凤山书院，有传衣之目，后遂与世兄麟川、凤川先后捷南宫。而公车两上，薄宦三迁，遥溯师之风徽，得诗亦数千首。顾游历之不逮远甚，则诗才之超迈敏捷，真逊谢不敏又可知。但以诗教道脉，倡自吾师，而淳幸得步其后尘，悟其宗旨，则瓣香有在，亦庶几不负期许缵承之意，而可与语游，即可与语道也。今老矣，世兄犹持全集，索序于淳。展卷之际，复睹须眉，如闻謦欬，不啻追随卧游焉。其为快之浅深，可想而知也。姑述数语于后。

江山助人性灵，亦惟本有性灵者，而后能得江山之助。龙溪先生谓："中无可游之具，行无纪游之笔，斯静不能与天游者，动不能与化游。"可与语游，即可与语道，善夫！

《咫游草》自序

天地之大也，四极之外，尚有八埏。人生其间，纵不能驭云气，乘飞龙，而游乎汗漫，固亦当折若木，奄蒙汜，穷五岭，历幽燕，而周乎四海之内。苟甘心蛙之井、蚁之国，则亦蛙之见已耳，蚁之生已耳。虽然，是有量焉，有时焉，蛙之游，蚁之徙，不过咫尺已。自以为极生平之力，尽山水之胜，无他量有所止也。禹涉九州，距四海，司马子长周行天下，其他或穷河源，使绝域，遍名山大川，能有所不能已也。非然，则山海之经，何由以作？龙门笔意，何借以传？《西征》《远游》之赋，亦且无因叙述矣。甚哉！时之不可已也。《庄子》曰："我决起而飞枋榆，时则不至，而抢于地焉已矣。"是非不欲九万里而南也，无其时也。无其时，则虽咫尺之游，而且若量有所止也者，止乎其所不得不止也。然而兀处一堂，游心八极，固尝思吞云梦于胸中，摇五岳于笔下，则虽力有未及，时有未通，固何妨以寸管尺规，而料天地之大。蛙行蚁步，而当四海之遥也？随笔纪之，岂曰蝼蛔之鸣，罔顾蜩莺之笑。

恣纵驰骋，蒙庄之遗，人但知吾师恬雅，而不知其豪迈英伟之气，有时不能自掩。豪气达观，闲情冷趣。受业许宪谨识。

集楚骚

思美人兮，哀众芳之芜秽，制芰荷以为衣兮，纫秋兰以为佩。怀瑾握瑜兮，独好修以为常。言与行其可迹兮，兰芷幽而独芳。又重之以修能兮，与日月而齐光。聊浮游以逍遥兮，乘清气而御阴阳。春秋忽其不淹兮，老冉冉兮既极。惟天地之无穷兮，率云霓而来御。驷玉虬以乘鹥，冀一返之何时。形穆穆以浸远兮，何日夜而忘之。临流水而太息兮，哀人生之多艰。惜吾不及古人之兮，横流涕兮潺湲。路漫漫其修远兮，独永叹乎增伤。步徙倚而遥想兮，芳菲菲兮满堂。哀见君而不再得，奠桂酒兮椒浆。兹历情以陈辞兮，沾余襟之浪浪。

此先生辞世前数日手集也，守先待后之心隐隐如见。谓先生述骚也可，谓先生自作也可。受业许宪识。

三百篇而后惟楚骚尤易感发人性情，今读龙溪集骚尤信。

苍洱赋

伊蓬瀛之仙境，会山海而为一，体艮坎以分呈，浑仁智于无迹。惟点苍之列屏，俯洱水而岂发；耸浩渺以中涵，荡岚翠而四溢。山则派衍老君，形符太乙；高逼井鬼，平临梁益；横陈玉案，远接金碧；展若弓弛，纷如笏立。其峰则有龙泉危峻，鹤云穿窿，观音孤峭，佛首龙纵。玉局左龙而右凤，雪人祖背而露胸。五台傍莲花之座[一]，三阳睨沧浪之漈。圣应之巅闻乐，龙马之耳嘶风。斜阳回金霞之照，白云弄玉带之封。松杉满壑，兰桂成丛，竞拱中和而环峙，各泻溪水以停泓。佛国称为鹫岭，蒙诏拟以岳嵩。洱则溪注十八，气象万千，澄碧漱绿，蓄黛拖蓝，汇为弥海，抱若月弦。淹涵星日，吞吐云烟。触石訇磕，倒影林峦。南让昆弥之水，北接罢谷之源。石骡隐矣，珊瑚出焉。双鸳时浴，万花莫残。金梭织浪，玉几枕渊。青莎之偶大鹤[二]，赤文之接灵泉。凡兹山水融结，异用同原。四洲三岛，十楼二门。水色山光并丽，鸢飞鱼跃同天。其境则有峰顶高河，阴岩古雪；或涧雨而川晴；或悬流而峡月。映螺鬖于秋波，对镜石于林樾。访禹碑，问羲画，醉唐梅，仰晋柏。花不谢者四时，泉常温者八节。藐若姑射之山，秀蠢芙蓉之阙。是以城号太和，宜乎地钟灵杰。夫何秦汉始通，声教未协，六诏迁延，五代僭窃，俱乏小康之治，且有大渡之画。却王师以洱河灏渺之波，照征魂惟苍山公道之雪。忻奉天威，渐以文德。六姓来中土之英，世族继前贤之烈。沐浴皇风，沾濡圣泽，虽山川即^[三]故而光辉发越。乃有高人逸士，于此婆娑。进不获展，退始作歌。歌曰：

兹山崛起自鸿蒙，兹水冲瀜浸碧空。云霞出没苍翠中，朝昏晴雨态不同。登临呼吸与天通，溯洄上下昭青穹。水涯山陬万井丰，俯仰崇卑丽且雄。几人破浪凌高风，天桥倒注会朝宗。

不援罗刹，据国大士显圣等事，饰异矜奇。但就山水佳胜直直白白描写，而以吊古作歌，推波助澜，词赋中矜慎之作。^[四]

【校记】

［一］座：（民国）《大理县志稿》作"坐"。

［二］鹤：（民国）《大理县志稿》作"鹈"。

［三］即：（民国）《大理县志稿》作"如"。

［四］（民国）《大理县志稿》无此评语。

劝琅井兴织纺论

人之所赖以生者，衣食也。故男必耕，女必织。语云："一夫不耕，或受之饥；一女不织，或受之寒。"琅井地狭而产盐，是故煮卤以代力田，斯亦极胼胝之劳，而始获丰年之庆者矣。独为妇女者，自女红而外，悉仰衣食于其夫购布帛于远境。其夫而素封也则可，否则，一手一足之力，岂遂足免数口之冻馁哉？是故纺织之利不可不兴也。

或者曰："昔之人亦尝借官本，以制织纺之具，延织纺之师，以教织纺之妇矣，而卒以得不偿失废，奈何？"解之者曰："欲速则不达，见小利则大事不成。当此事之初学也，其线布之粗疏，固有难于出售而易以耗折者，然独不曰久道而后化成乎？譬之耕，必老于农，而后耘获有时，无卤莽之获也。譬之读，必服习有素，而后小成大成，无捷获之理也。"使遽责之曰："胡不数月而奏功？而徒焉糜费，则有废然思返而已矣。今诚欲兴是事，曷亦贷之工本，需之以岁月，俾之熟而习焉？不见异物而迁焉，安见坤道静专？数年之后，姑姊、娣姒有不相率而趋衣食之利，以助其夫成勤俭之业者哉？"

戒淫祀说

《礼》："疾病行，祷五祀。"谓门、户、灶、行中雷也。盖臣子迫切至情，以为此精神魂魄所在，故从而祷之，非淫祀也。其他载在祀典者，则惟守土者得祭之，不以疾病而然也。疾病者，六郁七情之所致，惟医药得而瘳之，其不可得而瘳者，虽祖宗不能庇其子孙，况外神乎？

滇之人染于污俗，言家有家神，因杂取释、道、异教所崇奉者，像，而祀之，不伦不次，非僭则乱耳。而至于惧疾，则往往舍其素所崇奉者，而惑于巫觋，祭非其鬼，甚至谋于野，祀于家。幸而疾愈，适逢其会，则矜为神力；不幸而倾囊罄资，命亦随之，则悔所祀之左。抑或简而未备，而曾不知死生之道，出于天命而由于自取，苟不应死，虽不祀无伤也。如其鸡而入梦，鹏而止隅，虽以富贵之极，不难倾国为牺牲，取人以自代，而不闻古今有不死之人，享长生之乐者，亦可知其无益矣。然小民至愚，主持教化，专藉士夫，是以狄仁杰奏毁淫祠，千古共仰。至以主持风化之人，而亦为诡渎。鬼神之事，风俗[一]奈何而不日趋于邪也？又况师巫邪说，律有明禁，无以禁之，而适以滋之，亦徒见其悖王章而戾圣道矣。且夫事神之道同于事人，今使非我所当事之人，而我从而呼吁，乌其能为我听之乎？就使即我为当事之人，而我从而私托"乌其不为我吐之乎？况惟神正直，福善祸淫，苟非然者，其鬼不灵，抑又取于冥顽不灵之土木，而饮之食之，折节事之乎？诚执此礼以礼名医[二]，医必尽心也。持此费以贷要药，药必效灵也。又况既有神祟，亦药力之所能除乎？万一臣子情不自已，祀五祀，焉可也？然此特为为臣子者言之耳。若士君子有疾，但当慎以俟命，虽不能如圣人之无所事，祷必不可萌侥幸之心。不然，臧文仲之祀，爰居夫子犹讥其不知，固不得以晋侯之祀，黄熊为辞也。

【校记】

[一]（道光）《赵州志》此处有"即"。

[二]（道光）《赵州志》无"医"。

金沙江赋

雍梁画地，井鬼分天。僭五岳兮耸峙，判四渎兮沦涟。搜远陬之一派，见放海之大观。慨朝宗之有象，乐惠泽乎源源。余既景濯缨之逸士，慕鼓楫之前贤。固破浪之多情兮，试濡毫而泼墨。亦临流之有志兮，乐探委以穷原。曰维龙川之浩淼兮，繄独迈此金沙。纷源远而流长兮，杳莫测其津涯。自犁石而辽阔兮，同澜潞以浮槎。视沧洱而远胜兮，超宁惠而非夸。涓淤泱瀼成其大，渗淫沥滴会其奢。气漭漭兮乾坤接，光灼灼兮银汉斜。

其始也，源出吐番，根托西域，北超牛乳，南入喀木，注塔城而中流，经巨津而东出。环玉龙、石磴之奇，接漾工、程海之陕。蜻蛉俯而下，螳螂卑而狀。龙川、罗次、富民、济虑之产悉归；车洪、马湖、大汶、小汶之波咸蓄。夫固指叙州以归墟，合岷江而止宿。极星宿以发源，终东海而泊没。岂不足以穷蠡测之知，而困章亥之足？暨夫秋夏，风起水涌，百谷瀵瀑，惊涛灇汹，漱漱潓潓，天吴之淼；滃滃潫潫，阳侯之洪。灵妃凌波而上下，水伯沿流而西东。声震霹雳，势走霓虹。鱼龙奔腾于浪底，日月摇动乎波中。若三军之赴敌，若万马之从戎。若猛兽之夜逐，若山岳之颓崩。观者无不叱异而神竦，闻焉亦将恐怖如发蒙。若乃狂澜不惊，怒涛胥散，浪息风清，潮平景见。俯灵渊兮溶溶，濯锦流兮滟滟。采怪石兮离奇，索佳珍兮辉灿。林峦倒影兮光摇，玉屑瑶宫；霭照斜飞兮清澈，水晶宝殿。瘴雨霾霩兮，固气化之偶偏；酷暑炎蒸兮，亦燥湿之各验。则有金沙炫彩，砚石争辉。功补天而无缺，视布地而犹违。信大造之洪炉所铸，实圣世之金坞所归。色湛湛以灿烂，声铿铿而希微。仿佛绿野之落弹，拟似金蝶之纷飞。利止三分，而淘熔堪助一日；御丸几许，而税赋减及三危。他如水族，别具神奇。嗽金之鸟，白发之鱼。蝓蜍蟵蛤，鲲鳄鲸鯆。鸀鹭鸥鸧，鸂鶒鸬鹚，赛鸳鸯兮超金鲤，聚牛栏兮会羊蹄。萃石谷之精兮，殊形丑类；极万川所出兮，光怪陆离。于是天朝疏瀹，大吏巡绕。竞舟次以缤纷，缀波光之窈窕。驱激石之磷磷，俾运道之深窅。伐禹凿之神工，极造化之精巧。引叠水以下鸡心，凿阴沟而通虎跳。自兹贡金三品，商航之彩色斑斓；而献同九牧，旅楫之殊光缥缈。又安见弗奠往来以永利，决旱涝而终保也乎。尔乃人杰地灵，司马造梁，盛览传经。元代革囊，兵浮水面；汉室铜柱，迹列江渍。驾古思之铁桥，营垒具在；泛升庵之戍迹，题咏犹馨。滇士素被泽，居民乐怀清。或枕流而漱石，或泛月以冲云。爰扣舷而作歌，亦染翰以成文。辞曰：

江流日夜无今古，履海冠山沛梁土。短橹摇开镜里天，长篙打落芦花雨。天南地北两悠悠，万里金波一盼收。惊起卧龙头角健，风云直上帝京游。

羊城赋

龙溪子仕而归休，老而好游。尝登高临深以揽云物，由金沙、鹿沧而遍龙湫。孤踪偶止于弄栋，疆域实隶乎髳州。则见汉号青蛉，古称越巂，夹溪涧，少原隰，疆域扩于东隅，道涂当其西壁，近接洱苍，远宗金碧。其山则一龙回首，万骥奔槽。威凤览辉而下，巨象垂鼻而朝。宝关迤逦而峥嵘，绿萝盘曲以飞涛。丘伏峦低，相鼠潜窟，崖悬壁削，北极凌霄，玉笋插汉，金字高标。胥弯环而相聚庆，结风脉以喷脂膏。其泉则石谷峙而东来，香河绕而中贯。六桥通道，五井溰漫。卤滴响笙瑟之音，喷薄俨珠玉之散。加以安丰之补苴，足资釜鬲之烹炼。百千余户，赖作菑畬；二十四郡，需其调膳。溯厥泻卤之渊源，实繇牧羝之郡女。石羊现而邀封，观音化而受祉。编氓于此聚居，官司因而治理；祠庙倚山而翚飞，楼阁入云而霞举。若夫攒釜购薪，熬波滤素，昼夜薰蒸，春秋熔铸。掺掺女手以成团，累累盈阶而入库。屯积雪于春宫，转严霜于暑路。抱明月以盈怀，尝水晶如甘露。岁销七百万之多，饷足亿千军之数。渊源益见滔溢，黎元因而富庶。乃有理鹾正职，赞化名员，鄙孔桑之牟利，贵甄嬛之至言。甄探、元嬛皆有盐论。悯灶丁之艰瘁，奠险道之迤遭。而且设义塾，聚书篇，兴学劝教，侧席礼贤，朝益暮习，春诵夏弦。既储英以育秀，期跨灶而冲烟。

于是龙池蛟奋，象□鹏抟，蟾宫桂馥，绫饼香传。或种潘花于赤县，或采苜蓿于栏杆，或茹紫芝于艺圃，学地曾生芝。或撷秀藻于骚坛。亦有幽人韵士，雅好登临，听黄鹂于柳岸，踏绿芷于沙汀；振衣毗卢之阁，濯缨圣水之亭；游大罗以舒目，跻天台而摘星。水月擅林谷之胜，齐云标澹静之形，一丘一壑，可探可寻。至如俗重酬神，春多报赛；彩结绮楼，笙歌尽态；士女杂沓，烟云暧靆。喧法曲于梨园，舞霓裳而狡狯；至弥月以连宵，殊废时而侈泰。总恃宇宙之隆平，豪华胥资乎鼎箫；思砥柱于中流，回波澜于澎湃。重为歌曰：

繄滇益之井养兮，自东汉而始通；迨蒙诏之事唐兮，石羊舐而益充。陋他井之黝其色而块其形兮，此独玉之皎而雪之崇。上供太庙之虎形兮，下为百味之所宗；远资各郡之调剂兮，近助间党之丰隆；长荷圣朝之沛泽兮，湛恩汪濊于不穷。更值大吏之恺恻兮，仿刘晏之恤灶，而惠王将含哺而歌帝力兮，靡不向化而从风。

睑川赋

天水故郡，白王肇封，地称靡莫，壤介濮賨。控毗雌而包灵鹫，枕三耳而襟九龙。界南安而辖品甸，右阳爪而左崆峒。始开基于楚使，累经略于汉中。徙原隰而去山林，佑[一]那赐姓，由哀牢而耕巍巃，奴逻造[二]蒙。自罗阁攻破虔陀，置弟赵睑；致仲通穷兵勃弄，覆众洱东。郑赵段杨，转相窃据；梁陈晋宋，视若朦胧。迨元明渐收，而车书始一。至我朝定鼎，而声教大通。避寇则徙迁城邑，兴学乃改建黉宫。其山来自西藏，起于老君。昆弥右折，喜目中分[三]。五佛高骞，遥映点苍之雪；三台秀耸，时飞江岛之青。麟卧而定趾厚仁，龙浴而头角棱嶒。金龟如蹲，威凤如腾。触建峰者羊角，披铁甲者猁狲。云台屹立，玉案横陈。由天柱而指巍宝，转石磴以致大平。罗窟标千古之奇，犹传仙渡；石虹擅两川之胜，共诧天生。水则洱河萦绕，弥海晶明。龙潭累累，鱼洞涔涔。大江衍波罗之派，赤水合礼社之津。天池不涸，御井常盈。东晋湖开，泛溢桃花锦浪；双龙塘决，流苏柳岸畦町。甘塘泻金星之涧，远润闻嘉乐之滨。温泉蠲浊，玉门[四]扬清，或喷珠而溅雪，或鼓浪以成文。亦涵濡夫异物，时吐雾而兴云。以兹地开文案，国号建宁。驰威灵于铁柱，肇封建于台登。吊南征之故垒，登驻驿之澄城。蔓神有鸦归[五]之寨，太史余凤嬉之亭。因而贤俊辈出，科第频仍。行谊可动天地，节烈堪泣鬼神。文章讵止追乎司马事业，亦已迈乎雪屏。人物既盛，风俗愈醇。服教畏神，咸朴谨而向化；家弦户诵，悉恬淡而寡营。披拂春和，悉五方之民咸嬉乐国；涵濡雨露，合四境之内共庆丰亨。下逮飞潜动植，莫不煦育生成。是故考古者之所推重，而论世者之所服膺。歌曰：

緊惟叶榆之首郡兮，实滇南之名邦。去京畿其万里兮，弹丸屹峙乎遐荒。遭寇逆之蹂躏兮，黔黎几历乎沧桑。赖圣明之驱除兮，蠲赈累及于殊方。颁经籍于黉序兮，多士鳞奋而龙骧。彩云见而神鹿至兮，甘泉溢而紫芝芳。贤司牧宜力而效忠兮，群歌赵日之舒长。

【校记】

[一]（道光）《赵州志》无"佑"。

[二]（道光）《赵州志》无"巍麓奴逻造"。

[三]中分：（道光）《赵州志》作"巾分"。

[四]门：（道光）《赵州志》作"阆"。

[五]归：（道光）《赵州志》作"骙"。

请禁偶孔圣于释老宫议

窃惟圣圣相传，心心相印。道本惟一，教岂有三？自迦维维入中国，遂以释教而坏常，老聃称道君，但尚虚元，而弃礼义。诬孔子为受学，谓西方有圣人。三者并祠吾子左右，离经叛道，侮圣诬天。虽值崇正辟邪之朝，是非无所回护，而当此殊方异俗所狃，耳目未免易宠，幸文星巡历兹邦，正道学昌明之会，欲使边民知吾道之一，深恶二氏与孔子并尊。志在严查，心存革正，诚中流之砥柱，大道之功臣也。但言之非艰行之，贵勇或橄。今移请圣像位置书院，或令浸其泥土用绘云山，庶俾先师不辱于异端，边士免诬于邪说。仍行取工匠之结，无复为踵事之增将，如雷之震断，在不疑顺风之呼，其应培捷矣。

重修白盐井志序

志乘之法，经经而纬史，或即事以敷陈，或因端而纳海。虽纪事也，而善善恶恶，劝惩之意即寓其中。苟徒事铺张，浮夸是逞，无论不可以传后先，已不足以信今。是故余曩修《通志》，恒慎重之。留局至阅三载，今已年逾七十，精力衰谢，而醝司郭公，洁己爱人，兴学重道，以虚名聘掌龙吟书院。馆事粗毕，辄以重修井志勉留。

夫修志，固予已试事也，而白井之志有不同者。盖其地以盐名，学以盐闻，凡兹一切兴建文物之得，比于州郡者，皆以盐故。而旁流上达，则盐政因革损益，所关于吏治民生者，诚不可以苟焉而已。夫白井开于汉，益于唐，其始不过听民自煎，收其岁入而已，至明而乃渐增，迨本朝而遂以数百万计。毋以天壤山泽之利，有渐恢渐辟而至于极盛者与？抑物华天宝，人杰地灵，有不可遏抑者也。虽然，汉唐已安已治，而识者早有保泰持盈之论，况今圣天子子惠困穷，湛恩汪濊，偶遭灾荒，赈恤惟恐不及。推斯志也，则穷檐编灶，讵无有一夫不获之忧，而待绅士之入告，官司之曲体者所恃。疾苦时陈如李沆，为民请命如希宪，而以桑、孔为前车则留也；人歌"乐只"，去也；户颂《甘棠》，《易》所谓"损上益下，民说无疆"者也。井地益阜将安，科第将益蝉联，立德、立功、立言，均足不朽于志乘矣。是为序。

孝义江生传

天下传者不必庸，而庸者不必传。孝弟，庸德也；本此以教人，庸行也。孝而至于割股庐墓，似非庸矣。为弟而以孝名，似难乎其为兄矣。江子曰："宓之行，予业已传之志乘，而其徒王子体充，犹勤勤恳恳欲借手以传，得无近于阿乎？"曰："否。"否，予悲吾师之有德而无命卒年三十七。不能如二兄之福德兼隆也兄曰定、曰宁，皆岁荐。又悲吾师之懿行嘉言，得之亲承而不获尽载之简编也。予曰："曷道其详。"王子曰："古人有以割股庐墓为好名者矣。若吾师则天性诚笃，恸母之疾，思身代而不能，是以刲股吁天。盖初不欲人知，而久自知之者也。其庐墓也，非不知亲之神依于主，而实不忍见母之形，遂终于土也。是以其兄止之，不能谕之而已也。其敬兄也，虽缘厥兄之友爱良殷乎，实本诸提携时之天性，不昵不变，以至于事兄如父，历久如一日者也。其教人也，则本躬行心得者，而先之以敦本尽伦，谓根本不立，其余不足观也。吾尝亲见其端方整肃、谨少仪，重蒙养，于子弟之一言一动，必谨切而谆复之。谓少成若天性，习惯如自然，故教子必以婴孩，教妇必以初来也。其讲学论文必本于程朱，宗于先正。惜予以务博而不专，不能传习吾师之教以光大之，而徒斤斤焉欲丐鸿笔以传也。"余曰："洵如是，言行虽不尽庸也，而亦庸德矣。而未酬之以福，信不可无传以传。又为之赞曰：

琅之溪，江有芷。悲失怙，重陟岂粪经。尝股自毁，数难移心。不已墓次，眠母孔迩。恭厥兄荆，树紫善薪。传高仰止，胡为乎弗受祉。遗徽存光闾里，谁继美？有令子。

修建崇圣祠记

学校以明人伦也，故必崇祀圣人以立极。然祀圣人而不推其所自出，则心不安，推所出自而不及于父之父，祖之祖，则其心犹未尽安也。雍正元年，我皇上推广圣孝，追封孔氏五王，诏所在增祠立主以祭，洵千古未有之隆重也。

东川旧有启圣祠三楹，太守黄公病其隘陋，无以妥列祖灵，爰增为五楹，而以教授赵淳董其成功，属文以记。淳乃进诸生而训之曰："此即圣天子之所为，教孝以作忠，而欲学者之沿流以溯源也。夫学，不本于忠孝则其学必伪，观圣人蓄道德于千百世以上，而能尊其亲于千百世以下，则其大孝之感人，必有至焉者矣。且尊圣人，而必递推其所始，则崇圣人者，亦必白穷理而尽性以至命，亦必由希贤而希圣以达天，以驯至于荣先而裕后，是则圣人之所望于后学，而即圣天子之所期于天下者也。诸生勉之哉。"

重建青龙寺记

青龙，府治之案山也。蜿蜒若游龙，其后山芙蓉叠出如列班。山多怪石，如人立，或如狮虎，或如群羊，奇幻不可名状。山半石窟出泉，泉清且冽，下为瀑布，资润溉形家，所谓最和府治者。绕石室上数武，巨石攒聚，有大孔，缘长梯直下，中空如屋，天光照彻，水声潺潺。自奥涧出，上悬石乳，似雪飞峰拥，变幻诡谲，不可方物。最深处以火引入，有仙床、石盒等，形类神功所造者。

余好奇，尝帅二三子入而探之。山旧有寺，毁于流寇，仅存废址。僧如湛者，荷锡南来，爱其爽垲，矢志崇修。戊申秋，适太守黄、参府祝各率其属登山观览，慨然倡捐，俾构大殿五间，过楼两耳，越二年成，请予作记。余惟夫缁流梵释，吾道所羞称，顾名山萧寺，亦所在多有借以焚修祝国，悟众醒愚，或亦治道所不废。且是山也，正当翠屏，全城之景物了然，阖郡之山川在望。春风秋月，色相常新，暮雨朝霞，光华百变。居是邦者，当春秋佳日，劳农劝相登眺其间，视稼事之歉丰，验民情之苦乐，睹新畬水道之燥湿湮通，当必悠然而动。其运筹调画者，岂徒流连光景，快心适志而已哉！是为记。

太守崔公实政碑记

父母之于子也，噢咻之，抚摩之，安全而保护之，而且为之规□□之利，而且为之贻终身之谋，其为忧亦孔亟已。然当事势艰辛之会，情有所必伸，力有所不逮，虽父母忧之，其能如之何哉？惟扼腕惮叹而已。及若于父母之所不能为力者，而为之忧劳况瘁，抚爱周全，出之水火，登诸衽席之上，恻然起白骨而肉之，此其肫挚恺恻之隐，岂非人生不可得之异数哉。而我东民何幸，竟于太守崔公得之。

忆昔雍正八年秋，乌蛮逆命，构煽东川，凶渠狼嗥，贼夷蚁附，斩刈我人民，烬毁我庐舍，汹汹沸沸，逼近郊数尺，土垣如累卵，钟山蔓海间，无辜赤子，性命犹草菅也。厥后大兵抵定，扫荡妖氛，渠魁授首，胁从悉平。然而四境村庐尽成墟野，颓墙败砾之间，惟见嗷嗷老稚，呻吟于严霜冻月下耳。时春耕将届，众庶惶惶，一切耰锄末耜、耕牛籽种，荡然一空。伤哉，目前既无以为生，他日又靡所冀望，仳离至此，何以生为？当是时也，虽父母之忧其子，其能如之何哉？不意天悯残黎，福星临降。九年元旦，我太守崔公视篆斯土，既至，则遍历诸村，抚绥黎庶，咨嗟痛惜，逾于所生。忧民人之露处也，逐户俵银，修建庐舍。不一月间，一十三村蓬室渐起，而东民于是有栖止之居。忧民人之失业也，牛畜种粮，按户散给。下至蔬茄籽粒，并皆给发，而东民于是有生养之望。忧农事之不时也，自犁坡播种，以至耘耨刈获，必躬历塍间，周巡劝谕。赏其勤者，以激其惰者，而东民于是无旷废之田。忧地利之不尽也，张示各村，广谕种麦，散给籽种，分役督巡，而东民于是获来牟之利。东郡之土垣不可守也，公为忧之，申请上宪，建筑石城，凡一木一石，必为之图坚完计。又远督视经画，不惮劳勚，而金汤之保障以成。残黎之赋税不能纳也，公又忧之，申详再三，哀求题免，当事者因公言，亦恻然于东民之凋瘵也。飞章吁恳，而八年、九年之正供以蠲。田赋之不均也，则以贫民赔累为忧，分员丈勘，按亩定征，使强者无欺隐之奸，弱者无苦累之患，而一郡之正赋清矣。新户之凋残也，则以追征工本为忧，逃亡者既请免追索，存者亦设法开除，而落魄新户乃得免卖妻鬻子之悲矣。如窃盗横恣，公忧其害我良民也，尽法惩治，而四境肃然。疫疠蒸药，公又忧其毙我民也，合药疗治，而疫疢以苏。东处穷边，文风未振，公忧士子之学殖荒落也，分题课艺，开导指画，时复亲诣熟馆，讲研经义。下至字画未稽，亦必反复示谕，虽父师之于子弟无此诚切焉。又如辑和营宫，使兵民得以相安，捐给衣裈，使贫民得免冻瘃。凡所以忧我东人者，委曲周详，辞难缕述。一二年间，使兵燹残败之区，一旦成休养生息之地，公之精力几何能堪此夙夜忧劳哉。但见髶之黝者，日以皓已；颜之沃者，日以瘠已。忧思过度，疾病暗侵，而神情且日就衰已。然公之视我东人也，犹且如蹈水火者之惔惔望救，凡可以除东人之害而兴东人之利者，无不殚思竭虑，早夜图之，不遑为□谋也。嗟夫，父母之忧其子也，宁复有加于此？正恐父母之忧其子，当艰难危急之秋，未必各给其欲，使之生全乐利如此。今日者，我东民各安其居，各保其业，仰而事、俯而畜、朝而作、暮而息，无灾无害，以恬以嬉，噫！是谁之赐哉？情当创痛之顷，每忽忽不觉，而痛定思痛，其酸辛倍觉难堪。至□于痛定之后，而回念痛定所由捐，则其感激追思，必有出于不容自己者。心非木石，曷能谖公之德哉！东民愧无以仰报公也，敬将感佩微忱，布诸南山片石，以见公之忧我民也，出于至诚恻怛如此。今而后，愿公以忧东民者，转而忧天下之民，九域苍生遍沾霖雨，以大遂其生平之志。公之忧，庶其少瘳，而辗然喜，怡然乐已乎？是则东民之所切祷者也。

桂香楼记

桂香楼，在凤山文昌殿前，襟九龙山名，带波罗，俯金城。东望晴云、五佛、龙伯诸峰，松杉叠翠；北眺铁甲、相国诸山，怪石崚嶒。楼前古柏阴森，铺青摇碧。厂西窗则晓月栖松，岚光染袂。瞰龙井，则德水沁心，溪毛适口。乃若新鹂织柳，布谷催耕，杜宇啼红，鸤鸠唤雨，则于春宜。

蝉咏星槐，蛙鸣古沼，松涛漱枕，云影窥人，则于夏宜。秋则桂英馥郁，菊蕊缤纷；冬则巉岩坐雪，雨花寻梅。余少而壮、壮而老，读书其间，披风抹月，觉千林俱白，万山皆响。友人拟余为瑞凤、为文龙，谓前可以追煮龙之迹明，金罍于此苦读。夜取龙井鱼，破伽蓝像煮之。继凤嬉之游。余但凭槛长啸而已。

新建文昌殿桂香楼记

文昌之崇奉，至今日而无地。不然，亦谓其秉忠孝以作人文，而默翊圣教，有裨于生三事一之义耳。琅地旧有阁，在开宁寺，历久而圮。明经江公有志，未逮而卒，厥嗣自漑思有以继述之，爰卜地于鱼池山麓，鼎力创建大殿三楹，前楼三间，左右串楼各三间，禅房厨室以次兴构。乃恭迎圣像于中，以奠厥灵。植桂二株，经始于壬申之春，历五载而始告成。仍延请明师以训子弟，招僧同明以奉香火，行且厚置义租，以垂永久，助困穷，其意甚厚。丙子春，予以井司修志之聘至琅，江生乃请余记之。余考《明史》，文昌帝君，张姓，蜀梓橦人，因为晋臣，殁于王事，获享庙祀。唐宋屡封英显王，道家遂谓帝命，主人文桂籍。元始加号为帝君，盖重其移孝作忠，而默助孔孟，以师道教天下也。则其先德行而后文章，崇正学而异于释道明矣。今江生孝友传家，力崇善举，而延师训子孙，其中盖真有合于事三如一之义□。自有以默契神道设教之心，而食作人之报于无穷也。宁必如流俗之道其所道，崇信伪书，而反为文昌累哉？是为记。

赵州诗学源流述

赵为滇文薮，自有明三百年来，工帖括取科第者累累，而风雅缺如，仅传一舍生取义，逮系京狱之张聚奎，尚有吉光片羽，岂果穷而后工耶？缘其以图围为博古堂，故能蓄极而发耳。

我朝定鼎后，始得龚乃修先生，敏孝而好古，其《天生桥》古作，与余自新学博汝弼之《五台山诗》并传。其后如遂可学士渤之《蜀游草》，王伯英先生佐才不仕伪逆，著有《梅溪草》，余晚年始得见之。若郭子洪先生复虢之《石头吟》，吾师时佛山亮功之《仙槎游草》，皆启其先者也。

余诗社中，则推邹翘楚祚永之高雅隽逸，时贮石健也之古拗萧疏，张云卿雯之山林雅致，著于《云石庄》，郭益藏添汾之逸致深情，犹存《寓斋草》，杜亚李唐之力追中晚，靳国右汉文之酷仿杜公，靡不各有心得。他若湛若苏公[一]霖鸿仅传《读史》之一篇，仙蟠李公根云只存《寄友》之数律，维屏李子宣至川金子涵则派衍香山。渭仙郑子琨璜，明达张子星滔，宋昭袁子人龙诸人则偶一为之，而未暇精研不息者也。然唐人亦有仅传一二首者，但争工否耳。余侄青田亦颇作近[二]体，惟及门郑子久不得试，而寄寓遥深，有骚人雅致。余三子亦各能诗，顾瑗瑞俱以夭亡，仅存遗集，瑱则与沈子辉宇锴唱酬居多，而皆有进境，余亦与为忘年后有兴者，未可量也[三]。

【校记】

[一]（道光）《赵州志》无"公"。

[二]（道光）《赵州志》无"近"。

[三]（道光）《赵州志》此处有"说"。

龚 仁

　　龚仁，赵州人，清朝康熙年间贡生。生平两遭变乱，隐居诵读，人称"闭户先生"。其生平事迹于（民国）龙云、卢汉修，周钟岳纂《新纂云南通志》卷二百三十八；（清）师范纂辑《滇系》第八册《人物》；（清）李其馨等修（道光）《赵州志》；张建雄、周锦国选注《历代白族作家丛书（综合卷）》；杨镜编著《大理古今诗人要事录》中有载。

　　（道光）《赵州志》卷六艺文部存其诗《彩云桥》1首。

　　（光绪）《云南通志》称："闭户读书，不尤闻述，罕见其面，人称闭户先生。"

诗

　　此次诗的点校，以（清）李其馨纂修（道光）《赵州志》为底本，诗共计1首。

彩云桥

　　瑞霭何年见，唐皇锡令名。水环平野阔，山抱石梁横。涌塔消飞腾，埋符镇乱兵。中丞诗尚在，日有彩云迎。

龚　义

　　龚义，字宜仲，赵州人。康熙年间诸生，因其孙龚渤而显贵，封如其官。

　　其生平事迹于（清）袁文典、袁文揆辑《滇南诗略》卷十六，（清）李其馨等修（道光）《赵州志》；张建雄、周锦国选注《历代白族作家丛书（综合卷）》；杨镜编著《大理古今诗人要事录》中有载。

　　著有《尚古堂诗钞》，已散佚。《滇南诗略》卷十六录其诗《山中杂诗时避吴藩之乱（二首）》2首。

诗

　　此次诗的点校，以（清）袁文典、袁文揆辑《滇南诗略》（上海书店出版社《丛书集成续编》影印本）为底本，诗共计 2 首。

山中杂诗时避吴藩之乱（二首）

　　居山日看山，迥合山无数。倘或人来寻，当更移深处。神仙有眷属，此乐方才悟。

二诗新颖。

　　携得数卷书，反覆百回读。翻多帙就残，古味乃层出。始笑在家时，徒自夸连屋。

李孔惠

　　李孔惠，大理人，康熙年间举人。其诗稳重工整，所存较少。

　　其生平事迹于（清）李思仝修，黄元治等纂（康熙）《大理府志》卷二十九；寸丽香编著《白族人物简志》；张文勋主编《白族文学史》；杨镜编著《大理古今诗人要事录》中有载。

　　（康熙）《大理府志》卷二十九艺文下录其诗《写韵楼》《洱水浩然阁》《苍山石》《石门关玉阁》4 首，（民国）《大理县志稿》卷三十一艺文部六录其文《苍山赋》一篇。

诗

　　此次诗的点校，以（清）李斯仝修，黄元治等纂（康熙）《大理府志》为底本，诗共计 4 首。

写韵楼

　　班山楼阁树梢悬，寺以成都太史传。万里赐环徒极目，千秋写韵有遗编。云铺素练供书札，海泅金波给砚泉。乘兴到来增感慨，摩碑还读御诗篇。

洱水浩然阁

　　盈盈衣带水南流，放眼长空踞此楼。六诏烽烟归淡荡，十洲鸥鹭任沉浮。罗筌岛立晴云晚，玉案山横落叶秋。濠濮不劳深怅想，骊珠月下弄江头。

苍山石

　　阴崖古雪结贞珉，素质苍文各有神。席荐平泉聊醒酒，屏张高座漫娱宾。黛云叠起峰峦色，流水平浮草木春。异物洵供人玩好，其如岁月重劳民。

石门关玉阁

大罗天上敞楼台，四面云山拥护来。日月两丸空悬掷，星辰万点逼崔嵬。松涛远近和仙梵，石浮潺湲泻玉醅。到此已教尘念断，不须灵药换凡胎。

文

此次文的点校，以周宗麟等纂，张培爵等修（民国）《大理县志稿》为底本，文共计1篇。

苍山赋

两仪生物，积阳为山，昆仑毓秀，三干蜿蜒。右腋远控乎西域，神臂遥指乎南滇。横梁、益之地轴，丽井、鬼之星躔。瞰叶榆而作镇，维点苍之具瞻。炭巢屼岬，嵚崎巉岏。其耸拔也，如芙蓉之乱削；其轩鶱也，若鸷鸟之高骞。峰峦连脊，如列屏而拥坐；岩壑拱袂，似御几而安禅。盖扶风、太乙，始足方其壮丽；终南、少室，差可拟其端严。尔乃嵊别岑分，阿回陵曲。既危峰之插天，亦飞泉而喷玉。云根泻其潺湲，壁乳酿其醮醁。络石经丘，穿林破谷，群虹饮川，游龙行陆。浸玉洱而函山，汇黑水而归渎，是盖极流峙之壮丽，抑亦萃坎止之善述。天造雄藩，地开奇局，若乃雪点瑶华，飞太阴之清气；云横玉带，绚天巧之磩砻。霁晴光而掩映，银宫滉漾；过微雨而连亘，素练岈嵘。变万状而谲幻，随四时以形容。至于峰十九、溪三六，自北而南，由首及足，惟实足传，厥名斯述。玉女弄云而银光流，石室隐豹而花源出。吐菡萏之瓣，喷氤氲之馥。雪骨粼粼，见沧波之拍空；金波荡荡，瞰咸池之人浴。野鹤栖云于五台，蒧源隐耕于蒿轴。明霞濯锦，朗耀炫目，香云杳邃，石霞幽穆。或垂吕望之纶，亦证牟尼之佛。文石醒酒，灵泉救疫，惟丛兰之离披，向三阳之阿曲。已而白石嵯峨，雪人崴嵬，吊隐仙之迹，登帝释之宫。戞戛乎雅音之入耳，飘飘乎仙乐之凌空。银河吼瀑，石马嘶风，留题咏于千仞，识姓字而无从。小岑之麓，古刹传宗。桃源有避秦之地，香岩遗圣佛之踪。维郡城之结气，实溪山之和中。石门鹤立，碧潭龙居，拖蓝蓄黛，结绿澄瑜。玉局拥坐而占文，神马出洛而负图。白石清泉，溅沫成珠，圣应挂神僧之锡，感通赐明祖之书。龙树高标于莫残，螺髻对峙而难梳。苴萝萦马耳之麓，鸳浦浴斜阳之祖；河源混混而西逝，天桥飞跨以凌虚。溪峰虽尽，景物犹余。云树重重，迷十楼之烟景；沧波浩浩，壮四阁之秋涛。琳宫鱼磬以相闻，精舍雨花而香飘。玉笋拥擎天之柱，金镛吼负地之鳌。风花罕俪，雪月稀遭。四洲三岛，虽蓬莱宫阙而无异，银屏玉案，与阆苑方壶而列曹。城郭棋张于别墅，两关虎视于函崤。村落萦纡，既参差而相接；民风愿朴，更忠质而无浇。是点缀溪山之色，而亦经营于化工之毫。故辋川来王而幽深，浣花卜杜而萧骚。西湖借长公之韵，滁阳饮醉翁之豪。地必因人而始显，胜以得文而后标。虽经乎司马持节，仅为梁若水之皋。金马碧鸡之外，迹犹阻于王褒。所以探奇墨客，寄迹名贤；搜幽寄于稗野，留吟弄于章篇。非不穷高而极远，要必玉润而珠圆。升沉显晦，沧海桑田。苦烽火之频仍，嗟文献之失传。风气闭塞，名胜几湮。数有盛而必衰，固物理之或然，岂静者之常贞，亦与世而推迁。盖善变予人，不变予天。后之视今，犹今视前。睹山水而兴怀，将有感于斯言。

郭复虢

郭复虢，字子鸿，一作子宏，号呼石，赵州（今云南大理凤仪）人。康熙年间贡生。

其生平事迹于（清）袁文典、袁文揆辑《滇南诗略》卷十五、卷二十三，（清）李其馨等纂修（道光）《赵州志》卷三；（清）靖道谟纂，鄂尔泰等修（乾隆）《云南通志》卷十五；（清）师范纂辑《滇系》第八册《人物》中有载。

著有《石头吟》《梅窗讲易》，已选入四库馆。《滇南诗略》卷十五录其诗《咏古》《彩云桥怀古》2 首；卷二十三录其诗《饮酒》《招隐》《君子行》《止酒》《宿舍赀怀升庵先生》《采药》《立冬》《春日郊游》《秋夜偶成》《夜坐》《独坐梅花下》《感怀》《遥题龚乃修笑然亭》《山斋漫兴》《响水关》15 首。（道光）《赵州志》卷六艺文部录其诗《彩云桥怀古》1 首。

诗

此次诗的点校，以（清）袁文典、袁文揆辑《滇南诗略》（上海书店出版社《丛书集成续编》影印本）为底本，其中《彩云桥怀古》以（清）李其馨等纂修（道光）《赵州志》为校本，诗共计 17 首。

咏古

高坐商山顶，焉知汉与秦。肆志六合外，宇宙少等伦。浮荣有代谢，芝草无冬春。

彩云桥怀古 桥在赵州白崖，《汉书》："汉武帝元狩元年，彩云见于白崖，因置县。"[一]

独向桥西坐未还，蒿莱满目叹时艰。萧条古驿寒烟里，摇落[二]荒城夕照间。赤水不循蒙氏岸，彩云常绕[三]汉时山。古今持节纷来去，惟有相如未可攀。

【校记】

［一］（道光）《赵州志》无此注。

［二］（道光）《赵州志》无"落"。

［三］常绕：（道光）《赵州志》作"犹恋"。

饮酒

偶然得名酒，自酌且高歌。富贵固桎梏，文章亦么麽。日夕牛羊下，归鸟返烟萝。对之如不饮，云山奈我何。饮之如过甚，妻子笑其多。不惜汝曹笑，日月忽蹉跎。

起四豪迈，"日夕"二语寓有感慨。对之至末，潇洒自如。结句回映尤妙。范鹤年识。

招隐

清时辞轩冕，入山亦有人。况斯扰攘日，高尚诚所珍。寒冬逃大谷，旷杳无四邻。赖有亭亭柏，雪后相与亲。首山薇不少，商岭芝长春。以兹无别意，筑室栖我身。飞泉石边滴，掬之莹心袖。修竹径旁出，挽之挂衣巾。所遇皆粹白，邈焉无一尘。为我寻故旧，命驾在何辰。

通体气息逼真汉魏，乃是作者自己写照，故高旷乃尔。石屏陈万里识。

君子行

束发诵诗书，艺林称君子。何以副其名，白首惭未已。寡过与洗心，勿为世所鄙。突过君子防未然一作。螺山张臷田识。

止酒

止酒才三日，题诗兴不□。出门如有失，入户转无聊。醒眼难看世，愁怀怕问瓢。床头涓滴尽，明月共谁邀。

写得似阮、陶耽酒风味。

宿舍赀怀升庵先生

孤馆烧残烛，怀人夜不眠。舍赀非旧日，垂柳忆当年。踪迹他乡满，风流故老传。那堪随断草，月冷一溪烟。

苍凉。

采药

携筇陟翠巘，秋日叶萧萧。傍阴探猿窟，寻幽采药苗。石飞连作壁，树卧自为桥。小径迷归处，穿林问野樵。

别有生趣。

立冬

柴门秋又去，冬早欲如何。自劝寒天饮，谁怜长夜歌。红尘消岁月，白发老干戈。暖待梅花发，添衣守薜萝。

老杜法门。

春日郊游

呼朋携竹叶，扶杖入桃花。水浅鸥争浴，风轻柳自斜。山村香境界，野老醉生涯。二麦今年好，邻翁莫怨嗟。

境是仙界，笔端亦有化工。张惢田识。

秋夜偶成

柴扉秋一到，萧瑟称予情。岚气朝朝色，松涛夜夜声。残书随卷尽，薄酒任壶倾。岭月才初吐，阶前绕砌行。

夜坐

六月空林暑不蒸，更残兰气半窗凝。老来世事随时减，秋到幽怀逐夜增。酌酒我邀天上月，读书儿借佛前灯。睡魔小遣蒲团坐，半是山人半是僧。

独坐梅花下

疏林啼倦欲栖鸦，雪霁前峰散晚霞。日暮与谁消竹叶，岁寒然后见梅花。闲来筋力愁中减，老去情怀梦里赊。对客语言多谬误，闭门觅句是生涯。

感怀

读《易》惟将遁象占，蓬门昼掩且垂帘。雨催新竹抽千个，山送斜阳露一光。有秫随蒸琥珀酒，无钱难买水晶篮。客来淡泊无滋味，旋煮清泉味亦甜。

遥题龚乃修笑然亭

金马人思住薜萝，笑迎怪石入亭多。狂来亟下元章拜，醉后微吟太白歌。自有云山供眺咏，无烦尘世问蹉跎。愿君直取遗篇看，前代书成孰不磨。

山斋漫兴

自知贫贱贵交疏，白首山林但索居。足健尚思寻怪石，眼昏犹爱读奇书。看云独酌孤吟后，听雨三更一枕余。世事我心何所著，淡然斗室夜窗虚。

响水关

两山千仞立，一水擘中流。日暮行人息，溪声不肯休。

子泓先生意致高旷，诗笔清深，应是司空表圣后身，在滇诗中可与彭心符齐肩。倪琇竹泉识。

陈祚兴

陈祚兴，剑川人。岁贡生。

其生平事迹于（清）赵联元辑《丽郡诗征》卷八；（清）袁文典、袁文揆辑《滇南诗略》卷十六；张建雄、周锦国选注《历代白族作家丛书（综合卷）》中有载。

《滇南诗略》卷十六录其诗《葛天舞并序》1 首；《丽郡诗征》卷八录其诗《葛天舞并序》1 首；（康熙）《剑川州志》卷二十艺文卷录其诗《忆西蜀樊芳洲先生》1 首。

诗

此次诗的点校，其中《葛天舞并序》以（清）袁文典、袁文揆辑《滇南诗略》（上海书店出版社《丛书集成续编》影印本）为底本，以（清）赵联元辑《丽郡诗征》（上海书店出版社《丛书集成续编》影印本）为校本；其中《忆西蜀樊芳洲先生》以（清）王世贵、张伦等纂修（康熙）《剑川州志》为底本，诗共计 2 首。

葛天舞并序

余幼适博南，见其宫室，宴饮厅事之前有群夷萃。俄而，一人吹笙前导，众人各持[一]牦尾随舞，意亦只以突厥舞类之而已。后阅《史记》谓葛天舞如是。噫！是舞也，见于遐陬，其亦郯子识鸟官之遗与？"礼失而求之野"益信，因作歌以记之。

博南黎首群萃舞，手持牦尾跃如虎。史称创制自葛天，遐荒万载不图睹。婆娑粲者具中华，踊跃边氓存太古。吹笙鼓簧导引行，日之方中皆前俯。礼失求野类鸟官，未许仅论[二]突厥数。罜然羲皇以上思，若俦好作无怀伍。

【校记】

　　［一］众人各持：《丽郡诗征》作"众持"。

　　［二］论：《丽郡诗征》作"同"。

忆西蜀樊芳洲先生

　　先生有志学陶潜，胜国挂冠思浩然。仰止高山予慕德，不羞下问伊忘年。独行踽踽矫时俗，夜语谆谆效昔贤。每怅平生瞻素履，啼鹃声咽蜀南川。

龚 亮

龚亮，号廷枚，赵州人。清朝雍正解元，举国子监助教，诗词皆工。

其生平事迹于（民国）《弥渡县志》；张福孙编著《大理白族教育史稿》；张建雄、周锦国选注《历代白族作家丛书（综合卷）》；杨镜编著《大理古今诗人要事录》中有载。

著有《留燕草》《游粤草茎集》，已散佚。（道光）《赵州志》卷六艺文部存其诗《登龙华寺》1首。

诗

此次诗的点校，以（清）李其馨等纂修（道光）《赵州志》为底本，诗共计1首。

登龙华寺

凭虚高阁净无尘，待我攀跻望眼新。古树花飞龙影动，禅栖韵活鸟声频。鳞鳞千幛来青霭，曲曲重溪绕玉宸。试问探奇访胜客，几回曾置碧霄身。

龚　渤

　　龚渤（1712～1759），一作龚勃，字遂可，号学耕，一号阆仙，赵州人。雍正壬子（1732）科举人，乾隆丙辰（1736）进士，官侍讲学士。渤天资聪颖，行文敏捷，历官翰林院检讨，侍读，补授詹事府左右春坊，左右庶子掌坊事，继授侍讲学士，日讲起居注官，充《八旗姓氏通谱》纂修官，稽查六科史书文物殿试受卷弥封官。年逾强仕，即请养归，主五华讲席，成材甚众，其足迹几遍全国。乾隆己卯（1759）卒，年四十九岁。龚渤工诗文，其诗多为律诗，讲究对仗。其阅历甚广，不堪仕途危艰归乡后，颇有陶元亮之趣。

　　其生平事迹于（清）袁文典、袁文揆辑《滇南诗略》卷三十一；（民国）龙云、卢汉修，周钟岳纂《新纂云南通志》卷七十一、卷七十六、卷二百三十二；（清）师范纂辑《滇系》第八册《人物》；（清）李其馨等纂修（道光）《赵州志》；刘德仁、杨明、赵心愚等《中国少数民族名人辞典（古代卷）》中有载。

　　著有《衣云楼诗文集》，包括《使蜀吟》《使晋纪程》《塞上吟》《梅花百咏》《游燕草》《留粤草》《四书扼要》等。《百梅诗》二卷，光绪十六年（1890）张锐手抄本，云南省图书馆藏。《滇南诗略》卷三十一录其诗《金川平定奏凯恭纪》《雁门关》《冬夜独坐漫成（二首）》《听琴》《过井陉》《蔬圃》《落叶》《柳絮》9首；（道光）《赵州志》卷六艺文部录其诗《天生桥》1首。《滇文丛录》卷二十五录其文《〈百梅诗〉自序》1篇。

诗

　　此次诗的点校，其中《金川平定奏凯恭纪》《雁门关》《冬夜独坐漫成（二首）》《听琴》《过井陉》《蔬圃》《落叶》《柳絮》以（清）袁文典、袁文揆辑《滇南诗略》（上海书店出版社《丛书集成续编》影印本）为底本，

《天生桥》以（清）李其馨纂修（道光）《赵州志》为底本，诗共计10首。

金川平定奏凯恭纪

皇帝受命，敬承天庥。圣以继圣，克绥厥猷。四方来贺，万国咸宁。梯山舫海，趋走帝廷。曩余三孽，昏迷不恭。声罪致讨，干戚雍容。洎乎西北，挞伐用张。神功远播，我武维扬。至今率服，来享来王。蠢尔番丑，蚕食诸蛮。负嵎恃险，蚁聚空山。天子斯怒，爰整其旅。士饱马腾，六师具举。命相茝止，秉旄以麾。密授方略，永靖边陲。圣算无遗，神机不测。赫赫天威，震慑异国。上将总戎，公忠诚亮。号令风雷，军声大壮。载饬之纪，载振之网。摧锋陷阵，胆落蛮荒。誓歼丑类，献俘庙堂。皇帝曰吁，污我斧戕。维覆维载，于何不臧。格苗若舜，解网如汤。好生予德，夙夜无忘。矧予左右，赖汝赞襄。股肱耳目，忍瘁遐方。班师饮至，誉处龙光。功铸钟鼎，名勒旗常。懿训谨遵，酬庸锡爵。上公册府，钦哉勿却。乃奏凯歌，悠悠旗旌。乃听伐鼓，渊渊其声。穿云度岭，日暖风清。凡属蜀境，鸡犬不惊。蜀之道路，正直荡平。蜀之父老，壶浆来迎。维彼妇子，馌饷而耕。维彼髦士，拔茅汇征。嬉嬉以乐，油油以生。率土臣庶，颂天子明。肤功速奏，宸断乃成。烽烟息矣，元戎归矣。番人向化，式九围矣。亦吾赤子，知尊亲矣。有容乃大，皇之仁矣。上下交泰，气如春矣。亿万斯年，以介景福。媚兹一人，馨宜戬谷。

雁门关

晓发广武雨丝丝，泥泞步滑马行迟。涧壑倒泻飞流响，迤逦曲折遵山陂。两肘挟云登绝巘，倏开一窍阴风吹。峻嶒矗立更难下，石窦通天影暗垂。直望深溪不见底，天寒水冻成琉璃。仆夫恐我心胆怯，左右扶掔相奔随。一片晴霞自东起，回顾身从天际驰。雁门原是古代郡，李广魏尚安边陲。椎牛飨士可谓壮，飞将军号称雄奇。独惜长城筑万里，不若是关足当千熊罴。

通体警策，结用王公设险意，亦属正论。

冬夜独坐漫成（二首）

发白高堂老，形单一子孤。游方经岁久，乐事半生无。宫冷沾微禄，田荒减薄租。止余园数亩，蔬笋供山厨。

　　家计毫无补，亲朋意转疏。浮云伤富贵，□枕抱琴书。家在千山外，人稀百岁余。那堪回首望，涕泗湿衣裾。五六颇近自然，言外有苍凉意。

听琴

　　大冲诗趣永，山水有清音。一夜飘梧叶，凉飓感我心。挥弦弹古调，幽意淡孤襟。听罢忘言处，天高小院深。

过井陉

　　平原看转尽，驱马向空行。谷树垂天影，崖风咽涧声。淮阴筹破赵，此地坐屯兵。背水观奇阵，增予吊古情。

　　后四气以神行。

蔬圃

　　荒田分半亩，随意种山蔬。春韭连畦密，秋瓜插架疏。时防来有客，得佐食无鱼。何必栽花好，锄园乐自如。

落叶

　　静观木落见天心，一夜秋风万壑深。片片逐云空有影，枝枝挂月已无阴。直从梧叶声中报，未许梅花曲里寻。莫怪畸人诗思警，飘来掷地欲成音。

　　寓有盈虚消息至理，非徒作咏物观。

柳絮

　　飞烟飞雪亦飞霜，入户穿帘更上堂。清到梅花输瘦怯，惊随蝴蝶趁颠狂。解人意处黏衣缓，送客归时引路忙。莫怨春残天好雨，落花同裹湿无妨。

　　尝闻阆仙学士学养纯粹，故韵语葩流而总不离乎真性情，一望而知其为正宗也。定襄巩懿修识。

天生桥

　　长虹一跨倚空横，两岸晴光拂涧明。洞口平铺云作幛，山腰半落月无声。萝因石怪紫苔径，天教峰高远市城。倦眼随舒看万壑，翠烟起处晚风生。

文

此次文的点校，以（民国）秦光玉等辑《滇文丛录》（上海书店出版社《丛书集成续编》影印本）为底本，文共计 1 篇。

《百梅诗》自序

花中惟梅品高绝，能诗者亦难咏之，古人名作道尽不可及也。余不能诗，敢为其难乎？特以梅癖[一]好者也。庚午归家，后为五华先生，此事不为久矣。乃翻阅旧作，得戊辰冬京邸病卧时著《梅花百咏》一册。叹曰："嗟呼！此余寄赵然乙评定再易之作也。七言既成，勉为五咏可乎？"爰竭三昼夜力，百首亦成。前后都不知工拙，然自笑其孟浪也。

【校记】

[一] 癖：原为"疲"，据文意改。

杨　栋

杨栋，字飞云，剑川人。乾隆九年（1744）贡生，曾讲学于金华书院。

其生平事迹于（民国）龙云、卢汉修，周钟岳纂（民国）《新纂云南通志》卷七十六、卷二〇六；（民国）秦光玉等辑《滇文丛录》作者小传中有载。

著有《兰邬诗集》，未见传本。《丽郡文征》卷六录其文《上王渔川刺史书》1篇。《滇文丛录》卷五十五录其文《上王渔川刺史书》1篇。

文

此次文的点校，以（清）赵联元辑《丽郡文征》（上海书店出版社《丛书集成续编》影印本）为底本，以（民国）秦光玉等辑《滇文丛录》（上海书店出版社《丛书集成续编》影印本）为校本，文共计1篇。

上王渔川刺史书

窃某与州人士嬉游宇下，三载于兹矣。深仁厚泽，仰答末，由私衷耿耿，每欲有所陈献，前因势分悬殊，恐涉越俎之嫌，故不敢言。既而得《晋光霁》，复以客坐筵前，又不便言。今文旌将移，展谒少期，若不言是，终无可言之日矣。故不惮哓哓为阁下陈之。

今夫世之论为政者，动曰清、慎、勤，三者固尚矣。虽然，犹未也。侵假清而迷于黑白，其弊也愚；慎而胶于成见，其弊也固；勤而诎于事机，其弊也懦。是虽清也，慎也，勤也，其弊与不清、不慎、不勤者等，此之谓中无主。中无主，故外物得以夺之，而左右乎哉[一]，我者因得同伺其隙以售其奸，此方高乎简穆之风，而彼已具夫炎天之势。患生肘腋痛入膏肓，其受害有不可胜言者，惟一粒金丹可以疗之，不过曰明决而已。所谓明者，非察察之谓也，要在平日致知格物，虚心澄虑，随事观理，如握新磨之镜，物来毕照，莫能遁其妍媸。所谓明也，惟明斯决，不疑不贰，如理乱丝，一刀两断，不以祸福而迁移，不以鼓簧而回惑，不以力之艰难而稍阻，不以势之因依而苟安。如此，则内不迷于德行，而人不能欺；外不屈于物欲，而事无不济。古之立大功、建大业者，靡不得此则兴，失此则丧。姑以楚汉往事言之：沛公精于藻鉴，任贤使能，言听计从，当其未入关时，已具有帝王气象，不待约法三章之后，始筮其能构鸿基也。项王性多疑，凡事游移，鸿门之会，固不当以成败论英雄。然而楚势之终于不振者，未始不胎于此，此亦足以为不明决者之一证也。至如申韩之学，意主曲说，是刻核而非明；荆公之法，志在必行，是执拗而非决，又当别论。是又不可以一例观者。其中分限爽以毫厘，某十载牖下与穷为期，未尝偶诣当途。今乃不能检情自封，猥晋而溯诚钤下，诚念夫君侯天资忠厚人也，仁爱有余，而明断似若不[二]。愚人一得于高深，未必无补，愿少垂盼焉。《语》曰："贫者赠人以言。"仆固非能言，而君侯直能知言而纳言者。故于去之日，从士夫之后徂饯城南，不以酒而以文，不以颂而以诤。

【校记】

　　［一］《滇文丛录》无"哉"。

　　［二］《滇文丛录》此处有"足"。

黄　桂

黄桂（1700～1775），字月轩，号清华，云龙州人。乾隆丁卯（1747）科举人，授昭通府永善县教谕。自幼安贫嗜学，熟读经书子史，家境贫困，难筹赴科旅资。直至47岁才赴乡试，中亚元。乾隆四十年（1775），黄桂病逝，终年75岁。

其生平事迹于（清）袁文典、袁文揆辑《滇南诗略》卷三十二；（民国）龙云、卢汉修，周钟岳纂（民国）《新纂云南通志》卷七十七；（雍正）《云龙州志》卷十；陶应昌编著《云南历代各族作家》；张文勋主编《云南历代诗词选》；寸丽香编著《白族人物简志》中有载。

黄桂学识渊邃，一生留下不少诗文，一部分收入《皇朝经世文编》，一部分收入《滇系》和《清华文集》；另有部分遗稿收入《云龙州志》艺文中。

《滇南诗略》卷三十二录其诗《镇远府》《沅江舟行》《澜沧江桥》《过犀牛滩》4首；《滇南文略》卷八录其文《条陈南征时事策》1篇，《滇文丛录》卷三录其文《黑水辨》1篇，卷十八录其文《澜沧江赋》1篇。

（清）袁文典、袁文揆辑《滇南诗略》中载："先生诗名噪甚，惜遗稿不概见，犹记其《出滇南胜境》起句云：'半生为地限，今日出滇南。'其《辰州道中》云：'老奔黔道千山马，寒卧辰江十日船。'皆清警句也。"

诗

此次诗的点校，以（清）袁文典、袁文揆辑《滇南诗略》（上海书店出版社《丛书集成续编》影印本）为底本，诗共计4首。

镇远府

断连城挂岭，削壁起危楼。道狭还容市，桥高不碍舟。五湖通索线，六诏锁咽喉。往往天涯客，相逢楚水头。

沅江舟行

旅次人烟外，春风一叶舟。雨随黔地尽，江入楚天流。去路知何极，浮生未肯休。只今逢圣世，焉得伴闲鸥。

颈联确是盛唐。

澜沧江桥

峡涌澜沧出，横空鹊架形。路穷生造化，人过入丹青。晓岸云常恋，寒关夜不扃。于今消瘴久，树茂武侯亭。

"晓岸云常恋"五字非身到其境不知。赵煜宗识。

过犀牛滩

湍涌雪花惊石破，绿潭深处犀牛卧。西岩古道无人来，溪上一亭危欲堕。

风味冷隽。

文

此次文的点校，其中《条陈南征时事策》以（清）袁文揆辑《滇南文略》（上海书店出版社《丛书集成续编》影印本）为底本，《黑水辨》《澜沧江赋》以（民国）秦光玉等辑《滇文丛录》（上海书店出版社《丛书集成续编》影印本）为底本，文共计 3 篇。

条陈南征时事策

窃以南缅为天下膏腴之区，僰夷所宅，人柔而多诈，富而无寿，其地气使然也。汉诸葛之南征，在乎羁縻，而不留不处也。迄乎明代思氏、莽氏，屡为边患，或一聚数十万，或一反数十年。邓子龙攀枝花之战，以寡敌众，大破缅虏，而其后犹不能静，陈用宾是以有八关之筑。我朝百余载来，沧潞澄清，不惊烽燧，乃有木匪不恭，负强于彼方，为众酋所畏。阿瓦之王，既先失位；木邦之主，播迁他乡。而内地诸土司，亦多晏安委靡，疏于防备，彼乃得以愈恣其横，虎视哀牢，偕衅骋戈，官军御之。又鲜勇略，溃走死伤，殆不胜纪。而八关遂为豺狼道路矣。虽曰小丑，有干体统，是以天威震叠，声罪致讨，劳在难已。

我公仔肩万里，披圆察形，经画已定，岂复儒生之迂。所可得而参其议论者，且以蒙古之强，亘古为中国之忧，哲后英主，莫有能控制者。我皇上神武所奋，一举而臣服之，藐兹缅方，曾何足云。惟是北南异势，执此处彼，抑又不能无枘凿焉。云南二十万之秋粮，民食无余，仓储甚少。一有荒歉，邻省之粟难来，则军粮先已可虞也。是故缓征之说，可以行于北者，未可以行于南。计南征者，利在乎速，而欲功速成者，在乎多算而已。盖缅可量而未易胜者也，以彼闻有征剿之声，协而谋者必众，则亦强者主之，弱者不得不附，志未必同，力未必均也。率族如林，皆其村寨顽民，驱冒锋刃，假铺设也。恃有杀手千骑，劲弩毒矢，专于行劫而已，未曾抗兵对垒。猝然而来，猝然而去，不能离其巢穴者也。故元明之世，缅数为寇于内疆，亦未闻其能拔一城，踞一郡也，此其可量者也。然而未易胜者，瘴毒不可以遽进也，江险不可骤逾也。

野阔人繁，各种散居，南海为大门，左交趾而右西洋，云南一面，特其后户。以云南之一面攻之，此明时故智。频岁征缅，卒鲜制胜，即有制胜，不过得其遁归而止。蘖根未绝，息而旋作，无长策也。况兹木匪之强，兼并诸缅，家于木梳。而阿瓦之海滢，以为凭依；木邦之厂奸，以为羽翼。彼方挟三窟之奸，我乃张一面之网，则其利而进，不利而退，绰有余地。又安所得悉根株而拔之？拔之未克，难留处也。我归则彼出，我入则彼又归。彼且疲我于道，而误之于瘴中。兵损帑耗，百姓困于久役，饥馑亦且相仍。成功未果，而滇先受其病，此一面之缓攻，所以不为征缅之长策也。则何不为两道并进，以操全胜之局？且缅之所依者水也，征缅之势，利用水军，闽粤到南海不过一月之程，可发水军一万，定以抵缅日期。俾云南先悉，而斯时之缅贼，闻风而恐，度亦无两全之术。盖其肆然作逆，轻视官兵者，一意外驰，而初无内顾之忧也。闻水军将临其前，而能不急于内顾乎？急于彼则缓于此，而后云南之军易于措手，然又在乎得其要焉。

地之利在乎新街，人之利在乎沙兵。新街为入缅要口，必先取而据之，严垒固屯，期于不拔，所以资我之水道，而扼彼之咽喉，不可失也。

沙兵为缅贼所惮，其人劲而狠，攻战无退却，惟礼其首而惠其众，则万数可得而致，多多益善，不可忽也。据定新街，则粮船无患；多聚沙兵，则先锋可恃。于是云南之军与闽、粤之军按期而相望，一由新街顺流而下，一由南海溯流而上，料莫之敢御者，制于两军之对待为势也。两军既会，深入木梳，沙兵之悍，水师之能。当乎前，满汉土兵之盛，交奋于后，亦未有不捣其巢，而馘其酋者矣。木匪既锄，则厂奸全屈，而阿瓦自定，木邦自宁。何也？除其残而诸缅服也。此两道之所为力，而成功可速，即根株可拔也。若夫两道为大师所压，则自顾难于保全，不待深入其地，而已哀恳恩敕，愿永纳款者。但使献出汉奸，即以止戈为武，此则甘雨和风，中外乐业，尤善之善者矣。区区愚忠，意盖如此。

昔鲁女忧国，曹生谒君，事非分内，而引以为虑，亦有见非妄诞也。如蒙不弃刍荛，细流兼收，施之于事，或有所补，则幸甚幸甚。

缅自乾隆初年为木蔬酋瓮藉牙所篡，已非复莽。缅之旧瓮藉牙死，其子懵驳袭性凶狡，三十一年，犯边，钦派大臣督师征之，未克。三十四年，特派大学士傅忠勇公，经略军事，月轩先生为是策以进。或云：时先生年老，遣子弟赍策至永昌，见军容之盛，不敢进。然证以当日忠勇筹缅之事，如调用沙人，复奏调福建水师造战船，由老关屯大江直下，大获全胜，亦多有与策相合者。又按《滇考》《通志》，明万历二十二年，巡抚陈用宾驻永昌，筹边筑八关，后用金腾道。余懋学计募得闽人黄龚使暹罗，使与得楞内外夹击，由是缅乱摆古残破，自此不敢内犯。则先生请用福建水师两路并进之说，实有所本，非纸上谈兵，迂疏无用者比也。再查我师凯旋后数年，懵驳死，傅子赘角牙。乾隆四十七年，赘角牙为其下孟鲁所害，国人杀孟鲁而立孟陨。五十三年，悔罪投诚进贡，我高宗皇帝至德柔远，赦其既往，册封为缅甸国王。今上御极之嘉庆元二三等年以来，缅为暹罗所侵，兵败地削，益恭顺。考之往古，验之当今，则两道并进，水陆夹攻，诚筹缅之要策。若再修复，用宾屯田之旧于陇川芒市间，则兵精粮足，藩篱益固，滇其永无缅患矣。

黑水辨

有谓澜沧江即《禹贡》之黑水者，其说非也。以潞江为黑水者，亦非也。黑水之说出于山经不一，大都以其色而名之，皆非《禹贡》之黑水也。禹决九川，皆水之大而为患于中国者。黑水，九川之一，经雍、梁二州。《禹贡》黑水西河维雍州，言陕之界，自黄河之西，以至于黑水也。

华阳黑水维梁州，言蜀之界，自华山之阳以至于黑水也。禹导黑水，至于三危，入于南海。三危在陕西沙州之山，敦煌之地，禹导黑水，至此而止。其入于南海，则黑水之自入耳。云南古志以南金沙为黑水，此一定之说，无可更易者，盖人但知云南有一金沙，而不知云南有二金沙也。北金沙乃其小者，乃丽江之丽水，过永北入四川，与岷江同归洞庭者也。南金沙最大，有数里之广，缅所恃以为险，其源甚远，由陕西、肃州、张掖，经四川，过西番，入缅地而归于南海。既经陕川，则黑水之在雍、梁者明矣。流于缅甸，则其入南海者亦明矣。《禹贡》所载，自举其大而为患于中国者，南金沙之为黑水也，复何疑耶？

夫沧、潞二江出于吐番，归于边域，固无与雍、梁之城也。水之源流既无关于中国，禹亦安得而并治之乎？乃以沧江为黑水，因即以江外之三崇山为古三危。抑思云南附于梁州，而三代以前，鹤拓古始幽昧无人之区，其水无与于中国，禹迹何由而到此？且《尚书》之窜三苗于三危者，固窜于滇之极西耶，亦可谓荒唐矣。尝考陕西之志，三危在沙州，黑水在肃州。又稽滇之新志，其载及于缅者，俱有金沙著于其内，固非丽江之金沙也。如于缅之金沙，而再察其源委，则黑水得矣。若于沧、潞为黑水，则南金沙一江，其出于肃州，而能为患于中国者，《禹贡》又将奚属？禹固有舍其内而治其外，志其小而遗其大者耶？由是观之，沧、潞等江，其非黑水也明矣。

澜沧江赋

滇南之迤西，有江汹汹。盘疆碧带，捍围苍龙。奔腾万壑，缭绕千峰。盖西域之发派，而南海乎朝宗。以其出鹿石山，旧有昆沧之号，抑又称曰"兰津"，以其经兰州之道，厥后定其嘉名，为澜沧之浩浩，当夫吐蕃初沛，潞水齐驰，形性各别，势力相持。彼高黎之左臂，此老君之右支，趋九隆以迁折，历百濮以渐滋。背岩而往，若剑破枯；逾峡而下，若矢离弧。断岸为畔，重坎为途；色疑黛画，味在冰壶。其为阳光始旦，水面生烟，曳长霓之委曲，抽乱絮之缠绵。赏素华于润泽，挹金彩于蜿蜒。于时化日春晴，寒山雪散，积液纷流，增湍泛岸。桃花之浪溶溶，锦鳞之游灿灿，罝罛之施欣欣，匕箸之供衎衎。至若秋涛雾霁，月峡霞明，涵云汉以为影，震风雨以为声。吼幽林其虎啸，叱怪石其雷鸣。深宵宵于浚谷，冷烈烈于霜清。疾徐分乎夷险，青玄变于阴晴。曩者瘴毒发长川之隩，有声显闻，如斧剖木。开疆以来，已平其燠。意者犬戎处上游之首，有尸漂至，是人类狗，溯洄而稽，多种之丑。

盖闻汉武博南之跨，来图不宾；孔明孟获之讨，用展如神。王骥筹边于远涉，沐英筑垒于要津。段进忠之负险，苏溪济师，凶顽退敛；胡国柱之投荒，铁门绝路，困顿悲凉。其有野渡惊人，横空设筈，系身抱筒，疾影过索，临浦而仰以攀，及山而立以落。若欲借其推移，必先受夫束缚。然则舟楫罕通，舆梁谁架？伊何金齿造奇，铁桥夺化。长栏夹翠而拖，高步浮空而跨。悬御笔之辉光，长名流之声价。从此去去，望之悠悠。边无浅渚，中不余洲。容百派以为量，挟九龙以并流。终固合乎黑水，始未涉于雍州。往事蒙舍之渎，遥程交趾之陬。既达贡于万里，爰安澜于千秋。

马锦文

马锦文（1725～1763），字梅阿，云龙县大井人。乾隆丁卯（1747）科举人，壬申（1752）科进士，是云龙县赴京应考获进士第一人。授翰林院检讨，山东道、广西道监察御史，户科掌印给事中等职。

其生平事迹于（民国）龙云、卢汉修，周钟岳纂（民国）《新纂云南通志》卷七十三；（民国）秦光玉等辑《滇文丛录》作者小传；（清）陈希芳纂修（雍正）《云龙州志》；寸丽香编著《白族人物简志》中有载。

马锦文诗文大多散佚，《滇文丛录》卷五十五录其文《与三胞兄书》1篇。

文

此次文的点校，以（民国）秦光玉等辑《滇文丛录》（上海书店出版社《丛书集成续编》影印本）为底本，文共计1篇。

与三胞兄书

七年阔别，万里归来，朝夕相依，颇遂怡怡之乐。转瞬间忽又雁行南北，回首乡关，不觉停云几度。弟自春间自省起程，因设措盘费，沿途耽搁，直至五月初十方能入京。计一路所费，已至七百余金，虽不可谓非铁铮铮好汉，而此中心力亦大半耗去矣。六月内补，任掌广西道、署河南道，又接署户科掌印，兼巡视东城，刻下晨出夜归，几无宁晷。至天各一方，光景老贵，叔侄回时，自当备述。家间一切，全仗吾哥弟，若多涉嘱恳，转为赘语也。

今岁恩科，伫望借朋喜信，此番若不进步，可知并不发愤。云龙倘有差上省，务勤寄家信总交省城南门外忠爱坊通海缎铺杨文老，万无一失。专此寄达，并候近安。余情缕缕，不尽欲言。

杨文嚣

杨文嚣，字白也，号朴园，太和人。乾隆癸酉（1753）科举人。天性孝友，人品端方。弱冠授徒，严而有法，历四十余年，不少懈。榆郡登贤书捷南宫者，多门下士。诗文极敏捷，然皆随手弃去，概不存稿。有《朴园制义》二百余，皆及门杨虹孙、高月峰、杨劲之、王造庐所收藏。诗草30余首，则长君、履恭、寿亭所默识者。今选其气格最高者，四章观于此，足知次君履宽、栗亭、鲤庭之渊源矣。

其生平事迹于（清）袁文典、袁文揆辑《滇南诗略》卷三十三；周宗麟等纂，张培爵等修（民国）《大理县志稿》卷三十；陶应昌编著《云南历代各族作家》中有载。

著有《朴园制义》《诗草》，未见传本；《滇南诗略》卷三十三录其诗《秋夜咏怀（四首）》4首。

诗

此次诗的点校，以（清）袁文典、袁文揆辑《滇南诗略》（上海书店出版社《丛书集成续编》影印本）为底本，诗共计4首。

秋夜咏怀（四首）

秋高逼寥天，良夜星耿耿。招摇移旧躔，蟋蟀咽西井。远怀不可致，披襟聊自儆。三更孤轮升，光辉一何炯。照此平生心，惺惺不酩酊。穷达固有命，行藏无滞境。岂不思奋飞，而甘守沉冥。

昔人有拱璧，不可千金贳。出以辉庙堂，藏亦为世避。君子宝所贵，何能必其试。但恐碔砆石，冒此蓝田质。泪为万镒璞，不遗良贾识。勖哉毋轻沽，谨终一如始。

善舞须袖长，善贾须金饶。古人获我心，言之亦何憀。岂不悲日短，秉烛夜游遨。少壮易云迈，老大徒无聊。脂黛宜娜婷，倾城西子娇。老妇舞柘枝，空为折柳腰。

大禹惜寸阴，陶侃爱分晷。丈夫有远志，隙影警行止。勋华本兢业，子舆戒无耻。先民亦有言，服膺矢在是。缅维千载心，秋月照寒水。

嶙崒者其骨，清和者其神，苍古者其貌，幽隽者其韵，不谓之汉魏不可也。实园李培英识。

杨师亿

杨师亿，字士介，太和人，诸生。杨履宽之祖父，辉吉侄。

其生平事迹于（民国）龙云、卢汉修，周钟岳纂（民国）《新纂云南通志》；（清）袁文典、袁文揆辑《滇南诗略》卷二十八；（清）师范纂辑《滇系》第八册《人物》；张建雄、周锦国选注《历代白族作家丛书（综合卷）》中有载。

著有《雪涯诗草》，未见传本。（咸丰）《邓川州志》卷十五录其诗《和鸡鸣寺壁间韵》1 首，（民国）《大理县志稿》卷三十一艺文部六收录其诗《雪涯诗草》1 首，仅存目。《滇南诗略》卷二十八录其诗《生日》《送广文何夫子调元江》《挽苏俾尔》《玉林兄招饮赏菊兼惠二本诗以志谢》《张君念修贻斯堂赠言》《秋海棠》《游高兴绍补寺》《鸡岩山上有梅一株，五月始花，予过其下，舟人屡为予言，未之信也。壬寅六月至挖塞，赵传白言之凿凿，因志其异以订后游》《慰病》《咏不谢梅（二首）》11 首。

诗

此次诗的点校，以（清）袁文典、袁文揆辑《滇南诗略》（上海书店出版社《丛书集成续编》影印本）为底本，《和鸡鸣寺壁间韵》以（清）侯允钦纂修（咸丰）《邓川州志》为底本，诗共计 12 首。

生日

古人重男子，初度悬桑弧。览揆即期待，四方宏所图。嗟予望四十，犹然守纯枢。铁砚曾铸就，柳汁难沾襦。俯仰若有制，跬足多榛芜。幽光欠磨琢，和璧成碔砆。白贲染亦易，无以全真吾。耻重术亦拙，见讥儿女徒。所忧在行检，日月未云徂。神龙游尺雾，丹凤栖高梧。气类各有托，志决何踌躇。

送广文何夫子调元江

四载叶榆寒，此去元江热。寒热皆天工，气分隔不别。历试非无心，利器见错节。可西亦可东，元化当偈偈。嘤鸣已出谷，惟衮终补阙。送师彩云桥，私心独蕴结。我伤颠蹶人，夫子乃提挈。曲抱耿耿怀，欲吐不可说。所愿热肠中，回眸眷苍雪。

起结冷热二字，天然关合。

挽苏俾尔

茫茫天地间，伊谁独无死。死有若如归，死或未卒事。暮景逼老椿，童牛角未偲。天道何局促，俯仰竟如此。谁唱蒿里歌，哀哉子苏子。

简古而有余味，是汉魏真谛。

玉林兄招饮赏菊兼惠二本诗以志谢

爱菊之人多种菊，菊到花时时鹿鹿。兴来瀹茗与倾醪，聚友觞花情不独。我亦花前潦倒人，胸中三径未曾贫。多君更送寒枝到，手植窗前浣俗尘。尘中岂乏闲花草，谁向金风不枯槁。独此延龄可摘英，晚节能坚复妍好。君不见，昔日柴桑处士家，悠然篱下兴偏赊。就中领得淡滋味，不负深秋几朵花。

疏宕夷犹动与古会。

张君念修贻斯堂赠言

江尾村头佳气簇，江尾村中架新木。美轮美奂拥江干，挹洱延苍势矗矗。谁俱经营惨淡思，张君追孝聿为之。光前裕后规制拓，堂开大署曰贻斯。斯地原非君故土，始迁忆自曾王父。使君辙卧碧莎堤，孝廉船系垂杨渚。旅寓于今五世来，食指森森列雨陔。族大人多收不易，欲谋聚首长殷怀。多君夙夜劳深计，买田纳秸供先祭。赢余一洒润宗人，死葬婚姻各有制。此制谁言古未闻，姻睦成风谊不分。无奈薄夫荒古道，千秋独数范希文。君今未是希文比，一命才膺力为此。禄秩虽殊意实同，积善门宜邀福祉。从兹嗣续益繁昌，制度规为更裔皇。手置义田应有记，长洲邓赕两相望。

事堪风世，语不腐浅。

秋海棠

秋雨滴空阶，娟娟花正开。无心斗秾李，有意伴苍苔。浅紫轻舒袖，微脂淡染腮。自能持绰约，寒蝶莫相猜。

游高兴绍补寺

孟潴源头绀殿开，依希小径阻蒿莱。青蛇白雀其谁见，翠竹黄花是处栽。杖策好寻龙勒石，吹箫拟傍凤鸣台。蒙僧幻术今陈迹，怀古频倾浊酒杯。

鸡岩山上有梅一株，五月始花，予过其下，舟人屡为予言，未之信也。壬寅六月至挖塞，赵传白言之凿凿，因志其异以订后游

鸡岩山上一株梅，闻说年年五月开。孤影避炎攒绿叶，冷香销夏罨苍苔。岂教梦向林间续，故遣寒从笛里回。明岁花时应买棹，葛衣筇杖定探来。

慰病

造物劳人病却闲，积时忧愤总宜删。纷挐未使心无染，指画宁教鬓不班。梦里蝶形输羽化，杯中蛇影是弓弯。案头七发征枚叟，看起沉疴一解颜。

咏不谢梅（二首）龙尾关，天生桥下，石激涛飞，四时皆然，俗称为不谢梅

绿波深处有神工，喷玉跳珠作一丛。雪里漫劳探远信，天桥日日是春风。

水底花神是貌姑，额妆翻学寿阳图。南枝可爱凭谁折，唼喋花间有浴凫。

巧不伤雅。

雪岩诗，字字句句亦从唐宋得来而不袭其貌，尤妙在品格高洁，气味静穆，每读一过令人矜平躁释。尉氏李青云敬斋识。

和鸡鸣寺壁间韵

乘闲招伴一来游，伛偻崎岖到上头。岩际瀑花飞又落，树间啼鸟闹还幽。溪流迤逦泉通灶，路入崚嶒石作楼。纵是热中名利客，也应到此学巢由。

杨履宽

　　杨履宽，字裕如，一字以居，号栗亭，太和人。天资聪慧，博闻强记，著作等身。乾隆甲午（1774）举于乡，年四十余，抱疾不起。

　　其生平事迹于（清）袁文典、袁文揆辑《滇南诗略》卷三十九；周宗麟等纂，张培爵等修（民国）《大理县志稿》；（清）师范纂辑《滇系》第八册《人物》；张文勋主编《白族文学史》；李缵绪著《白族文学史略》中有载。

　　著有《四余堂诗稿》《四书五经涂说》及诗文若干卷，未见传本；《滇南诗略》卷三十九录其诗《赋得不嫁惜娉婷》《采莲曲（四首）》《采菱曲（四首）》《梦王用霖窳而却寄》《癸巳春同李更之僧守溪游锡达场，乘月登保和山顶》《赵彦明邀看梅花，病不克赴却寄》《丰城剑气行赠熊辛春》《星回节怀古》《残荷》《晚霁寻悉达太子棋石》《驻跸台》《访僧不值》《甲午昆明秋日送许丹山旋里》《杪秋六日廨中见月忆三塔钟声》《经连然怀故明大学士文襄公（四首）》《雁字》《梅信》《落叶》《入芒涌溪》《晓发登楼》《沙阳怀古（八首选四）》《秋塞》《春阴》《星回节再吊邓赕夫人慈善（二首）》，共 37 首；卷四十二录其诗《古诗八首（选四）》《应鹤洲张太守聘赴阳瓜阅卷（四首）己丑》《晚霁过石乳山》《冒雨游圆通山》《看云》《塔桥道中》《偶感》《读〈苏秦列传〉有感》《妇负石歌》《鹿城行》《大仓铺妇》《三岔谣》《毒泉行》《吕合怀古》《望小秀嵩吊明初吴尚书云》《交水怀古》《饮池梅》《覆亭竹》《春日游荡山》《桂楼先生遗像》《瓦房哨驻舆》《夜行山中》《武侯祠》《别赵彦明》《初晴订王圣峰晚步》《一春碌碌，清明前二日有事先垄越梅溪，见樵人担上花有感率赋》《病中送汤直夫》《归思》《过佛寺》《海潮寺》《关岭武侯会盟处》《出滇》《二酉山怀古》《沙河怀古（后四首）》《省先大夫墓述哀》《驻跸台怀古》《灵官桥小驻忆李殿扬（二首）》《月夜访止庵先生祠墓》《孟获庙》《七夕漫兴用枕渔韵（四首）》53 首；（民国）《大理县志稿》卷三十一艺文部六收其《四余堂诗稿》，仅存目。（民国）《大理县志稿》卷三十艺文部五录其诗《塔桥道中》《妇负石歌》《春日游荡山》，计 3 首；（咸丰）《邓川州志》录其诗《星回节吊慈善夫人（二首）》，计 2 首。

《滇南文略》卷十一录其文《马援不与云台论》《慕容恪论》2 篇；卷十二录其文《答彭竹林书》《辞中溪书院启》2 篇；卷三十五录其文《王宾尹先生传》一篇，卷四十五录其文《〈采蘩〉诗考》《〈草堂集〉序》《张鹤亭〈美人诗〉序》《于园记》《纪梦寄二汤生》《沈节母传》6 篇。（民国）《大理县志稿》卷二十七艺文三录其文《〈草堂集〉序》1 篇。《滇系》卷二十九艺文十三录其文《〈草堂集〉序》《张鹤亭〈美人诗〉序》2 篇。

诗

此次诗的点校，以（清）袁文典、袁文揆辑《滇南诗略》（上海书店出版社《丛书集成续编》影印本）为底本，以（咸丰）《邓川州志》为校本，其中《塔桥道中》《妇负石歌》《春日游荡山》以（民国）《大理县志稿》为校本。诗共计 90 首。

赋得不嫁惜娉婷

十三弄机杼，十四解针缕。十五戏翰墨，小家十足数。十六理清琴，耻与蔡琰伍。生小闺阁中，出入谨一武。侵晨对妆镜，菡萏娇欲语。良宵月牵帏，顾影常自妩。昨日闻媒来，背人语阿姥。欲问羞不陈，心知为我故。贻来同心结，簪钏耀筐筥。诸娣竞忩恿，私心独内苦。生女期适人，敢言此终古。但恐微贱躯，不堪事华组。再拜谢良媒，一言君听取。秋风以为期，将子幸无怒。

采莲曲（四首）

莲叶作侬裳，莲花作侬袄。底事鸳与鸯，双飞使侬恼。一解
小姑爱莲花，侬独爱莲叶。花飞叶不飞，秋风声猎猎。二解

莲花看渐稀，莲子亦可数。尽道莲花红，那识莲心苦。三解

折得莲花来，瞥身见侬影。侬貌何如花，低徊只自省。四解

采菱曲（四首）

劝侬莫采菱，菱刺伤侬手。不惜手重伤，醒郎夜来酒。一解

蝶翅两边分，虾股一茎入。兰桨渡头归，秋风有底急。二解

侬心菱角犀，郎心菱花镜。镜影不分明，犀棱自来正。三解

但采北湖菱，莫采南湖芡。物情共趋炎，侬心冷不厌。四解

梦王用霖寤而却寄

团团天上月，十里同其光。猗猗谷中兰，岁久扬其芳。君心如月明，我心如兰香。兰香无匮时，月明水一方。昨夜梦见君，絮语纷难详。神情不异昔，容颜忽已苍。怪我辞良媒，终然守空床。何不自爱惜，为人作嫁裳。独宿怨遥夜，起视星寒芒。月华被兰皋，摇落满林霜。气味直逼古人。

癸巳春同李更之僧守溪游锡达场，乘月登保和山顶

趑顿筋力疲，雨晴两不适。雨既苦沾濡，晴亦困炎喝。爱兹夜气静，萧然理轻策。空山杳无人，万古此明月。西登大九寨，所历多凹凸。时如鱼升木，进寸退则尺。双膝常点胸，吁喘不得接。时如蛇入瓮，狂奔势难掣。后趾及前踵，往往相枕藉。去路望若穷，陡开又百折。幸及清宵游，差免寒与热。幽香暝自来，春山花乱发。栖鸟或惊啼，一声天地白。树杪耿疏灯，疑有静者迹。神霄天帝居，下界众星列。酌彼石上泉，泉味清以洌。车轮转枯肠，微风生两腋。飘飘凌风飞，怀哉芙蓉阙。硖角压崩云，崖屏立积铁。如何青莲峰，亦有守衣宅。隐隐钟梵音，淡烟散林樾。矫首盼晴空，大千何潒沕。天际孤峰横，断塔在嵾嵲。褰裳上上头，坐看群峰碧。乾坤落混茫，云海互荡潏。南睇妙香城，楸枰失界画。浮生等蠛蠓，兹游信奇绝。开士住精庐，尚在西峰侧。扪萝行复行，径造波罗窟。风雪皓已繁，徘徊倚松柏。

浑灏苍茫，波澜叠起。

赵彦明邀看梅花，病不克赴却寄

赵子知我有冷癖，百花之中独好梅。梅花初开三两枝，便扫苔径须我来。年年活火为烹茶，惭无好句酬梅花。花神怕我少意绪，故遣疏英明彩霞。闻说今年花，绝胜去年好。斜阳幻出影姗姗，晓风吹来香袅袅。梅花老去倍精神，我今未老不如人。况当扶病难露坐，孤负梅花又一春。殷勤语赵子，看花先要读花史。花未开时花少姿，花若开尽花老矣。须趁半开未开时，有酒对花斟酌之。如女青年十五六，云鬓雾鬟翩来迟，只金点苍雪未深。西洱月初临，雪飞无定候，月满未映参。待得雪月海天同一色，未必梅花尚满林。古来良会不易得，非独鲜民自嗟咄，期誓不至以异日。雪霁月横我当客，高卧花前吹铁笛。

丰城剑气行赠熊辛春_{阅卷阳瓜所取冠军士}

君不见，丰城剑气干斗牛，沉沦狱底几千秋。一朝拂拭华阴土，晶光摇摇天为愁。神龙显晦各有日，漫说张华好眼力。纯钩湛卢古所闻，欧冶一去无颜色。赤堇之锡若耶铜，洒道雨师鼓雷公。太乙下观帝装炭，猛猛烈烈中飞龙。巨阙光离豪曹黯，鱼肠逆理不盈揽。吁嗟薛烛尔何人，一一鉴别神惨淡。学辨痴龙语非讹，轩辕华表复如何。嗜奇爱博靡不有，高天下地穷搜罗。偶识豫章一云气，顿令古光照天地。空山风雨白昼寒，深庭魑魅中宵之。噫嘻吁！此剑此光天下无，夜夜匣中闻啸呼。他年携向延津渡，风鳞云鬣飞天衢。

陆离班驳，雅与题称。

星回节怀古

吁嗟乎！人生百年孰后死，死等鸿毛有余耻。君不见，邓赕之妻一妇人，撑拄乾坤亘万纪。松明楼头煨烬残，德源城北鼓声寒。先见已超孙徐右，誓守不异张许难。咄哉奸雄皮罗阁，欲以雕笼縻寡鹤。怒掷瑟瑟同心结，肯受仇雠一妃爵。于今遗俗遍滇陲，家家此日割牲肥。辍春罢市虔祭赛，烧松火彗光陆离。吁嗟乎！同时四诏中，岂乏玉颜妇，濡忍全躯竟何有。南北山头骨几堆，后世那知某为某。

残荷

江干秋老江妃泣，狼藉残红不收拾。凉风一夜渡江来，绿扇纵横晚妆湿。粉断香零不复悲，为爱灵均制衣色。水光接天两茫茫，银河一片横波入。低徊照影私自怜，取媚争妍竟何益。细雨深房结子多，苦心向谁明怨惜。江南有客赠明珰，属玉飞去秋空碧。

寄托遥深。苦心句作者已自道破本意，结以"赠明珰""秋空碧"，宛转言之，尤征语妙。

晚霁寻悉达太子棋石

我坐山中才半日，空山悄悄如小年。道人见我少意绪，引我来观棋石青峰巅。棋石恰对溪回处，溪水日夜鸣溅溅。是时溪风犹凛栗，吹得笠帽一角偏。石上纵横方罫列，多应人世穷雕镌。悉达太子伊何人，天荒地老今无传。此山旧是释迦住，后来迦叶尝闭关。禅心已同野云逸，一着尚复争后先。君不闻，石宝山，王质烂柯须臾间，归来沧海变桑田。又不闻，桐君十幅琅玕纸，翁翁蜂衙惊枯禅，橘中二叟日掀髯。玉尘九斛袜九纳，期君异日青城边。

"禅心"二句嘲得妙。

驻跸台 在无为寺北里许，相传元世祖驻跸于此

昔王曾驻跸，而我挈壶来。营垒生新草，山川绕故台。两关龙首尾，万开树萦回。凭吊斜阳里，雄图一酒杯。腹联十字，力可屈铁。石屏朱弈簪识。

访僧不值

微雨过空林，不闻钟磬音。危楼青嶂合，幽径绿苔深。风度谁家笛，泉鸣昨夜琴。怅然迷处所，新翠一庭阴。

甲午昆明秋日送许丹山旋里

小西门外柳，攀折已将残。又送丹山去，秋风雁影寒。断桥横落日，乡思满渔竿。今夜昆池月，愁予独寐难。

气格甚佳。

秒秋六日廨中见月忆三塔钟声

流萤度疏箔，微雨霁高峰。坐对竹间月，相思云外钟。秋声下木叶，霜气落芙蓉。安得骑元鹤，归飞驻碧松。

通首是见字、忆字神理。

经连然怀故明大学士文襄公（四首）

经行频过古连然，斑驳残碑认昔贤。胸贮甲兵入洛岁，口谈王霸弃缮年。固原壁垒多晴色，河套封疆少燧烟。未竟雄才嗟逮狱，西风落日满绥延。

再提斗印入关中，缚虏惊传故将功。承郏密陈清寺北，亚夫不战定山东。趋朝国老危轩鹤，自注：时彬宁贵幸公，疏颇及之。莹语优人臧盾促冥鸿。终始勋名扼近侍，刘公已去又江公。

中四中锋悬腕。

裴晋归来冠四朝，浮生端合听吹箫。烽烟不敢侵京口，车驾从教幸许桥。自有元戎能破贼，无劳天子更观潮。时有道上幸浙者，公讽谏乃不行。只今反复阆门赋，应羡当年宠遇饶。

五六从"越人自贡珊瑚树，汉使何劳獬豸冠"化出。

议礼书生厌老成，无端优诏起怀英。秦中旧部增颜色，洛下新知思姓名。公过洛阳，刘文靖让公，咄咄而入。陆粲与言多感叹，霍韬奏对敢纵横。可堪削籍犹诬贿，每过山庄恨不平。

文襄公事业文章为滇中第一人，栗亭四诗雅足以传之。朱弈簪识。

雁字

万古洪濛孰与开，天教阳鸟负书来。典坟奇迹昭云汉，蝌蚪新文列上台。风断依稀存夏五，月明何处补南陔。祖龙空肆秦灰虐，漏却青霄一部回。太着色相，然自清新可喜。

南楼徙倚对天涯，远树停云雁阵斜。尺幅淋漓披暮霭，一行飞舞入芦花。玉关秋思传千里，凉月砧声绕万家。指点寒空多少字，不胜清怨写琵琶。

后四清脱，然较之张月槎作之骨重神寒，不专于咏物而咏物无不工，便不逮矣。王子音识。

梅信

春风别汝黯消魂，望断江南晓又昏。几度相思明月坞，昨宵归梦白云村。水缘清极含冰影，山为寒深露雪痕。寄语灞桥驴背客，从今不负探花恩。

中四不减海珊。潘瑞识。

落叶

秋风袅袅洞庭波，无数残霞堕碧莎。半咽蝉声清露少，斜翻鸦背夕阳多。烟寒驿路埋荒堙，雨暗江城胸女萝。天际含颦独不见，白云何处吊湘娥。

入芒涌溪

溪风飒飒水潺潺，随路花殷屐齿斑。鸟语半空晴雪树，樵歌一片夕阳山。桥临断岸斜依石，云护精蓝静掩关。遥想林栖支遁客，几人相望翠微间。清警。

晓发登楼

香台高拥众山环，雨后风光四面看。远浦飞来帆几片，晴空放出日三竿。云生大壑龙离洞，风吼长松水下滩。见说华峰通帝座，只今清啸玉虚寒。

极整炼亦极流走。潘端识。

沙阳怀古（八首选四）

狐突墓

夜半娇啼帐里声，女戎自古善倾城。两蛇终斗元黄血，九子先争羽翼成。已判臣名在重耳，却教妖梦践申生。思量里克求中立，底事纷纷又弄兵。

总题目是《沙阳怀古》，分注既有"墓"字，乃欠点染，下冯亭墓亦然。

简子城

吉射荀寅垒尚存，头颅好在饮难醺。晋阳城不浸三版，汾水波能灌六军。智果全宗谋未晚，孟谈乘间势中分。一舟载覆征民力，保障当年嘱尹君。

冯亭墓

秦兵东下塞辕辕，上党山河是祸根。赐剑已闻诛白起，买丝翻与绣平原。试寻战垒斜阳影，犹有青磷夜雨魂。漫听冯亭侈邪说，国成谁秉费深论。

韩王山

韩王山对夕阳城，故垒空余蔓草青。说豹雄封摧败叶，耳余交谊散秋萤。西来鼙鼓惊壶口，北去旌旗指井陉。太息功成身未退，淮阴闲却钓鱼汀。

秋塞

半落封侯志，榆关又早寒。可怜南去燕，几日到长安。

萧曙堂云：即此已足的是唐音。

春阴

烟重难分柳，寒深不辨花。若无莺语唤，忘却是春华。

星回节再吊邓赕夫人慈善（二首）[一]

铁钏深宵约臂寒，留君无计泪空弹。姜心更有坚于铁，烈火难消一寸丹。

吊邓赕夫人者多矣，二诗实足压倒。元白张允楉识。

苦无雄剑掷仇头，忍逐鸳鸯戏彩舟。洱水西来弥水接，姜心终是不东流。

栗亭以俊上之才兼清刚之气，力追正始，不尚浮华，诚未易觏。惜天不永其年，且未得全豹而窥之也。张扴识。

【校记】

[一] （咸丰）《邓川州志》题为"星回节吊慈善夫人（二首）"。

古诗（八首选四）

商鞅废井田，李斯废封建。良法遂煨烬，千古为长叹。伊予揆乱原，兹犹非所患。先是百年余，淳朴已凋丧。盲左内外篇，词令彬彬善。则古称先王，流风倘可见。降观及战国，元会此一判。上之礼教亡，下之人心涣。生民有秉彝，渐灭如冰泮。猰㺄各乘埘，鬼蜮皆握券。纷纷腾口说，往往亟攻战。一二匹夫雄，背公死私怨。瞻兹齿发伦，居然有靦面。已绝睢麟心，渠奈官礼宪。周公幸复生，拔本穷无算。区区治之迹，未足为理乱。

论已往得失燎如指掌，即论治道亦法变而道不变也。

圣笔如化工，别嫌明其微。丁卯子同生，周公神凭依。春申惑李园，异人惑不韦。熊嬴百世灵，鬼不其馁而。同也齐侯子，展甥是耶非。不有春秋书，千载竟传疑。文戴贤炳炳，卫霍功巍巍。醴泉本无源，瑞草空有枝。大矣天地心，栽培理亦奇。

结意忠厚。

始皇裂嫪毐，继父父之仇。茅焦解衣前，鼎镬甘所求。其言殊不经，无乃十载羞。是时三网沦，大义良悠悠。礼绝不为亲，春秋垂令谟。生物使一本，父兮可假不。况彼中构孽，囊扑夫何尤。但憾迁雍时，网漏文信侯。嬴政实中怯，置法苦未周。列宿光昭回，焉得乱薰莸。

老辣。

仪衍妾妇流，钻穴窥其夫。欲致专房宠，百媚牵人裾。一朝金屋贮，前后貂襜褕。东邻有处子，冰雪为肌肤。十年终不字，善保千金躯。宁无父母心，耻为倚门徒。闻诸黔娄妇，无邪而有余。世乏梁伯鸾，空房常晏如。

千古不朽人物，只争在进身之始，若无伯鸾而甘空房者，舍孔孟其谁与归？识已明心见性，论必提要钩元，以狐史之笔标一百篇宗旨，自当突过汉魏，况其下乎。楼锡裘识。

应鹤洲张太守聘赴阳瓜阅卷（四首）己丑

墨缞兴戎事，盲左聊示讥。文达开江陵，夺情犯群訾。或云君如亲，或云敌不遗。借口亦云然，不免颡有泚。嗟我独何为，不得安其私。父丧俨在殡，而赋陟岵诗。大功废弦歌，乃敢知文词。食稻既已非，衣锦将安之。况当府中趋，苴杖岂云宜。三复庶见兮，怆怆中肠悲。

有客叩我门，驾言自阳瓜。云有贤大夫，笃生浙之涯。早岁驰名场，烂漫扬天葩。自一行作吏，簿书日纷挐。矧乃天西头，填然鼙鼓挝。羽檄惊飙流，往往夜半哗。颇闻吾子名，束身少过差。国家旧典存，小试严搜爬。愿假半臂力，相与披金沙。闻言感复愧，此事良难料。

平生少年日，卤莽登战场。飞虫时弋获，大敌终难量。如彼堂下人，安知所短长。自我歌鲜民，塌焉摧肝肠。方寸乱已久，过眼迷青黄。冬烘旧头脑，何以报相望。下则负高谊，上则干王章。进退无一可，以兹重旁皇。甚愧丈人意，无劳远于将。愿得终倚庐，少谢人讥让。

大兄前致词，阿弟一何迂。鬻身为葬亲，千古有良谟。先子遗清风，屡空守穷庐。到今捐馆舍，内顾无寸储。矧乃迫兵荒，门庭剧追呼。贫者士之常，伤哉窀穸图。礼穷则当变，毋为徒区区。慎守四知训，泉下应晏如。阿母重敦遣，去住两踟蹰。西风游子泪，点点血模糊。

直写胸臆，是《国风》，是《小雅》，何曾有一豪矜饰。张壹田识。

晚霁过石乳山

雨余松径寒，更入烟萝去。石磴横翠微，萧萧风景暮。林开山一角，危石向人仆。颇疑太古云，欲崩复少住。上有千丈松，风涛时吞吐。清境难久留，行行屡延伫。何当襆被来，卧听潮音度。

冒雨游圆通山

名山如美人，好雨如膏沐。当秋一滇濛，眉黛染深绿。偶来纵清眺，新翠近可掬。磴道石盘旋，苔深屐踯躅。左通三天门，欹树覆石屋。右上及崖半，小亭暂驻足。渐觉风雨繁，流青满前麓。摄衣更登临，千松万松簇。岚气失朝昏，咫尺炫人目。回首昆明池，烟波正相逐。

同《石乳山》诗，又近王孟。倪琇竹泉识。

看云

云从涧底生，冉冉缘青壁。须臾南山云，亦来慰岑寂。初低北山松，渐幂南山石。南山挂云幛，北山戴云笠。南北倏合并，茫茫云海立。天上与天下，一气通呼吸。我欲乘云去，帝乡或可即。当今待霖雨，苍生坐愁疾。勿为掩空山，四海望颜色。

塔桥道中癸巳[一]

我从南山来，远过北山麓。仄径屡萦回，溪桥时断续。麦陇荫杂花，人家隐修竹。时见田舍翁，村头放黄犊。羁绁尘网中，劳生苦碌碌。安得买薄田，相将架茅屋。

【校记】

［一］（民国）《大理县志稿》无此注语。

偶感

奴辈利我财，散之恐不速。散则受饥寒，叩门将谁告。缓亦恒苦出，急亦恒苦入。泊与淡相遭，所求良易足。巢林借一枝，饮河资满腹。鄙哉身后谋，摒挡日碌碌。

质自如话而意自深远。高上桂识。

读《苏秦列传》有感

公旦营洛邑，诞保惟七年。君陈嗣先泽，三纪风乃迁。王命毕公高，闲之曰惟艰。百年胜残杀，此事良独难。何来苏季子，阴符手一编。掉弄三寸舌，朝秦暮燕关。当其垂翅时，父母羞与言。一朝拥多金，妻嫂拜堂前。坐令无目辈，贱绣贵倚门。愿言释耒耜，利口干华轩。呼吸变霜露，吐嗽兴波澜。颓流逮西汉，兹风犹未蠲。贾生甫弱冠，痛哭叩九阍。嗟哉列圣谟，隳坏由一人。谁谓六国印，多于二顷田。

　　谨严。

妇负石歌

　　君不闻，共工怒触不周折，女娲炼石飞焰烈。又闻夸娥背负太行分，巨灵手擘二华裂。六合以内无事无，六合以外谁与决。竖儒俗眼未见有，六鳌冠山蚁桥舌。汉家四叶兵力强，西穷河源南荡越。筇竹远来大夏中，蒟酱遥通番禺竂。一朝天子凿昆明，郭卫旌旗蒙骞节。长驱直到天西头，羽林饮飞多撇挄[一]。妪何人斯偻而行，卷石垒危引一发。今我老也彼丈夫，坤轴掀翻日车轶。壮士错锷不敢前，即看羽书卷仓卒。至今传者南中民，父老再拜儿汗额。闻道此邦多佞佛，大荒以往吾能说。华首门扃迦叶尊，匐尾囊封赞陀崛。券铭罗刹赤印生，供设杨波方罘列。此事何须辨伪真，止戈为武民大悦。方今国家宏远谟，百里严关罢险设。石兮石兮，天荒地老三千年，苍云暖礋洱波澈。

　　卓立天骨森开张。

【校记】

　　［一］撇挄：（民国）《大理县志稿》作“挄撇”。

鹿城行

　　名声死阿迷土酋，必奎戮元谋土酋，蠢尔沙酋更惨毒。滇海白日翻波澜，寡妇孤儿走蹩躃。谓黔国公沐天波太夫人金氏。间关远赴威楚楼，风声鹤唳总堪怵。有明承平三百年，武备懈弛戟盾秃。洱海使君张李侉，唐张巡，宋李纲。强撑孤注奠南服。城头炮石飞火星，城堙颓骸穿利镞。时危不得乘舟援，势迫那计守陴哭。可怜贼去却重来，匮饷疲兵支蛮触。自分君子身为猿，况兹小人面如鹄。苦将忠义激斯人，掘鼠罗雀誓不复。丙戌，贼困鹿城，已解去，丁亥复来，困八十余日，粮尽援绝，几不守。天波、畏知以死自誓，民无离心。终障全城贼锋余，雁塔山高龙江绿。吁嗟乎！吾乡封疆颇崎崒，点苍壁立洱环束。神龙首尾蟠地轴，一夫当关百以目。胡为乎！贼来但听长驱入，坐令元元之民恣鱼肉。尸填十九峰前，血满十八溪曲。定洲遣其党王朔、李日芳陷大理，祸甚烈。到今授命惟传几布衣，谓杨珊、杨宪等。惭愧当年累累若若食君禄。

激昂感慨，纯是老杜。萧大经识。

大仓铺妇

夫挽军输子听役，妾身独向闺中宿。半夜火来呼铺卒，惊起隔岸鸡声喔。此时人家睡已熟，叫号东西不敢哭。误公程期罪当扑，那容辗转觅伯叔。披衣扱衽走觳觫，诚哉夜行则以烛。吁嗟乎！男子由右古所严，矧乃月黑涂茫然。李尚有枝瓜有田，前呵后殿相摩肩。介以椎髻菩萨鬘，我心憧憧为烦冤。何日徼外靖戈铤，村墟无扰得晏眠。

三岔谣

三岔河，不可沿。三岔路，不可前。南走越，北适燕。一身愧两立，行止非苟然。君不见扬雄莽大夫，投阁有谁怜。

语意亦自杨朱“哭歧路”化出，而笔特古峭。竹泉琇识。

毒泉行

天何必有彗星，地何必有毒泉。天地尚如此，人心岂不然。人谓毒泉毒，我谓毒泉美。毒泉之毒苦如荼，人心之毒甘如醴。君不见，曹瞒汲引解怜才，王莽虚恭能下士。一朝魁柄归掌握，流毒天下不可止。子云文若几清流，无人不为毒泉死。

汪耦唐云：予昔有断句，亦此意。

吕合怀古

把剌瓦尔密元家分藩世梁社，苞桑国计倚亲臣。诘尔戎兵任驱马，何来么麽李芝麻。一骑尘飞魂落也，环滇三十六平章。阿奴故是可人者，指挥重整旧山河。乐极生悲冤鬼多，可怜番女尽人杰。不救将军一死何，功成却献美人计。剌剌千秋不平事，更有阿禚与羌奴。肉屏绣旗各挥涕，从此鸿沟割西南。无人再效筹边智。吁嗟乎！王吴二公血化碧，备御应有绕朝策。长城自坏已如斯，全家覆没更何惜。我来重过古战场，千山万山惟斜阳。饥鸟啼上白杨树，鬼磷萤火星辉煌。

叙事有手策，议论中肯綮，绝大文字。和斋优识。

望小秀嵩吊明初吴尚书云

终童请缨系南粤，小儿强解事唐突。国家绥远在怀柔，漫言千钧引一发。况乃梁王本天潢，非如尉佗可口伐。王公致命等真卿，天子应怜臣力竭。一之为甚其敢多，瘴雨蛮烟二忠骨。吁嗟乎！中道相逢铁知院，狼子野心人皆见。受命于君无可逃，血污犀甲尚酣战。明年傅沐议南征，白石江边鸟兽散。纪勋直上麒麟阁，君等应得开生面。开生面，枉死穷荒君不厌。

余初至滇亦有吊二忠诗，逊此识力议论。义乌楼锡裘识。

交水怀古

自古亡王义死国，肯向等闲复求活。瞿张已殉桂林城，底事西南再播越。献贼余党李共孙，三川失穴规兔脱。嗟哉恢复岂所望，漫拟颠木有槎枿。冀王秦王日纷拿，欲挟天子事恐喝。天子一名后一口，安笼道上空咄咄。此奇货也势可居，辄更称兵相伺夺。与乱同事罔不亡，何如当时竟一割。吁嗟乎！文山叠山误天下，我诵斯言久恻怛。安得一起张国维，与之共论济君策。

按：张太保当鲁王遁舟山，义乌破，有劝其避图再举者，叹曰："误天下者，文山、叠山也，一死而已。"卒赴园池死。又其先劝王连诸帅之心，报唐王共复国仇，功成之后入关者。王筹策皆当读者，无以词害意，谓訾文谢者也。

饮池梅此诗与《覆亭竹》《残荷》皆蒙化官署杂咏

面一鉴堂亭曰仿濂亭，左古梅横撑池面，老干折上复下，新枝覆水，其拗处骨断理连，支离可爱，命之曰饮池。

山空泽坚老蛟渴，进出悬崖饮绝窟。掀髯饮讫向晴霄，拄腹撑肠气蓬勃。垂头却更恣酣嬉，势吞三江倒滇渤。谁构斯亭曳其尾，雷雨扬鬐望恍惚。膏流节断不复生，霜折努筋犹强活。影落沉潭格自奇，香生南浦吹不歇。何当携觞雪后来，月月玉鳞铺夜月。

起得奇崛，结得清峭，是为老手。丁应銮仙坡识。

覆亭竹

堂左修竹干霄前，太守长白达公结茅其下，颜之日吟月，以其面震也。浓阴厌檐，凉飙时动，命之日覆亭。

老凤声清刍[一]凤娇，明月欲来风萧萧。此间四时多秋意，祝融何敢凌□歊。谁其作者太□达，斫柴为栋编以茅。森沉绿阴翳白昼，琤琮爽籁鸣寒宵。我家十七峰下住，庭前丛筱翻长梢。自信此君成熟识，烟霞到处相招邀。竹枝歌断天苍莽，嬴女缥缈闻吹箫。

起伏顿挫，异样苍秀。丁应銮识。

【校记】

[一] 刍：原为"邹"，据句义改。

春日游荡山

乘闲过鹿苑，山水弄晴晖。日气烘花坞，春声闹翠微。寻泉依涧远，把酒看云飞。向晚松阴静，闻钟且息机。

桂楼先生遗像

高风攀不及，古貌是耶真。跌坐一拳石，著书千载身。我知焉孝子，谁道是仙人。郁郁闷宫启，于今俎豆新。

正论。

瓦房哨驻舆

斜日下西岭，魂伤山黯然。未知今夜月，更听几峰泉。游子悲秋露，居人语暮烟。行行向南望，目尽白云边。

风景不殊，观者各别，三百篇中寓情于境之什。亦因人而异，所以为可贵也。丁应銮识。

夜行山中

此夜无明月，凄然警客心。那堪山似戟，况复树成阴。野戍谁家火，孤村何处砧。嗟予肠断久，冥冥听猿吟。

武侯祠

丞相南来日，曾闻此驻师。盘空驰怒马，卷壑暗征旗。风雨千年树，鸡豚万里祠。至今关岭上，山鬼护丰碑。

别赵彦明

与子三年别，相思两地同。宁知来日下，弄手话云中。归计随南雁，尘踪印云鸿。为传好消息，万里慰山翁。

自然工雅。

初晴订王圣峰晚步

今日稍暄暖，期君近郭游。斜阳烟外寺，春水渡旁洲。俗累难抛手，吾生易白头。鹧鸪啼更切，应为一迟留。

五六贤愚同慨，可谓《兰亭记》后半篇。高上桂识。

一春碌碌，清明前二日有事先垄越梅溪，见樵人担上花有感率赋

少日穷游宴，中年鲜欢娱。劳人白城郭，春事归樵苏。露叶青沾笠，风花香满襦。山林吾固有，为尔立斯须。

病中送汤直夫

扶病起相送，含情欲不言。子多难老祝，予有未招魂。腹痛他年事，琴亡此日冤。杜陵殊浪语，死别讵声吞。

栗亭以不得终事老母为恨，临终前一刻有句云："离魂今夜惨，老泪几时干。"真可哀也。

归思

胜水名山引兴长，其如归思满沧浪。留将剑气从雷握，颇有诗篇贮李囊。凉月一天荒驿白，好花三径故园黄。那堪惆怅劳亲念，为报游人已促装。

晚唐。

过佛寺

老树苍藤坏壁齐，狂风不住屋东西。松杪直撼云千尺，薜荔斜翻雨一溪。绝涧暝来山鬼啸，悬崖日落野猿啼。壮心未肯稍降伏，更向危岑独杖藜。

海潮寺

谡谡松风绕径流，翠微深处一龛幽。朝暾岚气都浮水，夕照湖光总上楼。僧定不知南北路，客来消尽古今愁。山川信美非吾土，孤负沧浪旧钓舟。

关岭武侯会盟处

漫言魏绛解和戎，不战安能率土崇。上策攻心师别将，前驱负弩见孤忠。悬撞兵拟从天降，聚米酋真坐井中。一自南人归化后，至今滇水尚朝东。

出滇

天涯到处若为家，底事梁州老岁华。三楚关山晴雪满，两河春树暮云遮。南车漫假周公指，北斗终延汉使槎。一酹旗亭桑落酒，未须清泪湿悲笳。

二酉山怀古

八骏归来志早荒，底缘天末有书藏。时巡应纪歌黄竹，王会争图拥白狼。汲冢何年窥篆籀，孔墙终古听绝簧。祖龙一炬真多事，二酉山高云气苍。

沙河怀古（后四首）

令狐茂冢感戾太子事

思子台高泪未干，汉家天地不平安。除宫若早诛江虞，辅政何缘诏上官。

青鸟驾还仙易老，泉鸠里在水犹寒。待悬负扆图三尺，悔摘前星下玉坛。

毛城感袁本初

受人怜不是才能，怒掷兜鍪战气增。老去未能忘栈马，凌风甘自让鞲鹰。虎皮羊质嗟公路，犬子豚儿笑景升。坐使神州归盗窃，汉家四世有疑丞。

李卫公布雨处

茅舍何人叩夜深，鬖鬖滴水涨蹄涔。云雷先试经纶手，风雨徒伤板荡心。望霓几年成赤野，弥天一夕沛商霖。李花开遍杨花落，江北江南自古今。

合漳吊陈寅

西和城上阵云昏，太息边头失此人。飞羽未闻援耿秉，论功久是忌张巡。孤臣泪尽惟余血，绝塞家亡竟致身。莫叹覆巢完卵少，千秋文谢共嶙峋。

省先大夫墓述哀

松楸寂寞九年余，回首南陔恨不除。未逮鸡豚悲季路，徒嗟风木恸皋鱼。迂疏漫拟干君泽，老大焉能读父书。艺忝牵牛皆自愧，乾坤何处着吾庐。

驻跸台怀古

革囊壅水渡明驼，半壁西南杀气多。云霓望深十日雨，风霆势扫一天魔。军前裂帛书磨盾，城下传旗令止戈。闻道角端作人语，彼苍生意岂蹉跎。

灵官桥小驻忆李殿扬（二首）

每听吴歈倒榱篱，豫章游子不胜悲。郁轮未荐王摩诘，留与樽前唱竹枝。

秋风此地听君歌，一曲清歌唤奈何。今日再从桥畔过，满林黄叶雁声多。

月夜访止庵先生祠墓

坏垣欹径野风吹，撼撼霜林叶尽时。蘋藻未闻乡祭酒，有人月下读残碑。

孟获庙

中孚直可及豚鱼，庙貌依然傍草庐。从此南人知汉节，庞遗李秀尽堪书。

七夕漫兴用枕渔韵（四首）

天汉盈盈一水洄，七襄机罢鹊桥开。黄姑老去无情思，输与牛郎拂镜台。

碧海扬尘银汉苔，阿环此恨未曾灰。骊山西畔团圆月，曾向长生殿里来。

曝衣楼上绣成堆，布裤长竿免俗来。同是竹林萧散客，恨他摒挡不能开。

腹稿穷年万卷排，中庭坦卧笑书呆。可怜臣朔饥将死，牧豕童奴拜将来。

先生性刚方而艰于遇，古体有胆识，近体多遒。上顾其挚性过人，孝思不匮，其他寄慨之作，词气严正凛然，有不可犯之色，古之乡先生没而可祭于社者非欤？阅至病中濒死之句，令人不可卒读，其后嗣当有光先业者。钱塘汪庚识。

文

此次文的点校，以（清）袁文揆辑《滇南文略》（上海书店出版社《丛书集成续编》影印本）为底本，其中《〈草堂集〉序》《张鹤亭〈美人诗〉序》以（清）师范纂辑《滇系》（光绪丁亥云南通志局刻本）为校本，文共计 11 篇。

马援不与云台论

旌昵，私也；避嫌，亦私也。王者持天下之道，惟其公而已矣。不可以其戚我而冒功，独可以戚我而掩功乎？古之圣帝，不以天下私其子，不旌昵也。古之贤者，称其子不为私，不避嫌也。盖尝考伏波将军之从世祖定天下也，锄先零，守陇西，出塞漠，平交趾，不在吴邓贾下，五溪之征，卒于王事。世祖用梁松谮，收其印绶，藁葬城西，赏不酬劳，此忠臣义士所为长叹也。既而明皇帝即位，追云雷之经纶，缅龙虎之应求。永平三年，诏图二十八。将南官云台，上列首邓禹，次吴汉、贾复、耿弇、寇恂、岑彭、冯异、朱祐、祭遵、景丹、盖延、姚期、耿纯、臧宫、马武、刘隆。下列首马成，次王良、陈俊、杜茂、傅俊、坚镡、王霸、任光、李忠、万修、邳彤、刘植，又益以王常、李通、窦融、卓茂四人。而将军以椒房故，独不与焉。夫李通自伯升始起春陵，以识从王常，所谓下江贤将也。世祖常称之曰："辅翼王室，心如金石"。然之二人，自讨东郡、济阴盗贼而外，无可称述。窦融处公孙述、隗嚣间，而能一志向汉，是十年乃字之义也。卓茂值干戈抢攘，以循吏闻，观其拳拳教民以礼，庶几古之遗爱与？然以视伏波将军，其不可同年而语明矣。乃四人以疏故存，将军以戚故废。本欲以公示人，而反自涉于私，君子以是病明帝矣。说者谓马氏子弟多骄蹇，观将军《戒兄子书》可见。是举也，或者马后辞逊，不欲长其父以侈其族耶？然以是而保厥宗祧，可谓贤后也；以是而闭塞功忠，帝不可为明主也。夫王者以公持天下而已矣。避嫌之过，其所以异于旌昵者几希。笔极明净，论亦平允。

以私掩功，千秋沉冤不涤，得此可为伏波吐气。考据精核，议论雄杰，大是史才。许宪识。

慕容恪论

予读史，至慕舆根欲为乱，以告太原王，王正色斥之，因语吴王垂，垂劝太原诛之，太原不许。既而根谮太原于可足浑后，几杀之，赖燕王明，幸得免。窃叹自古乱贼之倾覆，而君子处之，诚不可以不明且哲也。方舆根之谋于太原也，意未必倾太原。既而谋不能逞，夫独不念太原专录朝政，苟明征其罪而诛之，其将何以自免？则其反刃于太原，亦势之必至也。春秋之义无将，将则必诛，则垂之劝太原，亦岂为过哉？太原之言曰："今新遭大丧，三邻观衅，而宰辅自相诛夷，恐乖远近之望。"斯亦不通达国体者乎？惜乎其不讲于《春秋》之义也。幸而炜鉴其忠耳，不幸而信之，而因以禁兵杀太原，身则已矣。其如此孤蘖何？以周公之圣，二公、成王之贤，流言不利于孺子，且不能以无疑。又况炜何如主，评何如臣？事几之来，闲不容发。子曰："小不忍，则乱大谋。"《诗》云："君子如怒，乱庶遄沮。君子如祉，乱庶遄已。"三复斯言，君子之处乱贼，必有道矣。

为姑息养奸者，痛作针砭，是亦《春秋》诛意之法也。此有关世教之文，可以传矣。丹山许宪识。

答彭竹林书

赐书，教以泯升沉之迹，其意至公至平。但宽曩所以为是言者，窃见近世尊官贵人，于此道绝少诣极，一旦登高而呼，彼其人自以为道在是矣。加以门生故吏，揄扬称美，家李杜而人苏黄。每一披其籍，辄欲作数日呕，曷可胜道。至于选家，虽以竹垞感旧，归愚别裁，雅自谓因诗存人，不因人存诗。然其中合韩非于老子者，盖亦多矣。居常窃论归愚诸选，惟《明诗别裁》为佳。《唐诗别裁》，原选尚觉稍杂，至于增选，乃其不肖子弟，不知而作，欲以此射利异日者。此书而不传，归愚子之幸也。此书与原选并传，有识者尚能辨取，设不幸原选不传，而但传此书，末学无识，而忽遇恶风，飘堕罗刹鬼国，吾不知其所税驾矣。至于国朝诗，乃一切为声气交游所缚，而不得自主，大约异日有为归愚子功臣者出，存其五之一，而其真始见也。宽常持此论，前在长安，颇为荔扉、苔上所诃，归来嗫不敢言。今敢为竹林言之，亦恃惠子之知我也。至于同时之人，则毁誉之局方新，是非之衡未定。况今日者，人耻言学，而竞相高以名，迄无人自知其不足者。此例一开，缘情而入之，则选杂；据理而斥之，则怨深。故宁以俟诸他日之元晏也，此则宽之微旨也。宽始为此意，在总三迤人文作一全书，但交游既寡，即或有谋面之人，而留心此道，则更加少焉。默数东迤，惟阆槐村可托，其他则虽风流自赏，然大约皆诗酒声色，便自命为名士者，不知其人而妄托之，徒费楮墨何益？惟竹林足下，交游过宽十倍，尚其出全力伙助，表章前哲，吾党盖均有责，亦不得谓是乃宽之事也。如更得若簪崖者而共任之，此事庶有济耳。然以宽揆之，窃恐好事如吾辈，大难大难。昔人之秦七黄九自佳耳，此事何与卿饥寒？可为拊掌也。阳瓜可另择人付之，其他郡邑，则共致其思焉。竹林得其人，当以告宽，宽得其人，亦以告也。如是酌而行之，其涂方广。至于所知之人而果有心者，则又备道其意旨所在，而转以属之，使其更托所知，互为推广。诚能地得一人，亦斯事之幸也。今欲刊布《征诗启》，则近于招摇，计惟有如此为妥。尚其有以教我，则幸甚。

前半棱角峭厉，殆亦有激而言之。后半一片婆心，正说、侧说、反说、宛转说，弥见其用心之苦。不刊布《征诗启》一层尤为先得我心。惜栗亭与竹林俱早世，并其所征获之诗文，亦不可得见。读此书，真觉百端交集。

辞中溪书院启

窃以作育人才，固司牧之盛心；成就后学，亦儒者之素愿。某何敢专己自封，不思竭其闻见，为后学津梁？但在己情事，实有不容不辞者，敢略陈之。某有母年过七旬，爱怜少子，客岁所以得应聘馆于外者，伯兄中丁酉科举人，某在家问衣寒燠，视食早暮。今伯兄计偕北上，某一家内外，别无昆季。虽老马之智不敢让人，而乌鸟之私愿从其好。况乎缺一己之温清，欲以作多士之楷模，亦非所以为教也。此其不容不辞一矣。又自客岁授馆后，生徒群集，至庠舍不能容。某仰体仁恩，深惧负托不效，每日未明求衣，漏三下不得就枕，积劳成疾，驯致委顿，至今未痊。自知任重材轻，不克负荷，欲为一辞之退，不待三褫之加。此其不容不辞二矣。且某自为诸生，足迹不入公门，比捷乡闱以来，岁时腊，一刺往还而已。固不谙夫世情，尤耻事夫干谒。谬蒙前署郡伯物色风尘之外，用砥奔竞之习，委掌书院。不知某迂僻性成，不惯趋走，以草野倨侮之素，入伺候颜色之场，动见诃责，深为不便。抚心自谅，惟守原宪之贫，庶完灭明之节。此其不容不辞三矣。伏惟俯鉴私情，准其解馆，不胜感激之至。

文亦平正，竟似八股中三扇格，而人品学问气骨毕露行间，登之以见栗亭非仅诗人也。

王宾尹先生传

辛卯冬，宾尹先生卒于家，其子孝廉子静走状索铭，予既为之铭。因思子静状，虽始末备具，而未尽先生之生平。俟稍暇，当别立传，志余所闻见于先生，而有当于古人者，卒不果。今年又三月，余偶过江村宿，及门杨大才中酒，夜分不寐，楼外雨声琅琅，绕屋溪流作怒涛声。枕上构思粗成，归而旋病。病愈，索曩日所构，杳不复得。初秋，因题天峰杨思虞先生像，念余获交子静，先于望古先生，又余父执，不可寝其事，乃略次梗概如左。计余初见先生，盖在壬申岁，先是辛未，余与子静受知邑侯沔阳李公，旋同补郡弟子员。时子静才名籍甚，余方毁齿，谬附骥尾。先君子携余试院前，遍拜诸同袍，子静以弟视余。明年，李公升任湖州，先君子祖道南塘。客既去，偕同人饮驿后僧舍，其地邻先生宅，先生闻先君子至，特过相视。适座有狂生放言讠干先生，先生面斥之，伊不服，先生怒，欲批其颊，赖先君子以免。当是时，先生发上指，目如电，声如雷，余心慑焉。归涂，先君子为余道先生行甚悉，已而曰："此非近世所有，殆古之人也。"比余年渐长，屡与子静战锁闱，子静辄书上考，余亦时弋获，以意气相许。时过从先生游，先生门无杂宾，以课农教子为理，视一切势利淡如。独余辈至，必命酒，酒酣，慷慨论史事，旁及稗官野乘。人地觥缕不遗，或抗声歌唐宋人诗，音节高亮，不作儿女子语。又或谈近事，追忆父兄师友，感念存没，辄哽咽泣数行下，其天性然也。先生性亢直负气，多面摘人过，人咸惮之。虽余素为所契，时不相中，动见诃责。自非责己而不自是者，不能一朝与居。嗟乎！风之下也，士大夫习于软熟，竞以容悦相高，而恶闻其过，不自今日始。往余读《史记》，窃悲灌将军以酒失，为武安所陷。厥后马文渊遗书戒兄子，今读其书，意念深矣。而亦以此婴梁松之谮，稿葬城西，此古之人，所以有缄口之铭，属垣之惧也。虽然，天下事尚借一二强有力者相支持，庶几朝有司直，野留正气，不至相随以俱靡。郑伯翊之言曰："古者学在养气，今人一服儒冠，反奄奄不振。"余每诵斯言，为之气结。士当伏处，朋好往来，嗫不敢发一语。一旦立乎明廷，尚望其埋轮折角哉。余乡风气近古，以余所闻，若抱真宫、培诸先生，不畏强御，至今有能道之者。然率士气之盛，同声相助，是以获免于当世，近则少衰矣。先生暮年，以使酒骂坐，为一二褊衷者所切齿，几罹于罗，仅而获免。而先生亦用知世之不可以庄言，乃深自闭匿，一放于酒，其气尚悻悻欲动也。先生禀气厚，至老精神不衰。曩壬午秋闱后，余与子静冒雨冲泥归，漏三下始抵其家。先生已卧，闻余声，披衣起，把酒相对。时余气馁，甚有寒色。先生艴然曰："壮夫奈何若是！吾虽老，尚能从风雪中走数百里，自古英雄，岂有老死牖下者乎？"因为咏"两三点露不为雨，七八个星尚在天"之句。及先君子见背，余卜地大井，以先生习青鸟家书，邀同往。方出门，雨淋漓，先生迅步行荦确中，余与子静竭蹶追弗及。时先生已余七秩云。今泚笔为先生传，犹想见曹景宗耳后生风、鼻头出火时也。先生生年卒葬，及其孝友大节，备载前铭，兹不复赘。

余亦偕子静同入乡校，所见闻于先生者，与裕如大概略同。前会葬时，亦勉为公祭文，然为骈体所拘，不能仿佛万一，终属憾事，乃裕如复立。此传笔笔写生，使先生精神跃跃纸上，如见解衣盘礴大声急呵时，非胎息育传腐史未易到此。丹山许宪识。

文亦传中变体，殆借酒杯以浇垒块耳。

《采蘩》诗考

《周礼》："追师，掌王后之首服，为副、编、次、追衡、笄。"郑重曰："副者，夫人之首服。"郑康成曰："副之言覆，所以覆首为之饰，其遗象，若今步摇矣，服之以从王祭祀。编，编列发为之，其遗象若今假紒矣，服之以桑也。次，次第发长短为之，所谓发髢，服之以见王，王后之燕居，亦缅笄总而已。"

按：王后三翟，袆衣从君见太祖，揄翟从君祭群庙，阙翟从君祭群小祀。其次鞠衣以桑，展衣以礼，见君及宾客。展衣者，袒衣也。其次褖衣以御，褖衣者，纯衣也。然则三翟何以知首服副？王之祭服有六，首服皆冕，则后之祭服有三。首服皆副可知。昏礼，女次纯衣、褖衣，而云次，则褖衣首服次可知。称此以求编，降于副而垂于次，则鞠衣、袒衣首服编可知。其燕居亦缅笄总。

明乎非助祭、亲蚕、见宾客、见王进御，不得礼服也。康成又曰："王后之衡笄，皆以玉为之，惟祭服有衡，垂于副之两旁，其下以纮悬瑱。然则衡笄唯施于翟衣，鞠衣以下虽无衡，亦应有纮以悬瑱也。"《周礼》又曰："为九嫔及内外命妇之首服，以待祭祀、宾客。"郑康成曰："外内命妇，衣鞠衣、袒衣者服编，衣褖衣者服次，非王祭祀宾客佐后之礼，自于其家，则亦降焉。"

凡诸侯夫人于其国，衣服与王后同，然则外内命妇，自鞠衣以降者，内则天子之公卿大夫，外则诸侯之卿大夫命妇。天子之卿大夫士，受地视侯、伯、子、男，而命妇之服乃降之者，近则嫌于无别，意亦昉公侯七命而天子之卿乃六命也。诸侯夫人于其国，衣服与王后同。然则如周公、太公之入为王卿士，固有所不得施也。

《贾疏》曰："上公夫人，得袆衣以下；侯伯夫人，得揄翟以下。"揄翟祭太祖及群庙。阙翟以下，与上公夫人同。子男夫人得阙翟以下。阙翟以祭。鞠衣以下，与侯伯同。二王之后，与鲁夫人亦同上公之礼。详考《郑注》《贾疏》，副以祭，编以桑，礼见王、宾客，次以御。盖先王之重祭祀蚕桑，不敢以亵，与其所以示人追远敦本之意深矣。

《采蘩》之诗小序，以夫人奉祭祀，为不失职。其末章曰："被之僮僮，夙夜在公。被之祁祁，薄言旋归。"孔颖达曰："被，次也。"按《祭统》："夫祭也者，必夫妇亲之。所以备外内之官也，官备则具备。"水草之菹，陆产之醢，小物备矣，则采蘩以为菹，其说是也。然又曰："君致斋于外，夫人致斋于内，然后会于太庙。君纯冕立于阼，夫人副袆立于东房，以见太祖则袆也，祭群庙则揄也，小祀则阙也。其为侯伯则揄，兼太祖群庙也；其为子男则阙，兼三祀也。"首服应副，胡为乎其以次也？此祭祀之不可通者，一说也。

《朱传》亦曰："诸侯夫人，能尽诚敬，以奉祭祀。"又以儒先有《采蘩》为蚕事之说，故继之以或曰："蘩，所以生蚕，盖古者后夫人有亲蚕之礼。"其于末章则曰：或曰公，即所为公桑也。按《祭义》，古者天子诸侯必有公桑蚕室，近川而为之筑宫，仞有三尺，棘墙而外闭之。然则于沼于沚于涧之中，此其地乎？及大昕之朝，君皮弁素积，卜三宫之夫人、世妇之吉者，使入蚕于蚕室，奉种浴于川，桑于公桑，风戾以食之。岁既单矣，世妇卒蚕，奉茧以示于君，遂献茧于夫人。夫人曰："此所以为君服与？"遂副袆而受之，因少牢以礼之。及良日，夫人缫，三盆手，遂布于三宫夫人世妇之吉者，使缫，遂朱绿之，元黄之，以为黼黻文章。服既成，君服以祀先王、先公，敬之至也。然则公侯之事，公侯之宫，惟君服以祀先王、先公。《诗》所以重言之乎？顾其受之也必副袆，以意推之，其在侯伯，亦副揄也；其在子男，亦副阙也。若以告桑论，亦只闻服编，《礼》所谓鞠衣以桑也，胡为乎其以次也？此公桑之不可通者，又一说也。

孔之说曰："夙，谓祭祀之晨；夜，谓祭祀之先夕之期也。夜在事，谓先夕视濯溉；夙在事，谓朝视饎爨。"《郊特牲》"夕陈鼎于门外，宗人外自西阶，视壶濯及笾豆"，即此所云夜也。又云："夙兴，主妇亲视饎爨于西堂下，即此云夙也。"然则于以用之，言正祭也。"夙夜在公，"推其未祭之敬也；"薄言旋归"，推其祭毕之敬也。王非正祭不服衮，夫人非正祭不服狄衣，则未祭、祭毕，其以次，宜也。未祭、祭毕，其敬如此，则其祭可知也。此一说也。

何楷之说曰："此言'被'者，指三公夫人、世妇之服。观《少牢礼》卿大夫之主妇从祭服髢鬄可见。'公'所即公桑，夫人、世妇夙而趋事，至夜旋归，非君夫人之重蚕事而勤倡率，安能如此？然则被者，非夫人也。三宫夫人世妇之敬若此，则夫人可知也。此又一说也。

由孔子说，与郑所谓副服之以从王祭祀者，无悖也。然编以桑，视壶濯，视饎爨，其事亦不轻于桑也。毋亦有当编者而遂以次乎？次以御于王，去亵服者几矣，而以视壶濯、视饎爨乎？如何之说与郑所谓外内命妇，衣鞠衣、袒衣者服编，衣褖衣者、服次者无悖何也。命妇之降于夫人，其与三宫夫人世妇之降于夫人等也。祭夫人副翟，命妇佐后，编鞠衣，而三宫夫人、世妇视此矣，以其祭之降服编鞠衣也。则命妇成祭服，必降夫人之告桑，编鞠衣而次褖衣也，而三宫夫人世妇视此矣。然"被"以三宫夫人世妇言，则凡上所云采云用，俱应属三宫夫人世妇，而又何以见夫人之贤乎？此皆不可考者也。又告桑受茧，礼有明文，至蚕毕服成，只言以祀先王先公。

《穀梁传》曰："王后亲蚕，以供祭服。国非无工女也，以为人之所尽事其祖祢，不若以己所自亲者也。"斯言得之矣。孔颖达则曰："妇人不与外祭，故云以祀先王先公"。窃臆妇人不与外祭，贾所谓阙翟从君祭群小祀者，大抵如《月令》春祀户，夏祀灶，季夏祀中溜，秋祀门，冬祀行，五祀皆不出宫庭。而可以卒事，故谓之"群小祀与"。又按《月令》，后妃以季春之月躬桑，孟夏之月蚕事毕，后妃献茧礼，四时皆祭。在殷为礿禘尝蒸，周为禴祠尝蒸。夏之祭也，祀也；秋之祭也，尝也。夫人躬桑以为祭服耳，岂必蚕毕而别有所谓祭者？若以将蚕后，斋戒以享先，蚕为说，而牵祭与蚕为一，其无乃近于附会与？况即以将蚕享，先蚕而论，蚕则应服编而鞠衣，享先蚕比于群小祀，应服副而阙翟，于被亦无当也。朱

《传》以祭祀言，而不言祭先，祭毕可以孔说补之；以公桑言，而不明被为何物，可以何说圆之。子曰："多闻阙疑，其庶几乎？"。

大致原本《御纂》取孔何之说，以通解经之穷，仍以奉祭祀为定论。而考据详明，笔情疏畅。其中之层折波澜、一喷一醒，如风水相遭，自然成文。

《草堂集》序

自[一]余髫时，辄[二]闻父兄考长，语榆中博识洽明[三]者，必为若乔杜先生偻一指。比长，间从世家旧族屏壁册轴上见先生[四]零章断句，率风雅[五]可颂，既[六]乃考先生素履于知先生者，[七]先生于书无所不读，然性耽诗酒[八]，不治家人生[九]业，家[十]故厚于赀，坐是中落，晚益坎壈，屡踏省门不售。且不克饩于庠，授徒里中，三娶卒无子。暮年，即求为童子师亦[十一]不可得，卒[十二]饥寒以死。曩其及门仅[十三]有存者，每寒食上冢，犹或以麦饭一盂，奠其[十四]墓下。今则皆成古人，此风亦邈。余窃悲夫士既不遇，[十五]困厄终身，又无后人为收拾其所作述[十六]，只今能道其姓名已绝少[十七]。更世易年，复谁知有博识洽闻如先生者乎[十八]？夫发微阐幽，亦吾人[十九]之责也。乃遍寻诸其[二十]门人之家，得先生[二十一]暮年草稿一束，发而观之，墨痕浓[二十二]淡，纸色漫灭[二十三]，多不可辨[二十四]。强以己意揣摹补缀，得若干首，略为诠次，录成一帙，呈之羡门先生[二十五]。倘有一二见采于大君子[二十六]，或者寒灰复燃，光照天地，亦足慰先生于九京云尔。

听猿实下三声泪。此典、揆兄弟《滇南诗文略》之辑不容已，亦不容缓也。[二十七]

【校记】

［一］《滇系》无"自"。

［二］《滇系》无"辄"。

［三］明：《滇系》作"闻"。

［四］先生：《滇系》作"其"。

［五］《滇系》无"风雅"。

［六］《滇系》无"既"。

［七］《滇系》此处有"谓"。

［八］诗酒：《滇系》作"诗与酒"。

［九］《滇系》无"生"。

［十］《滇系》无"家"。

［十一］《滇系》无"亦"。

［十二］卒：《滇系》作"遂"。

［十三］《滇系》无"仅"。

［十四］《滇系》无"其"。

［十五］《滇系》此处有"以"。

［十六］《滇系》无"述"。

［十七］只今能道其姓名已绝少：《滇系》作"只今已少能道其姓名"。

［十八］复谁知有博识洽闻如先生者乎：《滇系》作"谁复知有杜先生者"。

［十九］亦吾人：《滇系》作"吾辈"。

［二十］《滇系》无"其"。

［二十一］先生：《滇系》作"其"。

［二十二］浓：《滇系》作"黯"。

［二十三］漫灭：《滇系》作"渝败"。

［二十四］《滇系》无"多不可辨"。

［二十五］先生：《滇系》作"胡先生"。

［二十六］《滇系》无"倘有一二见采于大君子"。

［二十七］《滇系》于此文后有此评语："石丹崖先生于三滩拯溺处建一亭，手集唐句云：听猿实下三声泪，与尔同消万古愁。移评此文更为凄切。"

张鹤亭《美人诗》序

赵州鹤亭张先生[一]，以其《美人诗》索序于余。余[二]迟之三年，未有以应也，而鹤亭之索不已。同辈有来榆者，未尝不寄声焉。今年首夏，鹤亭偶过余书院中[三]，复谆谆督促。余[四]不得已，乃略示区区之忱，以塞鹤亭[五]之责，盖余非敢于长者怠也。始余髫时，闻诸先正之名言格谕，于一切香奁艳体诗，不敢整置诸耳目之前久矣。已而读朱长孺序义山诗，谓男女之情，通于君臣朋友。古之人不得志于君臣朋友者，往往寄遥情于婉娈，结深怨于謇修，以序其忠愤无聊，缠绵淡^[六]往之致。故义山之诗，乃诗人之绪音，屈宋之遗响，盖得子美之深而变出之者也。其梓州吟云："楚雨含情俱有托。"已自下笺解矣。因哑然自笑，曩所见之拘于古人之深，殆犹有所未尽也。嗣是睡余支枕，往往不甚屏弃，而间有所感，亦尝涉笔为之。然非性所谙，即求其工而不可得，甚矣，余之拙也。丁酉冬，获交武陵胡羡门先生，时过从论诗。先生诗家圭臬，每持一论，辄溯源穷流，令人如指诸掌。一日偶以长孺之说质之，先生曰："不然。昔先君子之诲曰：'淫诗必不可作。'如李义山未必即风流浪子，只为存得数首无题诗，后之人因而疑之，遂无以自解。"《易》曰："言行者，君子之枢机也，可不慎哉？"羡门盖述其尊人永叔先生之教如此。余闻是言，不觉面热汗浃，至今使我心悸也。继而思之，诗人之思，何所不至？是故^[七]君臣、父子、夫妇、昆弟、朋友者，诗之境也；天地、山川、日月、风雨、飞走、草木者，诗之料也。喜怒哀乐者，诗之情也；温柔敦厚者，诗之教也。诗之府奥甚深，疆界甚远，作者苟从事于斯，何诣不可到？即不为读曲、《子夜》诸诗，未得为不知诗，犹不食蛤蜊，未得为不知味也。此余之所窃窃焉，自以为是者，故自戊戌以来，不惟绝笔不为，并少作亦皆焚弃，不复留遗。而今乃为鹤亭序此诗，譬之白发嫠妇，欲强作旧院中风情语，岂可得哉？虽然，鹤亭亦白发嫠妇，非红粉佳人也。后之阅是诗者，甚无以疑义山之意疑之，是则余爱鹤亭区区之忱焉尔。若其诗之芊绵韶丽，则丹山、苔上二序言之悉矣。

意深厚而笔疏宕，其持论处可为不作本事无题诗者进一解，亦可为好作本事无题诗者进一解，均当以不解解之。

【校记】

[一]《滇系》无"先生"。

[二]《滇系》无"余"。

[三]《滇系》无"中"。

[四]《滇系》无"余"。

[五]鹤亭：《滇系》作"其"。

［六］淡：《滇系》作"宕"。

［七］《滇系》无"是故"。

于园记

光业先生为园于宅之南，西倚崇山，右带连冈，前环以溪。溪之外，群山如拱揖于墙头者，不可胜数。其左则屋宇鱼鳞，树木交荫，俨然令人有南村之志。园之中，因水为池，莳荷以待夏，略一亩。池之上下，杂树果木、花竹桃之类，以梨为胜，树少而种略备。竹则或劲节参天，或丛荫幂地，自龙丝以至云母，靡不有，其余花卉，供点缀而已。予以己亥春首，为鸡足之游，王月朔三日，自山返，谒先生于里第。翼日游于园，时则桃初破蕚，池冰未泮，他树木尚含芽，惟竹颇猗猗，顾而乐之。先生为予言：先世自秣陵迁榆，高祖耀极公，自榆来宅于兹，及先生，四世耳。先生伯仲四人，白首雍和无间言，子三人，邑诸生从子七人。秀川以辛卯捷南宫，官都水司，逢斋文名噪滇西。与予善，则工部之兄，而先生季弟之冢君也。先生又言，祖父世以耕读为业，里中风俗淳茂，有怀葛之遗。迩者，二三子相竞于科名，视昔则少殊矣。予初为是园，将以娱老，且为子孙读书地，子其为我名而记之。予因取君陈孝友于兄弟之义，而名之曰"于园"。且为记其名园之意，曰父母之爱其子也，加其身。是故子之才否，及其荣悴升沉，皆有命焉，而不可强，而父母之心则未尝有殊也。人惟父母之爱薄，乃渐及于兄弟，亦惟兄弟之情乖，乃不顺其父母。此孝友所为相需，而一家之政直从此始也。抑犹有说，一父之子，谓之兄弟，一祖之孙，谓之从兄弟。过此为再从、三从，以至于服穷亲尽，相视直若路人。然原其始，固依然一人之身也。循是以思，于凡兄弟之才否、荣悴、升沉、可以歧视之乎？其得之者不以骄，其弗得者不以忮，吾身同之焉耳。夫如是，然后可以慰生者于目前，而妥殁者于地下，斯其为孝友也大矣。譬之人身，耳目手足，均所爱者，假令聋瞆其半体，而痿痹其一肢，吾未见其为全人也。今雯若昆季年逾强仕，尚能修内则之文，朝夕洗腆忘倦，而霖若刻志下帷，期博一第，以慰先生于迟暮，其于孝均无愧矣。暨自今，终守先生家法，行见斯园之中，树生连理，竹挺合欢，梨垂交让之枝，莲开并头之蕊。予虽驽下，尚将为先生赋之。

　　一园记文字耳，乃写得如许之真挚悱恻，亦空灵，亦正大，周密其余事耳。

纪梦寄二汤生

　　七月二十三日，夜将旦，梦二汤生访予家园。时已暮，予将赴馆，念睽违之久，因挈之同行，将与为竟夕之谈。比去书苑门数武，予迷于行，傍县仓墙，失足堕坑堑中。直夫引予于前，兑庵扶予于后，匍匐久之，始能起。既入苑，索二子者，皆不可得矣。嗟乎！自予与二子者别，离群索居，几何年矣。昔二子之在吾馆也，兑庵未有规予者，然予有所行与有所言，未尝不顾兑庵而凛凛。其不可为兑庵见者，不敢行也；其不可为兑庵闻者，不敢言也。兑庵，予之畏友也。至于直夫，天秉纯懿，予每有所行，必与商之。直夫未尝苟从予，而予则往往惟直夫之言是听，缘是而得以寡尤寡悔者，不知其几也。今予与二子者，既各牵于家计，不得朝夕合并，其无乃陷溺于人欲，而不自知与？古人有言："昼观之行事，夜征之梦寐。"是亦反己之一验也。虽然，古之为友者，聚处则见其过而面数之，隔阔则闻其过而寓书以规之。若二子者，其亦有闻于予。与众不可盖，口不可防，予之过。予苦不自知，而十目所视，十手所指，将必有道之娓娓者，二子其幸以告予也。予方在坑堑之中，其需于二子者甚急，二子能坐视予乎？遂书以寄之。

　　寓言中具有箴铭，两面都到。

沈节母传

　　节母姓许氏，赵之红山人，予年友许德章女兄也。德章昆季四人，氏最长，生而颖慧，父母甚爱之。自咳而名，率以冠诸弟，及笄，适州廪生沈公季子文溥。时舅殁姑老，生计衰薄，长叔姒各析箸，姑惟少子是依。氏入门，即去华饰，黾勉井臼间。既文溥以甘旨不给，弃诸生业，营什一代养，颇得姑欢心。越五年，生男女各一。男生甫四月，文溥列肆龙尾关，为匪人所诱，一夕尽荡其赀，不谋于家人，走金齿徼外。比得消息，倩人往寻，已弗及。薄有田庐，尽以偿负贷。父母遣人迓归，氏以姑故，坚不可。姑敦遣之曰："我自有汝长姒侍朝夕，汝善视褓中儿，复何憾？"

不得已，乃抱儿归许氏。甫逾年，文溥死于外，氏闻即不欲生。父母百计防守，又时以存孤难于死慰勉，自是称未亡人。三十年于兹，虽习与之处者，未尝得其一哂也。居恒在父母侧，勉拭泪痕相对，及其闭帏独坐，辄呜呜泣数行下。岁时伏腊，出针缕所得，为姑市酒馔，姑亦为欢然进一觞，尝语人曰："季妇孝且贤，予季固未尝死也。"姑疾笃，归侍汤药，及卒，粗衰三年，忌日哀痛，父母卒，亦如之。子名谦，六岁学于舅，姿甚鲁，每授书，氏辄随其后，立讲堂外谛听，归以口授之。其不成诵，夜间人静，犹喃喃不休。戊子谦受知学使金坛于公，游州庠。公廉其概，旌之额曰"贞松慈竹"云。先是，文溥既殁，家无立锥，戚属有怜氏之寡者，适某显宦，托一探之。氏闻恚曰："我所以不死者，为沈氏一块肉耳。斯言何为？而至于我也。"绝弗与通，事遂寝。谦游泮归，患腰痛，绝而复苏者再。里之人咸谓非氏之精诚，感乎神明，沈氏之不绝者几矣。

赞曰：曹令女有言，曹氏前盛之时，尚欲保终，况今衰亡，何忍弃之！有旨哉。今世以节著者，里不绝书，何古之难而今之易也？设令文溥殁后，数椽可以蔽风雨，负郭可以供饘粥，即终老于沈，岂足为节母难哉？乃羁魂未返，呱泣谁哺，覆屋之下，不复完瓦。当此有乘而夺其所守者，即介然不以易其志，难乎其为继也。氏惟饿死事极小，失节事极大，是以终持之与。德章尝为予言，氏性刚而行方，诸弟言动，少有不合，辄面斥不少假借，以故人咸惮之。嗟乎！是可以知氏之所养矣。士当平居时，暖暖姝姝，一旦临大节，尚不能卓然不惑，吾未之闻也。或曰："妇以顺为正者也，刚方无乃过乎？"予谓不然，《易》有之："坤至柔而动也，刚至静而德方。"圣人固明以刚方予坤矣。彼以顺为正者，谓无违夫子云尔。若其束身行己，惟刚方乃所以成，其顺也德章。又云："氏少佐母理家政甚勤办，大归后尤所倚赖，又工刺绣，人争贳之，父母为铢积寸累，置田若干亩。今子息二孙，恃以小康，是犹妇人所难也。"予谓氏所重在彼不在此。

氏以大归全节，所处尤难，可见氏之贤，亦可见德章昆弟之友爱。传叙次高古有法，赞凡四段，有发议论处，有补叙处，有断制处，纯乎史迁笔法，其妙总在老洁而疏宕也。

杨履义

杨履义，字子迁，杨履宽从弟，大理太和人，乾隆间诸生。

其生平事迹于（清）袁文典、袁文揆辑《滇南诗略》卷三十九；（民国）龙云、卢汉修，周钟岳纂（民国）《新纂云南通志》卷七十六；寸丽香编著《白族人物简志》；张文勋主编《云南历代诗词选》；杨镜编著《大理古今诗人要事录》；陶应昌编著《云南历代各族作家》中有载。

著有《浣俗山房诗草》，已散佚。《滇南诗略》卷三十九录其诗《客怀》《梅影》《题画烟柳图》3首。

诗

此次诗的点校，以（清）袁文典、袁文揆辑《滇南诗略》（上海书店出版社《丛书集成续编》影印本）为底本，诗共计3首。

客怀

兀坐客窗清，风声杂树声。愁添双鬓白，家远一身轻。暇日心耽古，频年舌代耕。邻翁时过我，尊酒话平生。

梅影

月照孤山处士门，自怜情态怕黄昏。不随流水归前浦，半逐斜阳度远村。珠箔笼灯犹有迹，瑶台霁雪又无痕。珊珊瘦怯冰绡重，愁叙江南倩女魂。

题画烟柳图

平迤[一]十里翠烟长，可是秦淮近水乡。一派晴岚遮不断，小桥横锁影苍茫。

【校记】

［一］迆：原为"拖"，今按句义改。

陈振齐

陈振齐，字岱封，赵州人，乾隆六年（1741）举人，其官似以知县改盐场者。

其生平事迹于（清）袁文典、袁文揆辑《滇南诗略》卷三十三；（民国）秦光玉等辑《滇文丛录》作者小传卷中；（清）李其馨等纂修（道光）《赵州志》；张文勋主编《白族文学史》中有载。

著有《痴亭诗钞》。《痴亭诗钞》不分卷，光绪二十一年钞本，云南省图书馆藏第一册、第六册。《滇南诗略》卷三十三录其诗《武昌游苍崖别业（有序）》《渔湾怀古》《滇南行》《鸡足山》《秋风蒲剑歌》《舟次桃源》《秋月》《云涛寺阻雨》《晚眺》《清浪滩》《宿潶口》《汴梁怀古》《北道柳》《平山堂》《晴云庵醉柏亭观梅》《秋草》《旧县古东阿》《午日游宴平山，泛棹归来，柳岸交翠，晚景极佳，不觉醉。顾同人云："此当题'绿阴深处'四字。"坐中周参军以"夜船归"三字续之，遂成佳句。同寅即次第叠咏再和（五首选一）》《过饮邻家偶赋》《君山》《读史（二首）》《都门即事》《过宿松县次东来寺》《白水驿道中》，计25首。（道光）《赵州志》卷五艺文志录其文《仪山种树记》《万寿亭碑记》2篇；卷六艺文部录其诗《晴云庵醉柏亭赏梅》1首。《滇文丛录》卷八十九录其文《仪山种树记》1篇。

诗

此次诗的点校，以（清）袁文典、袁文揆辑《滇南诗略》（上海书店出版社《丛书集成续编》影印本）为底本，其中《晴云庵醉柏亭观梅》以（清）李其馨等纂修（道光）《赵州志》为校本，诗共计25首。

武昌游苍崖别业有序

先生李姓，讳根云，字仙盘，苍崖其别号也。与余同梓里，属世交，由翰林官九江驿盐道寄籍江夏，时余北上，携公之侄偕至武昌，欲挽公归滇池。园在郭外，半倚东山之曲，触景言情，醉后狂歌，于篇中三致意焉。

主人有佳园，邀客结芒步。偶偕二三子，肩随郭东路。夏阳适亭午，汗雨已如澍。忽然亭壑开，清敞净炎痼。坐我栖真台，味道惬平素。新蝉噪梅阴，翠罗挂鹤附。烹茶挹松风，云涛吼若怒。披襟登其冈，平楚尽一顾。楼阁错方城，江烟落渔鲋。东望洪山寺，西望汉阳树。南望洞庭云，北望九江渡。始叹绝奇观，乃在半亩圃。忆昔先生风，文涛挟四库。曾记湖山诗，不减少陵句。而今卜闲居，面目未改故。辋川思王维，绿野效裴度。时对此丘岑，若与点苍晤。我来临轩榻，翛然一韦布。但得幽姿悦，何必问韶濩。兴发呼园丁，为我觅清酤。醉把黄鹤翁，狂歌赤壁赋。古来多达者，自不薄烟雾。邂逅适行乐，他乡获良晤。世事如飘蓬，人生定何寓。回首望天涯，动余故山慕。徐徐归去来，休恋金谷趣。古谊不愧友朋。南宁吴优识。

渔湾怀古

苍苍万木阴，云翳小山阁。幽径辟双祠，别具有丘壑。我来剔残碑，读罢鬼神愕。希文际开宝，勋业何炳灼。讵知监盐仓，便筹筑堰略。陈书画苍生，隐然寓忧乐。屹屹长堤在，千载峙如崿。始叹风云会，经纶自不薄。惜哉文信国，时艰备零落。国势已垂危，只手扶孱弱。浮海计南奔，请复叹谁诺。茫茫丧家犬，羁魂偶兹托。泪难洒帝阍，心只洪濛凿。即今怀二公，精灵契冥漠。俯仰松柏间，流风尚如昨。抔土挂夕阳，荒陬报一酌。慷慨悲复歌，月照渔湾泊。老当。

滇南行

丁亥四月初，贱子闻檄书。慨然请着鞭，佩我玦与琚。暮发广陵路，马嘶关前渡。南车今夕指，万里几时住。计程九十日，王事幸已毕。宁不念先人，因之视家室。驱车欢入门，亲邻偕友昆。殷勤为我慰，我道君王恩。忙讯诸媥苦，徐将弟侄抚。煦煦见阿孙，佳名唤绳武。依我情乍亲，指我筵上樽。依稀顾三径，犹见松菊存。五日访邻里，三日宴桑梓。乡人谓我去，那知乡曲靡。寥寥数家村，杜宇声欲吞。始而叙饥馑，继把兵戈论。我闻三叹息，君言且须默。百年享成平，奚酬雨露德。为我劝乡人，好义斯良民。奉公向前去，慎勿辞艰辛。再告诸父老，昨日诏书好。赋税悉尔蠲，皇恩复浩浩。更酌馨残筵，贺尔逢丰年。速酿瓮头醹，醉听歌凯旋。连宵语絮絮，不觉夜将曙。我醉我欲眠，君醉君且去。有温柔敦厚意。

鸡足山

群山万叠势如簇，千里飞来挺滇轴。一距高悬欲逼天，凌空嵯峨势矗矗。昔我曾迂彳亍行，缘溪屃赑走深谷。今望峛峚不可登，及登山腰颇曲复。忽辟悬岩飞鸟道，老僧前指步蹢躅。余却快游影相随，铁绳作路杖作仆。一声狮吼古木横，别有林端现天竺。振衣特立天尺五，四顾苍茫任极目。东望旭日从地生，西望苍洱一线束。划然一笑万山青，回看华首数痕绿。吁嗟乎！华首石门何日开，今古游人笑空逐。从来峰溪曾索解，借问山灵许谁独。两次披览浑不厌，十日流连去宿宿。漫说黄山并匡庐，何如此山以骨不以肉。狂呼大呼真奇绝，直欲踏破琳宫三百六。醉来更携谢朓诗，搔首问天峰头读。亦自豪宕。倪琇识。

秋风蒲剑歌

我有芙蓉苦未试，匣中时闻吼青兕。千金宝贵持赠谁，一洗肮脏读书耻。日夕驰马过荒原，萧萧蒲绿秋风起。秋风瑟瑟木叶下，蒲剑铮铮若有指。纷如白虹翻巨阙，湛卢酣斗紫电紫。幻如老翁戏猿背，黑衣绿裳拭越砥。疾如苍龙神变化，夹战雷霆虚无里。皎如秋水泻青萍，旋转日月暮光徙。光怪但教鬼神惊，浩气森锃何天倚。惜哉欧冶不复生，当年薛烛鉴空侈。时无风胡谁能辨，恍惚疑逢婵娟子。吁嗟世路险难平，深山豺狼，大泽蛇豕。草木无情亦尔尔，壮夫有志孰堪此。毋乃造化精灵随寄托，廉顽立懦寓物理。四顾踌躇情苍凉，悲歌惨淡感未已。倏看风卷云西飞，一天明月空去声千里。

舟次桃源

　　舣舟桃源傍斜谷，桃花不见见修竹。鸡犬何处暮烟寒，剩有青苍作画轴。饮酒且看山，饮醉山满腹。既醉且酌泉，酌泉月在掬。昨日山云送我行，今宵江月伴我宿。洞里神仙不可期，何如醉听渔歌武陵曲。

　　耿介拔俗之姿，潇洒绝尘之想。温如骥识。

秋月

　　月明天不夜，诗思入秋江。人共银河淡，愁输玉露降。砧敲霜下影，笛写陇头腔。遥望横空碧，青溪已渡艭。

云涛寺阻雨

　　青山来疾雨，黄叶乱孤岑。客伴眠云鹤，僧调入爨琴。一帘飞翠湿，满壑落花深。秋思澹如此，翻增猿鸟吟。

　　亦卓炼，亦清空，于明七子中最近边、徐。温如骥识。

晚眺

　　云高天宇净，出郭一舒眸。山在斜阳外，人归古渡头。牛羊随牧下，村树带烟浮。谁弄桓伊笛，声声醒碧秋。

　　不着一字，尽得风流。吴光祖识。

清浪滩

　　长河惊险绝，空际峭帆临。峡吼千涛立，风回一壑阴。蛟涎腥白日，猿泪冷孤岑。遥奠将军庙，灵旗撼碧浔。

　　中四雅健清深，足状奇险之景。刘垲识。

宿湨口

　　汉阳车轧轧，歇马又临舟。十里人依岸，三更月到楼。江村烟漠漠，堤树鸟啾啾。不寐今宵客，楚歌起夜愁。

王、韦佳境。吴光祖识。

汴梁怀古

　　大梁雄豫地，千里绿芜平。烟接鸿沟界，云连广武城。战争曾斗智，揖让也须兵。一带黄河曲，空流万古情。

　　通体盛唐，六句是皮里阳秋。王定柱识。

北道柳

　　曾傍风尘苦，于今几度秋。十围伤老大，千里怅夷犹。雨雪残魂在，关山一笛悠。劳人休更折，恐惹旧离愁。不减桓司马汉南之叹。

　　定柱识。

平山堂

　　杖策淮南胜，凭临第一观。楼台空际出，海岳坐中看。几代词人往，孤亭夕照寒。横冈恣俯仰，烟雨欲平阑。

　　风调清深，若渔洋山人见之，必许入红桥诗社。温汝骥识。

晴云庵醉柏亭观[一]梅

　　晴云古柏翠苍苍，别有寒枝过短墙。踏雪频惊三径泠[二]，寻诗忽坐一亭香。夕阳古寺烟初合[三]，野水荒村月正[四]凉。拟其[五]山岑拼一宿，美人幽梦到僧[六]房。

【校记】

　　[一] 观：（道光）《赵州志》作“赏”。
　　[二] 泠：（道光）《赵州志》作“月”。
　　[三] 合：（道光）《赵州志》作“落”。
　　[四] 正：（道光）《赵州志》作“半”。
　　[五] 其：（道光）《赵州志》作“林”。
　　[六] 僧：（道光）《赵州志》作“山”。

秋草

苍莽平芜一望中，角声低处曳残枫。秦原古戍孤烟直，楚塞荒城暮雨空。斜日凄凄鸣牧马，边云漠漠起飞鸿。王孙徒咽秋风急，梦入池塘恨不同。

旧县 古东阿

璘璘声里出东阿，凭吊兴亡感慨多。名士风留残碣古，英雄冢伴夕阳过。马嘶芳草闻悲笛，人度荒原发浩歌。城郭依稀风雨外，徒将尺剑问山河。

午日游宴平山，泛棹归来，柳岸交翠，晚景极佳，不觉醉。顾同人云："此当题'绿阴深处'四字。"坐中周参军以"夜船归"三字续之，遂成佳句。同寅即次第叠咏再和（五首选一）

绿阴深处夜船归，踏遍园林爱夕晖。不尽清歌迷旧梦，独饶疏月幌新衣。宴回柳岸残烟袅，客坐花梢暮影微。遮莫游人催锦缆，平湖棹浪一齐飞。

过饮邻家偶赋

曲径幽篱古道存，犹偕水竹伴柴门。别来隐趣风仍旧，叙到离情语更温。梨枣筵中询稚子，桑麻影里话君恩。依依主伯忘归暮，又醉当年老瓦盆。

君山

君山日夜伴孤舟，淡扫明湖一黛浮。无限烟波摇碧落，岳阳楼外洞庭秋。龙标供奉之遗。倪琇识。

读史（二首）

一饭王孙亦可哀，未央赐剑问何来。始终生死妇人手，空负当年夺帜才。

怪是小儿杨德祖，空将机慧附权门。文章不献汉天子，幼妇碑头已断魂。

二作诗才史笔，直欲突过渔洋。倪琇识。

都门即事

谁道京华春意迟，满篱玉屑斗芳枝。看花人向蓬莱立，换却金貂醉买诗。

矜贵。

过宿松县次东来寺

峦烟嶂雨昼难分，舟子招呼隔岸闻。直到停骖钟入梦，始知人渡宿松云。

妙境可思。

白水驿道中

飘飘滕六压征车，烟抹溪桥傍酒家。酣醉莫愁天地寂，空山一路看梅花。

韵极、趣极。

《痴亭诗钞》豪隽新颖，尤多自然之趣，如《镇远晚眺》云："一帆斜渡江天外，半阁高悬远树中。"《冬至前一日即景》云："夜雪欲来先听竹，春风有信只看梅。"《除夕感怀》云："残夜梦回千里外，壮心孤负廿年初。"《舟泊西亭小饮》云："花隐官衙还载酒，人逢秋色一登楼。"在滇诗中，当于何我堂、傅符庵间位置一席。望山文钟运识。

文

此次文的点校以（清）李其馨等纂修（道光）《赵州志》为底本，以（民国）秦光玉等辑《滇文丛录》（上海书店出版社《丛书集成续编》影印本）为校本，文共计2篇。

仪山种树记

世道之盛在人材，士[一]风之淳在学校，然必衷诸圣人之道，乃不朽。

夫圣人之道，无日不在人心也。人心之不存，本实先拨。欲以无根吐秀，庸有济耶？自制科取士，帖括成家，而心性之学几微。善夫朱子有言曰："天下书愈多而理愈晦，学者事愈勤而心愈放。盖不知学之准乎道，道之原于心，溯其本而为之地也。"州治西凤山麓，黉宫在焉，其上为崇圣祠，盖天地精华之气，含英挺秀，而钟灵于斯。夫瞻孔林者，望其葱蔚；过阙里者，羡其菁华。矧赵属人文薮，敢以隅荒弗治哉？盖培学必先培山，培山必先培树。而蔚乎其巅，必先卫乎其址。此亦卫外而环中之义也。癸巳春，余自粤归，睹仪山之秀，惜其为樵牧之场。越乙未秋，始商之司铎，请之刺史，询之州人士，咸曰："善。"因鸠工庀材，以作藩篱，以捍牧围，且首植檫[二]，次植桂，多为士倡。而绅若衿，各取奇材异质，环艺于宫墙侧者，争先恐后。湘亭刘老父师亦植松数十本，以广械朴作人之雅，不逾月而得树数百本。于时登峰览胜，抚艺植之繁，睹萌蘖之生，交相掩映，由根而干、而花，山林顿觉生色矣。爰议修拱璧一楼，葺魁星、金甲、尊经等阁，并清学租乡试卷金而勒之石，增十三科乡会题名，以昭文献之典。一举而数善备焉，洵盛事也。顾山以凤名，丰其羽仪，文明天下，《易》所以取乎象也。十年树木，百年树人，《诗》所以取乎兴也。而溯其本，则归于圣人之道。士子日读圣人之书，于书见圣人之道，于道见圣人之心，而非自见其心，则无本探其本，而扩充、而培养，使元气生机勃然，常醒于天地之间，将应运而兴者，为名士、为纯臣、为当代大儒，于以茂董贾绪朱程[三]也何难，盖有本者如是也。昔子舆氏之叹[四]牛山也，痛惜于牛羊之牧，斧斤之伐，以为人性亦犹[五]是此物此志也。则此举寓意深而规模远大矣，徒种树云乎哉！敬叙而系之以诗词曰：

凤山之阳，位我素王。龙盘麟峙，想像灵光。桧柏绵绵，钟鼓锵锵。穆穆肃肃，曰堂曰皇。道无不被，敢以隅荒。爰补藩篱，丕艺群芳。菁莪如在，械朴相望。高山仰止，多士激昂。廓清夜气，洞晰微茫。规模赫奕，明德馨香。希贤希圣，入室升堂。赓歌扬拜，庆集明良。云龙风虎，炳蔚文章。光景常新，郁乎苍苍。

【校记】

[一] 士：《滇文丛录》作"世"。

［二］楳：《滇文丛录》作"梅"。

［三］贾绪朱程：《滇文丛录》作"贾绍程朱"。

［四］之叹：底本作"□"，据《滇文丛录》补。

［五］犹：底本作"□"，据《滇文丛录》补。

万寿亭碑记

国家礼制，莫重于尊王隶辇毂者。正朔有朝，圣节有贺，省会郡县各达行宫，为习仪地典至钜也。赵治旧名天水郡，自汉张盛传经以来，家习诗书，人敦礼义。越唐宋元明，运会递开。迨我朝文德诞敷，教化洋溢，士际风云之会，民游熙皞之天，顾令衣冠未肃，体制阙如，殊非所以明敬而彰有恪也。爰是请诸长官，详于方伯，议建万寿亭以广曩时未备之举，度地营基，鸠工庀材，阅三载而规模焕然。上奉圣牌，中列过道，以辨内外，旁列朝房，以序班联，有门有垣，以严捍卫。枕仪凤、面晴云，浴龙左环卧麟，右峙山川掩映，金碧增辉，遂为凤睑巨观。于时官师暨都人士凛天颜于咫尺，切葵向于五中，虽八千里外，莫不相顾，欣然而动瞻云就日之思。则是举也，夫亦仰报圣明于万一云尔，敢云创始乎哉。因纪其时，则今天子为政之二十有一年，岁丙子冬也。纪其地，则治城之南，黉宫旧址也。纪其人则敷陈大体者，赐进士赵淳、恩进士费暹首倡；而董率者举人陈振齐，贡生金尚宾、费于震、生员杨天灿、邹之玮、石字米也。事集于一时而义通于天下，用勒贞珉以昭敬谨云。

师问忠

师问忠（1715－1795），字恕先，又字裕亭，师范之父，赵州人。乾隆辛酉（1741）亚元，历官长芦石碑场盐大使。性格温驯，待人和善，以文章教弟子，多成名者，是为教育大家。年八十一卒于家。师范纂辑《滇系》卷八《人物》中载有："公少孤，业耕读，读辄易忘，愈勤愤，懵懵如故，因泣，泣已复读，读罢又泣，如是者，以为常计无复之疏，告神直陈苦况。忽夜，梦一人捉刀启胸，取其心，洗之而去，遂惊醒，由是慧悟。乡荐后，先以丙戌大挑借补晋宁分训。凡经其指授者，皆掇高科，跻仕途及司盐务，恤商惠灶，善政良多，其最著则抗乐亭，令某指场灶地作官，荒招奸民，认垦致上游称强项场官地卒归灶。其曰：天下事多被圆融坏却。盖会议时语也。"

其生平事迹于（清）袁文典、袁文揆辑《滇南诗略》卷二十一；（民国）龙云、卢汉修，周钟岳纂（民国）《新纂云南通志》卷七十三；（清）师范纂辑《滇系》第八册《人物》；（清）李其馨等纂修（道光）《赵州志》；陶应昌编著《云南历代各族作家》；张文勋主编《云南历代诗词选》；寸丽香编著《白族人物简志》中有载。

著有诗文集《勤学录》《洗心记》十余卷、《鸣鹤堂文稿》《北上集诗稿》《盐务纪要》论文二十则，均散佚。

《滇南诗略》卷二十一录其诗《登晋宁望海楼》《春日独游海淀》《榆钱次金式昭同年韵》《归里日口占示家人》4首；（道光）《赵州志》卷六艺文部录其诗《游谷女寺》1首。

诗

此次诗的点校，以（清）袁文典、袁文揆辑《滇南诗略》（上海书店出版社《丛书集成续编》影印本）和（清）李其馨等纂修（道光）《赵州志》为底本，诗共计 5 首。

登晋宁望海楼

望海楼头望，沧波万顷长。凿应嗤武帝，溺却吊梁王。舟去移山影，天来接水光。石鲸鳞甲在州有石鲸山，把酒意茫茫。

五六意亦犹人，而炼句特隽。

春日独游海淀

百雉城边万仞山，高粱桥下水潺潺。望春楼阁烟霄里，修禊亭台海树间。衣上风尘今日少，眼中车马几人间。青袍未了书生志，沽得村醪破旅颜。

榆钱次金式昭同年韵

青峡飞满艳阳天，平买春光不计年。掷地无须矜撒漫，倾身空与致流连。堆从绮陌文难办，簸向东风影亦圆。市侩且休权子母，尽多宝树植庭前。

三四既不沦于滑稽，而风趣却自隽永；五六传神正在阿堵间。长白忠福识。

归里日口占示家人

二十年前宦海游，归来依旧理田畴。去时头黑今头白，笑看儿孙也白头。

作宦归来，仍理田畴，则宦况可知。然罢官后而犹有田畴可理，则其居官可知。

裕亭先生为观补亭总宪初典试所得士，位止蹉长。厥后总宪屡典文衡，卿尹半出其门，而总宪于私宅燕见，辄令裕亭位诸词部上，盖重之也。又闻吴可乐侍读尝谓每见师公，如暑天行长安道上，清风徐来，疏爽之气，沁人心脾。姚谦谷大令亦曰："裕亭周悉世故，而自治独返于浑厚，今日宦途中如此人者尤甚少。"今嘉庆庚申，滇闱首题适符先生获隽题目，因得前《辛酉乡墨》读之。越六十年，而理法词旨如新，先生三艺尤典，则谓非滇人士之椠椟哉。忠福再识。

游谷女寺

彩云深处护苍苔，拾翠频登百尺台。谢屐齿新泥可印，阮途步险雨偏催。尽多胜概今犹古，安得高娘去复来。妙谛本空难著语，骑猪化象莫须猜。

龚锡瑞

龚锡瑞（1733～1781），字信臣，号簪崖，赵州人。乾隆乙酉（1765）科拔贡。

其生平事迹于（清）袁文典、袁文揆辑《滇南诗略》卷四十一；（清）李其馨等纂修（道光）《赵州志》；张文勋主编《白族文学史》；寸丽香编著《白族人物简志》；张建雄、周锦国选注《历代白族作家丛书（综合卷）》中有载。

著有《簪崖诗集》，已散佚。《滇南诗略》卷四十一录其诗《有所思》《辕下驹》《放歌行》《麦不收秧重播行》《苴力铺扬升庵赋垂柳处》《海洋擒盗诗为少鹏作》《梦游庐山歌》《峡山飞来寺》《始兴上凌江水仅三寸，舟行甚苦，遣闷作歌》《十八滩》《酬谷大心》《下伏波滩》《偶步》《晓发渌丹》《抵南宁》《晚过胜因寺》《商山寺小饮同砚北芳亭》《响水闸在盘龙江之右晚眺》《初冬漫兴用孙补山先生三字韵（二首）》《题桃源家遵扬公画》《昆明逢师荔扉归自京东》《晚渡九江》《七夕》《少鹏出示登岱诗若干首并贻见怀长篇，以余甫经望岳也和酬（二首）》《荆州》《宿普溯》《偶望》《拟古从军行（二首）》《古别离》《舟发德庆》《广州竹枝词（五首）》《发广州》《宿板桥》40 首。《赵州志》卷六艺文部录其诗《星回节》《龙尾关》《清流节妇》《张鹤亭招饮飞来寺》4 首。《滇南文略》卷十二录其文《与许丹山书》1 篇。

诗

此次诗的点校，以（清）袁文典、袁文揆辑《滇南诗略》（上海书店出版社《丛书集成续编》影印本）和（清）李其馨等纂修（道光）《赵州志》为底本，诗共计 44 首。

星回节 六月廿五夕，土人燃炬食生猪肉，相传为恶善报仇

啮生肉比嚼仇骨，然炬千家吊贞妇。红光散作满地星，磷磷中有髑髅血。南诏皮罗阁最强，松明一炬天苍凉。就中慈善邓赕妇，止夫不听知必亡。世间惨毒那有此，六人同姓五人死。若非认钏得夫骸，英雄混烬松烟里。至今月黑德源城，青磷鬼火照雄行。阿南赴火同冤恨，飒飒腥风愁杀人。

龙尾关

龙尾关前水，年年带血流。如闻天宝事，痛煞国忠谋。蜀道仓皇幸，冰山顷刻休。余兵二十万，白骨竟谁收。

清流节妇

殉节身甘死，芳名恨不留。河闻更旧岸，水不变清流。白日丹心照，青山翠黛愁。我来频酹酒，萧瑟荻芦秋。

张鹤亭招饮飞来寺

紫翠千山夕景开，因从霞表一登台。啸歌子夜宜秋寺，洒落丁年泛酒杯。孤月晴翻江影动，乱松寒送雨声来。座中自有凌云思，拟摘星辰碧汉回。

有所思

出门见芳草，美人天一涯。黄鸟何处来，啄我樱桃花。花落逐流水，相思无时已。别时白云飞，别后春风起。和平安雅，汉魏之遗。璞庵李连城识。

辕下驹

局促复局促，辕下驹，食不饱，力不足，风寒日暮意瑟缩。凥首高露四蹄秃，不及驽骀在厩满身肉。骄愤势若不可羁，请君试鞴出，一使健儿骑。

放歌行

古人何曾死，待我相与游。长啸登泰山，云起风飕飕。沧溟涵一气，日夜乾坤浮。左挽黄河水，右蹋昆仑丘。神仙且不学，富贵安足求。一气舒卷动与古会。赵棠识。

麦不收秧重播行

雨少农心愁，雨多农心酸。多少皆妨农，作天天亦难。怪是今年人夏，淫霖连绵。谚云"二麦不怕神共鬼，只怕四月、八月之雨"非虚言。而况新秧烂尽惟见黄泥田，老农向我发长叹。麦坏食已艰，秧坏命难全。家家重播种，栽成可能餐。分明秋又旱，栽犹不栽然。君不闻，黄梅寒，井底干。

苴力铺杨升庵赋垂柳处

苴力铺，蛮荒路，昔人戍，题诗处，至今犹有垂杨树。垂杨树，白日暮，堞风菵露亦君恩，莫叹腰肢有人妒。生还如梦死谁怜，十古同悲泪如雨。蛮荒路，苴力铺。"堞风""菵露"二语，诗人忠厚之遗。曙堂萧霖识。

海洋擒盗诗为少鹏作

我闻管子势之说，战而惧险谓迷中，战而惧水谓澹灭。香山彭公出海击贼何勇绝，深得于古兵家术，作诗为传始末。一解。公治香山三年，大悦夷与民。岁己酉春，贼入邻境抗官军。海康防汛炮位，俱以被夺闻，不知将军追剿何状。一月无信回辕门。二解。制府怒，克期捕，公身任之。力弱都不虑，澳门鬼目请从公。公不欲借资外国，善言以谕。一只船，民间雇。一名兵，民间募。十五炮，连环布。出洋若有神助，初擒数贼归，曰未已也，是当搜巢捣穴尽歼除。三解。一日军会抵硇州，遇五贼艘。牛皮蒙头风不顺。海水蓝兜兜，诸君疑忧，公临事而谋。四解。大席凭空转我船，突前霹雳威尽展。贼船但见贼乱滚，胸膊狼藉血模糊。顷刻舱中水中满。活者百八十，受缚如豚犬。贼首林阿五，落水手提盾。大呼公岂海神，我曹当赍粉。钩牵出缚尤紧。五解。取贼旗纛，取贼册目，尽焚器械赃蓄。合军归来声扬扬，官民观者如堵墙。共诧瘦书生，胆识乃非常。君不闻海上公书回，两语何堂皇。去时心上有君目无贼，击时目中有贼心无洋。六解。制府表公首功，皇帝先赐五品服庸，指日诏见大用，还当建白无穷。呜呼文官不要钱，并不惜命。安得人人尽如彭公少鹏香山令。七解。

事既不刊，诗亦不朽，觉南池原唱尚逊一筹。璞庵李连城识。

梦游庐山歌

夜来仿佛乘铁船，紫霄峰头访青莲。一笑赠我绿玉杖，蹋遍九叠屏风烟。匡氏兄弟并仙去，故庐留与客追攀。上宫何所见，石梁千仞悬，吴猛此处遇偓佺，神禹系缆迹宛然。次宫界城别一天，石呼左右帐，拥立峰小圆。下宫苍茫与湖连，度四十亩紫芝田，二童采过三千年。长啸文殊台，搔首玉川门。访白鹿，寻栖贤。恍惚白香山，醉我草堂间。雄辞怪句飞长笺，灵运山水虽刻划，登庐绝顶一诗殊可删。而况慧远竺道生，卑卑何足随吟坛。腾身上黄崖，挂起瀑布泉。尧时九年洪水浸不浊，十烈日晒不得干，至今依然飞流直下三千丈。江河湖海一气联。须臾风起波涛掀，惊醒身在黄梅眠。十仅一二记不全，急起聊效虚舟篇。庶几入山他时路径熟，不愁浮天吞岸云海如铺绵。此诗有太白遗意。曙堂萧霖识。

峡山飞来寺

峡前山乱青，峡后山连翠。峡左山并耸，峡右山犹锐。千山裹一峡，全峡裹一寺。相传萧梁时，神人所布置。又闻此偕隐，禺阳两兄弟。世远我不知，适来且适意。初历引堂皇，渐探揭幽邃。厂棚既窈窕，云木更亏蔽。忽然身骨香，薰蒸万花气。上上飞泉亭，瑟瑟凉飓吹。石壁莽摇动，岚烟幻暝霁。急雪洒琼瑶，铿锵一齐坠。到此山且腾，寺飞无足异。回望凝碧湾，一叶舟斜系。乘此借仙风，吹帆若张翅。

始兴上凌江水仅三寸，舟行甚苦，遣闷作歌

倜傥人坐涸水船，不如疲蹇行荒山。虽云十步九蹭蹬，有时还奋愁遭鞭。我从南海北度岭，七日已达韶州关。清远大庙须阳峡，中间险拗冲千湍。湍雄十倍气百倍，驭船如风身讶仙。忽过始兴凌水涸，日行十

里犹艰难。大船又换作小船，缆曳不动扛须肩。踏蹀珂头汗挥雨，篙工邪许声呼喧。我时作恶耐不得，唤仆负出徒沙间。掉臂游行一生惯，屈伸无状羞鼃蟷。舱中行李书一束，税课不纳司关钱。小雨再助三寸水，可以一往无稽延。胡为乎泥逢彼厄，跛羊跛鳖不放前。呜呼世事难言传，三军队里稳可眠。疲癃残疾偶相值，令人眉黛增忧烦。况是曾经大瀛海，涓涓眇视沟渠泉。

颇似子由。师范识。

十八滩

说滩滩在心，过滩心在滩。况此十八滩，建瓴落飞湍。才达赣州境，船已如惊翰。倏忽下几滩，愈险住愈难。拟觅穴得狭，认平涡入旋。船头欲落井，船尾先向天。舍将身与命，百丈试一穿。往往骇绝处，忍死偷眼看。来踪既迷误，去路从何门。前船陡然没，想被蛟龙吞。后船忽又失，疑为魍魉残。须臾等无恙，齐出仍呼喧。我生喜不暇，兼信他人存。吁嗟造物奇，戏人于无言。平地设波涛，水底藏峰峦。自少阅至老，从晓历至昏。石无一状复，浪有千般掀。且饮万安酒，剪纸招惊魂。与衍离奇，可称万古杰作。苔阶张志学识。

酬谷大心

昔闻大心名，未识大心面。去年识面并识心，订交颇恨迟相见。大心之狂比李白，大心之贫似原宪。几回射策空归来，束腹著书略不倦。昨日贻我新诗篇，离骚乐府辞兼善。嗟我生平寡所交，钱南园彭少鹏师荔扉杨栗亭之外人寥寥。独惜不如鹿豕聚，中间离别频相遭。年来独处益芜俚，欲焚笔砚抛书史。典裘买醉妖姬楼，结客通名侠士里。旁人大笑何所为，不识填胸多块垒。今得友君心颜开，劝我加餐歌莫哀。封侯取印男儿事，穷愁岂必长蒿莱。我亦劝君放怀抱，人生行乐及时好。浮云富贵不足荣，敝屣功名岂可宝。我家南山南，君家北山北。庐舍相望境非隔，晨星晦雨肯来过。百首新诗待披摘，世间万事总不知。只有此事差自怡，安能栖栖役曳向城市。日争得失随群儿，朝泛赤江水，暮宿青螺烟。丹丘瑶岛在人间，薄田种秫尽酿酒，与君游戏三千年。

一纵一横，观者莫当吾于此诗亦云。苔阶张志学识。

下伏波滩

下滩不暇计滩陡，一掷江心石隙走。须臾滩下试回首，始骇孤舟尚全有。舵师酹酒榜人贺，夜来雨猛江添大。败樯折桨两巨艘，水缩昨朝才打破。呜呼！纸船那有铁艄公？忠信是在求厥躬。不然风波起平地，矧习坎入坎窖凶。我初畏滩心胆落，惯历多滩任滩恶。固知不进退无所，贾勇乘流反得乐。人生祸福靡定格，遭遇听天莫铸错。君不见，跕跕飞鸢随浪泊，上雾下潦欺矍铄。庙食千古兹乡托，下泽款段乘何若。

振笔疾书，老而且横。有说剑谈天之概。圣峰王绍仁识。

偶步

僻处忘时序，犹疑春未还。偶随芳草色，一径出柴关。杨柳多沿水，桃花半在山。秾华非不好，心共野云闲。

一气自然。曙堂萧霖识。

晓发渌丹

结束穿层莽，将明天尚昏。鸟声干格磔，瘴气湿温暾。蛇返圣婆庙，蛊飞山子村。乱峰前缺处，残月吐微痕。

涩得妙，傲得妙。南宁赵棠识。

抵南宁

十日阴霾积，舟行苦滞停。夕阳开老口，孤棹系南宁。城回风迟漏，江明火动星。槟榔关下宿，乙夜眼犹醒。气象展拓。赵棠识。

晚过胜因寺

石榻蕉廊积藓封，招提篆画绿阴浓。疏篁流水才通屐，淡月轻烟忽听钟。尽觉花间还有径，不知林外是何峰。朝来更倩僧雏引，肯惜纤縢策瘦筇。

商山寺小饮同砚北芳亭

客兴秋高颇不穷，携壶一出访琳宫。苍岩日冷无尘到，黄叶林深有径通。雨气忽来千嶂外，泉声遥在万松中。醉余忘却归城晚，只觉离城境顿空。

响水闸在盘龙江之右晚眺

梁王堆畔谷昌东，莽莽平芜极望空。野渡芦花秋水白，乱山枫树夕阳红。铁衣雪化将军冢时拜殉明沐天波难苏忠节公墓，铜瓦鸳寒帝子宫闸近鹦鹉庵，上有铜瓦殿。风景苍凉归路暝，一声何处度征鸿。

初冬漫兴用孙补山先生三字韵（二首）

山色侵冬欲换蓝，小楼终日倚郊南。家贫自拥书盈万，年少何烦赋献三。每对琴尊当丙夜，时分花药课丁男。兴酣得句兼临帖，落笔声如食叶蚕。

花竹田园紫间蓝，村居风物似江南。鹡鸰自足巢枝一，乌雀徒劳匝树三。纵嫉娥眉凭众女，肯求仙佛老童男。长竿羡煞烟波叟，钓线时分箔上蚕。

题桃源家遵扬公画

山光岚影细霏霏，云构天然发翠微。大壑风回千树怒，高岩雨过百泉飞。如闻急橹来鸥渚，似有微烟动竹扉。断岸欹桥看不尽，枯藤怪石见应稀。

昆明逢师荔扉归自京东

愿左云龙到处同，君方挟策我飘蓬。八千路隔疑天上，十五年归似梦中。才子诗名腾北地，故人颜色老西风余省试七次。碧鸡金马秋光里，肯对清尊剪烛红。

跌宕沉雄，故是二君本色。王绍仁识。

晚渡九江

苍茫形胜望中收，庾亮楼边渡唤舟。鸟带吴声翻夕照，江分楚色妥春流。欲寻渔父人何处，不听琵琶客亦愁。五老似争留我住，一齐峥立晚云头。

七夕

不知离合几时休，乌鹊难填碧汉流。天上作星犹有恨，人间如我转无愁。君王莫保长生殿，见女凭登乞巧楼。此意姮娥应共鉴，孤光万里伴床头。

少鹏出示登岱诗若干首并贻见怀长篇，以余甫经望岳也和酬（二首）

才夸望岳眼双空，转妒登峰兴特雄。列岫儿孙来膝下，群生霖雨在胸中。吟残河挂天门树，梦觉钟飘碣石风。听说上方平厂甚，不如尘世辙多穷。

多山雅称著神仙，九点奚囊带有烟。日跃衣翻金色海，地包身侧卵形天。何人云阙肩相拍，几处芝房榻尚悬。悔不当时争济胜，秦封汉册探来先。

稳称。

荆州

孙刘拒魏本同盟，岂意中猜事变更。湘水以东先缩地，乌林之役枉联兵。山犹衙蜀青含黛，江失吞吴怒走声。想像髯威震华夏，至今不昧凛如生。

排傲。

宿普溆

香水河流落照昏，绿萝山远冻烟痕。衣沾白鹿天边雨，人宿青蚨画里村。梦稳岂犹惊野店，身安已似到蓬门。况聆满耳乡音好，归乐丰年足酒樽。

唐人佳句，每得之有意无意间，簪崖亦然。赵棠识。

偶望

隔江见青山，欲向青山住。山中人不知，夕阳在高树。神味隽永。

拟古从军行（二首）

从戎二十执戈殳，百战余生胆气粗。饮马长江休照影，恐惊霜雪上头颅。

何减李君虞。师范荔扉识。

珠子凌边夜月昏，鹞儿岭上阵云屯。三千尽有封侯志，毕竟谁擒吐谷浑。

古别离

不待停云别后思，骊歌声断即天涯。送行已到春江上，再为垂杨住少时。

舟发德庆

榕村荔浦晓烟才，顺水风帆叶叶开。二十四山遮不断，香炉峡外海光来。

气格似刘随州。张志学识。

广州竹枝词（五首）

花船日日系花阴，只在花阴莫远寻。早晚两潮是郎信，海珠石子是侬心。

舍得花边百块钱，买来葵扇过春天。槟榔近日无人契，待客都兴鸦片烟。

新城楼对旧城楼，郎进城时侬便愁。侬只愿郎如倒挂，一呼飞得上钗头。

熏罢龙涎趁晚妆，街头声过卖花忙。怪他茉莉多情种，戴伴郎眼开更香。

十三行里喜相逢，西炮台边住艇容。任尔水塘无五鼓，定更新买自鸣钟。

五诗极明浅而有意味，可以嗣响渔洋。王绍仁识。

发广州

千树红棉一夜开，春风送客粤王台。江湖前路知多少，我是曾经大海来。

宿板桥

旅思新宽万里遥，千山送雾雪初消。兰城咫尺非难到，且为梅花宿板桥。

簪崖天分、学力原可伯仲荔扉，惟阅历较浅，故其沉着警快处不无少逊，然而难能矣。张允楫识。

余与簪崖居相隔百里，以戚谊岁时必相见，诗酒唱酬，自余一行作吏，此事遂废。而簪崖著述日富，以此受知于汪云壑学使，登拔萃科。余于庚戌夏入都，重与樽酒论文，喜其声调流美，机趣洋溢，视昔加进。顾荏苒十二年，余犹稽滞风尘，而簪崖已羽化矣。闻家陶村苏亭二老人方辑滇诗，将余凤所推论前辈言列入行间，因念簪崖，不胜今昔之感。特走片言乞附簪崖刻后，犹忆其所作，如《悼亡》篇云："鬼灯如见通宵绩，故突犹疑带病炊。梦醒误余仍对榻，挂遗惊汝尚持家。"《雨度安南关》云："泉喷欹磴塌，雾卷乱山飞。"《郊行晚兴》云："草痕侵烧绿，山色渡河青。"《秋兴》云："风色一天迷断雁，秋声四壁变鸣虫。"《尤村河岸待渡即目》云："河声东去英雄尽，秋色西来天地空。"亦琅琅可诵。南池栗亭而后当许特树一帜。苇塘袁惟清手识。

文

此次文的点校，以（清）袁文揆辑《滇南文略》（上海书店出版社《丛书集成续编》影印本）为底本，文共计1篇。

与许丹山书

伏读来翰并簪岩诗存稿序，辱教良深，讽诵再三，感愧无已。窃谓足下之待人太厚，然未免贲饰以阿其所好也。瑞之诗，不过犹东坡所云候虫时鸟之鸣。呈之几席，如听嘤嘤之声、唧唧之响焉耳。乃云可张吾军，以当中原旗鼓，可传之名山，以为后学津逮，信斯言也。是使瑞不复敢作诗矣。夫上古之人，才学皆本于心性，未见有以词章而可语经纶参赞之业者。后世之儒，多不从源头上讲求，少有所得，往往作为一家言。而为之友者，因相与标榜曰："此可以张吾军也，此可传之名山，以为后学津逮也。"不知文艺特一技之末耳。黄陶庵寄弟书云："状元乃三年一人，有数百年一人者，有千古一人者。"其意盖以人即不能为千古一人，亦当为数百年一人，即所谓学本于心性。有经纶参赞之业者，而后可为不朽也，词章之学云乎哉？由是言之，即使瑞诗可为一家，真末之末矣。矧仅仅比于候虫时鸟之自鸣自已，无足为损益者，而亦居之不疑，以为可序可存哉。诚哉足下之待人太厚，未免于贲饰以阿其所好也。然瑞窃有以窥足下焉。足下生平，于书无所不读，其见大，其量宏，于人本无所作好恶，而曲成之怀，则取其长而获其短。故一见瑞之诗，即不禁序之、存之者，似又绝非有所贲饰以阿其所好也。是瑞以诗名，得列于古作家之后，亦不为不幸也。设使瑞自志学以来，能不屑屑于雕虫篆刻之为，以数十年刿目怵心之精神，用之于心性本原绝大之地，其功候所驯致。与现在可序可存之诗等，可知足下亦必不仅以词章一技之末相目，必以上古之人才相许，不更为大幸矣乎。虽然，近仲小海有言："人生一世，留得几行笔墨，被人指摘，便是由大福分人。"不然，草亡木卒，谁则知之而谁议之。嘻！何斯言之沉痛也，是今日足下之序瑞诗、存瑞诗，诚瑞之幸也。即后之人，因足下之序之存之，有起而指瑞诗、摘瑞诗者，尤瑞之幸也。瑞又何尝不可谓之大幸矣乎。然则自今以往，瑞愈不容不敢不作诗矣。鸣呼！计瑞之得交足下，近三十年，情好如一日，当时为两人作之合者，竹林栗亭也，今两人皆已下世，此序与书，俱不复能相质，是可慨也夫。

明是谢人作序，文字反从大处说来，归重于书无所不读，一段又随手翻出。自志学以来，一段极开阖动荡之致，余波亦复纡折，情生于文，宋体中之有结构者。层次分明，针线细密。

苏竹窗

苏竹窗，龚锡瑞之妻，赵州人，清乾隆年间女诗人，是白族历史上高氏之后的第一个女贡生、女诗人。她的诗韵气沉雄，没有闺阁秀气。《滇南诗略》评其《落花》一诗云："妙语入微得未曾有"，评其《闻雁》一诗云："通体唐音，三四尤大而远。"

其生平事迹于张文勋主编《白族文学史》；寸丽香编著《白族人物简志》；陶应昌编著《云南历代各族作家》；张文勋主编《云南历代诗词选》；祝注先主编《中国少数民族诗歌史》中有载。

《滇南诗略》卷四十六录其诗《接外昆明寄书作》《听砧》《新月》《闻雁》《窗前竹》《村居》《和外苴力铺秋柳弟吊升庵先生》《冬夕》《书别》《柳》《落花》《雪夜》《偶成》《登楼望白崖定西岭诸山》，计14首。

诗

此次诗的点校，以（清）袁文典、袁文揆辑《滇南诗略》（上海书店出版社《丛书集成续编》影印本）为底本，诗共计14首。

接外昆明寄书作

谋养君应出，家庭我自谙。亲欢一念拂，妇职几分惭。防疾先调药，称觞或典簪。前程知努力，早慰桂枝探。

居然正始之音。

听砧

秋气肃然重，邻砧入听才。夜随凉月静，声带暗霜来。乍断知无力，连敲觉□哀。感余难遽寐，半晌倚妆台。

"乍断知无力"五字出自闺秀口尤妙。

新月

地湿衣沾水，初三月破昏。纤凝弹指甲，曲比绉眉痕。穿饵纶思系，钩帘手误扪。光华长在后，耐赏莫生烦。

五六新颖。

登楼望白崖定西岭诸山

佳气莽无边，横来半壁天。晓昏不一态，今古常苍然。马背千盘路，林梢百道泉。吟窗终日对，襟袖落云烟。

脱尽闺阁语气。

闻雁

野旷风霜警，灯残雁过楼。关山千里月，天地一声秋。少妇深闺梦，征夫远塞愁。银河斜未没，哀怨满空流。

通体唐音，三四尤大而远。

窗前竹

除却寒松柏，寥寥孰与群。虚心真似我，直节独师君。尽日平安对，四时风雨闻。孙枝生不已，个个气凌云。

村居

山罨岚光水蘸霞，村居风味足清华。一箩鼠迹桃花米，满鼎松风谷雨茶。黄发拾薪恒事业，苍头种菜老生涯。论文也或高轩过，笑拔钗簪付酒家。

和外苴力铺秋柳弟吊升庵先生

短长亭畔野桥隈，落日寒蝉响自哀。一种萧条南国恨，千秋涕泪锦江才。山残水剩无人惜，月泠霜清有雁来。眉黛任衰腰任减，还留青眼盼春回。

冬夕

雪霁泉鸣涧，林寒鸟就檐。梅花初夜发，随月上疏帘。

偶成

倾耳多佳声，起视不知处。苔径立移时，竹上风来去。

书别

别时梅蕊初霏雪，楝子花开今又红。客邸春光闺阁梦，都经二十四番风。

柳

遮遍楼台覆遍桥，天宫眉黛尽情描。碧桃红杏开多少，大半春光属柳条。

落花

衔残燕子蹴残莺，到底春风算有情。吹得乱红如雨急，尽人细听总无声。

妙悟入微，得未曾有。

雪夜

夜静窗棂湿有光，开门白雪欲平廊。料应此际离家客，想著梅花小阁香。

龚瑞鼎

龚瑞鼎，字方汝，赵州人，今弥渡县寅街镇辛野村人，清乾隆己巳（1749）科进士，官南和知县。（乾隆）《云南通志》称："学粹品优，勤于吏治，士民赖之。"

其生平事迹于（清）靖道谟纂，鄂尔泰等修（乾隆）《云南通志》；张建雄、周锦国选注《历代白族作家丛书（综合卷）》；杨镜编著《大理古今诗人要事录》中有载。

（道光）《赵州志》卷六艺文部录其诗《解官归，重登学士六叔父依云楼》1首。

诗

解官归，重登学士六叔父依云楼

少承家训在斯楼，今日重登感白头。垂髫方随题雁塔，归田又早筑菟裘。千章乔木门长绕，万帙香芸架故留。手笔惠连应努力，好同燕国继风流。

谷际岐

谷际岐（1740～1815），字凤来，号西阿，自号龙华山樵，赵州（今下关）人。乾隆乙未（1775）科进士，历官御史、给事中、刑部郎中，后为翰林，在京师校点《四库全书》。后为云贵总督富纲聘请，主持、讲学于昆明五华书院三年，主讲于扬州梅花书院五年。（道光）《赵州志·乡贤》记载："为文古高简净，得唐宋八家及有民国初诸大家之长。"（道光）《赵州志·文行》记载："天资颖异，能读兼人书，淹贯经史，不以律身规矩，品俊行清，建宁人士咸以物望归文。"

其生平事迹于（清）黄琮辑《滇诗嗣音集》卷五；（清）李其馨等纂修（道光）《赵州志》乡贤；《清史稿》卷三五六；（清）师范纂辑《滇系》卷八《人物》；张建雄、周锦国选注《历代白族作家丛书（综合卷）》；张文勋主编《白族文学史》；李缵绪著《白族文学史略》中有载。

其著作有《五华讲义》，刻于滇。客扬州时，选刻有《大儒诗钞》。在京时，著有《彩云别墅存稿》《采兰堂诗文稿》《龙华山草》。《龙华山草》一卷，嘉庆十二年刻本，云南省图书馆藏。《采兰堂诗文稿》不分卷，稿本，天一阁藏。《彩云别墅存稿》一卷，嘉庆十二年初彭龄校刻本，云南省图书馆藏；后辑为《西阿诗草》三卷，编入《云南丛书》，民国间刻，国家图书馆、云南省图书馆藏。《西阿诗草》三卷收于《丛书集成续编·一三一册》。

《滇诗嗣音集》卷五录其诗《滟滪堆行》《何兰士侍御以摹耕烟子云溪渔隐画扇见赠赋谢》《小雨》《晚陟》《夜坐》《霜降夜小雨》《晚眺》《田家》《山中访友留宿》《初冬》《晚》《题许山人壁》《铁柱庙》《晓行望嵩山》《爨府竹枝词（四首）》18首。（道光）《赵州志》卷五艺文部录其文《龙谷韩孝廉继配董孺人旌表序》1篇；卷六艺文部录其诗《建宁铁柱》1首。《滇文丛录》卷二十八录其文《〈历代大儒诗钞〉自序》《〈西阿诗草〉序》《龙谷韩孝廉继配董孺人旌表序》3篇；卷四十八录其文

《据实参劾疏》《历陈官逼民反情形疏》《奏滇省行盐派夫诸弊疏》3 篇；卷五十五录其文《与张溟州太守书》1 篇；卷六十六录其文《期颐大寿杨母刘孺人墓铭》1 篇。

诗

此次诗的点校，以（清）黄琮辑《滇诗嗣音集》（上海书店出版社《丛书集成续编》影印本）为底本，其中《铁柱庙》以（清）李其馨等纂修（道光）《赵州志》为校本，诗共计 18 首。

滟滪堆行

苏东坡赋云："凡覆舟者皆归咎于此石，以余观之，盖有功于斯人者。江夔横放大野，而峡之大小曾不及其十一，苟先无以龃龉于其间，则奔腾迅快尽注于瞿唐之口，其险悍可畏，当不止于今。"又云：忽峡口之逼仄兮，纳万顷于一杯，方其未知有峡也而战乎。滟滪之下尽力以与石斗勃乎，若万骑之西来，忽孤城之当道，城坚而不可取，矢尽剑折迤逦，循城而东下，于是入峡安行而不敢怒云云。余作此诗辨之。

大江浩荡来峨岷，轻舟利涉无涯津。夔门滟滪一石立，年年翻覆长相巡。昔贤作赋异其说，转言有益于斯人。云水到此仄且隘，石为龃龉乃柔驯。不知水势不畏仄，畏以激搏遭沉沦。蜀江西来四千里，皆缘滩石成遭迤。箭流而东至峡口，正同风火随车轮。张舒两翼徐徐下，势虽猛鸷情和淳。千里一日正快利，正路何取生芜榛。若以孤城当万骑，是犹火烈还添薪。在山过颡不能御，半使其族为游鳞。战胜先已自取覆，况战不胜徒艰辛。惟静可受无事福，事大犹贵恭而恂。今言有石险尚少，岂无此石翻沉湮。思平水势先撼岳，欲重人命逾轻尘。入峡若果不敢怒，新泄险覆将何因。新滩、泄滩，蜀江极险，俱在峡中。龃龉之说更长傲，讵仅曲护非其真。江固未曾折剑矢，石亦本未轻喧嗔。只缘实逼势处此，无地退守全吾仁。象马沉溺自悯恻，戒彼上下犹谆谆。杜诗"如马戒舟航"，惟险，故当戒也。若论功绩石则有，据彼津要雄千钧。禹昔治水舟过此，叹其险绝凭无垠。因时江神有劳绩，赐为窟宅如城闉。至今此堆万丈下，夔龙三足潜灵神。风雨时时一吟啸，天吴河北皆藏身。且有敕命令巡缉，无使鬼怪张牙唇。惟其所处至不易，是以凭借权惟均。自兹全江赖锁钥，南条众派皆遵循。乃知此石本天造，别有功德须详伸。所喜河清海复晏，长与盛世称波臣。

何兰士侍御以摹耕烟子云溪渔隐画扇见赠赋谢

作画几人能画扇，山川万里传南朝。南史萧贲事。云溪渔隐更妙绝，摹成遗赠如冰绡。江天一碧杳无际，空濛恍见三山椒。蓼花红遍新柳绿，清流泼泼金鳞跳。一竿烟雨景百变，神妙尽入丹青描。我不能画画在手，且喜一扇清风摇。是云是水眢莫辨，恍惚日出轻烟消。沧波粟粒不知小，青蘘长自乘虚寥。感君此意我神往，秋涛初冷秋风飘。扁舟未知何日傚，钓台云树空萧骚。

小雨

点点飞清晓，濛濛带薄阴。细难黏蝶粉，暖欲透花心。未断夕阳色，空迷芳树林。不知原上草，青翠几重深。

晚陟

四面青山绕，千村霁色铺。天容秋水淡，人迹野云孤。石径行逾远，烟林望欲无。此身摩诘似，好为写新图。

夜坐

净宇钟初息，深宵几独凭。虫声萝径月，花影竹窗灯。象总归真实，禅休问上乘。此间有觉处，端不藉金绳。

霜降夜小雨

寒霜晨已降，小雨夕还并。冷入宵灯影，疏兼落叶声。寒窗听渐细，曲沼觉微盈。料得东篱菊，明朝洗更清。

晚眺

秋原无限景，一望一苍茫。落日数峰紫，微霜千叶黄。归樵看渐杳，村杵听方长。尚有难招鹤，云间独自翔。

田家

风味田家好，村村稻熟初。暖斟桑葚酒，肥煮谷花鱼。门巷行相似，亲朋乐自如。吾归何日遂，深愧野人居。

山中访友留宿

子真栖隐处，高躅尚堪寻。黄叶一家住，青溪几曲深。野花春酿酒，流水夜弹琴。何日买山就，相随结素心。

初冬

招提冬景肃，万象正森罗。木落山全出，潭寒水不波。小窗花影淡，古鼎篆烟和。清兴何从发，高听半夜歌。

晚

林卧原非避世哗，自然幽事在山家。满衣绿雾秋栽竹，一帚清香□扫花。散步只宜陪五老，观书何待问三车。悠悠群动都安息，清梦随时到碧霞。

题许山人壁

山光水色净皑皑，茅屋人家绝点埃。石上寒泉落秋涧，松间白日照苍苔。偶逢洞口漂花出，不见云中采药回。此去仙源难再返，题诗聊记足音来。

铁柱庙[一]

建极蒙氏刻柱伪号何年竟[二]纪功，兼并六诏独[三]称雄。贡金不入周王鼎，作柱空羞汉将铜。村社微[四]茫秋水外，香烟凄冷[五]夕阳中。只今鬼伯应含愧[六]，犹自祈禳媚[七]叟童。

【校记】

[一] （道光）《赵州志》题为《建宁铁柱》。

[二] 竟：（道光）《赵州志》作"自"。

[三] 独：（道光）《赵州志》作"始"。

［四］村社微：（道光）《赵州志》作"祠宇苍"。

［五］凄冷：（道光）《赵州志》作"缥渺"。

［六］鬼伯应含愧：（道光）《赵州志》作"霸气应销歇"。

［七］犹自祈禳媚：（道光）《赵州志》作"伏腊犹然走"。

晓行望嵩山

入望居然耸太清，火维司柄独峥嵘。地居平野千山尽，天到中原一柱擎。华盖仙灵都缥缈，紫庭宫阙最分明。不须默祷求登陟，阴翳全消日正生。

夔府竹枝词（四首）

千层万叠翠屏张，无数青峰对夕阳。一自山名麝香后，山前草木尽芬芳。

四围山气各因时，莫道炎多冷更迟。火焰山前冬月好，风箱峡口暑天宜。

瞿唐滟滪石参差，滩水倒流行转迟。不信年光去如水，东流还有向西时。蜀江险，滩水激倒，行舟人谓之西流。

估客风波去不还，空船小妇损红颜。郎心冷似峡门月，妾意牢如铁锁关。

文

此次文的点校，以（民国）秦光玉等辑《滇文丛录》（上海书店出版社《丛书集或续编》影印本）为底本，其中《龙谷韩教廉继配董孺人旌表序》以（清）李其馨等纂修（道光）《赵州志》为校本，文共计8篇。

《历代大儒诗钞》自序

从来编辑诗章，未有专及于儒林者。有之，止元金文安公，并国朝张中丞伯行氏，先后各有《濂洛风雅》一编，而其书流传极罕。盖儒诗为道德经济所偃，本不大显于世，而熟在人口者，又只纯乎理致之数章。于是谭艺家遂误指儒诗为理学，陈习于昭然数大家外。其余全体之美富，概不深求，宜亟而出之，使人知风雅有正宗，而可将一切恢张、诡慢、织巧、淫媚之习为之一洗。兹谨举从祀孔庭大儒诗为式，而从祀中自隋以前诗只偶尔一见，录之反似挂漏。其诗之有集，实肇于唐，故录自唐始。自唐至我朝，共大儒四十四人，皆为汇集焉。夫诗之教久矣，诗人之传亦众矣。怀才者既不能根乎理要，而抱道者又未必兼擅夫才华。惟大儒蓄道德而能文章，其行既尊，其言更美，虽不轻赞一辞，而要质有其文。于三百篇，既合无邪之旨，复集能言之益。求诗于既删后，克企夫正，而蔇者复敬见之。舍是，盖无以为艺苑准绳矣。若由此以求知，大儒之文根于行而优游压饫，渐窥性道渊微，则内圣外王之理，明体达用之学，皆统会于一原焉，又岂仅学诗云尔哉。书成，方暂假京居，适值两淮蓥政，厚庵阿公台长延主讲梅花书院、孝廉堂，即欣然付都转复堂，廖公亦赞其成。因著于首简云。

《西阿诗草》序

余于乾隆乙未入词馆，庚子乞假南还，随两次读礼毕，仍养疴于旧读书之龙华山寺，统十五年，方得入都供职，改侍御，擢黄门，左迁比部。适得城西隅之旧馆侨寓，为题曰"彩云别墅"，公退借以稍息。计前后所居两地皆宽闲幽静，故其偶为诗亦皆淡如，乃知心远地偏闲，固人生不易得者。自喜其得性所安，辄录之时自改玩。若其他所为与此异者，则又别为《采兰集》，以见余半生以来，泛涉于往昔作者之门径而迄无一成者，终不欲以彼易此也。录成，因记数语于简首。

龙谷韩孝廉继配董孺人旌表序

董孺人者，余同年友韩孝廉龙谷大兄继配也。其母家家世，许丹山先生于传内详言之，余无庸赘第，即其生平节孝，大概得于见闻者，略叙之。龙谷前室赵孺人，为榆郡龙关乾隆丁卯孝廉武定学博吉人公长女，与龙谷共商盐。逮事曾王父翁姑，循循有礼法，篝灯织纴，佐龙谷名列贤书，以戊戌弃世，遗四子。长模，次棻、楗与彤。龙谷续配孺人，治内抚儿。孺人与前室赵孺人为舅姑女兄弟，其性情心行亦与赵孺人相揆。居甫二稔，龙谷于庚子冬上京会试，兼应挑选例，两不得志，抱愤旋籍，抵湖北宜城，中暑遽逝，寄葬小河口。孺人年二十有九，欲从地下，以遗孤失怙，矢志自守，所谓从容就义难于慷慨赴节也。比来家况愈艰，贞心愈固，而教诸子愈殷。诸子食饩明经，诸孙采芹游泮，皆孺人代夫子之终曲，成于寒机篝火中也。尤难得者，念夫子之灵，久滞他乡，典钗质裙，及数年铢积，命长季子反榇楚北丘首，滇南卜家山而瘗焉。於戏！孺人当夫子既没，为未亡人，苦心守义，垂三十年，可谓节矣。恪将禋祀玉成，诸子丕振家声，以光祖德，可谓孝矣。辛未秋，同里诸绅^[一]请于邑侯，周公转申上宪，题请旌表，时余在京^[二]，顷闻此事，抚掌击节而叹曰："吾乡多节孝矣，龙谷有生气矣，孺人有懿行矣。"宸章旌奖，俎豆千秋，不愈于丹诏褒封，荣施一日乎？忆余自乙酉秋闱附龙谷，后越甲午始获冠军，乙未成进士，选庶常，嗣入木天，转部曹，旋迁给事中，与龙谷晤面者，盖鲜龙谷去后时景。孺人芳节，适闻旌表之事，爰叙颠末。邮寄桑梓，用备一隅于简端，非敢为孺人表德也。

【校记】

[一] 绅：（道光）《赵州志》作"君"。

[二] （道光）《赵州志》此处有"邸"。

据实参劾疏

臣窃惟先帝临御六十年，圣武神威，万方震肃，固由主将仰承睿略，奋报鸿恩，亦偏裨卫翼，同心协力，以助成功也。窃见三年以来，先帝颁师，下讨邪教，川陕先责之总督宜绵、巡抚惠龄、秦承恩，楚北先责之总督毕沅、巡抚汪新，均视之如腹心手足。而乃酿衅于先，藏身于后，行营到处，止以重兵自卫；裨弁有奋勇者，又无调度接应。甚至以贼入他境，暂称安息，由是兵无斗志。川楚传言："有贼来不见官兵，而贼去官兵才出现。"又云："贼至兵无影，兵来贼没踪。可怜兵与贼，何日得相逢？"前年总督勒保至川，大张告示，痛责前任办理之失，各省传遍，是其明证。毕沅、汪新相继殂逝，复以楚北任之总督景安。今宜绵、惠龄、秦承恩纵慢于右，景安怯玩于左，勒保纵能实力剿捕，有生擒逆首王三槐之能，而陕贼尚多，楚匪起灭无时，则勒保终将掣肘旷日。

钦惟先帝征讨缅甸，万里外照见大学士杨应琚挑拨掩覆之罪，立予拿问，另选名将，即速班师。今宜绵、惠龄、秦承恩旷玩至三年之久，早应革究，止以期罔未著，尚何宽典，而转益怀安，仍任贼党越入河南卢氏、鲁山等界。景安虽无吞饷声名，而罔昧自甘，近亦有贼焚掠襄光各境，均为法所不容。况今军营中用副封私札，商同军机大臣改压军报。供据已破，虽由内臣声势所致，而彼等之倚贿覆债，情更显然，揆以厥罪维均之法，一体拿问，原属罪所应得。即欲暂留效力，而欺隐惯，亦终不肯使前慝尽露。应即请旨惩究，另选能臣，与勒保会同，各清本境，共捣顽巢，则军令风行，贼匪必将授首请戮。

抑臣更有请者，川、楚、陕西，比年发饷，已及数千万。闻其军中子女玉帛奇宝错陈，而兵食反致有亏。其载赃归北还南，风盈道路，甚至内臣有"与其请饷，无如书会票"之嘲语。前经先帝严究军需局，查出四川汉州知州兴德楞泰报销互争多寡，及楚北道员胡齐仑侵饷至数十万，一则追赔，一则拿究。二案已确，他属类此者必多。昔先帝当金川奏凯后，办理军需销算，至谓上方有天。况今之无功吞饷，自属天理所不容，尤宜请旨，急易新手清厘，则侵盗之迹，必能节次破露，无致终覆。不但兵饷与善后事宜均得充裕，而转瞬销算，亦不敢牵混已。臣愚昧无识，罔避嫌怨，敬承诏旨，令得封章密诏，用敢据实参劾，伏乞圣鉴。

历陈官逼民反情形疏

臣伏读谕旨，教匪聚众滋事，皆以官逼民反为词，殊为怜恻，仰见我皇上烛照矜全，臣民闻之无不感泣。查教匪滋扰，始于湖北宜都县之聂结仁。而聂结仁之变，实自武昌府同知常丹葵苛虐逼迫而起，缘自教首齐麟等正法于襄阳府。后匪徒各皆敛辑，虽节经奉查，刘之协与余党类，亦不许张皇牵累，节外生端。而常丹葵素以虐民喜事为能，于乾隆六十年十二月内委查宜都县境，一意苛求，凡衙署、寺庙关锁全满。内除富家吓索无算，及赤贫者按名取结，各令纳钱若干释放。其有少得供据者，立与惨刑，至以大铁钉生钉人手掌于壁上，号恸盈廷。或铁锤排击多人足，骨立断。若情节尚介疑似，则解送省城，每一大船载至一二百人，堆如积薪，前后相望，未至而饥寒挤压就毙大半，浮尸于江，余全殁狱中，亦无棺瘗，居人无不惨目寒心。聂结仁系首富，屡索不厌，村党始为结连拒捕，尚未敢逞犯。而常丹葵不知急自收敛抚慰，转益告急，以致宜昌镇带兵突入遇害。由是宜都、枝江两县全变，而襄阳府之齐王氏姚之富，长阳县之秦加耀、张正谟等，闻风并起，遂延及河南、川、陕，日甚一日。聂结仁平后，官兵剿秦加耀于长阳县之黄柏山，常丹葵随行，贼人首欲得彼甘心，追击将毙，得乡勇救脱，遂托病不敢复随，至今人皆呼为"常鬼头"。此名各路传知，谓其为残害生灵之罪首也。他如兵破当阳县城时，于锋刃流亡中，犹忍心搜剥难民怀挟，及居人存活财物，借解往军营为名，全归入己。尚其余事，此臣所闻官逼民反之最先最甚者也。臣思教匪之在今日，自应尽党枭磔，而其始亦犹是百数十年安居乐业，人民究何所求、何所憾，而甘心弃身家、捐性命，挺走险峻耶？臣闻贼人当流离奔窜时，犹哭念皇帝天恩不置，纵复连骈槛戮，亦为鬼知罪，殊无一言一字怨及朝廷。向使地方官知体布皇仁，察教于平日，抚弭于临时，抑或早防事端，少知利害，则何至如此。彼荒裔如缅甸、安南，犹归命输心恐不速，而谓此腹地中沦肌浃髓之辈，忽尔变生畴，其忍信？臣所以为此奏，固为此等官吏指事声罪，亦欲使万祀子孙知我朝无叛民，而后见恩德入人，天道人心，协应长久之昭昭不爽也。今常丹葵逞虐一时，上瘝圣仁，下殃良善，颁师发饷，盼捷三年，罪岂容诛？犹幸此情今得上闻，自难使首祸之人终归脱漏，应请饬经略勒保严察奏办。又现奉恩旨，凡受抚来归者，令勒保传唤同知刘清，问及川省素有清名之州县，将绥辑安插之处，悉心妥议奏闻，是不但开万人生活之路，且启亿载安定之基，则楚地中曾经滋扰者，亦应需员安集。臣闻被抚州县，其中逃故各户之田庐妇女竟多归官吏，压卖分肥，是始既不顾其反，终更不顾其归，不知民何负于官而效尤，觍忍至于此极。若得惩一儆众，自可群知洗洁，宣奉德意，所关于国家苞桑之计匪细也。

奏滇省行盐派夫诸弊疏

臣查滇南产盐，各区惟黑、白、琅三井最大，行遍迤西南各府，历系归州县官运售，不但课款有制，而官吏资其余润办公，亦得均平充裕。近则私行加额、加课，任意短秤，倒收脚价，剥削太甚。其加额之法，系与井员私煎及买灶户余盐，私派各州县转卖，缴课入己。此与奉文代别属行销者无干，而各处官店发盐，任意短扣，积零成多，额又浮至大半有余。至收课时，暗折明增，十复加五。更有民间备本自运，而亦照数征收脚价者。此外积弊尚多，各属情形亦不一。大约正盐一倍，课几化作三倍，归贩户销者，则贩户倒悬；归丁粮及烟户销者，则贫民扰累。又灶户因官发薪本平色大扣，以致交盐时，堕欠掺杂、变产革丁，受累尤甚。民财止有此数，得则归囊，欠则归公，国课、民财，必至交困，此行盐之弊也。至滇南，夫马历系出自烟户，与额设堡军，惟钦差及督抚、学政、提镇、司道与本管府、州、县通用，从无违误。自大兵征缅甸，始添派粮夫，设立公局，凡奉差过往，一体应付，系专为军务而设。凯旋之后，遂以征调为寻常，公局为利薮，一切过站者，皆以公事假名做情，指一科十，呼扰百端。若果有公出大差，则包串私派，派夫少则至千，多或近万；派马少则数百，多则三五千不等。凌虐奔守各情形，难忍尽言。更复折价分饱，层层腹削。其非军务而动从粮上普折者，追逼尤猛。又有不奉明文而私采，借买米谷折价入己者，间阎展转，赔累难堪。此外杂派名目，不一而足，虽有大吏示禁，总以具文相视。凡此皆官吏通同朦混所为也。臣闻嘉庆二年，滇中百姓与州县管盐之官亲、长随、书役及素管夫马公局之各头人，构怨报复，俱有痛不忍言、惨不经闻实迹。且近省及迤西一带，几五十州县不约而同，诚边省从来未有之大变。虽经大吏出示晓谕，有累民诸弊政，即当为尔等禁免之语，旋即解散而随后复另造。拒斗伤人，别事入奏，官则参处，民则分别正法，固亦足以彰国宪而儆人心，但终未将此数项起衅弊端陈明禁止，使罪犯虽明而祸根仍伏。至今官吏愍不畏法，旋改旋复，巧取更工，彼此猜怨交含，不识养痈至于何日？臣查夫马采买，原有旧例，明白，易守，无过，禁其设局，滥派，折价，私吞，与非军务永不许从粮上科派，已足便民。其盐斤则每秤均有羡余，官得余斤办公，贩得准斤出课。是以从前只用铺贩课并无亏。近则迤西一带，因贩赔多而加官课欠，改派地粮，烟户或大户行销法，愈改而取愈多，不清其源，徒益扰累。至加额加课，倒收脚价，则从来所无，数无底止，自宜永禁。其有自运未领脚价者，则纳课时即将此项扣去，毋令倒交。如此行之，自为妥善。若滇盐亦可如别省办法，则在大吏相机妥画。今我皇上乾纲整饬，大憝已治，内外肃清，臣惟有吁恳天慈，密饬查禁，使诸弊之已革者永遵，未除者立止。但得上下相安，官民两便，诚边氓万万载无疆之福也。

与张溟州太守书

自去秋得奉恩旨后，日夕企望，谓可计日还京。以图畅叙。后赵朝君来，方知为节使，扳留办理未完公事，益见宏才，实意随处感孚。正在欣慰，即接来书，知抵东后办理，扶灵南归，已诸事妥速，而于鄙人行止，言之倍悉，尤征关切。因腊底足疾复发，卧床四十日，未得具扎奉覆。今又接来扎，知闰月十六起行，适愚亦定二月二十二日，自通州上船，取道江南还滇。而扬州盐宪恰有书相约，如慈灵由扬取道，尚得清酌一奠，并为至孝人扫室相待，畅仲东道情也。总之，此次盘根错节，不但主知从此益加特达，而大才磨炼，封疆柱石尽基于兹。乃知大任之降定自拂逆中来，惟冀我知己，五夜冰渊，倍加刻厉，乃不负彼苍此番玉成厚意也。三十载相得师生，岂宜作寻常套语，惟有忠言实义，互相切劘，方无忝贤豪以道敦崇之实耳。奠帏匆匆，未能伸敬，又以疾不得恭书联匾。正深歉仄，乃承致书言谢，益难自问。兹临行略具数行，未尽所云。准拟四月初在扬奉待，逮时，又而悉一切也。专此奉达，并候孝履。惟自玉不一。

期颐大寿杨母刘孺人墓铭

太孺人姓刘氏，宁州学博暗斋先生之女也。自幼生长名门，父大儒，母为女宗，以故于经籍无不通晓。及笄，归孝廉朴园杨先生。先生历世孝行，一门之内，子事父母，妇事舅姑，雍雍肃肃，可为远近矜式。太孺人性明而知道理，循循妇职，荆布操作，机杼声与先生读书声若相响答。奉堂上甘旨，承色笑，悉得欢心。既而士介太先生仙游，佐先生治大事，如仪太母年逾大耋，体素羸，跬步需人左右。太孺人扶持捧负，温清抑搔，与朴园先生互负就暄，十数年如一日。温恭克孝，服勤不懈。教孝廉兄弟严而有法，督课无闲寒暑。今交当世知名，以资丽泽。御下肃而能宽，从容教遣，其孝慈如此。至若解推睦恤，姑姊侄甥之间，敦厚慈惠，和气周流，其忠厚有如此。先生为滇西名儒，榆郡登贤书、捷南宫者，多出其门。一时执经请业者，自远方至假馆，授餐肴、核酒醴之必丰，簠簋杯盘之必洁。太孺人一身摒挡，不假他人手。若屏铅华，安朴素，督率子妇，丝麻菅蒯，赋事献巾。虽年来寿亭兄弟登贤书，太孺人俭约自甘，将之如一，其勤俭又如此。太孺人年逾九秩，神明不衰，举丈夫。子二：长履恭，丁酉举人；次履宽，甲午举人。孙三：长恒立，太和县学增生；次谦亨，大理府学庠生；次鼎正，业儒。曾孙二：长凤藻，次凤章，俱业儒。太孺人以乾隆乙卯年冬十有一月冬至前一日，终于内寝。越明年，葬于中和峰祖茔之次。铭曰：

苍山之麓，洱水之湄。钟灵孕秀，妇德母仪。克勤克俭，曰孝曰慈。名齐陶孟，寿屈期颐。史书贤媛，人颂女师。惟德之馨，千载为期。

赵廷玉

赵廷玉（1749～1831），字梁贡，太和（今大理太和）人，赵廷枢之兄，恩贡生。少有诗才，十五岁得童子试第一，乾隆间北上应试，因病愆期，遂绝意进取，游历天下，广资师友。归而读书，老不释卷，年八十二卒。

其生平事迹于（民国）龙云、卢汉修，周钟岳纂（民国）《新纂云南通志》卷七十七；周宗麟等纂，张培爵等修（民国）《大理县志稿》卷十八；张文勋主编《白族文学史》；陶应昌编著《云南历代各族作家》；周锦国著《清代白族赵氏作家群作品评注》中有载。

著有《求己斋文集》《晴虹诗存》《紫笈老人诗草》等，均失传；现存《紫笈诗集》一册。《紫笈诗集》不分卷，一册，清道光二十五年刻，袁嘉谷跋并批，云南省图书馆藏。《滇诗嗣音集》卷十六录其诗《新春小饮用懿儿韵》《汉江寄内》2首；（民国）《大理县志稿》艺文部卷三十录其诗《望夫云》1首，卷三十一录《聚仙楼》《妇负石》《国母祠》《苍洱竹枝词（十七首）》20首。

诗

此次诗的点校，以（清）黄琮辑《滇诗嗣音集》（上海书店出版社《丛书集成续编》影印本）和周宗麟等纂，张培爵等修（民国）《大理县志稿》艺文部为底本，诗共计23首。

新春小饮用懿儿韵

点苍春色好，点缀万余家。元日过人日，桃花又杏花。园东随所步，瓮里不须赊。欢聚贫何恨，悠然玩物华。

汉江寄内

雪影湖南尚有村，吴山楚水那堪论。几时调得茈湖鲙，同捧盘匜侍寝门。

望夫云

一缕浮云几度秋，坚心常注海中沤。踉跄涛打蛟龙窟，绰约神明水月楼。卷地难平千古恨，回峰又锁百重忧。可怜夫婿无消息，空抱情根护石头。

聚仙楼

法勇登真后，岩喷众妙香。桃溪源一滴，渔唱满沧浪。

妇负石

汉代和戎事可羞，尚勤远略到蛮州。可怜拨尽琵琶曲，不及荒烟一石头。

此石可当兵十万，汉家空有客三千。若将补入南夷传，铜柱奇勋未许镌。

国母祠在西门外，按：唐授异牟寻鸿胪寺卿，赐宗室女和亲，并龟兹乐一部。僖宗时复以安化公主下嫁，先使宗正李龟年奉诏来。公主皆圣善及殁，国人立祠祀之。

下嫁王姬比国风，多劳圣善息兵戎。龟年既奉和亲诏，歌女应添老笛工。

苍洱竹枝词（十七首）

羲皇石象何年埋，诸葛南征掘始开。画卦龙泉峰麓下，弧星威降祭天台。

三皇五帝石像，武侯得于龙泉峰。按《天文》，楪榆界井南、弧矢间。

五月炎天绽石榴，雨来便可着羊裘。四时真是无寒暑，罗纨轻衫不用谋。

唐家公主下长安，南诏宫中驻彩鸾。国母寺存青冢杳，年年杜宇叫春残。

山下蘼芜杂稻田，泉疏石涧响涓涓。根苗非止宜男佩，贸与征夫却
瘴烟。

万花溪窈万花蒸，白鹿坪幽百药层。珠子参多郎去采，拨开南诏老
红藤。

客拜生辰馔豆汤，厝期乡禁宰猪羊。题诗标在宏山集，八宝羹滋冰
雪肠。

城西日惯割生牢，金甲祠归乐醉陶。说取铁桥城十六，盟神灵验仿
韦皋。

云光掩映佛光明，春拥月街分外晴。百货堆山横似海，牙旗风卷大
团营。

星回歌管乐纷纷，松炬高烧候夕曛。闪灼夜明珠万颗，科年玉局寺
占文。

踏阁穿林绕水涯，经名方广拜香牌。承平日久豪华甚，哈哒襜无插
凤钗。

"襜"为妇女戴，昔人制以压邪龙者。

三角青牛石案鸣，两头神鹿载芝耕。传餐押不芦花好，采采约登王
母坪。

押不芦花，起死回生草也，王母坪在中和峰，有碑记。

四十归林九十仙，白香山后老诗禅。门生宰相成疑案，杖履翛然绛
雪天。

张江陵童时，中溪先生为荆州太守拔培之。

松棚火烈阿南香，江浣含羞茉莉羌。妾在鸳鸯洲上住，夕阳不看野
鸳鸯。

僖宗来蜀侍云軿，一一红鸾驾未停。玉局峨岷书院古，至今人仰杜
光庭。

六书传罢录丹铅，鱼首黄衣梦入仙。才子出家禅更韵，后贤差不愧
前贤。

明杨升庵太史唐大来征君。

问答金丹集自裁，田琘孟伯古仙来。黿鼍窟底春常在，采药须寻不

谢梅。

《金丹不惑集》罗念庵与杨宏山问答。

萧鼓声中带壮涛，山村夜起洒松醪。年年知是龙朝母，孕育由由唊绿桃。

周 馥

周馥（1750～1816），字雁沙，太和（今大理太和）人。赵廷玉妻，太和县县学教师周孔潜长女。她幼读经书，颇有所得，诗词绘画，占卜医药，无所不通，年六十七卒。

其生平事迹于（清）黄琮辑《滇诗嗣音集》卷二十附闺秀；张文勋主编《白族文学史》；宋文熙、张楠《历代诗人咏大理》；周锦国著《清代白族赵氏作家群作品评注》；杨明主编《白族著名历史人物及其哲学思想》；赵寅松主编《白族研究百年（四）》中有载。

所著诗其子辑录后经筛选编为《绣余吟草》，共收录四十三首诗歌，是清代大理地区第一位女诗人的诗集。《绣余吟草》，道光三年刻本，又有钞本，云南省图书馆藏。《滇诗嗣音集》"附闺秀"录其诗《示懿儿》《训孙仁麟》《书司马相如传后》《紫笈夫子就馆中匄话别》4 首。

诗

此次诗的点校，以（清）黄琮辑《滇诗嗣音集》（上海书店出版社《丛书集成续编》影印本）为底本，诗共计 4 首。

示懿儿

有暇方读书，夸父日不及。有余方尽养，季路风不息。开卷期益广，仰天见景昃。胡然我念之，惕若警惰魄。况君子远行，承荷居室责。昔人重寸阴，自维爱驹隙。

训孙仁麟

长孙逾十岁，寝食不相离。怜尔生三月，驰驱父苦饥。尔父敦孝弟，抚尔忍弗慈。床上连屋书，是先世所遗。伊吾诲汝读，寸阴勿荒嬉。成名待他日，我或知不知。

书司马相如传后

长卿病免居，书犹时时著。使来求遗书，子未见嫡庶。白头吟何益，独对所忠语。若是茂陵女，容为小妇娶。岂不宁馨儿，接踵擅词赋。太息才人遭，内妒甚外妒。

紫笈夫子就馆中旬话别

唐破吐蕃地，夫君又远征。铁桥江漭荡，石鼓雪峥嵘。翁殁新阡表，姑衰宿疾萦。家贫无一可，辛苦砚田耕。

赵廷枢

赵廷枢（1751～约1784），字仲垣，号所园，太和（今大理太和）人，赵廷玉之弟。乾隆三十七年至乾隆四十一年，在昆明五华书院求学。

其生平事迹于（清）袁文典、袁文揆撰《滇南诗略》；（民国）龙云、卢汉修，周钟岳纂（民国）《新纂云南通志》卷七十六；张文勋主编《白族文学史》；陶应昌编著《云南历代各族作家》；周锦国著《清代白族赵氏作家群作品评注》中有载。

著有《云轩诗文集》《四书讲解》《所园诗集》另有四卷本，书分《问梅堂草》《蝶梦窗草》《倦圃吟草》《复出山游草》四部分，诗自乾隆三十七年至五十六年，共505首；《所园诗集》一卷，清钞本，藏于云南省图书馆。

《滇南诗略》卷二十一录其诗《登苍山中和峰》《幽花》《偕徐曙东游九鼎寺》《李青莲》《杜少陵》《白香山》《苏东坡》《题杜藕庄邑侯镜舫》《鸡鸣曲》《乌鹊曲》《古歌》《偕何云川、沙雪湖游波罗崖，酒间已成前作，明日复走笔成古风一首》《长歌奉简王用其同年学博》《晓发章树镇》《舟发长沙奉简钱南园学使》《长夏久雨，晴后经理小园（二首）》《简贾芝田赞府》《陪萧曙堂师及宗晴皋学博游凤眼洞，时丙午秋七月廿二日也》《过定西岭登露井楼》《九月十五夜与洪西堂、僧悟空月下登胜概楼》《书陆剑南诗后》《阅〈桃花扇传奇〉感南朝事作长句赋之（四首）》《秋夜》《波罗崖》《过超云居》《读秦纪》《塞上曲》《塞下曲》《征妇词》《高楼曲》《项王》《韩信》《读柳河东传有感》《阅亡友陈问雷遗札》38首。（民国）《大理县志稿》卷三十录其诗《吊李中溪先生与洪西堂同作》《月夜散步崇圣寺后院》2首，卷三十一录其诗《波罗崖》《寺门晚眺》2首。《滇文丛录》卷三十录其文《〈所园诗集〉自序》1篇。

诗

此次诗的点校，以（清）袁文典、袁文揆辑《滇南诗略》（上海书店出版社《丛书集成续编》影印本）和周宗麟等纂，张培爵等修（民国）《大理县志稿》为底本，其中《波罗崖》以周宗麟等纂，张培爵等修（民国）《大理县志稿》为校本，诗共计41首。

登苍山中和峰

苍苍十九峰，颢穹何年创。中峰纳众景，巨灵位置当。插脚走迤逦，开顶凌虚荡。直立正不欹，恭己敬无放。流峙各十八，十九峰，每峰间一溪，故有十八溪。环卫纷相向。正如遇真王，群雄屈辅相。远阜执璧珪，近岭森甲仗。紫气先日出，白云从风飏。阳开并阴阖，雷雨百物畅。岂惟荫名邦，上帝高居上。峰上有玉皇殿，殿前有聚仙楼，俯视一切，洵称大观。楼观何玲珑，云构参陲匠。疑有群仙人，聚此时一饷。松门厂台宽，寺前有平台，高厂之极，足供眺望。豁达真无量。帝释为近屏，凤眼作帖障。拱极焕天章，龙凤势逸荡。寺大门有“滇云拱极”大字，乃康熙年间提臣诺穆图入觐奏对苍山之胜，蒙圣祖御笔特赐，旁有提臣刻记，纪赞其胜。长河东抱洱，万倾平无浪。三岛与十楼，历历咸入望。下瞰叶榆城，豪华从古尚。村墟错青畴，寸土皆无旷。昔在蒙段时，酋长谁能抗。两关殽函视，洱水伊洛况。中岳登封僭，夜郎自大妄。穷荒划宋斧，设险摧唐将。世泰神圣作，六字仁风酿。斯土被醇化，书声杂农唱。际兹升平运，益表河山壮。三伏揽胜来，佳处辄浮盎。携游有素心，时同游者为何云川。指赏无愚状。作歌为纪之，操笔神先王。

气体苍浑，波澜壮阔，风格自近少陵。

幽花

幽花如放妾，含睇露光泫。矮婧榛菅中，经时无人见。凄风裛攒丝，寒雨渍疏片。败叶罩柔枝，残虫蠹薄面。兰杜长芳洲，空入骚人传。杞菊茂江潭，几觌羲罍荐。王嫱委塞沙，班姬泣纨扇。永毕长信宫，生别昭阳殿。况复鹍鸠鸣，时序亦已变。

偕徐曙东游九鼎寺

振策寻招提，松径羊肠绕。落落九鼎山，叠翠尘目瞭。高岭独岩峣，旁峰亦窈窱。琳宫聚蜂房，耸峙青冥表。凿崖嵌层楼，标阁凌飞鸟。小憩雨花台，仰睇穷幽眇。天空怪石撑，萝细孤云袅。颇饶结构奇，不厌丘壑小。日夕下山来，回看青未了。

李青莲

太白本天人，酒狂被天谪。地亦不能容，万死丹阳客。惊才贵妃嫉，高名夜郎厄。何处可埋忧？谢朓青山宅。

杜少陵

杜陵有布衣，忠诚从性发。百折播秦陇，片心依日月。千篇韶濩响，一世饥寒骨。骚雅久沉沦，回澜讵可阙。

"一世饥寒骨"句道尽少陵家。苇塘惟清曾有句云："房公终罢相，严武竟能容。"亦可谓该括。

白香山

香山擅风流，童姬识诗名。强鲠动天听，委折达人情。笔争嵩岳秀，政似杭湖清。自得醉吟趣，益觉轩冕轻。

苏东坡

岷峨特钟秀，一门得未有。元祐党人魁，两宋风骚首。崖桂老益辣，畹兰芬自久。任肆铄金谗，莫壅悬河口。

颈联不减"早读《范滂传》，晚和渊明诗。"年弟李连城识。

题杜藕庄邑侯镜舫

龚黄善理剧，严郑贵遗荣。各自分静躁，未兼吏隐情。皎皎贤邑侯，南州蝥鸿名。深心游竹素，薄禄代躬耕。境传宓子善，人鉴隐之清。伊余返林巢，逾分数将迎。飘香凫燕座，积泚荡轩楹。澄澈倒苍雪，虚白迷芳蓊。帘开一镜净，水满八窗明。鱼鸟罕遁影，舵橹无繁声。卧问退思处，渺若江海行。神益用民和，意惬斯道呈。动静兼有得，心迹为能并。有斐具上善，鉴止政以成。

章法细密，词气含宏。尤维熊识。

鸡鸣曲

夜冥冥，鸡喔喔，催起行人出店屋。草草严装从此去，马蹄渐远门前路，鸣鸡戢羽栖其处。

乌鹊曲

乌鹊矫翼，翩翩云际飞。日暮风寒，绕树无枝可依。梁燕呢喃笑相语，我昔垒巢秋冷去，今春依旧从容住。

古歌

愿君勿慕宦游乐，雷州崖州水土恶。愿君勿效江东贾，漂泊风涛十四五。妾辟纑，君躬耕。不愁贫，休远行。

偕何云川、沙雪湖游波罗崖，酒间已成前作，明日复走笔成古风一首

荡山嶙峋峰孤骞，谁凌绝顶穷攀援。我非凡骨有羽翼，乘风一气窥天门。穿云踏石八九折，伟哉造化划厚坤。国师祭酒赵波罗，何年凿险探其元。高崖壁立一千仞，青铁镵削无匠痕。轮囷峭崿几万状，往往钩勒朝云奔。老鹰俊鹘飞在下，仰视石齿拿松根。萱花瑶草备五色，只堪悦目不可扪。崖根石屋栖老衲，趺跏终岁忘世喧。我与二豪柱杖至，甘泉崖下渴腹吞。自注：崖下有泉，清冽异常，三人甫到，各饮一瓢。探幽力倦藉草坐，乔松百尺凉飔翻。是时羲和正转驭，仙境清冷寒无喧。我强二豪为鸥夷，空青积翠落瑶尊。已觉肺腑少尘俗，何须远涉求兰荪。昔年壮往游匡庐，香炉五老狎鹤猿。连峰叠岭数百里，千态万状摇心魂。此崖崛强等尉陀，复绝安能敌至尊。发人清兴已如此，呜乎，安得矫首五岳恣腾骞。

长歌奉简王用其同年学博

莫将去官嗟命薄，王子为官亦冷落。广文斋狭砚生尘，酣眠不出仓圣阁。问君何为故乃尔，云实憎之难振作。畸人郁郁数相过，片晌笑谈终索寞。忆昔少壮乘长风，挟策献赋光明宫。圣人临轩沛风诏，致身一旦青云中。我本驽骀忝上驷，中权骥足推君雄。自幸才华破万卷，自喜色笑承三公。世事倚伏殊难保，沧海东流有时倒。坎壈盛名从古招，富贵吾生虚自早。欢娱娇鸟啼春花，凄凉病马啮秋草。沦落风尘已数年，骅骝梦想长安道。自断此生休问天，豪华过眼如云烟。廷尉曾经探罗雀，将军几见勒燕然。途穷反遭俗眼白，高歌究不受人怜。杜陵野客被短褐，时且衔杯赴郑虔。

晓发章树镇

未晓舟师起，鸣榔枕上闻。岸风吹淅沥，川日散氤氲。野水多于地，江帆半入云。缁尘吾已厌，骋目息劳筋。

舟发长沙奉简钱南园学使

乌台留谏草，衡岳仰文星。藻翰惊风雨，德隅垂典型。长沙一相见，倾倒慰飘零。不尽云泥感，离情满洞庭。

长夏久雨，晴后经理小园（二首）

久雨炎天却似秋，明窗矮屋足淹留。空阶夜滴声声静，丛竹朝垂点点幽。穷巷只今惭北阮，壮心时复忆南州。漫嗟身世如萍梗，糟曲为池任拍浮。

舍前舍后长桑麻，隙地栽芋陇种瓜。菜圃锄成来舞蝶，蒲塘引满聚鸣蛙。种桃插槿依篱曲，筑坞开沟绕径斜。自笑迩来能用短，最无聊处有生涯。

二诗神似剑南风味。王绍仁识。

简贾芝田赞府

冰衙清冷接吾庐，胜友如云慰索居。乘势漫夸金作印，佳怀正喜酒盈车。闲中论古兴亡小，醉后谈心礼法疏。满酌高歌还起舞，幽燕豪气未全除。

陪萧曙堂师及宗晴皋学博游凤眼洞，时丙午秋七月廿二日也

连袂攀藤石翠凉，洞门云际郁苍苍。西空地轴窥危壑，东涉天梯俯大荒。岩腹数椽安静宇，山坳百里见残阳。醉余共上飞来石，凭眺风烟意渺茫。

过定西岭登露井楼

凌高歇马立秋风，白饭开疆事已空。楼势峥嵘通井鬼，山形巀嶪等崆峒。地连蒙诏三千部，岭据滇陲百二雄。一自天威歌奠定，至今铁柱镇南中。

九月十五夜与洪西堂、僧悟空月下登胜概楼

闲僧词客赏高秋，静夜携壶最上头。历劫溪山谁是主，可人风月独登楼。窗扉皎洁云间冷，村郭苍茫海畔浮。百杵洪钟敲酒醒，下看名利一沙鸥。

书陆剑南诗后

放翁秀句迥无俦，万首瑶篇老未休。壮岁酣歌西蜀酒，暮年高卧镜湖秋。溪山到处恣清兴，簿领随缘事远游。南渡小臣精卫志，梦中犹忆旧神州。

阅《桃花扇传奇》感南朝事作长句赋之（四首）

金陵王气已全休，半壁山河等赘疣。四镇将军多跋扈，一年天子正无愁。春灯曲进中书暇，玉树歌残战垒秋。瞥眼长安收棋局，艳情空说媚香楼。

长城自坏久难支，江北江南待誓师。九庙已迁神禹鼎，巨憝还树党人碑。楼船铁马传烽日，画省娇莺卜夜时。黄左再亡阁部死，茫茫遗恨暮江迟。

误国庸臣自古嗟，文章致饰恋繁华。黄旗紫盖悲如晋，白夹乌衣尚有家。旧院情根留菜圃，美人侠节寄桃花。夷门再到青溪曲，杨柳惟看闹暮鸦。

钟阜依然不断青，可堪时事几飘零。贤奸门户争场歇，酒色乾坤大梦醒。南部烟花供乐府，小朝史笔付云亭。都将家国兴亡恨，谱入渔樵话里听。

秋夜

荏苒岁云秋，江天独倚楼。可怜青汉月，照尽古今愁。

波罗崖

斯崖何岑寂，掩关惟一几。半岁无来人，白云弥望里。

寺门晚眺

门对涧松遮，楼窥山月上。何待更携琴，悠悠绝尘想。

过超云居

高僧入定一声磬，野客寻诗万个松。五老峰头出世想，今朝挂杖又相逢。

读秦纪

百战余威祀舜还，心教万世有河山。岂知指鹿盈庭日，已报前军入武关。

亦脱胎玉溪生。

塞上曲

乘秋转战过焉支，大漠连营闪画旗。日暮将军飞马去，弯弓直取射雕儿。

塞下曲

阵云如墨暗龙堆，幕府曾夸上将才。部曲论功侯欲尽，短衣长剑独归来。

寄慨言外。

征妇词

数倦南来北去鸿，征衣岁岁寄云中。怪他铁马声偏碎，响尽寒宵一夜风。

高楼曲

团团红日照高楼，楼上红妆望远州。楼外春山学眉样，不为分去一分愁。

妙语解颐，若□说眉黛销愁有何□味。

项王

项王义勇冠江东，天意亡秦借此公。百战阴陵才一败，莫将成否论英雄。

韩信

龙吞虎唥困斯民，指画登坛汉业新。天壤奇功皆占尽，知君无地可容身。

反似以功高责淮阴，语妙绝伦，此慕容绍宗之所以纵侯景也。

读柳河东传有感

浊醪粗饭久相亲，混迹闾园已四春。大胜零陵柳司马，废居犹作故乡人。

退一步想，便能了悟，所园近道矣。

阅亡友陈问雷遗札

庾信文章自老成，昆池意气订平生。鱼书蠹简休凝睇，尽是山阳笛里声。

揆前在五华书院与所园同研，为文字交，戊戌同北上，所园时出其诗草相示，多清疏秀洁之作。是秋别后，越十四年，而所园下世；又九年，而揆辑其遗诗，古今体皆精进愈昔，是为所园罢官后作也。穷而益工，不其然乎？然此亦山阳笛里声也。即是其中刘小山、唐药洲、文西浦、钱南园以下诸君子，半多山阳笛声也，斯真可慨也。夫嘉庆庚申六月识。

吊李中溪先生与洪西堂同作

耆英钟间气，后代鲜能班。名社宗雷首，流风晋宋间。台余苍云艳，陇对寺松闲。慨古情深处，樵歌响暮山。

月夜散步崇圣寺后院

绀殿岩峣半夜余，幽寻萝径爽襟裾。泉声泻石含风冷，树影摇阶动月疏。叶露垂珠纷照耀，河云飞练裛空虚。十年潦倒邯郸梦，一夕秋光尽扫除。

文

此次文的点校，以（民国）秦光玉等辑《滇文丛录》（上海书店出版社《丛书集成续编》影印本）为底本，文共计 1 篇。

《所园诗集》 自序

李谪仙曰："庄周梦蝴蝶，蝴蝶为庄周。"东方生曰："用之则为虎，不用则为鼠。"余谓虎与鼠皆蝶也。升高而望，展帙而观，昔之画麟阁、身凤池者，曾不能以一瞬；而其间谗谤相轧、庆吊相继者，又且以亿计。以是知境遇倘来之物耳，果可执以为有乎哉？则虫臂鼠肝，吾身又焉可自执乎哉？善矣乎，蝶之喻矣！

仆承先人余绪，少守残书，有癖如高凤。自后平陂兢历，与接为构，而芸窗，而担簦，而棘战，而关山，而京华，而微禄，而落拓，其遇之善者，未尝无喜，而不知其何往也；遇之恶者，未尝无愠，而亦与之俱适也。形影相随，若此境中有吾，彼境中亦有吾，即众境中而究莫测吾之何在者，意即栩栩然不知周之为蝶，蝶之为周欤？间为韵语，韶华相代，纸墨遂多，偶加辑录，颜以《蝶窗诗草》，本属庄生梦中呓语，工拙所不计也。

师 范

师范（1751~1811），字端人，号荔扉，自号金华山樵，赵州人。刻苦好学，文思敏捷，博览群书，继承其父之学。乾隆甲午（1774）科举人，后六次应礼部会试，皆不及第。后选任剑川州学司训，任满回乡。嘉庆六年（1801），选任安徽望江县令。生平重气节，有义气。后以病去任，客死望江，享年六十一岁。

其生平事迹于（民国）龙云、卢汉修，周钟岳纂（民国）《新纂云南通志》卷一百九十七；王钟翰点校《清史列传》卷七二；李灵年、杨忠主编《清人别集总目》；柯愈春著《清人诗集总目提要》；张文勋主编《白族文学史》中有载。

著有《金华山樵集》二十四卷，《师荔扉先生诗集》二十八卷，《二余堂诗文稿》十六卷，《抱瓮轩汇稿》二卷，《南诏征信录》三卷，《课余随笔》三卷，《前后怀人集》二卷，《泛舟集》一卷；辑《雷音集》十二卷，《二余堂丛书十二种》二十六卷，《小停云馆芝言》十卷，《钱南园遗集》二卷等；有《荫椿书屋诗话》一卷，编著《滇系》四十册。

《二余堂文稿》六卷，《续文稿》六卷，孙琪为之序，录少年至嘉庆十三年所作，嘉庆间望江县官廨刻，云南省图书馆藏文稿卷一、卷二、卷五、卷六及续文稿卷三、卷四，国家图书馆藏文稿三卷。后辑嘉庆十四年至十六年所作文，编为《抱瓮轩文汇稿》二卷，嘉庆十六年刻，国家图书馆藏。《云南丛书》辑入其文稿六卷。《二余堂诗稿》四卷，清嘉庆年间二余堂刻本，三册；又有《二余堂诗稿》二卷，民国年间排印本，赵藩、李根源重校，二册，云南省图书馆藏。云南省图书馆藏其写本有四种：一为《金华山樵诗内集》一卷，清钞本；一为《泛舟吟摘钞》二卷，清钞本；一为《前后怀人集》一卷，附其子道南《鸿洲天愚集》一卷，清钞本；一为《朝天集》存卷上，清钞本，一册。除钞本外，《泛舟吟摘钞》有民国年间排印本，赵藩校，一册，云南省图书馆藏。《朝天集》二卷，清嘉庆年间刻本，一册，存卷下，云南省图书馆藏。《课余随录》三卷，红格钞本，一册，云南省图书馆藏。《金华山樵诗前集》八卷，清嘉庆九年二余堂刻本，八册；又有《金华山樵诗前集》二册，清初排印本，存卷二、卷五，云南省图书馆藏。《金华山樵诗后集》一册，清初排印本，存卷一、卷二，云南省图书馆藏。《金华山樵诗外集》一册，清初排印本，云南省图书馆藏。《师荔扉先生秋斋四十咏》一册，清初排印本，云南省图书馆藏。《抱瓮轩诗文汇稿》一卷，嘉庆己巳至庚午所作，清钞本，云南省图书馆藏。《嘉庆选人后集》二卷，清嘉庆八年望江二余堂刻本，二册，云南省图书馆藏。《孤鸣集》一卷，清嘉庆九年望江二余堂刻本，一册，云南省图书馆藏。《吾亦爱吾庐寱语》一卷，清嘉庆九年望江二余堂刻本，一册，云南省图书馆藏。《吴船卧余录》一卷，清嘉庆年间望江二余堂刻本，一册，云南省图书馆藏。《泛舟集》一卷，清嘉庆九年望江二余堂刻本，一册，云南省图书馆藏。《春帆集》一卷，清嘉庆九年望江二余堂刻本，一册，云南省图书馆藏。《鹧鸪吟》一卷，清嘉庆八年望江二余堂刻本，一册，云南省图书馆藏。后辑其诗，编为《师荔扉先生诗集》二十八卷，有缺佚，民国十一年刻，卷二、卷七、卷九、卷十二、卷二十一凡五卷原缺刻，国家图书馆藏，收入《云南丛书》本。另有《师荔扉先生诗集残本》八册，民国初年排印本，赵藩、李根源等辑，云南省图书馆藏。辑有《雷音集》十二卷，民国二十二年排印本，一册，存卷一至卷六，云南省图书馆藏。《雷音集》辑望江等地诗哲著作四十三家，文六家，诗文各六卷。《二余堂丛书十二种》二十六卷，清嘉庆九年望江小停云馆刻本，十册，云南省图书馆藏。《小停云馆芝言》十册，嘉庆刻本，云南省图书馆藏，辑九十三家，其中滇省十八人，其他各省七十五人。《滇系》不分卷，刻本，云南省官书局据（清）嘉庆二十二年刻本重印行世，残存十五册，云南省图书馆藏。《荫椿书屋诗话》一卷，清钞本，一册；又《荫椿书屋诗话》刻本一卷，《云南丛书》本收录。台湾新文丰出版公司刊《丛书集成续编》本、2001 年中华书局出版《云南古代诗文论著辑要》本。

　　《滇诗嗣音集》卷四录其诗《秋夜读书》《扫地》《病起感咏》《晚行玉田道中》《幽居》《茅湾》《黑泥坡》《鸡头关》《黔山叹》《下滩》《感

遇（二首）》《古诗三章送袁痴聱归滇兼呈云岩师（三首）》《采榆树》《蓟州道中望盘山》《缅人来》《岷江洗砚行》《移家行》《洞庭舟中拟少陵七歌，词虽不逮，情有加惨，天风湖浪，亦如助我悲吟矣，痛哉（七首）》《题蹴鞠图》《舟中晓起喜见庐山》《改亭先生端溪缺角砚歌为计守恬作》《七客寮》《望荡山寺》《白沙关》《渡汉水望文选楼》《卧龙冈谒诸葛武侯祠》《次颍桥》《塞门秋兴》《晚蝉》《偶有海滨之游赋示诸同志》《落叶》《归汐》《赠王东渠即以送行时与余俱需次广文》《靖江王庙王即甘将军兴霸》《送汤碧塘从车安南》《上戊日委祀苍山庙》《城南望雪山》《五日沙溪住时闻苗匪不靖》《志别》《袁十三以诗在钱赋答》《马龙感赋》《赤水河》《秦境》《南星镇》《拜南园先生枢》《长城》《行役》《固关》《觉庄以诗送别依韵答之》《晚抵汶上县》《秋烟》《秋草》《秋蛩》《郎岱城》《出安顺喜得平路，是日颇晴》《夜泊西风潭》《北风》《九里关感赋》《望九里山》《凤庐道中》《大观亭散步》《初八夜见月》《送大音和尚》《雨夜怀袁苏亭并寄》《将赴宿松阻风吉水镇》《别庐山》《怀张铁禅》《怀邓完白》《得家信次孙云亡含泪赋此》《群盗》79 首；卷五录其诗《秋夜》《登窑台》《由午门赴挑内阁》《重九日裴璞轩招饮》《南归有日赋示璞轩诸君》《晚泊簿洲》《重过石碑场感赋》《昊天寺访璞轩孝廉》《由澧州换马疾驰遂至武陵》《过沅州府》《晓度鸡鸣关闻鸡》《宿甸尾蒋氏楼诸及门有至者》《立秋日偶作》《次大理》《南园先生复授御史喜赋并寄》《登高望山极顶先天阁》《大安镇》《观音碥》《大同杂诗（二首）》《登左云县城楼》《关北杂感》《舟泊淮城未得访钓台》《苗乱后，自安庄至茅口，所过残破，今已二年，民气未复，感赋》《沾益道中》《茅口》《途次感事》《芦荻哨旅舍枕上见月》《黔中杂诗》《小坐飞云岩积雪连山赋此题壁》《镇远朱氏水楼题赠主人》《急峡》《浦市》《戏题岸上舟屋》《武陵杂诗》《十四夜湖口野泊》《数日来和轩诗兴颇高，舟泊石头关，赋柬》《大梁杂诗》《源铁崖乃故榆良守本达天先生之嗣，以诗示我，作此酬之》《送朱四笏山分试四川》《杨花涂次作》《箧圃奉使之淮，作此为别，兼示凤池》《答严苔痴》《乙丑夏五喜芷汀由楚来署赋柬》《夏夜》《大山凹》《舟中即目》《题周石苔秋江晓梦图》《别意》《渡滦河》《丽江道中》《梦觉庄》52 首。

（道光）《赵州志》卷五录其文《永禁以婿作子约》1 篇，卷六艺文部录其诗《飞来寺和谷西阿太史韵》1首。（光绪）《浪穹县志略》卷十二艺文志录其诗《过潜龙庵感赋》1首。（民国）《大理县志稿》卷三十录其诗《西洱河弓鱼》《榆城阻雨（二首）》3首。

《滇文丛录》卷四录其文《论滇省利弊》《论滇南经费》《论钱法》《论滇马》《论盗》《开金沙江议上》《开金沙江议下》《入滇陆程考》8篇；卷二十九录其文《〈滇系〉自序》《〈滇系〉后序》《续纂〈南诏征信录〉序》《汇刻〈二余堂丛书〉自序》《〈小停云馆芝兰〉序》《〈师氏族谱〉序》《〈金华山樵骈枝集〉自序》《〈弹剑集〉自序》《〈出岫集〉自序》《〈归云集〉自序》《〈舟中咏史诗〉自序》《〈滇海虞衡志〉序》《袁苏亭〈滇南诗略〉后序》《〈簪岩近集〉叙》《〈雪园集〉序》《〈石黄岩诗〉序》《〈习园藏稿〉〈鹗亭诗话〉合序》《〈归安严苕痴诗〉序》《〈阳高澍园李君遗诗〉序》《〈程雪门近诗〉序》《〈王虞门明府遗诗〉序》《〈触怀吟〉序》21篇；卷三十录其文《〈素人弟遗诗〉后序》《〈钱南园遗诗〉跋》《孙髯翁〈输捐地丁谢表〉书后》《书亡儿道南〈鸿洲剩草〉》《〈赠襄阳县吕堰分司钱芷汀〉序》《告言送人凤回滇并示族众》《〈张母王太夫人七秩大庆〉序》《苏砚北四文寿言》8篇；卷四十五录其文《永禁以婿作子约》1篇；卷五十五录其文《上姚梦谷先生书》《寄袁十三苏亭书》《覆张补裳二太书》3篇；卷九十一录其文《新建北楼记》《重修草堂落成记》《杨敬山孝廉画卷记》《缅事述略》《征安南纪略》5篇。

诗

此次诗的点校，以（道光）《赵州志》；（清）周沆等纂修（光绪）《浪穹县志略》；（清）黄琮辑《滇诗嗣音集》（上海书店出版社《丛书集成续编》影印本）；周宗麟等纂，张培爵等修（民国）《大理县志稿》为底本，诗共计136首。

榆城阻雨（二首）

多年不见苍山面，此日重逢一解颜。恨杀痴云兼霡雨，中峰亦在有无间。

渺渺层峦隐玉龙，涧溪都被白云封。山茶花共梅争放，雪压城西十九峰。

飞来寺和谷西阿太史韵

依然菊秀与兰芳，去雁来鸿各自忙。行脚心如铁罗汉，新声调入小秦王。一窗风雨游仙梦，廿载功名选佛场。回首昆华辛苦地，魂销七十二鸳鸯。

过潜龙庵感赋

弥苿河畔午烟凉，手启篷祠谒让皇。此地尚留真面目，当年谁识古冠裳。天涯泪落袈裟冷，江表魂销日月荒。红到樱桃青到杏，江山总不管兴亡。

秋夜读书

夜静百虫歇，河汉在西堂。呼灯坐虚室，披襟泽前芳。始如治乱丝，曲尽绸绎方。缠缚一以去，心刃飞寒芒。继如陟五岳，巇险皆备尝。周视耳目变，奇奥失所藏。功匪恃记诵，妙宁关文章。较彼渔猎者，奚啻十倍强。卷书起延伫，微闻木樨香。凉月亦惊上，为余发清光。

扫地

昔闻陈仲举，志不枉一室。又闻倪元镇，落叶以针拾。我屋甫数弓，差可具床席。晨起邀净君，洒扫弗间日。时觉清虚生，羞见荒秽集。凡榻呈威仪，琴书长气色。洁地如洁心，私欲必尽涤。嚣尘湫隘间，终恐智虑塞。

病起感咏

夜来魂梦清，贪眠不知晓。披衣傍小窗，檐端日皓皓。起检床上书，凝尘手自扫。僻地无人来，时啼一声鸟。

晚行玉田道中

侵晓即驱车，傍晚犹未住。遥望玉田城，平沙莽回互。春风漾远水，落日堕高树。地旷天四垂，林深鹊争聚。野色从西来，苍然易成暮。已断烟中人，不辨烟际路。炯炯长庚星，相照免迷误。投宿向前村，知在灯红处。

幽居

一峰高出云，数峰云下伏。云去亦无心，峰峰堕空绿。谁于山外山，构此屋上屋。即非园绮俦，想亦葛怀属。老不入城市，饭饱无宠辱。应笑往来人，帆樯日相逐。

茅湾

不为寻幽来，转得寻幽趣。澄潭卧乌牛，圆沙下白鹭。扑面午风凉，蝉声堕空树。

黑泥坡

下山似入瓮，上山类出井。密林蔽深溪，层峰压高岭。转疑造物劳，位置散不整。意欲铲之去，蒲轮得安骋。八百里秦川，天长日垂影。恐复厌辽廓，回首念斯境。

鸡头关

晨兴发褒城，委迟昔登陟。始如猿引枝，继如鸟张翼。雄关矗鸡头，金距联铁臆。宛畜斗余势，怒帻向人直。云坠恐无心，江涌实不测。一线缘崖层，千仞入山肋。涛轰耳频聋，石怪目弥惑。路转似折带，顶踵互相逼。胡乃造物意，竟欲逞峻刻。颇闻隆准公，分王此割域。天汉波仍清，秦栈灰长黑。萧言亦良佳，韩功究难泚。间道趋陈仓，两战咸阳克。钟虡贻后贤，绵延逮三国。失险更何恨，难借丸泥塞。成败且勿论，青峰望无极。

黔山叹

黔山复黔山，亘古青不已。为宫或为霍，何从问源委。才觉秀可餐，忽见猛于鬼。非无雄奇姿，终乏清净旨。仗下黑色儿，瀛上重瞳子。莅以

三五尊，凶狡安足齿。女娲昔炼石，翻鼎置余滓。巨灵弃弗顾，操蛇懒未
徙。遂同病僧衣，百结失表里。或同韩侯袴，败絮杂坏纸。苗蛮虱其间，
营穴日生虮。千种万种多，寸丝片缕始。爬抓苦难尽，逼仄闷欲死。思借
秦帝鞭，鞭填东海底。北望连京畿，华夷匪二视。穆穆扬皇风，熙熙聚仁
里。俾兹怪丑区，一朝变淳美。此愿虽然奢，此言有如水。

下滩

连山束惊水，山劲如立骨。水怒喷成花，万古白不歇。旋涡簸仍圆，
乱石出复没。上覆苍苍天，下有冥冥窟。扁舟凌空来，篙桨气蓬勃。力与
滩相持，胜败争一发。迅等弩释机，疾若马负枥。过滩滩声低，乘流兴飘
忽。我性本桀傲，奔走帝所罚。借帆西入川，挂席南到越。蜀滩而严滩，
落眼极突兀。岂乏波澜忧，终嫌尘土堀。买车未买船，事恐昧始卒。怀哉
古贤人，闻铃或喜蝎。铃蝎何足思，北归已近阙。吟罢江风吹，春篷耿
斜月。

感遇（二首）

言采幽兰花，其花白如玉。借以备羞膳，承欢万事足。仕本非为贫，
为养始谋禄。得禄弗逮养，怒焉伤心曲。秋草埋荒阡，浮云散空谷。人皆
庆椿萱，我自悲风木。

作吏如作妇，揣味调咸酸。先入小姑口，借博阿姑欢。情伪匪一致，
法令犹多端。十羊而九牧，此事古所难。我心即民心，民安我乃安。忠恕
有大道，何论猛与宽。

古诗三章送袁痴髯归滇兼呈云岩师（三首）

与子四载别，各枉天一方。俯听清泉流，仰视浮云翔。浮云映清泉，
顾影空茫茫。日昨喜合并，尘路生辉光。刺促挂帆去，欲言先傍徨。仁义
且刍狗，诗书皆秕糠。求仙亦虚妄，学佛尤荒唐。何如守吾真，身世两
相忘。

北风连夜吹，风止雨弗止。巍兹新治城，半浸九江水。萧萧郭门柳，
含烟绿旖旎。折之送君行，衔杯不欲起。未识此生内，离合复有几。前路

越楚黔，迢遥六千里。何时抵滇山，急为报双鲤。

堂堂陈仲弓，曾使一国活。引谒白狼徼，微生慰披豁。人事或偶乖，吾道岂终阏。感君重意气，苍黄代托钵。吹箫朝入吴，鼓枻夜适越。掀髯飘雪霜，挺身耐饥渴。非仅为酬恩，留以励布褐。我心如缠丝，我力等聚沫。曲罢悄无言，含情向天末。

采榆树

朝采榆叶，暮剥榆皮。根如可食，掘已多时。提筐泣坐树旁路，此处全空向何处。风吹榆荚入黄土，一夜安能齐作树。

蓟州道中望盘山

赤日曈昽天欲晓，柳外才啼一声鸟。兀坐檀车来自西，仓卒相逢殊矫矫。伟然汉皓古衣冠，俯仰雍容罄折难。不向尘中争位置，转从空外得高寒。长松千树复万树，翠色迷离化烟雾。定光塔上白云多，曾是当时题壁处。方寸生平五岳全，蓬莱亦在海霞边。点苍山下明年月，回首田盘共皎然。

缅人来

缅人来，何为乎。大缅蜂目形状粗，锦衣偏袒如垂胡。肩舆坐结全跏趺，心若有思貌则愚。二缅趿脚微拈须，闻以黠鸷雄其徒。口嚼蒟酱唇流朱，俯视一切神睢盱。翼而从者左右趋，露刃跣足恣欢呼。兴到时挟怒马驱，犒物狼藉走且躍。倾城士女观塞途，即起阍令难为模。我皇威德周海隅，大吏招集功岂诬。明朝乘传走京都，通关款阙天颜娱。使沐文教瞻舆图，时诏缅酋归路由江浙。从今蛮货盈街衢。宝并色石南海珠，象犀珀玉红氍毹。丁亥戊子跳鼠狐，我军两路勤转输。官册未销昔日逋，得此宁足瘳民愈。况乃夷性犬羊殊，抚之失策生觊觎。君不见，锡薄城边血模糊，天阴月黑啼老乌。缅人来，何为乎？

岷江洗砚行

女娲炼余一片石，与我相随屡行役。圭角微藏见老成，毫墨虽良仗驱策。肯让青州缠丝红，颇似端溪蕉叶白。春闱七战俱被厄，壮不如人非汝责。辽塞燕畿十载游，焚香坐对数晨夕。磨腹诗吟戛玉声，临池字避簪花格。小舟南下入襄汉，琴剑尊彝亘主客。把酒同登黄鹤楼，压装径渡云梦泽。金华岭畔寒毡前，亦有流峙供刻画。奏绩兹许朝承明，论功吾敢昧畴昔。蜀山蜀水天下奇，点染山水无遁魄。生原好洁耻纳垢，宿瀋偶存疑蹙额。洗向岷江江影深，银涛滚滚漱灵液。化作文澜赴沧海，也使蛟龙识心迹。被濯自此尚无惜，落纸动即关苍赤。拭罢归船秋月高，回首峨眉远烟碧。

移家行

皇帝五载庚申冬，臣范走马黔山阳。黔山雄谲肆奇峭，中通曲磴盘羊肠。连宵大雪白无际，千岭万岭堆球琅。骤特伏耳蹄不下，舆皂窘步神先僵。即教饱暖亦裹足，竟以寒饿来相当。男女杂遝纷老稚，颠虻蹇蹙盈道傍。姐或掖妹子负母，姑嫂娣姒交扶将。或呼里邻或姻娅，如蚁聚阵雁分行。前挽后坐互提挈，手挟鞋袜肩笆筐。家具琐屑靡不备，引绳争致牛狗羊。小儿三尺亦结队，竹杖牢挂愁趋跄。观之忽觉泪被面，彼虻虻者投何方。牧民谁实令斯境，胡乃听其轻去乡。为言祖籍界川贵，人多田少春乏粮。两经旱潦耗籽种，箧中典尽单衣裳。昨传兴义好土头，膏坟沃壤兼赤黄。水泉撒漫易耕耨，岁余粒米填仓箱。狆苗首乱旋就戮，近复尽族遭天殃。腴田咸弃作瓯脱[一]，因之西上同开荒。此生但得足饘粥，首丘客死俱寻常。况携妇孺合亚旅，天涯是处皆梓桑。乍闻而语疑且叹，而辈终恐成流亡。汉夷错处本冰炭，逐一难与分奸良。吾滇前年苦盐政，举室迁徙蛮中藏。威缅同时迭煽动，转输几度劳斧斨。大吏布置应费意，蠲除苛细严贪狼。新户旧户付尺册，按口安插分井疆。巡行时为察勤惰，河要有闸江有防。言之自愧越予职，不言更觉心皇皇。九州被共万间厦，安得遍起天下痍与疮？宅尔宅亦臧厥臧，淳风毕世歌虞唐。

【校记】

[一] 脱：底本漫漶不清，按句义当为"脱"。

洞庭舟中拟少陵七歌，词虽不逮，情有加惨，天风湖浪，亦如助我悲吟矣，痛哉（七首）

我父十四称藐孤，思亲日日泪欲枯。篝灯丙夜泣且读，换心感神神弗渝。廿年清宦返乡里，八旬已过尚儿齿。有儿食禄不能养，代课田园畜妻子。先皇乙卯月在正，征书远下许作令。卸篆还家拟乞身，我父催行恃无病。可怜五月儿上路，十月我父家中故。归来负士悲重泉，椎胸空哭墓门树。呜乎！一歌兮，歌声酸，洞庭风雪何漫漫。

身上衣犹手中线，梦回时见慈母面。异乡闻讣已隔年，菊花秋老阳曲县。丙辰十月家多难，疫气流行各奔窜。仓卒避病往妹家，我妹殷勤谨昏宴。偶因泄泻遂弗起，衣衾事事资料理。视殓无儿幸有孙，万里牵怀远游子。忆昔我父居长安，我母持家耐饥寒。省衣减食购笔墨，见儿上学心喜欢。呜乎！二歌兮，歌声苦，生男乃竟不如女。

有兄有兄分宅住，四十无男妾两娶。迎亲远到辽海西，朔雪满须尘满袴。南归同过洞庭湖，白头对酒风徐徐。黔山楚水尽游遍，我作广文君家居。丧明忽抱西河痛，伯已成殇尚余仲。男女相逢皆偶然，半世奔波归一梦。我生手足多难言，试一言之心烦冤。王家妹与余家姐，两鬓苍苍各守寡。呜乎！三歌兮，歌声哀，孤雁新从滇海来。

七弟四十已称鳏，入世弗辨灵与顽。一杯自酌遗万事，新诗常爱吟小山。昨闻次女十月殁，大女娇痴两儿讷。衣食知难如所求，田畴半荒脚不袜。即作人间泛胜之，耕获期无失其时。负薪荷锄总常事，清德吾家大可思。尔南我北愁芳草，此生安得对床老。呜乎！四歌兮，歌声吞，脊令原上天黄昏。

一斗粟春未及半，鸡既鸣矣何时旦。炊爨廖与烹伏雌，谁钦偕老谁中断？瘦妻二十即归我，作赘妻家计原左。荆钗裙布本当然，滴米数柴未嫌琐。三春杨柳独登楼，蓬首无端成白头。半世相从只作客，累卿揽镜长悲秋。若竟迟君数日死，屋下盖棺已无子。撒手难辞薄幸名，北风吹冻平湖水。呜乎！五歌兮，歌声长，横塘睡满双鸳鸯。

才不才各言其子，一子今乃先父死。随妇殉母计亦良，终教抱恨重泉里。双亲弃养无事无，半生真与百忧俱。高堂差幸不见此，凉德空悲天丧子。生年廿九似长吉，遗诗数首未失律。谁怜老作颜延之，徒传峻也得臣笔。伶仃常是惜两孙，七岁五岁谁温存。左家娇女况新寡，哭儿有泪日盈把。呜乎！六歌兮，歌声粗，反哺我愧林间乌。

九疑山色连云碧，赤沙湖入云梦泽。风吹浊浪堆成冰，作兹恶剧愁羁客。东望巴陵横素波，向来哀乐何其多。生平意气重结纳，葡萄酒酌金叵罗。楚南问俗有钱起，曾对湘灵奏流水。自骑天门白凤凰，落落人间几知己。杨栗亭、彭竹林、洪西堂、赵所园俱可怜，龚生南楼忽夭天年。总角交游更谁在，回首骚坛双泪悬。呜乎！七歌兮，歌声咽，钟期不来弦已折。

题蹴鞠图 青巾黄袍者宋艺祖，对而蹴鞠者赵中令，衣紫者乃太宗，居太宗之下者则石守信，巾垂于前者党进，年少青衣者楚昭辅。

尺幅淋漓足生意，写出开宝年间事。开宝君臣好身手，政平往往共游戏。笑语声疑闻九天，祥云护衣日照地。绝技肯输曹子桓，余风直到宣和帝。黄袍一加十国净，玉斧偶挥六诏弃。龙行虎步果英物，兄终弟及留秘记。半部书传赵韩王，双圈眼识党太尉。惟石既楚皆可□，回军都与陈桥议。散锦团花极飞扬，赶星捉月分向背。头筹夺得争欢呼，幺麽亦可关神器。君不见，一球起，一球落，两旁观者俱不弱。五朝八姓如弈棋，仓卒李鸦连郭雀。习劳讵厌筋力痡，投石超乘终嫌粗。须眉顾盼森欲活，媲美成周无逸图。

舟中晓起喜见庐山

船窗破晓悬朝阳，洪波四塞天中央。二百里山忽堕眼，五老一一须眉苍。霏蓝翁黛万千状，大会群后开明堂。侧可成峰横成岭，坡翁句好谁能方。厕身岳渎喜备览，盘峨台宕相徜徉。匡公已仙远公佛，白莲花尚人间香。才自山南递山北，填坑漫谷通混茫。午风吹彻锦步障，秀色倏与帆低昂。攀跻未遂心不释，魂梦长绕栖贤旁。闻有瀑布甲宇宙，雷奔电掣声砰磅。倒鞭玉龙吸海月，立使火宅生清凉。睹兹更觉神卓越，左江右湖势并张。须臾云起等曳絮，或为鸿鹄争翱翔。孰为两林孰三峡，以意指画终难详。昨岁曾上琵琶亭，阑干倚遍愁循墙。山灵于我饶夙缘，许规真面无荒唐。安得手扶九节杖，徐凝李白趋且跄。回视此时荡舟处，树影瑟缩浮秋秧。

改亭先生端溪缺角砚歌为计守恬作

计子手中石一片，云是改亭所遗砚。其理滑筎其体方，两角微偏耻矜炫。非关巧匠无全功，要使太璞留真面。铭词斑驳祖又孙，百三十年骎传箭。筹南论与寄范书集中有《筹南论》《寄范大夫书》，奇才当日已独擅。吊归悼谢饶古心，炷香立碣极遥恋。崟崎历落惟汝偕，供酒烟云走雷电。攀嵩岱复浮淮河，踏燕齐仍涉泗汴。灯前催出诗或文，昊庐击节牧仲羡公曾佐王宗伯直隶学幕并善宋太宰。天肯容公四载活，携汝定上蓬莱殿公卒于康熙丙辰，越己未即有鸿博之举。汝能寿公公寿汝，华屋山丘几回变。守兹故物同杯棬，宝作良田世耕佃。洗以大江东来之素波，袭以余潜新织之纯绢。饰以苍玉盛以檀，等闲勿许俗人见。远迈青州近歙县，摩挲时觉墨花绚。我歌才罢神欲飞，抱瓮轩西月如练。

七客寮

酒以泄崟崎抑塞之情，诗以发温柔敦厚之声。书不必钟与蔡，画不必关与荆。玉轸弦调音穆穆，楸枰子落响丁丁。说剑何必真剑舞，兴来偶试胸中兵。主无寸长好结客，谈诗把酒共朝夕。扪怀几度感牙期，袖手徒能观黑白。画可铁屈书鹄峙，过眼烟云总陈迹。不如弹剑且高歌，一笑苍茫楚天碧。

望荡山寺

妙香城外望，林刹远纷纷。一径入寒雪，数峰藏白云。雁鸿秋末见，钟鼓夜深闻。何日脱尘鞅，翛然鸾鹤群。

白沙关

万壑千山里，盘旋鸟道横。残冰留虎迹，飞瀑乱猿声。地扼雄关险，岩临古木倾。穿泥行折坂，云气袖中生。

渡汉水望文选楼

昔贤读书处，高挹楚天秋。人物堪千古，江山此一楼。残霞明远渡，落日满轻舟。肠断王孙草，萋萋绿未休。

卧龙冈谒诸葛武侯祠

若作终身卧，谁怜抱膝吟。艰难出师表，惨澹托孤心。王业开三顾，天威壮七擒。定军山下碣，空有泪沾襟。

次颍桥

断碛通平野，春深绿未齐。暮云江北雁，残月汝南鸡。巢许风斯古，荀陈迹已迷。清川明日路，疲马听莺啼。

塞门秋兴

近塞秋偏紧，惊风彻九边。长城何代窟，沧海古时田。木落呼鹰地，霜清射虎天。床头孤剑枉，铿锷尽堪怜。

晚蝉

病枕眠难定，凄凉旅客情。小轩双树合，斜日一蝉鸣。已带清商至，能催白发生。如何当月落，犹曳别枝声。

偶有海滨之游赋示诸同志

揽辔得新霁，沉阴风扫开。潮平初日上，木落远山来。忽到熬波地，空怀作赋才。鱼龙如识我，为结小楼台。适睹海市。

落叶

若教长不落，何处用春风。漂泊千林迥，荣枯一气同。任天能自化，委地尚留红。未敢忘生意，吹来总向东。

归汐

耻作无根水，汤汤去不停。云垂江树白，月落海门青。未信鳅收影，虚疑鹭化形。晓来争向若，余润满芳汀。

赠王东渠即以送行，时与余俱需次广文

千载长安道，随君踏软尘。可能当此日，俱是不如人。瘦马依风立，繁花刺眼新。故山饶昔蓿，归喜及初春。

靖江王庙王即甘将军兴霸

百战英名在，千秋庙食隆。恩能酬大帝，胆足震曹公。古瓦含春雨，灵旗漾北风。神鸦飞送客，云气午濛濛。

送汤碧塘从军安南

伏剑逐西风，山山叶正红。王师本无战，之子乐从戎。早贮平蛮策，羞谈下濑功。富良江上月，留影照宾鸿。

上戊日委祀苍山庙

号岳虽疑僭，南天秀独钟。深山出云雨，大壑隐蛟龙。气压三千界，春回十九峰。福民兼佑国，瞻拜喜从容。

城南望雪山

雄镇边州北，森然玉作群。经年常见雪，终夏不离云。气候阴晴异，精神向背分。瑶坛仙路近，松柏有奇文。

五日沙溪住时闻苗匪不靖

五日沙溪住，茫茫绝见闻。鸟声清似磬，春水白于云。失路林间牧，关心濑上军。诗难随酒断，倚杖立斜曛。

志别

分袂频呼弟，君居我始行。高堂双白发，万里一书生。岁歉艰甘旨，天遥阻甲兵。蜀山与秦栈，相念亦关情。

袁十三以诗在饯赋答

丽水重相见，霜寒札屡催。穷交能荐士，宪府倍怜才。地本来游惯，

人当报最才。平平王道在，欲去独徘徊。

马龙感赋

　　州竟穷如此，萧萧夕照黄。人烟随树断，鸟道入城长。十载闽山雨，千秋黑塞霜。一家名父子，零落总堪伤。谓李观察乔梓。

赤水河

　　到此分川贵，征舆且暂停。长河穿地赤，叠嶂逼天青。风吼滩声壮，山空石气灵。人家云际有，一径入萝屏。

秦境

　　不尽朝天路，艰难蜀塞同。征车临陇首，板屋见秦风。俗已氐羌革，江犹汉沔通。付书无过雁，心折武关东。

南星镇

　　落日古陈仓，碑横大道旁。心劳汉丞相，气尽假齐王。地正交秦陇，天持界雍梁。我来方十月，锦树饱经霜。

拜南园先生柩

　　死尚留生气，今难寿古人。堂堂真御史，落落旧词臣。何日驰丹旐，回头隔紫宸。才堪天下惜，挥泪莫嫌频。

长城

　　飞堞虎牙横，连山拱帝京。三关形独擅，万里恨难平。版筑劳王霸，边防倚重轻。鬼灯中夜出，愁听响丁丁。

行役

　　行役重行役，孤吟谁复听。日含龙塞紫，天落雁门青。蔓草单于幕，晴沙长舅铭。千秋云与朔，月黑走英灵。

固关

落日固关泠，清秋山色遒。河身全作路，谷口半营楼。气尚一夫短，人怀千岁忧。几多成败事，空向掌中筹。

觉庄以诗送别依韵答之

落叶满天地，自怜人未归。寒斋无客过，故国有山围。俗薄诗书拙，年荒鸟雀饥。莫将离别泪，随雨湿征衣。

晚抵汶上县

肃肃赋宵征，迢遥汶上城。疏林残雪影，古寺夜钟声。岁晚愁行役，年衰减宦情。萍蓬叹流转，徒恋此虚名。

秋烟

一抹青无际，疑云不是云。长天横大漠，晴树隔斜曛。山远看难辨，江平淡未分。茫茫龙塞路，谁更感离群。

秋草

一片裙腰色，萋萋欲变黄。已难留暮雨，犹自恋斜阳。失意芜城赋，关心九辨章。卷帘试相对，白上满头霜。

秋蛩

阶下吟偏切，床头语更多。剧怜人别久，奈此夜凉何。浓露滋黄菊，微霜被绿莎。含情难自遣，顿欲引长歌。

郎岱城

孤城万岭间，风卷戍旗闲。夜火余粮堡，寒云打铁关。人方资重镇，天已静诸蛮。容易残烟里，劳劳数往还。

出安顺喜得平路，是日颇晴

任尔高无极，终须有尽时。冰山何足倚，前路本来夷。宦迹飞鸿影，乡心两鬓丝。浓云风打破，迎面已朝曦。

夜泊西风潭

沙阔波全伏，滩空石不肥。云阴随岸转，山影入天微。红认江塘火，凉生旅客衣。鸣金知就泊，村犬吠声稀。

北风

吹回半湖水，摧出四山云。连夜调成雪，黏天白不分。凄能号万窍，雄足走千军。声势真无极，羁人已厌闻。

九里关感赋

又到山深处，层崖夹一河。已闻嵩树近，犹觉楚云多。细雨霏霏下，微风习习过。毗雌江上路，卅载负渔蓑。

望九里山

九里山前望，韩侯怒拥戈。力能摧项羽，身总付萧何。气向登坛尽，疑从蹑足多。真王兼大将，遗恨满层阿。

凤庐道中

江北淮南路，天空地欲浮。午行愁触热，人老易惊秋。斜日明沘水，长云接寿州。生余飞动意，对此转含愁。

大观亭散步

凉风天末起，来上大观亭。一鸟凭空下，群山隔水青。出真惭小草，老尚作飘萍。行役年年惯，沧溟两度经。

初八夜见月

天际半轮月，今年初次看。知犹存腊意，殊不耐春寒。江近波同碧，人闲夜易阑。从兹应渐满，破镜许重完。

送大音和尚

为拜文殊去，飘然兴独遒。锡飞常带月，道远易经秋。白草连天暗，黄河入塞流。清凉台畔立，和雪看并州。

雨夜怀袁苏亭并寄

穷交惟我健，古道得君存。为补游人债，来酬国士恩。买书招仆怨，敲句恨灯昏。连夜淋浪雨，相思独举樽。

将赴宿松阻风吉水镇

无数垂杨树，西围吉水沟。往时曾系马，今夜仗维舟。弄影摇明月，含情舞碧流。千仓万箱地，都付与沙鸥。

别庐山

又与庐山别，云堆五老峰。三朝复三暮，相见肯相从。晴雨关心久，烟岚入眼浓。夜来清梦里，曾听虎溪钟。

怀张铁禅

多病张公子，诗情尔许深。美人抚瑶瑟，明月生空林。独抱四愁咏，如闻三叹音。前身应太白，把卷俊难禁。

怀邓完白

蹼被游山左，摩崖字必多。一囊装岱岳，三月渡黄河。应念栖林鹤，难为拔剑歌。归来重过我，载酒泛清波。

得家信次孙云亡含泪赋此

成名非所料，顿使尔兄孤。骨相全无准，田园恐就芜。九原如见父，一痛更怜吾。文度真难及，情牵膝上雏。

群盗

群盗何所恃，弄兵仍负隅。空思保要领，终是送头颅。妻女缘虽绝，丘坟恋岂无。专征经略枉，转饷度支须。巢窟非难捣，山川本易图。年年看兔脱，户户听庚呼。扰攘连三省，凭陵走万夫。谁与甘致寇，念此耻言儒。缚束酬鸾凤，将牢豢鼠狐。意钱梁氏婢，调马霍家奴。高忽耽文宴，卑方御道途。承平知已久，国宪未能诬。乃复谋鹰击，谁甘作豕驱。毒皆愁螫手，创竟始穿窬。郧水原兼汉，巴江旧入湖。烽临秦栈断，彗压楚云孤。救过潜通款，分营各守株。冠飘金雀尾，身佩玉麟符。

天子今神圣，诸公亦硕肤。恩曾宽解网，诏屡豁逃租。军羡祭遵整，粟从萧相输。甲光浮组练，民气壮菱刍。间贵攻心用，威争奋臂趋。元凶闻自殄，残孽可全俘。守肯容龚遂，锋宜选郅都。一朝休战伐，千里失枝梧。事匪求于远，功当受以需。衔杯思颇牧，载笔颂唐虞。耕罢牛嬉犊，春归燕引雏。欃枪消果尽，老眼不模糊。

秋夜

寥廓荒场远市城，鹏云渺渺蚌沙平。天围大漠山无色，雁落榆关月有声。乡路梦回人万里，客窗钟定夜三更。思家忆旧情何限，斜倚寒灯坐到明。

登窑台

对此还应赋快哉，秋风万里独登台。宫中树挟晴云出，塞北山随返照来。屈子骚成徒有恨，贾生策废尚余才。故园回首黄花在，正伴疏窗冒雨开。

由午门赴挑内阁

随例趋朝即是恩，晓排鱼队入端门。御河波漾云霞色，宫树阴含雨露痕。遥向虎头瞻上相，喜凭龙准识王孙。皇皇万国铨材会，良楛都从大匠抡。挑选大臣为皇十一子、皇十五子并阿中堂。

重九日裴璞轩招饮

他乡佳节倍徘徊，谁识同岑有异苔。三辅关河初落木，百年天地几登台。沙围古刹重重聚，烟拥遥村漠漠开。黄菊满头萸满把，醉中秋色逐人来。

南归有日赋示璞轩诸君

剑湖归去理渔蓑，短发星星奈老何。知己不来魂梦远，半生有几别离多。楚山云易开前路，沧海风难挽逝波。指爪偶然留雪上，高翔天际谢虞罗。

晚泊䴔洲

黄鹄矶南放棹过，楚天云物尚清和。帆如落叶争辞树，人似闲鸥半没波。江表山遥风色暝，汉阳春尽雨声多。年来惯作燕台客，走马荒原兴未磨。

重过石碑场感赋

十三年住马城旁，今日重过似故乡。前事岂期随梦远，闲花亦觉比人长。自从别夫频相忆，错认归来喜欲狂。此后未知能到否，关情犹有旧垂杨。

昊天寺访璞轩孝廉

驱车又复逐征鸿，万里云衢一径通。地拥晴沙沧海上，天开古刹夕阳中。重逢顿觉须眉爽，小坐深惭礼数恭。我辈交游千载外，莫言分手太匆匆。

由澧州换马疾驰遂至武陵

澧州城接武陵城，侵晓挥鞭暑气轻。树解扶疏堪入画，山能平远便关情。天从白鹭飞边去，人在苍龙背上行。驿吏相逢辄相讯，不知骑马是书生。

过沅州府

西风飒飒酿新秋，路绕高原古木稠。云气半山浮郡郭，江声七月抱城楼。烟迷翠馆春移棹，雨霁虹桥午系舟。三度到来无一字，枉因芳草梦沅州。

晓度鸡鸣关闻鸡

鸡鸣关上听鸡鸣，凉意侵人两袂轻。云让树阴移月影，风摧石气走滩声。王阳到此应回驭，齐客如闻定绝缨。凭轼不须重起舞，十年前已愧终生。

宿甸尾蒋氏楼诸及门有至者

剑湖秋净涌霜涛，又向重楼解佩刀。四壁寒山人影淡，一天凉月雁声高。荒年米贵凭谁索，客夜诗成许共鏖。拨尽村灯情转剧，长谈未碍老夫豪。

立秋日偶作

当年意气本飞腾，阅尽炎凉诣转增。倦客魂消三伏雨，寒城秋拥一窗灯。未能免俗愁离别，岂不怀归恋友朋。闻道金华山畔路，风吹涨水没芳塍。

次大理

点苍西望翠嵯峨，抱郭云摇窣堵波。六镇旌旗趋帅府提军驻此，两关风雨会榆河。士崇礼让周旋密，人重农桑旨蓄多。竟合移家来此住，手栽月桂傍烟萝。

南园先生复授御史喜赋并寄

午门云气晓濛濛，得失何曾较楚弓。半岁三迁人尽讶，一台两入遇谁同。病余骢马轻长路，击罢苍鹰任北风。恩眷自深心自密，回天合在不言中。

登高望山极顶先天阁

未得凌云载酒游，高标台上俯嘉州。十门烟雨凭谁书，千里江山到此楼。背郭天横指洪雅，打船风急阻乌尤。无人敢继苏黄迹，吟破平羌九月秋。

大安镇

潭毒关前有战场，刘吴旧垒草同荒。溪风冷溅三泉雨，陇树红凋十月霜。空指金牛跨古驿，休凭白马问降羌。看山东欲穷峤家，淰淰寒云隐夕阳。

观音碥

竟向观音碥上行，破空一径与山争。俯临绝涧阴无底，斜踏危栏窄有声。云散惯看征鸟住，日沉时听冷猿鸣。风流沈宋俱销歇，我欲重歌栈道平。

大同杂诗（二首）

峭水丛山入望频，白登台畔草如茵。野花红渍阏氏泪，沙岸黄消冒顿尘。风雨控弦三十万，佩环款塞二千春。行金秘解高皇厄，从此朝廷重美人。

平城春尽药初胎，往日空歌魏跋来。尚有云横苏武庙，更无人说李陵台。干戈五季鱼龙杂，锁钥千秋虎豹哀。谁似蒲州杨太保，清时已自蓄边材。

登左云县城楼

层城屹立势嵯峨，战伐曾传此处多。落日天横鹊儿岭，晓风人渡兔毛河。睡余牧竖驱羸马，秋尽村农拾断戈。元魏遗宫耶律寨，英雄往事耐消磨。

关北杂感

仓卒空怜石敬瑭，燕云割罢作儿皇。天横四塞吞元漠，地辟三关阻太行。辽失寸金贪纳币，宋隳全力误开疆。几家豪杰消阴尽，烟草濛濛隐夕阳。

舟泊淮城未得访钓台

无复当年旧钓台，春流如玉抱城隈。一竿风雨王孙饿，百战功名猛士哀。推解竟能愚大将，黥彭俱不愧奇才。萧萧夜火淮阴市，恐有人从胯下来。

苗乱后，自安庄至茅口，所过残破，今已二年，民气未复，感赋

尚有山光照眼清，感人风物易伤情。屋经焚后墙犹赤，田到荒多陇渐平。岩树究难苏病影，村鸡兀自带哀声。凋残似此伊谁咎，一百余年未见兵。

沾益道中

老阅关河马首前，马前空忆旧云烟。难封世惜将军广，游侠文传太史迁。万里辞家无内顾，一身许国正中年。道州诗与潮州笔，都是先生纪事篇。

茅口

乱余景象尚郊坰，无数奇峰绕屋青。地入蛮荒冬有瘴，云迷古驿夜无星。炊烟渐起人新复，行路虽难我旧经。痛定终须长念痛，邦君何策慰凋零。

途次感事

可怜未了胸中事，一入荒园不复还。白发何能忘绿绮，黄金难与铸红颜。魂埋落叶空山外，人在梅花夜月间。啼尽乳莺飞尽燕，清斋我似太常闲。

芦荻哨旅舍枕上见月

半床霜魄抱清眠，拥被愁生腊月天。两地云开同一白，此宵圆过又明年。梦迷龙塞迢迢路，凉入星河淡淡烟。待得鸡鸣仍走马，分将余彩上

征鞭。

黔中杂诗

未碍杨郎画独工，一时才望不相蒙。清流古已怜何进，长笛今犹怨马融。赤手孤擎臣力竭，隔江泥饮燕巢空。黎平未必如天上，忠佞千秋迹不同。

小坐飞云岩积雪连山赋此题壁

记向岩前六度游，云来云去两悠悠。非因出岫才青眼，到得为霖已白头。尘路我曾经岳渎，蛮天此亦费雕镂。倚阑心似寒潭水，闲听松声堕雪幽。

镇远朱氏水楼题赠主人

飞桥百丈跨长空，带楚襟滇气象雄。两岸人烟山色里，一楼灯火水声中。天于此处开云路，我亦频来作寓公。料理难忘东道主，眼看兰玉日葱葱。

急峡

急峡操舟马莫追，乘流仍放好风吹。一痕天许从容见，三面山多转侧随。泼雪滩声惊枕席，压船石气冷须眉。忙中岁月闲中过，吟得诗成更寄谁。

浦市

新筑重城压鹭汀，飞楼切汉影亭亭。远天似雾黏帆白，春水如苔贴舵青。地扼辰沅开聚落，货居油铁擅奇零。轻舟我亦随人系，夜火连樯密缀星。

戏题岸上舟屋

白浪如山奈此何，居然江上有行窝。秋风拍岸牢牵缆，春雨浮家省荷蓑。自蔽无须借泥水，相逢原不隔烟波。生涯莫向张融说，坐听前滩款乃歌。

武陵杂诗

湖分南北杖中权，旌节军门迹已迁。孤艇白摇春夜月，暖风黄入菜花天。群山映郭参差翠，列肆临江远近连。形势西南推第一，莫教容易废戈铤。

十四夜湖口野泊

冷饭洲东成野泊，遥闻钲鼓闹前川。远天浮水欲千里，明月与人同一船。尘世相思真率尔，湖山入望总依然。苍茫莫道无依傍，中夜推篷对斗躔。

数日来和轩诗兴颇高，舟泊石头关，赋柬

一江荆鄂望中分，寒气才消日渐曛。船蹴水声听是雨，风吹雪气看成云。天于远处山难画，波到暄时鹭可群。好景满前吟不尽，拈须摇笔太殷殷。

大梁杂诗

蔓草惊沙古战场，平临四塞有中央。山横嵩岳千重翠，河接昆仑万里黄。授简几人工赋咏，驱车此日入苍茫。金梁桥畔溶溶月，挑罢残灯白似霜。

源铁崖乃故榆良守本达天先生之嗣，以诗示我，作此酬之

握手城南尺五天，从龙七叶富英贤。心灰畏路羊肠后，身寄期门豹尾边。廉吏可为人欲杀，清名难得世争怜。负薪茹蘖寻常事，历尽冰霜骨始坚。

送朱四笏山分试四川

不啖红绫且莫哀，一鞭蹀躞出金台。重谋诗酒知何日，大有江山称此

才。绕郭花光明似锦，沿溪竹色净于苔。石经堂后图贤圣，试访交翁治绩来。

杨花涂次作

又牵离恨到今年，拂草萦花夕照天。过眼终难消琐碎，惹空徒自感缠绵。飞从古路疑堆雪，揽入东风欲化烟。萍迹迩来吾已定，看他漂泊转生怜。

笸圃奉使之淮，作此为别，兼示凤池

江城送客雾初消，永夕何能更永朝。双桨轻摇洞庭月，孤帆直压广陵潮。栖迟云水宾兼主，俯仰琴书梓伴乔贤郎随侍。归路若逢梅放日，一樽赏雪更相邀。

答严茗痴

才人谁不负痴情，情到真痴感易生。学有三余千古重，家无八口一身轻。绣江花绕红裙醉，紫塞霜催白雁横。豪侠风流俱已矣，吟成多是断肠声。

乙丑夏五喜芷汀由楚来署赋柬

纷纷聚散本无凭，每到欢场感易增。秋雨短筇滇峤酒己未秋招游罗汉壁，孤舟晴雪鹿门灯壬戌秋晤于襄阳。半生出处因循误，万里关河跋涉能。但愿天留双老眼，看他云灭复云兴。

夏夜

窗虚夏亦寒，四壁虫吟切。中酒略成眠，梦回疏雨歇。

大山凹

一径入萝阴，炊烟半明灭。萧萧斑竹枝，临风堕残雪。

舟中即目

斜日送归帆，江树层层绿。白鸟不避人，飞向船头宿。

题周石苔秋江晓梦图

云来江树青，月落江天白。飞鸿时一声，惊起舟中客。

别意

握手尊前无一辞，相逢何地复何期。董公庵外风兼雨，不许离人立少时。

渡滦河

匆匆顿别此清波，下马相看奈若何。我自还乡君赴海，较程我更比君多。

丽江道中

九河关外潇潇雨，铁甲山前漠漠云。五十里中人迹少，马头秋雁自成群。

梦觉庄

半年无字出京华，夜夜相思烛易斜。梦醒才知成异物，北风吹雪打窗纱。

西洱河弓鱼

洱乃鱼所国，弓鱼实称首。弓公或异书，未知义何取。但期饱佳味，字形不暇究。嫩腹含琼膏，圆脊媚清酒。多恐琴与悠，悠镜非其偶。即较赤鳝公，精峭能悦□。天生此尤物，易我持螯手。记向泊湖边，扁舟载宾友。举网得银鳞，酣歌振疏柳。

文

此次文的点校，以（民国）秦光玉等辑《滇文丛录》（上海书店出版社《丛书集成续编》影印本）为底本。其中《永禁以婿作子约》以（道光）《赵州志》为校本，文共计47篇。

论滇省利弊

滇之累，盐为重，徭次之。盐之害，始于省城设立总商之举，而甚于加煎余盐以补亏空之议。夫井之出卤有盈缩，欲求多盐，不得不插和泥土，以敷加煎之额。盐既加煎，则行销必致壅滞，不得不压散烟户，罔顾民困。加以商役大戥小秤，土贩高抬市价，而民困不可苏矣。徭之设，原有堡夫、民夫，牌开名数，乃违例应付，动至数百，因而索折夫价，勒取供应。铺司本递公文，而今负行李。哨兵久已裁革，而仍派押护。甚至男夫用尽，派及妇女，土棍承揽，复立包当。兼之宪役过往，泛兵调换，亦索路夫，需供酒食，而民苦无从诉矣。杨文定公莅滇之初，即严行禁革，一扫积弊，民如出汤火、登衽席，帖然者四十余年。乙酉军兴，山僻愚氓皆踊跃趋赴，其状若可悯，而其心则甚安。盖休养既裕，亦无不知奉上之道宜尔也。缅已请抚，犹谓驻防未撤，例无所减，民稍稍不支，而无良之徒复进以加煎压销之说，诛求搜剔，盐之患遂甚于寇。丁巳春，酿成大变，于是官民交困矣。己未十月初，颐园抚军至，始定民运民销之局，而于一切夫马，亦以职之崇卑，事之缓急，勒有定额。盖杨公则缨冠止斗，变在将发之时，而初公则拔釜抽薪，变当已发之后。呜呼！滇之人亦王人耳。土地瘠薄，输转艰难，而征税之纷繁，供应之冗杂，胥役之苛扰，将弁之挽越，有求如他省之十一而不可得者。夫饮冰茹蘗固难，遍责之当道，然于水深火烈之中，略寓恻怛慈祥之意，吾不能不于后之君子有深望焉。仓储之设，为救荒计者十五，以备非常之用者亦十五。滇处西南陬，壤块瘠薄，岁出仅支口食，而山荒小民，尤多餐荞稗杂粮者。鄂西林、尹望山两总制，陈临桂藩使经营筹画，所贮至五十余万石，未及四十年，尽化乌有。间存者徒为猾胥之垄断，兼充市狯之侵渔。筹采买而富民独受其殃，议平粜而贫民不受其惠。夫滇之地，素饶水泉；滇之俗，颇急周恤。虽凶年饥岁，道殣无闻，惟烂于盐，疲于役，乃又陷于仓。一社长之累，必至数百金，而其所储终鲜实际，倘有不虞，未审当事者复创何策也。前之人以之便民，今之人即以之厉民。常平义仓无论矣，吾辈之有世道者，尚仿其意以行之。乡先积谷二百石，谷贵照市价卖出，谷贱照市价买入。不须博贵入贱出之名，而其泽自溥。每遇岁除，确查农民之无依者，大口五斗，小口三斗，秋成时，收本去利，上以广朝廷子惠之恩，下以助桑梓温饱之计，切无谓迂阔之谈，不关痛痒，予其拭目俟之矣。

论滇南经费

经，常也，费而曰常，则其非常者亦有矣。滇之所入，惟条丁银二十万九千有奇，公件银六万有奇，盐课银三十二万有奇，厂课银十万有奇，税课银十万有奇，钱局余息二万一千有奇，秋粮二十万石。兵米所余，尚存米七万余石，该折银八万四千有奇，年约进银八十七万三千有奇，出则文职廉俸、祀典、廪饩、工食、驿站、堡夫，该银二十八万有奇，武职养廉、兵饷，该银八十二万两有奇。不足者，部拨邻省协济，岁二十万或三十万不等。夫以十四府、三厅、四直隶州、二十七散州、三十九县之地，而所入不敷所出者，其故何哉？盖由于官冗，且由于兵多，然一郡所辖，几他省之半，深山密箐，犹虑鞭长莫及。则官之不得不冗者，势也；三面[一]邻边，而各州县中往往汉夷错处，则兵之不得不多者，亦势也。而为官者，眷属不能无，幕友不能无，随从不能无。或由永昌调昭通，抑由丽江调开化，远者二千余里，近亦二千里，夫马之费极省亦须数百金，其难一。履任及三载，必委运京铜，收兑之苛，滩河之险，船脚之刁诈，窃盗之窥伺，至撤批回滇，已若重生，其难二。而兵亦有二难焉：所关月饷，除扣克外，食物渐贵，一身尚欠温饱，遑计室家。即少负才技者，拔至千总、守备，三年送省，六年送部，往来盘费，积累盈身。呜呼！去此四难，是在总理者之善于搏节而熟为调剂矣。此特其略耳。若穷毫厘，察抄撮，一会计吏即可毕之，否则有《须知册》在，又何俟予之饶舌哉！

【校记】

[一] 面：底本为"而"，按句义当为"面"。

论钱法

钱，前也，所以前民用也。又全也，非是则缺而不全也。然置金于两戈之旁，其势亦险矣。太昊氏、高阳氏谓之金，有熊氏、高辛氏谓之货，陶唐氏谓之泉，商人、齐人谓之布，齐人、莒人谓之刀。金之品有三，而其用也，或以钱，或以布，或以刀，或以龟贝。太公立九府圜法，轻重以铢，黄金方寸重一斤，布广二尺二寸为幅，长四丈为匹。故货宝于金，利于刀，流于泉，布于布，束于帛。周理财之官甚多，唯外府掌赍赐之出入，泉府主买卖之出入，于钱币之职为最专。景王铸十二铢钱而国用匮，楚庄改轻币而民人怨，大小失宜，自周已不免。秦铸半两，汉病其重而改为榆荚，然高后二年所行之八铢即两之遗制。既改八铢而废榆荚，然六年所行之五分，即榆荚之旧钱。盖钱制未定，迁移有不能自主也。文帝铸四铢，文重半两，至武帝建元元年，改为三铢，五年复罢三铢而行半两。半两者，即前四铢也，与秦制不同。有司以盗磨钱质而取镕，钱益轻薄，乃消半两，更铸三铢。三铢轻而奸伪易作，于是更请郡国铸五铢，周郭其质，令不得消镕，而钱制遂定。然犹以郡国不无奸铸，故令京师铸官赤仄，一当五赋，行之二年，稍贱，而民以巧法用之，故卒不便而废。天子乃悉禁郡国铸钱，而专其事于三官。自三官之钱既行，天下非此莫用，向之郡国所铸，皆消为铜，以输入于官，而民间盗铸私积之患渐息。先是，朝廷乏用，造鹿币与白金，重其直以舒急。及官铸赤仄，白金不贵，民弗之宝。唯元狩所铸五铢，其为用甚广，其历时最久。迄孝平时，已成二百八十亿万焉。自是以后，五铢之行，益利于民。有变其制而大之者，王莽之十二铢，陈宣帝之六铢，东魏、梁末之四柱、两柱，孙权之一当千、一当五百，后周之五行大布、永通万国，唐肃宗之乾元重宝、重轮乾元，李后主之永通泉货是也。有变其制而小之者：汉董卓、晋沈充、宋孝武之孝建二铢，前废帝之重铸二铢，与夫来子、荇叶、鹅眼、綖环是也。有变其制而能得轻重大小之中者：唐高祖武德时之开通元宝①，千重六斤四两者是也。若夫不变五铢之制而遵用不移者，则惟东汉之世祖、西晋之诸帝、北魏之孝文、隋代之文帝、前凉之张轨而已。然王莽之作[一]大钱、契刀、错刀，必与五铢并行，谓之四品。蜀先祖造直百钱，亦勒为五铢。后周宣帝铸永通万国钱，必合五行大布及五铢并用，谓之三品。是变易五铢之制

---

① "开通元宝"为官方学名，唐人所撰《唐六典》载："皇朝武德中，悉除五铢，更铸'开通元宝'"。

者，亦未尝尽废五铢而不使之兼用也。汉桓帝欲改大钱，以刘陶之言而止。灵帝更铸四出文钱，而卒兆后日之乱，故行之及身而废。魏文改用绢帛，至明帝又立五铢。北齐高帝因孔觊请铸五铢，乃使诸州市铜，惜身殁而志不遂。陈宣帝改用六铢，身后而复为五。由是观之，所谓不朽之良规者，盖即五铢也。夫事有异而同，有同而异。宋元嘉铸四铢钱，形铸与古五铢一价，百姓不资盗铸，无五铢之名，而有五铢之实。魏孝庄时，所用五铢，薄于榆荚，迄北齐神武霸政之初，犹沿永安之旧，自是钱日细薄，有五铢之名，而无五铢之实。然则名乎于实，重如其文者，其文宣之常平五铢乎？而梁武帝所铸，内好周郭，则又名实俱混，均此五铢之文也。而或重四铢，或重三铢，或重五铢，或重八铢，或重三铢半，或名曰女钱，或名曰男钱，或名曰稚钱，或名曰对文钱。凡钱之用，有通塞，有升降，各随其时以权之。故自唐显庆之以一善钱售五恶钱也，而恶钱之禁以弛；自乾封之改铸泉宝而不能久也，而开通元宝以之再行。自宋璟之请禁钱而不果也，而二铢四参以之终废。夫行废者，岂钱之所自为耶？亦其时为之。是故肃宗之乾元重宝，一当十者也，至代宗而以一当二。重轮乾元，一当五十者也，至上元而减为三十，至代宗而以一当三。且三日后而大小诸钱皆一以当一。其始也，人铸铜为钱以取赢，改钱为钱以获利；其卒也，人消钱为铜以增直，化钱为器以便用。贞元元年，申消钱之禁，至后唐天成，而其弊难除。十四年，弛见钱出界之禁，至天成而乃限五百以上。宋时则出界皆置重罪，故虽王安石之愎，亦只除于一时，而不能止其禁于后者，以与契丹邻境，恐钱出之资敌也。晋天福二年，铸二铢四参之钱，文以国号，与唐之开通无别。唐穆宗禁销钱造物，而周世宗则毁佛像以铸钱，事有不同，利民之心则一也。唐宪宗以钱币不充，运用不便，于是始制为飞券、钞引，以通商贾之厚赍贸易者。其法盖执券取钱，非以券为钱也。自宋庆历后，局中始有交子；建炎以来，东南始有会子。交、会既行，天下直以楮为钱矣。大抵宋初诸钱，或为元宝，或为通宝。人间有铁锱者，悉以送官，莫不以铜为适用。其后国帑渐匮，杂用大小铁钱，铸钱之官愈多而愈不足。加以交、会之法既有行，在会子又有川引、淮交、湖会，各自印造，而卒至收换不行，称提无策。元时天下皆通用银，唯武宗尝一铸钱，其外皆银与钞。明初禁银钱而专用钞，然而钞卒不克行。迄化、治以后，糜烂殆尽，而钱法之坏极矣。铁钱初起于公孙述，至光武而罢。继起于梁晋通中，至陈而罢。迄南唐时，韩熙载铸之，李氏行之，诸国相承用之，始犹以铜铁相权而行。乾德以后，只持铁钱而已可贸易矣。宋祥符后，铜坑多不发。天禧以降，以铸铁为急务，张咏、黄观，实董其役，相与度其大小，量其轻重，而每岁所铸，盖二十万余贯焉。夹锡钱，崇宁二年所作，因二虏以中国铁钱为兵器，惟杂以锡、铅，则柔脆不可用，而敌资于是乎寡。锡钱起唐河东，自元和四年，河东节度王锷置炉距马河水铸钱，以刺史李听为使，于是月铸钱三十万，而河东之锡钱皆废。后太和八年锡钱复起，以蔚州所铸之钱，岁不满十万缗也。嗟乎！钱之变，至为锡铁，九府之制大坏，世变亦因以随之。而后周时，河西诸郡又有用西域之钱者，其钱乃以银为之，与今粤地之洋钱同制，然所行不广。

　　自货币之兴，惟钱之行可久，钱之用最利，而贡禹、桓元乃以为不便于民而欲废之。五铢之行，马援、孔觊、任城王澄皆善其通易无滞，而陈高谏之，乃以为不利于国，而欲以三铢易之。岂人之意见有不可强同者耶？夫钱之置监，著于隋，盛于唐，最众者莫如宋。总计诸路所置共二十六监，而铜居十七，铁居其九，夹锡之钱则附于铁监焉。宋铸钱之剂，八十两可得一千，三分其剂，六为铜，而三为铅、锡，皆有奇赢。凡钱输官之数，其号为百者，或八十，或八十五，而天下私用则有以七十为百，以四十八为百，且有以三十五为百者，钱愈杂而数愈淆。是故论钱之重，以千钱计之，则齐十一斤以上，隋文帝之四斤二两，唐六斤四两，宋五斤，齐与隋乃同以五铢，而分量不一。夫太公立钱法以利后世，由周以至两汉，由六朝以至唐、宋。沿革之制，变通之用，马端临考之甚详，而谓晋用魏五铢钱，不闻有所更创，则其叙晋事也，稍失之疏。

　　按：前凉太府参军索辅言于张轨曰："晋太始中，河西荒废，遂不用钱，裂匹以为段数，缣布既坏，市易又难，弊之甚也。今中州虽乱，此方安全，宜复五铢，以济通变之会。"由此言推之，则晋太始时，中州皆用帛而不用钱。马氏于魏文之改用绢帛，则特为书之，而此不详，何也？我国家承明之后，设局户、工二部，而滇为产铜之区，云南、临安、大理、沾益四处皆有铸局，其后罢举不一。近惟云南、东川二府委官监铸，省局统于藩、臬两司，东川统于知府，每千钱铜六铅四，约重七斤半，立法之善，实迈往古。乾隆五十五、六年间，私铸充斥，每银一两易钱十千文，纯庙命福公康安来滇经理，立将匪徒搜擒正法，并设局收买小钱，积弊始清。大抵私铸之弊，必先清局，私铜之弊，必先清厂。尤在奉行者有皭然之操，确然之志，庶于钱法可无变更焉。

【校记】

[一] 然王莽之作：底本作"然王莽之作之作……"，按句义，"之作"为衍文，当删去。

论滇马

南中民俗以牲畜为富，故马独多。春夏则牧之于悬崖绝谷，秋冬则放之于水田有草处。故水田多废不耕，为秋冬养牲畜之地，重牧而不重耕，以牧之利息大也。马牛羊不计其数，以群为名，或百为群，或数百及千为群。论所有，辄曰："某有马几何群，牛与羊几何群。"其巨室几于以谷量牛马。凡夷属无处不然。马产几遍滇，而志载某郡与某某郡出马，何其褊也！夷多牲畜，而用之亦甚费。疾病不用医药，辄祷神，椎牛屠羊，辄千百计。巨室丧事来吊，但驱牛羊成群，设帐幕于各山，牵牛诣灵位三匝而割之以成礼，仍归所割于各寨。计费牛羊亦不可胜计。故禄劝县虽僻处，而鼠街所出之皮革几半滇由用之多也。范《志》："蛮马出西南诸蕃，多自毗那、自杞等国来。自杞取马于大理，古南诏也，地连西戎，马生尤蕃，大理马为西南蕃之最。"彼时所谓大理国者，盖统全滇而言之，非大理一郡也。桂林，故静江也。宋时于静江府设马政，以茶易西蕃之马。故范《志》自谓"余治马政"。今滇马虽多，未有鞭缰估客驱而成群，贩以出境者，但供脚人驮运，译号收买而已。至缅甸军兴，反驱天下之马牛以入滇，死者不可胜计，道路臭秽，几不可行，无济于军兴，徒为糜费，岂非不考之故哉？《传》云："古者大事，必乘其产，安其水土，而知其人心，随所向，无不如志。"夫以郑驷尚败晋戎，况驱天下之马万里入滇，道死已过其半，迨抵军前，马已尽矣。不得已，潜买滇马以充之，滇马值遂高。夫内地之马，撒蹄而驰，于平原广地便，滇马敛蹄，于历险登危便。

古称越嶲之西多莎草，产善马，世谓越嶲骏。始生若羔，岁中纽莎縻之饮以米沈，七年可御，日驰数百里。又夷人攻驹，縻驹崖下，置母岩颠，久之，驹恋其母，纵驹冲崖奔上就母。其教之下崖亦然。胆力既坚，则陟峻奔泉，如履平地。此滇马之可用于滇，而入内地技亦穷矣。南渡偏安于静江易马，终不闻赖西蕃之马以济军政，想亦徒为烦费矣。

论盗

天下有大盗三，而盗固不与焉。盗国者，其谋深而险；盗名者，其志巧而奸；盗心者，其行果而窒。夫国何可盗乎？篡窃无论也，彼营一家之利而殃流四海，聚一时之财而害及百年，即不萌窥社稷、移宗庙之思，而国之覆败空虚，实兆于此。譬之持酒醉人，而后从而攘取之，且复玩弄之，以云非盗，谁其信然？夫名何可盗乎？盗之者，则生死与俱也。狡黠而貌为诚笃，忌刻而貌为刚方，举一切学问节义之所关，无不可貌而盗之，亦无不可盗而得之，其慕名为愈甚，则其用盗为益工。夫心何可盗乎？心者，性之宅也。性无有不善，自不善之气阴穴之。其始也，亲故救之而不改；其继也，朝野呵之而不改；其终也，鬼神临之，谟训惕之而仍不改。非不知其误，而敢于自遂，如此者，谓之盗心。心被盗，性能保其无失与？三盗有一，世或不宁，况以巧文其深，以果济其巧，天下事遂不可问矣。惟贤君相在上，刍豢畜之，禽兽置之，不则鈇钺诛之。此三人者，方将为盗所笑也。虽然，穿人之屋，劫人之财，盗亦恶得为无罪哉！

开金沙江议上

明正统间，靖远伯王骥南征，曾议开金沙江，未果。嘉靖初，巡抚黄衷仍踵此议，工役垂兴，为土官凤朝明所梗。会黄衷去，事遂寝。后巡抚汪文盛委官查看，朝明妻翟氏阻之，亦不行。巡按毛凤韶知其事，锐意开导，而人多附和。其说谓迤东道自云南海口至阿纳木姑十三程，惟土色有叠水。迤西道自云南陆路至金沙江巡检司凡五程，由水路下船至大阿纳木姑十四程，惟则卓沙吉有叠水者，武定府丞某也。谓金沙江上自丽江、永北、姚安、武定，下至东川、乌蒙、芒部。弘治[一]、正德间，马湖安监生于上江放杉板，嘉靖十七年，王万安亦放杉板，俱系拖稍大船。建昌行都司奉钦取大木、宁番、越嶲、盐井、建昌等五卫，俱在上江打冲河、三江口，并德昌千户所，或扎排或散放会川卫，在下江科州采砍开江船，行鲁开虎跳滩、天生桥，十分不为险阻者，金沙巡检李朝宣也。谓自巡检司西过江五十里，界会川卫，每见客人贩木扎木，排筏江流，六昼夜即抵马湖。随排下船，或一二十，载粮食，养牲畜，跳排掷船，如履平地。江下五十六里，有大小虎跳滩，冬夏水落，可施开凿者，姜驿丞梁松也。谓自德昌所洗迷村伐木下江头，一程至会川卫甸沙关，一程至梅易所，三程至和曲州金沙江马湖，建昌客采大小板枋，俱自德昌下河，从金沙江巡检司经过，直至马湖、叙州。因画图以进者，建昌木客何松也。凤韶既得诸人之纵臾纵臾即怂恿也。见《汉书·衡山王传》。以为迤东极径便。但闻江内有蛮尖石，两边岩石生合成桥，水从石缝流，未委虚的。若迤西水而洪阔，四时横流，客商通贩，前后不绝。中间虽有虎跳二滩，然皆沙石易凿，此则断然可通无疑。因请行总司会布、都二司，计议开通，不独利于一时一方，实国家久安长治至计。会地方多事，议竟不行。然所论迤东、迤西道分难易，其说亦疏谬。盖迤西江行，亦经阴沟洞、天生桥，未有他道可以轶出也。隆庆初，凤酋诛灭，巡抚陈大宾复为题请，而议者多甲乙之词。大抵谓江道一通，则商贾竞舟惮陆，算缗之利告竭于程番之八府，而九驿之途鞠为茂草矣。至天启中，安酋倡乱，贵阳道阻，颇议开之。按察司庄祖诰谓：自巡检司开，由白马口历禄劝之普隆、红岩石、剌鲊至广翅塘，其下有三滩，水溢没石，乃可放舟，涸则跻岸，缆空舟以行。历会理川之直勒村，骂剌土色，下有鸡心石，如堆三叠，江中舟者相水势缓急可行。又历东川之蹈照乱、得头峡、剌鲊，至粉壁滩甚驶。又历巧家之驿马河、新滩，至虎跳阴沟洞。虎跳湍泻陡石、不可容舟。阴沟二山颓集，水行山腹，从陆路过滩，易舟而下，历蛮夷司之大小流摊，乌蒙之黄郎铺、贵溪寨、业滩，至南江口始安流。自广翅塘至南江水，商行可十日，乃经马湖之文溪、铁索江边数滩，历麻柳湾、教化岩，又历泄滩、莲花三滩、会溪石角滩，直抵叙州城下。说甚明晰。然此时明运将终，救败不暇，所议竟托空言。

康熙间，楚雄守冯甦亦综此议。迨乾隆五年，宪府决计开之。禄劝而上，万难施工。即东川境内，自蜈蚣岭、飞云渡、藤桥、滥田坱、小溜筒五滩阻绝，乃越东川，于昭通界内开辟厄塞，费金不赀。复阻于异石、象鼻、柯郎、虎口诸滩之险，旋复弃去，乃从永善之黄草坪施工。自是顺流达叙府，中经锅圈洞，旋圈似锅，瀑流千尺，溯舟者必挽箱而上。尝思《益州记》云："泸江自朱提，然僰道有黑水、羊官三津之阻，行者苦之。"乃谣曰："楮溪赪木，盘蛇七曲。盘羊乌龙，至气与天通"。乌龙即今乌蒙雪山，则三津、七曲诸名，即今诸滩险耳。兹特绘图于前，并集诸说于后，使从事者知所据焉。

【校记】

[一] 弘治："弘"底本为"宏"，按句义当为"弘"。

开金沙江议下

金沙江之不可不开者，有二大利焉。考之记载，汉武帝先击劳浸靡莫，以兵临滇池，而伪王俯首。《华阳国志》云："自僰道至朱提，有水道、步道。水道有黑水及羊官，水至险难行。步道，度三津亦艰阻。而行人为之谣曰：'楮溪赤木，盘蛇七曲。盘羊乌栊，气与天通。'"今乌栊在东川，即绛云弄。其山多雪，四时不消。金沙江出其下，羊官、黑水非指兹江乎。元至元十四年，诏开乌蒙道，爱鲁帅师击玉莲州，所过城砦尽下之，水陆皆置驿传。今乌蒙有罗佐关，其下有罗佐桥，为入滇要路，则水陆皆在东川、乌蒙间。即所称劳浸靡莫，非乎核形势，商利钝，未有不先辟此险，而能控荒服、破砦窬者。兹江苟通，则滇池之轻舠可挽而之普渡，建越之艨艟可泛而下泸沽，通滇蜀筋脉之会，续长江衣带之势，是使诸夷盘错之险尽失，而十五郡可裂领而挈也。此其为边防之大计一矣。古者竹木之利至大，江陵千树获，渭滨千亩竹，皆与万户侯等，为其水道通而布其利于四方也。滇省则名章巨材，周数百里，皆积于无用之地。且占谷地，使不得艺，故刀耕火种之徒，视倒一树以为幸。盖金江道塞，既不能下水以东西浮，而夷俗用木无多，不过破杉以为房，聊庇风雨。虽擢木垂荫，万亩千寻，无有匠石过而问之。千万年来，朽老于空山。木之不幸，实地方之不幸也。哀牢之山长千里，中通一径，走深林，中垂一日。

若使此山之木得通长江，其为大捆大放，不百倍于湖南哉！而且金银丹漆、僰僮筰马之属，络绎于雅、黎、嘉、眉之间，非但滇利，而蜀亦利，此其为转输之大利二矣。或曰金江断难开者，天道使然，不容以人力争也。运值其通，安知不大风大雷，率群龙而导之。推其叠水，散之使平，破其洞穿，彻之无壅，使一劳永利乎？盖有非常之功，必待非常之人，谅哉！

入滇陆程考

郡国未有以旅途记者。滇在天末，东有黔中诸夷间之，北有蜀之裔土，南有粤之羁縻属县间之，道途通塞，命脉系焉。昔楚庄蹻溯沅水略地至滇池，其转战逐北，经历之地，未有纪也。秦常頞通五尺道，汉唐蒙治夜郎道，司马相如治灵关道，其所镂山刻木之地，未有纪也。刘尚之击栋蚕，孔明之击雍闿，皆渡泸水。李雄僭蜀，遣李钊攻宁州，刺史王逊进军由小会。隋史万岁之讨爨玩，自靖蛉川经大小勃弄。元世祖之伐大理，自忒剌分三路，或由晏当，或由白蛮，或由满陀城，而其师行所过，止宿警跸，未有纪也。公孙述时，句町大姓保境为汉，遣使自番禺江奉贡，而其间道所趋，阅历何所，未有纪也。惟《唐志》载贞元十年，遣祠部郎中袁滋与内给事刘贞谅使南诏，自戎州开边县，由曲州、石门镇、邓枕山、马鞍渡、蒙夔山、谕官州、簿哶州、界江山、荆溪谷、激溧池、汤麻颊、泸东城、安宁井、曲水、石鼓、佉龙，至羊苴哶城。贞元十四年，遣内侍刘希昂使南诏，自隽州清溪关，由大定、达仕二城西南，经箐口、永安、木瓜岭、台登城、苏祁县、羌浪驿、篷岭、会川、河子镇，渡泸水至姚州。又载安南，经交阯、太平、峰州南、思恩、楼县、忠城、多利州、朱贵州、浮动山、天井山，山上夹道皆天井，间不容跬者三十里。又经汤泉州、禄索州、龙武州，皆爨蛮安南境。又历傥迟顿，入平城洞澡水，至曲江、剑南地。然其山川之险易，物情之变幻，未有纪也。迨明初通滇为列藩，其入觐之路，置传设驿马，曰东路；间道走蜀者，曰西路。其后安氏衡决，乌酋吠声，东西道断，因北走金沙、大渡，曰建越路。建越多夷患，复不能以时开通，又南间道粤西，自广南达南宁，其分歧而合于广南者，通曰广南路。广南在滇之南，折而东北，始达南宁，其道迂。又有由东直走罗平、安笼以达田州者，曰罗平路。——撮其亭徼焉，覆其远近险夷，考其人情焉。东路繇黔以达于沅州，始为楚郡，故止于沅州。志普定、兴隆路，并志黔，志黔亦以志滇也。黔之腹心，滇之咽喉也。志清浪、晃州路并志楚，志楚亦以志滇也，楚之边徼，滇之唇齿也。西路由黔西以达纳溪，建越路由会川以达荣经。始为蜀邑，故止于纳溪、荣经。志乌撒、建越路，并志蜀，志蜀亦以志滇也，蜀之藩篱，滇之门户也。广南、罗平至于南宁，始为粤郡，故止于南宁。志归顺、田州路，并志粤，志粤亦以志滇也，粤之穷荒，滇之扼塞也。诸路皆山陆，惟金沙有水道而未通，其详载之别帙。山川书其历，不书其望，艰难险阻、迂怪谣俗咸书，以补他志所不及云。

《滇系》自序

地有处一隅之僻，似无与于天下之轻重，而恒足以重轻乎天下者，愚者易之，知者审焉。滇之视天下，特身之一踝一拇耳。筋骨坚定，血脉贯输，则动止疾徐，胥任其意之所使。苟病拘结，患腿肿，固非同心腹腰之有关性命，而七尺之躯难免残废。此其轻重从可知矣！

夫滇胎于皇初，萌拆于三代，立于秦，步于汉，蹒跚于魏晋南北朝间，翔于唐而旋瘅，终瘅于五季与宋，苏于元，趋于明，而极舞蹈之节于我国家。盖列圣之涵濡，将相及督抚监司之按摩而扶掖者，已届百五十年。阅壤土之绮错，则疆域所宜详也；感文武之星罗，则职官所宜述也；幸岚瘴之全消，则事略所宜考也；惧财力之告匮，则赋产所宜登也；慨流峙之争雄，则山川所宜纪也；数衣冠之竞爽，则人物所宜书也；列典故，则治乱之循环可睹也；编艺文，则英哲之怀抱可揭也；传土司，则椎跣之强弱可稽也；别属夷，则爨僰之风俗可骇也。辨旅途，则与骑之往来可指也；总杂载，则见闻之博洽可资也；范不敏，以案牍余间，秘讨冥搜，成书四十册，有图有表，间缀数语于篇，名之曰《滇系》。窃尝念日月星辰系于天，鸟兽草木系于地，君臣父子夫妇昆弟朋友之伦系于人，耳目口鼻系于面，喜怒哀乐系于情，金石丝竹匏土革木系于音，以奕系秋，以丸系僚，凡类此者其所系，殆无穷也。书之系滇亦犹是。顾滇究属西南之一隅，石田鸟道，岁入县官租，不敌中州一巨郡，况士无二酉之藏，农无百亩之粪，工无般倕之能，贾无舟车之便。所利惟厂与井，而无籍之徒借以衣食者，日不减二十万口。倘综理失策，轵窜据幽阻，相煽构祸。自章皇帝驱荡伪孽，仁皇帝歼铲逆藩，宪皇帝涤乌蒙、扫茶山，纯皇帝羁孟陨、怀南掌。约束维持之密，典章法度之隆，小有弗恭，立见漂灭。匪独轶元，实跨明而过之第。其境西逼缅甸，南连交趾，北通蒙番，仅凭东面远达京师。要在当事者饬纪纲，除梦绕，以勤宣德教。且取赛典赤元咸阳王瞻思丁。沐黔宁明昭靖王英。暨昭代之蔡绥远将军毓荣、王制军继文、石抚军文晟、范大司马承勋、鄂相国尔泰、杨大宗名伯峙、高大司寇其倬、尹相国继善、张东阁允随、傅相国忠勇公恒、阿相国英勇公桂、书协揆麟之遗绩而重敷之。走则为胫，息则为踵。而头目肩背庶交恃以无恐矣。

然则斯系也，发缠绵之隐，任杼轴之劳。生滇者观之，当兴经纶雷雨之思；吏滇者观之，当深桑土绸缪之计，遂为之捐廉付梓，广其传布。果于今天子宁边绥远、阜物化民之政少有所裨，则以滇为股肱可也。即以滇为肘腋亦可也。滇之福何莫非天下之福哉！谨序。

《滇系》后序

予之辑《滇系》也，阅四载始克告竣。呈之相国费筠浦师、山长姚姬传先生、颐园初大中丞时帆、法学士伯溪、杨方伯、旧史洪稚存，皆谬蒙推许，且有为之序者。是书虽仿志而作，顾郡志必异于邑志，省志又异于郡志，繁简疏密之间，盖亦有说焉。或曰："子之系凡十二，而典故、艺文至二十六册，余十系则仅十四，不已多少失伦乎？"予曰："否，否。十系所关，俱可于典故、艺文中索之。"肤寸之云，触石而雨天下，此由小及大也；须弥之山，可纳之芥子，此由大返小也。盐、铜、仓为滇腹心之疾，无所制则害延于肢体；交、缅、藏乃滇肘腋之患，失其备则祸入于腹心。况赋税之零星，物产之歉薄，岁糜协饷数十万，以国家疆域之广，何需此瓯脱无用之壤？然五金之利，惟滇是资，外户之藩，惟滇是寄。无滇则无黔、无粤且无蜀，此亦当宁所熟筹者，第冀滇之士，穷经稽古，无以边远自尸其固陋，则往哲可追；滇之农易耨深耕，无以硗瘠自芜其田园，则先畴可服；滇之工取材落实，无以奇淫自蛊其耳目；则世业可沿；滇之贾持俭习劳，无以虚伪自腐其声名，则贸迁可久。而为之上者，镇之以廉静，治之以清省，滇虽百世无虞可也。予老矣，一官龌龊，縻禄江表。上之不能为朝庭效尺寸之功，下之不能为闾阎兴仁让之俗。退而系此，以乡人谈乡事，倘得请告归林，尤愿与有志者补所未逮云。

续纂《南诏征信录》序

滇人而不知滇事，可耻已。然必举支离荒诞、鄙俚猥杂之说，以争诧于人，曰"滇之事如是如是"，则可耻为更甚。谈滇者，正史而外，如《华阳国志》《白古通滇纪》《滇略》《滇考》，或附见而不专，或庞出而无理，或简略细碎，有类公移，而殊欠裁剪。《南诏野史》六卷，杨文宪公就元倪辂所辑，少为编次，予幼时曾阅之，终觉其支离荒诞，鄙俚猥杂，不能为滇生色，转恐为滇增垢。甲午、乙未，胡羡门先生旅寓榆城，重取订正删存十之四五。同年杨栗亭缄其题后二诗，寄予永平，心甚艳羡，每以未见其书为恨。壬子春，杨孝廉南村过巨津，谒房师徐明府，便道见访，偶为询及，南村欣然检示，盖尝借抄羡门者，正贮行箧中，遂令学徒分录，时复参以己意，装成三册。其大旨则用《通鉴》编年体，人物古迹纪事则仿《襄阳耆旧传》《洛阳伽蓝记》，宋故宫录之例，支离者引而近之，荒诞者削而远之，猥杂鄙俚者，淘熔而渲润之，附以德化碑，征刻滇诗启，且易其名曰《南诏征信录》。实而有据，确而不诬，未知较十国春秋、十六国春秋为何似？而三千余里之疆域，二千余岁之兴废，莫不了[一]如指掌，洞若观火。滇人之求知滇事者，或可借以问津焉。顾滇仅西南一隅耳，乃蒙氏之祸与唐祚相终始，韦皋、李德裕、高骈用而凶酋革而张虔陀肆于外，贾奇俊、杨国忠蔽于内而腥焰薰天。呜呼！叛服所成，岂无故于其间哉？宋艺祖玉斧一挥，段氏偷安者三百载。元则镇以亲藩，明则镇以世臣。八百媳妇与麓川之役，劳师动众，所费不赀。至我朝顺治十七年，初入版图，便称乐国。虽吴逆煽动，旋经涤除，人怀礼义之风，户食《诗》《书》之泽，以之并驱粤、蜀无愧也。惟陆才容骑，水不通舟，土瘠民贫，山多田少，吐番峙于北，交趾逼于南，缅莽错于西，各土司之人形而兽言者，仍虱处其中，苟抚之失策，往往构衅。夫文宪公以戍，羡门先生以游，且孜孜矻矻，悉心搜讨。予晋籍而久家于滇，故因续纂是书而深长思云。文宪公名慎，世称新都太史，天下无不知者。羡门先生名蔚，字少霞，武陵人，寄居无锡，为此庵祭酒文孙。予则赵州师范，字端人，号荔扉，亦号金华山樵，现任丽江府剑川州训导，乾隆五十七年壬子夏四月，浴佛后一日，序于学署之望云堂。时微雨初霁，山翠娟然。

【校记】

[一] 了：底本原作"燎"，依句义改为"了"。

汇刻《二余堂丛书》自序

丛，草木众生貌，又聚也。以之名书，滥觞于胜国，至昭代为尤伙。夫吾辈读书致用，要必举古圣人之精义而推阐之，务使心法治法折衷以归于一是。否则究"风雅颂"之源，别"兴比赋"之旨，导扬政化，涵泳性情，抑其次也。苟错综钉饾或夸千狐之腋，或诩五侯之鲭，则浅之乎其为书矣。然予窃见夫外饰车裘，内精厨传，博奕随声歌斗丽，逢迎与结纳同工。反是者非以为迂，即以为妄，日暮途远，倒行逆施，斯亦何足深怪与？予性拙直，不善修边幅。孔方兄视余若传舍，曹入曹出，予亦自听其去留，斗虎呼幺，匪仅不习见，辄作数日恶。早岁游燕市间，癖声色，后已渐同嚼蜡。既为令，不以宽厚邀誉，不以严刻立威，祸福穷通归之命，且以听之天。惟三日不读书，觉面目可憎，语言无味。四十年作此中脉望，愈老愈笃，有怜之以迂、毁之以妄者，予亦漠然不顾也。癸亥秋八月，重莅望江，邑本少事，予益以无事治之。日坐二余堂，发所藏书，遍为翻阅。其明密而轻倩者，天孙之锦、鲛人之绡也；其沉浸而浓郁者，天帝之觞、西母之宴也。其变幻而眩骇者，玉女之壶、井公之局也；其宏伟而谐畅者，洞庭之乐、钧天之奏也；其严整肃穆而不敢亵视者，明堂之享、涂山之会也；其纵横驰骤而不可方物者，钜鹿之战、坂泉之师也。所得如是，万户侯何足道哉！因检时贤著论共十余种，附以甲午岁之所辑，钞订一函，名曰"二余堂丛书"，常置舆中，以便观览。竹轩、铁禅两张子怂恿开雕，语曰："方以类聚。"又曰："物莫不聚于所好。倘有与子同好者，即所好以求其类，则经之腴在是，史之肪在是，子之蕴奥亦在是，诗词歌赋之体，阴阳术数之妙，无不可执，是以知所向往焉。"二余堂，署中退息处；官者，身之余；身者，心之余。吾故取以"额予堂"云。嘉庆甲子处暑后一日，大雷池长古河东，师范荔扉氏手书。

《小停云馆芝言》序

诸生时，习闻王西樵《涛音集》、叶子吉《独赏集》、陈其年《箧衍集》之盛，心窃艳之，乃有《采兰集》之役。所录者虽仅乡里交游之作，然斤斤自守，颇有抉择，今已半刻《滇南诗略》中。辛酉秋，既令望江邑，为吴楚要冲。凡同好之过访者，一帆两桨，直抵南郭外。岁无虚月，遂葺小停云馆为授餐地。簿书少暇，仍与邑绅衿把酒谈宴，每拈五七字纪其事。其未经至馆者，亦以邮筒相往来。时日渐久，积卷成帙，题曰"小停云馆芝言"，陆续开雕，借消鄙客，偶一展玩，如亲晤语。《经》云："同心之言，其臭如兰"。《记》云："与善人交，如入芝兰之室。"诗以"芝言"名，盖举芝已可兼兰矣。夫诗者，志也，又持也，细之包乎万物，大之不越五伦。君父尚矣，兄弟夫妇间求如机、云、轼、辙、秦、徐、苏、窦，代不数见，惟朋友会则随时，聚则随地，合则相乐，离则相忆。君臣父子之所难达者，朋友足以达之；兄弟夫妇之所难尽者，朋友足以尽之。然则芝言之刻，不徒为诗，即以诗论如辨味然，莫不期于粱肉，充之则珍错可也，蔬笋亦可也。天下之口，未必大远于吾之口，岂或舍此而为疮痂之嗜乎？如审音然，无不准于琴瑟，推之则钟鼓可也，磬管亦可也。天下之耳未必遽异于吾之耳，岂或置此而羡瓦釜之鸣乎？昔人谓本朝人选本朝诗易见真面，唐之《极元》《才调》《箧中》，宋之《各音》，金之《中州》皆是也。后世有子云，倘亦跻予于二韦、元、杜之列，以与昭代之王、叶、陈竞美，则予之名转因集中诸君子以不朽矣。同声相应，同气相求，嘤其鸣矣，求其友声，古人岂欺我哉？嘉庆甲子重阳日，小停云馆主人，古建宁师范荔扉氏，撰于皖江舟中。

《师氏族谱》序

国无史必不可，族无谱独可乎？国无史，是非淆；族无谱，次序杂。史之失惧其诬，谱之失恐其凿。处数百年之后，纪数百年之前，则谱更难于史。史之成，内资实录，外采稗官。谱所恃惟碑与主，若并碑主而失之，才同班、马，无缘落笔。我师氏自武德公从平阳启宇来滇，为滇人者历十七世，五支中或迁河西、陆凉、云州、顺宁，皆由于此。而此间之聚族而居者，户才逾百，丁不满千，其势介在盛衰之际。譬诸水由滥觞以至归墟，漫衍汪洋，源若分而流则合；譬诸山由一拳以及万岭，蜿蜒磅礴，本虽合而末则分。范之纂此，守缺抱残，合所当合；晰群辨类，分所当分，五世以上存其略，十世以上阙其疑，十七世以上载其详。既告竣，且系以规：曰敦孝友，曰专职业，曰节衣食，曰谨交游，是四者规之。即所以劝之也：曰除奸盗，曰禁赌博，曰息争讼，曰诫酗酒，是四者规之，则所以惩之也。稽《谱》行规，责在支长。

夫平阳，乃古唐魏地。唐魏、俗俭，今则习奢；唐、魏思深，今则虑浅。试揆族之众，苟于十五世前，由是一父母之子弟，切毋以卑犯尊，毋以强凌弱，毋趋利如鹜，毋疾善如仇，毋以贫富为亲疏，毋以智愚倚轻重。困苦者宜消妒忌心，方便者宜绝营谋心。范方出为朝廷效奔走，少有建白，即归老荔扉书楼，与子侄孙元辈习礼让，课《诗》、《书》，以暇时学稼明农，逍遥于龙山昆水之中，是又先灵之所默鉴，而吾宗之所乐闻也已。敬序。

《金华山樵骈枝集》自序

元同生四，不得志于春官，退处海滨，寂无与语，出箧中诗，编为一册，题之曰《骈枝集》。骈枝虽病，乃与生俱来者，予诗犹是也。夫拇固不宜有骈，指固不宜有枝，第天既枝其指，骈其拇，而人亦安之而弗苦，习焉而若忘。使一旦起而强去之，则必为拇与指之害也明矣。予年甫束发，即爱为声韵之学。风雨寒暑，羁旅疾厄，有专焉，无或闲也。故当其冥心以往，则若痴，拍手而吟，则若狂。极狂与痴之所形，父师斥之，妻孥笑之，亲旧规之，流俗人讥且讪之，予则一无顾忌。二十年来，所得不下五千首，屡经芟剃，尚余其一。其间即性言情，推襟送抱。凡予之遭逢阅历，罔不于是乎托。后之览者，或由是而见予之为人，识予之居心焉。然夫子之训小子曰："《诗》可以兴，可以观，可以群，可以怨。"又"一言以蔽之，曰思无邪。"而时贤言诗，则曰："我宗汉魏，宗唐宋。"否则曰："我师陶、谢，师李、杜。"不识其性情襟抱，果无异于陶、谢、李、杜之性情襟抱与？遭逢阅历，果有类于汉魏唐宋之遭逢阅历与？在心为志，发言为诗。诗者，触造之物耳。近时李铁君顾幼客皆先得予心之所欲言。李之诗清雄博奥，颜之诗高明优爽。时则春阳已敷、草木怒发；时则秋霜乍落、江山争露。至其激昂顿挫、风行电抉，则又有不知其然而然者。噫！古人已往，壮岁日非，惟视故技犹不过；若唯之与阿，其有负于初志不少矣。他日者，薄有成立，归老莘村，睡余支枕，饭罢寻廊，或能更有述焉，未可知也。是为序。

《弹剑集》自序

往予自乐亭赴春官试，榜发，即趣车东下。距石碑场三五里，而遥望庄西灵泽寺，鸱吻红墙，隐隐露林际，顿觉心神爽豁，喝御者疾驰。抵□，开海上舟，出所购新书，逐次研究，无间昕昳，几不知有报罢之感者。由乙未以逮丁未，皆如此。虽北地严寒酷暑，十倍云南，而予顾安之。夏或一笠、一履、一瓢、一扇，携坐具跏趺绿阴中，狎莺燕，辨粱稷，细味田园佳趣。冬或单装怒马，纵鹰犬海滩间，抟飞击走，与畿辅诸右族各较所获之多寡以博笑。凡一切服食起居，匪惟不适，有益便焉。《语》云："习俗移人，贤者不免。"予何能贤？然其所以移之者，岂无故哉！庚戌春，重来作游人，去别时未三载，乃叠遭旱涝，百物腾贵。风景不殊，而人事之变迁判若霄壤。惟手种杨柳十余树，送黛摇青，亭亭于暮烟斜照之表。抚今追昔，曷胜黯然！得诗二章，附以京邸、津门、东安路途之所作，编为一册，名之曰《弹剑集》。夫"常恐秋节至，凉飙夺炎热"，意凄而词婉，此匹妇之无聊也。"临河濯长缨，念予怅悠悠"，志高而言壮，此丈夫之不遂也。"东西安所之，徘徊以彷徨"，心孤而情惧，此闺房之悲极也。"朔风动秋草，边马有归心"，气寒而事伤，此羁旅之怨曲也。赋诗者，即境以抒情，而读诗者，因情以会境。反是，句虽工奚益？予既以丈夫之不遂，兼羁旅之怨曲，则是集之成，意固浅而词固质。然使弹剑以歌之，我知其必有合于古人矣。若徒执"食无鱼，出无舆"之说以求之，是犹有筌蹄之见者存，而非予之所谓诗，更非予之所谓"弹剑集"之诗也。

《出岫集》 自序

《出岫集》者，金华山樵再上都门之所作也。樵自丁未挑二等，补训剑川，时家大人方得归林，请舟车之费，半赖周张。迟至戊申之八月，始克抵剑。剑于滇为西北隅，出境未百里，与番戎[一]接，然湖山佳秀，气候清和，苟小有蓄藏，颇足自快。奈米盐零杂，势必有不切之务日来牵扰，求所谓"把酒临风，挥毫染翰"之乐，竟渺不可追。即间有而节促音繁，持较曩日之吾，若出两人焉。己酉冬，思借公车为薄游计，于十二月望六日出省，次年二月之二十六日入都，为程七十，共得诗百许章。倚马联吟，扣舷掷韵，情所萌拆，不觉其一往独深。昔之格格不吐者，兹且汩汩其来矣。昔之寂寂无踪者，兹且滔滔不竭矣。夫乃叹诗之工拙生于境，境之大小征乎诗。使于苜蓿盘头忽创此新声，不已有昧于说诗之旨哉！回任后，编录成帙，每当无事，把玩不释手，盖如山鸡之自爱其羽。或曰："子诚善于诗，顾闻子之友多长安显者，胡不求其一序，庶行之愈远而传之愈永乎？"予曰："噫！刘彦和著《文心雕龙》，自负车前以干沈家令；左太冲赋《三都》成，踵门谒皇甫士安。读史至此，未尝不心窃鄙之。枯桑知天风，海水知天寒。人之知我，究不若我之自知之为真耳。况出既无心之出，诗亦无心之诗，行之弗远，传之弗永，又何足为予病欤？"或曰："子之《南还纪行》也，曰：'此生如浮云，焉能定行藏。入岫而出岫，斯言誓勿忘。'然则子之自名之而自序之也，固已久矣。"予笑而不答，遂汇其语于篇首，且以博观者之一哂云。

【校记】

[一] 戎：原为"戍"，当为讹误，按句义改为"戎"。

《归云集》 自序

庚午之役，樵已七黜于春官。榜发后，拟登岱宗，且作淮上游。谋之礼曹掾，皆以官限甚严，辞无已，必报病方可。予曰："嘻！非病而以病请，是欺也。"遂决归计。五月十二日，冒暑就道。于直则清苑，而高邑，于豫则汤阴，而卫辉，而南阳，于楚则襄阳，而武陵，而安化，于黔则镇远，而贵筑，于滇则寻甸，而昆明，凡十二歇而后抵家。甫三夕，仓卒回任，则已届十月初四。中惟清苑则以热，卫辉则以雨，昆明则以病，余则皆以友，或以师。为时者三，为月者六，为日者一百四十二。共成诗二百一十首有奇，手自编次，名之曰"归云"，较《出岫集》则加以倍焉。今夫云也者，善乾坤之用，通山泽之气，触石而出，肤寸而合。其为体也，隐而显，五色成庆，三色成霓。其为象也，正而葩，如积水，如白鹄，如赤珠，如冠缨；上如羊，下如磻石；又或如布，如日，如车，如马，如轮，如绛衣，如龙，如囷。其因乎时而应乎地也，奇而有法，变而不居。故其行也，放之则弥乎大千；而其归也，卷之则返乎太始。世亦知云之所以为云欤？客有瞿然而前者曰："子之状云固妙矣，究于诗乎何与？某尝窃闻之：'云者，云也；云者，运也。运其所运，云其所云。'是即吾子归于云南所作耳，何必括云囊，翻云海，挽云将之袂，褰云英之裳，极妒罗妙鬘之致，穷从龙千吕之能，而使愚者惊，智者惑哉！"予心韪其言，乃掩卷以告之曰："仆之说似邹衍谈天，郭象注《秋水》；君之说似王弼讲《易》，戴凭论《春秋》。第一则曰'出岫'，再则曰'归云'，出者倏而归，则归者安知其不倏而出？试以君之说为主，而仆之说为辅，可乎？"客亦首肯，遂录之以为《归云集》叙。若夫登临凭吊之迹，舟车水陆之程，江河林壑之雄，丝竹文酒之乐，则有诗在，览者当自得之。

《舟中咏史诗》自序

史可咏乎？曰："不可。"然则史终不可咏乎？曰："可。"摭拾挦扯，乞灵故纸，虽连篇累牍，非咀班范之唾余，即承宋欧之后窍，如之何其可咏也？牵一发而全身俱动，举数人而一代可该。抉史之精，发史之覆，且补史之阙，如之何其不可咏也？

壬戌中秋日，檄委督运楚米，住皖城者一月，以俗务牵，率胸中所有，不识去之何处。于登舟后，简静少事，张铁禅上舍、左容斋教授、赵握之孝廉晨夕纵谈，渐觉旧物来归，故态复萌，得咏史诗四十章。既抵武昌，转拨襄阳，换船过载，脚气陡发，忍痛呻吟，以二十章续之。逆流挽纤，水程艰阻，足疾未痊，耳疾继起，持之则恐增病，安之无以寄心，此后四十章所由咏也。行泊小河口，距樊城尚数舍，西风大作，兀坐搜剔，复成八章，题曰"补遗"，补予所遗，而遗愈多矣。其前后序次，有说别见。

夫予以迂谨之材，获膺民社，心劳政拙，自知逾分，兹复奉差远出，借效奔走，乃既艰予以步履，又迟予以听闻，使犹待罪江城，放赈恤灾，必有贻误。转不如对此苍茫，日寻冷淡生活之为得也。然其故孰使之哉？孰使之哉？书至此，谯楼漏已三下，开窗四顾，残雪在地，凉月横天，山光水色中，已有一部廿二史，纷陈错列，扣舷击楫，为雒诵久之。解衣入寝，甫就枕，见冠者、舄者、执玉者、佩玦者、羽衣鹤氅者、红袖而翠钿，刺刺向予，有笑者，有悲者，有默不语者，有欲得予而甘心者，拔剑逐之，不知其处，而红日幢幢，已照第二椽矣。亟起续之，以为《舟中咏史诗》序。

《滇海虞衡志》序

废翁居滇久，以傲罢令，且获罪。滇人士誉之者半，毁之者亦半。毁之者言曰："恃才凌人，自荡于绳尺，虽如柳子厚，奚益？"誉者之言曰："宏览博物，慷慨悲歌，有公而杨用修氏可以不孤。"予于誉之说不敢从同，于毁之说更无所附和。翁盖敦笃人也，好学励志，喜急朋友之难。其著录固纯驳相间，要皆自出机轴，不肯寄人篱下。予既与翁习，曾以所纂《滇南山水纲目考》命予删繁正误，为补辑数条，分编上下卷，翁甚以为然。乙卯入都，翁曰："有以三百金购刻是书者，子其许之乎？"予曰："果有三百金，则翁可归矣。"遂并副本检授之。后购书者之父丞粤东，旋卒，此事中止。

辛酉小除，翁枢返自江宁，予往致吊，向令子吉夫选贡索此册，吉夫答以未知，乃取《滇海虞衡志》相畀。予携置行箧，屡经翻阅，笔势郁纡，文情古厚，出范《志》远甚，今岁夏，刻入丛书中。有曰："其志敝也，琐屑猥杂，引一老砂丁与谈，亦无不知者，是何足刻？"或曰："其志蛮也，风俗嗜好，言过其实，今之滇已非古之滇，是何可刻？"或又曰："其志花也，以山茶、红梅、紫薇为三鼎甲，继之云破荒洗陋，大肆轻薄，是何必刻？"夫滇之巨政，惟盐与铜。盐铜理，官民俱利；盐铜坏，官民俱弊。若必以琐屑讯之，是《考工记》可称"匠作簿"，《水经注》不敌《道理表》矣。其以为不足刻者，浅也。周之世，猃狁居于焦获，山戎处于陆浑，夷夏之界已混，若风俗嗜好，以予游历所及，蛮之不如者往往而有，盖非可以方隅存定论矣。其以为不可刻者，褊也。鼎甲重自明季，然苟无高文伟烈足以自立，未没世而已与草木同腐，转不如三花者之长耀天壤，谁陋谁荒，自有辨之者矣。其以为不必刻者，迂也。然则是《志》之成，产于滇者当知之，宦于滇者犹当知之。方翁之掌教成材书院也，趋之者若鹜，无不用师生礼相见。予独以世俗之呼乡大尹者呼之。竖一义，云垂海立；送一难，猊抉骥奔。翁曰："吾不意滇人中竟有吾子。"予曰："噫！十步之内必生芳草。滇之人谢客闭关不求闻达，有倍于予者，有数倍于予者。翁矜其所见，而忽其所未见，是以予为辽东之豕者。"翁亦大笑。旋投以句云："同是楚人滇较远，采诗知不薄菰芦。"越岁，予奉檄引见，翁和芦字韵枉饯，亦以予之呼翁者见呼。予曰："殽之后，何相报之速？翁真不长者哉！"翁曰："安知其不选江南？"

辛酉五月，铨授望江，严匡山考功、吴晓林庶常，皆翁高足，咸以翁言为奇谶。抵皖，复寄以句云："江南山水寻常事，真与先生作长官。"未得报书而翁已没于旅邸。呜呼！宝气已潜，元言莫赏。每抚此册，如与翁对坐一粒斋酌酒也。邮告滇人士，以予为从同乎！抑以予为附和乎！嘉庆甲子中秋前八日。书于武昌湖舟中，北望翁柩，尚厝浅土，念之愈觉怅然。

袁苏亭《滇南诗略》后序

滇无诗，滇非无诗也。浮夸者无论矣，秀杰之材，负性迂避，一吟一咏，惟求适情而已，多不存稿。间存之，子孙之贤者，珍如拱璧，秘不示人，不两代而化为乌有。愚者则以供妇女之针包线夹，或同废纸，鬻之市肆。其一二名作，非拾自水火之余，即夺诸鼠蠹之口，此滇之所以无诗也，有之，自袁苏亭《滇南诗略》始。

苏亭由丁酉选拔就四库馆议序，分丞甘肃，屡经委署，著廉干声。念太夫人春秋高，径请养归。其性通而介，其情侠而痴，其学沉潜而笃实。是役也，有疑者、忌者，有四起而挠之者，有袖手而揶揄者，纵心孤往，毅然不顾。风雨以之，寒暑以之，寝食行坐无不以之，历十载而卒溃于成。予尝谓成天下事，必合时、地、人，俱得之而后可。赤壁之战，淝水之捷，澶渊之策，无不然。曹操、苻坚、契丹、萧后之来，其气虽盛，将器卒惰，吴、晋据长江以为固，宋则后拥天雄，左倚中山，鲁肃、黄盖、谢玄、谢石、高琼、曹玮之徒，志同意协，而后行之以断，持之以静，临之以权，则事鲜不济矣。然亦有时、地、人全而无成者，桓元子、刘寄奴、宋高宗，皆有可以复中原之势，而皆自弃之。若诸葛武侯三者一无可恃，以攻为守，终其身卒存弱蜀。夫公则千载一人耳。文章虽小道，何异于是？苏亭游大方柏云严先生幕，先生尚守永昌前后已十余年，公事既毕，不稽其出入，遂得广结纳、博采访，以行其意所欲为，此其所际之时也。会垣多藏书而三迤贤，有司之至者无不愿友，苏亭借其便，朝邮夕递，近者十许日，远者数十日而零笺断简，皆源源而来，此其所处之地也。砚北、笏山、望山、达夫、芷汀、小东、香海诸君子，每多商确，或削木补雕，必至得当而后止，此其所得之人也。三者全而成此旷举，苏亭之功不已较公瑾、安石、平仲而无愧哉？昔顾秀野钞元诗竣，梦古衣冠百许，向之致谢。苏亭兴酣就枕，其亦见乡先辈若而入，揖让于其前乎？先大人遗集亡嗣，剩稿俱蒙录入，而品藻参订，屡列予名，梨枣之光，荣及三世，未识乡父老子弟，亦如予之感而不忘乎？予交苏亭在戊戌，神交则自壬辰，交匪独诗，而谈诗无不合。兹既取永斋学使、鹤峰中丞、髯翁布衣、荔村廉使之所不能成者，而一旦成之，予故有《诗略》抄存之役，亦欲借以俱传焉。出滇日，会有后序之说，俗务鞅人，且予言本无足重轻，迄不果。襄阳舟次，旅泊无聊，勉为之，四寸烂已见其跋。诗之起讫体裁俱备，凡例与诸巨公序及自序中，惟记其搜罗之苦，编辑之勤，而其廓清之功，至欲比之武事。盖滇至是始有诗，滇至是始有正声之诗。书付芷汀，转寄五华山麓，其亦掀髯而连釂数盏也必矣。予虽止酒，当瀹敬亭、绿雪遥佐之。

《簪岩近集》叙

大凡魁奇伟杰，克自树立之士，必历百余年或越千余里，而始一生者。非天之吝材也。山川灵秀之气，蓄之不深，斯其发之也不盛。吾乡固僻地，中溪半谷后，风雅尔然。庚辰、辛巳，砚北、南池以古学昌诗于弥一时耳，食之徒无不群相非笑。迨予与簪岩出继其辙，砚北、南池以不孤，而非笑之口，由是为益众。嗟乎！毛嫱、西施，色之美者也，鱼见之则潜渊；金镛、玉磬，韵之清者也，兽闻之则走圹。不才如予，固无足道。若夫砚北、南池、簪岩，以色论，毛嫱、西施之美也；以韵论金镛、玉磬之清也，是即予所谓历百余年、越千余里而始一生者，乃以区区之弥，已有此数人辉映其中，天殆欲以之宠弥，而为后起者导之先也，其于当世之非笑奚恤乎？甲午冬，予偕南池衬被走京师，比榜发，俱落孙山下，南池遂长啸而去。予则以趋庭蹉署。留滞山右、北平间。每遇四方知名士有一意气惊人者，必曰：庶其为我砚北、南池、簪岩乎？徐察之而蔑如也。有一文章动众者，亦必曰：庶其为我砚北、南池、簪岩乎？徐察之而仍蔑如也。然则世有苏眉山如三君者，其秦、晁、张、黄之伦欤？天盖不独以之宠弥，殆将以之宠滇矣；抑不独以之宠滇，且将以之宠天下矣。今年秋，簪岩以字来，纵横推宕，披诵一过，齿牙间飒飒生风，牍末嘱予序其近集。夫笔情鸿肆，议论卓越，予不逮砚北、南池远甚。顾必于万里外命予一言者，以予两人年相若，居相近，记自总角订交，晦明风雨，贫贱忻戚，无不互相慰勉，以故二十年如一日，是则予之所以重簪岩与簪岩之所以重予者，不徒在诗，而诗其一端也。予虽不足以序簪岩之诗，然非予终莫以序簪岩之诗矣。尝闻之，诗之道有二：一曰“根柢”，一曰“兴会”。“空山无人，水流花开”，“羚羊挂角，无迹可求”，兴会也。葩骚史汉，南华楞严，诸子百家，九经三传，根柢也。根柢本于学问，兴会关乎性情，二者皆不可强耳。簪岩以名公子拥万卷书，兴会根柢，殆已兼之，况迩来又得与砚北、南池日相研究，以较予海滨索处，其精进为何如耶？盖犹是毛嫱、西施之美，而簪岩之诗，如见其盼焉；犹是金镛、玉磬之清，而簪岩之诗如闻其乱焉。客适有过予者，曰：“簪岩诗大类明初四杰，子之交簪岩有素，曷不以初盛规之？”予曰：“嘻！如客言，是诚刻舟之见耳。不观夫河乎？发源星宿，绕昆仑，度积石，下龙门，泛滥于孟津，漾洄于淮泗，凡三万里而入海。又不观夫江乎？发源万山，经嶓岷，溯夔巫，一汇为洞庭，再汇为彭蠡，汪洋吴楚之际，亦一万余里而入海。吾固愿簪岩沿波溯流，以薪至于归墟，源即不同，而入海则无不同矣。窃怪世之硁硁唐宋者，方且创其说曰：'若者近李杜为正声，若者近苏黄为别调，若者近高岑为切响，若者近范陆为靡音。'别户分门，入主出奴，譬之蛮触氏斗于蜗角，几不知乾坤之大为何如也。如必以是求簪岩，簪岩亦或以是自求，岂所云'魁奇伟杰，克自树立之士'哉！"论甫毕，客悄然而遁。予遂从而次之，并呈砚北、南池，以为挥麈之一助云。

《雪园集》序

忆于南还日，宿马龙寓舍，晤博士元章。李君屡道雪园名，弗去口，且谓若有缓急，是大可倚。盖元享曾署剑湖学篆，故知之最深。予遂心仪之，不能忘，比屡任一再接见，视其意落落穆穆，而倜傥之气溢出侪辈。己酉新正，招饮其东楼，即竹亭序所谓明窗净椅，左琴右书者。时案上置董思翁墨帖，中夹《夜过沙口》七律一纸，音响谐畅，气体遒逸，随出全稿观之，并俾予一言，以为谈艺之助。予尝闻之筠心先生矣，诗不可无为而作；又尝闻之习庵先生矣，诗之中须有人在，诗之外须有事在。往客长安时，酒酣耳热，伸纸辄数百言，纵其间不少兴到语，然求其首尾完善，十无二三。故两先生历述往论以为训，用是归真返朴，一洗流宕之弊。兹已频易星霜，而予之诣未知果何似也。今观《雪园集》，各体俱备，脱口而出，即可成调。大抵得于性情者为多，而得于研究者或少靳。是殆与昔之予若有同病焉。遂不惮覆举两先生之勖予者，转以相告，要必于宗旨格律间，力追古人，以求是。使予重觐元章，手一册以傲之曰："子之知雪园，知其侠；予之知雪园，知其侠而更工于诗，则华山剑水之墟，雪园自可拔帜而兴矣。"

《石黄岩诗》序

诗有别才，非关学；诗有别趣，非关理。沧浪氏于辨学振兴之时代，创此说以窜后世之耳目，而人之有耳有目者，亦甘受其窜而奉为秘谛。吾不知舍学以求才，舍理以求趣，则其所谓"趣"与"才"者，果安在哉？性情，人所各具；书卷，人可同知；至于景物，则朝更而暮迁，步移而形换。惟涵养密，则躁者以静，薄者以敦；浸淫久，则窘者以裕，迷者以开；阅历广，领会工，则陈者以新，腐者以奇。予持是以考古，并以衡今，虽其间有合有不合，而硁硁之见，则至老未变也。丙辰春正月，过武遂，访苇塘明府，寒温甫毕，即出一册示予，曰："此邑明经石黄岩之所著，子试评之。"苇塘素善诗，且知予有诗癖，寒夜围炉，互相咏赏。古体佳于近体，五言较胜七言。大抵具排傲之才，而言皆有物；蕴淳古之趣，而语不离经。纵寄幽闲于毫素之中，仍露兀岸于宫商之外。予亟思见之，旋延致来署，高标逸气，盎然眉宇间，一望而知为有道君子。接谈食许，颇谓予为能悉其甘苦，而以序见委。予固喜苇塘之能得黄岩，而又喜予平日之论有合于黄岩之诗，则黄岩因以不孤，而予亦可庆拔茅之占矣。抑闻之黄岩，曰："某之先出自山左，犹记宋有鲁人石守道者，盖尝赋庆历圣德诗，黄岩岂其苗裔耶？方今圣天子在上，大礼告成，是殆千载一时之遭，黄岩果以吟讽风月之章，易而为鼓吹休明之作。予虽不克如庐陵翁之荐徂徕先生，窃愿于金马门前，杕杖杜之，伻以俟之。"若所谓"别趣""别才"者，予终不敢遽信为然也。

《习园藏稿》《鹗亭诗话》合序

西汉朱司农邑谓其子曰："我故为桐乡吏，其民爱我，死必葬我桐乡，后世子孙奉尝我，不如桐乡民。"及死，其子葬之桐乡西郭外。民果然共为邑起冢立祠，岁时祠祭不绝。东汉文范先生陈实既卒，大将军、河南尹、太守、刺史皆遣官吊祭，比县荀慈明、韩元长等五百余人，缌麻设位，哀以送之，合远近会葬，在千人以上。是虽两汉士风之古，民俗之淳，然亦两君者有以致之欤？夫官不以民为子而朘剥之，且鱼肉之，则其怀砖以报也固宜。至所谓师生者，此以利为网，彼即以利为饵，刺墨未燥，相视已觉漠然。德安余习园先生令滇太和，曾摄吾州篆，严而明，敏而决，时年未三十，人咸颂小余君，啧啧不去口。己未夏五月，予返棹浙东，谒先生于朗江书院，去其治吾州已四十余年，而款款问劳，尤以民生为亟。出示杂文数篇，予受而藏之，且索题《大树书屋图》。未及报命，而先生已谢宾客。江阴屠先生笏岩，亦与先生前后宦于滇，五校乡闱，予乃其初次首荐者。他如段大令琦、郭太守晋、李大令国章、钟司马人杰、李庶常钟璧、王进士藩、尹进士佩绅、谭大令震、杨比部本昌，皆知名士。先是，余先生亦尝作同考官，所录者则高大令凤翥、李大令敬跻、杨大令霆、卢教授錞,桑梓喜得人,群谓继此者,惟屠笏岩差堪颉颃云。余先生恳挚周至,相对如老经师,几忘曾官四品。屠先生则负不可一世之概,挥金如土,避俗如仇,然于今人中皆不能多见者。辛酉春夏间,予以选人赴吏部,屠先生适候补入都,饮酒赋诗,晨夕相往来。予出京十二日,而先生顿卒于客寓,遗爱云亡,老成凋谢,晨星零雨,愈用黯然。今年秋,适有丛书之役,爰取箧中所录《鄂亭诗话》并《习园藏稿》汇而合刻之。倘若使两先生亦如世俗之所为,必无文字可传,即有而予方且弃之矣,安肯梓之而序之如是其殷殷哉!予故于览朱、陈遗事而断之曰:然亦二君者,有以致之也。甲子小除后一日,滇西老灌夫师范谨撰于望江县署之学为圃处。

《归安严苕痴诗》序

予之许序苕痴诗也,屡经敦迫,重以牧山、默斋之诿诨,议之者以为懒,疑之者则以为慢,抑知予盖时时序之矣。时或结构已全,而捉笔如追隙驹,少纵焉,渺不可及。时或落纸数行或十数行,意兴偶违,职是之故,阅三年,迄未成篇。夫功名富贵,以及鲜衣美食,并一切声色玩好之物,天实主之而恒犯鬼神之忌,其难得固无足怪。文章,末节耳,况操之自我,乃亦尔尔,岂真有数焉存乎其间哉?苕痴以世家子,生山水清远之区,幼负俊才,频黜于有司,渡淮浮,济逾汶,仗策黄金台下,出榆关,跨大凌河,瞻兴京形胜,归寻九河故道,寄砚津门间作《海岱游》,俯南池,泛大明湖,皆有诗以泄其磊砢抑塞之气。酒酣耳热,虽斥以狂,苕痴则岸然而弗顾。今已五十有八,产早落,无室家妻孥之累,骨肉欢寡,一身孑然,乃不以予为穷,而于我乎是客。予有论述,代为雠校,必精必审。遇古今人集,手自抄摘,朝夕讽咏,左耳重听,与予同。予就之谈,辄莫逆于心。小停云馆中,簪裾骈至,兄事者仅三五人,而苕痴居其一。是见苕痴之人,即可以知苕痴之诗矣;而读苕痴之诗,更可以知苕痴之人矣。昔燕之少年,舍舆若马,刺船孟诸,自夸其艺之专而且熟。旁有匿笑者,越人也。越之人游秦,一宿而返,即向其逆旅,啧啧辨长安之衢巷,殆忘主人之尚为秦人也。予序苕痴之诗,何以异是?虽然,愿有进焉。文中子之言曰:"诗也者,上明三纲,下达五常,于是乎征存亡,辨得失。

小人歌之可以贡俗，君子赋之可以见志，圣人采之可以观变。小人姑无论，予与苕痴素奉教于君子，宜各贞其志以俟圣人之采，彼音调、神韵、格律，特诗之迹也，无足重。迟则三载而成之，仍在一食之顷。末节且然，而况于倍此者乎？况十倍于此者乎？慢与懒之说，苕痴固有以谅之矣。君家米山，亦住屋东，试于剪灯渝苕时，取予言其质之，并祈证之。石樵、海珊两先生之所作，未知有合否也。是为序。

《阳高澍园李君遗诗》序

丙辰、丁巳，予曾客大同。大同于前明号重镇，山川雄霸，风土高寒。至我朝，中外一家，虽野无烽堠之虞，人享耕牧之利，然偶访汉唐以来战争处，遗戈断镞，往往出自黄沙碧磷间，因得随其豪，臂鹰牵犬，纵猎白登台畔，看长城如带，巇嵘延袤，为悲慨者久之，兴到，辄呼二八琵琶妓三五辈，奏威武遗响，曼声清歌，则又乐而忘返。求所谓吟咏之士，未之或见，岂所重者在彼而不在此欤？辛酉，承乏望江，适阳高澍园李君官安庆卫守备。卫故属府，班次与望江相衔，每联步趋公，忽发冷语，听者无不解颐。壬戌夏，旱魃为灾，中丞公步祷龙神祠，司道以下咸集。时赤日当空，天无纤云，君曰："必得大龙山发一糊涂，方可望雨。今若此，祷亦何益？"又曰："功令断屠宰，而各署中日戕鸡鸭，未知几许，于鸡鸭何仇，于羊豕何恩？"其诙谐不羁，多类此。至谈及河渠漕运，抵掌雄辩，则凿凿可见之施行。屡索予《金华山樵集》，予漫与之，而犹不知其能诗也。乙丑，君遽以疾卒于皖。越三载，为戊辰之春，令子苙堂主簿缄其遗诗二册，就予点定，兼乞序言。黯然曰："此先人意也。"予披阅者数日，盖具苍莽磅礴之气，而命题措语，皆能自抒其性情，声律小有未谐，固落落焉不肯寄人篱下。呜呼！君抱跌宕之姿，而浮沉弁职三十余年，虽寿逾七旬，究系抑郁以终，只存此有韵之言，以略见其生平，而知之者又绝少，不诚可伤哉？遂为之择其合调者，乙其棘口者，序而付之。苙堂既悔识君之晚，且以见山川雄霸、风土高寒之地，何材蔑有？向者疏于搜揽，兼志予过于不忘云。

《程雪门近诗》序

程于休歙为著姓，自灵洗公以降，代有达人。至我朝则尤伙。以余所见如编修晋芳，所闻如侍御盛修，皆卓然一世者。雪门籍歙县，以业盐莢迁仪征，兹复侨寓怀宁。辛酉冬，予初长大雷池，其总事者谓予喜谈孔墨，乃移雪门于吉水镇。既数数见，偶以五七字相唱酬，夷然以清，遒然以俊，绝无时下龌龊陈腐之习。旋见难弟衡衫于皖，亦能诗，兼工篆隶，因得跋其母氏吴太安人《织余窗草》。一门风雅，实所罕觏。遂取太安人及雪门昆季之作，刊入芝言中。八年来，道义相交，缓急相倚，予负不合时宜之累，对君与衡衫，气辄平、心辄静，其人如此，则其诗可知。而雪门顾抑然善下，谬以予为老马，时来问途，且自谓幼习举子业，以出营甘旨，为他人作嫁衣，不克终其初志，悲惋恒露之颜。而又谓素好吟咏，而日牵于尘冗，心与手苦不相习，未审继此犹能有进否。予就其言而解之曰：“科名至馆选极矣，然挟玉堂金马之虚美，而置一家之温饱于度外，虽路人亦耻之。若诗之益与不益，要视其性情为何如耳。性情有诗，虽日坐尘市之中，而诗之旨在；性情无诗，纵日处山林之内，而诗之旨亡。自今以往，力保其夷然以清，遒然以俊之故我，而泽之以卷轴，深之以阅历，即追踪侍御、编修不难也。衡衫倘归自燕台，予尤得取其囊中游草，与雪门操笔而甲乙之。”

《王虞门明府遗诗》序

乾隆乙未春，予既游褚筠心夫子之门，时夫子甫以督学归自楚南，为言衡州王氏昆季叔侄尽能文，岁科皆列前茅，龙身虎气，实足以泄山川之奇。予心识之，弗忘。庚戌秋，访钱南园通副于昆明，南园亦曾督楚南学政。又道虞门昆季名如筠心先生。后虞门以癸丑成进士，作令来皖。予始晤之会垣，虞门谬以予为可谈，时与论诗文甘苦。予方请病谢客，落落焉不数往来也。旋闻其卒于青阳县署，莅任未及半载，老亲弱子，行李萧然，予恒悲之。戊辰夏，锦堂出其遗诗索序，予携归望江，以于役金陵，兼膺采薪之疾，半载犹未蒇事。锦堂致书敦促，予乃作而言曰：“今之诗有二弊焉：恃学者以考订为能，以浩博自喜，摭拾割裂，动辄百韵或数十韵，而于性情风格，弃而弗论。恃才者矫之，又以王、李之风格为风格，钟、谭之性情为性情，均有乖于温柔敦厚之旨，则其弊亦适相等。惟虞门意不悖于古，词耻同于人，沉郁兀傲之气，每跃跃纸墨间。弟欢娱之音与悲慨之响相继而作。楚人善怨，岂其风土使然欤？杜茶村谓：'吾楚山川之博大、险峻幽深，若九嶷、三湘、衡岳、洞庭，以至于德山、朗水、武陵、桃园诸胜，皆在湖以南。'然则虞门家祝融峰下，其云霞之变幻，林壑之葱蔚，金光瑶草之诡丽，屡见饫闻，无不可于诗乎泄之，宜其超然拔俗如是矣。"筠心、南园两先生之言，不益信而足征哉？锦堂名琦，益阳人，庚寅乡试，为孙文靖公、姚姬传先生所录士，现官安藩库厅。以同宗之故，不忍其泯泯于身后，捐廉付梓，其义尤有可感者，遂为序而归之。

《触怀吟》序

诗以道性情，无人不知，且无人不言之矣。然自人人知之，而性情之旨晦；人人言之，而性情之真愈淆。子孝臣忠，弟恭兄友，男女有别，朋友有信，此性情之正也。自一二浮薄者出，示其纷杂之学，济以偏僻之才，紫色蛙声，流毒艺苑。即有斤斤自守，期无悖于温柔敦厚者，非目之为迂，则笑以为腐。呜呼！三百篇以及汉、魏、唐、宋、元、明诸大家之所作，岂尽迂且腐哉？芷汀耻之，故其为诗，意必合于古，词必惬于心，清挺淡妙，仿佛中唐好手。既请病，常往来江上，客予小停云馆。馆中多集诗人，芷汀与之推敲扬榷，每一律就，如微云河汉、杨柳芙蓉之比者，往往不少，积什成卷，共若干首。今将舍予而归滇，登赤壁、泛洞庭，徘徊衡湘之野，驰骤黔筑之陬，即性抒情，我知其积卷成帙矣。自念以望六之年，守三寸冷铜，提弄随人，如鱼之中钩，如马之被绁。思于一二载中，破绁脱钩，访芷汀于滇水华山之侧，一笠一杖，倚修竹，临清流，则于性情正变之故。犹思为芷汀深述之，并告痴髯、望山、小东诸君子，定不以樵言为无根也。是为序。

《素人弟遗诗》后序

呜呼！吾何忍序吾弟之诗哉！序之而吾心悲；不序而吾之心愈悲。无已，试挥涕而质言之，以为弟之行状可，以为墓表亦可。弟名箴，先大人所命也，予字之曰素人。生乾隆己卯，少予八岁，于先父母为幼子。先母爱之，故甚骂。其在晋宁，与赵觉庄庶常，俱总角私习小诗。予见之，急匿诸袖。先大人方日授经书数百字，毫无宽假。庚寅秋，先大人以正选赴部。辛卯，用新例特简石碑场大使。是年之十二月，予奉母孺人由学廨回里，弟年已十三，予课之亦守先君之法。然资钝，复嗜睡，常提其耳跪墀中，必覆所读书无失，始令之起。越三载，《四书》《五经》《三传》以及各古文词俱成诵，而予以计偕入都，迨报罢，往侍先大人，乐享鹾署，弟则从彭司马南池游。南池为予尔汝交。辛丑上春官，予拉与同寓，叩以弟所学。南池云："才气固逊尊兄，清妙入理，似为过之。"予以告之先君，先君笑曰："恐未必尔。"而南池之对先君亦然，所寄制艺十许篇，实能吐弃一切，不落俗谛。癸卯，州府皆拔前茅。会院试，天大寒雨雪，搜检者喝去里衣，携砚返，顿绝进取志。日取予所藏历代诗集，钻研考证，究正变，审清浊。与苏砚北、龚簪崖两选贡互相提唱，二君交口称誉。予闻之，心弗善也。戊申，先大人既得请，予亦挑训剑川。甫抵家，先大人即使之司家务，不克办，经理仍累老人。乙卯五月，予列保荐，得引见。时苗匪弗靖，由蜀道入都，而先父母相继弃养。数年间，弟遂飧飧时缺，衣履不周。当先大人之在石碑也，岁寄二百金至。予宦剑川，虽冷曹，于岁底亦必措数十金与之。弟素不知治生，为无良者所惑，只坐食以至备历艰窘，而弟犹不悟也。己未七月，予还自浙东，田芜不理，老屋半颓。计先君所遗产，除其出典外，耕之尽足自存，乃至如是。予不获已，举债为之赎田修屋，备播种费，而次年庚申之正月，其室邹氏病殁，予又为之治棺购地谋葬，兼聘长媳。弟则袖手旁观，若视为非其事者。是秋，予仍请咨赴部，去家未一月，而予内人及子及子媳咸以疫卒。丘墓之寄，惟弟是责，而遽卒于甲子之七月，其长子亦随以逝。予自两先人见背，其苦有不可以言尽者。甲子春，弟欲来省予，予止以书。迄今思之，悔不令其竟来，以遂风雨对床之约，且获与小停云馆中诸君子分题斗韵，俾著其所长，是则予之过也。弟性讷，有所欲言，辄以诗达之，虽妙于辨论者无以过。能饮酒，爱鼓琴，与所知晤，或语或不语，可彻夜坐。无事则拥被卧三二日然后起。至戚友处，非促之归，不自言归也。先君当赐以麻、栗、豹、大桂，予亦畀以貂帽一。时方七月，即服之，大为观者所诟。予虑其伤暑，且致哂焉，徐曰：兄不闻古有六月被裘者乎？弟即是也。其不可测，又复乃尔。为诗几二千首，丙辰后作，予不复观。此皆旧稿。将入都之前数日，命侍人同亡儿《鸿洲集》抄录二册，置簏中。五言古大有韦、柳风致，余亦清远，不愧诗人之诗，予实不逮，江阴屠笏崖先生、滁州张竹轩明经、怀宁潘兰如文学皆以为可传，因校而梓之。呜呼！吾弟吾父与吾不仅愿其能诗，而竟仅以能诗终也。

《钱南园遗诗》跋

呜呼！此侍御钱南园先生之遗诗也。戊子秋七月，金坛于学使按云武，以月中桂树赋试十四，属之应经古者录先生冠其曹。闻予拟作，索视之，惊曰："月与桂不作两橛，余作不逮子，不逮子。"并赏予"江湖共秋水，城郭半斜阳"之句，以为不愧古人。自是或数岁一见，或隔岁一见，或一岁三二见，见必以诗相质，所唱和不下百篇，今尚有存者。乙未，既任检讨，馆徐太史镜秋家，距城南廿余里。每出必以寅粗缯徒步诣余邸，打门呼早餐后辈之请见者，或来相就。间宿周少廷尉听雨楼，绝不他往，率以为常。余过近□亭，亦必历数晨夕始放归。一日者，秋声在树，黄叶打窗，忽把盏谓余曰："山水友朋，人生至乐。点苍、鸡足、九鼎，名震寰宇，一筇一屐，傥结禽向，缘子其我偕矣。"余诺之，并述其胜为神飞者移时，是盖辛丑九月也。后入柏府上对事，历通副连督湖南学政，不见者岁八稔。庚戌七报罢，冒暑还滇，卧疾省。垣先生方以内艰家居，数视余，审寒热，节饥饱，或亲为煮药，所患乃泄泻，而旅舍湫隘，秽及床褥不以为嫌。病少愈，起谢之，留余饮，且曰："石宝、玉龙，亦大好山水，明春花开时苜蓿盘前，请留一弓地，置我卧具。"余曰："级虽镌上，知公深，必向用，何顿作林壑想？"笑而不答。余抵剑未三月，而太翁讣至，所期竟中止。遗书曰："吾亲逮养，吾以身奉吾亲；吾亲既弃养，吾其以身许吾君矣。"登临朋酒之乐，俟之异日可耳。服甫阕，衬被走京师，铨所降官，除户部主事。引见日，纯皇帝再四垂询，温霁逾格晋员外郎，未赴，擢湖广道御史。以劾军机大臣私宿外寓，致有宣泄，上是之，严饬柄政者皆免冠谢，即命稽查军机处。早入宴出，备形劳瘁。适扈跸返自热河，遂于乙卯之八月十九日卒于位。予会以保荐送部，投牒后，哭柩景忠庵，旋喑虦孤。嘉榴搜败篦，得手订诗一册，约数十首。嗣于山西朱蔚亭所选《国朝诗钞》中，又得三十余首。辛酉，候补入都，谒法学士，手授庙市所购，亦得数十余首。删其繁复，编为二卷，付之剞劂，俾质当世。予两人交逾三十载，以诗始者，兹复以诗终之。第以先生才之卓、识之明、守之定，使至今日，当更有建白。乃年未周甲，遽赍志以没，徒以是零笺断简，令后死者抱残补阙，兢兢焉惟恐失坠，斯亦可悲也已。虽然，直言敢谏，其风采在朝廷；振拔孤寒，其精神在学校；孝于亲，友于弟，其仪式在乡党；言必信，行必果，其意气在交游。即无诗已堪不朽，而况诗之所存者，布帛菽粟之味，运以苍古雄直之思，亦适如其人而不忝乎？余则以忧患余生，白头作令，握三寸铜，缚三尺法，俯仰踢躇，毫无树立。回忆黄金台下，剪灯坐雨，所讲求者何事？所期望者何等？而今只若此《九原》可作，当亦哑然其窃笑也。校刊既竣，识之卷尾，蔚亭已矣，寄呈时帆先生，必有相喻于语言之外者。谨跋。

孙髯翁《输捐地丁谢表》书后

髯字髯翁，陕西三原人。其父以武职宦滇，遂家焉。翁生而颖异，喜习诗、古文，名重一时，顾不肯应试。广宁张东阁为制帅，示意于徐南冈太守、孙潜村山长连促之，皆辞。自号万树梅园大布衣。蹢史执经，扬风扢[一]雅。鹤峰李中丞、昆浦钱少司马、南村孙大令，以及唐药洲、杨梦舫、施竹田，咸与酬唱，每出游，必以书自随，累累盈路，观者无不指为孙先生行厨也。久之，产中落，寄寓圆通寺之咒蛟台，更号蛟台老人。卜《易》为活，然求百钱不可得，恒数日断炊烟。戊子秋，予见其门联，心异之，抠衣入谒，白须古貌，兀坐藜床上，如松阴独鹤。互相问询，乃以诗请。拍案敷陈，目光炯炯射人。自是时，携饼饵与谈，辄至暮始返。越三载，其子旧贾广西州，势少振，翁往，未至而卒，著作丧失无存。翁常辑滇诗，已得数册，其寓蛟台日，所访零章断句，粘之壁间，不下数百条，弇鄙如予，亦蒙采录，今已无从购觅矣。中岁客大理，作《竹枝词》云："龙王不下裁秧雨，躲在苍山晌日头"，后辈引为口实。然考是时，太守王公懒不治事，故以此讽之。能手动笔，句无泛设，岂可轻议哉。此表汪耦塘评其筋节分明，大气流转，实为定论。若获睹其散体，不知作何欣赏也。翁曾修《云南县志》，纪、表、传皆出一手。闻稿藏雷氏，曾向予诵《杨节妇传》，音调琅琅，迄今犹觉在耳。归里日，当访面诠次之。

【校记】

〔一〕扢：原为"纻"，按句义当为"扢"。

书亡儿道南《鸿洲剩草》

往阅《曝书亭集》《钝翁汇稿》至《篝园渔笛》诸遗诗，盖尝叹竹垞、尧峰两先生所遭之苦，而并惜伯子与昆田之未尽其才也。亡儿道南年廿八，溘然以逝，较汪、朱尤速，夫西河丧明，惑矣，然与卿似有瓜葛，则又何说焉？过情非以保身，不及情亦非所以训俗，予唯委心任化，安之已耳。道南之生也为长孙，体素清羸，先父母极为钟爱，虽勉令就塾，时作时辍。辛亥，予摄太和学篆，谕令来署，旋携往剑川，课以制艺，伸纸数百言或千言，毫无场屋矩式，少持之，转生厌薄。而性独好诗，摇膝支颐，能癖乃翁之所癖，兼肆于琴酒，严为呵叱，不日狂态复萌。友朋中争诵其诗，余亦心喜之，故不置一辞，尤冀其以攻诗者移而攻文，庶邀微名，借博堂上欢。是时云壑殿撰、碧畦检讨先后督滇学，皆善予查号，辄询其卷，余以未能应试对。碧畦先生曰："吾辈子弟宁至大不通，入泮后心境一开，便有进境。"予述此语，且促之执意不出，甘以顽钝请。窥其意，若不肯以声气青其衿者，先大人闻之亦喜，遂以授室遣还里门，并令侍先父母起居。乙卯，予引见北上，叠遭闵凶，己未秋始归。于修祠治墓之暇，索其诗观之，已厚二寸许，偶为点定推敲，至是已于帖括无望矣。将入都之前数日，即其成句者，命仆人摘录一册；乃抵省未一月，竟以疫疾随妇殉其母，死于家，老泪横流，不忍取视。笏碧师见之极为赞赏，而滁州张竹轩尤其醉心。壬戌夏，皖桐铁禅氏录而手校之，以附刊于《朝天集》选入后集之末。呜呼！予以薄祜之身，奔驰南北，先父母大变，昧含敛启，手足道南，能以孙代子，补予所不及，予之罪得以少宽。即令其目不知书，予方感且愧之。况是詹詹者，孤冷之中具有性情，大人君子倘加采择，夭以人者寿以诗，斯又不幸中之幸矣。独惜余宦海飘蓬，顾影生悲，未审席儿、荫儿亦能如其父克终其祖之事焉否也？抚卷捉笔，不禁泣然。嘉庆壬戌立秋后八日，二余堂老人手书于雷池官舍之江山一览楼。

赠襄阳县吕堰分司钱芷汀序

士苟受一命之职，皆可利人而济物。先王设官之意盖如此，而不肖者常失之。我国家承平百余年，井井良法，半成具文。仓储所以养民也，采买、平粜、出借，皆法之善者，乃一采买而加派议折矣，一平粜而私为轻重矣，一出借而虚报花名册，吏役剥之于前，丁友浸之于后，而主其事者亦自图沾润，采买则富民受其祸；平粜、出借，则贫民不能受其福。学校所以教民也，优劣之法混而士无行，训课之法弛而士无业。龙钟老博士日与之争锱铢、较箪豆，而为牧为令者，方且恃豪衿刁监以鱼肉小民，即有自好之士，不过工制艺，习帖括，猎取科甲以为荣。教养之谓何？而皆失之。吾辈平居侈谈经济，无不曰"我得志当如何实其仓储也""当如何兴其学校也"。授之以政，始则茫然，继则墨然，终则寂然。求其故，庸众之弊二，而贤智亦居其一。庸众之言曰："我之处此，非可以长子孙也。振刷必以为喜功，廉洁必以为邀誉。仓储学校，事本甚重，然事愈重则习愈深。我唯守我之职斯已，何必鳃鳃而计之？"又曰："此盖有前乎我者矣。仓储、学校，非自我坏，我于职可告无忝。为之而成，无益于己；为之而不成，取讥于人。我非久此者，也留待后之能者递为之。"是皆不知教与养为职之最大者。若夫清静简默，浮沉俯仰，或纵情于诗酒，或托兴于山水，以无用为有用，以无功为有功，教者天自教之，养者天自养之，此则贤智之敝也。三弊全而法遂亡。予友钱芷汀负伉爽之才，秉高洁之性，以内馆议叙，于庚申春铨授吕堰分司，冬季抵任。时甫经教匪蹂躏，屋庐尽毁，流亡未归，官廨寄僧寮中，目击情形，劝捐详借，活失业男妇老弱数千口，麦熟后皆粒粒归款，此则于养之道有得矣。又体周礼乡塾遗意，于驿西北之兴隆寺拨僧田百亩，设义学一，驿南古刹复设学一，且为文以记之，此则于教之道有得矣。吕堰所辖八都耳，不以为越分，惟求尽乎己之心；不以为侵官，惟求合乎人之心。盖当饱暖之余，而后责以仁让，借诗书之泽，可渐化其凶残，推而及之一邑一郡，以至于天下，皆可也。予亦待罪望江，庸众之说不敢存，而贤智之过，力求必免。乃困之以征比，繁之以文告，眩之以词讼，疲之以应接。视篆后，进邑诸生，示以立身行己之道，器识为先，而文艺居后。间有解者，奈书院所入不足备师生脩脯，拟拨沿江芦洲以充之，年可得六百缗。屡经禀请，俱为有力者所据。县仓额贮谷二万二千余石，不惟无谷，且无仓，不惟无仓，且无址。议于去冬陆续筹补，忽遭荒旱，亟为之报灾请赈。大府初持之，予对之曰："捏灾不敢，讳灾尤所不敢。"局甫定，而运米之檄已下，未知吾士吾民近日作何情状，以视芷汀，见之而必行，行之而必就，予淫淫焉背有愧汗矣。呜呼！教养之法得，而天下有淳风；教养之法失，而天下多莠民，三代迄今不易也。癸亥新正，再晤于襄阳舟次，书此赠之。绘事之工、分隶之古皆不论，论其大者奉法而不失其职，愿守之以无倦而不自满假，然则芷汀其不朽也哉。

告言送人凤回滇并示族众

嘉庆乙丑正六月，侄孙人凤与予妹婿石君秋坪，挟予孤孙席至望。次年之秋，石君言归，而人凤之念归尤炽，予谓其不远六千里而来，思有所以益之者。江山一览楼积书万卷，小停云馆往还多海内英隽，苟知求益，益即在是矣。兹既两阅寒暑，于十一月之十六日买舟就道。予进而告之曰：予与尔祖乃同高祖之兄弟耳。高祖生三子，长乏嗣，次为尔祖之曾祖，予之曾祖为三。予曾祖生予祖，予祖生予父，均鲜叔伯。予兄弟乃三人，兄朴人与弟素人皆没，各遗一孤，而予子鸿洲亦夭，遗孤即席。尔祖之曾祖生子二，尔祖之祖堂兄弟四，尔祖之父合从堂兄弟共七，尔祖合再从堂兄弟共十二人，至尔父合三从堂兄弟共十三，尔合四从堂兄弟亦仅十二，而今所存者，惟致父子及汝伯侄。即大村之毙于疫者，亦不可以数计。门祚之衰，至此已极。顾剥者复之机，否者泰之机，惟人心能持而□之，其要则本于治身。身治而后可以型家，家型而后可以荫族，治者盖有惩忿窒欲之功焉，型者盖有外雍内肃之规焉，荫者盖有并包兼济之量焉。予始祖自晋籍滇，逮予十三世，尔则十五世，族行之最卑者已十七世。自十七世而上溯之，皆众子孙之宗祖；自十七世而下推之，皆一宗祖之子孙；行与族中之知书明理者，互相抽绎，分虽有亲疏，谊实无厚薄。且尔不见夫造屋者乎？层楼抉汉，广厦连云，其所荫固可千百人。村舍邮亭，数椽以蔽风雨，一席以安枕箪，其为荫虽小，而所以荫者亦无殊也。若夫荆棘之丛，蓬蒿之径，人且望而却步矣。荫云乎哉？荫云乎哉？予不日归老北楼，序昭穆之仪，敦礼让之节，尤冀雨等之相助为理。江皋木落，楚塞天长，予之心随尔俱西，赀尔者愧甚。微然清苦之状，汝已目睹，则一言之告，似逾百朋之锡。勉蹈之，切勿辱乃翁，勖老灌夫。范手书。

《张母王太夫人七秩大庆》序

我皇上御极之六年，亲举察典，今济南郡伯滇洲先生，由比部员外郎列名一等，旋随铅山大司寇恤灾畿辅，差竣称旨，擢郎中。次年春，简守沂州，召对乾清宫，备蒙温谕。既履任，以书抵范曰："予之滞公车者已十载，成进士备员秋曹者又七载。今幸典郡，先大夫暨周太恭人早即世，乌私之养俱已缺如，而生母王太恭人万里家居，虽侍奉有人，予之心时觉弗宁。"拟迎迓来署，就设帨之辰，跪献命服，以彰君宠，以娱亲心。太恭人素知子能古文，无夸，夸则浮，无华，华则俗。尚其为我质言之。范捧书环走，汗愧弥日。夫滇洲以通达才寄股肱之任，欲得当宁名公钜卿，文固自易易，乃独惓惓于布衣之交，薄劣如范者而谋之，其谊诚可感矣。因记丁亥、戊子间，于先君学舍，屡奉太翁星澜先生颜色。滇洲甫舞勺，已英英露头角，太翁数摩其顶，谓先君曰："是予老年子，其生母教之严，予故令其随嫡母同依予署，而留其生母于家，俾治诸务。"且历述太恭人勤劳甚悉，范已心志之。庚申秋，随觉庄庶常晋谒滇邸，坐初定，即询滇洲近状。曰："平反能无出入否？交游能尽贤豪否？事上接下果能不失礼节否？"继则曰："汝二人皆友吾子，当劝其善，攻其不善，无徒以酒食征逐为也。"范闻之，悚然起敬，益信太翁三十年前之言为不爽，以较隽不疑之母，何多让焉。弟寿文非古，女寿文尤非古，惟归熙甫及昭代诸名家集多有之。滇洲治琅琊为鲁地，爰阐闷宫之旨，所谓鲁侯燕喜者，为太恭人祝。未及寄呈，而滇洲调济南，范亦以督连军需前往襄郧，去年八月方得回任。而太恭人于今岁仲春之十九日适满七秩，遂复拜手而毕。其词曰："滇处宇内，居西南，卦位属坤，凡伟人杰士之笃生者，得母气惟独厚，如荔村廉使、南园侍御暨吾邑海门督学、阆仙学士皆是也。而惟太恭人之于滇洲为尤合。"《易》象曰："地势坤，君子以厚德载物。"当太恭人之以二室归太封翁也，载五十，甘苦尽尝，柔顺之性，持以直方之气，至今日含弘光大，品物咸亨，而坤德全矣。故明坤之体曰："行地无疆，言才也。"而推坤之用曰："应地无疆，即言寿也。"盖负代终之才，以顺承乎天，此安贞之所以吉也。安而贞，寿孰有大于此者乎？曩于沂州则思为说诗，兹于济南，则为之陈易。滇洲其于是文庄诵于太恭人之前，知必辗然南顾曰："是子也，不肯以世俗之言谀我，则与汝之交情可见矣。"他日者，倘如海丰杨太宰故事，则当太恭人一百有一龄之时，范不敏，犹能考《春秋》之例以纪之。谨序。

苏砚北四文寿言

朋友于五伦居其一。范幼奉庭训，即知择晋善亲。贤宁则友王雪庐綍，昆明则友钱南园沣。梓里间初识彭竹林蓍于庚寅，继识吾砚翁于辛卯，至簪岩龚君锡瑞，则总角交也。旋因翁又得交太和王子静、绍仁杨裕如履宽、宾川杨逢其源、同郡许德章宪、保山袁亮寅文揆，要皆同时之英，文字退逐，号称极盛。虽然，交道亦有难以一概言者。丹鸡白犬之盟，口血未滕，而乘机下石矣。贵贱异势，贫富异境，而车笠之谊漠然矣。争名攘利，面是背非，而互相倾轧矣。《绝交论》《广绝交论》，千古有同叹焉。范与翁别，自甲午后，或晤于都门，或于会垣，或于建宁城，或于武邑，多不及半载，少则数日，辄分袂而去，升沉荣落，如飘风，如浮云之过眼者，不知凡几，而翁已登七十又逾其四，范亦五十有九，回忆三十年前，教学相长，襟裾相接，尚历历如昨日。乃范则牵于宦，翁则逃于酒。夫翁以俊朗鸿丽之才，不克见之设施，而伏处山林，索解人更不易得，宜借杯杓以消其抑塞之气，毋足怪也。非是，翁岂困于酒者哉！弟尝闻之，漆园吏曰："道与之貌，天与之形，无以好恶内伤其身。"蓬大夫曰："彼且为婴儿，亦与之为婴儿；彼且为町畦，亦与之为町畦。养生涉世之术，莫备于此。愿翁节取之以自葆其真。"子静现已告退，寿七十七；德章尚讲学飞来寺，寿八十；亮寅秉铎洱阳，寿六十。远逾百里，近才数十里。范得脱然请老，思合七十五之菁园，老丈七十之谷太，心伤香山洛社之遗事，故于小阮晓园之归也，先书此以将其意。花朝后十日，当向江山一览楼，有搚不律左把金叵罗，令苏台娇娃三五人，吹洞箫，击琅璈，望彩云深处，重谱《鹤南飞》之曲以寿之。翁读至此，得无莞然而一笑，且复悄然而径醉也乎？

永禁以婿作子约

世俗之悖礼者，莫甚于以婿作子矣。视婿犹子可，以婿作子断不可。今有人于此，试从而谓之曰：子何不以子为婿？强者怒以刃，弱者亦怒以拳，抑知婿可为子，女必不可为媳。夫既于其女之夫而子之，又于其子之妻而女之，且门以内之呼其妻为姊、为妹者，又呼其姊妹之夫为弟、为兄，扪心自问，有不哑然窃笑也哉！《例》载："同姓为婚，杖八十。士夫家有犯之者，每遇庆典，辄以李为季，以杨为羊、张为章，以陈为成，以王为黄，方准详咨。"呜呼！邀一命之荣，使其母其妻不能自全其姓，此又孝子仁人之所痛心也。而况异姓乱宗，律为倍重乎？昔孔子射于矍相之圃，观者如堵，遂使子路扬言曰："败军之将，亡国之大夫，及凡为人后者，俱不得与。"解者谓败军之将不武，亡国之大夫不智，为人后者无耻。但古人曾以身非赘婿为一幸，此盖迫于孤寒，否则牵于事故；以云无耻，似属太过。或所谓为人后者，殆后世之干儿义子耳。然尝读范文正公《义田记》，有云："本族之以他姓为嗣者，不得食此；本族之出嗣他姓而复归者，亦不得食。"此人虽愚，不知有文正公，当知有孔子；即不知有孔子，当遵国宪。顾其端多开自妇人，徇一时之情，流数世之毒。请与族众约，有子者无论矣，苟无子，求之亲支；亲支乏人，求之旁支。违者除其籍。于谱守而无悖，则保世滋大，此乃其最要焉。

上姚梦谷先生书

范白

梦谷先生阁下：

范负性椎鲁，家邻西鄙，虽早承庭训，少知自爱，乃困之以帖括，复疲之以舟车，旧学遗忘，毫无本末。昔尝住都城者十有余载，窃见诸巨公手持文柄，震慑一世，非不工于立言，考其行率多不合，或迂僻为古，诡诞为博，范窃心非之，于是显者之庭，落落然无范之迹，即通门旧好，亦不过旅进旅退而已。惟于南园侍御处，得闻阁下高风亮节，自以为祥麟威凤，生既并世，而不获一见，心钦钦然若有所失。流湿就燥，或亦水火之性则然！戊申还滇，先君子尝召范而谓之曰："我没，必求有言有德之文以铭我，无拘戚谊，无艳官阶。若所见迂僻为古，诡诞为博者，皆非我愿。无已，则东注可。"东注为南园字。先君司教晋宁，昆明乃旁邑，数以所业质，极奖之，故每呼其字如诸生时。范当日默不敢对，私念得他文不可知，若南园文亦甚易易。乃先君之卒，反后于南园两月。范自奉讳回乡营葬，植碑修祠，而志墓之典缺如。去冬承乏望江，闻阁下主讲钟山，拟以谒制军之便，泥首崇阶，借偿夙愿。偶遇周午塘，言之，午塘曰："先生已移席敬敷，子犹不知耶？"倾听之余，欣跃弥日，斋心洁貌，蓦然投刺，遂游霁宇，如坐春风。退而念先君子寿跻大耋，登仕版廿余载，著有政声，于法已得铭，且范亦非欲以文谀其亲者，据实陈情，先生必怜而许之。遂不揣冒昧，持状叩谒，果欣然命笔，并为手书入石。夫不得之于南园，今乃得之于南园之师。又即先君子之所谓有德有言者，范可告无罪于九原矣！鞅掌下吏，一晋省垣，率多不怿，范则以得见先生为幸。他务苟绕，皆所弗恤。楚米之役，先期趋别先生，谓范差竣回皖，先生已归龙眠，相晤必于明春。执手相送，情致拳拳。孰料先生来皖，而范犹滞楚，岁序之迁流，人事之变幻有如此。范自抵鄂赴襄，足疾、耳疾相继并发，困卧舟中者七十余日。因病得闲，成古、近体诗二百余章，杂文数篇，已浼钧六世兄另缮清本，俟销差后面奉左右，不见南园，得见南园之友，当亦乐为教育也。五排廿四韵，先录寄呈。浅才弱笔，无赞扬高深，亦聊志向往之诚耳。临颖悚切，伏惟为道保练。不戬。范启。

寄袁十三苏亭书

别后八奉手书，俱际匆冗，言不尽意。汉皋困卧，忙可成闲，始得为知我者，少陈其概。严于疾恶而果于任事者，性之真也，非病也。急于为人而缓于谋己者，质之戆也，非病也。然而病矣，作令之难，习见之而尤蹈之，要有三说焉。廿载奔驰，积欠数千，虽西人之子，惟利是图，然自居忧后，旅次艰虞，亲朋莫恤，彼肯慨然相畀，若终负之。不信疏率之才，浮沉苜蓿盘中，故人推毂，而诸巨公递荐于朝，遂得觐天子，聆玉音。一旦自甘槁落，致孤引，拔不义，束发受书，先君子为解"致君泽民"之语，往复流连，若有厚期。幸值今皇上励精图治，既抱六尺之躯，不能投效毫末，不孝且不忠，职是之故，遂尔出山。否则以十四科之老孝廉，日与新进少隽，伺候于诞诞者之声音笑貌，何其不惮烦与？守篆十月，颇思振作，乃不以为迂，即以为拙，统而名之曰"不在行"。呜呼！今之所谓"在行"者，果在何行哉？苟且迁就，迎合揣摩，极其弊，于上为蠹，于下为贼。与其贼也宁拙，与其蠹也宁迂。强而从人，匪惟不敢，抑亦不能。盖范之严于疾恶果于任事也？非迂也，性也。而其急于为人，缓于谋己也，非拙也，质也。昔秦越人之弟，学医于其兄，诊脉结筋，炼精易形，挟其艺自周之楚，居郢中三年，无有过问者。巫从潇湘来，鲜衣美食，侍者十许人，举国趋之若鹜。此巫也，取生人而死之，亦不悔；彼医也，即日取死人而生之，亦不顾。楚人信鬼而恶药，习俗所移，贤者不免。于是去而之齐，有名于时。长洲茂苑间有善讴者，虽车子秦青不能是过，羡长安之丽而往游焉。诸名部争迓之，闻其登场，观者满座，乃一举袂而哂者半，一发音而去者又半，大为主者所呵，妖淫之声，已中于人心。前有筝筑，后有竿篪，而欲以引商刻羽之调叫之，是惑也。遂弃其值而归，终其身不复言游。用则为燕之伶，不用则为楚之医，范皆有以处之矣。迩复聚书数千卷，间有秘本。百念灰冷，一经把诵，心辄火热，不减少时。旋自念杨升庵、王元美，蟠天际地，出鬼入神，不过博文苑传中寥寥数语，消磨岁月，可惧亦更可叹。然结习难除，聊以自娱，傥新累悦然。便拟请告，与吾兄周旋选事，则迂与拙之病，庶几其少瘳乎？近作一册，诗略后序一，通寄呈左右，试删之。阿郎想英英欲上矣。吾辈已过五旬，血气渐衰，节饮加餐，万勿以强自恃。黄鹤楼晤香海，文选楼晤芷汀，接谈数日，差快人意。滇中诸旧雨，恳以此书示之，俾悉鄙意。依风眷恋，路与心长，不宣。

覆张补裳二丈书

未晤者数月，此心飘然已堕北地之西矣。小春廿八日，冯刺史伻至，辱降手谕，并宠佳章，已若举某之性情遭际，曲为传摹。第渲染逾分，何其刻画无盐如是耶？捧读数过，不觉歌而忽哭，哭而又歌也。曩曾闻之吾丈曰"滇之诗，当以某为第一，不惟滇之诗即宦于滇者之诗，亦必以某为第一。"夫滇固少诗，然现在如苏砚北、袁痴聱、罗琴山、龚南楼、文望山、赵觉庄、沙雪湖、严匡山，皆矫矫不群，十倍于某。至宦滇者之诗，则萃十五国之英才，周旋一省，无不人握灵蛇之珠，户抱昆山之玉，况笏崖、默斋两先生已如双峰之并峙乎？倘此说一出，恐滇之人必甘心于某，而宦于滇之人必不忘情于丈也。故尔时舌挢污下，不敢置一词以对，乃吾丈拳拳之意，终以某为可教，而不肯鄙夷之。一则见于代题小照之作，再则见于辱和悼马之篇，三则见于前日所寄之七古。某果何修而得此于吾丈耶？犹记垂髫后即好为诗，要皆率其意所欲出，凡所谓宗旨、格律、神韵，皆未之办。迨交游日广，阅历日深，则独醉心于饴山老人之说。饴山曰：诗之中必有人在，诗之外须有事在。若果从此用力，则举阮翁之所谓典则谐远，愚山之所谓一本一石，俱从平地做起，与杜茶村之所谓闻道，皆可以是概之。大集之作者，声情绵渺，韵致萧爽，于贵乡中绝似西崖、樊榭，近则堪与谷人、太史颉颃，而丰骨犹为疏峭。然使局外闻之，必谓吾两人交相誉，且交相诮矣。抑知吾两人岂交相诮，亦岂交相誉者哉？盖交相励，遂交相惜耳。井署近况，纤悉皆知大抵吾辈自堕地后即具慧业，则庸庸之福断难坐享。以古较今，往往而是。惟当听其自然，无多作安排，致为造化老子所颠倒。某近有诗云"畏谗甘守日，敲句苦拈须"云云，又云"刻舟枉求剑，卖椟易还珠"云云。亦可以知某之所处矣。叶榆草尊斋定有副本，恳即借存敝箧，使得与苍山洱水共此灵长也。山峤多寒，诸惟珍摄。某启。

新建北楼记

北楼者，以其对乎南楼也。南楼配寺，北楼配祠，登玉阁以临之，祠与寺互相为配。己未秋八月既望，予方归自墓次，仍寄榻于南楼。楼之下左右凳各一，杂以数椅，中设煤炉。族之人虑予岑寂，迭相过从，且叩予五年来所游何地，所遇何人，所营何业，坐者、立者、倚而箕踞者，必谈至丙夜，始散去。值北风初动，案上灯不时灭。或曰祠之北建一楼即无此，兼良于风水。予亦漫应之。德望帝锡、帝宠尽意怂恿，而帝宠以墙外隙地，现经种秧者，约二分许，慨然捐入。予思二人同心，其利断金，况并予四人乎？遂于十月之廿四日鸠工破土。有难之者曰："此举诚善，然势疲而费繁，翁将何恃？"予曰："予现有谷三十许石，公租余值尚可八十缗。"难者又曰："翁方制龛与主，用恐不敷，似不能兼及一楼。"予曰："唯唯，否否。祠之坏，侵蚀而作践者当诛矣。中才之言曰：是非切己；贤智之言曰：留待后人。夫留待后人者，玩是非切己者私也，极私与玩之所积，几筵亦可草莱，栋宇亦可瓦砾。予必破此恶习，而为汝辈立之鹄焉。"于是搜绝产，剔浮羡，细若抽茧，严若治军，雷动风行，而复疏节润目以全之。既告竣，予之所垫者，不过百余金。落成之日，予得执爵而扬言曰："合众人之力而力不劳；合众人之财而财不匮。然必有人焉，坚其志、定其谋，而后功可大而基可久。"天下事不独此为然，而此乃其一端也。若夫楼之上，眺点苍，俯两河，烟树迷离，川原轩露，冬则南荣曝日，夏则北窗支枕，是在登者之自领矣。姑不记。庚申霜降日，荔扉师范晚起，书于吾亦爱吾庐。时楼外泉声活活，如坐雁荡小龙湫听瀑也。

重修草堂落成记

柳子曰："气烦则虑乱，视壅则志滞。"事盖有悦耳目而实关乎学问者，贤者知之，贤者未必尽知之也。壬辰春，荔扉就旧居之草堂址重加修整，取境于静，取观于旷，取径于曲，取式于俭。不施丹漆，不剪茅茨，无樽栌节棁之华，无启辟运掉之劳，而随势布理，铢恭咸当，思于暇日，啸咏其中，且作藏书所。匝二月，零工告竣，东南诸山与檐前互为迎拒，□□晦明风雨，无不豁然而献之座下。堂之前故有隙地，□□凿方池，引活水立湖石于上，夹以疏梅，环以修竹，架以茉莉，荫以芭蕉。凡花木之可喜者，略具十余种。翠烟无际，清风自生。鱼鸟忘情，都来亲人。神兴俱畅，如见其真。旋额其正楹，曰"端芝""纪芝"也。左曰"课竹处"，右曰"散花天"，寄意也。方是，举邑之贤者，皆谓荔扉负磊落才，况英年，不宜玩耳目，旷学问，耽田园，乐与隐者为伍。荔扉唯弗顾，盖不知荔扉之别有所欲，而秘不以告耳。其去陈而切朽，岂不欲黜邪而攻恶？其春恬而秋嬉，岂不欲佩实而衔华？其弄泉而临流，岂不欲激浊而扬清？其居高而望远，岂不欲乐善而进德？夫然，斯堂之成，为悦耳目计欤？抑不独为悦耳目计欤？其有资于学问者正深也。若夫嚣尘湫隘间，人心滞志乱虑也，亦已久矣，何足以言此事哉！

杨敬山孝廉画卷记

画者，艺之一端也，然其识必立乎笔墨之先，而其趣果超乎笔墨之外，则虽艺而亦可以觇道焉。敬山孝廉戊辰报罢，来游吴越，旋抵皖，予寓之江山一览楼，出其箧中画卷索题。首乃王太史子卿所作。太史丁卯典滇试，敬山其所得士，幅末，作自老友张景园，曾为敬山讲学，而又属乡里前辈，画皆山水。太史则清疏澄淡，不减倪元镇，而不言所抚。景园则细润明秀，言用营丘法，实类黄鹤山樵。夫胸中既有丘壑，仿古可，离古亦可，形似佳，神似愈佳。景园启君以春华，太史落君以秋实。试于云树冥濛、江山平远之际，触之目者会之心，则所得非仅在画也。景园归滇，不及闻明岁入都时以贤之，子卿先生当更有以益君矣。敬山勉乎哉！

缅事述略

明初，缅甸为八宣慰使之一，至莽瑞体吞并诸土司而始强。及万历十年，刘綎、邓子龙大破之，直抵阿瓦，自是贼稍敛。二十三年，巡抚陈用宾用暹罗间缅，由是缅复衰。迨至顺治十八年，莽猛自立，戕永明王君臣，自是不通中国者六七十年。雍正七年，与整卖构兵，求进贡而不果，盖百十年来，中国几不知有缅甸矣。

至乾隆十一年，而吴尚贤出。吴尚贤者，石屏州民也，家贫，走厂抵徼外之葫芦国。其酋长大山王蜂筑信任之，与开茂隆厂，厂大赢。厂例无尊卑，皆以兄弟称，一人主厂，次一人统众，次一人出兵。时尚贤为厂主，其第三人则黄耀祖也。厂既旺，聚众至数十万，一有警，则兄弟全出。尚贤身瘦小，然临阵辄[一]先，须虽少，皆擢起，见者无不惊走。厂徒多才力，数百斤炮可手挽而发之。凡在夷方开厂者，互相联络。有夷众憎某厂，欲攻之，而惮茂隆阻，用重币假道。尚贤阳许而阴告某厂，使备之。夷大败，回过茂隆，截之，无一脱者，所获不可胜计。众大欢，饮宴中酒，尚贤大哭不止。众惊请故，尚贤曰："吾与众兄弟忍饥寒开此厂，今一旦有此无妄财，怀父母妻子各思归，我一人能支乎？为蛮有矣。"于是诸人各被酒为豪举，尽探怀中所掠者，弃之渊。其操纵人皆类此。诸莽贼皆缅也，畏之甚，不敢侵。然尚贤为人阴贼庋深，黄耀祖心不善之，谓此非可久与处也，乃谋自脱。因请假徒往山猎，尚贤许之。乃以其徒入葫芦猎所，得禽，时以遗蜂筑。蜂筑不之虞也。一夜，遂破其国而有之。尚贤屡招其归不答。先是，尚贤之邻有某者，性忠实，曾为武弁，颇识字。曾以事章不能自存，往省尚贤。尚贤虽豪，然故厂徒，不识官府事，某因以进贡说之：可邀思得葫芦王。尚贤正无如黄耀祖何，闻若言，即心动。某因为东，介耿马土司罕世屏，献茂隆厂抽银课。时银之出不可思议，公私大充。当是时，群蛮最畏者，茂隆吴尚贤与贵家宫里雁。贵家者，故永明入缅所余种也。缅劫永明时，诸人分散驻沙州，蛮不之逐，谓水至尽漂矣。已而水至，州不没，蛮共神之。百余年生聚日盛，称"贵家"。兵力强，群蛮畏之。厂力弱不能支蛮者，丐请即往。时亦有敏家，大抵贵家之与也。宫里雁貌伟而怪，满面皆髯，每斗石矢不能及身，故为蛮所畏。时与缅酋隙，尚贤伺间入缅，欲和之，不听，因构缅与贵家战，不胜，乃说其酋莽哒喇以进贡假威重，可阴为己地，缅乃从所言。十六年进京，贡十象并诸物，究不能得葫芦扎付，怏怏曰："已禀辞大府西行矣。"忽追回，饿死之。尚贤死而厂徒散，群蛮自是轻汉人矣。时莽哒喇不道，十七年，敏家破阿瓦，走哒喇，入据其城。有瓮籍牙者，木疏之头人也。十八年九月，与贵家战，胜之，遂败敏家。十九年正月，哒喇为楞子所杀，瓮籍牙败得楞，自立于木疏。寻徙阿瓦，以力胁服诸土司，且击败波龙厂，走贵家，遂篡缅甸，莽氏绝。二十五年，瓮籍牙死，其子孟络嗣，与各部构兵如故。二十七年，宫里雁为所追，率其下谋内附，而孟连土司刁派春苟索之，宫里雁不受土司约束。会石牛厂周彦清相招，宫里雁乃置其妻曩占及男、妇千余人于孟连，而自赴厂。宫里雁既去，刁派春乃分散其人于各塞，而置曩占及二女于城中。曩占知入牢笼，语其人："但望城中火来接应耳。"已而派春索其畜产，即与之；索其次女，即与之；索其长女，即与之。乃索曩占，曩占怒，乘夜进其家，手刃三十余口，遂纵火。其徒见火光尽集，偕撒拉朵等奔孟养，遂归缅甸，而宫里雁实不知之也。永昌守杨重谷闻变，欲以宫里雁为功，乃佯好迓之。宫里雁将行，妾卜之不吉，劝毋往，不听，因泣而从之。至永昌，至省，不敢轻动也。狱已具，杀之于瓮城，妾亦死之，而缅祸自此起矣。滇人每言吴尚贤、宫里雁若在，岂有边祸？其说虽未必尽然，然足以见边地之情形，能保厂者即防边也。宫里雁与木邦相依倚，既死，木邦遂降缅扰边。明年，遂犯猛笼，杀土目。三十年，时犯九龙江，出入无忌，然不过小蠢动而已，未至攻塞围城也。而大员举动张皇，辄欲自往以罹祸机。三十一年三月，总督刘藻至于自杀。逮杨应琚至，事已靖矣。而听副将赵宏榜之说，生事邀功，至于新街败衄，边事无宁日矣。三十二年，杨应琚逮入都，而以承恩公明瑞代。九月，进兵分两路，明瑞由木邦进，额尔登额由老官屯进。明年正月，明瑞殁，以忠勇公经略。三十四年，经略至于师，缅人乞降，遂班师。

按：缅酋之先，于汉则有雍由调，于唐则有雍羌，前明则有雍罕，于今则有瓮籍牙。雍、瓮同音，其屡次差投缅文，每称相传一千七百余年，盖自汉和帝永元九年戊戌，雍由调受金印紫绶，以至于今乾隆庚戌，凡一千六百九十三年也。自明莽瑞体开疆蚕食，凡隶我边圉，如木邦、蛮暮、猛拱、猛养、猛蜜、景线、景迈、孟良及大小古喇等部落，虽叛服无常，无不摄其兵威，听其驱使，故知众建而少其力，为制边驭夷之要术也。缅地接近外国，西洋货物聚于漾共，闽、广皆通，火器皆西洋制法。用兵号令精严，胜则赏易甚厚，摩赐名号为官，负则杀无赦，于军前逃回者，将其家小全行抄杀。故有逃者，其家必令之出，无敢逃者。各头目无俸，随其贸易以取利，汉人亦不任用。其地有汉人街，则择汉人为街长。其性多疑，犬羊性也。所服一人，始终不变。总兵哈国兴，自林冈寨角胜，为所畏服，故每乞和，必求见哈国兴，得鲁□尤与之熟，蛮性如此。

论曰："予既纪缅略，此外尚有孙文靖公士毅《绥缅纪事》，予曾抄存而失之。"是举也，一坏于刁孟春、杨重谷之贪杀，再坏于刘总制、杨阁老之张皇，三坏于办理军粮之草索。明将军徒提孤军，饷运不继，进退两难。虽额尔登额果能如期，终难径抵阿瓦，不得已遂以身殉。忠勇公以经略莅事，精详审慎，士饱马腾，奈暑月进兵，雨阻瘴兴，有地利而无天时焉。然受款息师，边民受其赐矣。大抵缅穴于滇之西南，天则炎溽烦蒸，地则水土恶劣。粤为前门，滇乃后户，如必尽榛荆而披制之，粤以舟师捣其巢，滇以屯练夺其隘，约十七司各自为战，斯可矣。《爨龙颜碑》云"缅戎寇场"，是"缅"已见于刘宋。现今缅酋孟陨，奏改阿瓦王名号，薄缅弗居。瓮也，孟也，蒙也，音可相通，孟氏其亦蒙之末裔欤？按：樊绰《云南城镇志》，如镇西、越礼、银生、开南，接土番界，弥臣达波斯，邻小婆罗门诸部，必四五译乃通。大理所恃望苴子，即腾越之野人，倘抚而用之，实平缅劲旅云。

【校记】

[一] 辄：底本为"辙"，同音通假。

征安南纪略

安南于唐虞为南交，于周为越裳，汉唐五季皆属内地，至宋，遂与云南共弃之。明永乐初平安南，不久旋弃。乾隆戊申六月，其国乱，国主出亡，眷属及大臣内奔，投于粤西。粤抚孙公永清以闻，而粤督孙公士毅在潮闻讯，亦驰往南宁。上命滇与粤会讨，孙公总师，提镇以下皆受节制，而滇师为之声援。于是滇督富纲督师，舍于开化。时仓猝命下，但传安南乱，究不悉其乱之所自起。

适安南奔内之臣，有自粤西由开化返其国者，富公召而讯[一]之，乃具陈致乱之原委。其言曰："安南之乱，起于辅政。"旧有左右辅政，职如元帅。左辅政阮氏，右辅政郑氏，皆世官，而左辅政总理国事，权尤重。于郑氏为婚姻后，阮辅政年老子幼，临终以左辅政职事托其婿郑阿保代理，阿保□之，不念还。其妻阮氏，乃阮辅政长女，窥其意，乃密白国主黎王，谓吾弟已长，乞以辅政还其弟。时黎王偏向阿保，闻言怒，即将辅政事尽给阿保。自是止一辅政，无左右牵制，而出阿保之妻及其弟于广南顺瓦。弟即阮辅政之子也，居顺瓦，号为广南王。自此阮、郑两家世相仇，攻杀不休。

然广南顺瓦虽失辅政外迁，而按年进贡，纳献黎王二百余载矣。景兴王黎维端即位，其辅政者郑栋。景兴王疲软昏庸，不理国政，兵马钱粮归郑栋，即王印亦由收管，专权甚，有篡志。乾隆五十年，景兴王病，郑栋杀其世子，将立景兴王之弟翁皇司黎维谨，安南诸臣不服。郑栋内计：景兴王死，吾即代，然忌广南世仇，先灭之，可除后患。会广南王所属西山土酋阮岳、阮惠兄弟桀黠甚，郑栋诱与共灭广南王，即以其地界之。岳心衔郑栋，然乘此机得两获。阳白广南王请领兵讨郑栋，中其所欲，即许之。广南王以兵与阮岳，即与郑栋合杀广南王，阖门皆灭，阮岳遂据广南。郑栋以其地在穷海，守为难，姑任之，独回黎京，时乾隆五十一年六月也。自此阮岳兄弟资广南，招兵马，益强盛，夺据富春，自立为泰德王。郑栋在黎京闻之，亦自立为郑靖王，两并抗景兴王，无如之何也。郑栋有二子，长郑宗，次郑干。栋独爱干，欲立之。会其病，乃属辉郡公黄廷琬辅干总理国事，号为郑都王。宗不服，纠[二]众攻都王。都王见势败，乃以位让郑宗，号为瑞南王。宗既立，欺主弄权益甚，众官无不怨。宗知众怒，恐干或与黄廷琬乘之为变，遂杀廷琬。有贡整者，廷琬所属也，怨郑宗杀其主，誓报仇，投往广南阮岳，谋诛郑宗。阮岳兄弟因其为郑氏家人，疑不肯用，后因其出力夺古城地，乃信之，遂兴兵往黎京，攻杀郑宗，灭其家。黎王见阮氏兄弟杀郑宗，除后患，大喜，念无酬功，留阮惠住黎，以女妻之。阮岳含怒，径回广南。五十二年七月，黎王薨，嗣孙黎维祁立，号称昭通王。阮惠在黎京，盗去象马金银等物，于八月中同妻回广南。昭通王闻之，即差贡整夺回象五十。阮惠至广南，又被阮岳夺其货物，由是兄弟不睦。阮惠别居富春，垒造城围，差其将节制。阮任领兵攻破黎京。贡整战死，昭通王奔山南。阮任遂据黎城，各镇于府州县，逃者逃，降者降。阮任遣其党分守要口，亦有篡志，而翁皇司黎维谨直降贼，受崇让公之封矣。五十三年，阮惠复领兵数万至黎京，佯言阮任欺王，斩之，而遣人请嗣君昭通王复位。王知其心怀叵测，不肯出，而黎京臣民亦不服，惠不敢居黎京，乃拆毁城内宫室庙宇砖石木料，搜刮妇女财物，由水路回富春，留三千人守黎京。安南有三十八府，五十六州，一百一十八县，降阮贼者甚多，惟有宣光、兴化未降。黎王眷属，自黎京失散，各往广西接壤，渡河求救于中国，其词如此。又粤府咨开安南国王嗣孙眷属随从夷目花名册云：阮氏玉素，系黎维祁之母也；阮氏玉瑞，系黎维祁之妻也，黎维诠，三岁，系黎维祁之子也。其有职男子六人，有位妇女六口，随仆童三十六名。其年十月二十七日，富公与提督乌大经以兵八十往。初，元时征安南，以万户李邦宪、刘世英领军开道，自永平入安南，每三十里立一寨，六十里置一驿，每一寨一驿屯军三百。然彼由广西起抵安南近，今云南距之远，乃设二十五台站，运粮四万石，运夫二万名，马二千匹，牛二千头；每台运夫四百名，兵丁二十名，马十匹。余夫余马，以备应接往来。设台自马白关起，至宣光镇止，共二十台，计程一千一百里。马白属开化，为内地，乃开化司马所治。出关二十里，至达号寨，有小河一道，名咒河，即交趾界矣。达号三十里，至都龙，有都龙铜厂。都龙五十里至箐口，崎岖险要，过溪四。箐口三十里，至南温河，过溪三，无村落。南温河四十里，至竹瓦房，过溪四，路崎岖。竹瓦房五十里，至清水河，路崎岖，过溪四、上坡四。清水河六十里，至安边，过溪六，不用吊桥，大坡一。安边过渡七十里，至富灵社，路险平不一，无村落。富灵社七十里，至洮油，崎岖平坦不一，无村落。洮油八十里至洮巧，崎岖险要，过溪二十二、石坡二、土坡三，无村落。洮巧八十里，至平衡，崎岖平坦不一，过溪四。平衡八十里，至廊岭，过溪四，无村落。廊岭八十里，至大蛮州，过贺良社。贺良社六十里，至贺良下畔，贺良下畔至福安县冗律八十里。冗律过大河，至雄异总上畔七十里，雄异总上畔至下畔七十里，异总下畔至宣光镇八十里，宣光镇至黎城尚有八日程，其地平坦，过渡溜河，与红毛国交口，大河二道。故自马白关至安边二百九十里，自安边至大蛮州四百五十里，自大蛮州至宣光三百六十里，总计一千一百里。先是，十月二十八日，督帅孙公率广西提督许世亨出镇南关，由谅山进。十一月十三日，败贼于寿昌江，十五日，抵市球，贼阻富良江，进攻之，贼大溃。二十日入黎京，定嗣孙维祁位。盖滇师进站时，而安南已平定矣，会有班师之令，明年正月二十一日撤台回滇。

按：滇师所以直进无阻者，由黄文通为之开路也。文通为黎氏臣，忠于黎氏。阮之乱，黎国人多叛从阮，文通独为黎氏守。会大兵南征，文通因为滇师开路千余里，师行衽席，粤师之覆，滇师独得振旅归，非黄文通之功乎？明嘉靖时，莫登庸乱黎，武文渊为黎守，事正与黄文通类。时汪文盛抚滇，调得之，且为请于朝，赐其父子一门冠带。文渊尽力进地图，自为向导以进兵，请滇出师屯莲花滩，以溃其腹心。于是登庸泥首听命，卒存黎民。赏行于粤，谋出于滇，岂非封疆大臣实心谋国之力乎？惜乎文通不遇汪公，不能如武文渊得以遂其存黎之志。黎亡而文通父子被诱见杀，全家尽覆。为中国宣力而莫之省忧，不亦哀乎？凡封疆有事，须稽考古来之前迹与近代之成案，谋乃出于万全。制驭蛮荒，乃得其胜算。莫盛而黎微，宜扶黎以分莫之势；厥后黎强而莫弱，又存莫不许其并吞。两存而俱利，即两敌而相防。蛮人之党既离，不得不各为我边守，以献媚效功。莫与黎之往事，前人既已行之，而今阮与黎又岂异乎？故制蛮之道，使两家互牵制，不使势归于一家。此皆在成案中，未有检而查之者耳。

【校记】

　　［一］讯：底本为"訊"，按句义应作"讯"。

　　［二］纠：原为"叫"，按句义应为"纠"。

师 箴

师箴，字法言，师范之弟，赵州人。乾隆间诸生。赋性旷达，诗酒自娱。

其生平事迹于李灵年、杨忠主编《清人别集总目》；（民国）龙云、卢汉修，周钟岳纂（民国）《新纂云南通志》卷七十六；张文勋主编《白族文学史》；寸丽香编著《白族人物简志》；陶应昌编著《云南历代各族作家》中有载。

著有《大树山堂诗钞》，清钞本，一册，云南省图书馆藏；《滇诗嗣音集》卷十四录其诗《雨后晚眺》1首。

诗

此次诗的点校，以（清）黄琮辑《滇诗嗣音集》（上海书店出版社《丛书集成续编》影印本）为底本，诗共计1首。

雨后晚眺

木落崖气枯，雨寒冬日短。萧萧劲风来，云开山自远。斜阳欲西堕，林间飞鸟返。径僻少行人，昏烟漠然晚。

师道南

师道南（1772～1800），字立夫，号鸿洲，师范之子，赵州人。性恬淡，不乐试事。因感染鼠疫，不幸去世，享年二十九岁。

其生平事迹于（清）袁文典、袁文揆辑《滇南诗略》卷二十一；李灵年、杨忠主编《清人别集总目》；张文勋主编《白族文学史》；李缵绪著《白族文学史略》；杨镜编著《大理古今诗人要事录》；陶应昌编著《云南历代各族作家》；张文勋主编《云南历代诗词选》中有载。

著有《鸿州天愚集》一卷；《鸿州天愚集》附其父师范《前后怀人集》之后，云南省图书馆藏。《滇南诗略》卷二十一录其诗《苍山》《鼠死行》《雨后出新铺》《上定西岭》《鹤顶寺晚坐》《雨后夜坐》《满贤林夜坐》《草铺不寐》《响水关》《鹦鹉关》10 首。

诗

此次诗的点校，以（清）袁文典、袁文揆辑《滇南诗略》（上海书店出版社《丛书集成续编》影印本）为底本，诗共计 10 首。

苍山

滇山无不奇，苍山奇称最。飞来鬼国间，长作蜿蜒势。雄吞百二关，翠压三百寺。缥缈十九峰，一峰一天地。更有十八溪，一溪一龙治。青天无片云，忽洒雨珠怪。长夏暑不生，时见雪花坠。影倒入洱河，蛟螭骇俱避。我本好山人，恨未峰峰至。何年身得暇，屐笻乃一试。去作苍山樵，日与神仙醉。

鼠死行

乾隆壬子癸丑以来，鹤庆宾川城乡民居，每见鼠向人跳，跳罢立死，人体遂生赤瘰子，或吐血痰，遘是疾者死且速，医药罔效，亦奇事也。既而赵州之白崖、弥渡皆然。道南甫作是诗，亦以是疾死哀哉。

东死鼠，西死鼠，人见死鼠如见虎。鼠死不几日，人死如圻堵。昼死人，莫问数，日色惨淡愁云护。三人行未十步多，忽死两人横截路。夜死人，不敢哭，疫鬼吐气灯摇绿。须臾风起灯忽无，人鬼尸棺暗同屋。乌啼不断，犬泣时闻。人含鬼色，鬼夺人神。白日逢人都是鬼，黄昏遇鬼反疑人。人死满地人烟倒，人骨渐被风吹老。田禾无人收，官租向谁考。我欲骑天龙，上天府，呼天公，乞天母，洒天浆，散天乳，酥透九原千丈土。地下人人都活归，黄泉化作回春雨。

惨极怪极，诗亦奇横之极。窃谓世人每自作孽，然何至二三州地，无限生灵均罹此毒，岂死者尽作孽之人，与彼赤子又何辜也？安得呼天一问之。

屠笏岩先生云：不作险语而鬼胆悉破，奇诡在玉川、长吉之上，然安知非识耶？张竹轩云：是地下修文，一腔热血语。曹扶谷云：事奇诗奇，读之觉不寒而栗。

雨后出新铺

新折一枝山杏花，醉辞酒店骑驴斜。天公手巧不惜墨，画出晴川涂暮鸦。我驴骑入画中去，垂鞭妙索画中句。驴蹄缓缓驴耳平，夕阳流水数峰青。别趣。

上定西岭

石路与天通，衣翻日影红。群山都在下，一马直盘空。密树藏春雨，轻岚散午风。建宁回首望，城郭彩云中。三四竟得十字句法。

鹤顶寺晚坐

钟定妙香彻，悬空坐息机。海霞明雁路，松日淡僧衣。暝色诸天落，秋声万壑归。无边风露里，数片湿萤飞。风趣不在唐人下。

雨后夜坐

渐觉烦喧息，开窗夜气幽。乱山新雨歇，深竹细泉流。暑退月弥白，诗清心已秋。灯残坐无寐，衣上一萤投。

满贤林夜坐

夜久钟鱼定，窥禅月在门。叶声平酒力，潭气肃诗魂。佛座腾惊鼠，僧炉守冻猿。一虫鸣不已，趺[一]坐悄无言。

【校记】

[一]趺：底本作"跌"，依句意改为"趺"。

草铺不寐

顽仆睡先着，客孤无所亲。叶惊时打户，萤倦欲依人。听雨眉攒缬，思家腹转轮。明朝如揽镜，应讶发成银。

响水关

滩恶不容舟，危桥挂铁钩。路盘生马劲，天逼断猿愁。足底晴雷滚，衣边白日浮。到关挥汗坐，嘘气作云流。通体遒警。

鹦鹉关

雨歇未黄昏，虹悬五色身。乱山藏曲径，深树骇行人。翠养岩成玉，苔攒石长鳞。不闻鹦鹉唤，樵响隔云频。写得出，却移在他处不得。

诸作皆经研练揣摹而出，不愧名父之子。然多孤峻语，适如其人生平，使得永其年，所就宁止此耶？牛化鳞识。

赵 懿

赵懿（1773～?），字善渊，赵廷玉、周馥长子，太和人。

其生平事迹于周宗麟等纂，张培爵等修（民国）《大理县志稿》；周锦国著《清代白族赵氏作家群作品评注》中有载。

著有《善渊诗钞》，已散佚。有《延江生集》十四卷，此集计《延江生诗集》十三卷，《词》一卷，民国六年成都穆川堂刻，中国国家图书馆藏。（民国）《大理县志稿》卷三十艺文部录其诗《中秋前三日偕赵一亭周鸿雪游崇圣寺》1首，卷三十一艺文部录其诗《题凤眼洞》《雨洗碑》2首。

诗

此次诗的点校，以周宗麟等纂，张培爵等修（民国）《大理县志稿》为底本，诗共计3首。

中秋前三日偕赵一亭周鸿雪游崇圣寺

闲来随地可消愁，云净天空放远眸。塔蹬玲珑穿夕照，钟声嘹亮下危楼。山僧有约偕行脚，古佛无言暗点头。我辈逍遥何所似，茫茫天地数沙鸥。

题凤眼洞

白云在下方，步到天低处。铁板桥虽通，须踏铁鞋度。

雨洗碑

不愧云轮得道神，残碑雨洗旧痕真。生生杀杀由天定，只恐文章误后人。

杨名飏

　　杨名飏（1773～1852），号崇峰，云龙石门人。嘉庆戊辰（1808）科举人，次年赴陕西供职，道光十年任延榆绥道，道光十一年升任陕西按察使，道光十四年任陕西布政使，同年九月任陕西巡抚，授资政大夫、兵部右侍郎兼都察院右副都御史（正二品），道光十七年九月解职还乡，一生政绩卓著。咸丰初卒于家，年七十九。

　　其生平事迹于（民国）龙云、卢汉修，周钟岳纂（民国）《新纂云南通志》卷七十三、卷一百九十八；（民国）秦光玉等辑《滇文丛录》作者小传；（雍正）《云龙州志》卷十；陶应昌编著《云南历代各族作家》中有载。

　　著有《关中集》，清道光刻本，云南省图书馆藏。

　　《滇文丛录》卷七录其文《移建略阳城议》《筹息谷以修社仓移社仓而建城内议》《养野蚕说》《纺野茧说》4篇，卷十九录其文《大中楼钟铭》《自砭语》2篇，卷三十三录其文《〈经书字音辨要〉序》《〈蚕桑简编〉序》《重修〈郿州志〉序》《重修〈延川县志〉序》《重修〈族谱〉序》《汉台后乐亭跋》6篇；卷四十五录其文《劝课蚕桑以厚民生示》《颁〈种洋芋法〉以厚民生谕》《劝民勿杀耕牛示》3篇，卷五十六录其文《与汉南同官书》1篇，卷六十九录其文《叔祖国文公行述》《杨太孺人墓铭》2篇，卷九十五录其文《重修陕西省城西岳庙记》《公桑蚕室记》《筹备陕省乡试卷金记》《朝邑县刘氏捐赀补修贡院记》《朝邑县刘氏捐增关中书院膏火记》《重建灞桥记》《新修佛坪厅桥梁道路记》《汉中乡会试卷金记》《汉南中梁两书院记》《新建彩云书院记》10篇。周宗麟等纂，张培爵等修（民国）《大理县志稿》录其文《杨母杨孺人墓铭》1篇。

文

此次文的点校，以（民国）秦光玉等辑《滇文丛录》（上海书店出版社《丛书集成续编》影印本）为底本，其中《杨太孺人墓铭》以周宗麟等纂，张培爵等修（民国）《大理县志稿》为校本，文共计28篇。

移建略阳城议

道光七年六月二十有八日夜，略阳大水，城垣倾圮。窃察受害之原。由于县城在象山之麓，自北而西，地势稍昂，东南两隅，低洼太甚，左有夹渠、八渡两河，右有白水、嘉陵两江，汇流城下，水口交关，壁立万仞，山形本属狭隘，水道又复迂回，是以不能排决顺轨，因而怀山襄陵，竟至倒流七八里之遥。水进五门，舟行城上，为建城以来未有之奇灾。盖缘近年老林开垦，洪水挟沙石而并流，宣泄有所不及，频岁被冲，害于湖[一]底。若不深谋远虑，非但国帑虚糜，且恐盈万生灵，难免不有时终填沟壑。不修石堤，固不足以护城。即使城堤兼修，而三面受敌，必难坚固。即使城堤坚固，而如此次之水势，东北两门甚至浮于女墙之上一丈有余，灾黎直于屋巅竞渡，尚幸水落之后，西墙甫倾，得以暂遏一隅，否则狂澜径倒，城其为沼矣。思患预防，不得不改弦而易辙也。计复旧城工在十万以外，而水害卒莫能除。不若择地而蹐，以作永图。惟境内寸步皆山，只城东三里许，凤山之半阜，后枕高冈，前朝文笔，止夹河一水环绕其下，无白水、嘉陵、八渡环攻之危。考诸志乘，即昔之文家坪，有明以前旧治在焉。可筑城三百一十丈，形势足据，捍卫堪资。各工约估六万三千余两，移建一切之需，较减修复旧城之费。而且地势凭陵，工程可期巩固。事关国计民生，不敢存因仍苟且之见，以致贻害将来。爰集官民，再三熟议，询谋佥同，不揣愚昧，谨为条陈。署藩宪林亲勘，转详护抚宪徐奏请移建，奉旨依议。

【校记】

[一] 湖：底本为"胡"，按句义当为"湖"。

筹息谷以修社仓移社仓而建城内议

汉南社谷，原分贮于四乡，自遭兵燹以来，半多被贼焚毁，亟应买补，以裕积储。窃意买谷必先修仓，建仓尤宜择地。郡属土非膏腴，概令捐修，民力既有不给，官力亦有不齐，是以阅三十年而未经补买完竣。修理社仓，例准动用息谷，今仓廒未建，先乏积储，从何出息？应令领银买谷，暂赁民房，官为捐廉，垫给租价，俟积有余息，除偿租外，用以建仓。如此营运，三五年之间，可期工费有资，毋致额粮久缺。在民不必畏劳，在官无庸赔累，此修仓经费所宜预筹也。至建仓于乡，原以便民出纳，法非不善。但察度汉南情形，有不得不于常经之内而寓通变之方者。乡村多近山林，地气潮湿，谷难久存，又以人烟疏落，保护维艰。嘉庆初年，贼窜南山，有识者，尚解焚廪以绝贼粮。无知者，竟至委仓而资寇食，迄今完全者十无一二。良田由僻壤荒陬，既无寨堡可以堵防，又乏丁男足以捍御。前车在鉴，后患宜思。其距城窎远之乡，往来借还，似有未便。然当青黄不接之时，方苦无门告贷，苟全一家之生命，何惮一日之微劳。且乡间多食杂粮，其价较贱于谷麦。在城变卖谷麦，还乡另买杂粮，既免负运之艰，兼饶饘粥之利。他日还仓，赴城买纳，道路虽遥，运脚可省，权其子母，不甚悬殊。即如常平出易出借，远乡之民，多半在城粜籴，领粮还仓，不闻因远而遂不来。况建仓于城，则百姓之防守不难，而有司之稽查亦易，岂可图一旦取携之便，而不为百年长久之谋？此建仓地基所宜慎择也。筹息谷以修社仓，移社仓而建城内，庶社仓可以次第兴修，而社谷不至终归于尽。惟是立法从无不弊，行法尤在得人。社仓为朱子美法，乃淳良善类。每虞赔累而推诿不前，不肖匪徒，又冀侵渔而钻营恐后，此正副社长之所以难其人也。道光四年，本省颁发社仓条款，既已详明，邻封办理社仓章程，亦有堪取者。因兼采访，酌定数条，开列于后。

计问

——建仓宜择地也。社仓本法，随乡建立。原以就近收放，为便于民，向来有在城者，有在乡者，各仍其旧。有未经建仓买谷之处，愿建于乡者，亦从其便。若烟户零星，人丁稀少，曾经被贼焚烧之处，难于防守。情愿移建于城者，亦听其便。

附川省升任蒋制宪《通饬章程》，社仓散处乡间，地方官稽查难周，兼之零星分贮，安所得许多公正社首经理？应查明现在城乡，及向在乡间，迁移于城内者，共有几处。其在近城者，地方官耳目甚近，易于稽查，如有情弊，可随时惩办。乡间稽查稍疏，弊难枚举，今欲绝其弊源，惟有将乡问社仓，或劝谕迁建城内，或归并一二处经管。则社首无须多人，可以遴选殷实公正者承充，责成稽查支收，就近禀明本官，无虞取怨乡里，仍不准书差约保经手，方为妥善。

——动缺社粮，应按原动社分买补也。请领银两，按原报动碾，以及被贼焚烧各社原有粮数，饬传该正副社长及里长人等当堂给领，由里长分散各花户，将某户应买粮若干，造册开单，交社正副，照数催收，统限三月买齐，报明地方官，裁旧仓所丈量，加结通报，违限不交，由地方官追比。

——征还社谷，宜加息也。《例》载出借社谷，征还时每石收息谷十升，歉年只征本谷，免其收息。

——修仓准动息谷也。先祖民房买贮，获有息谷，除偿租钱外，准以余息修仓，日久如有损坏，例准动用息谷修补。

《例》载：社仓存贮息谷，如有应须修理仓廒，由同社乡民报明社长。公同勘估修理，在于息谷项下粜变具结报官存案，毋庸官为经理以免书役从中滋弊。俟修竣之日，仍将用过工料银两，并粜变谷数，造册呈明地方官。岁底申详督抚存案，毋庸报部核销。

——社正副，宜按粮户输流充当也。贫富等差，大约以粮之多寡为准，每里每甲，将纳粮最多之户，定为一册，按年挨次承允社长。以二月初为率，一年一换，周而复始。数年始充一次，亦不为过劳，可免互相推诿，并乡保混行报充之弊。

——社谷只许粮户支领也。例得借领社谷各户，先列入粮户册内。册内无名而强借者，即由社首呈官惩究。倘应借之人逾限不完，亦即由社首呈官拘拿，勒限追缴。其自行滥借及徇情不禀请勒追者，社首赔缴，亦自无辞。若里甲内粮户时有迁移，应充社长之人，间有长落，随时禀官立案，即于册内注明。

——绅士书吏，应一体充当社长，以免推诿也。优免差徭，系指催粮等事。至于社长，本系专管社粮，不过春借秋收两时照料仓廒，无须逐日奔驰。名为一社之长，本属体面人，应办之事，既有粮在册，自应一体轮流。即或不能分身，许令弟兄子侄辈代办，地方官须优以体貌，免其门户杂差。遇有晓谕事件，只许发谕传知，不必差役票唤。亦不得传往点卯，以全体面。如有弊窦告发，照常传讯。

——收放宜定日期也。春间出借，秋间收还，先出帖告知，定于某日开仓，借者过期，不准补借滋扰，还者过期即作拖欠追比。

——出借社谷，宜按粮均匀酌借也。开仓先十日，社长出帖，有愿借者十人开列一单，注明保户，先交社长，以十日为率，统计仓内按粮数之多少，均匀出借。有不愿借者听便，不准额外多借。秋收之后，以十日为限，如数完纳。其谷务须干圆洁净，违限不完，禀官差催，差役只给饭食，不准需索钱文。再抗不完，拘案押追。

——公费准销息谷也。例载铺垫造册纸笔之费，以及看仓人夫工食，均于息谷内酌量动支，岁底由社长将动存各款，核实结报，每石准销一升至十升不等，应酌量动支等语。开仓之日，每人准给仓米一升，茶水等费钱二百文，定限借完日期，谷多则七八日，谷少则五六日，准于息故谷内开销。所有仓夫斗级工食，亦照此酌量开发。总不许向领谷之人需索一文，以免借词抗欠。

——贮粮应开耗谷也。社谷秋间收纳，至次年春间出借，为时亦有数月之久。若不准开耗谷，未免短少，致有赔累。陕省虽无耗谷，应每石许开耗谷一升，平斛出入，不许浮收短发。

——社仓听民经理，不准无故盘查也。地方官到任，只须查传各社长具结，以免书役需索饭食，苦累社长。即新旧社长交接之际，亦只须新社长自行盘接清除，赴县具结，不必派拨书役盘查，亦不准无故盘查，需索费用。

养野蚕说

野蚕生于青枫树上，橡槲等叶皆食之，立春日摊茧筐内，闭门窗，勿使通风，烧柴火，令室常暖。至春分前五日，共四旬，昼夜不可间断。天寒加火，天暖减火。四十日则蛾出，辰巳时，令雌雄相配，申时摘去雄蛾，编有盖大筐_{径三尺，深一尺}。将雌蛾百余放筐内，以盖合定，令其下子。三五日后，去蛾，悬筐于无烟凉房，待阳坡青枫等树叶长寸许，烧室令暖，悬筐室中，五六日蚕生。辰巳时，拣宽平处，将筐安置水渠中_{筐底支以石}，插叶稍于筐之周围_{取其不干}，蚕闻叶气出筐上，叶未出者，取回，仍悬暖室。次日又出，仍如上法。常换新叶，勿令蚕饥。搭一草庵，弹弓鸟枪，日夜防守飞禽、蝙蝠各物伤害。待阴坡叶生，方可转移上树，使自食叶。将蚕带稍放提篮内，提至山中有叶树下，将蚕连稍放于树上。食叶将尽，用利剪连枝剪下，放于篮中，移置有叶树上。此蚕亦三眠三起，眠时不可移动，能耐风寒，但怕久雨。夏至后，结茧树上，摘来摊于凉箔，数日蛾生。寅卯时，令雌雄相配，午后摘去雄蛾，以线缚雌蛾，一腿拴于树上。次日下子，伏后五日，其蚕自生。看守转移如上法。白露后，结茧收贮，次年立春日，养如前法。此茧不能缫丝，须于蛾出后，制而纺之。

纺野茧说

用木炭灰以滚水泼之，淋得极酽，将茧子盛于筛内，重一斤许，将灰水入锅内烧滚，匀泼茧上数过，将茧筛置锅上，淋灰水入锅中，再取泼数次，手试扯之，以丝开为度。又置筛锅内蒸少许，取出套于箸上，一箸可套十数个。浸于水盆，揉洗十余次，去灰水之气。于茧外横扯起丝头，脚踏纺车上纺之。层层扯纺，勿乱色道。其法将苇筒贯于铁定上，以线缠于筒上，既成繀_{音岁，卷丝也}，取下，俟纺数十繀，贯于经板之上，往来牵引，经之成缕，收于绹_{音孕}床之上，撒放二丈余。中架一梁，如四丈长，架二梁，将经缕匀摆梁上。手执籰刷_{疏布器也}，形如锅刷，蘸稀糯水或糯米汁，刷之令匀，务要经缕条条疏通，或日晒，或风吹，将干。要绳过一遍，庶无糊绺，不至粘连。后用油水相合，_{芝麻油最好，菜油次之，每水一斤用油四两}。搅打百余次，使油水混合。用缕刷轻轻蘸而刷于经上，使光滑易织。待干，卷于机上，平机、高机、绸机具可织。又有糯线一法，将纺成繀，用拐子拐成把，重四五两，卸下，用糯米熬汁，面糊亦可，将线揉糯令匀，挂在椽上，再用石杵子挂在线把一头，扭去汁滓，令丝干散为度。再上络车，缠在籆_{音约络，丝器子上}，经同上经绸法。

大中楼钟铭

元气蒙鸿，默运太空。圣人作乐，乃宣八风。十二钟成，律吕咸通。万事根本，具在黄宫。垂作奚始，自飞龙氏。百炼精金，不留渣滓。盘魑交钮，立夔并起。厥制孔嘉，六平三纪。虽则工精，不扣曷鸣。相彼蒲牢，一击巨鲸。如雷之震，群雉皆惊。如风之吼，万物发生。凤哕高冈，瑞应天下。鹤唳九皋，声震平野。燕雀来贺，将成大厦。特造层楼，金奏肆夏。梁山苍苍，汉水泱泱。大道昌明，中声发扬。取义大中，正位四方。于焉鸣盛，茀禄永康。惟皇建极，宣养九德。咏协《雎》《麟》，化行南国。声教覃敷，充满四塞。于万斯年，战歌顺则。

自砭语

静中观理，动处察几。必求一是，毋即于非。是便自是有非，谁指非而遂非，不是到底。理真精细，几甚渺微。静观无际，动察愈危。

名飔幼苦不学，弱冠时铭"动静"二语于座右。壮不如人，觉此胸中毫无把握，增"是非"二语以自坚。及强而仕，更事愈多，愆尤丛集。服官政又十余年，欲寡过而究不能，复续"自是遂非"四语儆之。今而老之将至矣，悔不十年读书，因综生平静中之所见，动处之所经，漫赘危微四语于后，亦知学无进益，聊以砭我之愚，并附录以就正有道。

《经书字音辨要》序

古者，人生八岁即入小学，而教之以六艺之文。六书，其艺之一也。书有字体，自篆籀、八分以来，变为楷法，各体杂出。御定《康熙字典》，以《说文》为主，参之《正韵》，制体醇确，既昭同文之盛矣。字有音切，古韵失传，晋魏以降，创为律韵，矩剗秩然，不可紊乱。御定《佩文韵府》，囊括古今，网罗巨细，又极韵学之隆矣。而卷帙浩繁，家塾未必尽藏全书，童蒙难与猝解精义，坊版之俗讹，土音之舛错，在所不免。他日延对宸廷，一字之偶差致千磨堪辨之，诚不可以不早辨也。余膺简命，宣化是邦，月课岁考，校诸生试卷，字音多有舛错，因出司铎时所辑《经书字音辨要》一册，检四书五经字之不重出者，得四千七百五十有八。形体则遵字典摹写，声音则依《韵府》翻切。其有点画不同、平仄互异之字，则参以《字考》《韵辨》诸编，摘其要者而辨之，俾开卷了然，不致有虚虎之疑，雌蜺之误，阅者称便。爰不避雷同抄说之嫌，付之枣梨，以公同好，极知陋谫，阙略正多，万无当于保氏六书之教，聊以备初学之一览耳。尚希博雅，加之校正，免致袭谬而传讹，则幸甚。

《蚕桑简编》序

养生之计，衣食为先；劝课之方，农桑并重。汉南俗勤耕耨，山头地脚，皆种杂粮，亦既不留旷土矣。惟务稼穑者多，而务蚕桑者少。境内原出缣绸，养蚕织纺之法，固不待教而知也。只以树桑不多，因而饲蚕有限。每桑一株，约采叶三四十斤，有桑五株可育一斤丝之蚕。每地一亩，种桑四五十株，收丝八九斤，值银十余两。若种麦谷，即收二石，丰年不过值银一两有余。且树谷必需终岁勤劳，犹有催科之扰。树桑只用三农余隙，并无赋税之繁。功孰难而孰易？利孰多而孰寡？必有能辨之者。则养蚕盍先树桑？莫谓无地可植，路旁堤畔，尽是良畴。莫谓土性不宜，低隰高原，岂无佳荫。更莫谓不习养蚕，种桑何益？试思织女，岂尽天生？《蚕经》原可共读，世无不能耕之匹夫，安有不能织之匹妇？特患未知其利而不为耳。武侯居西蜀，有桑八百树，即谓子孙可小康。张咏治崇阳，拔茶而种桑，遂使百姓皆富足。诚虑他日无衣，何以卒岁？只有及时栽树，乃免号寒。惟是小民可与乐成，而难于谋始，要在贤有司乘时因地而利导之也。一邑如栽桑十万树，每年即出丝二万斤，十年树木获利其可胜计哉！不但已也，郭子章谓不绩则逸，逸则淫，淫则男子为其所蠹蚀，而风俗日以颓坏，皆蚕教之不兴使然。然则蚕教且有系于人心矣。余重守汉川，亟与诸同好讲求斯事，于汉台之麓种桑百株。迄今三年，无一不活，种桑一亩，已长八九尺，可见桑本易生之物。合郡已种四十余万树，足征人亦乐从。然而官令所不到，遂不自为之谋，固由不尽知其利，抑由不尽知其方也。健庵叶中丞辑《双峰杨氏豳风广义》，订《桑蚕须知》一册，本极详明，而山农犹以文繁难于卒读，义深不能悉解，因节取而浅说之，兼参以兰坡周明府《蚕桑宝要》，摘为简编，期于家喻户晓，以广其传而溥其利云尔。

栽桑法则

——辨桑种。桑种类不一，葚少叶圆，大而丰厚者，皆鲁桑之类，宜饲初生之蚕；葚多叶小，边有锯齿者，皆荆桑之类，宜饲三眠以后之蚕，以鲁桑条，接荆桑身，盛茂亦久远。

——种桑子。夏初葚熟，拣肥大者，淘净阴干。临种时，用柴炭灰拌匀，放一宿，然后种之。芒种前后为上时，夏至后为下时，二、三月亦可种。掘地一段，打土极细，浇以粪水，搂起寸许。切不可深，深则不出。将种布上，浇以清水，一年出秧长尺许；次年择熟地，离五寸移栽，可长五六尺；三年苗大如指，随地分种。又冬月，苗长尺许，再上粪加草，纵火烧去其梢，次日浇水，仍盖以草，至春发出，留旺者一枝移栽。

又松松打一稻草绳，以熟葚横抹一过。令葚在绳缝中，掘熟地以埋之，深不过寸许，苗长移栽。此法较为省便。

——种桑树。掘坑尺许，用粪和泥栽下，填土紧筑，移树勿伤小根。栽时须记原向，分行要宽，不可正对。春分前后栽之易活。九月至二月半亦可栽。空处宜种绿豆、黑豆等物，不宜种麦谷。

——盘桑条。九、十月，拣连枝好柔条，盘作圆圈，掘坑一二尺，和以粪土，紧紧埋筑，少露梢尖，冬盖腐草，春月搂去，正二月亦可盘。

——压桑条。近土柔条，掘坑，攀倒泥土，筑实，条上枝梢浮出土面，次年梢长二三尺。春分时，将老条逐节剪断，将发出新条，剪去上梢，连根留二尺栽之。

——接桑树。种过三年，必须接换，叶乃厚大。春分前后，择向阳好条，大如箸，长一尺者，削如马耳。于本树离地二三尺处，将桑皮带斜割开，如人字样，刀口约寸半长，将马耳朝外插入，以桑皮缠定；粪土包缚，令勿泄气，清明后即活。次年，将本树上截锯去，便成大树。陕西宜小满后，葚熟时接之，五、六、七月亦可。

又树长四五尺时，冬至前后，于离地三四尺节苞以上一二寸许，用刀剪断，将泥土包缚。来春必发两枝，次年必发三枝，叶圆而厚。此法较便。

——修桑树。长至六七尺，腊、正月间砍去中心之枝，余干便向外长，如大伞之状，枝不繁而叶自大。饲蚕时枝叶全剪，下须留一二尺不剪。

——培桑土。草长即锄，土干便灌，二、八月及冬月，要上肥壅，猪羊牛马之粪皆可，人粪尤宜。棉子、油渣、豆饼之类，性暖更肥，须窝熟用。

——治桑虫。见有蛀穴，桐油抹之即死；深入者，用铁丝插入杀之。

——堰堤及大路两旁，俱系官地，挨谁家田地，即责令栽桑，得利即归地主。凡属官荒闲地，有愿栽者，发给执照，准其永远食利。

——典当田地。注明有桑几株，如系当户新种，取赎之日，照株大小补给树价，使沾余利，庶无旷土。

——殷实粮户留地二三亩，或一二十家共租一二亩，租钱人工，即费八九千文，卖秧七八千株，亦足偿其资本，但节省半壶酒价，便可成一树新荫，又何惜片刻勤劳，不为十年久计？

养蚕法则

——总说。黄帝元妃西陵氏，始蚕，卵生为蚁，蚁脱为蚪音苗，蚪脱为蚕，蚕脱为蛹音勇，蛹脱为蛾，蛾脱茧复卵，蚕纸为连。皮为蜕，屎为沙。蓐曰沙燠，卧曰眠，脱壳曰起。南蚕多四眠，北蚕多三眠。总之一七而变，四变而老，七变而死。盖气化神物，蚕室高洁处供奉先蚕神位，下蚁日用牲醴祭之。

——摘要。量叶下蚁。蚁一钱，至老，约食叶一百六十斤，可布满一箔。什物量蚕预备，顿数多，速老；顿数少，迟老。慎勿贪睡，要紧尤在三眠后七日。若二十五日而老，一箔可得丝二十五两；二十八日而老，得丝二十两；月余而老，只得丝十余两。蚕有十体，寒在连宜寒，热下蚁宜热，饥眠后宜饥，饱向食宜饱，稀布之宜稀，密下子宜密，眠蚕小眠时，宜暗宜暖，起蚕大起时，宜明宜凉，紧临眠上簇，宜紧饲，漫方起宜漫饲。

——收蚕食。夏间未经摘过，并秋深未黄桑叶，采来曝干，腊八日，各磨成面。又将绿豆浸半日，白米淘极净，晒干收贮，俟三眠后用之每箔约用豆米各半升。

——收斑糠。清明日，将米糠煨焦存性。自初出至三眠，除沙燠一番，要糁一层于筐内，每眠起一番，浓糁一层于蚕身，最能收潮。

——收簇料。冬间，将稻谷草截去头尾，束成一把。上簇时，用力一拧，两头撒开，接连直竖箔上老蚕一斤约用五十把，地肤子更妙一名千头子。

——收蓐草。蚕初生，铺柔草筐底，上加绵纸，纸上置蚕，取其温软。

——收火料。蚕，火类也，宜用火养之，但畏烟薰，冬月多收牛粪晒干。蚕生时，用以燃火，暖而宜蚕。

——置抬炉。如火盆架，两旁有柄。蚕忌烟薰，户外将柴烧过，烟尽以便抬入。

——织蚕箔。取细苇，用麻绳密编，宽五尺，长一丈。分抬去蓐时，易于舒卷，每蚁一钱，需用一箔。

——造蚕架。用粗木二根作柱，细木十根伸长关，再以粗木一根做一柱，用短关十根，长关中间，及短关头上，做雌雄笋钩连，于钩连处凿孔，用竹钉削之，摆立如三角，兼能沾相，高七尺，宽不拘，每一关相去七寸，用以架筐。

——编叶筐。用竹或柳条编如大斗而高，以盛细叶，蚕大叶多，又须加大。

——编叶筛。用竹编，径五六寸，孔如胡椒大，以饲小蚕；如黄豆大，以饲大蚕。

——编蚕筛。用竹编，即米筛里面糊竹纸，以贮小蚕，便于括沙。

——编蚕盘。以竹编，或用木框，宽五尺，长七尺，两头各二柄，边高二三寸，以疏箪为底，抬蚕便用。

——制蚕匙。以竹片或桑木，削为方锹样，大小各数张，用以分蚁。

——编蚕网。以细麻线缠竹杈上，编如罥网形，孔如鸡子大，长五尺，阔三尺五寸。每箔当用三扇，以熟漆漆过，或以猪血和石灰涂之，如制渔网法。三眠后，拣蚕除沙，以二网轮流抬换，先将网盖于蚕上，以叶撒之。蚕闻叶香，穿网而上，连蚕抬起，扫除沙燠，轻轻放下，不可移动。沙厚复抬如前，省功且不伤蚕。

——设蚕室。要间架宽敞，两头各置大照窗，三眠后可通风凉，窗中间糊卷纸一大方，以便启闭。外挂草荐，室内随制火仓。蚕生前七日，徐徐以牛粪煨火，合闭门窗，不令暖气出外。蚕生前一日，稍开门，令烟出尽，随即闭之。墙壁须干透，扫净尘埃，塞绝鼠穴，须留猫洞。

——避忌。湿叶遇阴雨必晾干。雾叶遇天雾须擦净、干叶、黄沙叶、气水叶积久发热即生气水，须用新鲜香气、臭气、不洁净人、灯油气、酒醋气、葱韭薤蒜阿魏硫黄等臭。

——择种。开簇时，摘出近上坚实好茧，雌雄兼收雄紧细尖小，雌圆漫厚大，单椤于净箔上。七日而蛾生。若有拳翅、秃眉、焦脚、焦翅、焦尾、熏黄、赤肚、黑身、黑头，并先一日出，末后生者，拣出不用。将完全肥好者，雌雄相配。自辰至戌，拣去雄蛾，将雌蛾稀布连上，用盘覆之，生足，再令覆养三五日。每日所出之蛾下子，记号连上。不可将数日蛾子混在一处，致眠起不齐。连背要相靠，夏秋挂凉处，冬收无烟房内。

——浴种。初生十八日后，清晨汲井水，浸去连上便溺。腊月八日或十二蚕生日，依法浴毕，用长竿挂院中一昼夜，以受日精月华之气。立春日，用新瓮将连竖立其中，每十日午时展开一次。清明，用韭叶、柳叶、桃花、菜花揉井水内，浸浴晾干，移挂温室。

——下蚁。各省节气不同，只看桑叶如茶匙大，即是蚕生之候。以二连相合，包棉三四寸，置暖炕上，再用净棉衣被覆之，不可寒冷，亦不可太热，日夜翻转十数次，开包忌风。或将棉包怀在身上，夜放身旁。三五日，变灰白色，次日必出。先烧蚕室，令极热。蚁出，铺连暖炕出，齐称，记分两共称得几两，除连便知蚁数。先将蓐草铺筐底，再铺绵纸一层，切叶如丝，筛于纸上。以连覆叶上，闻香自下用隔年枯桑叶揉末亦可。有不下，翻过自下；再不下，是病蚁，取去勿用。

——劈蚁。蚕既下，连三朝出齐初出不饲无妨。筛叶，蚁上要薄而匀。第一日饲一顿；第二日饲八顿叶微加厚；第三日饲六顿沙厚速除。巳、午时，另铺一箔，先将细叶筛于蚁上，待蚁上叶，用匙薄带沙燠，轻轻挑起，分布箔上。

——头眠。分箔后，可渐加叶，第四、五日饲五、六顿，第六日，将眠之时，饲之宜薄宜频，一日夜可添至七、八顿。渐变黄色，随色加减。第七日皆变黄色，结嘴不食，是为头眠。第八日脱壳尽起，将斑糠糁一层于上。

——二眠。头眠起齐，薄饲一顿；一日夜，饲四顿。第九日，抬蚕分箔另铺二箔分，如象棋大。第十一、二日，每日夜饲五、六顿，十三日，分箔可布三箔，如钱大，饲十二顿。第十四日，复将眠宜极暖，候变黄色，抬如上法可布六箔，眠一日夜。十五日，复脱壳尽起。是为二眠。

——三眠。二眠起，齐一日夜，薄饲四顿。第十六日，加叶饲五六顿。第十七、八日每日夜饲七、八顿。此时宜分抬可布八箔。第十九、二十日每日夜饲六、七顿，第二十一日复将眠宜微暖，候变黄色，急需抬过可布十二箔。细叶频饲尽，眠住食。眠一日夜。第二十二日，复脱壳尽起。是为三眠。

——眠后。三眠起齐，一日夜再饲切叶三顿。以后不用切叶连嫩枝饲。二十三日，一日夜饲七、八顿。辰、巳时，取腊收绿豆，用温水浸生芽，晒干磨面。每箔半升，拌细叶摊筐内，将网覆蚕上，布叶于上。俟蚕上网，食尽，复布纯叶一层。至第四顿，复如上法，拌白米面半升，又饲一顿。此时方抬网可布二十五箔。此时方去蓐草。至第五、六、七、八顿，皆纯叶。至二十四日辰、巳时，复如上法，拌腊制桑叶面一顿如叶缺，间饲四五顿无妨。食尽，又用新水喷叶，令微湿，再饲一顿。抬网可布三十箔。自三眠后，一日一抬，此后不论顿数，须要急饲。可全开窗暴寒又宜关闭。雷鸣护以脱纸，围以水盆。至身肥嘴小，丝喉渐亮，老之时也。饲之宜薄且频宜温暖。不过二三日便上簇。

——上簇。蚕至通身透明，不食游走，是欲作茧。急宜上簇宜极暖。必须一二时内上完方妙。先将稻草拧开，竖于箔上，匀撒草内，两昼夜则茧成矣。

——摘茧。上簇三昼夜，蚕皆化蛹，六七日方可摘茧。长而莹白者丝细，大而晦色者丝粗。各放一器，摊于凉箔。厚二三寸，迟至七日后则蛾生。

——蒸茧。扯去蒙茸[一]，用蒸笼三扇，铺蚕笼内，厚四指，至气透出取去，摊于凉箔。一日须蒸尽，不然蛾生。

——缫丝。用小锅，径尺余，作风灶，使烟远出，锅高与缫丝人坐而心齐。左安大盆一口，较锅高二三寸，盆上横安丝车一个，靠锅边又立插一木棍，名丝老翁，以挂丝头。盆右边安置丝轩音匡，离盆三四寸。用一人提丝头，浇水，至大熟，将茧子一大把投入锅内，用箸轻轻挑拨，令茧滚转，又乱搅数次。挑起丝头，用手捻住，提掇数次，清丝已出，将粗头摘断，用漏瓢捞茧^[一]，送入盆内。将清丝挂在老翁上，约十数根，总为一处，穿过丝车下竹筒中，扯起，从前面搭过辊轴，从轴下而掏来，于辊轴上拴一回，再掏缴一回，须令活动，将丝挂在摇丝竿铜钩中。又将丝头拴在丝軖平桄上，搅动軖轮，丝车随之辊转，摇丝竿自然摆动。其丝匀匀绷在軖上，一手搅軖，一手添续丝头，其快如风，軖转丝上，时时下茧，提头继续不绝。一軖上约有四五两，便可卸下晾干，拧成把子。茧多者，作双头缫之更好。将軖桄造长一尺四五寸，摇丝竿上并锭二铜钩，相去三寸余，丝车亦造二辊轴，相去三寸余，并上两条头缫如上法，功必倍之。

【校记】

[一] 茧：底本为"茸"，按句义当为"茧"。

重修《郿州志》序

从来有治人，无治法，非治法之果无也。治之不得其法，虽有而不行，或行而不久，良由治之不得其人也。夫治人亦岂易易得哉？莫为之前，虽美而不彰；莫为之后，虽盛而不传。志之在治法也，特《周官》一小史、外史事耳。而舆图赋贡，得之以清厘，文献典章，得之以考证。舍此不治，又奚用我法哉？蔗乡吴君鸣捷之牧郿坊也，当洪水为灾之后，元气未复，汲汲以修志为先务者，匪欲以扶其才而摘其藻也，盖深有意于一州之人心风俗，思所以抚绥而更化之。自非全图在握，酌古准今，何以考前此之法而出治，更何以成后此之治而为法耶？蔗乡刺史之图治诚急，而立法诚良矣。余辛巳冬承乏郿时，是夏大水，民居荡析，城堤、官廨、书院、考棚、仓廒、庙宇半皆倾圮，百废待举，昕夕不遑。十阅月，而以守汉中去，愧无良法，以贻彼都，而未竟之志，窃愿后之辅治者得其人焉。蔗乡刺史政尚宽简，噢咻而摩循之，亦即元气之渐复矣。犹孜孜求治，退食之余，取旧乘考证而鉴定之，分为舆地、建置、人物、艺文四大汇，典核精详。其于忠孝节义之事，尤必加意搜罗；残编断简之遗，未敢轻心弃掷。呜呼，其为法也大矣！备矣！又岂一日一时之治已哉！书成，嘱序于予。愧予为之前无美可彰，而幸我前之有美者，则无不彰矣。有君为之后，不但昔日之盛可传，而并异日之盛亦不失其传矣。有治人即有治法，志其一端也。果得其人，即一州之中，俗美风淳，亦足以见圣化之涵宏，轺轩所至，有不胜其采者。得人则治，此更区区之心所切望于各郡县之为治者。

重修《延川县志》序

县各有志，以纪一方之山川人物，历代之沿革典章，洵不可少之文也。而偏隅小邑，每多阙如。夫岂瘠于其土而并瘠于其文乎？抑待其人而后兴耳。《延川志》草创于太原刘明府，嘉定李君又从而补苴之。惟值兵燹之余，采访未极周备，阅今百有六年，国家重熙累洽，德教覃敷，无远弗届。虽在僻壤，其制度礼仪之足超前古，忠孝节义之堪传后来者，岂容湮没不彰。所贡守土者，旁搜远绍，有以发其微而阐其幽也。吾乡春塘谢君长清，与厥弟松坪，长年司马，先后作朝邑令，一时并著循声，人比之大小冯君。春塘莅延两载以来，政平讼理，观所论政，因其简而轻视之，则必废事。以为简而见少之，则又多事数语，具见抚绥之有术，宜乎敷政优优，得以留心于著作也。余曩牧鄜坊，比邻临河，北上风土，亦大略稍知。兹荷殊恩，由汉中守量移京兆，未半载而荐任屏藩，敢不尽力旬宣，因取各属志书以资治谱。春塘适以是编寄出，自一人之手以成一家之书，类仅分五，而宏纲细目，无不囊括其中，堪推一时良史，足以补前人之缺陷，而作后日之津梁矣。君犹以艺文未备为憾，窃谓文无当于民生吏治，抑何取乎捝藻摛华？集中舆图形势，了如指掌，因革损益，灿若列眉，户口赋役之有条不紊，职官人物之有美毕彰，不可以为文乎？即以作艺文观也可。是为序。

重修《族谱》序

万物本乎天，人本乎祖，欲知本者，可忘祖乎？吾祖之祖，无怀氏之民与？葛天氏之民与？不可知也。即谓鼻祖蝉妈于周氏，灵宗初谍于伯侨，皆可知而不可知者也，而亦不必知也。若其可知者，则不可不知也。知之而前人之功德不可朽，抑知之而后人恩谊乃相周，不致忽前人如陈人，疏后人如涂人。孝弟之心，可油然生矣。粤稽十五世祖以上不可知矣，其下犹可知者，独赖旧谱之存也。而自前明以来，二百余载，未之修矣。其间之不可知者已多，若不急为补辑，可知者亦将不可知矣。飏念此，恻然皇然，窃从退食之暇，远绍旁搜，订谱于左，支分派衍，各得所宗，不相紊而实相联。其知之详者，拟数语以想见其为人，非敢丰于昵也。凡为之后者，亦各据所闻所见而光昭之，庶百世可知也。其尤不可不知者，祖宗之嘉言懿行有可传者，国家方为之旌表，太史采风，犹不忍听其湮没不彰，而以时载在典志。我子孙乃忍失其序而不藏诸家乘，岂得借口未知乎？且夫他人为善于乡，爱之重之，犹愿效之，况乎祖德宗功，昭兹来许，盍亦绳其祖武耶？故别为一集，节录于后，以备绍闻。间尝读伯起公列传，见其子孙之昌炽，未尝不叹清白吏之所遗者远也。

论者曰："积善之家，必有余庆。"吾家来自关西，世系虽不可知，焉知非其族类也。阀阅之荣，非所敢知，然清白家风，则固可以共知也。凡此皆可知者之不可不知，前人之所知者，后人不知之，更安望后人之知前人乎？且安望后人之复知后人乎？是谱之修，特不忘祖之微志耳，亦即知本之一端云。

汉台后乐亭跋

《醉翁亭记》云："人知从太守游而乐，而不知太守之乐其乐。"太守之乐乐如何？人知之亦乐也，人不知亦乐也。《岳阳楼记》云："先天下之忧而忧，后天下之乐而乐。"后天下之乐乐如何？有先焉者，乐斯后矣，有先焉者，后斯乐矣。知范文正公之后天下之乐而乐，则知欧阳文忠公之乐其乐矣。余再守汉川，于今三载，时和岁稔，讼狱衰息，亦既乐此而不为疲矣。及问太守之乐乐如何，乐人之乐乎？乐己之乐乎？人亦不知也，己亦不知也。一日退食，登拜将台，见东南隅有亭翼然，树木荫翳，鸣声上下，朝晖夕阴，春和景明，其乐也，有异于醉翁亭之乐其乐乎？岳阳楼之后天下之乐而乐乎？游斯亭也，四面云山，万家烟火，低徊留之不能去。后之游斯亭者，必有乐其乐、后天下之乐而乐者，因以"后乐"颜之。

劝课蚕桑以厚民生示

照得衣食之源，农桑[一]并重。秦地幅员数千余里，土虽沃而民多贫，良由只知务耕，不知务织。以粟易衣，终岁积金，半输外省，是因号寒而转至啼饥矣！察其不务桑蚕之由，或误于风土不宜之说。不思"蚕月条桑"具载《豳风》。今之邠州三水，即古豳地，其地高燥，犹且宜桑。况西同、凤乾一带，绣壤平原，又岂只宜于耕而独不宜于织乎？夫养蚕必先种桑，试看各府、厅、州、县何处无桑？天生桑树，原以养蚕，桑既到处皆生，蚕即到处可养。前在藩司任内，曾经出示劝谕，阅今数载，除汉中各属新旧栽桑共三百一万八千余株，兴安各属新旧栽桑共五十万七千余株外，其余各府、厅、州、县，栽桑亦共三百余万株。虽未必株株皆活，已足征物土咸宜。即如商州恒牧，种桑二十余万，已有织成新绢，绥德陈牧，栽桑亦逾六万，出丝柔韧光润，无异南省。此二州者，一在南山，一在北山，亦既著有成效矣！咸宁苑令、长安王令，于城壕两岸栽桑六万六千余株，移种秧三十余万株，亦已长高五六尺矣。本部院每年由汉中采买桑葚十京石，分散各属，扩种秧苗。如果地方官念切民衣，尽心劝课，三五年之间，日新月盛，不患无成。昔诸葛武侯谓成都有桑八百株，子孙衣食自有余饶；王宏为汲郡太守，抚百姓如家，耕桑树艺，躬自教示。姜彧知滨州岁余，新桑遍野，人名"太守桑"。沈瑀为建德令，教民一丁种桑十五株。从来爱养斯民者，未有不以农桑并为本业！伏读《钦定授时通考》，发明蚕政桑政，为之赋诗绘图，颁行天下。凡我臣工，自当宣力，以期实惠及民。在昔陈文恭中丞讲求桑政，至今西关尚遗蚕馆桑地。汉中太守滕天授劝民树桑，城洋织有绢缣。宁羌州牧刘棨教民养蚕，号为"刘公茧"。即若兴平监生杨屾，著有《豳风广义》，嘉惠乡人，今其子孙尚延世业，现请入祀乡贤。可见甘棠遗爱，日久犹存，闻风者亦可以兴起矣。本部院由汉中调任西安，叠邀圣主逾格殊恩，三年以内，陈枭开藩，荐擢巡抚，仍即留于斯土。愧无善政遍及闾阎，惟于蚕桑一事，不惮三令五申者。窃谓蚕桑大政，利益无穷，如使环庐树桑、比屋养蚕，每州县但有桑一二十万株，以之饲蚕取丝，则数百万金之富，不难增益于十年树木之间。本部院承乏关中二十五载，素念秦俗勤俭，土物之爱，厥心尤臧。贤有司果肯认真讲求，多方劝导，小民未有不乐于自谋身家者！为此，剀切申明，叮咛告戒，各宜实心仰体，勉力奉行毋违。特示。

【校记】

　　[一] 桑：原为"商"，按句义当为"桑"。

颁《种洋芋法》以厚民生谕

　　照得食为民天，天之食斯民也。诞降嘉种，不一其类，要在物土之宜，以溥其利耳。察看秦中，无土不生五谷，惟南山一带，多赖包谷以养生，但只利于阳坡。更有洋芋一种，却与阴坡相宜，可见地不爱宝。数十年以来，密箐深沟靡处不种，抑又全活无算生命矣。北山地气较寒，二月甫经开冻，八月辄畏繁霜，地鲜膏腴，民多艰食，尤贵多方以为之计。查苞谷亦间有种者，若洋芋则并无其种。兹由南山采买洋芋一万斤，分运延、榆、鄜、绥四府州，颁予《种法》，饬谕该牧令如法，择地播种，先为程式，俟有收成，分散四乡，用广其传。各宜加意培植，以厚民生，是所切望，毋违。特谕。

　　洋芋一种，出自外洋，传入中国，始于闽、粤，遍及秦、蜀，有红白二种。性喜潮湿，最宜阴坡沙土黑色虚松之地，不宜阳坡干燥赤黄坚劲之区。栽种之法，南山多在清明天气和煦之时，北山须俟谷雨地气温暖之候。先将山地锄松，拔去野草，拣颗粒小者为种子，大者切两三半，慎勿伤其眼窝。刨土约深四五寸，下种一二枚。其切作两三半者须将刀口向下，眼窝向上，拨土盖平，每窝相去尺许，均匀布种。白者先熟，红者稍迟，须分地种之。俟十余日，苗出土约一二寸，将根傍之土锄松，俾易生发。一月以后，视出苗长五六寸，将根傍野草拔去，锄松其土，壅于根下约二三寸。至六月内，根下结实一二十个不等，大如弹丸，即可食矣。白者八月大熟，红者至十月方熟。及时刨出，拂去泥土，于屋傍向阳隙地挖窖埋藏，架木覆草，筑土其上，傍留一门，以便取用。冬避雨雪，以防受冻；春避风日，以防生芽。受冻则腐烂，生芽则虚松，皆不堪食也。正二月间，防其生芽，须要取出；除留种外，将芽去净，晒晾极干，可以久贮。此种体圆味甘，人食足以耐饥，猪食亦易肥泽。色白者结粒较大，一斗可收二三石，食用不尽，并可磨粉。磨法：洗净切碎，浸泡盆中，带水置磨内碾烂，用水搅稀，竹筛隔去粗渣，再用罗布滤出细粉，澄去清水，切片晒干，其渣仍可饲猪。

劝民勿杀耕牛示

何以养生，惟宝稼穑？锄雨犁云，必资牛力。若匪尔牛，曷艺黍稷？买犊卖刀，真具远识。论牛之功，不胜备述。见牛之劳，奈何勿恤！荆棘驰驱，泥途入出。轭在肩摩，鞭从后逼，血滴汗流，不容暂息。嘉禾让人，枯草自食。谷熟精疲，庶几稍逸。乃驾大车，骧黄并叱。横木辕端，忽降忽陟。粪土运周，稻粱挽毕。迄可小康，又牵碙室。四蹄风驰，满眼雾黑。象耕其常，蚁磨岂职？百计服勤，亦云苦极。见月而喘，犹宜问疾。那料残躯，更遭诛殛。顾盼屠刀，哀鸣屈膝，两泪潸潸，双股栗栗。问有何辜，欲言复默。问有何仇，欲辨愈惑。弗念勤劬，反加斧蹄。食肉寝皮，不余骨殖。主人有心，能无惨恻。无故不杀，礼有定秩。试想何功，而敢用特？饕餮性成，转多巧饰。宰杀杖枷，况兼盗贼。重拟军流，罪有应得。好劝我民，慎勿奸律。豰斛不忍，斯乃仁术。留此残生，尽力沟洫。明不违条，阴且积德。

与汉南同官书

润泉鄂中丞，己丑孟陬啲檄下到郡，谆谆以察吏安民是问。飓惭承乏三年，未有一得，聊即夙夜所以自箴者，谨陈大略，并述之以就正诸同僚。窃闻政在得人，以亿万生灵之身家性命，而付托于牧令一身，精神不到之区，即弊窦丛生之处。虽不遑暇逸，欲求案无留牍，野鲜冤民，犹有不能。又况利欲熏其心，晏安鸩其性，不念赤子之嗷嗷待哺，穷黎之奄奄欲毙，纵幸逃纠于八法，能无抱愧于五衷？州、县为亲民之官，知府有表率之责，若亦不念切民瘼，躬先刻厉，能不有忝厥职，自负初心乎？汉中士风质直，民气惇庞，亦颇知法知恩，易于化导，只恐敩法者法非其法，市恩者恩非其恩耳。自丁巳以来，三十年之间，三经兵燹，元气未免剥丧。急愿得仁廉之吏，有以煦妪而渐摩之，除暴虐，安善良，劝课农桑，振兴学校，弊去其所已甚，利还其所固有，庶几民气稍舒，民风可以愁愁日迁于善。此迂阔之谈，固知无裨于治谱，抑心所谓危，不敢不以告者，诸同好其何以教之？

叔祖国文公行述

大块劳人以生，逸人以死。生而不劳，与生而徒劳者，其死之得逸与否，均未可知也。若我叔国文公，平生劳人也，而有劳不朽，可以得其逸于死之日，愈令人不能忘其劳于生之时。幼值家贫，不暇儒业，随兄及弟负担养亲，不辞劳瘁。壮而服贾，四方险阻，无不备尝，每谓人生之力，恶其不出于己。未能食于人，但当自食其力，以之奉父母，以之作事业，以之贻子孙，方告无愧也。凡当大事，无不竭力尽诚，本身暨儿女娶嫁诸务，皆取之于己。无求助于人。逮家计稍裕，而自奉衣服饮食，一于俭朴。尝曰："吾力非不给，但宜勿忘艰难，子孙效之，更受用不穷矣。"至族邻有急，不惜倾囊贷恤。神祠庙观，道路桥梁，遇当补辑，辄捐资修建。且为乡人领袖，肩任筐筥，募化饘粥，以竣其功。胼手胝足，不以为苦。其腼腼好善乐施，又类如是。尝戒子孙曰："我成家无长策，惟体勤俭二字，不取暗昧之钱，不耗酒博之费，为一己存心，为天地惜物，是所志也。"迄今思之，养葬尽礼，乡称孝恭，推解得宜，里沾惠泽。一家之门楣峻启，四境之工作辉煌。天鉴厥忱，俾之寿迈古稀，子孙成立，元曾重绕，是不徒劳矣。

杨太孺人墓铭[一]

妇人之德，贵明大义，义明斯可处顺逆常变而不渝。如我杨太孺人，常变咸宜，始终合义，有足述者。太孺人系雍正丙午孝廉、庚戌明通进士、出仕临安府建水县教谕、升曲靖府教授杨公讳元亨之幼女，生于建水学署，性本贞静，复娴礼法，未及笄失怙。乾隆癸酉，经元朴园杨公闻其贤，为仲子栗亭先生委禽焉。孺人年二十归先生，事舅姑竭诚致敬，时得欢心，娣姒和谐，闺门雍肃。一切内政，极力摒挡，先生得以潜心举业。甲午登贤书，北上归，当道重先生品端学邃，以经师人师属之，聘延主讲桂香书院。先生亦淡于进取，即以培植后学为己任，生徒云集，多所造就。因志癖典坟，复讲勤授，竭精耗神，渐成羸疾。犹口不绝吟，手不停披，遂致沉疴。孺人侍汤药，衣不解带，积二三年。见疾危笃，割股以

救，卒不得痊。闻者谓韩太初妻刘氏则刺臂，唐俨妻邓氏则割胁，皆以救
姑，未闻有为夫割股者。不知当此之时，堂上耄姑将八十，膝前稚子甫六
龄，夫君一身，俯仰攸系。孺人肠回百折，欲以身代，又虑无裨，计无复
之，轻身图救。其慷慨赴义，诚出于情不自禁也。及不能救，饮痛咽哀，
留未亡之躯，为夫君终未了之事。自三十九岁孀居以来，寡言语，安朴
素，以纺绩营生，寝食不甘，艰辛备历，终耄，姑刘太孺人养丧葬尽礼，
抚二女，适李、王宦门。教遗孤有义方，俾子读父书，孙传祖砚，数传之
清修儒业，得勿替者，皆孺人力也。先生易箦时，以诸雏孤弱为虑，令嗣
君鼎正补邑弟子员，孙凤翔器堪远到，箕裘克继，九泉之目可瞑，而孺人
亦可告无负于地下矣。更邀天鉴苦衷，锡之纯嘏，享年九十有二，松柏后
凋然哉！盖孺人之于义，知明处当，屡遭事变处皆得宜，始能为人所不能
为，终能守人所不能守，卓然巾帼丈夫，不将与栗亭先生学行并传不朽
耶？孺人为飏从姑，数得省视。戊辰，公车北上，假道登堂，重亲壸范，
蒙以清白吏谆谆训勉，敬识于心。叩违三十余年，时殷孺慕。讵意戊戌孟
冬，无疾遽终。讣至，嗣君属为墓志，谊不敢辞。伏念我太孺人淑德懿行，
弗胜纪载，谨撮大义以志不忘云。附题墓联：玉骨冰肌，一痕月魄千秋印；兰阶芝
室，三叠弦声五夜机。

【校记】

〔一〕杨太孺人墓铭：（民国）《大理县志稿》作"杨母杨孺人墓铭"。

重修陕西省城西岳庙记

《礼》："山林、川谷丘陵，能出云，为风雨，见怪物，皆曰神。"有天
下者祭百神，诸侯在其地则祭之。陕西会垣有五岳庙，盖昔代建都于西，
有其举之，莫敢废欤？窃意西岳之在秦也，《周礼》"华谓之西岳，祭视三
公，秩与东泰、中嵩、南衡、北恒同。"谓少阴用事，万物生华，故有惇
物之名。夫太华、终南、太白实一山，胡为终南、太白则有专祀于省垣，
太华则惟专祀于华阴？殆以其地三峰如画，群山若拱，尤为灏灵之所会萃
欤？不知神无在而无不在也。汉之西都在于雍州，实曰长安，左据函谷、

二崤之阻，表以太华、终南之山，则西岳之为西都，表长安之有专祀也，宜矣。安定门内旧有行祠，唐、宋、元、明以来屡加补葺，逮我国初，总制忠毅孟公乔芳曾于顺治五年监修，迄今百八十余年，倾圮殆甚，而居民祈晴祷雨，捍患御灾，依然响应若谷。则神之灵，固有感斯通也，岂待求之于远哉？守土者先成民而致力于神。飏由汉中守历三年而擢抚秦疆，无日不以人和年丰为默祷，兢兢惟惧获罪于民。即无以解免于神，察境内各山，维岳峻峙雍州，雄踞西土，国家之邀福迓禧，以大庇我陕东西之数千里之苍黔者，于是乎在。会垣重镇岂可无专祀以示崇报？癸巳冬，重修华阴县岳庙告成，天子御书额联，颁发藏香，命往致祭。祭之旦，芙蓉日出，仙掌露明，不崇朝而彤云密布，瑞雪霏霏，归来则境以内遍报，既优既渥，既沾既足矣，不亦异哉！即此可征我圣主怀柔百神天和之感召有不爽者，此飏所为与同僚营专祀也。共筹款六千余金，购料兴工，七阅月而告竣。缮章入奏，钦奉谕旨，久入省城祀典，春秋致祭，礼斯隆矣，亦斯备矣。膺民社之责者，睹庙貌之巍峨，益肃然而起敬，不敢慢神，又敢慢民哉？

公桑蚕室记

民生之本，衣食为天。秦氏知务农而不务桑，多误于风土不宜之说耳，不知"蚕月条桑"载在《豳风》，岂斯土宜于耕而不宜于织欤？余守汉郡五年，课桑一百八十余万树，宣藩三载，通饬所属举行桑政，已值二百五十余万株，即若咸宁长安于城壕两岸种桑三万余树，今俱沃若可观矣。孰谓斯土不宜乎？《书》云："桑土既蚕。"必先树桑而后可以养蚕。桑政蚕事，并详于《钦定授时通考》，凡我臣工，念切授衣，自当尽心劝课，以期实忠被民。乾隆初年，前中丞陈文恭公宏谋，曾令省垣壕边种桑，设蚕馆于西关，至今遗泽犹存。然则古之人已有行之者矣。《礼》："天子诸侯必有公桑蚕室。"亦不过俾民间知所观法耳。今兹桑政既举，蚕事可兴。西岳庙告成，两隅得隙地五亩，因栽桑四百余株，建蚕舍九楹，置蚕器一具，招集养蚕纺织匠工于其内，以为程式。俾四乡之民咸来取法，用广其传，亦即公桑蚕室之遗意也。尚其无毁我室，无伐我树桑。

筹备陕省乡试卷金记

朝廷作育人材，不惜巨万帑金，设书院而资之以膏火，立学校而给之以廪膳。三年大比乡、会两试，举其贤者能者而宾，与之经费，又用数十万金，皇恩之高厚，所以待儒生者，亦既优既渥矣。官民仰体国家亲贤爱士之意，每届科期，竞送卷金，或守令分廉以鼓励，或绅耆好义而助资。惟行于一郡一县者有之，济济师师，焉能人人而遍济？余守汉中，亦为置田以作卷金。继膺藩聚，欲为通省卷金筹正有志焉而未逮。检阅卷宗，见有嘉庆二十二年郃阳故绅、国子监学正衔雷茂林曾捐银四百千两，呈请捐作通省卷金。经历任藩司发商生息，阅今九载，除给同州府属卷价外，积存本利银九千五百余两。爰为之计，以一分行息三年，该利银二千八百余两，每科制备陕省试卷六千副，余银可敷恩科之费，其甘省卷价，前颜万伯伯焘已为筹备，按名移陕，应无庸议。嗣后每科三场，两省士子试卷均无需购买，并投卷杂费亦为筹足，不须费用一钱。士子场前得于旅馆潜心举业，可以无事纷驰矣。其各属官绅，若有地方积存公款，及好善乐施之家，或另助乡场资斧，或添作会试卷金，各从其便，详明前任荔园史中丞出示晓谕。夫多士幸沐圣天子寿考，作人雅化，怀瑜握瑾，亦既有年。值此家修廷献之时，出其万选青钱，一经品题，声价百倍，方见《三都赋》就而纸贵洛阳，又岂多此戋戋卷金乎？然而嘉惠士林之心，有加无已，鼓舞士气之术，不厌多方。若雷广文者，慷慨乐输，不但惠及其同郡之士人，而并惠及于全省之士人，讵不足以嘉尚哉？一善足录，不可以湮，因序其事而为之记。

朝邑县刘氏捐赀补修贡院记

岁在辛卯，恭逢万寿恩科，余莅藩司任，朝邑县生员刘学宠暨其侄武举加捐守御所千总，振清捐职中书科中书，际清议叙八品顶戴。照清以增修贡院号舍并补葺诸工请，余嘉其向义之诚，亟为诱掖奖劝，倍加鼓舞。凡补修旧号七千有八，添建一千四百八十有二，号前回廊房十八间，号尾厕房一百零八间，砖砌隔墙一百零八堵，望楼四座，改修明远楼一座，至公堂卷棚五间，精白堂五间，内门卷棚十四间，门外回廊三十间，点名官厅四座，座三间，协房八间，大门外砌石路一百四十丈，号外砖包围墙二百四十丈，计费银四万六千四百四十有奇。又以号舍既广，供给有加，请以二千金补卯、辰两科之用，以四千金生息，筹备每科经费，复以关中书院膏火额少，请捐银一万一千两，增额六十分。猗欤！亦何乐善之不倦也，如是焉难能矣。各工报竣，经督粮通程观察茂采勘验，工坚料实。余以数万金之工，而刘氏一门独力捐修，兼增经费膏火洵堪嘉尚，请于荔园史中丞谱奏闻以示鼓励。钦奉谕旨，刘学宠赏加道员职衔，际清赏加道员职衔。再纪录三次，刘照清赏加运同职衔，武举刘振清予"乐善好施"字样，给银建坊。朝廷之旌善，更如是之优也。于是召刘氏而勖之，并以告全秦之人曰："士能富而无骄，斯亦可矣；富而好礼，则更难之。国家三年大比，宾兴贤能，礼至隆也。即有知礼之士，起而体适馆授餐之意，竭力乐喻，固未敢遽以好礼许之，亦可谓之知礼矣。如使拥资巨万，自极奢华，而于公事则吝啬而不肯少与，又何足兴言耶？然则如刘氏之用心行事，不但此日膺锡予之宠，能充此知礼之心，其学不亦更有进哉？使全秦之民亦有如刘氏之用心行事，即与之希富而好礼，有不难矣。"礼贤大典，科举为重。秦本文、武、周公兴化地，今幅员兼陕甘，境远而阔，多士济济师师，圣天子作人之化，无远弗届。迩来陕甘观光者，号舍几不能容。往年增设棚号，一值雨淋，苦状难堪。吾属窃以为忧，刘生亦亲尝之，爰有是举。诸士子其思刘氏所以为此者，何如是其公而诚；又念圣天子所以奖刘氏者，何如是其厚而溥，不皆可以兴起乎？自今与校比之人，咸砥砺根本学行，毋希诡遇，毋尚浮靡，一荐而径，必能矢忠善以副斯人望我之殷，以报朝廷待我之渥，即是科号既增，得一体入试，安知不如宋太平兴国时，有吕文穆、李文靖其人出而观国之光乎？方且拭目俟之矣。越三年于兹，余不忘其好善之忱，爰撰文泐石，以彰其美，而为多士劝。

朝邑县刘氏捐增关中书院膏火记

贡院、书院，一事也，贡院以拔才，而书院以养才。书院之有膏火，犹学校之有廪膳也。关中书院膏火，旧额五十分，各官捐增十分，迩来文风日盛，肄业诸生多至三四百人，值科试则又倍之。讲堂、学舍，则憩棠程观察已为修葺矣。惟膏火有不足。余在藩司任，正欲为扩充间，适有朝邑生员刘学宠暨侄振清、际清、照清等，呈请捐银四万七千四百余两，增贡院号舍及补修诸工，复捐银一万七千两，以二千两为寅、卯两科经费，四千两发典生息，以备后用，万一千两入书院，增正课膏火六十分。详请荔园史中丞入奏，钦奉谕旨，从优分别议叙，给予刘生学宠道员职衔。皇恩高厚，文教奋兴，不可不纪其事以示劝。窃惟君子谋道不谋食，书院中独急膏火乎？然张横渠为学者，营井田，许鲁斋亦为来学之士先计生产。盖日不举火，而歌声出金石，惟若曾子者能之。膏火之设，养士者为士计，非士自为计也。余昔牧鄜坊曾修经正书院，守汉南，于汉南、中梁诸书院，俱为增置膏火，而未能如刘氏之丰且广也。如刘氏者，岂可多得乎？刘氏轻财重道，出于至诚，非自为谋，亦不欲人之多其谋也。而以刘氏之德及于士，予窃有愿与诸生言者。书院自唐宋岳麓、衡山以来，时有盛有衰。其盛也，赐额亲书，朝廷以麈睿虑；其衰也，师生均视为故事，有其名而无其实。今书院遍天下，圣天子重之，等诸学校，至使好善者亦咸知所兴起，其于士不可谓不厚。若使弃德而不修，废学而不讲，得不负此意乎？即或稍知自好，不过剽窃时文为生活，平时忒取以邀赏，临试幸得以博名，经义不窥郑、贾，文章不知韩、欧，道德、经济，更讳而不言，亦非书院育士之心也。且不闻关中书院为冯少墟讲学地乎？其在当时，少墟倡明正学，实与邹、顾相亚。关中书院之立，亦几与首善东林等。国初，李二曲正闻风而起者，其主讲犹少墟也。以近时言，孙酉峰学使以程、朱为宗，路梧斋之时文，艺林传之，岳一山之古文，名辈推之，非皆其乡先达耶？论事业，王文端亦自书院出者，其勋名不犹彪炳耳目哉？此皆诸生之所法也。闻刘生尝问字于一山，诸先达之教，亦皆能言之也。抑予又有说焉，学问有正轨，患安于早近，亦患侈谈高远。性命之学，一而已矣。文章也，道德也，经济也，何一不本于性命。俗士昧此而不讲，不足言矣。一二高才，间有闻知之人，哓哓焉争朱、陆之门户。问其行能事业，究一无可见，此徒竞虚声以欺世者。或者薄科举为无用，斥帖括为末技。讵知唐、虞之世，敷奏明试。成周盛时，言扬行举，科举由是。古昔宾兴诸侯三岁贡士之法，其用帖括经义，正敷奏飏言之要。具眼者，如王伯厚识文文山，并其人肝胆皆见之。故此法行之数百年而不改，不得因始宋以经术紊政之王临川，遂薄之也。谓科举之文薄，人自以苟道为之耳。归震川、方望溪诸大家作具在，可曰徒时文乎哉？刘生捐增膏火，求予为之记，因有感于国家作育人材之意，为诸生琐言之。从此各务根柢，即由实文讲圣贤实学，期无负于朝夕养赡，他日不肯尸位素餐已。基于是，则刘氏之捐赀所助为不少矣。

重建灞桥记

灞水出秦岭蓝田谷，左汇浐，北流入渭，名蓝，亦名滋。秦穆欲张霸功，更名霸。方今帝德广运，远迈唐虞，复奚取于秦之称名哉？当从《水经注》作"灞"。灞有桥，距省垣东二十里，为晋、豫、陇、蜀要津。秦以前无可考矣，汉时桥在浐水入灞迤北，隋置南桥，即今灞桥街也。唐人饯别，多于此地，故名销魂，凡十五虹，八十余步，厥后随建随颓。康熙六年，贾中丞汉复造舟以渡，则前此早无桥矣。迄三十九年，贝中丞和诺捐俸倡修，甫三年而遂圮。乾隆三十年，西同奉三郡士民输金，请复明中丞山，奏建石墩木桥，阅五载而又倾。文中丞绶奏定春冬搭盖浮桥，夏秋设船济渡，历今六十余年以来，南山开垦，沙逐浪浮，水涨则舆梁莫架，水消则舟楫难通，往来行人之病涉也久矣。守斯土者，莫不心焉悯之。

余筮仕关中二十有五载，每过此水，目击寨裳曳轮之状，未尝不临流兴慨曰："焉得人人而济之！"庚寅冬，由汉川调守京兆，未及三年，遽蒙圣主畀以秦疆重寄，惭无实惠及民，求平其政而不知所为。窃闻子舆氏论溱洧轶事，因意修复灞桥，计需工费不赀，念此邦素封，家多乐善好施，事檄有司劝谕。未期月，而咸宁、长安、咸阳、渭南、泾阳、三原、朝邑、大荔、郃阳、韩城、鳌屋等县士民，遽集十二万三千余金，抑何信从者众？自非利害切身，人人意中有是桥，肯一呼而百应耶？惟然，此桥不成，何以对我士民？成而不久，更何以对我士民？得不尽心力而为之？爰商之杨制军遇春、前任史中丞谱，并与司道同官熟筹，咸谓事关民瘼，宜乎速兴。遂往履勘，两岸河身较旧址加宽过半，水漫沙淤，若不变而通之，终恐枉费民力。访得澧水普济桥，系长安故绅江南梁提军化凤所造，纯用石盘作底，石轴作柱，自康熙四年迄今不坏，虽仅容一轨。取其法而扩充之，长一百三十四丈，宽二丈八尺，高丈六尺，可以三轨并行，平分六十七龙门，直竖四百八砥柱，以六柱为一门，每门安盘石六，各厚尺，径四尺五寸，以柏木作桩，长丈三尺，径八九寸，众擎于底，周护于边，中心凿孔、穿桩以系之，上垒石轴各四，厚二尺，径三尺，雌雄作窍，铁管贯心，轴上直搭石梁，横加托木，托长丈二尺，径一尺，叠架梁木十五，各长二丈，径一尺二三寸。密铺方板一层，均厚七寸，宽一尺，旁加方板二，中筑灰土，令与板平。上铺平石，厚五寸，宽三尺，飞檐七寸，上砌条石，厚二尺，栏杆各百二。筑灰堤三百丈，俾附近田庐，无虞冲决。神祠、候馆、牌楼、碑亭，一律建新。桥西十里有浐水，与灞同源而异流，即昔之辋川也。旧桥久湮病涉，无殊于灞，建龙门二十，砥柱百六，长四十二丈，宽二丈三尺，高丈五尺，作法一如灞桥。此法之妙，在乎不与水争。盖龙门多开，则狂澜弗激；砥柱旋转，则淤沙莫停，斯可永固矣。

两桥共费十万三千六百金，节余二万，并前修桥余存五千，发商营运，以作岁修经费。移驻咸宁县丞于桥南，责成稽察。是役也，经始于癸巳之冬，十阅月而告成。仰荷皇仁，捐赀士民暨出力委员，均予优叙。从此穰穰而往，熙熙而来，莫不共庆安澜，永占利涉矣。夫辰角见而除道，天根见而成梁，不过为政之一事耳。有斯民之责者，视人之溺犹己溺之，必将胥亿兆生灵而登之衽席焉。此则所望洋向而叹者，长天一虹，何足异哉！只以作法尚可类推，故不厌详言之，以备四方君子之采择，即一时同心利济之人，有劳足录，有善可旌，亦宜勒之琪珉，以垂不朽。维时相与谘诹谋度者，则何方伯煊、前臬司升任四川，李方伯羲文、莫廉访尔赓阿、督粮程观察槑、采盐法查观察延华、潼商庆观察禄、陕安孙观察兰枝；权出纳者，则西安韦太守德成，汉中云太守麟；总理稽核者，则清军白丞维清；协办督催者，则宜君多令瑞；劝导乐输、襄理工务者，则咸宁令升任商州范牧秘桂、长安令升任留坝王丞光宇、渭南俞令逢辰、大荔王令履亨、朝邑常令瀚、泾阳毛令有猷、三原孙令玉树、洵阳张令肇元、蓝田胡令元煐、郃阳钟令章元、韩城江令士松、咸阳陈令尧书、临潼善令禧、盩厔郑令华国、长安胡令兴仁；监工督办者，则候补藩红历许保瑞、臬经历汪平均、洋县县丞陈斌、典史黄谦受、中部典史倪柱；董事绅衿采材木者，则盩厔都司职萧允章；掌计簿者则咸宁生员张文通、长安生员呼延尔溥，俱与有劳焉。所有输金士民，别立一碣，备书于左。是为记。

新修佛坪厅桥梁道路记

皇帝御极之四年，前抚宪卢据前升道宪严详请，奏设佛坪厅治。越三载余，兼权道篆，奉檄履勘与景司马筹议，以积储之策，要在因地制宜，招徕之方，必先疏通道路，缕晰条陈。因分拨盩洋仓谷连价不敷，蒙抚宪鄂奏准，发银就近采买荞麦，亦既仓储有备矣。第民食必需稻米，邻境惟华阳、茅坪两路所产较多，而山径崎岖，艰于贩运。由厅城至华阳，已百六十里，又八十里乃抵茅坪。经即补参军孙巡检勘得，南路由太古坪至茅坪计里二百，较捷四十里，即由茅坪至洋城，计里九十，较厅城由华阳至洋城亦捷三十里。如此两路通行，则各色粮食更见，贩运匪艰矣。且洋县由栈道至省十有二站，若由厅城至省只须七站，往来行人岂肯舍近而图远？其由茅坪走洋城道路，经董明府修理平坦，惟北路由厚畛子至老君岭一百五十里，溪深岭峻，亦须重修。爰饬孙参军随署厅事、熊别驾悉心擘画，余为倡捐两处，里民皆踊跃争先。土路工程系各里分段捐修，共用夫一万七千八百六十八工。其有桥梁石碥彳亍难行，工力较多之处，官为发价购料雇工，共用钱六百千缗。北路钓鱼台至下沙河二十里，径窄河宽，工费尤重，系十斗厢客都司御萧永章，捐银四百两，一力承修。自四月鸠工庀材，孙参军往返督催，七阅月而报竣，肩舆乘骑均可通行。从此人烟辐辏，渐成都会，攘往而熙来者，不亦同游于荡荡平平之盛世哉！若夫春涨秋淋，难保不无壅塞，以时补葺而平治之，则更有待于后之心存利济者。所有捐赏及督工姓名，俱泐琪珉，以垂永久。

汉中乡会试卷金记

汉南士气，素号醇庞，迩来英俊迭兴，文风骎骎日进，登科第者岁不乏人。诸生履蹈圣涯，穷经致用，莫不有志观光。惟以僻处终南，毗邻巴蜀，不但计偕北上，将越三千数百里而遥，即乡试省门，亦在一千数百里以外。寒素之儒，艰于赍斧，有因而窀步不前者矣。道光五年秋，翰山张学使按临校士，深嘉此地多肫笃英敏之才，各体诗文亦不少就范循模之艺。俯念关山迢递，匪乏谁供，恐致颓其向上之心，欲谋所以多为之助，首捐廉银三百以倡，嗣经乐园严观察、实斋万明府，各分清俸，并劝绅士共捐银一千五百两，置买水田六十三亩，旱地七亩，岁征租钱一百一十缗，以作汉南书院贡举卷金，嘉惠士林，意洵美矣。道光六年春，余重来守，窃念跋涉之苦，人有同情，若依助止及汉南书院肄业之士，其余未免向隅。且乡试人才济济，其中更多寒畯，自应为之推广，概给卷金。因捐钱一千缗，与南郑王明府光宇、略阳郭明府熊飞各捐二百缗，续得钱三千四百缗，连前共置水田一百七十九亩，旱地二十二亩，余钱生息，岁收租钱三百五十缗，三年所得钱一千五十余缗，酌留贡举北上旅费外，余作合郡乡试卷金。在素封之族，不必加多，而寒苦之儒，不无小补。除详明立案外，所有捐输姓名、数目、田地、坐落，镌之于石，以垂久远。后之来者，加意作养，又从而广推之，多多益善，是更有望。

汉南中梁两书院记

道以大公至正为归，千古道学之弊，莫大乎各立门户。其初不遇小有异同，其究遂至互相诋斥，而莫之能容。异端朋党之显叛于道者，无论矣。俎豆一先生，同朱者异陆，同陆者异朱，皆门户之见，有以歧而二之也。其实文公之鹅湖，称尊德性，道问学；象山之登白鹿洞，讲君子喻义，小人喻利。要皆原本大公至正之道，未尝不同归一致也。汉南书院建自闲圣朱太守推命名之义，殆以械朴、菁莪先及于汉，《关雎》《麟趾》皆起自南欤？抑志云郡临汉水之阳，南面汉山，故以汉南名，则是合一郡之子弟而培义之也。方今圣教覃敷，人材蔚起，远方之负笈者众。南郑为附郭地，从游较多，书舍有限。前太守乐园严方伯与广庭杨明府捐赀六百金，于院之东隅，购地五亩，建屋二十间，颜之曰"中梁书院"。余壬午岁承乏于兹，又与实斋万明府倡捐，醵金二千，增正厅五，左右舍六，于汉南膏火四十三分，外又增生十分，童八分，归于中梁书院。盖扩而充之。非歧而二之也。岁丙戌，余去三年复返，见两书院旧斋不悉整齐，兼多剥落，因与默斋汪明府劝捐，又得八百金，因而作新之。兰庭何观察顾而乐焉，进诸生而讲以学道大义，方见人材倍兴，文风蒸蒸日上，有以媲美丰镐辟雍焉。顾党庠、术序，每异地而居，今以中梁附汉南，中梁山名南郑，志以为高陵群拥，势类积谷，又以其镇梁州之中，故名。即以名一郡书院亦可，而专属之南郑，似一而二也。然而筑屋于东，以待一邑士，正所以虚席于西，以待一郡士也。若横渠之学堂双牖，左书"砭愚"，右书"订顽"，伊川恐启争端，改为东铭、西铭。铭分东西，道亦分东西乎？然则道一也，教亦一也，夫岂有偏倚之意存乎其间？学者不执门户之见，相与讲求鹅湖、白鹿大公至正之道，而无所异同焉，此则二而一之也。

新建彩云书院记

古者国学而外，家有塾、党有庠、州有序，无不学之人，即无不设学之地。我朝文治覃敷，辟雍、泮宫学校，又典章大备，鹅湖、鹿洞书院之规制极详，虽在边陬，莫不涵濡圣化，亦既群黎遍德，比户可封矣。吾乡灵钟沘水，秀毓崇山。科第早已渐开，贤能亦经继起，则是州长掌州之教治，考其德行道艺，有由来也。在城有象山、沘江两馆，虽名书院，其实房舍几无，膏火未筹，仅与四乡之义学同。云樵谢刺史权牧斯土，加意栽培，概捐清俸，倡建云龙书院，闻者靡弗欢欣鼓舞。名飏入官司铎，曾经十有四年，窃见庠序之设攸关治化本源，既而承乏三秦，亦越二十七载，仰邀圣主知遇殊恩，由郡县而荐历封圻，所至汲汲以振兴学校为先务，未敢有负初心。每一念及故乡，未尝不有杞梓良材、芝兰嘉卉，若不稍加扶植，将何以副我父兄之责望，为我子弟之观摩乎？所当勉竭余廉，以补乡校。石门一邑，乃各井里适中之地，若建立书院于斯，四方负笈而来，岂不较便？质之舆论，咸以为宜。爰卜基于梅阿马侍御、作谋杨明经两姓田间，公孙辈亦俱乐输。遂于乙未冬鸠工庀材，丙申秋次第落成，颜之曰"彩云书院"。适因州境彩云屡现，故象文明以纪瑞云。丁酉春，名飏解组归来，优游无事，复与吾党后进传述旧闻，研求新律，补读少年未读之书，以寡晚年欲寡之过，亦所私心窃幸也。敬业乐群于其中者，更应努力争自濯磨，相与陶情淑性，饬纪明伦，即以修之家者献之廷，勉为今日之醇儒，以作异时之循吏。此则惓惓鄙怀，所望我一乡之善士，进而为一国之善士、天下之善士者。

杨载彤

杨载彤（1786～?），字管生，号巇谷。赵廷玉、周馥的第三个儿子，原名感三，因为赵氏的祖先姓杨，后归宗改姓杨，改名载彤。嘉庆丁卯年（1807）副贡生，五十多岁时担任马龙州学正。

（民国）《大理县志稿》人物部载："嘉庆丁卯副榜，通经史，官马龙州，学而课尝教人为学以读书、立品、伦理、经济为四大纲，文章其余绪者。购小学授之，谓'小学为人生必读书，人有生而不知小学者非人也'。晚年好吟咏，与丽江杨子云、昆明谢石矍善，著有《巇谷诗草》。"

其生平事迹于张培爵等修，周宗麟等纂，周宗洛校订（民国）《大理县志稿·人物部》；周锦国著《清代白族赵氏作家群作品评注》；张文勋主编《白族文学史》；杨镜编著《大理古今诗人要事录》；张建雄、周锦国选注《历代白族作家丛书（综合卷）》中有载。

著有《巇谷诗草》六卷，共收录诗歌862首。清咸丰年间刊印，六册，云南省图书馆藏。（民国）《大理县志稿》卷三十艺文录其诗《浩然阁》1首，卷三十一艺文录其诗《大理赴乡试竹枝词（十二首）》12首。

王厚庆《绣余诗草序》中说："余既与巇谷相识。见其所为诗之教者居多。"说明他的诗受到母亲周馥的影响。李缵绪先生在《白族文学史略》中评价杨载彤诗的风格为在"愤、愁、骚"的基础上，又添"洒脱、飘逸"，是非常妥当的。

诗

此次诗的点校，以周宗麟等纂，张培爵等修（民国）《大理县志稿》为底本，诗共计13首。

浩然阁

杰阁上凌空，长河入望中。烟横一带阔，波撼两关雄。胜迹余风月，逆流溯段蒙。凭栏独把酒，高唱大江东。

大理赴乡试竹枝词（十二首）

雨衣草帽短烟戈，被套新缝为赶科。请托相知权代馆，束脩支过半年多。

短鞍长镫巧安排，高中言传笑脸开。预数探亲从某某，弓鱼乳扇带齐来。

辞行约伴尽勾留，走马斜阳入赵州。明日泥塘深处几，大家谦问马锅头。

红岩云驿普溯过，取次沙桥住吕河。岭下定西威楚近，木滂坡又广通坡。

禄丰道接老雅关，省隔安宁咫尺间。公馆流娼纷劝酒，先生到此尽朱颜。

峰头立马万山低，阅尽雄关下碧鸡。靴裤麂皮衣氆氇，都知来客是迤西。

录遗考过进三场，火扇招摇意气扬。号舍闲谈问闾里，文风俱说让吾乡。

自古场中不论文，偏于场外论纷纷。茶坊酒肆交相赞，火把争辉定应君。

三声大炮榜高悬，平地登云会上天。愁怨人多欢笑少，店东挥泪哭房钱。

任有佳文不屑看，仇深似海是帘官。三年一试非容易，资斧过于道路难。

奋志当如看榜初，满腔热血付经书。须知此日元魁辈，落第前年共笑渠。

逢人怕道赶科回，白眼谁知有用才。息鼓掩旗暂归去，养全锋锐又重来。

杜应甲

杜应甲，字若乔，太和人，与杨履宽同时，一生布衣。

其生平事迹于（清）袁文典、袁文揆辑《滇南诗略》卷二十三中有载。

《滇南诗略》卷二十三录其诗《江村对月同王学虞》《元旦写怀》《沈健庵归自鹤川赋赠》《法真寺楼凭眺》《荡山华严庵牡丹》《妇负石（二首）》［（民国）《大理县志稿》中该诗为赵廷玉所著，此处存疑］7首。（民国）《大理县志稿》卷三十录其诗《法真寺楼凭眺》1首、卷三十一录其诗《荡山华严庵牡丹》1首。

诗

此次诗的点校，以（清）袁文典、袁文揆辑《滇南诗略》（上海书店出版社《丛书集成续编》影印本）为底本，诗共计7首。其中《法真寺楼凭眺》《荡山华严庵牡丹》《妇负石（二首）》以周宗麟等纂，张培爵等修（民国）《大理县志稿》为校本。

江村对月同王学虞

有情千古月，常照大江流。片片金波泻，遥遥银汉秋。沙明时起鹭，岸白远藏鸥。共拟乘槎去，还应犯斗牛。

元旦写怀

元旦无风放夜晴，画楼晓角听分明。数奇空老封侯骨，落拓羞为弹铗声。铸错十年成铁汉，磨针几载误书生。半窗修竹一樽酒，漫学疏狂阮步兵。

沈健庵归自鹤川赋赠

同是悲歌慷慨人，天涯才至又相亲。一年岁月存诗卷，两处烟波付钓缗。

雨雪他乡谁得耐，风尘此地更无邻。饥驱昔日与君似，闻道归来泪满巾。

法真寺楼凭眺

树杪斜飞百尺楼，登临四望兴悠悠。面浮三岛移松下，背拥诸峰护佛头。六诏河山成乐土，千年碑碣付荒丘。欲来山雨风何满，便拟乘之^[一]汗漫游。

【校记】

[一] 之：（民国）《大理县志稿》作"槎"。

荡山华严庵牡丹

渔阳羯鼓近如何，一捻沉香笑语多。早是玉环归佛法，芳尘不到马嵬坡。白鹦鹉尚能讽经，玉环不能归佛法，奈何。^[一]

【校记】

[一]（民国）《大理县志稿》无此评语。

妇负石^[一] 世传汉兵至叶榆境，大士化妇人以草绳负太石行，将士惊骇，一境得全。（二首）

汉代和戎事可羞，尚勤远略到蛮州。可怜拨尽琵琶曲，不及荒烟一石头。

此石可当兵十万，汉家空有卒三千。若将补入南夷传，铜柱奇勋未许镌。

杨栗亭称若乔先生博识洽闻，往见其零章断句，率风雅可诵，以其困厄终身，虑更世易年无复有人知，因辑其暮年稿而序之。今观其诗，清稳有余，殆亦不践迹而不入室者。然犹幸有此数诗，见知于栗亭，以传其名。然则人可不疾，没世无称也哉。^[二]

【校记】

[一]（民国）《大理县志稿》记为赵廷玉所作。

[二]（民国）《大理县志稿》无此评语。

高上桂

　　高上桂，字松泉，邓川人。清乾隆癸未（1763）进士。官四川新都县，河南辉县、太康等县知县。乾隆四十四年为乡民疏浚水患受乾隆嘉奖，升任湖南茶陵州知州，卒于任所。

　　其生平事迹于（清）黄琮辑《滇诗嗣音集》卷一；（民国）龙云、卢汉修，周钟岳纂（民国）《新纂云南通志》卷七十六；陶应昌编著《云南历代各族作家》；寸丽香编著《白族人物简志》中有载。

　　著有《松泉诗文集》一卷，已散佚。编撰《邓川州志》六卷，乾隆末年成书，道光四年由其孙高仲光等刻印行世。

　　《滇诗嗣音集》卷一录其诗《舟过湘阴》1首。（咸丰）《邓川州志》卷十三艺文上录其文《新开东川子河筑青石涧堤工记》《旧志序》2篇，卷十四艺文中录其文《星回节考》《书〈南诏野史〉开元十八年灭五诏二十六年袭大厘城篇后》2篇；卷十五艺文下录其诗《从郡伯州牧浴永春池》《弥苴行》《登钟山歌》《罗时江感怀（二首）》《朱巡宪开马鞍山河形（二首）》《重修天衢桥》《东湖子河功成漫兴》《谒两依杨御史遗像》《吊艾云苍山先生墓》《纪张太守督开东川子河筑青石涧长堤（二首）》《纪王刺史开东川子河筑青石涧长堤（二首）》15首。《滇文丛录》卷四录其文《黑水辨》《星回节考》2篇，卷二十七录其文《〈邓川州志〉序》《书〈南诏野史〉后》2篇。

诗

　　此次诗的点校，其中《舟过湘阴》以（清）黄琮辑《滇诗嗣音集》（上海书店出版社《丛书集成续编》影印本）为底本；《从郡伯州牧浴永春池》《弥苴行》《登钟山歌》《罗时江感怀（二首）》《朱巡宪开马鞍山河形（二首）》《重修天衢桥》《东湖子河功成漫兴》《谒两依杨御史遗像》

《吊艾云苍山先生墓》《纪张太守督开东川子河筑青石涧长堤（二首）》《纪王刺史开东川子河筑青石涧长堤（二首）》以（清）侯允钦纂修（咸丰）《邓川州志》为底本，共计 16 首。

舟过湘阴

森森经湖口，迢迢见水涯。黄陵开邑里，青草护人家。片席随湘转，孤鸿去岳斜。客舟何处泊，落日指星沙。

从郡伯州牧浴永春池

长者忽何事，僻巷车马填。招我西湖上，修禊三月天。谁为造化冶，煮此碧玉泉。丹黄昼夜烁，喷薄浮云烟。潴而为方沼，满室涵清涟。氤氲内盘郁，春意何益然。万劫思一洗，相与弄潺湲。

涨苴行

涨苴之水何泱漭，罢谷山下波浩荡。南流三江一峡束，倒注它崆十千丈。势如瞿塘百派奔，又如壶口万斛吞。二仪风雨连日积，喷崖撼壁涌龙门。滚滚一泻六十里，赤虹蜿蜒横天纪。两岸危如一发浮，决东决西任湍流。萍漂梗泛伤禾黍，人其为鱼室为渚。百谷漏涛洪河坼，须臾桑田不可求。负土担扫齐趋工，夜无栖止朝无飨。哀鸿四顾鸣嗷嗷，驱之塞河嗟谁语。健儿逋逃健妇走，何处秋原泣疲痒。有时江口忽壅涨，狂澜倒回转北向。方惊邓川将成川，又看浪人都逐浪。扬波掘沙争爬梳，川壅而溃将何如。堆沙拥石竟抵海，涨澳洱滨空唏嘘。从此河工不得息，计亩分堤竭人力。计亩年谷熟伤农，分堤河沙浩无极。一畚一锸血染尘，鸠鹄人人潜悲辛。春月赴堤秋未罢，更有催科吏捉人。吁嗟岁岁长河道，斯民斯役几时了。不惜民有胼胝劳，但愿官为区画好。君不见两川绣错良田多，通沟引浍泉盈科。果有治人行治法，涨苴之江泽滂沱。我闻关中郑白穿，渭河抉渠似雨传。诗歌以佚使民民不怨，安得斯人功绩垂山阿。

登钟山歌

覆钟之山如钟悬，穹窿卓绝难攀缘。我因探胜跻其巅，振衣千仞疑登仙。上有丰碑薜萝缠，下有绿玉藏深渊。剔薜字字读残镌，呼吸想应通帝前。侧身俯视高鸟翔，倒影人在镜中天。势欲凌空奋飘翩，安得拍手洪岩肩。共采紫芝佩兰茎，半窗云木隐数椽。中聚缁流日谈禅，卓锡何人涌涓涓。落翠飞花泻清涟，回首灵应北山妍。西乡凤羽绕褊襜，伏虎卧龙南向眠。三距鸡足翘东偏，诸峰罗列左右旋。齐来眼底献丽娟，滇泽一气送坤乾。但见百里长江穿，直到洱水同澄鲜。极目山河意渺绵，追思邓睒称雄年。大鳌失守嗟迍邅，曾来此间图苟全。纠合三浪操戈铤，徒冒白刃张空拳。穷蹙终走野共川，凭吊往迹有谁怜。空余覆钟倚大圆，大叩小叩何寂然。周景魏献只虚传，忽发罡风扫云烟。众窍怒号响幽泉，噌吰鞺鞳纷喧阗。使我听之舞跰跹，放声长啸白云边。

罗时江感怀（二首）

治水人何在，江名尚可求。平湖穿岭出，曲峡带云流。碧见烟村晚，黄知黍稌秋。凿耕安乐土，遗泽满汀洲。

汨汨两湖水，导江缅二罗。弟兄真伯仲，今古壮山河。净练澄秋日，晴虹落碧波。报功谁俎豆，惆怅此经过。

朱巡宪开马鞍山河形（二首）

御史停骖处，平冈古道斜。凿山翻地轴，导水转天车。石涧群流拥，桃园几树遮自注：山多种桃。事功虽未就，遗爱自无涯。

陇头云峡断，九仞欲通泉。远涧奔虹急，长堤绕镜圆。抉渠还是雨，为下好因川。一篑当知继，前功莫弃捐自注：筑卧虹堤在北。

重修天衢桥

颇病兹桥隘，重新又若何。月牙悬碧落，鳌背突金波。水纳三江阔，舟吞万斛多。天衢真有路，立马看星河。

东湖子河功成漫兴

狂澜回既倒，独力我何能。四载劳当路，三过幸得明。河声沙怒走，江影练初澄。更勖同心侣，功须次第增。

谒两依杨御史遗像

御史芳踪何处寻,永春池上木阴森。乌台早夺貂珰气,豸绣犹留铁石心。攻玉荆山思痛哭,濯缨楚泽好行吟。冥鸿一日飞千里,高节清风说到今。

吊艾云苍山先生墓

少年学圣拟周程,云黯金台痛九京。闻道一朝胡竟死,称名没世却如生。展禽荒垄谁相护,叔度余波久更清。此日过墟空太息,残编细读不胜情。

纪张太守督开东川子河筑青石涧长堤(二首)

新河疏凿古河东,绕屋依山一线通。两水高低连玉带,双桥大小叠银虹。南流海出青天外,北派江行绿野中。太守勤劳知不有,冥冥何处可归功。

迢迢石涧水源清,漠漠村烟绣壤平。幸不为鱼安乐土,免教飞雁起哀声。江穿玉岸思罗凤,海泄龙关忆赤城。捍患只愁功未了,此心何暇计声名自注:公在工时,忽以他事被劾。

纪王刺史开东川子河筑青石涧长堤(二首)

借寇边城抚字勤,东郊水暖木欣欣。百年河患桑为海,一日渠开重似云。郑国昔传沟洫志,梁州今纪浍川文。尧衢禹甸安耕凿,到处舆人诵使君。

将为保障力防河,天洞山前日日过。号令军前成壁垒,欢声鼓动起陂陀。霓虹渴饮云溪卧,晓镜新开石涧磨。百丈堤完功不朽,千秋遗泽满山阿。

文

此次文的点校,其中《黑水辨》《星回节考》《〈邓川州志〉序》《书〈南诏野史〉后》以(民国)秦光玉等辑《滇文丛录》(上海书店出版社

《丛书集成续编》影印本）为底本，以（清）侯允钦纂修（咸丰）《邓川州志》为校本；《新开东川子河筑青石涧堤工记》以（清）侯允钦纂修（咸丰）《邓川州志》为底本，文共计5篇。

黑水辨

邓川洱苴佉江，南汇为叶榆泽。昔人谓其水之黑，似榆叶渍成，指为入南海之黑水。其说固非，而李元阳、张机、阚祯兆俱有《黑水考》。

《滇志》信张、阚而疑李氏之说，窃以为不然。如张机《南金沙考》云：“云南金沙江发源昆仑山北，西吐蕃地。即夏书所导黑水也。”又引周文《安辨疑录》云：“肃州西北有黑水，东流遐远，莫穷所之。是其源自雍州之西，流入梁州之西南。”又引《云南志》：“云南金沙江出西蕃，流至缅甸，径趋南海得，非黑水出张掖，流入南海者乎？”又云：“相传南金沙江源近大宛国，自里麻茶山极北，不闻有所往，惟自其经流入海。”可见者言之云。按《禹贡锥指》肃州西北十五里有黑水，自沙漠中南流，经黑山下，合白水、红水，至西宁卫入临羌仙海，未尝入南海也。大宛国在葱岭之西八千里许，两相悬绝，阻隔不通，其东南有葱岭河一枝入西海，不闻有自雍州之西流入南海者。则所谓南金沙江发源昆仑西北吐蕃地，特臆度之词。上源既昧，但自其下流可见者言之可乎？乃阚氏主张氏之说，亦以南金沙江为自雍州入南海之黑水，且称出雍州汾关山。汾关山在昆仑北，上流已阔。云考《汉书·地理志》，犍为郡南广县汾关山，符黑水所出。南广即四川之南溪县。《水经》所谓符黑水出宁州南广郡道源汾关山，蔡《传》之所首引者。此阚氏何以指为南金沙江之上源耶？又以《水经注》榆水东流，漏江县，伏流山下之漏江为潞江，以缅甸江、头城江中之岚凹塔山为三危，皆属附会。而蔡《传》谓积石西倾，岷山冈脊以东之水入河、汉、岷江。阚氏引之，削去岷江，止云冈脊以东之水入河、汉，亦语焉不详。李氏以澜沧江为界，梁州之黑水指江内汉人、江外彝人为说，固不尽允。要其论滇、蜀、陇三省之形及入南海之黑水，则未可厚非。昔人谓蕃名山川皆以形色，西南彝地水色多黑，故悉蒙黑名。滇境入南海之黑水，莫多于澜、潞二江。澜沧江有二源：一源于喀木之噶尔机杂噶尔山，名杂楮河；一源于喀木之济鲁肯他扯，名敖母楮河。二水汇于又木庙之南，名拉克楮河，流入云南境，为澜沧江。潞江之水自达赖喇嘛东北哈拉脑儿流出，名哈拉乌苏，东南入喀木界，又东南流入怒夷界，为怒江。入云南大塘隘，名潞江。二流之源，去河源不甚远，其流亦经滇境之中，此即《禹贡》梁州导入南海之黑水也。此外如槟榔江，即张氏所称南金沙江，其发源自阿里斯之冈底斯，东打母朱喀巴珀山，译言马口也。有泉流出，为牙母藏布江，从南折东流，经为藏地，过口噶公遥儿城旁，合噶儿诺母伦江之南流工布部落地，绕云南边境，外为槟榔江，又名金沙江，出铁壁关入缅国者是。而冈底斯之南，山名即干喀巴珀，译言象口；有泉流出冈底斯之北，山名生格喀巴珀，译言狮子口；有泉流出冈底斯之西，山名玛珀家喀巴珀，译言孔雀口；有泉流出三水，东南会流厄纳忒克国，为冈噶母伦江，即佛书所谓恒河也。冈底斯有二湖接连，相传为西王母瑶池，即阿耨达池也。佛书四大水出于阿耨达山下，有阿耨达池，即冈底斯是。唐古特称冈底斯者，犹言众山水之根也。然则张氏所称南金沙江者，乃佛书四大水之一，其源荒远，其流亦在滇境之外，禹迹所不至，实不可指为梁州之黑水，其可牵合雍州之黑水乎？张氏不识南金沙江之源，无怪指为自雍入梁之黑水也。盖雍州之黑水与梁州之黑水两不相涉，久奉钦定，彼疑为越河伏流，又疑为潨涸者，皆执自雍之西界入梁州之西南之文以求之，宜乎其扞格也。《滇志》信张而疑李，用敢附辨。

星回节考

滇俗每岁六月二十五日，村落夜然松炬，酾饮占岁，土人祭祖，谓之星回节。节名未详其由，故事亦传闻互异。或曰："邓睒诏妻慈善为夫死节，国人哀之。"说见冯甦《滇考》及所撰《慈善妃庙记》。按《南诏野史》："蒙氏欲灭五诏，豫建松明楼，祭祖于上。诏曰：六月二十四日星回节，当祭祖，不赴者罪。"各诏于二十四日皆至，登楼被焚死。是当时先有此节，特因节以焚楼，非因焚楼以传节。且焚楼事在六月二十四日，而妃死节，闭城三月，食尽之余，国人何为于是日吊之？其说近诬。或云以武侯是日擒孟获，侵夜入城，父老设燎以迎。说见《通志》。以《南中志》考之，武侯五月渡泸，至秋而四郡平，其擒孟获当在夏秋，以是日为擒孟获日，似不甚远。然孟获煽诱诸蛮，必待七擒纵而后服。则擒渠时众方抗命，岂有设燎以待者乎？即有之，而擒非一次，擒之地非一所，擒之时非一日。何皆以二十四、五日为此会，且加以星回节名哉？郡志载：汉元封间，楪榆妇人阿南为酉长曼阿娜妻，娜为汉将郭世忠所杀，欲妻南。南绐以聚国人，使备[一]知礼。嫁张松幕，焚故夫衣，乃抽刀自断，仆火而死。时六月二十五日，故国人岁于是日然炬以吊。是其事又在蜀汉前，说既互异，而星回节之名总不可解。考《月令》，星回于天，数将终而岁更始也。六月非数终，二十五日非岁始，何为以星回节名？《玉溪编事》曰：南诏以十二月十六日为星回节，其游避风台，有"不觉岁云暮，感极星回节"诗，似此节又当在十二月十六日，而何以习俗相沿之左耶？偶阅南汇吴省钦《宁远怀古》诗，有"却笑荷花生日里，几村蛮女踏芳菲"句，注云："番俗以六月二十四日为元旦，吴人以是日为荷花生日。"吴公博雅，语必有据。则是野史所称六月二十四日乃星回节之说，正合《月令》。星回于天，岁且更始之义，而节名之昉，信非无因。《荆楚岁时记》云："正月一日，爆竹于庭，以惊山臊。"魏议郎董勋云："元旦门外烟火等事以逐疫，礼也。"星回之列炬，殆其遗意乎？盖为蛮俗之先，以是日为元旦，故相率而举火占岁，而酿饮祭祖，不约而同，迨通中国，奉正朔，岁首改，而节名不改，其沿为二十五日，而仍其称者，无亦阿南事，适当是日，景随事迁，事相因而名相蒙，亦如寒食禁火，而因以悲介子，五日系缕本旧俗，而因以吊屈平，连类而及之者也。

【校记】

　　[一] 备：（咸丰）《邓川州志》作"遍"。

《邓川州志》序[一]

　　史之事关一代，志之事系一方，以一方志较一代史，其难易故有间。然志一方者，必综古今源流而纪之，非仅如史之关一代也，事虽易而实难，且一代史每合天下之一方志，以成其制度典章，掌有专官，稽有成案，而一方志则无所掌，亦无所稽。凿空以为之，匪直无以传信，亦且难以传疑，矧地处边末，不难之又难哉！邓邑当筰、濮会同，庄蹻通楚时，荒远无论矣。自汉置二十四县而楪榆名，唐分六诏而邓睒著，事亦时见于他说，然传闻异词，或不可为典要。迨大渡之画，不通中国者三百年，为问其时，尚有陈编之可窥乎？明御史两依杨先生始辑州志，雪苍艾先生复从而纂之，文若有足征者。但越今百六十余年，山川如故，人代更新，寻坠绪于简残碑断，有怅望其无从者。明经戴竹存先生，吾乡纯笃君子也，悯遗文之缺略，虑往迹之销沉，有志于是久矣。虽年余八十，犹怀椠握铅，广求轶事，每一过从，辄谆谆以州志嘱，且率同人请于州，而以斯役见委。桂虽不文，其何敢负诸先生责望意？爰发凡起例，统为六志，而各以其类从。首地理，事之因乎天者也；次建设，功之成于人者也。欲成建设之功，不能不需于赋役，故继赋役。赋役者，野人所以养君子，而野人又君子所待治也，故继秩官。官师于上，民化于下，人才因之以起，故继人物。人物兴，斯咏歌作，故以艺文终焉。凡此者，析之有条，絜之有领，于一方事庶，其较若列眉乎？顾尝论之：一方以六志[二]，志概其全，而六志中又以秩官居其要。盖得其人而理之，则地理治矣，建设举矣，赋役均矣，人文盛矣。所以《禹贡》不纪风俗，风俗，上之所化也；《周礼》特著六官，六官，下之所法也。邓虽蕞尔地，而山河起色，景物效灵，骎骎乎礼义之风，不愈以见我朝官得其人，事得其理也哉！

【校记】

　　[一]（咸丰）《邓川州志》题为《旧志序》。

　　[二]（咸丰）《邓川州志》作"一方志以六"。

书《南诏野史》后

　　南诏皮逻阁欲灭五诏，以六月二十四日星回节祭祖为名，诱焚各诏于松明楼。省志、郡志皆载于开元二十六年，独《南诏野史》载为十八年，至二十六年，则纪其逐河蛮、袭大釐城事。纪载互异，何所折衷？考《唐书》，咩逻皮为邓川刺史，治大釐城，袭大釐城即袭咩逻皮也。其诱焚各诏时，邓睒诏即咩逻皮子皮逻邓，载籍昭昭。若如野史所云，则是焚其子于前，袭其父于后矣。其父于开元二十六年犹治大釐城，其子何遽称诏于十八年前耶？且既于十八年灭各诏，则各诏之地皆其所有，何区区河蛮、大釐城近在肘腋，乃越八年始逐之、袭之耶？省志：皮逻阁逐河蛮，取太和城，袭大釐城，势益强，遂赂剑南节度使王昱，求合五诏为一，昱奏许之，与《唐书》合。是明明因逐河蛮等，势益强，后乃谋灭五诏也，较然矣。南诏于开元二十六年始见纲目，所以著王昱贿奏之贪，朝廷册封之误，逻阁凭陵之强，志祸始也。若谓各诏灭于十八年，至二十六年方入朝称谢，是并吞之事久成，朝廷俞旨历八年而后报，推逻阁急欲雄长西南之心，必不出此。然则所载开元十八年灭五诏，或其逐河蛮，袭大釐城之年，而所云二十六年逐河蛮、袭大釐城，殆其灭五诏之年乎？至松明楼之焚，四诏遇害，惟越析诏为赠不赴会。天宝三年，皮逻阁子阁逻凤自请将兵灭之，加上柱国，观德化碑可见。而野史与省志皆纪破越析于十三年，载诸李宓兵败后，虽据《唐书》，究与德化碑不合，或又以焚楼事为《唐书》不载，而疑其传讹。夫子虚乌有之论，类文人骚客托兴寓言。若此地当唐时，诗书未睹，朴鲁相仍，谁为凿空附会，创此无稽之说，骇人耳目，且俾一方人庙祀慈善妃，藉藉千载哉？《春秋》书列国事，赴告则书，不告则否，想诱焚各诏，谋出于诡。彼逻阁雄视西南方，将以强大骄中国，顾于灭各诏，而以诡成之，若不欲上闻者，故隐之。而《唐书》遂遗其事，亦如《春秋》之不告不书，未可知也。今野史、省志、郡志载此事独详，足补《唐书》之阙，或仍执彼以疑此，何所见之不广耶？

【校记】

[一]（咸丰）《邓川州志》题为《书〈南诏野史〉开元十八年灭五诏二十六年袭大釐城篇后》。

新开东川子河筑青石涧堤工记

邓之四面皆山，中带涤苴河六十里，首受宁湖，下注洱海，界为东西两川。两川形如半壁，田庐绣错，环山诸溪，百道飞泻，各潴为湖，两湖皆入涤河。唐时，罗时兄弟于西川凿山导水，西湖始别出为罗时江，至今食其利。惟东湖入河处，天洞山逼其颡，天衢桥扼其喉，居人岸集，无隙地别可穿渠。千余年来，湖河合派，河为沙壅桥阻，河高湖卑，夏秋雨集河盈，河不能纳湖，湖反为消河之壑。而青石、九龙诸涧水，复荡石淤泥，汇于湖口，相辅为害。稻壤花村，化为鱼窟菱渚，民生其间，未获安居粒食。嘻！甚矣惫！康熙初年，州民于天衢桥下开西闸，雍正五年，又开东闸，意在分泄倒流之势。乾隆六年，本州杨开坦平山，九年，巡道朱又开马鞍山，意在别寻湖流之委，均劳而罔功。十九年甲戌，本州萧与余兄上枢《画两河三埂策》，议买河岸民房，穿子河，引湖水由东闸入洱。策诚善。嗣捐资不敷，绩用无成。余时在诸生，每顾吾乡水云一片，人其为鱼，辄为鸣悒。后虽邀升斗，宦远方，未尝一日忘之。辛丑春，丁内艰，家居，里人赵之瑢等来寻开河约，适郡伯归安，张公春芳奉抚军檄，临邓勘河，太和尹湘乡王公孝治权邓牧，皆留心水利。余复申前议，并于天洞山北议筑长堤，堵青石涧诸水，时其蓄泄，郡伯可之。而居人赵士模、杨瑞扬、丁云相、丁显南四人，倡率比邻徙宅以让。郡伯高其义，按房间大小偿其值，卸屋料归之，得地若干区，即日兴役，更以后效属王公。王公身督工程，不间风雨，余与侄万选及友人徐声华、董其事，轮班任职，计事分劳，有杨凿、李际云、杨楷等三十人襄理其间。由是子河开、长堤成，湖自有尾，潦不为灾，乐利之泽，与罗江并永。又长堤下涧水故道一区，王公拨夫工、牛具，辟沙石，垦地八百亩，为保护岁修之费，筹画周矣。及祥符张公士俊踵而为之，其功益大备。计此举买房间九十，地亩三，穿新河旧闸三千弓，筑两河石埂三千尺，长堤四百丈，为石桥、石闸各一，用夫六万，船只二千，牛具、匠工、木石、灰料、地价三千六百金，官为倡捐，余竭力三之一，余银及夫出各田户。起辛丑二月，迄癸卯夏杪，郡伯张始之，权州牧王成之，张又继之。至穷流溯源，遥为驱策，则抚军刘公主之，而余幸躬睹其盛焉。昔文翁穿湔澳，民用饶富，薛公疏漳、衡，潦患以除，白居易堤钱塘，滕子京堤洞庭，人多称便。今抚军重念康田，而府州尽力沟洫，举千百年积患一朝去之，其视文、薛诸公为国捍患兴利，民到今受其赐者，将无同然。欧阳公记子京偃虹堤曰："事不患于不成，患于易壤。作者欲其久成，继者常至怠废。"此抚军所为虑地方官日久怠生，持援之以入告也。他日子河培险疏滞，工日有加，而长堤内渐淤渐满，青石诸涧水归马鞍山之役，未可缓图。凡我同事，可狃目前而忘远虑乎？用书以告后。

杨丽拙

　　杨丽拙，字守园，一字兑溪，剑川人，杨栋之孙。《滇诗丛录》称其："工书善画，年七十，手不释卷。"曾倡修通志。

　　其生平事迹于（民国）龙云、卢汉修，周钟岳纂（民国）《新纂云南通志》卷七十七、卷二百三十四；（清）赵联元辑《丽郡诗征》卷十中有载。

　　著有《耐斋杂俎》《省身续言》《偶寄轩文钞》《砚北偶存诗集》，后因滇乱，均散佚。《丽郡诗征》卷十录其诗《王珙亭先生崇祀乡贤恭纪》《观奕（二首）》《年来频丧骨肉旅舍中秋怆然感怀》《宿吕合》《寄王眉仙寿昌》《夏日偕敬庵育斋薏船果亭登黄山慈云庵访诗僧妙明祖亮赋赠（二首）》《柬杨石渠国琅》《维西杂诗（四首）》《巨津怀古（三首）》《木府感怀》《寒夜偶题》《宿撒利山寨》《寄怀旸谷五弟中甸》《感事》《仲冬送丰儿赴昆明》《旅夜》《寓楼独坐》《秧草铺》《向湖村》《吊黔国公沐天波》《游感通寺（四首）》《近华浦竹枝词（七首）》《迁葬篇感所见也》《拟陇头歌辞》《维西太乙山》41首；《丽郡文征》卷七录其文《张云卿〈鸿爪撷余集〉序》《陈烈女征诗启》《与张松坪书（二篇）》《与王南庐书》《答李景园托延地师书》《公举王拱亭先生崇祀乡贤呈》《听松吟跋》《公农村记》《崇祀乡贤例赠文林郎王存轩先生墓志》10篇。《滇文丛录》卷五十七录其文《与王南庐书》1篇，卷七十一录其文《王存轩先生墓志》1篇，卷九十七录其文《公农村记》1篇。

诗

　　此次诗的点校，以（清）赵联元辑《丽郡诗征》（上海书店出版社《丛书集成续编》影印本）为底本，诗共计41首。

王琪亭先生崇祀乡贤恭纪

剑湖之水清且冽，老君西来灵秀结。人材故自山水钟，胜国联翩萃英杰。先生挺生迟百年，昭代论才先卓绝。绮岁聪颖夸轶伦，下帷六籍罗胸臆。持躬孝友师闵曾，抗志经纶希稷契。乡闱五策持衡惊，苹鹿登歌声赫奕。岱云自蕴霖雨心，滇黔方苦边氛剧。王师征缅戊己年，飞挽馈饷无休歇。负戴遥遥曩宋关，诏书恤民原雇役。圣恩本如天地大，有司乃剥脂膏竭。沿门押运鬻妻儿，中饱胥徒恣饕餮。先生怀抱切疴瘵，情形痛击目眦裂。特函疾苦付哀鸿，匍匐万里叩京阙。一朝严旨责奸欺，党恶朋谋事龃龆。肯施薄谴欲甘心，谳鞫更番苦摧折。邹阳有书只自陈，李固含冤更谁说。诸公衮衮煅炼工，小臣自天心坚铁。囹圄累月门长扃，青灯偎傍银铛热。兴酣把酒酹皋陶，浩歌金石声激越。事终大白涂炭苏，身名阴受鬼神惜。名山归去拥皋比，兴学浚河补罅隙。风晨吮墨注禹畴，雨夜挑灯读周易。绳人以正律己严，教法苏湖追往哲。死完直道凛犹生，名载口碑久不灭。殁而祭社真其人，闾里陈词九阍格。入祠之辰万夫奔，父老咨嗟话畴昔。礼臣议上帝曰俞，乡先生前添一席。呜呼先生见义精，匪为身谋为民疾。粹然学行是完人，荐享无羞芹藻洁。后来矜式防歧趋，我歌窃附董狐笔。

观奕（二首）

妙手拈来若有神，此中小慧亦前因。笑他黑白相迷者，野战偏思欲上人。

生平不惯用偏师，指点凭他众口嗤。到底安知离胜负，劝君看到下场时。

年来频丧骨肉旅舍中秋怆然感怀

盼断天涯思惘然，一堂人半隔重泉。团圞怕见关山月，寂照离怀已六年。

宿吕合

贳酒人安在，空传吕合名。半天凉月影，丛树杂秋声。地僻仙风在，途穷道念生。何须凭借枕，大梦已分明。

寄王眉仙寿昌

琅琊风调迈群英，绮岁词坛早擅名。授简咸推鹦鹉赋，摊书独恋凤凰城。云开汉苑春光蔼，雪霁梁园逸兴横。见说王公能爱士，长杨何日献承明。

夏日偕敬庵育斋薏船果亭登黄山慈云庵访诗僧妙明祖亮赋赠（二首）

见说明开士，终年往碧岑。门环青嶂瘦，径绕白云深。浥露时烹茗，拈花懒出林。间中得佳句，冷对玉山吟。

天涯倦游后，一亩占芝丛。习静同孤鹤，浮生怅裸虫。襟怀冰雪淡，色相水云空。倘结黄山社，如师即远公。

柬杨石渠国琅

十载归来未白头，襟怀跌荡老无俦。烟霞玉岭供清兴，花月珠江忆昔游。挥尽千金犹任侠，珍藏万卷抵封侯。何须更作幽栖计，绕户潺湲丽水流。

维西杂诗（四首）

水汇流沙界，云横太乙山。腥膻连绝塞，部落杂诸蛮。豢虎人安在，骑牛客未还。昆仑遥万里，指顾白云间。

澜沧千里内，战伐古无休。望阵犹存碛，筹边尚有楼。青磷游夜雨，白骨卧荒丘。极目余陈迹，萧萧起暮愁。

狡狯风非古，浑沦气尚胎。经春犹积雪，终岁不闻雷。香爱松田米，肥怜石涧鲐。殊方饶异味，乘暇且衔杯。

化外多夷族，尤称傈僳豪。霜风鸣劲弩，秋水试长刀。渴饮狂如骥，攀援捷似猱。狰狞嗟此辈，抚育使君劳。

巨津怀古（三首）

四顾迢遥接大荒，停骖薄暮思茫茫。筹边自昔余三道，献馘而今说五王。白粉墙空留宿蔼，红岩哨冷剩斜阳。携尊我欲觞豪杰，陈迹凭谁溯宋唐。

邪龙地接古梁州，天堑苍茫控上游。岭暗云横花马夜，关荒雨歇石门秋。革囊竞渡人何在，铁锁深沉水自流。薄暮西风听旧曲，博南歌罢不胜愁。

半岭犹存诸葛名，渡泸当日想南征。舟车地苦通边塞，矢镞人还舍旧营。原上清风游鹿豕，林间白日啸鼯鼪。含情莫问前兵燹，渺渺寒烟十六城。

木府感怀

定筇西风起绿萝，故家乔木半消磨。清音玉水开文学，粉黛雌风著甲戈前明土府木增母罗氏新寡，值吐蕃寇边，亲御戈马，一鼓克之。万卷楼空秋月满，三山社散夕阳多土府木公恕，字雪山，与永昌张禹山、蒙化左黄山结诗社，时号三山。凭谁为译狼王乐，重唱当年慕德歌。

寒夜偶题

短檠疏箪得安眠，寂守空房意惘然。遣兴无方凭麴糵，消闲有地借书田。老来往事都成梦，悟后新诗每入禅。比似孤僧栖退院，尘缘不复苦相缠。

宿撒利山寨

飘零满地叶堆黄，板屋停骖正夕阳。觅宿昏鸦喧古木，惊人寒犬吠平冈。床支石枕和云卧，饭撷山蔬带雪尝。一夜岩泉声绕榻，未妨清梦到仙乡。

寄怀旸谷五弟中旬

频年难脱白，念汝益唏嘘。祚薄齐撄难，家贫早废书。风霜同客路，松菊忆吾庐。归计端宜决，衰亲正倚闾。

感事

鸩酒醺醺试一斟，爱儿不似爱黄金。瘗钱封鲊成嘉话，别有人间父母心。

仲冬送丰儿赴昆明

忽忽袯被告南征，千里何堪岁宴行。皂帽青衫怜旅况，酸风朔雪怆离情。低颜不用伤贫贱，措足还须择坦平。金马坊前多执友，为言渔钓了浮生。

旅夜

听罢空阶雨，幽斋静不哗。钟声时到枕，客梦不离家。檐际喧秋树，床头暗烛花。寒虫吟复苦，唧唧傍窗纱。

寓楼独坐

荒楼寂寞隐乌皮，镇日怀归未有期。鼓角犹传寒夜警，关山无那故园思。郊闻鬼哭连新旧，市杂人声半汉夷。怅望乡书时极目，征鸿不复到边陲。

秧草铺

芳草十里五里，夕阳三峰两峰。疏村几处烟火，古寺一声晚钟。

向湖村

桔槔声哗柳岸，秋千影挂花村。东风沉醉归去，渡口渔唱黄昏。

吊黔国公沐天波

大厦倾来志莫伸，黔宁往事话酸辛。可怜国破家亡日，不负臣忠子孝心。力竭双锤依故主，心伤一炬痛慈亲。蛮酋咒水成奇劫，呜咽英魂缅水滨。

游感通寺（四首）

海色山光望欲迷，伴花亭下草萋萋。峰头响杖僧锄药，树底遗毛鹤浴溪。晚磬通禅喧院北，流泉引梦过廊西。断碑陈迹分明在，为剔苍苔认旧题。

瑶台十二拥琳琅，胜概居然压点苍。壁焕天章悬日月，宫传帝释阅星霜。散花龙女常饭佛，爱马支公解觐王。太息传灯人去杳，夕阳云木冷禅房。

芳草白云处处稠，深山景物倩谁收。谈经有客曾登院，写韵无人更倚楼。雪霁林峦青嶂瘦，岚消石径碧萝幽。东风结伴频来往，踏破麻鞋兴未休。

石阑萧瑟带愁凭，啸咏此间记昔曾。雨隔尘还沦世网，三休路自引金绳。歌闻垂柳怀迁客，冢觅昙花拜老僧。欲酹吟魂何处所，青山寂寂墓烟凝。

近华浦竹枝词（七首）

秋水盈盈照眼明，芙蓉深港最怡情。老渔惯见江湖险，故向风波起处行。

望里云山不甚明，画栏西畔晚烟横。分明一样昆池水，一面阴浓一面晴。

碧浪风吹绉晚塘，淡云微雨界斜阳。湖光一派情无那，也学秋娘作淡妆。

歌罢采莲韵最娇，玉箫声里试停桡。惊人对对鸳鸯起，飞过秋江第几桥。

太华山下水如油，云净沙明逼晚秋。第一风光谁识得，背人先上大观楼。

徐牵锦缆笑归家，红蓼黄华拂水涯。秋色零星收拾得，一时插遍满头花。

橹声摇破绿杨烟，画舫参差古渡前。到岸何嫌迟片刻，顺风先让别家船。

迁葬篇感所见也

古人造葬聊以藏，遗体不穷地理穷。天理存吾顺事殁，吾宁骨肉归土斯。安已奈何未季信，青鸟乃以枯骨图。福履千里百里寻龙砂，麻鞋踏破遍天涯。青山不斩黄金买，五行异说究诸家。既闻日月扛门表，又说狮象排官衙。左有天仓右地库，南来朱雀北腾蛇。频看形胜金日吉，葬后公卿出如麻。特存标记留后验，人事尽时天道变。川岳何曾偶效灵，十载依旧长贫贱。境愈穷蹙心愈惑，造化偏难探消息。宅兆浑同三窟营，卜往山南忽山北。既迁乃父逮乃祖，泉下遗骸莫胜苦。馁魂虽觉不能言，白杨萧萧作人语。此去愿子指日纡青复拖紫，不然搬弄白骨将靡止。

拟陇头歌辞

陇山蠹蠹，陇水汤汤。四顾无人，独立苍茫一解。

西过陇川，彳亍空郊。野旷无梁，水浅舟胶。二解。

九曲陇坂，天高日眇[一]。陷我者多，助我者少三解。

朝渡陇川，夕上陇栈。朝暮陇头，肠中轮转。四解。

【校记】

[一] 眇：底本为"日"字旁，当为错讹，按句义当为"眇"。

维西太乙山

潺潺石径绕清流，云际逶迤鸟道幽。嶂掩双峰吞碧汉，图悬半壁画沧洲。深林翠滴晴犹雨，曲涧阴凝夏亦秋。欲识此中奇绝处，褰衣更上一层楼。

文

此次文的点校，以（清）赵联元辑《丽郡文征》（上海书店出版社《丛书集成续编》影印本）为底本，《与王南庐书》《公农村记》《崇祀乡贤例赠文林郎王存轩先生墓志》以（民国）秦光玉等辑《滇文丛录》（上海书店出版社《丛书集成续编》影印本）为校本，文共计 10 篇。

张云卿《鸿爪撴余集》序

仆与云卿，范谢素交，潘阳密戚。洛滨之戏，当年既后安期；竹林之游，此日还追叔夜。曾披探骊之什，得闻绪余；敢污涉理之笺，聊陈颠末。吾乡重族，旧数金张；近日文豪，尤称谓籍。承西铭之宿学，世宝丘坟；擅南国之声华，门高阀阅。雅耽典籍，黄琬对日之年；酷嗜风骚，杨修食果之岁。交论莲社，半是谢陶；文著锦囊，无非庾鲍。词章婉丽，丹露绀雪之篇；体制遥深，白凤苍龙之技。假令掷地，声已应夫铜丸；若使凌云，誉便驰乎文陛。夫何陆机旧德，只事诗书；颜竣清规，忘情势利。年年蜀市垂帘，客讶严遵；岁岁吴门涸迹，人呼徐福。爰乃燃脂研露，杂拟百家；晴雪抚松，广搜三箧。行间光怪，盘硬笔以横飞；楮上掀腾，蘸渴毫而突起。客嘲宾戏，或庄或谐，西竺南华，亦仙亦佛。至若徘徊身世，俯仰古今，人间靡换骨之方，人上饶销魂之曲。途穷箭尽，李都尉事业可知；月到风来，邵尧夫襟期犹在。况复崔驷不乐，卫玠多愁，空怀海外之青鸾，致恋枝头之红豆。屋梁落月，梦醒东阁之秋；夜雨巴山，话倦西窗之烛。莫不缘情啸咏，触景悲歌者也。君才十倍，固已迈夫凡庸；仆有一言，还当杂以谐谑。且夫珥丰貂于邺下，只缘漏卮一章；调御羹于宫中，端为清平三调。长卿丽赋，曾闻王后买来；太傅新词，竞说贾人售去。今使吟成枯树，遂可摇钱；咏就苏台，即能避债。鱼租雁税，立办就于咄嗟之余；薪桂米珠，尚取诸吐咳之际。是则燃髭以咏，虽颟顸亦复何伤；带索而歌，但寂寥奚其有悔。无如挚虞论簿，苦事觞歌；束皙艰辛，空劳文笔。怜井公之善博，索笑靡从；怅韩子之工文，送穷不去。虽曰俟夫来者，卒何用此文为？然而悠悠白日，何地埋愁？碌碌红尘，几时蠲恨？江文通作赋，皆从抑郁而来；虞子卿著书，悉在穷愁以后。消磨岁月，讵有意于呕吟；啁哳尘埃，只自鸣其肮脏。伊古今之一辙，岂先后之殊揆。嗟呼！人孰无情，谁能遣此？谓予不信，请听鸿爪之吟；倘君赋闲，再认雪泥之迹。

陈烈女征诗启

　　窃维坤贞异义，褒崇每切于枫宸；异行奇操，阐发难泯乎榆社。兹有已故儒童张渐鸿之妻陈氏，德懋珩璜，志盟冰雪。克扬芳于绮岁，慧解铭椒；旋失恃于笄龄，悲深集蓼。幽闺爱慕，岂仅长于针管酒浆；素质婉娈，雅自擅乎言工德貌。缅芳缘于凤劫，已符玉种绳牵；留雅范于尘寰，伫看珠联璧合。胡为十年未字，方著奠雁之期；讵意一旦分飞，忽抱伤鸾之痛。问藁砧兮安在，抚三物其空存。何天地之无情，将百身而莫赎。波摇碧海，计为填石之冤禽；路杳丹丘，难觅返魂之妙药。假使风恬树静，尚可姑延乎残喘；无奈弱草轻尘，未堪重撄夫迫难。鸩媒喋喋，纷来絮聒之谈；蜗室懵懵，并发谬悠之论。念吾宗本敦诗秉礼之裔，自有生平；况此身从破镜摧兰以还，何心人世？形如化石，山上惟知望夫；口纵铄金，车中肯再为妇？爰乃抛两行之血泪，翠袖凝珠；遂尔悬七尺之冰纨，雕梁挂月。魂销白露，贞女之花全枯；恨染绿云，帝娥之竹半湿。此日相从地下，理连松柏之枝；他时共集天涯，会比鸳鸯之翼。积千百载川岳之灵淑，储斯巾帼丈夫；维亿万人彝伦之纲纪，愧彼须眉男子。何图斯世，有此徽嘉；讵可吾贤，不为扬扢。伏望连编珠贝，永慰贞媛之心；庶几广辑琼瑶，遍拜仁人之赐矣。

与张松坪书（其一）

　　隐几青山，卷帘白水，正在愁中度日，忽捧朵云，恍遇故人于烛炧酒酣、清言娓娓时也。仆近日从维摩散花禅室，复移寓某酋长家，待以上宾，馆于系马山房粪草堆边，绝好念佛。西竺国中，何净何秽，正不容意为区别。长粗豪甚，威焰震荒裔，凡犵、獞、玀子、猓玀、狇狫、麽㱔、喇嘛、巴苴，靡不惮如神明，特爱怜其少子，延仆略授汉字。乃郎年方舞勺，肠满脑肥，英气锐发，目不识一丁字，手却能开五石弓。一日，长散步回廊，遥见野豕渡河，急呼郎射之，时方倚槛咿唔，徐抛书卷，抱雕弓出，湾成满月，豕应弦而倒，左右喝采，长亦掀髯大噱。仆本懦夫，乃得此英才而教育之，其奚以堪！其知可及也，其勇不可及也，犹胜于当世之纨绔子弟、踽踽然醒酲臜膻下而不能自振者。书附函尾，聊博一笑。

与张松坪书（其二）

日前《鹡鸰》之什，当即奉和，谅邀钧鉴矣。仆自抵维后，双眉长锁，未尝片刻释怀。九十年华，却向愁病中度去。近来仍事舌耕，聊以消磨岁月。然蛮荒郁郁，其势有未易处者。数宗主人，供给浸薄，危楼毳帐，凄雨飘风，木榻破处，双膝几穿，浑不亚管幼安皂帽客魏时光景？难处者一也。地属荒裔，言语不通，性同犬羊，偏多疑忌。吾侪复脱落惯，其于倚天砍地、刻烛击壶之时，偶见客径稍异，未免少见多怪，难处者二也。其人生长西竺，自乳哺时，即皈依象教，并不解读东国圣人之书为何事。今乃强以所不欲为，虽传经老氏，有意化胡，而说法生公，难期点石，难处者三也。家徒四壁，途悬千里，白发黄吻，嗷嗷身后。有时回首乡关，不禁肠回百折。李后主所谓"此中日夕，以泪洗面"，难处者四也。边方雨雪，终岁霏霏，仆受质清赢，难胜侵削，偶冒微寒，动辄呻吟经旬，难处者五也。有此五难，而犹隐忍不去者，诚以夷人虽甚狡狯，而狡狯外尚饶古风；汉民纵极浑朴，而浑朴中总带奸气。盖以耳濡目染者使之然也。与其落魄城市，触处荆棘，反不如敛迹深山幽谷中，与若辈居游之为得计也。先师不言乎：君子素其位而行，素夷狄便行乎夷狄。如必以境役心，是亦众人之见而已。未知足下以为何如？仆谨白。

与王南庐书

阔别久矣，恋恋故人，时萦寤寐。月前拜捧瑶函，眷注情殷，溢于纸背，灯光席影之旁，仿佛促膝心也。去冬君出岫之日，适仆赋归之时，抵里后，囊涩一钱，家余四壁，加以故乡荐饥，流离载道，人民城郭，大非畴昔所比。窃欲携家远遁，避此凶荒，继缘家君年登耄耋，诸凡掣肘，卒不能踵葛稚川罗浮之辙，日与鸠形鹄面之人，领略些凄风苦雨。罗鲁城忽化出一座饿鬼地狱，怵目伤心，实不忍道。入春以来，田稼颇稔，略有生机。奈人情汹汹，争自营私，未投乞米之帖，先来绝粮[一]之书。米贵如珠，亲朋隔面，九十年华，却向病愁中度去，求如昔时洒洒清谈，竟同瑶池之宴。以视足下适彼乐国，终朝鼓腹，接名流于翰墨之场，寄闲情于风月之地者，直非霄壤壤隔已。仆才学固窘，诗文一道，夙少见解。矧年来数罹凶殃，坎坷潦倒之中，不暇究心于风云月露之事。兹蒙下顾，聊将旧稿四本赍来，希为鉴教。虽自惭形秽，不堪寓目，但流光易逝，知己难逢，正高渐离所慨念畏约，出其匣中装时也。澹初少宰以夙未识荆，碍于通悃，向往之私，并人[二]道。及刻下《客窗》著作，定富，他时古松怪石间，其亦许鄙，为[三]贳一瓢酒，相与快读否？

【校记】

    ［一］粮：《滇文丛录》作"交"。

    ［二］人：《滇文丛录》作"为"。

    ［三］为：《滇文丛录》作"人"。

崇祀乡贤例赠文林郎王存轩先生墓志[一]

前人[二]记儿时，见先生庞眉丰颐，气宇轩昂，扶鸠杖橐橐行里巷间，邂逅与之遇者，必趋拱道左。尔时虽不辨为谁何，然心窃异之，意必为当世大人君子也。比稍长，执经于在溪师门，时先生已捐馆舍，道范渊源，私淑有年。今春，师拟营建先生墓表，命余志之。余小子虽不敏，固不敢以无文辞。

按状：先生世为浙之金华人，自始祖中丞公节钺三迤，占籍于滇，逮远祖某公复以州判莅剑，移家于此，科贡仕宦，代有伟人。历数传至封君毓华公，淹雅积学，为郡耆英，以季子仁圃公贵，赠如其爵，生四子，先生行仲，过承伯氏嗣。自幼倜傥不群，饶胆略，处烦剧事，应之裕如。性耿介，疾恶如仇，视尘世声色货利，泊如也。家素清赢，躬亲服劳，事抚母至性肫诚，常得欢心。读书惟期实践，不规规于章句，能强记，博极群书，九经诸史洞贯源委，时人目为马郑复生。其绪余溢为词章类，不根极理要，遗篇剩幅，学者珍同拱璧。乡荐后，一上春官不售，遂绝意出山。频年拥皋比，日聚生徒课习，宛然河汾家法焉。胸怀经世略林下，不忘施济，遇有利害生民事，辄奋身而出，不惮权贵。先是，乾隆戊子之役，大师征缅，奉檄饬运军粮，并接济夫马，官吏多就中舞弊。勘定后，邑人某以状叩闻神阍，先生实证其事，旨降有司，调集省垣面质。某官固系宰辅荫子，大吏悉为庇护，先遣人婉示意，先生若不解，每会鞫，即挫折百端，冀其左祖。乃先生拾级徐登，旁若无人，持论侃侃如故。又数囚先生[三]于囹圄，溽暑银铛中浩歌自如，终不能屈服，狱具释回。剑邑输公旧规，素为里胥濛溷，积欠[四]累累，先生言于有司，请循自封投柜之例，缘兹国赋早清，而民困亦苏，至今称便。又剑邑税课，旧例输归条公项下，忽某官图设攉所，先生执简而争，力持不可，以杜其谋。他若董浚河壅，重修书院，种种德施，更仆难数。殁之日，道途闻讣，至有泣下者。生平勇于为义，方其经营公事时，当路争龃龆之，仇如敌国，先生委以虚舟，毫不芥蒂。累年月在外，过门不入，鸡甫唱，即披衣起，号召急公，或乃诮为喜事，且目为疯魔者。嘻！是可慨已。

今夫士人当穷居洛诵时，终日理头帖括，并不解民生国计为何事。及幸而偶掇一第，遂岸然自诩，以科名为炫耀桑梓之具，甚至通津权要，横苦乡里，纵稍知自好者，要不过营田宅，保妻孥，以毕一世。一旦临小利害，辄敛手缩足，避之惟恐不暇者。闻先生之风，其亦可以稍愧矣。卒后数十年，郡人士上其事于大宪，请祀于乡，旋奉俞旨准奏，于道光十年秋设牌入祠，语曰：为善无不报。又曰：君子乐得为君子。盖于先生益信云。先生讳向极，字拱亭，号存轩。乾隆庚辰举于乡，乙巳以广文选用，未仕，卒。生子二，长恩贡，讳峄，即吾师也。

【校记】

[一]《滇文丛录》题为《王存轩先生墓志》。

[二]前人：《滇文丛录》无此二字。

[三]拾级徐登，旁若无人，持论侃侃如故。又数囚先生：《滇文丛录》无此句。

[四]欠：底本为"久"，今据《滇文丛录》改。

答李景园托延地师书

窃以地学古无其书，然考之昔人，相阴阳，观流泉，周礼正日影以求地中，周公营洛东而夹瀍涧，与孔子卜宅安厝之言互相吻合。盖两间阴阳孕育，川岳钟灵，确有是理，而为人子之所宜知也。但其理渊奥莫测，自来知者绝少，间有知者，亦惟独善其身，弗传于世。迨典午时，郭氏景纯始著《葬书》，廖金精、杨救贫、曾文遄、袁天罡、李淳风、赖布衣、吴景鸾、许太章、谭敦素、何玉烺、张子微、蔡牧堂、卜则魏、陈希夷、邵康节、刘青田，诸贤继起，克踵芳辙，各有著述，类皆略露端倪，引而不发，良以造化固非凡流所窥，而天机亦莫容轻泄。奈后人每操斯术，率多以冥昧之见，恣为影响之谈。主峦头者，则以方位为渺茫，故有"下地不装诸卦例，登山不用使罗盘"之语。主天星者，则以形势为粗迹，故有《穿山透地》《纳甲斗柄》等书。彼此执一偏之辞，递为矛盾，党同伐异，而又并以为独得真传，强解往籍。姑以《青囊经》内"先看金龙动不动"一语观之，注者累累，迄无定论。至元人无名子，更假国师刘秉忠名，著《玉尺经》，专以生旺墓绝、贪巨廉武为言。明季徐拭可复宗其说，著为《琢玉斧》，缘兹举世翕从，而其传遂征也。嗣此著作，若《玉镜经》《天机会元》《钩玄论》《仙姿集》《孝慈补》《人子须知》《玉函赋》《太极全诠》《阴阳捷径》《报德肯棨》《地理一贯》《地理摘奇》《地理真机》《地理纂要》《原真指》《地理大成》《四弹子集》，以及近时徐玦之《正宗》，赵九峰之《五诀》，更仆难数，无虑数十百家。其论理气要与《玉尺经》相出入，大都循其皮肤，指鹿为马，以讹传讹，其说愈繁而其理弥晦，于往哲真正授受心源，并未抉出一一，宜乎平阶蒋氏特著辨正，以痛疵之也。至若目前业堪舆者，则欲求一通玉尺，诸说之人卒亦不可多得。其上者大抵失职文人，挟一技以谋生，渠胸中原不解河洛无字之经，眼底又罕睹天下奇山水，乞灵断简，人自为师，故致有"十个阴阳九不同"之谚。其下则悉皆江河无赖之子，拾人牙慧，按图索骥，为衣食计，于是仰依豪贵，代为延系而已。则峨冠博带，高其崖岸，动举往代封拜大地，图形饰说，昧心欺人。浅识者被其蛊惑，遂尔奉币赍书，迎迓接踵。其所折葬处，偶有发祥，则且目为神明，称赞不置。殊不知此乃主人积德所致，要非若辈实能为世人造福也。年前偶阅京抄所载，今上御极后，命有司特建万年吉地，选师折穴，英煦斋中丞实董其事。营造未藏厥功，隧道忽涌黑泉，中丞及葬师并膺降谴，此亦足为当世名师难求之一证。若但以时师论，则又何地蔑有，更何劳铁鞋踏破，千里相寻也哉！仆家自高、曾以来，并解青乌术。仆少时颇经涉猎，继于客途与名人谈及，乃知此道渊穆，间世一传，奥旨非可易测也，遂亦不复研究。前此先人卒时，惟宗程子五不葬之说，随择山水平和处安葬，亦知他图之罔济耳。足下为当时通品，岂尚有昧于此？特恐苦块中心神慌乱，易为流俗所惑，故不惮缕罄鄙衷，为高明陈之，希垂鉴焉。

公举王拱亭先生崇祀乡贤呈

窃维化被遐陬，十室每储夫忠信；贤崇国典，千秋常报以馨香。兹有故举人王某，赋质真醇，持身正直。研穷正学，心源溯闽洛宗传；枕藉遗编，旧业承河汾世泽。下董帷而苦读，志慰椿萱；联姜被以同眠，情敦棣萼。躬耕郭外，耰锄不碍于翻经；采戏庭前，菽水何妨以养志。而且分田授室，共钦伯道遗风；亦复训俗型邦，群仰彦方雅范。芟学宫之茂草，轮奂重新；惜榆社其多材，菁莪并育。疏河导水，南亩几费于经营；设会施棺，北邙犹沾乎惠泽。乐善逴私囊橐，难在贫以救贫；行仁念切痌瘝，服其德不居德。统恭敬樽节，退让不忒其仪；合孝友任恤，陆渊毋违厥行。非公不至，尘俗表孤节独标；见义必为，草茅中殊猷凤抱。明乎体亦达乎用，非守一经生之言；立乃德尤树乃功，克垂三不朽于世。故尔时之人心风俗，经劝诫以从醇；知斯邑之士气文风，得观摩而克振。凡兹懿德，久播梓乡；缅彼幽光，应昭枫陛。缘兹赴钧台而公吁，伏乞循恩，例以转详。庶风化广开士林，而鸿仁大造边邑矣。

听松吟跋

听松者，立崖别墅轩名也。轩旁乔松虬立，谡谡云端，立崖暇辄招余暨松坪辈坐啸其间，呷唔声与空际惊涛响答，听而乐之，因以轩名名其集焉。无何，人事渐非，诸友星散。余与松坪数经坎壈，颠倒忧患中，神意惘惘，莫知所之。而立崖则手一编以示余曰：此曩时之流风余韵也。阅之，影摇千尺，声撼半天，情词俱壮，差不亚畴昔茗香钟发时，相与听松境界。读顷，觉盈腔溽暑，却被天风一一吹去，移我情者深矣。因叹俗子缘浅，绿云堆里，无限清福，合让此翁享受。然吾闻之，如来会上，阿那律多无目而见，跋难陀龙无耳而听。吾之于松，听固听，不听亦听也。如必以耳得之，是泥于声闻，其不为五大夫所诃者几希也。闹市街头，红尘白日，松坪子在焉，试以予言质之。

公农村记

客从远方来，自云渠昔贾于乌斯藏，路过澜沧。一日，蹑峰巅偶眺，遥见东南山坳露出松梢，淡烟缭绕，凉飙披拂中隐隐闻鸡犬声，心异之。诘旦，乘革囊渡江，缘岸斜入山腹，回转数重，忽接清溪。溪尽划开，绿野约百亩许，中有白石屈曲，垒成长堤，以便来往。复有清泉潺潺[一]灌溉，左右四围花竹蓊郁。时值夏杪，犹如暮春天气。野之东北，则有居民数十家，依山而住，竹篱茅舍，掩映于苍岩翠柏之间。黄发野老三五辈，蹲踞树根，握尘闲谈，见客至，悉起惊讶。客具道来由，且询此何处。答曰：“此邑旧名孤庐，高、曾以来，惟知食力，耕种外，别无生涯。”春时，大家率妇子并力东作，不分疆界。迨秋熟，将所获统贮一仓后，乃按丁口数多寡，量为分给。赋税有定额，户制一码，合村又共制一码。农功毕，各照码辨银，岁输一人输官。居无他族，惟三姓彼此易婚。食则舂粟而食，衣则织毛而衣。凡日用所需，概无假于外求。故邑中从无贫富之相，物我之自私，声势之攀援，世俗之纷扰，官吏之叫嚣。居其间者，往往度百龄而后逝。客为叹息者再。已而互争延客，饷以鸡黍，越宿乃去。予闻之，盛奇其境，逢人辄道。最后遇贾客某云：“此公农村也，以其人并耕而食，故名。所谓孤庐者，乃方音之讹耳。”或又曰：“此古农村也，以其地浑噩，如游上古葛天、无怀之世，故名。其义类可通。”然闻之，自嘉庆壬戌西师兴后，稍有汉民避兵，偶入其疆，不复思归，渐变其俗。数年后，汉客愈多，而其俗愈不可问也。

【校记】

　　［一］潺潺：底本为“孱孱”，按句义当为“潺潺”。

赵怀礼

赵怀礼，字允让，又字北垞，剑川人。乾嘉间诸生，累赠资政大夫。师从师范。师范谓其："茹古得髓，自成馨逸。"

其生平事迹于（民国）龙云、卢汉修，周钟岳纂（民国）《新纂云南通志》卷七十七；（清）赵联元辑《丽郡诗征》卷十中有载。

著有《北垞吟草》，已散佚。《丽郡诗征》卷十录其诗《述怀（四首）》《满贤林》《示长子容》《墓祭归示子弟》《读书（四首）》《双湖曲》《绕海歌》《金屑引》《鹤山营生圹口占》《朝山曲（四首）》《衣食》《楸园》21 首。《丽郡文征》卷六录其文《说文源流考》《文昌魁神论》2 篇。

诗

此次诗的点校，以（清）赵联元辑《丽郡诗征》（上海书店出版社《丛书集成续编》影印本）为底本，诗共计 21 首。

述怀（四首）

南村有旧宅，西城有新居。仰惟祖若考，遗安拓田庐。村居饬耒耜，城居课诗书。毋越畔而农，毋刀笔而儒。小子秉先训，愚者宜安愚。庶几终此生，识字耕田夫。

家难出不虞，天道构其否。钱流与粟荒，木饥而水毁。资生一片毡，待哺百甘指。富贵求有命，贫贱安足耻。大儿别授徒，小儿远负米。饘粥粗能供，食力乃可喜。

群从语我叹，属者梓人谋。达官方营墅，盍货楸园楸。此楸讵足措，重是先泽留。守树视守器，器毁神明羞。幸谢客意厚，家世甘黔娄。语罢明月上，叶响风飕飕。徘徊愬嘉荫，乐此庭轩幽。

城居见异迁，村居安分足。所以春秋日，强半归湖曲。湖艇便捞虾，湖泥便艺菊。南垞连北垞，十九聚吾族。腊腊会真率，巾袜简拘束。小儿昨书至，茧利薄有蓄。买归湖西田，腾以两黄犊。放之湖柳阴，还复挟书读。

满贤林

石门常不扃，灵境入愈杳。楼台嵌绝壁，隐见出林杪。松根无寸土，脚底有飞鸟。道人习静处，落叶烂不扫。似传习避谷，面壁契幽窅。寒泉孕石罅，掬之甘可饱。十年羽化去，石枯泉亦槁。摩崖两题字，怪伟插天表。将军董公芳介胄特，余事今亦少。晦若龙潜渊，显但虎留爪。慨念古豪逸，自处或有道。无才匪遗世，淹忽遂已老。婚嫁幸初完，兹焉拾瑶草。

示长子容

茅檐噪干鹊，送喜喧邻人。阅日得家问，亦觉慰苦辛。顾公南雅先生眼如月，拔汝冠一军。朴实嘉说理，净扫霾雾棼公评容试艺如此。历试累书拙，惝恍伤哉贫。相马不以舆，倏空冀北群。感激在衡鉴，一衿乌足云。吾家世忠孝，挟朋躬锄耘[一]。岳岳楸园翁，蹇运埋高文。庶几振衰宗，□□杨先芬。喜汝发轫初，勖汝淬掌勤。抗心古贤哲，集益尊所闻。倾杯注余沥，饮汝同薄醨。巡檐独凝望，天际舒青云。

【校记】

[一] 耘：底本为"芸"，按句义当为"耘"。

墓祭归示子弟

栖鹤敛云裳，神龟曳泥尾鹤龟二山名。松坡松青青，一角见湖水。南北距城闉，皆不逾八里。族葬卜三山，先灵安魄体。元明几兵革，幽宅完无毁。祭扫岁再来，不绝农与士。苔香浮酒波，柳风扬钱纸。生世谁百年，长眠终就此。视昔犹视今，何悲复何喜。嗟余百无成，先垄相依倚。羲之誓墓情，讵为怀祖起。登楼望可接，山中暮烟紫。时吟丙舍篇，追远勘来纪。

读书（四首）

晓帘风凄凄，日瘦露华薄。不知何花开，不知何花落。抚几掩书坐，游思入冥漠。

至性有闵曾，高文有董贾。天骥下辰楸，一鸣万马哑。戚戚伤贱贫，嗟尔读书者。

千世长苦拙，力耕长苦饥。忍枭仓中粟，泽我身上衣。可怜纥千雀，蓦下平林飞。

妄想千秋期，豪俊骨已腐。啖蔗甘非甘，茹荼苦非苦。渊渊金石声，浩歌出环堵。

双湖曲

西湖大如碟，东湖大如盘。东湖号海波漫漫，西湖水落犹洼田。西湖春暖荻芽白，东湖秋晓菱叶赤。通湖桥下新涨秋，东湖却入西湖流。我家湖楼极天峻，天饷双湖作双镜。看饱湖光五十年，镜里芦花换双鬓。鬓丝自耐湖风吹，西饯素月宾东晖。西湖牧子弄长笛，东湖渔女歌浣衣。歌声夜断笛声续，西湖惊起东鸥宿。此时楼上卷帘看，灯影湖波照眉绿。湖波脍鱼人说好，东湖鱼巨西湖小。得鱼卖钱仍苦饥，官家鱼课输须早。君不见东湖日涨西湖宽，无禾无麦谁烹鲜。何时鱼梦占丰年，但愿西竟作田东作川。

绕海歌

绕海歌，歌绕海，阿娘挈女郎携崽。年年六月月望日，绕海烧香路如织。跟跄步拜额磨尘，楮锭豪缠肩负石。就中屃厕纷冶游，草竿拍打弹箜篌。有时芍洧伊相谑，何处丘麻赋彼留。坛神十八何乡贯，土番颓俗沿蒙段。狂澜尽送爱河舟，炎风不卷坤灵扇。神仙官府无稽诃，醉狂举国来奔波。似闻石宝无遮会，聊臂中秋踏月多。谁知淫祀难徼福，未合清时动惹魔。明朝待唱朝山曲，此夕先赓绕海歌。

金屑引

称佛弟子不出家，阇黎昵呼干阿爷。石宝山中常住饭，三世十方同供养。学仙何如学佛好，一枝赠尔科名草。佛缘偶结无仙骨，欲学真仙金筑屋。自矜攫得钟离指，学佛而生学仙死。丹鼎偷金六丁索，急吞其屑死亦乐。仙人揶揄佛笑倒，怜尔不如金嗽鸟。虽然不如金嗽鸟，也与而翁博温饱。

鹤山营生圹口占

湖边故宅向湖水，鹤背仙人栖鹤山。已学台柳筑生圹，世缘放下一身间。

朝山曲（四首）

香烟喷作雾迷漫，彻夜僧寮不掩关。明月乍来还乍去，可怜佳节与名山。

三营浪子土三弦，靡曼山歌断复连。菩萨低眉弥勒笑，无遮大会奈何天。

宝岩久息入关齐，无复人天大辩才。高顶慈云殊礤礚，并头犹覆野鸳来。

一筏凭谁渡爱河，盲风孽海正生波。中岩清静真抛得，欲问开山诺巨罗。

衣食

少日轻万乘，中岁营一箪。衣食晚粗给，怵焉人饥寒。□鸟觊一枝，涸鲋希寸澜。人事自不齐，无伤天地宽。我心天地心，我力苦已殚。悄然卷书坐，风戛青琅玕。

楸园

楸园暮薄楸花飞，园中老人久不归。丛残著述锢筐笑，老蠹[一]食字矜能肥。呜呼老人已千古，文章志节时无伍。小楼夜午望龟山，神剑光芒出坟土。

【校记】

　　[一] 蠹：底本为"螙"，按句义当为"蠹"。

文

　　此次文的点校，以（清）赵联元辑《丽郡文征》（上海书店出版社《丛书集成续编》影印本）为底本，文共计2篇。

说文源流考

　　昔黄帝之史仓颉作书契，盖依类象形，故谓之文。其后形声相益，即谓之字。字者，孳乳而浸多也。著于竹帛，谓之书。书者，如也。以迄五帝三王之世，改易殊体，封于泰山者十有二代，靡有同焉。周礼八岁入小学，保氏教国子，先以六书；一曰指事。指事者，视而可识，察而可见，"上"、"下"是也。二曰象形。象形者，画成其物，随体诘屈，"日"、"月"是也。三曰形声。形声者，以事为名，取譬相成，"江"、"湖"是也。四曰会意。会意者，人言为信，止戈为武，"信"、"武"是也。五曰转注。转注者，建类一首，同意相受，"考"、"老"是也。六曰假借。假借者，本无其事，依声托字，"令"、"长"是也。及宣王太史籀著大篆十篇，与古文或同或异。至孔子书六经，左丘明述春秋传，皆以古文，厥意可得而说。其后各国言语异声，文字异形，秦始皇初兼天下，丞相李斯乃奏同之，罢其不与秦文合者。斯作《仓颉篇》，中车府令赵高作《爰历篇》，太史胡母敬作《博学篇》，皆取史籀大篆，或颇省改，所谓小篆者也。是时役兴狱繁，初有隶书即今楷书书吏所者，故曰隶，以趋约易，而古文由此绝矣。自尔秦有八体：一曰大篆，二曰小篆，三曰刻符，四曰虫书，五曰摹印，六曰署书，七曰殳书，八曰隶书。汉尉律：学童十七以上始试，讽籀书九千，乃得为史。又以八体试之。宣帝时，召通仓颉读者，张敞从受之。凉州刺史杜业、沛人爰礼、讲学大夫秦近亦能言之。平希时征礼等百余人，令说文字未央殿中，以礼为小学元士。黄门侍郎扬雄采以作《训纂篇》，凡仓颉以下十四篇，计五千三百四十字。群书所载，略存之矣徐锴曰：《仓颉》《爰律》《博学》，通谓之《三仓》[一]，故并训纂为四篇。又按：《汉书》，闾里师合《三仓》，断六十字为一章，凡五十五章并为《仓颉篇》。武帝时，司马相如作《凡将篇》；元帝时，黄门令史游作《急就篇》；成帝时，将作大匠李长作《元尚篇》，皆《仓颉》中正字。《凡将篇》则颇有出入。雄作《训纂》者，顺续《仓颉》，又易《仓颉》中重复之字，凡八十九章。班固又续扬雄作十三章，凡一百三篇。新王莽国号，大司空甄丰等改定古文，时有六书：一曰古文，孔子壁中书也；二曰奇字，即古文而异者也；三曰篆书，即小篆，秦始皇帝使下杜人程邈所作也；四曰左书，即秦始；五曰缪篆，所以摹印也；六曰鸟书，所以书幡信也。后汉和帝时，诏侍中骑都尉贾逵修理旧文，太尉南阁祭酒许慎，字叔重，从逵受古学，乃叙篆文，合以古籀，作《说文解字》。六艺群书之诂，皆训其意，而天地、鬼神、山川、草木、鸟兽、昆虫、杂物、奇怪、王制、礼仪、世间人事，莫不毕载。凡五百四十部，九千三百五十三文，重一千一百六十三解，说十三万三千四百四十一字，凡十四篇及序，为五十卷。其建首也，立一为端，方以类聚，物以群分，同条牵属，共理相贯，杂而不越，据形联系，引而申之，以究万源，毕终于亥，知化穷冥，慎前后序。自识永元困敦之年孟陬之月朔日甲子，盖和帝即位之十二年庚子也。

　　后二十一载，为安帝建光元年辛酉九月，慎之子万岁里公乘冲赍书诣阙献上，有诏赐许冲布四十匹。逮唐大历间，将作少监李阳冰以篆得名，刊定说文，展作三十卷。虽祖叔重，而颇出私意，诋诃许氏，读者病之。南唐二徐铉锴弟兄，实相与反正由旧。锴，字楚金，为秘书省校书郎时，撰《通释》三十卷，朱翱为之《反切部叙》二卷、《通论》三卷、《祛妄》《类聚》[二]《错综》《疑义》《系述》各一卷，总名之曰《说文系传》。其意尊叔文为经，而自比于《左传》之传《春秋》也。楚金又撰《说文解字韵谐》十卷，其兄铉字鼎臣为之序，曰："许、李偏旁奥密，不可意知，寻求一字，往往终卷。楚金因以切韵次之，声均区分，开卷可睹，便于检讨，聊存训诂焉。"后鼎臣入宋为右散骑常侍，与句中正、葛湍、王维恭等校定《说文》三十卷，有许慎注义，序例中所载而诸部不载者，悉从补录。复有经典相承传写及时俗要用而说文不载者，皆附益之，并以孙缅

《唐均音切》为定。铉进表于雍熙三年，去楚金著书时已历三纪，而楚金卒后亦十年矣。后李焘割裂《说文》部头，以韵为次，起东终甲，分十二卷，名曰《五音均谱》。近世翻刻，削李箕岩姓名，而冠以慎《序》、铉《表》，不独尽乱叔重叙之文，亦且全非楚金《均谱》之旧，良可慨已。夫叔重之分五百四十部，即仓颉制字之本源。楚金仿《周易》序卦例，作部叙上下篇，推原偏旁先后之故，始一终亥，毫不容紊。即每部之中，各以意义条贯，亦非漫然。惟是鼎臣进表有云：传写《说文》者，皆非其人，故错乱遗脱，不可尽究。雍熙三年敕亦云：历代传写，讹谬实多，六书之踪，无所取法。委徐铉等检点雕造，无令差错，致误后人。则知叔重之书，在宋已无善本也。至系传，当熙宁时，苏魏公得之，已缺第二十五卷、第三十卷。乾道中，尤文简公亦谓三馆乱书，一半断烂不可读。无怪乎元、明以来，三百余年之泯没无闻也。

【校记】

［一］三仓：底本作"二仓"，按句义应为"三仓"。

［二］类聚：底本作"类叙"，按句义应为"类聚"。

文昌魁神论

今天下之祀文昌，即《史记·天官书》之文昌宫也。《周礼·大宗伯》以槱燎祀司中、司命，郑司农谓司中为三能，司命为文昌宫周初制礼，何尝及此？可见周礼之伪。郑康成则谓司中、司命为文昌第五星，或曰中能、上能，其说似异而实同。盖文昌宫内之三星及三能之六星，各有司命、司禄、司中之名，见贾公彦《正义》所引《武陵太守星传》之文。先郑虽分言之而不详，后郑乃合言之而有疑词。贾氏遂谓后郑破先郑，非也。《天官书》云："斗魁载筐六星，曰文昌宫。一曰上将，二曰次将，三曰贵相，四曰司命，五曰司中，六曰司禄。"《汉书·天文志》则云："五曰司禄，六曰司灾。"而无司中。《春秋·元命苞》则云："上将建威武，次将正左右，贵相理文绪，司禄赏功进士，司命主灾咎，司中主佐理。亦微有不同。"自当以《天官书》为正。《天官书》出于唐都，殆巫咸、甘、石之遗绪，非晋、隋《志》比也。又《天官书》云："魁下六星，两两相比者，名曰三能。"绝不指为司命、司中、司禄。他若皇帝泰阶六符，经东方朔陈泰阶六符，孟康、应劭并谓泰阶为三台，亦不指为司命、司中、司禄。然则三者之名，当属文昌，而不属三能也，明矣。若《虞书》禋于六宗，郑康成言司中、司命居其二。《周官》则司中、司命之祀，见于《大宗伯》，司民、司禄之祀见于《天府》。《汉律》云："祠祀司命。"《汉书·郊祀志》云："高祖祠司命于宫中。"隋、唐旧《志》以立冬后亥日祠司中、司命、司民、司禄以少牢。宋祀如唐，明亦因之，是文昌之列于祀典也久矣。自道家传会张亚子事，称梓潼掌文昌府事及人间禄籍，元时加号为帝君，明景泰中立庙京师，岁以二月三日生辰遣祭。弘治元年，礼部议请罢其祠，其在天下学校者，俱令拆毁。然自明迄今朝，祠宇遍天下，未有毁之者。嘉庆六年，礼部议加"文昌"谥号，特奉俞旨，春秋祭祀与文庙相埒，此文昌之星昭垂于天壤，岂一二妄男子所可轻议哉！《春秋·文耀钩[一]》云："文昌宫为天府。"《孝经·援神契》云："文者精所聚，昌者扬天纪，辅弼并居，以成天象，故曰文昌宫。"若神之为张仲，为亚子，为孟昶，其说出于道家稗官之流，固可存而不论□。惟祀文昌，必祀魁星于其上，从来已久。自宋《天文志》："五星如联珠，聚于奎。"说者谓实在奎、璧之间，以璧乃图书之府，崇文德，因为文明之兆，遂以二十八宿中之奎宿为魁星。然《星经》云："北斗七星，四星方形为魁，亦为璇玑。"又云："文昌六星，其形如筐，在北斗魁前。"《史记·天官书》云："北斗七星，所谓'璇玑玉衡，以齐七政'，杓携龙角，衡殷；南斗，魁枕参首，斗为帝车。"又云："斗魁戴筐，六星曰文昌宫"。故祀文昌必祀魁星。又画作北斗七星形，而塑像有加斗者是也。至于奎宿，则《星经》云："为天子之武库。"西南大星曰天豕，亦云大将。《史记·天官书》云："奎曰封豕，为沟渎。"绝无与于文教，安得并祀于文昌？其误明矣。

【校记】

[一] 钩：底本为"驹"，按句义当为"钩"。

赵之瑱

赵之瑱，字亘五，号昆山，廪生，赵淳子。博览群书，名噪一时，早卒。

其生平事迹于（清）李其馨等纂修（道光）《赵州志》中有载。

（道光）《赵州志》卷六艺文部录其诗《妙音井》《凤山晓月》《游东晋湖》3 首。

诗

此次诗的点校，以（清）李其馨等纂修（道光）《赵州志》为底本，诗共计 3 首。

妙音井

晴云山下妙音井，石臼溢水清而冷。荒榛废地复何年，往迹相传今不泯。藐尔妙姑何许人，白王闺秀掌中珍。不愿骑牛痴觅婿鹿角庄事，但操井臼老禅真。精诚固结亦已久，忽惊石洞旧开口。醴泉沸沸臼中喷，流溉福田施不朽。吁嗟一妇且能然，无怪古人铁砚穿。此心直可贯金石，无波古井亦徒然。

凤山晓月

万古清宵月，此间迥不同。低垂三耳凤，活画一山龙。皓魄涵幽寺，寒辉度晓钟。阶前时舞拜，冰雪湛心胸。

游东晋湖

水漾平湖春浅深，扁舟轻泛碧波心。不妨鸳鹭连□□，解使鱼龙出听琴。夹道红桃欺醉颊，连村绿柳映青□。怕疑此地仙源近，属付渔郎仔^[一]细寻。

【校记】

　　[一] 仔：底本为"子"，按句义当为"仔"。

赵之瑗

赵之瑗，乾隆庚辰（1760）科举人，赵淳子，早卒。

其生平事迹于（清）李其馨等纂修（道光）《赵州志》中有载。

（道光）《赵州志》卷六艺文部录其诗《梦寄飞来寺》1首。

诗

此次诗的点校，以（清）李其馨等纂修（道光）《赵州志》为底本，诗共计1首。

梦寄飞来寺

鸟道无人鹤不还，抛残花梦一斑斑。闲云吹下鸳鸯浦，返照回看灵鹫山。故国本荒非旅思，只园若便是贤关。颜箪□得随书篦，一饭千钟韵未删。

赵之瑞

赵之瑞，赵淳子，赵州人，乾隆乙丑（1745）科进士，未仕。

其生平事迹于（清）李其馨等纂修（道光）《赵州志》；（清）师范纂辑《滇系》卷八《人物》中有载。

（道光）《赵州志》卷五录其文《崇正说》《道谱说》《治兵末议》3篇。《滇文丛录》卷三录其文《道谱说》1篇。

文

此次文的点校，《崇正说》《治兵末议》以（清）李其馨等纂修（道光）《赵州志》为底本；《道谱说》以（民国）秦光玉等辑《滇文丛录》（上海书店出版社《丛书集成续编》影印本）为底本，以（清）李其馨等纂（道光）《赵州志》为校本，文共计3篇。

崇正说

佛也者，西域人之谲诞者也。其言荒，其服异，其起居饮食不近人情，自谓别有一物不生不灭。于是叛君亲，捐妻子，轻躯命，入山林，求所谓空虚寂灭之地而逃焉。其量亦以隘，而其势亦以逆矣。而世之背于儒者，且以儒、释一理解免也。今夫儒、释之辨，有不啻霄壤者。释氏虚，吾儒实；释氏二，吾儒一；释言空，儒言切；释言无，儒言有。且也释氏所谓心，正圣人所谓意；释氏所谓性，正圣人所谓心。是故儒以理为不生不灭。释则以神识为不生不灭。其害岂止于沦三纲，背五常，堕于禽兽之城而不知其罪。其所谓经者，大率剽窃庄、列之言，变换推衍，以文其说。中州文士，相助撰集，转相欺诳。畏死者流，又伪造一生死轮回之说，以求免于罪苦。而天下佣奴、僰婢、黥髡、盗贼之徒，匍匐来归，长跽受教。即贤知之辈，诱于空虚元寂之言，亦深信不疑。自古迄今，往往有之。如吾徒者，宜严其辨，竣其防，辟其诬，绳其似，以确自尽于日用之常，而自得其率性之谓。不然者，见之不真，守之不力，方且蠢焉，屏躬息气，奔走服役之不暇也。其不至见弃于孔、孟，而为天地之罪人也几希。

道谱说

大道之行也，天下为公。而其传也，则尝私于一二人。何者？天不能凭虚而运道，于是以道责之人。人不尽体[一]道以全天，于是以道属之圣。圣以授圣，而道之统系明焉。惟天甚爱夫道，而又甚重夫人，断不肯令数圣人相连而生，相继而起。惟是于大统欲绝之时，乃独[二]生肖子以主之，又立宗子以维之，复虑宗子之孤也，又生众子以保护辅翼之，盖深惧夫诸子百家之乱其宗，而伪袭其统也。统之所沿，或[三]出于上，则天德王道浑为一致，而万古之家法以留。或出于下，则天地万物视为一体，而万世之家传斯在。是统纪虽有上下之分，而谱系则不容有假借之处。君相与师儒，无二致也。唐虞以前无论矣，斯道之统，开自中天。盖尧舜，道之祖，而天之肖子也。禹、汤、文、武、周公，承祧之宗子也。其他稷、契、皋、益、伊尹、莱朱、太公望、散宜生，则又克家之众子也。此其出于上者也。自唐虞至于成周而止，赖有数圣人焉，继继承承，使祖德宗功，约五百余年而一振，不可谓非天地一家之庆矣。嗣是而后，统沿于下，而孔子生焉，祖述尧舜，宪章文武，一脉之传，于以不坠，则固尧舜之肖子也。其徒如颜、曾、思、孟，则承祧之宗子也。如冉闵、游、夏、端木、仲弓、乐正克辈，又克家之众子也。由孔孟以来，千五百年[四]间，子孙失业，家道不兴。或显背其祖，或阴叛其宗，或倾覆其世业，或谬乱其宗支。于是乎列祖在天之灵，皇然不安。而周子始出，远绍先人，近启后裔，实为孔孟之肖子。而一时诸儒[五]，若程、若张、若邵、若朱，又其承祧之宗子也。若游定夫、谢显道、杨中立、尹彦明之在程门，若蔡季通、黄直卿[六]、廖子晦、蔡仲默之在朱门，虽未能尽悉其家计，亦庶几各得其门而入焉，是亦克家之众子也。他如罗仲素、李延平、胡氏父子、张南轩辈，则又私淑而各得其端。司马君实[七]、吕伯恭、陆子静、真希元、魏华父[八]，以及元之许衡、吴澄，明之薛瑄[九]、蔡清、陈选、王守仁诸君子，要皆有志承先而经营其家道者，亦皆得以众子目之者也。前乎此者，自汉迄唐，惟董仲舒、韩愈稍明大统耳。彼老、释、庄、列、杨、墨之流，既显与吾家为敌，管、丛、申、韩、荀、杨之类，又阴与吾宗为亢，若班、马、刘、贾、欧、苏、曾、王、二陈之徒，间有一得，而皆与吾祖若宗之精神意气渺不相接，则均不得蒙其业，而附于众子之班者也。合而论之，斯道之统，惟世嫡相承者，得一脉之正，而众子则又有间矣。况乎济恶不才之子，既分门而别户，违德害仁之流，又派别而支离矣，则亦乌得而奸之也哉？顾此统自中天以还，有三盛，亦有三衰。一盛于唐、虞、三代，而春秋五伯之世衰矣。再盛于鲁邹，而战国七雄、秦、汉、魏、晋、六朝、隋、唐、五季之世衰矣。三盛于宋，而伪学之禁，元、明之继亦衰矣。迄于今几五百年，而一脉^[十]之传，果在上，抑在下也。且夫^[十一]尧、舜之后不复有尧、舜，孔子之后不复有孔子，或者以为天运之适然，余窃以为未耳。自古圣贤之统，历万世而不毁，何者？其统固人人所得据焉而安者也。以仁为宅，以义为路，以礼为门，以智为阃辟，以信为枢机，此千古不拔之基。敬以居之，诚以守之，穷理致知以扩大之，此圣子神孙心心相印，而善继善述，以永保大业之符也。然则人苟箕裘克绍，继绪不忘，又何奕叶家声，不自是重光，祖德宗功不自是丕振也哉？独是自有斯统以来，主张维持者，间代^[十二]始^[十三]一生，而保护辅翼者，亦恒难其人，其间晦明绝续之故，亦几希耳。然究之绝则必续，晦亦终明，有人以任之，则道在人，无人以任之，则道在天下，道固未始一刻忘也。人日受天地生成之德，日在大道范围之中，即日蒙祖宗遗留之泽，维兹鸿业，若涉春冰，无念尔祖，聿修厥德，余不能无厚望云。

【校记】

[一] 体：（道光）《赵州志》作"修"。

[二] 独：（道光）《赵州志》作"笃"。

[三] （道光）《赵州志》无"统之所沿或"。

[四] 年：底本原无，据校本（道光）《赵州志》改。

[五] 儒：（道光）《赵州志》作"需"。

[六] 蔡季通、黄直卿：（道光）《赵州志》作"黄直卿、蔡季通"。

[七] 司马君实：（道光）《赵州志》作"司马涑水"。

［八］魏华父：（道光）《赵州志》作"魏子翁"。

［九］瑄：（道光）《赵州志》作"垣"。

［十］脉：（道光）《赵州志》作"线"。

［十一］夫：（道光）《赵州志》作"去"。

［十二］代：（道光）《赵州志》作"岱"。

［十三］始：（道光）《赵州志》作"姶"。

治兵末议

周官以九伐正邦国，故因井田定兵赋，以司马掌军容，所以禁暴安民者，诚法良而意美矣。后世兵与民分为二，而兵之害有不可胜言者。故寓兵于农之法，既迂阔不可行，而训练之力，则当事所宜亟讲也。

国家太平日久，武夫骄悍，士卒纵恣。凡为兵者，当未入伍之先，循循然民也。今日入伍，则明日之气息变矣。就中不肖兵丁，居心以险刻为高，立身以轻侠为能，待人以强梁为事，甚则欺凌士农，刻削商贾。平时差操之外，啸聚成群，走斗鹰狗，以践踏于芳草绿野间。方且役使乡愚，勒索鸡酒，一遇收成，则纵令妻女，公行明窃，稍不遂意，捶挞交加。凡此种种积弊，罄竹难书。居平有然，从军为甚。始由为之将者，纵之任之，受护兵之名，鲜惜民之念。遭其害者，即或申诉有司，而有司多碍同官之雅，强屈士民之心。间有一二能员，欲为严究，此等强徒，蜂拥公署，群起杀机，人情惝惝，遂亦罢处。受屈者泣血刺心，结党者自为得计。故凡标镇、协、营所在，民间有十兵九盗之谣。即如往者东岛之役，官兵抄抢劫夺，甚于反贼，不知设兵之意为何，而厉兵一至于此也。

在昔仁皇帝诏令武臣读书，营镇设学，令甚善也，寻亦罢去。愚以为今天下值承平之日，莫如敬申前诏，令天下武员于训练之暇，各习诗书，首领官不时加察，而又于军政保荐之日，申明曾否知书晓议忠义，兵部凭为殿最。则人各自励，而无目不识丁之员。至于标镇协营，均设义学，延致明师，令兵丁子弟受学，教以孝弟忠信之行，储异日名将儒将之选。每遇演武之期，该营官操毕，即设座宣讲上谕，导以天良，务俾人各踊跃思奋，渐知礼义，官无骄悍之风，兵无纵恣之习，而民少扰累之苦。从此上下相安，兵民一体，浸而久焉，不难与三代比烈。若夫屯田之法，滇界尽多荒地，若委任得人，行之无弊，则既可以足兵食，又可以减民力，其效良非浅鲜。再举比闾保伍之法行之，以去天下坐食之兵，虽有奸细，亦无所容，又未始非治兵之善政也。要在当事者之筹度万全而已。

王 崧

王崧（1752～1837），字伯高，号乐山，又号西山，乾隆己酉（1789）科举人，云南浪穹（今洱源县）人。王崧幼乘庭训，务实好学，拜檀默斋为师，乾隆五十四年乡试第三，嘉庆四年中进士第六名。次年出任山西武乡县令，在职九年，改革盐政，使归于民，治理漳河，兴修书院。罢官后，于嘉庆二十一年主讲于山西晋阳书院。

其生平事迹于（民国）秦光玉等辑《滇文丛录》作者小传卷十四；黄琼辑《滇诗嗣音集》卷十一；李灵年、杨忠主编《清人别集总目》中有载。

著有《滇南通志略》十六卷、《说纬乐山集》《云南备征志》（道光）《云南志钞》等书。《乐山集》不分卷，有嘉庆十二年刻本，南开大学图书馆藏；嘉庆十九年刻本，云南省图书馆、国家图书馆藏。《乐山堂诗稿》二卷，嘉庆十五年刻本，云南省图书馆藏；《乐山堂集》三卷，嘉庆十九年刻本，云南省图书馆藏；《乐山堂集》五卷，嘉庆刻本，云南省图书馆藏；《说纬》二卷，附《乐山集》二卷、《制义》二卷，嘉庆二十三年刻本，山西图书馆、南开大学图书馆藏；《乐山集》二卷，道光九年刻本，云南省图书馆藏；道光十八年刻本，广东省图书馆藏；民国刻本，云南丛书、丛书综录、中国人民大学图书馆、中国社会科学院图书馆藏；《乐山集逸文》二卷，清钞本，云南省图书馆藏。

王崧还校理了《南诏野史》，刊入《云南备征志》，成为《南诏野史》最通行的两个版本之一。王崧在地方志方面成就卓著，编纂了《云南备征志》和（道光）《云南志钞》。《云南备征志》二十一卷，书为王崧总理云南通志馆时，采辑前人记载云南史事之书汇编而成。该书于道光八、九年间（1828～1829）编纂完成，初刻于道光十一年，初刻本为十六册，宣统元年排字重印，至民国三年云南省图书馆重刻此书时，收入《云南丛书》初编。《云南备征志》类似丛书，其主旨在于提供有关云南史事的基本资料以备征引。总理云南通志馆，编纂（道光）《云南志钞》八卷。

（光绪）《浪穹县志略》卷十二艺文志录其诗《挽李茂轩继母徐孺人》《读书待旦图自题长句》2首。《滇诗嗣音集》卷十一录其诗《于役还宿故城镇》《还山自嘲》《陶唐古井行》《喇嘛僧》《倒栽槐歌》《读〈查氏一门九烈传〉》《过郭有道祠未得展谒》《新正诣州途中作》《并门治装归里》《晚泊玉屏》《青家驿次张二如题壁韵》《都门杂兴（六首）》《自笑》《响水关》《梦朱雪君同年》20首。

《滇文丛录》卷五录其文《览古》《治乱论上》《治乱论下》《论世儒三蔽》《师说》《辨物上》《辨物下》《孔子删〈诗〉》8篇；卷三十一录其文《〈三代考信录〉序》《重刻〈洙泗考信录〉序》《摘刻〈明职编〉序》《〈滇南集〉序》《〈小崧山人诗集〉序》《〈倚鹤书堂述旧诗〉序》《续〈漱石斋诗文稿〉序》《读〈春秋〉》《〈万里还山图〉序》《送陈海楼衔恤归里序》《李红轩八十寿序》《悟堂居士六十寿序》12篇；卷五十五录其文《答邓方轺书》《报董竹溪书》《与陈海楼书》《与宋芷书》4篇；卷六十七录其文《程昆仑别传》《杜文学传》《尹氏两节妇传》《杨虹孙先生行状》《附贡生梁君墓志铭》《程务园墓表》《董鹤溪先生墓表》《李母徐孺人墓表》8篇；卷九十二录其文《鞞山书院记》《鞞山书院后记》《新置理蒙会馆记》《文昌宫置田记》4篇。（光绪）《浪穹县志略》卷十一艺文志录其文《尹氏两节妇传》《李母徐孺人墓表》2篇。

袁嘉谷评价《南诏野史》说："今所传惟胡（蔚）本、王（崧）本，而王本最足征信。盖乐山通才，厘然次第，凡错简者注而正之，亦有未注而正之者。"

诗

此次诗的点校，以（清）周沆等纂修（光绪）《浪穹县志略》和（清）黄琮辑《滇诗嗣音集》（上海书店出版社《丛书集成续编》影印本）为底本，诗共计22首。

挽李茂轩继母徐孺人

妇人重苦节，所苦非一端。贫为衣食累，富爱门户宽。缅维孺人节，其苦更莫殚。结缡年十八，经岁伤孤鸾。夫宦不生还，义当归其棺。舅姑既并在，敢惜一身单？况有前室子，死易立孤难。家虽隔万里，故土谁能安？岂无父母亲？岂无兄弟欢？从夫与从子，临别剖肺肝。行行远骨肉，道路甘摧残。自从魂舆发，泪眼何曾干？到家治家事，事事惊旁观。舅姑忘子死，儿免何怙叹。树墓松风涛，教子熊胆丸。高堂养葬祭，百务若锋攒。忆赋《柏舟》日，发白心仍丹。老莱斑斓[一]舞，孙枝茁桂兰。七旬考命终，泉壤相追攀。在昔盟从一，斯盟竟未寒。前膺褕翟贵，今复表门闾。节逾金石固，形枯名不刊。

【校记】

[一] 斓：底本为"斓"，即"懒"，按句义当为"斓"。按："斑斓"表孝敬父母义。

读书待旦图自题长句

我生之时夜方半，鸡未三号天未旦。从此悠悠七十年，貌色智态暗中换。古人读书多彻宵，生值其时受气饶。所以生平似蝉蠹，其事经始在垂髫。或言读书终无用，欲求有用书当烧。所陈凿凿非我志，有书世道乃不坠。读之治身老而强，若以治世世奚异。睿圣武公耄犹勤，炳烛妙喻昔曾闻。我将读书且千古，岂知昼夜之平分。

于役还宿故城镇

仕以官为家，远役如远客。役罢还所官，如客返其宅。兹镇经过频，风雨数晨夕。夏去秋来归，川原未改易。短榻禅堂偏，栖息素所适。灯火罗道周，炳照马蹄迹。父老竞趋拜，慰我树劳绩。青青子衿徒，捧手问所历。我行虽云遥，输将责已释。独是十万金，递运更遐遬。戍卒长城西，待之贸粟帛。既去不复回，正似虚牝掷。府藏日匮空，荒微日富益。饷遗无已时，公私共窘迫。谁采充国谟，力上屯田策。军饱民亦安，内财免外析。长途相识稀，怀抱久郁积。得见部隶民，曾何异亲戚。往复问答间，童孺伺门隙。且窥且相语，容颜尚如昔。忆昨初来时，温风听鸣鹍。及今届瓜期，于中间行役。编氓视子弟，所愧父兄泽。旅退更亦阑，旧月耀新白。

还山自嘲

出山尔何意，还山尔何为。可是山中学，用于出山时。县令治百里，教养皆所司。试问十年内，果否一一施。志不在利达，退闲故其宜。往日书满载，来仍书自随。点苍山之北，鹪鹩有栖枝。故巢未遭毁，当复诛茅茨。夙昔魏阙心，勿因江海移。蹉跎岁月晚，容颜日夜衰。虽具葵藿性，奈匪松柏姿。山灵傥见诘，能无惭恧滋。

陶唐古井行

平阳昔是伊祁都，相传城北为康衢。不闻击壤声歌呼，第见羸瘠累累临沟渠。道旁有亭下有井，碑碣陶唐氏号炳。水深百尺辘轳废，我欲汲之乏修绠。或言井水苦咸不堪酌，当由地脉已改泉不冷。嗟嗟地脉安足论，惟看人事殊简繁。古之民力所用止耕凿，出入作息随朝昏。自从政治尚远略，四海中外通篱樊。征戍敛发禁壅滞，转输供顿驱黎元。闾阎日日尽夫出，岂有余力营饱温。即如此郡本属帝尧里，含哺鼓腹古所美。何意康衢即在大道侧，车马驰骤鲜宁晷。上自节帅下簿尉，仆隶厮卒接踵趾。一人动役千百夫，鞭挞诛求任指使。临驭非无矜悯怀，速求集事讵得已。伊余行役汾水滨，夏扈正趣耕锄辰。农甿趋事奔走频，挥汗如雨凝为尘。吁嗟乎，饮食同兹平阳民，古何暇逸今何纷。不见尧民见尧水，徘徊井畔空斜曛。

喇嘛僧

喇嘛僧，出京都，黄衣黄冠黄幄舆，一躯高坐百夫舁。贵戚翊卫武卒趋，遥遥直向秦川徂。时当五月农隙无，共辍田功治道涂。治道涂，平如砥，番僧来时侧目视，若辈岩栖谷处。陟岭越巇，手足胼胝，今何如此。行人语役夫，勿嗔且当喜。彼仗佛法，将使汝不耕，而获室盈止。彼法诚广宽，即今一僧过，便教千里泥泞化平安。一切无为法，应作如是观。

倒栽槐歌

灵荄不愿植平地，飞上青天择位次。偶值天门扄未开，暂托尘埃逞奇肆。干擢金茎删繁苛，根张华盖织苍翠。不惜埋头泥土中，作势凌霄待风利。待风利，将骞腾，讹传种树由高僧。彼僧岂有颠倒造化手，能使上下本未乖其恒。我闻古槐根下蚁成国，怪变生人被幻惑。又闻自地以上皆为天，虚空如水鱼如仙。槐兮槐兮，植根在天际，蚍蜉欲撼罔为计。屈蟠盛大无地容，结体敷荣仗天势。

读《查氏一门九烈传》

寇氛入城神鬼悲，死贤于生生奚为。不肯降贼真须眉，巾帼何遽甘逊之。我读《查氏一门九烈传》，如见贞魂毅魄捐躯时。查氏婆周位冢妇，未亡人树中阃仪。弟妻张氏妾廉氏，奉事媚嫂听指挥。大姑嫁黄亦早寡，携其弱女来相依。周张女三黄女一，廉复有母伤孤羁。妇女九人守门户，有孚威如同欢嘻。那知祸变起仓卒，男儿奔窜靡孑遗。周嫠痛哭谓妇女，我已誓死无游移。身名荣辱在顷刻，汝等决计休迟疑。张娣唯唯四女侍，解帨结缳含泪持。黄姑廉妪及廉篅，矢愿赴义宁敢违。周如元帅执大纛，众则健卒齐追随。系绳堂上似列帜，九命并倾尸累累。贼至审视果非诈，相顾骇愕纷掠赀。家人日暮始归殓，二尸复活咸称奇。缢者九人活者二，十二岁女偕廉姨。吁嗟乎，靦颜从贼者伊谁，荣辱所争止顷刻。其言可作千古规，君不见榆垡庄前七烈祠。

过郭有道祠未得展谒

璧水崇儒效，桓灵得仰成。运移风自正，朝浊野偏清。党士徒蒙难，玉人无愧名。仙舟犹未上，传吏已催征。

新正诣州途中作

山郭风初暖，晴郊雪渐开。计年惊老至，抚景爱春回。村击迎神鼓，人携献岁醅。儿童遮道拜，共说县官来。

并门治装归里

半生常作客，此日忽言归。家具惟书卷，年光似夕晖。手攀春岸柳，心恋故山薇。待到旧城郭，应同丁令威。

晚泊玉屏

维舟岩邑畔，傍树避炎氛。笠已沾黔雨，衣犹带楚云。西南初辟户，由黔入滇，路始此县。师友感离群。檀默斋先生张介侯同年曾官此。坐对波光静，哦诗到夜分。

青家驿次张二如题壁韵

三千里路尽通津，郡邑连延记不真。到处虽无相识侣，题诗半是过来人。题壁多转饷兰州之作。每经幽谷浑忘夏，才见垂杨便觉春。闻道前途渠水恶，前有七十二道脚不干之说。青家驿里客愁新。

都门杂兴（六首）

空带南中五色云，三山缥缈隔尘氛。荀卿《非相》徒饶舌，李广违时自后军。抗疏何为传《鹏赋》，弹冠枉用睹龙文。剧怜释褐还披褐，廊庙江湖两失群。

青箱世业寄遗编，手泽犹存愧象贤。掌贮明珠心独苦，门容驷马志常悬。风尘扰扰驰轮毂，松柏萧萧绕墓田。十载飘零虚荐飨，白云回首泪潸然。

萱草端宜树北堂，小人有母不遑将。春晖愁见荄萋改，棣萼艰供菽水尝。陟屺青年惊似矢，倚闾白发想如霜。敝衣仍是来时物，忍看针痕泪点藏。

凛烈霜风妒鹡鸰，生离死别各零丁。书仓少粟三人瘦，蒿里无家一榇停。少弟琼旅卒龙陵，未得返葬。追忆芳园华靴靴，何堪旅夜烛荧荧。关河阻绝池塘梦，古雁哀鸣不可听。

双栖海燕忽分飞，山上蘼芜采欲稀。春苑看花传锦帖，寒宵织素理残机。藁砧惯作匏瓜系，菅蒯惭无翟茀辉。早识升沉第如是，何妨相对泣牛衣。

百年应作刹那观，多病拌难万感攒。事足输人能有子，身轻幸我尚无官。行踪到处皆鸡肋，家信经时断雁翰。所可周旋惟夜月，清辉欲玩怯衣单。

自笑

自笑匆匆赋遂初，因循到老尚拘墟。延年不用还丹术，娱目惟凭插架书。梦绕关山疲马度，醒看蓬荜纸窗虚。门前纵有高轩过，寂寞扬雄只自如。

响水关

有水名兰谷，兰枯谷枉名。惟余桥下水，昼夜不停声。

梦朱雪君同年

都门一别岁频更，衰健升沉寤寐萦。觉后中宵窗外雨，潇潇犹是对床声。

文

此次文的点校，以（民国）秦光玉等辑《滇文丛录》（上海书店出版社《丛书集成续编》影印本）为底本，其中《尹氏两节妇传》《李母徐孺人墓表》以（清）周沆等纂修（光绪）《浪穹县志略》为校本，文共计36篇。

览古

曰"太易"，曰"太初"，曰"太始"，曰"太素"，列御寇之言，吾无从质之矣。若夫天地绑缊，万物化醇，男女构精，万物化生，先气化，后形生，其义昭然。而鸡与卵之孰先孰后，不待辩而自明。山顶之溪，不通江湖，然而有鱼。吾观万物之自然而生，有取于王充氏之言：生而有识者，虫类也；生而无识者，草木也；不生而无识者，水土也；不生而有识者，鬼神也。吾观万物之同生而异类，有取于崔豹氏之言：猩猩形笑，亦二足而无毛。人之所以为人，非特以其二足而无毛也。吾观动物之中，惟人为贵，有取于荀卿氏之言：木处榛巢，水居窟穴，禽兽有芃，人民有室，各以所知，去其所害，就其所利。吾观万物之并育，有取于刘安氏之言：一伍之长，才足以长一伍者也；一国之君，才足以君一国者也；天下之王，才足以王天下者也。吾观古之建侯莅众，有取于仲长统氏之言：有天地，而万物生焉；有万物，而人民著焉；有人民，而智愚、贤否判焉；有智愚、贤否，而尊卑、贵贱定焉；有尊卑、贵贱，而政教出焉，斯固上古之大略矣。柳宗元氏之论封建也，本于《墨子·尚同》之篇而倒置之。墨翟曰："古者民始生、未有政刑之时，人是其义，以非人之义。内者父子、兄弟作怨恶，离散不能相和合，天下之百姓，皆以水火、毒药相亏害，有余力不以相劳，腐朽余财不以相分，隐匿良道不以相教，天下之乱若禽兽然。是故选天下之贤可者，立以为天子。天子立，以其力为未足，又选择天下之贤可者，置立之以为三公。天子、三公既以立，以天下为博大，远国异土之民，是非利害之辩，不可一一而明知，故画分万国，立诸侯国君。诸侯国君既以立，以其力为未足，又选择其国之贤可者，置立之以为正长，譬若丝缕之有纪，网罟之有纲。"柳宗元曰："万物皆生，草木榛榛，鹿豕狉狉，人不能搏噬，而且无毛羽，莫克自奉自卫，必将假物以为用。假物者必争，争而不已，必就其能断曲直者而听命焉。其智而明者，所伏必众，告之以直而不改，必痛之而后畏，由是君长刑政生焉。故近者聚而为群，群之分，其争必大，大而后有兵。有德又有大者，众群之长又就而听命焉，以安其属。于是有诸侯之列，则其争又有大者焉。德又大者，诸侯之列又就而听命焉，以安其封。于是有方伯、连帅之类，则其争又有大者焉。德又大者，方伯、连帅之类又就而听命以安其人，然后天下会于一。是故有里胥而后有县大夫，有县大夫而后有诸侯，有诸侯而后有方伯、连帅，有方伯、连帅而后有天子。自天子至于里胥，其德在人者，死必求其嗣而奉之。"《春秋传》载芊尹无宇之言曰："王臣公，公臣大夫，大夫臣士，士臣皂，皂臣舆，舆臣隶，隶臣僚，僚臣仆，仆臣台"。墨氏殆本诸此，乃天下治定后之制，而亦似是而非。柳氏谓封建非圣人意，所言何异粪土？其推原封建由起，颇有所合，而义但取相争，抑犹疏而未尽也。韩愈氏《原道》之篇，历举古圣人为君、为师之所制作，详矣。夫人民之居处、服食、器用、文物,至唐、虞而大备,而其先固必有创为之者。其创为之,又非一人一世之悉具,而必有其渐。是故有定三辰、分昼夜者焉,有相山川、画区域者焉,有制干支、辨五行者焉。政教,君臣有所起也;饮食,男女有所始也。由是而粒食,而宫室,而衣裳、车马、舟楫、书契,而城郭、兵革、冠婚、丧祭,以至于百为皆备,人民咸知有生之为贵。其创为之者,上古诸神圣,如伏羲、神农者是已。曰"三皇",曰"五帝",某某为皇之三,某某为帝之五,其说之不一,则各因其所崇奉、传闻以为称。亦如五伯之名,荀卿、赵岐、杜预、颜师古不相同耳。凡诸神圣,皆君其一国,而能兴民之所利,除民之所害。傍国之君,从而师之,以治其国。为火食者,师其火食;为衣裳者,师其衣裳;为宫室、舟车者,师其宫室、舟车,其余制作皆然。既师之,自臣之。彼神圣者制作,行于一方,即为一方之君;行于四海,即为四海之君。其时未有天子之号,以后世推之,即所谓天子,而国君之臣之者,即诸侯也。诸神圣者,制作为天下所师,故其身为天下之君。其身既没,子若孙无可师,则仍自君其一国,而夷于诸侯。任、宿、须句、颛臾,太皞之后;郯,少皞之后;陈,颛顼之后,并见于《春秋传》,周时犹存,可证也。纬书所载九头、五龙、摄提、合雒、连通、叙命、循蜚、因提、禅通、疏仡,十纪之君,有可稽,有不可稽。要亦一国之君,或并世,或异世,或君一方,或君四海,莫不有益于人世,而未尝相继为天子。一神圣出而天下奉之,既没则已,又一神圣出而天下又奉之,其交会之间,或旷数十年,或旷数百年。正如东周之霸主,齐桓之裔未尝继霸,晋文之裔或霸或否,而宋襄、秦穆、楚庄仅霸于一方也。后人见唐、虞、三代天子相承不绝,而以之例上古,撰造世代名号,揣度历年多寡,是何异图伏羲画卦,而被之衮冕,坐以明堂也哉?羲、农以前,未有书契、世代、名号、历年,后人何从知之?洪荒渐远,人事将开,尧以一国之君,治万世之天下。上古神圣之制作,行于一时一方者,咸会极归极于一人。天下之君遵其政教,而其国之利以兴,害以除。孔子曰:"大哉,尧之为君也!巍巍乎!唯天为大,唯尧则之。"又曰:"巍巍乎有其成功也!焕乎,其有文章!"谓其君道之范围千古也。天下之生久矣,至此而后治也。既治天下,孰不戴之为天子乎?治未竟而老,必有人以继之,而治乃可长。舜固尧所举以敷治者也，其时之天下，非舜莫属，故授之。其授之也，非予以为天子之乐，乃使绍承其治也。《易传》曰："地道、臣道无成，而代有终。"孟子曰："不以舜之所以事尧事君，不敬其君者也。"舜之绍尧，本乎尧之所以治民者治民，其在于舜，止以终其事尧之臣道。而既以尧之治民者治民，天下岂不以戴尧者戴之，而舜岂不为天子乎？舜之授禹也，犹夫尧之授舜也。是则天子相承不绝，至于三代之久，往古无之，断自尧、舜、禹三圣人始，而其故乃在于此。非三圣人相继为天子，则天下无由亘万世而长治。三圣人虽没，而其法度常存，嗣之者但主于修举废坠，无事于经纶创造。启贤能敬承继禹之道，伯益无以过之。是以朝觐、讼狱、讴歌者，不之益而之启。草昧之天下，易为文明之天下，人往而道存，无异于人存。单穆公云："《夏书》有之曰：'关石、和钧，王府则有。'"盖三圣人之道寓于器，而启能守之。诸侯听命于启，无异听命于三圣人，而天子之相承不绝，至此变为一家。太康、仲康、帝相，无启之贤，而袭禹之绪，天下之戴之，犹无异于戴启。迨后羿、寒浞篡弑相寻，诸侯虽不诛之，亦不奉为天子，其所据者，特夏氏之王畿，而号令不行于天下，固与一国之君无异。当是时，旷四十年无天子，若非少康中兴，则天下常有天子之局，几为之变。启之没也，太康、仲康、帝相，仅亦守府，继以羿、浞之难，而三圣人之政教日就陵迟，诸侯之欲治其国者，无所取法。少康中兴，不特抚有故国，且能修明三圣人之道，以布于天下。《传》曰："复禹之绩，祀夏配天，不失旧物。"禹之绩，即尧、舜之所以治民者也。天下以戴禹、启者戴少康，天子之统复相承不绝，诸侯亦乐得常有天子，相与服习三圣人之所留贻，以名治其国。历二百余年，至于孔甲，德虽衰而不自以为治，故延三世以至于桀。桀治天下，帅民以暴，从之者十一国。苟无商汤，天下几以桀之所治为善，而世道将灭矣。幸汤能修明尧、舜之仁，以割正夏，政教所被既广，夏民知汤仁而桀暴，因有"及女偕亡"之言。惟桀怙终不悛，若不放之远方，其才力犹足以惑民。一夫被惑，即一夫失所；十夫被惑，即十夫失所。及南巢既放，天下乃有仁而无暴，尧、舜、禹之政教复行，天下戴汤为天子。自唐、虞以来，天子之相承不绝，异姓则君禅臣，一姓则父传子。至汤变为革命，而周人因之，太甲颠覆典刑，三年复其位，事易于少康之中兴，父子兄弟历传二十七王，以至于纣。中经无道之武乙，亦如夏孔甲之不自以为治，故未大乱。纣治天下，帅民以暴，有甚于桀，从之者五十国，正之倍难。合文、武之二圣，十人之乱臣，而后尧、舜、禹之政教复行，天下戴武为天子，而天子相承不绝之统，于是大定。《易传》曰："包羲氏没，神农氏作；神农氏没，黄帝、尧、舜氏作。"吾读之而知上古神圣，此没而后彼作，常有旷无天子之时，而《春秋元命苞》所记十纪之君，皆相承不绝者，不足信也。孔子曰："唐、虞禅夏后，殷、周继。"吾读之而知尧、舜以上，无禅无继，而司马贞《三皇本纪》所谓某帝传世若干者，不足信也。唐、虞、夏、商之天子，其与上古异者，在相承不绝，而与上古同者，皆起于一国之君。既治其一国，又治天下之国。《大学》曰："古之欲明明德于天下者，先治其国，国治而后天下平。"此之谓也。尧以天下授舜，而其子君于丹；舜以天下授禹，而其子君于商；桀放，而其子孙君于杞；纣诛，而其子君于殷；殷畔，而微子君于宋。则犹循上古圣人，既为天子而没，其子仍君一国之风焉。世道将治，圣人乃兴，有天子之德，居天子之位，秉天子之权，三者备而天下统于一，故曰一统。平、桓以降，位在周室，权在诸侯，德在匹夫。定、哀之际，待治孔殷，而风杳图潜，麟且目获。孔子知圣人之不作，而风气异于上古，天下不可以旷无天子，必当定一人以统之。定之以德，而德可假也；定之以权，而权可窃也。不如定之以尧、舜、禹、启、汤、武相承不绝之位，天下乃能无异志而统于一。于是作《春秋》，首书之曰"春王正月"，而万世之天子始相承不绝。

治乱论上

曷谓治？人心正，风俗美，物各得其所也。曷谓乱？人心伪，风俗漓，物各失其所也。治而不见其象者，治之极；乱而不见其象者，乱之极。一姓之兴废存亡，固治、乱之所系，而非兴与存之即为治，废与亡之即为乱。于何征之？于孔子、孟子之言，征之。孔子、孟子之言，非空言也，考之于事而皆合其言，乃不可易。洪荒之世，非无君臣民物也，然治必传于人，人必托于土，水抑害消，土平民定，谷熟伦明，由于尧、舜、禹之君臣。前乎此者，九州皆在巨浸之中，穴居野处，服皮饱肉，卧呿呿，起吁吁，不可以言治。治也者，治人也。人有形体焉，有德性焉。治之者，养其形体，葆其德性也。农桑、学校，治之纲也。有资于农桑、学校者兴之，有害于农桑、学校者除之，是以有兵、刑、礼、乐焉。农桑、学校备而不乱，未备则犹乱，既备而复败坏，则又乱。人之形体德性，并全而治，并亏而不治，有全有亏而亦不治。孔子之言治也，曰："巍巍乎，其有成功也，焕乎，其有文章。"言乱也，曰："如有王者，必世而后仁。"孟子析而揭之曰："天下之生久矣，一治一乱。"夫自唐、虞以至有周，一姓之兴废存亡，众矣。而孟子疏治、乱之目，则民无所定为一乱，得平土居而一治；无所安息，不得衣食而一乱，天下大悦而一治；邪说暴行有作而一乱，《春秋》天子之事而一治。言乱不及太康、履癸、厉、幽之失国，言治不及少康、成汤、宣、平之造邦。至于东周犹在而亦乱，孔子不王而亦治，岂不以治、乱系乎世道，而非止一姓之兴废存亡也哉？人心、风俗，世道之元气也。太康、履癸、厉、幽之君，殒其身，灭其祚。少康、成汤、宣、平之君，弭祸难，补阙失。其于元气，无所大损，无所大益。故为治为乱，在彼不在此。当兴而兴，当废而废，当存而存，当亡而亡，世之所为有道也。当兴而不兴，当废而不废，当存而不存，当亡而不亡，世之所为无道也。是故丹朱、商均不肖而废，不可谓乱。夷羿、寒浞篡夺而兴，不可谓治。平、桓以降，周虽存，不可谓治；《春秋》既作，周虽亡，不可谓乱。孔子告鲁哀公以为天下国家之九经，孟子劝齐、魏之君行王政，将以拨乱而返治，非为一姓之兴废存亡计也。荀子曰："君子治治、非治乱。礼义之谓治，非礼义之谓乱。"夫唯养形体，葆德性，而后能有礼义，有农桑、学校，而后能养且葆。然则治、乱之故，可以晓然矣。《淮南训》曰："乱国若盛，治国若虚，亡国若不足，存国若有余。虚者，非无人也，皆守其职也；盛者，非多人也，皆徼于末也；有余者，非多财也，欲节事寡也；不足者，非无货也，民躁而费多也。"此之谓治、乱不见其象，非智者何以察之？

治乱论下

民得安之谓"治"，民不得安之谓"乱"。天下之民举安，大治也；天下之民举不安，大乱也。治之、乱之者，人，而人视乎所为之事，有为治而适以致乱者，有为乱而不害于治者，即小可以喻大，即一国可以喻天下。商君之治秦也，法令至行，公平无私，罚不讳强大，赏不私亲近，期年之后，道不拾遗，民不妄取，兵革大强，诸侯畏惧，可不谓治乎？鲁当春秋时，内乱叠兴，外侮不绝，政在三桓，国日以削，可不谓乱乎？然商鞅身车裂而秦人不怜，为万世所深恶。贾生曰："违礼义，弃伦理，不同禽兽仅焉耳。"鲁虽季世，而洙泗断断有周公遗风。孔子曰："齐一变至于鲁，鲁一变至于道。"若是者何也？行尧、舜、文、武之道而治，反尧、舜、文、武之道而乱，不易之经也。商君尽废先王之法而自立其法，故为治而适以致乱；鲁不能修明先王之法而亦不自立其法，故为乱而不害于治也。语有之："种黍得黍，种稷得稷，唯在所树"。尧、舜、禹禅受，燕子哙、子之亦禅受。尧、舜、禹禅受出于诚，燕子哙、子之禅受亦非必伪。禅受之事同，而禅受之效异，则尧、舜、禹有其道，燕子哙、子之无其道耳。治、乱亦犹是矣。唐、虞之时雍，成周之化洽，由于尧、舜、文、武之治也。乃言治，则曰："前世不同教，何古之法？帝王不相复，何礼之循？"而言效，则曰："上咸五，下登观三"，其外有似熙熙攘攘，咸正无缺。察其实，民无恒产，国无贞士，稊稗是种，而矜黍稷之获，驯至人心陷溺，四海困穷，世道遂不可支。以是为治，曷如不治。三代之时，非无暴君庸主也，仁山金氏尝言之矣："自禹传启已有大战之变，继而太康失冀，帝相弑陨，季杼之后，鲜有可纪。商一传而太甲几坠，沃丁以后，比九世乱，河患荡覆，转徙不常，西略不知狄人内侵，古公避狄。高宗中兴几何世，纣遂乱亡。周成康后，昭王即有南征之祸，穆王幸没祇宫，夷衰厉暴，宣非全治，幽王又乱，平王东迁，而天下无宁。世语'治'者，必曰三代。盖圣王代作，有井田以业民生，有封建以定民主，有道德以正民心，有礼制以齐民行，有诗乐以陶民风，有教化以渐民俗。制定而不可以卒摇，化深而不可以卒乱，虽有太康等不善继之君，然政乱于上，俗清于下，犹日之有云、阴、雨、霾，不害其为昼。"由金氏之言推而广之，彼太康、帝相、孔甲、履癸、武乙、厉、幽诸君，止于佚乐纵肆，以取颠覆，非能创立乱政，率天下从之，而先王之道自在，人心自安，风俗礼失，可求诸野，以是为乱，岂足为害哉？孟子曰："今有仁心仁闻，而民不被其泽者，不行先王之道也。徒善不足以为政，徒法不能以自行。"荀子曰："三代虽亡，治法犹存。是庶人之所以取饱食暖衣，长生久视以免于刑戮也。"由此观之，不独一姓之兴与存未可谓治，浸假而崇素朴，殚忧勤，施恩泽，于治无补，则孟子所以是已。不独一姓之废与亡未可谓乱浸，假而权臣、女宠、宦戚、兵革循生迭起，苟不使人心风俗沦胥以败，则荀子所言是已。盖一姓之君，譬之一政之守令，守令所为，有美有恶，则其人去而利害遗于所统之区。若惟自守其身，自败其度，而于所承之政无所更张，去则去耳，人心风俗自若也。苏子说齐闵王曰："善为王业者，劳天下而自逸，乱天下而自安。"其所言乃纵横捭阖之术，与王道相反，然犹有自逸自安之策也。若夫劳天下而不能自逸，乱天下而不能自安，岂不更出其下哉？夫民之安不安，治、乱所分也。已安而犹恐未安，故臻于大治；不安而视以为安，故沦于大乱。安与不安，未验诸民，先返诸己。行尧、舜、文、武之道者，民必安；反尧、舜、文、武之道者，民必不安。知其不安而求其安，可以遏乱而致治；知其不安而姑饰为安，是谓舍治而图乱。昔人之辨亡国亡天下，曰："易姓改号，谓之亡国，仁义充塞，而至于率兽食人，人将相食，谓之亡天下。"其曰"亡天下"，即孟子所谓乱也。惜其言乱而未言治，为补之曰："抑商贾，贱货财，使游惰之人悉归田里，选士于畎亩之农，论官于学校之因士。小之可以治一，大之可以治天下。"

论世儒三蔽

汉氏以后，世之儒者有三蔽焉：一曰取晚近以例往古之蔽，二曰君臣公私不辨之蔽，三曰学术渊源不明之蔽。

何谓取晚近以例往古？天地定位，人生其间，四海之广，山泽平原之异，人之各从所便而聚处，如今世之一里、一乡、一郡、一邑者，不知几千万亿也。当此之时，穴居野处，茹毛饮血，居不知所为，行不知所之，天地所覆载，日月所照临，溟涬蒙鸿，倘莽旷荡，势固不能以一人而统摄天下。其以一人为天下君，盖必以渐而然。人之所聚，各推其能为长者而长之，长复有所推，而天下众集之区，国非一国也，君非一君也。中有圣人者出，创利民之制，除害民之端，小大之君皆师之以治其国，于是天子之名立而其位独崇，然不必世世相传。天子之位非圣人不能君，圣人为天下所取法，虽欲不为天子不可得也。世不常有圣人，而天子之位相传不绝，则始于尧、舜、禹之皆圣人，而启以天子之贤子袭禹之位，于是有一姓相承之局。天下既常有天子，天子又一姓相承，其局一成而不可易。而为天子者或废弃圣人之道，有圣人之道者或未为天子，其势不得不出于征诛，则汤、武是已。世儒习见后来之局，以之推度往古，创为十纪二百余万年元会运世诸说，傅会纠纷，莫能究诘，此一蔽也。

何谓君臣公私不辨？《易传》曰："圣人之大宝曰位。"又曰："崇高莫大乎富贵。"盖圣人之为天子，所以安天下之民，而非以天下为利也。借天子之位于居高临下，以创制显庸，令行禁止，天下之民乃可以安。非然者，虽善不尊，不尊不信，不信民弗从。天为民，而生圣人，必以天子位之，故大德者必受命。舜受尧，禹受舜，商受夏，周受殷，其义一也。尧、舜之以天下授禹，为其能安民也；汤、武之诛桀、纣，为其乱尧、舜之道而民不能安也。尧、舜之后，非舜、禹不能安民；桀、纣之后，非汤、武不能安民。安民之道，非一人所能独任，必有臣以辅之。稷、契、皋陶、伯益之伦，既辅尧、舜，复辅舜、禹，为安民计，不为爵禄计。夏时，共球之国可以佐商。商时，肤敏之士可以佐周，臣不以事二姓为嫌，由于君不以取天下为利。太公曰："天下非一人天下，天下之天下。"推其意，岂不谓"天下乃公器，能安民者有之；贤才无定主，能安民者事之"？伊尹五就汤，五就桀，使桀能安民，则伊尹辅之，汤且臣之矣，何必有南巢之放？微子抱器归周，为武之能安民也，使箕子、比干进谏而见听，则纣能安民，武且臣之矣，何必有牧野之师？三代以前，君臣之义莫不为公也如此。降及衰，此义浸失。齐桓、晋文假公以济私，七雄则并无公之可假。孔、孟生于其时，一则仕鲁而复仕卫，一则游梁而复游齐，其道若行，唐、虞三代之隆，讵不可复？无如遇穷而道废，此义不明于世。齐之王蠋，始有"忠臣不事二君"之论。夫战国之君，争城争地，已无安民之心，为其臣者，且不能如管仲之相桓公以匡天下，安望其为三代以前之贤臣哉？君之所为非公，臣之者亦不过辅之以由营私，而利其爵禄耳。苟非惕之以不事二君之节，势将朝秦暮楚，患得患失，无所不至矣。陈鲁广达曰："悲君感义死，不作负恩生。"秦郭质曰："与其含耻而存，孰若蹈道而死。"燕贾坚曰："与其屈辱而生，不若守节而死。"故王蠋之论，不可施于三代以前，而实为秦汉以后臣道之大防也。秦之取天下，与其所以治之者，皆反乎古圣王之道，无足言矣。汉以后贤君令辟，岂无安民之善政？而圣王之道卒不可复，则以所行皆外见之迹，而不本于明德、新民之学。比而究之，古圣王借大位，以行安民之政，而汉以后之贤君令辟，则行安民之政，以保其大位，此所以为公、私之别也。世儒不辨乎此，故王莽、冯道辈，得借口于伊尹之就汤就桀，微子之去殷归周，孔、孟之历聘诸侯。而斥其事二姓者，又难解于伊、微、孔、孟之所行，此二蔽也。

何谓学术源流不明？洪荒草昧，至尧、舜相继为天子，而天下乃大治。尧、舜，圣人也，德与天同之。化育万物，必有日月星辰、风云雷电、雨雪霜露、五行四时之布护，而后化育可成。圣人治天下，必有百工百僚，时亮天功，而后庶绩咸熙。《尚书》之文，历历可征。所治之事，在当时则为官，传于世即为学。司马迁《谓六家要指》曰："阴阳、儒、墨、名、法、道。"班固推九流所出，益之以纵横、农、杂，去古已远，不尽相符。而考之《传》《记》，若弃为后稷，不窋失，公刘复业之类，推之阴阳、名、法诸家，莫不皆然。官者，管也，如人身之五官，不窋之失官，失其树蓺之业也，公刘之复业，复其树艺之官也。《春秋传》曰："官修其方，官宿其业，故有五行之官"。即此义也。唐虞设官分治，世世相传，并在帝廷，而颁于诸侯之国。夏、商、周皆沿其制。当其盛时，家无异教，人无私学，朝廷设庠序学校以造士，所教者唯诗、书、礼、乐四术。而阴阳诸家之官，并在王朝，非颁行之，则草野之间不得知也。幽王遭犬戎之难，畴人子弟分散，或在诸夏，或在夷狄，畴人家业，世世相传者也。自此以后，诸家之说，始流传民间，转相授受。若管、晏、老、杨、庄、墨、申、韩之属，皆王官之遗学也。诸夏之外，东南阻于海，北方沙漠，恒寒不可居，唯西方广衍，任其所之，怀其学以往者为多。佛氏、回回、天主诸教，其源皆出于王朝之官，而流传渐失其本。人谓其教由西方入中国，不知实自中国流传西方也。孔子生于东周，集群圣之大成，诸家之学，皆其道所并包，而教人则以儒术。当是时，王业既衰，庠序之教亦坏，然去古未远，民犹习闻高曾祖父之言，而知先王教人之法。孔子所教无异于先王，是以从游者众，草野之有教有学，自孔子始。并世而生，与夫生于其后者，若老、庄、杨、墨之徒，或亦有师弟子之授受。老、庄、列御寇，皆道家者流，出于史官，本清虚，去健羡，泊然自守，其徒不广。惟杨、墨之学，行于一时。墨子至与孔子并称，及为孟子所辟，其学遂微。杨朱之说，仅见于《列子》之书。墨者亦尚尧、舜，其书仅存。其余阴阳、名、法、纵横、农、杂诸家，班氏推其所出，莫非古官之流，世皆用之，乃不可废。道家宗老子，其学行于诸夏，庄、列、杨朱，皆其同类也。墨氏之学，班氏谓其出于清庙之守，考之《郑语》："伯夷能礼于神以佐尧。"韦昭解曰："伯夷，尧秩宗，典天神、地祇、人鬼三礼。秩宗之官，于周为浸伯，汉为太常，掌国祭祀。"由此观之，墨家殆出于伯夷。周之末世，有名翟者，传其学而浸失其道，故孟子辟之。其在幽王时，流传于西方者，衍为释氏之教。王氏应麟曰："杨之学似老，墨之学似佛。是也。若回回、天主，则又释氏之支分派别者矣。"尧、舜以圣人为天子，成功文章，在于命官分治，万世之事，莫不由之。其时之官，有若天之日月星辰、风云雷电、雨雪霜露，各效用于五行四时。所命之二十二人，当各有流传之学。班氏所志，特其中之九家著于书者而已。要亦年代遐远，浸微浸灭，其书不著者有之。是则今世之佛、老，本出于唐、虞之官。孟子曰："图景失形，传言失指。"佛之学在诸夏为墨家，在夷狄为释家也；老之学在诸夏为道家，在夷狄为十种仙也。夫尧、舜与天，所异者形体，所同者道。佛、老不能遁于天外，岂能遁于尧、舜外哉？世人谓儒释道为三教，或以为同，或以为异，诵法孔子，而不知孔子之道，祖述尧舜，儒释道不过各分其一体，此三蔽也。学者苟能祛此三蔽，则古义复昭，不愧为通儒也已。

师说

人曷为有师乎？《书》曰："天降下民，作之君，作之师。"古之时，君即师也，师即君也。乾坤奠，人物滋，人灵于物，物效用于人。草木之实，鸟兽之肉，可以果腹，有先食之者，而后者师之。草木之叶，鸟兽之皮，可以被体，有先衣之者，而后者师之。营窟檽巢，可以御风雨，避寒暑，有先居之者，而后者师之。先生而有知能者，为后生者之师，即为后生者之君也。有圣人出焉，制火食者为火食之师，制宫室者为宫室之师，制衣裳、车马、器械者，为衣裳、车马、器械之师，制书契、礼乐者，为书契、礼乐之师。百姓则法君以自治也，养君以自安也，事君以自显也。

故曰："君即师也，师即君也，道之所寓也。"尧立为天子，而舜继之，典章备矣，文物昭矣。后生者有所损益，而不能出先生之范围，分百事以布之，设百官以守之。后生者师先生，世代更而事守罔替。君师者，德与位兼也，两者或忒焉。有德辅有位，有位师有德，于是乎有师保疑丞之名。地广民众，不可人告户说，于是乎有庠序、学校之教。教法颁自朝廷，里俗无私授受，盛世也。礼失而求诸野，官失而学在夷。一艺之微，必有所承，况圣人之道乎？一卷之书，必有所受，况载籍之博乎？美富之业，统于仲尼，微言大义，传自诸贤。言而不称师谓之畔，教而不称师谓之倍。逞臆说以乱经，非永嘉丧亡之前；买卷帙以私诵，在板本既行以后。记、问之学不足以为人师，并记问而不能，师道何由立乎？经师易得，人师难遭。师无经之可教，学无师之可从，圣道奚不坠乎？学无常师，唯道所在。陈相弃陈良之道而学许行，是为舍正而从邪。使其从孟子游，何倍师之有？若夫聚数十百游民，饾饤陈言以为文，而谓之学；招一麒麟，楦虎豹鞟置之上座，而谓之师。咨以事，无所知也；叩以书，无所闻也。吾师乎！吾师乎！是岂韩子所谓传道、授业、解惑者乎？

辨物上

人与物，皆物也。别乎物而为人，不以其形，以其实。如以形而已矣，为鸟之形者，一物也；为兽之形者，一物也；为鳞介、草木之形者，各一物也；为人之形者，亦一物也；混而不可分矣。以其实，则鸟不同于人，兽不同于人，鳞介、草木亦不同于人，分而不混矣。故人物之别，以其实不以其形。然则人之类众乎？物之类众乎？曰人众，曰物之类，或飞或走，或潜或植，不可胜穷。人一而已，谓人众者，非也。曰人分以实，物分以形。分以形者易知，分以实者难知。飞者无不知其为鸟，走者无不知其为兽，潜者植者无不知其为鳞介、为草木。若是者，何也？形也。人则不然，贤具此官骸，不肖亦具此官骸，知与愚莫不具此官骸，一其形而千万其实。人之类众乎？物之类众乎？形人而实亦人，为贤、为知；形人而实鸟兽，为不肖；形人而实鳞介草木，为愚。人之形一而类众，物之形众而类寡；人之类众而人寡，物之类寡而物众。分以实者，岂易知哉？故曰"知人则哲"。

辨物下

物以渐而降，以降而殊。天之巍巍非物乎？孰比之？圣曰"配天"。圣可比之，配天则降乎天矣。置一物而复取一物较之，谓此物与彼物相同，可也，谓此物即彼物焉，不可也。是故尧曰"则天"，而尧已降乎天；舜曰"协帝"，而舜已降乎帝。降则殊矣。圣人者，天人之转关也。亚乎圣者，其贤乎？其于圣也，亦若圣之于天也已。介乎贤、不肖之间者，其中人乎？中人而下则不肖，不肖而纵情性恣睢，则凶顽相去不甚远。渐而降，降而殊焉。凶顽之人近乎兽，仁慈之兽近乎人。凶顽之人，人兽之转关也。麟不践生草，狗马恋其主，人邪？兽邪？兽似乎人矣。与猩猩、母猴之兽而人形者，皆人之渐降而殊者也。似乎人而兽，与不似乎人而兽，兽之渐降而殊者，羊、豕、虎、豹之属是矣。禽之与兽类也。禽之知、能不及兽，亦渐降而殊也。凫、鸥、鸡[一]、鸠，禽而狎乎水，鱼、鳖、虾、蟹亦几似之。鱼、鳖、虾、蟹之蠢动，无以大过乎尺蠖、蛸蜅、蟋蟀、蚯蚓之虫。桂有蠹，桑有蝎，腐草为萤，虫也。而生于草木，其于草木何殊乎？则草木其渐降也，动植之转关也。草木有菀即有枯，枯则邻于土石，土石而降焉，微尘也已。物至微尘止矣，执微尘较天，其所殊不可以道里计，而推其类，差其等，亦递降焉而已矣。

【校记】

［一］鸡：底本为"溪"，按句义当为"鸡"。

孔子删《诗》

《史记·孔子世家》："古者《诗》三千余篇，及至孔子，去其重，取其可施于礼义，上采契、后稷，中述殷、周之盛，至幽、厉之缺，始于衽席。故曰：'《关雎》之乱以为《风》始，《鹿鸣》为《小雅》始，《文王》为《大雅》始，《清庙》为《颂》始。'三百五篇孔子皆弦歌之，以求合《韶》《武》《雅》《颂》之音。"《汉书·艺文志》："古有采诗之官，王者所以观风俗，知得失，自考正也。孔子纯取周诗，上采殷，下取鲁，凡三百五篇。遭秦而全者，以其讽诵，不独在竹帛故也。"《经典释文·序录》："毛公为《故训》时已亡六篇，故《艺文志》云：'三百五篇'。"《经典释文》三十卷，唐陆德明著。群书所言诗篇之数，其由来如此。今《诗》，三百五篇外，《南陔》《白华》《华黍》《由庚》《崇丘》《由仪》六篇无辞，合之为三百十一篇。自司马迁有三千余篇之说，儒者遂谓三百十一篇外皆孔子所删。有非之者，有信之者。《毛诗正义》："按《书传》所引之诗，见在者多，亡逸者少，则夫子所录者，不容十分去九，马迁之言未可信。"此非之者也。《毛诗正义》四十卷，唐孔颖达疏；《经典释文·音义》："诗"是此书之名，"毛"是传诗人姓。《吕氏读诗记》欧阳公曰："以郑康成'谱图推之，有更十君而取其一篇者，又有二十余君而取其一篇者。由此观之，何啻三千？删诗云者，非止全篇删去，或篇删其章，或章删其句，或句删其字。如'唐棣之华，偏其反而。岂不尔思，室是远而。'此《小雅·棠棣》之诗也，夫子谓其以室为远，害于兄弟之义，故篇删其章也。'衣锦尚绚'，文之著也。此《鄘风·君子偕老》之诗也，夫子恶其尽饰之过，恐其流而不反，故章删其句也。'谁能秉国成？不自为政，卒劳百姓'，此《小雅·节南山》之诗也，夫子以'能'字为意之害，故句删其字也。"此信司马氏之说而推阐之也。《吕氏家塾读书记》三十二卷，宋吕祖谦著。王应麟《困学纪闻》卷三：逸诗篇名若《貍首》，原注：《射义》。《骊驹》，原注：《大戴礼》《汉书注》。《祈招》，原注：《左传·昭公十二年》。《辔之柔矣》，《左传·襄公二十六年》《逸周书·太子晋解》。皆有其辞。惟《采荠》、原注：《周礼·春官·乐师注》。《河水》《新宫》《茅鸱》《河水》僖二十三年，《新宫》昭二十五年，《茅鸱》襄二十八年。《鸠飞》原注：《晋语》。无辞，或谓《河水》，《沔水》也，原注：韦昭。《新宫》，《斯干》也，原注：朱子。《鸠飞》，《小宛》也。原注：韦昭。周子醇《乐府拾遗》曰："孔子删诗，有全篇删者，《骊驹》是也；有删两句者，'月离于毕，俾滂沱矣。''月离于箕，风扬沙矣。'是也；有删一句者，'素以为绚兮。'是也。"愚考之《周礼疏》引《春秋纬》云：集证《周礼·大宗伯·风师、雨师疏》，又引见《洪范正义》。"月离于毕，风扬沙。"非诗也，素以为绚兮。朱文公谓："《硕人》诗四章，章皆七句，不应此章独多一句。"盖不可知其何诗？然则非删一句也。若全篇之删，亦不止《骊驹》。原注：《论语·唐棣之华》之类。王氏所言亦以删诗为然也。而近人朱彝尊、赵翼、崔述则力辩删诗之非。朱氏曰："《诗》者，掌之王朝，颁之侯服，小学、大学之所讽诵，冬夏之所教。故盟会、聘问、燕享，列国之大夫，赋诗见志，不尽操其土风。使孔子以一人之见，取而删之，王朝列国之臣，其孰信而从之者？《诗》至于三千篇，则辀轩之所采定，不止于十三国矣。而季札观乐于鲁，所歌《风》诗，无出十三国之外者。又子所雅言，一则曰'《诗》三百'，再则曰'诵《诗》三百'，未必定属删后之言。况多至三千，乐师蒙瞍，安能遍为讽诵？窃疑当日掌之王朝，颁之侯服者，亦止于三百余篇而已。至欧阳子谓：'删诗云者，非止全篇删去。或篇删其章，或章删其句，或句删其字。'此又不然！诗云：'唐棣之华，偏其反而。岂不尔思？室是远而。'惟其诗孔子未尝删，故为弟子雅言之也。'诗曰：'衣锦尚絅。'文之著也。惟其诗孔子亦未尝删，故子思子举而述之也。诗云：'谁能秉国成？'今本无'能'字，犹夫'殷鉴不远，在于夏后之世。'今本无'于'字，非孔子去之也，流传既久，偶脱去耳。昔子夏亲受《诗》于孔子矣，其称诗曰：'巧笑倩兮，美目盼兮，素以为绚兮。'惟其句孔子亦未尝删，故子夏所受之诗，存其辞以相质，而孔子亟许其可与言《诗》，初未以'素绚'之语有害于义而斥之也。由是观之，《诗》之逸也，非孔子删之可信已。"然则《诗》何以逸也？曰：一则秦火之后，竹帛无存，而口诵者偶遗忘也；一则作者章句长短不齐，而后之为章句之学者，必比而齐之，于句之重出者去之故也；一则乐师蒙瞍，止记其音节而亡其辞，窦公之于《乐》，惟记《周官·大师乐》一篇，而其余不知，制氏则谨记其铿锵鼓舞，而不能言其义，此乐章之所阙独多也。《曝书亭集·诗论》。赵氏曰："孔颖达、朱彝尊皆疑古诗本无三千，今以《国语》《左传》二书所引之诗校之：《国语》引诗凡三十一条，惟卫彪傒引武王饫歌原注：其诗曰："天之所支，不可坏也。"谓武王克殷而作，此之谓"饫歌"，名之曰"支"使后人监戒。崧案：《周语·敬王十年章》。及公子重耳赋《河水》崧案《晋语四篇·文公在翟章》。二条是逸诗。而《河水》一诗，韦昭《注》以为'河'当作'沔'，即'沔彼流水，取朝宗于海'之义。然则《国语》所引逸诗仅一条，而三十条皆删存之诗，是逸诗仅删存诗三十之一也。《左传》引《诗》共二百十七条，其间有丘明自引以证其议论者"，犹曰："丘明在孔子后，或据删定之诗为本也。"然丘明所述仍有逸诗，则非专守删后之本也。至如列国公卿所引及宴享所赋，则皆在孔子未删以前也。乃今考丘明自引及述孔子之言，所引者共四十八条，而逸诗不过三条。原注：成九年引诗曰："虽有丝麻，无弃菅蒯。虽有姬姜，无弃蕉萃。凡百君子，无不代匮。"襄五年引诗曰："周道挺挺，我心扃扃。讲事不令，集人来定。"襄三十年引诗曰："淑慎尔止，毋载尔伪。"其余列国公卿自引诗共一百一条，而逸诗不过五条。原注：庄二十二年引诗曰："翘翘车乘，招我以弓。岂不欲往？畏我友朋。"襄八年引诗曰："俟河之清，人寿几何？兆云询多，职竞作罗。"昭四年引诗曰："礼义不愆，何恤乎人言？"昭十二年引祈昭之诗曰："祈招之愔愔，式昭德音。思我王度，式如玉，式如金。形民之力，而无醉饱之心。"昭二十六年引诗曰："我无所监，夏后及商。用乱之故，民卒流亡。"又列国宴享歌诗赠答七十条，而逸诗不过五条。原注：僖二十三年，晋公子赋《河水》；襄二十六年，齐国子赋《辔之柔矣》，二十八年，工诵《茅鸱》；昭十年，宋以《桑林》享晋侯；二十五年，宋公赋《新宫》。是逸诗仅删存诗二十之一也。若使古诗有三千余，则所引逸诗宜多于删存之诗十倍，岂有古诗则十倍于删存诗，而所引逸诗反不及删存诗二、三十分之一？以此而推，知古诗三千之说不足凭也。况史迁谓古诗自后稷以及殷、周之盛，幽、厉之衰，则其为家弦户诵久矣，岂有反删之，而转取《株林》《车辚》之近事以充数耶？又如他书所引逸诗，惟《论语》"素以为绚兮"句，《管子》"浩浩者水，育育者鱼"四句，《庄子》"青青之麦，生于陵坡"四句，《礼记·射义》"曾孙侯氏，四正具举"八句，《缁衣》"昔吾有先正，其言明且清"八句，《韩婴诗》有"雨无其极，伤我稼穑"二句，《大戴礼》"骊驹在门，仆夫具存"四句，《汲冢周书》"马之刚矣，辔之柔矣"二句，其他所引，皆现存之诗，无所谓逸诗也。《战国策·秦武王篇》甘茂引诗曰："行百里者，半于九十。"《秦昭襄王篇》客卿造引诗曰："树德莫如滋，除恶莫如尽。"黄歇引诗曰："大武远宅不涉。"原注：《史记》作"大武远宅而不涉"。范雎引诗曰："木实繁者披其枝，披其枝者伤其心。"《吕览·爱士篇》引诗曰："君君子则正，以行其德；君贱人则宽，以尽其力。"《古乐篇》："有象为虐于东夷，周公逐之，乃为《三象》之诗。"《权勋篇》引诗曰："惟则定国"。《音初篇》引诗曰："燕燕往飞"。《行论篇》引诗曰："将欲毁之，必重累；将欲踣之，必高举之。"《原辞篇》引诗曰："无日过乱门。"

《汉书·武帝纪·元朔元年诏》引诗曰："九变复贯，知言之选。"凡此皆不见于三百篇中，则皆逸诗也。按："行百里"句，本古语，见贾谊策。"树德"二句，姚本作引《书》，则《泰誓》也。"木实"二句，吴师道谓是古语，则非诗也。《吕览》"君君子"二句，全不似诗，"将欲毁之"四句与《国策》所引《周书》"将欲败之"数语相同，则亦非诗也。惟"大武远宅不涉"及"燕燕往飞"数语，或是逸诗耳。又《韩非子》"先圣有言曰：规有摩而木有波，我欲更之，无可奈何"其句法似诗，然曰"先圣之言"，则亦非逸诗也。推此，益可见删外之诗甚少，而古诗三千余篇之说愈不可信矣。按：诗本有小序[一]五百一十一篇，或即古诗原本，孔子即于此五百一十一篇内删之为三百五篇耳。《尚书纬》云：孔子得黄帝元孙帝魁之书，迄于秦穆公，凡三千二百四十篇，孔子删之为《尚书》百二十篇。以百二篇为《尚书》，十八篇为《中候》。崧案：此见《尚书正义》。史迁所谓古诗三千者，盖亦纬书所云《尚书》三千二百四十篇之类耳。惟夷、齐"采薇"及介之推"五蛇为辅"之歌，孔子订诗曾不收录，此不可解。或以《采薇》歌于本朝，有忌讳，而五蛇之事近于诞，故概从删削耶？《陔余丛考》卷二。崔氏曰："国风自二南、豳以外，多衰世之音。小雅大半作于宣、幽之世，夷王以前，寥寥无几。如果每君皆有诗，孔子不应尽删其盛而独存其衰。且武丁以前之颂，岂遽不如周？而六百年之风、雅，岂无一、二可取？孔子何为而尽删之乎？"子曰"诗三百"，又曰"诵诗三百"，玩其词意，乃当孔子时已止此数，非自孔子删之而后为三百也。吴公子札来聘，所歌之风无在今十五国外者，是十五国之外本无风可采。不则有之，而鲁逸之，非孔子删之也。且孔子所删者，何诗也哉？郑卫之风，淫靡之作，未尝删也。"丝麻""菅蒯"之句，不逊于"缟衣茹芦"之章，即"棣华""室远"之言，亦何异于"东门不即"之意，此何为而存之，彼何为而删之也哉！况以《论》《孟》《左传》《戴记》诸书考之，所引之诗，逸者不及十一。由此观之，孔子原无删诗之事。古者风尚简质，作者本不多，而又以竹写之，其传不广，是以传者少而逸者多。《国语》云："正考父校商之名颂十二篇于周大师，以《那》为首。"郑司农云："自考父至孔子，又亡其七篇。"是正考父以前，颂之逸者已多，至孔子二百余年，而又逸其七。是故世愈近则诗愈多，世愈远则诗愈少。孔子所得止有此数，或此外虽有而阙略不全，则遂取是而厘正次第之，以教门人，非删之也。《洙泗考信录》卷五。宋叶适《习学记言》、近人王士禛《池北偶谈》所论大略相同，然于事理皆有所未安。朱氏推原诗逸之故，但可解章句之阙略者耳。三百五篇外，逸诗甚多，何以不尽遗忘？赵氏备列群书所引逸诗，谓不及删存诗二、三十分之一，此但就现存之书计之也。古诗之著录于《汉书·艺文志》而不传于今者，其中岂遂无之？则二、三十分之一，未足尽逸诗之数。况所列逸诗，正多笔漏，除前文所有外，今备录之。《左传·宣公二年》："我之怀矣，自诒伊戚。"《礼记·檀弓下篇》："狸首之斑然，执女手之卷然。"《坊记篇》："相彼盍旦，尚犹患之。"《缁衣篇》："昔吾有先正，其言明且清。国家以宁，都邑以成，庶民以生，谁能秉国成？不自为正，卒劳百姓。"《射义篇》："曾孙侯氏，四正具举。大夫君子，凡以庶士。小大莫处，御于君所。以燕以射，则燕则誉。"又见《大戴礼·投壶篇》。《周礼》："诸侯以《狸首》为节"。《仪礼》注："《狸首》，逸诗'曾孙'也"。《大戴礼记》："骊驹在门，仆夫具存。骊驹在路，仆夫整驾。"今本《大戴礼》无此文，引见《汉书·王式传》注；又见《文选》：马融《舞赋》、曹植《责躬诗》、应休琏《与蒲公书》注。《用兵篇》："鱼在在藻，厥志在饵。"《孟子·梁惠王下篇》："畜君何尤。"《国语·周敬王章》："天之所支，不可坏也。其所坏，亦不可支也。"《逸周书·太子晋解》："国诚宁矣，远人来观。修《义经》矣，好乐无荒。"此师旷歌无射。"何自南极，至于北极，绝境越国，弗愁道远。"此太子晋歌峤。"马之刚矣，辔之柔矣。马亦不刚，辔亦不柔。志气麃麃，取与不疑。"《左传·襄公二十六年》国子赋"辔之柔矣"。注：见《周书》。《家语·六本篇》："皇皇上帝，其命不忒。天子以善，必报其德。"《管子·小问篇》："浩浩者水，育育者鱼。未有室家，而安召我居。"《墨子·所染篇》："必择所堪，必谨所堪。"《非攻中篇》："鱼水不务，陆将何及？"《列子·汤问篇》："良弓之子，必先为箕。良冶之子，必先为裘。"《庄子·外物篇》："青青之麦，生于陵陂。生不布施，死何含珠为？"《荀子·王霸篇》："如霜雪之将将，如日月之光明。为之则存，不为之则亡。"《臣道篇》："国有大命，不可以告人，妨其躬身。"《天论篇》："何恤人之言兮。"《解蔽篇》："凤凰[二]秋秋，其翼若干，其声若箫，有凤有皇"乐帝心又云："墨以为明，狐狸而仓。"《正名篇》："长夜漫兮，永思骞兮。太古之不漫兮，礼义之[三]不愆兮，何恤人之言兮。"《法行篇》："涓涓源水，不壅不塞。毂已破碎，乃大其辐。事已败矣，乃重太息。"《战国策·秦昭襄王篇》："木实繁者披其枝，披其枝者伤其心。大其都者危其国，尊其臣者卑其主。"《赵武灵王篇》："服乱以勇，治乱以知，事之计也。立傅以行，教少以学，义之经也。"《说苑·尊贤篇》："绵绵之葛，在于旷野，良工得之，以为絺纻。良工不得，枯死于野。"《权谋篇》："皇皇上帝，其命不忒。天之与人，必报有德。"《史记·商君列传》："得人者兴，失人者崩。"《汉书·武帝纪·元鼎元年》诏："四牡翼翼，以征不服。亲省边垂，用事所极。"《后汉书·杨终传》："皎皎练丝，在所染之。"《晋书·束皙[四]传》："羽觞随波。"《烈女传·辩通类》："浩浩白水，儵儵之鱼。君来召我，我将安居。国家未定，从我焉如。"《集韵》："佞人如蟒。"以上逸诗，凡前文所引未全者，皆备录之。凡此所录诸诗，皆在三百五篇之外者。至于《采薇》《五蛇》二歌，其辞与三百篇不类，疑是战国人之作，既不采于太史，孔子岂能录之！一时有一序，其数相若。三千余篇不可信，五百一十一篇又何所征？《尚书纬》出于《史记》之后，语多荒诞，三千二百四十篇之书，不可以之例诗也。崔氏谓孔子无删诗之事，所得止有此数，然则三百五篇外，何以复有逸诗？惟此外阙略不全之说，于事理宜然。大抵世儒所论，皆以孔子于诗一似昭明太子之《文选》，但因其辞意为去取，而不知古人之诗者皆乐之辞。君、卿、大夫之所作无论矣，即里巷之歌谣，矢口而出，苟和之以器，无非乐也。虽不和之以器，亦可云无器之乐也。《史记》之书，谬误固多，皆有因，而然从无凿空妄说者。考《汉书·食货志》："孟春之月，行人振木铎徇于路以采诗，献之太师，比其音律，以闻于天子"云云。《史记》所谓古诗三千余篇者，盖太师所采之数，迨比其音律，闻于天子，不过三百余篇。何以知之？采诗非徒存其辞，乃用以为乐章也。音律之不协者弃之，即协者尚多，而此三百余篇于用已足，其余但存之太史，以备所用之或阙。"诗三百""诵诗三百"，皆孔子之言，前此未有综计其数者，盖古诗不止三百五篇。东迁以后，礼坏乐崩，诗或有句而不成章、有章而不成篇者，无于弦歌之用。孔子自卫反鲁而正乐，厘订汰黜，定为此数，以教门人，于是授受不绝。设无孔子，则此三百五篇亦胥归泯灭矣。故世所传之逸诗，有太师比音律时所弃者，有孔子正乐时所削者。所采既多，其原作流传诵习，后人得以引之。是则古诗三千余篇，去其重，取其可施于礼、义，乃太师所为。司马迁传闻孔子正乐时，于诗尝有所删除，而遂以归之孔子，此其属辞之未密，或文字有脱误耳。然谓孔子皆弦歌之，以求合《韶》《武》《雅》《颂》之音，可知非独取其辞意已。《通志·乐略第一》："乐以诗为本，诗以声为用，八音六律为之羽翼耳。"仲尼编《诗》，为燕、享、祀之时用以歌，而非用以说义也。古之诗，今之辞曲也，若不能歌之，但能诵其文而说其义，可乎？不幸腐儒之说起，齐、鲁、韩、毛四家各为序训，而以说相高。汉朝又立之学官，以义理相授，遂使声歌之音湮没无闻。然当汉之初，去三代未远，虽经生学者不识《诗》，而太乐氏以声歌肄业，往往仲尼三百篇，瞽史之徒例能歌也。奈义理之说既胜，则声歌之学日微。东汉之末，礼乐萧条，虽东观、石渠议论纷纭，无补于事。曹孟德平刘表，得汉雅乐郎杜夔。夔老矣，久不肄习，所得于三百篇者，惟《鹿鸣》《驺虞》《伐檀》《文王》四篇而已，余声不传。太和末，又失其三。左延年所得，惟《鹿鸣》一笙，每正旦大会群臣，行礼东厢，雅乐常作是也。古者歌《鹿鸣》，必歌《四牡》《皇皇者华》。三诗同节，故曰工歌《鹿鸣》之三，而用《南陔》《白华》《华黍》三笙以赞之，然后首尾相承，节奏有属。今得一诗，而如此用之可乎？应知古诗之声为可贵也。至晋室，《鹿鸣》一篇，又无传矣。自《鹿鸣》一篇绝，后世不复闻诗矣。然诗者，人心之乐也，不以世之污隆而存亡。岂三代之时，人有是心，心有是乐；三代之后，人无是心，心无是乐乎？继三代之作者，《乐府》也。《乐府》之作，宛同《风》《雅》，但其声散佚，无所纪系，所以不得嗣续《风》《雅》而为流通也。按三百篇在成周之时，亦无所纪系。有季札之贤，而不别《国风》所在；有仲尼之圣，而不知《雅》《颂》之分。仲尼为此患，故自卫反鲁，问于太师氏，然后取而正焉。列十五国风，以明风土之音不同；分大、小二雅，以明朝廷之音有间。陈周、鲁、商三颂之音，所以侑祭也；定《南陔》《白华》《华黍》《崇丘》《由庚》《由仪》六笙之音，所以叶歌也。得诗而得声者三百篇，则系于《风》《雅》《颂》；得诗而不得声者则置之，谓之逸诗，如《河水》《祈招》之类无所系也。"《通志》二百卷，宋郑樵著。《文献通考·卷一百七十八·经籍考》：作诗之人可考，其意可寻，则夫子录之，殆述而不作之意也。其人不可考，其意不可寻，则夫子删之，殆多闻阙疑之意也。是以于其可知者，虽比、兴深远，词旨迂晦者，亦所不废，如《苤苢》《鹤鸣》《蒹葭》之类是也。于其所不可知者，虽直陈其事，文义明白者，亦不果录，如"翘翘车乘，招我以弓。岂不欲往，畏我友朋"之类是也。于其可知者，虽词意流泆，不能不类于狭邪者，亦所不删，如《桑中》《溱洧》《野有蔓草》《出其东门》之类是也。于其所不可知者，虽词意庄重一出于义理者，亦不果录，如"周道挺挺，我心扃扃"，"礼义不愆，何恤于人言"之类是也。然则其所可知者何？则三百篇之序意是也。其所不可知者何？则诸逸诗之不以序行于世者是也。《文献通考》三百四十八卷，宋马端临著。郑氏作《诗辨妄》，专指毛、郑之妄，谓《小序》非子夏所作，尽削去之，而以己意为序。见《直斋书录解题》卷二。其《通志·乐略》谓齐、鲁、韩、毛各为序训，以说相高，亦是辨妄之意。其谓《南陔》等六篇为笙诗，有声无辞，与毛、郑义异。惟论孔子正乐于诗，专取其音，得诗、得声为《三百篇》，得诗不得声则置之而为逸诗，所见甚趌。马氏之说，意在伸序，其论"录诗""删诗"，则但就词意为言，而不及音律。崧窃以为，诗必兼辞、声、义三端而始全，先有意而后能为辞，有意则意在其中，徒有辞而不能叶之于声，则是记序、议论之文，而非乐章矣。太师及孔子所录，则三端皆全者也。《史记》谓取其可施于礼义，皆弦歌之，以求合《韶》《武》《雅》《颂》之音。参以郑氏、马氏所言，则于事理允协。《三百篇》后，变而为《离骚》，又变而为《乐府》，为诗余，为词曲，其初亦三端皆全而为乐也，久之而音律尽失。后之效为诸体者，亦如作诗之徒有其辞而无关于乐，惟南北各曲，以优人演为戏剧之故，辞与声协，愈出愈奇，而义不可训。乐之迁流一至于此，而孔子所正者，遂不可复考。犹幸三百五篇具在，诵而法之，学者其可忽诸！

　　乐山先生为吾滇经学家翘楚，《清史稿》儒林有传。所著《说纬》一书，博洽精核，最为人士所称道。其中如《孔子删〈诗〉》《〈诗〉大小序》《子见南子》《舜家门之难》四篇，阮文达公采入《皇清经解》，可见其经学之价值矣。特录此文，以示梗概，呈贡后学，秦光玉识。

【校记】

　　[一] 序：底本为"房"，按句义当为"序"。按赵翼《陔余丛考》卷

二收此篇，题为《古诗三千之非》

　　[二] 凰：底本为"皇"，按句义当为"凰"。

　　[三] 底本此处有"之"，按句义为衍文，当删去。

　　[四] 晢：底本为"暂"，按句义当为"晢"。

《三代考信录》序

　　大名崔东壁，奥学达识，闵群言之淆乱，著书正之，曰《上古考信录》，曰《洙泗考信录》，曰《经传祷祀通考》，曰《三正异同通考》。其门人石屏陈介存刻于南昌。东壁殁后，介存游宦山西，复刻其遗书，凡《夏考信[一]录》二卷，《商考信录》二卷，《丰镐考信录》八卷。其书先有《唐虞考信录》四卷，介存已刻之，于是上古逮周之事皆备。唐虞以上，载籍罕征，六经既定，三代之治乱兴亡，已昭如日星矣。战国之际，异端蜂起，尚清净者贱功业，用法术者弃礼义。道既不同，并于其事多所造设诋诬，以伸己意。孟子虽奋雷霆之舌，振聋启聩，而其说之已行于世者，犹浸淫渐染而不能绝。纪三代莫详于《尚书》，孔子手定之百篇，所存惟二十有八，而晚出之经传二十四篇，乃文人托为圣言。后世臆度往古，非有心违背经义，已不啻为异端推波助澜，而三代之昭如日星者，复晦于作伪矜奇、不善读书之士。夫事之至大，莫如帝王之统。帝王者，平天下之天子也。书始唐虞，为天下之平自唐虞始，而天下之常有一人相继为天子，亦始于唐虞，其前无之也。由禅受而为征诛，由异姓嬗代而为一姓，相传其事，以渐而然，非洪荒甫辟而即能如是也。生乎秦、汉以后，习见其革命继体之故，而谓三代亦然，因以附会经文，是何异执楷、隶以衡籀、篆，执唐律以衡三百篇之诗乎？三代之统，禹绍舜为天子，启贤能承继之。中经羿、浞之难，少康嗣夏配天，不失旧物，历传十有二君，一姓之世为天子，实时势之适然。洎乎商周，遂相习为固然。汤、武之伐暴救民，犹夫唐、虞之平天下也，不征诛则天下不能平；一姓相传，犹夏启以后之天子也，不征诛则天下不能常有天子。故汤、武之有天下，与舜禹之有天下，迹异而义同。东壁之言曰："杨、墨并起。杨氏之言尤横，常非尧、舜，薄汤、武，毁孔子，以自张大其说，一变而托于黄老，再变而流为名法。世之陋儒，斥杨、墨为异端，而薄汤、武以为亏君臣之义。不知汤武弑君其说出于杨朱，而孔孟无是言也。"呜呼！可谓得其要领矣。上古唐虞诸录，予集《说纬》一书，于古义有不能通者，往往借以开悟。今三代之录，体例与诸录同，一以经文为主，而诸家之说附焉。其条目曰备览，曰备考，曰附录，曰附论，曰存参，曰存疑，读之使人旷若发蒙，名曰《考信》[一]。诚哉！其可考信也夫。

【校记】

[一] 考信：底本为"信考"，今按句义改。

重刻《洙泗考信录》序

孔子为万世师，其道载于六经，而其行事则《史记》世家外，《家语》《孔丛》诸书皆有所记述。然世家之言已不能无谬妄，何有于余子？孟子曰："诵其诗，读其书，不知其人，可乎？是以论其世也，是尚友也。"夫尚友者且当如是，而况乎万世之师？当孔子时，列国之君虽不能显其身，而贤人君子莫不知其为圣。及乎战国，异端竞起，阳尊之而阴诋之，依托附会，思欲凌驾其上，以自伸己说。二千年来，展转相传，真伪杂出，有识之士，虽或随事纠正，而沿袭既久，未能粲然旷然也。尧、舜、禹、汤、文、武、周公之道，备于孔子之身，一言一动，莫非道之见端。事苟滋疑，道因而晦，考信之功，曷可少乎？大名崔东壁，熟读三代圣贤之书，尽袪后世纰缪之说，因疑而征信于上古。唐、虞、夏、商、周之事，皆录而辨之，题曰《考信》。而孔子之事，别为《洙泗考信录》六卷，正伪辟妄之功，与诸录等。其门人陈介存刻于南昌。越十余年，东壁覆加审定，欲重刻之，未就而卒。介存之官太谷，就东壁家求得之，甫刻其《三代考信录》，而以忧去官。《洙泗》一录，未及付梓。孔生广沅，介存之门人也，行谊最笃，受书于介存，而出资刻之，请序于予，为予尝序其《三代考信录》也。自孔子设教洙泗之间，七十子之徒传其所学，遭秦历汉，师承不绝。晋氏永嘉丧乱，古学遂湮。唐宋以来，词章、义理、帖括之学，此盛则彼衰。其弊也，记诵繁芜而寡要，议论驰骋而无根，洙泗一源，不啻流为潢污行潦矣。崔东壁曰：学者日读孔子之书，而不知其为人，不能考其先后，辨其真伪，伪学乱经而不知，邪说诬圣而不觉，是亦圣道之一憾也。此其著录之大指也。孔生师介存，介存师东壁，皆能不负所传，庶几古人师承不绝之义乎。介存归里，孔生复从予游，为予与介存少同学、长同游也。然则是书之传，岂不由于师友之相得哉？

摘刻《明职编》序

著书所以明道也，明道所以觉世也。道散见于事，即事以明之，其于觉世也尤切。书苟切于觉世，虽传前人所著，而不自己出，其功与著书等。若以子孙而述先人之业，则追远锡类之意，尤足以感人，所传必广而速。明大司寇吕新吾先生，中州理学名臣，著书十七种，悉身心家国之要，与宋儒程、朱所言异世而同符。崧少时从德安余习园先生游，尝以见示，谓子"他人入官，当奉此为典型"。习园先生研精经学，著有《十经摄提》，播政绩于所历之官，而其取法乃在此书。盖其书所言，莫非经义之所流露。经以载道，道不外于修己治人，所言既合乎道，不必诠释经文而后能觉世也。十七种皆良金美玉，不可以删节，顾卷帙浩繁，版多漫漶，刻之购之，均所不易，携之箧笥尤难。先生裔孙，知江宁府名燕昭者，摘其中呻吟语刻之；知开阳州名桂石者，摘其中宗约编刻之，人皆称其善述矣。顺天府西路同知少渠，亦先生后裔也，复刻其《明职编》，以公同好。少渠由举人筮仕，历官几二十年，循声洋溢畿辅，所行克本乎祖训，故能明于其职也。己之所职既明，荐擢繁要之官，内推其所得力而刻是书，欲使登仕者咸无忝于厥职。孔子曰："己欲立而立人，己欲达而达人。"少渠所为，其庶几也已。窃尝以为学不能行之于政，谓之伪学；政不能本之于学，谓之谬政；著书以立言而无关于学与政，谓之空言。新吾先生此书所言，皆具学与政也。见凤之一羽，可知其非凡鸟；见龙之一甲，可知其非凡鳞。况夫道之丽于事，世之系乎道，如毛在躬，一拔之则痛无不省。所刻虽止一种，而明道觉世之指备焉。少渠表扬先德之功，讵不伟哉！崧于是书服膺已久，窃幸挂名简端，附之以传，故不辞而为之序云。

《滇南集》序

吾师以道游于世，所至慕道者多从之。然游于乡最久，释褐后始出游，游于楚、于豫、于黔、于粤，然不过一二年或三四年即去，惟吾滇最久，且二十年，从游士尤多，数倍于前所游者，先生乐之。其乐滇也，犹放翁之乐蜀。放翁谪迁于蜀，不过十年，朝廷仍还之，乃其去蜀久，终不忘焉，犹名其诗曰"剑南"。况先生既羁滇，年且倍之，多士景从，得友朋之乐，则名集曰"滇南"，固其宜也。顾放翁在蜀多交好，蜀人晁子止至欲捐宅以居之，不闻有弟子著。名其在严州编次《剑南诗稿》，系门人郑师尹，则括苍人，而收放翁诗最多，乃眉山苏林，想亦前在蜀交好者，后适官属县，此于弟子之列者也。先生旧有《执宜堂诗集》二十卷，订于海南者。时博罗诸生为写正副二本，正本藏于家，副本挟以行。至滇，门人从之在署者。禄劝戴君圣哲、新兴冯君承恩，勤于学，多抄录，又新作应酬数百篇，命小吏[一]书，未整缮。癸卯于役，悉沉于川江。其家藏本又遭回禄，后从戴、冯钞存，得十之二三，则二君其亦可比放翁之苏林也钦？郑师尹之纂次《剑南》也，但曰浩渺闳肆，莫测津涯，曰发乎性情、充乎天地，见乎事业，忠愤感激，忧深思远，有当时巨公为发挥，非师尹敢任，其敬肃如此，尊师之礼则然。吾辈编次《滇南》，且附以圈评标注，有异于师尹者，则以日从事先生之门，间有疑阙，可以从容质正。幸来者见斯文大全，则犹师尹之志耳。毛西河为李合肥相门人，其编容斋千首诗，加圈点评订，先辈固有行之者。承师授之道而发明之，以广其传，则标注又曷可少钦？

【校记】

［一］吏：底本为"史"，当为讹误，按句义改。

《小嵩山人诗集》序

檀默斋先生在滇二十载，以其为客也，凡客于滇者皆归之；以其好论诗也，凡能诗者皆归之。二者或相兼，或不相兼。其相兼而最著者，有小崧山人。

山人好游，足迹几遍天下。其客滇也，先于默斋。予年二十五六时，于五华寺见其近体诗二首，已心识其人。越十年，默斋先生罢官，开草堂，谈诗者、问字者毕集其中。予时为诸生，从事举子业，尝就正焉。然往来草堂，多不与山人相值，惟见其诗而已。又十余年，默斋东归，予与山人并侨寓昆明，时相过从。既交其人，因尽读其诗。计自五华寺初见二首诗，至于今二十余年。即其诗以考其游踪，则滇之封城，靡所不到，到辄有诗。年久则游广，游广而诗富。集以客游名，名因其实也。山人之诗，直抒胸臆，不假雕饰，默斋先生尝序之矣。默斋去后，复有续集《吐番吟》《鸡山吟》《种人竹枝词》诸稿，不以客游名者，亦皆客游之作。

先默斋游滇，迨默斋归，而作客如故。予尝观诗起于《三百篇》，其中虽有征夫游子之辞，然其时风淳事简，所行不过数百里，历时不过二三年。自苏、李赠答在万里外，而子卿留匈奴至十九年之久。其后穷荒绝域，遂多诗人之迹，往往有壮岁离家，皓首未归者。顾或以奉使，或以迁谪，或以乱离，不在此数。而握三寸管行天下，至于殊方异俗，靡不周览。游既远而且久，如山人者，求之于古，殆罕有矣。近人徐霞客，自少好游，西行数千里，求河源，著《游记》十二卷，所记山川、道路、民风、物产，足补《尔雅》《山海经》之遗，而无《神异经》《十洲记》之诞，独未闻其有诗。山人之游，与霞客同，其所为诗，即以当游记也可。山人姓沈氏，名源，安徽石隶县人，能诗之外，复善隶书云。

《倚鹤书堂述旧诗》序

余习园先生初为名宦，后为名师。其主讲于五华书院也，予以诸生受业函丈。先生以所订诗谱授，时从游者数百人，唯予及董子灼文得窥见先生著述。因悉先生蒙君蕃皋，幼而能诗，莅官湖南，恨未得一见也。阅数年，予自都旋里，道过常德，晤蕃皋于经历官署，时先生已山颓木坏，蕃皋禁断诗文。予虽知其所作甚富，而未及一观也。又八年，予谒选入都，蕃皋亦需次在部。相见后，索其所作，得《倚鹤堂述旧诗》一集观之。其诗不多，而生平之出处略具于中，故以述旧名。蕃皋之言曰："先君子所忆念者，惟子为最，子能见爱于先君子，则所学可知。是集虽少，幸为我正之。"此蕃皋扢搤之言，亦即不匮之志也。予于诗久不从事，何能正人之诗？蕃皋之诗，亦何待于正？顾世之言诗者，恒自三唐以下，言学者，恒自词章以下。而习园先生之服官，以经术为吏治，其主讲，以经学教弟子，是能崇先王先圣之道者也。先王之四术，先圣之雅言，并以诗为首。而孔子之教门人，则曰：小子何莫学夫《诗》？其教伯鱼，一则曰：学诗乎？不学诗，无以言。再则曰：女为《周南》《召南》矣乎？又尝谓：诵《诗三百》，授之以政，不达，虽多，亦奚以为？习园先生著《十一经摄提》，而先订诗谱，亦谓经学当以《诗》为先也，能学《诗》则可以从政也。蕃皋承家学以筮仕，其在湖南，予虽未亲见其为政如何，而观是集之诗，俨如亲见其政焉。是其为诗，固以言其政也。所谓不学《诗》无以言，授之以政不达者，均不足以难蕃皋矣。予不能正其诗，乃举其诗学之所得力与其明效，以弁其集云。

《续漱石斋诗文稿》序

自六经垂训以后，绩学之士有所得于心，乃发而为言。齐梁以前，载于《昭明文选》，有韵无韵，排偶单行，入其选者，均谓之集。其后近体之诗，骈俪之文，众制蜂起，分镳竞骛。一人之作，谓之别集；众作所萃，谓之总集。或文统乎诗，或诗文判部，此其大略，可考而知矣。董训之者，吾郡之誉髦也，力学嗜古，帖括之外，兼擅诸体。其世父成卿公著有《漱石斋诗文稿》，未经镂板，遂致散佚。训之、鉴之通籍后，自汇平日所为，仍用旧名，而冠之以"续"，盖继志述事之意也。训之年少才美，不欲自域，而犹孜孜无已，所造讵止于此。且夫世人所崇尚，每随时而转移，惟特立之士为能不囿于俗。明朱右取唐之韩、柳，宋之欧阳、王、曾三苏之文，定为八家。鹿门茅氏因编《唐宋八家文钞》，其时崇尚制义，谓之时文，所编皆备制义之取资，而谓之古文。于是操觚染翰者，束书不观，徒骋议论，古学之废，足为寒心。刘勰《文心雕龙·总术》篇曰："今之常言，有文有笔，以为无韵者笔也，有韵者文也。"阮相国芸台先生尝作《文笔考》，极言文与笔之分，辨析最明。相国为予春闱座师，细绎所言，参证群书，顿觉青天豁眼，碧海洗心。训之之捷南宫，亦出相国之门，从此禀承师教，可以追踪古之立言者已。

读《春秋》

圣人受命为天子，行其政于天下，谓之王。德非圣人，位非天子，尊嗣位之后王，以合诸侯，匡天下，谓之伯。伯者，霸也。天下不常有圣人，而不可一日无天子。王不作而伯迭[一]兴，《春秋》所为作也。孔子曰："吾志在《春秋》"，又曰："我欲载之空言，不如见之行事之深切著明也。"孟子曰："世衰道微，邪说暴行有作，臣弑其君者有之，子弑其父者有之。孔子惧，作《春秋》。《春秋》，天子之事也。是故孔子曰：'知我者其惟《春秋》乎！罪我者其惟《春秋》乎！'孔子成《春秋》，而乱臣贼子惧。"又曰："王者之迹熄而《诗》亡，《诗》亡然后《春秋》作。晋之《乘》，楚之《梼杌》，鲁之《春秋》，一也。其事则齐桓、晋文，其文则史。"又引孔子之言曰："其义则某窃取之矣。"《春秋》作于孔子，善言之者莫如孟子。绎孔、孟所言以读《春秋》，而尽屏世儒穿凿谬悠之说，其义乃如日月之丽乎天，江河之流乎地。圣人经世垂教之文，《诗》《书》《礼》《乐》《易》合《春秋》而为六。《礼》《乐》《易》，空言也，史掌之，而文非史之所为。《书》主记言，言附于事，文虽记于史，而亦非史之所为。《诗》之风，太师所采，国史明乎得失之迹，并朝廷之雅、颂而掌之，其文尤非史之所为。《诗》也，《书》也，所载皆行事，而非空言矣。然《书》则典、谟、训、诰、誓、命，先有其文，而后记于简编。东迁所记，惟《文侯之命》《秦誓》而已，孔子固不能代造多篇以言己之志也。《诗》三百五篇，关于世教之盛衰，作之各有其故，用之各有其所。诗人之志，于盛则防其衰，于衰则望其盛，语虽在于鸟、兽、草、木之微，而义系乎事君、事父之大，《书》曰"诗言志"是也。王有风而雅亡，鲁有颂而颂亡，《株林》《泽陂》作于陈灵之世，简王以下无诗而风亦亡。《诗》者，《乐》之辞。有《礼》而后有《乐》，有王者起而后制礼以作乐，有礼乐而后有诗。王迹熄，故礼乐不兴，而《诗》遂亡。孔子虽欲造为风、雅、颂之辞，将何所用之？于是圣人之志，乃不得不记之《春秋》。《春秋》者，鲁史所记之文，惠公以上固已有之，而其时王道大行，君子贤其贤而亲其亲，小人乐其乐而利其利。史之所记皆其事，故韩起见之，叹为周礼在鲁，平、桓以降，史氏之职未废，《诗》亡而《春秋》不亡，特其时有霸功而无王业，据事书之，而其事则齐桓、晋文焉耳。孔子志于王道，西周既灭，如有王者，在异姓必如商之汤、周之武，在宗嗣必如夏之少康、殷之高宗、周之宣王。若夫齐桓、晋文，伯也，非王也。天之所废，必若桀、纣。周德虽衰，嗣位之王，名分犹在。桓、文非汤、武，周室无桀、纣，不能王而仅为伯。伯者，志在于利而事则假乎义。义莫大于尊王，诸侯莫能尊，而桓、文尊之。尊之而号令天下，诸侯莫敢不从，其利乃归于己。隐、桓以来之《春秋》所记者如此。河图、麟、凤，圣人受命之符也。哀公十四年，孔子年已七十有一，图不出，凤不至，麟见获，王迹之终熄灼然无疑。欲行王道之志，既不可托之《礼》《乐》《易》之空言，复不可见之《诗》《书》之行事。惠公以上之《春秋》无关，迹熄而隐、桓以来之史文具在。孔子以为其义固有可取，笔则笔，削则削，乃与《乘》《梼杌》并列之《春秋》，遂为经世垂教之《春秋》。凡王之兴，必有所因，惟伯亦然。汤、武之能王，因桀、纣之无道；桓、文之能伯，因周之守府而政不行。其霸也，桓先而文后。入《春秋》三十六年，而桓始称元。又一年，北杏之会而始创伯。文之没，距获麟尚一百四十七年，《春秋》所记，其年二百四十有二，桓、文所历才五十有八，而曰其事则齐桓、晋文，何也？桓伯于庄十三年，文没于僖三十二年，无因不能创伯，相因而起，则其局未能遽终。自隐至庄三十年间，王纲不振，诸侯之相睦、相仇者，朝聘、会盟、侵伐，各行其意，无与于天子。王师伐郑败绩，王人救卫无功，周室益卑，天下几不知有王。齐桓因会诸侯，以同奖王室为名，诸侯从之而桓以伯。桓没文兴，踵其事而传其世，历襄、灵、成、景、厉、悼、平、昭一百余年，号称世伯。桓、文之未霸也，天子无权，诸侯亦不窃天子之权。桓、文之既霸也，中国诸侯不复私相会盟、侵伐，而皆听命伯主，朝聘于其庭，天子之权尽为其所有。其风既炽，宋襄、秦穆、楚庄、吴阖闾、夫差、齐景、越勾践皆慕而效之，以狎主齐盟。《春秋》所记之事，庄十三年以前为桓、文借手之资，僖三十二年以后为桓、文余烈所暨。宋襄求霸见辱，秦穆仅霸西戎，齐景复霸未遂，效桓、文而不逮者也。楚庄、吴阖闾、夫差、齐景、越勾践不能尊王，且僭其号，效桓、文而失之者也。《春秋》志在王而记在伯，伯者，桓、文，桓、文之局终于勾践，是以所记终于于越入吴。曰其事则齐桓、晋文，桓、文之外无事也。《书》有典、谟、训、诰、誓、命之文，《诗》有风、雅、颂之文，而《春秋》皆无之，曰："其文则史"，史之外无文也。孔子之修之，即其承继先王递传之位，为伯主之所尊者定之，以为天子，使夫万世而后如有似此之时，得据其名分以正天子之位，而杜乱臣贼子之觊觎。曰："天子之事"，孔子所取之义也。未修之《春秋》，其事则齐桓、晋文，其文则史；既修之《春秋》，天子之事，不托之空言而见之行事，因齐桓、晋文之事以著天子之事，因史之文以明己之志。庄子曰："《春秋》以道名分。"其言与孟子相发明，殆闻诸孔氏之门欤？王迹之熄，人皆委之于运数，而孔子独以《春秋》定万世之王。曰"知我"，曰"罪我"，"我"，孔子自谓："知"与"罪"，皆谓《春秋》，非谓读《春秋》之人。知我，犹言"下学而上达，知我者其天"也，又犹言"知其不可为而为之"也。"罪我"犹言"斯已而已"也，又犹言"滔滔天下谁与易之"也。朱晦庵诗曰："共惟千载心，秋月照寒水[二]"，"知我"之意也。陶渊明诗曰："汲汲鲁中叟，弥缝使其淳"，"罪我"之意也。陈成子弑简公，孔子沐浴而朝，告于哀公曰："陈恒弑其君，请讨之。"《春秋》之作，正类于此。而说者乃谓："无其位而托二百四十二年南面之权，代天子行事。"纠之者曰："匹夫假天子之柄，行天子之事，乱贼且自我始，何以惧天下之乱贼？"予读之而未敢然之也。善善而恶恶，人之所同。然有位则其事施之于政，无位则其事可以著之于书。书非王法之所禁，何必托南面之权？假令孔子率其三千七十之徒，执干戈，擐甲胄，往讨陈恒。谓之托权可，谓之乱贼亦可。陈恒当讨而请讨，言之者无罪，闻之者足以警正。犹据史文而修《春秋》，一笔一削，悉本文、武之典制，如谓之托权。然则记事、记言之文，必待天子自为之乎？孟子而外言《春秋》者，莫先于左氏矣。其《传》曰："《春秋》之称，微而显，志而晦，婉而成章，尽而不污，惩恶而劝善，非圣人谁能修之？"又曰："《春秋》以惩不义，数恶无礼。其善志也，上之人能使昭明，善人劝焉，淫人惧焉。"自左氏有是言，而世儒褒贬之论歧生。或谓以一字为褒贬，或谓有贬无褒，或谓褒贬俱无。夫世儒之所推测，曷若孔子之自言乎？其言曰："吾之于人也，谁毁谁誉？如有所誉者，其有所试矣。斯民也，三代之所以直道而行也。"由此观之，《春秋》无例。苟欲求《春秋》之例，不过据事直书，善恶自见。有所试而誉，则善善从长。而世儒之以日月、名称、爵号为褒贬者，皆非矣。当善者善之，当恶者恶之。乱臣贼子虽欲掩其不善，而著其善。《春秋》不善其所著，而能恶其所掩，彼安得而不惧？所恶在此，所善可知。惧为所恶，不使不仁者加乎身，而于人之异于禽兽者，存而不去。安见《春秋》之行事，不返乎《诗》《书》之所陈，而王道复行于天下。由孔、孟之言，绎《春秋》之旨，其深切著明如是。所言具在，解之者亦尝援之而顾，如夔一足之为，一足而行地天，通之为民，能登天宜乎？愈解而愈晦也。孔子之时，王迹虽熄而文、武之政布在方策，贤者识大，不贤者识小。《春秋》所书之事，其合乎周礼者，道之未坠也；其悖乎周礼者，有伯无王之所致也。《周礼》可考而知，《春秋》自无疑义。传习既久，伪、舛、阙、佚，方策就湮，无所取证，穿凿谬悠之说遂得而汩之。韩退之诗曰："春秋三传束高阁，独抱遗经究终始。"斯言也，愿以告天下后世之读《春秋》者。

【校记】

　　［一］迭：底本为"叠"，同音通假。

　　［二］水：底本为"冰"，按句义当为"水"。

《万里还山图》序

　　郭若虚著《图画见闻志》，谓古之秘画珍图，名随意立。观其所列典范，观德忠鲠高节壮气，写景靡丽风俗诸名，及考之画品、画谱、画记等书所著录，其说果不虚。崧家于滇南，汉时见彩云之地。游于太行山之西，相距盈万里。始而备官一邑，既而抗颜主讲，阅十有四年。综计生平，则劳形作客，已四十余载，遥企彩云冈侧，先人之敝庐宛在，将归而栖息其中，逸此暮龄筋力。阳曲张君翼堂为作《万里还山图》，因事立名，循名绘象，固犹夫郭氏之说耳。初，崧之来也，挈家累出里门，人以舆舁，物以马载，陆行四十三程，抵镇远。赁舟东下，沿辰溪、泸溪、沅水，泛洞庭、江、汉，凡五十四日而达樊城。寓家累于襄阳，揽辔登车，入郡谒选，捧檄而西，上井陉，逾太行，达并门之官所受事。家人从襄阳来聚处，盖所历已万有余里矣。今之归也，不必迂道京师，出并门陆行，直走平阳，自平陆之茅津渡河，径趋樊城。自此以往，昔之舟而来者，仍舟而去，舆马而来者，仍舆马而去。行无异道，不待问途，而万里之程已屈指可计。王逸少云：所之既倦，情随事迁，感慨系之。忆此十四年中，妻与子没于官舍，犹子一人没于学舍，同来之人不得同返。洞庭江汉之波、辰溪泸溪之滩、沅之芷、楚山之云、黔山之雨，均应不殊于来时。行人历其境，能无感触于怀，百端交集乎？图既就，将丐题咏于文章宗匠，故书其略于简首。

送陈海楼衔恤归里序

石屏陈海楼，与予同习举子业于五华山，先后举于乡，同应礼部试，聚处京师，其后踪迹或合或离，苟相见，必交勖以为学之方。予宰武乡，既罢官，主讲晋阳书院，而海楼来宰太谷。太谷为太原府属县府，及书院皆在省城。太谷相距百二十里，每因事来谒上官，必乘间视予。故其治县之政无巨细，予得闻之，皆本平日所学，举而措之者。治县甫八月，其母太孺人卒于家。讣至，解印绶，哀痛持服。其县之士民，奔走呼号，谓县公丧母去官，使县之人皆丧慈母。时有天使来案狱，其爱慕而未谙礼法者相率诣之，陈请夺情，如不可，则请于服阕后，仍官其县事。虽格于例，而上自大吏，下至妇孺，近而邻境，远而九府十州之人，莫不知太谷之有贤宰矣。先是讣至，从人金谋匿之，而先谢病解职，然后持服。服阕而以病愈补官，于例可复旧任。太谷为山西省之膴仕，不可失也。海楼闻之，大哭曰："亲死之谓何？又因以为利，无病而诈病，欺天乎？欺人乎？欺吾亲乎？"立具牒[一]，发其事。从人之所谋，趋利而背义，不学之人，时或为之。海楼，学者也，所学何事，而肯为之邪？予尝谓学与政非二道，修诸己则为学，施诸人则为政。海楼颇韪其言，夫事亲孝，则忠可移于君，尽己之谓忠。海楼能为士民所悦服者，忠于政也，其忠孝之所移也。既授政于代者，匍匐而归，士民虽留之而不能发乎情、止乎义也。其将行也，陈樾斋作诗送之，能诗者和之，予故序之。

【校记】

[一] 牒：底本为"牒"，按句义当为"牒"。

李红轩八十寿序

汉世崇经学，立博士官，其时通经、传经之儒，多以年老著。伏生九十余，授《尚书》晁错；申公八十余，为大中大夫；辕固九十余，以贤良征。圣人之道，备载于经，惟研究之久，始能湛深。而仁者由静得寿之理，亦于此可验焉。唐代设科取士，以诗赋取者谓之"进士"，以经义取者谓之"明经"，自元明至今，进士皆由经义起家，惟乡荐外，复有拔贡、岁贡二科。拔贡不论其年，岁贡则以食饩之先后为次。先食饩者，历年既多，治经已久，故俗亦谓之"明经"。自食饩至贡，必历二三十年，以岁贡之士，多属大寿之人。或见其得贡由于年深，无关于学之优劣而轻之，不知年深则学邃，学邃则静，静则得寿，理固相因而致也。李上舍恢巽，余甥婿也。其尊人红轩与予同食饩于学，以谊兼亲友。凡学中俎豆礼仪之事，恒相辅而行，爱好如昆季。及予奔走于外，踪迹始与之疏。而红轩跻于乡闱，以明经膺岁贡。予入学五年而食饩，食饩十有四年而由拔贡举于乡。红轩之入学也，先于予，其食饩凡二十九年而膺岁贡，贡后阅七年而年已八十矣。红轩长予二十余岁，县学之制，食饩诸生凡二十人，当时之名次在前而年长于红轩者，约居其半。同事相依，方如昨日，而红轩已为里中硕果。予年亦在耆艾之间，使予非由拔贡起家，则自今以往，尚需二三年始得与于岁贡。皓首穷经，殆谓是欤？岁贡于官制，得授训导，红轩需次于家，以其所得于经者教子孙。且年长则阅事多，日与父老抚今追昔，谈笑为欢。虽未登仕籍，而已有二疏归田之乐。而予方治装谒选，以求升斗之禄，将与之别。邑中亲友于红轩诞辰，共往为寿。而恢巽以文请，因备道红轩与予之相与者如此。今之训导，即古之博士也。红轩虽老，距伏生、辕固授经征召之年，尚十余岁。他日有如晁错其人，及安车蒲轮来至邑中，足为亲友光宠。予虽在远，当倾耳以听之。

悟堂居士六十寿序

圣人之道著于六经，七十子之徒受而传之者，惟卜氏最盛。于《诗》有序，于《易》、于《礼》有《传》，于《书》则《尚书大传》，载其读毕而见夫子之言，而传《春秋》之公羊、穀梁二氏皆其弟子。盖六经之传于世，皆其学也。考之《史记》，子夏少孔子四十四岁，当鲁哀公十六年，为周敬王四十一年，孔子卒时，子夏年二十八矣。其后一年，元王立，历正定王、考王，至威烈王二十三年，魏始为侯。《乐记》载其问答，乃文侯二十五年，是时子夏年已一百有八岁矣。搜采异闻，录及《容斋随笔》，详核其年，意殆疑其差误，不知传经之儒往往多寿。即如汉代之伏生、申公、辕固诸人，其年备载于史，信而有征，何独于子夏而疑之？道之见于世也，惟政与教，政有时而败坏，则赖教以维之。自孔子至今，道之所以绵延不坠者，赖有传经之儒，本其所学以立教耳。七十子以来，教之责非一人所能胜，端木氏所以有"识大识小"之论。而传经之儒，历年既久，其学自邃，学既邃，则寿必高。予向为老儒祝嘏，尝以此义为词，览者颇不谓附会。盖仁者寿，恭则寿，圣贤之言，固有不可易者欤？予宰武乡之明年，洪洞四笔山人名楷欧者，来权教官事，以同氏故互征家事，知其有兄悟堂邃于学，设教于其乡，且出其所著《骚坛八略》以示。予想见其人而未得，及山人瓜代去，予以事至省城，数与相见，见辄讯悟堂起居，因悉其生平梗概。盖悟堂以名家子，少从学于从兄。醇堂者，其邑之鸿儒，淹贯经籍，而以理学为宗。其教人不拘俗学，悟堂独得其传，复以所学为教。曾举于乡，虽会试未第，而以挑选一等，例得为知县。悟堂以重听，故谢病不仕，仍理故业。生徒恒数百人，登甲乙科者甚众，远近咸慕其化。戚党有不平事，质之悟堂，一言平之，无不各如其意以去；讼牍为稀，历任邑侯闻其贤，莫不敬礼，悟堂未尝干以私。阎君名绍世者，以名进士宰斯邑，尤倾心结交，欲聘，主邑中玉峰书院，悟堂虑为山长，须时与官长往来，易涉嫌疑，固辞不应聘。从兄弟子姓数十口同居以爨，略无闲言，悟堂之教使然也。今年六十，六月十八为其生辰，生徒戚友称觞为寿，其仲弟四笔山人属予为文。予思悟堂传经设教事与子夏略同，子夏晚年丧明而悟堂亦以耳病不仕，其厄亦相类。子夏居西河教授，据张守节《正义》以为西河即今汾州，悟堂所居在汉薄太后故里，距西河亦不远。悟堂年虽六十，而以学邃故强健如常，传子夏之教其寿应不亚子夏。悬弧之日，亲宾毕集，而览斯文，其不以予言为附会否？

答邓方辀书

曩在省城，于黄次皋四兄所得知十兄汲古功勤，求友志笃，名甫入耳，德已醉心。嗣闻敝县两狱并烦案鞫，抵署二日，旋即札布识款。兹奉手书及张大兄书，细绎文义，始知荒函尚未径达，殊为怅然。仆质劣才庸，所居复在僻陋之地，虽束发以后，所嗜惟在读书，而缃帙既少，名宿尤稀，讲贯师资之益，邈不可得。惟日取陈编，朝夕研摩，如蟫如蠹，寝食俱忘。三四十年以来，虽疾病寒暑，奔走穷困，风尘饥渴之中，未尝少辍，无如学海汪洋，莫寻津畔。白傅诗云："所好随年异，为忙终日同。"精力徒劳，顽钝如故，不图谬为胡君昆弟所称誉，而复为足下所取信也。仆于科举之业，幼龄即不撄心，其训诂、词章、名理、道学以及佛、老、申、韩诸家之说，皆尝泛滥渔猎，而迄无定见。壮岁出游，与士大夫相接，更历世故，以证所读之书，窃以谓书分四部，虽醇驳不齐，要其所言者，道而已矣。三代以上，道主于行而不主于言。晚周、秦、汉，士各以所知之道发之于言，而文始著。汉氏之东，稍稍舍道以为文。曹子桓作《典论·论文》，而文乃与道分。韩昌黎、杜少陵因文见道，于是因所知之道作为诗、古文，而其诗、古文遂独绝千古。外此者，诗若曹子建、陶渊明、元次山，古文若欧阳公、曾子固，尚为知道之文。其余诸子，诗、古文非不美也，然非以文言道也。盖主于道者，本其所知之道以为文；主于文者，意在于文而取道之末节以粉饰焉而已。士而读书，但当求道，不必学文于道。既有所知，则为诗而道寓焉，为古文而道寓焉，即为时文、词曲俚俗之谈，而道亦无不寓焉。其为学也，非学诗、古文以下诸体也，所学者道也。其学杜、韩以下之诗、古文也，用其文章之法度，以为吾言道之唇舌而已。文体虽多，意在于学文，则逐体致力而有所不及；意在于言道，则不名一体而无体不备。若此者，仆尝心识之，而才与学皆万不能逮。故间为诗文，多不存稿，以其不足存也。每思屏去诗文，欲以管窥蠡测之知，著为一书，质诸有道之士。而早年迫于衣食，近又窘于簿书，未知何时得竟此欲也。新旧诗文，幸有从学张生于行笈中掇拾抄撮，其制义已为陆续付刊。伏承索观，仅以诗、古文三册走伻奉教。书无副本，希于削正后仍发还也。大集定多，能借一读，快甚。相距非远，前书曾邀枉顾，若能惠然，不胜仁望。

报董竹溪书

伏承惠书，敦忠告善道之义，不弃疲驽而辱教之。大指在于尽职守，为循吏而勿著述。旧所著述，不可锓板行世，俟归林后，藏之名山，传之其人，此有道君子之言也。虽然，仆窃惑之。有诸己之谓学，施诸人之谓政，为治者不本于学，为道者不涉于事，张南轩所以致慨于俗吏儒生之病也。循吏不必皆有著述，而有著述者，岂必不为循吏乎？无著述而后为循吏，彼为吏而目不睹《诗》《书》者，比比皆是，岂不尽为循吏乎？抑《诗》《书》果如时俗弋猎科名之具，一登仕版，即当弃之如遗乎？知县而著述，恐废厥事。天下之人，自山林隐逸外，孰非有事之人？孰是可废之事？载籍浩如烟海，考其著述，出于幽人畸士者，裁十之二三，余皆怀符继组，各有其事之人也。即知县之有著述者，宋元以前，不必远稽。近代顾璘、王圻、李濂、茅坤、归有光、胡友信、屠隆、袁宏道、王惟俭诸人，列于正史文苑姓名，然犹在人口耳间。其人不必皆贤，不必皆不肖，文苑[一]所不列者，又不知凡几矣。今世之为吏而征歌选胜、燕游饮博者，不尽废事之人，何以著述独能废事？臧与谷俱亡其羊，故挟箧博塞，所失惟均。使不亡羊，则挟箧之与博塞，其差等或当有辨。且夫六朝以来，竞尚辞章，名虽为儒，而所学者锥云镂月、模山范水之言，否则贡谀献媚、行乐追欢也，又或好勇疾贫、叹老嗟卑也。儒者，德业文章，本无二致，彼乃歧而视之，言虽工，何益？子思氏曰：学所以益才也，砺所以致刃也。窃尝以谓三代盛时，百亩授田，三物造士，学不专恃读书。世运既降，非读书无以为学，政事著述，皆读书所推暨也。所学之道曰"仁"，求仁之方曰"恕"。假如有人焉，虑远行而迷其途，则取舆图、地志、纪程之书，流览详究，既出游，凡目验足涉之境，与其书或违或合，咸记注于册，以贻同志。爱人之谓"仁"，推己及物谓之"恕"。造为舆图、地志、纪程之书者，使行道之人免伥伥之患，爱人而推己及物之端也。景地随时变迁，创始不能周密，有作尤贵，有述犹圣，经之义理，待后儒推阐而明，则夫记注其目验足涉之境者，其始异于无益之辞章也。夫昔者汉氏之朝，司马迁著书百三十篇，欲比于《春秋》，故其言曰："孔子作《春秋》至于今五百岁，小子何敢让焉？"又报其友任少卿曰："藏之名山，传之其人。意固谓《春秋》之书，游、夏且不能赞一辞，况今世无游、夏，则此百三十篇，当百世以俟圣人也。"古著述之人，高自位置，司马氏后，惟王仲淹续六经授门人，谓董、仇早殁，程、薛继殂，文中子之教未作，以俟来哲，意与司马氏略同。自二子外，扬子云虽拟《易》、拟《论语》，而不为此言。其余作者，未有镂板时钞写流传。迨五代雕本盛行，凡有所作，苟非乏于工贳，无不付之梓人。汴宋至今，未及千载，流传之书，较五代已前不啻倍蓰，雕本之力也。刻书之意，约有三端：津逮后学，一也；请正四方，二也；侥求名誉，三也。作而未刻，无论醇疵美恶，固已凋残磨灭，同归于尽矣。即刻而流传未广，日久亦就湮没。若本不足传而刻之，正如萤光熠火，俄顷而息耳。宋氏南北两朝，作者如林，乐史七百八十八卷，李心传五百九卷，李涛一千一百九十卷，可谓富矣。而或显或晦，其最富而行于世者，新安朱子六百八十九卷，浚仪王氏六百九十五卷。其作之、刻之之年，大略可稽，不尽在归林后也。若夫在官而刻书，自一二卷以至百余卷者，不可悉数。事莫棘于军旅，莫迂于讲学。王伯安并行不悖，今人犹能道之，而何疑于著述？夫津逮后学，仁恕之用心也。即请正四方，侥求名誉，未尝不可相济。前代王元美诗文播海内，归熙甫见而嗤为庸妄子。元美曰："妄则有之，庸则未也。"后元美学与年进，及叹服熙甫之言。近人汪苕文著《尧峰文钞》，阎百诗每摘其舛误与之辨。苕文重刻其书，尽改从之。使其秘而不刻，人何由指其瑕，彼何由从而改哉？九州之域，滇、蜀为僻远。蜀自汉文翁兴学著述，代有其人。惟吾滇开辟至今，廿一史中，儒林、文苑、道学诸传，无一人厕名其间。甚至辞章小技，亦无一人见称于骚坛盟主。《四库全书》博采群籍，其卷以亿万计，而吾乡人所作，裁收《关中奏议》十卷、《南园漫录》十卷，□皆采自他方。近日操诗文选政者，偶得乡人篇章，急登于集，而叹网罗之无路。□原其故，吾乡先辈或有著述，多惑于司马氏之语，而于刻书之三端，皆无其意，是□寂蔑无闻。曩居乡时，偕袁苏亭从事《诗略》《文略》之刻，极力冥搜，而所得甚鲜。则藏名山传其人者，恐归泯没矣。仆何人斯，敢称著述？顾自幼嗜书，读既久而臆解，生值为文，时抒其所见，是非不敢自信，思质之有道，先掇制义数十篇付锓。外有石刻、木刻数篇，非刻不适于用。其他著述，虽未遑编次，而所言大抵相类。津逮后学，侥求名誉，均非所志也，伏惟书教恳款，辄布区区。附达所刻，幸赐观览，倘以为妨于吏事，而悖乎仁恕之旨，当铲削之也。

【校记】

　　［一］苑：底本为"范"，按句义当为"苑"。

与陈海楼书

　　秋初都门相遇，接谈之日甚鲜，无以罄数载离别之怀。九月中，附乡人周君寄达一书，不过略叙寒暄而已。吾儒为学，读书之外，质疑辨难，当取资于朋友。年来荔扉、苏亭相继谢世，望山又远宦于闽，足下不日亦将出宰，相见之时与地皆难预期。今幸闻问可通，中心之所欲白，请略言之。夫人之为学，岂非求道乎？道费而隐，圣人有所不知，愚夫妇亦可与知。其载于书，亦谓之文。秦汉以前，无作文之说，凡书之传于世者，各言其所知之道，而非以作文也。仆少好读书，老而不辍。至于世之所谓文，非惟不善作，亦不欲作。然因读书而偶有所知，往往著为篇章。薄宦以来，从游之士辄付之梨枣，遂为世人所见。其中，《说纬》一书，人不名之为文，而于《乐山集》则曰"古文"，于《乐山制艺》则曰"时文"。或谓古文为善，或谓时文为善。誉之者以为博洽，毁之者以为繁芜。而于所言之理，不察其是非；所言之事，不察其可否。其曰博洽，曰繁芜，则以书中每有所陈，必征引古籍，疏其原委之故。刘彦和云：因情造文，不为文造情。仆之为书，因述古而制篇，而考古，其篇既就，始命以名。非如作文之法，先命一题，然后临文索理，循题布置也。谓为博洽，固不敢当；谓为繁芜，势必删其所征引，而归于简净。夫既删其征引，则又何必为是篇邪？离道以为文，始于汉之季世。历代文集，仆未尝不观，然观其于理有所发明，于事有所考证，初不计其文之高下也。书者，文也；文者，言也。著书之人，以文代口，观其书者，惟当以目代耳。缙绅谈政事，野老话桑麻，其人各言所知，听之者但衡其所言何如，岂计其语之或雅或俗，音之或南或北哉？夫流连光景，周旋世故，使人得以娱目赏心，作文之乐趣，固为学之一端。而自言所知，使人得以稽古义、绎旧闻，亦非遁于学外也。自帖括之制兴，士之习业，惟取材于近代清空转折之文，而隋唐已往之著作，罕所研究。虽已屏弃帖括，别求古学，而积习难移，易其名不易其实。仆自少至老，不习帖括，是以拙于作文，而但著书以自言所知也。夫有所知而著书以达之，苟其能达，则于文不求工而自工，此惟深于道者能之，非仆所可企及。就使能工，而著书之本意，初不在此。区区之见如是，他人或河汉予言，惟足下好学深思，当有以匡正之耳。

与宋芝湾书

崧顿首拜启：握别逾一载矣，中间两通音问，而情愫究未敷宣。今年三月杪，得读正月初旬惠寄之书，具悉在景东事，大损货财，良堪挖腕。但利去而名来，囊虚而政实，部民颂德之歌，春间已播榆郡，不仅逆贼授首，能靖边陲而已。人言吾榜多名士，匪惟名士，且有以名士而奏武功者。林下鄙夫，能勿望风翘首，额手称庆也哉！归田以来，三年坐耗，屏居破屋，日以著述自娱，明露可餐，翠柏犹食。桂香书院一席，正玉溪生所云"不各腐鼠成滋味，猜意鹓雏竟未休"耳。乃以物议支离之谤，掩饰乞怜市廛之私。大抵今之延设官师者，专为济贫计，是以内囊衣椟，不堪为弟子之人，遽抗颜而拥皋比。人品日下，学术日卑，端由于此。非吾辈心在世道，孰能知之？孰肯虑之？敝县浪穹有湖一区，其水湍出为河，河口甚狭，而旁有涧沙，沙乘雨水而下，阻塞河口，湖水不泄而涨，则一县尽为泽国。先父经营数十年，故河之外别开一河，此塞则彼流，彼塞则此流。又筑高堤拦沙，掘深堑屯沙，所以使涧沙不入于河，而河得畅流。然非年年修之，则堤堑满沙，仍塞河而湖水必涨。于是白之有司，申请大府，筹其经费，岁支帑金，且于地粮征助其不足。规画既定，后来遵守而行，民免为鱼。先父谢世，崧复远游，司其事者，废弃旧章，遂致受灾请赈，大费补苴，始得小安。道光纪元以来，两河顿湮其一，拦沙之堤，屯沙之堑，与平地相等。崧归里省墓，入疆纵目，昔之绿野平畴，尽作平沙浩浩。伤先功之泯没，惟民物之凋残，泪下盈襟，不可遏抑。盖经费既为墨吏攫取，故工程不力，景象如斯。学中子衿赴诉索环，共谋及时兴工，冀弭今年水患。曾以相商，而墨吏施浸润之□，怙之者，反以继志恤灾为非，萎赃贻害如是。且百计保持，惟恐墨吏筐篚不固，或被取出救灾，损万户之身家充一人之溪壑，水患之深，拭目可俟。吾人读书学道，凡有所行，为义而不为利，为公而不为私。同读此书，同学此道，意见竟不相同，殆即来书所谓物议支离者欤？区区之怀，非足下曷以谅之。拙著三种，附呈教正。边郡寒暑不时，伏维珍摄。临颖不一。

程昆仑别传

尝读郑荔乡《诗钞小传》，不胜挂漏之憾也。《传》凡[一]四卷，国朝诗人已略备矣。而于三晋取泽州陈相国廷[二]敬、蒲州吴征君雯，此外无传焉。百余年来，海内推为诗伯，莫如新城王尚书士祯，所谓渔洋先生者也。而渔洋之显，实由相国于召对时荐达之。厥后，征君至京师，渔洋见其诗，目为仙才，诵其句于公卿间，于是征君之名大噪。然则渔洋固山右二诗人之枢纽矣。顾其时以博学名天下，与昆山、顾宁人颉颃者，太原阎征君若璩，而以文章驰誉者，武乡程耀州康庄。征君之诗有《春西堂集》《秋山红树阁集》《箧中遗稿[三]》。耀州之诗有《自课堂集》，而《诗钞小传》并遗之。予宰武乡，耀州六世孙林宗出其家藏旧本，得以尽读，然散佚[四]者亦不少矣。《集》有刊本而版多残缺，爰即旧本钞而存之，且为之传云。程康庄，字坦如，号昆仑，武乡人，先世仕宦，由进士起家。昆仑少时与临川陈际泰、东乡艾南英、常熟杨彝齐名。顾不得登甲、乙科，由拔贡入太学，未仕而归。顺治中应隐逸征，对策太和殿，选授镇江府通判。秩满迁安庆府同知，坐前政宿狱不举发，镌级，授耀州知州，年六十有五告归，二年卒。昆仑深于经义，旁贯子、史、百家之书，诗古文并沉思而入，脱颖而出，复以余力为小词。济南王西樵序其集，谓昆仑以文章名海内，乃点笔为诗，诗工；倚声为词，词又工。可以见其才大而无不宜。西樵者，渔洋兄士禄，号西樵山人。昆仑为序其《十笏堂诗集》，故交相引重如此。序西樵《兄弟集》外，复序《宋荔裳集》《施愚山卖船行》。昆仑宦不列显要，而所交游皆当代名流。诗文集成，序之者，吴太仓伟业、龚合肥鼎孳、杜黄冈濬，世称太仓梅村先生、合肥芝麓先生、黄冈茶村先生，而昆仑先生之号并著。宜兴陈检讨维崧选《四大家集》，昆仑与焉。四大家者，昆山归有光熙甫、归德侯方域朝宗、南昌王猷定于一，合昆仑而四也。官镇江时，王渔洋为扬州推官，两人夹江而治，诗筒往来不绝，大江南北倚之为大宗。集中所存赠答诸诗，非阿非泛，盖相得在性情之际焉。顾其时，非优游无事也，当海逆熛起之后，枹鼓余息，大狱朋兴，讯鞫故非倅职，而昆仑素以敏决闻，受任于大府，听断无虚日。其地古号润州，山川绮丽，昆仑偕宾客乘小舟破浪游览，啸歌唱酬，金、焦、北固间，莫不有诗文之迹。然而所治狱，目览口辩，呼謈之声沸耳，谳牍已具于手。去之安庆日，江南北有绘《昆仑渡江图》鬻于市者，往往得重价，今尚有为政风流册藏于其家。暨佐安庆郡，郡为两江锁钥，江上下四百里，所难在防汛。昆仑已擅鞫狱名，巡抚一以委之，决如镇江日。而设保甲，清盗源，造快船，利诇刺，巡抚下其式于南，惟游览之兴少辍。由浮山、天柱之胜皆在百里外，而所居墟壑卑隘，巷无居人，乃代之以研精坟索，为退食之课，而诗文之作则如曩时。历二官而政事、文章相映发，然犹未上马横槊，下马赋诗也。迨知耀州，邻郡县贼氛弗靖，境内为震恐。大帅驻师于州，士马往来如织，刍荍供顿责办于疆吏。既使之饱腾矣，而庆阳贼数万薄城下，设方略，冒矢石，御之于外。比如官廨，则葺花剃草为暇豫状，民心倚之而安。贼时去时来，渠魁毙于城隘之炮，丑徒死者数百人，乃解去，相戒不复犯。耀州拒守几二年，贼尸积于城下，而诗卷盈于箧中，虽祭遵之雅歌投壶，曷以过之？昆仑之古文诗词，诸先生评之，详矣。而见遗于郑氏，其书名《诗钞小传》，盖即所见之集而钞之。然四家文集颇行于世，何以不经见邪？昆仑同时人，阳曲傅处士山，亦擅诗名，《诗钞小传》之不录，殆与顾炎武宁人皆在夏肆、殷遗之列，而遵史家限断之例，然阎征君又何以不录邪？傅处士字青主，有子曰眉，字寿耄，能为古赋。祁县戴廷栻枫仲编《晋四家诗》，青主父子居其二。阎征君字百诗，号潜丘，有子曰咏，字复申，集名《左汾近稿》。

【校记】

[一] 凡：底本为"几"，按句义当为"凡"。

[二] 廷：底本为"延"，按句义当为"廷"。

[三] 稿：底本为"槁"，按句义当为"稿"。

[四] 佚：底本为"轶"，按句义当为"佚"。

杜文学传

文学姓杜氏，名允中，字伯钦，浪穹人。父旸，尝从学于予。予出游后，允中始生。浪穹为大理府属县，在府北百三十里，府在云南省城西北八百余里，云南省城在京师西南九千余里。由浪穹诣京师，必历府城、省城而后达，距楚、豫繁盛之地，亦不下六、七千里。故县人之负瑰伟、擅鸿博者，仕罕跻显要，名不越乡间。譬夫重渊绝壑，鱼生其中，长潜而不能见。允中悯之，以潜庵自号。其家藏有《史记》《汉书》《通鉴》诸书。允中自塾中受读"四书""五经"，归即检阅家藏，通其大义，复从亲党假其未见者。邑中《十三经》有注而无疏，允中尽读之。予宦山西，著《说纬》寄里门，允中见其引用各书，按其名索借以观。然未尝习帖括，求试于有司也。予谢病归林，允中来谒，代解装橐，卷帙充盈屋宇，几架皆满。允中见之大喜，日夜求读，凡子、史、百氏及唐、宋人说部，目耕殆遍。予觇其所学已富，授以《制义》二首，略为疏其法度，迫使应童子试，遂补弟子员。其读书也，如饥渴之就饮食，久而餍饫不舍。继见顾氏《日知录》《亭林文集》中每诋科举之学，乃不应乡闱试。予语之曰："读书之故有三：求道一也，取乐二也，干禄三也。然求道而有得则乐在其中，禄亦在其中，是三者本可一贯。干禄所当读之书，固有予以乐趣而引之道岸者，无如世人屏而不观，但取场屋获售之时艺，袭其词语，摹其格调，恒饤以蕲速化。其用功甚苦，而其道的然而日亡，是以有志圣贤之学者鄙之而不为。若既穷经稽古，通达事理，出其绪余，即取科第如拾芥，何惮而不为？"允中闻之，意稍动。道光六年，节使诸公纂修《云南通志》，招予诣省城，设局领其事。予念独力难胜，邀允中同行入局。承节使意旨，覃思撰次，属允中参稽典故。而予操笔削，凡某事在某书，或一事而诸书各异，允中皆能征摭剖析，不使漏略。昔司马温公修《资治通鉴》，助之者刘贡父、范淳父诸人，其书冠古今。一省之志虽非《通鉴》可比，然必钩贯详密，始免乖谬牴牾。允中所考订颇无此失。书将告竣，允中积劳致疾，八日而殒，年甫三十有一。志局少此人，使予如失左右手，滇中人士莫不伤悼。允中虽无意科第，然绩学既深，倘强之入试，定当一鸣惊人。其不著书者，将俟《通志》修毕，始尽发胸中所有，以垂不朽之业。予师芸台先生，总制滇黔，尝言："滇、蜀连壤，于古，皆号僻远，而蜀有相如、子云，文学冠当时，著作传后世。滇何无之？"予举允中以对。斯人既逝，吾乡可传之人何时再见？厥号潜庵，今果潜矣，哀哉！

论曰：滇昔附庸于蜀，蜀自文翁兴学后，人才相望，而滇常沦于蛮。振拔既难，显扬尤不易，如杜文学之赍志以没者，当不乏人，非独限于地，且厄于天也。太史公曰："闾巷之人，欲砥行立名，非附青云之士，恶能施于后世？"其言岂不然哉。

尹氏两节妇传

凡人所为忠、孝、节、烈，可传、可法之事，率其性之本然，抑亦观感而然。子思氏所谓"率性之谓道，修道之谓教也"，夫妇之愚可以与知，夫妇之不肖可以能行。观尹氏两节妇，其事可法、可传，足以征道之费焉。两节妇者，一氏周，一氏杨，浪穹人，姑、妇也。周之父纪，杨之父时秀，皆县学弟子员。周归监生克臣，生子曰觐光；杨归庠生觐光，生一子而夭，抚觐光兄子谐为嗣。克臣之殁也，周年二十四岁，寡居四十九年而终。觐光之殁也，杨年二十七岁，寡居三十五年而终。周归克臣时，舅已殁，惟姑在，而姑复有姑，并孀而老。周孝养具得其欢心，天年既终，葬祭如礼，教子即[一]妇一以义方。其父母家本守礼令族，故以承教于庭闱[二]者，用之于妇道、母道、妻道。而杨得以秉其教，事姑、事夫，[三]且抚子成人入泮，亦如其姑周之督励。觐光列黉序，是又以儒家之女为贤母之妇矣。尹氏在邑中，家颇饶裕，而杨惟尚俭素，无异于在父母家时。觐光从兄重光，即杨嗣子谐之本生父也。杨见其贤而多才，家政悉以倚之，而婉谏觐光无侈荡，故家资保守不耗，亲党咸服其有识，其昆弟显名于文苑，而每事且取决焉。觐光殁后，杨事姑周愈谨。周所事者有子之姑，而杨所事者无子之姑，其事倍难，而慰藉之方非旁人所能喻。姑殁将葬，阴谓其弟曰："吾忍死而称未亡人者，徒以有姑在，今则已矣，奚以生为？"家人觇其作从死之计，防之百端，仅则不死。既又欲自髡为尼，其弟及嗣子谐哭谏乃止。呜呼！若两妇所为[四]，岂非出于性生而得型于之化者哉[五]？

赞曰：妇人之义，从一而终。妇人之学，德言容功。礼教沦替，勃溪成风。懿哉两妇，惠顺是崇。不逾其节，志合道同。朝命褒奖，遗范无穷。

【校记】

　　［一］即：（光绪）《浪穹县志略》作"及"。

　　［二］闻：（光绪）《浪穹县志略》作"怖"。

　　［三］"而杨得以秉其教，事姑、事夫"：（光绪）《浪穹县志略》作"而杨得秉其教以事姑、事夫"。

　　［四］"若两妇所为"：（光绪）《浪穹县志略》作"两节妇所为"。

　　［五］者：（光绪）《浪穹县志略》无"者"。

杨虹孙先生行状

　　杨虹孙先生者，予郡中先辈也，其少时尝与先君子相善。先生家太和，为郡附郭邑，予家浪穹，相距百里而遥。予应童子试，至郡，先生从子书勋留止其家。时先生已宦游，予读壁间所题《感遇诗》，心窃慕之。及先生投簪归里，予往来郡中，辄造先生共谈，终日不休。又尝寓省城，聚于檀默斋先生草堂，所以言，座客多不能解。默斋先生方著《滇南诗话》，急索先生所作，得数首，尽入集中。先生性耿介，不妄交搆。少孤而贫，折节读书，耻受人怜，人亦鲜知而怜之者。宦归后家颇饶，而饮食、服用无异未达时，乡党或讥其吝，不知其淡泊明志之风，固不因境而移也。先生负夙慧而复好学，自少至老无一日不读书，所著述甚富。其《榆门诗话》，表章乡先辈，有发微阐幽之功，亟为余习园先生所称赏。习园先生讳庆长，德安人，湛深经术，著有《十经摄提》。先生乡闻，与李孝子敬跻并出其门，俱成进士，当时号为得士。习园先生于学不轻许人，而独许先生，则先生之学可知矣。先生治家严肃，不苟言笑，居林下二十余年，不以事干有司。宦囊所余，以修祖墓，葺故宅，周恤亲旧之贫者。郡中故多名胜，暇则杖策登览，题咏皆遍，山川为之生色。举二子，不幸前卒。孙幼，家鲜强立之亲，无能述宦绩懿行。予亦久客游，聚处日稀，故即所知者传之。先生讳霆，字声远，号榆门，亦号虹孙。其家世勋德，具金侍郎所为先生两尊人墓志及先生所为《圣应冈阡表》：先生三岁丧母，十七岁丧父，十三应童子试，以冠军入邑庠，十六补为廪膳生，以乾隆十八年领癸酉科乡荐，丁丑成进士。乾隆三十一年选任河南彰德府涉县知县，历充戊子、庚子乡试同考试官。四十八年去官归里，嘉庆九年七月某日以疾卒于家，距生于雍正八年庚戌四月二十九日，享年七十有五。正配李孺人，二子正青、舒青，及二女，并前卒；遗孙男二：长佃，次侣。

附贡生梁君墓志铭

武乡之为县，在万山中，金玉珠贝无所产，商贾舟车不至，民安于畎亩、诵读，无逐末游食、猎取富贵之人。故境内鲜豪宗巨族，其以善人、长者见雄于里党，而号素封者。

县之东曰韩壁魏氏、上郝梁氏、苏峪李氏，是三氏者，予以核田土、案狱讼，诣东乡。尝至其家，见其主人，类皆恂恂守礼法，教子孙读书，习举子业。琅其宇，而居者数十百家，其田庐衣食有无，莫不赖于主人。问其富，数田树、畜牧以对，珍奇玩好无有也；问其业，督耕□、征租、输赋而已，奇技异能无有也。问其致富之由，力稼穑，谨用度，铢积寸累而已，操奇赢、析秋毫之术无有也。始予抵县，见其地皆硗确，且多漳水支流，秋潦泛滥，茫然无畔岸，心颇不怿。既而往来诸乡，察之其民，质而不瞢。其俗俭而不猥，其清门、望族所为，无奇邪、侈荡之习，乃乐之如白香山之勾留于西湖焉。上郝当东乡之冲，而梁氏居在路侧。予诣是乡，或值严冬盛夏，辄就而憩息避寒暑，因得以识梁君。逮君卒，将葬，其家请铭其墓。君先世洪洞人，明末有明经进士讳鼎者，迁武乡之白家窑，遂为县人。其后廪膳生员讳国祥者，迁上郝村，即君所居也。世以勤俭耕读相传，及君之曾祖讳风台者，而家日丰炽。祖讳武城，举乡饮宾，考讳天足，例贡生。以孙文光系衔布政司经历，得请貤赠儒林郎。生子三人：长曰田，文光父，受封如文光职；季曰澍，儒生员；君其仲也，讳雷，字百里，附贡生，举乡饮大宾。为人和厚，敦孝友。少从师于晋汤书院，抑志受教，县试童子第一，补生员。游学京师，请业于名公卿，与四方贤士相结纳，为所赏鉴。肄业国子监，应顺天乡试荐而未中，见其文者，咸惋惜之。父兄继逝，综理家政，始弃科举不事。席先世遗赀区画，愈详整，愈恢拓，子弟藏修励于学，仆婢操作协于程。桑、柘、榆、柳，黍、稷、麻、麦茂于野，果、蔬毓于园圃，牛、马、羊、豕、鸡、犬或牧或饲于薮、于□、于牢、于筊，粟米溢于廪，衣裳、布帛盈于笥，食料充于庖厨，宾客集于堂。而为主人者，乃无纨绔酒肉气，无村野气。其平居，早夜董课兴作，不肯自暇逸，不严迫以责人。贫民环其宇，而居者佃其田、赁其屋、贷其赀，而时其缓急以为出纳。贫不能偿者，蠲之；有求者，靡不应也。予觇其状而叹：夫儒者以修己治人为学，治人以养民为先。自先王制产之法废，贫富不均，民失其养。汉以来，名臣硕士，大者欲复井田古法，小者欲抑富人兼并。而宋叶适进卷则曰：“小民无田，假田于富人得田而无以为耕，借赀于富人，岁时有急，求于富人；游手未作，传食于富人；吏有非时之责，无以应上命，取具于富人。然则富人者，州县之本，代天子养小民，又供上用，虽厚取赢以自封殖，其勤劳亦略相当。”所论如是。昔但读其文，今乃验之于事。汉晁错说文帝曰：“游食之民未尽归农，民贫则奸邪生。贫生于不足，不足生于不农，不农则不地著，不地著则离乡轻家。”予观武乡之民无大奸邪，狱讼较他县为少，由于民多地著，贫者不逐末游食，富者能好礼恤贫故耳。使天下之民尽如武乡，而素封之家尽如梁君诸氏，虽致于三代刑措，何不可之有？

君生于乾隆二年三月初四日，卒于嘉庆十六年七月二十二日，享年七十有五。元配李氏，继配萧氏、王氏。子男五：丕光，国子监生；景光，候选按察司照磨；承光，候选守御所千总，嗣于澍；启光，国子监生；星光，业儒。女三：一适丙午科举人王钟俊，一适国子监生白含辉，一适赵昌遴。孙男二：上模，启光出；上德，星光出。孙女三，启光出。

君之卒也，诸乡及邻县之人皆为垂涕，以其卒之明年某日葬于村南石佛前原。予悯老成之谢也，铭之曰：先王之制重地著，畯良之本在力田。金玉无用而易散，商贩盈亏俄变迁。贻燕翼以不竭之府，建幽宅于不倾之原。虽历云礽以百世兮，犹得瞻松柏而识曰某祖之阡。

程务园墓表

宜兴陈其年检讨，集四大家文选，三家有杂文而无诗，独武乡程昆仑诗文并载，昔尝读而爱之。部选知县，适授武乡，访其裔，得诸生林宗。林宗，昆仑之五世孙也。守家学不坠，食饩有年，而屡踬于乡闱。每作诗文，辄持来问可否。久之，述其先德生员务园行状，请表其墓。予案所述：务园三岁失恃，赖母氏抚以成立，于是笃于孝养。乡俗尚菩萨会，士大夫家颇效之。母念似续零丁，日祷于白衣大士，务园素不佞佛，以母故，委曲承顺，营备斋供。值会期，招姻戚女伴，设佛事于家，以博母欢。母好周恤施予，而外家多贫，凡其婚姻、丧纪、庆恤诸事，度所费给之。岁时令节，招舅氏亲党，男宴于庭，女集于闺，又以钱粟饮食分遗其未来者。沾润之家，咸德母而交赞务园之贤。女弟早字史氏，最为母所钟爱。史氏故素封，及婚期而家中落，母患之而未有言也。务园察知之，亟请曰：“儿只此一妹，衣服饮食当均乃厚为妆奁以嫁。”家相距百里，岁以肩舆迎归。暨送还，按时给薪米，母心乃大慰。先世多显宦，逮务园持门户时已寒素，所受遗产，仅山田数十亩，计终岁，租粟□数十石。而母氏事佛，恤亲族之用，随意所欲，无告匮之语。平日节啬经纪，自奉俭薄，积以供母。而女弟妆奁，则倾家藏珍玩，鬻之为赀，期以遂母爱怜少女之心也。有兄继伯父后，久析爨。务园既娶，家政无大小，仍听兄裁决，不敢稍违忤。见之必伛偻罄折，终身如一日，母心善之。尝抱孙及曾孙，顾务园曰：“吾不幸早孀，守汝弟兄延程氏两支，赖白衣大士慈赐佑，晚年得见曾孙。非汝竭力治办，曷克承吾敬奉之志乎？”母每食，务园必进甘旨，率妇孺男女执匙箸侍立，奴婢列阶下。乡里传之，以为子事父母者法。兄葬所后母，母见其棺椁美，谓务园曰：“儿他日葬我，能如是乎？”务园泣诺之。邑多童山，少巨林，求之久，始得嘉树如所指。母卒，葬有期矣，而雨昼夜不绝。相地者以为，苟逾所择日，葬将有殃，趣冒雨从事，时务园已委顿不支，流涕曰：“雨不克葬，经有明文，何忍委吾母体魄于沟壑？有殃，吾当受之。”及期，雨忽止，葬讫，复雨，人以为孝忱所感云。

少从魏更夫游，传关闽之学，讲求宋儒《性理》及《大学衍义》。承家学，治毛诗。为文遵隆、万矩矱，试辄不利。或劝援例入国学，不从，后竟补诸生。好亲近贤士大夫，而鄙武生、监生，故群少多衔之。尝为健讼之监生诬，以殴落齿，讼于学。学官索赂，不许，闻于县。监生百计陷之，援其党为证，度百口莫辩。会知县许君廉得其枉，将论监生诬告律。务园以为：

"殴落人齿，岂儒生所宜为？苟实，即不见罪而罪名已具，故不得不辩。即不实，吾已无罪名，何为致罪于彼？"遂不诘讼而转为求免。许君以雅量超群奖之。晚年□士习日颓，不屑与居，常独游名山胜地，或与田夫野老谈谐遣兴。训其子曰："《论语》中硁硁然小人，与《孟子》所言乡党自好，能如是，即今世真儒。"又曰："宁方勿圆，宁拙勿巧，宁朴勿华。吾恒兢兢于是，愿汝曹守之。"被疾将殆，戒子孙游惰，田宅可析而不可鬻，毋作商贾牟利病民。年六十而终，讳木立，字道生，号曰务园。世系、宗族、生卒年月、葬地、葬日，具长男大宗所为墓志。所述大略如此。

予览之，而有取于务园之为人。夫敦伦向学，闻者固应贤之矣。若夫禁鬻田宅，为商贾游惰，及鄙武生诸言行，有合于仁人之用心，世或未之察也。儒所学惟仁，极仁量曰：天下归仁。求仁之方曰：己欲立而立人，己欲达而达人。然则人之处世，推己以及人，上也；不能利人，亦不损人，次也；损人以利己，不仁之徒也。先王制地，居民俊秀者升为士，余则耕而食，织而衣。农隙制器，日中交易，即工商也。登龙断而罔市利，谓之贱丈夫。盖所衣、所食、所用，取具于力所自致，而无损于人。不仁之路塞，然后可复其所性之仁。管仲治齐，欲求速效，判民为四，商贾始别于农工。夫子称其仁，复讥其器小，谓其不能塞不仁之路。彼虽仁民，而民末由兴仁也。先王所重莫如财，所恶莫如耗财。财者，谷粟、布帛、器具、材畜，惟农与工生之，为日用所不可无，而非银与钱之谓也。银出于坑，非可擅采；钱出于冶，非可擅铸。商贾挟此力不能致之物，攘夺农工所生之财，以取富贵，其势足以使人舍生财之道，以相角逐为游惰，而财之生也日寡。愚者反以生财之名奉之，呜呼！其亦不思而已矣。武生备干城之选，古者出师，受戒于学。而晋文公之谋元帅也，曰："说礼乐而敦诗书。"制附武生于儒学之官，取义精矣。假使目不知书，而肆行无忌，既不能事其父兄长上，安望其执干戈以卫社稷哉？士由乡而升于国，监生者，为其肄业于国子监而名之，非为其有银百两也。武生试取有数，而监生无数，输银百两，即可为之，小县且多至六七百人。官府之役，如乡正、里胥之属，各有定额，终岁乃更。监生既不传，而役额不能为减，额减则事废也。不减而敷之于乡里平民，故监生最多之乡里，其平民直役之期倍速，役于官府，无异役于监生。人羡其荣且逸也，争欲为之，而地不产银，各逞诈力，规取世人之银，政事为其所挠，风俗为其所坏，皆由于损人以利己也。夫损人利己，仁人之所恶也，予是以有取于务园之为人也。既取之，故乐为表之。

董鹤溪先生墓表

董君讳越，字卓尔，号立轩，设教于鹤溪，学者称为鹤溪先生，吾郡中之有道者也。所居在太和县之洛阳村，与予同郡而异县，相距百余里。初时未相识，而其行谊学业，早饫于耳而醉于心。乾隆己酉，同举于乡，往应礼闱，既相见，挹其言论风旨，昔人谓见黄叔度，靡不服深远，去疵吝，乃于君验之。春官报罢，踪迹遂分。迨予宦游归，君幡然一老，询其不出山之故，则以继母李太孺人年高，不忍远赴会试，值挑选之期，亦不肯往，以是不登仕版，其笃于孝行可知已。举人需次，例选知县，太孺人没后，吏部檄趣谒选，君谓其诸子曰："仕而得禄，将以养亲，无亲可养，奚仕为？"遂以衰老告休。礼宦稽籍，核其年已跻九十，循例汇题，奉旨赐衔光禄寺署正，养老于家。生平以授徒讲学为业，菽水之资，取给于东修，所入但求足用，不使赢余，弟子贫乏者周恤之。设教有方，及门之游庠序、膺贡举者，皆知名士，以身教，不仅以言教持已。接物寓严正于谦恭之中，坐不跛倚，行不瞻顾，与人相对，终日无慢容。乡党熏其德，疏逖式其行。尝赴饮夜归，遇贼欲相犯，有人呼曰："此笃行君子也，不可犯。"贼急避去。人有争讼者，劝止之，有行善者，奖劝之，无不听其教以去。年九十，犹手不释卷，坐卧一小楼，目炯炯读蝇头字。训子若孙不辍，不谈禅，不佞佛，事父母二人，其养也敬逾于物，其丧也哀逾于礼。年九十，时其兄超犹在，晨昏参省，礼貌未尝少衰。道光七年七月四日，索汤盥沐，端坐而逝，有如先知者。距生雍正十二年十一月十九日，享年九十有四。十二月二十五日，其子芝秀等葬之于鹤云峰麓。时予寓省城，纂修通志，其卒也，不克往哭，其葬也，不克往会。芝秀等来书并状，求表其墓，予按其状，参以素所闻见者著之，综其质行，汉之郭有道无以远过，惜刻石勒碑，不得蔡中郎为文耳。

李母徐孺人墓表

呜呼！妇人之节孝，不能遍责之世人，而世固未尝无其人也。昔归熙甫表贞节妇李氏之墓曰："妇之于其夫，犹臣之于其君。君薨，世子幼，六尺之孤，百里之命，国家之责方殷，臣子之所以自致于君者，在于此时耳。"夫不幸而死，夫之子在，独可以死乎？就使无子，苟有依者，亦无死可也，要于能全其节而已矣。熙甫之文镌于志，载于集，读者莫不兴感。然考所表之李氏，盖抚其夫之遗孤，寡居二十有七年而终耳，未闻其有翁姑而养之、葬之、祭之也。若予里之徐孺人者，不更有难焉者乎？

孺人夫李君，讳慎，字存庵，与予同里，乾隆己卯科举人，仕为直隶隆平县令。孺人父讳汝霖，直隶清苑[一]人，乾隆丁卯科举人，甲戌榜明通，仕为广西北流令。李君既仕，甫逾壮岁而丧其偶，遗子庆丰才十一龄，闻孺人为北方清族，即于官舍委禽焉。孺[二]遭父丧，时年十六，服阕而于归。逾年而李君抱[三]恙，孺人侍汤药，昼夜不遑安。念堂上有老亲，膝下有稚子，夫之一身，所系至重，常焚香告天，请以身代。无何，李君竟不起，孺人哀毁之余，欲以身殉。继而思养亲鬻子之无人，有家可依，夫丧宜葬，未可以一死塞责也。而孺人母氏、昆弟、宗族，乃切切然以夫家相距万里，嫠妇方当笄年为虑，坚留不遣归。孺人曰："妇人内夫家，外母家，故谓嫁曰归。夫死从子，义也，不归何为？"李君之殁，逋负数千金，当事闻孺人之义，为之弥缝其阙，乃得携子扶丧，归葬于先茔。当是时，李君之父母年当七十以上，恸子之亡，伤妇之寡，忧思哭泣，殆难为情。孺人所以慰解之者，随方设变，父母并得寿考而终。既葬，抚孤情倍笃。于翁姑在日，以孤子之失其重荫也，子列名太学，为之娶妇生孙，又娶孙妇，嫁孙女。呜呼！使李君未死，所为岂能过是？使孺人殉夫而死，其家岂能如是？

孺人弟名成鼎，举乾隆丙午科顺天乡试，由藁城教谕迁福建宁化令。其未仕时，予每计偕北上，为之寄书，数诣其家及藁城学署。孺人发书时，未尝不北望流涕。[四]骨肉之间，万里之远，通问惟凭一纸，亦可悲矣。然往来书意，皆以行谊相劝勉，孺人之贤赋于性，亦其家法致然也。县之士民嘉之，援例请旌，诏[五]其门曰"节孝"。卒年六十有九，盖称未亡人者已五十年矣。呜呼！岂不难哉！岂不贤哉！

【校记】

[一] 苑：（光绪）《浪穹县志略》作"宛"。

[二]（光绪）《浪穹县志略》有"人"。

[三]（光绪）《浪穹县志略》无"抱"。

[四]（光绪）《浪穹县志略》有"其弟答书时，未尝不南望流涕"。

[五]（光绪）《浪穹县志略》有"旌"。

鞞山书院记

天下州、县所在多设书院，集儒生习业其中。武乡亦有一区，地在鞞山，故以为名。康熙二十五年，知县高鍹所建，嘉庆四年、十一年，知县吴邦治、邓方城相继增修堂室门序，凡三十一间，规模略具，而赡士无资，故院中虚无人。予以嘉庆十二年七月来知县事，颇思振兴，而未逾年转饷兰州。比归，署政之郭君长龄界以罚输银三百两为增修用，乃率耆士度地市材，募工建修正位两厢七间，别为院宇，题其门曰"致道斋"。既竣，士稍稍来学，顾犹虑无以养之也。越二年，邑民先后捐田二十七亩，计其租粟，仅足以食一二人，而析为诸士膏灯费。其事昔无而今有，士皆乐之。书院之制，肇端于唐太宗，为李泌作书院于蓬莱殿侧，《资治通鉴》纪之。迨宋而嵩阳、庐阜、岳麓、睢阳四大书院最著。若唐六典及艺文、百官、诸志所载之集贤、丽正等殿，书院乃撰集文章、校理经集之所也。浚仪王氏曰："庠序之教不修，士病无所于学，相与择胜地，立精舍，群居讲习，为政者就褒之，若岳麓、白鹿洞之类是也。"鄱阳马氏曰："州县之学，有司奉诏旨所建，或作或辍，不免具文。乡党之学，贤士大夫留意斯文者所建，田土之锡，教养之规，往往过于州县学。"由此观之，书院固乡党之学也，然州县之学，未尝不养士。唐以前远勿论，宋仁宗诏州县立学，增赐之田，由是学校遍天下。朱子《崇安县学田记》谓："养士之需，或取之经常之外。"郑明德《遂昌杂录》载："平章尤公每出，诸生拥过，叫呼曰：'平章今日饿杀秀才也。'"是则南渡后，士犹廪于学宫，及亡而制乃废。虞、夏、商、周之学，圣人之所以为教尚矣。汉氏罢黜百家，博士弟子皆以通经为学。而其后刘宋、李唐于儒学外，更置玄、史、律、书、算诸学，士所肄习亦多端矣。天下府州县皆立学，学以"儒"名，堂曰"明伦"，旁置四斋，设官教士，肄习五经、四子书。科举用经义，仕进由科举。自定制至今，历四百有余年。当其时，士皆仰给县官，不傅赋役，无籍于贤士大夫，故武乡有儒学而无书院，书院之设，自高君始。子夏曰："百工居肆，以成其事。"书院亦儒士之肆也。黄仲庸校艺漕闱，发策有曰："平居不以利禄入其心，而培植涵养，如木有根，水有源，用之则回既倒之狂澜，不用则倡和寂寞之滨，亦足以名世。"朱子与同时，见之叹服。夫士而曰"儒"，所学者修己、治人之道。道载于书，不读何由知？不知何由行？科举盛时，有识之君子恒以士不读书为忧。归熙甫《送童子鸣序》曰："进士之业滋盛，士不复知有书，而日竞于营利。"顾宁人《日知录》曰："八股盛而《六经》微，十八房兴而廿一史废。"阎百诗《潜丘札记》曰："三百年文章学问不能追配前代者，八股时文害之。"凡此诸论，皆以科举为儒学之弊也。然富贵人之所欲，非仕进不能富贵，非科举不能仕进。士竞于荣利，并心一志于科举之业，以蕲胜于人。读书虽不多，而有资于科举者，犹莫不究心圣人"修己治人"之道，虽知之不深，行之不当，犹得于所业中窥其津涯。譬诸大木之一叶，去本虽远，不可谓非本之所生。其不得与于科举，并不得附于学者，视科举中人如在天上，为其所震慑，思有以追逐之。不待教养于书院，而农、工、商、贾无不读书之家，无不从儒之人。人材学术虽陋，亦浸成以尊制卑、以贵制贱、以贤制愚之俗。值衰乱而人心不澈，世道能延。夹漈郑氏曰："九流设教，至末皆弊，千载之后，势将若何？"归熙甫诸君子固忧其愈趋愈下，而愤激言之耳。予为诸生，尝游五华书院，暨沾科弟，历充诸郡书院山长。见夫士之从学，为科举者什一二，为穷饿而利其赡养者什八九，其为文苟且剽掠，冀不被黜罚而已。若夫群居族处，为师弟子之位，讲章句，课文字，如王介甫《慈溪县学记》所鄙之俗学，惟应童子试者为然。名一附于学官之籍，而其功遂辍。明伦堂四斋，无一人肄习其中。盖读书为学，只求得为生员，其愿已竟。昔人资以科举之书，目未之见，耳未之闻也。夫儒道自汉以来，为训诂、辞章、义之学，其末至于科举时文止矣。并此而无之，有世道人心之忧者，其若之何。予所至辄劝士读书，官[一]于此尤以之为急。而劝之之方，一以性，一以情。或问："读书何为？"则诘之曰："人子当孝父母乎？"曰："然。""孝父母为荣利乎？"曰："否。"于是告之曰："读书若是而已矣。"此劝之以性也。或问："书何所用，而舍生计而以为之？"曰："用以悦心志，娱耳目，于治生无伤也。"于是告之曰："读书又若是已矣。"此劝之以情也。夫学，圣人之所兴；书，圣人之所作。圣人立法，无一不因乎人之性情，岂于此而矫诬之？是故有谓为读书无关于治乱兴衰，而养士不如养兵者。吾信圣人而不信之，惟即人之性情以为劝。李泰伯《袁州学记》曰："汉孝武、世祖孳孳学术，俗化之厚，延于灵、献。"欧阳永叔《吉州学记》曰："教学之法，本于人性。"曾子固《宜黄县学记》亦谓："人之情，乐于学。"又曰："圣人之典籍皆在，相与学而明之，则一县之风俗成，人材出，教化之行，道德之归，非远人也。"然则鞞山书院虽隘，养士之资虽少，而来学之士群居族处，讲章句，课文字，用以悦心志，娱耳目，无荣利之相竞。如人子之事父母。服习既久，渐窥夫修己、治人之方，而握夫训诂、辞章、义理之枢要，其于科举时文，奚足以云？爰勒诸石，以告来者。

【校记】

[一] 官：底本为"宫"，按句义当为"官"。

鞞山书院后记

古圣人治天下，立教于养之后，自王子以至庶民之子弟，皆有受教之地。虞、夏、商、周异其名，天子、诸侯异其制，而在国在乡，举可谓之为学。五事、五典、六德、六行、五礼、六乐、五射、五御、六书、九数，教与学之目也。而其为地，则朝廷之大政皆出于其中。《诗·大雅》曰："雍雍在宫，肃肃在庙。"郑氏《笺》云："宫，辟雍宫也。"群臣助文王养老则尚和；助祭于庙则尚敬。《周颂》曰："振鹭于飞，于彼西雍。"《诗序》云："《振鹭》，二王之后来助祭也。"《文王世子》曰："凡学，春官释奠于其先师，秋冬亦如之。"《学记》曰："未卜禘，不视学。"此祭祀之政行于学中也。《周礼·春官·大胥》："春入学，舍采合舞；秋颁学，合声。"《月令》曰："孟春，命乐正入学习舞。"此作乐之政行于学中也。《王制》曰："有虞氏养国老于上庠，养庶老于下庠；夏后氏养国老于东序，养庶老于西序；殷人养国老于右学，养庶老于左学；周人养国老于东胶，养庶老于虞庠。"此养老之政行于学中也。《王制》曰："命乡论秀士，升之司徒，曰选士；司徒论选士之秀者而升之学，曰俊士；升于司徒者不征于乡，升于学者不征于司徒，曰造士。"又曰："将出学，小胥、大胥、小乐正简不帅教者，以告于大乐正，大乐正以告于王，屏之远方，终身不齿。"此黜陟之政行于学中也。《周礼·地官》："州长春秋以礼会民，而射于州序。"郑氏注云："序，州学也。"《乐记》曰："散军而郊射，左射《狸首》，右射《驺虞》。"郑氏注云："左，东学也；右，西学也。"《文王世子》曰："凡语于郊者，必取贤敛才焉。或以德进，或以事举，或以言扬。"郑氏注云："语，谓论说于郊学也。"此习射、进贤之政行于学中也。《鲁颂》曰："矫矫虎臣，在泮献馘。淑问如皋陶，在泮献囚。"《王制》曰："天子将出征，受成于学。"又曰："出征执有罪，反释奠于学，以讯馘告。"此出师治狱之政行于学中也。道之所在，修诸己则为学，施诸人则为政。行政即以立教，斯为造就人材之方。有人材以辅政，使之行其所学，天下安得不治？学莫备于三代盛时，其士之廪于学宫者，宜数十倍于后世。而考之礼典，未有言其费出之所自。朱子作《崇安县学田记》，以谓当时为士者之家，各己受田，故得以自食其食，不仰给于县官。而江陵项氏《枝江县新学记》亦谓："古者，无一民不养，而独无粟士之廪，则其士非为养也，而上下顾交趋之，如葛裘饮食然，则必有不可舍焉者。"二记之所推测当矣。而愚以为古之时，一夫受田百亩，无一民不养也。家有塾，党有庠，州有序，国有学，无一民不学也。学而成，为士而仕以受禄。学而无成，复于农而退耕于野。农隙制器，则工也。日中为市，以有易无，则商也。天下之人无不学，则天下之田无非学田，岂若后世歧教于养外，歧学于教外，而乃规规焉置田以养士哉？书院为乡党之学，予于前记既言之矣。武乡书院之兴修，亦于前记言之矣。然其时但增建"致道斋"，并置田二十七亩而已。前记勒石之明年，士民复有出银、出田相助者，于是内外堂、庑、房、舍，悉撤其朽败而新之。以田三十三亩有奇，增为诸生膏火费。而应读之书，应用之器，亦略备。王介甫《慈溪县学记》曰："慈溪小邑，无珍产淫货，以来四方游贩之民。田桑之美，有以自足，无水旱之忧。故其俗一而不杂，人慎刑而易治，士多茂美之才而易成。"呜呼！观其所言，可知珍产淫货，水旱之有妨于学矣。予之官于武乡，而亟营书院，亦以其俗、其人、其士，颇合于《慈溪学记》所言。旷怀三代之治，欲使境内之民无不学，境内之田尽为学田，顾古法不可行于今，当变而通之。愿为好义之人，广其施予，而于所置之田粟，撙节其用，积资以买田。田苟足以赡士而有余，则凡黉宫、城池、廨宇、仓库、囹圄、亭障之兴作，鳏寡、孤独、废疾与夫徭役、吏胥、与隶之资粮，度缓急为次序，而皆取给于其中。又扩而充之，则使农之所耕，莫非书院之士，商贾悉归于农。游民绝而邪慝消，是亦古者教养合一，政学同符之遗意也。癸酉之岁，甫称苟合，值官军过境，储糈供亿，官民之力皆殚，无暇他图。逾年稍纾，方谋展拓之，而予镌级去官矣。然予虽去，而书院自在鞞山，修理之岁月，书籍、田土、什器之数目，经理之章程，不可以不识也。故重为之记，而系事于左方。

新置理蒙会馆记

汉制，郡国朝宿之舍在京师者，名邸。此后世会馆所昉也。诗曰："邦畿千里，惟民所止。"自四民既判，止各有所，农在野，工居肆，商藏市，而士之所业者，仕之道，故于文从人，从士为仕。仕者，惟士是取，或贡举朝集，或谒选需次，皆必于京师。于是有会馆以为群萃州处之地。往代方域析为州、部、道、路。今制行省之名，扩十三布政司，为省十八，云南最远而僻。隶云南省之州县，以十四府、三直隶厅、四直隶州统之。距省治千里而西，为大理府，为蒙化直隶厅，学使行部则于大理试士，而蒙化之士来附。其至京师，必历省治而东，较诸府厅尤远僻。十有八省之会馆，或一省之属为一区，或一府之属为一区，或一州一县自为一区。盖士之至京师者多，则设会馆也不能俭。云南以远僻，故士虽怀抱利器，罕得自达，至京师者较诸省为少，而会馆遂合省属共置，凡三区焉。嘉庆纪元以来，天子加恩士类，会试中式之额大溢于前，云南之士得至京师者数至十倍，群萃州处，三会馆几不能容。刑部主事蒙化刘君玉湛及其门生会试举人太和赵君瑜，欲别置会馆一区。适原任广东崇化知县李君钟璧暨其弟户部主事钟景以服阕至京师候补，相与商度，发书告其事于相知之仕于外省者，各出资饮助，邮致刘君官所，甫得粉房琉璃街旧宅一区，以倡议集事，皆大理、蒙化两郡之人，因名理蒙会馆，邮书属予为记。夫云南虽远僻，而幅员辽阔，州县相距或一二千里而遥，士同隶于一省，往往不相识面，不相知名，好尚亦不无少异。大理与蒙化地相毗也，俗相类也，人相习也，至京师居一会馆，其群萃州处之乐，在外何殊于在乡乎？爰识捐资各官姓名，并议定条规，备列于后。至于有基勿坏与夫积小以高大，尤有望于后之君子焉。

文昌宫置田记

世所崇奉之梓潼文昌帝君，其说有二。《史记·天官书》："斗魁戴筐六星为文昌宫，一曰上将，二曰次将，三曰贵相，四曰司命，五曰司中，六曰司禄。"《尚书》："禋于六宗。孟康以为星辰、风伯、雨师、司中、司命。"《周礼·大宗伯》以槱燎祀司中、司命。天府：祭天之司民、司禄，而献民数、谷数。月令：季冬之月，毕祀天之神祇。郑康成谓司中、司命与焉。此所祀乃文昌宫之星也。崔鸿《后秦录》："姚苌游至梓潼岭，见一神人，谓之曰：'君早还秦，秦无主，其在君乎？'苌请其姓氏，曰：'张恶子也。'言讫不见。至是称帝，即其地立张相公庙祀之。"《明史·礼志》："梓潼帝君者，《记》云：'神姓张，名亚子，居蜀七曲山，仕晋，战殁，人为立庙。宋屡封至英显王，道家谓帝命掌文昌府事及人间禄籍，故元加号为帝君，而天下学校亦有祠祀者。景泰中，因京师旧庙辟而新之，岁以二月三日生辰遣祭，此乃梓潼张相公也。'"文昌星与梓潼神邈不相涉，合而为一，其说出于道家。近人翟氏颢《通俗编》、赵氏翼《陔余丛考》尝辨之。而朱氏彝尊作《开化寺碑》谓："古之祀文昌者，司中、司命，而今之号为帝君者，则司禄也。世之享厚禄者，不皆善文之士，则司禄亦无事于文矣。使夫天下之士才者不必禄，禄者不必才，则帝君之权不已重乎？"朱氏之言或有所激，然予谓天下一事一物莫不有神主之。三代之禄士也，以行不以文，而有德者必有言，言即文也，故神祇中无有以其主文而祀之者。后世之禄士也，以文不以行，设科目衡文，而有言者不必有德，故为神道设教。魁星之以字形肖像而祀，盖魁者首也，以为士求功名必争魁首，魁有其神，阴察善恶而进退之。而科目之文主之者，其神更尊，其进退文士更严，善者陟，恶者黜，所以使士励其行也。张相公生于蜀之梓潼，殁而庙祀屡著灵异，叶石林岩下放言，高文虎《蓼花洲闲录》皆记其显灵于科目之士，是以求科目者奉之为主，附其神于文昌之星，而崇以帝君之号，亦若传说之为列星者。然神既由人而成，必有降生之辰，二月三日之祭，其来已久，有其举之，莫敢废也。吾滇与蜀连壤，帝君之祀最盛。浪穹城内西街，旧有文昌宫庆诞之会，分四班轮流管理本街经费，临期措办，动辄告窘，杜翁友桐倡率同人捐助资财，置田若干亩，收其租息为庆诞之用，四年而一周，可免匮乏之虞。翁虽已逝，其事长留，恐其久而湮也，勒石记之，置田之数具刻其阴。

王　漪

王漪，乾隆年间大理人，胡蔚妻。

其生平事迹于（清）黄琮辑《滇诗嗣音集》卷二十"附闺秀"；杨明主编《白族著名历史人物及其哲学思想》；大理白族自治州地方志编纂委员会办公室编《大理州年鉴》中有载。

仅存《志哀》五首，见于檀萃所撰《滇南草堂诗话》卷十二"滇淑"中。《滇诗嗣音集》卷二十"附闺秀"录其诗《志哀》3首。

诗

此次诗的点校，以（清）檀萃撰《滇南草堂诗话》为底本，以（清）黄琮辑《滇诗嗣音集》（上海书店出版社《丛书集成续编》影印本）为校本，诗共计5首。

志哀（五首）

幸事前身老屈公，又随端节去匆匆。彩丝角黍伤心事，况对榴花照银红。

思美人兮得合欢，谁知凤逝剩孤鸾。此身未许轻相殉，总为无儿拜扫难。

自大归时泪雨纷，点苍山起望夫云。妾身亦是骚人妇，忍弃新阡宿草坟。

挑灯独写奠天文，绣阁沉沉暗闭门。一字一珠一点泪，九原泉下拟君闻。

拜扫清明泪满腮，怜君空自负多才。文章词赋勤搜辑，封禅书还待使来。

杨 晫

杨晫，字方昶，号爱庐，剑川人，嘉庆间岁贡。工诗善书，亦精治症结疾。

其生平事迹于（清）赵联元辑《丽郡诗征》卷九；顾廷龙《清代朱卷集成》；（民国）龙云、卢汉修，周钟岳纂（民国）《新纂云南通志》卷九；张文勋主编《历代白族作家丛书（综合卷）》中有载。

著有《爱庐吟》诗集，已散佚。《滇诗嗣音集》卷十四录其诗《弃妇词》《孟定谣》2首；《丽郡诗征》卷九录其诗《弃妇词》《孟定谣》2首。

诗

此次诗的点校，以（清）黄琼辑《滇诗嗣音集》（上海书店出版社《丛书集成续编》影印本）为底本，以（清）赵联元辑《丽郡诗征》（上海书店出版社《丛书集成续编》影印本）为校本，诗共计2首。

弃妇词

岭上有孤松，涧边有槿树。同林不同根，缠绵安得固。忆昔识君初，风尘通一顾。衷肠忽交倾，芳盟结迟暮。长拟比翼鸟，形影同去住。奈何君子心，始卒难为据。朝珍陌上花，暮委园中露。愿君惜岁华，莫使春光度。及早觅同心，新人当胜故。

孟定谣

客孟定，难言命，炎炎绝域愆时令。二月草初青，孟定不可行。七月露初白，孟定不可客。谷雨瘴继谷花瘴，妖氛毒气殊千状。外方客游子，十个九人死。此客既已死，彼客复来止。鸟殉食，人殉财。蛮烟瘴雨扫不开，年年白骨生青苔。

曹　朴

曹朴，字山民，号石南，赵州人，嘉庆间诸生。

其生平事迹于（清）黄琮辑《滇诗嗣音集》卷十四；（民国）龙云、卢汉修，周钟岳纂（民国）《新纂云南通志》卷七十七；陶应昌编著《云南历代各族作家》；张文勋主编《云南历代诗词选》；张建雄、周锦国选注《历代白族作家丛书（综合卷）》中有载。

著有《石南诗钞》，未见传本；（道光）《赵州志》卷六艺文部录其诗《鸳堤晚步》《游环龙山望东晋湖》《集醒花轩》3 首；《滇诗嗣音集》卷十四录其诗《渔窟丹青》《景贤亭听琴》《题龚簪崖画》《昆阳晚眺》《登龙关城楼》《夜坐》《冬夜花轩晤张绍武》《被放客昆阳九日登城楼》《龙关馆中书怀寄友》《村馆秋杪》《屋被回禄寄居西城病中作》《叶榆城西晚眺》《九日登瑞云观后山》《游仙》14 首。

诗

此次诗的点校，以（清）李其馨等纂修（道光）《赵州志》和（清）黄琮辑《滇诗嗣音集》（上海书店出版社《丛书集成续编》影印本）为底本，诗共计 17 首。

鸳堤晚步

苍崖之麓龙桥东，桥上孤城玉锁中。野艇载来千嶂月，□箫吹起一江风。白蘋洲外全秋碧，黄屋村南尽蓼红。□□忘机鸳鹭狎，沙堤独坐钓鳌翁。

游环龙山望东晋湖

环龙东去晋湖头，一望苍茫入暮秋。曲径芒鞋穿□□，□村斜日出林丘。分明□岸曾行处，牛是桑田异□□。□否仙居传铁甲，隔溪空结水云愁。

集醒花轩

小池凉雨歇，竹屋上灯初。尽有烟霞意，浑忘城市居。天高鸿去远，风定叶飞疏。倏尔秋容老，霜华满太虚。

渔窟丹青

巉崖如飞云，缥缈凌虚覆。悬空石欲堕，乃以古藤束。下有渔人居，半借崖作屋。家住云根深，人在云际宿。桃柳自成村，鸡犬亦不俗。天外鸟飞还，炊烟起山曲。想见穴居风，悠然对空谷。

景贤亭听琴

虚亭抚瑶轸，爽然清我心。幽篁杂清籁，凉风袅余音。月湛碧池水，夜沉芳树阴。渺渺春山空，白云深复深。

题龚簪崖画

簪崖仙去不复返，惟余翰墨留人间。陈子把来一展玩，水是真水山真山。疏树半掩崖口屋，层峦高荡空中烟。令人兴发不可遏，直欲振袂崖之巅。簪崖昔在山中住，风月吟哦历朝暮。恨我当时未叩关，画图无乃即其处。披图惆怅白云渺，山中人去芳踪杳。永叔孤亭衰草多，冷落一溪泉石好。

昆阳晚眺

何事秋尤爽，长天正晚晴。暮烟低远岫，潮气上孤城。目共海天碧，凉从衣袂生。徘徊不觉晚，纤月出波清。

登龙关城楼

关势雄龙尾，由来几战争。乱峰横落日，一水抱孤城。衰草唐时冢，荒烟汉相营。只今独登眺，风雨作秋声。

夜坐

孤村群动息，江阁夜初沉。明月一杯酒，清风修竹林。鸟巢栖梦稳，人语隔烟深。独坐不成寐，悠悠物外心。

冬夜花轩晤张绍武

相逢非是梦，乍见却疑猜。灰里余生在，适遭回禄，雪中之子来。离愁将竹扫，倦眼逐梅开。不尽通宵话，银釭酒一杯。

被放客昆阳九日登城楼

瑟瑟西风满敝裘，何堪令节独登楼。萧疏木叶山城晚，苍莽烟波海国秋。白堕未销羁客恨，黄花空结故园愁。此行一事差堪慰，重把新诗纪旧游。

龙关馆中书怀寄友

独坐高楼背远汀，石门风急雨冥冥。几时春向花边去，无数山横树杪青。画不浓妆惟自赏，弦挥古调倦人听。剡藤寄语知心侣，江上羁怀满鬓星。

村馆秋杪

重阳风景太匆匆，野客清宵思不穷。明月孤村秋水外，残灯小阁树声中。瓢诗每羡唐求满，斗酒殊惭李白雄。弦谱阳春谁与和，碧芦远岸响宾鸿。

屋被回禄寄居西城病中作

敝庐一夜作灰尘，暂向西城寄此身。患难余生还抱病，风花寒食独伤春。随携书卷无多物，便可栖迟不问邻。幸有好山开倦眼，夕阳楼外翠嶙峋。

叶榆城西晚眺

鹤拓城西四望开，河山襟带亦雄哉。秋明远浦帆初去，云起中峰雨欲来。黄叶乱飞宏圣寺，暮烟遥认武侯台。段蒙险隘终何恃，故垒于今只草莱。

九日登瑞云观后山

仙都斜枕碧峥嵘，幡节高张九日晴。雁带暮霞低远塔，山围野色拥孤城。黄花世界秋容老，红树楼台夕照明。更喜尘嚣都寂静，天风吹下步虚声时羽士礼斗。

游仙

洞门瑶草护丹霞，洞里谁期更有家。千载蟠桃方结实，不知何日更开花。

黄河治

黄河治，嘉庆间贡生。

其生平事迹于（清）赵联元辑《丽郡诗征》卷五；张建雄、周锦国选注《历代白族作家丛书（综合卷）》中有载。

《丽郡诗征》卷五录其诗《乙亥冬月游鸡足山》《六月辛亥夜藏书楼有光若晨霞》《闻城头晓钟声》3首。

诗

此次诗的点校，以（清）赵联元辑《丽郡诗征》（上海书店出版社《丛书集成续编》影印本）为底本，诗共计3首。

乙亥冬月游鸡足山

中溪昔日游此山，神钟先响惊柴关。胜地高人两相值，纵横一览开心颜。我离鸡足三百里，久涸尘缘未至止。乍乘青云到山麓，后距前锋绣缩绮。此峰开辟周孝时，昆仑发脉惊分支。大演法场尊迦叶，传衣会灯古迹遗。云去云来杨黼洞，潜通清流河子孔。敕赐碑碣生光辉，能兼仁静与智动。一唤山门訇然开，小沉仙踪永不回。悔煞二僧具白眼，欲从末由属徘徊。山志岂尽虚点缀，却不身经心总噎。生平惯爱游名山，不惮升高履齿折。今始登临百尺巅，弥漫鸟道翔云烟。雷声殷殷贯底响，举头莫辨尺五天。须臾佛顶光满放，山分宫室海叠浪。高低远近在眼中，旷览千形复万状。耳际侧听唱天鸡，天上人间两不迷。真得大造秀灵气，西岳肯受蒙氏题。信宿几下高僧榻，煮茗挑灯凭应答。鼓声方罢钟声来，月明露冷风飒飒。顿令豁然尘梦醒，中峰大错均前型。石钟风吼鲸振怒，悉檀水碧龙出听。丛林古刹难悉记，人生到此淡名利。举杯邀月思古人，古人诗篇吟我醉。顾盼身在五云中，搔首问天意气雄。睥睨苍山与巍宝，当让此为第一峰。

六月辛亥夜藏书楼有光若晨霞

西林学舍郁宫墙，人才接踵萃一堂。藏书高楼耸百尺，西园东壁生辉光。我亦千里来负笈，寄庵夫子教泽长。英华韬晦古陶谢，先勘德行后文章。积久精诚格造物，魁垣有耀照琳琅。晔如晨霞艳如火，七曲洞澈斗牛旁。灵明远播烛幽隐，高悬彩笔扫秕糠。远近闻风呵神异，赤龙衔烛理之常。君不闻燃藜天禄阁，卯金攻苦太乙忙。又不闻石室二酉富，赤文绿字显辉煌。五华风气蒸蒸上，天地经纬翰墨场。月值徂暑日辛亥，挑灯夜读功勿荒。驱遣烟云涌笔底，其气魂魂色苍苍。牖迪颛蒙赖经籍，渊源直接孔孟乡。但使心镜炯尔室，宝气腾天焕庙廊。

闻城头晓钟声

我闻夜半读书声，惊心动魄神鬼惊。又闻寒宵弄络纬，若断若续能移情。人生梦觉谁唤醒，当头棒喝晓钟声。抱关何处无夏击，雄壮独数苴兰城。铿然四起何□飒，疾雨飘风潜会合。三竿红日丽扶桑，文声禹声绕吟榻。凭尔万钧千石力，摆拓乾坤自开阖。昏者复明迷者悟，却先万籁奋韗鞳。如在姑苏夜泊船，清比寒山惊客眠。如登丰山听九耳，响彻霜□落云烟。幽斋小坐惊复起，读书欲效仲孚贤。太平□□无多垒，雉堞女墙亦萧然。军士无哗严更守，夙夜火□切待漏。鲸铿自聆长乐宫，深闺戒旦鄙且陋。艺苑学人休蹉跎，质明行事古所授。寸莛无用空方车，大叩大鸣有领袖。

杨　淳

杨淳，字凤池，大理太和人，嘉庆辛酉（1801）科拔贡。

其生平事迹于周宗麟等纂，张培爵等修（民国）《大理县志稿·人物部·孝友》卷十七；（民国）秦光玉等辑《滇文丛录》作者小传卷下一；（民国）龙云、卢汉修，周钟岳纂（民国）《新纂云南通志》；张文勋主编《历代白族作家丛书（综合卷）》中有载。

《滇诗嗣音集》卷十一录其诗《三十六湾阻风》《天渡桥》《送人归里》《先慈忌日述哀》《安宁道中》《会城午发》《旅怀（二首）》《远山》《吕翁祠》《焦山》《留别谭筺圃明府》12 首。《滇文丛录》卷三十三录其文《〈寄庵诗钞〉序》1 篇，卷九十四录其文《重修二忠墓记》1 篇。（光绪）《浪穹县志略》卷十二艺文志录其诗《瑞麦行为邑侯陈绶人作》1 首。

诗

此次诗的点校，以（清）周沆等纂修（光绪）《浪穹县志略》和（清）黄琼辑《滇诗嗣音集》（上海书店出版社《丛书集成续编》影印本）为底本，诗共计 13 首。

瑞麦行为邑侯陈绶人作

旧说渔阳有嘉瑞，陇麦一茎生两穗。此事从来属耳闻，不如目见斯为贵。我邑弹丸古浪穹，湖山四面画[一]图中。花柳千村田千顷，烟塍雨浍相交通。今年四月麦大熟，卷地连畦秀攒簇。黄云翻处见两歧，汉氏奇闻得再续。风传远近来相看，细浪层层露未干。歧出莫将孙稻比，聊生可作蔓瓨观。一川佳气缘何致，民颂我侯之善治。我侯不敢贪天功，金曰此语非相媚。小邑当时太古春，民生不见外来人。鸡犬无惊桑麻长，田翁春酒洽比邻。十年之间风气变，磨牙吮血纷纷见。狐鼠城社肆凭陵，一夜之间呼号遍。吁嗟阳和不再见，南山荟蔚森阴霾。百族凋废无告语，木饥水毁纷成灾。一自我侯下车始，侯门如市侯心水。六阴剥尽一阳生，又见春风转百里。今年麦秋稔如斯，今年有秋亦可知。天人之理本契合，班书范志非阿私。张家太守今往矣，自有我侯难专美。欲问我侯实为谁，精金良玉程夫子。

【校记】

［一］画：底本为"昼"，按句义当为"画"。

三十六湾阻风

何敢言忠信，天心本至仁。风波今夜客，生死暂时人。出险魂犹悸，临危见始真。汉阳前月事，回首又惊神。

天渡桥

天渡桥头万象低，四通五达会轮蹄。弥关廛市斜趋北，蒙郡山城突起西。十二阑干环铁锁，短长杨柳拂沙堤。我来正值江流涸，漠漠平沙望欲迷。

送人归里

天涯聚散足酸辛，况是吹花落翠辰。明月高楼同对酒，清风旅馆独怀人。交缘失路情逾笃，客到还家乐始真。杨柳坝头君故里，他时可赠一枝春。

先慈忌日述哀

秋来犹自听啼鹃，啼破乡心泣血涟。有母未能知面目，鲜民何所罪皇天。清霜落日三升黍，寒食梨花一陌钱。忍向西风怀拜扫，松楸岁岁长龙泉。

安宁道中

劳劳车马去来频，千里关山独此身。古有将军经百战，我于廿载困风尘。年光回首嗟流水，天意何时快远人。投笔每怀班定远，驰驱岂敢惮艰□。

会城午发

郭外烟岚淡不收，蓼红蘋白是清秋。西风骏马驰驰道，远水孤帆送客舟。香稻千村黄叶晚，画桥十里翠云浮。昔游眼界无分别，宛在钟山古石头。

旅怀（二首）

葵心独切怅朝暾，回首兰陔欲断魂。十二年中疏定省，九千里外隔晨昏。思亲就老无宁日，鹭子成人更倚门。瘴口哓音还未了，可怜辛苦又贻孙。

彩云入梦到乡关，梦醒依稀棣萼间。今夕自怜怀谢草，去年同梦落孙山。双携南郭难分手，一别西风又转环。最是东坡听雨夜，床头曾惹泪痕斑[一]。

【校记】

[一] 斑：底本为"班"，按句义当为"斑"。

远山

岭上云开露晓鬟，一痕淡入沉寥间。画眉最恨文君渺，慰我频年是远山。

吕翁祠

莫笑卢生也自矜，人间富贵本难凭。第求一梦差如意，二十年来且未能。

焦山

涌出波心一点青，曾于何处识娉婷。凝眸试揭孤篷想，忆得团山在洞庭。

留别谭篁圃明府

莲幕花开已旧游，南风相送上归舟。多情偏是潇湘水，见客张帆不肯流。

文

此次文的点校，以（民国）秦光玉等辑《滇文丛录》（上海书店出版社《丛书集成续编》影印本）为底本，文共计2篇。

《寄庵诗钞》序

余于乾隆庚戌得交宁州董勿轩，勿轩为余言，吾乡有刘寄庵先生者，才大而博，□□□□，□年登上第，为山东宰，有循声。因公累从，吏议当谪，山东之民奔赴阙下，赎□□。□皇帝察先生廉，免之。余闻而心仪焉，恨未见其人也。辛亥冬，从吴和轩处识先生面，温柔敦厚，睟然儒者之容，是必有得于诗教也。时先生将行，匆匆别去，未及见先生著述，鞅鞅者久之。岁己未，勿轩出先生《潭西北征》及《大明湖诗》三卷相示，余始得读其诗。盖以陶为宗而出入于储、孟、韦、柳，读既久，觉此心浩然陶然。然后进而推先生之心，乃真与造物者游，一切不足以撄之者也。嘉庆庚申，为今上即位之五载，有特旨命先生赴京，既至，引见后，仍以前职拣发山东。当是时，先生之名满天下，夫县令，亲民之官，朝庭所重，然论其秩不过七品耳。自郡守、监司以上，得此且难矣，况以一县令而上邀两朝特达之知，诚千载一遇哉。先生在山东数年，□擢府丞，以母老陈情乞养。天子悯先生孝，予归。主会城五华书院，如潘黄门闲居故事，以板舆迎太夫人，躬亲色养，日则与十三郡之士讲求古人善世淑身、明体达用之学。暇则宴集同乡耆旧，扬风扢雅，歌咏升平，坛坫之盛，不让中州。盖百余年间，吾滇始逢此盛事矣。岁乙亥，先生续钞诗成，又若干卷，余因之感焉。欧阳公谓诗惟穷而后工，若富贵之人，其知此者亦少矣，即有知者，亦不乐为之，即乐为之，亦不暇。先生固不言富贵，而俨在富贵之中，乃自少至老，曾不易其所好，是天将以先生主持一代之风雅也，岂偶然哉。余乡曲鄙人，名不动公卿，学不趋时好。先生不以为不肖，且欲索序于余。余何敢以序先生之诗？顾尝念司马子长传伯夷，以为附青云之士，始能传于后世。余之为序，亦区区赴骥之志也夫。

重修二忠墓记

出治东十里，淜茨河畔有潜龙庵，庵北数武，荒榛断草，中有古坟，竖一短碑，题曰"明二忠御史叶希贤教授杨应能之墓"。盖不待展其墓、读其碑，而未黍，秋风凄然动念矣。谨按外史，明建文帝以永乐九年至浪穹，结庵于此，从者叶希贤、杨应能、程济三人。明年，应能、希贤先后卒，帝制诗文哭之，并葬庵东，亲为志，曰"两忠之墓"。后易黄冠，偕程济，焚庵平墓，以泯其踪。迄我朝康熙初，邑明经何星文同姚安土官高崙映迹其地，得二忠墓，而邑士朱臣、杨自然亦乐襄其事以修之，余重为之感焉。夫忠臣义士，本于性生，生不求人知，死亦不求人吊，固矣。然使其在大邑通都，四方名流之所接迹，相与流连称述，咸谓唏嘘，亦未尝不谓化碧之魂、弗祀之鬼也。乃不幸托于南荒，随故主而来，不随故主而去，卒遗一堆白骨于万里遐陬。每当落照寒烟，谁向青林黑树中，操一盂持一黍者乎？幸何、高诸君表而出之，故至今得有识之者。今距国初又百余年矣，风雨剥蚀，碣半仆而字渐磨。余惧其久而漫灭，匪直无以发幽光，且无以成诸君之志也。爰更易丰碑，仍镌原铭姓氏于前，而记其后云。

张 序

张序,字鹭阶,赵州人。嘉庆甲子(1804)科举人。

其生平事迹于(清)黄琮辑《滇诗嗣音集》卷十二;(民国)龙云、卢汉修,周钟岳纂(民国)《新纂云南通志》卷七十七;陶应昌编著《云南历代各族作家》;张文勋主编《云南历代诗词选》;杨镜编著《大理古今诗人要事录》中有载。

著有《云痴诗钞》,未见传本;《滇诗嗣音集》卷十二录其诗《读史》《梦杨凤池醒后却寄》《海东晓渡》《宿流碧滩》《春日从大父访隐士不值》《晚过定西岭》《夜自五华庵由猢狲梯登鸡足山顶》《村晓》《香峰山与月楞上人夜坐》《偶步》《怀竹楼村馆》《玉屏除夕》《晚投中庵》《凌虚阁夜坐》《飞来寺》《登凤山》《雨后见月》《万人冢》《山中漫兴》《望衡岳》20首。

诗

此次诗的点校,以(清)黄琮辑《滇诗嗣音集》(上海书店出版社《丛书集成续编》影印本)为底本,诗共计20首。

读史

有鹤能支粮,战士且无禄。有树能披锦,贫民尚无服。嗟嗟好黔黎,人而不如物。宁使御廪虚,篝车当裕足。宁使币府空,闾阎当暖燠。

梦杨凤池醒后却寄

一雨池上来,湿我庭中树。暑退蝇蚊稀,倏然成独晤。仿佛见故人,招我登山去。高步鸡足巅,衣袖生云雾。东眺小雪峰,下观日出处。清啸应鸾凰,枕上钟忽度。起视明月光,曾照茈湖路。

海东晓渡

半夜闻寒鸡，人起鸟未起。行行残月中，忽到水之沚。海涛只闻声，崖花莫辨蕊。一片白云光，上下空明里。微火烟中来，老渔夜归里。隔岸呼与言，长歌竟去矣。

宿流碧滩

落日潇湘头，余晖散平楚。山气益苍凉，一叶停溪渚。晚烟凝不飞，残霞独轩举。我有故山茶，携就活水煮。洗铛见明月，秋色淡如许。夜阑北风生，邻舟人争语。

春日从大父访隐士不值

童子随行惯，翁来十亩间。顾令循竹径，先往扣柴关。绕屋一江水，出墙三面山。采芝何处去，想在白云湾。

晚过定西岭

暮色催行色，山阿转涧阿。回看青嶂里，只是白云多。人语三家市，僧归七里坡。故山从此远，一路感关河。

夜自五华庵由猢狲梯登鸡足山顶

悬崖路不平，一步一心惊。绝顶鸡初唱，下方天半明。日从山脚涌，云向树腰生。栩栩有仙意，青天手可擎。

村晓

寒山无击柝，鸦噪识天明。昨夜雨来急，前溪水作声。菑盐都系念，笔砚岂谋生。羡煞东邻叟，春晴自在耕。

香峰山与月楞上人夜坐

三十三参处，庭前落叶纷。月明晴化水，岚重晚成云。坐对烟霞侣，心游鹿豕群。夜深煨蕴火，芋熟幸平分。

偶步

山深忘节令，闻雁客心惊。一径寻秋色，疏篱吐菊英。薄云收树影，落叶助溪声。俯首不归去，茫茫百感生。

怀竹楼村馆

昆弥岭外树，一望路漫漫。世俗诗书贱，乡村风雨寒。故人居远岸，落日倚危栏。三月离群久，孤吟下笔难。

玉屏除夕

岁岁逢除夕，称觞寿老亲。如何今夜酒，独醉异乡身。爆竹山城晓，梅花野店春。高堂当此际，应念远游人。

晚投中庵

青笠红衫绕石鬟，疏钟鸣后叩禅关。回看涧底千重雾，遮断来时一路山。扫叶僧归新竹院，负苓客出古松湾。我生好古真成癖，扪碣摩碑兴未删。

凌虚阁夜坐

萧然一榻野云湾，缕缕春愁未尽删。只讶涛翻孤枕上，几忘楼在万松间。渔灯对出东西岸，钟韵周回上下关。为爱沙村新月满，起搴疏箔看苍山。

飞来寺

千年薝卜四围开，香里悠然上古台。三塔远从烟际出，一帆斜自洱西来。旗亭过雨行人集，梵阁衔杯老衲陪。醉后休谈天宝事，夕阳荒驿野猿哀。寺外即万人冢。

登凤山

古木层崖傍午开，好从霞表陟崔嵬。秋高文笔三峰见，雨霁罗江七折来。道士种桃沿碧涧，参谋遗冢长苍苔。何如璧彩奎光世，五色芝钟旷代才。山出灵芝，州人以觇科第。

雨后见月

积雨廉纤困未舒，苔痕直欲上阶除。谁知一片天边月，犹照三间竹里庐。乍见如迎新到友，贪看胜读借来书。酒肴何处谋诸妇，云树苍茫隔里间。

万人冢

苍江落日水溅溅，下马何堪读古碑。六诏河山雄白国，两关风雨泣唐师。舆尸罪已浮川岳，献捷书犹达殿墀。贵戚贪奸常侍谄，鬼磷终古有余悲。

山中漫兴

年来百事尽疏慵，身在岩居第几重。夜雨骤添池上水，奇云高出槛前峰。饥肠自笑空仓雀，瘦骨应怜药店龙。坎止流行随遇好，此心安处便从容。

望衡岳

九面芙蓉落酒杯，掀篷拄颊对崔嵬。四千余里客初到，七十二峰云忽开。日上直腾天柱顶，烟中遥认祝融台。振衣如许凌霄汉，不负乘风破浪来。

李重发

　　李重发（1778～1826），字宏盛，号春圃，又号培轩，鹤庆人。嘉庆庚午（1810）举于乡，甲戌（1814）科进士，授直隶新安县知县，又官广西隆安州。

　　其生平事迹于（民国）龙云、卢汉修，周钟岳纂（民国）《新纂云南通志》卷二百三十四；（清）赵联元辑《丽郡诗征》卷五；杨金铠纂辑《鹤庆县志》卷九；陶应昌编著《云南历代各族作家》；寸丽香编著《白族人物简志》中有载。

　　著有《春圃诗集》《修业堂文集》《培轩诗集》，但未见传本，曾修《永宁州志》。《滇诗嗣音集》卷十六录其诗《碧梧》《远道》《需次》3首。《丽郡诗征》卷五录其诗《过都琅岭一百韵》《碧梧》《远道》《白草萝》《前廊绿野》5首。《丽郡文征》卷四录其文《〈永宁州志〉序》1篇；《滇文丛录》卷三十四录其文《〈永宁州志〉序》1篇。

诗

　　此次诗的点校，其中《过都琅岭一百韵》《碧梧》《远道》《白草萝》《前廊绿野》以（清）赵联元辑《丽郡诗征》（上海书店出版社《丛书集成续编》影印本）为底本，《需次》以（清）黄琼辑《滇诗嗣音集》（上海书店出版社《丛书集成续编》影印本）为底本，《碧梧》《远道》以（清）黄琼辑《滇诗嗣音集》（上海书店出版社《丛书集成续编》影印本）为校本，诗共计6首。

碧梧

　　碧梧如车盖，垂荫平轩广。抚之暂盘桓，朝夕惬幽赏。潇洒侵暝色，凉阴初月上。微风飒然至，密叶流清响。四壁寂无声，乍觉秋气爽。不昧[一]隐几坐，澄心入非想。

【校记】

［一］昧：《滇诗嗣音集》作"寐"。

远道

远道若为寄[一]，异乡无与亲。孤灯寒照梦，残月晓窥人。始信身为患，谁知仕更贫。何如依畎亩，菽[二]水乐天真。

【校记】

［一］寄：《滇诗嗣音集》作"奇"。

［二］菽：《滇诗嗣音集》作"疏"。

需次

征车几度上京华，系念浮名转觉差。四十年中浑似梦，八千里外迥无家。风云壮志随时减，诗酒闲情触兴赊。宦辙飘蓬难自主，不知何处寄生涯。

过都琅岭一百韵

岭表多奇峰，兹山更嵬岿。岩峣数千仞，峻极拟泰岱。我行值雨余，瘴雾郁阴暧。石磴耸百盘，幽曲任所至。一径入杳冥，咫尺天光晦。湿云抱山腰，重叠松霞被。散布兜罗棉，触石添藻缋。挂树复萦枝，蔓草纷连带。拂袂徐徐撮，可爱不可系。将谓穷巅顶，中途尚翘企。舆夫悯胁息，行李劳更递。移时苍雯薄，阳光浮晻暖。遥瞻碧嶂尖，陡峭攒凤髻。盘旋绕螺角，缥缈凌霄势。杲日俨上临，倏忽透云背。郁仪自高奔，羲和冠双盖。昂首天外观，四顾杳无际。横空白练铺，楼台何绮丽。羽客驾翔鸾，引导鸣清吹。忉利服六铢，西母鉴玉佩。双成调瑶笙，织女披霞帔。灵怪杂沓趋，变化骇万态。勾陈建蜺旌，祝融张赤帜。飞廉曳豹尾，蚩尤披铠甲。列缺火鞭施，闪灼金蛇掣。丰霳振肉翮，冲驰帑长喙。仙童掷流铃，天马驰御辔。长剑摩空扬，雷霆走精锐。阴阳激洪炉，太乙司鼓鞴。倒跨双白龙，倾瓶见屏翳。维时东王公，玉女投壶戏。枉矢脱不中，矢口为嘘嚱。神怪与行人，往来时交臂。王尊叱役夫，长驱银海内。天风送蓝舆，浩浩乘云逝。泠然快哉游，渺若登十地。身已入太虚，足下终微碍。竦身欲轻举，恨无凌风翅。纷此纵横驰，蹴踏锦云碎。幻境不可留，烟霞回奔溃。一线遥下瞩，凭虚心神悸。下界犹晦暝，上方已晴霁。搔首叩九阊，呼吸通上帝。还烦真宰诉，枯渴求一醉。余沥噀云端，下土资灌溉。徒旅亦云疲，山巅聊小憩。茅茨三五间，鸡犬云中吠。故老向我言，忆昔在唐代。黄巢寇岭南，据险战屡利。南宋杨仁宗，从军有女弟。戎衣助乃兄，拔戟成一队。征辔经此岭，乏水忧未济。砺剑刺山腹，甘泉忽涌沸。稗官与野语，俶诡亦可记。岩阴拭掬饮，冰雪浸肝肺。悦此清超境，停骖肆远睇。豁然天宇宽，遥嶂蹙眉黛。苍梧莽牢落，九嶷郁相对。象郡及桂林，苍茫浑一气。群峰尽附庸，罗列成疣赘。有若众儿孙，四出不可制。兀傲各称雄，窃据忘其细。不如尽铲却，鞭石如旋硙。命彼夸蛾子，负之投四裔。蛮峒绝崎岖，缅平成大块。□达庆康庄，行旅无阻滞。良田增万顷，两歧获嘉穗。仆夫促我行，幽壑讶深邃。旁观杳无底，泥泞恐失坠。有如昌黎翁，登华愁悬缒。曳踵足不前，扳舆目仍闭。逡巡下连岗，艰辛聊一慨。肩舆尚觉劳，况乃负担瘁。伟哉前贤功，经营阐草昧。随刊役五丁，力凿想赑屃。追忆未开时，榛莽森荟蔚。岩穴蟠虺蛇，深林啼狒狒。虎狼择肉食，樵苏怯魑魅。烈焰焚其巢，荆棘更芟薙。鸟道成通衢，零星山石砌。勒名垂不朽，盛轨当思继。叨被山灵佑，斗酒望空酹。回顾层峦间，暮霭犹仿佛。余霞散山椒，数缕分暧曃。近合岚气蒸，远受斜阳焙。叠晕现彩虹，亘天何迢递。垂首饮长河，萦光杂紫翠。墟里见炊烟，上宿投阛阓。惜此奇幻观，终为蔀屋蔽。遐思悄无言，倦极俄假寐。梦中晤山灵，笑我诚俗吏。芸生遍寰区，纷若众蚊蜹。古今一瞬息，乾坤一虚器。勋名属倘来，轩冕徒旅寄。维彼高尚士，尘浊并遗弃。凝然葆天真，躯壳等蝉蜕。旷览天地间，神人只侪辈。云冲无险阻，坦然行自遂。八极任逍遥，使物不疵疠。谁能从吾游，世外永无累。

白草萝

　　乱山深处拓平原，客涉离樊鸟雀喧。几顷麦粦翻细浪，数行烟柳压荒村。

老翁屋下披青竹，稚子田间放野豚。极目横岚尘俗远，溪流自绕武陵源。

前廊绿野

鸡犬不时闻梵室，桑麻到处入风檐。西江眼下悬空吸，绿野窗前一指拈。

文

此次文的点校，以（清）赵联元辑《丽郡文征》（上海书店出版社《丛书集成续编》影印本）为底本，以（民国）秦光玉等辑《滇文丛录》（上海书店出版社《丛书集成续编》影印本）为校本，文共计1篇。

《永宁州志》序

周官内史掌邦国之志，外史掌四方之志。志也，而掌于史官。志，即当时之史也。后代郡邑皆有志，所以辨山川土物之宜，地域广轮之数，与夫政教风俗之大，生齿人物之蕃，则又兼综乎，六官而包[一]乎。诸史由一方之文献萃而成，寰宇之全书，故修史诚难，而修志亦复不易。盖以纪载有偏全，体例无大小也。永宁旧无志，档册有前明州牧马光《纪略》一卷，仅存梗概而已。邑荐绅刘君登瀛旁搜博采，纂要拾遗，据所见闻，参诸省志，订为若干卷，马《志》以[二]为加详。余摄篆是邦，簿书之余，因取而斟酌之，节其繁冗，补其阙略，增为十卷，统以八志，各系赞词，冠以序言，兼明凡例。至是而一州之掌故乃有成书矣。顾余则犹有说焉，是书，非徒以备掌故已也。生斯土者，披图而知壤地之瘠薄，当思何以谨身节用，克追前哲之芳踪。官斯土者，考籍[三]而验户口之盛衰，当思何以成俗化民，克绍循良之政绩。虽田夫野老，明大义而识赋税之有经。即游女狂童，闻芳名而慕贞孝之不朽。嘉言懿行，法戒具存，亮节清风，景行斯在。其于扶翼政教之旨，转移风俗之权，庶不无小补云。

【校记】

[一] 包：《滇文丛录》作"包罗"。

[二] 马《志》以：《滇文丛录》作"较马《志》似"。

[三] 《滇文丛录》无"籍"字。

杨 綷

杨綷，号舟亭，太和（大理）人。嘉庆戊寅（1818）恩科举人，官昭通府教授。

其生平事迹于（清）黄琮辑《滇诗嗣音集》卷十七；（民国）龙云、卢汉修，周钟岳纂（民国）《新纂云南通志》卷七十七；陶应昌编著《云南历代各族作家》中有载。

著有《丹亭诗稿》，未见传本。《滇诗嗣音集》卷十七录其诗《先母忌日客都中作》《宿罗汉壁》《立夏山中偶成》《归日省城西道中怀昆明诸友》《游碧云宫》《蔷薇》《中元节偕家葛山夜话》《喜晤徐怡园并怀令弟翼堂时客山东》《出都》《送谢石曜之武定学博任》《哭王玉海同年（三首）》《輿中得黄菊一枝感赋》《秋夜宿大石庵》《春日重过北山旧读书处》《十七夜（二首）》《访菊》《病愈见月作》20首。

诗

此次诗的点校，以（清）黄琮辑《滇诗嗣音集》（上海书店出版社《丛书集成续编》影印本）为底本，诗共计20首。

先母忌日客都中作

嗟余幼失怙，母志矢冰霜。抚孤十九月，切切哀衷肠。儿年行以壮，母颜日以苍。辛积成喘咳，终年难据床。贫家少甘旨，祷愈惟药汤。一朝弃儿逝，屈指五年长。年年当此日，摧恸心彷徨。墓下具盘羹，呜咽不能尝。犹可将残泪，滴滴沾衣裳。今兹万里别，何人荐一觞。白日易颓斜，高岭草色荒。望云西更西，安得双翼翔。人生图富贵，荣华耀闾乡。那复事郁郁，京华逐名场。母在未禄养，母没羁远方。不如屋上乌，咿哑老乌旁。

宿罗汉壁

却近下弦月，迟迟未肯明。水云留短榻，星斗挂前楹。幽险何年凿，登临我辈情。朝来岚翠里，俯看日东生。

立夏山中偶成

屋角禽鸣已变声，昼倚山枕睡难成。花飞别馆春初去，雨落空庭草又生。对酒情多虚少日，怀人信远隔重城。萍飘身世都无定，独步桥西阅晚耕。

游碧云宫

不辨灵宫古路分，钟鱼隐隐断岩闻。荒山老寺落苍瓦，绿树清潭空碧云。行槛僧归贪茗趣，午衙蜂罢恋花醺。名心到此都成寂，沸耳溪流日又曛。

归日省城西道中怀昆明诸友

鸳鸯瓦上晓霜天，小立清溪一惘然。世事销魂惟远别，人间适意是青年。邮亭斜日驱羸马，古道西风咽暮蝉。泪语相思谁寄去，顿教怅望野鸥边。

中元节偕家葛山夜话

作客今成万里游，京华小聚暂淹留。抛来家祭三年泪，感到乡关七月秋。客思缠绵添酒债，缁尘黯淡染衣篝。浮名自悔初心左，伴侣苍山坐散愁。

喜晤徐怡园并怀令弟翼堂时客山东

殷勤访旧快周旋，何意仍艰咫尺缘。入梦相思一万里，把杯重话十三年。升沉世事回春日，凛冽都门暮雪天。惆怅荆庭人去远，大明湖水渺寒烟。

出都

留恋都门不肯行，连朝暮雨迫征程。朋侪尽羡还乡乐，云树偏殷望阙情。旧日邮亭添燕垒，别来官鼓听蛙更。为霖未恨出山晚，只愧端居负圣明。

蔷薇

治叶倡条看好姿，争夸颜色陋辛夷。添来一架香侵骨，值得千金笑解颐。刺为力微工自卫，花缘娇重转难支。含情含思东风里，浣罢朝晞读句时。

送谢石曜之武定学博任

又向滇圻访旧游，临歧暂与揽裾留。一窗寒雨人将别，半榻疏灯病欲秋。此日欣看毛义檄，何时同泛李膺舟。狮山到正黄花节，白酒新诗取次酬。

哭王玉海同年（三首）

斫地难言歌莫哀，王郎今竟委蒿莱。九京未许斯人作，一代谁当大雅才。历劫青山空自好，多时别梦未轻来。诉他真宰天应泣，暗雨阴云郁不开。

廿年贫贱托心交，学步清吟当解嘲。野寺琼花三月住丁卯春同读书城北僧舍，奇书夜雨一灯钞。师资博雅能兼擅，友谊缠绵味曲包。今日望衡徒忆旧，深情触泪黯难抛。

长安我又赋将离乙酉冬访玉海村居，时余将北上，款款芳樽对话时。别后鱼缄曾达否，归来蝶梦忽凄其。酸风寒食人携楛，斜月秋坟鬼唱诗。黄土一抔成永诀，天涯何处觅相知。

舆中得黄菊一枝感赋

寒英篱落几横斜，枨触秋怀一倍加。久向风尘消白日，羞将憔悴对黄花。亦知入世原多事，欲寄吾生未有涯。何日浮名蠲俗累，晚香小筑寄情遐。

春日重过北山旧读书处

野花如雪压苍藤，蹑屐春山又几层。惆怅莺花旧吟地，白头犹见故山僧。

秋夜宿大石庵

枕藉僧寮睡未成，清荧佛火夜深明。长檐谡谡寒涛涌，尽是青松作雨声。

十七夜（二首）

秋后云阴不放晴，最怜羁客短灯檠。虫吟却醒西窗梦，自起披衣看月明。

星光熠耀尚微明，络角银河已四更。树影横斜秋正寂，西风吹作乱泉声。

访菊

京华蹀躞逐名场，若个偷闲嗅古香。坐到日斜花弄影，热中心事一时凉。

病愈见月作

雨歇高城报夜钟，晚吟人健破疏慵。月华忽堕横钗影，借得邻家一树松。

杨绍霆

杨绍霆（1783～？），字春声，号龙池，云南大理喜洲人。清道光二年（1822）恩科进士，历官浙江奉化、江山、乌程知县。曾组织吴兴诗社。

其生平事迹于（民国）龙云、卢汉修，周钟岳纂（民国）《新纂云南通志》卷七十六；张文勋主编《白族文学史》；李缵绪著《白族文化史》；刘德仁《中国少数民族名人辞典》中有载。

著有《南来草》《仁湖草》《须江草》《菇城草》《浔水联吟》等，后辑为《味苍雪斋诗选》十二卷，现有《味苍雪斋诗选》（十卷本）流传于世，清道光十一年刻本，四册，云南省图书馆藏卷一、卷二、卷三、卷四、卷五、卷九、卷十。

《滇诗嗣音集》卷十九录其诗《妇见姑》《悼三儿程增》《东峁勘案宿雪窦寺》《友人陈瑞岐至署喜作》《晚秋愁霖（二首）》《施秉舟中》《闻室人吏明代作（二首）》《首夏过毗山》10 首。《滇文丛录》卷三十六录其文《〈南来草〉自叙》1 篇。

诗

此次诗的点校，以（清）黄琮辑《滇诗嗣音集》（上海书店出版社《丛书集成续编》影印本）为底本，诗共计 10 首。

妇见姑

妇见姑，姑坐怒以目。姑目怒如此，妇容何以淑。岂惟淑妇容，亦能动妇功。谁知诃责处，即在功容中。妇惟尽妇道，姑亦息烦恼。要知亲串前，开口说姑好。

悼三儿程增

长儿撄疾生，次男授室死。三男侧室出，音貌颇清伟。之无识字初，嬉戏提戈起。适在乌程生，又作乌程鬼。显见薄德人，不应有此子。尔死不我恋，我生不尔倚。亦可两相忘，恩情付流水。流水流不已，伤尔实悲已。自经荒歉来，日在忧劳里。往往忘寝食，呼儿时一喜。惟斯亦难得，此外可知矣。

东吞勘案宿雪窦寺

作吏便成俗，登高才赋诗。四明山翠里，六月稻黄时。便拟今宵宿，相依古佛慈。现身说何法，雪窦问禅师。

友人陈瑞岐至署喜作

难得贫时友，炎天万里来。十年须发变，一见笑颜开。渴壤欣逢雨，遥岑喜得苔。几人萦寤寐，遥在洱河隈。

晚秋愁霖（二首）

官职何堪恋，民生最可哀。一从梅雨落，愁到菊花开。云黯乌青镇，山沉大小雷。北风犹作恶，倒挟太湖来。

水阔农无畔，天低泽有鸿。目蒿秋稼里，心碎雨声中。由已推饥渴，何人愿鞠凶。夜来伴一醉，酣梦日光红。

施秉舟中

滩名诸葛亦奇哉，两岸图疑八阵该。瞥见有村山又合，正愁无路壁旋开。悬崖似马天边立，飞瀑犹龙空际来。安得柳州生峭笔，神工鬼斧入诗裁。

闻室人吏明代作（二首）

三十于归雁始鸣，便依苦块计无生。一时亲串悲寥落，十载诗书苦攒成。破屋爨烟风四壁，残镫机杼月三更。相君应有泥金报，偏是穷时慧眼明。

南宫获隽便分符，闻道郎官出帝都。从此相思难得见，而今有日不如无。望君只合堂悬镜，寄泪焉知字值珠。但听循声吾愿足，蒲团稳坐学跏趺。

首夏过毗山

毗山东去下塘河，雷雨初晴天气和。杯酒可留春色住，袷衣犹觉嫩寒多。三眠蚕室仍添火，两岸圩田未插禾。去岁饥民今待饱，催租又迫奈如何[一]。

【校记】

［一］何：底本为"可"，按句义当为"何"。

文

此次文的点校，以（民国）秦光玉等辑《滇文丛录》（上海书店出版社《丛书集成续编》影印本）为底本，文共计1篇。

《南来草》自叙

万里南来，非欲以诗名，亦何能以诗名也？由滇至京，又南下以至于浙，时为壬午七月，其间所历之境，不能道其万一。盖非明镜，则易疲于照；无健翮，则难极其飞，顾犹琐琐焉。举杯水芥舟，自呈于坳堂之上，不亦贻笑大方哉。记辛巳北上，寄庵师顾谓余曰："此去如飞云白水，不可无诗。触类而长之，知不以飞云白水限也。"仓卒就道，阅黔阳，过五溪，肩舆雪艇，郊寒岛瘦，宜矣。至新野上车，轰雷轹石，昼夜兼程，匆匆应礼部试，一行作吏，又匆匆作吴越行。计程尽日之余，听鼓趋辕之下，举多限制，往辄生疏。所云名胜地，人才数，直空过也。需次日多，得句日少，若吴山春眺，桐江舟次，诸作寂寥简短，触景怀人，亦犹飞云白水，略见大意而已，何足语于诗耶？惟是专意为之，以见著作之富者，后世之诗也。适然得之，自见性情之真者，古人之诗也。吾见吾真，吾纪吾事，而非持此以博风雅之名。则其为诗，又不必以多寡论，不以其少而弃之，亦非必俟其多而存之，过此以往，未之或知。比癸未，署奉化县事，期月受代，得诗四十余篇。舟过萧山，质之敦甫夫子。夫子阅之，以为诗如此，政可知，而勖以要诸久，非勖□诗。勖□所为诗者，需见诸政而不可忘也。故因有《仁湖草》之录，举未至仁湖所作，而并录之为《南来草》云。

李于阳

李于阳（1784～1826），始名鳌，字占亭，号即园，云南大理府太和县人。

其生平事迹于（清）黄琼辑《滇诗嗣音集》；张培爵等修，周宗麟等纂（民国）《大理县志稿·人物部》；（民国）秦光玉等辑《滇文丛录》作者小传卷下四；杨灵年、杨忠主编《清人别集总目》；张文勋主编《白族文学史》；铁木尔·达瓦买提《中国少数民族文化大辞典（西南地区卷）》中有载。

著有《苍华诗文集》《倚红轩沈余小草》《即园诗钞》。《倚红轩沈余小草》一卷，稿本，云南省图书馆藏。《即园诗钞》十卷，《苍华二集》二卷，《浣乡吟》一卷，《题桓台遗爱图新乐府》二卷，嘉庆二十三年刻，光绪二十五年补修本，云南省图书馆藏。《即园诗钞》收《删草》《游子吟》《咏花人草》《半闲吟》《爱日吟》《紫云集》《秋声录》《味灯集》《续味灯集》《梦笔小草》各一卷，民国三年刻，收入云南丛书初编本、丛书综录。另有《即园诗钞》不分卷本，钞本，云南省图书馆藏。

《滇诗嗣音集》卷十八录其诗《班姬怨》《乙亥秋侍刘寄庵师游罗汉壁同张云卿（八首）》《四哀诗（四首）》《邻妇哭》《兵夫叹（八首）》《侍母病作》《拟从军行（四首）》《泣牛谣》《卖儿叹》《食粥叹》《米贵行》《李烈妇》《李烈女》《题孙瘦石诗钞》《苴力铺》《秋柳》《寄酬谢石瞿用元韵》《杨蓉渚明府偕巂谷过访奉酬》《云南驿题壁》《鹊桥和寄庵师》《七夕》41 首。（民国）《大理县志稿》卷三十艺文部补录其诗《皇陵碑》《逊国怨》《诛十族》《周将军》《卖儿叹》《食粥叹》《苦饥行》《米贵行》《邻妇叹》《兵夫叹（八首）》《登苍山观洱水作歌》《古松歌》《石门天堑》《回蹬关》《万人冢（二首）》23 首。

《滇文丛录》卷七录其文《商鞅论》《慎小人之交论》2 篇；卷三十五录其文《〈寄庵诗钞〉序》《补〈拙斋印谱〉序》《〈铅山梦〉序》《书汉

〈高帝本纪〉后》《书张溥〈五人墓碑〉后》5 篇；卷六十一录《祭迤西享坛文》《祭仲妹文》2 篇；卷七十录其文《徐烈妇传》《杨烈女传》《李烈女传》3 篇；卷九十六录其文《龙泉观古梅记》《即园前记》《即园后记》《书烈妇李刘氏事》4 篇。

诗

此次诗的点校，以（清）黄琮辑《滇诗嗣音集》（上海书店出版社《丛书集成续编》影印本）和周宗麟等纂，张培爵等修（民国）《大理县志稿》为底本，其中《邻妇哭》《兵夫叹（八首）》《卖儿叹》《食粥叹》《米贵行》以（民国）《大理县志稿》为校本，诗共计53 首。

班姬怨

纨扇复纨扇，出入君衣袖。不能禁秋风，敢说情反覆。自怨时难留，恩无新与旧。妾身尚弃捐，微物感何又。

乙亥秋侍刘寄庵师游罗汉壁同张云卿（八首）

遥望太华山，离情倏四载。故人鬓已苍，山容青不改。买舟泛昆池，绿波闻欸乃。寒林起炊烟，对面孤村在。

坠石压云端，危峰插天半。佛睡醒何年，嘉名锡罗汉。如此丈六身，东坡不可赞。恍疑弹指间，楼阁空中焕。蹑足到上方，回头乃是岸。

游山爱月佳，看月逢秋好。美境不可期，人情善颠倒。夜窗风雨过，寒灯如豆小。身疑落鲛宫，涛声四面绕。昨夕对月明，悔不来游早。

钟声度林薄，晓色浸窗虚。寸心盼朝暾，急起窥有无。神仙弄狡狯，绘作无极图。天地与山川，似反混沌初。果尔论开辟，盘古亦吾徒。百年常住此，其乐当何如。风起云偶散，恰露一山孤。

天巧贵自然，穿凿伤物理。试访朱家庵，依稀存故址。铁锁驾长空，飞渡心欲死。由来嗜奇人，兴必绝境止。每以性命轻，而为耳目使。惜哉赵道士，一拳劳十指。务奇转失奇，山灵窃不喜。愚似负山公，顽亦石头比。

直上先天阁，天风鸣飕飕。吹我濯足心，落向水西流。水天汇一镜，照出四壁秋。此地不胜寒，况乃说琼楼。结想几时到，浮云空悠悠。安能倾洪波，为涤万古愁。

滇会第一区，游者履相错。惜无谢与韩，歌哭颇萧索。今日寄庵师，胸中具丘壑。酒酣摇大笔，疑挟奔涛落。只恐惊蛟龙，山深风雨恶。

吾友云卿子，翩翩擅才华。前度同君来，三宿饱烟霞。使酒歌一曲，留题道士家。今复来此地，不见醉墨斜。人事成代谢，盛名还堪嗟。未遇采芝叟，归舟入芦花。

四哀诗 才子多穷，文章无命，我思古人，悲从中来。作四哀诗。

刘蕡

我哀刘司户，射策金华殿。落笔懔风霜，发声震雷电。纷纷耳与目[一]，当者尽聋眩。慷慨治安才，不能膺一荐。柳州苦瘴疠，青衫死贫贱。同时只李郃，上疏湔羞面。

罗隐

我哀罗处士，生平负侠气。十上金马门，嗒焉丧一第。昂藏男儿躯，反被红颜戏。解嘲借云英，终古酸心事。去住依人难，湖山满眼泪。赢得数卷诗，精光烛天地。

卢仝

我哀卢玉川，吟坛肆豪迈。世无岛与郊，独成一境界。峨峨大雅群，谁能当险怪。意气感蹉跎，青紫兼拾芥。幸哉际昌黎，怜才泯成败。托足向韩门，千秋兀痛快。

李贺

我哀李长吉，长爪矜年少。寻诗驼蹇驴，得意山鬼啸。日日呕心血，形影独凭吊。辽海哭秋风，反惹旁人笑。金榜世间辞，玉楼天上召。招魂魂可知，欲排阊阖叫。

【校记】

[一] 目：底本为"日"，按句义当为"目"。

邻妇哭[一]

霜风动林莽，落叶如长叹。苦吟助哀响，灯昏夜将阑。忽闻邻妇哭，哭声凄以酸。妇年老且寡，妇身饥又寒。膝前有一子，短褐常不完。幸恃筋力健，而与口腹拌[二]。朝暮劳出入，仅给阿娘餐。贫贱事亲饱，即作显扬看。鬼伯太不仁，儿病悲盖棺。母子同性命，伤哉白发单。有子尚如此，无子生实难。生亦何所恋，黄泉乐团圞。[三]

【校记】

[一] 邻妇哭：（民国）《大理县志稿》作"邻妇叹"。

[二] 拌：（民国）《大理县志稿》作"拼"。

[三] 生亦何所恋，黄泉乐团圞：（民国）《大理县志稿》作"明知死可期，黄泉乐团圞。一息奈偏存，累儿魂不安。况复岁荒歉，正值年衰残。回顾形与影，哭儿摧肺肝。万恨余此泪，著土何日干。声惊城头乌，飞入愁云端。乌飞尚返巢，邻妇无羽翰"。

兵夫叹戊寅年作[一]（八首）

巍巍化日里，岂得容幺麽。呜乎此小丑，乃敢群称戈。兴师讨厥罪，杀伤遑恤多。尔命不足重，民命苦如何。

去年擒巨魁，今年平余党。一纸羽檄飞，大兵连夜往。笑彼穴中蚁，斗志成梦想。徒以累吾民，兼且负官长。

兵行到州县，例用民当夫。胥差抱花册，闾阎肆追呼。常额不给使，加派按田租。用兵为安民，努力向长途。

前军去未远，后军已复至。汗血犹流红，又呼有差事。行行稍委顿，鞭挞骨肉试。告公且哀矜，三餐饱一次。

兵票未曾到，官票如火速。先期二三日，拘来系夫局。有钱尚求食，无钱痛枵腹。忍饿不敢嗔，贻误死难赎。

稽迟公家程，坐受官喝责。大胆违军规，尔罪死应得。赴役如[二]赴敌，惴惴无人色。严威向前施，杀尽江边贼。

兵往贼踪潜，兵来贼势逞。往来竭民力，白骨路旁冷。贼死尚他方，民死不出境。速望扫余孽，太平在俄顷。

转瞬月三捷，凶顽尽剿除。吾民各归家，手把犁与锄。更祈雨旸

（暘）时，今岁仓箱储。含哺歌恩德，恩德皇天如。[三]

【校记】

[一]（民国）《大理县志稿》作"兵夫叹八首"。

[二] 如：（民国）《大理县志稿》作"愈"。

[三]（民国）《大理县志稿》作："微闻狐鼠辈，劫烧势亦频。饮酒复椎牛。连天亘烽火。意欲语三军，灭此朝食可。不然恐穷珉，重困死无那。"

侍母病作

我母五旬余，形神颇就衰。偶尔失调摄，寒暑遂召灾。厥疾虽已疗，杖履终不宜。事亲致亲疾，子职无乃亏。回忆我襁褓，母怀何曾离。稍觉抱苛恙，母心遂弗怡。我今及中年，母顾犹孩提。体羸每卧病，累母常焦思。儿病奄一息，母愁结千丝。母病儿不忧，何用生儿为。问儿忧母病，可似母忧儿。不顾钟与鼎，富贵报恩慈。第愿母寿考，且愿儿期颐。云溪买百里，种花兼种芝。采芝进膝下，颂献康疆词。嗟乎老莱子，行事真吾师。

拟从军行（四首）

将军羽檄来，昼夜八百里。大言敌势张，妖氛断江水。飞符急点军，愁云纸上起。霍霍磨宝刀，壮士窃心喜。寄言妻与孥，勿忧战场死。侯封还可期，捷书奏天子。

治夷得其道，任乎自然耳。趋利乃性成，利在勿渔彼。蠢动虽有时，半自苦饥始。游民附者多，生计何所理。群作枵腹贼，索食扰边鄙。奸人更构衅，乱机遂难已。渠罪原当诛，可怜梦梦死。三军尽熊罴，行看除犬豕。

大兵过村店，百姓悲无辜。兵威胜贼威，索食声喧呼。供给须臾缓，鞭棰交肌肤。吞声说不得，搜括遍鸡猪。醉饱各酣卧，明日登前途。前途复酒肉，谁还诘公徒。道傍横陈人，云是军中夫。终朝未曾食，忍饿呜呜呜。

兵法贵神速，谋成在不战。高垒结连营，军声走雷电。万众截江流，未睹贼人面。焚掠村屯空，缺食自逃窜。将军凯唱回，叙功赏过半。应瑞降甘霖，戈甲洗清宴。投笔复何为，依旧弄柔翰。歌诗颂太平，烽烟靖郊甸。

泣牛谣

一牛奄奄病将死，一家对牛泣不止。我问泣者尔何为，为言牛死心伤悲。典衣买牛已两年，牛人之命与牛连。朝饭豆，暮饭豆，戒牛饱食牛勿瘦。朝犁田，暮犁田，顾牛争给牛人钱。养牛能耕田百亩，得钱能糊家八口。牛作机杼复升斗，我家第愿年年衣食康，我牛第愿年年筋力强。可怜牛死牛弗辞，牛人辛苦牛可知。朝不见牛出，暮不见牛归。大儿小儿群泣饥，欲再买牛典无衣。牛兮牛兮忍别离，吁嗟乎！今年牛死人太息，明年人死牛不识。

卖儿叹

三百钱买一升粟，一升粟饱三日腹。穷民赤手钱何来，携男提女街头鬻。明知卖儿难救饥，忍被鬼伯同时录。得钱聊缓须臾饿，到口饔飧即儿肉。小儿不识离别恨，大儿解事依亲哭。语儿勿哭速行行，儿去得食儿有福。阴风吹面各吞声，拭泪血凝望儿目。卖儿归来夜难寐，老乌哑哑啼破屋。

食粥叹

厂门开，食粥来。千万人，呼声哀。大者一盂小者半，胥役执签按名散。少壮努力争向前，老弱举步愁颠绊。自晨至午始得食，饥肠已作雷鸣断。朝粥粥抵餐，暮粥粥抵水。饮水难疗生，犹胜无粥死。今日未死明日来，行行太息尔何哀。哀食粥，不曾饱，此言莫说恐公恼。街头多少叹枵腹，厂中日费十石粟。公活我，德如天。十石粟，三万钱。三万钱，价高迈。穷民无钱乞粥来，胥役有米出厂卖。

米贵行

瑟瑟酸风冷逼体，携筐入市籴升米。升米价增三十钱，今日迥非昨日比^[一]。去岁八月看年丰，忽然天气寒如冬。多稼连云尽枯槁，家家蹙额忧飧饔。自春入夏米大贵，一人腹饱三人费。长官施粥还开仓，百姓犹倾^[二]卖儿泪。插秧祷雨犹^[三]欢声，方道今岁民聊生。岂识寒威复栗冽，谷精蚀尽余空茎。去岁无收今岁补，今岁十成不获五。忍将性命敌荒年，百苦无如两餐苦。昨饥卖儿思幸^[四]存，今饥无儿空断魂。新鬼道逢故鬼语，绘图何处来监门。^[五]

【校记】

[一] 今日迥非昨日比：（民国）《大理县志稿》作"今日非昨日此"。

[二] 倾：（民国）《大理县志稿》作"滴"。

[三] 犹：（民国）《大理县志稿》作"闻"。

[四] 幸：（民国）《大理县志稿》作"图"。

[五]（民国）《大理县志稿》此句后作："补疮无计只挖肉，欲试仙人方辟谷。身边儿子太无赖，牵衣索饭阖门哭。谁执鸢尾自天来，愿把阴霾频扫开。调燮寒暑生机转，嘉禾呈祥不告灾。"

李烈妇 烈妇刘，昆明瞽者女，年十八归贾人子李为妇，嫁方两月，夫以疫死，越五日，妇赴井殉焉。

李氏妇，刘氏女，年方及笄归于李。嫁夫两月夫竟亡，从夫大义惟有死。黄泉咫尺愿同行，一夕轻身赴井底。井能照妾貌与心，妾貌如花心如水。红颜多少逐颓波，零落胭脂转盼里。葛衣翁羞紫绶人，天性激发乃若此。呜乎彼尚瞽人子。

李烈女 烈女李，昆明人，字同邑季氏子，未婚而夫与翁姑相继卒。女父母欲别字女，女乃吞金环二，不即死，复取帛，啮指血作书，矢必死。越日遂自经，镮与帛皆夫家聘物，女年二十二。

环是金所成，女心如金一寸贞。帛是丝所作，女命如丝一缕薄。薄命贞心人孰知，字夫未及从夫时。二十二年清白体，用全妇义报亲慈。吞环心死身不死，环比妾心坚逊矣。呼天断尽九回肠，何况区区啮一指。以指书帛帛渍血，女血犹热女命绝。留得行间点滴红，帛不能灰字不灭。安得勤买丝千两，绣出千金烈女样。

题孙瘦石诗钞

放眼黄金贱，搔头白发皤。贫催名士老，才占古人多。旅迹风霜冷，诗篇岁月磨。等身留著作，他日继东坡。

苴力铺升庵先生赋垂柳处

最是关情过板桥，东风立马问前朝。飘零万里思公子，寂寞三春赋柳条。古道魂销愁渺渺，新都人去梦迢迢。荒村不比深宫里，却惹蛾眉妒舞腰。

秋柳

一带疏林画夕阳，依依不见旧轻狂。魂从别后愁风雨，亭是来时问短长。未了缘犹枝挂月，相逢人亦鬓添霜。可能眉眼垂青处，尚认春宵赌曲场。

寄酬谢石臞用元韵

车马曾冲冀北沙，双亲同望锦还家。那知秋雨悲椿树，况对春风泣杏花。拭泪应看慈母线，还乡好种故侯瓜。屋梁落月挑灯坐，吟就相思未有涯。

杨蓉渚明府偕嶰谷过访奉酬

卧病荒园序欲秋，漫劳车马过名流。天容宾主消三伏，地占湖山共一楼。白鹤解围佳客舞，清樽酌尽故乡愁。还期买得轻帆稳，指点烟波作胜游。

云南驿题壁

长途风雨滞征鞍，无限情牵彼此难。子慰亲心亲慰子，传书一样是平安。

鹊桥和寄庵师

银河隔断见应桥，乌鹊成桥是也非。一样神仙箫史好，双双同跨凤皇飞。

七夕

碧空秋静籁无声，乞巧楼中月影横。便作神仙犹怨别，人间何事祝长生。

皇陵碑

布衣归来作天子，直自刘家亭长始。真人接踵三千年，世间快事又有此。手提宝剑定乾坤，四海强敌鼓声死。故乡置酒大风歌，皇陵题碑泪滂沱。英雄原本性情多，性情岂是英雄多。忍心谈笑烹功狗，无限冤魂哭奈何。

逊国怨

周公来负扆，成王下殿走。地角天涯四十秋，黄袍帝子袈裟叟。燕子矶头燕子飞，新巢换主旧巢非。半边月影江湖落，水自无情人不归。归来归来三世矣，张儇偓今幸免死。此语应烦吴亮传，好使颜开地下诸君子。

诛十族

从古忠臣那有此，八百人为一人死。太祖刀锯哭冤魂，未抵逆藩堪切齿。欲老其才辅明堂，先生举动殊乖张。谋身何必杀十族，谋国何必削六王。于身于国乃未了，壮哉登极诏不草。三杨亦是读书人，当时金名劝进表。

周将军

周将军，猛如虎，手把铁钺镇宁武。流贼百万势滔天，宁武关前鸣战鼓。将军抟战鬼神愁，杀贼过半阴风飔。拟将独木支危厦，谁料降幡竖上游。辞家已识事无济，万箭遮身目不闭。眦裂贼子并贼臣，披发死见庄烈帝。吁嗟乎！将军存，贼丧魂。将军死，贼到此。居庸守将亦人耳。更不见，夫尽忠，妇尽节，将军府内火烈烈，焚余白骨都成铁。

哑孝子行

呜呼哑孝子，谓尔负形无以齿，于人，尔则口不能言而心有亲。谓尔事亲无忝于所生，尔则一身为丐而家又贫。问何如孝孝莫名，执笔翻作孝子行。一解

孝子有母，发垂白年，生子如此，母心悲煎。寒语儿，儿不言，饥语儿，儿不言。儿虽不言儿心悬，街头乞食苦谁怜。归来灶底无炊烟，冷炙残羹当肥鲜。怡色婉容进几筵，愿母加餐寿绵绵。母饱儿饥儿无嫌，母或不欢舞其前，班衣之乐乐俨然。二解

一朝母死，惨动乡里，欲酾钱以葬之。孝子蹶然而起，牵人团视一井水，戟手惟向水中指。引绳负出钱数千，衾耶棺耶费在此。不知井钱何由始，恍疑天公赐孝子。孝子恐抱辱亲耻，一日乞归投一钱。钱痕尚带泪痕紫，乞人面目至人心。回顾孝子默默耳。三解

翳谁无母，愿儿富且贵，愿儿贤且才。生则竭力以致养，死则尽礼以致哀。千秋钟鼎珠玉皆尘埃。呜呼哑孝子，蔬饭两餐，桐棺三寸，生养死哀，子吞声而母无恨。四解

母终天矣，儿何牵矣。一瓢一杖，身之边矣。大地茫茫，云矣烟矣。从今不见，传其仙矣。五解

旧迹犹存风雨庐，庐傍慈竹绕数株。中有结巢大小乌，乌不能言但哑哑，似向人说孝子家。六解

苦饥行

岁频歉，人苦饥，饥而死者相累累。闺中少妇怀中儿，待死不死心伤悲。儿饥向娘啼，娘饥当告谁。儿啼一声一肠断，肠断直胜忍饥时。三尺之水清且泚，与儿同赴真惨凄。孩提何辜死无罪，哀哉母子天性漓。旁观泣下凡几辈，人心感叹鬼心怡。有娘儿饥犹如此，无娘儿饥更可知。一死宁争早与迟，大鬼求食小鬼随，黄泉反得相提携。呜呼！母子天性有若斯，世间多少生别离。

登苍山观洱水作歌 自注：于阳自辛酉[一]归葬先君于城西点苍之麓，今岁戊辰，届八年矣，始得还乡。

　　既不能如列子御风、夸父追日到天边，得睹海上三山日射生青烟。更不能读书万卷、行路万里如腐迁，得驱天下名山大川奔赴来眼前。自幸家住点苍间，或者生平着屐屐跻攀，亦可使我登高作赋壮心颜。如何周岁离乡二十五年不得还，千里相思十九山，今日才访山灵噱作桑梓谈。山鸟飞报故人至，山上卧雪颇解事。让出真山面目来，倚天拔地嵌空翠。独据中和之峰不知几仞高，左顾右盼精神豪。十八峰比诸昆随肩立，再视迎面丘壑累累皆儿曹。腹有凤眼龙眼之洞辟幽邃，顶有青溪条条垂山臂。恍疑银河倒泻山承之，抑似织女机头匹练遗此地。欲探奇景更上丹丘，俯瞰百二十里洪波渺无际。龙首龙尾两关扼浪奠，千秋相隔红尘知几许。此身肯信尚作人间游，寒潮滚滚去不息。频催六诏，鲸吞事业入东流。纵教挹尽洱海水，安能濯我伤今思古一时愁。须臾墨云如盖向空起，阴风簸海见海底。此云曾传名望夫，大约怪物同江豕。顷刻云开风定波不扬，悬岩倒影月生光。蛟龙争献珊瑚树，我欲擎来拂拭贡明堂。心怡目眩暂时歇，待邀山灵欲话别。山灵无物酬故人，酌我洞天一杯雪。满饮顿觉心脾凉，不数琼浆和玉屑。大笑语君何能赠我十车归，使我饮过三万六千日不热。

【校记】
　　[一] 酉：底本为"西"，按句义当为"酉"。

古松歌 有序

　　点苍中和峰有古松一株，大几十围，人谓其神者，固未可信，而物则非近代也。作歌志之。

　　点苍天辟十九峰，一峰一溪住一龙。惟有一龙不肯潜，溪底飞来山前化作百尺之老松。此松料是羲皇物，怪干嗟呀气勃郁。移根倘使向中原，五大夫松应膝屈。我欲问松松垂头，松下独坐令人愁。枝摇四面昼疑雨，鹤唳一声天变秋。忆昔唐蒙逞桀骜，烽烟阅历知无数。段杨郑赵尽消磨，白云犹锁松间路。吁嗟乎！神龙化剑埋丰城，灵物终合耀延平。此松焉肯岩穴老，应听春来龙化起雷声。"鸯"字疑误用待考。

石门天堑

孤峰谁劈破，绝壁耸灵根。古渡横天堑，斜阳挂石门。一拳雄百雉，六诏锁双垣。滚滚长江险，龙盘势欲奔。

回蹬关<small>段功败明玉珍处</small>

杳霭蚕丛合，崎岖鸟道殊。风号飞骑走，石压乱云扶。天外横长剑，关中借一夫。春来青草满，战血尚模糊。

万人冢（二首）

白骨青山一望中，千年鬼哭夕阳红。沙场尽作生还想，谁与将军换战功。

征魂岁岁卷愁云，天宝遗传不忍闻。麟阁勋名秋草里，一抔[一]争吊万人坟。

【校记】

[一] 抔：底本为"坏"，按句义当为"抔"。

文

此次文的点校，以（民国）秦光玉等辑《滇文丛录》（上海书店出版社《丛书集成续编》影印本）为底本，文共计 16 篇。

商鞅论

商鞅之恶，五尺能言之矣，而吾谓恶自商鞅，所以成其恶者，孝公也。鞅初见孝公，说以帝王之道，及不用，乃就伯术，为秦变法，卒致富强。后吕政并天下，皆鞅余力。由此观之，鞅之才固战国一人哉。使孝公诚仁圣之君，不尚功利，喜夸诈，崇仁义，屏奸宄，游心于尧舜汤文，及鞅说以帝王之道，倾耳而听，奉国以从，鞅苟非挟持大而成就远者，则处士虚声弃之可也。鞅果怀禹皋尹旦之经纶，试之期月，必有可观，久道化成，皥皥再见，又何至流于杂伯哉？二帝三王之时，不闻有以法术刑名进其君者，非无其人，有其人而君不用也。乃孝公，则鞅说以帝，不动，说以王，不动，说以伯，则膝不觉其前，物腐虫生，公之为公，盖可知矣。所恨者，鞅有治世之才，而未闻君子之大道也。孟子以仁义说梁王，梁王不动，孟子即超然远举。夫孟子非不知富国强兵，因以煽世主，博功名，而始终守仁义而不摇者，盖浩然之气养于厥躬，不为区区外为所夺耳。商鞅则不然，视利所在，趋之若□。故始也。因嬖幸进身而不耻；继也，恃诈力谋国而不辞，迨危若朝露，犹恬然自得而不惧，卒令身裂名败为天下笑。呜呼！吾观其才，当驾仪、衍而上，而其不如我孟子者，殆在四十之不动心也。孟子不得其君，终身不用，而贤益彰。商鞅不得其君，犹亟于用，而身卒亡。马伏波云："当今之世非但君择臣，臣亦择君。不然，才士如鞅不得其君，而徒贻恶声于后世，可痛哉！"

慎小人之交论

不择不可以言交，择而不善其交，亦不可以言交。然此特君子之交耳，若小人之交尤不可不慎。夫交与君子也，乌得与小人哉？但君子交以立身，小人交以处事，共事之间，不尽君子，讵无小人？势不能不与之交。不能不与之交，所以虑其患而深其防者，须刻刻备至。故曰："小人之交不可不慎也。"夫小人者，非必苟贱之人也，其人亦有君子之才，貌君子之貌，言君子之言，沽君子之名。独至其心，则幽而险，其迹则隐而微。与之交者，必明足以察，力足以御，否则未有不为患与受患者也。盖小人之交，其始也，乐附正人，惟恐弗与之交。饰衣冠，假论笃以进见，令我察言观色，万不至疑为小人。而又恐交未深也，沥肺肝以相示，指天日以自盟，真若然诺可期，死生可许。及继也，知我信之专矣，遇有利于我者，彼且先我而攘之，有利于彼者，彼且背我而取之；而惧我知之也，则忌我之心生；惧我知之而绝之也，则仇我之心亦生，而我实不知。及终也，忌我、仇我，甚而知其交之必败也，彼遂大肆其毒。凡利于彼而害于我者，彼且为之弗顾也。一旦临小患难，彼且引去曰："我知几也，犹未已也，且阴挤我于陷阱也。"至是则险者毕露，隐者毕呈，而彼亦不知，且栩栩为得计。呜呼！彼小人者，岂尽无人心哉！凡此者，皆利使之然也。利者，小人之命，为利而心死，为利而身丧，彼不自顾，谓暇顾人乎哉？与之交者，计惟厚给其欲，以餍其志，使不心乎我而已。不心乎我，毒亦不尽中乎我。此所以善小人之交也。虽然，寇公受患于丁谓，温公受患于蔡京，于公受患于石亨之数公者，岂无过人之识与力哉？而当其汲引若辈共事之时，卒难保，或谴责、或削夺、或杀身之日，读书至此，百代寒心。然则古今来，小人未尝中绝，是又天下一治一乱之定局也。下士而涉末流者，可不重性命之忧与？吁！交君子难，交小人易，君子交易，小人交难，慎乎哉。

《寄庵诗钞》序

寄庵先生年七十，计生平作诗不下数千首，今约而存者，只十之三四。先生犹口不能吟，手不绝书目，与诸弟子讲论无倦色，于是人人知先生已。然知先生，或不知其诗也；知其诗，或不知所以为先生之诗也。或曰：先生诗如风云离合，瞬息难测；如江汉流行，汩汩不穷。一切小家数语，无从扰其笔端。盖先生之诗哉？固也，然未也。读先生之诗，不能于先生得作诗之道，读先生之诗，不能于诗得先生之为人，是尚未知所以为先生之诗也。若曰：先生之所以为诗者，其性情则陶淑风雅也，其才学则跨凌韩苏也，其格调则出入晋魏也。更拾习俗酬应之词，刺刺不休，极力颂先生而实有意诬先生也，而且曰：我知夫先生之所以为诗。阳则莫之敢也，亦莫之能也。又曰：先生自有其足传者，传不系乎诗也，则人人皆知也。

补《拙斋印谱》序

邓萃西者，余友，邓五峰之弟也。日过余，出其弟补《拙斋印谱》，属为序。余闻诸卜子曰："虽小道，必有可观者焉。致远恐泥，是以君子不为也。"夫萃西聪明才力，卓尔不群，其器识文章，诚吾党中畏友。挟持大而造就远者，非斯人耶？谓恃区区篆籀之学，遂以毕业而立名也。吾不谓然，然而世多常人，怀一才、一技，为之终身，乐而弗倦，传之后世，称道弗衰。矧萃西具此聪明才力、器识文章，而复工于六书八法间耶？学有先后，礼有本文，萃西而未窥乎大者远者也，则且肆精神于进修之不暇，断未肯以小道分其功。萃西而既窥乎大者远者也，则此正古人志道据德依仁后所不废，又何憾乎？萃西之游刃有余耶？萃西以是名，萃西不专以是名也。萃西不专以是名，而即此已知萃西之可名也。形上谓道，形下谓器，萃西殆能以两而化者，一而神矣。至若谱中所载，诸刻学之博文之精、镂错之巧，则有目者所共见，又何俟余之烦言哉？是为序。

《铅山梦》序

方余未晤严秋槎，客有过即园者，绳秋槎于余曰："秋槎，隽才也，年甫弱冠而诗文极淹雅，其填词之工，几埒清容居士，非近今风人所及。"《铅山梦》一书，子未之见乎？余心识焉。而谓秋槎贵公子也，不沾沾世俗事，独留心楮墨间，是亦有大过人者。以故欲访之，而癖于懒，辄中止。大寒后一日，秋槎介于谢石曜，过我即园，适刘寄庵师及王玉海同在。看梅飞觞醉月阄韵赋诗，烛跋酒酣，相视而笑，方知秋槎亦耳。余久，而以不一见为憾。秋槎知憾余之不一见，而知余之憾不一见秋槎者，为何如也。夫然后可以释余两人之憾也。余尝爱文字，因缘比骨肉尤为关切。二语言之，何其沉痛，浮生三十年有慕其人而转交臂失之者，有日日觌面，而忽不经意者，有慕其人而竟许握手谈心者。是耶？非耶？若真若幻。原其故要，使情之所结，发而为歌，泣之不容已于怀，令后之有心人悄然而悲，欣然而喜，此其中有天焉，岂人所能为哉。余碌碌乡曲，岁暮徒伤，秋槎则随宦鬌龄，足迹几半天下，岂敢必有不谋之合，而强造物为作于其间。乃数首新诗，半生交谊，方谓春花秋月谈笑光阴，而明年柳色方新，秋槎又将唱骊歌于六千里外，余复不能为东西南北之人。从兹聚首，岂遂无期？正恐地角天涯，同属凤泊鸾漂逝水之年光，更不知何时而得萍踪之遇。而遇与不遇，固余与秋槎所难逆料。于今日把酒言欢下也，浮沉身世大半梦中，吾辈尚不能以聚散忘情，而谓小女子能不消魂于死生契阔间哉。适读《铅山梦》毕，墨此数语于简端以质秋槎，其尚合乎是书之旨否？

书汉《高帝本纪》后

余读《高帝本纪》，至传檄诸侯为义帝发丧，未尝不叹刘之所以成，而项之所以败也。孟子云："顺天者昌，逆天者亡。"夫天子以天为父，而臣民即以天子为天。彼义帝者，非刘、项之天耶？羽尊义帝而守臣节，则高祖不敢动兵；否则挟义帝以令天下，则高祖亦不敢动兵；即不然不弑义帝，则高祖亦不敢动兵。盖义帝存，则诸侯知存义帝，而不知有高祖；义帝亡，而高祖为之发丧，则诸侯知从高祖，而不知从项羽。夫羽之土地十倍高祖，羽之甲兵十倍高祖，而卒身死国灭，为赤帝子禽者，何哉？彼逆天而此顺天，则义帝之存亡，不特刘氏之兴衰，亦即项氏之成败也。抑高祖岂真忠于义帝？不过欺世盗名之为，而项羽以桓文之虚名归之于人，以莽卓之实祸收之于己，迨垓下悲歌，乌江短气，而曰："此天亡我，非战之罪。"呜呼！逆天而欲不亡，可乎哉？

书张溥《五人墓碑》后

正人存，国乃昌；正人灭，国乃亡。余阅五人事，未尝不叹五人之贤，而顺昌之贤能使五人为之死也；又未尝不叹顺昌之亡，顺昌亡而国亡之机，亦与之俱兆也。夫顺昌存，固国家之利，于五人何加？顺昌亡，固国家之不利，于五人何损？而五人义愤于中、勇形于外为之争，争之不已，为之死。呜呼！公道在人心，五人死，而顺昌之为正人愈可见矣。独是顺昌之为正人，天子不知，宰相不知，而五人知之；正人之残于宵小，天子不救，宰相不救，而五人救之。假朝廷有一顺昌秉政，虽百忠贤奚为？乃弄权者，一忠贤而正人之死于手者，累累相继焉。义子门生之辈，固不足责，但满朝公卿褒如充耳，坐令匹夫、匹妇明目张胆申大义于天下，阉奸，尚畏而禁，缇骑出关，而君相竟惛然莫觉。《诗》云："人之云亡，邦国殄瘁。庄烈帝痛哭，殉社稷，不实企于荒淫无道之天启耶？"

祭迤西享坛文

维年月日乡人某，谨以牲醴之仪，致祭于迤西亡人之在享坛者，而为文以告之曰：呜呼哀哉！一朝风烛，万古埃尘。死生亦大，我思古人。陆机作赋，庾信勒铭。既非太上，谁能忘情。况复蒿里凄凄，荒城垒垒，目击心伤，悲不自已。子谛听之，我敬告子。我非子亲，亦非子故。惟桑梓情，来临子墓。谨具斗酒，兼具只鸡。招子魂归，点苍之西。缅想诸公，感慨身前。贵贱异等，长幼殊悬。或为宦游，才超管晏。玉树永埋，流萤断雁。或为商贾，重利不还。沉疴奄弃，梦杳家山。或白发兮，飘零异乡。惆怅长往，骨肉何方。或青年兮，远别妻孥。蜉蝣既暮，石火同无。兹值寒食，风雨萧萧。青松一径，白杨千条。杜鹃啼血，蝴蝶飞灰。人皆上冢，我亦徘徊。斜阳蔓草，扫子夜台。呜呼哀哉，魂兮归来。子有室家，或有兄弟。剪纸招魂，就烛为位。魂既有依，逍遥游戏。我今奠子，匪云不义。子可无妨，御风一至。子无兄弟，或无室家。茫茫地角，渺渺天涯。魂既无依，白骨黄沙。我今奠子，速驾云车。来将来享，春雨梨花。呜呼！灵有知乎？灵无知乎？灵若有知，何必缠绵。千秋一死，瞬息百年。狐狸鼯鼪，难保圣贤。灵若无知，杳杳冥冥。天高地迥，水绿山青。横陈朝暮，休问影形。有知无知，香泥四尺。莫话沧桑，惊魂恨魄。华山西峙，昆水东流。云烟惨淡，风雨啁啾。更兼悲禽骇兽，踯躅咿嘤。樵歌牧唱，牛羊纵横。睹兹酸楚，莫不凄惨。风花雪月，一觉黄粱。故都可念，丘首难归。何如此地，长眠无非。新阡故陌，皆子乡中。相与呼啸，饮露餐风。朝鹿可共，暮猿亦同。既奠厥居，勿为厉凶。我为斯文，凭吊匪今。惟点苍雪，可鉴余心。呜呼哀哉！

祭仲妹文

嘉庆己巳九月九日，余仲妹以疾亡，死生途异，兄妹情牵。为文以告之，曰：呜呼！女竟死也耶！女死则无知，女独不念生者之何以为情耶？父母生余与女，余长女五岁。父丧于榆，女年才十一耳，哭泣尽哀，见者皆为动容。后二年，母病几危，女夙夜焚香告天，祈以身代，母寻愈，是女之纯孝性成也。十六于归，遇人仳离，五年辛苦，惟以隐忍安之。呜呼！贤孝如女而竟死，则不贤孝可不死也？天乎？人乎？有是理乎？女每归宁，必依母兄，坐话家常甘苦，辄至漏三四下。此等情形，分明记忆，谅非死之日，不能忘也。女之病也，以初六日，余闻信即驰至女家，女伏枕绵缀。余唤女问：识我否？张目应曰："阿兄来也。"即握手不释。窥其状似有万种愁绪。问之但眦，莹然无语。呜呼！女亦自知从此无见余之日，而心中几许言，当向余说，而反无语，岂言不胜言耶？抑恐言所不忍言，言之断余肠耶？越二日，女微有起色，余心稍适。初九日，偶以他故出，忽家人连促余还，云女变症。乃余以酉时至，女以申时亡，体尚温，目未瞑，盖犹忍死待也。闻女临诀时，惟呼母呼兄，至声吞而后已。哀哉！早知女病笃于仓卒，余何忍舍女而担搁此十数刻？乃此十数刻中，便成隔世。然竟何忍临女室，坐女榻，睹女面，执女腕，听女凄凄切切，长此分离之千言万语耶？悔痛交并，中无所主，除死当不能与女相质证，则女之赍憾于死后，余之长恨于生前者，又安有穷期乎？吾去秋病，今春又病，女归省不离左右，必病愈始归。以吾善病犹无虞，况女素强，岂虞其病？何况死，何况四日而死也！呜呼哀哉！女年仅廿一，非死之年；又孝且贤，非死之人。以不死之人，值不死之年，而竟死焉。所谓理者，是耶非耶？所谓数者，有耶无耶？苍天悠悠，从何处问，所可怜者，余鲜兄弟，又少孤，阿母在堂，余即远游，方赖女承欢，孰意女竟弃余而逝。回顾形影，孑然一身，人非木石，情可以堪？纵后此无限年光，俱属少味，将淡然置世事于不问也。女其知也耶？其不知也耶？女不知则已，女而有知，则地下之伤心，料比余更甚矣。从兹见面在魂梦中，一点青灯，女归来否？呜呼哀哉！

徐烈妇传

烈妇杨氏，徐文林妻也。文林氏居西坝，与弟文桂操农业。妇十六来归，佐夫田功甚勤苦。会垣瘟疫流行，村落尤剧，西坝旧籍千余户，比年烟火十减四五焉。而文林于甲戌年八月日，亦患是疾没。方其疾时，烈妇脱簪环为药饵资，躬昼夜侍。没之夕，目就瞑矣。妇而号号。有顷，复张目谓[一]妇曰："尔勿泣，盍从我于地下？"因解腰间带授。妇曰："夫妇之情，死生之义，寄诸此矣。"言讫遂绝。遗一子，甫龄余。妇日抱儿执带啼，几不欲生。文桂止之曰："嫂去，孤安托？兄无余嗣，此貌尔甚重，亡人鉴之，糊口计有弟任也。"妇矍然泣下，谢曰："诺。"未及旬，其子又死，妇呼天恸哭，水浆不入口者屡日。由是神思昏昏，举措失度。其弟以为急痛所致，犹冀缓痊。一日自田中归，唤嫂不应，入室视之，已自经于梁上。而文林所授之带，尚宛然颈间也。探衣得字一纸，乃属文桂以处分家事者，不知何时情人书，而书亦不知作自何人。

赞曰：嗟乎！如烈妇者，岂人所可料哉！受夫之带，遂许夫以死，何其慷而慨也。藐孤至重，惕然于文桂一言，何其慧而贤也。苍苍者，何意杀其夫，又杀其子，使待毙之身，早践诺于泉下，其志可怜，其遇不更，可悲哉！虽然，彼固农家者流耳，懵不解节义为何事，一旦激于天良，遂觉行乎其所不得不行，而竟以树百世之纲常焉。则蕙兰其质，锦绣其心。而际此遭逢，忝然反面事仇，曾毛角之不如者，又何说耶？至于倩人作书，处分家事，临难从容之风，即古名媛，不过是也。抑岂恃气轻生者，所得而仿佛乎哉。

【校记】

[一] 谓：底本为"为"，按句义当为"谓"。

杨烈女传

烈女名幼香，昆明诸生杨暹之女也。生之日，祖母梦人授以异香。及生，香气馥郁，经日不散，故名曰："幼香"，志异也。性警敏，父教以女史诸书，俱成诵。家故寒，代母操井臼，食贫作苦，循循乎有古贤女风焉。及笄，字诸生段廷宝，先是女父与宝会课于书院，见其文器曰："此千里驹也。"乃以香字之。越岁，廷宝应童子试冠军，将择吉成礼，而以勤读。素患咯血病，至是疾发甚，遂没。烈女在家闻讣音，哭昏者再，母氏劝慰之。泣曰："儿非不恤怙恃之劳，以不孝自甘。顾妇人以节为本，失节辱亲，何以耻于人类？其不孝不更大耶？"其戚有教以在家守义，可慰父母。即不然，归舅姑家，立孤守节，亦烈女子所为，何太自苦也？女叹曰："吾父多疾，吾弟幼，吾家非素裕也。自顾不能养父母，而反以区区残年，为父母累，吾何忍乎？且舅老矣，姑亡矣，诸伯叔皆未成家，人之多言，亦可畏也。安能以身之察察，受物之汶汶？人各有能、有不能耳，各行其是，乌容强也？"遂绝食。父闻之，亦忧不食。女故孝，复食如初，且若忘其哀也者。父母以为信，咸喜，女与母楼居。一日晓起，理妆竟，绐母曰："母，视父晨餐。"母方下楼，而女以罗巾系父书架上缢焉。母返见女自经，急呼父至，解视之，笑容可掬，而体已冰矣。年十八。乡人白其事于上宪，遣致祭，给匾褒之。时嘉庆辛酉年某月某日也。

后常有香风习习，起于楼间，其家咸谓"烈女归来"云。

赞曰：余闻烈女生而有香，甚异之。及观其殉节事，谓幼香之香也，始天授乎？虽然，何必幼香也？女子生天地间，节其香耳，全乎节，则虽生无香，而死且有香；隳乎节，则死且臭不暇矣。又何生前之香足论为。呜呼！捐躯之名，风化攸关，得杨女以励之，后之如杨女者，能力追其香踪耶？若夫金碧，倘独让杨女留香，而比比者甘蹈于臭焉？吾恐杨女亦将秘其香，不屑与世人闻矣。

李烈女传

烈女李，昆明人。幼美慧，父授以诗书，能通晓。及笄，字同邑季氏子，未婚而夫卒。翁与姑以痛子故，亦相继卒。方女之闻讣也，即告父母，欲归夫家事翁姑，立夫嗣为守节计，及翁姑皆卒，始绝望，由是食不珍，衣不锦，足不出户，日夕操女工，背人，辄于邑不止。盖自闻讣以至殉节之时，惟两年如一日也。今岁春，父母私谓女服终，时可议姻他姓，时有媒妁往来。女稍知之，叹曰："吾所以苟延旦暮者，念劬劳之恩耳。亲庭不念我苦衷，我在，势必不已，吾知死所也。"乃吞一金环，不死，入夜焚香叩天，矢必死。复取帛一幅，啮指血作书，书毕，遂自经。时戊寅二月八日事也。次日，女父母始知女死，痛悔交集。取所书帛视之，识为李家聘物，亟检女箧，视金环一，方悟女先吞金而后投缳，金环亦聘物也。哀哉！女之烈可敬，女之死益亦可悲矣。乡人请于当事，得邀旌典，余为纪其大略如此云。

赞曰：嗟乎！如烈女者，岂寻常之烈所可仿佛哉！念父母之恩，忍死以待；重夫妇之义，视死如归，而又恐人议其后也。女子之行，不比丈夫孤忠至孝，磊磊落落，惊世骇俗。事隔两载，倘有责以死出无因，非必为殉夫而然者，纵百喙奚辞，于是取夫家之环与帛而吞之、而书之，使此万不得已之苦衷昭然若揭。其明决之识见，淋漓之肝胆，须眉相对，不且汗下耶？前明吴公麟征临终，酹酒汉寿亭侯像前，题诗一章，乃就缢，何从容而慷慨也！以女方之庶几近似矣。

龙泉观古梅记

滇多佳山水，距城东二十里许，龙泉观为尤胜。山下有池，幽深不可测，传为龙居。明诸生薛大观全家殉节，即其处也。由池而上，树木萧森，一径黄叶，观在山之中焉。殿前古柏二株，苍翠拂天，高不知几许。游者竞识宋柏名，未审然否。殿后平台，高十丈，广三十丈，则种梅花处也。两柯对峙，一老干纷披，偃卧屈抑；一枝叶扶疏，特立苍茫。卧者如龙之潜，立者如龙之飞焉。大各十围，而树身腐烂，中若玲珑，旁发柔条，缀花如金钱。大百步外，即寒香袭人，梅号癯仙，此其是与？昔人所谓来自唐者，非诬矣。有亭三椽，士大夫游览，题墨甚多，皆勒石于壁间。余每来游，置酒亭中，对花痛饮，饮酣，歌逋仙之句。恍若美人自林间来也，遂徘徊而不能去。云。嗟乎！人生宇宙间，碌碌无所建白，顾与草木同朽，正古人所羞者。乃以两朽木，自唐迄今，不知经几番劫灰矣。而物换星移，千余年中之名公巨卿、学士大夫、骚人词客，迭相谢者，什伯辈焉。独此梅俯仰空山，消受古今风月，又得千余年之名公巨卿培之、植之，而兵燹不能伤；千余年之学士大夫、骚人词客，歌之、咏之，而至今称道弗衰，历久愈光。虽谓与天地同无终极可也，又何朽之足虑哉。呜呼！人固不能长留其身于世，亦当于庸众中克树芳名，使百代下犹有知是人，怀是人者。况乎木不朽而人朽，岂真人不如物与？没世不称，殆亦愧斯梅也。己欲以此语质之梅兄，其然我否？

即园前记

滇省发脉于陆山，其势蜿蜒入城，复寻西而出，故城内惟西为极高，梁王七学士诸峰，罗列在几席，而即园适当其处。园初为判府署，判府移驻南关，署废归民焉。或曰即吴逆故宫址，要不可知。而墙垣则非近今物也。先君子购得之，蓬蒿杂沓，垦辟六阅月，而工始毕。割半，尽种梅，间以桃李橘柚诸树，半种蔬。四围皆花砌，砌植杂花数十本，创屋三椽于西偏。先君子暇辄过从，从必以余侍。而余年甫十岁，先君子使事灌溉，每指谓余曰："不十年，成实耳。吾老矣，将贻汝辈尝也。"今对此累累，仅荐春秋，不禁泪沾襟，云：嗟呼，高门贵胄，欲占繁华，造物，亦如有意择胜地以界之，而有之者，亦遂不惜物力艰难，竞铺张扬厉之概于其间。推其心方且愿厥子孙，自一世守之，以至百世。乃日月，曾几何时，再过焉，已改观矣；三过焉，则绮丽无殊，而已易主矣。岂盛衰之非人力所得操券耶？抑有之之易，未若守之之难耶？沧海桑田，筹增亿万，而况炫赫者之仅在耳目观哉？而况以余寒素之戋戋，有此数亩哉？余惧有之而不能守之，匪惟负先君子昔日苦心，兼无颜以对此日园中之一草一木。然则守之能不能，岂余所敢逆料？惟非余所敢逆料，而后乃知守之之难也。知守之之难，或者终可以有之也。此余所为记也。

即园后记

客有过即园者，谓余曰："子亦知乎夫人才乎？有是才，不使施诸事业，则不贵；不使极诸炫烂，则不奇。以子之有斯园也，如有美才，忍听其投闲置散，而不加培植之功，惜哉。"余曰："嘻，子知才之难有，不知有才而培植之之难也。忌才者多，故才每见厄于数，而被害于时。以余之有斯园也，安知不为造物人世之所忌。使余有之，而不终有。即使余终有之，而人人皆得有余之有，余更无大力以维持保护之，则即此投闲置散，方惧不免心于其间者，而又培植焉，以触其忌，余不且为园累乎？金出水而必镕，玉离山而必剖，水易流而必竭，木太华而必败，盈虚消长，千古如斯。且子亦知园之取意于即乎？贵者以贵为即，富者以富为即，一介书生，萧然半亩，以为即，真即焉耳。而更非所即，而望其即，则必余所即而忘之前，将并余所即而失之后也。矧知其即，亦安往不即也。背华峰之岫，俯翠海之波，即宇宙丘壑也。花可纪春秋，鸟可占阴晴，即宇宙间化机也。有轩可待月，有户可迎风，即古人之意趣也。酿黍可留宾，剪韭可供客，即古人之胸襟也。即小观大，即后观前，是即此无多有者之即，为无尽藏也。吾不能即有人之所有，人亦不能即有吾之所有，而何跨多斗靡之，徒壮世俗耳目哉！"客不应而去，余遂记之。

书烈妇李刘氏事

余观古今贤妇女，以贞烈著者，显不怀才，通史书，明大义，其负□□，闻见陋，因一时愤激成此，特立独行之举者，十只一二焉。吾乡妇女，才者少，即天资美慧，亦为习俗囿，不读书，讲求妇仪，宜贞烈者，难概见。而比年金碧间，姓氏流芳赫赫，足传者，指不胜屈；淹没者，尤不知凡几辈。岂人杰随地灵转移耶？抑至性至情之处，固无关才与不才，学与不学耶？如烈妇李刘氏者，其大较也。烈妇父瞽者，业星命谋生。女年及笄，归同里贾人子李某，婚方两阅月而夫卒，妇哀毁尽礼，誓不欲生。家人劝慰之时，夫棺尚在室也。及葬，送葬归，越宿，遂投井死焉。家人出其尸于井，面色如生，衣带百结，始信果怀死志。而死之日，距夫死甫五日也。邻党毕集，啧啧嘉叹，为闻于邑令请旌。而瞽者，乃率戚属十余人，至李家，谓女何以死，且死于非命耶？邻党咸喻解不从，李固非素封者，折产得金唢之，始罢。时丁丑十二月廿六日事也。于阳闻之，叹曰：嗟乎！吾滇凡议婚，初二姓必造日者，推男女星命，吉则诺，不吉虽佳耦，亦弗诺也。烈妇父操是术，当字女时，宁不取婿与女之星命推之耶？果知婿之婚两月而死耶？果知女之殉节而继夫死只五日耶？彼必不知，惟不知，遂因不吉得大吉。夫烈妇所为，固公卿学士大夫日望于朱帷翠幄中人，而不可或得者，而乃得于瞽者女也，瞽者何知也？虽然忠孝节烈之事，命也，有性焉。即起虚中于今日，又安能推某某之必殉夫而死也？亦足破合婚之锢说矣。至瞽者，挟无赖行，见利而不见义，则有目者比比皆然，何独责瞽者哉？

赵辉璧

赵辉璧（1787～1848），一作赵辉壁，字子谷，又字蔺完，号苍岩居士、古香居士、洱滨散人等，大理洱源人。道光六年（1826）进士，后任安徽全椒县知县、山西临县知县。

其生平事迹于张文勋主编《白族文学史》；李缵绪著《白族文学史略》；陶应昌编著《云南历代各族作家》；张文勋主编《云南历代诗词选》；寸丽香编著《白族人物简志》中有载。

自编《古香书屋诗钞》十二卷，收古、近体诗共 702 首；《古香书屋文钞》二卷，上卷杂文 24 篇、下卷制艺文 37 篇。《古香书屋诗钞》有《课余草》二卷，《万里路草》二卷，《还山草》二卷，《出山草》一卷，《呻吟草》一卷，《再还吟草》二卷，《林下草》二卷。现存《古香书屋诗钞》和《古香书屋文钞》为其孙光绪乙酉科举人赵一鹤重校后刊印。《古香书屋诗钞》十二卷，道光刻本，云南省图书馆藏，存八卷。《古香书屋诗钞十二卷·文钞二卷》，有光绪十八年刻本，中国国家图书馆、山东省图书馆、云南省图书馆、湖南图书馆藏。

《滇诗嗣音集》卷十九录其诗《晨膳侍高堂》《定西岭抵赵州》《紫金山怀古》《夏日闲居》《石湖远眺》《青华洞观顾南雅师壁间遗迹有感》《题剑南诗后》7 首。《滇文丛录》卷七录其文《岳鄂王论》《佛论》《孟子善用〈易〉解》《无妄六二爻辞》4 篇；卷三十四录其文《〈古香书屋诗钞〉自叙》《〈古香书屋诗钞〉后叙》《〈读诗管见〉序》《〈古香书屋文钞〉自叙》《题智光寺担当和尚所书山额》5 篇；卷四十五录其文《劝全椒县绅士捐助书院膏火谕》《劝全椒县绅士捐增孤贫口粮谕》两篇；卷六十九录其文《施孝子传》《施锦堂先生墓表》《金笔山先生墓表》3 篇。（光绪）《浪穹县志略》卷十一艺文志录其文《施孝子传》《题智光寺担当和尚所书山额》2 篇；卷十二艺文志录其诗《南湖曲（六首）》6 首。（民国）《大理县志稿》卷三十录其诗《星回节怀古》《前志纪段氏据南诏二十余世，逊位为僧者七世，指数之下令人慨然》2 首。

诗

此次诗的点校，以（清）周沆等纂修（光绪）《浪穹县志略》；（清）黄琮辑《滇诗嗣音集》（上海书店出版社《丛书集成续编》影印本）；周宗麟等纂，张培爵等修（民国）《大理县志稿》为底本，诗共计 15 首。

南湖曲（六首）

打浆复打浆，打浆入南湖。老颠劣风景，聊此觅嬉娱。

箫鼓竞喧填，泊向湖深处。但愿酣笙歌，不惜惊鸥鹭。

欢呼半儿童，儿童何所乐。舟行逐管弦，舟住采菱角。

湖光似镜中，照影明珠翠。潜鱼顾之惊，乍疑芳饵坠。

风日清秋好，倾城笑语来。昂得游船价，斜阳沽酒回。

归路满汀烟，轻舟载白莲。湖山如不改，游兴自年年。

晨膳侍高堂

晨膳侍高堂，高堂颜色喜。问儿读何书，深夜哦不已。怜儿殊辛勤，勖儿常如此。闻儿弦与歌，胜奉甘与旨。非喜富篇章，藉以拾青紫。第喜绍箕裘，我有读书子。

定西岭抵赵州

昨宿经红崖，晨征指白国。岭隔古昆弥，巉绝与天逼。谷狠风驭骄，岩悬日车侧。阳景互亏蔽，阴壑俯逼[一]仄。地维形已拔，天阊势欲塞。云头鸟并过，霞背人屡息。岂不惮险艰，归人行得得。且饮赵州茶，徒倚苍峰北。策马又龙关，斜阳带远色。

【校记】

［一］逼：底本为"偪"，同"逼"。

紫金山怀古

群山合沓黄流东，兹峰崛起何穹隆。凌虚筑观出云雨，中有龙气盘青空。奉祠石郎王者像，上党胡羯真英雄。浮济大王像，人呼石郎，即石勒也。还闻祈祷应如响，刲羊酹酒酬神庸。雨穴半开风穴闭，箕毕效顺趋灵宫。祠中有风雨二穴。提携妇孺乞圣水，有圣水殿。以手探穴云濛濛。我闻此语坐叹息，荒唐传说随儿童。意想群雄才割据，离石实当全晋冲。元海一去世龙继，磨牙吮血狼虎同。岂其草菅杀人手，能以慈祥争化工。况复连年苦魃虐，号呼伛偻来村翁。怨暑啼饥遍四野，神虽倾听何能聪。今年山邑得小稔，三十六雨欢老农。寄谢山灵共保赤，无须市美贪天功。

夏日闲居

林壑绕吾庐，凭阑总宴如。竹余三伏冷，山共一楼居。饮砚驯松鼠，摊书拂蠹鱼。幽人饶逸兴，不必果樵渔。

石湖远眺

漕河一线曲如环，左右平临水国间。浅草绿分湖半面，遥山青衬树中间。惜无渔艇乘潮入，坐见鸥波到岸还。凤爱江南烟水阔，此来清绝一开颜。

青华洞观顾南雅师壁间遗迹有感

参差楼阁倚清泠，又向方蓬趾暂停。半岭松云环洞碧，四围山色入檐青。老仙去后鸿留爪，拙宦归来雁戢翎。賸欲从公游汗漫，层城何处觅云軿。

题剑南诗后

莫道书生骨相屯，金戈铁马气嶙峋。少陵歌哭谁知己，南渡英雄此一人。诗思苍凉剑门道，壮心牢落镜湖春。凌烟勋业悲无奈，六十年中万首新。

公有六十年中万首诗句。

星回节怀古

六月廿四夜濛濛，滇中火树千家红。十里五里光照地，纷如星宿回苍穹。高者火当楼，低者火盈把。家家儿女招芳魂，此事曾询长年者。在汉酋长妻，阿南著奇烈。殉[一]夫一死矢靡他，土人为建星回节。星回节届自年年，叶榆又见火连天。松楼一炬四诏灭，邓睒夫人高义传。骇机未发能早见，送夫临行系铁钏。哭声动地寻夫来，骨肉全焦铁不变。妾心还比铁尤烈，满腔化作贞姬血。石烂川枯丘陇平，精光长照苍山雪。八百年来岁月深，沧桑触目几销沉。但看今夕千株火，犹见双妃一片心。

【校记】

[一] 殉：底本为"徇"，按句义当为"殉"。

前志纪段氏据南诏二十余世，逊位为僧者七世，指数之下令人慨然

玉斧挥来割据强，谁将百衲抵龙裳。此邦原接西乾国，易代犹宗白饭王。汉仁果王滇为天竺白饭王之裔。梦觉红尘真幻泡，歌残黄竹感沧桑。江山虎踞犹如此，莫怪逃禅有担当。担当以选贡遭国变，痛而为僧。

文

此次文的点校，以（民国）秦光玉等辑《滇文丛录》（上海书店出版社《丛书集成续编》影印本）为底本，其中《施孝子传》《题智光寺担当和尚所书山额》以（清）周沆等纂修（光绪）《浪穹县志略》为校本，文共计14篇。

岳鄂王论

或曰：少保，守经而不善权者矣。何以知之？以不矫诏知之。余曰：少保守经而尤善处权者矣，何以知之？亦以不矫诏知之。嗟乎！三代下贤如少保而尚不免于后世也。夫少保之心何心？非矫诏之心也；少保之时何

时？非矫诏之时也。少保之心，但知有高宗耳，百战百胜，所向无前，为高宗也；唾手燕云，欲迎二圣，为高宗也。伸君之威，成君之孝，雪君之耻，复君之仇，少保之意，直欲高宗为汉之光武而已，为唐之汾阳，岂不臣主俱荣哉？无如金牌连诏，功败垂成，东而再拜，愤惋泣下，何其痛也。而论者谓少保此时当从不告，而娶嫂溺而援之权，矫诏直前，克复旧物。如甘延寿，陈汤矫诏，西城功罪亦可相当矣。而乃守区区之小信，堕不世之大功，亦似知经而不知权也者。呜呼！人必有无君之心，而后能不受命。如一日之间，奉诏十二而竟置若罔闻，其无君实甚也。公不用命，将士其谁用公命乎？且金牌之诏，忌公功也，忌公非贼桧，实高宗也。高宗亦非忌公之功，忌公之迎回二圣，恐无以处己耳。假如公而矫诏，则公有不臣之迹，高宗且有辞矣。黄龙未抵属镂，旋及是桧不以矫诏毙公，而公先以矫诏自毙矣。此时受命乎？抑仍不受命乎？受命则死，不受命则不死，而反以矫诏死。以矫诏不死，二者无一可也。千载而下，其谓公何？究之公当日循循奉诏，请解兵权，非忠之至而智之尽，何能出此。余故曰："少保处经而尤善处权者矣。"嗟乎！高宗不可为人贼桧，逢君之恶皆天矣。无可言也，其如人心之痛何哉？

佛论

近世学者多好言辟佛，夫佛不待辟，天下无佛久矣。佛以清净寂灭为宗，以贪嗔痴为戒，今世之人，沾滞于欲海，煎熬于火坑，沉迷辗转至死而不悟，问有能清净为心者乎？问有能不贪不嗔不痴者乎？无有也。然则天下无佛久矣，所有者，无业游民乞食四方，借佛以苟延其性命耳。夫三代之世，圣君贤相作于上，学校教士井田养民，民无甚贫，亦无甚富。人但知有君臣父子兄弟夫妇之乐，而不知饥寒争夺流离之苦。当时无佛之名，即有佛，人亦必不从。至秦废井田，富者田连阡陌，贫者至无立锥之地，人但知有饥寒争夺流离之苦，而不知有君臣父子兄弟夫妇之乐。佛于此时始入中国，用其慈悲施舍之说，以惠养穷民，用其福田利益之说，以引诱富者，天下翕然从之。从之者，非从其教，贫者从之欲以救其死，富者从之欲以利其生也。且当此嚣陵之世，人皆以圣贤之教迂阔难行，而佛氏苦海轮回之说，有时如暮鼓晨钟，发人深省。匹夫匹妇亦有诚信，而不

敢为恶者，则虽谓三代以下，佛法为王道之一助，亦无不可也。而论者谓
废君臣父子兄弟夫妇之伦，为诬民惑世之甚。夫去伦常，而归寂灭，岂人
之情乎？夫有迫之者也，非有饥寒以迫之，则虽招之而不来也。然则学者
果能从事于贪嗔痴之戒，而得其清净之旨，则优入圣贤之域而无难。否则
天下无佛久矣，佛何待辟？

孟子善用《易》解

邵子，深于《易》者也，后世之言《易》者，必推邵子。言术数之
《易》者，尤推邵子。似邵子之于《易》，主数而不主理者耳。此谶纬者
流，附会儒先之说，考之尧夫之言，《易》则不然。邵子以为秦汉以后，
治《易》数十家，言人人殊，求其身体力行，如古圣贤之立于不《易》
者，无有矣。故即孟子以明示之，而因有孟子善用《易》之说。斯言一
出，学者疑之。疑之者，疑其创也。夫画卦始于伏[一]羲，而实成于后圣。
系象者，文王也，谓文王善用《易》可也。系爻者，周公也，谓周公善用
《易》可也。著《十翼》者，孔子也，且曰"假我数年，卒以学《易》。"
谓孔子善用《易》可也。若孟子则于三代为近，而七篇之中，无有一字言
及于《易》，求理之一是而已，曷尝有学《易》之见存于意中哉？疑之亦
是也，不知孟子善用理者也。理之外有《易》乎？理外无《易》，则用理
非即用《易》乎？邵子之言曰《易》道存乎孟子，但人鲜见者。斯言也，
非欲人于孟子之言求《易》，欲于孟子之言求理耳；非欲人于孟子之言求
《易》中之理，欲人于日用动静中求理中之《易》耳。必泥乎《易》之
言，比拟求合，不且穿凿无据哉？信乎善用《易》者不言《易》，《易》
者，理而已矣。文王之用《易》，不在系象，而在仁敬孝慈之皆止也。周
公之用《易》，不在系爻，而在制礼作乐之各当也。孔子之用《易》，不在
《十翼》，而在仕止久速之随时也。昧于理者，终日言《易》，不得为；知
《易》明于理者，口不言《易》，亦不得为；不知《易》，是为善用《易》。

【校记】

[一] 伏：底本为"宓"，按句义当为"伏"。

无妄六二爻辞

三代以上，道义明而学术兴；三代以下，功利深而学术废。战国秦汉之世，非功不急，非利不趋，古人为己为人之辨学者，已不知为何物。董子出而直揭往圣之心《传》曰："正其谊不谋其利，明其道不计其功。"呜呼！尽之矣！尧舜禹汤、文武周公之所以相承，孔子之先事后得、先难后获，孟子之勿忘勿助，此物此志矣。吾于无妄之二爻遇之，无妄六二曰："不耕获，不菑畬，则利有攸往。"是言也，将谓不耕可以获乎？不菑可以畬乎？抑谓自始至终不耕不获，不菑不畬乎？夫不耕而获，不菑而畬，无是理也。不耕不获，不菑不畬，人事又尽废也。解之者，程《传》谓不首造其事，陈氏非之。朱子《本义》，谓自始至终，不敢妄动。胡氏、林氏从之。至何氏楷之说，则以为不方耕而期其获，不方菑而期其畬，御案语特取之。夫无妄之义，何谓也哉？谓耕与获为妄乎？谓菑与畬为妄乎？以耕获菑畬为妄，则将不耕而获，不菑而畬而后可也。则将不耕而获，不菑而畬而后可也。微特不首其事之说，理有难通，即自始至终，不敢妄动之说，其词亦未畅。然则不于耕期获，不于菑期畬，是言也，理明词达，不诚为定论欤。夫耕非妄也，菑非妄也，获与畬亦非妄也，惟存获之心于耕之时，存畬之心于菑之时乃为妄耳。无妄之象，曰震、曰乾。震，动也。乾，天也。动以人则有妄，动以天则无妄。天地之道，当其为生，不期其为成也。当其为通，不期其为复也。往者、来者、屈者、伸者，皆无心而成化耳。何氏之说，实原本《象传》之义，而"正谊不谋利，明道不计功"之言，不诚与此爻相发明欤？

《古香书屋诗钞》自叙

余少而顽钝，读书喜涉猎，不能专。十四五时，僻嗜读诗，每窃效为之，而实未知何以为诗也。时受业于叔父九如公。九如公尝谓曰："圣贤之教子弟，以余力学文，但今制艺取士，惟当专力经史古文，以培其根柢。古诗杂作，不必汲汲。韩昌黎所谓'余事作诗人'，此意当领会也。"因戒，不复多作。自嘉庆九年甲子岁，年十六，补弟子员，至丁卯岁，试于乡，四易寒暑，仅存诗数十首，为《课余草》一卷。戊辰以后肄业五华书院，始与王玉海、谢石曜、戴云帆诸诗人游，稍理旧业，至乙亥岁得诗若干首，为《课余草》二卷。丙子岁，计偕入都，至道光五年乙酉岁，中间往返长途，六上金门，风尘仆仆，书剑萧条，兴致顿减。屈指十年仅得若干首，为《万里路草》一卷。丙戌岁始释褐筮仕皖江，草草劳人，抗尘容走俗状，胸中岂复有诗耶！至庚寅岁仅得若干首，为《万里路草》二卷。辛卯岁惨遭春[一]闱之痛，匍匐奔归。三年之中，此事久废。服阕后以母老乞身，枯坐家园，杜门却扫，屏绝人事。晨昏定省以外，唯日饮酒数杯，观书数册而已。偶有所触，结习未忘，共得若干首，为《还山草》二卷。每当风雨晦明，花朝月夕，追维畴昔良师益友之投赠，名山胜览之优游，回首茫然，如隔世事。且弹指十年中，默数交游，有飞腾直上者，有枯槁牖下者，有赍恨长暝者，出处不同，存亡亦异，均之为云散风流而已，能无感慨系之。偶检旧作，多故人倡和之篇，以及园林寺观曾游览处间有记录。披阅一过，历历平生如在目前。因念吾诗不足存，而有不能不存者，所以存其人，存其地，而非存其诗也。且僻处一隅，无由就正有道，缀拾成卷，亦以便求教于大雅耳。抑余之为是刻者，又有说焉。往者，宁州刘寄庵师主讲五华时，以诗学倡教西南，诱掖后人，惟恐不及。著有《五华诗存》数十卷，一篇之善，一语之奇，无不击节。滇中人士争自濯磨，声韵蒸蒸日上，皆先生力也。譬时亦列门墙，先生屡命取《课余草》付梓，唯唯未敢出。曾几何时，游子还乡，拟以蓄疑再质，而先生已千古矣！惭负师言，潸焉出涕，因不揣妄陋，编辑成卷，以志不违。或曰："子所以不违师命则善矣，而不知藏拙，是智出鸠下也。"余韪其言，谢而受之。

【校记】

[一] 春：底本为"椿"，按句义当为"春"。

《古香书屋诗钞》后叙

诗以寄兴，兴之所至，情即生焉。情之所至，笔即随焉，斯比赋之谓也。自三百篇，汉魏六朝以迄唐宋，未有舍是以言诗者也。若沾沾焉执一卷于前，曰必如是始足以言诗，不如是不足以言诗，是无兴也。即强使比赋而成，当时阅之，已令人倦而思卧，异时阅之，恐自为诗者，亦不知当时之旨趣何在也，尚何工拙之足计耶？余自辛卯，以忧去官，家居六载。戊戌春携眷北行，始意溯襄流而上，由南阳登陆，以弱稚不耐驰驱之苦，改由长江东下，迂道淮浦，附粮艘以行。沿途水浅舟胶，蓬窗枯坐，凡五阅月始至京邸，得《出山草》一卷。是年冬，京邸抱病，即欲旋里，以亲故恳切敦劝勉，之山西临县，任一载有余。民安我拙，而我亦乐其俗之简朴易治也。无如属疾沉绵，有加无已。公余之暇，随意啸咏，借遣病魔，得《呻吟草》一卷。辛丑春乞身引退，代任者知余急欲旋里，即怀要挟之心，余又赋性拘介，不甘降气，以致大受刁难，至五月间盘仓勉为竣事。此虽所遇非人，而实则衰运所致，夫复何言。长途万里，病无转机，日索枯肠，聊以纪程，聊以遣意，得《再还吟草》二卷。抵家后，闭门养疴，琴樽自适，家政悉置勿问。遇春秋佳日，或游观山水，或与二三老友相过从，结习未忘，时复拈髭，得《林下草》二卷。要皆寄兴言情之作，不徒以比事赋物争工。稍加鳌订，手授儿辈，存之家塾，非敢以之问世也。余老矣，笔突墨干，无复生花之梦。从此空山息影，治乱得失，概绝知闻，明月清风，相慰岑寂。即或天假以年，兴之所至，续有所得，亦不过与春鸟秋虫应候鸣息而已，可慨也夫！

《读诗管见》序

为学之道，文艺而已乎？末也。由文艺而诗词，末之末也。然而童而习之，白首莫得其归者，何与？性情之过也。性情不治，无以浚其作诗之源矣。昔吕叔简有言："从道理中作人，古今只是一样；从气质中作人，便自千态万状。"以余所闻证余所见，何近世之多千态万状也。诗贵和平，而人多乖戾，乖戾可以为诗乎？诗贵正大，而人多邪曲，邪曲可以为诗乎？诗贵风雅，而人多鄙陋，鄙陋可以为诗乎？性情之不治，而求免于乖戾、邪曲、鄙陋，难矣！乖戾、邪曲、鄙陋之不免而欲求为诗，抑又难矣！或曰："如子所言，则近世之能为诗者，类皆负才恃气，蔑视朋侪，且荡检逾闲，自以为风流跌宕，甚至标榜声气，征逐酒食，借以蝇营狗苟，无所不至。彼以诗人自负，而人亦即以诗人目之。若必治性情而后可以为诗，则近世遂无诗乎？"余曰："近世岂尽无诗？近世诗人岂尽不治性情？特难其人耳。且不独近世难其人，即古人亦难其人也。唐以诗取士，诗教莫盛于唐。初唐之王、杨、卢、骆，中晚之温、李辈，皆极一时之选，而其人率皆轻浮浅躁，如裴公所云，其风靡靡不足贵。善乎本朝之选唐宋诗，醇也。在唐曰李杜，曰韩曰白，在宋曰苏陆，具眼千古，堪为诗人论定也。李之旷达不群，杜之忠诚恻怛，韩之持正卓立，白之高风峻节，以及苏之忠孝节义，照灼古今。陆之梗概则于子美为近，故其为诗也，皆如日月经天，江河行地，而光景常新也；又如鸾凤之和鸣，鲲鹏之变化，金钟大镛之无细响也。历观诗人有其人乎？诗人无其人，是以诗人无其诗也。"或曰："然则濂、洛诸儒非专治性情者乎？曷为不以诗名也？"曰："濂、洛诸儒专治性情，志在修明圣学，无用心乎此也。余不云诗之为技末乎？濂、洛诸儒，操其本而无事于其末也，如以诗而论，则操其末，而正不可遗其本也。能治性情者，即不言诗，不害其为治性情；欲言诗者，不治性情则不可以言诗。虽然，此特论其原而已，究其能事，则非以此尽之也。诗有格律，有体裁，有声调，不博观篇什可知之乎？有篇法，有句法，有字法，不博观评论可知之乎？有法而不泥于法，非多作而能之乎？用意而无不如意，非多读而能之乎？昔昌黎韩公以余事作诗人，若不足经意者，而公之为诗，实于书无所不读。杜少之诗，东坡谓其无一字无来历。然则诸大家之所以能久传者，固不仅以抒写性灵、流连光景，遂成一家言也。"余总角时，即喜读唐诗，或时一为之，然但知对偶之为诗也。弱冠后与诸诗人游，即屡为之，亦但知唱酬捷敏词藻富丽之为诗也。今四十五年而始知向日所为之非诗，并不知诗之何以为诗也。以言乎性情则不治，以言乎见闻则不广，舍是二者，何以言诗？故于考古之下，涵泳从容以养其本原，且有所得则书之，有所疑亦书之，目为《读诗管见》，以俟集成之后就正有道云。

《古香书屋文钞》自叙

文以道意而已，无所谓古文时文矣。自有时艺，而古文因以分，亦因以废。余少不知学，遂不能文，其为文，不过东涂西抹、炫时人之耳目，俗所谓"敲门砖"是也。通籍后，专事吟咏，并不复问"敲门砖"为何物。迄南北驰驱，闻见稍广，乃知先正自有典型，而实能以古文为时文者，即今九州之大，不过数人。以余所见，一浙水姚镜塘先生，一岭南宋芷湾先生，一山左刘次白先生，而余于三人中，次白尤契合。戊子岁，同襄校南闱比屋而居，意气甚相得。因朝夕聚首，备闻其议论，心向往之。惟时簿书鞅掌，中间更历多故，未暇从事于此也。辛丑岁移疾，自晋归，家园无事，偶取次白《绿野斋古文集》读之，叹其岳峙渊渟，日光玉洁，果能出入于《史》《汉》及唐宋诸大家，而自成一家言也。偶试一为之，而自维年老失智，学殖荒落，惟有望洋向若而叹尔。效颦之技，适形其丑，故有作辄弃去。乃余老友李蔚南辄评点之，且谓余曰："文之工拙何常，惟求其真，宜存之以志一时苦心也。"蔚南于书无所不窥，尤邃于古学，而独不喜为科举之学。余与蔚南生同里，少同齿，长同研，且同方同术，无所不同。所不同者，蔚南希心高尚，而余驰逐风尘，未免颜汗。今日优游林下，幸未见摈于故人，是以强如其命，惟思古人诗文，例不用评点，评点无乃变例。蔚南又谓余曰："余评子之文，余二人之学、余二人之交在焉。近世桐城方灵皋、江西鲁絜非诸先辈多用之，子无泥古而非今也。"蔚南吾老友，亦畏友也，因从其言而识之。

题智光寺担当和尚所书山额

呜呼！凡物之可传者，必有其遇，微特负异怀奇之士，不遇知己，无以自见。即一文一字之末，其幸与不幸，亦若有数存其间焉，如担当所书此额是也。此额旧悬于钟楼下之穿堂，为出入所瞻视。置之者不为经意，见之者不甚爱惜，无年月，亦无款识，父老相传以为担当真迹，盖并其姓名隐之，时人未之奇也。适予游览之下，寻访古迹，骇然曰："是书遒紧绵密，飘忽若神，四字之中，无数波折，洵非大手笔不能办也，斯地而有斯作耶？"按担当姓唐名泰，字大来，前明启、祯间选贡，入国朝隐于僧，名普荷，号担当，滇高士也。尝往来苍洱间，《前记》纪其曾游董伯宗之门，为入室弟子。今观此作，神龙夭矫，俊鹤凌霄，逼真香光[一]，意其为担当所书无疑也。而乃剥蚀于风雨，阉淡于尘埃，无有过而问之者，岂不重可慨耶！爰语住持，僧名隆建，号乾若者，重加拂拭，且移置于高斋雅洁之处以表章之，并系以数语志其颠末，欲令具眼者知其不诬也。遍览院中诸联额，复有中山僧者，不知何^[二]人，深得二王家法，加以野鹤闲云之姿，无一毫烟火气，何世外之多畸人耶！抑亦大丈夫不得志于时之所为也。余近亦出世，喜方外交，问尚有担当中山其人者乎？我欲摇毫载酒以从之矣。

【校记】

[一]（光绪）《浪穹县志略》有"意"。

[二]（光绪）《浪穹县志略》有"许"。

劝全椒县绅士捐助书院膏火谕

邑之有襄水书院，旧矣。有书院，则宜有主讲，有生徒，邑皆无之。所有者，广厦数间而已。问其故，则曰无经费。无经费而因无主讲、无生徒，是无书院也，奚以空屋为？余自下车后，访邑中情形，首及书院。有告余者曰："全邑之无书院有故，地瘠无大积贮，地僻无大商贾，近又少显宦素封之家，捐资实难。"余闻而踌躇久之，因念曰："凡民可与乐成，难于图始。"图始而为之倡，此邑有司责也。每见城市乡镇中有为神会祈禳者，有为节候演戏者，好事者倡于前，虽以无益之费，率皆数十数百，顷刻立办，不必大积贮也，不必大商贾也，不必显宦与素封也。然则书院经费之设，亦特无倡之者耳。果有倡之者，则人即无知识，岂不知此事之贤于集会戏场哉？又况全邑文风著于江北，而士多寒素。文风既著，则当思所以延之；寒素既多，更当思所以培之。今余与董事诸君子劝捐书院膏火，生童约计五六十人，经费约计三四千金。规模甚小，以俟后之贤且能者扩而充之可乎？然则余与诸君子之为是举也，无所为而为矣。然亦不必果无所为也，邑之绅士，身之好学者，可稍有资于是也。否则子弟之秀者，可稍有资于是也。否则子弟不必有所资，后世子弟之兴起者，可稍资于是也。为身计捐焉，可也；为子弟计捐焉，可也；为后世子弟计捐焉，可也；不为身计，不为子弟计，不为后世子弟计，为邑中之子弟计捐焉，亦无不可也。余甚望诸君子之勉力而襄是举也。幸甚！

劝全椒县绅士捐增孤贫口粮谕

朝廷亲民之官，曰牧，曰令。牧令亲民之责，曰保富，曰恤贫。盖因贫富而有竞争，因竞争而有斗讼，因斗讼而有亡身破家之事。其祸成于贫富之相贼，而实原于牧令之不保富而恤贫。官不保富，则奸宄之子日惟富者是图，千方百计，不倾其家不止，至使稍有衣食者寝不安枕，坐不贴席，遇小事变，破败随之。夫使邑无富民，设遇凶荒之岁，嗷嗷者乞贷无门，即议捐议助，亦势无所出。贫富有不同归于尽哉，此保富正以为恤贫地也。至于穷民无告者，则又先王之政所亟亟也。孑影只形，冻馁交迫，官不之恤，谁为恤之？且此等穷民，官既严禁其诈骗讹索之事，有犯必置之法，不使滋扰良善是也。而特不为之谋生全，则穷民唯有束手待毙已耳。身为民牧，于心何安！况乎穷极无赖，计无复之，亦于富者不利，此恤贫又以为保富地也。保富恤贫，一而二，二而一耳。全邑养济院额共四十五名，月给钱钞，此皇仁之所轸恤也。而其中所养者，率皆城市附郭之辈。其距城远者，不能至也。且限于额，不能遍及，则四乡各镇中，其为穷无告而向隅者众矣。余意欲推广皇仁，于正额外复设一百名，确察各坊之穷无告者，月以给之，庶于保富恤贫之初意稍有惬乎？是所望于董事诸君子谅余区区之意，不辞拮据，勉为分润，共成此善举，则幸甚慰甚。

施孝子传

邑有施姓者，乾隆时人，距今将百年。无论远近老幼，过其门者皆称为施孝子[一]。余耳之久矣，而未详其实。一日，[二]老人谓余曰："吾邑中有某孝子者，子知之乎？"余曰："知之而未尽也，公知之乎？愿闻命。"老人曰："孝子名学山，少好学，而不为场屋之学，隐于市廛，顷刻不离父母膝下。孝子之至性过人已不待言。即其无形无声、加[三]意承志之事亦难缕述，[四]其一二足以动人耳目者。忆余总[五]角时，孝子已五十六矣，其父八十余，有足疾，喜观剧，每邑有戏场，孝子必亲负其父往观之。父又喜讽经，孝子虽不知经，每日必于父前朗诵四子书以娱之[六]。邑令林公亲[七]表其庐且颜其额曰：'敦行不息，其至行动人。'大率如此。当时有互讼而牵以证者，县隶勾[八]摄之且厚索，孝子无以与之，隶即挫辱备至。

是夜，隶梦一伟丈夫叱之曰：'吾此邑主也，邑中孝子，鼠辈何以折辱如是？'即命批其颊。醒犹觉痛，早起则头面不能复识。隶据实以告人，旋逃去。是余所闻之凿凿者，其能动鬼神[九]又如此。"璧闻之悚然曰："有是夫孝道之重于幽明如是。夫孝，庸德也，而古今能全者几人？彼乖忤无知者不足道，即文人学士曲意承欢亦多具文耳。亲可欺矣，人可欺乎？人可欺矣，鬼神可欺乎？孝子之诚悫如是[十]，非求人知者也。而不特人知之，鬼神亦知之。此而不传，其何以风世俗而光志乘乎？"爰不辞鄙陋而为之传。

【校记】

[一]（光绪）《浪穹县志略》有"之宅"。

[二]（光绪）《浪穹县志略》有"有"。

[三]加：（光绪）《浪穹县志略》作"先"。

[四]（光绪）《浪穹县志略》有"仅述"。

[五]总：（光绪）《浪穹县志略》漫漶不清，疑为"卯"或"酉"。

[六]之：（光绪）《浪穹县志略》作"亲"。

[七]亲：（光绪）《浪穹县志略》作"为"。

[八]勾：底本为"句"，今据（光绪）《浪穹县志略》改。

[九]鬼神：（光绪）《浪穹县志略》作"鬼"。

[十]是：（光绪）《浪穹县志略》作"此"。

施锦堂先生墓表

邑有隐君子曰锦堂。先生名禧，字庆余，锦堂其号也。世居浪穹之舍尚里，父名浮炳，业儒，早卒，母杨氏。先生与弟桢皆少孤，母氏抚教备至，先生质稍钝，读书以三百遍为率，卒之无书不窥。其为文精思大力，出入于古文诸大家，时下软美之气无一毫犯其笔端。年未弱冠，补弟子员，学使者孙公深器之，屡置前茅，后肄业五华书院，蜚声三迤，啖名最久。乙卯乡试，房师某某者激赏而特荐之，因额满见遗。先生以母老归养，从此研穷性命之学，遂绝意于科名矣。性至孝，母疾，不脱冠带而侍，有行不正履之状。母没，毁瘠骨立，有如不欲生之状。友于弟则缠绵笃挚，一饮食必分其甘，一疾病欲分其痛。视诸从子等于其弟，稍无隔阂。对妻子亦无惰容，故一家化之皆相敬如宾，此门内之行矣。交友则表里如一，然诺不欺口，不言人长短。至其随事规劝，则详明剀切，大声疾呼而人亦不以为过。其取信者素矣。训诲乡里子弟，意气勤勤恳恳，一言一动皆整齐严肃，一时彬彬之士不问而知其为先生弟子。当设教凤翔，时屡捐馆谷，兴修学舍，书院从此骎骎盛矣。先君子凤冈公与先生为莫逆交，视璧犹子。璧年少不羁，先生屡戒之又窃喜之曰："此吾小友也。"俯而下交，往来辨论不辍。晚尤好《易》，谓璧曰："此书玄言奥理，曩读之，以为天地阴阳不易变，《易》之旨耳。今乃知其为日用行习之书，消息盈虚不可须臾离也。"璧当时听之茫然，今乃稍窥万一，欲与先生上下其议论，不可得矣。子一，名槐，荫邑庠；生孙二，尚幼。先生生于乾隆乙亥年，卒于道光甲申年，享年七十岁。璧于先生有父执之谊，有知己之感。尤不可以不志。

金笔山先生墓表

笔山先生世居凤羽蟠龙峰之麓，以道光己亥年秋八月初二日卒于家，是年葬于蟠龙峰先茔之次。时璧方承乏山西临县知县，万里之外未及赞襄，大事惟有望云致恸而已。越二年，自晋移疾归，先生冢嗣名魁者，谓余曰："吾先君子及门甚众，而平生期许尤为契合者，莫如子。虽中峰先生已为之志，而尚未有以表诸封隧，恐久无以示人焉。表先君子者，非子而谁？"璧乃敬谨提要而书之。公讳一洪，字汇川，笔山其号也。先世江南六合人，徙居大理，爱此邑之佳胜，遂家焉。父绍贤公，理学名儒，不乐仕进，以教授生徒汲引后学，终老于家。母赵氏，生母杨氏。先生生而颖异，过目即能成诵，于书无所不读而尤邃于《易》，先后天之理，了如指掌。讲《易》必贯穿史学，以《易》论史，以史证《易》，较之来《易》一书，有其过之无不及焉。璧少时尝负笈从公，公于经义之外，授以帖括，复授以诗古文辞。无如璧负质顽钝，未能心领其妙，平生喜吟咏，诗成辄弃去，故无从编集。先生尝曰："学期于身体力行，语言文字不足重也。"故先生之事亲也，生而色养志养之备至，侍疾且至于尝粪矣。

没而如事生，如不欲生之备至庐墓，且至于骨立矣。兄一弟三，兄异母而敬之，等于其父，弟同出而爱之，甚于其身。务使成名立业，足以慰父之灵而后已。即妇女子弟亦无一间言，至今雍睦之风为吾邑最，非身教之切、至诚之感而能若是乎？公中式丁卯科举人，屈于礼闱，以大挑得河西县教谕，转顺宁府教授，所至循循善诱，振拔单、寒二邑人士之爱戴，亦如子弟之于父兄云。

李重轮

李重轮（1793～1837），字莹盛，大理鹤庆人，举人李嵩之孙，李重发之弟。李重轮读书聪慧过人，过目成诵。嘉庆十一年丙寅（1806），李重轮中秀才后，随其兄李重发肄业西林书舍。嘉庆庚午（1810）科举人，嘉庆庚辰（1820）科进士，选入庶常，散馆授检讨，在京都为官。李重轮和其兄李重发被誉为"兄弟进士"，闻名于乡里。道光十七年丁酉，李重轮卒。

其生平事迹于（清）黄琮辑《滇诗嗣音集》卷十八；（清）赵联元辑《丽郡诗征》卷五；寸丽香编著《白族人物简志》中有载。

《滇诗嗣音集》卷十八录其诗《花埭》1首；《丽郡诗征》卷五录其诗《夜雨》《花埭》2首。

诗

此次诗的点校，以（清）赵联元辑《丽郡诗征》（上海书店出版社《丛书集成续编》影印本）为底本，其中《花埭》以（清）黄琮辑《滇诗嗣音集》（上海书店出版社《丛书集成续编》影印本）为校本，诗共计2首。

夜雨

四壁尽秋声，寒虫唧唧鸣。闲量深浅夜，静听短长更。阅世情原淡，含愁梦转清。晨钟催晓漏，虚室斗窗明。

花埭

花田弥望花连畦，奇葩异蕊纷难稽。香风馥馥扑人面，五色十光目欲迷。就中素馨尤罕见，密朵轻盈攒雪片。冷艳侵肌能解醒，寒香驱暑不须扇。君不见，美人结习久难忘，纤手摘来香更香。紫绿结缕上花渡，花渡头在五羊门南岸。好佐今时巧样妆。花农告我有别据，此是昔年埋玉处。每当月魄影清凄^[一]，常有花魂夜来去。

【校记】

　　［一］清凄：《滇诗嗣音集》作"凄清"。

董正官

董正官（1798～1853），字训之，号钧伯，大理太和县人，道光辛卯（1831）科举人，道光癸巳（1833）科进士，历官福建台湾噶玛兰同知，有廉干名。咸丰三年卒。

其生平事迹于（民国）龙云、卢汉修，周钟岳纂（民国）《新纂云南通志》卷二百一十；周宗麟等纂，张培爵等修（民国）《大理县志稿》；张明曾选注《历代白族作家丛书董正官卷》；陶应昌编著《云南历代各族作家》；寸丽香编著《白族人物简志》中有载。

著有《续漱石斋诗文稿》共四卷：赋一卷、各体文一卷、各体诗一卷、试贴一卷。现见于云南省图书馆保存的《续漱石斋诗文稿》系民国十年董澄农资助印刷的石印本，内容为赋一卷 10 篇、各体文一卷 23 篇、各体诗一卷 89 题 118 首。另有存稿《兰溪唱和集》一卷，藏于云南省图书馆、大理白族自治州图书馆，有董正官诗 21 首。

（民国）《大理县志稿》卷三十一艺文部六录其诗《南诏碑》1 首。《滇文丛录》卷三十六录其文《〈续漱石斋诗文稿〉自叙》1 篇；卷四十五录其文《课试霞浦县诸生策问》1 篇；卷七十录其文《杨僮传》1 篇。

诗

此次诗的点校，以周宗麟等纂，张培爵等修（民国）《大理县志稿》为底本，诗共计 1 首。

南诏碑

铭心澡被誓清波，寂寞荒碑对洱河。立马斜阳听吊鸟，至今啁哳骂虏陀。

文

此次文的点校，以（民国）秦光玉等辑《滇文丛录》（上海书店出版社《丛书集成续编》影印本）为底本，文共计 3 篇。

《续漱石斋诗文稿》自叙

先伯父成卿公榜其斋曰"漱石"，取晋人砺齿之义，兼以自寓其不转之贞。著有诗文，各稿散轶无存。官少时随先君子读书云阳，搜检遗箧，怅然者久之。窃惟诗文一道，涯岸难窥，何敢轻言著述。顾学人结习不忘，心血寄焉。读古人书，各随其识，浅深以自言心得，是非不敢自定，又从而藏护之，其何以日进也。先伯父力学有年，不得志于有司，晚年游云州，赍志以殁。先君子亦九应乡闱，屡荐弗售，亟命官读书继志。而官才疏学谫，弗克钦承先德，甫厕科名，捧仕檄，而先君子溘逝。呜呼！展读残书，泪垂满幅，因慨遗稿无存，总缘随作随弃之故。官何可以慨诸先人者，转贻慨于后人？爰将平日所作录而存之，一以自验其心血盈亏，一以就正有道而后知其言之非与是。斋名"漱石"，犹前志也，曰"续"，聊以见继志之所在也，非敢言著述也。

课试霞浦县诸生策问

问：设防所以御暴，定界所以止争。禁透漏者，民食所关；除诈伪者，钱法所系也。海防之设，自前明而始严。或谓处处可犯，则处处宜防，一在遏盗于远洋，而使之不常厥居；一在击贼于近浦，而使之不得傍岸；一在据险固岸，而使之不得上；一在坚壁清野，而使之无所掠。得失果何如欤？闽洋自金门而南，为铜山、南澳各镇，将暨提标轮，派营弁带兵船巡缉，自金门而北，为海坛、闽安、烽火各镇。将暨提标轮，派营弁带兵船巡缉，能历指其要口所在欤？我国家承平日久，各海口汉港纷歧，乡勇济兵力之不足，亦既时加操练，果能得力欤？防堵固无稍懈，而经费本属有常，乡勇一项不裁之，则费无所措，全裁之，则任难克当。计将安出欤？团练家甲即守望相助之意，亦即众志成城之举，既无征调之烦，又无督操之扰，合力保家，法臻尽善，何以有行有不行，或行之有不实欤！

温麻为闽浙之交，长溪则三面距海。现在海氛未靖，居安思危，都人士与有责也，宜何如倡率而劝导之欤？山泽之利，天地之所藏也，《周礼·周官》尚矣。自秦弃古法，产业在民，转相授受，贫富立判，然而民已安之。后世起限田之议，立均田之法，又有永业世业之制，实在行于何时，果便民欤？民人偷越定界，私入番境，如近番处所，偷越深山，抽藤伐木，例禁綦严矣。至如盗卖祖遗祀产，强占官民山田，以及将公共山场一家私召异籍之人，搭棚开垦；又或伪造族谱，图占坟山，暗埋他骨，顶立坟堆，种种情弊能防之使无犯欤？霞邑士朴民淳，讼风尚减而斗殴人命，衅多取于争山，盗窃恃强，祸半由于砍木。何所见者小而所贻者大欤！夫山号粮串须勘对，以相符旧契碑谱，非凭据之可执，读书兼可读律，息事即能安人。士为民倡，不当讲明而劝化之欤。籴粜之法有便于民，但籴贵则伤民，籴贱则伤农。魏李悝作平粜法，为足称平。此外如汉之常平仓，隋之义仓，唐之和籴，宋之广惠仓社，明之预备仓、济农仓以及社会诸名，其法何若？建于何人？亦尚有流弊欤？奸民将米谷豆麦杂粮偷运外洋，接济奸匪。例有明条，诚以其困民食而资盗粮也。如止图渔利，并无接济奸匪情弊，亦军流所必加以至屯积高抬，均干禁例。霞邑产谷无多，仅敷一邑之食，尚不至求给他境。唯口岸丛杂，难保无透漏之患。欲禁诸城门，则城不产谷，欲巡诸海口，则遍口难周。任用胥役或即作弊，委用地海保，而地海保或恐串谋，当遵何法以禁绝之欤？古未有以楮为钱也，汉武帝造皮币不过于朝觐用之，唐宪宗造飞券，不过令商贾执之以取钱而已，宋有交引交子、钱引、关子、交钞、会子，则直以楮为钱，能历指其制并详言其害欤？元明之钞，其法递变，嗣亦废而不行，厥故安在？近世行用钱票，民间颇以为便。但比诸唐之飞券，而兹钱店所用之票，只能行近不能行远。又比诸宋之交子，而此地所用之票，反有未至之定期，并无已过之定限，抑又何欤？自京师以至直省，自福郡以至漳泉，均惟钱店出票而已。此间店铺交易下及屠沽，公然自立钱单，甚至虚凭期票，辗转行使，百弊丛生。禁革各票则习俗已深，不加禁革则虚妄日甚，将用何法以适于平欤？士夫谊关桑梓，情切鞠谋。凡有益于乡间者，亦当相助为理也。应作何讲求之欤？若此者，精团练以助防守，安管业以息争端，透漏绝而食足于民，诈伪除而钱通其法。方今圣谕煌煌，饬令沿海居民团练家甲，仍令修筑城堡，互相守卫。至于通盗有诛，行假有禁，载诸令甲者无不森严。诸生生长是邦，应行补偏救弊者，当熟悉于平时。其各摅所见，无隐。

杨僮传

夫迹贱者，义之雕虎也。出自卑碎，由微而著，则匹夫之卑字可不朽于世。余僮杨国瑞由贵筑来事余，留兄奉母。余是时移宰霞浦，邑静民康，寇贼不作。王麻钳、施阿髻者，平阳之巨盗也，行劫杨家溪，距余县治七十里，急遣捕并余党，悉置狱中。岁甲辰二月大风雨夜，二巨盗断镣越狱去，余恚焉。僮曰：“龙渊太阿公知我者，请行缉。”余壮之遣之。行至灵溪地，王麻钳冒居民至僮寓，欲劫所携金，侦知已给众，众分道去，遂逸至宁波，聚众窃发，事弗利，复旋以举勇，集徒众欲杀僮以自便。僮善，居民密告，僮曰：“明日破庙中作牧猪奴戏，蓝布裹头者即巨盗也。”僮借进香为名，遂驰往。甫入门，巨盗觉之，自后突出，挟利刃，人莫敢撄其锋。僮拔刀遮门，令居民林长青从后扼其腰，呼众四十余人环之，拥至庙门前，踔秧田中，还泞不得脱，遂擒焉。弥月而施阿髻亦就捕。僮劳瘁成疾，自是两巨盗及余党尽歼，而僮亦死。余忆癸卯岁眷属旋滇，僮护行万里无倦容。越至贵筑，母已先逝，遂大恸，营墓散财帛与其兄，复自滇至余署。僮性地勤实，义勇殊众，遇事不避劳苦。余浮沉宦海，倚僮如左右手。如僮者，固未可以死也，而竟死矣。僮死北港，同事胡升经纪其丧，旋霞浦，余为安厝立石，以妥其灵，因欷歔感慨而不能已云。乙巳腊月。

杨景程

　　杨景程（1800～1860），字宗洛，号雪门，邓川人。道光甲午（1834）科举人，官鹤庆州训导，享年六十一。委派办松桂粮台。其子杨琼辑其诗为《知白轩遗稿》四卷，附补遗及琼作跋诗一卷。

　　其生平事迹于（民国）龙云、卢汉修，周钟岳纂（民国）《新纂云南通志》卷七十七，卷二百一十《忠节传》；张文勋主编《白族文学史》；李缵绪著《白族文化史》；陶应昌编著《云南历代各族作家》中有载。

　　著有《知白轩遗稿》四卷，前二卷为文，后二卷为诗，清光绪十一年知白轩刻本，云南省图书馆藏。

　　《滇文丛录》卷八录其文《非盗辨》《冷官解》2篇，卷六十一录其文《代沈少府为从兄招魂辞》1篇，卷七十录其文《段培三传》1篇。

文

　　此次文的点校，以（民国）秦光玉等辑《滇文丛录》（上海书店出版社《丛书集成续编》影印本）为底本，文共计4篇。

非盗辨

　　天下无生而盗者，见可欲而动，不能自克，则盗心生焉。及非其有而取之而居之不疑，则盗之事遂成。是时境内多盗，有乡人患盗而寓货于其邻，邻亦患盗而转寓货于盗。寓货于邻者，因不失亲之义也，其转而寓货于盗者，置之亡地而后存之说也。计虽不同而其用情则一，既而盗不利其所有，而取怀而与之。则盗不啻其邻矣。乃邻反利其所非有而因以匿之，则邻犹愈于盗矣。且复讳言己盗，而嫁名于盗，是盗盗之实，而并欲盗非盗之名，其为盗也，抑又诡矣。所异者，邻与邻自相攻盗而直以盗证，卒之物归其主，盗之实未得而盗之名究无可辞，则亦何利之有耶？《易》有云："二人同心，其利断金。"降至于盗且不免，易此则败者，而况吾道乎？虽然，乡人未闻道也，其偶为盗也，无盗心者也。观其始焉，以盗自讳，则犹羞恶之心，未忘继焉。以盗相攻，则是是非之真，不没如能举。此心而充之，直可以进于道矣。盗云乎哉？向吾断金之说，第为道中人言之，非为盗中人言之也。若夫盗，则犹幸其不同心以自取败，斯为不利之利云兹之。偶为盗者，秘其事讳其人。

冷官解

或有问于郑虔曰："人以广文为冷官。誉之乎？非之乎？"曰："誉之甚，而副此者犹未易易也。"或曰："是何言哉？"夫穷达，遇也；显晦，时也；变而通之曰权也。士当厄穷时，环堵萧然，踽凉无偶，故裘敝而苏羸，囊空而阮涩，世弗非之，其遇然也。及既荐一阶，膺一秩，依宵烛之余光，附春晖之末照；嘘气则寒谷成暄，挥戈则残阳反景；炙手可热，冷于何有？有官而冷若无官。何公曰："然若子之云，固热中者流，而夏虫之见也。夫不观乎水之凝者为冰，石之精者为玉，木之坚者为松柏，皆冷物也。水不冰则浮沤已耳，石不玉则沙砾已耳，木不松柏则樵爨已耳。而之三物者，乃以冷独存。顾其寥落于寒郊瘦岛间，众无知者，惟推而致之热恼之场，试之熏灼之地，则洒然异焉。启冰于盘鉴而垢不纳，登玉于坛坫而瑕不掩，荫暍于松柏之樾而暑不侵，性定故也。且炭之炽也，浇之冰则熄，炎炎者若夺其气矣；珉之贵也，参之玉则贱，碌碌者若丧其守矣；庶草之蕃也，松柏之下其生不殖，靡靡者若无容其滋蔓矣。是谓能变物而不变于物也者。广文道贵，未可以热客涸之。故官以冷名，官所同，冷所独也。且官岂御寒之器哉？惟是冰厉其心，玉成其品，松柏老其材，阅世炎凉不渝其色，然后能称是职，无负是名也。噫，难其人矣！

代沈少府为从兄招魂辞

呜乎！情莫亲于手足，痛莫重于别离，矧其为重泉之永隔，又甚以异域之长羁者耶？忆弟韶年跋踬，绮岁奔驰，怅分波于浙水，旋濡沫于滇池，惟兄也。毛里相视，臭味无差。拊我畜我，教之诲之。入因其宠，出用其资，润贷监河，辙常周乎。鲋涸羹遗，颖谷哺复。慰夫乌私，即令散秩。微寮荣绶，后禄罔非。模翼濯溉，实受先施。吁世情之薄也，刈葵者倾足，煮豆者焚萁。且竟为落井而下石，遑恤乎同裘与连枝？若吾兄之推甘让枣，分痛燃髭。肫肫然古谊，诚渺渺于今。兹衔淳恩兮靡尽，报厚德也何时？惟冀葛藟之永庇，借颂松柏之长滋。迩来雁递鸿翔，每幸□篾迭和胡。一旦云停月落，遽惊花萼先披。其真耶？其幻将信也将疑。尔疾吾不知日，尔殁吾不闻期。岂东野之书或误，岂南柯之梦犹欺。岂忧民而貌瘦，遽报国而身糜。岂六谣之间作，竟二竖之重罹。岂卢鹊无缘，或并误于丹饵。岂台骀为祟，遂莫祷于神祇。呜呼！江河深而捉月，汉何回而乘箕；雁联行而折翼，骥同路而分歧。心摇摇兮如结，魂杳杳其安追。谨临风以雪涕，聊洒酒以陈辞。辞曰：万里云山远，相幸负未随。道周依枺杜，天末赋江离。别唳遗孤鹤，先声怵子规。参商终未见，搔首泪涟漪。

段培三传

　　始余蹑石门，溯金泉，与三崇之士游未久也，邑大夫谢公语余曰："君亦知吾邑茂才段生培三者乎，愿浼君言为之传。"余曰："仆方倾盖交，匪宿识，第略观其梗概，盖粗且直者，俟详察而状其实焉。"公睟然诺之。既而晨夕过从，察微观忽，了无异状，则见其悃然边幅不修也，衣冠中若无是人。泊然镃基弗营也，市井中若无是人。龃龉然酬酢弗谐也，应求声气中若无是人。心窃感之，然而言无区，盖时倾肝胆焉。行无町畦，准直自定焉，苟有然，诺则鼎镬必赴也。偶有受施，则桃瓜必报也。及有绳誉救过，则蹈尾批鳞，头责面数，必评且尽也。凡事关纲常之大，盘错之剧，苍卒之变，皆毅然以身赴之，无所迟回。非慷慨真率之士哉？今夫礼本太初，物从其朔，故明堂清□尊以疏豁，惟其粗也；瑟以未弦，惟其直也。凡踵□增华，淳淳散朴，皆物情之变而失其真者，于人尤奚取焉？噫！天地之性，人为贵，贵此几希耳，故苟倏忽不生，混沌不死，虽无怀葛天之民，犹至今存也。若培三者，乌可于世俗应求声气中测之哉？盖率真者，其性情也，粗直者，其气象也。记有之，声音之道，与性情通。其恕心感者，其声粗以厉，其敬心感者，其声直以廉。则粗直者，即其性情之有真而不容泯没者也。舍是而以精求之，吾病其穿凿也。以曲取之，吾且恶其矫揉也。吾与培三，由倾盖而缔交已五易裘葛，学问有加，而性情不二，察之綦详矣。为状其实，窃愧无能赞一辞。

袁漱芳

　　袁漱芳（1811～1877），又名袁恭人，赵州人，赵州举人袁惟清之女，谷际岐之子谷小阿（即谷暄）之妻。咸丰间滇乱，携子女避难山中，备尝辛苦，能独当家政，教子成名。

　　其生平事迹于（民国）龙云、卢汉修，周钟岳纂（民国）《新纂云南通志》卷七十八、卷二百四十三中有载。

　　今惟存诗集《漱芳亭诗草》一卷，袁漱芳之子谷涵荣辑，前有乔松年等人跋，其后涵荣撰恭人行述殿之，清光绪三年河南刻本，云南省图书馆藏；另有附于谷际岐《西阿诗草》（云南丛书本）之后，内载诗31首。

李 澣

　　李澣（1819～1896），字星海，号菊村，赵州人。道光二十四年举人，选广西北流知县，改授安宁州学正，后主讲大理西云书院、弥渡中和书院，卒年七十九。

　　其生平事迹于（民国）龙云、卢汉修，周钟岳纂（民国）《新纂云南通志》卷七十七；柯愈春著《清人诗文集总目提要》卷四十六中有载。

　　李澣一生著述丰厚，有40余种，其著作多属理学，部分属文学作品，刊印的有《南安秋吟》《孝子必读》《四书浅解》十八卷、《筹算法》《读易浅说》三十卷。

　　《南安秋吟》一卷，光绪十一年云南刻本，云南省图书馆藏。《新纂云南通志》卷七十七："是书五言近体百首，皆客南安州时因秋托事与物而寄兴之作，吟一题至百首，难有佳章。"

　　《滇文丛录》卷三十八录其文《〈知白轩遗稿〉序》1篇。

文

　　此次文的点校，以（民国）秦光玉等辑《滇文丛录》（上海书店出版社《丛书集成续编》影印本）为底本，文共计1篇。

《知白轩遗稿》序

　　自有科举，而士之薄植弋[一]名者多矣。居则瓠落无成，出则浮沉宦海。间有一二吟咏之士，皆文坛之优孟。无论不工即工，亦覆瓿物耳。故其为人，虽显贵一时，没斯已焉。吾乡诗古文学，数十年少崛起者，于俗学浮靡中求一瑰奇卓荦之士而不可得，岂山川间气竟不逮古耶？今得雪门先生遗稿，知吾乡诗古文学不绝如缕，而文坛正灯复寄于先生，是可愧科举中碌碌者矣。读其诗，古风则陶、谢，近体则温、李也。文散行则柳州、南丰之精刻，骈俪则尤展成陈检讨之工致也。考其为人，如黄庭坚云"视其平居无以异于人，临大节而不可夺"，乃宫墙之中狂狷杰士也。先生训士鹤阳，致命成仁，不负所学，丹心已照天壤，其著作岂可听其尘湮？因语哲嗣回楼，竭资付梓，一以承继先志，一以矜式士林。将士之薄植弌名者，闻先生风而顽廉懦立，不更有功名教耶？

【校记】

[一] 弌：底本为"戈"，按句义当为"弌"。

欧阳丰

欧阳丰，字子约，号米楼，剑川人。十三补诸生，道光壬辰（1832）科进士，官刑部主事，尝与昆明戴䌹孙结同人为诗社。

其生平事迹于（民国）龙云、卢汉修，周钟岳纂（民国）《新纂云南通志》卷二百三十四，（清）赵联元辑《丽郡诗征》卷十中有载。

著有《拙拙诗草》《小桂馨山诗草》等，著述繁复，因兵燹遗失。《滇诗嗣音集》卷二十录其诗《大理别弟》《香车吟》《和汤海秋感怀》3 首；《丽郡诗征》卷十录其诗《大理别弟》《香车吟》《和汤海秋感怀》3 首。

诗

此次诗的点校，以（清）黄琮辑《滇诗嗣音集》（上海书店出版社《丛书集成续编》影印本）为底本，以（清）赵联元辑《丽郡诗征》（上海书店出版社《丛书集成续编》影印本）为校本，诗共计 3 首。

大理别弟

三日不道远，送我榆城陬。欲别强为笑，忍泪不敢流。此去万余里，相见知几秋。两地各努力，何论居与游。

香车吟

美人乘车百花路，软红尘飞结香雾。笼住桃花李花树，瞥然惊落花无数。花落不复开，人去不复来。车尘花雾空徘徊，收拾落花花满怀。

和汤海秋感怀

叹息淮阳伏阙秋，一封谏草及今留。第教事业光青史，何必公卿要黑头。郎署只今成冷宦，民生空复有余忧。年来著述传吾党，权拜书城万户侯。

陈伟勋

陈伟勋，字史韵，一字金门，号酌雅主人，剑川人，道光壬辰举人。

其生平事迹于（民国）龙云、卢汉修，周钟岳纂（民国）《新纂云南通志》卷二三四，（清）赵联元辑《丽郡诗征》卷十中有载。

著有《味道轩诗钞》《慎思轩文钞》《酌雅诗话》。《酌雅诗话》，云南省图书馆藏。又有道光二十九年刊本、民国三年刊《云南丛书》本、台湾新文丰出版公司《丛书集成续编》本。

《丽郡诗征》卷十录其诗《次韵朱子感兴（二首）》《斋前种竹数竿，榜曰有竹居》《有感于谢安王羲之语书示子弟》《读韦苏州诗咏怀（二首）》《田家秋晴打稻》《作且遁先生传后，有感于何叔京之语，次高九万送方秋崖去国诗韵》《宋魏野"身犹为外物，诗亦是虚名"二句足砭近人徇欲骛名之蔽，慨慕为诗》《剑川竹枝词》《田园杂兴（四首）》《次韵孙昰堂学博绍康金华山纪游三十韵》《满贤林歌》16首。

《丽郡文征》卷七录其文《重游洞庭记》《拟道光十一年辛卯皇太后万寿恩科谢表》《陶靖节论》《完廪浚井论》《〈味道轩诗钞〉序》《且遁先生传》《游满贤林记并序》7篇。《滇文丛录》卷八录其文《完廪浚井论》1篇，卷九十七录其文《游满贤林记并序》1篇。

诗

此次诗的点校，以（清）赵联元辑《丽郡诗征》（上海书店出版社《丛书集成续编》影印本）为底本，诗共计16首。

次韵朱子感兴（二首）

古有三不朽，修炼岂深山？但能尽其性，焉知生死关？后人多异术，九转夸神丹。此丹一入口，飞升生羽翰。长生固不易，偷生奚足难。我怀学仙侣，俟命斯心安。

自有释氏教，天下多颛愚。以彼所谓道，不过凭空虚。奈何诸夏人，反谓中土无。至乃译其语，相与幽谷趋。遂令百世下，荆棘纷满涂。我生虽独后，安能容其书？

斋前种竹数竿，榜曰有竹居

有竹有竹可无俗，数十百竿绕我屋。春风春雨新翠浴，夏日压檐森众绿。萧疏秋月凉可掬，冬雪枝间零碎玉。四时之趣惟我欲，中有数椽作家塾。老去有书日日读，闲课儿孙愿已足。

有感于谢安王羲之语书示子弟

王谢人瞻一代仙，桑榆哀乐有谁怜。谁知丝竹堪娱老，未识儿孙可象贤。淝水有功安石著，兰亭一序右军传。人生莫问荣枯事，须立芳名在盛年。

读韦苏州诗咏怀（二首）

三冬初过喜逢春，暖气微微觉我身。作鲋已沾升斗水，为霖欲活万千人。纵无经济存天下，何忍饥寒迫里邻。默念东风嘘拂遍，家家生意十分匀。

舌耕居处固何崇，况得举家勤动功。日日培将心粪厚，年年杖得砚田丰。解推无力怜吾邑，温饱何情独我躬。若得一官余五斗，捐分那惜俸钱空。

田家秋晴打稻

寒入西风甫二分，秋空晴色爱斜曛。青林一半多黄叶，碧落些须有白云。日暖午鸡邻舍响，霜清晨雁远天闻。田间笑语声欢乐，打稻家家妇子勤。

作且遁先生传后，有感于何叔京之语，次高九万送方秋崖去国诗韵

先生且遁将安行，战国言怀何叔京。自顾无才犹见忌，不闻多谤便为荣。曹腾几度乘春醉，昧爽何时到日明。归去乡关仍似昔，一湖风定已波平。

宋魏野"身犹为外物，诗亦是虚名"二句足砭近人徇欲骛名之蔽，慨慕为诗

隐士孰称贤，翛然魏仲先。无心时饲鹤，有梦惯游仙。名已空千古，身还置一边。惟将真质性，无欲静还天。

剑川竹枝词

剑川城东湖水平，剑川城西山水清。客心同恋回头水，水自无心客自行。

田园杂兴（四首）

正月欣逢三白过，农人村外始披蓑。新泥滑滑犁头润，喜说今春雪泽多。

农人崇实不崇华，对雪吟诗有几家。但是廿番风信到，也将春色问梅花。

邻里通功事最便，相偿饮食不偿钱。吾乡旧俗由来古，父老相传已百年。

躬耕乐道有名儒，今日谁堪世道扶。寄兴田园诗百首，迂疏吾亦是真吾。

次韵孙昼堂学博绍康金华山纪游三十韵

金华同蜡屐，时序抚清秋。石畔人先约，松冈路旧由。颐宜惩小垤，陟可咏阿丘。谷口盘纡曲，峰腰互崒嵂。轻飙欣挹袖，明月石形似之想当头。径划溪唇敞，岩嵌塔脚遒。入门斯梵刹，来客本儒流。三教图谁创，千年道不修。直疑天未旦，竟使夜常幽。欲辟诸空境，须登百尺楼。拨云开化日，扫雾照遐陬。变色惊谈虎，掀髯怒拂虬。语防岩堕地，听拟木垂樛。座上休咸舌，山前且放眸。一川铺稻壤，十里漾芦洲。四面皆连水，中央孰泛舟。烟波看渺渺，世道等悠悠。聚会能多少，光阴靡逗遛。得闲殊自在，选胜复何求。隔坐倾茶碗，传觞酌酒篘。尘寰凭俯视，诗景任旁搜。果熟疏枝落，禽飞茂树投。涧花繁莫摘，野笋嫩堪羞。六七刚童子，

追随此好俦。席间情共畅，林际画应留。午饭过微雨，斜阳下远菽。山岚归拥黛，湖浪净翻琉。归兴仍携手，歌声间转喉。遥村行渐近，暮霭看偏稠。赤壁重寻矣，元都再憩不。接交真洒脱，宾主倍绸缪。大雅工元唱，新篇足纪游。

满贤林歌

我游满贤林，因作纪游篇。名山三百未游遍，又闻海上有三山。毕竟三山问谁到，方士例以荒唐传。使人心驰万里外，恍惚缥缈虚无间。我曾到海不之见，归告世人谁信然。满贤林，在目前，求仙原不如访贤。洞里青山夹峙无尘到洞口，金刚坐镇严当关。五云楼上试久坐，但见一线明青天。岩垂壁立天不动，水流花开天自闲。终古苍松间竹柏，旦暮白云相往还。此身如置羲皇上，淳闷还生怀葛先。斯时松乔未出世，何有安期与倔佺。蓬莱几何峰？方丈几何峦？神仙所在果安在，乃在天外东瀛边。何如此林众妙集，妙处恰未离人寰。欲至即可至实地，非虚悬只恐语言。文字未足尽妙处，惟静能悟斯真诠。

文

此次文的点校，以（清）赵联元辑《丽郡文征》（上海书店出版社《丛书集成续编》影印本）为底本，其中《完廪浚井论》《游满贤林记并序》以（民国）秦光玉等辑《滇文丛录》（上海书店出版社《丛书集成续编》影印本）为校本，文共计 7 篇。

重游洞庭记

洞庭之险，曷为乎？游之也，未知其险焉故矣。知之，则曷为重游之也？未尽其险焉故也。尽之斯险之矣，曷险乎？洞庭险，其载吾舟而欲覆之也。能载能覆，凡水皆然，曷险乎？洞庭险，洞庭之水之既载我舟于无何有之乡，欲覆之不可知之境，如是者数。数而犹不之覆，又载之。果无何有之乡，欲覆之更不可知之境，如是者又数。数而仍不之覆，至使我尽其险，骇其险，莫名其险，至并不敢言其险。而后徐徐焉，载吾舟以出，呜呼险矣。方前之游洞庭也，西风九月，木叶初凋，湖水茫茫，凉秋萧瑟。舟自大江东来，暂维巴陵城下。登岳阳楼纵观焉，范希文先生之记依然在矣。山川景色，清者涤襟怀，壮者拓胸臆。尽一日之豪兴，薄暮返舟，拟明日重来登眺。忌戒舟子，未曙而舟已解缆，行十余里。睡初醒，君山渐近，恍如青螺之在白银盘也。以舟人贪便风利，不得泊，未之登焉。过此，则波澜壮阔，浩淼无涯，龙入而吟，鲸出而吞，亦岌岌乎殆哉之势，特风正帆悬，舟行激厉，半日达岸焉。自登楼至此，余既有诗以纪之已，不可谓不险矣，不谓更有今之险也。五月六日之交，炎蒸灼炙，大雨悬流，自豫西之白水泛舟楚北，历汉而江，中间更险者已屡更。以赴家心切，径过岳阳，前此之登楼闲眺者，今未暇也。既至山下，则舣舟北岸者，不可胜数。询之金，曰："候风未可行也。"次日出舟，谒拜湖神毕，遂登山以游。松径迤逦，竹木亏蔽，盘如窈深，倏然远俗。幽人羽客，宜多往来其间者，今皆不之遇。则更摩其顶，绕其背，回瞰长江，俯凌远山，划然一啸，风涌水环，盖山之围六七里，竟一日而穷其半，前之过此而未暇者，今又适得而酬之也，犹未已矣。次日，风加厉，舟不敢动，又游焉。山之坳有田，田多稻，稻将花。散步塍间，翠色可挹。其外三两人家，柴扉尽掩，系轶檐下，不知其为农家，或山僧之役户。遇其人，殊不古拙，其左右有僧舍，入少憩焉，僧以茗享之，气味清馥异常，为生平所未经得。盖以山之水煮山之茶。茶未经雨，水未出山，信称两绝。时方溽暑，饮辄数碗，清风拂拂。暨同诸友纵谈，三苗以来依阻负险，宵小猖狂，出没此湖故事，不觉移时而夕阳在山矣。出寺数武，望之若有帘之飘者，指其处行焉，信酒家也。喜谓诸友曰："斯何地矣？乃亦有桃花源、杏花村逸兴乎？沽之？"沽之，适酒味甚薄，不喜饮而登舟。是夕也，风自西南来，水岸相薄，鞺鞳豁坎，舟簸荡其间。邻舟率迁移无定处，夜且不成寐，安问明日行程哉？晨炊饱饭，勿问其他，又安排作登山计。寻旧路，过酒家，经稻田，穿竹径，时息时止，不一其处。山谷纡回，风景犹是，而游人路径渐熟矣。继见有所谓杨幺[一]庙者，讶之曰："得毋即赵宋绍兴时乘乱窃据者乎？是安得有庙？且武穆亦既剿平之也，庙何自而存乎？"夫以湖之险如此，彼独能作飞轮，纵横驰骤，往来如飞，追之不及，扼之无从，爰负其能，啸聚数万，一时气魄，煽惑风靡。至今五六百年，沿湖尚多盗窃，则其庙之也亦宜。未至门，别出一径，向东南高阜直上焉。竹多茂密，秀甲诸山，有吕仙亭，翼然下瞰。前人题之曰："朗吟飞过处"。是处也，据斯阜之巅，擅一山之峻。盖山在湖中，如人之隐几而阜之。在山独如虎之出穴，翘首蹲踞，凌厉直前，其下当水处，石齿嶙峋，水不能啮，故能为山南蔽，与湖终古。亭前小立，八百湖势奔来眼底，但见涛头一线，滚若雪花，远远而来，渐薄山下，则万马争趋，金鼓并作，六军齐呼，声动天地。雷轰电掣，澎湃砰訇，山虽屹立，撼而摇焉。一波未平，一波复起，迭起旋生，应接不暇，洵天地间一壮观也。而卒疑山之欲动，殆凛凛乎，不可久留已。噫！君山之游，至此观止，独万里之游，岂竟与此相持乎？五六日间，来船坌集，无一敢先发者，独吾舟人，踔厉奋发，胆大如瓶，一旦竟推篷鼓舵以往，从之者有一舟。时方曙，舟中人未起，但听涛声与鹢首抟激，已有为之股栗者。未行十里，羊角风至，舟人掉船疾退。舟中人左荡而右，右旋荡而左，呼吸之间，仓皇失措，猝不知其何故。急起视之，见从舟去吾舟而他适，迅疾如矢之离弦，运转如蚁之旋磨簸弄，如马之滚尘出入。洪波巨浪中，如江豚海鲸之忽见而忽没。瞪目久之，为舌挢不能下，而反忘己舟之震撼为如何，盖顷刻又回泊君山下矣。从舟渐远，不知其处。早饭，友人多呕，不欲食者，余则饱焉。方共谋回舟岳城，弃水就陆，踌躇竟夕，诘朝风方稍小，舟人曰："且向前进。"进则舟涛撞击，仍不少衰。余不欲坐舱内，出倚樯下望焉。见波之来如山，一一从船下过，过未竟船，又一山至。两山之间有一蹊[二]壑，船头下而饮之室，旋昂然向上去，既上则又俯临前蹊[三]。一刻之内，如是者百千万亿计。不知舟之为前为却，为进为退，摇摇终日，渐薄黄昏。问舟人："湖过去也否乎？"曰："未。"星光沉沉，水气如雾，前后黯然，东西莫辨。舟之轩轾如故，波之为山为蹊，则不知之也，盖移时矣。又问："湖竟也否乎？"曰："未。"余讶。篙人应对囫囵，入舱至船，后欲询其为舵师者，见其倚舵，而身挤之如战勃敌，煞用全力，迥异寻常。其揽篷索者，则耸身屏息，如六辔在手，凛乎有驭朽之惧，不与语而退。是夕也，舟人无语，同舟人皆无语。余久坐舱外，始入而与之语。语约半夜后，舟人忽啧啧有语，前呼后应，转舵收篷，掉篙掷缆，而舟竟诎然以止。友人喜相谓曰："湖过矣，湖过矣。"舟人仍笑曰："未。"亟问之，则过湖之路百二十里，今才得六十里云，然则是可以息我舟者，乃湖中岛屿乎？抑果何地乎？舟人曰："无名耳。"无名可，曷为可？维舟也。出辨之，则沙之出水生草而为菹者，高不盈尺，广不过丈，固非维舟之地。今不得已而来此，亦幸微有依薄耳，急犹能择乎哉？昧爽，又进薄暮，得三十里，湖边有山，或断或续，势如长蛇。山之背，闻有村落，居人半非良善。山之嘴啮于湖中者，多巨石，水势汪洋环之，为船必经之路，俗名区套。距套一二里，识水依山，为往来泊船之所。我舟至，已数百舟先舣此矣。有识我舟人者，惊相谓曰："风恶，这许船守此数日，无敢下者，汝乃逆水来耶。"虽然，勇则勇矣，毋乃急甚，且住为佳耳。住一夕，明日风猛，仍住，薄午有船自上流来者，过龟套，甚汹涌，卒亦保全无恙。有一大船触山，溃焉，其未溃者，数版而已。舟人骑其上，漾洄套中，翻覆辗转而不能出。山后村人闻之，争趋劫夺，率八九人驾一小舟，人操一楫，奔之如驶。其妇人且从山径出，蚁聚其数版之船，而掠取其财物，或没水其溃处而求之。噫吁嚱，险哉！山，东山也；风，西风也。船自西北来，将迫山，拨使稍西，宜不至溃。奈何风力壮厉，船中力不能胜波，遂载船而与之击巉岩已，吁嚱，险哉！目击此船之危，能无心悸此套之恶？暨晚，我舟人忽移舟深处，讶之，曰："月前有盗船百余人，往来湖上，杀越人于货，今日之事，可以鉴矣。"因问之曰："今日某船虽溃，其人尚存，乃公取其物，并其未溃之数版，而终残之，天下岂有是理乎？"舟人曰："此即杨幺[四]庙所由至今不毁也，君不尝在君山论之乎？且今日湖中故事，有不幸而船稍溃焉者，即人来劫夺，不能禁使勿取，故幸人之灾，而乘人之危者，方且接踵而来。"余闻斯言，为发指眦裂，恨不能请上方剑，削平此辈，以清此氛。乃徒致慨于此湖之险，更有人焉，以助之虐也。舟人曰："噫！君休矣，幸吾舟得完焉足矣，局外理乱不得。"闻知明日过此套，无风波已，安然就寝。次日到彼溃船处，清风徐来，水波不兴，舟人果荡桨悠然过之，自是潇洒犹夷，不数刻而到门山。门山者，湖口之山，以是入，以是出也。计自岳州来，旬有二日，视前游淹滞，何霄壤已！然则余之重为此游也，非狃于前而玩之也。天下之事，有可知，有不可知。可知者，必在意中；不可知者，必出意外。余谓意外不可知者，必理所不经，而势之忽变者耳。若势虽变而为理之所有者，则明者固有以知之矣。今使执前游之，半日而达，而谓此之经旬为意外，又执前游之不甚震惊，而谓此之屡险为不可知，则愚者亦将笑之矣。何也？水之积至数百里之广，深且亿万仞，不可测，此必有以纳天地嘘吸之气，盈虚消息，固已莫可端倪，而异物之涵淹盘踞于其间者，又将神怪百出，群以助其变幻离奇、仓卒不可度之威。故或喜，而天光云影，一碧万顷；或怒，而牛鬼蛇神，呜喑叱咤。即此湖之自为性情，亦已城府叵测，又况大块噫气，轰轰熊熊，怒号万窍，更有以张其势而激之声，其情状又岂耳目闻所能尽哉！前游之事，道光六年，今去十年矣。万里往复者数回，世路险夷，类能记忆洞庭之险而忌诸乎？是役也，非余之本愿，而究游焉者，盖以买舟时受牙侩妄指水路之诳。抑余生平览胜历险之缘与此湖未断也。夫以君山之胜而过其前者，不之一登，则胜负君山，以洞庭之险而过其中者，半日而竟，则险没洞庭。故必使余重游焉。尽其胜而胜者以传，尽其险而险者益以传，是斯游之为余壮游者，诚不可谓不壮。而斯文之为洞庭君山壮观者，益不可谓不奇矣。虽然，君山之胜，余所述，庶几尽之；洞庭之险，有余言之所不能尽者，正未知多少变态，后之有览于斯文者，慎勿贪其胜而忘其险哉。

【校记】

[一] [四] 幺：底本为"么"，按句义当为"幺"。

[二] [三] 蹊：底本为"溪"，按句义当为"蹊"。

拟道光十一年辛卯皇太后万寿恩科谢表

伏以文化溥，中天士云龙风虎；德辉仪寿，寓人钦威凤祥麟。惟大孝以天下事亲，庆典无非锡类。繁圣人以人才治国，贤书首重覃恩。五百英雄，先储育于零玑完璧；三千礼乐，用拜飏夫赤县黄图。立贤无方，取士必得。臣等诚惶诚恐，稽首顿上，言：窃惟宾兴造士，三年考行于胶庠；寿考作人，一世观光于云汉。自辟门至升乡之日，选士与进士有称；由高后迄帝纪之年，茂才偕异才并用。隋始设科进士，唐兼制举明经，宋诗赋罢而经义兴，明异途轻而两榜重。名流日奋，殊无魏晋之清虚；硕彦云兴，不尚齐梁之词赋。然或十科例定，五色人迷，开皇恢疆宇之图，诏选

966

人以十载；神龙际承平之世，仅增额以十人。聘席何时，请缨无路。限年有制，虽予奇亦海内遗珠；射策徒工，恨刘蕡不囊中脱颖。未有菁莪化洽，械朴文兴，玉尺量来，桢干尽杞梓楩楠之秀；银华照得，网罗馨琳琅玑贝之奇。拔萃占亨，同升叶吉，如今日者也。兹盖伏遇皇帝陛下，神凝松栋，瑞席萝图，酝化含三，元功育万。经筵讲道，师济侍石渠虎观之英；幸学临雍，观听动百济高昌以外。固已朝皆俊义，野无遗良矣。乃犹念崧岳灵钟，人才辈出。施兔置于林谷，攀龙附凤正多其人；别鱼目于泥沙，剑气珠光难掩其地。招幽人于丛桂蕊榜，森玉笋之班；发奇气于潜渊冰鉴，掌珊瑚之价。特颁明诏，用设恩科，途宽则骥骙分骧，求骏无烦市骨；数广则葑菲并采，拔茅共庆连茹。盖衡鉴既朗若冰壶，斯参苓自收夫药笼。干城卫道，志士无尘封骨媚之文；霞绮布天，英流有捧日凌云之赋。对天人之三策，并包陆奏贾疏；赓雅颂于一篇，合迈鲍清庾俊。花生银管，直可登陆海之班；句掷金声，谁尚弃孙山以外。臣等遥瞻斗极，远宅井躔。昆水流时，已滨海滢山陬之末；彩云深处，同在尧天舜日之中。昔盛览从学于相如，尹珍受经于许慎，李恢吕凯敦直著名，绳武一清忠勤懋绩。虽亮琴骠乐，惟操土俗之音，而金马碧鸡，早上圣贤之颂。幸逢仁天广被，寿域宏开。春会秋乡，文宿承光华之日；铁桥铜柱，春风入解阜之琴。兹复益展鸿图，遥颁凤诏。旁求自切，重增甲乙之科；大比依然，递举辛壬之岁。选青钱而甚便，珊网高张；投白璧以何难，桐冈续咏。诚见盘龙江畔，人思奋鱼浪而傍鳌头；五华山前，士竞赴鹏程而连鹗荐。伏愿贞元会合，海岳绵长。福备箕畴，帙增轩纪。六乾行健，长斡运乎天枢；万汇熙春，咸会归乎皇极。明扬以熙帝载，元凯同升；宅俊以乂苍生，尊亲共戴。臣等惟有砥躬砺行，仰答三百年培养之深；拜手扬休，敬祈亿万世升平之庆。臣等无任瞻天仰圣，悚息屏营之至。所有感激下忱，谨合词恭表称谢以闻。

陶靖节论

尝观于七十子之贤，而叹世之生圣人之世，而得游圣人之门者，何其幸也！亲承时雨之化，幸矣；附骥尾而名益显，亦幸矣。颜、曾、冉、闵、中行固已，次至琴张、曾皙、季次、原宪之徒，皆得以狂狷显。狂狷之士，后世亦有之，而往往湮没不彰。其彰者，亦曾不得与曾皙、原思并列，以其世无圣人故也。东晋之世，有渊明先生，盖狂狷而几于中行者已。先生当晋室将亡、刘宋将兴之际，屣弃彭泽一令，浩然赋《归去来辞》，家贫至有《乞食诗》，而其守不失，所乐不改。"结庐在人境，而无车马喧。""既耕亦且种，时还读我书。""不赖固穷节，百世当谁传。"即瓮牖绳枢，声传金石之素。"纵浪大化中，不喜亦不惧。""笑傲东轩下，聊复得此生。"登东皋以舒啸，临清流而赋诗，即春风沂水风浴咏归之怀。至如萧然四壁，屡空晏如，悦亲戚之情话，乐琴书以消忧。聊乘化以归尽，乐夫天命复奚疑。即箪瓢陋巷，不改其乐之心。其因督邮之至而引退，不为五斗米折腰者，亦外顾世而有瞻乌爰止之象。欲去之意久矣。特托之燔肉不至，遂不脱冕而行，步步学圣人家法。又圣人所称有道则仕、无道卷怀之君子，非取晋人尚清谈，先生独勤务农。晋人多放达，先生独惜分阴。诗云："古人惜分阴，念此使人惧。"《桃花源记》寓言避秦而曰"不知有汉，无论魏晋"，其视魏晋之世，果何如哉？尝自谓羲皇上人，又谓无怀葛天之民，非其高自位置，真足为三代上人也！有宋黄碧溪先生称"为处畎亩而乐尧舜之道"的是先生知己。杨园、张念芝先生谓："于晋人中，所取惟陶士行先生，即士行孙也。"其诗云："古人惜分阴，念此使人惧。"又云："及时当勉励，岁月不待人。"非即其祖武克绍运甓之家风乎？尝于论世知人之下，合其表里心迹而观之，先生真不愧"乐天知命"一语！惜其不遇圣人，而名称不得与。七十子中，中行狂狷争烈，或且有非议之者。故为之论，以述其真焉。

完廪浚井论

孟子曰："尽信书则不如无书。"《尚书》不如四子书之可信久矣，而亦有《尚书》之可据，足以证四书之疑者。窃尝读《虞书》，一册而三复之，见其简古质厚，于博大昌明中浑浑有元气，盖非唐虞世宙不能有此光景。非当代史臣，亦不能有斯体制。孔子删《书》，断自此篇，固可信而无疑者矣。今于万章，父母使舜完廪，至二嫂使治朕栖，一问而有异焉。《书》曰："明明，扬侧陋。岳曰：'有鳏在下曰虞舜。'帝曰：'俞！予闻如何？'岳曰：'瞽子，父顽，母嚚，象傲，克谐以孝，烝烝乂，不格奸。'"是。是时瞽瞍已底豫矣。夫以难化之顽嚚大孝，能感之而至于化，乃足为元德之升闻设，非至"烝烝乂，不格奸"，四岳何从而称之？帝亦何从而先闻之也哉？是瞽瞍之已底豫也，明矣。瞽瞍已底豫，必不复有完廪浚井之使。况帝既使九男事之，二女女焉，百官牛羊仓廪备，以养舜于畎亩之中，则舜已有臣庶，即有完廪浚井之事，使臣庶治之足矣。舜何至上廪入井？即谓父母所使，不敢距违。至有入井下土事，象即欲取仓廪、牛羊、琴弤等而有之，亦何至使二嫂治栖？夫帝世虽宽大，亦有明威，象即至傲，亦岂不畏天子？彼其禽兽之心，或肆家庭而无忌惮，亦何敢以一匹夫杀天子之爱甥，据天子之二女，公然自以为得计者？故余谓"二嫂"一语，必战国时人所添说。而完廪浚井事，万一有之，亦必在瞽瞍未底豫之前，而非征庸以后之事。《齐东野语》"如尧帅诸侯"、"北面而朝"等言，诬谤圣人，何所不至？乃孟子于咸丘蒙之问，则辟之于万章，此问不为辨明，而但云："象忧亦忧，象喜亦喜，非彼非此是也。"南面、北面之语，关乎君父之大，不可不亟正之。此章则惟发明圣心之诚，以见遭人伦之变而不失天理之常，大旨所重在此。事之果否，则[一]不具论。故朱子云："万章所言，其有无不可知。然舜之心，则孟子有以知之矣，他亦不足辨也。"数语包扫无数，读书但观大义，不求甚解，岂疏略者能之哉？亦贵有识焉可矣。

【校记】

　[一] 则：《滇文丛录》无此字。

《味道轩诗钞》序

　道可味也，道无在不有味也。喜怒哀乐未发，谓中；发皆中，谓和。道不外性情间，诗亦不外性情间，得性情之正而言诗，诗即情，即性，即道也。失性情之正而言诗，且无道，何有于诗？然则诗即道乎？非也，诗亦惟得乎道而已矣。余惧作诗者之离道而言诗，因以味道名其篇。盖尝观情之未发，既发于不睹不闻，莫见莫显之际，而见性之本然，即道之当然。道之当然，即道之不可须臾离也，则其味无穷矣。味之云者，二之，非一之也。苟求得乎道而一之，并不言味可也。

且遁先生传

有且遁先生者，自少得乡誉，壮后游四方，归年且五十余。性复刚褊，不达时趋，亦时多引重之者，所与龃龉，不过两三人而已。而谤议沸腾，是非可畏，诚有红尘三尺之险。因自思前之有誉者，或乡人皆好欤？今之有毁者，或乡人皆恶欤？今之有毁而仍有誉者，又乡人之善者好其不善者恶欤？卒亦不能自决，决诸易而得遁焉，遂自号为且遁先生。遁将何往？五柳先生之宅，桃花源在焉，其将问津而从之游。

游满贤林记并序

余自少癖爱山水，于满贤林为胜。盖岁尝数至焉，壮岁游历万里外，每遇佳山胜水，辄低徊不能去，惟一种清奇幽静、得趣遥深处，究无以易吾满贤林者。意弱冠时，曾为之记，稿今不存。若遂漠然不一写其概，不惟山灵笑人，亦自觉相负良多也。因作游记。

满贤林，在城西五里许山腹中，以幽奇胜，宇内未数见也。其妙趣不可形容，惟静观者有得。自城西半里登山，里许至万松冈，松风谡谡，涛声洗耳，已扑去城市中嚣尘数斗。回瞰城乡，闾阎扑地，历落村墟，十里青郊。碧湖萦其东，东山环其外，眼界为之一豁然。游人至此，必少[一]延伫。陟冈里许有山神庙，小憩，左顾岩场，山水曲折，天山之麓，德峰寺斗母阁，诸处林木参差。远望建和山、螳郎河，东西野趣都到。自是曲径通幽，傍南山，蜿蜒而入，树影萧疏，山花点缀，已多幽僻胜境[二]，心静者自领之。正行，行山隈间，不觉南山稍转，而为东山，其对面紧与夹涧并峙，亘西北来一峦。不二三里，脚忽缩，转而北，缩转处适镇南山，为谷口，相距[三]可二丈，有一巨石下垂塞之，数武外望，疑于无路可入，只觉空山无人，水流花放，抑亦别有天地矣。忽过小桥，登平台，有石[四]门焉。门外镇金刚二，俗呼曰金刚。门口石罅中，清泉潺湲，味极甘冽，游人每争饮之。州刺史高守村题是门，云"一窍通虚"。不知是门也，造物者自有耶？抑谁凿混沌氏之窍而为之耶？亦由之可也，不必知之也。门侧摩岩大书四字，曰"峭壁中函"，关中屈尔泰手迹也。入门，石磴迤逦，拾级而登，两山夹路，只留一线天光。右石壁嶙峋千寻，峭立直下如削成，藤萝下挂，薜荔上缘，不知其为山也，但知为石而已。左山稍纡，亦复从人面起，自洞底至巅，古木阴翳，苍翠欲流，亦不见其为山，但见为林而已。历磴道百余级，一石侧立路旁，上有擘窠大字四，书法苍古，为协戎董公芳笔，苔藓斑驳间，数百年风雨不能剥蚀，惟草字如龙蛇，后人有不能辨识者，殆是两岩竞翠，似可无疑。又上百余级，左山稍纡处，涧水潆洄，清浅可掬，一巨石旁卧，敧顷长处，着地者半，落落凌虚。绕石而上，背有小塔，塔前容数人坐，树影零中，日光疏漏，于兹小酌，已觉飘飘欲仙已。何必穷阆苑蓬莱，知为奇谲，顾当前境地尚未竟也，如食甘蔗，渐入佳境。石之西竟无地，一片石屏衍渐高，就石为梯，上之，清绝古绝。上有广台，台上石坊，高可一丈，皆苔矣，不见为石。两株丛桂敧之，未见有开花时。其上有三清殿，殿后有小龙湫，刻小石龙其旁，鳞甲森森欲动，人不敢视焉。上又有一石坊，旁有两桂树，时见花开。后又一阁，多未之登。绕阁砌上行，稍曼衍，有土路，虽春夏间，落叶满径，从未有人扫者，故须防步滑，缓步闲闲。矫首一仰视，必至落帽，始见林石耸峙，或亏或蔽处，有楼阁隐见半空中，然而尚未知何处也。曲曲盘旋，一上再上，径造天池。悬崖草树间，石乳淋滴，丁冬有声。方寸之地，即缘崖凿出，注满可供人饮。此地渐欲近巅，水从何处得来？直是天浆云液也。到此乃见前所见之楼阁之门，门连楼阁如舫，舫泊处如天上仙槎，空中无着，但见莫大石壁，崭然自天而下，不知其几千万丈。到此脐间，稍展寻丈地，亦有五六尺狭者，其长亘则可十丈许。前明州牧罗公，仙吏也，有飘然世外之想，能到人所不到处，能见人所不见处，随地宽窄，凌虚结构，为楼五，俗呼曰"间楼"。其一且有重楼，楼下俱周遭木槛，倚槛俯瞰，石壁截到洞底，更不知几千万丈。且觉楼上之石壁前临，楼下之石壁反缩稍后，真宇内一奇也。又重楼前石嘴啁出，广长五六尺，围以石栏干，目之曰"天井"，可坐五六人，未有敢凭栏下视者。洞中柏多千百年物，高可及天井之半。惟弥勒佛前一古柏，傍石壁，矗立千仞，直出楼左畔，上几与石壁齐高。壁上又一巨石，孤高耸立，甚不畏天风吹倒者。其下着石壁处，若龋齿缺陷，好事者以寸宽尺许之石条撑之。又立石室于顶，自天井上观之，高广可二尺许。凡此等处，谓造物所为，造物奚有此儿戏？谓人力为之，人力又安从到此？少时从长老游，长老每谓石室内仙人尝居之，云不可谓非奇中之奇也。然天下亦尝多有，是则又非奇，而满贤林亦未尝以是为奇也。林之奇，在石壁之巉岩，在空虚之楼阁，其妙趣实[五]在山林之幽闲。倚斯壁也，居斯楼也，位置已非凡境，但使有纤尘可飞到处，有色相可着想处，犹未纯乎静境也。咫尺前山，对面屹立，自山源环抱至谷口，将人世间后起纷纭撞扰，诸般物色，一切拦截不入。此中所有者，惟老树、闲云、清泉、白石与天地清虚之气，化育活泼之机，相与蕴藉而已。即向之所见湖光野色，都化渣滓净尽，又尚何有他物乎？对面山何山也？即前所谓南山，转东，夹径逶迤，苍苍郁郁，只见为山者也，楼中兀坐，久之，心中湛无一物，幽意循[六]生，静趣斯得，上与天呼吸相通，下与山情怀各是，不自知为无怀氏之民欤？葛天氏之民欤？第觉处乎人生而静之初，而觉此中之淡然无欲。虽然，是林也，非徒虚寂尔尔也。无象之极，万象环生，朝时日出，夕则云归。春则鸟语花香，夏则风清水洌，秋则阴雨霁月，冬则红叶苍松。早暮之间，四时之内，飞潜动植之生，寒往暑来之序，皆是吾静中真趣。至若烹茗饮酒，弹琴吹笛，作画吟诗，与同人终日唱酬，使人人各得所欲，乐意相关者，又皆此中自得之机缄也。而满贤林之为满贤林，可知矣。抑犹有附记者，楼右畔数武，别有玉皇阁，而在岩石间，其下就石为[七]梯，数十级上之，阁楼稍宏丽，亦杰构也，惟既得满贤林之奇，此可勿赘。天池水已从天上来，亦有旁径，可随水入里许，寻到源头处，幽遐胜趣，更非复人世恒蹊。余昔尝一至之，而今人迹罕至矣。前山石壁正对五间楼处，为观音岩。岩畔有洞深广，高约六七尺，塑大士像其中。洞下崖截立至地，不止百尺，镌之为百余磴。磴深二三寸，使手可攀，足可踏，手足并行而上。余少时，亦曾随同人后上之，至洞中少坐，对看五间楼，无所着处，只如一画轴挂壁上耳，非人力所为，殆造物为之也。玩赏之余，忘却身之在最高处，忽俯视洞前，乔木皆低，始觉处危，不胜股栗，不敢下又不能不下。踌躇四顾久之，又几多迟回，几多郑重，不得已，凝神放胆而下，悬崖撒手，独往独来，险哉危矣！孝子不登高，不临危，斯为不孝之至，且入于小人行险[八]，侥幸之所为。昔韩文公登太华山，穷高极险，能上不能下，至于狂哭，华阴令百计取之，始得下去。文公亦深悔之，此最当深戒。游人尚无太高兴可也，尔乃乘兴往者，兴尽返，当夫夕阳在山，樵歌互答，盖将与圣门中狂士所与之童冠五六人、六七人者，携手偕行，风浴咏归矣。而于是林之为满贤，亦有所自云。

【校记】

　　［一］少：《滇文丛录》作"稍"。

　　［二］境：《滇文丛录》无此字。

　　［三］距：底本为"拒"，今据《滇文丛录》改。

　　［四］有石：《滇文丛录》作"则石有"。

　　［五］实：《滇文丛录》作"是"。

　　［六］循：《滇文丛录》作"寻"。

　　［七］石为：《滇文丛录》作"为石"。

　　［八］险：《滇文丛录》作"俭"。

杨喆士

杨喆士，一名杨哲士，字鉴开，号炯斋，剑川人。道光壬辰（1832）科举人，历官太和、阿迷（今开远）、建水等州县的教职，后升任永昌（今保山）府教授。值乱，防守城池有功，加国子监博士衔。卒于官。

其生平事迹于（民国）龙云、卢汉修，周钟岳纂（民国）《新纂云南通志》卷七十七；（清）赵联元辑《丽郡诗征》卷十中有载。

著有《敬业堂诗》，未见传本；《丽郡诗征》卷十录其诗《昆明王氏两节妇菜圃图》《冬夜临安巡城书感》《庚申冬日书怀》3 首。《滇文丛录》卷八录其文《宦说》1 篇。

诗

此次诗的点校，以（清）赵联元辑《丽郡诗征》（上海书店出版社《丛书集成续编》影印本）为底本，诗共计 3 首。

昆明王氏两节妇菜圃图

东郊寒菜一畦香，茹苦曾居两世孀。抱瓮相依延岁月，咬根自慰历冰霜。园边柏节双株劲，篱畔机声五夜长。留取芳徽图画里，晚菘晴雪发幽光。

冬夜临安巡城书感

冬夜严城守，巡防计恐疏。天高旗影暗，人静漏声徐。卫社登陴里，藏名击柝余。胡床劳且坐，亦是小行庐。

庚申冬日书怀

世乱时衰欲奈何，澄清志气已销磨。华山雁断榆关月，剑海鱼殃洱水波。千里烽烟官道阻，四郊荆棘贼群多。住无聊赖归无计，夜拥寒毡发浩歌。

<h1 style="text-align:center">文</h1>

此次文的点校，以（民国）秦光玉等辑《滇文丛录》（上海书店出版社《丛书集成续编》影印本）为底本，文共计1篇。

宦说

士人艳心于仕宦久矣，曰宦情，曰宦味。古今来或为名宦，或为巧宦，或为清宦，或为薄宦。宦辙无定准，宦囊有盈虚，宦一而所以成此，宦者不一也。故安其境则为宦场，危其途则为宦海。愚尝谓宦之义近于幻，昔人云"荣华花露，富贵草霜，显晦升沉，变幻无常"者是也。宦之义近于患，昔人云"驷马高盖，其忧甚大，富贵畏人，操心虑患"者是也。又宦一作涩，谓宦迹也。厕足朝廷，栖身衙署，东西南朔，随遇涩安，亦是寄居之类也。宦一作豢，谓宦养也。高位厚禄，美酒肥肉，醉饱昏沉，酣豢过日，半是口腹之流也。人能及此义而推之，正本清源，防微杜渐，戒其所易溺，法其所当行。正心修身，忠君爱国，则宦亦可，不宦亦可。庶几循分尽职，不负仕宦之义也夫。

侯允钦

侯允钦，字云坡，邓川人。道光乙未（1835）科举人。

其生平事迹于（民国）秦光玉等辑《滇文丛录》作者小传中、李缵绪著《白族文化史》中有载。

曾参与纂修（咸丰）《邓川州志》。著有《艮其止室稿》四卷、《梦醒余生草》《覆巢余生草》一卷，清钞本，云南省图书馆藏。

（咸丰）《邓川州志》录其文《〈邓川州志〉序》，卷十三艺文上录其文《涤苴河工补苴前稿自叙》《涤苴河工补苴后稿自叙》2篇，卷十四录其文《覆恒州牧拟定河工条例书》1篇，卷十五录其诗《涤苴河工感怀（四首）》《涤苴河工置田》《读姜公龙传》《赠孙丹坪》《林制军发兵剿捕猓贼并饬州牧，将山居猓众移至平地村寨安插，严加约束，敬纪二首》9首。《滇文丛录》卷三十七录其文《〈邓川州志〉序》《〈涤苴河工志〉序》《涤苴河工补苴前稿自叙》《涤苴河工补苴后稿自叙》《〈覆巢余生草〉自叙》5篇；卷五十七录其文《覆恒州牧拟定河工条例书》1篇。

诗

此次诗的点校，以（清）侯允钦等纂修（咸丰）《邓川州志》为底本，诗共计9首。

涤苴河工感怀（四首）

噫嘻涤河沙，何日是尽期。滚滚趁秋至，满目增迷离。昔贤议挑浚，此策安可訾。法久弊乃生，以此累丛滋。修堤遍索贿，销夫徒折赀。官吏竞鱼肉，下民空其咨。坐令二十载，河身淤如坻。经秋怒涛涌，抢护谁能施。緊余病且拙，伏处恒如雌。侧闻梓里害，中心怆以悽。藉手来秉畚，愿将积弊鬈。一载试洗剔，三载力芟夷。慷慨复上书，指陈无讳词。遂邀当路允，在在饬遵之。譬如医切脉，病急先标治。调护又四载，余总理河工，备历四载。甘苦只自知。

甘苦只自知，人亦鲜异词。佥曰宪典备，后此聊相师。谁欤作好恶，章程渐参差。将谓水衡钱，例应囊橐私。邓邑讵有此，民贫户口希。每年兴大役，编派无遗黎。六万六千众，河工每年按粮编夫，额派此数。挥汗风雨驰。夏日烈杲杲，春雨寒凄凄。工程经始初春，讫于夏首。吁喘尚未定，役隶环鞭笞。况瘁三阅月，肌脱形神疲。岂不爱筋力，畏兹水淰淰。所望慈父母，痛痒知民依。奈何利薮视，搜括穷铢锱。我欲斩妖龙，铲此山崦巇。俗谓河口峡中之山妖龙伏焉，每遇夏秋山水挟沙走石，填塞河中。兹山讵能铲，仍望父母慈。

父母岂不慈，有时亦难料。上下情未通，诚求有谁肖。浩浩淰河工，驱策及无告。民力能几何，前贤轸念到。章程十二条，法密而体要。奈何仁人心，徒贻智巧笑。刘宠选钱愚，元载白著妙。不悉民病深，将为虚名好。推挽阴排挤，纷更助鼓噪。愧我无尺柄，挽此狂澜倒。心急如火焚，时时发悲悼。昨夜并鬼间，木星光炳耀。遂令狼烟消，鲸尾不敢掉。节钺临点苍，民瘼澈四照。痛哭试陈书，龙关一长啸。

长啸出龙关，遂步榆城隅。诸贤接踵至，相与咨所图。高风怀曲江，龙门翘首趋。所上河工禀实介张汉墀先生以达。铃阁一纸上，制府称曰都。郑重手批答，字字明如珠。上以儆有位，下以惩吏胥。譬彼明镜照，无物能模糊。乃知大贤心，宰制有权舆。两河屡节帅，制府曾任河帅。况兹一勺渠。邓民实幸甚，无复嗟为鱼。洋洋淰苴水，煌煌盘螭书。余遵制府所批，将详定章程，勒石道左。水流既不息，石勒乌能渝。焦劳已七载，了此心区区。愿言最后起，毋教治法虚。

淰苴河工置田

河工派粮夫修挖有欠，则比夫价，予请以此项归公存贮。既定案，再蒙林制宪批饬遵行。岁己酉，沈小亭刺史莅邓，予复申请焉。明年，比欠完竣，遂将折缴之钱，饬令首事买置河工公田且垂为定例。予既喜利赖之长，复虑经理之难其选也。诗以见意。

大工鸠民力，丁壮欲其充。大役贮公帑，刀币欲其丰。请观九等赋，度支归司农。两河仍专库，擘画劳群工。嗟此涨苴役，乃无蜀山铜。万木民脂竭，万石民膏空。修堤需用木石无算。万畚复万垄，鼛鼓愁鼕鼕。忆予昔承乏，常怀区区衷。思以岁会余，聚而归诸公。积之三十载，可以苏疲癃。人情骇创举，訾议翻交攻，得失论眉睫，焉知楚人弓。比者众母至，刍荛勤采从。麾去阿堵物，锡兹亩南东。绵绵积千顷，累累增万钟。持以襄大役，伟哉回天功。第恐经理乖，营私各匆匆。不见社仓谷，鼠蠹无终穷。邑社仓废坏大半。患贫病滋深，救贫弊乃丛。希文不可作，谁与持厥终。

读姜公龙传

姜公明代骨鲠臣，武宗之朝谏南巡。午门重杖竟不死，瓯闽一官循良称。天子褒嘉擢风宪，绣衣直指苴兰津。金齿四郊多盗薮，鸱张虎负谁敢撄。骢马才临鼠狐伏，于定仰药猛国黩。蜀境盐茜更跳荡，公俱战胜不以兵。是时吾乡有四患，萑蒲啸聚豪右横。神奸杂糅愚耳目，原淹隰陷猪龙奔。吁嗟郭林去今远，巡按郭公绅、林公俊，均有功德于邓者。民生吏治谁澄清。一朝温泉开玉帐，迅扫积弊如风霆。公之伟绩悬三迤，视此真若小鲜烹。鬼蜮休俪俗全洗，农桑礼乐风返淳。即今阳侯不为厉，千寻保障犹重城。玉泉乡一带捍坝悉创始于公。事竟卧辙留不住，祠以三正展椒馨。我读前贤弥患记，杨两依先生有《姜公弥患记》载十三卷。向往欲访娄江滨。公太仓州人。娄江遥遥远难到，三正之祠今复倾。俯仰低徊读公传，公兮青史两代千秋名。公父昂列循吏传，公继其后。

赠孙丹坪 丹坪名世钥，淮安人，即恒菊坡刺史诗中所称吾友者。道光乙巳春，予总弥苴河工兴除，比于创始，恒公、方公出，惟丹坪实与左右斯役云

丹坪意气风云翔，拔剑同我破天荒。恒沙掘尽劫灰出，饥蛟残虿枯且僵。人生固无转海力，也须手挽狂澜狂。趋圆避方随波靡，江河日高吁可伤。交君九十日，醉我千百觞。跨海斩鲸无难色，头方骨侠心何香。世之逐臭趋膻奚为者？长河一洗天苍凉。他日倘有双鲤寄，弥水浩浩淮汤汤。

林制军发兵剿捕猓贼并饬州牧，将山居猓众移至平地村寨安插，严加约束，敬纪二首

啮虎鸣鸱满涧阿，眼看横暴竟如何。息枹苦忆张京兆，扫穴旋惊曳落河。千里腥膻凭洗涤，迤西匪徒滋事，公实平之。百年早虱失幺[一]麽。猓贼盘踞山间百余年矣。而今谷很山狂处，好任樵夫踏踏歌。

善后机宜达紫宸，此事制军曾专折入告。总期旧染与维新。顽民已作沟中瘠，大府犹施宇下仁。广寄一廛柔犷悍，或经再世返淳真。随时约束殷勤嘱，萌蘖潜滋慎勿频。

【校记】

[一] 幺：底本为"么"，按句义当为"幺"。

文

此次文的点校，以（民国）秦光玉等辑《滇文丛录》（上海书店出版社《丛书集成续编》影印本）及（清）侯允钦等纂修（咸丰）《邓川州志》为底本，以（清）侯允钦纂修（咸丰）《邓川州志》为校本，文共计6篇。

《邓川州志》序

邹邑奚以志为乎？所以志一邑之民风土物、政教禁令也。志民风土物、政教禁令奚为乎？所冀劝得戒失，去薄而还淳也。虽然，登歌舞之场，见忠孝而奋然兴，遇奸回而怫然怒，是必作者之精神意趣，宛转关生，而后能以有情之描摹，动无心之感触，惟志亦然。意专夫彰善劝惩，尤贵称情立文，盎然真气之流贯，苟或神智不张，束缚于前人陈迹中，则窥影寻声，遗其精华，摭其糟粕。甚或体制卑，言词俚，枯肤猥杂，使阅者厌，薄如土饭尘羹，将读不终篇，又乌臣鼓舞其心思，而大昭夫惩劝则甚矣编纂之难也。吾邑邓志，创始于前明杨两依先生，古质森严，罕有其匹，然已残缺无完本。继则雪苍先生艾志，月峰先生高志，续坠绪以诏将

来，厥功均伟。顾二志之迭修未远，亦已风会递殊，措施屡易，譬之先民杯棬，不尽宜于后人。杨春樵明府殷殷是[一]教，眷恋欲修久矣。只以民社殷繁，未遑握笔，谆谆以之属钦，而慨然肩任夫枣梨。沈小亭州牧[二]亦极力怂恿，以为言既不获，辞爰脱天文地舆？二稿寄正春樵先生，书报曰善，且连函趣促终事焉。噫，仁人策厉之雅可重负哉？因试论之，仰而窥者高，俯而察者厚，乾坤，吾父母不可不知也。村屯以觇生聚，户口以知殷耗，风土以辨纯驳盈虚。民为本，吾胞也；物为用，吾与也。民安，物遂以召祥；失和，滋戾以召灾。修之攘之，所以敬天也。敬天莫要于勤民，建置以保聚祀典，以妥侑神之格，民之福也。赋役也，河防也，吏之所以为治，民之所以为生也，尤宜加意焉。以养以教官师者，民之父母，民其赤子也；选举所以登俊，又茂宝英声，惟其称也；人物所以树楷模，尽性践形，惟其肖也，次当勉为良士焉，为良民焉。忠孝节义，阐而扬之，人纪人纲也。存典籍于艺文，慎萌蘖于盗防，广搜罗于杂异，及是而全乘具焉。若此者，默通乎上下幽明之际，博稽乎制度典章之异，淹贯乎民物象数之详，练达乎人心世变之颐，而权衡乎纪纲道德之原。而后，缀辑会其通，刮磨去其肤，披导入其隙，激扬当其旨。钦未尝不了了于心而达诸笔，则否矣。事核者琐，词质者俚，情殷者激，求诸古人所谓黄图决录之遗，尚隔藩篱，遑云堂奥。虽然征文考献字谭而句议之，则两年中之镂旧钩新，有日夜沉思而仍搁笔者；有真草数易而后成帙者，有蒿目[三]桑梓，一往情深，追念前徽，百感交集者。竭智虑精神于构文征实之余，而俯仰低徊，觉忽喜忽悲、忽讽忽颂、忽啸忽歌之状，如候虫时鸟，唧啾嘈晰，而不知如风生窍鸣、叱吸叫嚣而难已，是果何为哉？国计民生之大，风俗人心之要，不禁感极而自鸣，其天也，又况史备三长，而志严禁体懿。夫郑渔仲有言曰："志之大，原祖《尔雅》。"马贵与曰："志者，宪章之所系。"可易视哉，然则此一役也，始以雷门而布鼓操，继或燕石而宝概[四]藏，盖不止土饭尘羹，贻方家笑，则信乎作述之彦如牛毛，而无负作述者之希，如麟角也。望春樵先生斧削之，大君子训正焉。

咸丰元年辛亥冬十月既望，邑人侯允钦谨序。[五]

【校记】

[一] 是：（咸丰）《邓川州志》作"世"。

[二]　州牧：（咸丰）《邓川州志》作"父母"。

　　[三]　日：（咸丰）《邓川州志》作"目"。

　　[四]　概：（咸丰）《邓川州志》作"柜"。

　　[五]　《滇文丛录》无"咸丰元年辛亥冬十月既望，邑人侯允钦谨序"，据《邓川州志》补。

《涤苴河工志》序

　　咸丰岁甲寅，杨春樵太守刊州志于蜀中，归板于余，余检河工一册，重印而覆阅之，喟然曰："有是哉，太守与余之为此举也，是亦不可以已乎。"夫古之思溺，由已者荒度，勤劬泽被天下，如历代名臣之载在史册者，尚矣。即降而求之吾邓，若罗氏兄弟、高氏月峰两湖水尾之泄，在当日亦皆用力劳而成功速，兹则效难骤睹也。然则是编之纂非涸粪，则覆瓿已耳。虽然，涤苴河之为邑害，自明迄今垂四百年，其间治之之法，问所为积久大备者无闻，而流弊则难指数是，岂昔之人慁然于此欤？抑以流急沙淤堤防，殊无长策也。顾河工之累，至今极矣，易穷则变，道贵有以乘之。余之管是役也，力任艰难，不避劳怨，其间经始虑终，计以公牍请诸州牧者，为次四十有三：请诸上台者六，要诸同人者二十四，商诸父老者十八，与客辨难析疑者九。凡规画五万余言，又盘错七载，官经六任，而后大工败坏之莫可收拾者，咸就理焉，而精力已衰惫矣。由今思之，凡七年间，任难巨纠纷之重，履危疑谗阻之交，虺隍漂摇，中总特此。诚至则通，历久弥笃，有以仰挽俯维于稳备。夫此中甘苦，只求独喻，有不能不期诸共喻者，则□后此河工之兴有定期，而承办之人无常职，□事非素习，而骤任仔肩，使无成法可稽，欲其吻合，难矣。爰就所著河工补苴全稿中删繁而类揭之，俾此中形势若何，立法若何，度支若何，课功若何，何利当兴，何弊当防，一一挈之如网之在纲，析之如纹之在掌。夫而后莅斯土者，观之可晓。然于万家托命之原，而殷勤保障，生斯土者观之，可惕然于百年利赖所系，而黾勉襄勤。果如是之得人，而理□递相维系也。行见每年兴工时，咸心力，矢廉洁，勤董率，防侵渔，期在工之修挖必力，置产之出入必公，于□谨三十年欠夫折僮之所储，而源源积累，他日持□襄大工，庶几邓人万家之劳，千百年之累，可以少纾乎？然则此编之纂，虽未能立睹奇效，而所为挽颓，波怀永图，期与邑之英俊名流康济我乡闾者，实与罗时月峰诸先正同有苦心焉。而春樵太守眷念桑梓于远宦之余者，意量尤为宏笃矣。若夫始成而即毁之，以之溷粪；或继成而终败之，以之覆瓿，亦惟曰："各尽其心，竭其力焉。"他固弗遑恤也，然又乌乎其可哉？

浈葺河工补葺前稿自叙

余自丁酉家居后，每岁河工之役，俱被督理命而未一应也。道光甲辰春，州牧陈晋之先生复屡函敦请，既不获辞，乃与同办之官，约禁卖夫；与差役之众，约革科派；与协办之人，约勤督率。严勾稽，力浚深挖，慎终如始。工既竣，遂上河工积弊十六条。秋，北平恒鞠坡刺史来权篆，甫下车，即遍历东西两岸，目击巨浪蹴天，怵然伤之。适值二三段堤将不支，民间男女[一]日拥数千人，赴州署呼号求救，将生意外之虞。惟余督办之第一段，殊寂然也。鞠坡先生乃延余至署，备询向来积弊，乙巳、丙午两载，复坚命总办[二]全河，自念三年来，不畏难，不辞劳，不专执，不徇私，不避怨。中间因革损益之，宜有商之同事者，有请之州牧者，有禀之大宪者，笔墨之迹，如蝇[三]如绳，以之覆瓿，殊为可惜。因破数日功，一一节录之，亦知补葺之术，无关远大，不过使后之览者知我一片苦心而已。

【校记】

[一] 女：（咸丰）《邓川州志》作"妇"。

[二] 办：（咸丰）《邓川州志》作"理"。

[三] 蝇：底本为"绳"，今据（咸丰）《邓川州志》改。

浈葺河工补葺后稿自叙

乙巳、丙午两载，余既被河工总理命，而遂无由息肩也。咸谓改弦易辙，力任兴除，可以依次顺布矣。不谓大害所在，人人病之；乃有人焉方利之，病之者力为推，则利之者阴为挽；大利所在，人人欲兴之，乃有人焉思败之，兴之者勇于行，则败之者巧为阻。行阻交争，推挽交迫，而良法几等于赘疣。夫余亦岂能任人之行阻推挽，坐视功隳一旦哉？百难猬集之中，以正持，以理请，弥隙遏流，或剀切数千言，或婉转千百计，如骇浪之随起随没也。静镇之，密挽之，焦思疲力，又四寒暑，视箧草且屡盈焉，而须发已星星矣。欧阳子云："事不患其不成，患其易坏。不其然欤？"夫余于河工，非有半秩之膺，水衡之任也。徒以蒿目时艰，蹶然思奋，将以上副委任之重，中纾桑梓之忧，不谓千形万态之起，而相难者，几致楮[一]梧之不给，此智巧之士所以优游观望于艰巨之至，辄退脱而罔肯仔肩也乎？审若是，天下事将安赖也？兹一役也，焦劳又七载矣，犹幸积诚渐感，贤司牧次第信从，凡诸杂乱纠纷，均获别绪分头，粲然播布，或不致笑于偾辕。虽然，古今无不敝之。法所恃者，人耳，得人理之，则法之敝者可新，即害之甚者可去。然则自兹以往，生斯土者，其将念桑梓河工之苦，创始之难，振衰起废，相与维持于不敝欤？抑将畏劳避怨，敷衍因循，听其渐即于废弛欤？或更挟诈怀私，相倾相轧，令其决裂不可收拾欤？均未可知也。吾惟尽吾心、竭吾力焉。因汇后草并前草为五卷，而自叙颠末有如此，夫岂得已也哉。

【校记】

　　[一] 楮：（咸丰）《邓川州志》作"支"。

《覆巢余生草》自叙

　　余不能诗，而好苦吟，每有作，随笔录之，旋以为浅薄不足存，又随手弃之。所未遽弃者，有《艮其止室稿》四卷，存于箧。咸丰岁丙辰八月，大盗火吾室，稿亦就毁，则无他本更存者矣。嗣是以来，寇起如林，为方千里内几于尽人皆兵，遂成尽人皆敌，于是攻无虚日，战无完垒，烧杀抢夺无宁宇。凡险如重关岩邑，僻若崇壑深林，无不屠之夷之，搜之剔之。避兵之众，远于锋镝，即近于饥寒，天地虽宽，浮生靡寄，又况余以衰病之甚，遭覆巢之灾，□众嗷嗷，去留无术。呜呼！此而未即填委沟壑，亦幸耳。回念锦绣山河，一变而为枯焦尘壒，西南板荡，故乡陆沉，有不泪尽眼枯、肠断欲绝者哉？而犹欲学曩日之擘笺豪吟、缓斟低唱，乌可得也？虽然，诗三百为风雅祖，试考其时势所值，则亦治日少而乱日多也。是□《风》列十五国，而正风惟二南，《雅》先八十篇，而变雅首《祈父》。古人忧伤念乱，即境言情，正不必慷慨激昂，属词过甚，而百世下低徊讽诵，有不啻凄入心脾，恍若身当其际者，如《兔罝》、《鸱鸮》、苕华、《草黄》诸什，洵足□动天地而泣鬼神。呜呼！南中汉回互杀之祸，其酷烈为开滇所未有，是知遭乱之惨，亦属自昔所未经。当斯时也，处斯境也，风雨飘摇，谓能无为哓哓之音哉。此余《覆巢余生草》所为苦吟不置也。性灵既汩，笔砚久焚，存之滋愧也，弃之可惜也。咸丰九年八月望日云坡自叙。

覆恒州牧拟定河工条例书

昨蒙温谕，命将申详立案之涨且河工各款拟稿送政，钦谬不自揣。窃以为从前河工之弊，在于利归督而害归民，而我慈父母改办之良务，使利归民而害悉去，真所谓自上下下其道大光者矣。钦仰承德意，悉心商筹，以为河工所重在民力，应首严夫额之条，河工率作在首事，应次严督工之条，改派之举，因文见义，原不必明言也。于是力集而事起，亦泽普而虑周。似应有夫票尽发之条，有比欠给发之条，有就局销夫之条。官为民用力如山，而陋规一清如水。在在捐廉，后难为继，则阅工之夫马宜备；步金所以养廉耻，则督工之薪水宜裕；枵腹讵可以办事，则书吏之津贴宜偿。需数若干空额，以俟钧裁。统计出数，综核入数，度支有款，非故较量，凡此皆我慈父母反弊为利之仁，可大必期其可久者也。惟是利之所在，人竞趋之，于是督办之钻营，不可不防；夫票之领发，不可不稽；比项之收掌，不可不谨；桥钱枋木之存留，不可不晰。普已然之利，即预防未然之弊，原不可不深长思也。顾弊既防于未然，而利宜推于尽致。盖必求州主之勤于赴堤，而后人人知警惧；准督工之普为约束，而后事事不掣肘；恳邻封之严为扎坝，而后在在不误公。他如险堤宜修，包揽宜禁，科派宜革，兴工宜早，上以广济德意，即下以济民生。钦倍觉心知之而口不能言，或言之而未能约以达。惟是博采舆论，用献刍荛，谨将所拟十二条，另册呈览，惟冀谅其愚直，普赐斧裁，以垂永久。则钦幸甚，邓人幸甚。

张从孚

张从孚，字虚舟，太和（大理）人。清太学生，监生，官县丞。

其生平事迹于（清）黄琮辑《滇诗嗣音集》卷十四；（民国）龙云、卢汉修，周钟岳纂（民国）《新纂云南通志》卷七十九；（清）黄琮辑《滇诗嗣音集》卷十四中有载。

著有《介石山房初稿》，未见传本；师范《小亭云馆芝言》录其诗 35 首。《滇诗嗣音集》卷十四录其诗《晚蝉》《夜渡黄河》《舟行杂咏》3 首。

诗

此次诗的点校，以（清）黄琮辑《滇诗嗣音集》（上海书店出版社《丛书集成续编》影印本）为底本，诗共计 3 首。

晚蝉

晚蝉果何意，鸣向小窗前。一树微风起，千山落日悬。高宁为物累，清不受人怜。借尔长相警，吾将俗虑蠲。

夜渡黄河

月黑走黄河，无风水自波。云连帆影动，寒入雁声多。长路谁相恤，扁舟此暂过。梁园明日到，扣榜且高歌。

舟行杂咏

一湾春水碧琉璃，细雨微风听竹鸡。夹岸有山通曲径，人家多在柳桥西。

李 杰

李杰，字树南，浪穹（今洱源）人。道光丁酉（1837）科举人。

其生平事迹于（清）黄琮辑《滇诗嗣音集》卷二十中有载。

著有《修竹斋诗集》，未见传本；《滇诗嗣音集》卷二十录其诗《夜宿田家》《宿桥头哨》《水患》《水患渐消感赋》《登鸡足山顶》《途中有感》6首。（光绪）《浪穹县志略》卷十二艺文志录其诗《连城馆》《茈湖晓渡》2首。

诗

此次诗的点校，以（清）周沆等纂修（光绪）《浪穹县志略》和（清）黄琮辑《滇诗嗣音集》（上海书店出版社《丛书集成续编》影印本）为底本，诗共计8首。

连城馆

郭外西南路，连城旧馆存。引泉堪作圃，种树即成村。山色青环屋，湖光绿到门。此间真福地，应好教儿孙。

茈湖晓渡

十里春堤到水涯，乘将小艇傍晴沙。南湖绿裛丝丝柳，西岭红争树树花。隔岸人喧芳草渡，前村烟浯白鸥家。何当载酒秋澄后，茈碧香中醉晚霞。

夜宿田家

暮从山下归，田家留我宿。隔水望柴门，斜阳覆桑竹。稚子迎客来，趋侍同亲族。有翁年七旬，蔼然客可掬。足不履城市，言论皆质朴。鸡黍杂然陈，村醪清以馥。眷兹达世情，羲皇如在目。旨哉观于乡，王道易为复。耽幽不忍眠，月映前山麓。

宿桥头哨

山势压城头，溪声满一楼。梦惊千点雨，凉入半床秋。枥畔频喧马，沙间稳睡鸥。隔邻人未寝，灯火到窗幽。

水患

南湖疵水涨沉沙，不尽生灵仰屋嗟。花县一时成泽国，山城多半是渔家。破篱五夜愁风雨，老圃三弓足蟹虾。回首昔年游钓处，桃源非复旧生涯。

水患渐消感赋

天放宁河一线流，为鱼今始免繁忧。比邻尽寓山间寺，八口权依水上楼。客已到门还觅路，人将入市更呼舟。何时泽雁胥安集，黾勉先为未雨谋。

登鸡足山顶

缥缈三峰极大观，西南名胜此高寒。白云每向炉中出，僧言元旦白云自炉中出。红日翻从杖下看。万里川原明似绣，一围苍洱小如丸。便当呼吸通霄汉，不信人间游览欢。

途中有感

西风落叶响平原，匹马征途暮色昏。却羡牧童家未远，笛吹牛背入孤村。

杨柄程

杨柄程（一作杨炳铿），字用庚，号切斋，又号春樵，邓川人。道光丁酉（1837）科举人，戊戌（1838）进士，授华阳知县。咸丰三年，任叙永同知，擢衢州知府。同治二年，署甘肃按察使。官至甘肃甘凉道道台，归乡后，曾主讲西云书院。

其生平事迹于（民国）秦光玉等《滇文丛录》作者小传；周宗麟等纂，张培爵等修（民国）《大理县志稿》卷十一人物部；《清人诗文集总目提要》卷四十四；杨镜编著《大理古今诗人要事录》中有载。

著有《怡云山馆诗存》。《怡云山馆诗存》八卷，光绪九年自刻于锦城，时年八十。《怡云山馆诗存》八卷，中国科学院图书馆、山东省图书馆藏，收入《清代诗文集汇编》六二二册。前有自序，存诗557首，包括《桑梓慕云集》《万里瞻云集》《玉垒浮云集》《陇首飞云集》《蜀栈停云集》《苍洱归云集》《湖海闲云集》《试中试草》各一卷。《怡云山馆诗存》一卷，钞本，云南省图书馆藏。

（民国）《大理县志稿》卷三十艺文部录其诗《癸酉立春日得杨云阶军门捷音官兵收复大理喜而有作》《天镜阁》《珠海阁》3首；（咸丰）《邓川州志》卷十五录其诗《登观音寺南楼观楹联有怀月峰先生》《南楼晚眺》《还寺》《闲步》《西湖即景（四首）》《子谷过访观音寺以诗索和》《登青琐天洞楼怀古》《偕子谷游江尾锁水阁友人置酒其上》《偕子谷观音寺南楼远眺即步其韵》《子谷苍洱游归再到观音寺相访》《重至锁水阁偕子谷留宿阁上（二首）》15首；《滇文丛录》卷三十七录其文《〈怡云山馆诗存〉自叙》1篇。

诗

此次诗的点校，以（清）侯允钦纂修（咸丰）《邓川州志》；和周宗麟等纂，张培爵等修（民国）《大理县志稿》为底本，诗共计 18 首。

登观音寺南楼观楹联有怀月峰先生

暂脱尘嚣外，来登最上楼。莺花三月暮，苍洱一窗收。此目快能豁，古人安可求。月峰标胜赏，使我心悠悠。

南楼晚眺

登楼卷珠箔，空翠接眉端。落日淡前浦，春风生暮寒。烟墟檐际合，帆影座中看。自有元龙气，高吟洽古欢。

还寺

幽径落花飞，春风送我归。岚光新过雨，松翠冷侵衣。樵唱下云谷，山禽迎竹扉。前峰一回首，犹带夕阳晖。

闲步

兴来随所往，一步一低昂。忽见石云起，时闻幽鸟吭。夹溪松韵寂，绕径竹风凉。安得阮公屐，临流共漱芳。

西湖即景（四首）

与客扁舟趁鹳鹅，薰风缓缓送晴波。水围渔屋低如艇，雨沐钟峰净似螺。两岸烟村图北苑，满湖明月忆东坡。摇摇乱拂菰蒲去，一曲沧浪入棹歌。

翠荇纤纤碧荄齐，绿杨堤北画桥西。湖平倒映苍云活，树远重遮玉案低。曲港风香摇菡萏，中流人影乱玻璃。荷花池畔频分桨，白鹭双飞下稻畦。

回塘十里净无痕，远近山光互吐吞。荡荡移舟仍别浦，盈盈隔水又前村。微风翠荇自成响，落日碧波长在门。纵不渔樵偏傲世，何妨清隐足鸡豚。

一枕清虚湖上亭，起看明月雨冥冥。浮沉自觉鸥盟好，缥缈难寻鹤梦醒。远水夜涵千顷白，浓云朝失半山青。飘然鼓枻出烟际，回首苍茫隔蓼汀。

子谷过访观音寺以诗索和

豪情跌宕未能灰，特为湖山辟草莱。乍接仙凫飞舄到，频支筇竹拨云开。袖中应带丹霞出，关外咸瞻紫气来。莫遽匆匆寻蜡屐，银苍玉洱共浮杯。

登青琐天洞楼怀古

天衢拾级望中明，天洞楼高快午晴。三面湖山盘阁迥，一川芳草罩烟轻。荒苔半蚀唐梅骨，古渡犹传汉将营。正欲饯春兼饯客，黄鹂隔树自声声。

偕子谷游江尾锁水阁友人置酒其上

横江一阁锁深烟，与客登临思渺然。流水画桥双岸曲，山光海气百重连。风希怀葛敦庞俗，户半渔樵入辋川。对酌吟觞兴无尽，清风难得故人贤。

偕子谷观音寺南楼远眺即步其韵

楼驻山光酒驻瓶，无边空翠扫烟冥。洲洄春浪摇虚白，海共天容送远青。苍洱为君添境界，琴樽偕我话沧溟。豪吟直欲招猿鹤，窗外昂头俗眼醒。

子谷苍洱游归再到观音寺相访

报到幽人海上归，空山剥啄叩松扉。拓开诗界频摇笔，惹得晴霞尚满衣。出岫无心云自在，投林有鸟鹤同飞。奚囊佳句随时检，回首苍峰锁翠微。

重至锁水阁偕子谷留宿阁上（二首）

涤江新涨绿平堤，画里移舟望欲迷。两岸桔槔翻水调，万条杨柳扑烟溪。桃源有路今重访，水阁迎人且共跻。落日登临无限好，西山苍翠压檐齐。

满阁薰风气近秋，夜凉高咏拟添裘。海光涵白常浮树，渔火零星欲上楼。诗酒多情觞皓月，烟波有梦入虚舟。江村那得闲如此，乘兴还思秉烛游。

癸酉立春日得杨云阶军门捷音官兵收复大理喜而有作

时花争献春，一年一回好。羁客叹无家，一年一回老。浪迹锦江滨，泛泛同鸥鸟。梦逐点苍云，偏为烽燧扰。陆沉十七年，曀霾失昏晓。四野多空村，十室无一保。忽传收叶榆，胪欢真绝倒。无敌杨将军，兵信奈而矫。智深勇愈沉，胆大心益小。虚实运六韬，精神周八表。摧坚如拉枯，击多常以少。搴旗堕层城，举目空群獠。众志听指挥，一鼓花门扫。淮蔡继高勋，昆仑纵天讨。方知古名将，灏气塞□昊。民力困凋残，十数年来，民间按亩抽粮、按户抽丁，以迎王师、灭此贼，早已筋疲力尽，而大功始成，良可哀也。国家思再造。牧伯范与韩，其苏润枯槁。祥风涤毡腥，龙花现佛宝。大理感通山无极禅师得道，有龙女现花之瑞。古雪映两关，苍山有四时不化之雪，志乘称为古雪。海月明三岛。洱海中有玉几、金梭、赤文三岛。重展旧画图，山川炫文藻，六诏遍凯歌，熙熙逮褓襁。云麓缅松楸，喜极翻心捣。

天镜阁

丘墟无处认罗筌，天镜阁在罗筌岛上，今毁。海面仍开镜里天。阁前海如圆镜，风停浪静，苍山倒影莹澈生寒。玉几漫藏渔隐乐，阁旁有玉几岛，宛在水中，业渔者相依为命。金衣莫问祖师禅，昔罗泉祖师有道术，苍崖妖人意欲盗其袈裟，以钵咒之压于海底，至今化为巨石。樯帆去住占风信，寺僧能占云物，如有怪风，僧以撞钟以闻，估帆遂止。岛屿浮沉付暮烟。西望银苍如画稿，何时明月落樽前。

珠海阁

杰阁岿然镇海堧，南来海色浸眉须。凌波欲听鲛人泣，得月何曾合浦殊。岂是蜃楼能变幻，曾闻龙女献珊瑚。志传洱河中有珊瑚，曾有人取之，为龙所护。雪坪蘺藻雨农继，洱海文澜气似珠。

文

此次文的点校，以（民国）秦光玉等辑《滇文丛录》（上海书店出版社《丛书集成续编》影印本）为底本，文共计 1 篇。

《怡云山馆诗存》 自叙

诗之为言情也，天有情，寓之于云；人有情，寄之于诗。雨露风雷，非云无以鼓其机，而成其化；悲欢离合，非诗无以达其隐，而喻其微。观于云之真机洋溢，万象昭融，似有行乎其所不得不行，止乎其所不得不止者，亦如诗之发乎情，止乎义，足以尽古今之情，变成风俗之盛衰。少陵云："荡胸生层云。"摩诘云："坐看云起时。"云，情也；诗，情也，即诗境也。时而蒸霞散绮，日月露其精华，拖鬓装鬟；草木形其藻绘，则诗人之清新俊逸，舒卷自如也。时而触石从龙，山川变为黯淡；友风子雨，天地与之晦暝，则诗人之跌荡纵横，大气磅礴也。至于五采相宣，则黄云捧日，而白云披絮，百祥纪瑞。则庆云纠缦，而绛云缤纷，又诗人之缘情绮靡，含英咀华也。未尝稍有作意，皆出之以无心，吾有以知古人之诗矣。古人之诗，古人之性情也。而古人未敢遽言诗也。要，先以经史之腴，广其学识，徐徐焉，酝酿其性情，而后假之吟咏。所谓经籍之光，言中有物，诵其诗者，虽数百年、数千里之遥，不啻笑语一堂，欲歌欲泣。诗之为道，岂易言哉？余幼无学诗之才，壮又堕落风尘，毫无作诗之境。结习难忘，见猎心喜，借鉴于云之白衣苍狗异状奇置于诗中，得其妙悟，而窥其乐境焉。云，吾友也，亦吾师也。转益多师，今而后可以学诗矣。因名集曰"怡云"。

周之烈

周之烈，字寒山，一字鸿雪，太和人，道光间诸生。

其生平事迹于（民国）龙云、卢汉修，周钟岳纂（民国）《新纂云南通志》卷七十七；周宗麟等纂，张培爵等修（民国）《大理县志稿》卷十八中有载。

著有《鸿雪诗钞》。《鸿雪诗钞》二卷，清刻本，云南省图书馆藏。汇辑《身世明言》二卷，未刊。《大理县志稿》卷三十艺文部五录其诗《避雨海天阁》《万人冢》《榆城秋夜》《崇圣寺晚归》《下关谒唐李将军庙》《登胜概楼》《登中和峰》《己未旋榆道中》8 首。

诗

此次诗的点校，以周宗麟等纂，张培爵等修（民国）《大理县志稿》为底本，诗共计 8 首。

避雨海天阁_{遗址即明颍川楼旧基宫庶侯邑，今重建}

秋风飒飒秋雨飞，湿雾寒烟天四围。城东飞阁三千尺，耸出云霄无是非。造物能容我辈来，相逢磊落襟怀开。感伤往事竟何有？王侯蝼蚁同尘埃。颍川事业安在哉，一阁空名今古哀。

万人冢

风声急，水声怒，猿啸鸦鸣朝复暮。将军写怨波澜中，昔日征南覆军处。云漠漠，天难呼，未得功成万骨枯。个个有魂归不得，东西南北任模糊。劝三军，莫动愁，多少英雄已白头。从老胜败由天定，至今南诏无土丘。

榆城秋夜

宿雨收残夜，秋空一碧晴。大风奔万马，寒月浸孤城。何处征夫怨，常怀旷世情。寂寥云外雁，倾耳听声声。

崇圣寺晚归

贪吟秋色晚，冷句逗云闲。远水白千顷，夕阳黄半山。寺深清磬发，林远老僧还。去住浑无碍，萧然万虑删。

下关谒唐李将军庙

落落留遗庙，将军此战场。南人空得计，白骨有余香。风雨灵旗冷，江山古木荒。我来容肃拜，凭吊问斜阳。

登胜概楼

尘劳暂息此登临，名利前途枉用心。楼势欲空天地我，钟声唤醒去来今。茫茫逝水云封岸，历历孤山雪满岑。嘱语知交同放眼，高怀一付酒杯深。

登中和峰

振衣绝顶自徘徊，锁钥雄关两扇开。斜日钟敲唐代寺，苍烟卦画武侯台。楼空写韵人何处，地辟当年鹤未回。剩有洱河今古在，一湾无恙抱城来。

己未旋榆道中 难民之惨状已概见一斑矣

黎民休息是何时，几度呼天天未知。树有榆钱难了债，人能画饼岂充饥。连村华屋多成土，百事虚谋总不奇。治乱兴衰今古事，书生无计学聋痴。

赵联元

赵联元（一作连元），字上达，又字春圃，号拙庵，剑川人。赵藩之父，咸同间诸生。少正直聪敏，读书过目不忘，通习经义，后补博士弟子员。

其生平事迹于（民国）龙云、卢汉修，周钟岳纂（民国）《新纂云南通志》卷七十一；陶应昌编著《云南历代各族作家》；寸丽香编著《白族人物简志》中有载。

著有《拙攸庵读书脞记》六卷，《鉴辨小言》一卷；辑《丽郡诗征》十二卷、《丽郡文征》八卷，《金华书院藏书目录》一卷，《大错和尚遗集》四卷。《拙攸庵读书脞记》稿本六卷，六册，云南省图书馆藏。《拙攸庵读书脞记》十卷，红格写本，云南丛书馆辑订三十三册，《云南丛书》待刻本。《剑川金华书院藏书目录》清钞本，一册，云南省图书馆藏。《鉴辨小言》一卷，《丽郡诗征》十二卷，《丽郡文征》八卷，《大错和尚遗集》四卷，《云南丛书》本收入。

《滇文丛录》卷三十八录其文《〈丽郡文征〉序》《〈居易轩遗稿〉跋》2篇，卷七十一录其文《大错和尚传》1篇。

文

此次文的点校，以（民国）秦光玉等辑《滇文丛录》（上海书店出版社《丛书集成续编》影印本）为底本，文共计3篇。

《丽郡文征》序

有明踵宋制，以八股时文取士，而文以衰。吾滇置郡县始于元，学校大小试始于明，而丽江改郡，尤在本朝。雍正以后，士之为学属文，宜其知有功令而已。其中才志之士，抗心希古不囿于俗者，亦未尝无人，然而寥寥矣。予既辑《丽郡诗征》，遂从事于文，广征博采，得丽江文二卷，鹤庆文二卷，剑川文四卷，都八卷，持择不敢滥，尤不敢苟。拾遗掇佚，显微阐幽，是其帜志，犹诗征之辑也。书成，序其首，以质后之人，冀赓续为之，庶几文献之足征，而文运之日昌以大，亦郡人士之责。其以是编为荜路开山，可乎？

《居易轩遗稿》跋

先农部公《居易轩集》，公手编原本方外释大错，门人昆明高澹生为之序。凡诗四卷，古今体都六百余首；文四卷，论说、记叙、传志、赞铭、奏议、书牍之属都百余篇，藏南向湖村故宅。咸丰壬子，联元复抄副本，藏城中新居。丙辰，贼入境，原本毁于火。同治戊辰，邑城陷，副本亦失去。己巳，城复得，返家遍觅，未获。所记忆者，仅诗廿余首，文二篇。课徒之暇，疾为追录，连岁续得滇诗略、邑志所登及戚友传抄零星诗廿余首，文四篇，深惧并此失之，无以对先人于地下。爰裒为二卷，命次儿荃、从子萱各抄一删，俟异时力量稍裕，拟付梓人，以承先泽。抄成，略述颠末，俾子孙知公诗文遗佚尚多，毋忘随时搜辑。至公出处学行，邑志人物有传，谨录，登卷首，用备知人论世之助，诗文所诣之浅深，全豹虽隐一斑。幸在四方知言君子，苟寓目及之，当有论次，非子孙所敢私为品骘也。

大错和尚传

大错和尚，故明右金[一]都御史巡抚，云南丹徒钱邦芑也。邦芑，字开少，隆武朝，以选贡中书，上书召对，授监察御史。劾陈谦持两端，上置谦于法。寻遣邦芑巡按四川兼提学。邦芑甫行而闽疆陷，隆武及于难，永历立于肇庆。邦芑于时联络川中诸将战守，数有功疏报，全川略定，交武升擢有差，邦芑晋右金[二]都御史。先是，湖广巡抚堵胤锡之招安李锦、高一功也，请封疏，久持不下。邦芑疏言："方今国家新造，兵势单弱，高、李诸贼拥三十万众于楚中，若不以高爵招之，彼必不肯为我用，全楚非我有也。今出空爵于朝廷之上，一日而得三十万之兵，免楚生灵之涂炭，孰得孰失，即昔汉高王韩信于齐，岂得已哉？今当权宜，假以封号。"诏从之。楚宗人朱容藩者，授总督川东兵马，由楚入川，沿途招摇，赃私狼藉。邦芑廉得之，具疏言状。上削容藩职，而容藩得败兵归之，自称监国副元帅，自忠州进驻重庆，煽诸将相攻。邦芑方率王祥复遵义，再疏劾之曰："昔容藩得罪朝廷，幸蒙宽宥，命使湖南，乃假朝廷威灵，笼络诸将，潜怀不轨，伪造印信，选授文武。今岁六月，臣巡川南，见容藩所刊建置百官榜文，其自称曰'予一人，予小子'，如是而欲其终守臣节，其可得乎？今寇贼充斥，干戈不息，道途荒阻，两川僻处，西徼与行朝，隔绝蛮夷土司，易动难抚。且三年之间，四易年号，人情惶[三]惑，莫知适从。臣不惮艰苦，往来深山大箐、荒城败垒中，殄除豺虎，剪刈荆棘，招集残黎，宣布威德。西川之地，始知正朔所在。今声教渐著，法纪方行，而容藩以包藏祸心，窥伺神器，阳尊朝廷，阴行僭伪，倘羽翼得成，便有公孙子阳、王建、孟知祥之事。臣窃愤闷，已移书告以大义，传檄楚督何腾蛟、堵胤锡，川督杨乔然、李乾德及各大镇，共诛叛逆，毋或玩寇。"邦芑复封疏稿达胤锡，胤锡得疏，即率兵入川见容藩，切责之。川东文武始知容藩名号之伪，或解散，或请讨，以自赎。容藩逃踞万县天字城，战败死。当是时，清兵入川，张献忠败死于川北，其下孙可望、李定国等走黔，陷遵义，长驱入滇，乘沙定洲之乱而据之。邦芑与王祥等复遵义，朝命邦芑兼抚黔，总兵侯天锡议招安可望。邦芑龃之，乃修书差推官王显往招，可望大喜，使显复邦芑，请具疏邀王封，邦芑疏请封以公爵，而可望亦自遣龚彝，随杨畏知赴肇庆求封。廷议封以平辽王，而广西总兵陈邦传矫诏，封以秦王。可望遂称秦王，拥众复入黔。王祥败死，总督范圹归降，可望迫授邦芑官，邦芑不受，退隐余庆之蒲村，开柳湖于他山之下，结屋居之，历两年余。可望逼召十有三次，坚拒不为动。甲午二月二十三日，为邦芑生辰，知交门人，介觞于蒲村，次日而余庆令邹秉浩将可望命趣就道，邦芑饮之酒，即日祝发，改所居曰"小年庵"，门下于三日内祝发者，先后十有一人，曰古心、古雪、古愚、古德、古义、古拙、古荒、古怀、古围、古处。邦芑并改柳湖之居曰"大错庵"，与诸弟子分处焚修焉，而可望卒忌。邦芑使任僎为书婉劝，仍坚拒。遂遣人械至贵阳，拘于大兴寺。时永历驻跸安隆，可望待之无人臣礼，杀从臣吴贞毓等十八人，方日夜谋篡逼，会李定国入衡，移跸入滇，可望谋犯阙甚亟。程源、郑逢元虽被胁于可望，然尚不忘故国，数过邦芑秘议，邦芑谓："马宝、马进忠、马维兴三人皆勋旧，曾与我言，而愤慨欲图报朝廷而无路也。至可望标下，惟白文选心在朝廷，昔曾与我订盟誓，不相负者。可望犯滇，必用诸人，为将从中用计，图可望如反掌耳。身被幽禁，惟二君致意而图之。"源、逢元商文选等，俱如约。可望兵入滇，李定国御之，大战于交水。白文选、马宝等倒戈，可望大败，走湖南降清。邦芑得脱身赴行在，仍授右都御史，掌院事，兼巡抚云南。先是，有方于宣者，为可望伪翰林，诌事之，劝进甚力。时为提学试阮靖，其命题有"拟贺秦王出师讨逆大捷表"，及闻可望败，则驰书于邦芑，云欲纠义旅，擒可望以献。邦芑答以诗云："修史当年笔削余，帝星井度竟成虚。秦宫火后收图籍，犹见君家劝进书。"盖于宣曾为可望修史，又尝对人言"帝星明于井度，秦王当有天下"故也。于时督理李定国军事者，为金维新，秩左都，在邦芑上。维新又与马吉翔昵，朝政多舛，邦芑言不用，郁郁浮沉而已。清兵三路入滇，会城不守，永历西狩入缅，从臣多半道相失。邦芑至腾越，仍僧服隐居鸡足山，撰《山志》成十卷。已而闻缅变，永历帝崩于昆明，乃痛哭出山，行脚至湖南衡山，居十余年，相传委蜕于此。邦芑所著[四]书，有《蕉书记残明事》，入禁毁书目，今不传所著[五]诗文，杂见于他书者。余哀而辑之曰《大错和尚遗集》四卷，其所为梅柳诗百咏，久已单行。邦芑有从弟曰邦骏，字驭少，亦能诗，《广阳杂记》载其《居庸关》七律二首，曰："邦桢，字启少，诸生，亦从军，不知其下落。"从子曰默，字昭音，崇祯癸未进士，亦为僧，名成回，示寂越之显庆寺。朱彝尊采其诗入《明诗综》，曰："点，字鉴涛，官监纪，终老蒲村，有诗曰《勘庵集》。"《沅湘耆旧集》云："曾占武陵籍，犹蒲村前事。盖乱离奔走，萍蓬莫定，尤可慨也。"《黔诗纪略》载其诗三十八首，并抄附《大错集》后，默与点皆注籍嘉善，殆与丹徒两地析居与？拙庵居士曰："开少先生，岂其以托迹方外为毕乃事哉？挟卓越之才，抱忠谠之略，委质于末运，撝挂残山剩水间。地棘天荆，千磨百折，进不咫尺，颠辄寻丈，卒不能挽邓林之落日。初以为僧抗剧贼者，终以为僧殉[六]君父。盖自金蝉惨变，而真不能不以圆顶方袍为毕生归宿，其节可壮，而其志尤可悲矣。”余为童子时，见先生赠先户部公宝岩居诗《居易轩集序》，又于外王父家见先生作《石宝山图记》长卷，文章、书法皆具清刚忠亮之气，喷薄而出，高山仰止，数十年往来于怀。今辑先生遗集，乃考行事之见于故书野乘者，草先生传，弁之集端，为读者知人论世之助，且借以补《南疆逸史》之阙云。

【校记】

［一］［二］釜：底本为“签”，按句义当为“釜”。

［三］惶：底本为“皇”，按句义当为“惶”。

［四］［五］著：底本为“箸”，按句义当为“著”。

［六］殉：底本为“徇”，按句义当为“殉”。

赵惠元

赵惠元，字春亭，剑川人，清诸生。少有诗才，未冠而殁。

其生平事迹于（民国）龙云、卢汉修，周钟岳纂（民国）《新纂云南通志》卷七十八；（清）赵藩辑《滇词丛录》卷下；陶应昌编著《云南历代各族作家》；张文勋主编《云南历代诗词选》中有载。

著有《蕙溪词》，存稿未刊；辑有《杨文宪公写韵楼遗像题词汇抄》一卷。《蕙溪词》未刻，《杨文宪公写韵楼遗像题词录》一卷，《云南丛书》二编本收录。

《丽郡文征》卷七录其文《畿辅水利策》1 篇。《滇词丛录》卷下录其词《鱼水同欢·雨窗卧病》《更漏子·即事》《南乡子·夜寒》3 首。

文

此次文的点校，以（清）赵联元辑《丽郡文征》（上海书店出版社《丛书集成续编》影印本）为底本，文共计 1 篇。

畿辅水利策

盖闻浚畎距川敷土，尤勤于沟洫治梁，载冀肇州兼包乎营，并粤在洒沉濳窜之余，更奏钟水丰物之绩。覆其恒卫既从，大陆既作，赋惟上上，黄图罗望紧之乡；田占中中，白壤非坟墟之媲。宇内之神皋上腴于是焉在。其尽力也，劳矣；其明德也，远矣。沿洎二周，禹服未缵，纷纭八代，戎索徒羁，任土舛其方，下水吝其策。于是太行以东，常山以北，几等龙沙雁塞之荒寒，转逊蟹市凫汀之饶沃。旱则赤地千里，潦则洪流万顷。世之言水利者，不得不以畿辅为急务焉。尝考虞集、郭守敬之所敷陈，托克托汪应蛟之所经画，靡不洞要窾，握铨机，而尤以徐贞明治水十三利为切，挚明备顾，或格于议而不行，或几于成而复废，其故何哉？说者谓："徐氏所言，一难于得人；二惮于费财；三惧于劳民；四忌于任怨；五狃于习变，大功弗集，职此之由。"窃以为更有三病：一病于欲速。土膏久枯，非一溉所润，塍罫已鞠，必万耜乃举。况畿辅负山阻海，土厚水深，苟将酾承翰之渠，引赵彬之堰。计非宽其时日，假以便宜，乌能借手？世乃欲畚捔朝施，粳稻夕熟。等豚蹄之祝瓯窭，类龙门而剿纤刃，难已！此谓小不足以图大。二病于因循。白圭趋时，若鸷鸟之奋，钱缪筑堰，与蛟龙而争，当其乘机，急须断手，畿辅则连郡甚潦[一]，道谋易舛，龟坼偏兆，方引就涸之涓流。蛟患已深，甫筹当冲之陂筑，此谓缓不足以济急。三病于文饰。都水之监、河渠之司，辗转互牵，上下相冒，致一钟则云三石，开二堡则费十夫，方罫徒悬于纸上，污莱未辟于田间。此谓伪不足以应真。虽然，有非常之人，斯有非常之功，果能祛斯三病，破彼五难。地形有窊隆，佐以畴人之术，而阕垫无虞；工役有险易，参以远方之器，而程工较速，亦安见南北土宜不可变古今，大利不可兴，而徒听其旱潦之频仍乎？圣朝远拓尧封，宏开禹甸，又复勤求民瘼，为首善区，筹经久制，不已渥泽旁施，咸亨丰穰之庆也哉！

【校记】

[一] 潦：底本为"辽"，按句义当为"潦"。

词

此次词的点校，以（清）赵藩辑《滇词丛录》（上海书店出版社《丛书集成续编》影印本）为底本，词共计3首。

鱼水同欢·雨窗卧病

细雨才来窗外洒，又是西风，乱搅檐前马。梧叶欲飘莲欲卸，般般做出秋情也。□□倚枕高眠无晓夜，病里情思，种种相萦惹。炉火已销镫已烛，寒更只是沉沉打。

更漏子·即事

梦中身，心头语，空向孤灯絮絮。回首路，隔年情，芳草旧来青。

□□紫檀槽，红络臂，玉冷一双别泪。河满子，奈何歌，争得断肠多。

南乡子·夜寒

　　风雪掩双门，炉火初残灯又昏。今夜峭寒谁耐得，窗外梅花窗里身。愁绪苦相寻，手足支撑也累人。刚有孤衾能爱我，留结浮生未了因。

尹鸣盛

尹鸣盛，字云西，大理人。咸丰丙辰年（1856）杜文秀农民起义占领大理，以官职招授，坚辞未赴。

其生平事迹于杨镜编著《大理古今诗人要事录》中有载。

著有《葆拙生诗集》二卷，因战火失传；（民国）《大理县志稿》卷三十一录其文《村居赋》1篇，卷三十艺文部五录其诗《登榆城郡楼有感》1首，卷三十一艺文部六录其诗《大理竹枝词（四首）》4首。

诗

此次诗的点校，以周宗麟等纂，张培爵等修（民国）《大理县志稿》为底本，诗共计5首。

登榆城郡楼有感

苍苍落日古梁州，滚滚长河昼夜流。万里江天空极目，半山云树独登楼。海氛谁靖鲸波恶，草莽徒增杞国忧。投笔欲随班定远，茫茫烟水济无舟。

大理竹枝词（四首）

蛮烟瘴雨已无滋，此地南天俗自宜。只是人多僰子语，方言尚有不通时。

辀轩八郡采民风，女织男耕大约同。每遇岁时欢宴饮，火烧猪肉脍盘中。

花晨月夕泛茶铛，煎过一番分外香。只说唇红脂一抹，喜从饮后嚼槟榔。

夏日炎炎渴若何，街西白雪卖偏多。漫夸公子调冰水，一昧清凉未许过。

文

此次文的点校，以周宗麟等纂，张培爵等修（民国）《大理县志稿》为底本，文共计 1 篇。

村居赋

北山之山郭北，西塘之塘水西，树环庐密，槿列牖齐，蓉明玉沼，柳暗银堤。竹压檐而翠重，花拂户而红低，墙荫桑而卧犊，桥偃水而饮蜺。野渡路连村渡，后溪月映前溪，此盖岁月消闲之逸境，而烟霞旧友之幽栖也。凭虚子乃过而问曰："人之所居，各择其地，或则纡青紫于庙堂，或则筑闲闬于城市，或则匿迹于云山，或则浮家于烟水，乃不是之居而独择乎此，岂无故哉？"必有以矣。烟霞旧友曰："吾居于斯，盖诚有取。"居城市则畏喧嚣，居庙堂则畏拘苦，居烟水则畏长蛇，居云山则畏猛虎。因辟此不城不市之区，而构此近水近山之宇。家有径而皆三，门无柳而不五，鱼鸟即是乡邻，风月自成宾主。姻娅多舍北舍南，谈笑尽老农老圃。若夫春去春来，花开花落，架搁蔷薇，棚支芍药。桃结绶而朱紫，草绣茵而碧错。花解语而迎人，鸟代歌而侑酌。眠未起而莺呼，门方开而蝶约。帘未启而燕噇，水初深而鱼乐。读书杨柳之堂，煮茗海棠之阁。至若春昼茫茫，白日初长，阴浓屋隐，叶密禽藏，林深径曲，藓积垣荒。芳草渡旁之渡，菱花塘外之塘。对客弹琴碧桐轩里，观鱼把钓绿柳堤旁。梅雨欲歇未歇，荷花半香不香。藕截饥寒，无雪亦雪；爪侵齿冷，不霜亦霜。馆招凉兮凉乍至，湾消夏兮夏俱忘。别院几丛篁箨，北窗一枕羲皇。又若商飙动林，雁鸿成字，芦断黄堆，蓼疏红腻。桂老香酣，莲残粉坠。桐飘井而润生，菊绽篱而金醉。半床寒雨，梦醒邻鸡；双屐绿苔，游回古寺。听午夜之疏砧，问谁家之秋思。醉开蕉友招山，山来林上，竹楼呼月，月至夕阳红树之天，流水荒桥之地。田稻熟而待翁尝，酒酿成而邀友试。他若朔气砭骨，青霜削肌。梅雨三点两点，残雪一篱半篱。草阁围炉之夕，枫桥沽酒之时。曝南檐而背暖，步东阁而心怡。童敲冰而饮水，客跨竹以寻诗。叟分粮而饲雀，妻慰老而烹雌。咏絮有谢庭之女，映雪有孙氏之儿。御寒有羔裘早制，卒岁有燕麦先支。此四时所领之况味，而一年所运之情思也。别有闲情远奇，韵事独撮，延风删树，凿石通渠，诗镌竹而成史，蕉展叶而学书。选访友之茆则老槐久蓄，代烹鱼之炭而残叶多储。扉常暗而雨打，幕不启而风舒。花影娟而月写，苔发乱而云梳。宜图宜画，可樵可渔。有高人迹，无长者车，虽非仙而非佛。自吾爱兮吾庐，而又奚必执子之浅见，以诮吾之村居。凭虚子乃爽然曰："向所误也，今得闻焉，吾欲返初服，绝尘缘，寻清赏，谢俗缠，从子于村墟之内，移家于柳岸之边。柴门一桁，茅舍三椽，移床就树，倚槛听泉，寻碑野寺，醉酒花天，鸡鸣晓月，犬吠篱烟。墙微缺而花补，屋半破而萝牵。笔常埋而有冢，琴虽设而无弦。盖当与谈元妙，玩诗篇，远征逐，傲神仙，不知夫汉代秦代，而忘乎今年去年。"

陈士礼

陈士礼，字励清，一字复庵，剑川人，咸同间布衣。

其生平事迹于（清）赵联元辑《丽郡诗征》卷十一，李春龙、江燕点校《新纂云南通志》卷七十七中有载。

著有《不休斋诗钞》，未见传本。

《丽郡诗征》卷十一录其诗《庚申初夏陆州牧往城北观牡丹时未解严》《癸亥除夕忆诸兄弟》《九日同张用之治赵拙庵联元游满贤林》《挹翠轩书怀（二首）》《九日次杜少陵崔氏庄诗韵》《戊辰生日》《戊辰九月剑城复陷柬张用之》《庚午春喜闻官军复楚雄郡县乘胜西上》《辛未暮春出郊书所见》《月夜哀舍弟义方》《墨菊诗社题限韵》12 首。

诗

此次诗的点校，以（清）赵联元辑《丽郡诗征》（上海书店出版社《丛书集成续编》影印本）为底本，诗共计 12 首。

庚申初夏陆州牧往城北观牡丹时未解严

村庐一炬尽摧残，野寺春光剩牡丹。不是风流贤刺史，花开花落付谁看。

癸亥除夕忆诸兄弟

人生遭丧乱，骨肉不相将。嗟予有兄弟，中道多散亡。死者归泉下，生者在他乡。雁行不能聚，沉痛迫中肠。况尔逢除夕，抚景倍感伤。寂寞灯光下，老妻共彷徨。相看泪不止，饮泣各一方。盘虽列五辛，悲痛不能尝。

九日同张用之治赵拙庵联元游满贤林

落帽西风策策来，重阳小集问天台。时艰未把愁怀适，景好权将笑口开。终古岩峦仍滴翠，半山楼阁几飞灰。夕阳无限登临感，且尽黄花酒一杯。

挹翠轩书怀（二首）

边徼传烽苦未休，如痴如醉度春秋。那无覆瓿三都赋，容有佣书万里侯。星斗芒寒天北极，江河声送海东流。历年二百栽培厚，毕竟谁将帝力酬。

频挥老泪拂瑶笺，今古茫茫感后先。落日空悬唐铁柱，长风不送汉楼船。隆污此际难明道，梦醉何缘得问天。揽辔澄清徒有志，不妨且作想当然。

九日次杜少陵崔氏庄诗韵

俯仰徒嗟宇宙宽，百年世事几悲欢。长歌欲拔王郎剑，相庆谁弹贡禹冠。如许云山牵我恨，无端风雨逼人寒。愁多懒赴登临约，闲把《离骚》一卷看。

戊辰生日

光阴东逝似颓波，百岁浮生已半过。马骨可能知伯乐，狗屠聊复混荆轲。功名蹭蹬时还惜，志气轩昂老怕磨。尚拟余年看洗甲，知谁大力挽银河。

戊辰九月剑城复陷柬张用之

比户输军瘁不辞，孤城只冀苦撑支。赤熛怒发三更火，碧血横飞满地尸。祸烈应知天亦悔，愁多不觉我成痴。开门揖盗真儿戏，痛恨谁将锁钥司。

庚午春喜闻官军复楚雄郡县乘胜西上

王师锐意事南征，六诏黎元感圣明。百战能恢形胜地，群凶况有判离情。莫云虎负嵎难搏，信是鱼游釜未烹。奋勇貔貅皆敌忾，附膻蝼蚁漫求生。苍山文石堪铭绩，洱水澄澜合洗兵。十四年余徒逆命，八千里外复归诚。云霓已慰苍生望，魑魅宁教白日行。三捷遥闻传一月，壶浆箪食伫相迎。

辛未暮春出郊书所见

无名草亦因春蔓，漏网鱼犹狭水骄。并入老夫惆怅目，斜阳影里立溪桥。

月夜哀舍弟义方

手足同怀戚，死生两地分。遥怜今夜月，寂寞照孤坟。

墨菊 诗社题限韵

此花色偶殊，不是矜奇绝。为将晚节持，凛然面如铁。

杨宝山

杨宝山，字石甫，号廿峰，大理喜洲人，咸丰间诸生。杨宝山性孝友，学优品粹。为诸生，赋、诗两艺，脍炙人口。杜文秀起义时，避居剑川金华山十余年，对农民起义持反对立场。他的诗作较好的是多关于民间传说题材。

其生平事迹于周宗麟等纂，张培爵等修（民国）《大理县志稿》卷十八；张文勋主编《白族文学史》；陶应昌编著《云南历代各族作家》；寸丽香编著《白族人物简志》中有载。

著有《金华馆诗草》二卷，民国十年其子杨鑫铅印，缺下卷，首都图书馆、云南省图书馆藏。

段　位

段位，字德元，大理人，咸丰乙卯举人。

其生平事迹于周宗麟等纂，张培爵等修（民国）《大理县志稿》卷十三人物部；李缵绪著《白族文学史略》；陶应昌编著《云南历代各族作家》中有载。

（民国）《大理县志稿》卷三十艺文部录其诗《赠从军少年》1 首；卷三十一录其诗《绕三灵竹枝词（三首）》3 首。

诗

此次诗的点校，以周宗麟等纂，张培爵等修（民国）《大理县志稿》为底本，诗共计 4 首。

赠从军少年

春风鼓角动边城，仗剑酬恩又远行。路到迷时夷亦险，山当经过陡仍平。花开野戍轮蹄急，鸟啭平林驿骑轻。见说燕然山石好，何时奏凯勒勋名。

绕三灵竹枝词（三首）

南乡北去北乡南，月届清和廿四三。一样时妆新结束，来朝相约拜伽蓝。

繁华梵宇已成空，三塔依然虎踞雄。小坐塔盘将进酒，衣香人影太匆匆。

金钱鼓子霸王鞭，双手推敲臂转旋。最是小姑歌僰调，声声唱入有情天。

杨以和

杨以和，字吉堂，大理洱源人。清末岁贡生，咸丰年间进士，昭通储学正。咸丰十一年，杨以和以贡生进京廷试，赐"廷试进士"。委昭通储学正，后卒于任所。

其生平事迹于（民国）《洱源县志》卷二十八、（清）赵联元辑《丽郡诗征》卷六中有载。

《丽郡诗征》卷六录其诗《星回节怀古》1 首。

诗

此次诗的点校，以（清）赵联元辑《丽郡诗征》（上海书店出版社《丛书集成续编》影印本）为底本，诗共计 1 首。

星回节怀古

星回节忆古连然，往事遥稽六诏年。酋长灭群思得地，贤妃立志不同天。棚[一]楼已化身难化，铁钏惟坚节更坚。无限含伤传野史，徒留松炬照鲜妍。

【校记】

[一] 底本为"棚"，按句义当为"棚"。

周　榛

周榛，字慕西，号苍岩，晚号遇安主人。太和人，咸同间诸生。

其生平事迹于（清）阮元等修，王崧、李诚纂（道光）《云南通志稿》卷一百五十八；（民国）龙云、卢汉修，周钟岳纂（民国）《新纂云南通志》卷七十三、卷二百零四；周宗麟等纂，张培爵等修（民国）《大理县志稿》卷十三人物部中有载。

著有《偶得一钞》，诗稿藏于家。《大理县志稿》谓其生平著书数万言，皆付灰烬，今仅存《巢云山馆诗存》二卷行世。《巢云山馆诗存》二卷，清光绪二十二年羊城刻本，青海省图书馆藏；《巢云山馆诗存》二卷，清光绪二十二年刻本，一册，云南省大理白族自治州图书馆藏。

（民国）《大理县志稿》卷三十艺文部录其诗《捕虎行》《丙辰八月十日榆城变作瞬经一载感事抒怀》《嘲虎伥伤世变抒所见也》《榆城杂感忧世变也（二首）》《凤羽乡晤杨春樵以有感七律见示步韵并以述怀（四首）》9首；卷三十一录其诗《征妇词伤离乱也（二首）》《洱上词》《高河菜乱中旋里时作（四首）》7首。

诗

此次诗的点校，以周宗麟等纂，张培爵等修（民国）《大理县志稿》为底本，诗共计16首。

捕虎行 榆城莠民诡谋日久，庚戌春变端始露。都阃和鉴奉命往查，甫入寺门即被戕害，官府不能究办

将军侦虎羽翼生，服猛飞檄召虞衡。帷幄不闻伤女戒，前驱直拥猎人行。狐兔之群尽蜂起，奉文捕缉聊复尔。方期入穴子可探，谁料以身为祸始。只缘有伥伺先机，嗾虎负隅逞乙威。虞衡罔觉轻尝试，履尾受咥堪欷歔。我闻此事

眦欲裂，螳臂当轮胡不灭。惜哉壮士竟捐躯，腥膻土污一腔血。

丙辰八月十日榆城变作瞬经一载感事抒怀

象岭风过宿雨晴，龙池月浸中秋明。自古悲秋意怦怦，况复凄恻故园情。去年吾榆祸端呈，此日日晡杀气横。祝融助虐连太清，血喋村嘘复染城。吾家逼处愈震惊，伥伥仲弟与偕行。仲弟乐。利害相悬咫尺争，暌违无从问死生。瞰虓虎豹沸腾鲸，搏击吞噬莫敢攖。使君殉难答神京，谓林范亭观察。大令捐驱为编氓。邑侯毛公玉成号琢庵，身率士民巷战八日，蒙化援贼大至。十七日亲督乡勇进夺西门城楼，遇伏阵亡，城遂陷。公历城人，壬子进士。东北半壁强支撑，东北二门与贼相持者九日。浃旬无援倒危旌。太守出走泛舟轻，郡守唐补卿于十八夜分由东门潜行。百二河山全覆倾。我亦潜逃航洱泓，妻孥旋至泪盈盈。予季从戎大帅营，季弟棠。骨肉歧路各遄征。伯父母暨弟妇，两侄子、一侄女，俱于洱滨离散相失。邓阳逶迟黄鸟赓，茈湖西偏诞育婴。十月抵浪穹凤羽，十二月三子宗莹生。汤饼临期箹鼓鸣，吹䍡悚惕为惩羹。仓皇奔驰嵯井程，三盐井历云龙州。险阻崎岖寙寐嵤。安抵此邦履夷庚，腰缠翻苦无余赢。物换星移二气更，旅况乡愁百感并。伤心往事酒微醒，耳畔犹闻铁镝声。攘臂急欲请长缨，落落此志竟难成。但愿天河洗申兵，欃枪竟扫西南平。纪纲法令有持衡，归去依然佩犊耕。

嘲虎伥 伤世变抒所见也

千岩万壑声吼处，白额山君猛当路。封狼犲罴类相从，抟击噬吞人无数。奈何更有为伥者，生被其戕死依附。鬼蜮潜形侍其侧，俯首帖耳循趋步。善窥意旨工逢迎，思逞贪婪为诡遇。乙威惯假巡郊原，伺人而盅皆迷督。挟持妖厉纵且横，饵投往来朝复暮。得人虎喜伥愈豪，顾盼自矜藏身固。嗟哉尔伥何其愚，身罹惨毒偏不悟。谋取弱肉供强食，自误更复将人误。荒烟蔓草风怒号，野哭鬼新笑鬼故。岂知气焰会销沉，狐社鼠城难久据。直到山君穷毙时，尔伥又将焉归去。

榆城杂感 忧世变也 （二首）

六诏沧桑事，悠悠幻梦中。智疏防害马，技悔擅雕虫。草却[一]因烧绿，花无不谢红。盈亏奚足怪，天道若张弓。

戎马生郊后，频年驰羽书。寻巢怜旧燕，近肆泣枯鱼。劫火村难辨，荒原莠莫锄。弘才谁济变，颓废足惭予。

【校记】

[一] 却：底本为"卻"，按句义当为"却"。

凤羽乡晤杨春樵以有感七律见示步韵并以述怀（四首）

羽檄谁闻到驿亭，毒流枭獍遍膻腥。谁家秋熟犹登谷，何处冬烘得执经。烈炬烟销苍雪白，殷痕血溷洱波青。义旗早系群生望，乡人张福吉、赵云寿等倡集榆勇立义兴营，与宾川董家兰合兵西渡洱河，结垒新溪邑，背水为阵，与贼死敌。惟愿捷音指日听。

时艰蒿目积成疴，时左目患痛以忧愤弥剧。况复情深黍麦歌。封豕煽氛天问杳，苴羊厄运劫灰多。妻孥幸保偏嗟弟，弟乐离散不知存亡。战守兼营莫议和。安得王师如雨降，腥膻洗涤靖干戈。

决胜从容谢傅棋，艰危失措事堪悲。使君报国甘先死，谓观察林范亭。守将谋身不受羁。提督文祥驻师姚州闻警，令游击福申带兵往援，十二日至宾川，相距洱河仅数十里，一苇可航，畏葸不前，坐视城陷。井里未联同指臂，干戈徒执愧须眉。虽关天数人居半，孰挽狂澜定洱陲。

仳离转散哭声吞，万户可怜焦土存。下策闲防成陷阱，榆邑汉人于街口、村头立栅欲以御回，而汉人路反阻塞。中军火具覆冤盆。中营藏火箭三千余支为回所得，分给其党各路遍烧村寨。图书遍失传家业，锋镝犹惊旅客魂。回首龙关圆抱处，桑麻何日话邻村。

征妇词伤乱离也（二首）

刀剪征衣就，寒砧动暮天。愿随风响激，流送到君边。
楼头杨柳春，井畔梧桐月。犹未寄寒衣，朔风忽吹雪。

洱上词

望夫云起点苍阿，舟子停桡向洱河。短引箜篌教勿渡，只因前路尽风波。

高河菜 乱中旋里时作（四首）

春酒秋菘寄兴多，嘉蔬别种有高河。顿教几日加餐饭，沁我心脾遣病魔。

云横玉带雨初晴，数本漫同诸葛菁。抱得孤芳难媚俗，齑盐味外不胜情。

碧筒漫取郑公杯，黄菊迟倾陶令醅。不是清饕馋野蕨，酸咸世味遍尝来。

五载饥驱系渴尘，今朝且复饫芳辛。天荒地老幽香闭，采蕨茹芝又几人。

杨 琼

杨琼（1846～1917），字叔玉，号迥楼、柿坪夫子，邓川（今洱源县）人。同治十二年二十七岁时癸酉科选拔贡，光绪十七年辛卯科乡试中举。初任晋宁州学正，后回乡主讲德源书院，接着担任大理府西云书院山长、云南省考试院校阅院士等职。

其生平事迹于《洱源县志》卷二十八、寸丽香编著《白族人物简志》中有载。

著有《滇中琐记》《肄雅释词》《寄苍楼集》；《寄苍楼集》收古、近体诗498首、文55篇、赋1篇。（民国）《大理县志稿》卷三十录其诗《次韵和樾老纪事二律》。《肄雅释词》二卷，清光绪二十三年声和堂刻本，一册，云南省图书馆藏。《寄苍楼集》十三卷，民国石印本，云南省图书馆藏；民国二年北京共和印刷公司铅印本，中国人民大学图书馆、徐州图书馆藏。

（民国）《大理县志稿》卷三十艺文部录其诗《次韵和樾老纪事二律》2首。《滇文丛录》卷十一录其文《议奉孔教为国教》1篇，卷四十二录其文《〈天叫集〉〈脉望集〉合刊序》《〈孙南村诗集〉序》《〈廿我斋诗集〉序》《送刘荫棠大令擢任昆明序》《送陆守之刺史移任宝宁序》《郑金南广文八旬寿序》6篇，卷四十四录其文《节孝王母赵太孺人七十寿序》1篇，卷七十四录其文《吴干臣观察传》《沈孝子传》《杨节妇传》《段杏樵先生墓志铭》《太和赵厚德府君墓志铭》《大松阡表》6篇，卷九十九录其文《邓川簧宫迁建碑记》1篇。

诗

此次诗的点校，以周宗麟等纂修（民国）《大理县志稿》为底本，诗共计2首。

次韵和樾老纪事二律

此生饱历世情难，苍狗浮云局局残。暮岁只惭加马齿，微名尚未累猪肝。惊闻伙涉王侯起，瞥见强嬴运会阑。泸水西邻犹伏莽，卒烦充国策绥安。

小丑侈然冒大军，一时无赖弄风云。同胞俨说无相扰，异地通词竟不闻。昨夜玉龙宣战事，诘朝金马纪奇勋。塞材幸得安丘陇，遥祝神州靖海氛。

文

此次文的点校，以（民国）秦光玉等辑《滇文丛录》（上海书店出版社《丛书集成续编》影印本）为底本，文共计 15 篇。

议奉孔教为国教

盖惟立国之需教化也，犹燃烧之需酸素，罗针之需磁石，其作用在于无形，而凡有形之物质，皆赖之以改变焉，是岂可忽乎哉？今共和建国，形质粗具，法律尚未公布，而道德乃极堕落，此可危可惧者也。然则欲探教化之本，以救世风之颓，孰有愈于孔教之宜尊者邪？讵知《临时约法》，特许人民信教自由，而于孔教曾未提及。细询其故，乃谓孔子非宗教家，不当屈之以为国教。且以孔子主张君权太过，为不宜于今日共和之政体。又以谓尊奉孔教尽可于事实上实地讲求，而不必垂诸法律之空文，且既有信教自由之条，若再订为国教，将有不能相容之势。诸说纷纷，各执一是。呜呼！是大惑矣，是欲举吾国数千年礼教之藩篱而悉撤毁之，是将俾吾人四百兆心性之驯良而胥禽兽之，其祸岂有已邪？夫如彼所持之四说，固不难一一为解决之。

甲说谓孔子非宗教家，夫宗教之名词原本于英文之厘离，盖彼以佛教诸宗加叠成词，其意实曰神教云耳。彼日人谓孔子非宗教家，乃据《论语》所云"子不语怪力乱神"，遂以孔子为不主张神道，故不以侪于宗教家云耳。夫我孔子，实何尝不主张神道乎哉？彼六艺之文，为孔子所删定，其中所载，言神天为多，其在《诗》《书》则曰上天，曰上帝，曰维皇，曰阴骘，曰迪吉逆凶，固无论已。若《春秋》则最言灾异，《中庸》则详著天人，《大易》则明谓以神道设教。凡与宗教家劝人为善而坚人信仰之恉大致吻合，则何尝不主张神道乎哉？此甲说可以解决也。

乙说谓孔子主张君权太过，是未免泥视孔子而不识孔子之因时妙用者矣。孔子于《礼运》一篇，固以表明大同小康之治，其于春秋书法特为著明。张三世之恉而以据乱、升平、太平分别言之，是孔子于数千年前，即已洞见后世共和之治而预处分之，亦可谓百世以俟圣人而不惑者矣。但当是时，陪臣执命，政出多门，相轧相倾，甚嚣尘上。孔子思以救之，固不得不出于春王正月，特尊君统之事例，以弭当时乱贼之祸。是故反经行权，而非即为万世之通例者。圣者因时，无必无固，夫何得以是相诟病哉？是乙说可以解决也。

丙说谓尊奉孔教尽可于事实上实地讲求，而不必垂诸法律之空文，似矣。然今革命之后，人心则大变矣。群艳新学而诋旧闻，乃谇既诞，诬昔之人为无闻知，凡诸经传，屏而不顾，甚或揉之以为揩粪之废纸，而于条文新件，每任自由，则群且奉之，以为金科玉律。不于法律中明焉定之，而望其讲求孔道能征实地，乌可得邪？是丙说可以解决也。

丁说谓明定国教与信教自由恐不相容似矣。然不观各国宪法，固有并载二者之先例乎？彼欧洲素有教祸，因定二者于宪法之中，而其后卒以相容，岂中国素无教祸而或反有不相容之结果耶？况以孔教为国教，此不过还吾固有，其于别有信奉者毫无干涉，盖惟立标准以示人，而并非立限制以迫人也。是丁说可以解决也。

夫综上四说，彼固皆知孔子之当尊者。然尊人有二例，有尊是人而更为引而近之，是其尊之也独隆。有尊是人而反以推而外之，是其尊之也颠而已矣。今特恐名尊孔子，奉之以至大至高之空名，而于国教之实位乃虚而无主是焉，保他教之不入我堂室取而相代耶？夫土地而被人侵削，人民而被人鞭挞，此犹不足深痛者，独至国教而被人攘夺，是较亡国之惨，岂不更可痛耶？且我国之尊奉孔教，固不自今日始，凡我五大民族相安相习，同轨同文，共沐教泽于杏坛之中者，多则数千年，少亦数百年，皆无异议。特在未定宪法以前，自无庸别立名目，以示尊仰。今而改称民国，既已有信教自由之规定，若不于宪法中特为载明以孔教为国教，是使一般人民伥伥焉罔所适从，岂不并一国之意气精神而入于浮游惝恍也耶？夫以关于道统兴废、国家安危、人心剥复、人种存亡之问题，而竟撖以蔽陷离穷之词，蚍蜉撼树，殊不自量，而复迫人以盲从焉。鄙人虽懦，实期期不敢赞成合述理由。请将草案第十一条条文酌改数字，订为中华民国以孔教为国教，但有信仰宗教者，亦听其自由云云。鄙见浅识，未审当否，伏希公决。

《天叫集》《脉望集》合刊序

吾友李君印泉辑陈冀叔先生《天叫集》及刘毅庵先生《脉望集》，自东瀛寄书属为序。考翼叔名佐才，仕明，授武职，从永明帝奔缅不及，遂隐居，发愤学为诗歌。毅庵名联声，明末举乡解，国亡，隐琅井山中，愈肆吟咏。二先生之事迹同，抱负亦同，皆以其忠愤不能自已之，情发为咏歌。吁！可悲已。琼惟天壤之正气，无时不流行于两间，时处乎顺，则此气畅达发舒，而群生因以蒙福；若时处乎逆，则此气郁结抑塞，而正士为之厄穷。当其明夷蒙难，志不得伸，至于气喷血涌，骨折肉颤，不能自存，一若自此沉埋，终古而莫有白其忠义之苦衷者。然而天心则默佑之，鬼神则呵护之，血气之伦则无不怜恤而思慕之。迨至数百年后，固亦有仰止高山、通于癏瘝者，为之搜求轶事、征采遗闻，盖潜德幽光，久而自发。圣如孔孟，贤如夷齐，莫不在生困顿，没世乃共尸祝而馨香之。谓非此正气之磅礴而不可磨灭哉！印泉之刊辑此集也，于几经劫火之余烬中，拾此残断，并不敢张皇于人，而惟是装同秘笈，携之海外。军学之暇，辄手抄而怀匿之，且典衣而镌印之，此其心果何所为哉？亦以其晦明风雨之情，有发于不能自已者耳，然后知磅礴乎千古两大之间者，气为之；而潜通乎千古两大之间者，则情为之也。印泉，世亦多情乎哉？琼读二先生之诗，觉翼叔则轻清峭绝，有似辋川；毅庵则沉郁顿挫，有似工部。味其诗，如见其人，如得其心。二先生者，固以有诗而存，若其无诗，恐未必能存也。诗之足重，顾如此哉！

《孙南村诗集》序

《孙南村诗集》都八卷，印泉师长刊辑之成，嘱琼为序。考南村先生，名鹏，字图南，为昆明孙清愍公六世孙。印泉搜刊乡先正遗编，既汇孙清愍公诗书文入《五名臣集》，今又得《南村诗集》于黄氏家，为手钞孤本，亟刊之。嗟呼！人生最寿，特百年耳，一时吟哦，荣飘音过，曷可少留？即以楮墨存之，亦保能阅沧桑经兵燹邪？今此残残者，仅以薄纸五寸，厚积单帙，浸百数十年，犹未虫蚀，而竟入高人之典签，接鸿流之品藻，岂非天幸乎哉？琼曩读清愍公《破碗集》诗，虽只残断数阕，然令人乾悲湿泣，不克终篇。今读南村所吟，则大半为嘤鸣和平之雅调，方谓祖孙一气，格律顿殊，为之诧然。既而思诗、骚各体，固有正变之殊，若三百篇中，《二南》为正风，《下泉》则变风也；《文王》为正雅，《小弁》则变雅也。又若有唐一代，永嘉之有王孟，其正格也；豫章之仿少陵，则变格也。所谓正变，皆缘所丁之穷通夷险为之，或者不察，而以为出乎学人一时之好尚，抑亦颠矣。清愍处乎季氏，抑挫扼塞，故发为悲叹之音。南村处乎盛时，赠答优游，故饶有闲适之趣。要之，视乎其遇，发乎其情，虽以父子祖孙，有不能相假者，而何致疑于格律之不相侔邪？后人论诗，不更及于所生之世，而漫谓若者能学杜陵，若者能师王孟，优此劣彼，入主出奴，岂通论哉？今序此集，特为申明此意。质之印泉，以为然否？

《廿我斋诗集》序

腾越尹虞农先生著有《廿我斋诗集》，印泉师长搜辑而得二卷，刊以行世，嘱为序之。忆先生以道光甲午举于乡，先雪门君亦于是科得举，同齿录是科若何文贞桂珍、杨侍御天柱、张赤城为纬辈，皆勋名卓著一时，而琼独念先生之出处，苦志贞节，大与先君相仿佛，匪但同年乡举已也。甲午得乡举后，两走计车，未登一第，甲辰大挑，彼则列名，仅得入仕，是所出之时地同。厥后先生连丁内外艰，十余年不得任县官，而遽遭杜文秀之乱。先君虽为教官，而龃龉未能展布，亦际兹乱，是所处之时地同杜文秀之乱滇也。迤西为其巢穴出入之地，西则腾、永，北则鹤、丽，皆与之相持五年，而后为所陷。是时，先生集乡团，讨贼于腾、永间，身经百

战，所杀贼以数千计，卒以孤军难敌，力战死之。先君则以一教官策守鹤
庆孤城，数得保全。卒奉檄输粮于松桂，竟被贼擒，不屈死之，是所为筹
策却敌，致命遂志，皆不谋而合，迄今并得予恤入祠，而在生之热血精
忱，不知销磨几许矣，能不念遗事，有余痛哉！先生所为诗，多纪明季君
臣出亡死难事，及近世滇乱，流离颠沛之作，一若杜子美之《石壕吏》
《北征》诸诗之意，可谓诗史，足资后世考镜。且运思清切、深入显出，
昔人谓白乐天诗，虽老妪爨婢，读之能解，先生之古体歌行，视之何多让
焉？呜呼！以先生之才智、之节义，固足以传于后世，况如此之高吟逸
唱，岂不令后人深仰止之思哉？先生著述宏富，《虞农文集》十卷文、《归
来篇制义》一卷，皆散佚无存，《廿我斋诗集》仅搜得十之一二。吁！吉
光片羽，所关系于历史地理者，正复不小，宜印泉之刊而传播之。抑先君
亦有《知白轩》诗文集，今仅残遗，并以呈之印泉。印泉所搜刊滇中先正
遗集，殆将遍矣。琼幸乐同校勘，今得序先生诗集，不禁有感于先君之遗
事，乃比而序之。质诸印泉，以为何如？

送刘荫棠大令擢任昆明序

离娄能白黑物色，而天下之白黑不淆[一]。夫白黑存乎众目，宁倩离娄
而后不淆[二]耶？曰：白黑本不淆[三]也，自盲者耳为白黑而白黑炫，自黠
者口为白黑而白黑乱，展转相煽，能以不淆[四]也。离娄独能竭其目力，觅
一白于众黑之内而白之，以白形黑，宁复有淆[五]者耶？是非，固民心中之
白黑也，其为肴也，犹夫白黑之淆[六]也，淆[七]而至于争，争而至于讼。
贤哲独能竭其心思，觅一是于众非之际而是之，以是正非，亦宁复有淆[八]
者耶？荫棠大令治太和三载，倡风雅、课蓺植、裁规费，爱士如肉，字甿
如儿，驭吏胥如鹰。至可称者，而尤明断狱，于事关伦纪，必精审焉。有
某氏妇忤姑死，旧令谳出其罪。适天旱，荫棠廉而平反之，启冢验，悉得
状，坐妇逆论斩，天乃雨。启冢时，民之聚而观者千万人，臭天为洒微
雨，顷之霁，晓日当霄，民称快，金额手曰："自刘公牧吾邑，而后乃今
是非不淆[九]也，而后乃有父子之伦也，而后五等之伦乃借以明也。"又某
姓，养子病蛥瘃死，其所出之母以殴毙讼，荫棠廉其诬责，讼者，某并取
缶中蛥三十枚以质。既决，荫棠诘其何以知有讼而时是，得非妄耶？则泣

曰："小人有母，殁十年矣，方儿病笃时，母忽见梦，曰：'此事必见讼！然刘公神明而当，毋弃虫以为质。'"观此二事，知荫棠之觅一是以化民成俗，有足格帝天、质神鬼者，他何必论耶？嗟乎！当今之世，薆韧以为韦，破瓠以为圜，循枉以为直，絜杙以为楹，祇[十]舜以为跖，目桀以为尧，以悃悃为拙，以捷捷为贤，以呰窳为循分，以懋勉为侵官。夺职乎忠信之士，崇秩乎商贩之夫，网漏乎吞舟之鱼，罗罥乎遵渚之鸿。鉴别失当，彰阐互舛，黜陟缪鳌，畴则觅一白于众黑之内而白之耶？善哉！荫棠之言曰："近世治法无所谓养与教也，吾惟以不扰吾民者养吾民，而未知有资于养否也。吾惟以不诬吾民者教吾民，而未知有埤于教否也？"吁！以此行政庇民，虽推之国与天下，计有余矣，而犹粥粥耶！光绪壬辰岁，荫棠牧晋宁，后一年，琼秉铎晋宁，而荫棠已移宰太和矣。不得见教，而得闻颂声，窃亦以自勉焉。岂期此时之得见教于苍洱间耶？今荫棠又移宰昆明，其又何以教琼者耶？虽然，则又愿荫棠扩此治于首区，赞此猷于当道，不倦于宦成而益懋焉，滇民不并受福也耶？是为序。

【校记】

　　［一］［二］［三］［四］［五］［六］［七］［八］［九］渚：底本为"肴"，按句义当为"渚"。

　　［十］祇：底本为"舣"，按句义当为"祇"。

送陆守之刺史移任宝宁序

　　贤司牧承天子命，分治郡县，为民父母，所为惠鲜，鞠谋迪教，皆系职所当为，无分外之事者。自后世俗吏，苟且补苴，既未能将以实心，而小有噢咻，辄作沽名之具。吁！此其见道未真，未能为纯儒，亦安能为循吏乎哉？我丹徒陆君守之，本理学世胄，令先大夫宰蓬莱，曾以循良著于时。君凤承家学，见道最真，初权陆凉州刺史，即有政声。丁酉秋，来牧吾邓。君见邓民之凋敝不堪也，每言曰："昔夫子叹卫民之庶，因议以富教加之。今若邓民未庶，天子处此，宜于富教之外，更有设施者。"因谓邓民多窳惰，故不庶，乃曰以"民生在勤，勤则不匮"之言丁宁劝谕。又谓邓俗多赘婿，故不庶，则又以"男女同姓，其生不蕃"之言申明禁令。其于民瘼，苟有不得，必思之夜以继日得之，而后即安君为政，以廉静为体、勤慎为用，而出之以慈祥。素不用家丁门子婢女，以为此辈，入则比周，出卖寒热，多所病民，故悉屏之左右。惟募健卒，备奔走而已。凡启□出纳胥役，皆得司之。以此上下无阋情。君食则脱粟，衣则浣帛，暑不张盖，寒不御裘，临馆课士，端坐若严师，终日无倦容。为民兴作，若开马鞍山，筑卧虹堤，皆戴星出入。乘蹇马，携健仆，民之见之，不知其为长官也者。自奉既约，故所取有制，一切规费，裁之净尽，而于祭神、礼宾、恤民诸大典，未尝不丰腆焉。治狱不事苛刻，遇衰老孤子及瘖聋跛躄断者，必加意矜恤之。小民见君，初则狎玩，久之无不敬服者，夫非所谓循吏者哉。非纯儒见道之真，其何能于修己治人之际，悉无闲然者哉。琼于丙申冬罢官，归寓大理，承君敦聘，俾主德源讲席，经年侍教，备荷针砭。方幸与黄童白叟扶杖观风，举手加额，冀寇君之得借而久道化成也，乃忽焉奉檄，移任宝宁。彼都人士，何幸得君，惟我邓民，攀辕无计，思慕盛德，岂能已于甘棠之颂耶？是为序。

郑金南广文八旬寿序

天下之大老者，古称太公。《说苑》云："吕望七十钓于渭渚。"《孔丛子》云："太公勤身苦志，八十而遇文王。"《楚辞》云："太公九十乃显荣绎。"诸语意似以久厄迟遇为太公惋惜，然使太公厄不久、遇不迟，安能享此大年乎？晋宁郑金南先生，以广文终老于家，今年八十矣。世常谓古今人寿不相及，今先生与太公其年讵不相若与？琼秉铎是邑甫一载，未得与先生一遂良觌，觇其寿相，而其姻戚杨廉泉、李时若、郭维周诸子，固代乞一言以为寿词，因得闻所述先生之梗概焉。先生名鋗，字金南，为嘉庆癸酉选拔云巢明经之子。明经为人雅而惷，以所学宏奖后进，如邑中张树堂太史亦出其门。先生幼受庭训，咸丰辛亥入学宫，为弟子员。无何，滇乱作，明经率乡团御贼，不克，愤懑而卒。先生继之，讨贼于昆阳海口。及贼焰大张，州城被陷，先生携一子，亡之楚南沅湘间，沦落不偶，已而旋乡，则遭伯鱼之痛。贼寻昔仇，捕先生急，则又亡之陆凉州，时年已五十矣。零丁坎壈，无所聊赖，昔太公避纣，穷居东海，至于鼓刀而屠，其亦同斯抑塞与？自后乱局渐消，岑襄勤公，聚歼省寇，先生乃息归，筹济军饷，臂助王师。年余乱平，乃食廪饩，旋以军功籍为府经历，又以筹饷改试训导，历署丘北、陆凉、通海、元谋、平彝等邑，训导所至，士服其教。后复诞生四子，皆已入泮。今致仕居乡，辄捐蓄俸，以襄惜字、谈经、掩骼诸社事，此先生晚年之所遭际，又何其顺与？虽以视太公之大用，于时有所不逮，然士固论遇不遇，不在所遇之大小也。今世士人，晏安鸩毒，自其少时，无所挫折，乃以其未定之血气，纵耗于声色嗜好之中，往往甫及中年，而齿豁头童，望秋先萎。是虽天赐之龄，而人自败之，岂云数与？是故先焉茕茕，后及绳绳；先焉草草，后乃好好，天道然也。而人但见先生之耄而不衰，子孙逢吉，则以为天予之厚，而岂知其久经盘错历炼元精，如松柏之克保岁寒者，固自有道与！琼于月前送校邑士返棹滇池，舍舟策蹇，适道先生之庐，则见烟波浩渺，云树周遮，因思其间必有垂钓如太公者。噫！其即先生与？其即先生与！

节孝王母赵太孺人七十寿序

冬青之木，经雪虐而弥荣；朔塞之鸿，受风饕而倍健。当其冱寒百折，自分潦倒，一时乃竟殿彼群芳，超乎凡翮者，何哉？质以炼而愈固，势以屈而弥伸也。若我赵太孺人，有足征焉。太孺人，姓赵氏，邓川武举应魁公之侄孙女也，飞燕之族，匪云寒微；关雎之称，厥惟窈窕。谢絮入户，夸南国之新篇；周菼满园，话北山之故事，有闺望焉。年二十，于归同里王周瑞先生之子灿，肃雍下车，二人为之齿粲；酸咸调鼎，一室因以颜开。伴青灯而芸草生香，谱绿绮而兰花入梦。方谓佳[一]儿佳妇耦俱无猜矣，乃昊天不惠，降以鞠凶。家人方卜添丁，太岁遽嗟在已。剪颜忘生，则亲发均白；对影欲绝，而儿口且黄。遂乃树荼于心，代□于背。况当是时豕突花门，狼横梓里。江革已死，痛负母之无人；刘安非仙，挈举家于何处。屡诛茅而葺屋，却扫劫灰；劳行馌而把犁，难除芜草。嗟谁抒纬之恤，宁期绰褉之荣，乃能万死贞心，惨脱泰山之虎；卒得九重表节，诏颁丹陛之鸾，此其苦节至可钦焉。

太孺人善事舅姑，以鹄寡之苦况，奉象服之衰亲，宜其惆怅衾裯，诟谇箕帚者，而乃弹泪于暗，听声于微。恐高思子之台，莫坐望夫之石。生而养志，厕□之涤必亲，殁而竭情；窀穸之营备美，则孝思可风也。太孺人所出树廷茂才，聘琼之三女弟为室，柳母和丸，以示苦味，范儿入泮，卒成秀才，无何，泪眼方枯，又动敬姜之哭；愁肠数断，重伤文伯之亡。抚玉立之双孙，矢柏操于两世。而太孺人爱妇若女，字孙甚儿。尝酸必分，匪姑羹之独厚；含饴至乐，授祖砚以均磨，则慈惠可嘉也。周瑞先生一生爱客，堂寝左右盈盈之百筵，居邻东西陈戈戈之束帛。车马满厩，仆夫填门，而太孺人旨蓄储，咄嗟立办，则勤敏足称也。至于处己以约，恤人必周。曷浣曷否，服前时之嫁衣；一餐再餐，同守舍之薄啜。然而钱贯恐朽，以赈六亲之贫；仓粟虽盈，以济四邻之急，则丰约得宜也。夫松柏不凋，盘错者大也；户枢不蠹，勤动者恒也。大寒必有阳春消长之机也，积善必有余庆阴骘之理也。准斯四者，寿可征矣。琼忝附姻亚，忕闻懿规。今当夷则孟秋，适值诞生初度，愿献火枣，趣王母以开筵；敬拂冰笺，效奚斯而作颂。

【校记】

〔一〕佳：底本为"住"，按句义当为"佳"。

吴干臣观察传

吴星南刺史牧吾邓一载，慈祥恺悌，政通事治，士民咸称颂焉。辛亥之夏，以其先观察干臣公事略见示，命为之传。琼披阅数四，夫乃叹达人之先，无不出于明德者。公讳其桢，字性之，号干臣，世为安徽泾县人。曾祖培麟，邑廪生。祖承端，廪贡生，历任山东莒州及海宁州。父玉成，邑庠生，博学能文，工书画。公七岁失恃，性至孝，颇好学，比长，以上舍生试于乡，不售。无何，赭逆犯皖，乃避兵入都，馆于同里朱梦元侍御宅，所教琛、瑜二生，皆以文才跻官清要。公在都十年，五试京兆，仍未售，然卓有才谋，不可终秘。是时稔乱，尤亟帷幄需才，遂为刘武慎、李文忠诸大帅所罗致，出入幕府，凡军国大计，悉资指画，所向有功。迨稔乱稍平，乃以军功论授云南剑川知州，时滇乱未平，省围甫解，而迤东一带伏莽尤多。滇帅岑襄勤公檄公往知沾益州事，适羊肠营与平彝两处练目，各率千人在境械斗，公单骑往谕之，立即解散。襄勤以是奇公，命公襄佐军事。及澄江、大理相继克复，全滇肃清，及檄公赴剑川本任，盖是时乱解民困，亟宜抚绥，襄勤以此觇公之吏治，实重公也。公至任，恤民课士，以养以教，历有二载，治绩大著，忠人之称不亚子产。至是乃历权顺宁、开化、元江、曲靖、丽江、云南等府，所至定变安良，政平讼理，虽以龚遂之守渤海，黄霸之治颍川，殆不是过。卒乃权任盐法，观察迤西，兼综营务、捐输、厘金、善后诸局务，皆能整饬纪纲，平均财利，信同符乎汉之宏羊、唐之刘晏者欤。公宦滇二十余年，其于滇之治乱安危极有关系。其牧剑川时，适剑川回民经大理，剿平之后，漏网者有二百余家，某武弁欲悉坑之，公谓此辈余孽，杀之不足，以为武安之，尚可以止乱，因力阻之，为之营生产，乱而后定。其守曲靖时，所属寻甸州之塘子地方，夙为三迤回民麇集之所。居者数千户，皆桀骜不驯，时出入于杨林、易隆、长坡一带，啸聚抢劫，省中行旅为之戒严，公深忧之。因条陈机宜，上之大府，谓该等因叛失业，若不善安置之，使之有业可归，恐叛乱且再作也。大府韪之，因如公旨，委公往办。公驻寻甸八阅月，饬其回目副将桂上华等传集回众数千人兵，反复晓以大义，因籍其良善者，悉遣归业，然后以计缚其凶狡者四十余人，骈斩之。盗贼自是敛迹，商旅于是大通。罗平夷民有以符水治病、阴谋肇乱者，愚民多为所煽，延及广西西林各州县，计百余村，势且焚如。大府闻之，檄公查办，公只身挺往，不动声色，以计诱擒首要二人斩之。不烦一兵，不费一矢，乱以潜息。公守曲靖两年，所属八州县，无不时往按视，兴利除害，事无不行。郡人感公之惠，至今犹设主尸祀之。公之奉命观察迤西也，会缅甸已沦于英，我潞江以东之地与缅毗连，多为英人侵占。公移节腾越，会办边防，所属八关九隘，无不躬往，阅历形势，聚米筹画，因著有《腾永龙顺思普沿边图说》，又绘有《缅甸全图》，至今国家屡与强邻勘界，幸有所依据焉。公生于年月日时。子一，即星南刺史，名耀奎，以军功擢升河南同知，旋迁官直隶，再迁云南，历权镇边路，南旋补赵州。庚戌之秋，适来牧吾邓。孙二：衍庆、连庆。公著有《晚秋文集》《敬亭吟稿》。

　　杨琼曰："嗜学犹饭，饱史饫经；爱士如肉，育豪培英；问民疾苦，若抚孩婴。"公之仁厚，固出于性，生顾何以克戡龀暴，致吾滇于教平，俾滇之乱民及武士之不轨正道者，胥畏之如神明，盖其才之表见则卓，而其学之涵养则深。凡事准情酌理，而始终将之以诚。呜呼！此公之所以能。

沈孝子传

光绪辛卯秋，琼忝徼乡举。自省垣归，闻途人道大理孝子殉亲溺水事，甚异，不知其为谁也。比抵大理，访沈子俊卿并询其仲弟义卿近状，始知人所称孝子者，即义卿。义卿之封翁，性倜傥，善风水，癖游眺。郡城南有青碧溪，离城十里许，为点苍十八溪之一，岩逼而渊黝，旁多竹松，苍翠萦拂，郡人避暑往往于此。封翁一日携义卿往游，封翁马逸，先至溪下，马滑，竟堕于水，毙焉。义卿追及，急遽解履，奋身入水，抱尸号哭，与湍旋转，力竭死之，时六月十三日也。忆琼与乃兄砺卿孝廉交善，而因以识俊卿诸昆季。砺卿以孝友仪型家人，而义卿所行，则颇肖砺卿恒杯酒踵其家。义卿自馆塾归，必问视父母进饼果，依依不欲去。岁戊子，封翁命义卿赴乡举，乃曰："儿宁不求显名，远离二人，儿何忍者？"则泣下，封翁阳听之，而阴束其装以属琼偕。濒行，乃牵父母衣，据地不起，仆夫强拥之入肩舆，畀以行，暮抵逆旅，则徘徊户外，望云掩泣，众共姗笑之。是科义卿卷荐上，然笔才入囊，即首途归家矣。自是别者三年，方揣义卿之学更有进，而竟以七尺殉亲邪？义卿名吴，县学生；封翁讳克正，县武生。

杨琼曰："昔孔子称闵损孝而述父母、昆弟、路人之言，重公论也。"夫人苟熏心富贵，怵念死生，而置所生者于脑后，薄矣。而且借口于显扬，守身以文过，转以谓逃名致命者为愚孝，不足取卹矣。若沈孝子者，固发于情而不能自禁，虽以一时之富贵死生，举无以易其性分之笃挚。呜呼！其□不可以为孝乎哉？或传孝子五岁时，至剧场，见优者演三孝传奇，则簌簌泪下。人问之，曰："谁非人子，何罹此厄也？"及其殉亲之。先自书堂联云"罔极是深恩毕命那能酬万一，生来有至性盟心不敢有二三"，此同灵谶，然可觇其志有宿成者，或又传乱笔，孝子父子殁为青碧溪神，此因果说不可性。

杨节妇传

节妇，晋宁少府杨永澄之妻，东川李游戎正昌之季女也。初，李官滇垣，以长女字永澄。及遭乱，永澄之父携永澄，出寓马白，李则旋东川，十年未通音耗。李疑永澄之更娶也，乃字其长女于他姓，及永澄为晋宁少府，时年三十余矣，求婚于李，李无辞相却，乃别以季女嫁之。永澄癖鸦烟，体尪弱，生一子不能举，然氏事之谨，寝席间未尝少倦。永澄有疾，氏勤奉汤药，视夫食亦食，饮亦饮，否则亦不食饮也。及疾革，永澄谓氏曰："今吾必不起矣，子又年少，守吾丧期年已，可改嫁。"氏不应，泫然泣如雨下。夫曰："然若子不嫁，则既无子可抚，而又无一椽之屋以庇，无一宿之粮以炊，子其何以为生？"氏曰："吾自有以处此者。"夫曰："然则死乎？"曰："诺。"夫乃手检箧中金屑半盖以授之。及夫卒，氏为之殓。敛讫，乃祖，括发哭之。已，遂饮金屑，既而栉沐，翟蔚盛妆饰。婢母疑而诘问之。乃绐曰："今刺史来吊丧，当出白之，求其佽助。妇人不饰不可以见长官也。"顷之遂卒。州人闻之，无不怆伤者。琼是时为晋宁学正，与永澄同寮，知之悉尤。悼之，为之请于朝，得国旌焉。

段杏樵先生墓志铭

先生姓段氏，讳邦俊，字用章，号杏樵，邓川州江尾人也。本南诏段思平之后，始祖琐生喜臣，喜臣生庚声，庚声生元鹤，元鹤生富祖，富祖生朴，朴生之玺，年百岁，为乡饮宾之。玺生君召，邑庠生，君召生先生昆季三人，次邦杰，季邦侯，而先生居长。先生幼受庭训，敦行孝弟，长从先君子游，博通经义，体会有所得，每曰："圣贤学问，以主敬为体，而以行义为用，制艺其余事耳。"先君子教授乡里及门，多成德之士，先生其最也。道光壬寅岁，补博士弟子员，屡考优等。咸丰丙辰，杜逆乱作，不得试者，十有八年。同治壬申，乱平，汪蓉洲学使临按补考，屡拔第一，补食廪饩。光绪己卯，始以恩榜贡名成均。方杜逆之将乱也，先生奉檄协办乡团，邓之回民素惮先生，不敢发难。无何，杜逆陷大理，滇西回民皆应之，一时遂不可制。先生于是隐居教读。尝曰："当今之事，与其洁身远遁，无济于是，盍若归教乡里，保读书种子，以期补救于后日乎？"于时捐资设立彩云书院，延李葵园先生主讲席，厚其膏火，以故远近之士不约而来，敛迹江村，相与讲学不辍。琼于是时因得从葵园先生游，相有成就者，先生力也。庚午之秋，杨武愍公率大兵由三姚西上，先生与葵园先生捐储粮薪，待于邓境。大兵既至，有所藉手，遂复邓川，进攻鹤庆，并强上关。当是之时，岁且饥馑，民间乏食，而所供围攻上关之兵二万人，日需米五十石，苦不能给。武愍公责输惟严，稍不如数，辄坑主办者，当事莫不股栗。先生与葵园先生进谏曰："军之来意在救民，今民间颗粒毕输，自奉仅赢蛤耳，而不少贷之，有死而已，其无乃非将军救民之本意。"武愍公笑曰："诸君以食赢为不堪，岂知得啖赢肉固胜于秕糠乎？"怒为之霁，而责输稍宽。及既克大理，武愍公以先生有筹饷功，应列保举，而先生辞不列名。邓川漾直河水患，最著下关，为河之尾关，尤患淤塞，先生建策浚之，患为少息。柿平里涧水，夏秋每涨，行旅苦不能济，先生倡修二桥，一曰金王，一曰心一，至今称利涉焉。先生始娶赵孺人，继娶汤孺人，三娶毛孺人。生男子三：长凤缞，官从九；次龙缞，恩贡生，汤孺人出；三夔缞，毛孺人出。女子一，适赵。某先生生于道光戊寅岁，卒于光绪壬午岁，享年六十有五，葬于雪弄峰麓，旺当祖茔。铭曰：

庞庞其才，豁豁其量，倘际明时，宁非良相。而竟肮脏以终，里党尚被其功。维兹点苍之上峰，实为先生之幽宫。

太和赵厚德府君墓志铭

君姓赵氏，讳怀忠，字厚德，太和塔桥村人。怀奇负异，不肯随人，与人语稍不合，辄握爪奋拳，以故市井狭诈徇私之流，往往嫉君；而若缙绅之族明大义具巨眼者，则乐与君交。同治戊寅，余始来榆襄熊蓉塘观察幕，得与君之子绍魁为儿女交，厥后许君印山、杨君仁山诸广文踵与君交。君则折节下心，未尝乖戾者。君少读书不成，去学艺，人曰："子何不为良士，乃为贱工邪？"则曰："人之贵贱，盖不在所业，在所心耳。士而丧志希荣，虽贵而何必不贱者；工而竭力求食，虽贱而何必不贵者。"咸丰丙辰，回匪俶扰君，乃远走腾永间，荷炉与锤，进金嵌石，以求八口之食，行歌坐啸，若自得焉。人或说以执戈从贼可博吴官者，君笑答曰："子视吾龟乎？茧足岂肖官人乎？"人乃目之不达世故者。呜呼！士人读书，沉吟讲章，剽窃制艺，图取虚名，志侈气诞，曾不识道义为何物，然且目忠直之夫，以为眼小如豆，奚识文雅者？吁！夫乌知巢居知风，穴居知雨，技艺之子，亦知大道哉！余与君相馨久，曩以计偕京师，司铎晋宁，别将十载，去冬免官归里，而君年几九十矣。晤聆君语，则强悍甚于曩昔，盖所谓姜桂之性，至老愈疏。孔子曰："吾未见刚者。"余于今世见君，盖犹幸仅见者与？君男子二人：长绍魁，年五十甫入武庠；次绍清，早卒。孙男三人：长映山，次映璧，三映珠。君生嘉庆癸酉年月日，卒以光绪丁酉年月日，享年八十有五，葬于三阳峰麓。其子谓为志而铭之，乃铭曰：

器古惟可以玩世，人古不可以逢时。人咸相嫉，天独相契。子以大年，阅人万千。猿鹤何在？虫沙渺焉。保此癯骸，永幽苍阡。

大松阡表

杨氏原江南籍，明洪武初，以武德将军从征入滇，遂家邓川马径。明末世乱，隐居柿平山中，有一成之田，屡世躬耕，谱系失传，至新来公，始有可纪。新来公生正秀，正秀公生发明，发明公生子三，长讳志，次讳忠，次讳恕，志乃琼之高祖也。年甫冠而卒，妣杨氏无子，曾志守节，诸叔欲夺其志，迫之至再。孺人则日夜号泣，走告邻右曰："吾今见迫于诸叔，因有薄田数亩，荒园数畦，敝屋数椽，故吾惟甘心弃之，庶可免于见迫乎？"邻里怜之，皆愿假室以居，孺人乃赁邻舍屋，不携一物而出。自是日事采樵，负鬻于市，易米以炊，如是者恒有年。稍得余资，则谋别购地为屋，乡里咸称赞之。柿平山地之未垦者，悉为土官阿造之分，其后有阿叟者，岁终来收地租，孺人就求购焉。叟曰："娘子守节，某所钦敬，某地甚广，惟所择，即以相界，弗吝也。"孺人乃于其膏壤皆不介意，而仅指山箐边际地一洼。叟曰："此龙泉沮洳，不堪插足，何求此为？"孺人曰："吾一妇人，生而无济于世，亦何分以消受有用之地乎？"叟笑之而弗允，已而经年，仍以为请，叟乃允焉。孺人则奠酒食，召乡老戚族为证券，备钱以为直。叟怜其贫，闻具酒食，则却之，孺人坚不可。及即席书券备直，叟又却之，孺人仍不可。叟受直，而后受地焉。于是诛茅为屋居之，而龙泉竟他徙，沮洳者尽变而干燥也。有张氏女者，为鹤庆府知府崇祀名宦张玮之曾孙女也。少孤无所依，又值岁饥乏食，而柿平田菽素丰硕，乃就拾遗菽于柿平。孺人悯其孤，且知其贤，乃抚之为女。小江村段氏之祖，实出于杨氏，而段昆星公，是时方落魄，有五子，不能自给衣食。其长子卓业铁冶，率诸弟糊口四方，至柿平，孺人询，知其为孺人，乃与之议，纳其仲弟为子，而以张氏女妻之，名之曰兴嗣，即琼之曾祖也。孺人自是有子妇，勤治田园，而家道日以康。兴嗣公生三子：长煦，号布和，为岁贡生，吾祖也；次晃，乡饮众宾；三春，号达和，廪膳生。布和公妣杨氏，生吾父讳景程。自吾曾祖至吾父三代子若孙，皆孺人所教育而成者也。布和公方七岁，孺人命从学徐一山先生于江尾，距家且三十五里。布和公在馆，晨炊尚未熟，而孺人已由家送薪来，抵馆，见布和公方首入灶洞，横灰盈面，则为之悲痛忍泪，亟代之炊食。已乃携之背人处，为之梳发，抚其首曰："吾以立节争气之故，俾尔幼小即受苦若此。"泪乃簌簌下也，如是以为常。布和公年十三即入泮，冠童子军，旋补廪，能文章，九试乡闱，屡荐未售，卒以明经终老。三叔祖达和亦食廪，先君则以道光甲午举于乡，而孺人是时年八十余矣，身犹康强，目睹孙曾之成名者大半出吾家门下。孺人之丧，来吊与执绋者，彬彬济济，山中虽僻寂，而聚集如都市焉。远近之人无不称羡孺人之福寿者，庸讵知其前半生之苦节悲情，有不堪言状者邪。孺人已受国旌，事载《邓川州志》，以道光乙未年卒，葬于大松阡。大松阡，垄凡二列，上列之中为新来公及妣杨氏之合墓，其右为正秀公及妣周氏之合墓，其左为发明公及妣毛氏之合墓，左之次为志之墓，而孺人祔焉，左之又次为忠之墓。下列之中为兴嗣公及妣张氏之合墓。凡此六冢，布和、达和上公已为之建墓志，经丙辰回乱，又己亥地震，碑碣多所残断。琼惧先德遗事泯而不闻，乃谨书此，列诸队左，以示后之子孙。民国元年六月元孙杨琼表。

邓川黉宫迁建碑记

邓川黉宫迁建者屡矣，初由玉泉乡迁于象山麓，继而鼎盛山，而来凤山。来凤山在今城之西，地势高僻，奉祀殊不便，又山腋被水浸薄，殿壁不堪持久，故不得已而重议迁建。然以卜地，故未决也。光绪戊戌，州牧陆君长洁来牧斯土，君精于堪舆，登城一望，见西北隅来凤山之麓有隙地数十亩，爰步度之，相其阴阳，谓此间作庙，背北向南，诚足以奠圣人之居也。于是与琼谋之，琼曰善，又与诸同人谋之，同人皆曰善，乃诹吉日，辟厥基址。既而陆君调任去，琼亦以主讲西云书院去，因属同邑段龙缥、周建岐、杨嶙诸君董其事，彻卸殿屋，移徙材料，择良弃朽，宏其规模，狭长者拓之，卑者增之，缺者补之。为大民殿九楹，崇圣殿五楹，东西两庑各七楹，大成门五楹，棂星门三楹，乡贤名宦祠各三楹，更衣省牲所各三楹。陛阶之级，栏以文石；墀庭之地，敷以花砖。泮池则跨以桥梁，屋壄壁则疏以窗牖，雕琢磨砻以致其精，金碧漆垩土以耀其采。工始于戊戌之春，迄于甲辰之夏，盖阅有六稔，而始告藏事焉。入而瞻拜，顿改旧观，则见殿陛之巍然而高也，门阙之穆然而远也，池沼之渊然而广，黝然而深也。自是而后，羽龠钟镛之盛，凤仪兽舞之休，于此间遇之，庶其称焉。虽然，是举也，不劳民力，不伤民财，所有经费，但取给于河工、学校两项田租，撙节以为之，而诸同人综理之劳，自奉之俭，布置之善，度支之省，盖以质诸乡父老，不惟见谅，且见称焉。庙成之二年，琼始自东瀛留学而归。又二年，戊申省吾，冯君继为牧伯，延琼总学务。冯君谓今新学发明吾孔子之道，尤宜有以表章之，命琼为之文。琼惟吾亚洲之衰弱，由于人材之不兴；人材之不兴，由于所学之无用；所学之无用，由于后世词章之习有以弊之，非吾孔子之道或有所未尽善也。今我国家，力图富强，改良学校，研求新学，以期实用。圣谕叠颁，皇皇炳炳，固益思以孔圣为名教纲常之宗，步趋率由之准，盖不徒尊崇礼制，等于具文尽礼焉已也。琼不敏，曷足以表章圣道？但迁建此庙之始末及诸同人数年经营之功不可以灭没，谨记之，以为后之继者有所考证激劝云尔。

赵 藩

赵藩（1851～1927），字樾村，又字介庵，号蝯仙（一作瑷仙），自号石禅老人，剑川人。清光绪元年（1875）举人，官至四川川南道按察使。1911年参加辛亥革命，出任迤西自治总机关部总理，翌年辞职。1913年被选为众议员。1920年任云南省图书馆馆长，致力于云南地区文献资料整理工作。

其生平事迹于张文勋主编《白族文学史》、李缵绪著《白族文化史》、寸丽香编著《白族人物简志》中有载。

著有《向湖村舍诗初集》十二卷、《向湖村舍诗二集》七卷、《向湖村舍杂著》一卷、《小鸥波馆词钞》六卷、《桐华馆梦缘集》二卷、《杨升庵高峣精舍记》、《剑川赵氏宗支草图》一卷、《晋专研斋脞录》一卷、《滇海莲因录〈莲洲法师立螺峰莲社碑记〉》《李洁清君暨姜孺人合葬墓志铭》《赵书（〈方农髯墓表〉〈张滇洲家传〉）合册》《丽江杨小泉先生墓表》《保山王府君墓志铭》《石禅老人欹枕书诗八章》《石禅老人游鸡足山诗》《蒙自碑传记》《癸亥寿苏集》《甲子寿诗》《寿苏唱和诗抄》《寿苏集》《西林宫保六旬小像〈宫保制府西林峰公勋德介福图序目〉》《岑襄勤公年谱》十卷、《宦蜀滇贤传》《昆明周氏殉难诗册》一卷、《云南咸同兵事记》等。

辑有《介庵函牍》《钱南园先生守株图题词录》一卷、《滇词丛录》三卷、《介庵楹句辑钞》一卷、《介庵楹句辑钞续编》一卷、《介庵楹句正续合钞》二卷、《会泽四秩荣庆录》一卷、《剑川封光禄大夫赵拙庵先生寿言汇编》二卷、《云南丛书总目》《鸡足山志补》四卷、《清六家诗钞》六卷、《鸡肋篇》《骈文诗钞》《鹤巢题小录》《剑川县志》《呈贡文氏三遗集合钞》十二卷、《保山二袁遗诗》十二卷、《剑川罗杨二子遗诗合钞》二卷（包括罗宿《梦苍山馆遗诗》一卷即杨志中《惜春山房遗诗》一卷）

《楹联集辑》等。在书画篆刻方面有《介庵墨迹册子》《赵文懿公遗墨》《腾冲李氏碑志五种》《瓜江书画册题跋汇存》（残本）《抱膝堪印存》一卷、《同人翰札》十七卷、《金石书画题跋》《书札》等。

《向湖村舍诗初集》十二卷，光绪十四年刻本，上海图书馆、南京图书馆、广东省图书馆、四川省图书馆、云南省图书馆、湖南省图书馆、南开大学图书馆、复旦大学图书馆、华东师范大学图书馆、广州社会科学院图书馆、诸暨市图书馆、南京师范大学图书馆藏。《向湖村舍诗二集》七卷，民国刻本，《云南丛书》二编本藏。《向湖村舍诗并和》上、下卷，宣统元年刻本，云南省剑川县图书馆藏。《桐华馆梦缘集》二卷，民国间刻本，云南省图书馆藏。《小鸥波馆词钞》六卷附《倚笛楼剩曲》，民国三十二年石印本，云南省图书馆藏。《杨升庵高峣精舍记》，一册，云南省图书馆藏。《剑川赵氏宗支草图》一卷，清钞本，一册，云南省图书馆藏。《晋专研斋胜录》一卷，清钞本，一册，云南省图书馆藏。《向湖村舍二集待刊稿》十九卷，红格写稿，三十三册，《云南丛书》待刻本。《滇海莲因录〈莲洲法师立螺峰莲社碑记〉》，民国初年拓本，云南省图书馆藏。《李洁清君暨姜孺人合葬墓志铭》拓本，云南省图书馆藏。《赵书（〈方农犀墓表〉〈张溟洲家传〉）合册》拓本，云南省图书馆藏。《丽江杨小泉先生墓表》民国五年石印本，一册，云南省图书馆藏。《保山王府君墓志铭》民国十五年石印本，一册，云南省图书馆藏。《石禅老人欹枕书诗八章》《石禅老人游鸡足山诗》均为影印本，云南省图书馆藏。《蒙自碑传记》一卷，清钞本，一册，云南省图书馆藏。《癸亥寿苏集》一卷、《甲子寿诗》一卷、《寿苏唱和诗抄》一卷、《寿苏集》一卷，各一册，清钞本，云南省图书馆藏。《西林宫保六旬小像〈宫保制府西林峰公勋德介福图序目〉》拓本一册，云南省图书馆藏。《岑襄勤公年谱》十卷，清光绪十八年钞本，二册，云南省图书馆藏。《宦蜀滇贤传》稿本一卷，云南省图书馆藏。《昆明周氏殉难诗册》一卷，清钞本，云南省图书馆藏。《介庵函牍》不分卷，清光绪三十三年辑写本，云南省图书馆藏。《钱南园先生守株图题词录》一卷，民国十一年刻本，《云南丛书》二编本收录。《滇词丛录》刻本三卷，《云南丛书》本收录。《介庵楹句辑钞》一卷，清光绪二十九年排印本，（清）陈迪光、周钟岳同辑，一册，云南省图书馆藏。《介庵楹句辑钞续编》稿本一卷，赵士铭、周钟岳同辑，一册，云南省图书馆藏。《介庵楹句正续合钞》二卷，民国十四年排印本，一册，（清）陈迪光、周钟岳同辑，云南省图书馆藏。《会泽四秩荣庆录》一卷，民国十二年石印本，一册，云南省图书馆藏。《剑川封光禄大夫赵拙庵先生寿言汇编》二卷，清钞本，二册，云南省图书馆藏。《云南丛书总目》民国三年刻本，一册，《云南丛书》本收入。《鸡足山志补》四卷，民国二年稿本，李根源辑，云南省图书馆藏。《清六家诗钞》稿本六卷，二册，云南省图书馆藏。《鸡肋篇》拓本一册，云南省图书馆藏。《呈贡文氏三遗集合钞》十二卷、《保山二袁遗诗》十二卷、《剑川罗杨二子遗诗合钞》二卷，《云南丛书》本收录。《介庵墨迹册子》拓本一册，云南省图书馆藏。《赵文懿公遗墨》民国二十四年手稿本，一册，云南省图书馆藏。《腾冲李氏碑志五种》，（清）赵藩、章世钊、陈荣昌等书，云南省图书馆藏。《瓜江书画册题跋汇存》（残本），赵藩等手书，李文汉藏本，残一册，云南省图书馆藏。《抱膝堪印存》一卷，民国间钤印本，一册，赵宗瀚补辑，云南省图书馆藏。《同人翰札》手写稿本十七卷，十七册，云南省图书馆藏。

（民国）《大理县志稿》卷三十艺文部录其诗《愤寇》《喜捷》2 首。

诗

此次诗的点校，以周宗麟等纂，张培爵等修（民国）《大理县志稿》为底本，诗共计 2 首。

愤寇

全滇复汉，改革文明。独土匪陈云龙以草寇冒义军窜扰，已复内地，残暴无状，政府抚谕，转益顽抗，军民公愤致讨，屡报大捷。

欢迎哭送两俱难，几处名城蹴踏残。可叹愚民无耳目，何曾贼子有心肝。弃家流徒哀边鄙，剪烛纡筹每夜阑。尽瘁鞠躬吾敢惜，誓同桑梓保平安。

喜捷

竟有萑苻冒义军，凭陵永顺及蒙云。地经恢复犹遭躏，寇逼欢迎实骇闻。狗鼠逃官生恶感，熊罴猛士策殊勋。合江捷又瓜江捷，指顾西南扫逆氛。

按赵藩君二诗，事颇征实，足见天理之正，人心之公，无人无之。惜日后为大力所慑，乃变反对而阿附，使一时之真是真非几为颠例，殆尽兹实录之，并载杨琼君和章，用存当日情事之真云。

杨金鉴

杨金鉴（1854～1917），字敬庭（一作敷庭），原名金銮，鹤庆人，杨金铠之兄。杨金鉴家甚贫，肄业五华书院，刻苦攻读，事亲至孝。光绪壬午举人，铨安宁、石屏学正，均以亲老未赴。后其弟杨金铠亦中举人，杨金鉴一意助弟仕进，曾参与纂辑（光绪）《鹤庆州志》。民国丁巳卒于家，年六十三。

其生平事迹于（清）赵联元辑《丽郡诗征》卷六；（民国）龙云、卢汉修，周钟岳纂（民国）《新纂云南通志》卷七十八；（民国）《鹤庆县志》卷九；陶应昌编著《云南历代各族作家》中有载。

著有《是亦为政斋诗文稿》《沪游草》，未见传本。

《丽郡诗征》卷六录其诗《月禅上人重修云息庵落成，偕赵孟云观察访之信宿赠以二诗》《纪事》《和孟云观察甲辰九日登觉乘阁（二首）》《癸未九日朱焕文镇军招饮朝霞寺，即席索赋且限以金谷之罚，勉和一首》《紫金山谒明太祖陵辛巳年作》7首。

诗

此次诗的点校，以（清）赵联元辑《丽郡诗征》（上海书店出版社《丛书集成续编》影印本）为底本，诗共7首。

月禅上人重修云息庵落成，偕赵孟云观察访之信宿赠以二诗

渡尽松涛万壑声，安禅高处绝人行。梵经讲罢狮初吼，法锡飞来鹤不惊。募积有余修寺宇，课功无暇出山程。晚时趺坐蒲团上，月照菩提心自明。

五岳游回涤万缘，此间招隐几经年。九根落叶归云息，一笑拈花悟月禅。果熟林园猿惯食，苔深竹院鹿同眠。琼宫玉带曾修复，佛教功行十载圆。

纪事

乙巳年，四川巴塘蛮匪变，戕戮大臣，全逐传教司，铎滇之阿墩子防兵保护，无事矣。而署丽江府李盛卿贪功主剿，酿成边祸，调团运米，地方骚然不靖矣。

西防烽熄弭边愁，太守亲征不掉头。花马旧传麽些帅，木牛难学武乡侯。太守方巾道袍作梨园装，以武侯自况，军既深入，转馈惟艰。遣军士二百余人，以溜绳渡江偷割巴地之麦，竟无一人还者。中军喜已来骄将，太守自设府标中军，喜郡中武弁某工于迎合，遂以授之。上策威先斩袭酋。冤杀土目和文耀。独惜英雄无用处，指挥空诧负奇谋。是役，太守奢愿未酬，酿患至巨首领之保已属侥幸。呜呼！孰谓天道无知哉。

和孟云观察甲辰九日登觉乘阁（二首）

负笈从游已卅春，忆自癸酉甲戌间，从张竞爽师读书于此，今已卅年矣。此间谬说有前因。小池鱼乐安知我，边塞鸿来又作宾。诗兴偏催题菊客，宦情遥念插茱人。时莆弟宦羁蜀中。登高直接风云会，俯视秋原迥出尘。

入山直到白云深，静坐僧房落叶沉。满壑风泉清客梦，数声钟磬起禅心。秋林带露浓兼淡，老木参天古历今。归路苍松红树里，乱溪流处听蝉吟。

癸未九日朱焕文镇军招饮朝霞寺，即席索赋且限以金谷之罚，勉和一首

边城秋老敛寒云，策马登临眺夕曛。饱饫花糕聊志德，豪吞菊酒漫论文。狂吟未敢陪诸友，雅望终惭负使君。落帽龙山遗韵事，风流谁似孟参军。

紫金山谒明太祖陵 辛巳年作

揽胜吴中第一峰，金陵瑞气荡心胸。三临车驾明禋肃，两道鸾章墨迹浓。千古名山曾逐鹿，百年高冢尚埋龙。即今四海澄清日，胜地英灵应受封。

杨金铠

杨金铠（1863～1944），字莆庭，鹤庆县金墩乡上曲江人。光绪十一年拔贡；光绪戊子科举人；光绪庚寅科进士。曾参加光绪二十年《鹤庆州志》的编撰工作，晚年归乡闲居后，又致力于主修（民国）《鹤庆县志》。

其生平事迹于（清）赵联元辑《丽郡诗征》卷六、（民国）《鹤庆县志》卷二十六、张文勋主编《白族文学史》、陶应昌编著《云南历代各族作家》中有载。

著有《甲亥集》《见南阁诗文存》各一卷，均系手抄稿，现已散佚。《丽郡诗征》卷六录其诗《比干墓》《邺郡怀古》《安宁州旅舍有怀明杨文襄公》《秋兴（四首）》《关中杂感（四首）》《书愤（四首）》《哭韦濂浦同年（四首）》《枭辕投谒蒙樾村廉访宠之以诗敬步元韵奉和》《闰五月十一日廉访招赏荷花归后承柬示一章即用元韵奉和》《丁巳重九日，与家大兄联骑赴妙光上人登高之约。一时名流毕集，惟赵孟云都护、赵子常明府，以宦羁京炉未与。抚时感事，触绪怀人，率尔成章，以呈家兄柬、都护侄子襄、明府弟子震，并留赠上人，计共四首》《己未长夏偶成》《赠幕友张赓六先生（四首）》30 首。

诗

此次诗的点校，以（清）赵联元辑《丽郡诗征》（上海书店出版社《丛书集成续编》影印本）为底本，诗共计 30 首。

比干墓

社屋看何忍，重泉下避深。苦争因有口，甘死岂无心。圣者固若是，怜之应至今。一坏与四字，终古两知音。武王封墓，孔子题碑，知音寥寥如是而已。

邺郡怀古

痴儿宁独景升豚，卖履分香事莫论。枉自比文终谥武，依然生子不如孙。仓皇印绶悲篁竹，惨淡诗篇泣豆根。惆怅灯帏何处是，西陵月满又黄昏。

安宁州旅舍有怀明杨文襄公

勋业文章重里间，奇才当日此间储。密谋独授除奸策，公论难宽议礼书。万里孑身尝自任，公山丹丘题壁诗有"万里一身难独任"之句。百年遗宅更谁居。悠悠天地徒怀古，泣下怆然恨有余。

秋兴（四首）

一叶梧桐万汇收，蓉城孤馆又清秋。难抛五斗惭彭泽，为念三刀指益州。渺渺天河空怅惘，茫茫人海自沉浮。渔阳况正急鼙鼓，极目关山无那愁。

千里青青草接天，燎原火忽逼甘泉。空传河北纷铜马，却道宣南对纸鸢。时禁电局传报军事。筹庙只今惟有胆，乱阶从古是无拳。焦头烂额纷纷窜，一炬昆冈极可怜。

海山重译集航梯，笑客无端怒集齐。聚铁九州难铸错，合纵八国莫封泥。百年地气疑销北，三辅舆情望幸西。闻道支那天险处，行宫新已绘棂题。

树色西川日夕佳，每临城上望天涯。家方重累偏忧国，官可轻抛却盼差。臣有邑人思狗监，我无言责笑蚯蛙。同乡罗寅生太守时奉檄权绵州牧遗差，有友人属为鄙人道地，罗谢不能。终缨毛檄都虚话，手酌清醪自遣怀。

关中杂感（四首）

阳九厄逢极可哀，弥天杀气结阴霾。寒宵鸿雁鸣三辅，圹野豺狼走六街。西陕赈捐张养浩，北都留守李临淮。由来饥馑加师旅，匡救端资命世才。

大将旌旗忽倒行，纷纷敌骑入京城。二毛有鬼能为厉，俗谓汉奸为二毛子。肆口无人敢骂伧。堪笑市廛沿第宅，可怜奴隶及公乡。何当乞借天风力，尽扫腥膻复太清。

尺幅爰书海外通，时降旨，定首祸诸臣罪。当诛臣罪圣明中。敌人未许宽一死，天子终难庇两公。谓英年、赵舒翘二人罪名初拟，敌人嫌轻，乃赐死。能否杀身君果益，可堪祸首恶同蒙。由来宠命初衔日，明哲歌诗已末从。

使命何人受展禽，时危哀恸下纶音。侧身东望几完土，函首北朝一谢金。七国卒偿诛错愿，五湖都动载施心。誓将散发扁舟去，烟水茫茫不令寻。

书愤（四首）樾村直刺以护贡至自乡井，剪烛共话，慨时局之难为，偶成四章，触愤抒怀，不自知其近于招隐也，以语多失检未录呈。

极目山河涕泪倾，媚人甗磬此行成。北平有相能当国，西幸无人敢说兵。金鼠竞谈符蜀谶，时蜀中有"岁逢金鼠年，天下皆骚然"之谶。谓诸葛手埋碑有此二语，士人今始掘得之。火牛谁谓返齐城。最怜枢密匡时策，冀把虚名赚德英。时枢廷拟旨，于德英俱加大字，称为大德国、大英国云。

凌霄宫殿屹巍峨，奕叶澄清海不波。一自樯帆通铁鹢，两令荆棘委铜驼。六曹掾吏从亡少，行在苦少书吏办事，均系未谙公事之司官，山西州县逃亡则于报章日有所见。三晋逃官见报多。太息君难臣不易，茫茫何处觅行窝。

飞章连上吁回銮，俞咈宸衷亦自难。陛下原非准孤注，关中故是汉长安。顾西天眷思都镐，归北人心怵战鞍。见说质萧东亩意，强邻阴伺尚眈眈。

坚冰来自履霜初，每话时艰泪欲枯。草野臣知今日有，绮窗君过故乡无。春风柑酒怀梨苑，梨苑在鹤南山麓，漾弓河东，春来携柑酒，往听黄鹂声，最豁人心目。秋月箫歌忆剑湖。何似相将归隐去，仰天拊缶呼乌乌。

哭韦濂浦同年（四首）君挈眷拟赴行在，至沪道卒

驱归行在韦评事，虏陷长安没贼中。独拔家人出兵火，恭惟君子有宗风。寇仇满目裂眦白，忧愤填膺咯血红。惭杀北枝争向暖，月华高咏掖垣东。内阁某君以联军头目委令巡街，纪事诗有"是夜月华可观之"注。

孤忠独抱不求名，相信由来在素行。任是半年嫌后死，终应全节予先生。黑洋水汇膻腥气，黄浦风凄羁旅情。肠断双眸垂暝际，促人何恶早鸡声。瀣浦以腊月二十八日丑时卒。

名场三度结良缘，平占名山又两年。两人为乙酉、戊子、庚寅三次同榜，又先后掌西云书院，计各两年。顾我亦原香案吏，输君端只玉堂仙。方期共蹋强台屐，讵意先回弱水船。料得一黿陪白傅，时听广乐奏钧天。

九隆山势失嵯峨，太息斯人竟逝波。万里首丘归计远，一家背壁泣声多。怀清合偶巴台妇，御侮应侪佩剑科。瀣浦生性嫉恶如仇。颜卜修文君护法，孔门一样得韦驮。

枭辕投谒蒙樾村廉访宠之以诗敬步元韵奉和

摩天黄鹄自高飞，小鸟抟风翮不肥。秦邸昔欣同寄榻，蜀台今许独抠衣。能行我法钦三绝，得副公期荐一麾。却忆危城乱呼吁，援兵立到解重围。在京留省，款不敷，恳公代筹，阅六日而覆电至，一如所请。

闰五月十一日廉访招赏荷花归后承柬示一章即用元韵奉和

乞将符竹出长安，踽踽归程顾影单。天为洗尘初作雾，时喜雨初晴。人来依宇不知寒。大才合主诗盟早，小集能宽礼数难。最是此生荣幸事，妙莲花在柏台看。

丁巳重九日，与家大兄联骑赴妙光上人登高之约。一时名流毕集，惟赵孟云都护、赵子常明府，以宦羁京炉未与。抚时感事，触绪怀人，率尔成章，以呈家兄柬、都护侄子襄、明府弟子震，并留赠上人，计共四首

龙蛇天地战元黄，暂取桃源作故乡。辰、巳两年接连用兵吾乡，以僻在边远，故除遇有征调，随时输财雇替外，尚无他项警扰，差可称为世外一小桃源。稚岁国家感多难，老年兄弟惜重阳。雁行几列晴空阵，本年闰月，现节令已届冬初，而空中雁影寥寥，尚无成阵者。驹隙宜收峻坂缰。山门陡险，相诫衔勒以防马逸。留与山灵为预约，年年为我涤壶觞。右呈家兄。

临风蓦忆赵于思，乡有园林竟不知。此老讵为官所腐，于人宁解叔非痴。买春客邸可如意，闻都护在京同日新纳两宠。行乐人生须及时。最好大厅与萧寺，出凭游眺入居之。用李约讽叔锜事。时都护府弟子襄已代修讫，故及之亦恣意以冀其归也。右柬子襄。

亦有吾门赵永平，纸鸢消息断炉城。南侵见说张敖反，北伐知牵殷浩行。时北方俶扰，殷叔桓镇守，通电西南各省约同北伐。旋张五琅叛，据宁远，炉城消息遂尔隔绝，知此举亦不能成行矣。佳节异乡孤蚁酌，去年今日遣骑迎。去岁上人亦有是约，子常畏骑，不赴，上人命小沙弥以驯马迎之。凭君传语云招隐，野寺先秋报落成。寺工竣于夏末。右柬子震。

朋从来往日憧憧，系马山门四大空。入室笑予尚携幼，艾儿倚其伯父叠骑，至寺门，既下马，予手携之入。出家如子洵称雄。智营旧业鸡窝外，寺早年毁于兵，上人移住若庵，俗所谓鸡窝寺也。让朝末因办学查庙产，上人亟先营构一椽，以庇风雨，由庖湢徐及静室正殿，至是乃卒成之。交尽名流鹤邑中。他日香山传盛迹，赞师房可许从同。右赠上人。

己未长夏偶成

睡余小阁几跻攀，兴至龙华一往还。偶拓故园疏绿水，时治南花园。为营生圹买青山。时新买龙华寺侧隙地。简兮并薄伶官仕，桑者真成傲吏闲。窃笑巢由太多事，颍箕原只在村间。

赠幕友张赓六先生（四首）

钓徒何处逐烟波，每忆浮家张志和。刚际新晴闻北讯，忽欣旧雨见南过。时霖雨初晴，城友过访，方纵谈北方事，而家人报君到，盖九月六日晡时也。名山有约期联骑，龙华僧有登高之约，属代邀君，继因阻雨不果往。下邑无人解换鹅。君工书，乞者颇众，而报甚寥寥。甚矣，风气之未开，抑以见武装之世之轻文事也。便欲与君申预约，平原十日未为多。

故园重此对黄华，落惰龙山忆孟嘉。笑我仓皇称地主，怜君奔走到天涯。正堂幸为盖公舍，二室君寄居甥馆何如庞老家。应妒隆阳闲太守，更无一事只栽花。

卌年莲幕蜀滇开，入手千金节缩来。有约婿乡橡买屋，无端妖梦粪占财。移山枉费愚公力，灌水几成智伯灾。往事漫须搔首问，天心或着意安排。君积囊于金，拟就后山置业，因感异梦，开白马厂，赀尽、铜崩、水暴涨，几被湮毙。

　　笋舆排列势匆匆，治具末由一款公。双骏可怜闲枥下，只鸡应讶乏山中。晨兴苑草侵窗绿，夜语灯花落榻红。此景此情难再得，知君惜别意相同。君解装，即与约定，满十日由家以一骑一驼送，因遣舆去。已而甫三日，笋舆即来，留之不可。远道枉顾，竟未及一特治具，殊歉然也。

赵 荃

　　赵荃（1866～1921），字揆叔，又字湘臬。剑川向湖村人，赵藩之弟。光绪丁酉（1897）举人，官至四川盐边厅通判，云南兰坪、马关、文山知事。

　　其生平事迹于（民国）秦光玉等辑《滇文丛录》作者小传，张建雄、周锦国选注《历代白族作家丛书（综合卷）》，杨镜编著《大理古今诗人要事录》，寸丽香编著《白族人物简志》中有载。

　　撰有《移华书屋诗存》四卷、《移华书屋文存》四卷；编纂《酉阳酬唱集》一卷、《明清之际滇高僧居士传》一卷。《酉阳酬唱集》一卷，清抄本，一册，云南省图书馆藏；《移华书屋诗存》四卷，民国十年排印本，一册，袁嘉谷校跋，云南省图书馆藏，云南省洱源县图书馆藏。

　　《滇文丛录》卷十二录其文《赵苞论》《驳苏氏范增论》2篇。

文

　　此次文的点校，以（民国）秦光玉等辑《滇文丛录》（上海书店出版社《丛书集成续编》影印本）为底本，文共计2篇。

赵苞论

　　汉赵苞守辽西，以全城之故，不得全其母，后儒以不孝罪之，此委曲求全之说也。然吾尝审乎事势，酌乎事理，而知苞之于母，有万难求全者。夫鲜卑入塞，以万余入寇辽西，掠野之后，利在得城。既劫苞母，载以击郡，苞有守土之责，安得不出战？苞出战而贼出苞母相示，意在胁苞来降，而取郡。苞不降，则必愤怒，将害苞母，并欲杀苞而屠其城。是故苞战，则其母必死，苞不战，则其母矢志全节，亦必死。且不惟其母死，不战则城不可守，身犯不韪，苞亦无以自保。苞惟筹之至熟，与其不战而母死城亡，不如战，则母虽死而城犹可以图存。于是，始甘受杀母之名，以急王事，其用心亦良苦矣。或曰，以城降贼而求生其母，固不可矣；然亦当求所以生母之方，必不得已，身往降之，可也。不知鲜卑所争者，城也，苞与母不足以厌其心也。苞既以身降，则守城者无人，无异以城降矣。此其势之不得不战也。或又曰，彼鲜卑者众多，而可以计取，性贪而可以利诱。诚使当时形势有计可取，有利可诱，苞岂无良，竟忍阋其计、惜其利而不顾其母哉？无如言计，惟有力战为上。言利则微禄所入，何能出数十万之赍？况夷德无极，虽得吾利，其从不从尚未可知。此其势之又不得不战也。其势不得不战，则其母遂不得不死，而苞之功于此著，即苞之罪亦于此彰。观苞之悲号，谓母曰："惟当万死无以塞罪！"苞固明明以罪自任矣。嗟乎！事势之艰，每有事理不能两全者，此吾所以为千古之忠臣孝子太息也。

驳苏氏范增论

宋苏氏论范增之去，当于羽杀卿子冠军时，吾以为非也。夫宋义久留安阳，以私害公，士卒怨谤，其罪当诛，即沛公亦欲斩其首，非独羽之擅杀也。羽杀宋义，盖欲代将，代将则楚兴，楚兴则亡秦之机已兆。故有识者，观于巨鹿之战，而知天之所以兴羽也。且巨鹿之战，楚兵勇冠诸侯，威武纷纭，增方运策之不暇，曷为去哉？然则增之去宜于何时？曰：必在坑降卒、屠咸阳之时也。当此之时，羽逆天道，失人心，残刻不仁，不务安辑秦民，而收宝货、妇女以东，遂使秦人怨入骨髓。而沛公得以还定三秦，此楚之所以败也。嗟乎！曾是嗜杀如羽，尚可与之共事，以定天下乎？增号为智士，应有先见之明，此时宜去无疑。而苏氏谓增之去，当于杀卿子冠军时，君子于杀卿子冠军时，皆称羽功，不为羽罪。羽既无罪，则知增必不能无故而去矣。沛公尝曰："羽有一范增而不能用。"吾谓羽即用增，无救于楚，增即不去，楚亦必亡，何也？方增事羽之初，以韩信之才、陈平之智，在楚军中有年矣，而增未之知也。不能援进贤之典，言于项王而用之，卒使去而归汉。夫二子归汉，则汉必日盛，楚必日衰。楚所以日衰者，以信与平去而楚无人也，范增即在，将何补乎？早能审机观变，知项王之暴虐必非真主，辞归以保七尺之躯，犹不失为智士耳。吾故曰增之去，必在坑降卒、屠咸阳之时也。

赵式铭

赵式铭（1870～1942），字星海，号弢甫，晚号窘翁，云南剑川县人。曾任教剑川丽江县。创办《丽江白话报》《永昌白话报》，携同钱平阶、云龙于宣统二年在昆明创办《云南日报》，并任该报编辑。民国三十一年病逝于故里。

其生平事迹于（清）赵联元辑《丽郡诗征》卷十二、寸丽香编著《白族人物简志》中有载。

著有《白文考·爨文考·麽些文考》《云南光复起源篇·建设篇·西征篇》《蔡锷传》《浩劫余生录》《汉书传补注（四卷）》《希夷微室诗钞》《睫巢诗稿》《睫巢随笔》《睫巢楹句》《弢父行年七十自述（二卷）》《滇志辨略》《古文存稿》等诗文。《丽郡诗征》卷十二录其诗《昆明移居（二首）》《将有岭南之游舒芋僧寄诗赠行次韵奉寄》《闻式铨弟作尉羊肠寄此勖之》《登双门底楼》《初食荔支》《四十七初度同人宴于澄香舫即席呈诗》《铁上人为绿牡丹之会座客多赋诗亦作一篇呈石禅师及上人十二韵》《四哀诗》（《故军功同知衔知县岁贡生剑川段公从先》《故蒙化厅同知内阁中书仁寿毛公瀚丰》《故云南督学使者黄冈王公丕釐》《故丽江府知府巴陵彭公继志》）《部司述怀仿昌黎县斋有怀体》《八月十五夜石禅师招于德有邻堂玩月》《忆交通部园林柬澄甫闻交通部已为屯兵之所》《新居示适儿》《火把篇有序》《贫女叹》《八月既望，与惺庵、鹿村、吉甫、白溪、次山、峙青诸君登金华山，夜宿望海亭（四首）》《从弟式铨作尉羊肠为贼所得，闻乘间得脱喜而有作》《忆昔行思纱罗箐三游洞也》《腊初与吉甫兄敬谒河东先茔（二首）》《题陈绚采所藏屈尔泰画龙》《满贤林五云楼怀石禅师》《石禅师命题明唐大来先生儒服像》29 首。

诗

此次诗的点校，以（清）赵联元辑《丽郡诗征》（上海书店出版社《丛书集成续编》影印本）为底本，诗共计29首。

昆明移居（二首）

数有移居兴，惭无卜筑赀。潜鳞避疾浪，栖翼捡高枝。重掩风扉静，横安月榻宜。庭梅如昵我，坐到著花时。

我有故园宅，别来春草生。转从路千里，暂僦屋三楹。蓬荜原吾分，薪蔬亦世情。东家为热灶，灯火夜深明。

将有岭南之游舒芋僧寄诗赠行次韵奉寄

不成归钓剑湖波，又乘长风访尉佗。眼底云涛纷没灭，梦中雪岳郁嵯峨。久嗤陆贾黄金重，颇爱韶州白葛多。大庾岭南梅万树，未知劫后近如何。

闻式铨弟作尉羊肠寄此勖之

一官岂在显，称职即难能。自古号贤达，不辞居尉丞。纷心无止水，举足有春冰。万里寄清慎，劝君时服膺。

登双门底楼

仙人骑五羊，下集水云乡。仙去杳无迹，我来空断肠。雨声拥潮急，海气压城凉。徒倚独长望，故园天一方。

初食荔支

卢橘杨梅次第尝，最佳还有荔支香。绛襦浅护冰肌白，银甲微挑玉液凉。剧喜摘来刚夏至，不愁饱唼到端阳。故山万树殊无此，老客珠江正未妨。

四十七初度同人宴于澄香舫即席呈诗

暑雨初收上小舲，珠江江水晚来青。波光与我涤烦促，山色看人谁醉醒。瘦似白凫惊老病，健如黄犊忆童龄。亲知错比辉南极，那识前身是客星。

铁上人为绿牡丹之会座客多赋诗亦作一篇呈石禅师及上人十二韵

山僧爱花兼爱酒，座客工诗亦工画。斜风细雨频折简，绮语艳体偶破戒。神游群玉最高顶，目营众香无上界。蛮笺照眼珠玑圆，粉本脱手云烟快。行间碧玉如何呼，纸上绿衣应下拜。领海人才追峤雅，曲江风韵留佳话。白傅原主坛坫盟，巨然自敌关荆派。汝南月旦信不诬，远公门户何曾隘。烹茶清汲古井波，登盘嫩剪荒园薤。未除白业余毫楮，且饱清斋味姜芥。新词今夕付旗亭，尺幅明朝偿酒债。

四哀诗落落师友忽焉沦谢，阴雨凄寂追而悼之

故军功同知衔知县岁贡生剑川段公从先

吾师野史氏，乡党活阎罗。面色冷如铁，魍魉不敢过。少年佐戎幕，使笔如使戈。酒酣叱大将，俯躬受挞诃。三月下榆城，搜牢到鸡鹅。师独搜典籍，丛残百马驮。长揖谢军门，归卧华山阿。授徒给朝夕，敝衣讲羲娥。从游数百人，妙誉起菁莪。而我最后进，荷衣曳偃偃。读书高过身，倍诵百不讹。有食辄款我，同学谓偏颇。丁酉落第归，函丈久违和。临绝索纸笔，虎豹斗蛟鼍。俗眼不能识，体例乃九歌。师闻一笑瞑，天门上嵯峨。及门尽才俊，心伤宁我多。何年起丰碑，德教永不磨。

故蒙化厅同知内阁中书仁寿毛公瀚丰

毛公岷峨精，嶷然神骨重。才人员外置，天公故嘲弄。万里渺滇海，江山足吟讽。三月不参荷，箱箧搜空洞。操斤入锁闱，万木寻孤栋。搜讨穷岩石，到眼无一中。我时杂荆榛，臃肿岂殊众。公谓是良材，持上玉堂贡。爱宝反刖足，独抱荆山痛。一官出㳽渡，斋厨春冰冻。丞哉实负予，非予坐无用。量移刺蒙化，西迈邀我从。馆我倚翠园，水木酣清梦。岁阑归省亲，旨甘割清俸。献岁始发春，入耳哀音动。丹旐亦何速，目极云山送。心丧终平生，宁止三年恸。

故云南督学使者黄冈王公丕釐

前史称敏记，一目十行下。吾尝疑其语，不图亲见者。宗师少能文，四海争传写。三十不见收，白手无可假。四十为侍臣，老郎何暮也。帝命

使南滇，扶轮得大雅。星轺苍银苍，洱海多龙马。谓我为儿驹，腾蹋血毛赭。开口诵我作，句句如珠泻。万人竞指目，相顾语哑哑。那知误一蹶，永放秋草野。宗师亦侘傺，虎豹九关把。灵锁不少留，翩然去潇洒。回首楪榆城，白云拥万瓦。

故丽江府知府巴陵彭公继志

少小客诸侯，半缘知交荐。暂时虽相得，势尽交亦倦。我公守丽郡，邀请开文宴。霭蒇妙一言，下座邀相见。幕府分一席，佳夕陪清宴。吐茵亦寻常，裁醒还复劝。君恩移哀牢，匹马逐如箭。春山花欲然，一路转凄恋。馆我小兰津，触事多幽眷。学使采虚声，辟书疾于电。公谓资地弱，豪夺不敢怨。一别曾几何，沧桑乃万变。归卧洞庭曲，无繇睹公面。昨得公子书，涕泪纷如霰。江河春水深，舟楫阻薄奠。国史已去亡，谁立使君传。

部司述怀仿昌黎县斋有怀体

弱龄著书史，抗志忍寒饿。风过窗鸣琴，雨穿榻承簸。循礼诵瑟兮，信芳吟楚些。例是书生很，耻为儿女婿。束发试有司，举足争上座。哀然当首选，藉甚交口贺。赭白汗如沈，青紫手可唾。初战摈不收，再进捷仍挫。书币来府庭，鞍马去参佐。家山雪初晴，村路梅正破。委心赞边计，考绩报郡课。使者闻豪夺，太守嗟软懦。欲去非弹铗，所处不泻萃。天子搜岩薮，大臣荐辖轲。一官赴蚕丛，三巴转驴磨。兵氛连客邸，归丧斥家货。拜命方伊始，衔恤悲无那。羽檄不停召，苫块未遑坐。墨绖闻鸡起，露布倚马作。论功畀小邑，勤政帅众惰。田池蕃鹅鸭，店舍堆马驮。命蹇鬼仇深，罚严天咎大。破巢有万家，完卵无一个。野宿豺狼共，荒餐泥土和。澹灾原分宜，解职缘身瘅。行灶烟初黔，征衣尘复涴。涎羹蛊飞游，暖足□憨卧。难日方愁来，触事多悔过。已筑室三楹，还添竹千个。幽栖安茅茨，菲食甘上锉。但令归计决，不用虚名播。

八月十五夜石禅师招于德有邻堂玩月

嘉夕有嘉招，天涯未寂寥。夜随华烛永，堂与木棉高。堂后有老木棉树，数百年物也。云汉犹多浪，姮娥且自韬。是夜无月。南滇无限阔，归梦总徒劳。

忆交通部园林柬澄甫 闻交通部已为屯兵之所

我唱君酬日几何，昔游回首渺风波。高榕古柳鸦声恶，小院幽窗马粪多。官爵早将身外置，名园犹得梦中过。夜深倘有归来鹤，应怪诗人辍啸歌。

新居示适儿

棨节化荆棘，鼓吹变黾蛙。百年几兴废，我歌尔勿哗。城南数间屋，旧是都护衙。刀矛曜晓色，朝夕多悲笳。富贵不长保，华屋生桑麻。昔为锦衣第，今为处士家。中堂高且深，榜字走龙蛇。房栊虽不宽，亦足庇椒枒。北庭常虚设，留待高人车。南楼面翠嶂，伸手云可拿。粉壁明人眼，燕雀声喳喳。小院复何有，杂植四时花。石榴不在大，弱枝堆红霞。来禽亦易长，袅袅干檐牙。松桂负嘉质，一年不肯芽。珍护逾常木，免使欺风沙。我生四十九，岁暮日将斜。短景望乔木，此计宁非差。但令后来者，长此芘高华。

火把篇 有序

六月廿五夜，乡俗以松明火洒松脂，逢人辄燎，谓能驱蚊蚊、祛疫瘴。俗云星回节，亦为火把节。里居逢此援笔志之。

滇人重岁时，佳节足鸡豚。今夕复何夕，亦复具盘餐。盘餐未及已，火把耿黄昏。逢人辄一燎，须发为之髡。松肪点穷袴，柏脂流素裈。呼婢具汤沐，洗涤仍留痕。谓是驱蛟法，祝君清梦魂。登楼望近郭，星星散山村。大者光烛天，浮图不敢尊。父老藉草坐，浊酒满瓶盆。农歌杂山曲，环坐笑言温。散为百千炬，薰灼遍里门。阿婆为避媳，老翁犹畏孙。贫家无帷帐，得此敢厌烦。豺虎正吮血，扰扰满中原。愿君问当道，微物何足论。

贫女叹

生小贫家女，从不识罗绮。夜酿踏鸡尾，腷膊鸡惊起。一鸣初举火，再鸣勤汲水。举火伤两目，汲水伤两指。所赢曾几何，仅余糟粕耳。安得古井波，化作仙醴旨。

八月既望，与惺庵、鹿村、吉甫、白溪、次山、峙青诸君登金华山，夜宿望海亭（四首）

入山细路瘦于藤，曳杖铿然踏石棱。无恙林峦寻旧约，未顽腰脚许先登。将军壁立呼难下，弥勒岩栖唤不应。涉世卅年成底事，尘容俗状自生憎。

羊肠尽处即山门，石磴松阴小坐温。礼佛僧归香半烬，采樵人去树新髡。千林翠拥诸天近，一阁青浮上帝尊。更欲高凌华顶塔，星辰历历手能扪。

深林薄暝鸟相呼，静掩云扉昵地炉。岩气下垂重被冷，谷声上溯一楼虚。夜阑木魅嘘寒火，月黑山魈盗废厨。忍病孤吟不成寐，沉沉万籁一时无。

已凉时节未寒天，恋恋绳床拥被眠。谁遣山鸡惊梦晓，起看湖水净朝烟。人家都在丹枫里，农事初忙白雁前。我是伤弓流落羽，归飞犹幸傍林泉。

从弟式铨作尉羊肠为贼所得，闻乘间得脱喜而有作

虎口排霜齿，何曾漏食来。善人无死法，吾弟独生回。胆逐惊猿破，心随落叶催。他时更相见，劳汝不停杯。

忆昔行 思纱罗箐三游洞也

忆昔同寻三游洞，伐木为炬燃云栋。蝙蝠轮困掠面寒，蛟龙倔强排岩动。飞翻势若车轮碾，洞潀声如兵马哄。神物自闷锁铁环，暗流相撞泻银瓮。重岩千门时通塞，怪石万状极嘲弄。神鬼狰狞怒欲搏，犬羊吡寝驯可控。惨惨阴宫俨有灵，沉沉玄窖严无缝。眼前或恐是武夷，脚底不知几云梦。出门已讶远鸡号，到处惟闻幽鸟哢。云阴日华自开阖，洞水松风递擒纵。无心忽得武陵游，咋指几类华山痛。年华意兴两萧然，旧游欲说无人共。

腊初与吉甫兄敬谒河东先茔（二首）

侵晨出北郭，物色静朝晖。吹角牛羊集，开门雁鸭飞。日曛霜气薄，土润麦苗肥。甚欲从兹老，无由说息机。

好山看不厌，爱此万松青。惊兔迷春草，幽禽堕翠翎。恨天千古缺，德地两家馨。终有同归日，谁能到百龄。

题陈绚采所藏屈尔泰画龙

屈翁草字如画龙，笔笔夭矫摩高空。屈翁画龙如草字，腕力足能破余地。元气著纸纸犹湿，青天无雷蛟螭避。伊昔吾州董都护，将军好文多礼数。翁来上座草军书，边防秋靖安如故。将军剑槊参军酒，得闲便作山林友。摩岩一字值千金，捉刀知出幕中手。酒酣兴与云雷会，摄取真龙落天外。神物一纵不可回，急切下手风雨快。擘窠大字留山阿，长梯百丈重摩挲。谁能将此神来笔，镌上石门为呵诃。一冬无雨真龙哑，满腹雷霆安用者。安得点晴霹雳飞，一雨三日满天下。

满贤林五云楼怀石禅师

危楼双燕垒，游客一鸿毛。当境安知险，旁观始觉高。茶烟袅岚翠，人语乱松涛。歌尽桂丛曲，诗翁不可招。

石禅师命题明唐大来先生儒服像

英雄未入道，被服亦犹人。弟子唐衢老，诸生原宪贫。感时双泪热，忧国二毛新。他日悲循发，儒衣不称身。

赵甲南

赵甲南（1874～1959），字冠三，号龙湖居士，大理喜洲人。光绪癸巳举于乡，1905 年受委托创办临安府初级师范学堂。

其生平事迹于杨光复选注《历代白族作家丛书·赵甲南卷》、张文勋主编《白族文学史》、李缵绪著《白族文化史》、寸丽香编著《白族人物简志》中有载。

一生著作甚丰，大多散佚。现存有《龙湖丛稿》二卷、《龙湖外集》一卷、《龙湖诗草》一卷、《龙湖联语》二卷、《龙湖语体文》一卷。《龙湖外集》一卷、《龙湖诗草》第一卷、《龙湖联语》二卷、《龙湖语体文》一卷，现藏于大理白族自治州图书馆。《龙湖丛稿》上函有《龙湖丛稿》上下两卷，卷上 53 篇，卷下 49 篇；下函有《龙湖丛稿补遗》一册，现藏于大理白族自治州图书馆。

李燮羲

　　李燮羲（1865～1926），字开一，号剑虹，原名如桂，字月卿，大理太和县人。就读于大理书院，清庠生。

　　其生平事迹于李缵绪著《白族文化史》，李建国、李泰来选注《历代白族作家丛书·李燮羲卷》中有载。

　　《续云南通志长编》卷八十一"人物·艺术"载："清同治乙亥生，年八岁入郡庠，相继食廪饩。甲辰春，赴日留学……辞职回滇，退隐苍洱间，优游林泉，诗酒自娱。有《剑虹诗稿》一卷。"

　　著有《剑虹诗稿》一卷，云南省图书馆藏。

周钟岳

周钟岳（1876～1955），字生甫，号惺庵，剑川人。清光绪癸卯乡试解元。在日本留学期间，加入同盟会，成为同盟会的早期会员之一。周钟岳不仅是著名的政治家，而且在中国学术史、书法史和诗歌史上都有着不可低估的重要地位，与龙云、李根源二人被毛泽东颂为"云南三老"。

其生平事迹于（清）赵联元辑《丽郡诗征》卷十二、张文勋主编《白族文学史》中有载。

总纂《云南光复纪要》（又称《云南光复史》），主编《新纂云南通志》《续云南通志长编》；云南省图书馆保存有其大量珍稀手稿：《惺庵文稿》《惺庵诗稿》《惺庵日记》。

《丽郡诗征》卷十二录其诗《书斋即事》《中秋重游满贤林夜饮三清殿桂树下》《午睡》《秋日登金华山夜坐望海亭》《访写韵楼》《夜梦游山入一精舍藏书甚多醒而纪之》《侯溪山馆》《丁酉秋闱报罢，九月初五日出省，同德臣长兄、少农姊丈泛舟昆池》《秋感（四首）》《庚子秋闱停试，介庵师护贡赴秦携同入蜀，欣然就道赋呈一首》《杨林谒兰止庵先生祠》《威宁道中书所见》《大雪中过雪山关》《辛丑元旦后一日舟发永宁》《寄长兄》《书怀（四首）》《读史杂感（二首）》《呈介庵师用见示原韵》《柬罗厚甫》《闻罗星桥失解寄诗慰之》《漫兴一首用介庵师得间韵》《呕血病起介庵师有诗相勖赋呈一首》《毛梦兰赠诗宠行依韵奉酬一首》《眉州谒苏祠》《悼毛梦兰（六首）》《辛酉六月二十日抵家廿二日上冢志哀》《雨后斋中步月即事书怀》《八月既望，偕鹿村、发甫、润宇、白溪、仲和、国升、映洲、次山、致和诸人登金华山，宿望海亭（二首）》《发甫属题〈江村课子图〉》42首。

诗

此次诗的点校，以（清）赵联元辑《丽郡诗征》（上海书店出版社《丛书集成续编》影印本）为底本，诗共计42首。

书斋即事

浓阴森羃䍥，覆此读书堂。经岁饫清福，一庭生古香。高歌出金石，先圣见羹墙。未觉吾生晚，嘐嘐志已狂。

中秋重游满贤林夜饮三清殿桂树下

月华初出浸虚堂，又向堂前酌一觞。挈伴同游金粟界，谈禅应悟木樨香。龙归潭底朝行雨，鹤唳松梢夜有霜。洗尽楼台歌管沸，顿闻清磬落僧房。

午睡

拥卷终朝坐小楼，倦来高卧亦清幽。欹床偶入支离梦，读画聊为汗漫游。微雨愔愔沉院落，残香缕缕散帘钩。愧无经笥嘲能解，却向边韶欲效尤。

秋日登金华山夜坐望海亭

秋来风物自萧萧，久坐危亭夜寂寥。四面松涛群涧合，三更星斗一天摇。休寻枕上黄粱梦，可有山中紫芋烧。更拟明朝登绝顶，起看红日上层霄。

访写韵楼 在大理感通寺杨升庵著书处，现已无存

选胜登临对夕曛，当年谪宦有名元。六朝诗格遗编富，百尺高楼故址存。管领湖山成地主，羁留驿戍亦天恩。白茶花下闲携酒，敬为先生奠一樽。

夜梦游山入一精舍藏书甚多醒而纪之

开天一画原羲皇，仓颉制字分递兹。结绳既变书契作，神州万古开榛荒。虞夏商周治益进，黻黼政化垂文章。史官立后盛经籍，百家诸子争腾骧。祖龙烈炬燔不尽，汉儒崛起搜遗亡。迩来遥遥二千载，著述日富盈缥

缃。我生于世百不好，独嗜书籍逾膏粱。卖文所入能有几，随手散尽皆书坊。家无担石那复计，一钱羞涩余空囊。固知汗牛充栋之书难尽读，偏令一见耿耿心难忘。昼所萦怀夜入梦，牙签卷轴陈山房。恍疑石匮探宛委，亦或仙馆开谟觞。开编喜剧复自诧，寒儒奢愿今能偿。手披口诵意未已，荒鸡喔喔鸣颓墙。惊我高斋梦魂醒，坐令不得久住琅环乡。幸逢昭代右文治，四库搜尽名山藏。安得此身贡玉堂，搜罗金薤堆琳琅。

侯溪山馆 即永济井，丁酉在此授读

镇日无人到，端居一小楼。溪声鸣入夜，山色淡于秋。路远疏音问，书多便校雠。烹茶浑不寐，明月上帘钩。

丁酉秋闱报罢，九月初五日出省，同德臣长兄、少农姊丈泛舟昆池

西风瑟瑟白蘋州，牢落归心起暮秋。三载科名悲铩羽，一家兄弟共扁舟。天生峭壁飞丹阁，夕照岑楼俯碧流。料是高堂穿望眼，湖山虽好肯勾留。

秋感（四首）

绝无憀赖住昆华，风雨秋窗暗碧纱。滚滚流光飞野马，栖栖投宿噪寒鸦。庙堂可奈成孤注，胡越翻嫌是一家。无路请缨辜壮志，学书学剑计都差。

潦倒平生已自怜，杞人无奈更忧天。心惊碧海扬尘日，身际黄杨闰厄年。南向孤鸿初入塞，西来万马正窥边。枕戈将士防秋苦，望尔高歌奏凯还。

方寸偏教百感生，悲歌时作不平鸣。无才自愧头颅大，流涕频惊髀肉生。千里关河秋作客，一灯风雨夜论兵。何堪跂足依南斗，更上谯楼望帝京。

蚩尤旗出战声多，翘首苍苍唤奈何。北地烽烟驰铁马，西风荆棘卧铜驼。君餐豆粥芜蒌饿，野列穹庐敕勒歌。太息肉屏难御弹，谁消兵甲挽银河。

庚子秋闱停试，介庵师护贡赴秦携同入蜀，欣然就道赋呈一首

不成偕计吏，秣马赋西征。负笈从师志，芒鞋见帝情。长安同日近，蜀道上天行。敢惮风尘苦，终军正请缨。

杨林谒兰止庵先生祠

高人今不死，祠祀尚荒村。老屋围槐影，残碑蚀藓痕。劫灰诗卷在，蓬累布衣尊。一拜怀微尚，升沉可莫论。

威宁道中书所见

层阴郁不散，亭午便黄昏。风雪欺行色，乾坤合暝痕。带萝山鬼笑，凭石杜公尊。满目荒寥意，谁能慰客魂。

大雪中过雪山关

黔行日日皆层峦，屐齿折尽愁跻攀。方拟入蜀得平旷，马首又堕巉岏岉崛之高山。高山插云何巉嵲，仰视峨峨万仞列。踆乌涩缩不敢照，顶上犹留太古雪。雪深十尺埋前途，寒风中人如仆姑。回鞭策马马力痡，严关阻绝包鱼凫。年来沧海骄天吴，龙蛇杂沓连艟舻。安得九州尽崎岖，一夫荷戟常无虞。岂知防御别有术，恃险弛备非良图。欲起山灵试一问，几回眼见驰戈殳。戈殳销尽劫灰冷，且向山头尝玉茗。一瓯香雪话家山，颇忆吾乡玉龙影。玉龙峰势寒峥嵘，相对年年欠一登。他时旧约倘可践，冲雪猎虎吾犹能。

辛丑元旦后一日舟发永宁

初卸征鞍换水程，木兰双桨划波轻。山如旧识能相迓，天为新春亦放晴。绝壑埋云生石气，危岩飞瀑助滩声。满江风物争供眼，一洗劳劳贺岁情。

寄长兄德臣

随着春风到锦城，卸装聊复歇长征。登楼王粲仍为客，游学陈平颇累兄。衮衮年光消笠屐，醺醺书味恋灯檠。怀乡最是难忘处，一夜联床听雨声。

书怀（四首）

阳和被亭皋，众芳缀华萼。松柏黯无颜，颇为桃李谑。凉飙凄以厉，吹万纷陨萚。劲质耿不磨，苍翠立严壑。后雕固其性，孤立敢云乐。愿岁长不寒，不愿众零落。

离离寒菊丛，亦复寄篱下。本无娟媚姿，作花淡而野。疏落违世好，采摘幸云寡。多谢柴桑翁，时来倾一斝。

少年事游猎，日夜南山田。短衣曼胡缨，容服轻且便。仰手接飞翼，一发连双肩。僵鹿积成阜，归去张华筵。贳酒斗长吸，豪兴掷千钱。翩然弃夙好，折节从丹铅。见复色然喜，无乃羞前贤。

吾闻修羊公，学道华山厓。冥心卧石榻，浮云缭绕之。欲往从之去，辟谷餐紫芝。峰高五千仞，登顿苶然疲。腰脚岂不健，力倦心所司。少室便云足，恐为云叟嗤。

读史杂感（二首）

单骑驰回纥，寻盟倚令公。浑瑊防陷敌，娄敬主和戎。已弃珠崖地，难收玉磬功。用《左传》晋郤克伐齐事。凭谁争献纳，侃侃虏廷中。

常侍岂无善，官家倚任专。西园谐价例，中署导行钱。市令方私蓄，官卿自擅权。欧公宦者论，不忍读终篇。

呈介庵师用见示原韵

目击沧桑变局新，伏蜎侃侃万言陈。忧天意切同居杞，蹈海心坚不帝秦。黄绶何堪沉下吏，白衣那许作山人。时贤讵识平生志，竞说词场老斫轮。

柬罗厚甫

道南推宅古风存，促膝难忘笑语温。惭下礼贤徐孺榻，幸居通德郑公门。谓其父济川先生。风人雅羡兰陔乐，地主宁惟菜把恩。重拾堕欢知有意，黄花三径迟高轩。

闻罗星桥失解寄诗慰之

跌[一]岩天门隔云雾，银汉迢迢不可渡。我甘鹪退固其宜，子滞鹏抟讵非数。忆昔与子驰文场，中原旗鼓争腾骧。偏师一出众辟易，偃旗卷甲走且僵。此时意气各不让，视掇青紫如探囊。岂知世事百不料，赚人又误槐花黄。嗒丧于归我浪走，崎岖蜀道屡回首。谁与分题薛井笺，时来买醉郫筒酒。酒醒灯残梧叶坠，西风为揾青衫泪。大泽已迷左右途，神山又去盈盈地。所期吾子文中龙，扬鬐一掣冯夷宫。之而鳞爪蹑云去，谁知飘堕随罡风。大材晚成合有例，料应得失忘鸡虫。岂有神物久屈泥途中，终当抉起凌苍穹。

【校记】

[一] 跌：底本为"跌"，按句义当为"跌"。

漫兴一首用介庵师得间韵

闭门戢影尚相宜，误逐风尘悔已迟。心折豺狼当道日，梦酣燕雀处堂时。苦从正则分醒醉，难学长康半點痴。担粪著棋无一可，茫茫身世怕寻思。

呕血病起介庵师有诗相勖赋呈一首

自分书为命，争堪病作缘。体羸妨我学，才薄得公怜。鹤拙当筵舞，蟫拚食字仙。何当酬厚望，荏苒负华年。

毛梦兰赠诗宠行依韵奉酬一首

人生志事百不施，收拾心力研诗词。伏脑眦目作无益，东鸟西兔争奔驰。食字撑肠笑干蠹，负涂曳尾惭灵龟。投笔封侯更无路，茫茫天地将安之。掲来锦江弄江水，扣舷长啸惊冯夷。便欲乘风一抉起，下视培塿山为卑。狂奴故态醒亦尔，入世那不乖时宜。论交如子岂易得，奈何偶聚旋临歧。吁嗟乎！芳草王孙犹未归，一言欲别难为辞。情深转使噤无语，惘惘坐对青玻璃。挥手明朝挂帆去，扁舟一叶江之湄。安得君身似明月，巴山郫水常相随。吾侪缔交尚风义，拘拘形迹非须眉。养生学道各努力，辱投佳什兼良规。嗟我入春婴病卧，心肝呕尽频濒危。生死肉骨仗师友，回首一忆凄心脾。少年涉世期镇静，谅哉此语吾当师。回环讽诵强欲和，一鼓作气三而衰。心光炯炯内外镜，顽砾自逊珠瑰奇。君与罗含携手时，勿忘多寄怀人诗。

眉州谒苏祠

谪宦思归认旧庐，蟆颐山色近庭除。篸裾早醒春婆梦，笠屐犹存野客图。新学即今真是蓓，故园如我未全芜。有田不去顽何甚，江水滔滔又上舻。

悼毛梦兰（六首）

竟夺斯人去，苍苍意若何。良朋分手易，志士苦心多。小影留泡幻，壬寅与梦兰撮影成都。浮生感刹那。痛君行自痛，少壮已蹉跎。

执别成都日，殷勤订后期。九京君赴促，三峡我归迟。白马初临候，黄垆再过时。伤心不可极，寒日下崦嵫。

相聚忆师门，拳拳古谊敦。深交外形迹，款话略寒暄。宾从南楼月，生徒北海樽。昔时谈宴地，回首为销魂。

书岂能仇命，其如力苦殚。裴炎忘休瀚，李贺呕心肝。蚕已抽丝尽，蟫真食字干。灯前频掩卷，双泪落阑干。

所诣宁惟此，生年奈有涯。奇才干造物，少作已名家。片羽珍残草，空堂掩落花。遗篇后死责，不忍付麻沙。君有《惕庵诗文稿》若干卷，当为刻之。

岷江流不断，鸣咽到眉州。君南丰人，寄葬眉州。落日赤杨地，悲风素旐秋。空山谁古砚，君曾梦至深山，见古衣冠人授一文砚。归榇有孤舟。妮就先人垄，知应慰首丘。

辛酉六月二十日抵家廿二日上冢志哀

祭扫频疏十九年，每逢佳节泪潜然。为修永叔泷冈表，还种渊明下㳂田。垅亩荒榛迷道路，墓门乔木长风烟。久违乡井成何事，徒负先人训鬻饘。

雨后斋中步月即事书怀

雨余寒月下阶除，起步庭前肺叶苏。时有歌声出金石，更无残梦落江湖。颓云驳解山容近，积水空明竹影疏。如此清光随处是，独怜今夜到吾庐。

八月既望，偕鹿村、弢甫、润宇、白溪、仲和、国升、映洲、次山、致和诸人登金华山，宿望海亭（二首）

振衣直上款松关，脚底峰峦拥翠鬟。远水护田迟到海，浮云成雨便还山。独凭危槛沉孤抱，偶酌清泉认旧颜。林壑依然人渐老，廿年翻悔落尘寰。

倚楼身出万松巅，俯听松涛意洒然。可有蛰龙蟠大壑，更看孤鹤戾寥天。风回古木生虚籁，日落秋江起暝烟。莫便匆匆下山去，且邀明月话樽前。

弢甫属题《江村课子图》

哗世功名百不争，荒江老屋意峥嵘。闭门隐几头应白，呼子传经眼尚明。兀兀歌声出金石，醰醰书味恋灯檠。披图如睹趋庭日，怅触当年辟咡情。

段履富

段履富，字润庵，大理人，光绪乙酉（1885）科举人。首任大理西云书院学长、玉屏书院主讲、晋宁州学正、高等学堂教习。

其生平事迹于陶应昌编著《云南历代各族作家》、（民国）《洱源县志》卷二十八、寸丽香编著《白族人物简志》中有载。

著有《守拙斋集》，未见传本。

段 居

段居（1892～1935），原名建勋，字守愚、伯谦，号念松，剑川人，任教云南矿业学校。

其生平事迹于（清）赵联元辑《丽郡诗征》卷十二中有载。

著有《滇事大凡》四卷十九目，《守愚稿初编》《松月楼杂作》《嘤嘤集》《松影山房诗初集》上、下卷。稿本多散佚，其中《松月楼杂作》，手抄本《松影山房诗初集》上、下卷（下卷附录《松影山房联话》，袁嘉谷跋）藏于云南省图书馆地方文献部。

《丽郡诗征》卷十二录其诗《言志》《召仲谦弟归农》《戊午四月携幼弟著勋稚子僖侍母游松泉寺宿（二首)》《悼亡》《喇井道中》《癸亥元旦》7 首。

诗

此次诗的点校，以（清）赵联元辑《丽郡诗征》（上海书店出版社《丛书集成续编》影印本）为底本，诗共计 7 首。

言志

吾年二十六，世味已饱尝。簪组亦何物，胡为日日忙。不如还我家，有松弥高冈。松风吹我屋，松月照我堂。有琴弹一曲，有酒醉一觞。五月农事急，西畴出分秧。九月篱菊开，披书坐其旁。衣食勤以获，筋力劳不伤。闲间十亩间，终身以徜徉。

召仲谦弟归农

四月秧正长，西山雨乍晴。携手出闾巷，惊闻伯劳鸣。农时不可违，努力种香粳。吾弟不思归，读书剑川城。吾家无别业，世传读与耕。农暇方读书，在昔有渊明。务农弟须归，陇上偕其兄。

戊午四月携幼弟著勋稚子僖侍母游松泉寺宿（二首）

携酒入山寺，虬松一径阴。月明花弄影，日暮鸟归林。玉笛堪清耳，客有吹笛者。寒潭可鉴心。故乡原不噩，风物古犹今。

战马嘶中土，边疆政令烦。人皆歆爵禄，我独守田园。老屋见教弟，高堂母弄孙。慈颜难再得，簪绂不须论。

悼亡

结发为夫妇，皓首以相期。何图绝恩爱，中道各分离。痴心好读书，负笈走天涯。读书骛浮名，久客不思归。夫妻十一年，会面能几时。何不为农圃，耕耘相倡随。何不为樵牧，亦复常因依。何不甘箪食，何不美布衣。何不止陋巷，何不安茅茨。悔不早如此，失路不知回。非卿命云薄，我实尘网迷。离家千余里，家书得更迟。死者将百日，生者始闻之。人心非木石，况复我与而。人鬼各异途，鸳鸯各自飞。从此不相见，思卿泪暗挥。

喇井道中

寒山历历杉千树，风雨萧萧竹万竿。空谷流泉声不断，行人驱马出云端。

癸亥元旦

今年犹是去年人，昆海华山寄此身。文字生涯异地苦，田园风味故乡亲。梅花开瘦人愈瘦，酒债添新岁亦新。妻子相怜来慰我，陶然共醉客中春。

图书在版编目（CIP）数据

文学交融的典范：历代白族散存作品整理与叙录：
全二卷／多洛肯等辑校 . --北京：社会科学文献出版
社，2024.8
ISBN 978 - 7 - 5228 - 2238 - 9

Ⅰ.①文… Ⅱ.①多… Ⅲ.①白族 - 少数民族文学 -
文学研究 - 中国 Ⅳ.①I207.952

中国国家版本馆 CIP 数据核字（2023）第 144718 号

文学交融的典范：历代白族散存作品整理与叙录（全二卷）

辑　　校／	多洛肯　晏庆波　董昌灵　侯彦帆　张炅昊　赵钰飞　张俊娅

出 版 人／冀祥德
责任编辑／张倩郢
责任印制／王京美

出　　版／社会科学文献出版社·人文分社　（010）59367215
　　　　　地址：北京市北三环中路甲 29 号院华龙大厦　邮编：100029
　　　　　网址：www.ssap.com.cn
发　　行／社会科学文献出版社　（010）59367028
印　　装／三河市东方印刷有限公司

规　　格／开　本：787mm×1092mm　1/16
　　　　　印　张：71　字　数：1118 千字
版　　次／2024 年 8 月第 1 版　2024 年 8 月第 1 次印刷
书　　号／ISBN 978 - 7 - 5228 - 2238 - 9
定　　价／498.00 元（全二卷）

读者服务电话：4008918866